Hanjo Lehmann

Die Truhen des Arcimboldo

nach den Tagebüchern
des
Heinrich Wilhelm Lehmann

Roman

Rütten & Loening
Berlin

ISBN 3-352-00591-5

1. Auflage 2002

© Rütten & Loening Berlin GmbH, 1995

Einbandgestaltung Preuße & Hülpüsch Grafik Design unter Verwendung
des Gemäldes »Genter Altar, Haupttafel des Innenteils« von Jan van Eyck, 1432

Druck und Binden Clausen & Bosse, Leck

Printed in Germany

www.ruetten-und-loening.de

Dem Leiden des Salman Rushdie
und
den Opfern der römisch-pyromanischen Unfehlbarkeit
gewidmet

Hinweis für den Zensor: Wenn hier und im folgenden gelegentlich von »Kirche« die Rede ist, dann versteht sich von selbst, was damit gemeint ist: nämlich die Amtskirche mit ihren Funktionsträgern und Dogmen, nicht aber die Gemeinschaft der Gläubigen, welche von alters her die von den Kirchenfunktionären eingerührte Dogmensuppe auszulöffeln hat. Schon gar nicht gemeint ist die Weisheit der Religion selber. Denn was die Religionen angeht, so halten wir eine jede von ihnen für gut, solange sie zum Glück und zur Tröstung des Menschen beiträgt, und jede Religion für schlecht, wenn sie Menschen unterdrückt und ihnen Leid bringt. Und da wir in unserer Einfalt davon ausgehen, daß Gott, wenn es ihn gibt, dem Menschen wohl will, so erlauben wir uns den einfachen Schluß, daß eine Religion, um deretwillen Menschen bedroht, gequält oder gar getötet werden, in die Hände des Teufels gefallen ist – wenn man denn in solchen Kategorien denken will.

Wer nun in den Dogmen einer solchen Religion aufgewachsen ist, der möge sie glauben und befolgen, wie es sein und jedermanns gutes Recht ist. Wenn aber Amtskirchen aller Zeiten und Richtungen immer und immer wieder sich einmischen in die Gesetze unseres Zusammenlebens, und auch den freien Bürgern im Lande ihre Dogmen aufzwingen wollen, oder gar Aufrufe erlassen zu Kriegen, Mord und Totschlag: dann halten wir es für einen Akt der Notwehr, mit Nachdruck an die verbrecherischen Wurzeln dieser altehrwürdigen Institutionen zu erinnern.

Wer das Vermögen seines Vaters erben will, der muß auch dessen Schulden übernehmen. Was aber die Kirchenfürsten für ihre eigene Legitimation beanspruchen, das gilt erst recht für die von ihnen begangenen Verbrechen: sie verjähren nie!

Wie dieses Buch zustande kam

Die deutsche Einheit – von manchen auch »Wieder-Vereinigung« genannt, was ungefähr so verheißungsvoll klingt wie »Wiederverkauf« oder »Wiederverwertung« – fördert Dinge zutage, von denen sich niemand hätte träumen lassen. Ich zum Beispiel erhielt im Frühjahr 1993 einen eingeschriebenen Brief aus Leuenburg, Kreis Oberbarnim – einem Ort, den ich bis dahin nicht einmal dem Namen nach kannte. Der Brief kam von einem »Rechtsanwalt und Notar Dr. Schneyter«. Er setzte mich darüber in Kenntnis, daß ich »laut Grundbuchauszug von 1938 und aufgrund der amtlich festgestellten Erbfolge« Anspruch auf Rückübereignung von sieben Hektar märkischen Bodens hätte, welcher im Flächennutzungsplan des Kreises als land- oder forstwirtschaftlich zu nutzendes Areal ausgewiesen sei. Er bitte mich daher, ihm zwecks Erledigung der Formalitäten baldmöglichst eine Vollmacht zu übersenden; auch erlaube er sich, seinem Schreiben eine Liquidation entsprechend den Sätzen der deutschen Notars-Gebührenordnung beizulegen.

Wenige Tage später erhielt ich, gleichfalls aus dem Kreis Oberbarnim, einen weiteren Brief. Dieser war von Hand geschrieben, in einer groben, kaum leserlichen Schrift. Unerwartet fand ich mich hier aufs heftigste beschimpft: als Einheitsgewinnler, schamloser Profiteur und Vernichter landwirtschaftlicher Existenzen. Der Brief kam von dem Bauern, der die rückzuübereignenden Felder (oder müßte es »zurücküberzueignend« heißen?) bewirtschaftete; voll Bitterkeit schrieb der Mann, daß er nun nach 1952 das zweite Mal enteignet würde.

Kurz darauf nahm ich einen Tag Urlaub, um das Stück Land, das mich zum Grundbesitzer machen sollte, einmal aus der Nähe zu sehen. Zwar war der Brief des Bauern nicht ohne Eindruck auf mich geblieben. Aber immerhin, sieben Hektar sind sieben Hektar: in der Vorstellung eines Stadtmenschen, der in einer Mietwohnung von neunundvierzig Quadratmetern haust, geradezu ein kleines Rittergut. Ein Kilometer lang, siebzig Meter breit, rechnete ich, oder fünfhundert mal hundertvierzig Meter: genug für ein Stückchen Wald, einen kleinen Teich, und irgendwo dazwischen ein schmuckes Häuschen. Nicht schlecht.

Das Rittergut war ein schlammiger Acker mit eingestreuten Grasflecken. Steinbrocken, ein paar Büsche, ein windschiefes Stück Hecke – kein Baum, kein Teich, kein Zaun, nicht einmal eine verfallene Hütte, und das Auto, in dem der Mitarbeiter des Dr. Schneyter mich hergefahren hatte, mehr als einen Kilometer entfernt. So weit nämlich war es bis zur Straße, und der Weg, der zu diesem Acker führte, war nicht einmal breit genug für zwei Personen. Was immerhin den Vorteil hatte, daß der Herr Notarsachbearbeiter vor mir herlaufen mußte: so bekam er meine Enttäuschung nur teilweise mit.

Hatte ich mich für zwei Wochen schon als künftigen Landmann und naturverbundenen Gärtner gesehen, so merkte ich jetzt, daß auch die Stadt ihre Vorteile hat. Die Straßen mögen laut und stinkend sein, aber wenigstens sind sie vorhanden. Sie sind schmutzig, aber doch nicht so, daß man Schlammklumpen an den Schuhen hat. Zwar platzt die Stadt aus den Nähten, dröhnt, brodelt, vibriert vom Getrampel endloser Menschenmassen (unter denen aber immer gerade diejenigen Leute verreist oder emigriert sind, auf die es einem ankäme), und die städtischen Bürgersteige sind Schlachtfelder der neuzeitlichen Kavallerie: aufgeblasene Radfahrer, die mit demonstrativer Verachtung der Fahrbahn ihr höheres Menschsein unter Beweis stellen. Dennoch – als es nun aus dem grauen märkischen Himmel auch noch zu regnen begann, da erschien mir in diesem Landasyl für heimatlose Feldmäuse selbst der Gedanke an den Berliner Berufsverkehr ausgesprochen anheimelnd.

Kurzum, die schlammige Tristheit der ländlichen Natur brachte mich in eine Stimmung, in der sich unwiderstehlich das Bedürfnis herauskristallisierte, etwas Edelmütiges zu tun. Ich ließ mich in das Büro Dr. Schneyters zurückfahren, wo ich meinen Entschluß mitteilte: ich würde auf den Acker verzichten, und zwar zugunsten der jetzigen Bewirtschafter. Mit gerunzelten Augenbrauen trug der Notar den Namen des Bauern in ein Dokument ein; geradezu verachtungsvoll forderte er mich zur Unterschrift auf. Sein Empfinden, mit der Suche nach meiner Person Perlen vor die Säue geworfen zu haben, zeigte sich in jedem Wort und in jeder Geste. Und als ich abends im Bett lag und durch das geschlossene Fenster hindurch den Autolärm von der Straße hörte, da gab ich ihm im stillen recht und bereute meinen vorschnellen Edelmut.

In der darauffolgenden Woche erhielt ich erneut zwei Postsendungen aus Oberbarnim: einen Brief und ein Päckchen. Der Brief kam von Dr. Schneyter. Er erinnerte an die offenstehende Rechnung und fügte eine weitere hinzu: für die »Regulierung einer Grundbuchangelegenheit«.

Das Päckchen enthielt drei dicke, in winziger Schrift vollgeschriebene Tagebücher. Zwischen den Seiten lagen zahlreiche einzelne Blätter und ausgeschnittene Zeitungsartikel.

Dem Anwalt antwortete ich postwendend. Ich dankte ihm für seine Bemühungen und bat ihn, sich mit den Rechnungen an die alten und neuen Besitzer des Grundstückes zu wenden – dieselben, von denen ich mit Selbstverständlichkeit annahm, daß sie mir das Päckchen mit den Tagebüchern hatten zukommen lassen. Aber als ich sie im Sommer 1993 aufsuchte, um mich zu bedanken, da versicherten sie mir mit glaubwürdigem Erstaunen, daß sie mir weder ein Päckchen geschickt, noch auf ihrem Hof jemals irgendwelche handschriftlichen Notizen oder alte Zeitungsausschnitte gefunden hätten.

Aus den Aufzeichnungen ging hervor, daß sie von einem Ingenieur namens Heinrich Wilhelm Lehmann verfaßt wurden, der im Dienst der Berlin-Anhaltischen Eisenbahngesellschaft stand. Tatsächlich gab es unter meinen Vorfahren väterlicherseits einen Mann dieses Namens; vielleicht war das der Grund dafür, daß man mir das Päckchen zusandte. Doch handelte es sich bei dem Verfasser mit Sicherheit nicht um meinen entfernten Verwandten: dieser war zur Zeit der Ereignisse, von denen die Aufzeichnungen berichten, noch ein Kind, und er war auch kein Ingenieur, sondern Bäcker. Soweit ich in Erfahrung bringen konnte, sprach er keinerlei Fremdsprachen, und er dürfte weder Deutschland noch auch nur seinen Heimatort Eberswalde jemals verlassen haben.

Also ein Mißverständnis. Trotzdem habe ich die Tagebücher, Notizen und Zeitungsmeldungen natürlich gelesen, und zwar mit großem Interesse – um nicht zu sagen, mit wachsender Faszination.

Die Zeitungsausschnitte entstammten den »Berlinischen Nachrichten« der Jahre 1868 bis 1870. Ihre genaue Datierung war nicht in jedem Fall ersichtlich. Doch hatte ich Gelegenheit, die entsprechenden Jahrgänge der Zeitung im Berliner Landesarchiv sowie im »Geheimen Preußischen Staatsarchiv« in Berlin-Dahlem durchzusehen. Dort ließen sich die meisten dieser Meldungen finden, so daß ich fast alle nachträglich datieren konnte. Allerdings scheinen einige den Schreiber mit Verspätung erreicht zu haben, oder aber sie wurden den Aufzeichnungen erst nachträglich beigelegt.

Die Tagebücher und Notizen handeln teils von privaten, wenn nicht intimen Vorgängen, teils von politisch und geistesgeschichtlich bedeutsamen Ereignissen. Das Wiederaufleben von religiösem Fanatismus und klerikalen Anmaßungen, wie es sich derzeit in verschiedenen Regionen der Welt zeigt, ließ mich annehmen, daß diese Aufzeichnungen von mehr als nur privatem Interesse sein könnten. Ich habe sie also dem Verlag zur Prüfung vorgelegt, und dort teilte man meine Einschätzung. Man stimmte einer Herausgabe zu, und das Ergebnis liegt hier vor.

Es muß betont werden, daß die Ereignisse, um die es in den Aufzeichnungen geht, wirklich stattgefunden haben. Auch bei den rekonstruierten Urkunden handelte es sich offenbar um historische Dokumente. Der besseren Übersichtlichkeit halber habe ich jedoch eine Einteilung in Kapitel vorgenommen.

Jedem Tagebuchkapitel ist ein Satz aus dem »Syllabus errorum« vorangestellt. Diese »Zusammenstellung der Irrtümer« wurde 1864 von Pius IX. *ex cathedra* erklärt – dem katholischen Dogma zufolge eine unfehlbare Glaubenslehre und demnach bis heute gültig. Die Zitate wurden jeweils dort belassen, wo der Verfasser sie zwischen die Seiten gelegt hatte.

Berlin, im März 1995
Hanjo Lehmann

1
Ein Diebstahl

*Wenn jemand behauptet, die Kirche habe kein
Recht, Gewalt anzuwenden – der sei verflucht.*
Pius IX., Syllabus errorum

Tagebuch des Heinrich Wilhelm Lehmann:
Rom. Freitag, 13. August 1869, gegen Mitternacht

Es ist aus.

Zu Ende, aus und vorbei.

Es war eine Falle, von Anfang an. Ich habe es gespürt und vorhergesehen, und trotzdem bin ich hineingetappt – ganz so, als hätte ich die ganze Zeit darauf gewartet.

Diese Musik! Göttlicher Verdi, herrlicher »Rigoletto« – noch nie hatte ich die Oper in solch einer Inszenierung erlebt. Prachtvoll ausgestattet, großartig besetzt und gesungen – was war es nur, das mir die Freude an der grandiosen Aufführung nahm?

Ich war unruhig und wußte selbst nicht, warum. Kaum hielt es mich auf meinem Sitz; am liebsten wäre ich aufgesprungen und davongelaufen. Immer wieder schweifte mein Blick hinunter ins Parkett, zurück zur Bühne, schließlich zu Cossa und Bernieri, die rechts und links von mir saßen.

Sie schienen meine Unruhe nicht zu bemerken. Reglos saßen sie da, nur Cossa wiegte, kaum merklich und im Takt der Musik, gelegentlich den Kopf. Bernieri hatte die Augen geschlossen. Sein Gesicht zeigte einen Ausdruck tiefer Genugtuung; ich glaubte den Anflug eines Lächelns darauf zu erkennen. Auf der Bühne aber: welch böses Spiel mit dem buckligen Hofnarren. Nur mit ihm? Wirklich nur mit ihm?

Vor meinen Augen drehte es sich. Und als der Herzog sein »Sie wurde mir entrissen!« anstimmte, und danach:

»Die Tür offen! Das ganze Haus verödet!« –
da spürte ich plötzlich: ich war gemeint! Ich selber war es, dem in diesem Augenblick das Wichtigste entrissen wurde, was er besaß!

Wieder fiel mein Blick auf das Gesicht Bernieris. Und auf einmal erkannte ich, was sein Lächeln in Wahrheit ausdrückte: nicht die Genugtuung über die herrliche Musik, sondern – Triumph.

Mir schwindelte. Die Pause kam, ich wollte aufbrechen und ins Hotel zurückkehren, aber gleichzeitig fühlte ich mich zu schwach, um mich ernsthaft gegen das Zureden meiner Begleiter aufzulehnen. Ich ließ den Rest der Oper über mich ergehen; doch war mir mein elender Zustand offenbar anzusehen. Keiner unternahm den Versuch, mich nach der Aufführung noch zu dem gemeinsamen Essen zu überreden, das ursprünglich vorgesehen war. Cossa stützte mich am Arm und führte mich zum Ausgang, während er sich mit besorgter Miene nach meinem Zustand erkundigte. Bernieri war vorausgegangen. Vor dem Portal wechselte er einige Worte mit einem Bediensteten. Dieser verschwand um eine Ecke; kurz darauf kehrte er zurück und teilte mit, daß sogleich eine Droschke für mich eintreffen würde.

Das war zwar der Fall; nur war es so ziemlich die langsamste Kutsche der Stadt, die man für mich herbeigerufen hatte. Mit quälender Gemächlichkeit rollte das Gefährt durch die Straßen; zu Fuß wäre ich schneller gewesen. Vergeblich forderte ich den Kutscher zur Eile auf – er reagierte nicht, antwortete nicht einmal. Dann, als ich anfing, ihn zu beschimpfen, behauptete er, seinem alten Gaul kein höheres Tempo zumuten zu können.

Endlich – ich war am Ende meiner Kräfte – hielt er vor meinem Hotel. Ich warf ihm ein paar Münzen in die Hand und sprang aus der Kutsche; gerade noch registrierte ich, wie das Pferd auf einen scharfen Pfiff des Kutschers hin davongaloppierte. An der Rezeption verlangte ich meinen Zimmerschlüssel; beinahe hätte ich ihn dem Hausdiener aus der Hand gerissen. Ich eilte die Treppe hinauf zu meinem Zimmer, steckte den Schlüssel ins Schloß und merkte schon im Bruchteil einer Sekunde: die Tür war nicht abgeschlossen. Ein leichter Druck, und sie öffnete sich wie von selbst.

Auf den ersten Blick war nichts zu sehen, aber ich spürte

mit untrüglicher Gewißheit: jemand war im Zimmer gewesen. Alles lag auf seinem Platz, aber alles ein wenig anders, als ich es zurückgelassen hatte. Ohne wirkliche Hoffnung griff ich unter den Schrank, an dessen Unterseite ich den Umschlag festgeklebt hatte – er war, natürlich, verschwunden.

Um ganz sicher zu gehen, legte ich mich auf den Fußboden: vielleicht, daß sich der Umschlag gelöst hatte und abgefallen war. Nichts war zu sehen. Ich fuhr mit der Hand die Unterseite des Schrankbodens entlang. Was ich spürte, waren die Reste des noch nicht ganz ausgehärteten Leims. Ansonsten aber: nichts.

Es ist aus. Luigis Aufzeichnungen, sein Testament, sein Lebenswerk – verloren! Durch meine Schuld, meine Dummheit ...
Mir zittern die Hände. Welch ein Unglück ... mir bleibt nur die Verzweiflung ...

Rom. Sonnabend, 14. August 1869, morgens

Seltsam. Ich lese die Zeilen, die ich gestern nacht geschrieben habe, und kann es kaum fassen. War es wirklich ich selber, der das geschrieben hat? Mir ist, als lägen zwischen diesen Zeilen und meinem jetzigen Empfinden nicht Stunden, sondern Jahre.

Gestern nacht hatte ich Papier und Federhalter hingeworfen. Ich löschte die Lampe, dann ging ich zum Bett und legte mich hin. Besser gesagt, ich ließ mich fallen: ich stürzte auf die Kissen, brach regelrecht zusammen.

Da lag ich, den Kopf zwischen die Hände gepreßt, und erwartete die Verzweiflung, die sich jetzt unweigerlich einstellen mußte. Luigis Aufzeichnungen entwendet! Sie, die mir mehr bedeuteten als alles andere – und jetzt, durch meine eigene Unvorsichtigkeit verloren! Wie sollte ich weiterleben?

So lag ich und wartete auf das Ende – auf den Abgrund, in den ich nun stürzen würde ... lag da und empfand – nichts von alledem.

Sondern was ich spürte, war – Erleichterung.

Ich konnte es selber nicht glauben. War ich dabei, verrückt zu werden? Ging es mir vielleicht wie den Japanesen, von denen man erzählt, daß sie auf die schlimmsten Mitteilungen hin zu lachen anfingen? Tatsächlich: nicht nur Erleichterung verspürte ich, sondern geradezu – Heiterkeit.

Ich erhob mich und ging zum Fenster. Verrückt, sagte ich zu mir selber. Wirklich und wahrhaftig verrückt – wenigstens weiß ich jetzt, wie das ist. Eigentlich gar kein so schlimmer Zustand; eher zum Lachen. Wahrhaftig, werde ich jetzt vielleicht noch zu lachen anfangen?

In der Tat: da stand ich am Fenster und kicherte vor mich hin wie ein Blöder. Und während ich mich fragte, ob ich völlig den Verstand verloren hatte, sah ich, wie sich unten auf der Straße etwas bewegte: der Schatten eines Mannes.

Er hatte wohl vor dem Eingang des Hotels gestanden; jetzt entfernte er sich mit schnellen Schritten. Ich wollte das Fenster öffnen, aber der Riegel klemmte. Es brauchte die Anstrengung beider Hände, dann erst ließ er sich zurückschieben. Schnell riß ich das Fenster auf und beugte mich nach draußen. Zu spät – der Mann war schon außer Sichtweite. War *er* es? Derselbe wie in jener Nacht, als ich Luigi zum erstenmal begegnet war?

Für einen Moment hatte ich meinen aufgewühlten Zustand völlig vergessen. Und ich stellte fest, daß ich soeben ganz angemessen reagiert hatte – offenbar war ich trotz allem bei klarer Besinnung.

Ich schloß das Fenster und legte mich wieder aufs Bett. Die Hände hinter dem Kopf verschränkt, dachte ich nach. Lag da und ließ die Gedanken durch mich hindurchfließen, so lange, bis sie sich zu einem Gefühl, einem Erkennen, einem Verstehen zusammenfügten. Endlich begriff ich, was geschehen war – besser gesagt: was mit *mir* geschehen war.

Zwar, die Aufzeichnungen hatte man mir entwendet. Aber wenn ich zurückdachte: dann hatte ich seit dem Tag, als sie so unerwartet in meinen Besitz gekommen waren, immer zweierlei verspürt. Zum einen Genugtuung und Stolz, manchmal ein regelrechtes Glücksgefühl darüber, daß Luigi das Notizbuch mit seinem Bericht gerade mir anvertraut hatte. Aber auch etwas anderes hatte mich niemals losgelassen: die Angst, daß dieser Schatz mir abhanden kommen könnte.

Es ist, glaube ich, die tiefe, wirkliche Angst immer auch eine Art Gewißheit: daß eines Tages das Befürchtete eintreten wird. Darum also mein Gefühl der Erleichterung: von jetzt an gab es nichts mehr, wovor ich mich hätte fürchten müssen. Man hatte mich beraubt – aber man hatte mich auch frei gemacht.

Ich stand auf und sah noch einmal aus dem Fenster. Auf der Straße war nichts zu sehen. So ging ich zurück zum Schreibtisch und zündete wieder die Lampe an. Der Ordnung halber holte ich nach, was ich vorher unterlassen hatte: ich prüfte den Inhalt von Schrank und Schreibtisch. Wie ich erwartet hatte, fehlte nichts. Auch meine Aktentasche war zwar Blatt für Blatt inspiziert worden, aber alles war vorhanden, sogar in der richtigen Reihenfolge. Fast kam es mir vor, als hätten der Dieb oder die Diebe mir zeigen wollen, daß sie nur genommen hatten, was ihnen von Rechts wegen zustand. Es waren, keine Frage, ehrenwerte Leute gewesen – ich konnte ihnen meinen Respekt nicht ganz versagen.

Vielleicht, so versuchte ich mir einen Augenblick lang einzureden, waren es sogar die Leute gewesen, denen ich nach Luigis letzten Worten das Tagebuch hätte zeigen sollen. Ganz und gar überflüssig schien es mir, das Hotelpersonal oder gar die Polizei zu benachrichtigen. Eine innere Stimme sagte mir, daß ich zumindest für diese Nacht in meinem Zimmer so sicher war wie in Abrahams Schoß – ich machte mir nicht einmal die Mühe, die Tür abzuschließen, bevor ich zu Bett ging. Zum erstenmal seit meiner Ankunft in Rom schlief ich tief und traumlos, und ich erwachte erfrischt und gestärkt.

Zwar habe ich keinerlei Vorstellung, wie ich mich jetzt verhalten soll, oder was ich überhaupt tun kann. Nur eines weiß ich: aus und vorbei ist gar nichts.

Gewiß, Luigis Aufzeichnungen sind verloren. Aber *ich* bin noch da, und ich kenne ihren Inhalt – und zwar, denke ich, so gut, daß ich ihn beinahe auswendig wiedergeben könnte.

Und noch etwas glaube ich zu wissen: welche Absichten Luigi veranlaßt hatten, seine Erlebnisse niederzuschreiben.

2
Luigi

Wenn jemand behauptet, die geweihten Diener der Kirche und der römische Papst seien von aller Herrschaft über weltliche Dinge auszuschließen – der sei verflucht.

Pius IX., Syllabus errorum

Tagebuch des Heinrich Wilhelm Lehmann:
Rom. Sonntag, 15. August 1869

Ich erinnere mich noch genau an den Tag, an dem ich Luigi kennenlernte. Es war voriges Jahr im Juni, hier in Rom, während meiner ersten Dienstreise.

Fast eine Woche war ich schon in der Hauptstadt des Kirchenstaates, aber erreicht hatte ich so gut wie gar nichts. Dabei hatte sich mein Auftrag sehr einfach angehört: ich sollte erst in Florenz, dann in Rom einige Erkundigungen einziehen. Nämlich, wie weit im Königreich Italien und im Kirchenstaat die Pläne gediehen waren, sich am Bau einer Alpenbahn durch die Zentralschweiz zu beteiligen.

Für meine Vorgesetzten von der Berlin-Anhaltischen Eisenbahngesellschaft war das zu diesem Zeitpunkt eine eher zweitrangige Frage. Denn was die Fernverbindungen angeht, so galt und gilt das Hauptinteresse unserer Gesellschaft vor allem der Route nach Wien samt ihren Anschluß- und Nebenverbindungen. Und die dafür nötigen Alpenlinien sind zum Glück schon vorhanden: über den Brenner nach Italien, und über den Sömmering in Richtung Ungarn und Balkan. Für Berlin und den deutschen Osten gibt es also, um nach Italien zu gelangen, kaum ein Bedürfnis nach einer Route durch die Schweiz – zumal deren Fertigstellung, wenn man sie wirklich in Angriff nehmen sollte, mit den erforderlichen Tunnelbauten wohl mindestens ein Jahrzehnt dauern würde.

Anders sieht es mit dem Rheinland und der Region um Frankfurt aus, also denjenigen Gebieten, die unserer Route über Fulda und Hanau in der letzten Zeit großen Zulauf verschafft haben. Will man von hier nach Italien, so muß man entweder die Schweiz umfahren, oder aber – mühsam und langwierig – am Zürichsee aufs Schiff und anschließend auf die Pferdepost wechseln. Um hier langfristig planen zu können, wollten sich meine Vorgesetzten Klarheit verschaffen: war in der Schweiz ernsthaft mit dem Bau einer transalpinen Eisenbahn zu rechnen? Oder würde das ehrgeizige Projekt im Stadium der Wünsche und Hoffnungen verbleiben?

Das also war der Ausgangspunkt für meinen Auftrag. Eine Bahnlinie durch die Zentralschweiz würde die europäischen Verkehrsströme entscheidend verändern; die Schweiz aber, so viel stand fest, hatte weder Mittel noch Interesse, diese Linie allein in Angriff zu nehmen.

Und noch etwas anderes stand nach Ansicht meines Chefs fest: daß sich die Staaten beiderseits der Alpen in diesem Jahrhundert wohl nicht mehr über das Projekt einigen würden. Italien, sagte er, steckt bis über den Kopf in Schulden, Baden und Württemberg sind zu klein, und für Bayern reicht die Brenner-Route aus – also, wer soll das bezahlen? Außerdem, wo soll die Linie verlaufen? Über den Gotthard, den Splügen oder den Simplon? Viel zu viele Unbekannte in der Rechnung. Aber trotzdem, sagte er, hören Sie sich mal um – vielleicht wissen wir hinterher mehr.

Mein erster Weg hatte mich in die Hauptstadt Florenz geführt. Hier, bei der königlich italienischen Eisenbahnverwaltung, erhielt ich in der Tat wichtige Informationen. Aus dem Stadium bloßer Überlegungen war man längst heraus; das Königreich Italien räumte der Alpenbahn höchste Priorität ein. Auch die bevorzugte Route stand offenbar fest: nämlich über den Gotthard.

Man warte, so erfuhr ich, nur noch auf den geeigneten Zeitpunkt, um die Entscheidung Italiens bekanntzugeben. Denn was die Schweiz betreffe, so dürfe man weder den Bundesrat verärgern, noch die Kantone, noch auch die großen schweizerischen Eisenbahngesellschaften. Im übrigen seien die Verhandlungen bereits weit fortgeschritten: neben der Schweiz setze man vor allem auf eine Kooperation mit Preußen und dem Norddeutschen Bund. – So weit der Stand der Dinge im Königreich Italien.

Und dann, Rom. Der Kirchenstaat und seine Administration – ein wahres Labyrinth aus Desinteresse und Inkompetenz. Oh, die geistliche Beamtenschaft – die Herren schienen es schon für den Gipfel an Fortschrittlichkeit zu halten, wenn sie die Eisenbahn nicht mehr als Werk des Teufels und der menschlichen Selbstüberhebung betrachteten. Daß aber die Verbindung zum aufblühenden Norden Europas für die Wirtschaft Roms und seiner Umgebung von größter Wichtigkeit wäre, schien niemanden zu interessieren. Oder sich gar an den Kosten des gigantischen Projektes beteiligen? Mein Herr, ich bitte Sie – grenzt der Kirchenstaat vielleicht an die Alpen?

Fast müßig zu bemerken, daß ich für die Einzelheiten meines Auftrages – Sondierung technischer Fragen, etwa der Angleichung von Organisation, Maßen und Signalwesen – erst recht keine Ansprechpartner fand. Und das, obwohl doch der Papst (so jedenfalls behauptet man) ein Faible für die Eisenbahn hat. Würde der Kirchenstaat wenigstens die Anschlußverbindungen nach Mailand ins Auge fassen? Selbst diese Frage konnte mir niemand beantworten. Denn dazu hätte man erstens wissen müssen, ob es solche Überlegungen gab, und zweitens, wer sie anstellte – erst recht aber, drittens, ob man mir darüber hätte Auskunft geben dürfen. So wußte ich nach mehr als einer Woche noch nicht einmal, welche Dienststelle denn nun für welche Fragen zuständig war.

Es war zwar allgemein bekannt, daß man im Vatikan demnächst ein großes Konzil einberufen würde, und es gab zahlreiche Gerüchte, worum es dabei gehen sollte. Vermutlich waren auch die Vorbereitungen schon im Gange – aber konnte das ein Grund sein, sich um Anliegen wie das meine nicht mehr zu kümmern? Das würde die Sache eher noch ärgerlicher machen: wollte man wirklich wegen der Klärung geistlicher Fragen alle Probleme des Alltags über Jahre vernachlässigen?

Kein Wunder, dachte ich, wenn den Römern die Herrschaft der Geistlichkeit immer unerträglicher wird, und der Ruf nach Vereinigung mit dem Königreich Italien täglich lauter ertönt.

Das einzige, was in Rom noch ordentlich funktionierte, schien (wenn man von den Räuberbanden absah) das Spitzelwesen zu sein. Kein Tag verging, an dem nicht die Gendarmen jemanden zum Verhör geholt hätten, weil er den Papst als »Seine Heiligkeit mit der Wurstnase« bezeichnet hatte; oder man schloß für zwei Wochen ein Weinlokal, in dem die Leute bis in die Nacht gesungen hatten, obwohl es der Feiertag eines der unzähligen katholischen Heiligen war. Oder war es nur der Feiertag der Auffindung seiner Zähne oder Knochen? Egal, denn »feiern« heißt hier fast immer auch »verbieten«, jedenfalls dessen, was den Leuten Spaß macht.

Solche Gedanken gingen mir an diesem Tag besonders intensiv durch den Kopf – was kein Wunder war. Der Beamte von der Eisenbahnverwaltung, mit dem ich ein Gespräch hatte führen wollen, war nicht erschienen; wie man mir sagte, wegen einer Erkrankung. Sein Stellvertreter war weder informiert noch interessiert; noch deutlicher als seine Kollegen ließ er mich spüren, daß er es im Grunde als unter seiner Würde empfand, bloß mit dem Repräsentanten einer mittelgroßen preußischen Eisenbahngesellschaft zu verhandeln.

Als ich den Vatikan verließ, spürte ich das Bedürfnis, meinen Ärger mit etwas Alkoholischem hinunterzuspülen. Das erste Café, an dem ich vorüberkam, war mir gerade recht; ich setzte mich an einen leeren Tisch und bestellte ein Glas Wein.

Da saß ich und verfluchte Rom und die Gotthardbahn und meine lieben Vorgesetzten von der Berlin-Anhaltischen Eisenbahngesellschaft, am meisten aber mich selbst. Warum hatte ich mich beschwatzen lassen, den »Beauftragten für Fragen des Alpenbahn-Projektes im italienischen Sprachgebiet« zu spielen? Nur weil ich vor Jahren so dumm gewesen war, aus lauter Begeisterung für Verdis Opern Italienisch zu lernen? Schon das Grinsen hätte mich mißtrauisch machen müssen, mit dem mein Chef mir den Vorschlag gemacht hatte – ausgerechnet mir, dem weitaus jüngsten und undiplomatischsten Ingenieur der ganzen Abteilung.

Ergebnis war, daß ich mich jetzt mit der Bürokratie eines Staates herumärgern durfte, bei dem angesichts der politischen Lage höchstens unklar war, ob er noch einige Jahre oder vielleicht nur Monate existieren würde. Während ein Kollege von mir, der zur Not gerade drei Sätze in holprigstem Englisch zustande brachte, für das vorgesehen war, was eigentlich mir zugedacht war: nämlich zur Eröffnung der Pazifischen Eisenbahn nach Amerika zu fahren.

So war meine Laune die denkbar schlechteste. Drei Gläser Wein hatte ich schon in schneller Folge in mich hineingekippt, und gerade winkte ich dem Kellner, mir ein viertes zu bringen, als dieser mit herrischer Stimme an einem anderen Tisch verlangt wurde. Der ihn gerufen hatte, war der Kleidung nach (er trug die Soutane) ein Geistlicher. Er ließ sich die Rechnung bringen und griff zu seiner Geldbörse, hielt dann aber inne und schien Posten für Posten zu überprüfen.

Plötzlich sprang er auf, warf einige Münzen auf den Tisch und verließ hastig das Lokal, wobei er mit einem Mann zusammenstieß, der ihm auf der Straße entgegenkam. Offenbar hatte er dem Kellner kein Trinkgeld gegeben. Denn als dieser mir den bestellten Wein brachte, murmelte er: »Den Pfaffen soll der Teufel holen, besser heute als morgen!«

»Er hat ihn schon geholt«, bemerkte ich. »Sonst wäre er ja kein Priester geworden.«

»Wie es scheint, sind Sie nicht gerade ein Freund der Geistlichkeit«, redete mich ein Mann vom Nebentisch an. »Trotzdem sollten Sie etwas vorsichtiger sein – wenn Sie verstehen, was ich meine.«

Er sprach deutsch; an meinem Akzent hatte er wohl den Fremden erkannt.

»Danke«, sagte ich, »natürlich haben Sie recht. Wissen Sie, im Grunde sind mir die Priester egal, solange sie mich in Ruhe lassen. Aber wenn man gezwungenermaßen mit ihnen zu tun hat, können sie einem ganz schön auf die Nerven gehen.«

Der Mann nahm sein Glas und setzte sich an meinen Tisch, und so machte ich die Bekanntschaft von Luigi Calandrelli. Er war um die vierzig, vielleicht zehn Jahre älter als ich, und was mir außer seinem ruhigen Wesen und seinen kräftigen Händen auf den ersten Blick an ihm auffiel, war seine seltsam altmodische Kleidung. Zwar will es mir heute scheinen, als hätte ich seine ruhige Art auch als Zeichen einer unbestimmten Kränklichkeit empfunden. Doch kann es gut sein, daß ich das erst nachträglich so interpretiert habe.

Wie sich herausstellte, war es ihm an diesem Tag ähnlich ergangen wie mir. Das heißt, eigentlich noch schlimmer: er hatte in einer bestimmten Angelegenheit (damals wußte ich noch nicht, worum es ging) eine Verabredung getroffen, und zwar mit einem deutschen Geistlichen. Dieser sollte im Zusammenhang mit dem bevorstehenden Konzil nach Rom kommen, hatte jedoch seine Reise offenbar verschieben müssen. Für meinen neuen Bekannten hätte das um so ärgerlicher sein müssen, als er eigens wegen dieser Begegnung nach Rom gekommen war. Doch nahm er die unerfreulichen Umstände gelassener als ich. Es müsse wohl so sein, meinte er – vielleicht wäre es sogar besser. Und trotz der mühsamen Reise wäre es für ihn jedes Mal eine Freude, Rom wiederzusehen.

Wir kamen ins Plaudern. Luigi, der ein fließendes Deutsch mit Südtiroler Akzent sprach, stellte sich als Bergbauer aus dem Tessin vor; in seiner Jugend wäre er eine Zeitlang bei der Schweizergarde im Vatikan gewesen, und davor hätte er auch etwas Schlosserei gelernt. Das war, wie ich schnell merkte, aufs höchste untertrieben. Denn als ich von meiner Arbeit erzählte, und von den Problemen, die das moderne Eisenbahnwesen für uns Ingenieure mit sich bringt, da zeigte er ein so tiefgehendes technisches Verständnis, wie ich es bei meinen eigenen Kollegen nur selten angetroffen habe. Und nicht nur das. Beiläufig zitierte er Goethe, Schiller und Lessing, ebenso Horaz, Marc Aurel und Platon – ein höchst bemerkenswerter Bergbauer, dachte ich.

Im folgenden kam er nicht wieder auf den Anlaß zu sprechen, der ihn nach Rom geführt hatte. Zwar hätte es mich interessiert, warum sich ein Bauer aus dem Tessin in Rom mit einem deutschen Priester treffen wollte. Doch sah ich keinen Anlaß, weiter in ihn zu dringen. Auch als ich ihn zwei Wochen später besuchte, brachte ich, seltsam genug, die Rede nicht noch einmal auf dieses Thema. Habe ich vielleicht schon damals gespürt, daß hier etwas verborgen lag, das er mir, wenn überhaupt, von sich aus hätte eröffnen müssen?

Allerdings: wenn ich mir, was Luigi betrifft, heute in irgendeinem Punkt Vorwürfe mache, dann ist es diese Unterlassung. Oder sollte ich sagen, dieser Mangel an Neugier?

Ich greife vor. Eine Weile saßen wir noch in dem Café am Petersdom (übrigens der Ort, an dem er sich mit dem Geistlichen verabredet hatte), bis es schließlich Zeit zum

Abendessen war. Luigi bezahlte die Rechnung; dann führte er mich zu einem kleinen Restaurant auf der anderen Seite des Tiber, wo es einen bemerkenswert freundlichen Wirt, ausgezeichnetes Essen und eine noch bessere Weinkarte gab. Bis weit in die Nacht plauderten wir über Rom, Berlin und die Berge, über Religion und Kultur, über Werk und Leben des großen Verdi, über die Zerrissenheit Deutschlands und Italiens.

Ich vertrat die Auffassung, daß die Eisenbahn über kurz oder lang auch die Einigung der Nationen fördern werde: denn es ist absurd, wenn ein Zug in kaum einer Stunde durch irgendein Fürstentum fährt, und dann vielleicht zwei Stunden zur Kontrolle von Pässen und Gepäck an der Grenze steht. Luigi war skeptisch. Er sah nicht nur in Italien, sondern auch in anderen Ländern Umstürze, Aufstände und Kriege bevorstehen. »Armes katholisches Spanien«, sagte er, »die nächste Revolution steht vor der Tür, und wieder einmal werden sie sich im Namen der Jungfrau Maria die Köpfe einschlagen. Und glauben Sie, Preußen, Bayern und Baden kommen zusammen, ohne daß es einen Krieg gibt? Ich wünsche es euch, aber ich glaub's nicht. Erst recht Italien: meinen Sie, der Papst würde von sich aus sein kleines Reich an Victor Emanuel abtreten, nur damit Rom wieder die Hauptstadt Italiens wird? Nie und nimmer.«

»Nicht von sich aus«, sagte ich, »aber sehen Sie sich doch die Landkarte an. Als man auf dem Wiener Kongreß den Kirchenstaat wiederherstellte, da war er so groß wie die Schweiz. Er reichte von Venetien im Norden bis Gaeta im Süden; davon ist gerade noch ein Viertel übriggeblieben. Und was ist heute mit der päpstlichen Armee? Fast alles fremde Söldner, und nach der Schlacht von Castelfidardo sind die meisten desertiert. Mit dem Rest wird Garibaldi schon fertig werden.«

»Sie irren sich«, widersprach Luigi. »Garibaldi wird langsam müde. Er ist immer noch Insurgent, aber er ist auch regulär gewählter Abgeordneter, selbst wenn er gelegentlich sein Mandat niederlegt – dann redet alle Welt auf ihn ein, und er behält es doch. Er ist auch ernsthaft krank, die Malaria schüttelt ihn, und seine Gelenke schmerzen ihn manchmal so, daß er sich kaum rühren kann. Außerdem ist er kein

Dummkopf; er weiß, daß es sinnlos wäre, sich mit den französischen Truppen in Rom anzulegen. Nein, das Ende des Kirchenstaates und die Einheit Italiens können nur von Frankreich kommen. Aber Sie haben recht: das wird nicht mehr lange dauern.«

»Nanu«, fragte ich erstaunt. »Was für ein Interesse soll Frankreich denn an der Einigung Italiens haben?«

»Gar keines. Aber Napoleon der Dritte ist krank; er hat Rheumatismus, und wie man hört, leidet er seit langem an der Vorsteherdrüse. Das ist gefährlich. Ein Kaiser, der leidet, ist immer bereit, auch sein Volk leiden zu lassen, besonders, wenn er so eitel ist wie Napoleon. In jeder Rede betont er seine Friedensliebe, aber auch die Glorie Frankreichs. Außerdem erzählen ihm seine Generäle jeden Tag, daß seine Armee mit dem neuen Chassepot-Gewehr unüberwindlich ist, aber nur so lange, wie es die Preußen noch nicht haben. Das sieht mir ganz danach aus, als wollte man demnächst irgendwo Krieg spielen. Wenn es so weit ist, wird Frankreich wohl seine Truppen aus Rom abziehen – und schon ist's aus mit dem Kirchenstaat.«

Was die Gefahr eines Krieges mit Frankreich anging, so konnte ich Luigi nicht zustimmen; ich merkte, daß ich als treuer Abonnent der »Berlinischen Nachrichten« über vieles doch besser informiert war. Aber es versteht sich, daß solche kleinen Differenzen unser freundliches Verhältnis in keiner Weise trübten. Im Gegenteil: ich kann mich an keine Gelegenheit in den letzten Jahren erinnern, wo ich mich so angeregt unterhalten hätte wie an diesem Abend.

Manches berührten wir nur am Rande, etwa das bevorstehende Konzil. »Die Jesuiten planen das Konzil wie einen Feldzug«, sagte Luigi, »aber wehe der Kirche, wenn sie ihn gewinnen.« Gerade an diese Bemerkung mußte ich später oft denken.

Erst als die letzten Gäste aufbrachen, riefen wir den Wirt und verlangten die Rechnung. Es entspann sich eine kleine freundliche Auseinandersetzung darüber, wer von uns beiden bezahlen durfte, und ich merkte schnell, daß ich Luigi mit meiner preußischen Direktheit nicht gewachsen war. In letzter Not bestand ich darauf, das Los entscheiden zu lassen. Wir warfen eine Münze – der Gewinner war ich. Mit einem Seufzer steckte Luigi sein Geld ein und sagte: »Gut, mein Freund, Sie haben gewonnen – aber Sie müssen mir Gelegenheit geben, mich zu revanchieren.«

Und als er mich bis zu meinem Gasthaus gebracht hatte, sagte er: »Also: morgen muß ich zurück; auf meinem Hof wartet eine Menge Arbeit. Aber haben Sie nicht gesagt, Sie sollen so viel wie möglich über das Alpenbahn-Projekt erkunden? Na, jetzt wissen Sie ja: die Linie wird über den Gotthard verlaufen, und da liegt Lugano genau auf dem Weg. Ich sage Ihnen: Sie müssen die Gegend kennenlernen, schon damit Sie verstehen, wie nötig diese Bahn ist. Mein Vorschlag: auf dem Rückweg fahren Sie nicht über den Brenner, sondern über den Tessin, und ein paar Tage sind Sie zu Gast auf meinem Hof. Die Reise ist ein bißchen umständlich, aber kann sein, ich habe dann etwas für Sie, was Ihnen viel Arbeit abnehmen wird. Schicken Sie mir eine Nachricht, wann Sie kommen – ich hole Sie von Lugano ab. Und telegraphieren Sie Ihren Vorgesetzten: Sie müssen das machen, zur besseren Anschauung der späteren Streckenführung. Versprochen?« – Und mit diesen Worten streckte er mir die Hand hin.

»Versprochen«, sagte ich, ohne mir etwas dabei zu denken, und schlug ein.

Er schrieb seine Anschrift auf einen Zettel; dann schüttelte er mir noch einmal die Hand, wandte sich um und ging davon. Ich sah ihm nach, bis er in der Dunkelheit verschwand.

Als ich mich umdrehte und an die Tür des Gasthauses klopfte, bemerkte ich auf der anderen Straßenseite den Schatten eines Mannes, der sich in entgegengesetzter Richtung entfernte. Ich erschrak, ohne zu wissen warum. Zwar machte ich mich innerlich über mich lustig – in einer Stadt gibt es nun einmal Menschen, sagte ich mir, auch in der Nacht, das ist geradezu die Definition einer Stadt. Dennoch atmete ich auf, als der alte Hausdiener mich eingelassen und die Tür hinter mir abgeschlossen hatte.

Ich habe, denke ich, ein gutes Gedächtnis; manche sagen sogar, ein sehr gutes. Trotzdem fällt es mir schwer, mich an diese kurze Szene unbefangen zu erinnern. Denn nach dem, was sich inzwischen zugetragen hat, will es mir heute scheinen, als wäre mir schon damals an dem Mann etwas aufgefallen. War es sein Gang, der mich für den Bruchteil einer

Sekunde hatte glauben lassen, ich hätte ihn schon einmal gesehen? War er es gewesen, den der Herr in der Soutane beim Verlassen des Cafés angerempelt hatte? Hatte er auf der anderen Straßenseite gestanden, als Luigi und ich das Restaurant verließen? Oder war er mir auf der Brücke über den Tiber aufgefallen?

Damals hatte ich die Szene wohl schon vergessen, während ich noch die Treppe zu meinem Zimmer hinaufging. Doch schlief ich schwer und unruhig, und wenn ich jetzt versuche, mich wieder an die Träume dieser Nacht zu erinnern, dann ist mir, als wären schon damals der Schatten des Mannes, der Herr in der Soutane und der Geistliche, den Luigi nicht getroffen hatte, zu einer konfusen, drohenden Einheit verschmolzen.

Allerdings ist es gut möglich, daß sich all diese Assoziationen in Wirklichkeit erst später eingestellt haben. Dies vielleicht auch deshalb, weil ich nach meiner Rückkehr aus Rom den Zeitungsmeldungen über kirchliche Fragen viel mehr Aufmerksamkeit schenkte als früher, und weil die wenigsten davon erfreulich waren. Damals begann ich auch, Artikel, die mich interessierten, regelmäßig auszuschneiden – kürzlich beispielsweise den folgenden:

Nürnberg, 31. Juli 1869. [Ein fanatischer Priester.] Der katholische Caplan Dorn wurde dieser Tage an das Bett eines tödlich erkrankten jungen Familienvaters, von Beruf Schuhmacher, gerufen, damit er ihm die Tröstungen der Religion bringe. Der Caplan kam, aber bevor er des Sterbenden Verlangen erfüllte, richtete er die Forderung an ihn, das in der Confession der Mutter (protestantisch) getaufte dreijährige Kind in den Schoß der katholischen Kirche überführen zu lassen. Der todkranke Vater, 3/4 Stunden lang bedrängt, weigerte sich dessen. Und der Caplan ging endlich, ohne den Bitten um die Anhörung der Beichte und Gewährung der Absolution nachzugeben.

Andern Tags kam er wieder. Er stellte dieselbe Forderung an die Familie, erfuhr dieselbe Weigerung. Und er versagte wieder Beichte und Absolution. Freitag Abends starb der Kranke ohne den Trost der Kirche, den er gesucht. Der Caplan Dorn hat mit seinem Fanatismus keine Seele gewonnen für seine Confession; er hat viele, die seine Tat kennen lernen, ihr entfremdet.

Entfremdet? dachte ich. Die Leute vielleicht, aber gewiß nicht den werten Herrn Bischof. Selbiger wird, keine Frage, Herrn Hochwürden Dorn Seine allerhöchste Anerkennung mitgeteilt haben für so viel Standfestigkeit im Glauben. Und was den störrischen Schuster anging: er war ja auch wirklich zu uneinsichtig gewesen. Sein Kind nicht katholisch taufen lassen, und das im Angesicht des Todes – konnte es, so mußte sich der Herr Bischof sagen, einen deutlicheren Beweis dafür geben, daß dieser vernagelte Mensch den Einen Glauben leugnete? Ein Lästerer der übelsten Sorte, verstockt und unbußfertig, noch auf dem Sterbebett bereit, mit seinem Kopfschütteln gleich zwei Seelen in die Hölle zu schicken, nämlich seine eigene und die seines unschuldigen Kindes. Also ab mit ihm ins Fegefeuer, und basta!

Schließlich: obwohl allgemein bekannt ist, daß Gott in Fragen von Erlösung und Verdammnis die Anweisungen der Geistlichkeit befolgt (denn wozu, wenn es anders wäre, würde man sie brauchen?) – wenn er unbedingt wollte, dann konnte er ja gelegentlich eine Ausnahme machen. Beispielsweise könnte er, wenn er sich denn unbedingt gegen die Geistlichkeit auflehnen wollte, den verstockten Schuster auch ohne die vorgeschriebenen Formalitäten ins Himmelreich einlassen, vorausgesetzt, er tat es im stillen, damit der Bischof nicht das Gesicht verlor. Aber da konnte man sich auf den Alten Herrn verlassen: diskret war er in solchen Dingen immer gewesen.

3
Vom Berg und vom Buch

> *Wenn jemand behauptet, die Kirche stünde nicht auf ihren eigenen, vom Schöpfer ihr verliehenen Rechten, sondern es sei Sache des Staates, zu bestimmen, welches die Rechte und Beschränkungen der Kirche seien – der sei verflucht.*
>
> Pius IX., Syllabus errorum

Tagebuch des Heinrich Wilhelm Lehmann:
Rom. Montag, 16. August 1869

Ich bin zwar Ingenieur und Naturwissenschaftler, aber dennoch nicht ohne jede humanistische Bildung. Auch Kunst, Musik und Literatur haben mich immer interessiert. Nur mit einem habe ich mich nie abgegeben: mit übersinnlichen Schwärmereien, theologischen Spitzfindigkeiten oder metaphysischen Spekulationen. Und ich hätte es mir niemals träumen lassen, daß gerade ich, ein aufgeklärter Freigeist und geschworener Feind von Aberglauben und religiösem Fanatismus, mich jemals mit Fragen wie Kirchengesetzen und Priesteramt beschäftigen würde, oder gar Albernheiten wie der angeblichen Unfehlbarkeit irgendeines Bischofs. Ich hätte es auch nie getan – wenn diese Fragen nicht für Luigi von solcher Bedeutung gewesen wären.

Ich merke, daß ich von Luigi in der Form der Vergangenheit schreibe, und müßte mich eigentlich korrigieren. Denn natürlich hoffe ich aus ganzem Herzen, daß er noch lebt und bei guter Gesundheit ist, jetzt vielleicht in seinem alten Liegestuhl den weidenden Kühen zusieht, und daß es nur eine momentane Krise war, die ihn damals mit beiden Händen an sein Herz fassen und zusammenbrechen ließ. Damals, einen Tag vor meiner Abreise, als ich Luigi von der Bank vor dem Haus bis zu dem abgewetzten Sofa im Salonzimmer halb getragen, halb geschleift hatte, wo er nach meiner Hand griff und nach Luft schnappte, und wo er, immer wieder von heftiger Atemnot unterbrochen, stammelte:

»Geh – oben – das Buch – der Schrank – schwarzer Schrank – nimm – nimm es – ZEIG ES – AL... – LUI...«

Das waren seine letzten Worte, dann verlor er das Bewußtsein. Ich selber, völlig durcheinander, hörte kaum hin, registrierte nur in wachsender Panik Luigis krampfhaft ausbleibenden Atem, lief schließlich durch das Haus, um seine Frau zu suchen. Ich fand sie schweinefütternd im Stall, wo ich ihr keuchend vom Kollaps ihres Mannes berichtete. Sie sah mich erst verständnislos an, danach, als sie die Situation begriff, voller Entsetzen – und wenn ich den Ausdruck in ihrem Gesicht richtig deutete, geradezu haßerfüllt: ganz so, als hätte ich das Vorgefallene nicht berichtet, sondern verursacht.

An die hektischen Stunden danach erinnere ich mich nur noch ungenau. Die Frau läuft aus dem Stall, ich hinter ihr her; sie kniet neben ihrem bewußtlosen Mann und schüttelt ihn, ich selber hilflos daneben; sie schnauzt mich an – »Hauen's ab! Scheren's sich zum Teufel!« –, zuletzt die Aufforderung, zum Feld zu laufen und die Söhne zu holen, was ich wohl irgendwie auch geschafft haben muß. Denn etwas später bringen die beiden Söhne Luigi auf dem Pferdewagen ins Tal, wo der Doktor sie nach kurzer Untersuchung weiterschicken wird zum Spital nach Lugano – so berichtete es am Abend der eine Sohn, als er zurückkam, um die Mutter zu holen, während der andere mit dem Vater weitergefahren war zum Spital.

Beide fuhren ab, ohne mehr als zwei, drei eilige Worte des Abschieds mit mir zu wechseln. Dann war ich allein im Haus, vom Knecht und der Magd abgesehen, aber die hatten sich in die Kammer der Magd zurückgezogen, aus der hin und wieder stöhnende Laute drangen, aus Kummer über den Zustand ihres Dienstherrn, wie ich hoffte. Mir war elend zumute. Ich ging in mein Zimmer und machte mich daran, meine Sachen zu packen; bald danach ging ich zu Bett.

Ich schlief schlecht und stand am nächsten Morgen früher auf als gewöhnlich. Offenbar war die Magd, die für das Essen zuständig war, noch nicht aufgestanden, wenn auch aus ihrer Kammer erneut schmerzliches Stöhnen zu hören war. Also machte ich mir selber ein einfaches Frühstück; anschließend brachte ich meine Reisetasche nach unten und setzte mich auf die Bank vor dem Haus. Ich wartete auf den

Knecht, der mir die Tasche ins Tal tragen sollte; aber dieser war wohl immer noch damit beschäftigt, die trauernde Magd zu trösten.

Und dann fielen mir Luigis letzte Worte ein.

Das Buch – der schwarze Schrank – nimm es – nimm es mit ... Sollte ich? Oder warten, bis die Bäuerin zurückkam? Aber hatte Luigi das Buch nicht deutlich genug mir zugedacht?

Die Geräusche im Zimmer der Magd hatten aufgehört. Als trotzdem auch einige Zeit danach nichts darauf hindeutete, daß die beiden aus der Inbrunst ihrer Trauer zu ihren Tagespflichten übergehen würden, schlich ich die Treppe empor in Luigis Zimmer. Der schwarze Schrank schien verschlossen. Ich ging zum Schreibtisch vor dem Fenster und zog die Schublade auf. Darin lag eine photographische Aufnahme Luigis, die ihn in einer altertümlichen Uniform zeigte, daneben ein kunstvoll gearbeiteter und dennoch merkwürdig roh wirkender Schlüssel. Ins Schrankschloß einführen ließ er sich, aber offenbar war der Schrank jahrelang nicht geöffnet worden. Eine halbe Umdrehung ließ sich der Schlüssel unter Aufbietung aller Kräfte bewegen, dann – brach er ab.

Ich zitterte, teils von der Anstrengung, teils vor Schreck. Ob man mich gehört hatte? Anscheinend nicht, zumindest erfolgte keine Reaktion; so faßte ich wieder Mut. Ich ging nach unten und holte aus meiner Tasche das große Jagdmesser, das Luigi mir geschenkt hatte. Wieder stieg ich mit leisen Schritten die Treppe hoch, vorbei an der Kammer der Magd, zurück zu dem schwarzen Schrank in Luigis Zimmer, wo ich das Messer in den Spalt zwischen Tür und Rahmen steckte. Es brauchte nur eine geringe Kraftanstrengung, dann ging die Tür auf – sie war gar nicht verschlossen gewesen. Aber der Schrank: leer, bis auf zwei alte Mäntel, und in einem Fach Teile einer Uniform, die derjenigen auf der Photographie im Schreibtisch ähnlich sah.

Ich fühlte in den Innentaschen der Mäntel – nichts. Tastete die Uniform ab, deren Stoff mir fast unter den Händen zerbröselte – nichts. Gab es vielleicht irgendwo ein Geheimfach? Ich fand keines. Ich stieg auf einen Stuhl, um zu sehen, ob etwas auf dem Schrank lag, aber da war nur eine dicke Schicht Staub. Ich legte mich auf den abgewetzten

Teppich vor dem Schrank und fuhr mit der Hand von unten über das Bodenbrett, und da –

hörte ich, wie unten eine Tür aufging und jemand fluchend die Treppe heraufkam. Im selben Moment spürte ich unter dem Schrankboden ein angeklebtes, mit Papier umwickeltes Päckchen, das ich eilig abriß und unbesehen unter die Jacke steckte. Aufspringen und die Schranktür zudrücken war alles, wozu mir noch Zeit blieb, dann stand schon der Knecht im Zimmer, seltsamerweise mit dem Ausdruck schlechten Gewissens. Beide standen wir uns ein paar Sekunden verwirrt gegenüber. Schließlich drehte er sich um und stapfte mit einem »Geh' mer!« die Treppe hinunter und zur Tür hinaus, wo er meine Reisetasche von der Bank nahm.

Ohne ein Wort mit mir zu wechseln (aber so einsilbig war er immer gewesen), trug er die Tasche den steilen Bergpfad hinab, in einer mir unerklärlichen Hast, viel zu schnell für mich, obwohl ich nur einen leichten Mantel und meine Aktentasche (in die ich auch das Päckchen gesteckt hatte) zu tragen hatte. Ab und zu drehte er sich nach mir um, wenn ich wieder einmal weit zurückgeblieben war – wie mir schien, mit geradezu vorwurfsvoller Miene. Wußte er von dem Buch? Oder wollte er nur zurück zur Magd? Ich nahm jedenfalls meine Kräfte zusammen und eilte ihm nach, so schnell ich konnte.

Fast eine Stunde liefen wir so, er voneweg, ich hinterdrein. Unten im Dorf setzte er meine Reisetasche vor dem Gasthof ab; ohne sich zu bedanken, steckte er das Trinkgeld ein. Dann drehte er sich um und lief zurück, rannte wie ein Besessener den Bergweg hinauf. Auch das inbrünstige Trauern, so deutete ich sein Verhalten, ist offenbar ein tief verankertes menschliches Bedürfnis.

Ich brauchte nicht lange zu warten. Es war, als wollten mich die Luganer Berge so schnell wie möglich ausspucken; kaum eine Minute blieb mir zum Atemholen, als schon die Postkutsche in einem Höllentempo den Dorfweg heruntergefegt kam. Die Tür flog auf, und ohne daß der Wagen ganz zum Halten gekommen wäre, schlug der Kutscher schon wieder auf die Pferde ein, so daß ich mit meinem Gepäck um ein Haar vom Trittbrett gestürzt wäre.

Ich war der einzige Fahrgast. In rasender, rüttelnder Fahrt

brachte mich die Kutsche nach Lugano. Mit Postkutsche, Boot und schließlich mit der Bahn gelangte ich nach Zürich, von dort nach Lindau, wo ich den Zug nach Berlin nahm.

Mein Schreibtisch würde überquellen von Akten, Vorgängen, Zeichnungen und Skizzen; aber meine Gedanken waren diesmal nicht bei Signalsystemen und Maßvorgaben. Im Kopf tanzten mir die Ereignisse dieser beiden Tage herum, drängten und drehten sich in einem konfusen Wirbel, so daß mir an der Wirklichkeit des Geschehenen Zweifel gekommen wären, wenn ich nicht immer wieder mit der Hand in die Aktentasche gefahren wäre und dort das eingewickelte Päckchen getastet hätte.

Ich verbrachte die Bahnfahrt wie im Fieber. In Berlin blieben mir noch zwei Tage Urlaub, in denen ich nicht aus dem Haus ging. Ich hatte die Tür abgeschlossen, saß in meinem Sessel und las – las die Aufzeichnungen Luigis in dem feuerrot eingebundenen Tagebuch, das unter der Umhüllung aus brüchigem Zeitungspapier zum Vorschein gekommen war.

Dann riefen mich Schreibtisch und Zeichenbrett zurück in ihren Dienst. Die Vorgesetzten erwarteten meinen Bericht: über Italien, den Kirchenstaat und die Schweiz. Und was die Gotthard-Region betraf, war es Luigi, der mich rettete.

Er hatte nämlich sein Versprechen wahr gemacht: am ersten Abend auf seinem Hof überreichte er mir, verschmitzt lächelnd, eine Mappe mit gehefteten Papieren. Es war die Abschrift eines vertraulichen Gutachtens zur Streckenführung der geplanten Alpenbahn. Am Rand hatte Luigi zahlreiche Anmerkungen notiert, aus denen sich beispielsweise die Länge der Tunnelkonstruktionen unter verschiedenen Prämissen ableiten ließ. Anderes improvisierte ich (man hätte es auch schwindeln nennen können): ich behauptete, über die maximale Steigung der Trasse sei noch nicht entschieden; sie werde zwischen zwei und vier Prozent liegen.

Wie gesagt, ich rettete mich. Doch merkte man bald, daß etwas mit mir nicht stimmte. Tatsächlich drehten sich alle meine Gedanken um Luigis Aufzeichnungen, die ich in meiner Aktentasche ständig bei mir trug. Und ihr Inhalt ließ mich nicht mehr los.

Früher war meine Haltung der römischen Kirche gegenüber eine Mischung aus Geringschätzung, Mitleid und Respekt gewesen: Geringschätzung wegen der Unvernunft ihrer Dogmen, Mitleid für die Leute, die sie glauben mußten. Und der Respekt war im Grunde derselbe, wie man ihn auch rücksichtslosen Industriellen, erfolgreichen Börsenspekulanten und gerissenen Bilderfälschern nicht versagen kann. Oder war es etwa nicht bewundernswert, wie die Kirche aus der Lehre von Liebe und Sanftmut einen schlagkräftigen, gewalttätigen Apparat gemacht hatte? Aus der Gleichheit aller Menschen vor Gott eine Religion des Gehorsams und der Unterwerfung? Aus der Verachtung Christi für Tempel, Rituale und Priestergeplapper eine Hierarchie mit einem absoluten Herrscher, prunkvollen Kathedralen und einer hörigen Priesterkaste? Die Fälschung eines Rembrandt oder Dürer, so mußte man neidlos anerkennen, war im Vergleich dazu eine Lappalie.

Die Aufzeichnungen Luigis, aber auch die immer öfter auftauchenden Zeitungsmeldungen über klerikale Anmaßungen veränderten diese Sicht, oder besser gesagt, verschärften sie. Und hatte ich früher für Menschenmassen, die einem purpurbekleideten und goldgeschmückten Kirchenfürsten zujubelten, nur ungläubiges Erstaunen übrig gehabt, so packte mich jetzt bei solchem Anblick fassungsloses Entsetzen.

Im Dienst begann man über mich zu reden. War ich sonst für meine Übersicht und Zuverlässigkeit bekannt gewesen, so vergaß ich nun Termine, unterließ es, meinen Chef zu grüßen, wenn ich ihm auf dem Gang begegnete, zeigte auf Dienstbesprechungen manchmal selbst dann keine Reaktion, wenn man mich direkt ansprach. Ein wohlmeinender Kollege teilte mir unter dem Siegel der Verschwiegenheit mit, daß man ernsthaft über meine Entlassung nachdenke. Es konnte, das war klar, nicht mehr so mit mir weitergehen.

Meine erste Maßnahme war, daß ich den Umschlag mit den Aufzeichnungen aus meiner Aktentasche nahm. Mit etwas Leim befestigte ich ihn, dem Beispiel Luigis folgend, unter dem Boden meines Schlafzimmerschrankes – eine absurde Maßnahme, so kam es mir vor, denn ich lebe allein, und Besuch habe ich selten, schon gar nicht über Nacht. Trotzdem ließ ich die Aufzeichnungen für eine Weile an diesem Ort. Denn das Gefühl der Gefahr, das ich seit den Tagen in Rom verspürte, blieb.

Für einige Wochen zwang ich mich geradezu, während des Dienstes nicht mehr an Luigi zu denken. Die Umstände kamen mir zu Hilfe. Ich konnte einige Konstruktionen zu Ende führen, die sich in der Erprobung gut bewährten; auch einige organisatorische Vorschläge von mir fanden die Zustimmung der leitenden Gremien. Die Tage meiner inneren Abwesenheit gerieten mehr und mehr in Vergessenheit; man schrieb sie einer reisebedingten Erschöpfung zu. Bald galt ich wieder als der verläßliche und disziplinierte Fachmann, der ich immer gewesen war. Aber meine Kollegen merkten nicht, daß sich in meinem Dasein etwas Entscheidendes verändert hatte.

Ich bin wohl seit meiner Kindheit eher ein Einzelgänger gewesen; aber die Last des Geheimnisses, das ich mit Luigis Aufzeichnungen auf mich genommen hatte, kapselte mich noch stärker von der Außenwelt ab. Zwar unterliefen mir bei meiner Arbeit nun keine gröberen Fehler mehr. Aber außerhalb der Dienstzeit waren für mich nur noch zwei Dinge wichtig. Zum einen die Frage, wem ich nach Luigis Willen die Aufzeichnungen hätte übergeben sollen. Und falls ich diese Person nicht fand – was konnte ich tun, um die Ziele, die Luigi mit der Niederschrift verfolgt hatte, nach Kräften zu fördern?

Einige Andeutungen fanden sich in seinen Aufzeichnungen. Aber was hatten seine letzten Worte zu bedeuten? Vermutlich war mit der Silbe »AL-« eine Person gemeint, etwa ein »Albert« oder »Alfredo« – doch hätte es ebenso heißen können, die Aufzeichnungen wären für »alle« bestimmt. Andererseits: war nicht die Offenheit, mit der Luigi auch über sexuelle Dinge gesprochen hatte, ein Hinweis, daß die Aufzeichnungen nicht für die Öffentlichkeit gedacht waren? Oder hatte er auch in diesen Fragen eine Gelassenheit gewonnen, die nachzuvollziehen mir schwerfiel?

Und noch etwas fragte ich mich: wie war das »LUI...« zu verstehen, das er als letztes hervorgestoßen hatte? Gewiß, wen er gemeint hatte, schien mir klar: sicherlich diejenige Person, die ihm von allen Menschen am meisten bedeutet hatte – Luisa. Aber war das, was er mir hatte sagen wollen, wirklich die Aufforderung »Zeig es allein Luisa«? Dafür war die Pause vor dem »LUI...« denn doch zu lang gewesen.

War es demnach so, daß ihm in seinem letzten bewußten Augenblick eine Vision vor Augen gestanden hatte? Ach, Luigi – war sie bei dir in diesem Augenblick? Sie, die du über alles geliebt hast? Ich wünsche es dir so sehr ...

Was schließlich den deutschen Priester anging, mit dem er sich hatte treffen wollen, so stand nur eines fest: es ging um das bevorstehende Konzil. Vermutlich hatte er sich von dem Geistlichen Unterstützung erhofft, oder er wollte ihn seinerseits unterstützen, und zwar in einer wichtigen Angelegenheit – sonst wäre er wohl kaum deswegen nach Rom gefahren. Nur: wie hätte ich den Betreffenden finden können? Selbst wenn es nahelag, in ihm einen Bischof oder Kardinal zu vermuten – genauso gut konnte es eine mutige und integre, aber nach außen völlig unbekannte Persönlichkeit sein.

So drehten sich meine Überlegungen im Kreis. Immer wieder holte ich an meinen dienstfreien Tagen das Tagebuch aus seinem Versteck und studierte es erneut: Seite um Seite, obwohl ich seinen Inhalt beinahe im Schlaf hätte hersagen können. Aber immer noch hoffte ich, vielleicht einen verborgenen Sinn in Stellen zu entdecken, die ich bisher übersehen hatte.

Auch die »Berlinischen Nachrichten« las ich mit anderen Augen. Sorgfältig durchforschte ich alle Meldungen über das bevorstehende Konzil, denn unter den Personen, die sich hierzu äußerten, hätte auch der Geistliche sein können, auf den Luigi vergeblich gewartet hatte. Einige Namen notierte ich, viele Artikel schnitt ich aus. Aber ich fand nichts, was mir das Gefühl gab: der könnte es gewesen sein.

Und jetzt hat sich alles verändert. Das Tagebuch ist verloren, und wie ich annehmen muß, für immer. Daß es wirklich denjenigen in die Hände gefallen ist, denen ich es nach dem Willen Luigis hätte zeigen sollen, dürfte auszuschließen sein. Und wenn es mir auch schwerfällt, dies einzugestehen, so werde ich wohl doch davon ausgehen müssen, daß Luigi nicht mehr am Leben ist. Was hätte es sonst genützt, seinen Bericht zu stehlen?

Wenn es aber gerade seine Feinde waren, die ein Bekanntwerden der Aufzeichnungen unbedingt verhindern wollten – muß ich dann nicht annehmen, daß es in Luigis Sinn gewesen wäre, sie der Öffentlichkeit zur Kenntnis zu bringen?

Wieder und wieder habe ich in den letzten Tagen überlegt: was kann, was soll ich tun? Und ich habe geschwankt: ob ich mich wirklich an das Unternehmen wagen soll, zu dem ich mich jetzt entschlossen habe.

Denn trotz des Interesses, das Luigis Aufzeichnungen für Fragen des Religiösen in mir geweckt haben – was habe ich mit der römischen oder sonst einer Kirche zu schaffen? Was gehen mich ihre spitzfindigen Dogmen an? Ihre Verbissenheit, ihre Lügen, ihr aufgehäufter Reichtum? Ihr absurdes Bild vom dreigeteilten Gott, ihre Anbetung toter Menschen und verwester Knochen? Ihre Legenden von schwangeren Jungfrauen und prasselnden Fegefeuern? Erst recht die Plumpheit der Fälschungen, mit denen das Papsttum seinen Anspruch auf geistliche Vorherrschaft begründet?

Was schließlich, so sagte ich mir, geht mich die monströse Niedertracht der römischen Kurie an: all die millionenfachen Erpressungen und Diebstähle; Inquisition, Folter und Scheiterhaufen, Morde und Kriege im Namen des Glaubens, die ganze, bald zweitausendjährige Kriminalgeschichte dieser machtgierigen Einrichtung? Nichts, so versuchte ich mir einzureden – aber das war natürlich nur eine billige Selbsttäuschung.

Soeben erst hat der Papst es erneut verkündet: die Meinungsfreiheit, sagt Seine Heiligkeit, ist eine »Pest«, und die Freiheit der Religion ein »unseliger Wahnsinn«. Das eben ist ja das Merkmal solcher Institutionen: daß sie sich, anders als die bescheidenen Schweine in Luigis Stall, nicht damit begnügen, sich nach Lust und Laune im eigenen Sumpf zu wälzen. Sondern sie setzen im Gegenteil alles daran, auch dem freien Teil der Welt ihre Gebote und ihren Aberglauben aufzuzwingen, die Klarheit des Denkens zu verunreinigen, die Unschuld der Gefühle zu vergiften – gerade und erst recht also sich ins Dasein derjenigen einzumischen, die wie ich selber sich derlei Belästigung aufs entschiedenste verbitten.

Nein: wegsehen, die Augen verschließen, die Gedanken abwenden – so wie man angewidert einen Bogen macht, wenn auf der Straße ein Abfallhaufen liegt –, das geht nicht. Kann man die Nase abwenden, wenn der Gestank einen von allen Richtungen umgibt? O nein: »*Es kann der Frömmste nicht in Frieden leben, wenn es dem röm'schen Bischof nicht gefällt.*«

Nicht zuletzt wäre es auch ein Selbstbetrug. Denn in dem Händedruck, mit dem ich Luigi zu erkennen gab, daß ich seine letzten Worte verstanden hatte, lag auch ein Versprechen – eines, dem ich mich nicht entziehen kann. Und gerade jetzt, in Rom, ist es ja keineswegs aussichtslos. Irgend jemand wird sich noch an Luigis Kameraden von der Schweizergarde erinnern; oder es ergibt sich eine Spur, die mich zu Bruder Alfredo hinführt, seinem Lehrer.

Vor allem aber: ich muß versuchen, Luisa zu finden. Von allen Menschen, die für Luigi wichtig waren, hat sie als erste ein Recht darauf, von seinen Aufzeichnungen zu erfahren – und von ihr zuallererst könnte ich mir einen Rat erhoffen.

Ich weiß nicht, wie lange meine Suche dauern und wohin sie mich führen wird. Mit einem aber kann ich heute noch beginnen. Ich will den einzigen Freundschaftsdienst abzustatten versuchen, den ich Luigi fürs erste erweisen kann: indem ich mich daran mache, das aufzuschreiben, was mir von seinem Tagebuch im Gedächtnis geblieben ist.

Ich werde den Versuch unternehmen, Luigis Aufzeichnungen zu rekonstruieren.

4
Eisen und Feuer

*Rekonstruktion der Aufzeichnungen
des Schlossermeisters und Bergbauern
Luigi Calandrelli (1):*

Ich, Luigi Calandrelli, stamme aus einem alten katholischen Bergbauerngeschlecht von ursprünglich Südtiroler Abstammung. Solange die Chronik meiner Vorfahren zurückreicht, war es Brauch in unserer Familie, daß der Erstgeborene nach Vollendung seines neunzehnten Lebensjahres für einige Jahre in der Schweizergarde des Vatikans Dienst tat. Dies konnte bei uns wohl deshalb zur ungebrochenen Gewohnheit werden, weil es den jungen Burschen Gelegenheit bot, eine Zeitlang der Beschränktheit des abgelegenen Bauerndaseins zu entfliehen. So gab eine Generation nach der anderen sich damit zufrieden, nach Ableistung des Dienstes in die Abgeschiedenheit unseres Hofes zurückzukehren, sich von den näheren oder entfernteren Verwandten eine Frau suchen zu lassen, und zumindest nach außen hin ein friedliches Leben zu führen.

Ich war der erste Sohn meiner Eltern, und daher stand es für mich von klein auf fest, daß ich eines Tages die Reise nach Rom antreten und dort in der Schweizergarde dienen würde. Für mich hatte das denselben Reiz der »großen Welt«, den es wohl auch für meine Vorfahren immer besessen hatte. Und es verband mich auf besondere Weise mit meinem Großvater, der ebenso wie mein Vater in der Schweizergarde gedient hatte.

Er bewohnte ein Häuschen unten im Dorf; heute würde ich sagen, eine Hütte, aber damals kam es mir noch nicht so klein vor. Seitdem ich acht oder neun Jahre alt war, verbrachte ich fast jeden Winter bei ihm. In dieser Zeit besuchte ich die kleine Dorfschule; aber was mir außerhalb des Unterrichts mein Großvater beibrachte, war viel mehr. Denn er gab fast sein ganzes Geld für Bücher aus (die er mir später alle vermachen sollte), und daß in ihnen ein wichtiger Teil unseres Lebens steckt (der beste Teil, sagte er zu mir), das habe ich von ihm gelernt. – Schachspielen übrigens auch.

Und während mein Vater fast nie von seiner Zeit in Rom sprach, machte mein Großvater gerne Anspielungen auf das Leben dort. »Bet's nur fleißig – wennst erst in Rom warst, wirst nimmer beten wollen!« sagte er; oder: »Was heißt hier Heiliger Vater – steht denn nicht in der Schrift, nennt niemand auf Erden euren Vater, denn nur der Himmlische ist euer Vater?« – Solche Äußerungen legten in mir zwar den Grundstein für ein gewisses Mißtrauen, aber alles in allem war es doch eher eine erwartungsvolle Erregung, mit der ich meiner Zeit in Rom entgegensah.

Vorerst allerdings war es noch lange nicht so weit. Ich war keine sechzehn, und also mitten in der Unruhe und Zerrissenheit, wie sie das Erwachen der Männlichkeit mit sich bringt, als sich etwas ereignete, was meinen weiteren Lebensweg nachhaltig bestimmen sollte. Ein Bruder meines Vaters, der im Dorf eine Schlosserei betrieb, verlor durch einen Unfall seinen Gesellen (es war diesem in der Kirche ein schlecht befestigter Kronleuchter auf den Schädel gefallen), und weil er keinen neuen fand, schlug er meinem Vater vor, mich zu ihm in die Lehre zu geben. Dieser hielt anfangs nur wenig von der Idee. »Bei uns auf der Alm braucht's keine Schlösser«, sagte er, »also was soll der Junge das Schlüsselmachen lernen?« – Aber dann gab er dem Drängen seines Bruders insoweit nach, als er die Entscheidung mir überließ.

Für mich nun – so schwer es mir fiel, die gewohnte Umgebung zu verlassen – war dieses Angebot wie ein rettender Strohhalm in einer fast auswegslosen Situation. Ich hatte mich nämlich mit der ganzen Inbrunst meiner Jugend in die hübsche Nachbarsfrau verliebt, die – schon Mutter zweier kleiner Töchter – über die tolpatschigen Zeichen meiner Verliebtheit lediglich belustigt schien. Ich grübelte, verlor mich in Tagträumen, zermarterte mich mit Überlegungen, wie ich ihre Zuneigung gewinnen könnte. Ausgerechnet die eindringlichen Fragen des Pfarrers in der Beichte (»Gesteh's schon, du hast dich unkeusch berührt, wie denn auch nicht!«) ließen mich ein Mittel entdecken, mich wenigstens in meiner Phantasie mit der schönen Nachbarin zu vereinigen. Doch stürzte mich die Vergeblichkeit dieser Phantasien bald in einen Abgrund aus Verlangen, Weltschmerz und nervlicher Zerrüttung; einige Male war ich dicht daran, dem Beispiel von Goethes Werther zu folgen. Da erschien mir der Vorschlag meines Onkels als Zeichen des Himmels.

Ich zog also ins Tal und lernte den Umgang mit Hammer, Feile und Bohrer. Die neue Umgebung – aber auch die räumliche Entfernung von der schönen Nachbarin – erreichten es in der Tat, daß ich trotz meiner nach wie vor brennenden Sehnsüchte mein inneres Gleichgewicht wenigstens teilweise wiederfand. Bald entwickelte ich eine beträchtliche Geschicklichkeit darin, alle Arten von unbekannten Schlössern zu öffnen, oder Schlüssel vollendet zu kopieren, die ich nur ein einziges Mal gesehen hatte. »Dem Jungen werden bald alle Türen offenstehen«, spottete mein Großvater, »der wird mal ein Heiliger oder ein Dieb.«

Man schrieb das Jahr 1847, und der Tag kam heran, an dem ich mein neunzehntes Lebensjahr vollenden würde. Zur selben Zeit sollte sich eine Gelegenheit für mein Gesellenstück ergeben. Es fand sich nämlich bei einer Inspektion der Dorfkirche in der Wand eine hohl klingende Stelle, und als man die Steine dort entfernte, stieß man auf eine gemauerte Höhlung mit einer verschlossenen, eisenbeschlagenen Truhe darin. Man brachte sie zu meinem Onkel, der alle seine Künste erfolglos ausprobierte. Schließlich sagte er halb im Spaß, halb im Ernst zu mir: »Junge, bei dieser Kiste hat der Teufel seine Hand im Spiel. Versuch du dein Glück, und wenn du sie aufbekommst, will in Zukunft ich bei dir in die Lehre gehen.«

Von da an arbeitete ich Tag und Nacht an nichts anderem als an der verriegelten Truhe. Diese Wochen, so kurz sie letztlich waren, kamen mir später wie eine zweite Lehrzeit vor; ich durchlebte sie wie einen erbitterten, erbarmungslosen Kampf. Denn die üblichen Verfahren und Tricks, die mir mein Onkel beigebracht hatte, und über die damals wie heute jeder bessere Schlosser verfügt, versagten. Bei jedem neuen Versuch hatte ich das Gefühl, daß der alte Meister, der das Schloß konstruiert hatte, genau daran gedacht und in die Konstruktion schon ein Gegenmittel eingebaut hatte.

Mein Onkel – für mich einigermaßen erstaunlich – beteiligte sich an diesen Arbeiten überhaupt nicht mehr. Hin und wieder stellte er sich neben mich, sah eine Weile zu und murmelte ein paar aufmunternde Worte. Manchmal wirkte er dann am Abend regelrecht verlegen; ich merkte, daß er meine Maßnahmen nur in Ansätzen verstanden hatte, sich aber genierte, mich danach zu fragen. Daß ich ihn in seiner Kunst längst überflügelt hatte, spürte ich selber. Allerdings war die Truhe damit noch lange nicht geöffnet, und oft genug war auch ich dicht daran, verzweifelt die Arbeit aufzugeben.

Hin und wieder kam auch der Dorfpfarrer in die Werkstatt. Einmal schlug er vor, die Truhe aufzubrechen; doch riet ihm mein Onkel dringend davon ab: bei einer so raffinierten Konstruktion müsse man damit rechnen, daß eine verborgene Vorrichtung den Inhalt zerstören würde, wenn die Truhe auf einem anderen als dem vorgesehenen Weg geöffnet würde. Also forschte ich weiter, und fast ohne daß ich es merkte, rückte mein neunzehnter Geburtstag immer näher.

Inzwischen hatte ich mir für meine Arbeit ein System winziger beweglicher Winkelspiegel konstruiert. An feinen Drähten führte ich diese in das Schloß ein und studierte mit ihrer Hilfe das komplizierte Innenleben des Schließwerkes. Immer deutlicher erkannte ich in der Konstruktion die bewundernswerten Gedanken eines großen Meisters. Manchmal kam es mir so vor, als hätte er dieses Schloß eigens für mich konstruiert: um mir auf diese Weise etwas mitzuteilen, was nur ich verstehen könnte. Und je besser ich den genialen Mechanismus verstand, desto mehr beflügelte mich das Gefühl, nicht nur ein kunstvolles Schloß zu öffnen, sondern gleichzeitig ein stilles Gespräch mit einem unbekannten Genius zu führen.

Der Tag kam, an dem ich glaubte, das Schließwerk mit seinen zahlreichen Riegeln und Federn endlich begriffen zu haben. Ich empfand meine Untersuchungen und Messungen als abgeschlossen und machte mich daran, nach meinen Aufzeichnungen die Schlüssel zu feilen, die das Schloß öffnen sollten. In der Tat, *die* Schlüssel. Denn so weit hatte ich das Rätsel gelöst: das Schloß würde mit drei Umdrehungen zu öffnen sein, wobei aber für jede Umdrehung ein anderer Schlüssel nötig sein würde, jeder mit unterschiedlicher Fräsung.

Es war die Nacht vor Christi Himmelfahrt, und zugleich die Nacht vor meinem neunzehnten Geburtstag. Ich verbrachte sie im Licht einer schwachen Lampe mit Feilen und Probieren, in meinen Gefühlen schwankend zwischen Zuversicht und Unruhe. Auch wenn ich überzeugt war, das Prinzip des Schließmechanismus richtig erkannt zu haben, so irritierte mich doch ein kleines Häkchen, das am Ende der dritten Umdrehung in den Schließprozeß eingreifen würde, und dessen Funktion mir nach wie vor rätselhaft war. Zwar versuchte ich mir einzureden, daß sich im Laufe der Jahre in dem Mechanismus das eine oder andere Teil gelockert oder verklemmt haben könnte. Dem stand allerdings entgegen, daß alle beweglichen Teile des Schließwerkes mit einem vorzüglichen Öl bestrichen waren, das ihre Funktion bislang offenbar ohne Einschränkung sichergestellt hatte.

Ohne es zu merken, muß ich über meiner Arbeit eingeschlafen sein. Ich wurde von den Glocken geweckt, die zum Gottesdienst riefen. Hals über Kopf lief ich aus der Werkstatt hinüber zur Kirche, ohne daran zu denken, daß meine Hände und mein Gesicht über und über mit Öl und Eisenspänen verschmiert waren – woraufhin mich der Kirchdiener mit den Worten »Jesus, der schwarze Mann! Schämst dich nicht, wie der Leibhaftige selber zum Gottesdienst zu kommen?« gar nicht erst einließ. So eilte ich zurück ins Haus meines Onkels, wusch mich hastig und stürzte zurück zur Kirche – gerade noch rechtzeitig zum Ende der Predigt, die der Priester mit den Worten abschloß:

»Darum merkt euch gefälligst, daß ihr nicht auf die üblen Haarspalter unter euch hören sollt, habt ihr verstanden, und wenn in der Heiligen Schrift geschrieben steht, der Himmlische ist euer Vater, dann heißt das natürlich, nur den Heiligen Vater in Rom sollt ihr euren Vater nennen, das ist doch klar, denn der ist auf Erden ja der Stellvertreter des Himmlischen Vaters. Darum, wer hier den Heiligen Vater verleumden will, nicht wahr, der ist nur ein Lästerer und ein übler Haarspalter, und will bloß Zwietracht säen unter euch, aber Gott wird ihn strafen, da kommt er bei mir gerade richtig.

In diesem Sinne Gott mit euch, verstanden? Gelobt sei Jesus Christus – in Ewigkeit amen.«

Ich war zwar etwas überrascht, ausgerechnet die Worte zu hören, die mein Großvater immer zitierte. Doch registrierte ich es nur am Rande, weil ich zu sehr erfüllt war von dem wundervollen Mechanismus des alten Schlosses, und weil ich es kaum erwarten konnte, dem Onkel vom Erfolg meiner Arbeit Mitteilung zu machen. Vor der Kirche wartete ich auf ihn; er kam als letzter, in angeregter Unterhaltung mit dem Pfarrer höchstpersönlich.

»Onkel, ich habe –«, begann ich.

»Kannst nicht ein bißchen höflicher sein«, fauchte er mich an, »und erst einmal den Herrn Pfarrer begrüßen, wie sich's gehört, auch wenn zehnmal Christi Himmelfahrt ist und dein Geburtstag?«

Ich darauf: »Entschuldigen der Herr Pfarrer, und einen recht schönen guten Morgen, aber die Truhe, ich kann die Truhe aufmachen –«

»Du hast es geschafft!« rief mein Onkel aus.

»Teufelsbraten, unverfrorener«, schimpfte der Pfarrer im Tonfall heftigster Entrüstung, »du hast dich unterstanden, sie ohne mich aufzumachen, wie konntest du es wagen!«

Schnell klärte ich sie über den Stand der Dinge auf; daraufhin drängte es beide sofort in die Werkstatt, und mich am meisten. Vor dem Haus des Onkels angekommen, schickte dieser die Magd nach Gläsern und einer Flasche alten Burgunderweins. »Damit feiern wir Geburtstag, Himmelfahrt, Gesellenstück und den gefundenen Schatz in einem«, erklärte er, als wir die Werkstatt betraten. Drinnen schloß er die Tür ab und ließ auch den Vorhang herunter, denn die bevorstehende Öffnung der Truhe hatte sich unter den Dienstboten herumgesprochen, die nun ihre Nasen ans Fenster der Werkstatt preßten. Dann goß er die Gläser voll und bestand darauf, erst einmal auf das feierliche Ereignis anzustoßen.

»Bist ein Teufelskerl«, sagte er zu mir. »Und egal was in der Truhe ist – ich trinke auf das, was in *dir* steckt. Prost Junge, Prost Herr Pfarrer, und jetzt auf mit der Teufelskiste!«

Voller Stolz erklärte ich das Prinzip des Schlosses und seiner drei unterschiedlichen Schlüssel; dann vollzog ich behutsam die erste Drehung. Die Riegel rasteten ein mit dem weichen Geräusch, wie es für gute Schlösser typisch ist. Auch der zweite Schlüssel bestätigte meine Messungen: wieder ertönte das sanfte und doch unendlich bestimmte Geräusch des Riegelwerkes. Schließlich der dritte: bis zur Hälfte ließ er sich drehen (genau hier hatte ich bei meinen Probeversuchen aufgehört), aber dann – ein Klicken, und plötzlich ein unerwarteter Widerstand.

Mir trat der Schweiß auf die Stirn: der Haken! Er war an einer Stelle in die Schlüsselfräsung eingerastet, wo ich ihn nicht erwartet hatte. Schlagartig wurde mir klar, daß ich etwas Entscheidendes übersehen hatte. Ich atmete tief durch und setzte ab.

»Junge, was ist?« fragte mein Onkel, dem die veränderte Sachlage nicht entgangen war.

»Na wird's bald«, drängte der Pfarrer, »ich bin in Eile, der Herr Lehrer hat mich zum Mittag eingeladen.«

Ich erklärte meine Befürchtungen, aber der Pfarrer wischte sie beiseite. »Junge«, sagte er, »nun mach dich nicht selber verrückt, ein Schloß ist schließlich nur Menschenwerk. Mach's auf in Gottes Namen, und dann sehen wir weiter.«

Ich wußte, daß es falsch war, aber letzten Endes war es mein eigener Fehler. Ich war zu voreilig gewesen, hatte zu früh geglaubt, das Schloß bezwungen zu haben. Jetzt war es zu spät: die vor Neugierde brennenden, geradezu gierigen Augen des Pfarrers und meines Onkels würden nicht mehr von der Truhe lassen, ohne in ihr Inneres geblickt zu haben.

Ich vollführte die nächsten Bewegungen in dem Gefühl eines Schachspielers, der noch einmal zieht, obwohl er weiß, daß sein Spiel verloren ist. Mit leichtem Druck überwand ich den Widerstand, der sich dem Schlüssel entgegenstellte – eine letzte Warnung des alten Meisters, die ich wohl verstand, aber schon nicht mehr beachten konnte –, und vollendete die Umdrehung des dritten Schlüssels. Was folgte, bestätigte meine Befürchtungen: es war das Geräusch eines weiteren Schließmechanismus im Innern der Truhe. Zwar würde sich, das wußte ich, der Deckel jetzt öffnen lassen. Aber ich wußte auch, daß mit diesem Geräusch – das sowohl dem Pfarrer als auch meinem Onkel entgangen war – der alte Meister mich besiegt hatte.

Nicht im Triumph, sondern im Vollzug meiner Niederlage hob ich den Deckel der Truhe langsam an; die Begeisterung meines Onkels – »Geschafft, Junge, du hast es geschafft!« – und des Pfarrers – »Na also, wußt ich's doch!« – war mir lästig, ja peinlich. Denn was der größer werdende Spalt erkennen ließ, war dies: ein eisernes Gitter, das sich unterhalb des Deckels über den Inhalt der Truhe geschoben hatte. Gleichzeitig spürte ich, daß der Widerstand, den der Deckel seiner Öffnung entgegensetzte, nicht nur der seines eigenen Gewichtes oder eines eingerosteten Scharnieres war; offenbar wurde durch die Bewegung ein weiterer Mechanismus in Gang gesetzt. Noch einmal hielt ich inne und ließ den Deckel wieder zurückfallen.

»Was ist«, rief mein Onkel, »Junge, was hast du?«

»Willst du uns zum Narren halten?« polterte der Pfarrer. »Auf mit der Kiste, sag ich, auf jetzt in drei Teufels Namen, ich habe heute noch anderes vor!«

Ehe ich ein Wort sagen konnte, hatte er die Truhe an sich gezogen; mit einem entschlossenen Griff öffnete er den eisenbeschlagenen Deckel.

Wie gebannt starrten wir auf die Truhe; erstarrt und entgeistert verfolgten wir, was sich in den nächsten Sekunden abspielte. Ausgelöst durch die Öffnung des Deckels, war ein vorbereiteter Apparat im unteren Teil der Truhe in Aktion getreten, der eine Art bengalisches Feuer entzündet hatte. Der Inhalt der Truhe bestand in einer Anzahl beschriebener und mit Zeichnungen versehener Rollen und Papiere, die nun vom Feuer erfaßt und verzehrt wurden. Das Gitter oberhalb der Papiere gab zwar dem Feuer genug Luft, sich ungehemmt auszubreiten, nahm hingegen uns jede Möglichkeit, in den Zerstörungsprozeß einzugreifen.

Hatte der Pfarrer beim ersten Anschein des aufflackernden Feuers seinen Kopf erschreckt zurückgezogen, so beugte ich mich in verzweifelter Erregung um so dichter über die Truhe, um zumindest einen flüchtigen Blick auf den Inhalt werfen zu können. Was ich für wenige Augenblicke sah, war die Skizze eines Hauses oder einer sonstigen Räumlichkeit, die einen Gang mit einer Reihe von gegenüberliegenden Räumen zeigte, wobei vom letzten dieser Räume noch ein weiterer abging; darunter standen einige Zeilen in einer mir unbekannten Sprache. Während dieses

Blatt in Flammen aufging und sich wie unter Schmerzen bräunlich zusammenkrümmte, wurde darunter ein weiteres sichtbar, auf dem die Zeichnungen von drei Schlüsseln zu erkennen waren, denen ähnlich, die ich selber zum Öffnen der Truhe angefertigt hatte. Und als auch dieses Blatt sich in der Glut zusammenrollte, gab es für den Bruchteil einer Sekunde den Blick frei auf das Schnittbild eines Schlosses, mit einer seltsamen hakenartigen Vertiefung im unteren Teil.

»Junge, deine Haare!« rief in diesem Augenblick mein Onkel, und riß meinen Kopf von der Truhe zurück.

Geistesgegenwärtig ergriff der Pfarrer die Flasche mit dem Burgunderwein und goß mir den Inhalt über den Kopf. Die hierdurch entstandene Aufregung lenkte uns für einen Augenblick von der Truhe ab, und als ich mir schließlich – mit stark verkürztem Haar, aber ansonsten unversehrt – den Wein vom Hals und aus dem Gesicht gewischt hatte, war das Feuer in der Truhe bereits von selbst erloschen. Die Papiere darin waren zu Aschekrümeln zerfallen. Im Raum vermischte sich der stechende Geruch des bengalischen Feuers mit dem meiner versengten Haare. Wir rissen das Fenster auf und machten den draußen stehenden Neugierigen Meldung: viel Lärm um nichts, die Truhe sei leer, bloß ein paar verkohlte Papierfetzen.

Das also war mein Gesellenstück und mein Geburtstag – und gleichzeitig der Tag meiner größten Niederlage. Zwar wurden mein Onkel und der Pfarrer nicht müde, Loblieder auf meine »phantastischen Fähigkeiten« zu singen (der Pfarrer eher noch lauter, wohl um sein schlechtes Gewissen darüber zu übertönen, daß durch seine Ungeduld vielleicht unersetzliche Dokumente vernichtet waren), allein, ich wußte, daß mich der unbekannte Meister bezwungen hatte.

Und noch etwas anderes hatte er bewirkt: daß ich die alltägliche Schlosserei von nun an als ausgesprochen langweilig empfand. Hier klemmte ein Schlüssel, dort war einer abgebrochen, anderswo rostete ein Schloß – alles Arbeiten, die ich ebenso erfolgreich wie mechanisch bewältigte. Doch sehnte ich mehr denn je den Tag herbei, an dem ich nach Rom fahren und mich der Schweizergarde anschließen würde.

5
Einladung zum Concil

Meldungen aus den »Berlinischen Nachrichten«:

Wien, 25. Juni 1868. [Eine päpstliche Ansprache.] Der »Volksfreund« publiziert heute in deutscher Übersetzung die von Pius IX. am 22. Juni gehaltene Ansprache (»Allocution«). Sie lautet danach:

»Ehrwürdige Brüder! Niemals hätten Wir geglaubt, daß Wir nach der Convention, die Wir mit dem Kaiser von Österreich vor 13 Jahren abgeschlossen haben, gezwungen sein könnten, heute die überaus schweren Kränkungen zu beklagen, von welchen nun die Kirche in Österreich heimgesucht wird.

Am 21. Dezember des vorigen Jahres wurde nämlich ein wahrhaft unseliges *(infanda sane)* Gesetz als Staatsgrundgesetz erlassen, das in allen Teilen des Reiches, auch den rein katholischen, volle Gültigkeit haben soll. Durch dieses Gesetz wird eine unbedingte Freiheit aller Meinungen und Presse-Erzeugnisse, des Glaubens, des Gewissens und der Lehre festgestellt; wird den Bürgern jedes Cultus die Erlaubnis erteilt, Unterrichts- und Erziehungs-Anstalten zu errichten, werden alle wie immer gearteten Religions-Gemeinschaften einander gleichgestellt und vom Staate anerkannt.

Am 25. Mai dieses Jahres scheute sich dieselbe Regierung nicht, auch ein Ehegesetz zu erlassen, das die höchst verwerfliche sogenannte Civilehe einführt. Mit demselben Gesetz hat jene Regierung auch alle Autorität und Gerichtsbarkeit der Kirche in Ehesachen aufgehoben.

Kraft Unserer apostolischen Autorität verwerfen und verdammen Wir die angeführten Gesetze und alles, was gegen die Rechte der Kirche von der österreichischen Regierung verordnet worden ist; kraft derselben Autorität erklären Wir diese Gesetze samt ihren Folgerungen als durchaus nichtig und immerdar ungültig *(nullius roboris fuisse ac fore).*«

Wien, 1. Juli 1868. [Gegen die päpstliche Allocution.] Der Gemeinderat der Stadt Wien erklärt zur Ansprache des Papstes u.a. folgendes:

»Daß das Staatsoberhaupt einer fremden Macht, daß das kirchliche Oberhaupt einer Religions-Gesellschaft die verfassungsmäßig zustande gekommenen Gesetze eines anderen Staates für nichtig und ungültig erklärt, ja diese Verfassung selbst negiert und die Kirchenfürsten zum Widerstand gegen diese Gesetze auffordert, ist ein unerhörter und maßloser Übergriff in die unverletzlichen Rechte jedes Staates. Dies kann und darf nicht geduldet werden von einer Regierung, welche auf dem festen Boden des Rechtes und der Verfassung steht, von dem Vertrauen der Bevölkerung getragen wird und die Unverletzlichkeit der Gesetze zu wahren berufen ist."

Einladung zum Concil

Rom, 4. Juli 1868. [Ladung zum Concil.] Das apostolische Schreiben Pius IX., mit welchem das im Vatican abzuhaltende und im Jahre 1869 zu eröffnende ökumenische Concil einberufen wird, liegt dem Wortlaute nach vor. Folgendes ist ein Auszug daraus:

»Zu Unserm höchstem Kummer ist die Gottlosigkeit, Sittenverderbnis und zügellose Ungebundenheit sowie die Seuche schlechter Meinungen aller Art so verbreitet, daß nicht nur unsere heiligste Religion, sondern auch die menschliche Gesellschaft auf bejammernswerte Weise in Verwirrung gestürzt und gequält wird. In die Fußtapfen Unserer erlauchten Vorfahren tretend, haben Wir es deshalb für passend erachtet, die Bischöfe der ganzen katholischen Welt zu einem allgemeinen Concil zu vereinigen, welches schon lange Unser Wunsch war.

In diesem ökumenischen Concilium ist mit angestrengtestem Eifer dafür zu sorgen, daß alle Übel von der Kirche und von der bürgerlichen Gesellschaft entfernt, daß die unglücklichen Irrenden auf den Weg der Wahrheit zurückgeführt werden, daß nach Ausmerzung der Laster und Irrtümer unsere erhabene Religion auf der ganzen Erde wieder auflebe und sich ausbreite und herrsche.«

Nachdem der 8. Dezember 1869 als Eröffnungstag des Concils genannt wird, fährt das päpstliche Schreiben fort:

»Wir wollen und befehlen, daß von überall her sowohl Unsere ehrwürdigen Brüder, die Patriarchen, Erzbischöfe und Bischöfe, als auch Unsere geliebten Söhne, die Äbte und alle anderen, die nach Recht oder Vorrecht an den allgemeinen Concilien teilzunehmen berufen sind, zu diesem von Uns angesagten Concil herbeikommen mögen. Wir ermahnen sie bei jenem Eide, den sie Uns und diesem h. Stuhle geleistet, bei dem heiligen Gehorsam und bei jenen Strafen, die nach Recht oder Gewohnheit gegen die Säumigen verhängt werden, dem h. Concilium selbst beizuwohnen.«

Paris, 10. August 1868. [Die Rede Napoleons.] »Nichts bedroht heute den Frieden Europas!« hat der Kaiser in Troyes den Bewohnern der Champagne zugerufen, aber mit dem Stoßseufzer geschlossen: »Gott schütze Frankreich!« Beide Phrasen lassen sich sehr wohl mit einander reimen; da der Kaiser aber das Privilegium der Sibylle hat, stets zweideutig zu erscheinen, so wird auch heute wieder jener erste Satz zu Friedensliedern benutzt, dieser letzte Seufzer hingegen als Kriegsandeutung ausgelegt.

London, 12. August 1868. [Napoleons Rede in Troyes.] Das Tagesereignis hier ist die jüngste Rede des französischen Kaisers. Wie früher, gibt es Gläubige und Ungläubige, solche, die den Worten des Kaisers trauen, und solche, die hinter jeder Versicherung des Friedens eine böse Tat wittern. Die *Times* schreibt: »Während der Kaiser bei vielen Gelegenheiten kriegerische Absichten in Abrede gestellt, in der Tat auch seit vier Jahren in Europa keinen Krieg geführt hat, scheint es, als wollte die öffentliche Meinung ihn dazu treiben, indem sie einen Krieg zwischen Frankreich und Preußen als wahrscheinlich annimmt, bespricht, und damit das beste Mittel anwendet, um die eigenen Befürchtungen wahr zu machen.«

Paris, 9. September 1868. [Die Franzosen zum Abzug aufgefordert.] Dem *Journal des Débats* wird aus Florenz geschrieben: »Wie bereits mitgeteilt, verlangt die italienische Regierung von Frankreich die Räumung Roms. Nach den Bestimmungen des Vertrages von 1864 ist Italien ganz in seinem Rechte, darauf zu bestehen. Frankreich selber hat die päpstliche Schuld geregelt und in Italien herrscht Ordnung, so daß Rom sich nicht für bedroht ausgeben kann. Herr Nigra hat Weisung erhalten, darauf zu dringen, daß nun auch Frankreich seinerseits durch Zurückziehung seiner Truppen die Vertragsbedingungen erfüllt.«

6
Warten auf Garibaldi

Wenn jemand behauptet, die Kirche habe kein angeborenes und legitimes Recht auf Erwerb und Besitz – der sei verflucht.
Pius IX., Syllabus errorum

Tagebuch des Heinrich Wilhelm Lehmann:
Rom. Donnerstag, 19. August 1869

Gestern war mir den ganzen Tag unwohl. Heute beim Frühstück, im Speisesaal des Hotels, führte der Kellner einen Herrn an meinen Tisch: Pater Cossa, meinen Betreuer von der vatikanischen Eisenbahnverwaltung.

»Lieber Signor Lehmann«, sagte er und setzte sich zu mir, »erlauben Sie? Sie müssen wissen: ich bin ernsthaft besorgt. Vorigen Freitag in der Oper waren Sie in einem schlimmen Zustand, und gestern ging es Ihnen schon wieder schlecht. Was ist los?«

»Danke, es ist nichts«, beruhigte ich ihn, »ich war wohl etwas erschöpft. Nein, mir fehlt nichts.«

»Wirklich nicht?« Er sah mich für einen Augenblick fragend an.

»Nein, wirklich nicht. Alles was ich brauche, ist ein bißchen Ruhe, und vielleicht ein paar Stunden zum Spazierengehen.«

»Nun gut«, meinte er (und wirkte dabei eher skeptisch). »Die Ruhe sollen Sie haben. Ihre Termine für diese Woche haben wir gestrichen, und gegen einen Spaziergang wird man wohl auch nichts einzuwenden haben – ich empfehle Ihnen die vatikanischen Gärten. Auch übermorgen sollten Sie sich noch einen Ruhetag gönnen. Das heißt: unter einer Bedingung.«

»Und die wäre?«

»Daß ich Sie Montag früh ins Spital zu Doktor Bertoni bringen darf. Der soll Sie einmal anschauen – nur zur Sicherheit, verstehen Sie?«

»Danke, nicht nötig. Ich bin ... ins Spital, sagten Sie? In welches denn?«

»Na, in unseres natürlich. Gleich an der Annenpforte. Tun Sie mir den Gefallen – schließlich bin ich für Ihre Gesundheit verantwortlich.«

»Also gut. Ist schließlich etwas Besonderes, wenn einem im Vatikan nicht die Seele inspiziert wird, sondern der Körper. Und wann, wenn ich fragen darf?«

Cossa schien erleichtert. »Gegen zehn, hat Doktor Bertoni gesagt. Und jetzt ruhen Sie sich aus – ich werde an der Pforte Bescheid sagen, damit Sie ungestört Ihren Spaziergang in den Gärten machen können. Bis Montag!«

Mit diesen Worten verabschiedete er sich. Merkwürdig, dachte ich: weiß er nun vom Diebstahl der Aufzeichnungen, oder nicht? Denn eines scheint mir sicher: ihren Inhalt kennt er jedenfalls nicht. Sonst wäre er kaum auf die Idee gekommen, mich ins Hospital zu bestellen: ausgerechnet an denjenigen Ort, der für Luigis Leben (gerade noch rechtzeitig war es mir eingefallen) von solcher Bedeutung gewesen war.

Vielleicht ergibt sich ja Montag eine Gelegenheit, etwas über die Vorgänge vor zwanzig Jahren in Erfahrung zu bringen. Immerhin waren es keine ganz gewöhnlichen Ereignisse, die sich damals abgespielt haben. Sollte sich nicht irgend jemandem ein kleiner Hinweis entlocken lassen?

Kurz nachdem Cossa gegangen war, verließ auch ich das Hotel. Es war gegen neun Uhr; die Hitze in der Stadt war noch nicht unerträglich, und so schlenderte ich eine Weile ziellos durch die Straßen. Wieder einmal hatte ich auf Schritt und Tritt Gelegenheit, die bemerkenswerte Unfähigkeit der geistlichen Staatsverwaltung zu bewundern. Während ringsum das Königreich Italien wenigstens gewisse Fortschritte macht, scheint sich in diesem anachronistischen Gebilde namens Kirchenstaat alles im Krebsgang zu bewegen. Verglichen mit Mailand oder Florenz ist Rom ein trübseliges Provinznest; alles, was anderswo die Tätigkeit einer modernen Administration spüren läßt – am besten abzulesen am Zustand der Straßen und der städtischen Hygiene –, ist hier aufs äußerste vernachlässigt und verkommen.

Die Monumente der großen römischen Vergangenheit sind in einem kläglichen, manchmal gefährlichen Zustand.

Beinahe scheint es, als ließe die geistliche Administration sie mit Absicht verfallen: um die Beweise dafür, wie sehr die Herrschaft der Kurie die Stadt zugrunde gerichtet hat, nach Möglichkeit auszulöschen.

Ich hatte, während ich herumschlenderte, kaum auf meinen Weg geachtet. Unvermittelt fand ich mich am Tiber, gleich gegenüber der Engelsburg. Ich setzte mich auf einen Stein an der Uferböschung und sah in das schmutzigbraune Wasser des Flusses. Dieser Staat, dachte ich, ist bloß noch eine faulige Mumie seiner selbst – gestützt und geschützt von den französischen Präsenztruppen, ein verrottetes Staatsgebilde von Napoleons Gnaden. Kann es einen besseren Beweis geben, daß die Geistlichen nur Unheil anrichten, wenn sie Politik machen?

Aber natürlich sieht Seine Heiligkeit Pius (der Neunschwänzige, wie Luigi ihn nannte) das anders. Nicht nur die Bewohner Roms und des restlichen Kirchenstaates – nein, die Regierungen aller Staaten, so seine bescheidene Meinung, haben gefälligst dem Papst zu gehorchen. Warum sie das tun sollten? Nun, weil er es in seiner Enzyklika und im Syllabus so schreibt, und weil es damit für jeden Katholiken zum Glaubenssatz geworden ist.

Das Schönste aber, dachte ich, ist die Form, in der dieser Menschenfreund seine Weisheiten mitteilt: nämlich stets mit der freundlichen Einladung: »Wer das nicht glaubt, ist verflucht!« Selbiges natürlich im Namen der Liebe, der Sanftheit und der heiligen Jungfrau, verkündet vom demütigen Knecht der Knechte, welchselbiger dermaßen demütig und geknechtet daherkommt, daß ihm alle Gläubigen Hände und Füße küssen müssen, um ihn wieder ein kleines bißchen aufzurichten, den Ärmsten ...

Leider gibt es ja manchmal kleine Probleme – weil nämlich das dumme Volk die tiefe Liebe in all dem päpstlichen Kommandieren und Verfluchen nicht erkennen will. Da wird denn dieser edle Oberhirte wohl vor einigen Jahren neun Zehntel seiner Kirchenstaatsherde verflucht haben: als nämlich die Bewohner Umbriens und der Romagna mit großer Mehrheit für den Anschluß ans italienische Königreich stimmten. Und wenn der französische Kaiser heute seine Truppen aus Rom abziehen würde, dann würde Garibaldi, unter dem Jubel der Römer, morgen die Herrschaft des

Heiligen Vaters beiseite fegen – so sicher wie das Amen im Petersdom. Oh, mein allerwertester Herr Knechtesknecht, da wirst du in deiner abgrundtiefen Liebe wieder viel zu verfluchen haben, nicht wahr?

Auch ketzerische Gedanken, wenn sie einem nur lange genug durch den Kopf gehen, machen Hunger; also stand ich auf und suchte nach einem Restaurant. Aber die, an denen ich vorüberkam, waren entweder überfüllt oder fast leer – das eine so wenig einladend wie das andere. Plötzlich kam mir ein Gedanke. Am Straßenrand standen zwei freie Droschken; ich setzte mich in die erste und nannte den Namen des Restaurants, in dem ich damals mit Luigi gegessen hatte.

An die zwanzig Minuten fuhren wir durch verwinkelte Straßen und Gassen. Als ich ausstieg und die Straße überquerte, sah ich, wie an der Ecke eine andere Droschke anhielt. Es schien dieselbe zu sein, die zwanzig Minuten zuvor hinter der meinen gestanden hatte; zumindest sah sie ihr außerordentlich ähnlich. Ein merkwürdiger Zufall, dachte ich – wenn es denn wirklich einer war.

Eher neugierig als mit einem echten Verdacht, ging ich langsam in Richtung der haltenden Droschke. Aber kaum hatte ich einige Schritte gemacht, da wurde der Vorhang zugezogen; die Kutsche setzte sich in Bewegung und fuhr an mir vorbei.

Jetzt erst war ich wirklich mißtrauisch. Ich betrat das Restaurant und zog die Tür hinter mir zu. Einige Augenblicke blieb ich im Eingang stehen, dann öffnete ich die Tür einen Spalt und sah nach draußen. Meine Vermutung bestätigte sich: nicht weit entfernt hielt die Droschke erneut. Ein Herr in grauem Anzug stieg aus, und ich glaubte ihn zu erkennen: dieses kaum merkliche Nachziehen des linken Fußes – ich hätte schwören können, daß er es war, der in der Nacht des Diebstahls vor meinem Hotel gestanden hatte.

Er kam näher. Ich schloß die Tür und setzte mich an einen Tisch, von dem aus ich sowohl den Eingang als auch die Straße im Blick hatte. Aber der graue Herr betrat weder das Restaurant, noch sah ich ihn auf der Straße vorbeigehen. Ob er sich in das Café gesetzt hatte, das sich nicht weit entfernt auf der anderen Straßenseite befand? – Möglicherweise hatte ich mich doch getäuscht.

Und was, wenn ich recht gehabt hätte?

Ich stellte fest, daß mich die Vorstellung, verfolgt zu werden, mehr belustigte als ängstigte. Oder war es gar so, daß sie mir ein wenig schmeichelte? Jedenfalls sah ich keinen Grund, mich dadurch an Leib und Leben bedroht zu fühlen; angesichts der römischen Zustände war vielleicht eher das Gegenteil der Fall. Außerdem, so dachte ich, ist es zweifellos komfortabler, verfolgt zu werden, als selber jemanden zu verfolgen; beispielsweise kann man sich in aller Ruhe dem Essen und Trinken zuwenden, während der Verfolger jeden Augenblick bereit sein muß, alles stehn und liegen zu lassen und einem nachzustürzen.

Die Frage war aber immer noch, ob mir wirklich jemand folgte. Das würde ich, so nahm ich mir vor, bald herausbekommen, aber jedenfalls erst nach dem Essen. Also bestellte ich erst einmal dasselbe Gericht wie damals mit Luigi; und während ich aß und trank, ließ ich die Straße nicht aus den Augen. Von dem Herrn im grauen Anzug war nichts zu sehen. Wahrscheinlich hatte ich mir das Ganze doch nur eingebildet.

Als ich das Restaurant verließ, kam gerade eine leere Droschke vorbei. Schon wollte ich sie rufen, da besann ich mich eines Besseren. Ein weiteres Fuhrwerk war nicht in Sicht, und was wäre gewesen, wenn der Graugekleidete tatsächlich hinter mir her war? Zu Fuß hätte er mir nicht folgen können – und dann hätte ich noch immer keine Gewißheit gehabt, ob mein Verdacht begründet war. Also ging ich ein Stück zu Fuß, und erst als ich mehrere freie Droschken die Straße entlangkommen sah, hielt ich die erste an und ließ mich zum Vatikan fahren.

Gegenüber der Annenpforte stieg ich aus. Cossa hatte mich wie versprochen angemeldet; ich trug mich in das Besucherregister ein und durchschritt unter den strengen Augen der Gardisten das Tor. Scheinbar zielstrebig ging ich auf die Gärten zu, aber nicht weiter als bis zur ersten Hecke. Dahinter verborgen, blickte ich zurück: gerade, als der Mann im grauen Anzug zu den Gardisten trat. Sie schienen ihn zu kennen. Ohne daß er sich hätte ausweisen müssen, zeigten sie erst auf eine Stelle im Besucherregister, danach in meine Richtung. Er nickte, wechselte einige Sätze mit einem gerade hinzugekommenen Offizier, und verschwand dann in einem der Eingänge, die zum Quartier der Schweizergarde führten.

Kein Zweifel: ich wurde überwacht.

Eine Weile schlenderte ich ohne Ziel und Richtung unter den Bäumen entlang. Es war das erste Mal, daß ich mich ohne Begleitung in diesem Teil der vatikanischen Gärten aufhalten konnte. Die Majestät der Palastanlagen und die Gepflegtheit des Parks bildeten einen scharfen Kontrast zu dem Stadtbild außerhalb der vatikanischen Mauern – aber nicht nur dazu. Ich betrachtete den Petersdom und dachte: kann es wohl einen größeren Gegensatz geben, als zwischen dieser babylonischen Kathedrale und dem Stall, wo damals der freundliche Prophet zur Welt kam? Derselbe, der von sich gesagt hatte: Mein Reich ist nicht von dieser Welt?

Einzelne Sätze aus Luigis Aufzeichnungen gingen mir durch den Kopf. Auf einmal verwandelten sich die Konturen des Petersdomes in die Vision eines riesigen Kraken: erbarmungslos, unersättlich, mit einem undurchdringlichen Panzer aus Stein und Marmor – ein gigantisches Ungeheuer, das sich in den römischen Boden krallte und von hier aus das Blut der Welt aussaugte.

Und ich fragte mich: warum war mir der Gedanke, verfolgt zu werden, im ersten Augenblick so lächerlich vorgekommen?

Offenbar aus einem doppelten Trugschluß: erstens, weil ich davon ausging, daß die Aufzeichnungen endgültig verloren waren. Zweitens, weil ich wußte, wer ich war: ein harmloser Ingenieur. Doch hatte ich außer acht gelassen, daß zwar meine Person in der Tat uninteressant war – nicht aber die Tatsache, daß ich Luigis Tagebuch ein Jahr lang in meinen Händen gehabt hatte. Was, wenn ich versuchen würde, interessierte Personen über seinen Inhalt zu informieren? Überhaupt – wer konnte wissen, ob ich nicht eine Abschrift der Aufzeichnungen angefertigt hatte? (Ein Gedanke, bei dem ich mich hätte ohrfeigen mögen – ich hätte wahrhaftig früher darauf kommen können.)

Eines steht fest: es ist sicherer für mich, man nimmt an, daß noch eine Abschrift der Aufzeichnungen existiert. Andernfalls könnte vielleicht jemand auf dumme Gedanken kommen ...

Genau das aber bestätigt mich in dem, was ich jetzt tue. Daß ich Luigis Aufzeichnungen rekonstruiere, dient auch meiner eigenen Sicherheit.

7
Die Erfindung des Rituals

*Rekonstruktion der Aufzeichnungen
des Luigi Calandrelli (2):*

Meine Fahrt nach Rom sollte schneller kommen und komfortabler verlaufen, als ich oder sonst jemand in meiner Familie sich dies hätte träumen lassen. Der Grund dafür lag offenbar in dem Bericht, den der Pfarrer über die merkwürdige Truhe an seine Oberen geschickt hatte.

Aus unerfindlichen Gründen mußte dieser Vorfall sogar das Interesse der römischen Kurie höchstselbst gefunden haben. Es kam nämlich bald nach meinem Geburtstag unangemeldet ein großer vierspänniger Wagen in unser Dorf, dem drei außerordentlich würdevoll blickende Herren entstiegen. Sie quartierten sich im Haus des Pfarrers ein, wo sich seit der hitzigen Öffnung auch die Truhe samt den darin belassenen Ascheresten befand. Tags darauf wurden mein Onkel und ich zum Pfarrhaus bestellt: man lud uns ein, unsere Erfahrungen und Beobachtungen bezüglich der geheimnisvollen Kiste mitzuteilen.

Der Form nach freundlich, war das Ganze dennoch mehr eine Vernehmung. Der Pfarrer saß mit hochrotem Kopf dabei und sagte außer zu unserer Begrüßung nur wenig. Fast stotternd stellte er uns den Herren vor, wobei er die Ungeduld beklagte, mit der er unverzeihlicherweise die Zerstörung besagter Dokumente ausgelöst hätte. Derlei Bezichtigungen waren früher nicht von ihm zu hören gewesen.

Die Herren begannen mit einer Befragung meines Onkels, aber offenbar nur der Form halber. Im Grunde waren sie einzig an mir und meinem Bericht interessiert – was sich schon daran zeigte, daß die unterschiedlichen Rollen der drei erst dann klarer wurden, als ich an die Reihe kam. Von da an stellten nämlich zwei von ihnen abwechselnd Fragen oder machten Vorhaltungen, während der dritte meine Antworten eifrig mitschrieb.

Anfangs nicht ohne Stolz, beschrieb ich die wichtigsten Schritte, die mich zum Begreifen des kunstvollen Schlosses geführt hatten. Mein Stolz sollte mir allerdings schnell vergehen, denn ich merkte, daß man mir für meine Mühen keineswegs dankbar war. Im Gegenteil: man schien mir eine Mitschuld am Verlust der Dokumente zuzuschreiben.

Warum ich den Herrn Pfarrer nicht über jeden Schritt informiert hätte? Warum und wie oft ich auch nachts an der Truhe gearbeitet hätte? Warum man – diese Frage an meinen Onkel – mich überhaupt ohne Aufsicht an der Truhe hätte arbeiten lassen? Ob in der Werkstatt ein Kruzifix aufgestellt gewesen sei? Schließlich: warum ich während der ganzen Zeit nicht zur Beichte gegangen sei?

Obwohl mich das Auftreten der Herren zunächst sehr beeindruckt hatte, empfand ich im Laufe der Unterredung eine zunehmende Verärgerung. Was sollten diese Fragen? Hätte man die meisten nicht eher an den Pfarrer richten müssen, der die Truhe in unsere Obhut gegeben hatte? Außerdem merkte ich bald, daß man an den technischen Dingen gar nicht ernsthaft interessiert war – man fragte wohl bloß deshalb danach, um mich erst einmal zum Reden zu bringen. So beschrieb ich nur kurz die Grundgedanken des Schließmechanismus; von dem heimlichen Dialog und dem erbitterten Kampf, der sich zwischen mir und dem alten Meister abgespielt hatte, sagte ich kein Wort.

Worum es den Herren wirklich ging, war deutlich genug. Als erstes wollte man offenbar herausfinden, ob ich die Truhe nicht doch heimlich geöffnet und einen Teil der Dokumente an mich genommen hätte. Solche Befürchtungen konnten meine Ausführungen, vom Onkel und dem Pfarrer bestätigt, glaubwürdig zerstreuen: ich hätte dann wohl kaum mehrmals gezögert, mit dem Öffnen der Truhe fortzufahren, sondern im Gegenteil die Entzündung der Papiere absichtlich herbeigeführt.

Als meine Unschuld in diesem Punkt festgestellt war – die Herren wirkten danach merklich milder –, kam das Gespräch auf den zweiten Punkt: ich war der einzige, der in den Sekunden vor dem Verkohlen der Papiere noch einen Blick darauf hatte werfen können. Also, was hatte ich gesehen?

Es muß eine Art Trotzreaktion auf die zuvor gemachten Vorwürfe gewesen sein, daß ich an dieser Stelle mit der Wahrheit hinterm Berg hielt. Oder war es das Gefühl, daß mir der unbekannte Meister hier eine allerletzte Mitteilung hatte zukommen lassen – eine, die nur für mich bestimmt war?

Nichts, antwortete ich, oder genauer gesagt, ein geschriebener Text, aber leider in einer mir unbekannten Sprache.

Die Herren gaben sich zufrieden, schienen geradezu aufzuatmen. Aus dem Verhör wurde nun wirklich eine lockere Unterredung. Man klopfte mir auf die Schulter, bewunderte die von mir gefertigten Schlüssel, erkundigte sich angelegentlich nach meiner bevorstehenden Abreise zur Schweizergarde.

Zwei der Herren steckten ihre Köpfe zusammen und tuschelten, erst miteinander, dann mit meinem Onkel. Dieser nickte dienststeifrig, und nun wandte sich der strengste der drei – offenbar der Leiter der kleinen Delegation – an mich. Man habe eine Überraschung für mich: am nächsten Tag werde man nach Rom zurückkehren, und man habe beschlossen, mich im Wagen der Herren mitfahren zu lassen. »Treue und aufmerksame Diener wie dich braucht die Kirche«, schloß er seine Rede, »bleibe demütig und willig, dann wird der Herr stets Wohlgefallen haben an dir.«

So kam ich nach Rom: im gepolsterten Wagen einer vatikanischen Abordnung, vor der sich überall am Wegrand die Leute verneigten, wenn wir einmal anhielten.

Der Tag vor der Abreise war rasend schnell vergangen: Sachen packen, Abschiednehmen, letzte gute Ratschläge. »Halt Augen und Ohren offen, und das Maul zu!« flüsterte mein Großvater, als er mir sein Abschiedsgeschenk in den Wagen reichte: eine feste lederne Werkzeugtasche, geformt wie ein Koffer, mit massiven eisernen Verstrebungen.

Es blieb nicht einmal Zeit für Abschiedsschmerz und Tränen – die kamen später, in Rom. Allerdings noch nicht am ersten Tag, denn gleich nach der Ankunft warteten schon die ersten Aufgaben auf mich. Diverse Amtsstuben waren aufzusuchen, um all die Formalitäten zu erledigen, wie sie beim Eintritt in solche Institutionen wohl unvermeidlich sind: Unterkunft, Verpflegung, ärztliche Untersuchung, Zuweisung zu diesem und jenem Vorgesetzten, schließlich die

Anmeldung für die verschiedensten Unterweisungen und Einführungen. Diese Amtsgänge waren zwar lästig, aber in gewisser Weise auch beruhigend: zeigten sie doch, wie umfassend man uns hier betreute und anleitete.

Wohnen, so teilte man mir mit, würde ich in einem Zimmer gemeinsam mit drei Kameraden von der Schweizergarde. Einer von ihnen, Jakob mit Namen, holte mich aus der letzten Amtsstube ab, um mich zu unserem gemeinsamen Quartier zu bringen. Er lud sich einen Teil meines Gepäcks auf, und während wir über das weiträumige Gelände gingen, wies er mich hier und da auf verschiedene Gebäude hin, von denen er meinte, daß ich sie kennen sollte. Gelegentlich stellte er ein paar Fragen; die meiste Zeit aber erzählte er selber: von Rom, von sich, von den Zimmerkameraden.

Alle drei kamen sie aus der Berner Gegend. Aber während Jakob nun schon im dritten Jahr bei der Schweizergarde diente, waren die beiden anderen erst seit knapp einem Jahr dabei. Ursprünglich seien sie zu viert gewesen, berichtete er, doch habe einer von ihnen kürzlich den Dienst quittieren müssen.

Mir schien, daß fast ausschließlich er es war, der das Gespräch bestritt; aber ohne daß ich es merkte, hatte er in den wenigen Minuten auch schon das meiste von meinem Woher und Wohin erfahren. Ich war selber erstaunt, als er mich den Zimmergenossen mit den Worten vorstellte:

»So, hier ist Luigi, der Neue. Wir müssen uns mit ihm gut stellen; es gibt kein Schloß und keine Tür, die er nicht aufbekommt. Ihr könnt ihm also genauso gut gleich alles erzählen, denn eure Geheimnisse kriegt er sowieso heraus. – Darf ich bekannt machen«, wandte er sich an mich, »das hier ist Monsignore Albert, auch Albertus Magnus genannt.«

»Willkommen in der Wolfsgrube!« begrüßte mich der Angesprochene.

»Du mußt wissen«, erklärte Jakob mit einem Grinsen, »Albert ist unser Zimmerphilosoph. Daß der werte Herr in unserer Mitte weilt, ist eigentlich ein Irrtum; er ist nämlich von Hause aus ein heidnischer Missionar. Hier in Rom wollte er Wölfe jagen und den Papst bekehren, aber inzwischen hat er die Hoffnung aufgegeben. Wenn er auf Wache steht, dann fragt er sich immer, ob er eigentlich die Hirten vor den Wölfen beschützt oder die Wölfe vor den Schafen. Stimmt's, Albert?«

»Du sagst es«, antwortete dieser.

Josef, der dritte im Bunde, sagte gar nichts. Er war kaum älter als ich, bald zwei Meter groß, und als er mir die Hand schüttelte, schien er sich Mühe zu geben, nicht allzu fest zuzudrücken. Trotzdem tat mir noch eine Woche danach die Hand weh.

Sie waren zwar grundverschieden, doch kam ich mit allen dreien gut aus. Josef besaß nicht nur eine enorme Körperkraft, sondern auch eine kaum geringere Gutmütigkeit und Herzlichkeit. Jakob schien so etwas wie die hausinterne Nachrichtenzentrale zu sein: was einer der Gardisten erlebt oder erfahren hatte, das wußte bald auch er, und was Jakob wußte, das wußten am nächsten Tag alle – oder jedenfalls alle, die es wissen sollten.

Denn trotz seiner Redseligkeit war er alles andere als ein Schwätzer. Es kam vor, daß er mitten im Satz, ohne den Tonfall zu verändern, das Thema wechselte: dann war entweder einer der Geistlichen in der Nähe, oder aber jemand wie der aus Genf stammende Justin. Dem nämlich sagte man nach, daß er den Oberen gelegentlich kritische Äußerungen der Kameraden hinterbringen würde.

Während Jakob ein geradezu zweckfreies Vergnügen daran hatte, Nachrichten aller Art zu erfahren und weiterzugeben, war Albert ganz anderer Natur. Er war ein scharfsinniger Freidenker: offen und kritisch, sarkastisch, wenn nicht zynisch – Ankläger und Richter in einer Person. Wie bei den meisten Zynikern, so war bei ihm immer die Hoffnung zu spüren, seinen Zynismus vom Leben widerlegt zu finden – eine Hoffnung, die sich auch bei ihm kaum einmal erfüllte.

Ich war von meinem Großvater schon einiges an Lästereien gewöhnt, aber im Vergleich zu Albert war er der reinste Katechismus. Zum Beispiel unterhielten wir uns einmal über die Rolle der Geistlichen, als Albert sagte:

»Es muß doch einer ganz schön verbogen sein, damit er den Beruf eines Gottesredners ergreift. Meinst du nicht auch?«

Ich sah ihn fragend an, und er fuhr fort: »Ein Beruf, der es dir zur Pflicht macht, sogar im Zustand von Zweifel und

Verzweiflung ständig den Ruhm Gottes im Mund zu führen, muß dich doch zwangsläufig zum Heuchler und Lügner machen. Wenn es wirklich einen Gott gibt, dann kann ich mir nicht vorstellen, daß ihm so etwas gefällt. Mir jedenfalls würde das Lobpreisen und Singen von Leuten, die dafür bezahlt werden, auf die Nerven gehen – dir etwa nicht?«

Und als ich nicht antwortete, fügte er hinzu: »Hast du dich nie gefragt, warum Gott eigentlich das Opfer von Abel angenommen hat, und das von Kain nicht?«

Ich mußte zugeben, daß ich nie darüber nachgedacht hatte; es war mir immer selbstverständlich vorgekommen.

»Ich kann es dir sagen«, erklärte Albert, »es war nämlich so: Kain hatte sich einen Wochenplan gemacht, auf dem stand für Sonntagmorgen der Programmpunkt ›Opfer & Gottesdienst‹. Das zelebrierte er Woche für Woche mit denselben Worten und Bewegungen, und meistens in schlechter Laune: weil sein Bruder gar nicht daran dachte, an dieser Zeremonie teilzunehmen. Abel nämlich dankte Gott immer nur dann, wenn ihm tatsächlich nach Danken zumute war, und wenn er mit seinem Gott sprach, hatte er ihm auch wirklich etwas zu sagen. Kein Wunder, daß Gott ihm lieber zuhörte als dem Kain.«

Wieder machte er eine Pause, dann schloß er mit den Worten:

»So war es, Luigi: Kain war der Erfinder des Rituals, und genau wie er hassen auch seine Nachfolger alle, die sich dem Ritual nicht unterwerfen. Abel war der erste, der deswegen erschlagen wurde – aber bei weitem nicht der Letzte, wie du weißt.«

Solche Gedanken waren in der ersten Zeit für mich gelegentlich irritierend; doch verstand ich Albert mit der Zeit immer besser. Auch die Berichte der anderen Kameraden waren kaum dazu angetan, mein Bild der Geistlichkeit zu verschönern. Jakob – wie üblich in plauderndem Tonfall, aber in der Sache nicht weniger scharf – gab mir erste Einblicke in die im Vatikan herrschenden Beziehungen: ein Netz von Eitelkeit, Eifersüchteleien und Intrigen inmitten dessen, was doch das Zentrum der Christenheit hätte sein sollen. Im Speisesaal gab es kaum einen Tag, an dem nicht neue Berichte von Übeltaten hoher wie niedriger Geistlicher die Runde machten. Selbst der gutmütige Josef zeigte einen Ausdruck von Verachtung, wenn etwa der Name des Kurienkardinals Garrota genannt wurde.

Nur Albert schien sich selten über solche Berichte aufzuregen. »Was wollt ihr«, sagte er achselzuckend, »wo keine frische Luft hinkommt, verfault und verschimmelt auf Dauer alles. Warum soll es in der Kirche anders sein?«

Ich gab ihm innerlich recht. Und doch war ich mir nicht sicher, ob ich wirklich ganz mit ihm übereinstimmte. Wollte er ernsthaft die gesamte kirchliche Hierarchie abschaffen – bis hin zum Amt des Geistlichen?

Als ich ihn einmal darauf ansprach, fragte er:

»Kennst du die Rolle der Geistlichen bei den Protestanten?«

»Nein«, sagte ich, »keine Ahnung. Ist sie anders als bei uns?«

»Allerdings. Bei den Protestanten ist der Priester im Grunde nur Dolmetscher: er übersetzt die Schriften aus einer alten Sprache in die heutige. Er würde es sich nie anmaßen, sich als Gottes Stellvertreter zu bezeichnen, oder zu behaupten, er hätte aufgrund seiner Weihe irgendwelche von Gott verliehenen Vollmachten.«

»Und warum verlangen auch die Protestanten für die Taufe einen Pfarrer?« fragte ich. »Und außerdem: warum wirst du eigentlich kein Protestant?«

»Aber ich bin doch einer«, antwortete er mit einem Grinsen, »wenn auch bisher noch ein verkappter. Und was das andere angeht: natürlich widerspricht es dem evangelischen Geist, wenn die protestantischen Bischöfe das Recht zu taufen für sich und ihre Angestellten reservieren. Da siehst du es ja: jede kirchliche Hierarchie hat das Bestreben, immer mehr Rechte und Vorrechte für sich zu okkupieren; sie will ja nicht brotlos werden. Und heimlich beneiden sie alle das Ritual und die angemaßten Vollmachten ihrer katholischen Amtsbrüder.«

Natürlich bestand mein Leben nicht nur aus Gesprächen und Diskussionen, sondern auch aus Arbeit. Was diese betraf, so hätte ich als Gardist jetzt eigentlich strammstehen und exerzieren müssen. Doch merkte ich schon in den ersten Wochen, daß man mich offenbar für andere Aufgaben vorgesehen hatte.

Welcher Art diese waren, zeigte sich bald. Noch in der Vorbereitungszeit, in der die Neuankömmlinge in die Sitten des Hauses eingeführt und auf ihre Zuverlässigkeit hin geprüft wurden, zog man mich wie beiläufig zu allerlei handwerklichen Aufgaben heran. Sie erwiesen sich zuerst als kinderleicht, dann als immer schwieriger. Kein Zweifel: man wollte mich auf die Probe stellen.

Und ich denke, daß ich all diese Proben mit Glanz bestand; die Schule des alten Meisters und seiner Truhe zahlte sich aus. Mein gutes Auge, meine sichere Hand, nicht zuletzt die beweglichen Winkelspiegel, die ich als wichtigstes Werkzeug in meinem Gepäck mitgebracht hatte, trugen mir viel Lob und Anerkennung ein – und auch einige heimliche Neider.

Davon allerdings merkte ich vorerst noch nichts. Denn die Prüfung meiner handwerklichen Fähigkeiten war bei weitem nicht alles, was die ersten Monate an Neuem mit sich brachten.

Meine Aufgaben erhielt ich in der Regel von einem alten Mönch namens Alfredo Ortega zugewiesen. Ortega, ein gebürtiger Spanier, wirkte auf den ersten Blick schweigsam, oft auch bedrückt oder mürrisch, was mich zuerst einige Furcht vor ihm empfinden ließ. Doch merkte ich bald, daß er zwar verschlossen und vorsichtig war, aber im Grunde ein guter und freundlicher Mensch.

Er gab mir, nachdem wir uns kennen- und schätzengelernt hatten, zahlreiche Hinweise und Ratschläge, die ich auch von Albert oder Jakob nicht hätte bekommen können. So war er es, der mir die komplizierte Hierarchie im Vatikans erläuterte – ein von außen kaum durchschaubares Geflecht von Subordinationen, Abhängigkeiten und Rivalitäten, die sich dem geschulten Ohr Ortegas schon aus dem Tonfall offenbarten, in dem zwei Männer sich gegenseitig als »Bruder« begrüßten.

Und als ich ihm, ohne Namen zu nennen, von einigen ketzerischen Gedanken und Berichten erzählte, die ich »irgendwo gehört« hätte, da war er aufrichtig genug, sich nicht mit leeren Phrasen aus der Affäre zu ziehen. Ja, er machte nicht einmal den Versuch, Alberts Thesen zu widerlegen oder Jakobs Berichte zu korrigieren. Doch bemühte er sich, in mir Verständnis für die Umstände zu erwecken, in denen jemand zum Opportunisten oder zum Feigling werden kann. Mir schien, daß es wohl auch in seiner Vergangenheit dunkle Flecken gab, für die er sich vielleicht Verständnis gewünscht hätte.

»Gewiß«, sagte er, »kaum jemand wird zum Mönch oder zum Priester, an dem kein Verbrechen begangen wurde, oder der keines begangen hat – sei es am eigenen oder am fremden Leben. Allerdings, Luigi: so etwas darf ich zwar sagen, denn ich bin alt und am Ende meiner Reise. Dir aber rate ich, solche Sätze außerhalb dieser Wände auch dann niemanden hören zu lassen, wenn man dich dazu auffordert. Quod licet Jovi, non licet bovi; was dem alten Mönch erlaubt ist, darf der junge Springinsfeld noch lange nicht – verstanden?«

Ich verstand ihn nur zu gut, denn ich hatte den Rat meines Großvaters nicht vergessen. Ohne viel zu sagen, ging ich mit offenen Augen und Ohren umher, sah, hörte und lernte. Darunter etwas, das mir in der Folgezeit von großem Nutzen sein sollte: Latein. Als nämlich Ortega eines Tages die Neugier bemerkte, mit der ich in seinen alten Folianten blätterte, sagte er lachend: »Luigi, das sind keine Bilderbücher, sondern lauter gesammeltes Wissen und Denken – meinst du, so etwas würde dich interessieren?«

Von da an gab er mir, fast ohne daß ich es merkte, eine behutsame Einführung in die lateinische Sprache. Das fiel mir um so leichter, als mir das Italienische von klein auf als zweite Muttersprache geläufig war. Bald las ich mit zunehmender Geläufigkeit die Schriften Cäsars, Vergils oder Senecas, ebenso wie die Schriften der Kirchenväter, und natürlich auch die lateinische Fassung der Heiligen Schrift. Es haben jedoch, wie ich aus dem späteren Gang der Ereignisse schließen muß, unsere Vorgesetzten von diesem Unterricht offenbar lange Zeit keine Kenntnis gehabt.

Währenddessen hatte sich mein Ruf als geschickter Schlosser immer weiter – besser gesagt, immer höher – herumgesprochen. Gelegentlich kam es vor, daß ich eine Arbeit nicht beenden konnte, weil ich von ranghöherer Stelle einen dringenden Auftrag erhielt. Dann mußte die begonnene Arbeit von einem anderen Schlosser weitergeführt werden, was nie erfreulich war: entweder der Herbeigerufene konnte die

Arbeit beenden – dann fühlte er sich zurückgesetzt, weil ich ihm höheren Ortes vorgezogen wurde. Oder aber er war nicht imstande, die Aufgabe zu bewältigen – dann war er in seiner Berufsehre gekränkt und mir von da an gleichfalls nicht wohlgesonnen.

Am schlimmsten war es, wenn ich zu einer Arbeit gerufen wurde, mit der andere nicht zurechtgekommen waren. Dann standen die Kollegen um mich herum und behaupteten, mir die Daumen zu drücken, während sie mich in Wahrheit zum Teufel wünschten und hofften, ich würde wie sie an der gestellten Aufgabe verzweifeln. Zwar bemühte ich mich nach Kräften, mir ihr Wohlwollen zu erhalten oder zurückzugewinnen: etwa, indem ich gelegentlich so tat, als brauchte ich ihren Rat und ihre Hilfe. Doch konnte ich damit nur die einfältigeren Kollegen täuschen. Unter den dienstälteren Schlossern gab es nicht wenige, die mir insgeheim grollten, und wenn ich nicht in Bruder Cornelius, dem weißhaarigen holländischen Obermeister, einen väterlichen Freund gehabt hätte – wer weiß, ob mir nicht eines Tages (oder besser gesagt: viel früher, als es so geschah) in den langen Stollen der vatikanischen Keller etwas Übles zugestoßen wäre.

8
Revolution

Meldungen aus den »Berlinischen Nachrichten«:

Prag, 17. September 1868. [Eine Instruction des böhmischen Episcopats] ist in den letzten Tagen an den Clerus versandt worden. Dieselbe verordnet in 35 Punkten, wie die Geistlichkeit in Bezug auf das Ehegesetz vorzugehen habe.

Die Instruction stellt in Abrede, daß die Ehe ein bürgerlicher Vertrag sei; wer ihren kirchlichen Charakter leugne, verdiene den Bannstrahl. Die neuen Ehegesetze seien illegal; der Staat sei zu denselben nicht berechtigt, er könne nur staatliche, nicht kirchliche Institutionen lösen. Die kirchliche Gesetzgebung und Ehegerichtsbarkeit bleibe aufrecht, alle Civil-Ehen seien als ungültig anzusehen. Mann und Weib, die Civil-Ehen eingingen, seien öffentlich für Sünder zu erklären, sacramentale Absolution sei ihnen selbst nach der Beichte zu verweigern. Civil-Ehegatten seien unfähig, als Paten bei Taufen zu fungieren, kirchliches Begräbnis sei ihnen zu verweigern.

Paris, 20. September 1868, abends. [Die Nachrichten der Abendzeitungen aus Spanien] sind größtenteils unsicher und beruhen auf Gerüchten. Die *France* und die *Opinion nationale* erwähnen das Gerücht, die Königin Isabella wolle abdanken. Dem *Gaulois* zufolge wären an mehreren Punkten des Königreichs revolutionäre Bewegungen ausgebrochen, welche indessen aus Mangel an einheitlicher Leitung im Keim erstickt worden seien. In Madrid und den Provinzen soll große Aufregung herrschen. Der *Figaro* hält die Bewegung für sehr ernst, da sich dieses Mal alle Parteien gegen die Königin verbunden hätten. Der *Temps* will wissen, daß eine große Anzahl spanischer Flüchtlinge Paris verlassen habe. Die *Agence Havas* meldet aus Madrid vom heutigen Tag: Die Königin ist von San Sebastian nach der Hauptstadt zurückgekehrt. Eine Begegnung mit dem Kaiser Napoleon hat nicht stattgefunden. Madrid ist in Belagerungszustand erklärt, die Stadt ist ruhig. Das Gerücht, die verbannten Generäle hätten die Canarischen Inseln verlassen, soll sich bestätigen.

Paris, 24. September 1868. [Die Unfehlbarkeit des Papstes als Glaubensartikel.] Das *Journal des Débats* veröffentlicht heute einen langen Artikel über einen bevorstehenden Kampf, der nächstes Jahr im großen Concil in Rom ausgefochten werden solle. Die Partei, welche jetzt in der katholischen Kirche herrsche und darin seit langer Zeit jeden intelligenten Widerstand unterdrücke, verfolge mit eben so vielem Erfolge als Beharrlichkeit das Ziel einer vollständigen Concentration und Unification. Niemals habe das Prinzip der absoluten Einheit mit einem erstickenderen Gewicht auf der Kirche und auf den Gewissen gelastet, als jetzt. Und die Krönung dieses Gebäudes werde auf dem nächsten Concil die Proclamation des Dogmas von der päpstlichen Infallibilität sein.

Madrid, 29. September 1868. [Der Sieg der Revolution.] Der entscheidende Zusammenstoß zwischen dem Befehlshaber der königlichen Truppen und den Insurgenten ist, wie nach den Bewegungen der beiden Armeen vorherzusehen war, in der Gegend von Cordoba erfolgt. Novaliches ist geschlagen. In Madrid hat eine Erhebung stattgefunden ohne Blutvergießen. Truppen und Volk fraternisieren mit einander. Die Dynastie ist gestürzt und eine neue Regierungsform soll eingeführt werden. Eine aus allgemeinen Wahlen hervorgehende constituierende Versammlung soll über die fernere Gestaltung der Dinge zu entscheiden haben. Einstweilen ist eine provisorische Regierungsjunta eingesetzt worden, welche aus vier Progressisten, vier Liberalen und vier Demokraten besteht.

Madrid, 8. Dezember 1868. [Die Wahlen.] Endlich ist das Decret erschienen, das die constituierenden Cortes auf den 11. Februar 1869 einberuft und die Wahlen auf den 15., 16. und 17. Januar anberaumt. Die Freiheit des Unterrichts, der Versammlung, der Presse, die religiöse Freiheit, das Decret über das allgemeine Stimmrecht und andere Reformen liefern den Beweis, daß die Regierung alles aufbot, was die Bewegung zu einem guten Ziele führen kann. Der jetzige Augenblick erscheint günstig, um der gebieterischen Notwendigkeit zu genügen und die Cortes einzuberufen.

Paris, 22. Dezember 1868. [Ein Schreiben des Papstes.] Der Bischof von Montpellier, einer der tapfersten Kämpfer gegen den höheren Unterricht der Mädchen, hat soeben folgendes Breve des Papstes erhalten:

»Wir wünschen Ihnen Glück, ehrwürdiger Bruder, daß Sie Ihre Stimme erhoben haben, um auf die neuen, der guten Erziehung der Mädchen gelegten Fallstricke hinzuweisen und die Verwegenheit zu ahnden, mit welcher man eine höchst gefährliche Einrichtung nicht bloß als ungefährlich, sondern sogar als nützlich und empfehlenswert darstellt.

Man stützt sich auf die Erfahrung der unterrichtenden Professoren, sowie auf den Schutz und die Leitung, welche ihr eine sehr fromme Fürstin angedeihen läßt. Aber alle diese Bürgschaften ändern nichts an dem Grundfehler einer Institution, welche für die Gesellschaft nicht gute und auf der Höhe ihrer Aufgabe stehende Familien-Mütter vorbereitet, sondern Frauen, welche sich aus eitler und ohnmächtiger Wissenschaft hochmütig aufblähen. Diese Bürgschaften ersetzen nicht den Mangel an katholischem Geiste, welcher allein im Stande ist, Geist und Gemüt zu bilden; sie können auch nicht den Gefahren vorbeugen, welchen die Bescheidenheit des zarten Geschlechtes in der Öffentlichkeit ausgesetzt ist.

Jedermann erkennt ferner, daß die vorsichtigen Männer, welche, wie man sagt, ihren Unterricht einige Zeit lang in den Schranken einer angemessenen Zurückhaltung bewahrt haben, sich nicht für die Vorsicht anderer und für ihre eigene Vorsicht bei der ferneren Ausübung ihres Amtes verbürgen können. Es ist beklagenswert, daß man zu den Mitteln, welche schon bisher angewendet wurden, um den Geist der Jugend zu verderben, noch Einrichtungen hinzufügt, welche die heranwachsenden jungen Mädchen in ihrem Glauben stören können. Widersetzen Sie sich, ehrwürdiger Bruder, mit aller Ihrer Kraft einem so großen Übel, welches gleichzeitig die Religion, die Familie und das Vaterland bedroht!«

Gegeben zu Rom u.s.w.,
Pius IX., Papst.

9
Und du wirst sein wie Gott

Wenn jemand behauptet, die römischen Päpste und die allgemeinen Konzilien hätten Rechte der Fürsten usurpiert und auch in der Festsetzung der Glaubens- und Sittenlehre geirrt – der sei verflucht.
Pius IX., Syllabus errorum

Tagebuch des Heinrich Wilhelm Lehmann:
Rom. Freitag, 20. August 1869

Damals, nachdem mich Luigi zu einem Abstecher in den Tessin eingeladen hatte, war ich mir zunächst unschlüssig, ob ich dieses Angebot einer freundlichen Zufallsbekanntschaft wirklich in Anspruch nehmen sollte. Dabei hätte ich Luigi schon nach den wenigen Stunden gut genug kennen müssen, um mindestens eines von ihm zu wissen: daß er nichts nur so dahinsagte, selbst nach einigen Gläsern Wein nicht.

Einige Tage später – als ich schon dabei war, die Rückfahrt nach Berlin vorzubereiten – fand ich in meinem Gasthaus einen Brief von ihm vor. Er war in Lugano abgesandt, und als hätte er von ferne meine Gedanken gelesen, ermahnte er mich, seine Einladung nicht als bloße Geste der Höflichkeit anzusehen: er rechne mit meinem Besuch und warte auf Nachricht.

Ich beschloß, die Entscheidung meinen Vorgesetzten zu überlassen. Also telegraphierte ich nach Berlin: es erscheine sinnvoll, das Terrain einer möglichen Bahntrasse über den Gotthard zu erkunden; ich bitte um entsprechende Anweisungen. Schon am nächsten Tag kam die Antwort: man begrüße meinen Vorschlag und sei mit einer Verlängerung des Reiseplanes um zehn Tage einverstanden. Sofort schrieb ich an Luigi und traf die Vorbereitungen für die Fahrt.

Ausgerechnet in den letzten beiden Tagen, die mir in Rom blieben, ergab sich eine bedeutsame Veränderung. Ich wurde nämlich im Vatikan einem Mitarbeiter vorgestellt, der als erster von allen, mit denen ich bis dahin zu tun gehabt hatte, wirklich etwas von der Materie verstand: Pater Cossa.

Der Pater war, bevor er die geistliche Laufbahn eingeschlagen hatte, Ingenieur gewesen. Und wie ich erst jetzt erfuhr, wäre er normalerweise von Anfang an mein Ansprechpartner gewesen. Doch war er selber auf einer Dienstreise in Frankreich, und es hatte natürlich niemand für nötig befunden (oder wäre dazu befugt gewesen), mir davon Mitteilung zu machen. Nun war er begierig, von mir Genaueres über die Situation in Deutschland und im Königreich Italien zu erfahren; er fand es höchst bedauerlich, daß ich schon abreisen wollte.

»Bleiben Sie doch noch eine Woche!« drängte er. »Wenn Sie wollen, schicke ich selber eine Depesche an Ihre Gesellschaft, daß wir Sie hier noch brauchen.«

»Sehr freundlich«, antwortete ich. »Aber ich habe schon Anweisungen, einiges in der Schweiz zu erledigen. Und im Tessin wartet ein Freund, den ich besuchen will.«

»So so, ein Freund im Tessin«, meinte Cossa. »Dann müssen Sie wohl fahren. Vielleicht sehen wir uns ja noch einmal wieder – gute Reise!«

Und schon in diesem Augenblick hatte ich das Gefühl, daß ich redseliger gewesen war, als ich hätte sein sollen.

Ich traf gegen Abend in Lugano ein; wie versprochen, erwartete mich Luigi an der Station. Er war blaß und wirkte krank, noch deutlicher als beim ersten Mal. Doch wurde dieser Eindruck schnell verdrängt von der Freude darüber, daß unsere Begegnung nun wirklich ihre Fortsetzung gefunden hatte.

Auf dem einspännigen Pferdewagen, mit dem Luigi gekommen war, fuhren wir zu einem Gasthaus am Stadtrand, wo er zwei Zimmer gemietet hatte. Wir aßen zu Abend, tauschten die neuesten Nachrichten aus und leerten noch eine Flasche Wein. Ich fühlte mich erschöpft, und da wir am nächsten Morgen früh aufbrechen wollten, beschlossen wir, es bei der einen Flasche zu belassen. – Übrigens hatte es sich zwanglos ergeben, daß wir uns vom ersten Augenblick an mit Vornamen anredeten.

Ich schlief tief und traumlos, bis mich ein Pochen an der Tür weckte. Luigi war schon bei Sonnenaufgang aufgestanden, hatte das Pferd versorgt und den Wagen vorbereitet. Wir frühstückten, verstauten das Gepäck und fuhren los. Luigi gönnte sich und dem Pferd kaum eine Pause; nur zum

Mittagessen kehrten wir kurz in einem Gasthaus ein. Trotzdem war es nicht mehr weit bis zum Sonnenuntergang, als wir endlich den Hof erreichten.

Ich fragte mich, wie ich es angesichts der unwegsamen Gegend und der Entfernung vom Gotthard schaffen sollte, die geplante Streckenführung in wenigen Tagen zu inspizieren. Aber wie gesagt: Luigi hatte seine angekündigte Überraschung nicht vergessen. Die Abschrift des Gutachtens, das der Kanton Tessin über das vorgesehene Terrain hatte anfertigen lassen – erst recht Luigis Anmerkungen dazu – erledigten diesen Teil meines Auftrags, ohne daß ich auch nur einen Fuß aus der Bahn oder dem Wagen hätte setzen müssen.

So war es eine herrliche Woche, die ich bei Luigi verbrachte. Jeden Abend plauderten und diskutierten wir bis tief in die Nacht, reichlich versorgt mit dem guten Wein, der in dieser Gegend wächst. Ich machte lange Spaziergänge, teils allein, teils gemeinsam mit Luigi; oder ich machte es mir in dem alten Liegestuhl auf der Hofterrasse bequem. Ich ließ den Herrgott einen guten Mann sein, sah den Hühnern und den weidenden Rindern zu, oder ich löste Luigi beim Holzhacken ab.

Was letzteres anging, bemühte ich mich sogar, es ihm ganz abzunehmen. Denn mir war aufgefallen, daß ihm von der Anstrengung gelegentlich schwindlig wurde; dann lehnte er sich an die Wand oder gegen einen Baum und rang nach Atem. Gleich darauf lachte er aber und sagte, während er sich den Schweiß von der Stirn wischte: »Es scheint, mein störrischer Bauernkörper mißgönnt dem Kopf seine Abendunterhaltung. Er soll sich noch ein paar Tage gedulden, dann kriegt er wieder seine Ruhe.«

Es stellte sich heraus, daß wir beide Vergnügen an Gedächtnisübungen hatten, und so machten wir uns einen Spaß daraus, uns gegenseitig zu prüfen. Luigi las eine Seite aus einem Buch vor, die ich beinahe fehlerfrei wiederholte, und ich las aus meinen Unterlagen zwei oder drei Dutzend zusammenhanglose Zahlen, die Luigi ohne Stocken und völlig fehlerlos wiedergab. – Daß ich ihm allerdings nicht wirklich das Wasser reichen konnte, zeigte sich einen Tag später: da hatte er die Zahlenreihen noch immer vollständig im Kopf, während ich meinen Text nur mühsam und mit vielen Fehlern zusammenbrachte.

Fast die ganze Woche herrschte angenehmes, sonniges Frühlingswetter. Und an dem einzigen Regentag stöberte ich in Luigis kleiner, aber bemerkenswert ausgestatteter Bibliothek. Sie befand sich im größten Raum des Hauses, von Luigi »Salonzimmer« genannt. Hier standen die vergangenen Jahrgänge des Luganer Bauernkalenders, aber auch Goethes »Dichtung und Wahrheit« und Kellers »Grüner Heinrich«, daneben Machiavellis »Principe« auf italienisch und die Werke von Horaz und Augustinus auf lateinisch. Neben Luthers Schriften fanden sich hier auch Rousseaus »Bekenntnisse« und Kleists »Michael Kohlhaas« – gerade letzteres ein Werk, das er besonders schätzte. Dies zeigte sich auf einem unserer Spaziergänge, wo Luigi, wie oftmals in diesen Tagen, auf das bevorstehende Konzil zu sprechen kam.

»Glaub mir, Enrico«, sagte er, »das hat es in der Kirchengeschichte noch nie gegeben: da wird ein Konzil geplant, und kein Mensch soll erfahren, worum es eigentlich geht. Inzwischen pfeifen es die Spatzen von den Dächern, aber sogar jetzt wagen sie noch nicht, es offiziell bekanntzugeben.«

»Du meinst die päpstliche Unfehlbarkeit?«

»Natürlich. Als du zum erstenmal von dem Konzil gehört hast – was dachtest du denn, was sie vorhaben?«

»Bestimmt nichts Gescheites. Dachte mir, vielleicht will man wieder einmal prüfen, wieviel Engel auf einer Nadelspitze Platz finden. Oder wer außer Jesus und Maria noch alles vom heiligen Geist gezeugt wurde. Wie soll sich die Erde weiterdrehen, wenn das Volk über solch grundlegende Fragen nicht Bescheid weiß?«

Luigi fand meine Haltung unangemessen. »Mach keine Witze«, mahnte er, »die Sache ist ernst genug. Aber sage mir: als du dann gehört hast, daß sie den Papst in Fragen von Glauben und Sitte für unfehlbar erklären wollen – was war da dein erster Gedanke?«

»Ich dachte, *das* ist ein Witz. Ein Mensch soll unfehlbar sein – und das auch noch als Dogma? Lächerlich!«

»Du als Freigeist hast gut lachen, aber für die Kirche ist es verheerend. Ein Dogma ist ja nicht wie ein Gesetz, das man heute beschließt, und morgen, wenn es nichts taugt, wieder korrigiert. Nach den Anspruch Roms verkündet man dort niemals neue Lehren, sondern nur neue Formulierungen dessen, was immer schon geglaubt wurde. Wenn man also den Papst für unfehlbar erklärt, dann heißt das, die Päpste waren in Glaubenssachen schon immer unfehlbar. Ist dir klar, was daraus folgt?«

»Und ob es mir klar ist! Daraus folgt, daß sich die Herren in Rom jetzt und für alle Zeiten lächerlich machen werden. Nimm bloß Ketzerverfolgungen und Hexenverbrennungen – alles Glaubensfragen, alles vom römischen Bischof befohlen und gesegnet! Wenn man jetzt sagt, die Päpste waren auch damals unfehlbar – dann waren demnach auch Folter, Scheiterhaufen und Glaubenskriege unfehlbar richtig? Ich bitte dich, Luigi – das kann doch nicht ernstgemeint sein!«

»Ist es aber! Die Kirche hat niemals Fehler gemacht – verstehst du? Und wenn es keine Fehler gab und gibt, dann kann natürlich auch nichts korrigiert werden! Mit anderen Worten: für alle Zukunft gibt es in dieser Kirche keinen Fortschritt und keine echte Veränderung mehr – Schluß, aus, und ihr Deutschen könnt eure theologischen Fakultäten, auf die ihr so stolz seid, genauso gut gleich zumachen. Unfehlbar, nach all den Verbrechen – begreifst du, was das bedeutet? Die Kirche schließt sich in einer Kloake ein und zerbricht für alle Ewigkeit den Schlüssel! Aber wer weiß – vielleicht kann ihnen ja Calandrelli ein bißchen in die Suppe spucken ...«

»Mir scheint«, sagte ich, »du würdest am liebsten das ganze Konzil in Brand setzen. Ist es so, Herr Luigi Kohlhaas?«

»Gut beobachtet«, erwiderte er. »Kohlhaas ist mir tatsächlich wie ein Bruder. Luigi Kohlhaas – warum eigentlich nicht ...«

Seltsam: daß ich Luigis Namen auf diesen Seiten nenne, erzeugt in mir ein ungutes Gefühl – als müßte ich ihn und seine Familie noch immer beschützen, sogar über seinen Tod hinaus. Zwar sage ich mir wieder und wieder: was gibt es hier zu verbergen? Hatte Luigi etwas verbrochen oder etwas zu verheimlichen? Hat er nicht seine Aufzeichnungen gerade mir, einem Fremden, übergeben, und damit deutlich seine Hoffnung zum Ausdruck gebracht, sie der Öffentlichkeit zur Kenntnis zu bringen?

Und doch spüre auch ich den Druck des Geheimnisses, das Luigis Leben verdüstert hat, und das ihn wohl einmal zu mir sagen ließ (damals wußte ich noch nicht, was er damit meinte): Gott ist die Offenheit – das Geheimnis ist der Satan.

Wobei ich im Grunde, meinem eigenen Credo entsprechend, »Gott« in Anführungszeichen setzen müßte – denn ich verwende nicht gerne Begriffe, über deren Inhalt sich nur spekulieren läßt. So daß der Stoßseufzer Luigis heißen müßte: Gott, wenn man über ihn sprechen könnte, wäre die Offenheit. Allerdings wäre das nicht im Sinne Luigis gewesen. Denn für ihn war das Religiöse machtvolle Wirklichkeit, nicht weniger wirklich als die Kühe, die auf seiner Alm weideten, nicht weniger lebendig als seine beiden Söhne, die er mehr verwundert als stolz zu kräftigen Bauernburschen heranwachsen sah. Ja, die Wirklichkeit des Religiösen stand für ihn vielleicht noch über der seiner resoluten, ganz der Gänse- und Schweinezucht hingegebenen Ehefrau, die mich mit deutlichem Mißtrauen musterte, wenn Luigi und ich bis spät in die Nacht über Gott und die Welt diskutierten – ich mit Anführungszeichen, Luigi ohne.

Immer wieder beschäftigten ihn die Pläne der Jesuiten, die Unfehlbarkeit zum Dogma zu erheben. Einmal sagte er, voll Zorn und Bitterkeit: »Es widerspricht der Vernunft, und es spottet jeder Erfahrung. Mehr noch: es ist eine Lästerung! Ein Mensch verkündet, der Wille des Höchsten sei ihm offenbar! Man hört förmlich die Schlange aus dem Paradies, wie sie flüstert: unfehlbar – du wirst sein wie Gott. Allein der Gedanke ist schrecklich! Aber nun von den Gläubigen verlangen, daß sie bei Strafe der Exkommunikation daran glauben – das ist wahrhaft teuflisch.«

»Luigi«, versuchte ich ihn zu beruhigen, »nimm es nicht so tragisch. Wer etwas Logik und einen Funken gesunden Menschenverstand hat, kann doch darüber nur lachen. Ein Esel bleibt ein Esel, und wenn tausend Esel ein Konzil machen und beschließen, sie wären Adler, dann bleiben sie trotzdem Esel.«

Mein Einwand machte ihn nur noch erregter. Er griff zur Weinflasche und füllte die Gläser auf; dann sagte er grimmig:

»Du weißt gar nicht, wie recht du hast. Das ganze Übel beginnt nämlich mit der Behauptung, die Kirche in ihrer Gesamtheit, oder auch ein Konzil könnte nicht irren. Schließlich, was war denn das allererste Konzil? Doch wohl die Gemeinschaft der Jünger. Und selbst als Jesus noch unter ihnen war, was haben sie da von sich gegeben? Lauter einfältiges Zeug, Angst und Zweifel. Zehn von ihnen liefen brav hinter Jesus her und stellten dumme Fragen, der elfte war ein Verräter. Und der zwölfte war ein gewalttätiger Schläger – aber nur, wenn die andern dabei waren und ihm Mut machten, und sowie er allein war, hätte er vor Angst seine eigene Mutter verleugnet.«

Er atmete einige Male tief durch, als wollte er sich selber zur Ruhe zwingen; dann fuhr er fort:

»Wenn nicht einmal die Gegenwart von Jesus stark genug war, um zwölf Apostel bei Vernunft zu halten – gibt es auch nur die Spur einer Chance, daß es nach seinem Tod besser wurde?«

»Nun ja«, meinte ich, »ist da nicht etwas, das die Katholiken den Heiligen Geist nennen?«

»Katholiken ist gut – wenn ich mich nicht irre, gibt es dieses Etwas auch bei Luther und euch Protestanten! Aber daraus abzuleiten, daß Kirche oder Konzil niemals irren könnten, ist natürlich lächerlich. Denn die Mischung, wie sie unter den Jüngern herrschte, ist bis heute in jeder Kirche gleichgeblieben: auf zehn demütige Mitläufer kommen ein Verräter und ein machtgieriger Schläger. Wenn die zusammen sind, dann steht leider nur eines immer wieder unfehlbar fest: daß die Milden und Demütigen den Verrätern und den Schlägern das Feld räumen.«

Und als ich schwieg, sagte er nach einer Weile: »Ich weiß, du glaubst nicht dran – aber denk dir einmal, es gäbe einen Gott und einen Propheten, und eine Offenbarung, die Freiheit und Liebe verkündet. Und jetzt stell dir vor, du bist der Teufel, und deine Versuche, den Propheten zum Schweigen zu bringen, sind mißlungen. Was würdest du tun?«

»Ich würde«, antwortete ich, »eine Institution aufbauen, die das alleinige Recht beansprucht, die göttliche Offenbarung zu predigen, deren Handeln aber in Ausbeutung, Drohung und Gewalt besteht. Jetzt hört das Volk zwar täglich die Botschaft der Liebe, aber nur als Teil der Unterdrückung. Bald empfindet es nicht nur die Prediger als Lügner, sondern auch die Botschaft selber als Lüge – und die Offenbarung ist verloren.«

»Du sagst es«, bestätigte Luigi. »Tempel, Berufspriester, eine unerbittliche Amtskirche – genauso hat er es gemacht.«

10
Die Unterwelt der Heiligen

*Rekonstruktion der Aufzeichnungen
des Luigi Calandrelli (3):*

Endlose Gänge, abgrundtiefe Schächte. Düstere Schluchten, von Menschen erdacht und gemauert; meterdicke Gewölbe in ewiger Dunkelheit. Eine nachtschwarze Burg, eine Kathedrale der Finsternis – das ist die Unterwelt der vatikanischen Verliese.

Leblosen Schlangen gleich, dringen diese Gemäuer labyrinthisch verzweigt zu immer tieferen Erdschichten vor: hinab bis in stickige Tiefen ewiger Lichtlosigkeit, wo selbst das Echo seltener Schritte zaghaft verklingt, und wo niemand wagt, auch nur laut zu atmen, geschweige denn an die Mauern dieses Mahnmals der Finsternis zu klopfen. Denn jeder spürt: jenseits dieser Steine beginnt die Hölle.

Was hier geschah, bringt keine Sonne an den Tag. Hier ist die Nacht selber in Ketten geschmiedet, auf ewig und unentrinnbar. Wer hier schrie, den hörte kein Mensch und kein Gott; wer hier starb, der schmeckte den Tod als Erlösung. Was diese Kammern verbergen, das soll die Welt vergessen – für immer.

Denn nichts fürchtet die römische Kurie so sehr wie die Erinnerung. Längst ist ihr stärkster Verbündeter das schlechte Gedächtnis unseres wie berauscht dahinfliegenden Zeitalters; nur diesem ist es zu verdanken, daß die Kirche es überhaupt wagen kann, in Fragen von Sitte und Moral auch nur das leiseste Geflüster von sich zu geben, ohne daß ein Sturm von Empörung und Gelächter ihr schamloses Geheuchel hinwegfegt.

Um daher zu gewährleisten, daß Verborgenes wirklich verborgen, das Geheimnis geheim, Vergessenes unerinnert bleibt – deshalb nun hat es mit den vatikanischen Kellern und Verliesen eine Bewandtnis eigener Art. Es äußert sich nämlich die innerkirchliche Rangfolge in dieser Unterwelt genau umgekehrt, als man dies von den majestätischen Gebäuden großer amerikanischer Unternehmen berichtet. Während sich dort die Wichtigkeit eines Mannes an der Höhe der Etage mißt, in der sein Büro liegt – in der alleroberesten der Generaldirektor –, zeigt sich die Position eines vatikanischen Würdenträgers in genau entgegengesetzter Richtung: nämlich daran, bis zu welcher Tiefe der vielfach versperrten und verriegelten Kellergeschosse er Zugang hat.

Auf diese Weise stellt jede Etage eine zuverlässige Schranke für alle darunterliegenden dar. Dafür sorgen zum einen die Wächter, in deren Zugangsbücher sich jeder eintragen muß, der hier auftaucht. Vor allem aber achten die Zugangsberechtigten eifersüchtig darauf, daß niemand, der nicht im Rang höher stünde, tiefer in die dunklen Abgründe hinabsteigt als sie selber. So sind denn die Vorschriften und Gesetze hier unten noch um ein Vielfaches strenger als an der Oberwelt. Und die Hierarchie, die im Licht der Sonne und des Lebens oftmals unscharf und schwankend zu sein scheint, ist hier in der Tiefe von unerbittlicher Klarheit.

Für Personen wie mich, die sich in den verschlungenen Beziehungen der zahlreichen kirchlichen Institutionen nicht auskannten, war es daher üblich, dem Namen unbekannter Würdenträger den Rang ihres Kellerzuganges hinzuzufügen. So hieß der Vikar des Ordens von der Heiligen Rose in unserem Jargon »Bruder Umberto vom vierten Rang«, was bedeutete, daß er bis zum vierten Kellergeschoß hinabsteigen durfte. Kein sehr hoher Rang übrigens, denn er reichte nur wenig über die Tiefe der Vorratskeller hinab, und umfaßte von den indizierten Büchern nur die als »geringgradig kontrovers« eingestuften (soweit diese nicht ohnehin in den oberirdischen Archiven gelagert waren).

Der immense Bedarf an verborgenen Räumlichkeiten, den der Vatikan von alters her hat, ist allgemein bekannt. Er gab schon immer Anlaß zu Mutmaßungen und Spekulationen, wobei die Rolle der unterirdischen Gefängnisse meist im Vordergrund stand. Das ist angesichts der fürchterlichen

Verbrechen, die hier im Namen des Glaubens begangen wurden, nur allzu verständlich. Dennoch glaube ich, daß der Hauptgrund für den Raumbedarf des Vatikans ein anderer ist: nämlich das ureigenste Selbstverständnis der römischen Kirche und ihrer Oberhirten.

Dieses beruht einerseits auf strengstem Gehorsam, während sich andererseits die Kirche als Einrichtung von prinzipieller Ewigkeit versteht. Da nun von hier aus gesehen jeder Vorgang, jede Eingabe, jede Anordnung mittelbar mit dem päpstlichen Wollen und über dieses mit der Ewigkeit der Weltordnung selbst im Zusammenhang steht, gibt es kaum jemand, der befugt wäre, selbst bei belanglosen Unterlagen deren Vernichtung anzuordnen. Außerdem, wer weiß denn schon, ob nicht dieser oder jener bedeutungslose Geistliche, der hier eine Eingabe verfaßt, dort eine Rüge erhalten hat, dereinst in den Kreis der Heiligen oder Seligen aufgenommen wird? So daß Dinge, die jetzt vielleicht achtlos weggeworfen würden, sich im nachhinein als veritable Reliquien herausstellen würden?

Auf diese Weise sammeln sich über Jahrhunderte hinweg Gegenstände, Dokumente, Briefe, Berichte, Protokolle; der verflossene Teil der Ewigkeit manifestiert sich, wenn nicht in steinernen Prunkbauten, so doch in Bergen von Beschriebenem und Bedrucktem: lauter Schriftstücke, die einstmals Antrieb oder Fessel des gelebten Lebens waren, dann aber nur noch seine Asche.

Ist es übertrieben zu sagen, daß der Vatikan an seinem eigenen Ewigkeitsbedürfnis erstickt? Denn beides – die schriftgewordene Asche des Lebens ebenso wie seine Reliquien – beides braucht natürlich Platz, Platz, Platz, und drumherum Mauern, Türen und Schlösser, um all diese Dinge zu schützen und zu verbergen. Der Grad der Geheimhaltung aber, der für die einzelnen Stücke vorgesehen ist, bestimmt den Ort, an dem sie gelagert werden.

Zwar verfügt der Vatikan auch oberirdisch über bedeutende Räumlichkeiten für Bibliothek, Museum und Archiv. Doch ist der Schutz vertraulicher Dokumente an Orten, die einer größeren Zahl von Benutzern offenstehen, naturgemäß schwierig. Daher bildet die Lagerung in den nach dem Grad der Geheimhaltung abgestuften Kellergeschossen die einfachste Lösung.

Was nun in all den Verliesen und Schächten im einzelnen gelagert ist, und wer darüber entscheidet, was wohin gebracht wird, wem zugänglich ist und von wem überwacht und verwaltet wird – über all diese Fragen habe ich sogar von Bruder Alfredo keine erschöpfende Auskunft bekommen können. Doch ist vieles innerhalb des Vatikans allgemein bekannt, erst recht unter den stets zu Spott und Lästereien aufgelegten Handwerkern.

Für diese sind vor allem die mittleren Kellergeschosse ständiger Gegenstand von Witzen und Anspielungen. Hier nämlich lagern die Zeugnisse von Verfehlungen kleiner bis mittelhoher Geistlicher: Kindstötungen in Nonnenklöstern, Selbsttötungen vereinsamter kirchlicher Würdenträger, sodomitische Praktiken in Seminaren und Internaten – mit anderen Worten: Dokumente über all das Elend und die Tragödien, die sich zwangsläufig aus den naturwidrigen Geboten der Kirche ergeben müssen.

Ich habe schon davon gesprochen, wie mich das Verlangen, das mit der Pubertät über mich hereinbrach, in tiefe Verzweiflung stürzte: weil sich nirgendwo ein Weg zeigte, es zu stillen. Daß gerade die klebrige Neugier des Dorfgeistlichen mich auf den einsamen Ausweg der Selbstbefriedigung hinstieß, empfand ich zunächst als seltsamen Widerspruch. Später jedoch erkannte ich darin einen zwangsläufigen Zusammenhang.

Es war bei einer Diskussion mit meinen Kameraden: da kam die Rede auf den Vorfall, als dessen Folge in dem Zimmer ein Platz für mich frei wurde. Auch Justin war anwesend. Aber obwohl ihn viele als Denunzianten und Zuträger verdächtigten, schien seine Gegenwart das Gespräch eher zu beflügeln.

Die Geschichte war kurz und schnell erzählt: Pierre, der mit Albert, Josef und Jakob das Zimmer teilte, war in der Nacht zu einem Sonntag nicht vom Ausgang zurückgekehrt. Als er am Sonntagmorgen weder zur Messe noch zum Frühstück erschien, überprüften die Vorgesetzten den Schlafraum, wo sich das Bett des Vermißten als leer und unbenutzt erwies.

Am späten Nachmittag fand er sich, fröhlich vor sich hin pfeifend, wieder ein. Sofort rief man ihn zum Verhör. Die

Herren Vernehmer gaben sich äußerst streng und machten ihm heftige Vorhaltungen – und bauten ihm gleichzeitig eine goldene Brücke. Er hätte nur nachzusprechen brauchen, was sie ihm geradezu in den Mund legten, und alles wäre in Ordnung gewesen: er sei in schlechte Gesellschaft geraten und hätte zu viel getrunken; erst spät am Morgen sei er erwacht, aber ohne Geld in der Tasche, so daß er einen langen Fußmarsch habe machen müssen. Höchst tadelnswert, gewiß, aber am Ende nur eine läßliche Sünde – wenn er denn sein Verhalten bereue.

Pierre jedoch schien der Sinn mehr nach Todsünden zu stehen, als nach Reue und goldenen Brücken. Seelenruhig erzählte er, was geschehen war: in einem Tanzlokal hatte er eine junge Frau kennengelernt, deren Mann zur See fuhr. Pierre fand sie hübsch, sie schien ihn zu mögen, und mitten im Tanz flüsterte sie ihm zu, daß sie in Stimmung wäre, ihn zu sich nach Hause mitzunehmen. Also sei er mit ihr gegangen, sagte Pierre, ja, so sei es gekommen – die glücklichste Nacht seines Lebens.

Nun, damit war zwar sein Glück besiegelt, jedenfalls für diese Nacht, aber auch sein Schicksal in der Schweizergarde. Von diesem Augenblick an behandelte man ihn wie einen Aussätzigen. Er durfte nicht einmal ins Zimmer zurück, um seine Sachen zu packen; ein Hausdiener holte seine Habseligkeiten. Zwei kräftige Mönche brachten ihn zur Station und bewachten ihn bis zur Abfahrt der Postkutsche, ganz so, als wäre er ein Gefangener des Heiligen Offiziums.

Pierre ließ sich bis zum Stadtrand fahren, dann stieg er aus und bat die offenherzige Seemannsfrau um Asyl.

»Drei Wochen ließ er sich von der Frau verwöhnen«, sagte Jakob mit einem Seufzer. »Dann hatte sie genug von ihm und warf ihn aus dem Haus. Wahrscheinlich hat sie erkannt, daß er im Grunde ein Schurke war – was du schon daran sehen kannst, wie er sich uns gegenüber verhalten hat. Zwar hat er uns als seinen angeblichen Freunden geschrieben, was passiert ist – aber nicht, wie die Frau heißt und wo sie wohnt. Wie gesagt: ein Schurke. Aber beneiden tun wir ihn alle.«

»Nicht alle«, widersprach Justin. »Nein, Jakob – nicht alle beneiden so einen wie Pierre; du solltest da nicht von dir auf andere schließen.«

»Justin«, sagte Albert fast mitleidig, »nun spiel doch nicht den Heiligen. Wir fragen uns schon lange, warum du auf Wache immer rot wirst, wenn dich eine Frau nach dem Weg fragt. Glaubst du, die haben es alle auf dich abgesehen? Und hältst dich für den heiligen Franziskus, wenn du dann heldenhaft zu Boden schaust und nicht das Maul aufkriegst?«

»Na und?« sagt Justin trotzig, wenn auch mit hochrotem Kopf. »Immer noch besser als ein Hallodri und Ehebrecher wie Pierre. Und daß ihr ihn auch noch beneidet – na, da weiß man wenigstens, was man von euch zu halten hat.«

»Ach«, meinte Jakob, »am meisten haben ihn bestimmt die Patres beneidet. Ist doch klar: schon ein Kind, dem man etwas Angenehmes verwehrt, will das Verbotene erst recht haben. Genauso geht es den Geistlichen mit dem Geschlechtlichen: gerade weil es ihnen durch ihr Gelübde versperrt ist, müssen sie immer daran denken – wenn auch verdreht und verbogen durch das Bewußtsein ihrer Schuld.«

»Schuld?« fragte Josef, der dem Gespräch bis dahin schweigend zugehört hatte. »Verlangen, vielleicht, aber warum Schuld?«

»Weil«, antwortete Jakob, »sich jeder schuldig macht, der ein menschliches Grundbedürfnis wider besseres Wissen unterdrückt. Heißt es nicht, Geben ist seliger denn Nehmen? Aber damit der eine geben kann, muß doch der andere bereit sein, die Gabe anzunehmen. Wer seinen Körper verleugnet, macht darum nicht nur sich selbst ärmer. Er weist ja auch immer wieder die Gabe seines Nächsten zurück, der ihm vielleicht Lust und Zärtlichkeit schenken möchte. Was macht ein Priester, wenn eine Frau ihm zeigt, daß sie ihn begehrt? Entweder er fängt ein heimliches Verhältnis mit ihr an, oder er stößt sie zurück. So verletzt und verstümmelt er nicht nur sein eigenes Leben, sondern auch ihres, und in beidem liegt seine Schuld.«

»Du bist verrückt«, protestierte Justin. »Schon Paulus sagt: das Trachten des Fleisches bedeutet Tod, das Trachten des Geistes aber Leben und Frieden. Und wenn der Apostel ...«

»Ach, hör auf!« unterbrach ihn Albert. »Paulus hat auch noch anderes gesagt. Zum Beispiel schreibt er im Timotheus-Brief: wer Bischof werden will, soll ›eines Weibes

Mann sein‹, und er soll ›seine Kinder gehorsam und ehrbar halten‹. Soll er seine Kinder vielleicht mit dem Erzbischof zeugen?«

»Albert hat recht«, sagte Jakob. »Daß Gott den Menschen – den Priester eingeschlossen – in weiser Absicht als geschlechtliches Wesen geschaffen hat: ich glaube, das wissen die Geistlichen ganz genau. Also auch, daß es keine Lobpreisung der Schöpfung, sondern im Gegenteil eine Lästerung ist, wenn der Mensch sich den gottgegebenen Leib verstümmelt – sei es mit dem Messer, sei es durch Gebote.«

»Das ist ungeheuerlich«, wehrte sich Justin. »Ihr verleumdet alles, was dem Glauben und der Kirche heilig ist. Wie könnt ihr es wagen, das Priesteramt zu verspotten? Warum bewerft ihr alle diejenigen mit Schmutz, die ins Seminar oder ins Kloster eingetreten sind? Welcher Mönch oder Priester möchte denn anderes, als Gott und der Welt am innigsten zu dienen?«

»Ach, Justin«, sagte Albert – überhaupt nicht spöttisch, sondern eher in traurigem Tonfall. »Es sind doch zwei völlig verschiedene Schuhe: das, was einer ersehnt, und das, was er bekommt. Ich glaube dir ja gerne, daß sich die meisten Priester gewünscht haben, aus ganzen Herzen lieben zu können. Aber was finden sie? Ein Dogma, das ihnen gerade das verbietet! Und all die schwülstigen Phrasen von der Liebe zu Jesus und zur Heiligen Jungfrau – das kann vielleicht für die Gläubigen die Wirklichkeit des Priesters verbergen, aber nicht für ihn selber. Sonntag für Sonntag steht er auf der Kanzel und predigt von grenzenloser Hingabe – genau das, was ihm selber verwehrt ist.«

»Mein Gott«, flehte Justin, »es ist doch nicht alles nur Geheuchel, was in den Predigten gesagt wird! All die Gebete, all die Rufe nach Vergebung der Sünden, das Flehen um Erlösung der gequälten Seele – meint ihr, das wäre alles bloß Rhetorik, Routine, Schauspielerei?«

»Nein«, erwiderte Jakob, »bestimmt nicht. Nein, es hat schon seinen realen Kern, was da der Priester vom Himmel herabfleht, nur halt verdreht und falsch und letztlich doch gelogen. Denn *er* ist es ja, dem alles das fehlt – Glaube, Liebe, Hoffnung, nichts davon hat er im eigenen Herzen, schon gar kein Glück und keine Freude. In Wahrheit ist er nicht nur von den Menschen verlassen, sondern auch von Gott: so wie ein Ehemann auf Reisen bei seiner Frau keinen Platzhalter wünscht, so duldet der eifersüchtige Gott erst recht keinen Stellvertreter zwischen sich und den Gläubigen!«

»Also«, fragte Albert, »wem dient denn nun der Priester? Nun, zuallererst der Macht der Kirchenhierarchie – und weil er ihr die Verfügung über seinen Körper abgetreten hat, sogar als Leibeigener. Aber die Macht, Justin, strebt immer nur nach ihrer eigenen Erhaltung, in der Kirche genau wie überall. Darum trägt der Priester, ob er will oder nicht, weniger zum Glück des Menschen bei, als vielmehr zu seiner Unterwerfung.«

»Ich denke«, fügte Jakob hinzu, »das war auch der Grund, warum man über den Vorfall mit Pierre so erbost war. Mit den Glücklichen der Welt hat der Priester nämlich nichts mehr zu schaffen; er braucht die vom Leben Zerschlagenen und Verkrüppelten, um ihnen seine ranzig gewordene Zuneigung aufzudrängen. So ist es am Ende nicht Glück und Freiheit und der Segen Gottes, die er den Menschen wünscht, sondern Unglück und Not und die Verstrickung des Teufels – um dann schlangengleich die Wunden zu lecken, die niemand anders dem Gläubigen zugefügt hat als Kirche und Priesterschaft selber.«

»So ist es«, bekräftigte Albert. »Er hat seinen Körper verstümmelt, Gott und die Gläubigen verraten, seine Seele dem Moloch geopfert, dem er dient: bald ist er reif und bereit zu jeder Art von Verrat – wenn ihn die Kirche befiehlt.«

Justin war blaß geworden. »Nein, nein, nein!« rief er in höchster Erregung. »Das ist unerträglich, infam, lästerlich. Was bleibt dann noch? Was bleibt von der Kirche, wenn das Amt des Priesters nicht von Gott eingesetzt ist?«

»Was bleibt?« wiederholte Albert erstaunt. »Fragst du das im Ernst? Die Gläubigen natürlich – ist das nicht genug? «

»Jetzt reicht es mir«, sagte Justin und stand auf. »Ich denke nicht daran, mir das länger anzuhören! Ich werde –«

»Was wirst du?« rief Albert. »Uns melden, ja? Geh nur – wenn du dich nur nicht verrechnest! In welcher Zeit leben wir denn! Wir schreiben das Jahr achtzehnachtundvierzig; alles ist im Wandel, und du willst mir den Mund verbieten? Oder würdest du mich lieber verbrennen? Ich sage dir: es wird nicht mehr lange dauern, dann haben wir sogar hier im Kirchenstaat eine Verfassung. Geht dir das gegen den Strich? Im Reich des Papstes eine Verfassung? Am Ende wird der Heilige Vater noch den Sozialismus einführen, meinst du nicht?«

»Ihr seid ja alle verrückt«, sagte Justin und verließ den Raum.

11
Bahn und Bann

Meldungen aus den »Berlinischen Nachrichten«:

Constanz, 24. Januar 1869. [Excommunication.] Gestern hat die Stadt Constanz in Folge des Vorgehens der Curie gegen den allgemein geachteten Bürgermeister Stromeyer diesem einen großen Festtag bereitet. Es war bekannt geworden, daß demselben, auf Grund seines Eintretens für die gemischt-confessionellen Schulen, die angedrohte Excommunication nunmehr schriftlich mitgeteilt worden war. In Folge dessen fand sofort die Ankündigung einer Versammlung statt, und um die Mittagsstunde hatte sich eine große Anzahl der angesehensten Bürger in dem Theatersaal zusammengefunden.

Die Versammlung nahm einstimmig eine Erklärung gegen die Maßnahme der Geistlichkeit an. Sodann setzte sich ein imposanter Zug in Bewegung, um sich vor die Behausung des Herrn Bürgermeister Stromeyer am Stephansplatz zu begeben. Als der Bürgermeister am Fenster erschien, erscholl lauter Jubel, und die Hochrufe wollten kein Ende nehmen.

Berlin, 5. Februar 1869. [Die Entwicklung des Eisenbahnwesens.] Die genaueste und sicherste Statistik liefern bekanntlich die Eisenbahnen. Betrachten wir eine Privatbahn, die Berlin-Anhaltische Bahn, die 1849 mit 34 Locomotiven in Betrieb gesetzt wurde. 1867 hatte sich diese Zahl mit 73 Locomotiven mehr als verdoppelt. Die Zahl der Personenwagen stieg von 104 auf 151, die Zahl der Lastenwagen von 269 auf 1488. Die Anzahl der transportierten Personen wuchs von ca. 332.000 auf 1 Mill. 100.000, die der Güter von 1 Mill. 376.000 Ctr. auf 18 Millionen Centner.

Constanz, 11. Februar 1869. [Excommunication des Bürgermeisters.] Die erzbischöfliche Curie hat mit der Excommunication des Bürgermeisters Stromeyer ihren streitbaren Sinn soeben in einer Maßregel an den Tag gelegt, die in dem Lande Baden die größte Sensation gemacht hat. Prüfen wir den Fall näher, so werden wir sehen, daß die Geistlichkeit in einer ganz ungerechtfertigten Weise die Communen und den Staat provociert, daß sie sich völlig ins Unrecht gesetzt hat.

Der Bürgermeister Stromeyer ist ein energischer und noch junger Mann, der sich um die aufblühende Stadt Constanz manche Verdienste erworben hat. Einen ansehnlichen Spitalfonds, welcher längere Zeit mit den kirchlichen Stiftungen vermischt war, hat er der Gemeinde Constanz wieder verschafft, auch hat er sich sehr lebhaft für die Einrichtung gemischt-confessioneller Schulen eingesetzt.

Der Erzbischof mochte aus dieser Haltung des Bürgermeisters in Constanz alle Ursache haben, ihm recht Gram zu sein, aber es war ein Überschreiten seiner Amtsgewalt, wenn er ihn excommunicierte. Die moralischen Folgen des Vorganges sind für die Curie die nachteiligsten. Wenn sie durch die Excommunication die Gemeinde-Vertretungen einzuschüchtern, vielleicht die weitere Verbreitung der gemischten Schulen zu verhindern gedachte, so hat der Sturm des Unwillens, der in Constanz über die kirchliche Maßregel sofort losbrach, haben die Ovationen, welche die Bürger dem Excommunicierten darbrachten, haben die Zustimmungs-Adressen von Städte-Vertretungen aus ganz Baden deutlich bekundet, daß die Curie dieses Ziel nicht erreicht hat.

Berlin, 29. März 1869. [Die Vorstellung von der Unfehlbarkeit des Papstes (I.)] Betrachten wir einmal, wie überhaupt die merkwürdige Vorstellung von der Untrüglichkeit des römischen Bischofs entstanden ist.

Die entscheidende Grundlage für die Bildung dieser Vorstellung ist unstreitig die von ihren Verteidigern unablässig vorgeführte Erzählung bei Matthäus (Capitel 16), nach der es unter den Aposteln zuerst Simon gewesen ist, der Jesus als den Christus erkannt und bekannt habe. Darum preist ihn Christus selig und sagt: nicht Fleisch und Blut hat dir dies geoffenbart, sondern mein Vater im Himmel. »Und ich sage dir auch: du heißest Petrus (Felsen) und auf diesen Felsen will ich meine Gemeinde bauen; und die Pforten der Hölle sollen sie nicht überwältigen. Und ich will dir die Schlüssel des Himmelreiches geben; und was du irgend wehrest auf Erden, das wird auch im Himmel gewehret sein; und was du irgend zulässest auf Erden, das wird auch im Himmel zugelassen sein.«

Nach einer weiteren Erzählung des Matthäus (18,18) erteilte Jesus indeß dieselbe Befugnis allen seinen Jüngern, und um ihren geistigen Inhalt zu verstehen, muß man auf die orientalische Redeweise Rücksicht nehmen. Überdies berichtet Johannes, daß es nicht Petrus, sondern dessen Bruder Andreas war, der als erster in Jesus den Messias erkannte, und der Petrus zu ihm hinführte.

Obgleich Petrus nach der Apostelgeschichte bis zum Apostel-Convent in Jerusalem (im Jahre 50) einen gewissen Primat der Ehre und des Einflusses besitzt, sieht er sich doch weder selbst, noch sehen ihn andere als untrüglich an; ja, Paulus, der mit ihm etwas später in Antiochien zusammentrifft, beschuldigt ihn in einem Fall der Heuchelei.

Petrus ist ferner nicht der Gründer der Gemeinde in Rom gewesen, denn diese Gemeinde bestand schon, als Paulus seinen Brief an die Römer (im Jahre 58) schrieb, und als Paulus als Gefangener nach Rom kam (im Jahre 61) war Petrus noch nicht dagewesen.

Zwar hat nach späteren Überlieferungen (aus der Zeit um 200) Petrus einen, vermutlich kaum einjährigen Aufenthalt in Rom gehabt, und ist daselbst bei der Neronischen Verfolgung (64) als Märtyrer umgekommen. Aber daß er Bischof in Rom gewesen sei und den angeblichen Primat, wie behauptet, auf seine Nachfolger auf dem römischen Stuhle übertragen habe, davon weiß der dritte Bischof Roms, Clemens, dessen Briefe uns erhalten sind, noch nichts.

Ohnehin war das erste Jahrhundert der Christenheit am allerwenigsten dazu angetan, hierarchische Ordnungen und gar auf die Dauer ins Leben zu rufen; aus allen Schriften des Neuen Testaments spricht die Gewißheit, daß das Ende der Welt sehr nahe bevorstehe, und daß das Gericht bereits im Anzuge sei.

Und Petrus hat am wenigsten Schuld an der Hierarchie, die sich auf ihn gründen will; er schreibt seinen ersten Brief als »Mitältester« und ermahnt die Ältesten der Gemeinde, nicht Zwingherren, sondern Vorbilder der Herde zu sein.

(Wird fortgesetzt.)

12
Ausbleibendes Gelächter

> *Wenn jemand behauptet, die weltliche Gewalt dürfe Verträge über kirchliche Rechte, welche in der Vergangenheit mit dem heiligen Stuhl abgeschlossen wurden, auch ohne dessen Zustimmung kündigen und außer Kraft setzen – der sei verflucht.*
>
> Pius IX., Syllabus errorum

Tagebuch des Heinrich Wilhelm Lehmann:
Rom. Sonntag, 22. August 1869

Der verwirrte Zustand, in dem ich mich damals in Berlin befand (nach der Rückkehr von meiner ersten Dienstreise, die Aufzeichnungen Luigis immer in der Aktentasche), hatte verschiedene Folgen. Eine davon habe ich schon mitgeteilt: daß man mich fast entlassen hätte. Eine andere Folge war aber auch, daß man den Informationen, die ich aus Florenz und dem Tessin mitgebracht hatte, offenbar nicht ganz traute.

Jedenfalls zogen meine Vorgesetzten aus der Mitteilung, daß die Entscheidung für den Gotthard gefallen war, keine unmittelbaren Konsequenzen. Man traf zwar keine Maßnahmen, die bei einer Verwirklichung des Projektes sinnlos gewesen wären. Aber man tat auch nichts, um die Informationen zu nutzen, die andere Gesellschaften zu diesem Zeitpunkt noch nicht hatten. Vielleicht taten hierbei Presseberichte ihre Wirkung, die einer neuen Alpenbahn eher skeptisch gegenüberstanden.

Nicht lange nach meiner Rückkehr erschien in den »Berlinischen Nachrichten« eine Meldung aus Rom. Sie betraf das bevorstehende Konzil. Zum erstenmal fand sich hier schwarz auf weiß, was ich schon von Luigi wußte: daß man in der Tat die Unfehlbarkeit des Papstes zum Dogma erheben wolle.

Köstlich, dachte ich. Nach zweitausend Jahren Kirchengeschichte zieht das römische Männlein einen Zettel aus der

Tasche und erklärt: Liebe Leute, seht mal, was ich im Nähkästchen von Mutter Kirche gefunden habe. Na, was denn? Nun, einen hübschen kleinen Vertrag, von Gott selber unterschrieben. Oh, wie interessant; was steht denn drin? Tja, liebe Leute, nichts anderes als was wir schon immer wußten, nicht wahr? Nämlich, der Herrgott verpflichtet sich in alle Ewigkeit, mir und meinen Nachfolgern im Falle von Glaubenszweifeln höchstpersönlich und unverzüglich die Wahrheit mitzuteilen, die ganze Wahrheit und nichts als die Wahrheit, so wahr ihm ...

Für die Katholiken ist es vielleicht tragisch, dachte ich, aber ansonsten so ziemlich der größte Witz der abendländischen Geistesgeschichte. Und nachdem es tatsächlich in der Zeitung stand, wartete ich: auf das unendliche Gelächter, das sich nun in der Öffentlichkeit erheben mußte.

Aber das Lachen blieb der Welt im Halse stecken. Es gab nämlich weitaus Wichtigeres als die Meldungen vom Konzil, und alle Welt blickte sorgenvoll dorthin, wo täglich ein schrecklicher Bürgerkrieg ausbrechen konnte – nach Spanien.

Königin Isabella war außer Landes, hatte fürs erste in Frankreich Zuflucht gefunden. Eine Zeitlang schien es, als würde es in Europa bald eine Monarchie weniger und eine Republik mehr geben. Die Bevölkerung verhielt sich überwiegend ruhig, wenn nicht passiv. Eine der ersten Maßnahmen der provisorischen Regierung war die Gewährung der Pressefreiheit, und schnell wurde das ganze Elend deutlich, in das die Mißwirtschaft unter Isabella das Land gestürzt hatte.

Das stolze Spanien war zum Armenhaus Europas geworden, war, von der Hauptstadt und den Randprovinzen abgesehen, ein Land ohne Industrie, ohne Fortschritt, ohne Wissenschaft – während eine bigotte Monarchin jedes Jahr riesige Summen in die päpstliche Schatulle nach Rom schickte. Und während die Bauern Kastiliens und der Estremadura dahinvegetierten, mästete sich im Lande ein fetter Klerus, dessen wichtigstes Anliegen es zu sein schien, das Volk in Unwissenheit und Aberglauben zu halten. Eine Bevölkerung, halb so groß wie die Frankreichs, mußte Jahr um Jahr doppelt so viel für die Geistlichkeit aufbringen wie das reiche Nachbarland, also auf den Kopf gerechnet das Vierfache. Und kaum hatte dieser Klerus mitbekommen, daß es ihm nicht an den Kragen ging, da kroch er auch schon aus seinen Löchern, nach Kräften bemüht, die alten Zustände wiederherzustellen. Wahrlich das »arme katholische Spanien«, von dem Luigi bei unserer ersten Begegnung gesprochen hatte ...

Bald darauf trat ein weiteres Ereignis ein, das mich an Luigi denken ließ, und das mich in den Augen meiner Vorgesetzten teilweise rehabilitierte. Anfang April wurde ein Notenwechsel zwischen dem Norddeutschen Bund und dem Königreich Italien veröffentlicht, in dem sich beide Regierungen definitiv für die Gotthardbahn aussprachen. Wenig später schloß sich auch das Großherzogtum Baden dem Votum an – die Weichen waren gestellt.

Zwar hielt man bei der Berlin-Anhaltischen Eisenbahn das Thema auch jetzt noch nicht für dringlich; dafür war der Zeitraum bis zur möglichen Fertigstellung denn doch noch zu lang. Trotzdem gab es eine neue Qualität: ab sofort waren alle Spezifikationen darauf zu überprüfen, ob sie mit späteren Erweiterungen vereinbar sein würden. Damit stellten sich konkrete Fragen nach Maßen, Normen und technischen Standards – Fragen, die neben Erkundigungen in Baden und der Schweiz auch eine erneute Reise nach Italien erforderlich machten.

Allerdings waren meine Vorgesetzten nach meiner ersten Reise zu dem Schluß gekommen, daß mich die Aufgabe offenbar überfordert hatte. Daher beschlossen sie, diesmal einen meiner Kollegen nach Italien zu schicken. Er sprach zwar kein Italienisch, war aber ansonsten um so wortreicher; vor allem galt er als ausgesprochen diplomatisch. Das Sprachproblem, meinte man, ließe sich mit Hilfe eines Dolmetschers lösen; ohnehin sei es in Verhandlungen gar nicht immer nützlich, sein Gegenüber zu schnell und zu gut zu verstehen. Zumindest könne man Äußerungen leichter zurücknehmen, wenn es sich als sinnvoll erweise, sie gar nicht verstanden zu haben.

Diese Überlegungen kränkten mich mehr, als ich mir anfangs eingestehen wollte. Aber sie hatten auch etwas Gutes: auf diese Weise rückte die Verwirklichung meines lange gehegten Wunsches wieder in Reichweite – nämlich, zur Eröffnung der Pazifikbahn nach Amerika zu fahren.

So war der Stand der Dinge, als aus Rom eine seltsame Depesche eintraf.

Zwar war der Name des veranlassenden Beamten verstümmelt, was leider bei Depeschen aus dem Ausland immer noch häufig vorkommt. Aber der Inhalt war klar genug: die Eisenbahnverwaltung des Kirchenstaates schlage vor, »nunmehr in substantielle Beratungen über Fragen der Alpenbahn einzutreten«. Und man halte es für angeraten, »wiederum eine solche Person mit der Mission zu betrauen, die genauestens über Verlauf und Inhalt der Vorgespräche informiert sei«.

Angesichts der völligen Nutzlosigkeit dieser »Vorgespräche« klang das zwar merkwürdig; doch konnte damit nur ich gemeint sein. Wieder hieß es Abschied nehmen von den Gedanken an die Pazifische Eisenbahn, an Newyork, Chicago und San Francisco. Aber ich nahm mir vor, diesmal den Aufenthalt in Rom zu nutzen, um etwas über Luigis Angelegenheit in Erfahrung zu bringen.

Eines war mir vom ersten Augenblick an klar: die wichtigste Entscheidung, die mir nun bevorstand, war die, was mit Luigis Aufzeichnungen geschehen sollte. Und eine innere Stimme sagte mir: wie mein Entschluß auch ausfiele – er würde falsch sein.

Zwar hätte ich den Umschlag bei Freunden in Verwahrung geben können. Doch hatte ich zu keinem ein derart enges Verhältnis, wollte vielleicht auch niemanden damit belasten. Also, was war besser? Mitnehmen? In der Wohnung lassen? Der Abend vor der Abreise kam heran, und immer noch war ich unschlüssig. Als könnte es mir bei der Entscheidung helfen, holte ich den Umschlag aus seinem Versteck und nahm das Buch heraus. Ehe ich mich's versah, war es schon tief in der Nacht – wieder einmal hatte mich das Tagebuch in seinen Bann gezogen, und ich legte es erst aus der Hand, als ich es einmal mehr von der ersten bis zur letzten Seite durchgelesen hatte.

Es sollte das letzte Mal sein, daß ich die Aufzeichnungen vor Augen hatte.

Am nächsten Morgen hatte ich mich noch immer nicht entschieden. Schließlich fiel mir die Szene mit Luigi im Restaurant ein, und ich beschloß, wieder eine Münze zu werfen: Kopf bleibt, sagte ich mir. Die Münze stieß schräg an die Wand, rollte noch ein Stück weiter – und hielt an, ohne umzufallen. Ich stieß sie mit der Fußspitze an, jetzt fiel sie: mit der Kopfseite nach oben.

Ich holte den Leimtopf, um den Umschlag wieder unter den Schrank zu kleben. Wie sich herausstellte, hatte ich beim letzten Mal den Deckel nicht richtig verschlossen; der Leim war knochentrocken. Kurzentschlossen steckte ich den Umschlag in meine Reisetasche und machte mich auf den Weg.

Der Empfang, der mir im Kirchenstaat diesmal zuteil wurde, überraschte mich. Pater Cossa holte mich vom Bahnhof ab, in Begleitung eines zweiten, mir unbekannten Herrn. Die Begrüßung war freundlich und zuvorkommend, beinahe familiär. Cossa stellte mir seinen Begleiter vor: einen Herrn namens Bernieri, Mitarbeiter der Dienststelle für den grenzüberschreitenden Verkehr. Anders als beim vorigen Mal galt ich als Gast der Eisenbahnverwaltung, was unter anderem bedeutete, daß ich in einem guten Hotel untergebracht war. Und das Programm, das man für mich zusammengestellt hatte, schien auf den ersten Blick fast preußisch durchorganisiert: für jeden Vor- und Nachmittag waren Gespräche mit diversen Dienststellen vorgesehen.

Es war Cossa und Bernieri anzumerken, daß sie sich intensiv vorbereitet hatten. Sie fragten nach tausend Einzelheiten, immer wieder auch nach solchen, die sich einzig aus dem schweizerischen Gutachten ergaben. Und sie fragten nach Dingen, die ich nur dann hätte beantworten können, wenn ich die Strecke tatsächlich selber inspiziert hätte.

Ich redete mich damit heraus, daß es sich um Unterlagen handelte, die man mir in Berlin zur Verfügung gestellt hätte. Andererseits hatte ich schon Dinge erwähnt, die den Anmerkungen Luigis entstammten, und diese ließen auf eine intime Kenntnis des Tessin schließen. Natürlich entging das meinen aufmerksamen Gesprächspartnern nicht; prompt fragte man mich danach.

Schon war ich drauf und dran, die Herkunft meiner Kenntnisse und den Anteil Luigis preiszugeben. Aber plötzlich wurde mir bewußt, daß man mich zwar ununterbrochen ausfragte, selber hingegen so gut wie nichts über die vorgesehenen Maßnahmen im Kirchenstaat mitteilte.

»Signor Bernieri«, wandte ich mich an den Begleiter Cossas, ganz so, als hätte ich seinen letzten Satz überhört. »Darf ich einmal fragen, wo Sie Ihre Ausbildung absolviert haben? Sicher war es eine sehr namhafte Einrichtung, nicht wahr?«

»Ich –«, sagte Bernieri, »oh, Sie schmeicheln. Das meiste – ich glaube, das meiste habe ich schon wieder vergessen. Lassen wir das – jetzt bin ich fast nur noch Verwaltungsmensch.«

»Dann kann mir sicher niemand besser sagen als Sie: welche Konditionen werden denn die grenzüberschreitenden Züge erfüllen müssen, wenn sie bis Rom durchfahren sollen?«

Bernieri räusperte sich. »Nun, wie soll ich sagen – das sind ja wohl genau die Fragen, die wir klären müssen. Und das Wichtigste – ich meine, worauf es ankommt – ist doch in erster Linie, daß man alle diese Fragen – nun, im Geist der Freundschaft, daß man offen – in guter Zusammenarbeit ...«

»Sehr richtig«, fiel Pater Cossa ein, »das ist es. Entscheidend ist der Geist, in dem man diese Dinge behandelt. Sehen Sie, Herr Ingenieur, wir sind nur ein kleines Land, also werden wir ganz sicher den großen nicht viele Vorschriften machen, wenn es um eine so komplizierte Materie geht. Im wesentlichen werden wir uns den technischen Lösungen anschließen, auf die man sich andernorts verständigt. Darum, mein Lieber, ist es für uns ja so wichtig, über die Planungen in Preußen, in der Schweiz und in Florenz Bescheid zu wissen, nicht wahr, Bruder Bernieri? Und deshalb, mein Freund, sind wir Ihnen auch so außerordentlich dankbar – daß Sie bereit sind, uns mit all Ihrem Wissen und Ihren Informationen zu unterstützen.«

»Ganz meine Meinung«, bestätigte Bernieri. »Sie helfen uns, indem Sie uns vorbehaltlos an Ihren Kenntnissen teilhaben lassen, und alles andere wird sich von selbst regeln. Sie verstehen? Und nun, mein lieber Herr Ingenieur, fürchte ich, daß wir unser Gespräch bis morgen vertagen müssen. Wenn ich mich nicht irre, hat unser Zeitplan jetzt einen kleinen Imbiß vorgesehen; danach erwarten schon die

Herren von der Außenabteilung Ihren geschätzten Vortrag. Darf ich bitten? Nach Ihnen, mein Herr – habe die Ehre.«

Ich muß gestehen, daß ich mich von den Worten der beiden gleichzeitig geehrt und verwirrt fühlte. Im Grunde war ich so klug wie vorher; trotzdem hatte ich das Empfinden, einen gewissen Fortschritt erreicht zu haben. Denn seit der zuvorkommenden Begrüßung war ich das Gefühl nicht losgeworden, daß hinter der ganzen Freundlichkeit mehr steckte als bloßes technisches Interesse. Vor allem aus Bernieri, der eher wie ein Diplomat wirkte als wie ein behördlicher Angestellter, wurde ich nicht klug. Es schien mir, als wollte er hinter seinen glatten Worten ein Gespräch über ein anderes, viel wichtigeres Thema anbieten. Oder hätte es sein können, daß ich mir – immer mit Luigis Aufzeichnungen in meiner Aktentasche – das Ganze nur einredete?

Falls es denn keine Einbildung war – dann hatte ich Cossa und Bernieri jedenfalls zu erkennen gegeben, daß ich ihre Absicht verstanden hatte.

Die Gespräche mit den anderen Dienststellen verliefen im übrigen ähnlich wie bei meinem ersten Aufenthalt. Was die meisten dieser Instanzen mit dem Bahnwesen zu tun hatten, wurde mir nicht klar, aber angeblich hatten sie alle ihr Votum abzugeben. So steckte in diesen Gesprächen eine Art von Geschäftigkeit, deren Sinn ich nicht verstand. Es gelang mir nicht einmal, festzustellen, wer eigentlich für die Depesche verantwortlich war, die mich nach Rom gerufen hatte. Cossa und Bernieri wußten zwar davon, versicherten aber, sie nicht abgesandt zu haben.

Daß mich die Situation zunehmend irritierte, lag nicht nur an den Erwartungen meiner Vorgesetzten. Die vielen Gespräche und Termine ließen mir keinerlei Raum für das, was ich mir selber vorgenommen hatte: Nachforschungen über die Ereignisse vor zwanzig Jahren, damals, als Luigi in der Schweizergarde gedient hatte. Statt dessen war mein Programm so vollgestopft, daß es mir kaum Gelegenheit zum Nachdenken ließ. Und meine Gastgeber schienen ein Bedürfnis zu verspüren, mich diesmal auch außerhalb der offiziellen Gespräche nach Kräften zu betreuen.

Zu jedem Essen wurde ich eingeladen, ausnahmslos in gute und teure Restaurants. Daß ich dabei stets meine Aktentasche bei mir trug, fiel auch meinen Gesprächspartnern auf; Cossa nannte mich einmal scherzhaft den »Herrn Ingenieur mit der Aktentasche«. Ich lachte darüber. Aber als man mir am Tag vor dem Diebstahl mitteilte, man habe für den nächsten Abend eine Loge in der Oper reserviert, da stand für mich fest, daß ich diese Einladung wohl ohne Aktentasche würde wahrnehmen müssen.

Und dann – der Freitag. Ausgerechnet der dreizehnte – als hätte man absichtlich diesen Tag gewählt, um den aufgeklärten Ingenieur zu verspotten.

Ich kehrte am Nachmittag ins Hotel zurück. An der Rezeption erbat ich mir die dort stehende Leimdose – um, wie ich sagte, einige Briefe für den Versand vorzubereiten. Im Zimmer klebte ich den Umschlag mit den Aufzeichnungen unter den Boden des Kleiderschrankes, nicht anders, als ich es nach dem Beispiel Luigis auch in Berlin immer getan hatte. Früher als erwartet klopfte der Dienstbote, um mir mitzuteilen, daß die Droschke auf mich wartete. Ich holte tief Luft (für einen Moment durchfuhr mich der Gedanke, daß ich Luigis Testament schutzlos zurückließ), bevor ich dem Boten die Treppe hinunter folgte.

Dann, der »Rigoletto« – die Vorahnungen – die Fahrt in der Droschke – die Entdeckung des Diebstahls ... schließlich die Feststellung, daß ich überwacht werde.

Und morgen: das Hospital.

Zum ersten Mal an einem Ort, wo sich ein Teil der Ereignisse um Luigi abgespielt hat. Ob es das Schicksal gut mit mir meint und mich endlich einen Hinweis finden läßt?

13
Ein Notfall

*Rekonstruktion der Aufzeichnungen
des Luigi Calandrelli (4):*

Wenn es nur nach den Schluchten und Gewölben der vatikanischen Unterwelt ginge: dann würde nichts, was sie irgendeinmal verschlungen und in den Tiefen ihres unersättlichen Bauches verborgen haben, jemals wieder das Licht des Tages erblicken. Diese Mauern sind nicht verschwiegen wie ein Grab – sie *sind* ein Grab: ein gigantisches Grab des Glaubens und der Geschichte. Und diese Grabgewölbe würden nichts von dem ausplaudern, was sie je sahen und verbargen – sie nicht. Nur der Mensch – nur den Menschen zieht es zum Licht ... Und nur der Mensch plaudert.

Dennoch: was die Geheimhaltung all der verfänglichen Dokumente angeht, die hier aufbewahrt werden, so könnte das System der hierarchisch abgeschirmten Kelleretagen trotz aller menschlichen Schwäche eine nahezu perfekte Einrichtung sein. Könnte ... wenn nämlich niemand daran beteiligt wäre als die mit Leib und Seele der Kirche gehörigen Geistlichen.

Man kann sich aber leicht vorstellen, wieviel handwerkliche Aufgaben gerade in den unteren Geschossen zu bewältigen sind. Die Natur arbeitet auch in der Tiefe der vatikanischen Keller auf einen baldigen Zerfall hin, so daß ohne Unterlaß Mauern und Gewölbe zu befestigen und zu erneuern sind, die Versorgung mit Licht und Luft gesichert werden muß, Dokumente vor Insekten, Feuchtigkeit oder anderen schädlichen Einflüssen zu schützen sind. Und es müssen natürlich – womit ich mich wieder meiner eigenen Geschichte nähere – mit besonderer Sorgfalt Türen, Schlösser und Schlüssel gewartet und repariert werden.

Zwar ist die vatikanische Verwaltung bestrebt, solche

Arbeiten nach Möglichkeit von Mönchen erledigen zu lassen, die vor ihrem Gelübde ein Handwerk ausgeübt haben. Doch gibt es davon bei weitem nicht genug, und oftmals reichen auch ihre Fähigkeiten für schwierige Aufgaben nicht mehr aus. Also müssen, ob man will oder nicht, Handwerker von außerhalb herangezogen werden – und genau dies ist die Schwachstelle des Systems. Denn die Handwerker, gleich ob fest angestellt oder wie ich nur zeitweilig im Vatikan tätig, sind Leute wie jedermann: immer zu Scherz und Spott aufgelegt, dazu wachsam und neugierig, und der eine oder andere bei Gelegenheit auch einem kleinen Diebstahl nicht abgeneigt.

Es liegt in der Natur der Sache, daß sich der Zugang der Handwerker zu den Kellergeschossen nicht in gleicher Weise hierarchisch regeln läßt wie bei den Geistlichen. Denn die zunehmende Wichtigkeit der Dokumente macht in den tieferen Etagen nicht nur kompliziertere Anlagen erforderlich, sondern auch größere handwerkliche Fertigkeiten. Weil aber der Vatikan seit jeher eine Abneigung verspürt, gute Arbeit auch gut zu bezahlen, bleiben die wirklich fähigen Handwerker – falls sie nicht als Mönche ins Haus kommen – kaum einmal für längere Zeit im Dienst der Kirche. Zwar fühlen sie sich anfangs geschmeichelt, wenn sie eine Stelle im Vatikan bekommen, prahlen vielleicht eine Weile damit, täglich den Papst oder hohe Würdenträger zu Gesicht zu bekommen. Doch nutzt sich dieses Privileg schnell ab, und die Klagen der Frau ebenso wie der Spott der Freunde über den geringen Lohn lassen den so Geehrten schon bald nach einer zwar niedrigeren, aber besser bezahlten Arbeit Ausschau halten.

Daher sind gerade die am längsten im Vatikan beschäftigten Handwerker in der Regel mit eher bescheidenen Talenten gesegnet – auch wenn sie so tun, als seien sie bloß der Ehre oder ihrer Frömmigkeit wegen geblieben. In Wahrheit sind sie oft genug nicht nur ungeschickt, sondern auch noch eifersüchtig auf jeden, der mehr kann als sie selber. Das trägt mit dazu bei, den wirklich Tüchtigen die Arbeit zu verleiden, so daß gerade in den tiefsten Etagen die Handwerker besonders oft wechseln.

Die Schwierigkeit, gleichermaßen befähigte wie vertrauenswürdige Fachleute für die unteren Geschosse zu finden, war wohl der Grund dafür, daß man meiner Person – besser gesagt, meinem Ruf als geschickter Schlosser – von Anfang an solches Interesse entgegenbrachte. Mein jugendliches Alter, mein eher zurückhaltendes Auftreten, dazu die vertrauenerweckende Tradition meiner Familie, schließlich auch die Zuverlässigkeit, die ich beim Öffnen der geheimnisvollen Truhe unter Beweis gestellt hatte – all dies ließ mich wohl den geistlichen Herren als natürlichen Verbündeten der Kirche erscheinen.

Auch die Berichte von Bruder Alfredo über mich müssen rundum positiv ausgefallen sein. Anders kann ich es mir nicht erklären, daß man mich schon bald nach meiner Ankunft auch in einige der tiefergelegenen Kellergeschosse mitnahm. Manchmal ließ man mich ohne Aufsicht in Räumen arbeiten, die bis unter die Decke vollgestapelt waren mit Dokumenten von höchster Geheimhaltungsstufe. Wollte man mich prüfen? Bisweilen kam es mir so vor, und vielleicht warnte mich gerade deshalb eine innere Stimme davor, meiner Neugier nachzugeben und gelegentlich eine der Rollen oder einen der verstaubten Bände von den durchgebogenen Regalbrettern zu nehmen.

Wenn ich heute überlege, warum mir eigentlich ein solches Vertrauen entgegengebracht wurde, dann finde ich nur eine Erklärung: man nahm mich nicht ernst. Und ich sah jedenfalls keinen Grund, mit meinen Fortschritten zu prahlen. Im Gegenteil: eine unbestimmte Scheu, die mich nach der Erfahrung mit der vatikanischen Delegation nie verlassen hatte, hielt mich davon ab, auch nur den Kollegen gegenüber etwas von meinem Lateinunterricht verlauten zu lassen. Erst recht schwieg ich gegenüber meinen geistlichen Vorgesetzten. Und so erschien ich diesen wohl wie ein großes Kind, vor dem man ohne Zurückhaltung über die diffizilsten Dinge reden konnte, und vor dem man auch verfängliche Dokumente nicht zu verbergen brauchte.

Wollte man die mir zugedachte Rolle auch nach außen zum Ausdruck bringen? Oder ging es eher darum, mich von meinen Zimmergenossen fernzuhalten? Wie auch immer – wenige Tage nach der heftigen Diskussion zwischen Jakob, Albert und Justin erhielt ich die Mitteilung, daß ich umziehen würde. Man wies mir eine Kammer am anderen Ende des Gebäudes zu – spärlich eingerichtet und kaum mehr als fünf oder sechs Quadratmeter groß, aber immerhin nur für mich bestimmt.

Eine solche Sonderbehandlung war, wie Jakob mit der Miene des Geschichtskenners feststellte, »ganz und gar ungewöhnlich«.

»Bestimmt haben sie gemerkt, daß wir einen schlechten Einfluß auf ihn haben«, meinte Albert.

Keiner widersprach, und so galt seine Interpretation als angenommen. Doch kam die Maßnahme (falls sie mein Denken überhaupt hätte beeinflussen können) jedenfalls zu spät – ganz davon abgesehen, daß ich meine früheren Zimmergenossen nach wie vor täglich im Speisesaal traf.

Es war ungefähr ein halbes Jahr später, im August des Jahres 1848. Die Monate waren wie im Fluge vergangen, mit schnellen Fortschritten in jeder Hinsicht: mein Ruf als fähiger Handwerker hatte sich verbreitet und gefestigt, und mein Unterricht bei Bruder Alfredo hatte uns schon so weit geführt, daß wir uns hier und da an die Interpretation schwieriger theologischer Texte machen konnten. Gelegenheit dazu gab es reichlich, denn wegen der zunehmenden Unruhen in der römischen Bevölkerung wurden für die Gardisten immer öfter Ausgangssperren verhängt.

Eines Abends saß ich mit Alfredo bei der Lektüre eines Paulus-Briefes, als draußen im Gang laut nach »Schlosser Luigi« gerufen wurde. Ich sprang auf und lief zur Tür, wo ich fast mit einem weißhaarigen Mann zusammengestoßen wäre. Es war niemand anderes als der Geistliche, der mich damals nach der mißglückten Öffnung der Truhe verhört hatte. Nun stürzte er, völlig außer Atem, ins Zimmer und stammelte von einem schweren Unfall: in einem der Kellergeschosse; der Kardinal in höchster Gefahr, ich müsse hinunter, es gehe um Minuten. Ich lief zu meiner Kammer, packte mein Werkzeug und eilte mit dem weißhaarigen Herrn zum Treppenschacht.

Dort wollte ich wie gewohnt die schmale, vielfach gewundene Eisentreppe benutzen; mein Begleiter aber zog mich weiter zu einer sonst immer verschlossenen Tür, hinter der sich ein enger, dampfkraftbetriebener Korb verbarg. Dieser führte ohne Halt in die Tiefe, weiter, als ich bis dahin jemals gelangt war – tief hinunter wie in einen Abgrund, so daß es mich unwillkürlich schauderte.

Unvermittelt hielt der Korb an. Man öffnete von außen das Gitter, ich stürzte hinaus und wollte den Gang hinunterlaufen, als mich ein herrisches »Halt! Stehengeblieben!« zurückrief. Offenbar waren die Kontrollvorschriften hier unten so strikt, daß sie selbst in höchster Gefahr eingehalten werden mußten, denn mein Begleiter entschuldigte sich fast unterwürfig für meine Voreiligkeit. Mit zitternden Händen trug er uns beide in ein dickes Buch ein, das dort auslag; dann führte er mich durch ein Labyrinth sich immer weiter verzweigender Gänge, im trüben Flackerlicht der Öllampe, die ihm der Aufseher übergeben hatte.

Ein lauter werdendes Stimmengewirr zeigte, daß wir uns dem Ort des Unfalls näherten. Wir bogen noch einmal um eine Ecke – für Sekundenbruchteile hatte ich den Eindruck, als wäre mir die Räumlichkeit bereits bekannt –, und schon befanden wir uns inmitten einer Gruppe von sechs oder sieben Personen, die vor einer eisenbeschlagenen Tür hitzig miteinander debattierten.

Wie alle Türen in diesem Gang hatte auch diese hier zwei Schlösser: ein kleineres, dessen Schlüssel beim zuständigen Schließer lag, und das eigentliche Hauptschloß, dessen Schlüssel sich in der Verfügung der Zugangsberechtigten befanden. Vor der Tür kniete Meister Cornelius, der mit einer dünnen Feile am Hauptschloß hantierte. Offenbar versuchte er, etwas aus dem Inneren des Schlosses herauszuholen, doch hörte er sogleich damit auf, als er mich erblickte.

»Junge, da bist du ja endlich«, rief er aus, »jetzt mußt du zeigen, was du kannst, oder mit Seiner Eminenz ist es zu Ende.«

Folgendes war geschehen: ein hoher Würdenträger – Seine Eminenz der Kurienkardinal Delmonte – hatte sich am Morgen zum Studium wichtiger Dokumente in der Kammer eingeschlossen. Beim Eintragen in das Zugangsbuch hatte er ausdrücklich mitgeteilt, daß er auf keinen Fall gestört sein wolle. Daher hatte man auch dann noch keinen Verdacht geschöpft, als die Mittagszeit längst verstrichen war, zumal der diensthabende Schließer kurz nach Mittag abgelöst wurde.

Am späten Nachmittag erschien der Sekretär Seiner Eminenz; er wies darauf hin, daß für diesen Tag eine Begegnung des Kardinals mit einer Abordnung fremdländischer Bischöfe vereinbart gewesen sei und dieselben nun schon geraume Zeit warteten. Sogleich begab man sich zu der fraglichen Kammer, der Schließer schon mit schlimmen Vorahnungen. In der Tat war aus dem Innern der Kammer nur noch leises Stöhnen und kraftloses Klopfen zu hören, so daß höchste Eile geboten schien.

Nun war aber gerade dies eine der Kammern von allerhöchster Geheimhaltungsstufe. Daher existierten für das Hauptschloß an der Tür überhaupt nur drei Schlüssel: einer beim eingeschlossenen Kardinal Delmonte, ein zweiter beim Kardinal Garrota, ein dritter schließlich (wie alle Schlüssel dieser Wichtigkeitsstufe) bei Seiner Heiligkeit höchstselbst. Da sich letzterer zur Erholung in Castelgandolfo befand, blieb nur der Kardinal Garrota; diesen suchte man verzweifelt. Anfangs unauffindbar, vermutete man ihn schließlich in einem verschlossenen Séparée, dessen Tür sich erst nach minutenlangem Klopfen und Rufen öffnete.

Es war in der Tat der Kardinal, der hier einer adligen jungen Dame die Beichte abnahm. Mit einigem Zureden konnte man ihn dazu bewegen, sich von seinen geistlichen Pflichten loszureißen, um das Leben seines Amtsbruders zu retten; er erlegte der jungen Dame in aller Eile fünfzig Ave Maria für ihre Sündigkeit auf und ließ sich, nachdem er sein Schlüsselbund geholt hatte, von den Bediensteten zum Kelleraufzug ziehen.

Vor der Kammer nun stellte sich eine weitere Schwierigkeit heraus: offenbar steckte innen noch der Schlüssel des Kardinals Delmonte. So konnte zwar der Schlüssel Garrotas von außen ins Schloß gesteckt und ein Stück weit gedreht werden, ließ sich aber anschließend weder vorwärts noch rückwärts bewegen.

In aller Eile machte man sich auf die Suche nach einem Handwerker. Sehr zum Unglück Seiner Eminenz war nur der Schlossermeister Catino aufzufinden – ein als verschwiegen geltender Mann, nach Meister Cornelius dienstältester Handwerker des Hauses. Die Möglichkeiten, die in dieser Lage bestanden, wurden nur kurz gegeneinander abgewogen. Ein Ausbohren des Schlosses kam aufgrund der außerordentlich stabilen Türkonstruktion nicht in Frage;

ein Durchbrechen des Mauerwerkes aber schied aus, weil der bauliche Zustand dieses Ganges als so gefährdet galt, daß schon kräftige Schläge an die Wand eine Katastrophe hätten auslösen können. Blieb also nur der Versuch, das Schloß wieder gängig zu machen und so den Eingeschlossenen vielleicht noch lebend zu bergen.

Nun war Catino in der Tat kein schwatzhafter Mann; er galt vielmehr als ausgesprochen hochnäsiger Charakter, der es als unter seiner Würde empfand, mehr als nur zwei, drei Worte mit Leuten zu wechseln, die nicht wie er im Dienste des Vatikans ergraut waren. Doch war unter den Kollegen nicht nur seine Hochnäsigkeit sprichwörtlich, sondern auch seine Ungeschicklichkeit; von jemandem zu sagen, er habe »Finger wie Catino«, galt als schlimme Beleidigung. Der ehrenwerte Mann nun machte sich am Schloß zu schaffen, mit dem Resultat, daß ihm unter den Händen auch der Bart des von außen eingeführten Schlüssels abbrach.

Jetzt erst begriffen der Schließer und der Sekretär des eingeschlossenen Kardinals den Ernst der Lage; viel zu spät schickten sie nach Meister Cornelius. Dieser wiederum gab als erstes den Auftrag, mich zu holen; dann machte er sich daran, wenigstens den Bart des äußeren Schlüssels aus dem Schloß zu bekommen. Das war ihm jedoch nicht gelungen. Im Gegenteil: beim Arbeiten mit Zange und Feile war der Bart in zwei Teile zerbrochen; jetzt bestand die Gefahr, daß einer davon ins Innere des Schlosses fallen und dort den Schließmechanismus endgültig blockieren könnte.

So weit waren die Dinge gediehen, als ich die Werkzeugtasche aufklappte, meine Winkelspiegel montierte und die Öllampe so hell wie möglich stellte.

Was ich sah, traf mich wie ein Schlag. War ich angesichts der Lebensgefahr für den Eingeschlossenen zu diesem Zeitpunkt bereits aufs äußerste konzentriert, so versetzte mich der Blick ins Innere des Schlosses erst recht in einen Zustand angespanntester Erregung. Denn dieser erste Blick reichte aus, um mich erkennen zu lassen, womit ich es zu tun hatte – nämlich wiederum mit einem Schloß jenes unbekannten Meisters, der mir seinerzeit meine erste und einzige Niederlage, aber auch meine eigentliche Lehrzeit hatte zuteil werden lassen.

Die weitere Untersuchung der Konstruktion bestätigte meinen Eindruck. Der Aufbau der Schließungen, das Ineinandergreifen der Riegel, dazu ein im wörtlichen Sinne ausgefeilter Mechanismus zur Sicherung gegen unbefugte Benutzung – alles das trug unverkennbar die Handschrift des alten Meisters, die sich mir in der Zeit des Ringens um die geheimnisvolle Truhe unauslöschlich eingebrannt hatte. Und so ernst die Situation auch war, so hatte ich von nun an doch das sichere Bewußtsein, mich auf bekanntem Terrain zu bewegen.

Mehr noch: trotz seiner komplizierten Konstruktion war dieses Schloß bei weitem nicht so raffiniert aufgebaut wie dasjenige, mit dem ich es seinerzeit zu tun gehabt hatte. *Daß* ich es würde öffnen können, stand für mich daher außer Zweifel; fraglich war nur, ob die Zeit reichen würde, den Eingeschlossenen noch lebend aus seinem Gefängnis zu befreien.

Zum Glück war der erste Teil meiner Aufgabe leicht: wenige Blicke unter Drehung der Spiegel zeigten mir genug vom Inneren des Schlosses, um die beiden zerbrochenen Teile des Bartes mit einer winkelförmigen Pinzette herauszuziehen zu können. Ich warf sie Catino hin, zusammen mit einem entfernt ähnlichen Rohling aus meiner Tasche, und forderte ihn auf, nach dem Muster der abgebrochenen Bartteile einen neuen Schlüssel zu feilen. Dann kniete ich mich wieder vor das Schloß, führte die Winkelspiegel ein und versenkte mich erneut in die Einzelheiten des Schließmechanismus.

Daß sich der von außen eingesteckte Schlüssel nicht mehr hatte bewegen lassen, war kein Fehler des Schlosses gewesen, sondern Teil seiner ausgeklügelten Konstruktion. Es war nämlich nicht so, daß der innen steckende Schlüssel den von außen eingeführten lediglich blockiert hätte. Vielmehr setzte die Betätigung des Schlüssels auf der einen Seite einen Riegel auf der gegenüberliegenden in Funktion; dieser ließ zwar auf tückische Weise das Einführen und eine geringfügige Drehung des Schlüssels auf der anderen Seite zu, klemmte dann aber den Bart dergestalt ein, daß nicht nur ein weiteres Öffnen ausgeschlossen war, sondern auch ein Zurückdrehen und Herausnehmen des nachträglich eingeführten Schlüssels.

Ich könnte nicht sagen, wie lange ich vor dem Schloß kniete und mit den Winkelspiegeln das Innere ausspähte – vielleicht fünf Minuten, vielleicht dreißig. Meine Umgebung nahm ich erst in dem Augenblick wieder wahr, als ich eine Hand auf meiner Schulter spürte. Es war Catino, der mich von der Tür wegziehen wollte, und der dabei energisch auf Meister Cornelius einredete: »Er schafft es nicht! Zwecklos, der Junge schafft es nicht; laßt es mich noch einmal versuchen!«

Ich weiß nicht, was es war, das in diesem Moment von mir Besitz ergriff, und das mich Catino wegschieben ließ, als wäre er ein nörgelndes Kleinkind. »Hände weg, du Narr«, fuhr ich ihn an, »Hände weg von diesem Schloß, wenn dir das Leben des Kardinals lieb ist, und her mit dem Schlüssel, den du feilen solltest!«

»Was hat der Bursche mir Anweisungen zu geben«, schimpfte Catino, »vierzig Jahre diene ich der Kirche, und nun will das Kind mich lehren, was –«

»Genug, Catino«, rief ich (und wieder war mir, als wäre es gar nicht ich selber, der so mit einem ergrauten Kollegen umsprang), »kein Wort mehr, oder alles ist zu spät! Wenn einer den Kardinal retten kann, dann bin ich es, also tu was ich sage, oder du hast ihn auf dem Gewissen!«

»Tu es«, sagte Meister Cornelius. Ohne ein weiteres Wort nahm Catino den von mir ausgewählten Rohling und begann an einem bereitgestellten Behelfswerktisch zu messen und zu feilen. Aber der Blick, den er mir zuwarf, versprach nichts Gutes.

Minuten waren vergeudet, und der Druck der verstreichenden Zeit lastete schwerer und schwerer auf uns. »Holt einen Arzt«, flüsterte ich Meister Cornelius zu. Erneut kniete ich mich vor das Schloß; wie in einem Zauber befand ich mich sogleich wieder im stummen Zwiegespräch mit dem alten Meister. Oder sollte ich sagen, mit meinem unbekannten väterlichen Freund? Denn auch diesmal war mir, als läge in der Konstruktion des Schlosses eine geheime Mitteilung für mich verborgen. Zumindest erkannte ich jetzt den Weg, den der Meister für die Öffnung des Schlosses in einem solchen Notfall vorgesehen hatte.

Ungefähr in der Mitte der Schloßkonstruktion gab es einen Riegel, der sich mit entsprechender Sorgfalt so würde abfeilen lassen, daß er in einen den Schließmechanismus nicht blockierenden Bereich fiel. Dies vorausgesetzt, mußte es mit einer dünnen Stange möglich sein, den von innen steckenden Schlüssel erst zu drehen und dann aus dem Schloß zu drücken. – Ich griff also zu einer dünnen sägeartigen Feile, mit der ich mich an die Entfernung jenes Riegels machte.

Zwar war dies eine Arbeit, die im Prinzip außer Genauigkeit nicht viel Kunstfertigkeit benötigte. Trotzdem beanspruchte sie meine Kräfte aufs äußerste, denn es war zum Feilen ein sehr ungünstiger Winkel, und schon bald bluteten mir von der Anstrengung beide Hände. Das steigerte zwar die Besorgnis der um mich Stehenden noch zusätzlich. Doch merkte ich von alldem nichts; wie in Trance folgte ich dem Weg, den mir der alte Meister gewiesen hatte. Ein anderer, so empfand ich es, führte meine Hand; ich selber war nur das Werkzeug. Ein Werkzeug aber spürt keinen Schmerz – selbst dann nicht, wenn es zerbricht.

Vielleicht eine halbe Stunde nahm diese Arbeit in Anspruch. Schließlich, mit äußerster Vorsicht, ließ sich der abgefeilte Riegel in der Tat so beiseite drücken, daß er wie vorhergesehen an dem gefährdeten Bereich vorbeifiel. Ich atmete tief durch, und hinter mir ließ auch Meister Cornelius einen Seufzer der Erleichterung vernehmen.

Aus meiner Werkzeugtasche nahm ich ein Stück des härtesten Drahtes, bog ihn mit einer feinen Zange zurecht und führte ihn ins Schloß ein – was ich, da ich die Spiegel hierzu hatte entfernen müssen, nur nach Gefühl tun konnte. Millimeterweise, mit äußerster Behutsamkeit, schob ich den Draht vorwärts, bis sein vorderes Ende sich meinem Empfinden nach genau neben dem feststeckenden Schlüssel befinden mußte. Eine probeweise Drehung – fast hätte ich aufgejubelt –, tatsächlich folgte der Schlüssel dem Druck und bewegte sich. Etwa vierzig Grad drehte ich ihn, dann zog ich den Draht vorsichtig (unendlich langsam muß es den Umstehenden vorgekommen sein) ein Stück zurück. Erneutes Ansetzen – ein Abtasten – ein weiterer Druck: der Schlüssel – wich zurück – langsam – langsam – und fiel.

Fiel auf der anderen Seite der Tür zu Boden, was auf unserer Seite als metallisches Klicken zu vernehmen war, woraufhin sich die Anspannung der um mich Herumstehenden in lauten Rufen des Beifalls und der Erleichterung entlud. Allerdings verstummte der Jubel sofort, als ich Catino aufforderte, mir den nachgefeilten Schlüssel zu reichen. Es zeigte sich, daß er in der Eile den Rohling falsch bearbeitet hatte: zwar hatte er die abgebrochenen Stücke des Bartes korrekt ausgemessen, nicht aber das am Schaft verbliebene Stück, so daß der Bart des nachgefeilten Schlüssels jetzt unrettbar zu kurz geraten war.

»Esel!« fuhr ich ihn an, und suchte in meiner Tasche nach einem anderen Rohling. Doch war das, was ich fand, weitaus weniger geeignet; es mußte die gesamte Form nachgearbeitet werden. Um so weniger Zeit war zu verlieren: ich spannte den Rohling in den Schraubstock an dem wackligen Werktisch und machte mich in besessener Eile ans Werk.

Die Schnelligkeit, mit der ich aus dem groben Metallstück den Schlüssel herausfeilte, muß auf die Umstehenden geradezu überwältigend gewirkt haben. Ich arbeitete wie im Rausch, nahm weder das Blut an meinen Händen noch den inzwischen eingetroffenen Arzt wahr (der mich, wie man mir später erzählte, mehrere Male fragte, ob er mir die Hände verbinden sollte), feilte und feilte, als ginge es nicht um das Leben des Eingeschlossenen, sondern um mein eigenes – hier war weder der Ort noch die Zeit, um etwa mit künstlich eingelegten Pausen mißgünstigen Kollegen ihr Gesicht wahren zu helfen.

Dem Bericht von Meister Cornelius zufolge war es vor allem eines, das den Anwesenden den Atem verschlug: wie ich den Schlüssel in einem Zug aus dem Rohling herausfeilte, ohne auch nur einen Blick auf die abgebrochenen Teile des Bartes zu werfen – ich hatte sie einmal gesehen, und das reichte angesichts meiner Kenntnis der Konstruktion völlig aus. Nicht im Traum hätte ich daran gedacht, daß meine lieben Kollegen – allen voran Catino – versuchen würden, mir gerade hieraus bei Gelegenheit einen Strick zu drehen.

Es waren vielleicht fünfzehn oder zwanzig Minuten, die ich unter Aufbietung der letzten Energien für das Nachfeilen brauchte, aber es hätte auch nicht eine Minute mehr sein dürfen. Gerade noch, daß ich den fertigen Schlüssel aus dem Schraubstock nehmen und Meister Cornelius reichen konnte; dann verließen mich die Kräfte. Ohne daß die Umstehenden dies bemerkt hätten – alles drängte sich um Meister Cornelius, der unter Anrufung der Heiligen Jungfrau den Schlüssel einführte und aufschloß –, sank ich an der Wand nieder, von wo aus ich die Geschehnisse der nächsten Minuten nur schemenhaft wahrnahm: die Tür öffnet sich; der Kardinal Delmonte liegt in der Kammer am Boden, bereits ohnmächtig, aber wohl noch am Leben. Der Arzt untersucht ihn kurz, flößt ihm eine ätherisch riechende Flüssigkeit ein, man legt Delmonte auf eine bereitgehaltene Tragbahre, und ohne daß er zum Bewußtsein gekommen wäre, trägt man ihn fort.

An mich dachte in diesen hektischen Augenblicken niemand. Das erschien mir in meinem Zustand völliger Kraftlosigkeit nicht nur angemessen, sondern geradezu beglückend: ganz so, als hätte eine bloße Berührung – oder auch nur ein einziges an mich gerichtetes Wort – mir schon das ermattete Lebenslicht ausblasen können. Mit einem Gefühl unendlicher Erleichterung sah ich den erregten Trupp mit der Tragbahre den Gang entlang entschwinden. Wie im Traum registrierte ich den baufälligen Zustand des Ganges, der mir jetzt noch verfallener vorkam als beim ersten Anblick, überlegte auch kurz, woher ich das Gefühl hatte, diesen Ort bereits zu kennen. Dann vergingen mir die Sinne. Ob Schlaf oder Ohnmacht oder beides – ich weiß es nicht.

14
Über die Berge

Meldungen aus den »Berlinischen Nachrichten«:

Bern, 1. April 1869. [Die Alpenbahn-Frage.] Die Note des Norddeutschen Bundes in der Alpenbahn-Angelegenheit lautet nach dem »Bund« u. a.:

Seit langem ist die Regierung des Norddeutschen Bundes der Überzeugung, daß die Herstellung einer Alpenbahn durch das Centrum der Schweiz für Preußen und den Norddeutschen Bund zu einer commerciellen Notwendigkeit geworden sei. Doch ging sie stets davon aus, daß bei einem Unternehmen, welches vor allem die Schweiz berühre, die Initiative dafür auch zunächst von dieser ausgehen müßte.

Nachdem sich diese Erwartung nicht realisierte, stand der Bundeskanzler Graf v. Bismarck im Begriffe, die erforderlichen Instructionen zu erlassen, als Italien ebenfalls seine Absicht erklärte, durch eine förmliche Erklärung zu Gunsten der Gotthard-Linie die in der Schweiz noch vorhandenen Zweifel über die Richtung der Bahn zu lösen und damit für die weitere Entwicklung eine feste Grundlage zu finden.

Durch die geographische Lage sind die östlichen Teile des Norddeutschen Bundes auf den Brenner, die westlichen und Baden hingegen auf einen Übergang der Centralalpen angewiesen. Daher glaubt die Regierung des Norddeutschen Bundes in Erwägung der ihr vorliegenden Berichte und Gutachten sich im Vereine mit Italien definitiv und exclusiv zu Gunsten des St. Gotthard aussprechen zu sollen.

Madrid, 2. April 1869. [Die religiöse Frage.] Nach den Wahlen vom Januar haben die Cortes ihre Beratungen aufgenommen. Die religiöse Frage spielt hier eine bedeutende Rolle.

Im der Sitzung vom 31. März forderte Herr Ortiz de Zarate den Justizminister auf, die zahlreich eingelaufenen Bittschriften für die Bewahrung der »religiösen Einheit«, d.h. für das Verbot aller nichtkatholischen Bekenntnisse, den Cortes vorzulegen. Der Minister antwortete, er sei dazu bereit; zugleich aber werde er die Gelegenheit benutzen, die von den Juden in Amsterdam, Bordeaux und anderen Städten eingegangenen Bittschriften vorzulegen, deren Unterzeichner als Abkömmlinge spanischer Familien um die Erlaubnis ersuchen, nach Spanien zurückkehren und ihren Gottesdienst dort ausüben zu dürfen.

Berlin, 3. April 1869. [Die Vorstellung von der Unfehlbarkeit des Papstes (II.)] Wir fahren mit unserer Betrachtung fort, wie die merkwürdige Vorstellung von der Untrüglichkeit des römischen Papstes entstehen konnte.

Kein Glaubensbekenntnis der ersten Jahrhunderte, keine Schrift eines Kirchenvaters weiß etwas davon, daß alle Gewißheit des Glaubens und der Lehre bei dem Papste zu suchen sei. Synoden und Concilien entschieden die streitigen Fragen der Kirche. Ein (verstorbener) Papst Honorius wurde sogar von mehreren Concilien für irrgläubig erklärt, und die Päpste nach ihm nahmen dieses Urteil an.

Erst im sechsten Jahrhundert wird versucht, den Grundsatz einzuführen: »der erste Stuhl dürfe von Niemandem gerichtet werden«. Dann folgte im neunten Jahrhundert die bekannte Fälschung der isidorischen Decretalen, und da fanden sich die ersten Grundlagen der päpstlichen Unfehlbarkeit.

Erst im dreizehnten Jahrhundert findet sich ein angesehener Verteidiger der päpstlichen Unfehlbarkeit und absoluten Monarchie, Thomas von Aquin (seit 1248). Aber im 15. Jahrhundert haben die großen Concilien in Constanz und Basel ohne ernsten Widerspruch und mit wiederholter Zustimmung der Päpste den Grundsatz verkündet: daß in Sachen des Glaubens der Papst dem allgemeinen Concil untergeordnet, dieses die höhere, also allein sichere Autorität sei.

Die eigentliche Stütze der unerhörten Lehre, die nicht einmal auf dem Trientiner Concil durchzusetzen war, wurden seitdem die Jesuiten. Mit dem Einfluß der Jesuiten an Höfen und Hochschulen und mit dem System der Inquisition und Censur verschwand überall in den katholischen Ländern die theologische Forschung. So breitete sich die neue Lehre aus; niemand durfte sich mehr offen für die Grundsätze der Concilien des 15. Jahrhunderts erklären.

In Frankreich ist seit der Revolution und deren Folgen unter Napoleon das ganze kanonische Recht der altfranzösischen Kirche zerstört, der niedere Clerus dem höheren schutzlos preisgegeben. In Deutschland ist die gelehrte theologische Forschung unter katholischen Geistlichen schon seit zwei Jahrzehnten tot. Unabhängige Stimmen wagen sich nicht mehr hervor.

Für die englischen Katholiken gibt Manning, ein Schwärmer für die päpstliche Unfehlbarkeit, den Ton an, für Irland Cullen. Zweihundert auf den Seminaren erzogene italienische Bischöfe sind eines Sinnes mit der römisch-jesuitischen Partei. Mit ganz wenigen abweichenden Stimmen, vielleicht einigen deutschen und französischen, wird also im Dezember dieses Jahres das Concil in Rom die päpstliche Unfehlbarkeit und den ganzen Syllabus feierlich beschließen.

Bern, 5. April 1869. [Die Alpenbahn.] Über die Gotthard-Bahn schreibt die »Provinzial-Correspondenz«:

Ein großer Teil des gesamten Verkehrs nach Italien, namentlich aus dem Westen Deutschlands, geht durch die Schweiz; aber der Übergang über die Alpen muß dort noch in mühsamster Weise mit Last- und Zugtieren bewerkstelligt werden, da über die Schweizer Alpen noch nirgends eine Eisenbahn führt. Während von Mitteldeutschland eine Eisenbahn über den Brenner durch Tyrol, von Frankreich eine Eisenbahn über den Mont Cenis nach Italien führt, geht auf der ganzen Strecke dazwischen bisher keine Eisenbahnverbindung durch die Alpen.

In der Schweiz selber ließ sich auf Grund der Interessengegensätze zwischen den einzelnen Cantonen und Eisenbahngesellschaften bisher keine Verständigung erreichen, ob der Übergang über den St. Gotthard, den Lukmanier oder den Splügen gehen sollte. Die Kosten einer Durchbohrung oder Überbauung der gewaltigen Alpen sind aber so groß, daß die Mittel der Schweiz dazu allein nicht ausreichen. Daher wird die förmliche Erklärung der Nachbarländer zu Gunsten der Gotthard-Linie die wichtige Angelegenheit ohne Zweifel wesentlich vorantreiben.

15
Ein Name

Wenn jemand behauptet, die Lehre der katholischen Kirche widerstreite dem Wohle und Vorteile der menschlichen Gesellschaft – der sei verflucht.
Pius IX., Syllabus errorum

Tagebuch des Heinrich Wilhelm Lehmann:
Rom. Dienstag, 24. August 1869, nachmittags

Wie vereinbart, fand ich mich gestern kurz vor zehn Uhr bei der Annenpforte ein. Pater Cossa erwartete mich. Ich trug mich in die Besucherliste ein, und der Pater brachte mich in den ersten Stock, wo der Arzt sein Sprechzimmer hatte.

Bertoni allerdings war abwesend. Statt seiner empfing uns eine würdevoll dreinschauende ältere Nonne, mit der Bitte, uns etwas zu gedulden. Ob wir schon einmal im Zimmer des Doktors Platz nehmen wollten?

Wir gingen in Bertonis Zimmer und setzten uns. Einen Augenblick sprach keiner von uns beiden, und sofort lag eine intensive Spannung im Raum.

»Tut mir leid«, sagte Cossa schließlich, »daß wir Ihnen keine wirkliche Erholung bieten können. So wie Sie es letztes Mal bei Ihrem Schweizer Freund hatten. Übrigens – fahren Sie diesmal wieder über den Tessin?«

»Wohl kaum. Was soll ich im Tessin?«

»Na«, meinte Cossa, »natürlich Ihren Freund besuchen. Wie hieß er noch – war er nicht als junger Mann bei der Schweizergarde? Vor zwanzig Jahren? Wer weiß, vielleicht habe ich ihn ja gekannt. Oder Bernieri. Ja, Bernieri müßte ihn kennen, er ist auch schon über zwanzig Jahre hier. Erzählen Sie!«

Aha, dachte ich – daher weht der Wind. Oder hatte sich Cossa nur verplaudert?

»Pater«, sagte ich, und gab mir Mühe, gleichgültig zu klingen, »Sie erstaunen mich. Woher wissen Sie denn, daß er bei der Schweizergarde war? Ich kann mich gar nicht erinnern, so etwas erwähnt zu haben.«

»Aber wie denn – natürlich haben Sie das. Vor einem Jahr, vor Ihrer Abfahrt, erinnern Sie sich nicht mehr? Oder Sie haben es Bernieri erzählt. Woher sollte ich es sonst wissen?«

»Und ich habe auch gesagt, daß er vor zwanzig Jahren bei der Schweizergarde war?«

War er verlegen? Ich konnte es nicht beurteilen, denn in diesem Augenblick ging die Tür auf, und eine jüngere Schwester betrat den Raum. Doktor Bertoni würde sich verspäten, teilte sie uns mit – ein Unglücksfall, dringend, und es würde wohl noch ein wenig dauern.

»Oh, das tut mir leid«, sagte Cossa (und wie mir schien, mehr zu sich als zu der Schwester). »Herr Ingenieur, dann werde ich Sie ein Weilchen allein lassen müssen. Ich muß Bernieri Bescheid sagen; er weiß gar nicht, daß wir hier sind. Bis gleich!«

Es schien der Schwester nicht zu gefallen, daß ich nun allein im Zimmer saß. Sie wagte wohl nicht, mich hinaus auf den Gang zu bitten, aber sie ließ die Tür offen, und alle Augenblicke kam sie irgend etwas holen oder bringen. Ich fand ihr Verhalten nicht unbedingt amüsant, sah aber auch keinen Grund, sie von ihrer Verlegenheit zu befreien. Im Gegenteil: ich versuchte, mit ihr ins Gespräch zu kommen. Damit hatte ich nun meinerseits keinen Erfolg; sie antwortete kurz und abweisend und ging hinaus.

Gerade hörte ich durch die offene Tür wieder ihre Schritte, als sie aus einem anderen Zimmer gerufen wurde.

»Komme!« rief sie zurück. Ich hörte sie mit jemandem flüstern, dann entfernte sie sich den Gang entlang. Wenig später betrat die alte Nonne das Zimmer, die Cossa und mich empfangen hatte.

»Guten Tag, Schwester Oberin«, begrüßte ich sie.

»Woher wissen Sie, wer ich bin?« fragte sie mißtrauisch. »Das hat Ihnen Cossa gesagt, nicht wahr?«

»Nein – das sieht man Ihnen an. Als wir vorhin hereinkamen, dachte ich gleich: das muß die Schwester Oberin sein. Man merkt es daran, wie Sie gehen, und wie Sie einen ansehen.«

»So so, man sieht es«, meinte sie mit einem ironischen Unterton. Sie ging um den Schreibtisch herum, setzte sich in den Sessel des Arztes und musterte mich. »Junger Mann«, stellte sie fest, »sehr krank scheinen Sie mir nicht zu sein. Sonst könnten Sie kaum noch so auf andere Leute achten.«

»Sie haben recht«, gab ich zu. »Ich bin nur hier, weil ich Pater Cossa versprochen habe, mich einmal untersuchen zu lassen.«

»Aha«, sagte sie mit deutlicher Genugtuung, »dacht ich's doch. Ihnen fehlt nichts, das habe ich sofort gesehen. Ja, junger Mann, für so was bekommt man einen Blick; mir macht so schnell keiner was vor.«

»Erlauben Sie, daß ich rate?« fragte ich. »Bestimmt waren Sie schon die Seele des Hospitals, als der Heilige Vater zum Papst gewählt wurde. Habe ich recht?«

Sie lachte. »So lange nun auch wieder nicht. Ich war zwar schon hier, aber nicht als Oberin. Damals ... na, lassen wir das.«

Sie warf den Kopf nach hinten, schloß für einen Moment die Augen und seufzte; in Gedanken schien sie weit weg zu sein. Ich schätzte sie auf etwa sechzig. Demnach war sie zu Luigis Zeiten um die vierzig gewesen – zehn Jahre älter als Luisa, die damals Oberschwester und folglich ihre Vorgesetzte war.

Ich spürte, daß ich nervös wurde. Sie hatte Luisa gekannt ...

»Entschuldigen Sie«, sagte ich nach einigen Augenblicken des Schweigens (und ich hoffte, sie würde meine Aufregung nicht merken). »Eine unangenehme Erinnerung – ich verstehe. Sicher war damals Ihre Oberin eine alte ehrwürdige Frau, aber manchmal etwas ungerecht – war es so?«

»Alt?« Sie kicherte. »Luisa Pierleone alt? Von wegen! Unverantwortlich war es; viel zu jung war sie, kein Wunder, daß sie –«

Draußen waren schnelle Schritte zu hören. »Schwester Oberin!« rief jemand vom Gang her; gleich darauf stand Bernieri atemlos im Zimmer.

»Sie sind's, Bru–«, begann die Schwester, konnte aber nicht weitersprechen, denn Bernieri hatte sie, ohne ein Wort mit mir zu wechseln, an der Hand gefaßt und aus dem Raum gezogen. Er warf die Tür hinter sich zu; ich hörte ihn draußen auf die Schwester einreden, ohne allerdings seine Worte verstehen zu können. Dann wurde das Gespräch leiser, gleich darauf ging die Tür wieder auf, und Bernieri kam zurück. Hochrot im Gesicht, fuhr er mich an: »Was tun Sie – wie können Sie – Sie wagen es ...«

Ich stand auf und trat einen Schritt auf ihn zu. »Signor Bernieri – was ist mit Ihnen? Ich warte hier auf den Doktor, hat Ihnen das Pater Cossa nicht gesagt?«

Zwar ahnte ich den Grund für seine Erregung; aber eine solche Fassungslosigkeit hätte ich ihm gar nicht zugetraut.

»Aber Sie – Sie haben – Sie sind doch gar nicht krank! Ich weiß es von der Schwester Oberin – Sie sind kerngesund!«

»Eben! Und genau das habe ich gerade der Oberin gesagt. Ich weiß auch nicht, warum Pater Cossa unbedingt wollte, daß ich mich untersuchen lasse – aber ich wüßte gerne, warum Sie sich so aufregen.«

In diesem Augenblick waren auf dem Gang erneut schnelle Schritte zu hören. Es war Cossa, der zusammen mit dem Arzt ins Zimmer stürzte.

»Ein Mißverständnis«, rief Cossa, und ergriff Bernieri am Arm. »Verzeihen Sie, ein bedauernswertes Mißverständnis! Nicht wahr, Bruder Bernieri? Sagen Sie es ihm – bitte!«

Bernieri sah ihn wütend an. »Was? Erst lassen Sie – lassen ihn einfach ...«

»Bruder«, sagte Cossa eindringlich, beinahe flehentlich, »ein Mißverständnis – so verstehen Sie doch!«

Bernieri wandte sich ab; er schien noch immer nach Fassung zu ringen. »Ach so«, sagte er mit seltsam gepreßter Stimme, »ein Versehen. Ich wußte ja nicht ... gewiß, ein Mißverständnis ... «

Ich konnte förmlich zusehen, wie er sich wieder in den glatten Diplomaten verwandelte. Als wäre nichts gewesen, wandte er sich zu mir und sagte: »Sie müssen entschuldigen, lieber Herr Ingenieur. Es war meine Schuld, ich bitte um Vergebung. Diese Abteilung ist – wie soll ich sagen – nun, sozusagen nur für besondere Fälle reserviert. Andererseits – selbstverständlich haben Sie als unser Gast Anspruch auf die allerbeste Versorgung. Ich muß Cossa sogar ein Lob aussprechen, und der Oberin auch, weil sie sich so freundlich um Sie gekümmert hat. Wenn Sie erlauben, wird Bertoni Sie jetzt untersuchen, und Cossa und ich werden uns zurückziehen, um – nun, um das Mittagessen zu organisieren. Cossa, Sie holen den Herrn Ingenieur hinterher ab, nicht wahr? Schwester – wir sprechen uns noch.«

Das klang alles wieder freundlich und geschäftsmäßig. Trotzdem: zum ersten Mal, seit ich mit Bernieri zu tun hatte, war er außer sich geraten. War das wirklich ein »Verwaltungsmitarbeiter«, der so mit den Leuten umsprang?

Und als er glaubte, die Beherrschung wiedergewonnen zu haben, da hatte er sich womöglich noch weniger im Griff als vorher. Denn wenn er nicht nur Cossa, sondern sogar der Oberschwester »ein Lob aussprechen« konnte, dann mußte er im Rang weit über ihnen stehen – ganz unabhängig davon, ob er sein Lob ernst meinte. Er hatte also ungewollt einiges über sich preisgegeben, was allein schon Grund für ihn sein mußte, sich zu ärgern. Und noch etwas zeigte sein Verhalten: er wußte, wenn nicht über den Diebstahl, so jedenfalls über die Beziehung Bescheid, die Luigi mit dem Hospital verbunden hatte. Mehr noch: er vermutete offenbar, daß ich Nachforschungen in dieser Richtung anstellte.

Ich muß gestehen, daß ich eine geradezu diebische Freude verspürte, als die drei den Raum verließen: Bernieri vorneweg, Cossa und die Oberschwester mit gesenktem Kopf hinterdrein. Zum ersten Mal hatte ich etwas erfahren, was ich nicht schon aus Luigis Aufzeichnungen wußte: einen Namen. Luisas Namen! Bernieri, wenn er davon Wind bekäme, würde erst recht aus der Haut fahren.

Bertoni machte sich an die Untersuchung. Oder vielmehr, er streckte die Beine aus und stellte mir einige Fragen. Ob ich Schmerzen hätte? Ob mein Stuhlgang regelmäßig sei? Wie es seinem alten Freund Robert Virchow in Berlin ginge?

»Verzeihung«, erlaubte ich mir zu bemerken, »Sie meinen sicher den Professor Virchow. Aber der heißt Rudolf.«

»Natürlich meine ich den Professor«, sagte Bertoni indigniert, »Roberto – mein guter alter Freund Robert Virchow aus Berlin – ein guter Kopf – fähiger Mann –«

»Tut mir leid«, sagte ich, »ein Professor Robert Virchow ist mir leider nicht bekannt.«

Damit war das Interesse Bertonis an meiner Person erloschen und die Untersuchung beendet. Er schrieb ein Rezept aus, das er mir, ohne mich anzusehen, über den Schreibtisch schob. Ich bedankte mich und dachte beim Hinausgehen: wenn das hier die beste Abteilung des Hauses ist, dann möchte ich lieber nicht den schlechteren in die Hände fallen.

Auf dem Gang wartete Cossa auf mich. »Es ist mir entsetzlich peinlich«, entschuldigte er sich. »Ich hatte völlig vergessen, Bernieri Bescheid zu sagen. Bitte nehmen es mir nicht übel ...«

»Aber wieso denn«, beruhigte ich ihn. »Ich verstehe bloß eines nicht: warum hat er sich eigentlich so aufgeregt?«

»Wissen Sie«, sagte Cossa sichtlich verlegen, »das ist – Sie müssen wissen – wie soll ich es erklären – na, jedenfalls war es meine Schuld. Es wird nicht wieder vorkommen – entschuldigen Sie! Aber etwas anderes: was hat denn Ihre Untersuchung ergeben?«

»Oh – Doktor Bertoni ist wirklich ein hervorragender Arzt. Er kennt alle deutschen Mediziner, und mir hat er sofort angesehen, daß ich gesund bin. Hab ich's Ihnen nicht gesagt?«

»Haben Sie. Aber vergangenen Freitag – was war da nur mit Ihnen los? Passiert Ihnen so was öfter?«

»Nein«, sagte ich. »Ist mir noch nie passiert. Ich war wohl ganz einfach zu müde – wirklich, Sie können beruhigt sein. Das werden Sie auch gleich beim Essen sehen: ich habe einen solchen Hunger, wie man ihn nur hat, wenn man kerngesund ist.«

»Wollen wir's hoffen. Übrigens haben wir Ihr Programm verändert: ab morgen arbeiten Sie nur noch vormittags.«

Inzwischen hatten wir den Speisesaal erreicht, wo uns Bernieri an einem reservierten Tisch erwartete. Er begrüßte mich mit einer Freundlichkeit, als hätten wir uns eine Woche nicht gesehen. Auch Cossa zeigte eine zunehmend bessere Laune; das Essen war vorzüglich, der Wein desgleichen – alles wurde so friedlich und harmonisch, daß es mich zu ärgern begann. Dies um so mehr, als Bernieri das Gespräch auf die Gotthardbahn brachte, und darauf, was ihr Bau für die Schweizer Kantone bedeutete.

»Ist schon lustig«, meinte er. »Diese Eisenbahn ist für manche Kantone das große Glück, aber für andere eine

Katastrophe. Wirklich beneidenswert ist der Tessin, nicht wahr? Eine wunderschöne Gegend, und jetzt auch noch eine direkte Eisenbahnverbindung in alle Richtungen. Früher hatten wir bei der Schweizergarde kaum einmal junge Männer aus dem Tessin – das wird sich ändern, meinen Sie nicht auch, Cossa?«

»Gewiß, Bruder Bernieri«, antwortete dieser beinahe demütig. Ich merkte, worauf die beiden hinauswollten, und beschloß, den Stier bei den Hörnern zu packen.

»Wo Sie es gerade erwähnen, Signor Bernieri – Sie wissen doch, mein Freund im Tessin war auch bei der Schweizergarde, nicht wahr?«

Bernieri schien überrascht, aber auch erfreut, daß ich selber das Thema angeschnitten hatte. »Natürlich, Ihr Freund ... Calandrelli, so hieß er doch? Was ist mit ihm?«

»Woher wissen Sie eigentlich so gut über ihn Bescheid? Pater Cossa sagte, ich hätte von ihm erzählt, aber ich erinnere mich gar nicht, bei welcher Gelegenheit.«

Schlagartig veränderte sich die Atmosphäre. Cossa, hochrot im Gesicht, sah stumm auf den Tisch. Bernieri legte Messer und Gabel aus der Hand und schob seinen Teller von sich, als hätte ich ihm einen unsittlichen Antrag gemacht.

»Wie meinen Sie das?« fragte er. »Soll das ein Verhör sein?«

»Aber ich bitte Sie – ›Verhör‹ haben Sie gesagt. Nein, ich frage ganz freundschaftlich, nach etwas, das mir wohl entfallen ist.«

»Oh«, sagte Bernieri, »ich hoffe, ich verstehe Sie richtig. Also was Ihren Freund angeht – wer kann sich schon an jede Einzelheit erinnern ... ist das so wichtig?«

»Nicht unbedingt. Aber wissen Sie, ich dachte immer, ich hätte ein gutes Gedächtnis, und wenn mir etwas so ganz und gar entfällt, dann frische ich das gerne wieder auf. Mit Ihrer freundschaftlichen Unterstützung, versteht sich.«

»Sie sprechen ein bißchen oft von Freundschaft«, sagte Bernieri, offensichtlich bemüht, seinen Ärger nicht zu zeigen. »Sind Sie sicher, daß wir beide dasselbe meinen?«

»Das hoffe ich doch. Aber wenn wir schon einmal von Freundschaft sprechen: warum waren Sie vorhin eigentlich so wütend?«

»Herr Ingenieur«, ergriff Cossa das Wort. »Ich hab's

Ihnen doch gesagt, es war ein Versehen. Ich hätte Bruder Bernieri informieren müssen – alles war meine Schuld.«

»Heißt das«, fragte ich Bernieri, »Sie sind Cossas Vorgesetzter? Wieso müssen Sie es wissen, wenn er mich zum Arzt schickt?«

Bernieri wurde rot; einen Augenblick hatte ich das Gefühl, daß ich zu weit gegangen war. Aber ich hatte nicht vor, sein Verhalten auf sich beruhen zu lassen; er sollte merken, daß er mit mir nicht so umspringen konnte, als wäre ich sein Untergebener.

»Herr Ingenieur«, stieß er hervor, »vielleicht denken Sie daran, daß Ihre Gesellschaft nicht die einzige ist, die mit uns zusammenarbeiten will. Und Sie sind auch nicht der einzige Ingenieur Ihrer Gesellschaft. Habe ich mich deutlich ausgedrückt?«

Ich stand auf, trat hinter den Stuhl und schob ihn an den Tisch. »Vollkommen«, antwortete ich. »Es gibt viele Gesellschaften und Ingenieure, und es gibt viele Schriftstücke, nicht wahr? Die Gesellschaften wollen dasselbe, die Ingenieure können dasselbe, und was irgendwo geschrieben steht, kann jeder abschreiben, dann weiß es jeder. Habe ich mich deutlich ausgedrückt? Wenn Sie mich nicht mehr brauchen, fahre ich morgen zurück nach Berlin – und zwar mit dem größten Vergnügen.«

Bernieri sah mich erstaunt, fast ungläubig an. Schließlich stützte er die Hände auf den Tisch und erhob sich langsam. Er schüttelte den Kopf; plötzlich fing er an zu lachen und sagte, während er mir die Hand hinstreckte:

»Herr Ingenieur – mir scheint, wir sind beide überarbeitet. Natürlich haben Sie recht: es gibt viele Ingenieure, aber bei Ihnen wissen wir, woran wir sind. Und Sie wissen es bei uns, nicht wahr? Also, machen wir weiter – auf gute Zusammenarbeit!«

Und er hob sein Glas und stieß mit mir und Cossa an.

Seitdem merke ich: die Atmosphäre hat sich verändert. Oberflächlich gesehen könnte man meinen, sie wäre kühler geworden: zum ersten Mal hat man mich (was mir nur recht ist) für heute abend nicht zu einem Essen eingeladen. Andererseits war es so, wie Cossa angekündigt hatte: wir haben heute nur den Vormittag gearbeitet, dann verabschiedete man mich mit der Mahnung, mich gut auszuruhen. Und die Stimmung war geradezu familiär – als hätte der gestrige Streit wie ein reinigendes Gewitter gewirkt.

Trotzdem werde ich nicht klug aus dem Ganzen. Bernieri wirkte, als hätten wir eine Art stiller Übereinkunft getroffen, beinahe, als wären wir Komplizen. Aber obwohl ich das Spiel mitspiele, weiß ich noch immer nicht, was man eigentlich mit mir vorhat oder von mir erwartet. Oder weiß man es selbst noch nicht, und will nur sehen, was ich nach dem Diebstahl unternehme?

Allerdings wird man das Tagebuch wohl kaum entwendet haben, um es lediglich verschwinden zu lassen. Mit Sicherheit wird man es sorgfältig studieren, und dann wird man entscheiden, ob weitere Maßnahmen nötig sind. Die Frage ist: wer wird es als erster lesen – oder vermutlich: wer hat es als erster gelesen? Vielleicht Bernieri? Und wem hat er anschließend berichtet? Wer wird die nächsten Schritte bestimmen – und wann?

Bei der Langsamkeit, mit der die Kurie üblicherweise ihre Beschlüsse faßt, dürfte das Wochen dauern, wenn nicht Monate. War das vielleicht der Grund für Bernieris schnellen Sinneswandel? Weil ihm klargeworden war, daß er mich zur Zeit noch gar nicht wegschicken könnte, jedenfalls nicht, solange nicht feststeht, was ich weiß und was ich zu tun gedenke?

Ich frage mich, ob es nicht besser ist, das Katz- und Mausspiel zu beenden. Angenommen, ich sage Bernieri auf den Kopf zu, was ich denke: daß er den Opernbesuch absichtlich inszeniert hat, um das Tagebuch zu stehlen. Daß er mich überwachen läßt, um festzustellen, was ich unternehme. Daß ihn mein Gespräch mit der Oberschwester deshalb so geärgert hat, weil er fürchtet, ich könnte Verbindung mit Luisa Pierleone aufnehmen ...

Unsinn – es wäre das Dümmste, was ich tun könnte! Gerade für mich ist es das beste, die Dinge in der Schwebe zu belassen. Soll Bernieri ruhig denken, ich hätte mich mit dem Diebstahl abgefunden. Selbst wenn ich mir vielleicht Notizen zu den Aufzeichnungen gemacht habe – besser, er nimmt an, es war aus rein persönlichem Interesse, und das Wichtigste für mich wäre letzten Endes mein Beruf, meine gute Stellung in Berlin, vielleicht eine noch bessere ... Im

Grunde war es gar nicht ungeschickt von mir, zu behaupten, ich wollte nach Berlin zurückfahren. So muß er den Eindruck haben, daß mich nichts hier in Rom hält – also auch nichts, was aus seiner Sicht gefährlich wäre.

Wenn er wüßte, daß alle seine Befürchtungen zutreffen – dann dürfte die jetzt eher laxe Überwachung wirklich lückenlos werden. Falls man sich nicht gar zu anderen Maßnahmen entschließt ... Aber auch ohne gleich mit dem Schlimmsten zu rechnen: ich muß noch vorsichtiger werden. Von meiner Suche nach Luisa darf Bernieri nichts erfahren, erst recht nicht, daß ich schon einen Hinweis gefunden habe. Wegen der Oberschwester bin ich unbesorgt: nachdem er sie so rüde abgekanzelt hat, wird sie ihm kaum mitzuteilen wagen, was ihr im Gespräch mit mir entschlüpft ist.

Und ich muß alles daran setzen, die Nachschrift der Aufzeichnungen so schnell wie möglich fertigzustellen. Nicht nur, weil mein Erinnerungsvermögen im Laufe der Zeit immer mehr nachlassen wird. Nein, sondern auch, um mein Wissen über die damaligen Vorgänge so bald wie möglich mit jemandem teilen zu können. Oder, noch besser: mit so vielen zu teilen, daß dieses Wissen für niemanden mehr eine Gefahr darstellt.

Auch für mich selbst nicht.

16
Luisa

*Rekonstruktion der Aufzeichnungen
des Luigi Calandrelli (5):*

Am Morgen des folgenden Tages erwachte ich in einer mir unbekannten Umgebung. Mein erster Blick fiel auf einen Mönch, der, über einen Tisch gebeugt, offenbar eingeschlafen war. Ich selber befand mich in einem Bett mit schneeweißem Bettzeug, neben mir ein Nachttisch mit Medikamenten – keine Frage, ich lag im vatikanischen Hospital.

Was mich geweckt hatte, war ein stechendes Gefühl an beiden Händen. Diese waren mit dicken Verbänden umwickelt, und als ich versuchte, sie zu bewegen, durchfuhr mich ein so heftiger Schmerz, daß ich einen Aufschrei nicht unterdrücken konnte.

Mein Schmerzensschrei hatte den am Tisch eingenickten Mönch aufgeweckt. Es war Meister Cornelius, der bei mir Wache gehalten hatte – aus schlechtem Gewissen, wie er später lachend sagte: weil auch er mich angesichts des bewußtlosen Kardinals völlig vergessen hatte.

Wie es denn Seiner Eminenz gehe? Nun, für diesen sei die Befreiung ganz wörtlich im allerletzten Augenblick gekommen; seine Lippen seien schon blau angelaufen und sein Puls nicht mehr fühlbar gewesen. Man habe noch nicht ausführlich mit ihm sprechen können; nur so viel stehe fest, daß er offenbar in der engen Kammer einen Schwächeanfall erlitten habe.

Auch den Heiligen Vater habe man inzwischen erreicht. Dieser habe strenge Anweisung gegeben, die Räume des fraglichen Bereiches bis auf weiteres nicht mehr zu betreten; auch habe er sein Mißfallen über die zeitweilige Unauffindbarkeit des Kardinals Garrota zum Ausdruck gebracht. Und was mich selber betreffe: ich hätte, so Meister Cornelius, »ein Meisterstück vollbracht, das man oben sicherlich zu würdigen wisse«. Einzig Catino scheine es noch nicht verwunden zu haben, daß ich ihn in der Hitze des Augenblicks einen Esel genannt hätte; doch sei zu hoffen, daß er mir meinen Mangel an Respekt nicht lange nachtragen werde.

»Unter uns gesagt«, fügte Cornelius halb scherzend, halb besorgt hinzu, »ich habe schon immer gewußt, daß du dein Licht absichtlich unter den Scheffel gestellt hast. Was du allerdings gestern fertiggebracht hast, das sah wirklich wie Zauberei aus. In all meinen Jahren als ehrlicher Handwerker habe ich so etwas nicht erlebt; man hatte das Gefühl, hier wäre einer mit höheren Mächten im Bund. Und trotzdem – oder gerade deshalb – kann ich dir ein gewisses Unbehagen nicht verhehlen. Ein solches Können zu verheimlichen, will mir nicht nur wie eine übertriebene Bescheidenheit vorkommen, sondern wohl auch wie eine gewisse Unehrlichkeit, zum mindesten Überheblichkeit gegenüber den weniger fähigen Kollegen. Meinst du nicht auch?«

Ich hatte keine Gelegenheit, auf seine Frage zu antworten. Die Tür öffnete sich, und herein kam eine Nonne mit einem Tablett, auf dem sich einige Speisen und Medikamente befanden.

»Ah, der junge Mann ist aufgewacht«, sagte sie, während sie das Tablett auf den Tisch stellte. »Da bin ich mit dem Essen ja gerade richtig. Der Arzt und die Schwester Oberin werden wohl auch bald kommen und nach dem Rechten sehen.«

Ich hatte in der Tat großen Hunger, und Meister Cornelius wohl kaum weniger. Allerdings konnte er sich nach Herzenslust bedienen, während ich selber ratlos in meinem Bett saß und überlegte, wie ich mit den dick verbundenen Händen etwas zu mir nehmen könnte.

Die Lösung sollte nicht lange auf sich warten lassen. Bald nachdem die Nonne den Raum verlassen hatte, öffnete sich die Tür erneut. Ins Zimmer trat eine schlanke, hochgewachsene Frau – offenbar die Oberschwester. Ein Blick von ihr reichte, um mein Problem zu erkennen. »Aha, wir werden dem jungen Helden wohl beistehen müssen«, sagte sie voller Herzlichkeit, aber auch mit einem gewissen spöttischen

Unterton. Ein feines Lächeln machte dabei ihre vorher eher strenge Miene schlagartig weicher. Dann setzte sie sich auf den Bettrand und fütterte mich.

Das war mir zwar einerseits peinlich, doch mischte sich in die Verlegenheit schon nach wenigen Augenblicken auch ein Gefühl von Geborgenheit und Vertrautheit. Dieses Gefühl, bedingt wohl durch die körperliche Nähe, war für mich auf eine bis dahin unbekannte Weise gleichzeitig wohltuend und verwirrend, so daß ich kaum imstande war, einen zusammenhängenden Satz hervorzubringen. Die Oberin tat so, als würde sie meinen Zustand gar nicht registrieren, und während sie mir dem Anschein nach mit größter Selbstverständlichkeit Löffel um Löffel zum Mund führte, ließ sie sich von Meister Cornelius über die Rettungsaktion des vorigen Tages berichten. Daß der Alte meine Rolle dabei in den höchsten Tönen lobte, war mir zwar nicht unlieb, machte jedoch meine Verlegenheit noch größer.

Ich saß stumm da, machte den Mund auf und zu, kaute und schluckte; dazwischen schaute ich abwechselnd zur Schwester und zum Löffel. Doch sah ich immer kürzer auf den Löffel, und immer länger zu ihrem Gesicht – so lange, bis in einem Augenblick, wo auch sie gerade zu Meister Cornelius hinüberblickte, der Löffel an meiner Nase landete.

Für einen Augenblick waren alle verwirrt, dann fingen wir alle drei gleichzeitig an zu lachen. Keiner machte eine Bemerkung über den kleinen Zwischenfall. Aber gerade das beredte Schweigen, das dem Lachen folgte, hinterließ in mir das Gefühl, als wären wir drei in diesem Augenblick zu einer kleinen Gruppe von Verschworenen geworden.

War ich Schwester Luisa – so der Name, mit dem Meister Cornelius sie anredete – von diesem Augenblick an verfallen? Ich glaube, ja; auch wenn ich es mir damals noch nicht eingestanden hätte. Zwar hätte man sie auf den ersten Blick nicht als Schönheit bezeichnen mögen; dafür waren ihre Gesichtszüge ein wenig zu streng, und die Spuren erster Falten, die auf eine unbestimmte Traurigkeit hinzudeuten schienen, zu deutlich. Vielleicht war es aber gerade das Fehlen von auffälliger Schönheit, das es jedem leicht machte, sich ihr unbefangen zu nähern. Ohne daß ihr Erscheinen besondere Aufmerksamkeit hervorgerufen hätte (erst recht nicht das Erschrecken, wie es jede große Schönheit für einen Moment in uns auslöst), sah man sie gehen und sich bewegen, sah ihre Augen und ihr Gesicht, hörte ihre Stimme – und merkte erst hinterher, wie tief ihr Auftreten und ihre Gedanken einen gefangengenommen hatten, und wie sehr man sich wünschte, in diesen Gedanken eine Rolle zu spielen.

Allerdings, wenn man mich fragen würde, worin denn das Besondere ihres Wesens bestand, so fiele mir die Antwort schwer. Sicher war sie nicht geistreich in dem Sinne, daß sie häufig Bonmots oder Scherze von sich gegeben hätte. Bemerkenswert war aber die Einfühlung und Aufmerksamkeit, die sie ihrem Gegenüber jederzeit zukommen ließ. Und diese Anteilnahme schien so sehr Teil ihres Wesens zu sein und sie auf eine so intensive Weise zu erfüllen, daß mir der Ausdruck »uneigennützig« dafür ganz unzureichend vorgekommen wäre.

Meister Cornelius beschrieb ihre Wirkung auf andere einmal so: wenn sie spreche, so sagte er, dann habe man immer das Empfinden, als würde sie genau das zum Ausdruck bringen, was man selber gerade gedacht hatte, oder jedenfalls hätte denken wollen. Unmerklich, so schiene es ihm, würde sie auf diese Weise in das Denken derjenigen eindringen, mit denen sie zu tun hätte, und es sanft und unwiderstehlich zugleich lenken: indem sie ihr Gegenüber von allen möglichen Gedanken nur diejenigen denken und aussprechen ließe, die ihm nachträglich selber als die vernünftigsten erschienen. Daher, so Meister Cornelius, verlasse man sie meistens mit dem Gefühl, daß man selber es gewesen sei, der lauter schöne und kluge Dinge gesagt habe – während man sich, was sie betraf, vor allem an ihr aufmerksames Zuhören, ihr teilnehmendes Fragen, höchstens hin und wieder an einen skeptischen Blick oder ein Runzeln ihrer Augenbrauen erinnerte.

Dieser Beschreibung würde ich zustimmen, allerdings mit gewissen Einschränkungen. Auf der Station nämlich, vor allem bei der Betreuung der Schwerkranken, duldete Schwester Luisa nicht die geringste Nachlässigkeit. Obwohl sie niemals laut wurde, wurde sie von einigen Schwestern (die sie, wenn sie außer Hörweite war, die »Eiserne« nannten) regelrecht gefürchtet. Besonders von den älteren Nonnen fühlten sich manche in ihrer Würde gekränkt, wenn Schwester Luisa ihnen gelegentlich sehr bestimmte Anweisungen erteilte – erst recht, wenn sie ihnen sanft, aber unerbittlich Schlampigkeit oder Unreinlichkeit vorwarf. Und was mich betraf, so erlebte ich sie (davon abgesehen, daß ich kaum einmal das Gefühl hatte, in ihrer Gegenwart schöne oder kluge Dinge gesagt zu haben) einige Male ausgesprochen unwillig oder sogar wütend. Vielleicht zeigte sie mir, dem einzigen Jüngeren in einer Gesellschaft älterer Männer und Frauen, eine andere Seite ihres Wesens: noch wärmer und liebevoller, aber auch fordernder und kritischer.

Ihre Anwesenheit gab mir ein ungekanntes Gefühl von Bereicherung, wenn nicht von Glück, so daß ich mir nichts sehnlicher wünschte, als sie immer wieder in meiner Nähe zu wissen. Auch meine früheren Zimmergenossen schienen mir, wenn sie mich besuchten, in Gegenwart von Schwester Luisa verändert: Albert weniger zynisch, Jakob weniger redselig, Josef der Bär aber vor schüchterner Seligkeit fast vergehend, wenn die Schwester ihm einige freundliche Worte zukommen ließ.

»Bist ein Glückspilz«, sagte Albert einmal zu mir, als sie gerade aus dem Zimmer gegangen war. »Das würde ich mir auch wünschen – eine schöne Krankheit, nicht zu schlimm, nicht zu leicht, gerade ausreichend für ein paar Tage im Hospital. Aber nur mit Schwester Luisa auf der Station, versteht sich!«

Es sollte noch eine Weile dauern, bis die Ärzte meinten, die Verbände an meinen Händen könnten abgenommen werden. Schwester Luisa ließ es sich nicht nehmen, mich während dieser Tage eigenhändig zu betreuen: als wäre ich ein hilfsbedürftiges Kind. »Mein Sohn«, war ihre übliche Anrede (die ich gerne hörte – nicht den »Sohn«, wohl aber die Wärme in ihren Worten). Sie übernahm es auch, mich zu waschen und umzuziehen, was mir, wie man sich vorstellen kann, einige Peinlichkeiten verursachte. Denn solange ich denken konnte, hatte nie jemand anders als ich selbst mir die Unterwäsche gewechselt; nackt oder halbnackt vor einer Frau zu stehen, die mir von Tag zu Tag schöner vorkam, stürzte mich in einen Strudel wirrer Empfindungen; mehrmals bekam ich so rote Ohren, daß ich mich am liebsten verkrochen hätte.

Natürlich entging das ihren aufmerksamen Augen nicht. Doch ließ sie sich jedenfalls nichts anmerken; erst am Morgen des Tages, an dem mir die Verbände abgenommen werden sollten, fuhr sie mir sanft über die Haare und sagte wie zu sich selber: »So ein blutrotes Gesicht ... Was sind das wohl für Gedanken, die dem jungen Mann durch den Kopf gehen?«

Was hätte ich getan, wenn ich etwas ruhiger und mutiger gewesen wäre? Ob ich es gewagt hätte, ihr meine verwirrte (und ganz und gar unsohnhafte) Zuneigung zu gestehen? So aber hatte ich Angst, ich könnte sie verärgern – und sagte gar nichts.

Es war wohl auch besser so. Ohnehin hätte ich, selbst wenn ich geistesgegenwärtiger gewesen wäre, wenig Zeit für eine Antwort gehabt. Vor der Tür waren Schritte zu hören, und Schwester Luisa nahm schnell die Hand von meinem Kopf, als hätte sie etwas Unerlaubtes getan – es kam mir so vor, als wäre auch sie plötzlich errötet. Genau konnte ich es nicht feststellen: zwar kam niemand herein, aber Schwester Luisa ordnete mit dem Rücken zu mir einige Dinge auf dem Tisch; dann ging sie mit einem kurzen Gruß aus dem Zimmer. Ich blieb zurück mit einem heillosen Durcheinander in der Seele.

Wenig später kamen die Ärzte zur Visite und nahmen mir die Verbände ab. Es zeigte sich, daß die Verletzungen gut abgeheilt waren – sicherlich auch eine Folge der fürsorglichen Pflege, die mir zuteil geworden war. Entsprechend zufrieden waren die Ärzte, und zwar derart, daß sie zu dem Ergebnis kamen, mein weiterer Aufenthalt im Hospital sei überflüssig.

Noch am selben Nachmittag packte ich meine Sachen; mit klopfendem Herzen machte ich mich auf die Suche nach Schwester Luisa. Um mich bei ihr zu bedanken, redete ich mir ein, aber was wollte ich wirklich? Die Antwort erübrigte sich: meine Wohltäterin war, wie mir die anderen Schwestern mitteilten, zu wichtigen Besorgungen außer Haus.

Halb enttäuscht, halb erleichtert bat ich, ihr meinen Dank und meine Grüße auszurichten; dann verließ ich das

Hospital. Schneller als ich es mir gewünscht hätte, war aus dem kranken Helden wieder ein gesunder jugendlicher Handwerker geworden. Mit dem unklaren Gefühl, etwas Wichtiges versäumt oder noch vor mir zu haben, kehrte ich zurück in meine Kammer, die mir nun merkwürdig finster und einsam vorkam.

Viel langsamer verlief die Genesung des bedauernswerten Kardinals Delmonte. Dieser, wenn auch außer Lebensgefahr, laborierte noch monatelang an den Folgen des Herzanfalles und der ausgestandenen Todesangst. Mehrere Wochen mußte er das Bett hüten. Zum Essen mußte man ihn zwingen; obgleich die Ärzte behaupteten, er sei lediglich erschöpft, machte er auf alle den Eindruck eines todkranken Mannes. Als er zum erstenmal wieder aufstehen konnte, tat er dies mit der Bemerkung: »Es scheint, das Schicksal hat mir einen Nachtisch zugedacht: ohne daß ich es mir gewünscht hätte, darf ich noch einmal den Geschmack des Lebens kosten.«

Die ihn kannten, hatten übereinstimmend den Eindruck, daß er als ein anderer Mensch aus der Bewußtlosigkeit erwacht war. Vorher ein herrischer, machthungriger Prälat, war aus ihm ein milder, nachdenklicher Greis geworden, der sich aus den Intrigen des Vatikans vollständig zurückzog und nur noch der Meditation und der freundlichen Kontemplation lebte.

Wie er mir später in einer ruhigen Stunde erzählte, war dies eine Folge dessen, was nach seinem Herzanfall in ihm vorgegangen war. Seine Empfindungen beim Erwachen waren dabei durchaus zwiespältiger Natur gewesen. Er hatte – offenbar unter Einwirkung einer heftig aufwühlenden Lektüre unmittelbar vor dem Anfall – den Zeitraum vor seiner Rettung mit intensiven Visionen durchlebt. Darin war ihm die Befreiung aus seinem unfreiwilligen Gefängnis nicht etwa als ersehntes Ereignis erschienen, sondern im Gegenteil als Bedrohung. Er hätte sich, so erzählte er, bereits im Reich des Friedens befunden, jedoch nicht endgültig, sondern es hätten seinetwegen ein Engel und ein Teufel miteinander gerungen. Dabei wollte der Engel dem Teufel einen Schlüssel aus der Hand winden, mit dem dieser das Tor zur friedlosen Welt erneut habe aufschließen wollen; zwar habe der Engel gesiegt, doch habe der Teufel mit letzter Kraft den Schlüssel in das Torschloß geworfen – wo sich der Schlüssel in eine silberglänzende Schlange verwandelt habe, die ihm, dem Kardinal, aus dem Schloß direkt ins Herz geflogen sei. Mit dem Stich des Eindringens habe sich der Teufel von dem siegreichen Engel lösen können; unter triumphierendem Gelächter sei er aufgeflogen, während das Tor zur friedlosen Welt sich wieder geöffnet habe. Daraufhin seien ihm erneut die Sinne geschwunden – und das weitere sei ja auch mir bestens bekannt.

Also war es meine Schuld, daß der Kardinal in die »friedlose Welt« zurückkehren mußte. Das hinderte ihn allerdings nicht, mir gegenüber in der Zeit, die er noch zu leben hatte, ein herzliches Wohlwollen zu entwickeln. Er schien auch gar nicht allzu begierig, nun endlich das Tor zum Reich des Friedens zu durchschreiten. Ganz im Gegenteil zeigte er, nachdem er sich aus dem Machtkampf seiner Kurienkollegen verabschiedet hatte, ein ausgesprochenes Vergnügen an den Banalitäten des Diesseits: den Früchten der römischen Obstgärten, den üppig blühenden Rosen in den vatikanischen Parks, dem Feuer ketzerischer Diskussionen (an denen ich mich gelegentlich beteiligen durfte), aber auch an den verehrungsvollen Blicken junger Pilgerinnen, die stolz waren, von einem veritablen Kardinal empfangen zu werden, und die in ihrer Begeisterung meine Kameraden von der Schweizergarde in tausend Gewissensbisse stürzten.

Die Aktion um den eingeschlossenen Kardinal hatte für mich eine Reihe von Veränderungen zur Folge. War ich vorher je nach Bedarf für alle möglichen Dienststellen und Handwerker tätig gewesen, so wurde nun festgelegt, daß ich nur noch für besondere Aufträge zur Verfügung stehen würde. Ab sofort war ich Meister Cornelius direkt unterstellt – was auch bedeutete, daß Catino oder die anderen dienstälteren Handwerker mir keine Anweisungen mehr geben durften.

Obwohl dies über meinen Kopf hinweg und ohne mein Zutun verfügt worden war, bekam ich dennoch die Verärgerung altgedienter Kollegen zu spüren. Vor allem war es Catino, der mir grollte. Inzwischen hatte der »Esel«, mit dem ich ihn betitelt hatte, überall die Runde gemacht; längst hatte er das Wort von den »Händen wie Catino« abgelöst. Und die Kollegen sorgten dafür, daß sein Groll nicht einschlief. Wer ihn ärgern wollte, begrüßte ihn mit einer tiefen Verbeugung, und dazu mit den Worten: »Sieh da, unser E... – Ehrenwerter Catino!«

Nicht nur mein Status sollte sich ändern, sondern auch mein Arbeitsfeld. Bis auf weiteres, so teilte mir Meister Cornelius mit, würde ich nur noch in den unteren Kelleretagen arbeiten. Nach dem Vorfall mit Delmonte hatte man die Türen dieses Ganges überprüft, und es zeigte sich, daß sie alle mit demselben Mechanismus ausgestattet waren, der dem eingeschlossenen Kardinal fast das Leben gekostet hatte. Seine Heiligkeit selber hatte daraufhin verfügt: die Schlösser seien dahingehend zu modifizieren, daß sie im Notfall von beiden Seiten geöffnet werden könnten.

Da man bei mir – mit Recht, wenn auch aus falschen Gründen – die meiste Erfahrung im Umgang mit diesen Schlössern vermutete, lag es nahe, mich mit dieser Aufgabe zu betrauen. Daß dabei auch eine gründliche Wartung aller Schlösser durchgeführt werden sollte, bot sich an, zumal gleichzeitig einige Baumaßnahmen in dieser Etage dringend erforderlich waren.

Die Festlegung meines neuen Aufgabengebietes bedeutete allerdings nicht, daß ich sofort mit der Arbeit hätte anfangen können. Dafür waren die Probleme, die sich aus dem hohen Geheimhaltungsgrad des Ganges ergaben, denn doch zu groß, und die vorgeschriebenen Prozeduren zu umständlich.

Es mußten nämlich den Vorschriften entsprechend bei solchen Arbeiten jeweils zwei Schließer anwesend sein. Das war im Prinzip eine sinnvolle Maßnahme, die sicherstellen sollte, daß weder ein Handwerker noch ein einzelner Schließer Einsicht in irgendwelche Dokumente nehmen konnte. Hier jedoch krankte sie daran, daß nur drei Schließer eine Zugangsberechtigung für die Etage hatten; und von diesen würdigen Herren waren zwei schon seit längerer Zeit erkrankt. Man hätte also, wenn man nicht auf deren ungewisse Genesung warten wollte, entweder die Vorschriften ändern oder neue Schließer ernennen müssen –

das eine offenbar so langwierig wie das andere, so daß sich der Beginn der Arbeiten immer weiter verzögerte.

Auf diese Weise hatte ich viel freie Zeit, die ich größtenteils zur Vertiefung meiner Sprachstudien mit Bruder Alfredo nutzte. Hin und wieder sah es so aus, als hätten sich die Unruhen in der römischen Öffentlichkeit gelegt; dann wurden die Ausgangsbeschränkungen für die Gardisten eine Zeitlang aufgehoben. So konnte ich einige Ausflüge in die Umgebung Roms machen – aber auch in bestimmten Gaststätten mehrmals den Vorträgen freiheitlich gesinnter Redner lauschen. Immer wieder – genauer gesagt, jeden Tag viele Male – kam mir auch der Gedanke, Schwester Luisa im Hospital aufzusuchen. Doch meine Schüchternheit war zu groß; ich verschob den Besuch von Tag zu Tag und von Woche zu Woche.

17
Fortschritte

Meldungen aus den »Berlinischen Nachrichten«:

Rom, 14. April 1869. [Der Papst.] Anläßlich der am Sonntag celebrierten Secundizfeier des Papstes (d. i. die Feier seines 50jährigen Priesterjubiläums) werden einige biographische Daten über denselben von Interesse sein.

Pius IX. zählt jetzt fast 77 Jahre. Er wurde geboren am 13. Mai 1792; sein früherer Name war Josef Maria Graf von Mastai-Feretti. Aufgrund einer Epilepsie konnte er nicht in den Militärstand treten, worauf er sich dem geistlichen Berufe widmete. Am 11. April 1819, einem Ostersonntage, las er seine erste Messe. Im Jahre 1823 schloß er sich der Mission nach China an; 1825 kehrte er zurück und wurde von Leo XII. zum Erzbischof von Spoleto (1827), dann von Gregor XVI. zum Erzbischof von Imola (1832) und 1840 zum Cardinal erhoben. Am 16. Juli 1846 wurde er zum Papste gewählt und nahm den Namen Pius IX. an.

Seine ersten Schritte schienen eine neue Zeit zu verkünden; er begann seine Regierung mit einer umfassenden Amnestie und stellte Reformen in Aussicht. Diese Reformen förderten die nationale und freiheitliche Bewegung in ganz Italien, was wohl nicht in der Absicht des Papstes lag, denn es stellte sich bald ein Wechsel ein. Die Verfassung vom März 1848 war schon eine abgezwungene, und das weltliche liberale Ministerium nur eine Concession. Die Volksbewegungen vom November 1848, die Ermordung seines Ministers Rossi (15. November), das am folgenden Tage durch einen Aufstand ihm abgezwungene demokratische Ministerium, machten die Kluft zwischen Pius IX. und dem Liberalismus unüberwindlich.

Am 25. November flüchtete Pius IX. verkleidet aus Rom nach Gaeta. Die kurze Episode demokratischer Herrschaft in Rom fand bald ein Ende; im Juli 1849 besetzten die Franzosen nach heftigem Kampfe die ewige Stadt. Pius kehrte erst am 12. April 1850 nach Rom zurück, und führte mit geringen Modificationen das alte Regiment wieder ein.

Zu den kirchlichen Maßnahmen, die während seiner Regierung durchgeführt wurden, gehören vor allem das Dogma der unbefleckten Empfängnis, sowie der Erlaß der Encyclica und des Syllabus vom 8. Dezember 1864. Die Allocution zur religiösen Frage in Österreich vom 22. Juli 1868 und die Berufung des ökumenischen Concils auf den 8. Dezember 1869 sind die beiden letzten Emanationen Pius IX.

Madrid, 18. April 1869. [Die Verfassungs-Beratung.] Eine vielbeachtete Rede zu den religiösen Bestimmungen im Verfassungsentwurf war die am 12. d. M. von Castelar gehaltene. Er beschwor die Ketzer- und Judenverfolgungen, welche Spanien erlebt hatte, und hielt eine begeisterte Lobrede der Toleranz, welche mit den Worten schloß: »Groß ist die Religion der Macht, aber größer ist die Religion der Liebe; groß ist die Religion der unerbittlichen Gerechtigkeit, aber größer ist die Religion der verzeihenden Barmherzigkeit; und im Namen dieser Religion komme ich hierher, um Euch zu bitten, daß Ihr an die Stirn Eures Grundgesetzes die Religionsfreiheit hinschreibet, das ist die Freiheit, Brüderlichkeit, Gleichheit aller Menschen!« Die Rede riß die ganze Versammlung, Monarchisten wie Republikaner, hin; der Beifall wollte nicht schweigen.

Turin, 18. April 1869. [Das Concil.] Die *Gazetta di Torino* schreibt heute: »In Rom dauert die große jesuitische Vorbereitungsarbeit zum Concil fort. Man fertigt Listen der guten, der zweifelhaften und der schlechten Bischöfe an, und man trifft Maßnahmen, die zweiten zu gewinnen und die letzteren auszuschalten. Wenn diese Arbeit beendet sein wird, wenn man die Sicherheit erlangt hat, die noch fehlt, kann man den Zusammentritt des Concils für sicher halten.«

Bern, 26. April 1869. [Die Gotthard-Bahn.] Der Gotthard-Ausschuß hat dem Schweizerischen Bundesrat einen Entwurf zugehen lassen, dem wir einige wichtige Punkte entnehmen.

Die Gotthard-Bahn wird sich nördlich von den Alpen in Luzern und in Zug an das schweizerische und südlich von den Alpen in Chiasso und in Locarno an das italienische Eisenbahnnetz anschließen. Sie soll die Alpenkette vermittelst eines 14,9 Kilometer langen Tunnels durchbrechen. Für dessen Ausführung binnen 8 1/2 bis 9 Jahren sind verbindliche Übernahme-Offerten zu einem festen, etwa 62 Millionen Franken betragenden Preise vorhanden.

Madrid, 7. Mai 1869. [Die religiöse Frage.] Durch die am 6. d. M. vorgenommenen Schlußabstimmungen haben die Cortes die beiden Artikel des Verfassungs-Entwurfs, welche über die religiöse Frage handeln, genehmigt. Danach würden als Bestimmungen über die Religion festgestellt sein:

§20. Die Nation verpflichtet sich, den Cultus und die Diener der katholischen Religion zu unterhalten.

§21. Die öffentliche oder häusliche Ausübung jedes anderen Cultus ist allen in Spanien weilenden Ausländern gewährleistet, ohne weitere Beschränkung, als die allgemeinen Gebote der Sittlichkeit und des Rechtes. Wenn etwelche Spanier sich zu einer anderen Religion bekennen, als der katholischen, so sind auf sie die gleichen Bestimmungen anzuwenden. Die Erwerbung und Ausübung öffentlicher Ämter, so wie der bürgerlichen und politischen Rechte ist unabhängig von der Religion, zu welcher die Spanier sich bekennen.

Newyork, 12. Mai 1869. [Die Pacific-Eisenbahn.] Es ist gewiß eine der gewaltigsten Errungenschaften unserer Zeit, daß man jetzt das Festland von Nordamerika in seiner größten Breite auf der Eisenbahn bereisen kann. Ein ununterbrochener Schienenweg führt von dem Hafen Halifax in Neuschottland bis zu dem Hafen San Francisco in Californien, mithin vom äußersten Osten bis zum äußersten Westen der von civilisierten Menschen bewohnten Strecke des nordamerikanischen Continents. Die letzte Schiene des westlichen Zweiges oder des Central Pacific Railway wurde am 8. Mai, die letzte Schiene des östlichen Zweiges oder des Union Pacific Railway am 10. Mai gelegt. An diesem Tage um 12 Uhr mittags – der Telegraph berichtete die feierlichen Hammerschläge der Vollendung und Einweihung nach allen Städten Amerikas – wurde die Verbindung der beiden Bahnzweige an Promontory Point nördlich von der großen Salzseestadt in Utah hergestellt.

18
Ein Überfall

Wenn jemand behauptet, daß die staatlich garantierte Religionsfreiheit nicht notwendig zur Verderbnis der Sitten führe – der sei verflucht.
Pius IX., Syllabus errorum

Tagebuch des Heinrich Wilhelm Lehmann:
Rom. Mittwoch, 25. August 1869, vormittags

Habe ich geschrieben, ich sollte nicht mit dem Schlimmsten rechnen?

Gut, das Schlimmste war es nicht, denn ich lebe ja noch. Ich bin gerettet worden, und ich habe jemand kennengelernt ... vielleicht sollte ich nicht einmal sagen, daß etwas Schlimmes passiert ist.

Jetzt liege ich in meinem Hotelbett, oder vielmehr, ich sitze – mit einigen Kissen im Rücken, damit ich, das Notizbuch auf einem Tablett, schreiben kann. Um den linken Arm habe ich einen dicken Verband, dazu eine riesige Beule am Hinterkopf – Gehirnerschütterung, sagte der Arzt. Der Kopf tut kaum noch weh, aber mit dem Arm ist es unangenehm: unter dem Verband pocht es bei jedem Pulsschlag. Und alles nur mit einer Hand machen zu können, ist schwerer, als man denkt; sogar das Schreiben macht Probleme. Das Notizbuch, das ich hier vor mir habe, ist besonders störrisch; in wahrhaft bösartiger Manier nutzt es jede Gelegenheit, mir unter der schreibenden Hand wegzurutschen.

Cossa war hier; gerade ist er weggegangen. Als ich um acht nicht wie verabredet in seinem Dienstzimmer erschien, hatte er sich schon Sorgen gemacht, und als ich um neun immer noch nicht da war, kam er auf dem schnellsten Weg zu meinem Hotel. Er erschrak furchtbar, als er mich sah, und blieb nur wenige Minuten. Natürlich wird er alle Termine für die nächsten Tage absagen; gleich nach dem Mittagessen will er mich abholen und ins Hospital bringen – hoffentlich nicht zu Bertoni!

Ein Überfall

Dabei fing es ganz harmlos an. Ich hatte gestern den ganzen Nachmittag geschrieben, dann, nach einer kurzen Pause, weiter bis in den Abend. Die Finger taten mir weh, der Kopf war voller Erinnerungen, außerdem hatte ich Hunger. Also steckte ich mein Notizbuch ein, ging die Treppe hinunter und verließ das Hotel. Auf der Straße hielt ich eine Droschke an und ließ mich zu dem Restaurant fahren, in dem ich mit Luigi gegessen hatte.

Anders als sonst war das Restaurant fast leer. Der Wirt, ein dicker, weißhaariger Mann, erkannte mich; er bediente mich persönlich. Nachdem ich gegessen hatte, kam er mit einem zweiten Glas und einer Flasche in der Hand an den Tisch und setzte sich zu mir. »Mein bester Wein«, sagte er, während er die Flasche öffnete, »und auf Rechnung des Hauses.«

»Freut mich«, erwiderte ich. »Was verschafft mir die Ehre?«

Er machte einige Komplimente, erkundigte sich danach, was mich nach Rom geführt hatte. Schon fragte ich mich, worauf er hinauswollte, da wechselte er das Thema:

»Sagen Sie – was macht eigentlich unser gemeinsamer Freund Calandrelli? Seit er voriges Jahr mit Ihnen hier war, habe ich ihn nicht mehr gesehen.«

»Nanu, Sie kennen ihn?« fragte ich überrascht.

»Natürlich kenne ich ihn. Ihn und seine Freunde, damals vor zwanzig Jahren, die ganze Truppe von der Schweizergarde. Prachtvolle Burschen, aber dann schickte man sie fast alle nach Hause, und keiner ließ sich mehr blicken. Bis vor einem Jahr: da tauchte Calandrelli wieder hier auf. Ein mutiger Mensch, Ihr Freund, und kein Dummkopf. Übrigens meinte er damals, er würde demnächst wohl öfter in Rom sein. Haben Sie vielleicht etwas von ihm gehört?«

»Ich fürchte ... Wissen Sie, ich habe ihn besucht – er hatte einen Anfall – sein Herz ... «

»Verstehe«, murmelte er, »darum also. Ein schmerzlicher Verlust – die Besten trifft es als erste ... Er hatte noch mehr Freunde hier in Rom, nicht wahr?«

»Das wüßte ich selber gern; mir gegenüber hat er niemand erwähnt, mit dem er in den letzten Jahren hier zu tun hatte. – Aber da fällt mir etwas ein: ich habe im Zusammenhang mit ihm den Namen Pierleone gehört. Sagt der Ihnen etwas?«

»Pierleone, sagen Sie? Lassen Sie mich nachdenken – war das nicht auch damals? Achtundvierzig, dieses wilde Jahr – die Schweizergarde aufgelöst, der Papst auf der Flucht – Pierleone, ja, ich erinnere mich. War sie nicht Ordensschwester im vatikanischen Hospital? Irgendeine Liebesgeschichte – habe ich recht? Aber die Dame werden Sie nicht finden. Ist damals über Nacht verschwunden, nach Amerika, glaube ich. Zusammen mit einem jungen Grafen – so war es wohl.«

»Können Sie sich erinnern, wie er hieß?«

»Wie er hieß? Hm ... ich wußte es – warten Sie, es fällt mir bestimmt wieder ein. Donatelli ... Amati ... Quatsch! Eine alte Familie, hatten ihre Residenz irgendwo in der Nähe des Palazzo Farnese. Na, wird mir schon noch einfallen. Warum fragen Sie?«

Einen Augenblick war ich mir unschlüssig, ob ich ihn ins Vertrauen ziehen könnte. Doch dann schüttelte ich das Mißtrauen von mir ab.

»Er hat mir – nun, einige Notizen übergeben. Wenn ich ihn richtig verstanden habe, dann sollte ich sie dieser Frau bringen.«

Der Wirt sah mich nachdenklich an. »Notizen von Calandrelli? Das wird wohl nicht gerade ein Gebetbuch sein, nehme ich an. Sie haben recht, Sie sollten diese Frau aufsuchen, diese Schwester Pierleone. Übrigens eine alte Adelsfamilie; Sie wissen das, oder? Bloß, so wird sie ja wohl nicht mehr heißen. Don... – Dona... – richtig, jetzt hab ich es wieder: Donati! Der junge Graf Donati war's! Kam aus Amerika, allein, und wie es hieß, sind sie zu zweit zurückgefahren. Fragen Sie am Palazzo Farnese nach dem Haus der Donatis, das kann Ihnen in der Gegend jeder zeigen.«

Die Flasche war leer. Signor Chisari, so sein Name, wollte eine weitere holen, aber ich wehrte ab: ich sei müde, und ich würde sicher in den nächsten Tagen wieder bei ihm vorbeikommen.

»Gut«, sagte er, »aber vergessen Sie's nicht. Ach – und wenn ich Ihnen noch einen Rat geben darf: diese – Notizen ... nun, Sie sollten sie vielleicht nicht gerade hier in Rom aufbewahren. Wenn Sie verstehen, was ich meine ...«

»Die sind an einem sicheren Ort«, log ich. »Bis bald – und beim nächsten Mal sind Sie mein Gast!«

»Kommt nicht in Frage! Aber Sie sind bei mir jederzeit willkommen – gute Nacht!«

Als ich auf die Straße trat, kam gerade eine leere Droschke vorbei. Ich stieg ein und wollte den Namen meines Hotels nennen; da besann ich mich eines anderen. »Palazzo Farnese«, sagte ich, und die Kutsche setzte sich in Trab.

Dort angekommen, war es schon nach elf Uhr, und die dunkle, leere Straße war alles andere als einladend. So fragte ich den Kutscher aufs Geratewohl: »Sie wissen nicht zufällig, wo das Haus der Familie Donati ist?«

»Meinen Sie den Grafen Donati?«

»Genau den.«

»Das hätten Sie gleich sagen können; dann wären Sie billiger gefahren!« sagte er mit einem Kopfschütteln. An der nächsten Kreuzung bog er ab, gleich darauf noch einmal, und schließlich hielt er vor einem großen, schloßähnlichen Haus.

Ich stieg aus und bezahlte. Die Droschke fuhr los, aber im selben Moment hörte ich das Geräusch eines weiteren Fahrzeuges. Sofort war mein Mißtrauen geweckt. Ich sah mich um: nicht weit entfernt befand sich ein unbeleuchteter Torbogen. So leise wie möglich eilte ich dorthin und stellte mich ins Dunkel.

Es war eine zweispännige Kutsche; sie fuhr an mir vorbei und hielt vor dem Haus der Donatis. Der Schlag öffnete sich, und zwei Frauen stiegen aus. In diesem Augenblick preßte sich von hinten eine Hand auf meinen Mund; gleichzeitig spürte ich im Rücken einen spitzen Gegenstand.

»Keinen Laut, oder du bist ein toter Mann«, flüsterte jemand.

Ich stand wie erstarrt. Die Hand löste sich von meinem Mund, tastete mich ab und zog aus der äußeren Jackentasche meine Geldbörse heraus. Offenbar waren sie zu zweit: er mußte die Geldbörse seinem Komplizen gegeben haben, denn gleich darauf spürte ich seine Hand erneut an meinem Körper; jetzt fuhr sie in die Innentasche.

Das Notizbuch! fuhr es mir durch den Kopf – wenn sie es finden, kennen sie meine Absichten, und sie wissen, daß keine Abschrift von Luigis Aufzeichnungen existiert!

Ich schlug die tastende Hand zu Seite und sprang mit

dem Ruf »Hilfe! Hilfe!« (das italienische Wort fiel mir nicht ein) auf die Straße. Doch stürzte ich über das Bein, das mir der zweite der beiden Räuber stellte; ich sprang auf und spürte mehr als ich sah, daß derjenige, der mich abgetastet hatte, nun das Messer zum Stoß erhoben hatte. Reflexartig hielt ich die Hand vor mich; im selben Augenblick fuhr mir der Stich in den Unterarm. Gerade noch nahm ich wahr, wie eine der beiden Frauen, die aus der Kutsche gestiegen waren, laut rufend auf uns zugelaufen kam (ich glaubte die Worte »Get off!« zu hören); dann erhielt ich einen heftigen Schlag auf den Kopf und verlor das Bewußtsein.

19
Ein dienstlicher Befehl

Rekonstruktion der Aufzeichnungen
des Luigi Calandrelli (6):

Zu wissen oder zu vermuten, daß es in der eigenen Umgebung auch Spitzel und Verleumder gibt, hat seltsamerweise nicht nur negative Wirkungen. Klarer als sonst zeigt sich dann nämlich, wer Mut hat und wer nicht; und die Gespräche bekommen eine ganz andere Ernsthaftigkeit, wenn jeder weiß, daß er für seine Worte zur Rechenschaft gezogen werden kann. Insofern trug der Verdacht gegen Justin und einige andere wesentlich dazu bei, die kritische Sicht meiner früheren Zimmergenossen und meiner selbst zu festigen – und er vertiefte unsere Freundschaft.

Nun denkt man in einer solchen Atmosphäre des Verdachtes oftmals, daß die Oberen ohnehin alles wissen und erfahren. Das kann aber, was unsere Sicht der Kirche anging, mit Sicherheit nicht der Fall gewesen sein. Es wäre sonst keiner von uns lange im Vatikan geblieben – erst recht hätte man mich kaum in den geheimsten Kelleretagen arbeiten lassen. Insofern muß ich Justin für unseren Verdacht wohl nachträglich Abbitte leisten.

Einige Wochen nach meiner Entlassung aus dem Hospital fiel mir beim Betreten des Speisesaals Jakobs besorgter Gesichtsausdruck auf. Später, als alle beim Essen waren, stieß er mich unauffällig mit dem Ellenbogen in die Seite.

»Sag mal«, fragte er leise, »hast du schon gehört, was Catino so alles über dich erzählt?«

»Nein, wieso? Was erzählt er denn?«

»Na, das solltest du wissen: sehr hübsche Sachen, was da unten mit Delmonte eigentlich passiert ist. Zum Beispiel, du hättest vor dem Feilen des Schlüssels ein falsches Kreuz geschlagen. Und ›Esel‹ hättest du Catino nicht wegen seiner

Stümperei genannt, sondern als er die Jungfrau Maria um Beistand anrief. Auch daß du ohne einen Blick auf das Muster in wenigen Minuten den Schlüssel aus dem Rohling gefeilt hast, sagt er, kann nicht mit rechten Dingen zugegangen sein.«

»Da hat Catino ausnahmsweise recht«, warf Albert ein, der unser Gespräch verfolgt hatte. »Wie du das geschafft hast, frage ich mich auch.«

»Mach keine Witze«, sagte Jakob, »die Sache ist gar nicht komisch. Nämlich, Catino zieht auch Delmonte hinein; er sagt, der Kardinal hätte selbst gespürt, daß bei dem Ganzen der Teufel seine Hand im Spiel hatte. Wer etwas Grips im Kopf hat, kann darüber nur lachen, aber es gibt hier im Hause genug Narren, bei denen so etwas Eindruck macht. Jedenfalls, der Mann meint es ernst. Hüte dich vor ihm – er ist gefährlicher, als du denkst!«

Ich fühlte eine heftige Wut in mir aufsteigen; gut, daß Catino nicht in der Nähe war. Aber als ich später, etwas ruhiger geworden, über seine Anschuldigungen nachdachte, da merkte ich, daß mich im Grunde nur eines beunruhigte: wie Schwester Luisa solche Berichte aufnehmen würde.

Am nächsten Morgen meldete ich mich wie immer bei Meister Cornelius. Er teilte mir mit, daß man für die Beaufsichtigung meiner Arbeit eine Lösung gefunden habe: es sei nur noch die Anwesenheit *eines* Schließers erforderlich, und entweder er selbst oder einer der dienstälteren Handwerker werde diesem zur Seite stehen. Mit Beginn der kommenden Woche könne ich meine Arbeit aufnehmen; im übrigen erwarte der Kardinal Delmonte meinen Besuch. – Also machte ich mich auf den Weg zu den Gemächern Seiner Eminenz, in der Absicht, ihn auch gleich wegen der Verleumdungen Catinos um Rat zu fragen.

Delmonte schien bester Laune zu sein. »Luigi, wir machen eine Feier – was hältst du davon?«

»Eine Feier ist immer gut«, antwortete ich, »aber, mit Verlaub, was wollen Sie denn feiern?«

»Weißt du – ich bin ja mehr oder weniger neugeboren, und da habe ich mir gedacht, ich lade einmal die Geburtshelfer meines zweiten Lebens auf ein kleines Essen. Dich, Meister Cornelius, die Ärzte –«

»Die Schwestern auch?« warf ich ein – und bereute es im selben Augenblick auch schon.

»Nun ja, wenigstens Schwester Luisa«, sagte er wie nebenbei, »dann wohl auch Bruder Garrota – obwohl, er wird beschäftigt sein ... Übrigens, fast hätte ich's vergessen: mir sind da einige teuflische Bemerkungen über meine Rettung zu Ohren gekommen. Eigentlich zu idiotisch, um sie ernst zu nehmen; dachte mir aber, es könnte es dich irritieren – falls du weißt, was ich meine. Werde mal mit Catino ein paar Worte darüber wechseln. Ja, das war's – das heißt, fast hätte ich das Wichtigste vergessen. Das Essen ist morgen abend um sechs – ich erwarte dich.«

Den nächsten Tag – einen Sonnabend – verbrachte ich in einem Zustand seltsamer Erregung. Ich saß in meiner Kammer, versuchte zu lesen, merkte nach einigen Seiten, daß ich von dem Gelesenen überhaupt nichts aufgenommen hatte. Ich ging spazieren, kam zurück, stand vor dem Spiegel, setzte mich wieder hin. Schon am Nachmittag zwängte ich mich in meinen Anzug (mein einziger, und inzwischen mir viel zu eng), lief so die zwei, drei Schritte zwischen Tisch, Fenster und Spiegel hin und her, bis die Zeit endlich herangekommen war.

Pünktlich um sechs klopfte ich an der Tür zu den Räumen des Kardinals. Gemessenen Schrittes brachte mich der Hausdiener in den Salon, wo die kleine Feier stattfand. Der Kardinal saß schon am Tisch, desgleichen sein Sekretär, Cornelius und die beiden Ärzte. Auch Catino war schon da – der, als er mich sah, schnell meinem Blick auswich.

Mein Platz befand sich dem Kardinal gegenüber, zwischen Meister Cornelius und dem Sekretär. Mit einer Verbeugung nach allen Seiten setzte ich mich; kurz danach erschien auch der Schließer. Nur der Stuhl neben Delmonte war noch frei.

»Freunde, laßt uns anfangen«, eröffnete der Kardinal nach einigen Minuten das Gastmahl. »Bruder Garrota läßt sich entschuldigen, er ist leider unpäßlich. Schwester Luisa hat ihr Kommen zugesagt; sicherlich ist Wichtiges dazwischengekommen. Wir sollten sie nicht in Verlegenheit bringen, indem wir über Gebühr auf sie warten. Nun denn, laßt uns beginnen!«

Ein Bediensteter trug den ersten Gang auf, während ein anderer den Wein einschenkte. Als alle versorgt waren, stand der Kardinal auf und erhob sein Glas.

»Freunde«, sagte er, »ich danke euch, daß ihr gekommen seid. Ich bin ein alter Mann, was natürlich nichts bedeutet – das Leben, das hinter mir liegt, war genauso kurz wie jedes Leben, wenn es vorbei ist. Jawohl, vorbei«, wiederholte er, nachdem sich höflich-angemessener Protest erhoben hatte, »denn nachdem das Leben schon mit mir abgeschlossen hatte, habe meinerseits ich mit dem Leben abgeschlossen, wie jedermann gemerkt hat.

Nun sagt man, die Würde des Alters heißt Abschiednehmen, aber, bitte sehr, was ist Abschied? Doch nicht das traurige Weggehen, auch nicht die Umarmung und die geschwenkten Taschentücher, wenn die Kutsche abfährt. Nein, der Abschied ist nicht der Schlußstrich unter der Rechnung, sondern ihre Summe, und wem das Schicksal wohl will, dessen Summe heißt: Liebe. – Ruhig, Freunde«, bremste er das beifällige Gemurmel, mit dem einige aus der Runde ihm glaubten beipflichten zu müssen, »ruhig, das hier ist ja keine Predigt, und ich sollte mich entschuldigen, daß ich euch – die ihr mit leerem Magen dasitzt, und mir zu Ehren mit einem gesunden Hunger, wie ich hoffe –, daß ich euch mit solch großen und verfänglichen Worten belästige.

Aber ihr versteht, was ich sagen will. Natürlich geht es um mich selber: ich übe mich im Abschiednehmen. Daß mir mein Schicksal das noch erlaubt hat, ist allein schon ein Glück: nur wer das Leben liebt, dem steht ja ein Abschied zu, der andere soll seine Sachen packen und sich stumm davonstehlen – so, wie es um ein Haar mit mir gegangen wäre.

Also, meine Freunde und Rettungsengel – ich danke und lobe euch, daß ihr mich ins Leben zurückgeholt habt, obwohl mir der Engel schon den Weg zur andern Seite des Berges zeigen wollte – aber Träume sind Schäume, nicht wahr, Catino? Wenn es jemals in meinem Leben einen Wink des Himmels gegeben hat, dann war es diese Rettung und kleine Neugeburt, oder vielmehr Nachgeburt. Denn ich weiß es und ihr wißt es auch: was ich noch vor mir habe, wird ein kurzes kleines Leben, und doch nicht kürzer als das längste, höchstens besser, weil ich nun weiß: wir sind auf der Erde, um Abschied zu nehmen, will sagen, um dem

Leben unsere Liebe zu erklären. Und nun soll endlich das geliebte Leben selber zu Wort kommen: in Gestalt dieses hoffentlich vorzüglichen Essens, geehrt durch die Freude, euch um mich zu sehen. Darauf, meine Freunde, wollen wir trinken – zum Wohle!«

Wir erhoben uns und stießen miteinander an – einige, so schien es, nachdenklich geworden, Catino und der Sekretär wohl eher unangenehm berührt von den Worten des Kardinals. Meister Cornelius drückte in einem Trinkspruch die Zuversicht aus, daß unserem Gastgeber entgegen seiner Rede noch viele Jahre des lustvollen Abschiednehmens beschieden sein würden; die Ärzte, in freundlicher Interpretation der medizinischen Befunde, schlossen sich dem an. Catino, der Sekretär und der Schließer trugen die üblichen Floskeln guter Wünsche vor; ich war der einzige, der wortlos mit den anderen anstieß. Doch war das, was ich dem alten Herrn wünschte, um so tiefer empfunden – zumal jeder im Raum spürte, daß er mit seinen Worten vom kurzen kleinen Leben wohl recht haben mochte.

Wir hatten uns gerade wieder gesetzt, als Schwester Luisa den Raum betrat, oder besser gesagt, hereinstürzte. Sie entschuldigte sich atemlos: es sei ihr auf dem Markt – ausgerechnet heute – offenbar ihr Täschchen mit dem Schlüsselbund gestohlen worden. Zwar habe sich in der Hausmeisterei ein Doppel des Zimmerschlüssels gefunden, jedoch nicht für ihre Schränke, Kästen und Schubladen; daher habe sie sich ein Kleid von einer Kollegin ausleihen müssen.

»Aber, aber, liebe Freundin«, unterbrach sie der Kardinal. »Wer wird denn wegen einer Kleinigkeit so viel Aufhebens machen. Sie sind hier, das ist das Wichtigste. Übrigens hätten Sie ruhig in Ihrem Kittel kommen können, der steht Ihnen vorzüglich. Jetzt nehmen Sie erst einmal Platz und trinken ein Glas auf mein Wohl! Prosit! Und austrinken! Dienstlicher Befehl!«

Schwester Luisa folgte seiner Aufforderung. Sie hob das Glas, deutete eine Verbeugung an, und leerte das Glas in wenigen Zügen.

»Gut so«, lobte der Kardinal. »Hiermit haben Sie uns, was den Stand der Feier angeht, schon fast eingeholt. Ansonsten können Sie völlig unbesorgt sein: es ist Ihnen bloß meine Tischrede entgangen, also nichts von Bedeutung. Und was die verlorenen Schlüssel angeht – wofür haben wir hier am Tisch den besten Schlosser weit und breit sitzen? Sicher wird es dem jungen Mann ein Vergnügen und eine Ehre sein, alles Verschlossene in Ihrem Zimmer zu öffnen, und Ihnen ein ganzes Bund der allerschönsten Schlüssel nachzufeilen. Habe ich recht, Luigi? Morgen ist zwar Sonntag, aber zum Glück ist es ja keine Arbeit, sondern eine Freude, unserer schönen Schwester behilflich zu sein. Gleich nach der Messe trittst du bei unserer Freundin zum Dienst an, mitsamt deiner großen Werkzeugtasche. Dienstlicher Befehl! – Einverstanden, Bruder Cornelius?«

Der alte Handwerksmeister hob sein Glas und trank auf die Weisheit Seiner Eminenz, auf das Wohl Schwester Luisas, und, wie er mit einem Augenzwinkern hinzufügte, »auf die göttliche Kraft, die da aufschließt, was verschlossen war« – auch das eine Anspielung auf die von Catino verbreiteten Bosheiten.

So dankbar ich Meister Cornelius und dem Kardinal für solche Signale war, so hinterließen sie in mir doch auch ein gewisses Unbehagen. Offenbar war man gewillt, sich mit derartigen Hinweisen an Catino zu begnügen, während es mir lieber gewesen wäre, die Sache offen zur Sprache zu bringen. Doch wollte man Catino wohl nicht noch zusätzlich das Gesicht verlieren lassen. Und sicherlich maß man seinen Äußerungen auch weniger Gewicht bei, als ich oder meine früheren Zimmergenossen es taten.

Dennoch – Catino schien die Anspielungen verstanden zu haben. Er hob kaum einmal den Blick; in schneller Folge stürzte er mehrere Gläser Wein hinunter; schon bald verabschiedete er sich mit dem Hinweis auf angebliches Unwohlsein.

Ich hatte die Spannung, die von ihm ausging, deutlich gespürt; daher war ich doch erleichtert, als er gegangen war. Ja, ich geriet geradezu in eine Art Hochstimmung. Die freundliche Atmosphäre der Feier, die Sympathie, die mir der Kardinal und Meister Cornelius entgegenbrachten, erst recht die Vorfreude auf den nächsten Tag – all dies, zusammen mit dem ungewohnten süßen Wein, versetzte mich in ein fast rauschhaftes Glücksgefühl, bei dem meine größte Sorge war, es mir nicht anmerken zu lassen.

Daß Schwester Luisa mir kaum Beachtung schenkte, bekümmerte mich überhaupt nicht. Hätte sie nicht gerade dann, wenn zwischen uns Distanz und Fremdheit bestanden hätte, mir höfliche Aufmerksamkeit erweisen müssen? Daß sie das nicht tat, empfand ich als Ausdruck stillschweigender Übereinstimmung.

So plauderte ich mit Meister Cornelius über die Schlosserkunst früherer Zeiten, und mit dem Sekretär des Kardinals über theologische Fragen, wobei sich mein Tischnachbar – ebenso wie der Kardinal, der unser Gespräch verfolgte – über mein Interesse sehr erstaunt zeigte. Angeregt durch die gelöste Stimmung, ließ ich mich dazu hinreißen, einige Themen aufzuwerfen, über die ich auch mit Bruder Alfredo gelegentlich gesprochen hatte. Etwa, wie sich die Marienverehrung der Kirche mit der Geringschätzung vertrüge, die doch Christus immer wieder gegenüber den familiären Bindungen seiner Jünger und seiner selbst zum Ausdruck gebracht hätte? Ob ich vielleicht einen Satz überlesen hätte, in dem Jesus die besondere Rolle Marias betont hätte? Dann: wieso der römische Bischof sich als Nachfolger des Apostels Petrus betrachten dürfe – der doch, falls überhaupt jemals in Rom, dann jedenfalls hier nicht Bischof gewesen sei?

Der Kardinal mußte über diese Fragen herzlich lachen. Anders sein Sekretär, der sich ausgesprochen entrüstet zeigte. In scharfem Ton kritisierte er meine offenkundig ketzerische Haltung, und der Kardinal mußte mehrmals eingreifen, um den Vorwürfen mit witzigen Anmerkungen die Spitze zu nehmen.

Aber auch Schwester Luisa hatte bei dieser Auseinandersetzung zum erstenmal erkennen lassen, daß sie meine Äußerungen aufmerksam registrierte. Sie warf mir einige irritierte Blicke zu, schüttelte auch mehrmals mißbilligend den Kopf. Das war als Warnung deutlich genug; doch war ich schon so in Erregung geraten, daß immer wieder ein Wort das nächste gab – bis der Sekretär zornig fragte, ob ich denn gewisse über mich verbreitete Darstellungen unbedingt bestätigen wolle.

Der Kardinal selber machte der Diskussion ein Ende. Er erhob sich – und mit ihm alle Anwesenden –, um einen Trinkspruch auszubringen. Darin verglich er die Streitsucht der Jugend mit dem Wein, hingegen die Weisheit des Alters mit dem Wasser: dieses, so sagte er, sei zwar gesünder, hingegen jener zweifellos wohlschmeckender, wobei allerdings der Vergleich insofern hinke, als man zwar Wasser und Wein beliebig mischen könne, nicht aber die Weisheit der Alten und das Feuer der Jungen. Er jedenfalls, so schloß er, halte es im Zweifel mit dem jugendlichen Eifer: denn (und damit hob er sein Glas) Weisheit und Alter habe er selber mehr als genug – leider.

Als er geendet hatte, ergriff Schwester Luisa das Wort. Sie bedauere es außerordentlich, so trug sie vor, daß sie, wenn auch nicht der Weisheit, so doch der Gesundheit das Wort reden müsse. Zwar fühle sie sich von den anregenden Gesprächen sehr geehrt und bereichert, aber auch etwas ermüdet. Daher danke sie dem Kardinal für die Einladung, wünsche auch allen Anwesenden noch einen schönen Abend; sie selber jedoch müsse sich leider verabschieden. Und sie wolle noch etwas hinzufügen, wozu sie als verantwortliche Pflegerin sich verpflichtet fühle: nämlich, den ältesten ebenso wie den jüngsten Teilnehmer der Runde daran zu erinnern, daß beide erst kürzlich von schwerer Krankheit genesen seien. Daher sehe sie sich veranlaßt, alle beide dringend zur Schonung ihrer Kräfte zu ermahnen.

Zu meinem Erstaunen machte der Kardinal keinen Versuch, sie zum Bleiben zu überreden. Vielmehr schien es, als sei er durch ihre Worte aus dem Zustand gehobener Erregung auf den Boden der Wirklichkeit zurückgeholt worden. Er wirkte in der Tat erschöpft, blickte nachdenklich von der Schwester in die Tafelrunde und sagte schließlich leise: »Die Stimme der Vernunft – wenn doch Vernunft nur immer so liebreizend wäre, oder der Liebreiz so vernünftig ... Kommen Sie, meine liebe Freundin!«

Seufzend hakte er sich bei ihr ein und brachte sie zur Tür, wo die beiden noch einige Worte miteinander wechselten. Wie zu einer scherzhaften Mahnung erhob er den Zeigefinger und sah erst mich, dann Schwester Luisa einige Augenblicke an. Beide lachten. Sie ergriff seine Hand, und er die ihre – und bevor sie Zeit hatte, sich zu sträuben, verneigte er sich und küßte ihr die Hand. Lächelnd, mit einem Kopfschütteln, ging sie hinaus, und der Kardinal kehrte zum Tisch zurück.

»In Gottes Namen, Freunde, bitte setzt euch doch!« forderte er uns auf, die wir immer noch um den Tisch herumstanden.

»Du nicht, Luigi«, fügte er an mich gewandt hinzu. »Die Schwester hat recht, der Abend war lang genug für dich, und du sollst dir nicht die schlechten Sitten von uns alten Männern angewöhnen. Also, mein junger Freund und Retter aus höchster Not, trink dein Glas aus, und dann gute Nacht!«

Ich fügte mich seinen Worten, zumal auch ich mich vom Wein und den hitzigen Gesprächen müde fühlte. Der Kardinal, der mich sanft, aber bestimmt am Arm gefaßt hatte, führte mich zur Tür. »Nebenbei gesagt«, bemerkte er in leiserem Tonfall, nachdem wir uns einige Schritte vom Tisch entfernt hatten, »ich fürchte, du verwirrst mir meinen guten Sekretär, und am Ende landet ihr alle beide als Ketzer auf dem Scheiterhaufen. Das täte mir leid um meinen Sekretär, aber erst recht um dich, denn wer weiß, wozu wir dich noch brauchen. Nun also, ich wünsche dir eine angenehme Ruhe, und morgen ein frohes Schaffen. Enttäusche mir unsere liebe Schwester nicht! Gute Nacht!«

Zurück in meiner Kammer, fiel ich in einen tiefen Schlaf, der nur gegen Morgen von einigen verworrenen Träumen gestört wurde. Im Gedächtnis geblieben ist mir ein ganz bestimmtes Bild. Darin will ich, wie am Abend zuvor der Kardinal, Schwester Luisa die Hand küssen; sie entzieht sich mir und wendet sich zum Gehen, dabei jedoch mit einer kaum merklichen Handbewegung mich zu sich winkend – ein unsagbar süßes Gefühl, mit dem ich erwachte, und das mich auch später nie verlassen hat, sooft ich mir dieses Bild ins Gedächtnis zurückrief.

20
Richtplatz der Inquisition

Meldungen aus den »Berlinischen Nachrichten«:

Madrid, 22. Mai 1869. [Die Debatten der spanischen Cortes über Religion und Kirche. (I.)] Über die Frage der Religionsfreiheit haben die Cortes vom 26. April bis 5. Mai beraten. Diese Verhandlungen haben erneut bewiesen, welch tiefe Gegensätze heute das religiöse Leben des spanischen Volkes durchziehen.

Die Diskussion eröffnete ein Freidenker, der Republikaner Suñer y Capdevila. Sein Antrag verlangte, es solle Jeder das Recht und die Freiheit haben, sich zu irgend einer beliebigen oder auch zu gar keiner Religion zu bekennen. Die veraltete Idee, sagte der Redner, ist der Glaube, der Himmel, Gott. Die neue Idee ist die Wissenschaft, die Erde, der Mensch. Spanien hat bisher der Culturbewegung fern gestanden; die Reformation, die Philosophie Bacons und Cartesius, die Encyclopädisten, die Naturwissenschaft haben das arme Land nicht berührt.

Die Cortes ließen den Redner sich über alle Religionen, auch über die Geschichte Jesu aussprechen, da er aber den heiligsten Punkt des spanischen Glaubens, die Jungfrau Maria, unzart berührte, brach der Tumult aus. Der Redner kam nicht wieder zu Worte; in einer späteren Sitzung scheiterte ebenso ein gleichartiger Versuch.

Der andere unter den Freidenkern, die einen großen Eindruck machten, war der bisher wenig bekannte Echegaray, Abgeordneter für einen asturischen Wahlbezirk, Director der öffentlichen Arbeiten. Wenige Tage vorher hatten im Prado spielende Kinder, indem sie die Erde aufwühlten, auf eine Entdeckung geführt; man hatte den Ort gefunden, wo der Richtplatz der Inquisition in Madrid, das Quemadero de la Cruz gewesen, wo Tausende von Juden und Ketzern ihr Leben unter Qualen geendet. Dort hatte man unter dem Sand Asche, von menschlichem Fett durchtränkt, verbrannte Knochen, versengte Haarlocken, verrostete Eisenstücke entdeckt.

Mit einer erschütternden Beredsamkeit schilderte Echegaray die Gräuel, von welchen diese Spuren Kunde gaben, und seine Worte, mit denen er gegen einen Herrn Caneja sprach, der mit bekannter Sophistik gesagt hatte, die Kirche habe niemals die Menschen, sondern nur die Ketzerei gerichtet, weckten einen gewaltigen Beifallssturm im Hause. Echegaray ward für seine glänzende Rede anschließend durch eine Festversammlung geehrt, die man ihm veranstaltete und an welcher Minister teilnahmen.

(Wird fortgesetzt.)

Newyork, 27. Mai 1869. [Der Präsident.] Abermals hat der Präsident einen Fehltritt getan, der in nicht langer Zeit seine verderblichen Folgen zeigen wird. General Grant hat sich nämlich veranlaßt gesehen, der Verwirrung, die durch verschiedene Auslegungen des Achtstundengesetzes entstanden ist, durch eine Proclamation ein Ende zu machen, in welcher er verfügt, daß die Arbeiter in den Regierungswerkstätten fernerhin für acht Stunden Arbeit die nämlichen Löhne erhalten wie bisher für zehn.

Die Feinde des Präsidenten werden zweifelsohne behaupten, er habe die Gelegenheit, ein wenig Volksgunst zu erhaschen, nicht unbenutzt vorübergehen lassen wollen. Wie dem auch immer sei, so viel steht fest, daß die neue Entscheidung des Präsidenten den Erwartungen seiner wohlmeinenden Freunde nicht entsprochen hat, und nur dazu beiträgt, eine Bande von Faullenzern, wie sie die Büros nun leider schon allzu lange überschwemmte, auch in den Staatswerkstätten großzuziehen.

Worms. 31. Mai 1869. [Die Protestanten-Erklärung.] Der Wortlaut der Erklärung, welche der deutschen Protestantenversammlung in Worms vorliegt, ist folgender:

1) Wir, die heute in Worms versammelten Protestanten, fühlen uns in unserem Gewissen gedrungen, gegen die in dem sogenannten apostolischen Schreiben vom 13. September 1868 an uns gerichtete Zumutung, in die Gemeinschaft der römisch-katholischen Kirche zurückzukehren, öffentlich und feierlich Verwahrung einzulegen.

2) Immer bereit, auf den Grundlagen des reinen Evangeliums mit unseren katholischen Mitchristen uns zu vereinigen, protestieren wir heut noch ebenso entschieden, wie vor 350 Jahren Luther in Worms und unsere Väter in Speyer, gegen jede hierarchische und priesterliche Bevormundung. Wir verwehren uns gegen allen Geisteszwang und Gewissensdruck, insonderheit gegen die in der päpstlichen Encyclica vom 18. Dezember 1864 und in dem damit verbundenen Syllabus ausgesprochenen staatsverderblichen und culturwidrigen Grundsätze.

3) Als Hauptursache der religiösen Spaltung, die wir tief beklagen, erklären wir die hierarchischen Irrtümer, insbesondere den Geist und das Wirken des Jesuiten-Ordens, der den Protestantismus auf Leben und Tod bekämpft, jede geistige Freiheit unterdrückt, die moderne Cultur verfälscht und gegenwärtig die römisch-katholische Kirche beherrscht. Nur durch entschiedene Zurückweisung der fortwährend gesteigerten hierarchischen Anmaßungen, nur durch Rückkehr zum reinen Evangelium und Anerkennung der Errungenschaften der Cultur kann die getrennte Christenheit den Frieden wieder gewinnen und die Wohlfahrt dauernd sichern.

Madrid, 1. Juni 1869. [Die Rede des Colonial-Ministers.] Die stürmische Scene, welche sich in der Cortessitzung am 20. Mai zutrug und den Rücktritt des Colonialministers zur Folge hatte, ist interessant genug, um noch nachträglich darauf zurückzukommen.

Ayala sprach seine Überzeugung aus, daß die Republik keine Aussicht habe, in Spanien zur Herrschaft zu gelangen. Die Republikaner hätten seit der September-Revolution kein Terrain gewonnen; nur wenn sie den spanischen Charakter demütiger machen könnten, würden sie vielleicht erreichen, daß er sich der republikanischen Staatsform anbequeme. Daß der Socialismus unter dem Banner der Republik proclamiert worden sei, reiche allein schon hin, um die Republik allen Eigentümern verhaßt zu machen. Und die Abschaffung der stehenden Heere sei zwar immer wieder der Traum und das schöne Ideal der republikanischen Doctrin; würde dieselbe aber triumphieren, so würde sie die Armee doch nicht entbehren können.

21
Francesca

Wenn jemand behauptet, es dürfe für Menschen, welche nicht der katholischen Kirche angehören, auf deren ewiges Heil wenigstens gehofft werden – der sei verflucht.
Pius IX., Syllabus errorum

Tagebuch des Heinrich Wilhelm Lehmann:
Rom. Mittwoch, 25. August 1869, nachmittags

Gerade zwei Tage, nachdem man mir völlige Gesundheit bestätigte, bin ich schon wieder hier im vatikanischen Hospital – leider unter anderen Umständen, als ich es mir gewünscht hätte.

Das Mittagessen habe ich noch im Hotel eingenommen; eine Bedienstete hat es mir ans Bett gebracht. Gegen drei Uhr kamen Bertoni, Cossa und Bernieri. Der Arzt wickelte den Verband ab, und nach kurzer Inspektion der Wunde erklärte er: »Wie ich's mir gedacht habe – etwas für den Chirurgen!«

Sie riefen einen Hausdiener, und zu viert trugen sie mich hinunter zu ihrer Kutsche. Natürlich wollten sie unbedingt wissen, was passiert war, aber ich beschloß, in einem Anfall von Schwäche nur einige Worte hervorbringen zu können. – Übrigens habe ich wirklich beträchtliche Schmerzen.

Daß man nicht früher gekommen ist, liegt wohl daran, daß es offenbar Diskussionen gab, wohin man mich bringen sollte. Man hat erst (so erfuhr ich in einem Nebensatz von Cossa) in zwei anderen Krankenhäusern nachgefragt – ich kann mir schon vorstellen, wer mich lieber in einem anderen Hospital gesehen hätte. Aber dort waren keine Betten frei, und so blieb nichts übrig, als mich hierher zu bringen.

Ergebnis der Verzögerung: Als wir ankamen, war Doktor Valenza, der diensthabende Chirurg, für heute schon nach Hause gegangen. Ein Notfall bin ich nicht, hat Bertoni festgestellt, also wird die kleine Operation erst morgen früh stattfinden. Auch gut – so hoffe ich jedenfalls.

Als ich gestern nach dem Überfall aus der Bewußtlosigkeit erwachte, da spürte ich als erstes ein heftiges Pochen und Stechen in meinem Kopf. Ich öffnete die Augen, schloß sie aber gleich wieder, denn das Licht des Raumes machte den Schmerz erst recht unerträglich. Am liebsten wäre ich wieder eingedämmert, aber der Schmerz ließ nicht nach, und die Stimmen einiger Personen, die sich offenbar in einem Nachbarraum unterhielten, wurden immer deutlicher.

Erneut öffnete ich die Augen; diesmal behielt ich sie nach einigem Blinzeln auch offen. Mein Blick fiel auf eine prunkvolle Deckenbemalung direkt über mir: eine Darstellung, ähnlich dem berühmten Bild von Bronzino, wo Venus, während Amor sie küßt, dessen Pfeil stiehlt.

Ich lag auf einem Sofa, in einem großen Raum voller Bücherregale, vermutlich der Bibliothek des Hauses. Meine Jacke hatte man mir ausgezogen und auf einen Stuhl neben dem Sofa gelegt; über mich war eine dünne Decke gebreitet. Mein linker Arm war verbunden, und ich stellte fest, daß er gleichfalls schmerzte, wenn auch nicht so stark wie der Kopf.

Neben mir hörte ich langsames Ticken. Ich wandte den Kopf und erblickte eine Standuhr, die auf kurz vor zwölf Uhr zeigte; ich war also ungefähr eine halbe Stunde bewußtlos gewesen.

»Er ist aufgewacht!« hörte ich eine Stimme aus dem Nachbarzimmer.

Die Personen aus dem Nebenraum kamen zu mir herüber: zwei junge Frauen und ein älterer Mann. Eine der Frauen – wohl dieselbe, die ich auf der Straße hatte rufen hören – beugte sich zu mir und fragte:

»Are you alright?«

»I hope so«, antwortete ich.

»You'll have to explain something«, fuhr die Frau fort, »we are not sure if you aren't a robber yourself. Why did you have to hide over there?«

»I am sorry«, sagte ich leise, »I did not intend to enter here. I'm afraid I wouldn't have been welcome.«

»Sounds interesting«, sagte sie spöttisch, »may I ask you why?«

»Because«, flüsterte ich, »I've got a message for someone called Pierleone.«

Sie zuckte zusammen und richtete sich auf, sah dann zu den beiden andern hinüber. Als diese nicht reagierten, beugte sie sich zu meinem Ohr und sagte leise: »We'll talk about this later.«

Und zu dem älteren Herrn sagte sie auf italienisch: »Der Mann ist definitiv kein Räuber. Sie können ihn untersuchen, Doktor.«

Der Arzt hob meinen Hinterkopf vorsichtig an; sofort wurde mir schwindlig. Ich merkte, daß ich mich übergeben mußte und griff zu meiner Jacke über dem Stuhl. Gerade noch rechtzeitig konnte ich sie vor den Mund pressen, dann erbrach ich eine säuerlich riechende, schaumige Flüssigkeit.

»Gehirnerschütterung, keine Frage«, sagte der Arzt. »Was er jetzt am meisten braucht, ist Ruhe.« Zusammen mit einer der Frauen ging er zurück ins Nachbarzimmer. Die andere der beiden (dieselbe, die vorher mit mir gesprochen hatte) nahm den Verband von meinem linken Arm ab.

»Muß genäht werden«, sagte sie. »Morgen früh bringen wir Sie zu einem Chirurgen. – Achtung, das wird jetzt weh tun.«

Sie rieb die Wunde mit einer scharf riechenden Flüssigkeit ein, die in der Tat so höllisch brannte, daß mir erneut übel wurde; ich konnte einen Aufschrei nicht unterdrücken. Sie streichelte mir aufmunternd die Hand, dann legte sie einen neuen Verband an. Schließlich nahm sie mir die Jacke, die ich mit der Rechten wieder vor den Mund gepreßt hatte, aus der Hand.

»Ich werden sie waschen lassen, wenn Sie erlauben«, sagte sie auf italienisch. »Übrigens, ich heiße Francesca.«

Ich hatte gerade noch die Kraft, auf das Notizbuch in der Innentasche zu zeigen. Sie verstand, was ich meinte, und nahm es heraus. »Don't worry«, sagte sie, »I'll take care of this.« Dann wurde meine Benommenheit wieder stärker als der Schmerz; ich ließ die Jacke los und verlor erneut die Besinnung.

Als ich aufwachte, war es draußen schon hell; die große Standuhr zeigte kurz vor sieben. Ich spürte auf meiner Stirn ein feuchtes, noch kühles Tuch; jemand mußte es mir gerade erst aufgelegt haben. Offenbar war es die junge Frau gewesen, die sich mit dem Namen Francesca vorgestellt hatte; sie saß in einem Sessel vor mir, hatte die Füße auf das Sofa gelegt und las.

Jetzt sah ich sie zum ersten Mal deutlich: schlank, aber jedenfalls nicht dünn, die Haare dunkelblond. Sie trug ein rotes Kleid mit kurzen Ärmeln; am rechten Unterarm hatte sie eine größere Narbe. Um die zwanzig wird sie sein, dachte ich; da merkte sie, daß ich sie ansah. Sie klappte das Buch zu, nahm die Füße vom Sofa und stand auf.

Einige Augenblicke musterte sie mich. »Mit Ihrem Kopf geht es besser, nicht wahr?«

Ich deutete ein Nicken an.

»Hab ich mir gleich gedacht«, sagte sie. »Der Kopf ist nicht das Problem. Hoffen wir, daß mit dem Arm alles gutgeht ... haben Sie Hunger?«

»Danke – ich würde gerne etwas trinken.«

»Kommt sofort«, antwortete sie. »Bin gleich wieder da.«

Kurz darauf kam sie mit einem großen Becher kalter Milch zurück. Ich richtete mich ein wenig auf, und sie hielt mir den Becher an den Mund. Wieder wurde mir übel, aber diesmal nicht so stark, daß ich mich übergeben mußte. Ich trank ein paar Schluck und sagte: »Francesca, ich muß Ihnen –«

»Sie sollen sich schonen«, unterbrach sie mich, »ich hab ja gesagt, wir unterhalten uns später.«

»Nein, das meine ich nicht. Es ist bloß ... glauben Sie mir, es ist wichtig, vielleicht auch für Sie – ich sollte jetzt besser in mein Hotel zurück.«

»Erwartet Sie jemand?«

»Ja und nein ... die Hauptsache ist ... besser, man erfährt nicht, wo ich diese Nacht war. Wissen Sie: ich werde – wie soll ich es sagen – ich werde wahrscheinlich überwacht. Und es wäre vielleicht nicht gut, wenn man Sie mit mir in Verbindung bringt. Verstehen Sie?«

»Nicht ganz. Ich hatte vor, Sie zu einem Chirurgen bringen, einem guten Bekannten. Wenn Sie unbedingt wollen, bringen wir Sie natürlich in Ihr Hotel – aber wer sorgt da für Sie?«

»Keine Sorge«, beruhigte ich sie. »Ich bin Gast der Eisenbahnverwaltung; erst vorgestern war ich zur Untersuchung im vatikanischen Hospital. Man wird sich schon um mich kümmern.«

»Im vatikanischen Hospital, sagen Sie? Man schlägt Sie nieder, man überwacht Sie, und dann steckt man Sie ins vatikanische Hospital? Nicht schlecht. Ich habe zwar keine Idee, worum es geht, aber Ihre Wunde muß genäht werden, also sind Sie im Krankenhaus tatsächlich besser aufgehoben. Ich könnte die Wunde auch selber versorgen, aber ich habe keine Instrumente hier. Also gut – bringen wir Sie zu Ihrem Hotel.«

»Bitte«, sagte ich, »lassen Sie mich allein fahren. Wenn man mich überwacht, dann wird man auch –«

»Don't worry«, unterbrach sie mich. »Ein bißchen Konspiration werden wir wohl auch noch zustande bringen. So, und jetzt mache ich Ihre Sachen fertig.«

Wenig später brachte sie einen kleinen Korb mit Brot und Obst; über dem Arm trug sie meine gewaschene Jacke. Sie half mir beim Aufstehen und beim Anziehen; dann rief sie nach einem Diener. Gemeinsam stützten sie mich (oder vielmehr, sie trugen mich) über den Flur und durch den Vorgarten bis zur Straße, wo eine Kutsche wartete. Wir stiegen ein, und ich lehnte mich an die Polster, von den wenigen Schritten ganz erschöpft.

»Wir fahren hier übrigens in der Reservekutsche des Hauses«, sagte sie, schon in der Nähe des Hotels. »Ohne Wappen und Markierungen – Sie verstehen. Wie heißen Sie eigentlich?«

»Oh«, sagte ich verlegen, »Lehmann – Heinrich, oder Enrico. Entschuldigung, ich hätte mich längst vorstellen müssen. Aber –«

»Schon gut«, unterbrach sie. »Wir haben jetzt Wichtigeres zu tun. Hier habe ich Ihnen eine Adresse aufgeschrieben: damit Sie sagen können, wo der Unfall passiert ist, und wo Sie die Nacht über waren. Ich werde gleich hinfahren und mit den Leuten dort sprechen. Und damit Sie Bescheid wissen: ich heiße Francesca della Valle und habe Sie am Unfallort aufgelesen. Klar?«

Die Kutsche hielt. Francesca ließ den Kutscher absteigen und rief den Hotelportier; zu dritt brachten sie mich in mein Zimmer. Sie richtete das Bett und verabschiedete sich, da fiel ihr noch etwas ein: sie griff in ihre Handtasche und nahm mein Notizbuch heraus. Halb fröhlich, halb besorgt lächelnd legte sie es mir unters Kissen und sagte: »So long. See you in the hospital, Enrico!«

Schon in der Tür, drehte sie sich noch einmal um und fügte hinzu: »We'll talk about this later, you know.«

Das Zimmer, in dem ich hier liege, ist übrigens alles andere als komfortabel. Es ist heiß, und durch das winzige Fenster kommt kaum frische Luft. Aber noch mehr stören mich die beiden anderen Patienten. Im Bett neben mir liegt ein junger Mönch, der sich bei einem Sturz den Unterschenkel gebrochen hat. Man hat das Bein geschient, aber soweit ich sehe, hat man den Knochen nicht gut gerichtet. Der Mann hat große Schmerzen; wenn er wach ist, stöhnt er fast ohne Unterbrechung, vor allem, wenn er sich bewegt. Jetzt ist er gerade eingeschlafen, und ich wünsche ihm und mir, daß er eine Weile schlafen kann.

Im Bett gegenüber liegt ein älterer Pater; wie mir der Mönch erzählte, hat er in der letzten Zeit öfter Blut erbrochen. Er hat eine gelbliche Hautfarbe und ist abgemagert bis auf die Knochen – kein Wunder, denn er kann so gut wie nichts mehr essen. Er spricht gar nicht, liegt meistens bewegungslos da und sieht aus dem Fenster. Die Ärzte, sagt der Mönch, sind hilflos; sie rechnen nicht damit, daß der Pater noch einmal auf die Beine kommt. Gestern habe man ihm die Sterbesakramente gegeben, aber er habe es kaum noch wahrgenommen.

Ich hoffe wirklich, daß ich Francesca bald wiedersehe.

22
Herzklopfen

*Rekonstruktion der Aufzeichnungen
des Luigi Calandrelli (7):*

Es war ein strahlend schöner Herbsttag: einer jener Tage, an denen ein Hauch von Glück uns allein dadurch streift, daß wir zu spüren meinen, Glück sei möglich – vielleicht hier, vielleicht anderswo, jedenfalls ahnbar, jedenfalls vorhanden, oder, wenn nicht vorhanden, so doch wenigstens vergangen, und müsse nur erinnert werden, um zurückzukehren. Ein Irrtum, natürlich, denn Glück ist nicht nur Erfüllung, sondern vor allem ein Versprechen, und Erinnerung an versprochenes Glück bringt nicht Erfüllung, sondern Wehmut.

Doch auch diese Wehmut ist uns teuer. Sie, des Glückes bittersüße Schwester (so jedenfalls reden wir es uns ein) – ist sie nicht der Beweis, daß wir vom Glück gekostet, und also gelebt haben? Und wäre also selbst eine Art von Glück? Das Glück aber wünschen wir uns ins Leben hinein, als wäre es sein Salz und seine Süße, während es in Wahrheit ein glühendes Messer ist, das uns, nicht anders als der Tod, vom Leben trennt, und das wir nur überleben, weil es nicht anhält. Und doch wünschen wir nichts sehnlicher, als daß uns sein schmerzlicher Stich trifft – tief, tief ins Herz hinein, und wenn es denn ginge: so tief, daß uns nichts mehr im Leben hält.

Ich wusch mich sorgfältig, zog wieder meinen viel zu engen Anzug an, frühstückte im Speisesaal und ging dann – lustlos, wie meistens – zur Messe. Aber während ich es sonst kaum erwarten konnte, das Ritual des leeren Glaubensgeplappers hinter mich zu bringen, merkte ich diesmal zu meinem Erstaunen, daß mir der Gottesdienst gar nicht lange genug dauern konnte. Kein Zweifel: ich hatte Angst davor, mich auf den Weg zu Luisa zu machen.

Oder sollte ich sagen, Lampenfieber? Lächerlich, sagte ich zu mir selber. Wollte ich der Schwester etwas vorspielen? Doch konnte ich mir noch so heftig einreden, daß ich ganz einfach nur meine Arbeit machen würde – meine Unruhe wuchs, je mehr sich die Messe ihrem Ende näherte. Dann schon der letzte Choral; Schlußgebet, Segen, Amen, aus. Ob ich wollte oder nicht – es war an der Zeit, mein Tagewerk zu beginnen.

Ich ging zurück in meine Kammer und überprüfte noch einmal den Inhalt der Werkzeugtasche. Alles, was ich möglicherweise brauchen würde, war vorhanden. Ich holte tief Luft, ergriff die Tasche und machte mich auf den Weg.

Unverhofft erwies sich das Abschiedsgeschenk meines Großvaters (dem ich für diesen grundsoliden Werkzeugbehälter nicht immer dankbar gewesen war) als mein Verbündeter. Das Schleppen der schweren, kastenförmigen Tasche brachte mich noch stärker in Schweiß als meine Aufregung – so konnte ich mir einreden, daß mir das Herz wohl nur von der Mühe des Tragens klopfte, und damit auf eine Weise, die ich vor Schwester Luisa nicht zu verstecken brauchte.

In der Pforte des Schwesterngebäudes, einem verwinkelten Seitenflügel des Hospitals, saß ein älterer Mönch, der in einer Zeitung blätterte. Er wußte über mein Kommen schon Bescheid und beschrieb mir den Weg durch den Gebäudekomplex. Dem Anschein nach waren die meisten Schwestern in ihren Räumen oder im Garten; ich hörte zwar entferntes Lachen und Rufen, begegnete aber niemandem. Mutterseelenallein ging ich durch die endlos langen Gänge, und die Schritte meiner schweren Schuhe hallten so durchdringend in dem hohen Flurgewölbe, daß ich mir wie ein Ruhestörer oder Eindringling vorkam. Unwillkürlich hob ich meine Werkzeugtasche höher: als müßte ich sogar dem leeren Flur zeigen, daß ich diese geheiligten Hallen nur im streng dienstlichen Auftrag zu betreten wagte.

Das Zimmer Schwester Luisas war nach der Beschreibung des Pförtners leicht zu finden. Vor der Tür blieb ich einen Augenblick stehen. Ich holte einige Atemzüge tief Luft, bevor ich zaghaft anklopfte. An der großen, eisenbeschlagenen Tür war das kaum zu hören; es kam denn auch keine Antwort. Noch einmal klopfte ich – wieder zu leise –, schließlich beim dritten Mal nahm ich meinen Mut zusammen und pochte mit aller Kraft. Fast im selben Moment ertönte von innen ein zwar gedämpftes, aber deutliches »Herein!«. Ich drückte die Klinke herunter und trat ins Zimmer.

Mit einem Stoßseufzer stellte ich die Werkzeugtasche vor mir auf den Boden und wünschte einen guten Tag.

»So mach doch die Tür zu, Junge«, war die Antwort von Schwester Luisa, die vom Stuhl aufgestanden war und mir entgegenkam. Noch bevor ich ihren Worten Folge leisten konnte, war sie schon an mir vorbeigegangen und hatte die Tür geschlossen. Dann drehte sie sich zu mir um und reichte mir ihre Hand, die mir so zart und zerbrechlich vorkam, daß ich sie kaum zu ergreifen wagte. Um so kräftiger drückte sie meine.

»Schön, daß du mich nicht vergessen hast«, begrüßte sie mich. »Ist das dein Werkzeug? Das muß wohl sehr schwer sein, du bist ja ganz außer Atem. Setz dich doch! Ich habe uns einen Tee gemacht, und die Arbeit läuft uns schon nicht weg.«

»Aber Schwester Luisa«, protestierte ich, »wie hätte ich Sie vergessen können? Im Gegenteil, seit ich aus dem Hospital entlassen wurde, wollte ich Sie immer einmal besuchen; und gedacht habe ich oft – die ganze Zeit ...«

»So, gedacht hast du«, sagte sie mit einem Lächeln. »Um so schöner für uns beide. Hier, dein Tee.«

Wir plauderten, oder besser gesagt, sie ließ mich erzählen: über meine Arbeit, meine Kameraden, die Eindrücke im Vatikan. Ob ich denn oft Heimweh hätte? – Ja, manchmal. – Ob oft nach Hause schreiben würde? – Nein, fast nie. – Oder an meine kleine Freundin? – Nein, denn es gäbe keine. – Schließlich, was denn am Abend zuvor der Kardinal in seiner Tischrede gesagt habe? – Das war nun ein Thema, das mich mit einigem Unbehagen erfüllte. Und nachdem ich mit hölzernen Sätzen von Liebe und Abschiednehmen gesprochen hatte, kam es mir so vor, als zeige sich auch bei ihr eine gewisse Verlegenheit.

Von ihr selber erfuhr ich nicht viel, wagte auch nicht zu fragen. Ich war schon glücklich, ihr antworten zu dürfen, und damit einen Grund zu haben, sie die ganze Zeit anzusehen. Denn so wie sie mir gegenübersaß, in einem engen schwarzen Kleid, das ihren Körper wie eine zweite Haut umschloß, die Beine übereinandergeschlagen, die heiße Teetasse in ihrer schmalen Hand balancierend, dabei gleichzeitig streng und milde lächelnd – so erschien sie mir wie das Bild einer strafenden und belohnenden Göttin, die mir unverdient ihre Huld zukommen ließ.

Verzückt und entrückt saß ich da, konnte den Blick nicht von ihr abwenden, antwortete gewissenhaft auf ihre Fragen, als wäre ich ein Schuljunge. Meine Augen hingen gebannt an ihren Lippen, streichelten die Formen ihres Körpers unter dem Kleid. Hätte sie mich aufgefordert, vor ihr niederzuknien und sie anzubeten, ich hätte es voller Glückseligkeit getan – einzig in dem Bestreben, ihr zu Diensten zu sein, mit der einzigen Sorge, ihr mit einem Wort, einer Geste zu mißfallen.

Erst als ich wieder einmal mechanisch die Teetasse zum Mund führte und dabei feststellte, daß sie leer war, erinnerte ich mich an den Zweck meines Besuches. Ich stellte die Tasse auf den Tisch und bat um Erlaubnis, mit meiner Arbeit anfangen zu dürfen. Auch die Schwester schien fast vergessen zu haben, aus welchem Grund ich gekommen war; zerstreut und mehr zu sich selber sagte sie:

»Richtig, die Schlösser – wir wollen doch die Zeit nicht ganz versäumen. Also schau her, mein Junge.«

Dann zeigte sie mir ihr geräumiges Zimmer samt dem angrenzenden Gemach. Es war in der Tat eine beträchtliche Zahl von Schlössern zu öffnen und mit neuen Schlüsseln zu versehen: der Kleiderschrank, eine Kommode mit vier Schubfächern, ein Schreibtisch samt Schublade und zwei Seitenfächern, schließlich noch im Toilettengemach ein größeres Schmuckkästchen – von guter, geschmackvoller Arbeit, aus den besten Hölzern und sehr solide gefertigt, so daß es fast ein Frevel gewesen wäre, etwas aufzubrechen.

Ich legte meine enge Anzugjacke ab und hängte sie über eine Stuhllehne – und merkte im selben Augenblick, daß ich vergessen hatte, meine Arbeitskleidung mitzubringen. Schwester Luisa schien dies vorausgesehen zu haben. Sie hatte für mich einen festen Kittel von ausreichender Größe besorgt, so daß ich auch mein weißes Sonntagshemd ausziehen konnte und nun der Tätigkeit angemessen gekleidet war.

Auf Wunsch der Schwester begann ich mit dem Kleiderschrank. Ich nahm das nötige Werkzeug aus der Tasche, montierte meine Winkelspiegel und machte mich an die Arbeit. Das war im Grunde Routine – nichts, was besondere Kunstfertigkeit verlangt hätte. Aber immerhin, Sorgfalt war auch hierbei erforderlich. Ich prüfte, bohrte und feilte; Schwester Luisa blieb eine Weile neben mir stehen und sah mir zu, bis sie merkte, daß ihre Nähe mich offenbar ablenkte. Sie setzte sich in den Sessel vor dem Fenster und griff zu einem auf dem Tisch liegenden Buch, aus dem sie mir von Zeit zu Zeit eine Stelle vorlas. Ich arbeitete weiter, spürte ihre auf mich gerichtete Aufmerksamkeit – und war glücklich.

Ungefähr eine Stunde brauchte ich, um die Technik des Schlosses und die Maße der Schließzungen festzustellen, einen Nachschlüssel anzufertigen und den Kleiderschrank zu öffnen. Dann war es schon fast Zeit für das Mittagessen. Schwester Luisa ging zum Speiseraum, um für uns beide Essen zu holen, während ich damit begann, das Schloß an der Schreibtischschublade zu überprüfen. Seine Bauart, aber auch einige Kratzer am Holz zeigten an, daß es sich um ein später eingesetztes Schloß handelte – was bedeutete, daß für die Seitenfächer ein zusätzlicher Schlüssel anzufertigen war.

Es dauerte fast eine halbe Stunde, bis Schwester Luisa zurückkam. Als sie schließlich mit einem vollen Tablett ins Zimmer trat, war ich schon beim Feilen des Nachschlüssels. Ich wollte diese Arbeit beenden, sie aber – mit dem Hinweis auf das schon halb abgekühlte Essen – bestand darauf, daß wir zuerst essen sollten. Also legte ich die Feile beiseite, wusch mir in einer bereitgestellten Schüssel die Hände und setzte mich an den Tisch.

Hatte ich mich während meiner Arbeit halbwegs frei und selbstbewußt gefühlt, so war ich nun wieder mit einem Schlag unruhig und befangen. Daß mich Schwester Luisa wiederholt »mein lieber Junge« nannte, machte mich froh und verlegen zugleich. Was hätte ich darauf antworten können? Sollte ich sie »meine liebe Schwester Luisa« nennen, wie ich es jedenfalls gerne getan hätte? – Kurz, es ging mir während des ganzen Essens kein klarer Gedanke durch den Kopf, und ich war heilfroh, mein Essen in mich hineinschlingen und dann wieder zur Feile greifen zu können, gleichsam der Krücke meines Selbstbewußtseins.

Der Teller von Schwester Luisa war kaum zur Hälfte leer, aber als sie sah, daß es mich zu meinem Werkzeug zog, mochte auch sie nicht weiteressen. Sie stand auf und stellte das Geschirr auf das Tablett – um es, so sagte sie, zurückzubringen, und dann gleich Kuchen und Tee zu holen.

»Gib acht, daß du dir wenigstens bei mir nicht die Hände blutig arbeitest!« ermahnte sie mich, bevor sie das Zimmer verließ.

Ich ging zum Schreibtisch, an dem ich meinen Schraubstock befestigt hatte, und feilte das letzte Stück des Schubladenschlüssels aus dem Rohling. Das dauerte, wie ich vorausgesehen hatte, kaum mehr als ein paar Minuten; ich war fertig, noch bevor Schwester Luisa zurück war. Ohne mir weiter Gedanken zu machen, steckte ich den Schlüssel ins Schloß und prüfte, ob sich die Schublade öffnen ließ.

Das war erwartungsgemäß der Fall. Achtlos zog ich sie auf – und erschrak: zwischen Schreibzeug, Zetteln und Briefen lag – ein Bild, das mir den Atem stocken ließ.

Es war eine Daguerrotypie, eine Aufnahme Schwester Luisas. Sie lag unbekleidet auf einem Bett, das Gesicht abgewandt, so daß sich dem Betrachter nur ihr Profil darbot. Ihr Körper war zur Hälfte von einer Decke verhüllt, die aber den Oberkörper und die Brüste ganz frei ließ. Um den Hals trug sie eine Kette mit einem Kreuz. Neben ihr lag schlafend ein gescheckter Kater, der eine Pfote – ganz so, als sei dies sein angestammtes Recht – auf ihre linke Brust gelegt hatte.

Ihre lockeren Haare umrahmten den Kopf wie ein weicher, dunkel fließender Wasserfall. Aber was mir das Blut in den Kopf schießen ließ, war die Schönheit ihres Körpers: verlockender und vollkommener, als ich – der ich noch nie eine unbekleidete Frau gesehen hatte – mir dies in meinen süßesten Tagträumen vorgestellt hatte. Ich blickte auf die Rundung der Brust, sah absichtlich weg, betrachtete den Mund, die Wangen, oder auch den Kater im Vordergrund des Bildes – nur um erneut zurückkehren zu können zu dem magischen Anblick ihrer Brust, die mir entgegenzurufen schien: Sieh her! Sieh her, und liebe mich! Sieh her, und du wirst mich nie mehr vergessen, denn du bist mein Gefangener!

Ich hatte die Photographie aus der Schublade genommen und strich mit dem Finger über das Bild. Ich fuhr die Konturen des Körpers entlang, streichelte die Haare, die Wangen, die Brust, führte das Bild zum Mund und küßte es, küßte ihre Haut und ihre Brust und wieder die Brust, küßte die Wangen und die Haare, küßte, streichelte, wie im Fieber, wie besessen. In meiner Vorstellung verwandelte sich das Bild, das ich küßte und streichelte, in den Körper der Schwester selber; ich spürte, wie das Glied zwischen meinen Beinen groß und steif wurde, so daß es mich in der engen Hose meines Anzuges zu schmerzen begann.

Und noch etwas spürte ich: eine Hand auf meinem Arm.

23
Lichtscheue Eminenzen

Meldungen aus den »Berlinischen Nachrichten«:

Madrid, 1. Juni 1869. [Die Debatten über Religion und Kirche in den spanischen Cortes. (II.)] Nach den Freidenkern sprachen die Verfechter der Glaubens-Einheit. Manterola führte u.a. aus: Man verlästere die Unduldsamkeit als ein Übel; aber sei es nicht besser, allein seinen Weg zu wandeln, als in schlechter Gesellschaft? In Indien herrsche der Brauch, daß sich die Witwen den Flammen übergäben; sollte sich Spanien der Gefahr aussetzen, daß Inder ins Land kämen und Anhänger für jene scheußliche Selbstopferung würben? Er wolle im katholischen Glauben leben und sterben, wie dies alle Spanier zu tun gedenken (großer Widerspruch aus der Versammlung und längere Unordnung).

Auf die Kunst der Rede und auf die Kraft der Wissenschaft kam es freilich dieser Seite nicht an; sie hatte den Fanatismus, die Bigotterie des größten Teils der spanischen Bevölkerung für sich. Mehr als einer dieser Redner begann mit Beweisen für die vollständige religiöse Freiheit und die unbedingte Trennung von Staat und Kirche, und schloß mit der Bevorzugung der katholischen Kirche und ihrer Unterstützung durch den Staat. Mit der Annahme des Art. 20. wurde denn auch die hervorgehobene Stellung der katholischen Kirche bestätigt.

Bemerkenswert ist die seltsame Fassung des Art. 21. Hier wird die Religionsfreiheit zunächst dem Ausländer in Spanien zugesichert, und dann nachträglich diese Begünstigung auch auf den andersgläubigen Spanier ausgedehnt, gleichsam wie auf einen Anhängsel der nach Spanien eingewanderten Fremden. Daß diese Fassung in all den Discussionen nicht geändert wurde, gibt Zeugnis von den hartnäckigen Kämpfen zwischen den Strenggläubigen und den Liberalen.

Berlin, 2. Juni 1869. [Die großen Unternehmungen unserer Zeit.] Das Jahr 1869 sieht zwei riesige Unternehmungen in Amerika und der alten Welt zu ihrer Vollendung gelangen. Das eine Werk, die zwei Meere verbindende Eisenbahn über das Festland von Nordamerika, ist am 10. Mai dieses Jahres fertiggestellt worden; das andere Werk, der Suez-Canal, wird vermutlich im October dieses Jahres zur Vollendung kommen. Es sind dies Unternehmungen, die den ganzen Weltverkehr umzugestalten im Begriff sind. Neben ihnen ziehen aber noch andere Ereignisse unsere Aufmerksamkeit auf sich: in Amerika die hergestellte freie Schiffahrt auf allen Flüssen des Plata-Beckens, wie auch seit vorigem Jahr bereits die Schiffahrt auf dem Amazonen-Strom freigegeben ist; in Europa: der fortschreitende Ausbau des russischen Bahnnetzes; ferner an mehreren Punkten die Durchbrechung des Alpen-Walles, der Italien vom nördlichen Europa trennt.

Alle diese teils vollendeten, teils in der

Ausführung begriffenen Riesenbauten scheinen uns für die Zukunft der Völker von viel größerem Belang, als die politischen Auseinandersetzungen, auf welche überwiegend unsere Aufmerksamkeit gerichtet ist. Es ist zu hoffen, daß das Gelingen jener großen Friedens-Arbeiten die Völker von kleinlichen politischen Rivalitäten abziehen und die Zeiten des bewaffneten Friedens, in denen wir jetzt leben, hinüberführen wird in Zeiten eines dauernden Friedens und fruchtbarer Verständigung unter den Völkern.

Hannover, 3. Juni 1869. [Versetzungen.] Die Richter-Versetzung aus den alten in die neuen Provinzen und umgekehrt scheint bedeutende Dimensionen anzunehmen. Es sind neuerdings wieder verschiedenen hiesigen Gerichtsräten Stellen als Kreisrichter in den neuen Landesteilen angeboten worden; eine Ablehnung ist unseres Wissens bis jetzt von keiner Seite erfolgt. Man ist hier allgemein der Ansicht, daß binnen wenigen Jahren, nach Vollendung der gemeinsamen norddeutschen Civilprozeß-Ordnung und Strafgesetzgebung, eine neue gleichmäßige Gerichts-Organisation für den Norddeutschen Bund erfolgen wird. Bei einer solchen Organisation tritt das sonst bestehende Widerspruchsrecht der Richter hinsichtlich ihre Versetzung außer Kraft, und man hält es deshalb für geraten, Anerbietungen, wie die jetzt seitens des Justizministers erfolgenden, anzunehmen. Die Versetzungen haben offenbar den Zweck, die Herstellung der Reichseinheit schon jetzt vorzubereiten, weshalb die erwähnten Anerbietungen auch vorzugsweise begabten Juristen gemacht zu werden scheinen.

Mainz, 7. Juni 1869. [Eine geheime Convention.] Über die Mainz-Darmstädter Convention geben die »Evangelischen Blätter« vom 5. d. M. Ergänzungen. Die Convention, welche die grundlegenden Beziehungen zwischen staatlicher und kirchlicher Macht regelt, war bekanntlich geheim gehalten worden; ihre Existenz ließ sich nur in ihren Wirkungen erkennen, indem der Einfluß der katholischen Macht in Mainz immer auffälliger in Erscheinung trat. Erst auf Drängen der Kammer wurde sie im October 1860 den Landständen vorgelegt. Nun aber wird bekannt, daß dieses Actenstück gar nicht die wirklich zwischen der Regierung und dem Bischof abgeschlossene Convention war. Vielmehr bestand bereits damals eine andere, die für den Staat noch weit ungünstigere Bedingungen enthielt.

Die Sache verhielt sich so: die Convention von 1854 war allerdings von Herrn v. Dalwigk und dem Bischof v. Ketteler unterzeichnet worden. Da aber nach römischem Kirchenrecht ein Vertrag über kirchliche Dinge nur nach Genehmigung des Papstes Rechtskraft erhält, so nahm der Bischof den Vertrag bei seiner bald darauf unternommenen Reise nach Rom mit dorthin. Dort erschienen aber die Zugeständnisse nicht weitgehend genug, und der Bischof erhielt nun die »Bedenken« der römischen Curie in actenmäßiger Formulierung. Die großherzogliche Regierung erteilte nach längerem Zögern der neuen Fassung ihre Zustimmung; darin werden die wichtigsten staatlichen Rechte zu Gunsten der kirchlichen Hierarchie preisgegeben.

Als nun die Landstände auf Vorlegung der Convention drangen, hielt Hr. v. Dalwigk die wirklich bestehende von 1856 geheim und legte die minder verfängliche Fassung von 1854 vor. Es war wörtlich keine Unwahrheit, wenn er versicherte, daß diese am 23. August 1854 abgeschlossen worden war. Aber er verschwieg, was ihm wohl bekannt war, daß dieselbe inzwischen ihre Rechtskraft verloren hatte, und eine andere, in wichtigen Punkten von ihr abweichende an ihre Stelle getreten war.

24
Glück im Unglück

Wenn jemand behauptet, die Dekrete des apostolischen Stuhles und der römischen Kongregationen behinderten den freien Fortschritt der Wissenschaft – der sei verflucht.
Pius IX., Syllabus errorum

Tagebuch des Heinrich Wilhelm Lehmann:
Rom. Dienstag, 31. August 1869

Fünf Tage habe ich keine Zeile geschrieben; diesmal war ich wirklich krank. Zwar hält Bertoni meinen Zustand immer noch für gefährlich. Aber Francesca sagt, ich bin über den Berg, also wird es wohl so sein.

Ich habe das Notizbuch übrigens gerade erst wiederbekommen – von Francesca. Sie hatte mich vorigen Mittwoch kurz vor dem Abendessen besucht, und als sie hörte, daß die Wunde noch immer nicht versorgt war, da runzelte sie die Stirn und sagte:

»Das gefällt mir nicht. Sind Sie sicher, Enrico, daß ich Sie nicht doch zu meinem Freund bringen soll? Er ist wirklich ein guter Chirurg, kennt sich auch mit den neuen Verfahren aus. Ich kann das beurteilen; verstehe nämlich selber etwas davon.«

»Aber es wäre eine Provokation, wenn ich jetzt von hier weggehen würde, meinen Sie nicht?«

»Ich fürchte, Sie haben recht«, stimmte sie zu. »Ich mache mir nur Sorgen, weil ... man erwartet mich in Florenz ... Also dann: ich bin am Sonntag wieder in Rom, vielleicht früher, und ich werde sofort nach Ihnen sehen. Hoffentlich geht alles gut!«

Sie verabschiedete sich und wollte gehen. Schon in der Tür, kam sie noch einmal an mein Bett zurück und fragte leise:

»Wenn man Sie morgen operiert – what about your diary? You seemed to worry about it, didn't you?«

»Sie haben recht«, sagte ich in einem plötzlichen Entschluß, »es wäre sehr freundlich von Ihnen, wenn Sie es für mich aufbewahren würden.«

Ich griff unters Kissen und drückte ihr das Tagebuch in die Hand.

Und ich frage mich selber, was mich in diesem Augenblick bewogen hatte, ihr Angebot anzunehmen. Vielleicht ihr Mut, mit dem sie bei dem Überfall auf mich und die Straßenräuber zugelaufen kam? Oder die Vernunft, die mir sagte, daß man selbst bei einer kleineren Operation immer mit Unvorhergesehenem rechnen muß? Vielleicht war es aber ganz einfach das Bedürfnis, ihr zu zeigen, daß ich ihr vertraute.

Oder etwa auch, um ganz sicher zu sein, daß ich sie wiedersehen würde?

Wie auch immer – daß ich ihr das Buch mitgab, war das Klügste, was ich machen konnte.

Das Klügste? Von wegen!

Oh – das mit dem Tagebuch war schon richtig. Aber ansonsten ... ich hätte sofort mit ihr zu dem Chirurgen fahren sollen, den sie kannte – auf dem schnellsten Wege fort von diesem Hospital – von diesem Ort des Stümperns und Pfuschens – weit weg von allen, die sich in diesem Hause Ärzte nennen!

Warum nur habe ich mich trotz meiner Erfahrung mit Bertoni darauf eingelassen, hier behandelt zu werden? Warum bin ich nicht auf Francescas Angebot eingegangen? Ich hätte mir doch denken können, daß in einem Staatsgebilde, wo jedes wissenschaftliche Denken prinzipiell verdächtig ist, auch die medizinischen Wissenschaften kaum gedeihen können.

Rückblickend denke ich: es war wohl die Duplizität der Ereignisse, die mir verlockend erschien. Als Patient im selben Krankenhaus, wo Luigi sein Glück gefunden hatte ... nur, was erwartete ich? (Davon abgesehen, daß es fraglich war, ob in der Begegnung mit Luisa wirklich das Lebensglück Luigis gelegen hatte.)

Habe ich ernsthaft damit gerechnet, daß hier auch mir etwas Glückliches zustoßen könnte? Ein haarsträubender Unsinn – in höchstem Maße unwissenschaftlich! Wenn es wirklich eine Duplizität ungewöhnlicher Ereignisse gibt, dann nur bei unglücklichen. Nur hier gibt es eine Zwangsläufigkeit – etwa bei einem Fahrzeug, das bei bestimmten Werten von Schwerpunktlage, Geschwindigkeit und Kurvenradius unausweichlich umstürzt.

Glück aber ist immer unwahrscheinlich. Es gibt keine Konstellation, die zwangsläufig zu ihm hinführt, oder auch nur mit einer gewissen Wahrscheinlichkeit. Deshalb war meine Hoffnung, die ich auf einen Aufenthalt im vatikanischen Hospital gesetzt hatte, völlig albern. Wahrscheinlich kann ich von Glück reden, daß ich meine Unvernunft nicht mit dem Verlust eines Armes zu bezahlen habe – von Schlimmerem gar nicht zu reden.

Merkwürdig. Also doch – »Glück«?

Die Operation meiner Armwunde am Donnerstag verlief so, daß sogar ich als medizinischer Laie von Anfang an ein ungutes Gefühl hatte. Doktor Valenza, der Chirurg, besah die Wunde. Er wischte sie mit einem feuchten Leinentuch aus; ich habe Zweifel, ob man das Tuch vorher ausgekocht hatte.

»Werden Sie nähen?« fragte ich.

»Bei dieser Verletzung nicht«, erklärte er. »Die Wundränder haben sich bereits genähert, also unterstützen wir die Heilung *per primam intentionem*.«

Er bestrich die Wunde mit einer Wachssalbe und legte einen engen Verband an, der die Wundränder aneinanderdrücken sollte. Ich war zwar froh, daß es nicht wehgetan hatte; jedenfalls war der Schmerz kaum stärker, als ich ihn schon die ganze Zeit verspürte. Aber es dauerte nicht lange, da begann es in der Tiefe der Wunde zu jucken. Das Jucken wurde immer stärker; gleichzeitig merkte ich, wie der Verband den Arm mehr und mehr einschnürte. Ich machte eine Schwester darauf aufmerksam; diese meinte, der Verband müsse eng sein, um die Wundränder zusammenzuhalten.

Nachts bekam ich Fieber. Die Kopfschmerzen gingen zurück; dafür wurde mir am ganzen Körper kalt und glühendheiß zugleich. Gegen Morgen stellte sich ein Schüttelfrost von solcher Heftigkeit ein, daß der Bettrahmen zu klappern begann. Als die Schwester nach dem Verband sah, zog sich ein roter Streifen über den Oberarm bis in die Achselhöhle.

Bei der Visite legte der Chirurg die Stirn in Falten. Die

Wundränder hatten sich an der Oberfläche durch eine Schorfschicht verschlossen, doch sickerte ständig eine klebrige Flüssigkeit aus der Wunde.

»Schlechtes Blut; also Egel und Aderlaß!« befahl Valenza.

Ich war schon so kraftlos, daß ich auch dann nicht hätte widersprechen können, wenn ich gewollt hätte. Den Freitag über lag ich im Fieber, und wie mir schien, gelegentlich schon im Delir. Man flößte mir irgendwelche Säfte ein, die das Blut reinigen sollten; am Abend ließ man mich erneut zur Ader. Essen konnte ich nicht, wollte es auch nicht; gelegentlich trank ich einen Schluck Wasser.

Wie ich die Nacht verbrachte, weiß ich nicht mehr. Am Sonnabendmorgen erwachte ich mit klarem Bewußtsein, aber unverändert hohem Fieber; ich spürte, daß ich am Ende meiner Kräfte war. Nebenbei registrierte ich, daß der Pater über Nacht gestorben war, aber es erschreckte mich kaum. Die Schwester, die morgens als erste nach uns sah, merkte, daß er sich nicht mehr bewegte; sie fühlte ihm den Puls, schlug ein Kreuz und drückte ihm die Augen zu.

Dem Mönch teilte sie mit, daß man ihn, da offenbar der Bruch nicht heilen wolle, operieren müsse; er richtete ein Stoßgebet an die Jungfrau Maria und bat um Beichte und Sakramente. Offenbar schätzte er die Fähigkeiten Valenzas realistisch ein.

Auch der Gesichtsausdruck, mit dem die Schwester zu mir ans Bett trat, verhieß nichts Gutes. »Immer noch hohes Fieber«, sagte sie, die Hand auf meiner Stirn. Sie entfernte den Verband und verkündete: »Die Wunde eitert stark. Also noch einen Aderlaß.«

Nachdem sie den Arm mit einigen Kompressen wieder fest umwickelt hatte, verließ sie das Zimmer. Gleich darauf ging die Tür wieder auf. Herein trat – Francesca.

»My God!« rief sie, als sie mich sah. »Was hat man denn mit Ihnen gemacht!«

Sie trug eine lederne Arzttasche, die sie neben meinem Bett abstellte. Ohne ein Wort begann sie, den Verband zu entfernen, als die alte Oberschwester hereinkam.

»He, was machen Sie da!« fuhr sie Francesca an. »Lassen Sie gefälligst die Finger von dem Verband! Oder sind Sie vielleicht der Arzt hier?«

»Ich nicht«, sagte Francesca seelenruhig, während sie den Verband weiter abwickelte, »aber wer das hier gemacht hat, auch nicht.«

Und nachdem sie den Verband entfernt hatte: »Wie ich es mir dachte: in der Wunde ein Abszeß, und keine Drainage. Kein Wunder, daß er eine Blutvergiftung bekommen hat!«

»Was verstehen Sie denn davon?« fragte die Oberschwester – verärgert, aber wohl auch ein wenig erstaunt.

»Ein bißchen«, sagte Francesca. »Ich studiere das nämlich.«

»Sieh einer an«, spottete die Oberschwester, »sie studiert Medizin. Seit wann studieren denn Frauen Medizin?«

»Seit einem Jahr. Aber natürlich nicht hier, wo ein ganzes Land hinterm Mond lebt, sondern in Paris. Wenn Sie die Güte hätten, einmal den Herrn Chirurgen zu rufen?«

Die Oberschwester zögerte. Zwar schien sie es für unangebracht zu halten, den Anweisungen einer jungen Frau zu folgen; andererseits war sie erfahren genug, um zu sehen, wie schlecht es mir ging. So gab sie einer der Schwestern den Auftrag, Valenza zu holen.

»Was soll das heißen, ich soll ›sofort kommen‹?« schimpfte der Chirurg, als er kurz darauf das Zimmer betrat. »Was gibt es denn so Dringendes?«

»Lieber Herr Doktor«, antwortete Francesca anstelle der Schwester, »sehen Sie sich doch einmal den Arm an. Meinen Sie wirklich, das wäre nicht dringend?«

»Wer ist denn das?« fragte Valenza, an die Oberschwester gewandt.

»Eine junge Kollegin; studiert in Paris, behauptet sie jedenfalls. Sie meint, man müßte die Wunde ... wie heißen Sie eigentlich?«

»Della Valle, Francesca della Valle. Spielt das eine Rolle?«

»Der Name nicht«, sagte Valenza, »obwohl Sie mir bekannt vorkommen. Aber ich kann nicht dulden, daß man in meinem Krankenhaus meine Patienten verwirrt. – Bitte sehr, was macht man denn in Paris mit solchen Wunden?«

»Ich studiere zwar in Paris«, sagte Francesca, »aber die Operationstechnik ist in England besser. Was man da machen würde? Die Wunde offenlegen, und zwar sofort. Der Abszeß muß entleert werden, denn von hier aus wird das Blut vergiftet. Dann das Gewebe im Gesunden exzidieren, die Wunde antiseptisch behandeln und nähen, und vor der Hautnaht eine Drainage legen, damit das Wundsekret abfließen kann. Wenn wir Glück haben, wird der kräftige Körper des Patienten danach mit der Blutvergiftung fertigwerden – nicht wahr, Herr Kollege?«

Valenza schien nach Worten zu suchen. Schließlich sagte er verärgert:

»Wollen Sie mich belehren? Ich bin seit dreißig Jahren Chirurg, und solange ich denken kann, ist alle zwei Jahre jemand gekommen und hat irgendwas Neues vorgeschlagen. Aber vom Reden ist noch keiner gesund geworden. Wenn Sie das alles so genau wissen, dann machen Sie es doch!«

»Freut mich, daß Sie einverstanden sind«, sagte Francesca. »Ich mache das also selber. Schwester Oberin, ob sie so freundlich wären, mir zu helfen?«

Sie öffnete ihre Tasche und stellte einige Instrumente auf den Nachttisch neben meinem Bett. Damit hatte Valenza nicht gerechnet. Als erwartete er sich Unterstützung, wandte er sich an mich:

»Herr Ingenieur, ich bin für Sie verantwortlich. Ich habe dreißig Jahre Erfahrung, und ich versichere Ihnen, daß Ihre Wunde nach den Regeln der Kunst versorgt ist. Ich frage Sie: vertrauen Sie mir, oder wollen Sie sich in die Hände dieser jungen Buchgelehrten begeben?«

»Es geht mir schlecht«, sagte ich, »schlechter kann es nicht werden. Was die junge Frau gesagt hat, klingt doch vernünftig. Was schlagen Sie denn vor, außer noch einem Aderlaß?«

»Wie Sie wollen«, sagte Valenza beleidigt. »Aber ich lehne jede Verantwortung ab. Oberschwester, Sie sorgen dafür, daß hier kein grober medizinischer Unfug getrieben wird. Und Sie, Herr Ingenieur: wenn Ihnen etwas zustoßen sollte, dann haben Sie sich das selber zuzuschreiben!«

Mit einer Geste der Entrüstung verließ er das Zimmer – nicht ohne vorher einen neugierigen Blick auf die Gerätschaften zu werfen, die Francesca neben dem Bett aufgestellt hatte.

»Are you sure you can do it?« fragte ich sie leise, als Valenza gegangen war.

»Don't worry«, sagte sie, »das mache ich nicht zum ersten Mal.«

Und zur Oberschwester gewandt: »Wir machen es nach der Technik von Lister. Sagt Ihnen das etwas?«
»Ja – ein wenig. Das heißt – nein, eigentlich nicht.«
»Das Wichtigste ist die Karbolsäure. Mit dem Sprühgerät hier muß alles benetzt werden, Skalpell, Tupfer, auch die Wunde. Keine Sorge, das andere mache ich schon!«

An die Operation selber erinnere ich mich nur unklar. Francesca tröpfelte eine aromatisch riechende Flüssigkeit auf einen Lappen, den sie mir mit der Aufforderung, tief einzuatmen, auf den Mund legte. Nach einigen Atemzügen war mir, als würde ich schweben; ich spürte auch meine Schmerzen nicht mehr, wurde schließlich bewußtlos.

Als ich aufwachte, war schon alles vorbei: die Wunde genäht, mit einem kleinen Röhrchen am unteren Ende der Naht, und über der Wunde nur ein dünnes Tuch.

Bereits am Nachmittag ging das Fieber herunter. Zum erstenmal seit Tagen hatte ich wieder Appetit, und in der Nacht schlief ich tief und ohne Unterbrechung.

Früh am Morgen kam Valenza und sah nach der Wunde. Er schüttelte den Kopf und ging ohne Kommentar aus dem Zimmer. Durch die Tür hörte ich, wie er zur Schwester sagte:

»Bestellen Sie diesen Lister-Apparat – aber sofort!«

25
In der Hand der Glücksgöttin

*Rekonstruktion der Aufzeichnungen
des Luigi Calandrelli (8):*

Es war Schwester Luisa, die ins Zimmer zurückgekommen war, ohne daß ich auch nur das geringste gehört hatte.

»Luigi, was tust du«, sagte sie mit leiser Stimme; aber es klang nicht wie eine Frage. Sondern es war eher wie die Feststellung von etwas, das nicht mehr rückgängig zu machen war.

Ich stand da wie vom Schlag getroffen: das Gesicht glühend, in tiefster Verlegenheit, in der verzweifelten Panik des ertappten Liebenden, der sich im Innern sicher ist, daß sein Verlangen nur abgelehnt werden kann. Mit einer hastigen Bewegung legte ich das Bild auf den Schreibtisch und griff nach der Hand der Schwester; sie aber trat einen Schritt zurück und rief: »Rühr mich nicht an, oder ich rufe den Pförtner und lasse dich hinauswerfen!«

Also tat ich nichts, bewegte mich nicht, sagte nichts, blickte an ihr vorbei auf den Schreibtisch: den Tränen nahe, in der sicheren Erwartung des Endes, das heißt der Aufforderung, sie zu verlassen.

Als sie sah, daß ich nichts unternahm, was sie in irgendeiner Weise bedrängt hätte, entspannte sich ihre zornige Miene. Sie nahm meine Hand und führte mich zu dem neben dem Schreibtisch stehenden Bett, auf dessen Rand sie mich mit einer energischen Bewegung niedersitzen hieß. Sie selber setzte sich neben mich, ein gutes Stück entfernt, gerade so weit, daß sie meine Hand noch in der ihren halten konnte, und sah mich fragend an. Ich konnte ihrem Blick nur kurz standhalten, dann senkte ich beschämt die Augen und blickte auf ihre Hand, die mich bei aller Strenge und Ablehnung zu trösten schien.

»Junge«, sagte sie, »sei ehrlich. Du hast unkeusche Gedanken, ich spüre es. Ist es so?«

Ich wagte nicht, sie anzusehen, hätte beim besten Willen kein Wort hervorgebracht; mein Hals war wie zugeschnürt.

»Ich habe es befürchtet«, fuhr sie fort. »Was soll ich jetzt machen? Du siehst doch wohl selber ein, daß ich dich wegschicken muß, nicht wahr?«

Sie ließ meine Hand los und schien auf eine Antwort zu warten. Ich wollte nicken, aber es wurde ein Kopfschütteln daraus: nicht so sehr ein Verneinen ihrer Frage, als vielmehr Ausdruck einer Bitte; aber was für einer, hätte ich nicht sagen können.

»Andererseits«, sprach sie halb zu mir, halb zu sich selbst, »wer soll mir dann meine Schlösser aufmachen? Bloß, ich kann doch nicht hier allein im Zimmer mit ihm bleiben, ich, eine schwache Frau, mit einem kräftigen jungen Mann, der ein Auge auf mich geworfen hat? Mir bleibt gar nichts übrig – ich muß mich vor dir schützen!«

»Schwester Luisa«, stammelte ich, »ich – ich ...«

Dabei ergriff ich ihre Hand; sie zog sie mit einer heftigen Bewegung zurück und sprang auf.

»Da siehst du's!« rief sie mit nun wieder zorniger Stimme. »Es ist zu gefährlich mit dir, wer weiß, was dir noch in den Sinn kommt. Ich muß etwas tun, und zwar sofort – ich rufe den Pförtner, es geht nicht anders!«

Sie griff zu dem Seilzug, der am Kopfende des Bettes hing und offenbar eine Verbindung zur Hausmeisterei darstellte. Ich saß regungslos auf der Bettkante und hielt die Hände vors Gesicht – um die Tränen zu verbergen, die mir aus den Augen liefen.

Das Bild des Jammers, das ich bot, muß sie wohl gerührt haben. Eine Weile betrachtete sie mich (ich spürte es, ohne zu ihr hinzusehen), dann ließ sie den Seilzug los, kam zu mir und legte mir die Hände auf die Schultern.

»Du weinst ja«, sagte sie leise, »so ein großer Junge, und sitzt da und weint ... So hör doch auf, Luigi, ich meine es ja gut mit dir. Hörst du, ich will dich ja gar nicht wegschicken.«

Sie setzte sich wieder neben mich und nahm mir die Hände vom Gesicht.

»Luigi, du mußt mir eines versprechen. Ich muß mich doch selber schützen, siehst du das ein? Also: versprichst du mir, alles zu tun, was ich dir sagen werde?«

»Ich – verspreche es«, brachte ich mühsam hervor, »ich will ja alles tun – wenn Sie – wenn Sie nur nicht ...«

»Nun gut«, sagte sie nach einem Moment des Zögerns, »aber eines sage ich dir: du mußt mir aufs Wort gehorchen! Nur eine freche Bewegung, und ich rufe den Pförtner – klar?«
Ich nickte.
»Dann dreh dich zur Wand!« sagte sie. Ich tat es, und zwar um so lieber, als meine Augen immer noch naß waren.
»Gut«, sagte sie leise. »So bleib sitzen, und beweg dich nicht!«
Ich hörte, wie sie zur Tür ging und abschloß. Dann ging sie zum Kleiderschrank, nahm dort etwas heraus und kam zurück ans Bett.
»Nun«, sagte sie, »wir werden sehen, ob du Wort hältst. Mach jetzt die Augen zu und leg dich hin – und gib mir deine Hände – und daß du dich nicht rührst!«
Sie führte meine Hände so über den Kopf, daß sich die Handgelenke kreuzten; ich ließ es ohne Widerstand geschehen. Dann spürte ich, wie sie mir etwas um die Hände schlang; es war wohl ein Gürtel, den sie schnell und fest zusammenzog, in der Schnalle befestigte und dann am Kopfende des Bettes festband.
»So«, sagte sie mit einem Stoßseufzer, »nun bin ich sicher. Jetzt wirst du mir keine Gewalt antun können, nicht wahr? Wir können also beide beruhigt sein.«
Mit diesen Worten setzte sie sich neben mich auf das Bett. Sie schien nachzudenken, sagte eine ganze Weile nichts, bewegte sich auch nicht. Dann merkte ich, wie sie sich zu mir hinunterbeugte, immer tiefer, immer dichter: bis ich plötzlich ihren Körper neben meinem spürte. Ihre Hand legte sich auf meine Wange und drehte meinen Kopf zu ihr hin.
»Jetzt mach die Augen auf!« sagte sie.
Sie lag neben mir, auf den Ellenbogen gestützt, die rechte Hand immer noch auf meiner Wange, und lächelte.
»Nun können wir überlegen, was wir mit dir machen. Schließlich, im Moment kannst du mir nichts tun – aber was wird sein, wenn ich dich losbinde? Wirst du dich nicht rächen wollen? Sieh mich an, mein Junge – und sage mir: hast du immer noch – deine ... unkeuschen Gedanken?«
Ich antwortete nichts, schloß nur die Augen. Denn ich merkte, wie mit den Worten von Schwester Luisa mein Glied wieder schmerzhaft steif geworden war, und wie das

Verlangen, ihren Körper an meinem zu spüren, mich unwillkürlich zu ihr hindrehen ließ.

»Sei ehrlich«, sagte sie, »ich will das jetzt wissen. Du sagst nichts? Machst gar noch die Augen zu – scheust dich wohl, mir in die Augen zu sehen, wie?«

Während sie sprach, streichelte sie meine Wange, fuhr dann mit der Hand den Hals entlang, bis sie auf meiner Brust ruhte.

»Heraus mit der Sprache! Ist der junge Mann nun züchtig, wie sich's gehört? Nun? Willst du mir antworten? – Nein? – Ganz wie du willst: dann muß ich es selber prüfen, mir bleibt gar nichts anderes übrig.«

Ihre Hand glitt langsam über meinen Körper, öffnete erst den Gürtel meiner Hose, dann, einen nach dem andern, die Knöpfe. Mich durchfuhr ein Gemisch von Scham, Verlangen und Erwartung, während Schwester Luisa mich aufforderte:

»Sag es lieber selbst – gleich werde ich es sowieso wissen, dein Schweigen hilft dir gar nichts ... Nun, junger Mann?«

Eine Weile wartete sie. Dann, als ich weiter schwieg, näherte sich ihr Mund meinem Ohr, und mit leiser, fast flüsternder Stimme fragte sie:

»Noch immer keine Antwort? Gestehe lieber – oder muß ich erst – selber ...«

Ganz langsam fuhr ihre Hand auf der Haut entlang unter meine Unterhose, dann weiter bis auf den Oberschenkel, wo sie kurz verharrte – als wollte sie mir ein letztes Mal Gelegenheit geben, zu antworten. Als ich auch jetzt noch immer kein Wort sagte (um nichts in der Welt hätte ich auch nur eine Silbe von mir gegeben – um nur ja nicht die Hand, der mein Innerstes entgegenfieberte, vielleicht noch im letzten Moment aufzuhalten), da glitt ihre Hand mit quälender Langsamkeit vom Oberschenkel nach innen, berührte mit den Fingerspitzen mein Glied und zog sich, als wäre sie erschrocken, sogleich wieder zurück. Doch dann legte sich mit sanftem Griff die ganze Handfläche auf mein vor Begierde glühendes, vor Lust zitterndes Glied. Ich stöhnte auf und drückte meinen Körper gegen die Hand.

»Da haben wir's«, flüsterte die Schwester, »genau, wie ich es mir gedacht habe. Der junge Mann leugnet beharrlich, und dabei zittert er vor Begehrlichkeit. Und was tut sein freches

Glied? Anstatt sich schamvoll zu verkriechen, schwillt es auf und preßt sich an meine Hand – ist das ein Benehmen? Ein Glück nur, daß wir den jungen Mann festgebunden haben. Sonst wäre ich jetzt mit Sicherheit verloren, nicht wahr?«

Während sie so sprach, streichelte sie noch einmal das Glied, zog dann die Hand aus der Hose und versetzte mir einige leichte Schläge, was meine Erregung erst recht entflammte.

»Und nun?« fragte sie leise, dabei ihre Hand auf dem Hügel legend, der sich durch die Hose hindurch abzeichnete. »Was machen wir jetzt? Ich kann dich doch nicht losbinden; du würdest mir Gewalt antun – ist es so? Nein, mir bleibt nur eines: ich muß dir deine Männlichkeit brechen, junger Mann, damit ich mich meiner Haut sicher fühlen kann ...«

Sie ließ mich los und stand auf; mit energischem Griff zog sie mir Schuhe, Hose und Unterhose aus. Beschämt drehte ich mich zur Wand; sie aber sagte tadelnd:

»Habe ich dir gesagt, du sollst dich umdrehen? Oder schämst du dich etwa? Hast du vergessen, wie oft ich dich im Hospital nackt gesehen habe? Also dreh dich auf den Rücken – oder muß ich dich erst an dein Versprechen erinnern?«

Sie streichelte meine Wange und sagte in sanftem Tonfall: »Das ist ein seltsamer junger Mann. Er platzt beinahe vor unkeuscher Begierde, aber schämen tut er sich wegen seiner Nacktheit. Na gut, ich werde deinem Schamgefühl eine Brücke bauen.«

Sie ging zum Schrank und holte eine große dünne Decke, legte sich dann wieder neben mich und bedeckte uns beide mit dem Tuch. Scheinbar zögernd, aber in Wirklichkeit voller Verlangen nach dem, was nun kommen würde, drehte ich mich auf den Rücken.

»So ist es gut«, sagte sie, während sie mein Gesicht streichelte, »es muß ja doch sein, damit ich meine Ruhe und meine Sicherheit habe, nicht wahr? Diese freche Männlichkeit, die sich da so begierig emporstreckt – ich werde sie bezwingen, verlaß dich drauf!«

Damit fuhr ihre Hand wieder nach unten, erst mit den Fingerspitzen die Hoden umspielend, dann diese von oben umgreifend und sanft pressend, so daß mir das Glied vor Wollust zu tropfen begann. Wie um gerade dies zu prüfen, glitt sie mit dem Daumen nach oben und fing die austretenden Tropfen auf, die sie mir – als wollte sie zeigen, daß sie den Grad meiner Erregung erkannt hatte – mit dem nun um so weicher gleitenden Finger über die Haut strich.

»Jetzt hast du verloren«, flüsterte sie, während sie mein Glied sanft mit der ganzen Hand umschloß, »gleich ist es aus mit deiner Manneskraft, du kannst machen, was du willst – nein, du entkommst mir nicht,« sagte sie, als ich nun aufs höchste erregt versuchte, mein Glied ihrer Hand zu entziehen: um die überströmende Lust, von der ich spürte, daß sie sich sogleich entladen würde, noch etwas zu verlängern – was mir aber nicht gelang, da die nachgiebige und doch feste Hand jeder meiner wilden Bewegungen folgte, so daß ich mit meinen Fluchtversuchen außer dem Abschütteln der Decke nichts erreichte, als daß ich mich dem Gipfel und Ende meiner Lust nur noch näher gebracht hatte.

»Du bist verloren«, flüsterte sie, »mein Gefangener, ergib dich, es ist aus mit dir!«

In der Tat, und ohne daß sie selber außer dem sanften Druck ihrer Hand noch etwas dazu beigetragen hätte, konnte ich den Erguß meines Samens nicht länger hinauszögern; mit heftigen Zuckungen floß es aus mir heraus, spritzte weit hinaus bis auf meine Brust und meinen Hals. Voller Lust stöhnte ich auf, als ihre Hand ein weiteres Mal zudrückte und in einer letzten wilden Zuckung noch einmal ein Stoß Samen aus mir herausbrach, so daß ich mich ausgeleert fühlte bis auf den tiefsten Grund.

Wieder liefen mir Tränen aus den Augen: vor Glück. Ich lag da, matt und selig, erfüllt von einem Gefühl tiefer Liebe und Dankbarkeit: für die durchlebte Lust, aber auch dafür, daß sie von ihr gewollt war – so daß zu dem Glück der Wollust das Glück kam, sie zeigen zu dürfen.

Schwester Luisa liebkoste mich denn auch mit einer Fröhlichkeit, wie ich sie noch nie bei ihr gesehen hatte. Jetzt, wo ich erschöpft dalag, umarmte sie mich ungeniert, küßte mich zärtlich auf Mund und Wangen, rieb lachend den verspritzten Samen über meine Haut. Schließlich, als sie merkte, daß mir kalt wurde, griff sie zu einem Handtuch, rieb mich damit ab und breitete die Decke wieder über mich. Ich schloß die Augen und wartete darauf, daß sie mich losbinden würde.

»Mein lieber Luigi«, sagte sie, als hätte sie meine Gedanken erraten, »nun möchtest du wohl deine Freiheit wiederhaben?

Geduld, Geduld. Um ehrlich zu sein: ich traue dem Frieden noch nicht. So junge Männer wie du, habe ich mir sagen lassen, sollen manchmal unersättlich sein. Zwar, für den Moment habe ich dir den Stachel gebrochen, aber kann ich mich darauf verlassen? Nein, erst muß ich dich auf die Probe stellen. Also dreh dich zur Wand – und mach die Augen zu!«

Sie ging zum Schrank; ich hörte das Rascheln von Kleidungsstücken.

»So, nun sieh her!« forderte sie mich auf.

Ich folgte ihrer Anweisung und sah sie vor mir stehen – aber nicht mehr in dem hochgeschlossenen Kleid wie vorher, sondern nur noch mit einem engen Mieder und einer seidenen Unterhose bekleidet, und um den Hals dieselbe Kette wie auf der Photographie.

»Sieh gut her«, befahl sie, »und prüfe dich: Hast du wirklich Frieden in der Seele? Kannst du mich ansehen ohne lüsterne Gedanken?«

Sie ging einige Schritte vor mir auf und ab, fuhr sich mit den Händen vom Hals über die Brüste bis zur Hüfte, kam dann langsam auf mich zu und kniete sich vor das Bett.

»Sieh mich an«, flüsterte sie, »und denk nach – was war es denn, was dich auf dem Bild so verwirrt hat? Oder hast du dich bloß geschämt, daß du einen Blick in einen fremden Schreibtisch geworfen hattest?«

So erschöpft ich gerade noch gewesen war, so spürte ich doch, wie der Blick auf die weichen Formen ihres Körpers mich erneut zu erregen begann – um so mehr, als sie nun die Decke hochschlug und sich wieder neben mich legte. Ihre rechte Hand strich mir übers Haar, und die Vorahnung, daß diese Hand wie vorhin meinen Körper entlangfahren und mich »auf die Probe stellen« würde, ließ mein Glied aufs neue fest werden und der liebkosenden Hand in Erwartung der kommenden Lust gleichsam entgegenwachsen.

Doch hatte die Schwester mit ihrer Prüfung keine Eile. Wie um mich zu quälen, schmiegte sie sich an mich, rieb ihre Brust an meiner, so daß die Wärme ihres Körpers und der Geruch ihrer Haut in mir ein wildes Bedürfnis nach Küssen und Anschmiegen hervorrief. Umarmen konnte ich sie, gefesselt wie ich war, nicht; also küßte ich, was mein Mund erreichen konnte: ihre Finger, ihre Hand, ihr Kinn, suchte auch nach ihrem Mund, den sie mir aber immer wieder entzog. Doch entschädigte sie mich dadurch, daß sie selber mich zärtlich auf Ohren, Wangen und Augen küßte, wobei sie ihren Körper fest an meinen drückte.

»Ich spüre es«, flüsterte sie zwischen ihren Küssen, »auch wenn du nichts sagst, ich weiß schon Bescheid. Wieder ist der junge Mann entflammt vor Begierde, nicht wahr? Ein Glück, daß wir ihn nicht losgebunden haben, sonst würde es mir jetzt übel ergehen. Sag selber: wenn er jetzt nicht gefesselt wäre, der junge Mann ... was würde er dann wohl mit mir machen?«

»Er würde Sie«, antwortete ich, »er würde Sie – umarmen – und ... küssen.«

»So, er würde mich küssen. Und wohin würde er mich küssen?«

»Überall hin«, flüsterte ich, und es war halb eine Antwort auf ihre Frage, halb eine Bitte an sie, denn sie hatte unterdessen nicht aufgehört, mich zu streicheln. »Überall, auf die Augen, auf den Mund, auf den Hals, auf – auf ... «

»Sag's mir«, forderte sie mich auf, »überall, hast du gesagt, also wohin noch?«

Während dieser Worte hatte ihre Hand begonnen, auf meinem Körper nach unten zu gleiten. Als ich jedoch in lustvoller Erwartung schwieg, stockte auch die Hand, und Schwester Luisa flüsterte mir ins Ohr:

»Weiter, junger Mann, weiter – gestehe nur, was du machen wolltest!«

»Ich würde – Sie – ausziehen«, flüsterte ich, woraufhin ihre Hand sich wieder in Bewegung setzte, »Ihre seidene Unterhose, und dann ...«

Wieder brach ich ab, und sogleich hielt auch ihre Hand inne.

»Und dann – das Mieder – oh«, stieß ich hervor, und stöhnte auf, weil im selben Moment ihre Hand wieder mein Glied umfaßte. "Ja – die Schleife aufmachen – das Band – lösen«, fuhr ich fort, die Worte immer erregter hervorstoßend, weil ich merkte, daß sie begonnen hatte, mein Glied im Rhythmus meiner Worte zu bewegen. »Dann – das Mieder – ausziehen – oh –«

»Und wenn ich mich wehren würde?« fragte sie kaum hörbar, dabei nur ganz sanft mit der Hand über mein Glied fahrend. »Was würdest du machen, wenn ich mich wehren würde?«

»Dann würde ich – ich würde ...«, stammelte ich, und fügte dann, einer plötzlichen Eingebung folgend, hinzu: »Ich würde Ihre Arme packen ...«

»Wirklich?« fragte sie, während gleichzeitig auch ihr Griff wieder fest wurde, »du würdest es wagen, mich festzuhalten?«

»Ja«, sagte ich, mit einer Kühnheit, die mich selber überraschte. »Ich würde Sie ergreifen – an den Handgelenken packen – ganz fest, ja, daß Sie sich nicht rühren können, und dann würde ich Sie – küssen – die Lippen, den Hals – dann – Ihre Brust – Ihre wunderschöne Brust – küssen – küssen – und – beißen –«

»Du würdest es wagen«, flüsterte sie in mein Ohr, mit scheinbar zorniger Stimme, aber während ich sprach, hatte sie sich noch enger an mich geschmiegt und küßte mich mit wachsender Erregung. Und daß ich hervorgestoßen hatte, ich wolle sie beißen, war nur eine Reaktion von mir, weil gerade in diesem Augenblick sie selber mich plötzlich und heftig ins Ohrläppchen gebissen hatte, so daß der hiervon ausgehende Schmerz sich mit der Erregung, in die mich das Spiel ihrer Hand versetzte, zu einem wilden Lustgefühl vereinigte, von dem ich spürte, daß es nur noch eine Winzigkeit brauchte, um mein Empfinden wiederum zum Überlaufen zu bringen. Ich stöhnte laut auf, vor Schmerz und vor Lust.

Schwester Luisa lag halb neben mir, halb auf mir, ihre Beine fest um meinen Oberschenkel geschlungen. »Wehe dir«, hauchte sie, während sie ihren Körper in wellengleichen Bewegungen gegen meinen drückte, »warte nur, hier kommt deine Strafe – komm – komm ...«

Sie biß erneut zu, noch schärfer diesmal, preßte gleichzeitig mit ganzer Kraft ihre Beine gegen meinen Oberschenkel und ihre Hand um mein Glied, ohne sonstige Bewegung – wie zum Zeichen, daß das Spiel beendet war. Und in der Tat konnte ich ihr mit allem Bestreben, den Höhepunkt hinauszuzögern, nicht mehr widerstehen. Für einige Augenblicke versuchte ich noch, mich ihrem Griff zu entwinden, dann fuhr mir wieder eine siedendheiße Welle durch den Körper, und mit wilden lustvollen Zuckungen – begleitet von einem federnden, fordernden Druck ihrer Hand im Rhythmus dieser Zuckung, als spiele sie auf mir wie auf einem Instrument – brach mein Samen erneut aus mir heraus und floß in ihre triumphierende Hand.

26
Zwei Gesellschaften

Meldungen aus den »Berlinischen Nachrichten«:

München, 14. Juni 1869. [Das Concil in Rom.] Wie der »Augsb. Postz.« von hier mitgeteilt wird, sollen von Seiten des Ministeriums an die theologischen und juristischen Facultäten des Landes sechs Fragen ergangen sein, welche sich auf das bevorstehende Concil beziehen. Darunter soll sich auch eine über die Infallibilität des Papstes befinden.

Ferner meldet das genannte Blatt, daß sich Familien aus dem Beamten-, Adels- und Bürgerstande in München versammelt haben, aus Anlaß der auf dem Concil zur Verhandlung stehenden Gegensätze. Sie wollen, wenn die persönliche Infallibilität des Papstes vom Concil proclamirt werden sollte, öffentlich erklären, nicht mehr dieser »neuen Kirchengesellschaft« angehören zu wollen.

Newyork, 15. Juni 1869. [Pacific-Eisenbahn.] Wie uns mitgeteilt wird, nimmt der Billett-Agent auf der Station Omaha täglich seit Eröffnung der Bahn durchschnittlich 4000 Dollar für Billetts ein. Die täglich expedirten Züge seien oftmals mit Passagieren überfüllt.

Die *Union Pacific* und die *Central Pacific*, welche sich in die Strecke geteilt hatten, werden sich voraussichtlich in eine Gesellschaft verschmelzen, nachdem sie bisher in großer Fehde gelebt. Da für jede fertige Meile aus der Bundeskasse eine bestimmte Summe gewährt wurde, suchte die eine Gesellschaft die andere in Schnelligkeit des Baues zu übertreffen, so daß an manchen Stellen recht liederlich gebaut wurde. Beide Linien berührten sich schon mehrere Wochen, ohne sich zu vereinigen, vielmehr baute Central neben Union und Union neben Central her, so daß die Bahnen eine Strecke von 53 Meilen einander entlang und sogar über einander liefen. Jede folgte ihrem eigenen Vermessungsplane, und die eine warf an Kreuzungspunkten die Schienen der anderen aus der Erde. Mehrmals gerieten die beiderseitigen Arbeiter ins Handgemenge, bis endlich Washington den Gesellschaften einen Vergleich vorschrieb.

In 6 bis 7 Tagen legt man nunmehr die Reise von Newyork nach San Francisco zurück, wobei der Fahrpreis erster Classe auf 175 Dollar, zweiter Classe und für Auswandererzüge auf 75 Dollar (bei jetzigen Kursen ungefähr ebenso viele preußische Taler) festgesetzt ist. Die Zeit wird nach den notwendigen Prüfungen und Reparaturen der unordentlich gebauten Strecken abgekürzt werden, bis endlich das kürzeste Zeitmaß, 4 Tage, erreicht sein wird.

Madrid, 16. Juni 1869. [Regentschaft in Spanien.] Die spanischen Cortes haben Don Francisco Serrano mit 193 gegen 45 Stimmen die Regentschaft übertragen. Was ist die Regentschaft? Den Einen ist sie der Übergang zur Republik; den Andern der Übergang zur Wiederherstellung der Monarchie.

Der Republik ist von Emilio Castelar in

der Cortes-Sitzung vom 20. Mai eine der glänzendsten Reden gehalten worden. Die glühende Begeisterung, mit welcher dieser freisinnige und poetische Denker an der Idee der Republik hängt, ist uns begreiflich. Die tiefe moralische Entartung der Monarchie in den letzten Jahrhunderten Spaniens steht ihm vor Augen, und diese Entartung hängt auf das Genaueste zusammen mit dem religiösen Aberglauben, den das starre spanische Kirchentum großgezogen. Wir sprechen von Aberglauben, denn die Erhabenheit, den Ernst und die sittliche Tatkraft der Religion wird man doch vergebens suchen in jenem pittoresken Marien- und Heiligendienst, in den sich dort der katholische Cultus völlig auflöst.

Von der Regentschaft sagte in jener Rede Castelar: »Die Regentschaft hat alle Übel der Monarchie und der Republik; die ersteren, weil man eine mächtige oberste Gewalt einsetzt, die letzteren, weil alle anderen Generäle auch nach der Regentschaft trachten werden.« Nach Ansicht der Männer, die in Spanien jetzt die Regierung führen, ist die Regentschaft indeß nötig, um erst einen ruhigeren Zustand einzuleiten.

Marschall Prim sagte in der Cortessitzung vom 12. Juni, auf eine Anfrage des Abgeordneten Cantero, warum sie noch keinen König hätten? »Das wissen Sie so gut wie ich: Weil die Fürsten, die man als Candidaten für den spanischen Thron ansehen konnte, die Krone nicht annehmen wollten. Aber wir werden fortfahren, einen Candidaten zu suchen, und wir werden einen finden, oder besser gesagt: wir haben schon einen gefunden. Wissen die Herren Abgeordneten, warum wir ihn nicht schon vorgestellt haben? Weil es in den wenig ruhigen Zuständen, in denen wir uns befinden, schwer ist, daß Jemand den Entschluß fasse, in Spanien zu regieren. Allein dieser Zustand wird unter dem Schutz und Schirm der Regentschaft vorübergehen, und wenn das Land seine Ruhe wiedererlangt haben wird, so bin ich sicher, daß nicht nur ein Bewerber, sondern mehrere nach der Ehre streben werden, die Krone Spaniens zu tragen. Dann ist der Augenblick gekommen, wo die Frage ihre natürliche Lösung erhalten wird.«

Prag, 17. Juni 1869. [Die Clericalen und die Huß-Feier.] Im clericalen Lager hat die Absicht der Jungtschechen, Gedenkfeierlichkeiten für Johannes Huß zu veranstalten, außerordentliche Consternierung hervorgerufen. Der Cardinal-Erzbischof hat den Bischöfen zur Pflicht gemacht, auf das entschiedenste denselben durch den Clerus entgegentreten zu lassen, nötigenfalls die Intervention der Regierung anzurufen.

Rom, 19. Juni 1869. [Eine neue Ansprache des Papstes.] Pius IX. hat am 17. Juni, dem Jahrestage seiner Krönung, u.a. folgendes geäußert: »Die Welt ist in zwei Gesellschaften getrennt; die eine ist zahlreich und mächtig, unruhig und aufgewühlt, die andere ist weniger zahlreich, aber ruhig und gläubig. So sehen wir auf der einen Seite die Revolution, welche den Socialismus im Schlepptaue hat, der die Religion, die Moral und Gott selbst verleugnet, und auf der anderen Seite die wahren Gläubigen, welche ruhig und fest in ihrem Glauben warten, bis die guten Principien ihre heilsame Herrschaft wieder erlangen und die Absichten Gottes in Erfüllung gehen.

Ach! wenn doch die Souveräne diese Principien annehmen möchten, um wie viel leichter wäre es ihnen, ihre Völker zu regieren! Wieviel Gutes könnten sie diesen Völkern und sich selber tun! Die Zukunft ist in Gottes Hand; wie er die ersten Revolutionäre, die Teufel, niedergeschlagen, so wird er auch die Revolutionäre von heute niederschlagen.«

27
Luisas Tochter

> *Wenn jemand behauptet, die Menschen könnten in der Ausübung jedweder Religion den Weg des ewigen Heils finden und die ewige Seligkeit erlangen – der sei verflucht.*
> Pius IX., Syllabus errorum

Tagebuch des Heinrich Wilhelm Lehmann:
Rom. Donnerstag, 2. September 1869

Wie es scheint, beginnen jetzt von allen Seiten die Befragungen. Je besser es mir geht, desto neugieriger werden Cossa und Bernieri – aber nicht nur sie.

Als sie mich vorige Woche vom Hotel zum Hospital brachten, hielten sie es wohl selber für besser, mich in Ruhe zu lassen. Dann, als es mir noch schlechter ging, ließ sich Bernieri überhaupt nicht sehen; wahrscheinlich hatte er Angst, mein Fieber könnte ihn anstecken. Cossa ließ sich davon nicht abschrecken. Jeden Tag kam er mindestens einmal vorbei, ließ sich von der Schwester über meinen Zustand berichten, brachte etwas Obst mit und wünschte mir gute Besserung. Offenbar fühlt er sich wirklich für mich verantwortlich. Sowieso ist er ein angenehmer Mensch; ich mag ihn. Bernieri hingegen – ich weiß nicht ...

Neugierig sind sie wie gesagt beide, aber auf eine ganz unterschiedliche Art. Cossa sagt, was er denkt, und wenn er fragt, dann ohne Umwege. »Ein erstaunliches Mädchen«, sagte er über Francesca, »und ein großes Glück für Sie, nicht wahr? Bernieri scheint sich auch sehr für sie zu interessieren. Hm ... ich sollte ... na, lassen wir das. Aber erzählen Sie das mit dem Überfall noch einmal ...«

Und es ist ihm anzumerken, daß er sich jedes Mal aufs neue Sorgen macht, und daß er es immer wieder zu genießen scheint, von meiner Rettung zu hören.

Bernieri fragt anders. Gestern zum Beispiel (bei einem

Spaziergang unten im Park, denn ich darf schon aufstehen) begann er damit, daß er feststellte: »Das mit den Straßenräubern war früher wirklich ein Problem. Jetzt haben wir es schon viel besser im Griff, aber hin und wieder passiert doch noch etwas. Wissen Sie, wir können die Stadt ja nicht abends um zehn abschließen, nicht wahr? Meistens ist es auswärtiges Gesindel, das sich nachts herumtreibt. Fremde sollten durch solche dunklen Gegenden lieber gar nicht zu Fuß gehen. Wie sind Sie eigentlich zu der Stelle gekommen, wo der Überfall passiert ist?«

»Ja, das war wirklich dumm«, sagte ich. »Ich hatte Streit mit dem Kutscher; es kam mir so vor, als wenn er absichtlich einen Umweg fuhr. Ich stellte ihn zur Rede, da hat er mich aufgefordert, auszusteigen. Na, das war wohl ein Fehler von mir.«

»Allerdings. Aber darf ich fragen, wo Sie gerade herkamen?«

»Aus einer Gaststätte«, sagte ich. Und ich nannte den Namen des Restaurants, wo ich gegessen hatte.

»Ist mir bekannt. Ein gutes Restaurant, nicht wahr? Und wie finden Sie den Wirt?«

»Ausgezeichnet. Macht ein vorzügliches Essen, und die Weinkarte ist hervorragend.«

»Das meine ich nicht«, sagte Bernieri. »Nein, wie finden Sie ihn als Person?«

»Wie soll ich das wissen? Ich nehme an, wenn jemand ein gutes Essen für einen guten Preis macht, dann wird er sicher kein ganz schlechter Mensch sein. Aber sonst? Wenn man ihm ein hohes Trinkgeld gibt, ist er freundlich, und wenn man ihm wenig gibt, auch. Wieso fragen Sie?«

»Nun, dieser Mann ... ach, das erzähle ich Ihnen vielleicht später. Wie sind Sie eigentlich auf sein Restaurant gekommen? Ist doch reichlich abgelegen.«

»Reiner Zufall. Wenn man Hunger hat, nimmt man eben das erste beste, an dem man vorbeikommt. Aber jetzt haben Sie mich neugierig gemacht. Ist mit dem Wirt etwas nicht in Ordnung?«

»Oh, keine Sorge, nicht, was Sie vielleicht denken ... aber mir ist immer noch nicht klar, wie das mit dem Überfall passiert ist. Die Stelle liegt doch gar nicht auf dem Weg vom Restaurant zu Ihrem Hotel.«

»Eben. Genau das war ja der Grund für den Streit.«
»Und Sie haben sich nicht zufällig die Nummer der Droschke gemerkt?«
»Leider nicht. Es war viel zu dunkel, und die hintere Lampe brannte nicht.«
»Schade, wirklich schade«, murmelte Bernieri. »Haben Sie vorher etwas gesehen? Vielleicht, wo die beiden herkamen?«
»Wissen Sie, das ging alles so schnell«, sagte ich, »und es war ja stockfinster. Dann der Schlag auf den Kopf – die Augenblicke davor sind wie ausgelöscht ...«
»Jaja«, seufzte Bernieri, »so was kann passieren, das hat auch Bertoni gesagt. Aber haben Sie nicht um Hilfe gerufen?«
»Wahrscheinlich. Sonst wäre ja wohl niemand gekommen.«
»Seltsam. Wir haben die Leute in der Straße gefragt, aber außer einer Familie will keiner etwas gehört oder gesehen haben. Dabei hatten die meisten das Fenster offen. Können Sie sich das erklären? Nebenbei bemerkt: so stockfinster, wie Sie sagen, war es gar nicht; immerhin war Mondschein und klarer Himmel.«
»Und?« fragte ich. »Wen meinen sie übrigens, wenn Sie ›wir‹ sagen?«
»Ach, das haben Sie mißverstanden – ich habe ein paar Freunde bei der Polizei, müssen Sie wissen. Natürlich habe ich Auftrag gegeben, der Sache nachzugehen, wir können doch nicht unsere Gäste ausrauben und niederschlagen lassen. – Etwas ganz anderes: was sagen Sie denn zu Ihrem Arm und der Operation?«
»Na, das können Sie sich ja denken. Wirklich ein Geschenk des Himmels, dieses Fräulein della Valle – wer weiß, wo ich ohne sie jetzt wäre.«
»Also in Paris dürfen jetzt auch Frauen Medizin studieren«, sagte Bernieri nach einer kleinen Pause. »Haben Sie das gewußt?«
»Natürlich nicht. Sie vielleicht?«
»Nein, woher denn. Ist auch erst seit einem Jahr; ich weiß es vom französischen Geschäftsträger. Aber finden Sie es nicht merkwürdig, daß eine Zwanzigjährige schon operiert? Und die Oberschwester sagt: das war jedenfalls nicht das erste Mal.«

»Na und? Soll ich mich ärgern, weil sie ihre Sache besser gemacht hat als Ihr Doktor Valenza? Wo sie es herhat, da könnte er es auch lernen; schließlich ist die Chirurgie keine Geheimwissenschaft mehr. Oder sind Sie anderer Meinung?«

»Nein, im Prinzip stimme ich Ihnen zu. Allerdings, ganz so schlecht, wie Sie denken, sind unsere Chirurgen wohl doch nicht. Valenza hat mit mir gesprochen; demnächst geht er für eine Weile nach London, dann beherrscht er diese Techniken auch.«

»Das freut mich für die späteren Patienten. Aber warum spricht Valenza mit Ihnen, wenn er nach London gehen will?«

»Hat Ihnen Cossa das nicht gesagt?« fragte er mit einem etwas schiefen Lächeln. »Auslandsfragen sind mein Zuständigkeitsbereich. Immerhin ein gutes Zeichen, daß Sie so neugierig sind – offenbar geht es Ihnen besser.«

»Genau. Ein Glück, daß wenigstens einer von uns beiden etwas neugierig ist.«

»Wieso – wie meinen Sie das?«

»Na, *Sie* sind doch nicht im geringsten neugierig.«

»Meinen Sie das im Ernst?« fragte er verdutzt.

Ironie, dachte ich, scheint nicht gerade seine starke Seite zu sein.

Nach dem Mittagessen kam Francesca. Sie sah noch einmal nach der Wunde, und als sie feststellte, daß sich kein Sekret mehr bildete, entfernte sie mit einem kurzen Drehen und einem Ruck das Röhrchen. Sie legte einen lockeren Verband an, dann gingen wir hinunter in den Park. Ein Weilchen bummelten wir zwischen den Bäumen herum; schließlich setzten wir uns auf eine freistehende Bank.

»So«, sagte sie. »Das haben wir geschafft. Und Sie können sich bestimmt denken, was ich Sie jetzt fragen will?«

»Natürlich. Aber fragen Sie's trotzdem.»

»Na gut. Sie sagten nach dem Überfall, Sie hätten eine Botschaft für jemand mit Namen Pierleone. Richtig?«

»So ist es. Ich bekenne mich schuldig, gestrenge Frau Richterin.«

»Enrico – bitte seien Sie nicht albern. Oder haben Sie das an dem Abend auch nur als Scherz gemeint?«

»Nein, natürlich nicht. Ich freue mich nur, daß ich wieder

gesund bin – und noch mehr, daß ich Sie kennengelernt habe. Aber das andere: es war und ist mir ganz und gar ernst. Ich suche Luisa Pierleone – jedenfalls hieß sie früher so.«

»Also heißt sie jetzt anders?«

»Donati, vermute ich. Darum war ich ja auch vor dem Haus.«

»Und warum glaubten Sie, daß Sie nicht willkommen wären?«

»Weil ... Francesca, das ist eine komplizierte Geschichte – soll ich Ihnen das wirklich alles erzählen?«

»Ja, das sollen Sie. Sie werden sich wundern: ich weiß ein bißchen von dieser Geschichte. Gerade darum bin ich gespannt darauf.«

»Darf ich fragen, was Sie schon davon wissen?«

»Also –«, meinte sie zögernd, »fragen dürfen Sie natürlich. Aber ob ich Ihnen antworte? Sehen Sie: ich wohne im Haus der Donatis, da dürfte doch eine gewisse Verbindung klar sein. Bei Ihnen ist das anders: ich kenne Sie nicht, keiner von den Donatis kennt Sie, und mitten in der Nacht werden Sie überfallen, weil Sie eine Mitteilung für Luisa Donati haben, die Sie noch Luisa Pierleone nennen. Ist das nicht Grund genug, daß Sie zuerst ein bißchen erzählen? – Ja, Sie haben recht, hier ist es wirklich noch zu heiß. Wie ist es um diese Jahreszeit in Berlin?«

In einer schnellen Reaktion hatte sie das Thema gewechselt, denn zwei Mönche, die scheinbar ziellos durch den Park schlenderten, waren auf ihren Wegen immer dichter an uns herangekommen. Und nun setzten sie sich auch noch neben uns, obwohl sich in Sichtweite eine freie Bank befand.

Ich schlug Francesca mit einem Blick dorthin vor, aufzustehen und uns hinüberzusetzen, aber sie hielt mich fest.

»Das machen wir anders«, flüsterte sie. Und laut sagte sie: »Ehrwürdige Brüder, dürfte ich Sie um etwas bitten?«

»Aber gewiß doch, meine Tochter!« antwortete der Ältere mit einer angedeuteten Verbeugung.

»Ehrwürden, dieser Herr hier ist Patient im Hospital, und er ist etwas schwach für weite Wege. Wir möchten uns gerne noch ein Weilchen ungestört unterhalten – würde es Ihnen viel ausmachen, sich zu der Bank dort drüben zu bemühen? Ich verspreche Ihnen: wenn wir die Beichte ablegen wollen, dann werden wir Sie sogleich rufen.«

Worauf die beiden Herren sich indigniert ansahen und den Platz räumten.

»Nun, Enrico?« nahm sie den Faden wieder auf. »Was wollten Sie mir gerade erzählen?«

»Francesca – sagt Ihnen der Name Calandrelli etwas?«

Sie antwortete nicht. »Luigi Calandrelli«, wiederholte ich. »Haben Sie den Namen einmal gehört?«

»Ob ich ...«, sagte sie zögernd, »nun, es könnte sein. Was ist mit ihm?«

»Lassen Sie mich die Geschichte vom Ende her erzählen: ich habe von ihm ein Notizbuch bekommen, in dem er seine Erinnerungen niedergeschrieben hatte. Vor zwanzig Jahren war er hier in Rom bei der Schweizergarde, und damals war Luisa Pierleone Oberschwester im Hospital.«

»Ja, das weiß ich. Und was ist mit dem Notizbuch?«

»Genau das ist mein Problem: man hat es mir gestohlen.«

»Gestohlen?« fragte sie, und wie mir schien, zunehmend erregt. »Waren es die Straßenräuber? Bin ich zu spät gekommen?«

»Nein, nein«, beruhigte ich sie. »Die beiden waren es bestimmt nicht, oder ich müßte mich sehr täuschen. Eher vermute ich, daß meine hiesigen Betreuer dabei eine Rolle spielen.«

»Sie sagen das so ruhig – sehr tief scheint Sie der Verlust nicht getroffen zu haben.«

»Sie irren sich: an dem Abend, als es passierte, war ich völlig verzweifelt. Inzwischen – nun, ich habe angefangen, die Aufzeichnungen zu rekonstruieren. Ich merke, ich kann es schaffen; ohne das Fieber wäre ich schon viel weiter. Andererseits – wenn der Überfall nicht gewesen wäre ... daß ich Sie kennengelernt habe, Francesca, dafür hätte ich wohl auch ein Jahr Fieber in Kauf genommen. Lachen Sie nicht – ich meine es ernst!«

»Enrico«, sagte sie, »bitte keine Schmeicheleien. Erzählen Sie lieber von dem Tagebuch. Your diary – so etwas in der Richtung hatte ich mir schon gedacht. Ich habe nämlich – pardon – hineingesehen, und da fiel mir auf, daß Sie gleichzeitig von vorn und von hinten her Eintragungen machen. Vorne mit Datum, das ist Ihr Tagebuch; und vom Ende her, ohne Datum – die Rekonstruktion, nicht wahr?«

»Scharfsinnig kombiniert – genauso ist es.«

»Leider konnte ich kein Wort lesen«, sagte sie, und wie

mir schien, nicht einmal mit schlechtem Gewissen. »Werden Sie's mir vorlesen, wenn es fertig ist?«

»Vorlesen? Nichts lieber als das. Das heißt ... vielleicht – ich weiß nicht ...«

»Lieber Enrico«, sagte sie erstaunt, »was haben Sie denn auf einmal? Sie werden ja ganz rot – ist Ihnen nicht gut? Oder ist ...«

Sie brach ab und sah mich an. Ich befand mich wirklich in höchster Verlegenheit: mir waren plötzlich gewisse Stellen in den Aufzeichnungen eingefallen ... ob sie eine Ahnung hatte, was in mir vorging? Jedenfalls wandte sie ihren Blick von mir ab, sah hinüber zu den beiden Mönchen, die dort immer noch saßen, und schwieg.

Schließlich legte sie mir die Hand auf den Arm und sagte leise: »Sie haben mir noch gar nicht erzählt, warum Sie Luisa Donati suchen.«

»Ja«, sagte ich, heilfroh, das Thema wechseln zu können. »Es ist so: Schwester Luisa – Luisa Donati – spielt in Calandrellis Aufzeichnungen eine große Rolle. Und seine letzten Worte – ich habe sie nicht ganz verstanden, aber er meinte wohl, daß ich die Aufzeichnungen ihr geben sollte, oder jedenfalls ihr zeigen.«

»Seine letzten Worte – heißt das, er ist tot?«

»Ich fürchte, ja. Er hatte einen Herzanfall; das war wohl auch der Grund, warum er mir das Buch übergab. Inzwischen bin ich mir ganz sicher: er lebt nicht mehr. Und sein letzter Gedanke, sein letztes Wort – das war: Luisa ...«

Sie saß reglos da, ihre Hand noch immer auf meinem Arm. Als ich zu ihr hinsah, war die Reihe an mir, mich zu wundern: täuschte ich mich, oder hatte sie tatsächlich Tränen in den Augen?

»Ich muß mich bei Ihnen entschuldigen«, sagte sie nach einer Weile. »Daß Sie kein Straßenräuber waren, wußte ich von Anfang an, aber jetzt ... ich muß Ihnen danken – im Namen der Familie Donati – wenn ich gewußt hätte, warum Sie das alles auf sich genommen haben ...«

»Aber Francesca, ich bitte Sie – was reden Sie denn da! Sie sich bei mir bedanken? Sie, meine Retterin? Ihnen verdanke ich es, daß ich meinen Arm noch habe, wenn nicht sogar mein Leben – liebe Francesca, ich bin es doch, der ganz und gar in Ihrer Schuld steht!«

Sie sah mich mit einen seltsamen Lächeln an – als hätte ich sie auf eine Idee gebracht. »Meinen Sie das ernst, was Sie da gerade gesagt haben?«

»Natürlich. Fragen Sie doch Valenza, oder noch besser die Oberschwester, die werden es Ihnen bestätigen.«

»Und Sie haben wirklich das Gefühl, daß Sie in meiner Schuld stehen?«

»Aber ja doch! Sie sind meine Retterin – verfügen Sie über mich!«

»Also gut«, sagte sie. »Ich nehme Ihr Angebot an. Ich werde über Sie verfügen, und das erste, was ich Ihnen auftrage, ist, daß Sie dieses Notizbuch Ihres Freundes – er war doch Ihr Freund, nicht wahr? – so schnell wie möglich nachschreiben. Alles – jedes Wort, an das Sie sich erinnern.«

»Und das zweite?«

»Daß sie es für mich übersetzen.«

»Einverstanden. Und – wünschen Sie sonst noch etwas?«

»Allerdings. Wenn es fertig ist, sollen Sie es mir vorlesen, alles, von der ersten bis zur letzten Seite. Aber ich werde Sie dafür belohnen, das verspreche ich Ihnen.«

»Darf ich fragen, meine Liebe, auf welche Weise?«

»Nein, das dürfen Sie nicht – noch nicht. Aber eines kann ich Ihnen schon sagen: Sie werden vielleicht Gelegenheit haben, Luisa Donati zu sehen. Zufällig habe ich in Paris eine Kommilitonin, die gleichzeitig meine beste Freundin ist und mit mir die Wohnung teilt. Wollen Sie wissen, wer sie ist?«

»Aber gewiß, so sagen Sie es doch!«

»Emilia Donati – die Tochter der Frau, die Sie suchen.«

28
Küsse mich

Rekonstruktion der Aufzeichnungen
des Luigi Calandrelli (9):

Wieder lag ich da, bewegungslos, aller Kraft beraubt, und genoß mit geschlossenen Augen die Nähe der Geliebten. Mein Mund hatte sich in einem langen Kuß festgesaugt, dort, wo der Ausschnitt ihres Mieders die Haut für Blicke und Küsse freigab. Kaum merklich, wie eine Antwort oder ein Echo, drückte ihre Hand noch immer mein Glied im Takt seiner gerade verklungenen Zuckungen; auch ihren eigenen Körper preßte sie in sanftem Rhythmus gegen meinen.

Einige Minuten lagen wir so, dann griff sie zu dem bereitliegenden Tuch, mit dem sie mein weich und klein gewordenes Glied abwischte.

»Mein Junge«, flüsterte sie, während sie mich küßte, »mein junger Ritter, bist du nun endlich satt? Genug der Prüfungen? Kannst du schwören, daß deine Seele frei ist von lüsternen Wünschen? Kann ich dir die Freiheit wiedergeben, ohne Gefahr für mein Leben und meine Ehre?«

Ich antwortete nicht, nur mein Mund fuhr küssend über ihre Haut. Was hätte ich sagen können? Daß ich ihr schon verfallen war jetzt und für alle Zeiten? Daß sie es wußte, aber nichts davon würde hören wollen? So schwieg ich, beschränkte mich aufs Küssen, bezwang mit einem Seufzer den Anflug von Traurigkeit, der sich einstellen wollte. Denn dies war – ich wußte es, und auch sie muß es gespürt haben – der glücklichste Tag meines Lebens.

Sie drang nicht weiter in mich. Statt dessen zog sie meinen Kopf zu sich und küßte mir die Tränen von den Augen.

»Luigi«, sagte sie, »mein lieber Junge, weine doch nicht.«

Sie löste den Gürtel, mit dem sie mich ans Bett gefesselt

hatte, schob die Kleidungsstücke beiseite und streichelte meine Handgelenke.

»Weine nicht«, flüsterte sie, »ich will dir auch einen Wunsch erfüllen – wenn du mir versprichst, daß du weiter gehorchst.«

»Ich verspreche es«, sagte ich mit zitternder Stimme.

»Gut – dann küsse mich. Küsse mich – und zieh mich aus.«

Niemals in meinem Leben, weder vorher noch danach, haben mich Worte eines Menschen so glücklich gemacht. Sollte ich sagen, ich konnte mein Glück nicht fassen? Aber doch, sie, mein Glück, lag ja neben mir: bewegungslos, die Augen geschlossen, die Arme über den Kopf gestreckt. Ich legte meine Arme um sie, so behutsam ich konnte – als könnte sie zerbrechen, oder doch anderen Sinnes werden. Sie ließ es geschehen, und so umarmte ich sie und streichelte ihr Haar und ihren Rücken, während ich ihr die Stirn, die Augen, die Wangen abküßte.

Wieder suchte mein Mund den ihren; diesmal verweigerte sie ihn mir nicht. Unsere Lippen berührten sich, glitten aneinander entlang, saugten sich ineinander – meine Lippen immer den Weg nachzeichnend, den die ihren mir zeigten –, bis plötzlich ihre Zähne meine Unterlippe festhielten und ihr mit einem sanften, aber unnachgiebigen Biß keine weitere Bewegung erlaubten.

Ich verstand die Aufforderung, die in dem Biß lag, und befolgte sie zitternden Herzens. Langsam fuhren meine Hände zu ihrem Rücken und lösten die Bänder, die das Mieder verschlossen. Ungewiß, ob ich wirklich weitergehen durfte, hielt ich für einen Augenblick inne; der Biß, mit dem sie meine Lippen gefangenhielt, wurde schärfer, und in einem Schauder von Schmerz und Glück streifte ich ihr das Mieder vom Körper.

Ihre Zähne ließen los. Ich wollte sie umarmen, sie aber ergriff meine Hand und führte sie auf ihrer Haut hinab zum Bauchnabel, bis ich an den Fingern die Enden einer Schleife spürte. Ich löste sie und beugte mich nach unten; zaghaft streifte ich ihr die Unterhose vom Leib.

Zum erstenmal sah ich die ganze Schönheit ihres Körpers – ein Bild, das sich für immer in meine Seele einbrannte.

Doch hätte ich es nicht ertragen, länger als für Augenblicke auch nur so weit von ihr entfernt zu sein, wie es brauchte, um sie von Kopf bis Fuß sehen zu können. So lag ich denn gleich wieder neben ihr, umarmte, streichelte, küßte. Sie ließ mich gewähren, obwohl sie spüren mußte, daß mein Glied längst wieder steif war und gierig nach Anschmiegen und Umfaßtwerden.

Ich fuhr mit der Hand über ihr Haar, über die Wange, dann streichelnd, in zärtlicher Vorahnung, ihren Hals entlang. Eine Hand unter ihrer Schulter, umspielte die andere, von der Achsel her sich vortastend, den Ansatz ihres Busens: die Rundung nachzeichnend, die Weichheit genießend, die Süße der Haut mit den Fingerspitzen tief in mich aufsaugend.

Schließlich, mit einem lustvollen Schauder, legte ich meine Rechte mitten auf ihre Brust. Zum erstenmal spürte ich in meiner Hand die Wärme und Zartheit einer Frauenbrust: für mich ein Zustand höchster Glückseligkeit. Mein Mund hatte sich die ganze Zeit über nicht von dem ihren gelöst, und während meine Hände liebevoll ihre Brüste umschmiegten, trafen sich zwischen den Lippen unsere Zungenspitzen zu einem zärtlichen Dialog. Teils begleitete ihre Zunge das Spiel meiner Hände, teils lenkte sie es: die Art, in der sie erst in weiten, dann immer enger werdenden Kreisen meine Zunge umspielte, ließ auch meine Hände die Konturen ihrer Brust enger und enger umkreisen, bis ich, den Weisungen ihrer Zunge folgend, ihre fest aufgerichteten Brustwarzen in kaum spürbarer Berührung umspielte, endlich zwischen Daumen und Zeigefinger hielt und vorsichtig drückte.

Unwillkürlich hatte ich die Augen geschlossen: ich wollte nur fühlen, fühlen, fühlen. Mir war, als könnten meine Hände sich nicht sattstreicheln an der Form ihrer Brüste, meine Haut sich nicht sattfühlen an ihrem warmen Körper, mein Mund nicht genug bekommen vom wortlosen Spiel unserer Lippen und Zungen – bis ein plötzlicher Biß in meine Zungenspitze diese kleine Ewigkeit beendete.

Den stummen Regeln unseres Spiels folgend, antwortete ich mit einem Pressen ihrer Brustwarzen, was sie aufstöhnen und sich zurückbeugen ließ. Dann legte sie ihre Hände um meinen Kopf und zog ihn vom Mund fort: hin zu ihrer

Brust, die ich begierig zu küssen begann, während meine Hände ihren Körper an mich preßten, dann wieder die Brust umfaßten, streichelten, liebkosten.

Sie hatte ihre Hände in meinem Haar vergraben, wie um mich im Küssen zu bestätigen, aber auch, um meinen Mund dorthin zu lenken, wo sie seine Küsse wünschte. So ließ ich, dem Druck ihrer Hände folgend, meine Lippen von der einen zur andern Brust wandern, küßte, saugte, umspielte mit der Zunge ihre Brustwarzen, biß sie im Rhythmus ihrer fordernden Hand: erst ganz leicht, dann stärker, schließlich mit einer Heftigkeit, die mir Angst machte, weil ich meinte, ihr einen unerträglichen Schmerz zu bereiten. Sie stöhnte zwar hin und wieder auf, drückte aber meinen Kopf nur noch fester an sich.

Schließlich ergriff sie meine Hand und schob sie mit sanftem Druck über ihre Haut. Gehorsam, erregt, ängstlich folgte ich ihrem Wunsch, fuhr mit der Hand immer weiter, streichelnd, forschend, am Nabel vorbei, bis hinunter zum Dreieck ihrer Schenkel. Mein Herz schlug heftig, als ich das dichte, gekräuselte Haar spürte. Und in mir jubelte es, als mein Vordringen nicht nur ohne Widerstand blieb, sondern das Büschel ihrer Schamhaare sich wie eine schmiegsame Katze meiner zögernden Hand entgegenschob.

Voll Neugier und Verlangen, mit scheuem, kaum spürbarem Griff legte ich meine Hand auf ihre Scheide. Luisa stöhnte auf. Ich spürte, daß die Haut über und über naß war, und daß die weit geöffneten Schenkel mich aufzufordern schienen, mit den Fingern in den warmen Spalt hineinzugleiten. Dies tat ich in atemloser Erregung, wenn auch zunächst mit ängstlicher Vorsicht, wobei meine Lippen sich immer noch in einem tiefen Kuß an Luisas Brust schmiegten.

Daß die andächtigen Ausflüge meiner Lippen und meiner Hand ihr offenbar beträchtliche Lust bereiteten, steigerte meine Erregung. Hatte ich bisher, ohne es zu merken, meinen Bauch immer heftiger an ihren Körper gepreßt, so spürte ich nun ein zunehmendes Verlangen, mein Glied dieselbe Wärme und Nässe fühlen zu lassen, die meinen Fingern so erregend erschien. Ich wollte mich auf sie legen; Luisa jedoch, als sie es bemerkte, ließ meinen Kopf los, umfaßte mit der Hand mein Glied und zog es langsam, aber entschlossen von der Scheide weg.

Ich war es nicht böse. Denn zum einen hatte ihre Hand wieder begonnen, mein Glied zu drücken und zu liebkosen; zum andern war mir der Gedanke gekommen, einmal zu prüfen, ob Luisa mich wohl ihre Scheide würde küssen lassen. So fuhr ich mit den Lippen, küssend und liebkosend, ihren Bauch hinab; sie wehrte sich nicht, sondern zog, wie um ihre Zustimmung zu zeigen, mein Glied an ihre Brust. Und als ich ihr dichtes Schamhaar küßte und schließlich den ganzen Mund auf die warme, nasse Scheide legte, da stöhnte sie auf und preßte ihren Körper an mich.

Ich kostete von dem hier fließenden, mir geheimnisvoll erscheinenden Saft – zaghaft prüfend zuerst, doch dann, als der salzige Geschmack meiner Zunge vertraut war, mit Inbrunst die Lippen dieses verborgenen Mundes entlangfahrend, schließlich die Zunge tief hineinführend, dem Ursprung der salzigen Flüssigkeit entgegen, so tief es mir nur gelingen wollte.

Luisa stöhnte leise, während sie ihren Unterleib hin und her wiegte – als wollte sie sich meinem Mund absichtlich entziehen, um dann die lustbringenden Stellen aufs neue von meinen Lippen suchen zu lassen. Ich merkte, daß es hier einen Punkt gab, dessen Berührung sie offenbar besonders erregte: eine kleine, hervorwachsende Erhebung, die sich unter meinen Küssen zunehmend zu vergrößern schien. Als ich anfing, an dieser Erhebung zu saugen und sie teils mit der Zunge zu umspielen, teils sanft mit den Zähnen zu fassen, verfiel Luisa unter Stöhnen in immer stärkere Bewegungen, wobei sie im gleichen Rhythmus mein Glied zwischen ihre Brüste drückte.

Angespornt von meiner Entdeckung, dabei selber halb toll vor Lust, schlang ich meine Arme um ihren Leib und preßte ihn gegen meinen Mund, so daß sie, so heftig sie sich auch bewegte, mir nicht entkommen konnte – ebenso wie ich selber in ihrem erregendem Griff gefangen war. Je wilder sie versuchte, ihren Körper aus meiner Umklammerung und das Dreieck ihrer Schenkel von meinem Mund zu lösen, desto fester hafteten meine Lippen auf ihrer Scheide, im Rhythmus ihrer vergeblichen Fluchtversuche küssend, scheinbar nachgebend, doch immer wieder zufassend und aufs neue sich festsaugend.

In diesem Moment spürte ich, daß im wilden Takt ihrer

und meiner Bewegungen und durch den aufreizenden Griff, mit dem sie mein Glied gefangenhielt, auch meine eigene Erregung – von mir halb herbeigesehnt, halb angstvoll befürchtet – sich unwiderstehlich ihrem Höhepunkt und damit ihrem Ende näherte. In verzweifelter Lust umschlang ich Luisas Körper und zog ihn an mich, küßte mich in ihn hinein, küßte, biß, saugte, ließ meine Zunge tief in die Scheide eindringen, merkte, wie sich in einem letzten Versuch, den Höhepunkt hinauszuzögern, alle meine Muskeln in einer krampfartigen Anspannung zusammenzogen, bevor mein Samen in heftigen Stößen aus mir herausbrach und zwischen ihre Brüste floß.

Fast im selben Moment lief auch durch Luisas Leib ein Beben von immer stärker werdenden Zuckungen, auf deren Höhepunkt sie sich aufbäumte und wie in schwerer Erschöpfung zurücksank. Ich begriff, daß ihre Empfindungen offenbar den meinen ähnlich gewesen waren. Auch ihr Bedürfnis nach heftigen Reizungen schien schlagartig abgeklungen zu sein; mit einem kaum spürbaren Druck zog sie meinen Kopf nach oben.

Ich legte mich neben sie, die Lippen an ihrer Wange, die Hand auf ihrer Brust. Sie legte ihre Hand auf meine, und so lagen wir in seliger Erschöpfung beieinander: aneinandergeschmiegt, der verklungenen Lust nachhorchend, einander dankbar für die liebevollen Tätlichkeiten, dankbar auch für die fortgeküßte und weggestreichelte Scham, glücklich über – das Glück.

29
Eine ungleiche Partie

Meldungen aus den »Berlinischen Nachrichten«:

Paris, 20. Juni 1869. [Die französischen Bischöfe und das Concil.] Es mehren sich die Anzeichen, daß wenigstens ein Teil des französischen Episcopats nicht gewillt sei, sich auf dem Concil zu der Rolle eines bloßen Acclamators für die Vorschläge der Curie herzugeben. In zwei Artikeln des *Francais* (vom 18. und 19. März) hat Dupanloup sich bereits entschieden gegen die Tendenzen verwahrt, welche in jenen berüchtigten Artikeln der *Civiltà cattolica* laut geworden sind.

Seine Erklärungen erregten in Rom großes Aufsehen und tiefe Verstimmung, doch scheinen sie die Curie in ihren Plänen nicht beirrt zu haben. Dieselbe erkennt aus der Statistik des Concils, daß es ihr an einer imposanten Mehrheit nicht fehlen werde. Zur Vertretung auf den Concil sind nämlich 850 Bischofssitze berechtigt, außerdem 72 Cardinäle, insgesamt etwa 920 entscheidende Stimmen. Die Curie rechnet aber nur auf 500 bis 600 Erscheinende, von denen die große Mehrzahl für die Ansichten des Heiligen Stuhls stimmen würde.

Berlin, 22. Juni 1869. [Die abgestorbenen Linden.] Der Antrag des Stadtverordneten Prof. Dr. Virchow, welcher darauf gerichtet war, bei Ausgrabung der abgestorbenen Bäume unter den Linden durch Sachverständige feststellen zu lassen, durch welche Ursachen das Ausgehen der Bäume herbeigeführt worden ist, hat beim Magistrat und bei der Ministerial-Bau-Commission den lebhaftesten Anklang gefunden. Es ist dies der einzige Weg, um in Erfahrung zu bringen, welche Vorkehrungen zu treffen sind, damit dieser Schmuck Berlins dauernd erhalten werde. Auch das königl. landwirtschaftliche Ministerium mißt der Sache höchste Wichtigkeit bei, und sind eben deshalb Notabilitäten der Wissenschaft, Kunst und Praxis eingeladen worden, um den Ausgrabungen beizuwohnen und ihr Gutachten abzugeben.

Rom, 23. Juni 1869. [Das Römische Concil und die Staaten.] Der Spott eines gebildeten Zeitalters kann sich mit seiner ganzen Schärfe gegen das Vorhaben der Jesuiten richten; dieses gebildete Zeitalter kann mit der festesten Zuversicht der Jesuitenpartei versichern, daß sie Unmögliches anstrebt, daß es der Vernunft, daß es den christlichen Grundsätzen selbst widerspreche, daß ihre Concil-Beschlüsse in den Wind geredet sein werden; alles dies wird die Jesuiten nicht abhalten, auszuführen, was heute in tiefster Geheimhaltung in Rom ausgearbeitet wird.

Und dann wird man mit großer Einstimmigkeit auf dem Römischen Concil die Aussprüche verabschieden: über Glaubenssätze, über Vorschriften der Disziplin, über die Rechte der Kirche in bürgerlichen Dingen, über die Pflichten der Geistlichkeit und der Gläubigen gegenüber der weltlichen Obrigkeit und den bürgerlichen Ordnungen. Lassen die europäischen Staaten sich auf dem Römischen Concil das vollziehen, was die Jesuitenpartei anbahnt, dann werden die Schwierigkeiten, die ihnen heute schon die festgeschlossene römische Hierarchie mitten im Schoße der modernen Institutionen macht, lawinenartig anwachsen.

Denn die Partie steht gar nicht gleich. Die Staaten und ihre Verfassungen sagen: wir lassen der Kirche ihr Gebiet ganz frei, das ist das religiöse Gewissen, das Dogma und die kirchlichen Einrichtungen. Rom aber und sein Syllabus kennt keine Selbstbeschränkung: diese greifen vom geistlichen Centrum ein in die Ehe, Familie, die Schule, die Wissenschaft, in die Staatsgesetze. Was ist es denn, das sie am letzten Ende nicht beanspruchen?

Es wäre kurzsichtig, wollte man abwarten, was Rom im Dezember dieses Jahres bringen wird. Wer seine Macht nicht anwendet, zu hintertreiben, was gefährlich ist, wird einst viel größere Anstrengungen zu machen haben, ein Übel zu bekämpfen, das er zum Ausbruch kommen ließ.

Port-Said. 23. Juni 1869. [Die Einweihung des Suezcanals] findet, wie heute mitgeteilt wird, am 17. November statt. Die Handels- und Staatsschiffe, welche die Gäste hinführen, sind von jedem Zoll befreit und müssen spätestens am 16. November in Port-Said eintreffen. Sie werden am 17. den Canal von Port-Said bis zum Timsah-See befahren, am 18. vor Jamail weilen, wo der Vicekönig ein Fest geben wird, und am 19. die Bitteren Seen passieren, um am selbigen Tag in das Rote Meer einzufahren.

Berlin, 23. Juni 1869. [Der Parlamentarismus.] Eine übermäßig lange Kette parlamentarischer Verhandlungen hat endlich ihren Abschluß gefunden. Seit dem 4. November tagten ohne Unterbrechung der preußische Landtag, der Reichstag, das Zollparlament; die Sitzungen des Landtags waren noch nicht zu Ende, als bereits der Reichstag die seinen eröffnete, und der Reichstag tagte fort neben dem Zollparlament. Kein Wunder, wenn alle Welt übersättigt ist an dieser verschwenderisch besetzten Tafel des Parlamentarismus. Fast acht Monate hintereinander derartige Verhandlungen! Diese Maschinerie muß unsere Staatsmänner aufreiben, unsere tüchtigsten Kräfte in der Volksvertretung zur Abspannung bringen; sie läßt nicht Zeit, wichtige Gesetze reiflich vorzubereiten, sie gewährt die Ruhe nicht, um mit klarer Einsicht Vorsorge zu treffen für die weitere Zukunft.

So viel ist sicher: dieser gehäufte Parlamentarismus in Deutschland kann nicht fortbestehen. Jede Überschreitung von höchstens 5 Monaten parlamentarischer Versammlungen im Jahre ist vom Übel und kann nur dazu beitragen, die Teilnahme und Aufmerksamkeit für diese Institution abzustumpfen.

Wien, 25. Juni 1869. [Eine Neuerung im Postwesen.] In Österreich wird demnächst im Postwesen eine neue Einrichtung: die Verwendung von *Postkarten*, ins Leben treten, von der man sich dort große und wohltätige Wirkungen verspricht. Kurze Mitteilungen werden fortan auf jede Entfernung innerhalb der Grenzen der Monarchie um zwei Neukreuzer befördert werden. Die Postverwaltung wird kleine Briefkarten, etwa doppelt so groß wie eine gewöhnlich Visitenkarte, die »Postkarten« ausgeben. Diese bestehen aus steifem Papier und sind in der Mitte gefaltet; auf der Außenseite ist der Zweikreuzer-Stempel und die Worte: An N.N. in N. gedruckt. Natürlich wird man sich der Postkarte nur zu solchen Mitteilungen bedienen, welche der Geheimhaltung nicht bedürfen.

30
Angekündigte Abschiede

Wenn jemand behauptet, die Ehe sei nach dem Naturrecht nicht unauflöslich – der sei verflucht.
Pius IX., Syllabus errorum

Tagebuch des Heinrich Wilhelm Lehmann:
Rom. Freitag, 3. September 1869

Das Hotel hat mich wieder; es ist sogar noch mein altes Zimmer. Man hat mich aus dem Hospital entlassen – oder sollte ich sagen, man hat mich hinausgeworfen? Denn obwohl ich heilfroh bin, den Herren Valenza und Bertoni halbwegs unversehrt entronnen zu sein: seitens des Hospitals schienen mir die Gründe für meine Entlassung nicht nur medizinischer Natur zu sein.

Ich durfte seit einigen Tagen aufstehen und umhergehen, also stand ich auf und ging umher. Und weil in einem Krankenhaus nun einmal Leute arbeiten, und weil ich ein höflicher Mensch bin, so grüßte ich alle, mit denen ich zu tun hatte, aber auch die, mit denen ich nichts zu tun hatte. Und weil außerdem ein Krankenhaus kein Industriebetrieb ist (erst recht nicht das vatikanische), so ergab es sich auch gelegentlich, daß ich mit diesem oder jener einige Worte wechselte.

Es war schon, muß ich sagen, erstaunlich: daß ich mich öfters mit Schwester Ania unterhielt – einer jungen, sehr klugen und freundlichen Lehrschwester – schien niemanden zu stören. Aber daß ich gestern eine Viertelstunde mit Schwester Albertina zusammensaß (einer siebzigjährigen Dame, die bald fünfzig Jahre im Hospital ist), ließ bei Bernieri wohl die Alarmglocken läuten. Ludovica, die Oberin, muß es ihm berichtet haben, als er gestern nachmittag mit Cossa auf der Station erschien. Er war kaum gegangen, da kam Valenza in mein Zimmer, wo ich mich gerade mit Cossa unterhielt.

»Eine gute Nachricht«, verkündete er. »Morgen können Sie endlich nach Hause – will sagen, ins Hotel zurück!«

»Herzlichen Dank«, antwortete ich. Und ich beruhigte Cossa, der eine bedrückte Miene zeigte: »Keine Sorge! Ich fühle mich gut, und Sie wissen doch, ich habe meine eigene Ärztin. Die Luft hier taugt sowieso nichts, wenn man gesund werden will.«

Wobei ich an den Mönch denken mußte, der mit mir im Zimmer gelegen hatte. Man hatte ihn nach seiner Operation nicht zurückgebracht, und auf die Frage, wie es ihm ginge, hatte die Oberschwester geantwortet, er läge jetzt in einem anderen Raum. Aber der Tonfall, in dem sie es sagte, ließ mich daran zweifeln – außer, sie hätte vielleicht den Sezierraum gemeint.

»Ich hoffe, Sie haben recht«, sagte Cossa. »Übrigens: wenn Sie sich wirklich dazu in der Lage fühlen, sollten wir irgendwann in der nächsten Woche noch einmal ein paar Stunden arbeiten, oder besser gesagt, einige Dinge besprechen. Wir können, sagt Bruder Bernieri, es Ihnen und der Berlin-Anhaltischen Eisenbahn nicht mehr lange zumuten, Ihre guten Dienste ausschließlich für uns in Anspruch zu nehmen.«

Ich weiß nicht, warum ich bei seinen Worten erschrak. Sicherlich nicht, weil ich mich so an Rom und die Arbeit im vatikanischen Behördenlabyrinth gewöhnt hätte. Etwa deshalb, weil mir in diesem Moment klar wurde, daß ich mich auch von »meiner eigenen Ärztin« würde trennen müssen?

Francesca kam am späten Nachmittag und sah nach meinem Arm. Die Wundränder, so zeigte sich, hatten sich geschlossen.

»Kommen Sie«, sagte sie, »wir machen einen Spaziergang.«

Und als wir unten zwischen den Bäumen entlangschlenderten, sagte sie mit einem Seufzer: »Ich muß zurück, Enrico – bin schon länger hier geblieben, als ich ursprünglich wollte. Morgen fahre ich: erst nach Florenz, und dann nach Paris. Was haben Sie?«

»Ach, nichts. Es ist nur ... übrigens, morgen werde ich entlassen. Ich kann Sie zum Bahnhof bringen.«

»Danke, nicht nötig. – Aber Enrico, nun machen Sie doch nicht so ein Gesicht! Schließlich sehen wir uns bald wieder!«

»Wissen Sie, Francesca – jetzt, wo Sie wegfahren wollen, merke ich erst, daß ich fast gar nichts von Ihnen weiß.«

»Wirklich?« Sie lachte. »Was wollen Sie denn wissen?«

»Zum Beispiel: wie kommt es eigentlich, daß Sie mich nach dem Überfall auf englisch angesprochen haben? Und haben Sie nicht auch auf der Straße etwas auf englisch gerufen?«

»Aber Enrico – können Sie sich das nicht denken? Ich habe auf englisch gerufen, weil das meine Muttersprache ist. Habe ich Ihnen das noch nicht erzählt?«

Nein, das hatte sie nicht, und ich hatte noch nicht danach gefragt. Nun weiß ich es. Und ich weiß auch, woher ihre Narbe am Unterarm stammt, und warum sie als Zwanzigjährige schon mit dem Skalpell umgehen kann.

Ihre Familie lebt in Newyork, nicht weit entfernt vom Haus der Donatis, die fast zur selben Zeit wie die Eltern Francescas nach Amerika kamen. Von klein auf sind die beiden Donati-Töchter ihre Spielgefährtinnen gewesen – Emilia, mit der sie jetzt in Paris studiert, und deren ältere Schwester, die ebenfalls Francesca heißt.

Mit nicht einmal sechzehn Jahren ist sie zusammen mit Emilia – in einem »unwiderstehlichen Anfall von Patriotismus« – von zu Hause ausgerissen; als Sanitäterinnen haben sie sich zur Unionsarmee von General Grant gemeldet. »Natürlich haben wir gesagt, wir sind achtzehn«, erzählte sie, »und natürlich wußte jeder, daß wir schwindelten. Aber es war solche Not, daß sie jede Hand brauchten; wahrscheinlich hätten sie uns auch genommen, wenn wir erst zwölf gewesen wären.«

Sie lachte. »Wir waren die Maskottchen der Kompanie, jedenfalls am Anfang. Bis dann Emilia ... ach, lassen wir das. Bedenken Sie, was für Zeiten das waren: kurz nach der Schlacht bei Cold Harbor. Neunzigtausend Tote hatte es gegeben – können Sie sich das vorstellen? Und dazu die Verwundeten – alle Schulen und Hospitäler brechend voll von Soldaten mit Wunden und abgeschossenen Gliedern ...«

»Aber Francesca – Sie waren doch noch halbe Kinder!«

»Von wegen Kinder! Meinen Sie, an der Front fragt einer, wie alt Sie sind, und was für eine Schule Sie besucht haben? Jeder macht, was er kann, und was einer einmal gesehen hat, macht er beim zweitenmal selber. Wissen Sie, wie ich zu meiner ersten Operation kam? Das war bei Nashville, kurz bevor Emilia ... jedenfalls, keiner wußte genau, wo eigentlich die Frontlinie war, aber Verwundete gab es überall, also ließ mein Chef unser Zelt aufschlagen und fing an zu operieren. Er mußte einen Unterschenkel im Knie absetzen; ich hatte die großen Adern abgeklemmt, plötzlich gibt es draußen ein dumpfes Geräusch, und mein Chef fällt um. Fällt auf den Mann, den er operiert, und hat ein Loch in der Stirn, fällt einfach um, das Skalpell noch in der Hand. Ein Helfer stand dabei, wir haben ihn auf den Boden gelegt, er hatte schon keinen Puls mehr.

Ja, und da lag aber noch der Mann mit seinem halb abgetrennten Unterschenkel. Ich hatte gar keine Zeit zum Nachdenken; überall Blut und blutiges Fleisch, was blieb mir übrig? Ich nehme meinem toten Chef das Skalpell aus der Hand und schneide weiter, wie er es mir ein paarmal gezeigt hatte, schneide nach Augenmaß einen Hautlappen aus, um den Stumpf zu decken; binde die Gefäße ab, setze die Naht – das war's.

Danach bin ich selber umgefallen; hatte nämlich gar nicht gemerkt, daß ich auch einen Granatsplitter am Unterarm abbekommen hatte, und das viele Blut war nicht von dem Patienten oder von meinem Chef gewesen, sondern von mir.«

Sie schüttelte den Kopf. »Enrico, ich sage Ihnen, es gibt nichts Ehrenhaftes an so einem Krieg. Auf der einen Seite schießt einer eine Granate ab, und auf der andern Seite wälzen sich dreißig Mann in ihrem Blut, können Sie daran irgend etwas Ehrenhaftes sehen?«

»Nein«, sagte ich. »Aber was ist, wenn das Vaterland einen zur Armee ruft?«

»Was würden Sie denn machen?« fragte sie zurück.

»Ich? Na, zum Glück haben wir in Preußen jetzt erst einmal Ruhe. Vor drei Jahren der Krieg gegen Österreich, das war schlimm genug, wenn auch kein Vergleich mit dem Bürgerkrieg in Amerika: bei Königgrätz hatten wir zweitausend Gefallene. Und jetzt? Wenn das Land in Gefahr wäre? Wieso fragen Sie?«

»Aber Enrico, können Sie sich das nicht denken? Ich studiere in Paris, und wissen Sie, was da die Zeitungen schreiben? Napoleon, so heißt es, hat sich von seinen Beratern täuschen lassen; er dachte, Österreich würde den Krieg gegen Preußen gewinnen. Angeblich gab es einen Vertrag mit Österreich, und nach einer preußischen Niederlage sollte Frankreich das linke Rheinufer wiederbekommen. Heute ist Preußen stärker als je, Frankreich ist leer ausgegangen, und bei manchen Artikeln haben ich wirklich das Gefühl, man wünscht sich einen Krieg gegen Preußen. Bisher fehlt noch der Anlaß, aber wer einen sucht, findet immer einen. Und was werden Sie dann machen?«

»Ich bitte Sie, Francesca: was würden Sie mir denn raten?«

»Gehen Sie nicht, Enrico. Gehen Sie lieber nach Amerika – da wissen die Leute jetzt, was Krieg bedeutet.«

Und nach einer Weile fuhr sie fort: »So viel Geld und Energie, so viel nutzlose Kriegskunst – ich frage mich, wie die Welt aussehen würde, wenn man bloß mit einem Zehntel von dem ganzen Aufwand daran arbeiten würde, die Völker glücklich zu machen.«

»Aber Francesca«, widersprach ich, »mit Geld und Politik kann man zwar Völker unglücklich machen, aber nicht glücklich. Das können immer nur einzelne für einzelne. Wie steht es denn mit Ihnen – arbeiten Sie daran, Menschen glücklich zu machen?«

»Wer weiß«, sagte sie mit einem Seufzer. »Manchmal versuche ich es ein wenig. Allerdings, wenn ich Sie so ansehe: bei Ihnen scheint es nicht ganz zu klappen. Habe ich recht?«

»Was erwarten Sie? Soll ich mich freuen, weil ich Sie jetzt eine ganze Weile nicht sehen werde?«

»Was heißt ›eine ganze Weile‹? Ist doch nur bis morgen!«

Heute vormittag, nach dem Frühstück, verabschiedete ich mich von den Schwestern. Ludovica küßte ich die Hand; von Schwester Ania verabschiedete ich mich mit einem gehauchten Kuß auf die Wange, unter den Augen von Ludovica, also ohne Gefährdung der Sittsamkeit. Mit Schwester Albertina hatte ich mich schon vorher verabredet, und zwar für morgen: auf dem Markt, wo sie jeden Sonnabend nach frischen Kräutern Ausschau hält.

Ich war noch nicht lange im Hotel – Cossa hatte mich mit einem Wagen hergebracht –, da klopfte Francesca an der

Zimmertür. Wir gingen hinunter in die Empfangshalle und tranken einen Kaffee, und als sie ausgetrunken hatte, fragte sie: »Mögen Sie Abschiede?«

»Nein«, sagte ich. »Überhaupt nicht.«

»Ich auch nicht. Also, Enrico: passen Sie gut auf sich auf, und schreiben Sie: Briefe, und das andere ... und wenn Sie fertig sind, sehen wir uns in Paris. Abgemacht?«

»Aber Francesca«, sagte ich erschrocken, »darf ich Sie nicht zum Bahnhof –«

»Danke, Enrico – ich hab's doch gesagt: lieber nicht ... Sie wissen selber, warum. Außerdem – Cesare wird mich zum Bahnhof bringen, ein Freund der Donatis.«

»Ach ja –«, sagte ich. Sie lachte laut los – ich muß wohl ein ziemlich dummes Gesicht gemacht haben.

»Enrico – ein Glück, daß Ihr Freund Bernieri Sie jetzt nicht sieht. Verstellen können Sie sich wahrhaftig nicht.«

»Wäre es Ihnen lieber, ich könnte es?«

»Sagen wir: ein bißchen davon würde nicht schaden. Aber ich glaube, mich könnten Sie auch dann nicht betrügen, wenn Sie besser schauspielern würden.«

»Francesca, darf ich Sie etwas fragen? Dieser Cesare – ist das Ihr – Ihr ...«

»Heraus mit der Sprache! Sie meinen, ob er mein Verlobter ist, habe ich recht?«

Als ich nicht antwortete, sondern nur mit roten Ohren dasaß, meinte sie, nachdenklich geworden:

»Enrico, was denken Sie von mir? Halten Sie mich für eine Frau, die sich verlobt, damit sie einen Mann sicher hat?«

Und als ich noch immer nicht antwortete, fuhr sie fort: »Cesare ist mein Freund – wenn es das ist, was Sie wissen möchten. Aber Sie sind auch mein Freund! Und ich wünsche mir, daß meine Freunde sich einer über den anderen freuen. Ich habe nämlich einen ganz guten Geschmack, und wenn ich jemanden mag, dann werden Sie sich auch gut mit ihm verstehen. Außer heute – da möchte ich lieber, daß mich nur Cesare zum Bahnhof bringt. Also dann: denken Sie an Ihren Auftrag und Ihre Belohnung – bis bald!«

Sie gab mir einen Kuß auf die Wange und ging.

Jetzt sitze ich am Schreibtisch und grüble.

Seit ich weiß, wie sehr sie sich für Luigis Aufzeichnungen

interessiert, verstehe ich, was die Dichter meinen, wenn sie von ihrer »Muse« sprechen. Ich habe das Gefühl, nur noch für Francesca zu schreiben – obwohl ich manchmal bei dem Gedanken, ihr von den Begegnungen zwischen Luigi und Luisa vorzulesen, innerlich zittere. Daß ich Luisa sehen werde (wovon ich überzeugt bin, obwohl Francesca es mit dem Wörtchen »vielleicht« eingeschränkt hat), erst recht die versprochene »Belohnung« (von der ich mir kaum vorzustellen wage, was sie damit meint) – alles das sollte mich mit Freude und Dankbarkeit erfüllen. Statt dessen ...

Statt dessen geistert mir im Kopf ein Name herum: Cesare. Wahrscheinlich ein sympathischer, freundlicher Mensch, aber in meiner Vorstellung ... ein Strolch und Verführer, einer, der es nur darauf anlegt, sie ins Bett zu bekommen ... er wird ihr schöne Augen und süße Versprechungen machen, ihr ein Kind machen – ein Typ, dem die Frauen nachlaufen, von dem sie träumen, den sie nie wieder vergessen, wenn sie einmal mit ihm zusammen waren – ein widerlicher, niederträchtiger ...

Was ist nur in mich gefahren! Da lerne ich eine Frau kennen, deren Selbständigkeit, deren Fähigkeiten ich bewundere, und statt froh zu sein, bin ich – eifersüchtig! Und beleidige nicht nur einen Mann, den Francesca als ihren Freund bezeichnet, sondern auch sie selber – traue ihr plötzlich zu, daß sie auf einen Blender hereinfällt, einen, der nur auf ein Abenteuer aus ist ...

Und wenn es so wäre? Angenommen, sie wäre selber auf ein Abenteuer aus – was ginge es mich an? Oder aber, er wäre ein Mann mit besten Absichten: vermögend, aus guter Familie, mit großem Haus und Dienstboten – und was habe ich ihr zu bieten? Nichts außer der fixen Idee, das Notizbuch eines Bergbauern nachschreiben zu müssen, und vielleicht dem heiligen Konzil einer heiligen Kirche einen unheiligen Plan zu durchkreuzen ...

Da sitze ich und leide still vor mich hin. Stelle mir vor, wie sich die beiden küssen, und wie sie zu ihm sagt: Ciao Cesare, mein Lieber, auf bald in Florenz! – und leide. Habe ich ernsthaft geglaubt, eine Frau wie Francesca kennt außer mir keine anderen Männer? Oder anders gefragt: würde ich es mir wünschen?

Wenn ich ehrlich bin – ja!

Widerwärtig! Wie kann ich es wagen, ihr zu wünschen, daß sie weniger Leute, weniger Männer kennen würde? Oder daß ihre Beziehung zu ihnen weniger herzlich wäre? Ich behaupte, sie zu mögen, und was tue ich? Nichts anderes, als ihr zu wünschen, daß ihr Leben ärmer wäre! *Ich* bin in Wirklichkeit der Niederträchtige, der Widerling, der Egoist. Ich bin es, der ihr Böses, wenn auch nicht antut, so doch in einem schmutzigen Winkel seines Herzens wünscht. Francesca einsam, schwach und verlassen, von der Welt und falschen Freunden enttäuscht – nicht wahr, werter Herr Heinrich Lehmann, so würdest du dir sie in diesem Augenblick wünschen! Und du mit deinem starken Arm (na, jedenfalls ein kleines bißchen stärker als ihrer) würdest ihr Halt und Zuversicht geben – ist es so? Das könnte dir so passen!

Im übrigen: wenn sie wirklich so wäre – weniger mutig, weniger selbstbewußt – dann hätte ich sie nie kennengelernt. Statt auf die Räuber zuzulaufen, wäre sie schleunigst ins Haus geflüchtet, und ich selber wäre ein toter Mann ...

Verdammte, widerliche Eifersucht!

31
Von der Richtigkeit der Welt

*Rekonstruktion der Aufzeichnungen
des Luigi Calandrelli (10):*

Der Mensch ist ein erzeugendes Wesen: er erfindet Dinge, erschafft Götter, erzeugt Institutionen und Beziehungen, und in alledem erschafft er sich selbst.

Götter und Institutionen überdauern ihn, die Dinge leben ohne ihn, und so sind es einzig seine Gefühle von Freundschaft und Liebe, die nirgendwo existieren als in ihm selber, und die mit ihm leben und vergehen.

Deshalb sind sie es, die uns am meisten bedeuten, und das um so mehr, je weniger wir davon haben.

Was mich betrifft, so bin ich in meinem Leben wohl eher ein einsamer Mensch gewesen. Lange Zeit habe ich mir das nicht eingestehen wollen. Solange um mich herum immer Menschen waren, konnte ich mir einreden, daß ich halt mit diesem gerne, mit jenem weniger gern zusammen wäre, und daß dies einem jeden so ginge. In Wahrheit fehlen wohl dem Einsamen nicht nur die Gewohnheit und das Bedürfnis, sich jederzeit mitzuteilen, sondern auch eine gewisse Gleichgültigkeit – und damit die Fähigkeit, sich auch unter Leuten wohlzufühlen, die ihm wenig oder nichts bedeuten. Denn naturgemäß ist das Gespräch in solch einem Kreis banal und oberflächlich, und da die Seele des Einsamen im Unterschied zu der des Geselligen nicht nur wahrnimmt, sondern beständig nach gut und schlecht urteilt, sind ihm solche Gespräche auf Dauer schwer erträglich.

Weil aber die Krankheit des Urteilenmüssens ihn daran hindert, sich selber mit netten Belanglosigkeiten an Gesprächen zu beteiligen, verstummt er in solcher Umgebung. Er wird, weil das Empfinden von Fremdheit ihm und anderen schnell spürbar ist, in der Tat zu einem Fremdkörper, so daß er eine solche Gesellschaft bald verläßt, falls er sie nicht von vornherein meidet. Aber dadurch fehlen ihm all die tausend kleinen Gelegenheiten und Anlässe, aus denen überhaupt erst neue Freundschaften und tiefere Bindungen entstehen. Da die wenigen, denen er Achtung und Zuneigung geschenkt hat, vielleicht weit entfernt von ihm leben, oder auch seine Zuneigung kaum erwidern, oder sich gar im Streit von ihm entfernt haben – darum wird das Netz von Beziehungen um den Einsamen oft schon von Jugend an immer dünner. Und weil ihm aus seinem Alltag kaum neue Freundschaft erwächst, sieht er sich vielleicht eine Zeitlang auf seine Familie zurückgeworfen, und schließlich allein auf sich selber.

Was nun die Art von Leben und Gemeinsamkeit angeht, nach der sich der Einsame sehnt, so hat er davon vielleicht ein Lebtag nur geträumt; oder er hat sie, wenn das Schicksal es gut mit ihm meinte, hier und da für Augenblicke gespürt – was sich am Ende gleichbleibt. Denn von unseren Hoffnungen und Wünschen sind es nur die kleinen, die uns ins Leben hineinziehen, während die übergroße Sehnsucht uns vom Leben eher entfernt: gerade sie ist es, die den Einsamen daran hindert, die alltäglichen Vergnügen und Zerstreuungen aus ganzem Herzen genießen zu können, und die ihn auf der Suche nach Erfüllung immer wieder die kleinen Gefühle und sanften Zuwendungen verschmähen läßt.

So ist jede tiefe Erfüllung des Daseins stets auch ein zwiespältiges Erlebnis: den Geselligen macht sie geselliger, den Einsamen einsamer. Wer aber etwas sucht, das es nicht gibt – oder auch nur etwas, das unauffindbar weit entfernt ist –, der muß ein Gigant sein oder ein Engel: er muß selbst erschaffen können, was er ersehnt; sonst vertrocknet er mitten im Leben wie eine Wasserlilie im Sand.

Luisa und ich, wir lagen nebeneinander, ein jeder die Wärme des andern und die Nähe seiner Gedanken spürend, Körper und Seele im Frieden miteinander: in der beglückenden Gewißheit, die tiefste Lust des Lebens schenken und verspüren zu können. Es war ein Gefühl innigster Vertrautheit und wunschloser Ruhe – also ein Zustand, der aus sich heraus nichts anderes erzeugen kann als Wunsch und Unruhe: den Wunsch nach Dauer, und die unruhige Gewißheit seines baldigen Endes.

Kaum länger als einige Augenblicke hatte das Gefühl unendlicher Erfüllung gewährt, als sich schon die Stimme des täglichen Weiterlebens zurückmeldete. So sehr ich mir wünschte, daß dieses Liebeserlebnis – mein erstes, und vielleicht mein einziges – den Anfang einer engen und bleibenden Verbindung dargestellt hätte, so deutlich sagte mir meine innere Stimme, daß es nicht dazu würde kommen können.

Daß wir jetzt nebeneinander lagen: war dies vielleicht das Ergebnis einer Laune oder eines spontanen Überwältigtseins? Wohl nicht. Gerade weil ich spürte, daß Luisa den Ablauf der Dinge, wenn nicht beabsichtigt, so doch vorausgesehen und zugelassen hatte – gerade deshalb war es mir um so klarer: es wäre eine Kränkung Luisas und eine Abwertung des Geschenkes gewesen, das sie mir mit ihrer Zärtlichkeit gemacht hatte, wenn ich nun gehofft hätte, die Intimität unseres Verhältnisses mit heimlicher Beständigkeit fortzuführen. Oder sollte ich hoffen, daß sie, eine dreißigjährige Frau in verantwortlicher Position, mit einem kaum zwanzigjährigen Bauernburschen ins Ungewisse durchbrennen würde? Daß sie, mit ihrem Sinn für Würde und Angemessenheit, mit mir vor den Traualtar treten und sich und mich zum allgemeinen Gespött machen würde? Hirngespinste.

Ich habe in meinem Leben viel geschwiegen, manchmal auch mir Vorwürfe gemacht, daß ich nicht diesem oder jenem Freund gegenüber meine Empfindungen deutlicher ausgedrückt, manchem hilfsbereiten Menschen nicht besser gedankt habe. Aber nie habe ich auch nur eine Sekunde das Gefühl gehabt, daß ich damals, in diesem Augenblick, meine Geliebte hätte drängen sollen. Daß ich mehr hätte sagen müssen als mein geflüstertes: »Schwester Luisa, ich ...«

Sie unterbrach mich, indem sie mir ihren Finger auf den Mund legte; mit einem Kuß auf die Lider deutete sie mir an, daß ich die Augen schließen sollte. Ich hörte, wie sie aufstand und aus dem Schrank einige Dinge holte; dann kam sie ins Bett zurück und küßte mich erneut auf Mund und Augen. Ich spürte, wie sie mir einige Kleidungsstücke in die Hände legte.

»Zieh mich an!« flüsterte sie. Dann legte sie die Hände über den Kopf und schloß ihrerseits die Augen.

Wieder kamen mir dir Tränen, als ich sie sah: vor Liebe, und vor Kummer. Zu dem Glück, die Schönheit ihres Körpers betrachten zu dürfen, kam der Schmerz des Abschieds. Denn nichts anderes – ich verstand es gut genug – bedeutete ihre zärtliche Aufforderung; und daß sie sich mir nicht abrupt entzog, sondern die Art des Abschiednehmens mir überließ, war nur ein erneutes Geschenk ihres großen Herzens. Als könnte ich die Geliebte und das schwindende Gefühl der Nähe damit festhalten, umarmte ich noch einmal ihren Körper; noch einmal küßte ich ihre Brüste, ihren Mund, küßte unter Tränen ihre Augen, die salzig schmeckten – waren es ihre Tränen oder meine eigenen?

Sie sträubte sich nicht gegen meine Umarmung, antwortete mit sanften Küssen, aber doch so, daß ich spürte: ihre Aufforderung blieb gültig; der Abschied unserer Körper war unvermeidlich, der Zeitpunkt der Trennung gekommen.

Ich stand auf und begann unter Küssen, meine Geliebte anzuziehen. So glücklich ich war, daß sie mir diese letzte Vertraulichkeit erlaubte, so schwer fiel es mir. Nicht nur, daß ihr Körper mir jetzt, teilweise verhüllt, fast noch verführerischer erschien – mir wurde schmerzlich bewußt, wie mit jedem Kleidungsstück, so liebevoll ich es ihr auch überstreifte, die Entfernung zwischen uns größer wurde: zuerst der Abstand unserer Körper, dann unserer Gedanken, bis schließlich, ich spürte es, jeder von uns die Maske seiner alltäglichen Rollen und Pflichten aufsetzen und darin aufgehen würde.

Das Gefühl, mit dem ich ihr das Kleid zuknöpfte, war das eines Abschieds: wie man die Tür des Hauses schließt, wenn man auf eine lange Reise geht.

Schwester Luisa blieb angekleidet liegen, noch immer ohne Bewegung, noch immer die Augen geschlossen. Ohne auf eine Reaktion von ihr zu warten, küßte ich sie auf die Stirn und zog mich an. Auf dem Flur waren Stimmen zu hören – oder hatte ich sie vorher nur überhört? Jedenfalls erinnerten sie mich daran, zu welchem Zweck ich eigentlich gekommen war. Oder sollte ich sagen, unter welchem Vorwand? Wie ein Vorwand, nicht sofort gehen zu müssen, kam es mir nämlich vor, als ich wieder meine Winkelspiegel montierte und mir selber einreden wollte, es sei durchaus wichtig – zumindest nicht völlig ohne Bedeutung –, nun die Türen an den Seitenfächern des Schreibtisches genauer zu untersuchen.

Die Schlösser waren auf beiden Seiten gleich, etwas älterer Bauart als das Schubladenschloß, jedoch komplizierter. Von den Rohlingen, die ich bei mir hatte, konnte ich nur einen entfernt ähnlichen verwenden, und ich mußte fast den ganzen Schlüsselkörper aus dem Rohling herausfeilen. Ich tat es mit scheinbarer Zielstrebigkeit, aber meine Gefühle und Gedanken waren von Zangen, Schrauben und Feilen weiter entfernt als je.

Luisa war inzwischen aufgestanden und hatte das Bett gemacht, war dann ins Nebenzimmer gegangen und hatte sich gewaschen. Nun ordnete sie hier einige Gegenstände, blickte dort für Augenblicke in ein Buch, legte es jedoch gleich wieder aus der Hand. Sie ging durchs Zimmer und schloß die Eingangstür auf, blickte aus dem Fenster, fragte mich beiläufig, ob ich irgend etwas benötigte – was nicht der Fall war –, kurz, sie befand sich in einem Zustand offenkundiger innerer Unruhe, nicht anders als ich selber.

Es war wohl ihr feines Gespür für Angemessenheit, das sie die Kluft zwischen dem gerade Erlebten und meinem nun an den Tag gelegten Herumwerkeln als krasses Mißverhältnis empfinden ließ. Doch wäre es kaum weniger unangemessen gewesen, wenn wir nun, nur um einen unruhigen und unklaren Zustand zu beenden, schnell auseinandergegangen wären. Nein – die Türen und Schlösser waren nun einmal der Anlaß gewesen, der uns zusammengebracht hatte. So leer ich mich dabei auch fühlte – es blieb meine Aufgabe, wenigstens das Begonnene zu beenden, und in den Schlössern auch den Weg zu ehren, der mich zu ihr geführt hatte.

Während ich mich schweigend und mit wachsender Bekümmerung unserer Trennung entgegenfeilte, geschah etwas Unerwartetes. Es waren nämlich, wenn auch gedämpft durch die dicke Tür, erregte Stimmen auf dem Flur zu hören, die sich schnell näherten. Jemand klopfte; fast im selben Moment öffnete sich die Tür und zwei Kolleginnen Luisas, die ich aus dem Hospital kannte, stürzten herein. »Schwester Oberin«, riefen sie, »schnell, kommen Sie, der Kardinal – ein neuer Anfall –«

Wäre Schwester Luisa in diesem Augenblick verwirrt oder verlegen gewesen, so hätte es in der allgemeinen Aufregung sicher niemand bemerkt. Doch schien mir, daß sie geradezu erleichtert war, aus dem Wirrwarr erlebter und erzeugter Gefühle in die Klarheit der beruflichen Aufgaben zurückkehren zu können. Mit Ruhe und Übersicht erteilte sie den ins Zimmer gekommenen Schwestern einige Anweisungen und griff dann zu ihrer Tasche, um zu dem erkrankten Kardinal zu eilen.

Schon halb in der Tür, wandte sie sich zu mir – ich hatte meine Arbeit unterbrochen, hielt aber die Feile noch in der Hand – und sagte beiläufig: »Luigi, wie es aussieht, werden wir mit den Schlössern heute nicht fertig. Vielleicht klappt es nächste Woche – auf Wiedersehen!«

Sie ging, ohne sich umzudrehen: mit schnellem, selbstbewußtem Schritt. Ich blieb allein im Zimmer zurück.

Ihre letzten Worte waren eine deutliche Aufforderung an mich gewesen, jetzt nicht allein weiterzuarbeiten; also packte ich mein Werkzeug zusammen und legte den Kittel über die Lehne des Schreibtischstuhls. Gerade wollte ich das Zimmer verlassen, als mein Blick auf den Schreibtisch fiel: da lag noch immer die photographische Aufnahme Luisas. Ob eine der Kolleginnen sie gesehen hatte? Jedenfalls konnte sie, da die Eingangstür nicht verschlossen war, nicht so liegenbleiben; ich steckte sie in das Buch, in dem Luisa zuletzt gelesen hatte. Dann ergriff ich meine Werkzeugtasche und ging.

Könnte es sein, daß das menschliche Gehirn keine endgültigen Antworten erträgt? Oder daß wir einen Genuß darin finden, gerade das Fraglose immer aufs neue in Frage zu stellen: um uns das längst Gewisse um so fester bestätigen zu können? Nur so kann ich es mir erklären, daß sich mir bis zu dem Zeitpunkt, wo ich diese Zeilen schreibe, immer wieder eine Frage aufgedrängt hat: ob nämlich die Begegnung mit Schwester Luisa für mich wirklich ein solches Glück war, wie es mir damals erschien – oder nicht vielmehr das Unglück meines Lebens.

Es ist dies eine Frage, die ich mir vielleicht deshalb so oft gestellt habe, weil sie mich niemals bedrückte, sondern im Gegenteil auch in schweren Zeiten oftmals beruhigt und getröstet hat. Denn es hat in meinem Leben keinen Tag gegeben, an dem ich Luisa nicht gedankt oder gar die Begegnung mit ihr bereut hätte – obwohl mein Dasein ohne sie sicherlich leichter verlaufen wäre. Wie ein Engel führte sie mich für Stunden in eine andere Welt, von der ich nun zwar wußte, daß sie existierte, aber nicht, wie ich sie wiederfinden könnte. *Daß* ich sie wiederfinden wollte, daß ich spürte, sie wiederfinden zu müssen, ist mein Schicksal geworden. Ich, ein Mensch der Berge und der einsamen Gedanken – an unsichere Wege gewöhnt, und also stets auf der Suche nach festem verläßlichem Grund –, ich habe mich im äußeren Leben hin- und herschieben lassen: weil der einzige Ort, den ich wirklich suchte, zwar in meinem Kopf und in meiner Erinnerung existierte, aber auf keiner Landkarte der Erde.

So gewiß ich wußte, daß ich Luisa zwar umarmen, aber nicht festhalten durfte – so habe ich doch von diesem Tag an niemals aufgehört, sie zu suchen. Ich suchte nach ihr an jedem Tag meines Lebens: mit der Unbeirrbarkeit, wie sie nur die Gewißheit des sicheren Erfolges oder der völligen Sinnlosigkeit einem geben kann. Ich suchte, nachdem ich sie verloren hatte, ihre Person, aber ich suchte auch nach ihrem Wesen: an anderen Orten, in anderen Frauen, in den wenigen Liebesbeziehungen, die ich später noch hatte. Ich suchte nach ihrer Gestalt und ihrer Persönlichkeit, als müßte die Schönheit ihres Körpers und ihrer Gedanken wie eine Sonne weit hinaus in die Welt strahlen, und als müßte ich nur besser sehen, schärfer denken, tiefer fühlen, um sie eines Tages doch mit Gewißheit zu finden – gerade da, wo meine Schritte mich hinführten: neben mir, vor mir, immer schon bei mir, längst schon in mir, mein Dasein erfüllend und erleuchtend.

So hat mich die Liebe zu ihr einsamer gemacht: weil sie mich allzusehr erfüllte, und weil ich nicht aufhörte, die Wirklichkeit meines Lebens an ihr zu messen, und geringzuschätzen gegenüber dem, was mir Luisa bedeutete. Und doch, denke ich, war diese Liebe gleichzeitig der gute Stern in meinem Leben. Denn man kann nicht einen Menschen lieben, ohne auch die Welt zu lieben: weil die Existenz eines einzigen wahrhaften Menschen auch die Richtigkeit der Welt beweist, die ihn hervorgebracht hat. Wenn aber die

Welt richtig war, dann war auch mein Leben richtig, und meine Einsamkeit war richtig, und meine Treue.

Ich weiß, daß der Tag kommen wird, an dem ich sie wiedersehen werde. Und wenn ich den Mut finde, werde ich ihr sagen, daß ich die Welt geliebt habe um ihretwegen; oder ich werde nichts sagen, aber sie wird es wissen. Oder ich werde sie nicht wiedersehen, aber in meinem letzten Augenblick wird ihr Geist mich umarmen und mich wissen lassen: mein Weg war gerade, meine Liebe war gut, meine Treue war richtig.

32
Schlagende Argumente

Meldungen aus den »Berlinischen Nachrichten«:

Berlin, 1. Juli 1869. [Ein schlagkräftiger Priester.] Der Fall des Oberkonsistorialrates Dr. *Fournier* ist heute unter großem Andrange des Publicums vor Gericht zur Verhandlung gekommen.

Der Angeklagte ist erster Geistlicher an der hiesigen katholischen Klosterkirche. Im Januar d. J. wurde er von dem ihm persönlich bekannten Musiklehrer *Künzy* ersucht, die Trauung desselben mit seiner Braut, Anne *Krüger*, zu vollziehen. Am Tage der Trauung erhielt der Angeklagte vormittags einen anonymen Brief, worin ihm mitgeteilt wurde, daß die Braut schwanger sei. Dies wurde ihm von der Mutter des Bräutigams, welche er unmittelbar vor der Trauung zu sich bestellte, auf Befragen als richtig bestätigt. Er verlangte deshalb, daß die Braut, welche mit einem Myrtenkranze im Haar zur Trauung erschienen war, den Kranz ablegen solle. Die Beteiligten erklärten sich hierzu bereit. Jedoch gestattete der Angeklagte nunmehr nicht, daß die Trauung in der Kirche selbst stattfinde; vielmehr mußten sich die Brautleute und die Gäste in die Sakristei begeben.

Hierher kam der Angeklagte dann in seiner Amtstracht. Er schritt direkt auf das Brautpaar zu, sah die Braut längere Zeit durchdringend an und erhob alsbald mit den Worten: »Was hast du getan!« die rechte Hand zum Schlage, und versetzte der Braut einen Backenstreich auf die linke Wange. Die Braut begann zu weinen; der Bräutigam suchte sie mit einigen Worten zu trösten. Hieraus entspann sich zwischen ihm und dem Angeklagten ein Wortwechsel, welcher mit der Aufforderung des Bräutigams, die Trauung zu beginnen, endete; nun vollzog der Angeklagte die Trauung ohne weitere Störung.

Florenz, 2. Juli 1869. [Italienischer Parlamentarismus.] In Italien sind, seitdem auf Antrieb Napoleons (September-Vertrag 1864) die Residenz von Turin nach Florenz verlegt wurde, die parlamentarischen Einrichtungen immer mehr in Verfall geraten. Der wundeste Fleck des italienischen Volkscharakters sind Selbstverhätschelung und Überschätzung. Jeder, der sich mit Politik befaßt, hält sich für berufen, den Volkstribunen zu machen und eine Rolle auf der Staatsbühne zu spielen. Die Abgeordneten lassen sich wählen, nicht um ernste Studien zu machen und tüchtig zu arbeiten, nein, die Herren sind Ankläger, Richter, Censoren über Großes und Kleines, sie sind Parteimänner und dann erst Abgeordnete. Patrioten mit dem Munde, halten sie mit einem unbegrenzten Eigensinn an den Vorurteilen der Partei fest.

Rom, 2. Juli 1869. [Was will das römische Concil?] Wir haben bereits gezeigt, daß die europäischen Staaten einen großen Fehler begehen würden, wollten sie das bevorstehende Concil auf die leichte Achsel nehmen. Erinnern wir an einige Sätze der Encyclica und des Syllabus. Es sei fluchwürdig, sagt die Encyclica, daß in einem wohlgeordneten Staate ein Jeder Gewissensfreiheit und die Freiheit, seine Gedanken durch Wort und Schrift zu äußern, haben solle. Die Autorität des apostolischen Stuhles, sagt sie ferner, sei auch in weltlichen Dingen der staatlichen Autorität nicht untergeordnet. Gehorsam sei auch solchen Decreten des Römischen Stuhles zu leisten, welche die Glaubens- und Sittenlehren nicht berühren. Der Syllabus verdammt es als Irrtum, daß jeder Mensch zu der Religion sich bekennen dürfe, welche er für wahr hält, und daß der Protestantismus eine verschiedene Form derselben wahren christlichen Religion sei. Im bürgerlichen Rechtsstreit, wie im Criminal-Vergehen, ist der Clerus unter geistliche Gerichtsbarkeit zu stellen. Der Staat darf die Kirche nicht aus der Leitung der öffentlichen Schulen ausschließen. Die Civilehe ist keine wahre Ehe. Es ist ein fluchwürdiger Irrtum, daß in gewissen katholischen Ländern den Einwanderern die öffentliche Ausübung ihres Cultus gesetzlich garantiert wird.

Nun denke man sich, daß diese Sätze zu Gesetzen und Glaubensartikeln der katholischen Kirche erhoben werden, was ist dann die Folge? Der gläubige Katholik muß diese Sätze für wahr halten und muß suchen, ihnen Bahn zu brechen. Der Haß, der Zwiespalt, der Fanatismus wird eindringen in die Familien, in die Gemeinden, in den Staat. Also sagen wir noch einmal: man muß dem Unheil zuvorkommen. Lassen wir es Platz greifen, so wird aller Spott der Aufklärung es nicht hinweg räsonnieren.

Karlsruhe, 3. Juli 1869. [Die Fische im Rhein] zeigen in den letzten Jahren eine merkliche Abnahme. Mit Rücksicht darauf, daß eine wirksame Abhilfe nur geschehen kann, wenn sämtliche Rheinuferstaaten gemeinsame Maßregeln zum Schutz der Fische treffen, hat die Regierung Badens den Regierungen Preußens, den Niederlanden, Hessen, Frankreich und Bayern den Entwurf zu einer Übereinkunft für die Fischerei im Rheine, seinen Zuflüssen und Abflüssen bis in das offene Meer vorgelegt.

Rom, 4. Juli 1869. [Die Staaten gegenüber dem römischen Concil.] Die Jesuitenpartei weiß, was sie will. Sie wird von Männern geleitet, die wohlorientiert sind über Personen und Zustände, die Meister sind in der Behandlung der Geister und Stimmungen. Zum ersten Mal in der christlichen Geschichte ist die Berufung eines ökumenischen Concils lediglich durch den Römischen Stuhl und ohne vorherige Beratung mit den katholischen Staaten gewagt worden, obgleich noch niemals in der Vergangenheit ein Concil abgehalten wurde, wo nicht die weltlichen Fürsten über Umstände und Verlauf des Concils sehr ernsthaft mitverfügt hätten.

Heut nun, nachdem seit achtzig Jahren eine großartige Umgestaltung des europäischen Verfassungsrechts fast überall Platz gegriffen, und, wie man hoffte, im Sinne der Freiheit und des Fortschritts, heut sucht sich die Jesuiten-Partei des neuen Verfassungsrechts der Staaten zu bedienen. Mit welchem Ziele? Um frei von aller Controlle der Staatsgewalt der ganzen katholischen Christenheit neue Gesetze zu dictieren.

Die europäischen Verfassungen können nicht den baren Unverstand gewollt haben. Das aber wäre es, wollten sie ihre Verfassungen, die der Freiheit der Bürger und der heilsamen Ordnung der Staaten dienen sollen, mißbrauchen lassen, um ihre katholischen Bürger unter die absolute Herrschaft Roms zu stellen und das Mittelalter wieder in die neue Zeit einbrechen zu lassen.

33
Albertina erinnert sich

*Wenn jemand behauptet, der Staat dürfe denen
Unterstützung gewähren, die einen religiösen
Orden verlassen und ihre feierlich abgelegten
Gelübde brechen wollen - der sei verflucht.*
Pius IX., Syllabus errorum

Tagebuch des Heinrich Wilhelm Lehmann:
Rom. Sonnabend, 4. September 1869

Endlich wieder ein Tag in der Stadt! Mir war, als hätte ich viel nachzuholen, was ich in der letzten Woche versäumt habe – aber mir ist auch, als ob mir Rom auf einmal vieles mitzuteilen hätte.

Nach dem Frühstück ging ich auf den Sankt-Annen-Markt, auf der Suche nach Schwester Albertina. Ich schlenderte ein Weilchen durch die bunten Stände; schließlich entdeckte ich ihre füllige Figur am Rand des Marktes, wo sie mit einem Händler über den Preis einiger Kräuter feilschte. Kaum hatte sie mich erblickt, da zog sie mich schon in ihre Verhandlungen hinein:

»Siehst du, Matteo«, sagte sie, auf mich zeigend, »ich mach überall Reklame für dich, sogar bei unseren ausländischen Diplomaten. Nicht wahr, Herr Ingenieur? Ich sage jedem, Matteo hat die besten Preise weit und breit, also sollst du mich jetzt nicht übers Ohr hauen!«

»Mamma mia«, rief der Händler, »du bist wirklich eine Strafe des Himmels. Wenn es wenigstens dein eigenes Geld wäre, Albertina, das du mit Klauen und Zähnen verteidigst. Aber du hütest das Geld der Pfaffen, als müßte der Heilige Vater seinen Krummstab verpfänden, wenn du mir nicht meinen letzten Verdienst abnimmst. Hier, nimm es, nimm in Gottes Namen alles, aber wenn demnächst meine armen Töchter verhungern, soll ihr Leid über dich kommen, du geizige alte Schachtel!«

»Schimpf nur immer«, sagte sie lachend und steckte einen

großen Posten Kräuter in ihren Korb. »Hauptsache, du machst mir gute Preise. Und was deine mißratenen Töchter angeht, so werde ich heute abend für sie beten; das brauchen sie nötiger als dein Geld, du Rabenvater! Übrigens ist die Kirche so arm, daß ich mir nicht einmal einen Kaffee leisten kann; der junge Herr hier muß mich dazu einladen. Ist es so, Herr Ingenieur?«

»So ist es, verehrte Schwester«, bestätigte ich. Sie wußte auch schon, wo sie hinwollte, und ich sah keinen Grund, ein anderes Kaffeehaus vorzuschlagen – auch nicht ein weniger voluminöses Gebäck als das riesige Stück Torte, das sie bestellte.

Ich kam nicht viel zu Wort in der nächsten Stunde. So alt die Schwester war, so redselig war sie. Ich versuchte, ihren Redefluß hier und da mit einer Zwischenfrage etwas zu lenken, aber es war sinnlos, denn Gegenwart und Vergangenheit flossen bei ihr ohnehin in trauter Eintracht durcheinander.

»Ob ich mich an das achtundvierziger Jahr erinnere? Na, wie denn nicht! Ein Jahr des Todes, das war es! Erst haben sie den Minister Rossi erschossen, dann starb Delmonte, oder war es umgekehrt? Die Schweizergarde aufgelöst, dann hatten Garrota und Antonelli das Sagen. Ist doch gut, der Kuchen, oder? Garrota war froh, daß ihm Delmonte nicht mehr im Weg war, aber er hat ihn auch nur um ein Jahr überlebt. Den Herrn Kardinalstaatssekretär Antonelli habe ich gestern im Park getroffen, aber die hohen Herren sehen einen natürlich nicht, wenn sie einen sehen. Schon gar nicht Hochwürden Antonelli; er soll das große Konzil leiten und will es gar nicht, sagt man, alle zittern vor ihm, na, mir kann's egal sein, uns im Hospital redet niemand drein. Außer Schwester Ludovica, aber die tut nur so, als wenn sie das Haus leiten würde, in Wirklichkeit machen alle, was sie wollen. Ja, das Jahr achtundvierzig – nicht schlecht, der Kaffee. Ein wildes Jahr, Ludovica kann ein Lied davon singen; dieses Jahr und die eiserne Gräfin haben ihr Haar grau gemacht. Als wenn Ludovica schuld daran gewesen wäre, was sie dem alten Delmonte eingeflößt hat – die Ärzte hatten's verschrieben, was sollte sie machen? Wie? Wer die eiserne Gräfin war? Na, Schwester Luisa natürlich, Luisa Pierleone – hat sie vor versammelter Mannschaft heruntergeputzt, kann ich dir sagen, Ludovica war bleich wie Schnee, gezittert hat sie, keiner wußte, ob vor Angst oder vor Wut, wahrscheinlich beides, und Luisa sagt, wenn Delmonte stirbt, haben sie ihn gemeinsam auf dem Gewissen, die Ärzte und Ludovica. Das hat Ludovica nie verwunden, die Ärmste, wo sie doch immer so viel Wert auf Haltung gelegt hat. Sie war noch wie im Fieber, als man ihr sagt, sie wäre die neue Oberin. Wirklich gut, der Kuchen, könnte ich den ganzen Tag essen, so was gibt's bei uns nicht oft, leider. Oder vielleicht zum Glück. Warum Ludovica als Oberin? Na, eine muß es doch machen, und wenn die eine plötzlich verschwindet, muß halt eine neue her. Gut, daß ich es nicht geworden bin, obwohl ich zehn Jahre älter war als Ludovica, das heißt, natürlich bin ich es immer noch. Aber das wär nichts für mich, Oberin auf einer solchen Station – besten Dank! Verrückte von unten bis oben, jeder Bischof glaubt, er wäre nach dem Papst der wichtigste Mann auf der Erde. Nicht in meinen Augen, für mich sind alle Menschen gleich. Ich hab mich auch von der Gräfin nicht einschüchtern lassen, ich nicht – von der am allerwenigsten! Hab's gleich gewußt, daß etwas mit ihr nicht stimmt, bin nämlich selbst aus Florenz, und die Pierleones – na, bei uns weiß jeder, was mit denen los ist. Hat mich auch gar nicht gewundert, was dann hinterher so durchsickerte, obwohl, ihre Arbeit hat sie gut gemacht, die eiserne Luisa, das muß man ihr lassen. Wußte mehr als die meisten Ärzte, wäre wohl selber am liebsten Ärztin geworden, aber das geht nun mal nicht. Obwohl, ich hab gehört, in Frankreich lassen sie jetzt auch Frauen Medizin studieren. Finde ich richtig, Frauen haben ein viel besseres Gespür für diese Dinge. Trotzdem, man hätte sie ja nicht gleich zur Oberin machen müssen. Was? Warum man's gemacht hat? Junger Mann, ich merke, daß du von der Eisenbahn kommst, von unsern Dingen verstehst du rein gar nichts. Aber die Eisenbahn mag ich, ich kann mich noch erinnern, wie ich das erste Mal auf der Eisenbahn gefahren bin. Junge, hab ich eine Angst gehabt – ich hab geglaubt, mein letztes Stündchen hat geschlagen. Was? Wie man bei uns Oberin wird? Na, Ludovica sicher aus Verlegenheit, und weil man dachte, man hat etwas gutzumachen, wo doch Luisa sie so beschimpft hatte, und dann ist Delmonte wirklich gestorben. Aber Luisa, das war das übliche. Ihre Familie wollte sie aus Florenz haben, klar? Also läßt man seine Beziehungen spielen, dann kauft man ihr eine gute Stelle, und die Ehre der Familie ist wiederhergestellt. So geht das bei uns, mein Junge. Wieso Ehre? Mein lieber Herr Ingenieur, du hörst mir nicht zu. Hab ich doch schon erzählt: wegen dem Photographen. Hab ich nicht erzählt? Na siehst du, das ist der Beweis, daß du nicht zuhörst. Also noch einmal, sie hat sich mit diesem Photographen eingelassen, Canova hieß er, oder Caneva, hat eine private Ausstellung gemacht, und weißt du, wovon? Darf man gar nicht sagen – aber dir sag ich's, wenn du's nicht weitererzählst. Komm ein bißchen näher, brauchen nicht alle zu hören. Stell dir vor: lauter nackte Frauen! Kannst du dir das vorstellen? Lassen sich freiwillig photographieren, ohne einen Fetzen Stoff auf der Haut. Also mein Geschmack ist das nicht. Schöne Bilder mag ich auch, aber so was ... sieh mal, hier an den Wänden, Landschaften, Engel, tapfere Ritter, ist doch herrlich, oder? Darum komm ich auch gerne hierher – wenn nur der Kuchen ein bißchen billiger wäre. Noch ein Stück? Nein danke, wollen Sie mich mästen? Obwohl, na gut, aber nur ein kleines Stück. Herrlich, dieser Teig, ist ein Spezialrezept. Wissen Sie, wie man das macht? Ich sag's Ihnen: Sie rühren ... Was, Sie haben keine Ahnung vom Backen? Ich sag's doch: ihr Preußen seid kulturlos. Na, da kommt ja der Kuchen, wieder so ein großes Stück, hab ich das bestellt? Also hören Sie, das schaffe ich nie! Gut, ich esse ein, zwei Bissen, aber nur Ihnen zu Gefallen. Wo war ich stehengeblieben? Ach ja, die Ausstellung ... Also, es war auch eine Aufnahme von Luisa Pierleone dabei. Völlig nackt – unglaublich, nicht wahr? Zwar hatte sie das Gesicht weggedreht, aber ihr Profil, hieß es, konnte man erkennen. Oder man hat sie an ihrem Leberfleck auf der Schulter erkannt, kurz vor der Ausstellung war nämlich ein großer Ball, und ihr Kleid hat den Fleck freigelassen. Also es muß *das* Stadtgespräch gewesen sein, ein richtiger Skandal. Zwar haben sie das Bild nach einem Tag abgenommen, aber es hatten schon genug Leute gesehen. Und so geht das dann eben bei uns: der

Familienrat tritt zusammen, und einer hat gehört, daß im vatikanischen Hospital gerade die Oberschwester schwer erkrankt ist. Also was? Also kauft man ihr die Stelle, ist doch klar. Wie – kaufen ... nicht doch, natürlich sagt keiner, die Stelle ist für Geld zu haben. Nein, sondern da ist doch diese alte Kirche auf dem Quirinal, wo es schon lange durchregnet, eine Schande, nicht wahr? Aber da gibt es ja die Familie Pierleone, die bei diesem Anblick von Trauer ergriffen wird, da sträubt sich das christliche Gewissen ... also macht man eine fromme Stiftung, und die ganze Kirche wird endlich neu eingedeckt zum Ruhme des Allmächtigen. Wirklich eine gottesfürchtige Familie, nicht wahr? Ja, danke, einen Kaffee nehm ich noch, bloß keinen Kuchen mehr, höchstens noch ein ganz kleines Stück, das kleinste, das Sie haben. Wie gesagt, so eine gottesfürchtige Familie, sagt der Kardinal – wie schön wäre es, wenn man ein Mitglied dieser Familie in den eigenen Reihen sehen könnte. Was, da käme sogar jemand in Frage? Nein, welch glücklicher Zufall! Und dann noch so eine fähige Frau, ausgebildete Krankenschwester gar? Ach, wie glücklich wären wir, wenn sie bereit wäre, in unserem Hospital Oberschwester zu werden ... ja, den Kaffee mit Sahne bitte ... aber die Familie wird es bereut haben. So viel Geld, die ganze Kirche neu eingedeckt, und dann bleibt sie gerade ein Jahr. Angelt sich mir nichts dir nichts einen geschniegelten Ordenskavalier, und weg sind sie alle beide. Von wegen Gelübde, das interessiert bei den adligen Herrschaften doch keinen, wenn die keine Lust mehr haben, dann gehen sie. Na gut, von uns hat sie keiner gehalten, aber wissen Sie, was ich ihr übelgenommen habe? Daß sie auch die Schweizergarde aufgehetzt hat. Rebelliert haben sie, gemeutert, alle zusammen! Draußen in der Stadt ging alles drunter und drüber, aber Luisa hat die Jungs von der Garde aufgestachelt, und anstatt uns zu schützen, haben sie unten in den Kellern einen Schacht gegraben. Da war einer von ihnen verschüttet, Luigi hieß er, na, wenigstens haben sie ihn rausgeholt. Der Größte von den Jungs hat ihn rausgebracht, Josef hieß er, auf dem Rücken hat er ihn ins Hospital getragen wie eine leere Handtasche. Luisa hat den armen Kerl behütet wie eine Glucke, den ersten Tag durfte niemand an ihn ran, nicht einmal ein Arzt, kannst du dir so was vorstellen? Der Pfuscher hat Delmonte auf dem Gewissen, sagt sie, also soll er seine Finger von dem Jungen lassen. Gehen Sie Ihre Salben mischen, sagt Luisa zu ihm, was der Junge jetzt braucht, ist reine Pflege, Albertina und ich, wir machen das schon. Von wegen, Albertina und ich. Nicht mal anfassen durfte ich ihn die ersten Tage, sogar seine Wäsche hat sie ihm gewaschen. Zwei Tage hat sie neben seinem Bett gesessen, erst am dritten Tag ist sie weg, keiner wußte, wohin. Da war der Junge schon übern Berg, erst dann durfte ich ihn füttern, aber weißt du, wie? Die ganze Zeit, Tag und Nacht, sitzen zwei von den Gardisten vor dem Zimmer, jedenfalls die ersten Tage, und wenn ich den Luigi gefüttert oder gewaschen hab, steht einer von ihnen neben mir. Macht daß ihr wegkommt, sage ich zu den Burschen, aber die grinsen bloß. Wieso? Befehl von Schwester Luisa, kriege ich zur Antwort. Nun frage ich mich, was hat eine Schwester der Garde zu befehlen, eh? Auch wenn sie zehnmal Oberschwester ist und Gräfin, was erlaubt sie sich? Wie, schon wieder Kuchen? Aber hören Sie, was denken Sie von mir – na gut, lassen Sie ihn stehen, aber ich rühre ihn nicht an. Ehrenwort! Danach hat man alle entlassen, komplett, die ganze Schweizergarde, das gab's noch nie. Einer war darunter, der hieß wie ich, nämlich Albert. Ein Spötter, ein Ketzer, aber ich hab ihn gemocht, wirklich. Hat Spaß gemacht, sich mit ihm zu unterhalten, obwohl, er hat mich kaum zu Wort kommen lassen, so was liegt mir eigentlich nicht, aber bei ihm ... ist aber nichts Gutes aus ihm geworden, hab ich gehört. Wie sie alle zurück in die Schweiz mußten, da ist er nach Genf, man stelle sich vor, was macht er? Fällt vom Glauben ab, hat sich den Calvinisten angeschlossen, ist sogar Geistlicher geworden, habe ich gehört. Ein anderer hieß Jakob, der hat's besser getroffen. Hat in Bern einen Gasthof aufgemacht, dann noch ein Hotel, soll ein schwerreicher Mann geworden sein. Den Luigi, den sie aus dem Schacht gezogen haben, hab ich vor einem Jahr auch mal hier in Rom gesehen, hab aber nicht mit ihm gesprochen, das war sowieso einer von den Stillen. Hab ich gesagt, sie sind alle zurück? Nein, natürlich nicht, Justin ist geblieben, Bruder Justin – ist jetzt ein hohes Tier beim Heiligen Offizium, na, lassen wir das, sogar ich alte

Plaudertasche halte mich da lieber raus. Also, daß ich dieses Stück auch noch schaffen würde, hätte ich wirklich nicht gedacht. Ich kann mich ja kaum noch rühren – jetzt müssen Sie mich aber nach Hause bringen! Mir fällt übrigens auf, wie schweigsam Sie heute waren. Es geht Ihnen doch gut, oder?«

34
Delmontes Keller

*Rekonstruktion der Aufzeichnungen
des Luigi Calandrelli (11):*

Zurück in meiner Kammer, fand ich eine Mitteilung von Meister Cornelius vor, der mich bat, ihn noch an diesem Abend aufzusuchen. Ich warf mich aufs Bett und nahm mir vor, ihm unter einem Vorwand abzusagen – zu sehr hatten das Zusammensein mit Schwester Luisa und die Nachricht vom erneuten Anfall des Kardinals mich aufgewühlt.

Eine Weile lag ich reglos auf dem Bett. Erst jetzt begann ich den Trost zu spüren, der in Luisas letzten Worten gelegen hatte: im Grunde eine Einladung, am nächsten Sonntag noch einmal zu ihr zu kommen, wenn auch eingeschränkt mit dem Wörtchen »vielleicht«. Ich versuchte mir einzureden, daß ich zunächst eine Nachricht von ihr abwarten wollte. Aber im Grunde stand für mich fest, daß ich sie, falls sie nicht ausdrücklich absagte, in jedem Fall aufsuchen würde.

So süß es mir war, den Gedanken an die Geschehnisse dieses Nachmittags nachzuhängen, so drängte sich doch die Vorstellung des jetzt vielleicht mit dem Tode ringenden Kardinals immer stärker in mein Bewußtsein. Schließlich war er es gewesen, dem ich den Auftrag, Luisa aufzusuchen, verdankte – oder hatte er gar die Feier nur veranstaltet, um sie und mich zusammenzubringen? Unsinn, sagte ich mir. Aber jedenfalls mußte ich in Erfahrung bringen, wie es ihm ging. So beschloß ich, der Einladung von Meister Cornelius Folge zu leisten; vielleicht, daß er mehr vom Zustand meines Gönners wußte.

An der Tür des alten Handwerksmeisters klopfte ich mehrere Male, aber niemand öffnete. Gerade wollte ich gehen, als ich Schritte hörte. Es war Meister Cornelius, der mit besorgtem Gesicht zurückkam.

»Es sieht nicht gut aus mit Seiner Eminenz, Luigi. Wieder ein schwerer Anfall; er ist bei Bewußtsein, aber das Sprechen fällt ihm schwer. Er hat nach dir gefragt; du solltest einmal zu ihm gehen, obwohl die Ärzte meinen, er brauchte vorläufig absolute Ruhe. Vielleicht lassen sie dich morgen zu ihm, wenigstens solltest du es versuchen. – Aber setz dich doch; es gibt einiges zu bereden.«

Es ging um meine Arbeit, die ich am nächsten Morgen beginnen sollte. Nachdem er mich ermahnt hatte, über alles, was er mir nun eröffnen würde, strenges Stillschweigen zu bewahren, teilte er mir folgendes mit:

Der Trakt, in dem sich der Vorfall mit dem Kardinal ereignet hatte, zählte nicht nur zu den tiefsten Etagen des vatikanischen Kellersystems, sondern auch zu den ältesten. Sein schlechter Zustand (der mir sogar in der Hast der Rettungsaktion aufgefallen war) rühre daher, daß man ihn zum Schutz der hier gelagerten Dokumente zugemauert habe, als Papst und Kurie ihre »babylonische Gefangenschaft« im französischen Avignon hätten antreten müssen. In der Zeit danach sei er in Vergessenheit geraten; auch nach der Rückkehr der Päpste habe man lange Zeit nichts von seiner Existenz gewußt. Erst vor wenigen Jahren sei man bei einer Inspektion zufällig auf den zugemauerten Eingang gestoßen; man habe ihn freigelegt und dahinter die Kammern mit den Dokumenten entdeckt.

Nun habe man wegen der bedrohlichen Baufälligkeit dieses Traktes schon lange die Absicht gehabt, ihn zuzuschütten, um eine Gefährdung anderer Bauteile auszuschließen; daher habe man auch keine größeren Reparaturen vorgenommen. Doch sei die Schließung aus bestimmten Gründen immer wieder verschoben worden.

Ein erstes Studium der hier gelagerten Schriften habe nämlich Hinweise dafür ergeben, daß sich Dokumente von höchster Bedeutung in diesem Trakt befänden, oder wenigstens Mitteilungen über ihren Verbleib. Zwar sei man gegenwärtig dabei, die Schriften in andere Räumlichkeiten zu bringen, wo sie in Ruhe geprüft werden könnten. Dennoch könne man den Trakt nicht zuschütten, bevor diese Prüfung abgeschlossen sei. Dies wiederum erweise sich als höchst zeitaufwendig, da offenbar belanglose Schriften mit solchen von höchster Geheimhaltungsstufe vermischt seien. Und man müsse damit rechnen, daß die gesuchten Unterlagen mitten unter scheinbar unwichtigen Papieren verborgen seien.

Nun sei es eigentlich Kardinal Delmonte gewesen, den man mit der Prüfung der Schriften beauftragt hatte. Den Anfall habe er denn auch während einer dieser Inspektionen erlitten, und es gäbe Mutmaßungen über den Anlaß: möglicherweise sei er auf Indizien über den Verbleib der gesuchten Dokumente gestoßen, was erst zu hochgradiger Erregung und dann vielleicht zum Herzanfall geführt hätte.

Zwar habe der Kardinal berichtet, daß ihm, wenn auch nicht der Anfall selbst, so doch die Minuten davor aus dem Gedächtnis entschwunden seien. Doch halte man es offenbar höheren Ortes für möglich, daß er gewisse Erkenntnisse zurückhalte – was vielleicht auch sein völlig gewandeltes Wesen erklären könnte. Jedenfalls sei ihm mit dem Hinweis auf seine angegriffene Gesundheit die Fortsetzung der Studien untersagt worden, und genau das könnte wohl auch zur Verschlechterung seines Zustandes beigetragen haben. Er, Meister Cornelius, wolle mich jedenfalls darauf hinweisen, daß ich jede, auch die kleinste Beobachtung ihm oder Delmonte persönlich mitteilen solle; gerade von meiner Mithilfe verspreche sich der Kardinal besonders viel, und das sei wohl auch der Grund, weshalb er mich unbedingt sehen wolle.

Im übrigen stünde noch nicht fest, wem die weitere Prüfung der Dokumente anvertraut werde; es sei nicht einmal auszuschließen, daß Seine Heiligkeit sich dies in Zukunft persönlich vorbehielte – was aber bedeuten würde, daß man besagtes Kellergeschoß trotz seiner Baufälligkeit noch immer nicht würde schließen können. Daher der Entschluß, neben meinen Arbeiten an den Schlössern gleichzeitig einige Ausbesserungen und Abstützungen an besonders gefährdeten Stellen vornehmen zu lassen – und auch die Warnung an mich, bei allen Arbeiten mit äußerster Vorsicht vorzugehen, insbesondere heftige Hammerschläge unbedingt zu unterlassen.

Und noch eine Mitteilung machte mir Meister Cornelius, als ich bereits die Türklinke in der Hand hatte.

»Ach, übrigens«, sagte er wie nebenbei, aber doch mit spürbarer Verlegenheit, »morgen früh werde ich dich selbst nach unten bringen. Und dann: der neue Schließer, will sagen, der zeitweilig Beauftragte – versteh mich recht, er wird deine Arbeit nicht kontrollieren, es ist nur für die Einhaltung der Vorschriften – war auch nicht mein Vorschlag, ist halt von höherer Stelle angeordnet worden. Also, der zweite Schließer ist jetzt bestimmt worden, und es ist – nun, es ist Catino. Wirst ihn da unten also öfter sehen, aber ihr werdet euch schon nicht auffressen, nicht wahr? Außerdem, er ist ja bloß der zweite Schließer, der erste ist immer dabei. Na, genug geschwatzt für heute. Ich wünsche dir einen guten Schlaf, und daß du mir morgen nicht vor lauter Wut mit dem Hammer die Wände einschlägst. Es möchte dir schlecht bekommen; schließlich wollen einige Leute dich noch wiedersehen. Gute Nacht!«

Eine schlechtere Nachricht – vom Zustand des Kardinals abgesehen – hätte mir der alte Handwerksmeister kaum überbringen können. Waren meine Gedanken bei seinen Ausführungen über den alten Kellertrakt immer wieder abgeschweift und zu Schwester Luisa zurückgekehrt, so brachten mich seine letzten Sätze jäh in die Wirklichkeit zurück. Mit gemischten Gefühlen ging ich zurück in meine Kammer, wo ich zum Glück bald in einen tiefen, erholsamen Schlaf fiel.

Als ich mich am nächsten Morgen bei Meister Cornelius einfand, machte er auf mich einen seltsam unruhigen Eindruck. Er begann Sätze, die er nicht beendete, stellte Fragen, ohne die Antwort darauf abzuwarten, redete zerstreut und sprunghaft teils vom baulichen Zustand der unteren Gänge, teils vom gewandelten Charakter des Kardinals Delmonte. Dann, auf dem Weg zum Kellerschacht, verstummte er ebenso unvermittelt.

Die Folge war, daß ich das Gefühl einer lauernden Bedrohung nicht ganz unterdrücken konnte, während wir schweigend die enge eiserne Wendeltreppe hinabstiegen. Als wir endlich den Gang erreicht hatten und mein Blick auf das bröckelnde Gemäuer fiel, kam es mir in einer plötzlichen Anwandlung so vor, als zeigten sich in den verwitterten Steinen die Hieroglyphen einer unheilvollen Botschaft. Ich erschrak, ohne zu wissen warum, und blickte mich unwillkürlich um: als müßte ich mir für alle Fälle einen Fluchtweg einprägen.

Wir wurden schon erwartet. In der Schließerloge des Ganges standen einige Maurer und Zimmerleute, daneben, etwas abgesondert, mehrere Herren, die mir teils gut, teils oberflächlich bekannt waren. Einer davon war der alte Schließer, dem mich Meister Cornelius nun noch einmal vorstellte – derselbe kahlköpfige Mönch, der mich seinerzeit so energisch aufgehalten hatte, als ich zusammen mit dem Sekretär Delmontes den Gang betreten wollte. Nun begrüßte er mich mit freundlicher Herablassung. Catino, der neben ihm stand, ließ mir die Andeutung eines Nickens zukommen, dann wandte er sich wieder dem Schließer zu.

Anwesend war auch Kardinal Garrota. Mit dem Ausdruck allergrößter Wichtigkeit (und wenn ich sein Auftreten nicht mißdeutete, mit erkennbarem Widerwillen) überreichte er dem Schließer einen Gegenstand – offenbar den Hauptschlüssel zu der Kammer, in der ich an diesem Tag arbeiten sollte. Beinahe drohend betonte er die Bedeutung strengster Geheimhaltung: unter allen Umständen müsse dafür gesorgt werden, daß nicht unbemerkt Kopien von einem Schlüssel gemacht würden, da andernfalls die heilige Kirche höchstselbst Schaden nehmen könnte. Bei diesen Worten dämmerte mir, weshalb man ausgerechnet Catino dazu ausersehen hatte, den zweiten Schließer zu vertreten. Offenbar war es gerade die allseits bekannte Feindschaft zwischen uns beiden, die ihn zu meiner Überwachung besonders geeignet erscheinen ließ.

Der Schlüssel, den Garrota übergeben hatte, deutete wohl auch auf das mir zugedachte Arbeitspensum hin: pro Tag eine Tür, so daß ich in diesem Gang zwei Wochen beschäftigt sein würde. Das war nach meiner Einschätzung großzügig bemessen. Es würde mir Zeit lassen für ruhiges und sorgfältiges Arbeiten – aber auch Zeit, um meinen Gedanken nachzuhängen.

Nachdem sich Garrota verabschiedet hatte, rief Meister Cornelius die Handwerker zusammen. Noch einmal ermahnte er uns, jede heftige Erschütterung des brüchigen Mauerwerkes zu unterlassen. Dann führte er die Maurer und Zimmerleute zu derjenigen Stelle des Kellertraktes, die eine Abstützung am dringendsten benötigte.

Ich folgte Catino und dem Schließer. Jeder der beiden

trug eine Öllampe in der Hand. Sie gingen in leiser, aber angeregter Unterhaltung vor mir her durch die verwinkelten Gänge, die von ihren Lampen nur notdürftig erleuchtet wurden. Ich folgte ihnen schweigend, im Grunde ganz froh, daß sie mich in Ruhe ließen; ein Gespräch mit Catino hätte wohl auch schnell zum Streit werden können.

Statt dessen konnte ich meine ganze Aufmerksamkeit auf den Weg und auf den Zustand der Mauern richten. Ich sah, daß mein erster Eindruck ebenso wie die Warnungen von Meister Cornelius nur allzu begründet waren: das Gemäuer zeigte einen fast bedrohlichen Grad von Baufälligkeit. Jeweils im Abstand von etwa einem Meter hatte man oben im Gewölbe Ösen eingeschlagen; durch diese lief eine verwitterte Leine, die durch alle Gänge hindurch mit einer Glocke in der Schließerloge verbunden war – das Ganze offenbar in der Absicht, in Notfällen ein Signal geben zu können. Der abgelagerte Schmutz auf der Leine und die vielen Windungen des Ganges hatten die Konstruktion aber längst unbrauchbar gemacht. So hatte man letzten Endes mit dieser Maßnahme den Zustand nur noch verschlimmert, denn durch das Einschlagen der Ösen hatten sich viele Steine gefährlich gelockert. Bei jedem festeren Schritt rieselte feiner Sand aus den Mauerfugen, und in dem stützenden Gewölbe zeigten sich hier und da bereits Lücken – für einen Menschen der Berge wie mich, dem man von klein auf ein Gefühl für die Festigkeit herumliegenden Gesteins beigebracht hatte, mehr als genug Signale drohender Gefahr.

Der Schließer und Catino schienen davon nichts zu spüren. Sie unterhielten sich zwar wie alle hier unten mit gedämpfter Stimme, schritten aber ansonsten völlig sorglos unter dem bröckligen Gewölbe entlang. Und so wie jede Überzeugung, mag sie auch noch so falsch und unbegründet sein, auf ihre Umgebung abfärbt, ging etwas von ihrer Zuversicht auf mich über. Also redete ich mir ein, daß meine Befürchtungen wohl übertrieben waren, und dachte an Schwester Luisa.

Ich hatte geglaubt, den Weg schon von der Rettungsaktion für den Kardinal zu kennen. Das war gleichzeitig richtig und falsch, denn ich konnte mich zwar an die einzelnen Gänge und Abzweigungen erinnern, nicht aber daran, wie lang der Weg war. In meiner Erinnerung hatte er kaum mehr als einige Augenblicke beansprucht; nun aber hatten wir erheblich länger zu gehen.

Endlich in dem sackartigen Gang angekommen, der für die nächsten zwei Wochen mein Arbeitsplatz sein sollte, öffnete der Schließer zuerst mit einem seiner eigenen Schlüssel das Nebenschloß; dann führte er mit gewichtiger Miene den von Garrota übergebenen Schlüssel in das Hauptschloß ein. Nach einer nochmaligen Mahnung, daß ich in der Kammer nichts zu suchen hätte und mich gefälligst nur um Schloß und Tür kümmern sollte, zog er sich mit Catino ein kleines Stück zurück – gerade so weit, daß die beiden mich zwar im Auge behalten konnten, andererseits ich selber nicht genau sehen konnte, was sie trieben.

Sie hatten sich schon vorher aus der Schließerloge einen kleinen Tisch und zwei bequeme Stühle hierherbringen lassen. Eine der Lampen stellten sie auf den Tisch, die zweite trug der Schließer zu mir herüber. Catino holte aus seiner Tasche zwei Gläser und eine Weinflasche; auch mir einen Schluck davon anzubieten, fiel ihm natürlich nicht ein. Mir war es recht. Um so ungestörter konnte ich meine Arbeit machen – und dabei in Gedanken ein ums andere Mal die Stunden mit Luisa an mir vorbeiziehen lassen.

35
Geheimes und Bekanntes

Meldungen aus den »Berlinischen Nachrichten«:

Rom, 6. Juli 1869. [Das Concil.] Trotz der Geheimhaltung durch die Jesuitenpartei wird allmählich einiges über den geplanten Ablauf des Concils bekannt. Die Beratungen werden in den Congregationen stattfinden, deren jeder ein vom Papst ernannter Cardinal vorsitzt. Ihr Ergebnis wird dann in den Sessionen als kanonisches Recht proclamiert werden. Die Jesuiten haben wiederholt erklärt, sie wollen kein geistliches Parlament, sondern eine Versammlung, welche die Propositionen durch Acclamation billigt; und diese eigentümliche Form, welche die Furcht vor sich erhebenden Controversen schlecht verhüllt, läßt keine Discussion zu.

Berlin, 7. Juli 1869. [Schnellste Verbindung nach Wien.] Die Direction der Berlin-Anhaltischen Eisenbahn teilt die neuen Abfahrtszeiten der gegenwärtig schnellsten Verbindung von Berlin (Anhaltischer Bahnhof) nach Wien, über Dresden und Prag, mit.

Schnellzug: Abfahrt 7.00 Uhr abends, Ankunft in Wien 3.14 Uhr nachmittags; Dauer der Fahrt: 20 Std. 14 Min. – Von Wien: Abfahrt 1.30 Uhr nachmittags; Ankunft in Berlin 9.00 Uhr vormittags; Dauer der Fahrt: 19 Std. 30 Min.

Personenzug: Abfahrt 6.45 Uhr morgens, Ankunft in Wien 8.25 Uhr vormittags; Dauer der Fahrt: 25 Std. 40 Min. – Von Wien: Abfahrt 6.30 Uhr nachmittags; Ankunft in Berlin 10.15 Uhr abends; Dauer der Fahrt: 27 Std. 45 Min.

Berlin, 7. Juli 1869. [Die Berliner Volkszählung (I.)] Über die Berliner Volkszählung vom 3. Dezember 1867 liegt jetzt ein Bericht der städtischen Volkszählungs-Commission vor. Demnach lebten in Berlin zum Zeitpunkt der Zählung 686.218 Einwohner, davon 50,2% männlichen und 49,8% weiblichen Geschlechtes. Von diesen waren 535.730 oder 78,07% dauernd ansässig, im Gegensatz zur sog. flottierenden Bevölkerung von 150.488 Einwohnern oder 21,93%.

Ohne Berücksichtigung des in den Kasernen untergebrachten Militärs leben in Berlin 595.637 Einwohner oder 86,8% in Familien-Haushaltungen, 43.496 Einwohner oder 6,3% als Schlafleute, 24.382 Einwohner oder 3,6% als Mieter möblierter Zimmer, 10.858 Einwohner oder 1,6% als directe oder Aftermieter mit eigenen Möbeln, 11.575 oder 1,7% in öffentlichen Instituten.

Über den Einfluß der großstädtischen Verhältnisse auf den Familienstand geben folgende Zahlen Auskunft. Von den über 23jährigen Männern befinden sich: verheiratet in Preußen 72,3%, in Berlin 57,7%; unverheiratet in Preußen 21,9%, in Berlin 37,3%; verwitwet in Preußen 5,7%, in Berlin 4,4%; geschieden in Preußen 0,1%, in Berlin 0,6%. Unter den über 16jährigen Frauen befinden sich: verheiratete in Preußen 53,6%, in Berlin 45,5%; unverheiratete in Preußen 35,3%, in Berlin 41%; verwitwete in Preußen 10,9%, in Berlin 12,5%; geschiedene in Preußen 0,2%, in Berlin 1,0%.

Fulda, 7. Juli 1869. [Die deutschen Bischöfe.] Wie mit Bestimmtheit verlautet, wird Mitte September hier in Fulda wieder eine Zusammenkunft der deutschen Bischöfe stattfinden, bei welcher das bevorstehende Concil Hauptberatungspunkt sein wird.

Im Allgemeinen hatten die Beziehungen zwischen dem Staat und der katholischen Kirche in Deutschland eine ziemlich friedliche Gestaltung gewonnen. Doch ist mit Bestimmtheit anzunehmen, daß man auf die Erhaltung dieses friedlichen Verhältnisses zur Zeit in Rom nur einen geringen Wert legt: die Vorgänge in Württemberg, Baden und Bayern beweisen zur Genüge, daß die Kirche keine Scheu trägt, den alten Kampf zwischen Staat und Kirche neu zu beleben.

Und was aus Rom über die Vorbereitungen zum Concil verlautet, läßt neue Kämpfe mit Gewißheit erwarten, wenn es nicht den Bischöfen gelingt, die in Rom herrschenden Tendenzen zu besiegen. Gerade die deutschen Bischöfe wären vor allen Anderen berufen, in dieser Richtung tätig zu sein. Es bietet sich ihnen hier eine große Aufgabe, wenn sie, von echtem Patriotismus und wahrem Christentum beseelt, sich in Fulda gegen die jenseits der Berge gehegten Pläne aussprechen, die nur unendliche Zerrüttungen zur Folge haben können. Leider dürfen unsere Erwartungen in dieser Beziehung nicht eben hoch gespannt sein.

Darmstadt, 7. Juli 1869. [Die Mainz-Darmstädter Convention.] Der Antrag des Abg. Hoffmann, das Ministerium um Vorlage der auf die famose Mainz-Darmstädter Convention bezüglichen Actenstücke zu ersuchen, ist von der zweiten Kammer für dringlich erkannt worden und wird noch in dieser Woche zur Verhandlung kommen.

Die Doppelzüngigkeit des Herrn v. Dalwigk ist schon oft Gegenstand öffentlicher Besprechung gewesen, und noch nie war er um einen Ausweg oder eine Entschuldigung verlegen. Gegen die jetzige Beschuldigung — nämlich den Ständen höchst wichtige Actenstücke vorenthalten und ihnen eine Convention als abgeschlossen mitgeteilt zu haben, während bereits eine Reihe viel weitergehender und wahrhaft unerhörter Concessionen der Curie gemacht waren — dieser Beschuldigung gegenüber wird es ihm, obwohl er mit Vornamen Reinhard heißt, schwer werden, sich herauszureden.

Unglaublicher, aber wohlverbürgter Weise sind die späteren Abmachungen mit der Curie selbst den höchstgestellten Beamten, wenn sie nicht das besondere Vertrauen des Herrn v. Dalwigk oder der Ultramontanen besaßen, unbekannt geblieben, bis der Fund im Wiesbadener Archiv sie in das Tageslicht brachte.

Newyork, 8. Juli 1869. [Die Kunst, zu annoncieren,] hat noch immer nicht ihren Gipfelpunkt erreicht; von Tag zu Tag vervollkommnet sie sich, am meisten natürlich in Amerika, dem Lande, wo nichts zu den Unmöglichkeiten zu gehören scheint.

Die neueste Erfindung kommt aus Omaha, einer neuen Stadt in dem Far-West. Ein Annoncen-Agent hat ein *prayer book* drucken lassen, das er an den Kirchtüren verteilt, und zwar gratis an Jedermann, der eintritt. Dies sonderbare Gebetbuch ist so eingerichtet, daß rechts der Text der Gebete steht und auf der linken Seite lauter Annoncen. — Aber ein Concurrent ist noch weiter gegangen; er hat die vordere Seite einer Kanzel gemietet, um dort ein Placat zur Anpreisung eines Büsten-Halters nach einem neuen System anzukleben.

36
Ein Vertrag

Wenn jemand behauptet, die Kirche habe nicht das Recht, dogmatisch zu entscheiden, daß die katholische die einzig wahre Religion sei – der sei verflucht.
Pius IX., Syllabus errorum

Tagebuch des Heinrich Wilhelm Lehmann:
Rom. Montag, 6. September 1869

Es ist so weit: morgen geht es zurück nach Berlin. Heute war ich noch einmal zum Mittagessen eingeladen. Gegen eins kamen Cossa und Bernieri, um mich abzuholen, und beide machten sie den Eindruck, als hätten sie mir Wichtiges mitzuteilen.

Beim Essen bestätigte sich, was Cossa schon angedeutet hatte: im Interesse meiner angegriffenen Gesundheit halte man es für geraten, mir Gelegenheit zu einer gründlichen Erholung zu verschaffen. Daher schlage man vor, daß ich zunächst nach Berlin zurückfahre und mich dort eine Zeitlang von den Strapazen in Rom erhole.

Also: im Kirchenstaat braucht man mich nicht mehr – oder man will mich nicht mehr –, aber das sind meine eigenen Interpretationen. In der Formulierung von Bernieri klang das natürlich anders: meine Zusammenarbeit schätze man nach wie vor äußerst hoch; man wünsche sogar, sie zu vertiefen und auf eine festere Basis zu stellen. Und zwar in dem Maße, daß man vorhabe, hierüber in vertragliche Beziehungen mit der Berlin-Anhaltischen Eisenbahn zu treten.

Aussehen soll das Ganze ungefähr so: vom Zeitpunkt der Vollendung der Gotthardbahn an, so Bernieri, wolle der Kirchenstaat sein gesamtes Bahnsystem weitestgehend an den mitteleuropäischen Standard angleichen. Da nun leider die Beziehungen zum Königreich Italien eher kühl seien, bevorzuge man für die Durchführung dieser Aufgabe ein

Unternehmen eines anderen Landes. Und da man das Glück und die Ehre habe, in mir bereits einen höchst fähigen und kooperativen Koordinator für diese wichtige Aufgabe zu haben, beabsichtige man, hierbei mit der Berlin-Anhaltischen Eisenbahn zusammenzuarbeiten.

So daß ich, nach den Worten Bernieris, die Rückfahrt nach Berlin in einer wichtigen Mission antreten werde – quasi als Gesandter des Heiligen Stuhls, mit dem Entwurf des Kooperationsvertrages in meiner Tasche. Höchst ehrenvoll! Und aus der Art, wie Cossa zu diesen Mitteilungen Bernieris nickte, konnte ich ersehen, daß er sich ehrlich für mich freute.

Die Aufgabe sei natürlich von immensem Umfang: es seien die Spezifikationen aller europäischen Bahnsysteme zu analysieren und zu vergleichen; gleichzeitig seien die technischen und organisatorischen, aber auch die finanziellen Aspekte der Angleichung zu berücksichtigen. »Damit kann man gar nicht früh genug anfangen«, sagte Cossa begeistert. »Jeder Monat, den wir in diesen Fragen früher Klarheit haben, spart uns das Geld, das wir sonst vielleicht für falsche Investitionen verlieren würden!«

»So ist es«, sagte Bernieri. »Sie sind in Berlin, aber Sie arbeiten für uns – wir gehen davon aus, daß Ihre Vorgesetzten zustimmen werden. Einige Unterlagen werden wir Ihnen schon jetzt mitgeben; das Weitere dann mit der Post oder per Kurier. Daß es nicht zu Ihrem Schaden ist, versteht sich von selbst. Auch nicht zum Schaden Ihrer Gesellschaft – aber das steht auch alles in dem Vertrag, den Sie Ihren Vorgesetzten überbringen werden.«

Mit anderen Worten: zurück in Berlin, werde ich im Auftrag und auf Rechnung des Kirchenstaates arbeiten. Offenbar (davon gehe ich jedenfalls aus) mit Bernieri als Vorgesetztem – nicht unbedingt das höchste Glück auf Erden, aber angesichts der Entfernung hoffentlich erträglich.

Immerhin, reichlich kühn kommt mir die Sache schon vor. Ob die Herren die Dauerhaftigkeit des Kirchenstaates nicht doch etwas optimistisch einschätzen? Jetzt eine Arbeit anfangen, die erst in zehn Jahren wirklich zum Tragen kommt? Mir soll es recht sein, wenn es gut genug bezahlt wird, und wenn es mir Raum läßt für die Dinge, die mir wichtig sind. Aber es sollte mich doch sehr wundern, wenn in dem ganzen Vertrag nicht irgendwo ein Pferdefuß steckt.

Möglich wäre natürlich noch etwas anderes: daß man mich zwar für eine Zeitlang aus Rom weghaben will, aber gleichzeitig eine gewisse Kontrolle über meine Aktivitäten behalten möchte. Allerdings kann ich mir schlecht vorstellen, daß man einzig wegen meiner belanglosen Person einen Vertrag abschließen würde, der doch für beide Seiten beträchtliche Auswirkungen haben dürfte.

Als der Nachtisch aufgetragen wurde, entschuldigte sich Cossa: er müsse leider dringende Termine wahrnehmen; doch würde mir Bernieri weiter Gesellschaft leisten. Er, Cossa, werde es sich aber nicht nehmen lassen, mich am nächsten Tag zum Bahnhof zu begleiten. Jedenfalls hoffe er, mich bald wieder in Rom zu sehen, so daß wir unsere gemeinsame Arbeit fortführen könnten.

Er war kaum aus der Tür, da fragte Bernieri: »Dieses Fräulein della Valle – wo ist sie jetzt eigentlich?«

»Weiß ich nicht«, antwortete ich. »Sie hat sich bei mir nicht abgemeldet.«

»Entschuldigen Sie«, sagte Bernieri. »Ich will nicht aufdringlich erscheinen – es ist nur ... nun, es ist natürlich zu Ihrem Schutz, wenn wir uns ein wenig um die Personen kümmern, mit denen Sie Umgang haben. Und dieses Fräulein – manches ist doch ein bißchen merkwürdig, finden Sie nicht?«

»Nicht im geringsten. Wenn ich in den letzten Wochen etwas merkwürdig gefunden habe, dann ganz andere Sachen, zum Beispiel Ihr Mißtrauen gegenüber dem Fräulein. Dürfte ich übrigens erfahren, was Sie mit ›kümmern‹ meinen? Heißt das, Sie lassen sie polizeilich ausforschen?«

»Ich bitte Sie – wir halten doch das Fräulein nicht für eine Verbrecherin. Aber wissen Sie zum Beispiel, wo sie hier in Rom wohnt?«

»Natürlich. In dem Haus, vor dem der Überfall passiert ist – zum Glück wohnt sie da, sonst wäre ich vielleicht nicht mehr am Leben.«

Bernieri legte die Stirn in Falten. »Das ist es ja«, erklärte er, »genau darum frage ich Sie ja. Sehen Sie, es stimmt zwar, daß die Familie della Valle in dem Haus eine Wohnung hat.

Aber Sie wissen doch auch, daß die Familie in Amerika lebt, nicht wahr?«

Ich nickte.

»Also«, fuhr Bernieri fort, »das Problem ist, daß vor dem Überfall niemand von den Hausbewohnern das Fräulein auch nur ein einziges Mal im Haus gesehen oder gehört hat. Danach schon, aber geschlafen hat sie dort jedenfalls nicht. Nicht, daß wir sie verdächtigen würden, mit den Räubern unter einer Decke zu stecken. Aber wir stellen uns eben gewisse Fragen, das ist doch legitim, oder?«

»Tut mir leid«, sagte ich, »Sie sind, wie mir scheint, in diesem Punkt wirklich zu mißtrauisch. Bestimmt hat die Familie in der Stadt noch andere Verwandte oder Freunde. Warum soll sie allein in der Wohnung übernachten, wenn man anderswo für sie sorgt?«

Bernieri wiegte den Kopf hin und her. »Tja, die Verwandten – das ist wieder so ein Punkt. Mit denen haben wir gesprochen, und wissen Sie was? Keiner von denen wußte auch nur, daß die junge Dame in der Stadt ist. Außerdem – wie soll ich es sagen ... nun, wir haben uns das Fräulein beschreiben lassen. Sie werden vielleicht meinen, was soll das, sie lebt doch in Amerika, studieren tut sie in Paris, das muß doch Jahre her sein, daß die Leute sie gesehen haben, oder? Bloß, alle haben übereinstimmend berichtet, das Fräulein della Valle – besser gesagt, beide, denn sie hat ja auch eine Schwester –, also, alle beide haben nach dem, was wir gehört haben, tiefschwarzes Haar. Aber das Haar Ihrer Retterin, wie Sie sie nennen – wie würden Sie es beschreiben?«

Ich dachte nach, stutzte selber ein wenig. »Nun – wohl eher dunkelblond. Aber das hat doch nichts zu bedeuten; wie ich gehört habe, ist es in Amerika durchaus üblich, daß Frauen sich die Haare färben.«

»Schön und gut, das mag ja alles so sein, auch wenn mir das Fräulein eigentlich nicht der Typ zu sein scheint, der sich die Haare färbt. Jedes für sich genommen läßt sich ja auch erklären, aber alles zusammen – schon ein wenig merkwürdig, nicht wahr? Sie scheint auch seltsame Angewohnheiten zu haben – nimmt sich zum Beispiel eine Droschke, steigt aus, geht durch ein Haus und über einen Hof, und nimmt sich auf der andern Seite gleich wieder eine Droschke. So verhalten sich normalerweise nur Leute, die denken, daß sie verfolgt werden. Und nun frage ich mich: wie kommt sie auf die Idee, daß man sie verfolgt?«

»Sehr einfach – wahrscheinlich dadurch, daß sie gemerkt hat, daß man sie wirklich verfolgte. Wenn das nicht so wäre, könnten Sie es jetzt schließlich nicht wissen, oder?«

»Klingt einleuchtend«, gab Bernieri zu. »Obwohl, man muß schon sehr aufmerksam sein, um solche Dinge festzustellen. Oder man muß mißtrauisch sein – aber das ist man meistens aus gutem Grund. Zum Beispiel Sie, lieber Herr Ingenieur: halten Sie sich für verfolgt?«

»Ich? Warum sollte ich? Allerdings fürchte ich, daß ich mich jetzt, nachdem Sie mich darauf gebracht haben, auf der Straße sehr genau umsehen werde.«

»Keine Sorge! Warum sollte man Sie verfolgen?«

»Wer weiß – vielleicht plane ich einen Staatsstreich?«

»Mit diesen Dingen soll man nicht scherzen«, sagte Bernieri tadelnd. »Sie schon gar nicht. Falls Sie es bisher noch nicht gewußt haben sollten: Ihr verstorbener Freund Luigi Calandrelli war sehr massiv in staatsfeindliche Aktivitäten verwickelt, und einer seiner Freunde, der Wirt Chisari, desgleichen. Ich sage das nicht, um Ihnen zu drohen – es täte mir nur leid, wenn Sie sich aus Unwissenheit auf irgendwelche Dinge einließen, über deren Tragweite Sie sich nicht im klaren sind. Ich meine es gut mit Ihnen, verstehen Sie?«

»Nicht ganz. Wenn Sie schon die Sprache darauf bringen: wie Sie wissen, war Calandrelli mein Freund. Ich weiß, daß er über viele Dinge seine eigene Meinung hatte – aber Gedanken sind doch keine staatsfeindlichen Aktivitäten, oder?«

»Schön formuliert«, sagte Bernieri, »ich selbst hätte es nicht besser gekonnt. Mein lieber Herr Ingenieur, denken darf auch bei uns jeder, was er will. Etwas anderes ist es schon, wenn jemand auch andere Leute von Dingen überzeugen will, die wir nicht für gut halten. Das sind dann wohl doch politische Aktivitäten – oder? Und genau das hat Ihr Freund Calandrelli versucht.«

»Da müssen Sie mir schon ein Beispiel geben«, sagte ich.

»Wie Sie wollen. Er hat zum Beispiel versucht, Geistliche davon zu überzeugen, daß es für die Kirche besser wäre, sie würde auf jede weltliche Macht verzichten.«

»Lieber Herr Bernieri, wie Sie wissen, bin ich Protestant.

Es wird Sie nicht erstaunen, daß Sie soeben genau meine Meinung ausgedrückt haben.«

»Bravo», sagte Bernieri anerkennend. »Freut mich, daß Sie mir nichts vorschwindeln. Und Sie werden lachen: ich akzeptiere Ihre Haltung – ehrlich! Sie werden aber eines verstehen: wenn Sie hier auf unserem Territorium, oder wenn Sie als Protestant in katholischen Kreisen für diese Meinung Stimmung machen würden – das könnten wir auf keinen Fall hinnehmen. Ist doch selbstverständlich – oder?«

37
Im Schacht

*Rekonstruktion der Aufzeichnungen
des Luigi Calandrelli (12):*

Man hatte eine solide Werkbank und einiges Werkzeug in den Gang gebracht, so daß ich viel komfortabler arbeiten konnte als seinerzeit bei der Notöffnung, erst recht, da die Tür jetzt offen war. In aller Ruhe konnte ich das Schließwerk ausbauen und auseinandernehmen – und dabei auch meine Einblicke in die genialen Konstruktionen meines unbekannten Vorgängers vertiefen.

Zwar glich das Schloß weitgehend dem aus der Kammer, wo sich der unglückliche Kardinal eingeschlossen hatte. Doch gab es auch eine Reihe von Unterschieden, und ich mußte jede Einzelheit aufs neue in ihrem Aufbau und ihrer Funktion studieren. Zumindest galt dies für das Hauptschloß, also dasjenige, dessen Schlüssel Garrota übergeben hatte. Das Nebenschloß war dem Augenschein nach nicht von meinem unbekannten Lehrmeister konstruiert, sondern von einem weniger begabten Schlosser. Sein Aufbau war einfach und leicht zu durchschauen; dafür war es viel stärker angerostet. Die Zeit, die ich für die beiden Schlösser brauchte, würde daher, so mein erster Eindruck, mehr oder weniger die gleiche sein.

Die Arbeit des Vormittages verlief in konzentrierter Ruhe; nur gelegentlich drang ein kurzes Auflachen oder ein Satzfetzen aus den gedämpften Gesprächen meiner Wächter bis zu mir. Hin und wieder war das Geräusch von Hammerschlägen aus einem der Nachbargänge zu hören, wo die anderen Handwerker tätig waren. Meine Gedanken, soweit sie nicht von der Analyse der Schloßkonstruktion und der Bewunderung für den alten Schlossermeister in Anspruch genommen wurden, waren teils bei Schwester Luisa, teils beim Kardinal Delmonte. Die Kammer, deren Tür weit offenstand, betrat ich gar nicht, so daß Catino und der Schließer keinen Grund hatten, mir näherzurücken oder sich in meine Arbeit einzumischen.

Auch die Frühstückspause (ich hatte Brot, Käse und eine große Flasche Wasser dabei) verbrachte ich an der Werkbank, ebenso zwei Stunden später die Mittagspause. Ich saß da, in Gedanken versunken, nur hin und wieder aufschreckend bei dem Geräusch eines mir besonders laut erscheinenden Hammerschlages. Gerade wollte ich wieder an meine Arbeit gehen, da geschah etwas Unerwartetes: dem Ton eines Hammerschlages folgte erst in weiter Entfernung, dann in der Nähe das Geräusch fallender Steine. Catino sprang auf, dabei warf er die Öllampe vom Tisch. Das Glas zersprang; der Geruch, der sich gleich darauf verbreitete, zeigte an, daß auch der Ölbehälter zerbrochen war.

»Verdammt!« rief Catino. Er kam auf mich zu, kehrte aber schon nach wenigen Schritten um und setzte sich wieder auf seinen Stuhl. Wahrscheinlich hatte er meine Lampe holen wollen, aber dann war ihm eingefallen, warum wir drei eigentlich hier unten waren.

Es war kaum mehr als eine Viertelstunde vergangen, als die Lampe auf meiner Werkbank zu flackern begann. Zuerst dachte ich, es läge am Docht, und stellte ihn ein Stück höher. Aber als die Flamme immer kleiner wurde und ich die Lampe anhob, um sie ein wenig zu schütteln, da war nichts zu hören: der Ölbehälter war leer.

»Das fehlte uns noch«, sagte der Schließer. »Sieht so aus, als wenn sie uns die Lampen nicht aufgefüllt hätten.«

»Was heißt ›sie‹?« fuhr ihn Catino an. »Wer ist denn für deine Lampen verantwortlich?«

»Sieh mal an! Bin ich vielleicht auch für die Lampe verantwortlich, die du zerbrochen hast?«

Ich zündete eines der Streichhölzer an, von denen ich aus alter Gewohnheit immer einige in der Hosentasche trug, und stand von meiner Werkbank auf. Daraufhin kam Catino wie ein Tiger aus dem Dunkel des Ganges auf mich zugesprungen.

»Was willst du in der Kammer«, rief er, »das möchte dir passen, hier unten zu spionieren!«

Mit diesen Worten packte er mich am Arm, als hätte er

mich bei einem Verbrechen ertappt, und zog mich in Richtung des Schließers, der mit einem angezündeten Feuerzeug in der Hand langsam auf uns zu kam. So lächerlich auch Catinos Vorwurf und sein Gehabe waren, so ärgerten sie mich in diesem Augenblick doch außerordentlich.

»Hände weg«, sagte ich, und schob seine Hand von meinem Arm. »Glaubst wohl, ich hätte nichts Besseres zu tun, als in der Finsternis alte Schwarten zu studieren? Bist wirklich ein Esel, und jetzt pack dich, oder du fängst dir eine!«

Catino wich einen Schritt zurück, wohl auch, weil er merkte, daß er mir in einer Rauferei unterlegen wäre. Aber ich hörte, wie er halb zu mir, halb zu sich selber murmelte: »Das wirst du büßen ... bei meiner Seele, das wirst du mir büßen!«

»In Gottes Namen, vertragt euch«, mahnte der alte Schließer, der uns inzwischen erreicht hatte, »es ist doch gar nichts passiert. Wir haben nur kein Licht, und spionieren tut hier keiner, jedenfalls nicht, solange ich dabei bin!«

Catino antwortete nicht. Aber ich spürte, daß ich mich vor ihm würde in acht nehmen müssen.

Der Alte hatte recht: der Ausfall der Lampen war im Grunde eine Kleinigkeit. Trotzdem war er für uns drei ausgesprochen unangenehm, und zwar deshalb, weil ja beide Schlösser der Kammer noch ausgebaut auf der Werkbank lagen. So konnte die Tür nicht verschlossen werden, und den Vorschriften entsprechend durften daher Catino und der Schließer ihren Platz nicht räumen. Es blieb uns nichts übrig, als aus einigen herumliegenden Holzstäben behelfsmäßige Fackeln zu machen (in deren flackerndem Licht das Gesicht Catinos wahrhaft gespenstisch anzusehen war), und uns eine Weile in eisiger Atmosphäre anzuschweigen.

Endlich kam dem Alten eine Idee. Denn wenn auch ich nicht ohne die beiden anderen vor der Kammer Wache halten konnte, so doch die beiden anderen ohne mich: also konnte ich mich zum Ausgang oder zur Schließerloge begeben und dort versuchen, eine Lampe aufzutreiben.

Nichts war mir lieber. Ich nahm mir einen der Holzstäbe als Fackel und machte mich auf den Weg.

In der Schließerloge saßen, um zwei Öllampen versammelt, einige der Handwerker. Erregt diskutierten sie über die Gefahren, denen sie hier unten ausgesetzt waren: offenbar war einer ihrer Kameraden von herabfallenden Steinen verletzt worden. Ich redete ihnen ein, daß auch Catino und der Schließer sich in großer Gefahr befänden; so erreichte ich, daß man mir eine der beiden Lampen überließ. Auf den heroischen Gedanken, mich zu begleiten, kam zum Glück keiner.

Zurück in dem kleinen Gang, machte ich mich daran, die Arbeit an den Schlössern fortzusetzen. Unangenehm war, daß ich Catino und den Schließer zwar hören, aber kaum sehen konnte; ein Glück, daß mir wenigstens die Schlösser keine größeren Probleme bereiteten. So konnten wir, nachdem alles wieder eingebaut war, bald darauf den unfreundlich gewordenen Ort verlassen.

Die beiden blieben noch in der Schließerloge und unterhielten sich mit den Kollegen. Ich verabschiedete mich und trat über die enge eiserne Treppe den Aufstieg an.

Es war noch früh, gerade erst gegen vier Uhr nachmittags. So machte ich mich auf den Weg zum Hospital: um meinen erkrankten Gönner zu besuchen, redete ich mir ein – aber wohl auch in der heimlichen Hoffnung, vielleicht einige Worte mit Schwester Luisa wechseln zu können.

Beide Hoffnungen erfüllten sich nicht. Der Zustand des Kardinals war unverändert schlecht; noch immer durfte er keinen Besuch empfangen. Auch Schwester Luisa traf ich nicht an. Von ihren Kolleginnen erfuhr ich, daß sie die ständige Wache am Bett des Kardinals übernommen hatte. Das war für mich zwar insofern tröstlich, als ich den Patienten in den besten Händen wußte, aber doch auch eine kleine Enttäuschung.

Am nächsten Morgen machte ich als erstes einen Abstecher zur Werkzeugverwaltung. Um künftigen Streitereien vorzubeugen, ließ ich mir eine eigene Lampe und eine Flasche Öl zuteilen; beides verstaute ich in meiner Werkzeugtasche.

Unten im Schacht warteten Catino und der alte Mönch schon in der Schließerloge auf mich. Als sie mich kommen sahen, standen sie auf und gingen wieder vor mir her den Weg entlang, den ich jetzt schon kannte. Die Zeremonie des Aufschließens wiederholte sich, und ich baute die Schlösser aus der nächsten Kammertür aus.

Meine Bewacher hatten sich für diesmal nicht nur Wein

und Käse mitgebracht, sondern auch Spielkarten; nun spielten sie mit Hingabe um kleine Münzen. Hin und wieder erhob sich einer der beiden von seinem Stuhl und machte ein paar Schritte in die eine oder andere Richtung, oder er kam zu mir an meine Werkbank, wohl um mich spüren zu lassen, daß man mich trotz des Kartenspiels im Auge behielt. Doch wurden die Abstände zwischen solchen Unterbrechungen immer länger; es schien, daß ihr Spiel sie immer stärker gefangennahm.

Mir war es gleich. Ich machte meine Arbeit, ohne auf die beiden zu achten, und daß Catino auf seinen Inspektionsgängen gelegentlich für Minuten vor diesem oder jenem Stein des alten Gemäuers stehenblieb, führte ich darauf zurück, daß es hier unten halt nichts anderes zu sehen gab.

An diesem Tag gab es keine nennenswerten Zwischenfälle. Doch waren die Schlösser dieser Tür stark angerostet; entsprechend umfangreich waren die notwendigen Reparaturen. Es war lange nach dem regulären Feierabend, als ich endlich die letzten Schrauben festziehen konnte. Catino und der Alte schienen nicht zu bemerken, wie spät es schon war, so sehr waren sie in ihr Spiel vertieft. Ich räumte also meine Werkbank auf und ging zu den beiden hinüber.

Sie schenkten mir keine Beachtung. Dem Alten, der seine Karten mit dem Rücken nach oben auf den Tisch gelegt hatte, stand eine steile Falte auf der Stirn. Catino hatte seine Karten zusammengeschoben und hielt sie abwechselnd in der linken und in der rechten Hand; sein Gesicht – soviel war sogar im trüben Licht der Öllampe zu erkennen – zeigte eine tiefe, fast schon ungesunde Röte. Jeder von ihnen schien ein gutes Blatt zu haben, denn trotz eines Haufen Geldes, der sich auf dem Tisch angesammelt hatte, steigerten beide immer noch weiter.

Endlich hielt es Catino nicht mehr aus. Vielleicht hatte er auch kein Geld mehr, jedenfalls zog er mit dem Alten gleich und legte seine Karten auf den Tisch. Ein gutes Blatt: drei Asse und zwei Damen. Ängstlich erst, dann triumphierend blickte er auf den Alten, der mit einer resignierenden Geste eine Karte nach der anderen umdrehte: zum Vorschein kamen drei Könige, dann eine Neun. Kichernd griff Catino nach dem Geld, als der Alte ihm ganz sanft die Hand auf den Arm legte.

»Moment, Moment«, murmelte er mit gespielter Schläfrigkeit, »da war doch noch was – also wenn ich mich nicht irre, war da noch was.« Damit drehte er die letzte seiner Karten um – es war der vierte König.

Ich konnte ein schadenfrohes Lachen nicht unterdrücken, als ich Catinos Gesichtsausdruck sah. Er war aufs höchste verdutzt, geradezu versteinert. Wie abwesend nahm er die Hand von dem Geld, das der Alte mit scheinbar unbeteiligter Miene einstrich.

»Mistkerl, verdammter!« fluchte er, wobei unklar war, ob er mich oder den Alten meinte. Doch deutete der grimmige Blick, den er mir zuwarf, eher auf mich hin.

Wir waren alle drei erleichtert, als wir aus der vatikanischen Unterwelt auftauchten – auftauchten ans Tageslicht, hätte ich fast gesagt. Aber draußen war es längst dunkel, als wir den Treppenschacht verließen und jeder von uns seiner Wege ging.

38
Eine fürstliche Depesche

Meldungen aus den »Berlinischen Nachrichten«:

Berlin, 8. Juli 1869. [Die Berliner Volkszählung (II).] Betrachten wir noch einige statistische Angaben über die Religions-Verhältnisse in Berlin. Die hiesige Bevölkerung besteht zu 90% aus Evangelischen, zu 5,84% aus Katholiken, zu 3,94% aus Israeliten, zu 0,15% aus Dissidenten. Den Evangelischen sind 4 Herrenhuter, 74 Irvingianer und 157 Mennoniten zugezählt worden, den Dissidenten 92 Baptisten.

Evangelisch-katholische Mischehen wurden gezählt 1808; von den Kindern aus diesen Ehen waren 2169 evangelisch, 1055 katholisch. Katholisch-evangelische Mischehen wurden gezählt 4556; Kinder aus diesen Ehen waren 5106 evangelisch, 3287 katholisch. Man sieht also, daß selbst wo der Vater katholisch, doch in der überwiegenden Zahl der Fälle der evangelischen Erziehung der Vorzug gegeben wurde.

München, 8. Juli 1869. [Die Hohenlohe'sche Depesche.] Die »Nat-Z«. ist in der Lage, den Text der Circulardepesche des Fürsten Hohenlohe an die Gesandten der europäischen Staaten in Betreff des Concils zu veröffentlichen. Dieselbe ist datiert vom 9. April und lautet u.a.:

»Es läßt sich gegenwärtig mit Bestimmtheit annehmen, daß das von Se. Heiligkeit dem Papste Pius IX. ausgeschriebene allgemeine Concilium wirklich im Dezember stattfinden wird.

Daß das Concilium sich mit reinen Glaubensfragen beschäftigen werde, ist nicht zu vermuten, denn derartige Fragen, welche eine conciliarische Erledigung erheischen, liegen gegenwärtig nicht vor. Die einzige dogmatische Materie, welche man in Rom durch das Concilium entschieden sehen möchte und für welche gegenwärtig die Jesuiten in Italien, Deutschland und anderwärts agitieren, ist die Frage von der Unfehlbarkeit des Papstes. Diese aber reicht weit über das religiöse Gebiet hinaus und ist hochpolitischer Natur, da hiermit auch die Gewalt der Päpste über alle Fürsten und Völker, auch in weltlichen Dingen, zum Glaubenssatz erhoben wäre.

Ein weiteres Ziel ist es, die Verdammungsartikel des päpstlichen Syllabus vom 8. Dezember 1864 in positive Beschlüsse zu verwandeln. Da diese Artikel gegen wichtige Axiome des Staatslebens, wie es sich bei allen Culturvölkern gestaltet hat, gerichtet sind, so entsteht für die Regierungen die ernste Frage: ob und in welcher Form sie teils die ihnen untergebenen Bischöfe, teils später das Concil selber hinzuweisen hätten auf die bedenklichen Folgen, welche eine solche berechnete und principielle Zerrüttung der Beziehungen von Staat und Kirche herbeiführen müßte.

Es entsteht ferner die Frage: ob es nicht zweckmäßig erscheine, daß die Regierungen gemeinschaftlich Verwahrung gegen solche Beschlüsse einlegten, welche ohne Zuziehung der Vertreter der Staatsgewalt über staatskirchliche Fragen oder Gegenstände gemischter Natur von dem Concilium gefaßt werden möchten.

Es erscheint mir unumgänglich, daß die beteiligten Regierungen Einverständnis über diese ernste Angelegenheit zu erzielen versuchen. Möglicherweise sollte eine gemeinsame Maßnahme der europäischen Staaten und eine mehr oder minder identische Form ergriffen werden, um Rom über die dem Concil gegenüber einzunehmende Haltung im Voraus nicht im Ungewissen zu lassen. Eine Conferenz von Vertretern sämtlicher beteiligter Regierungen könnte ein geeignetes Mittel sein, um jene gemeinsame Haltung einer eingehenden Beratung zu unterziehen.«

Paris, 8. Juli 1869. [Zum Bischofsprozeß in Linz.] Zum Prozeß gegen den Linzer Bischof v. Rudigier, welcher nicht nur in besonders scharfer Form zur Mißachtung der neuen österreichischen Ehegesetze aufgerufen hat, sondern auch die Herausgabe der Ehe-Acten beharrlich verweigerte, äußern sich auch die hiesigen ultramontanen Blätter immer öfter. Folgende Adresse haben die Geistlichen der Diöcese Langres (Departement Ober-Marne) an den Bischof von Linz gerichtet:

»Bischöfliche Gnaden! Wir vernehmen mit gerechter Entrüstung, daß die vom Glauben abgefallene österreichische Regierung die Hand an die Gesalbten des Herrn gelegt hat. Schon seit langer Zeit haben Ihre Tugenden und Ihr wahrhaft apostolischer Mut Sie den Streichen dieser Regierung empfohlen. Nun haben Sie ein erstes Mal deren kirchenschänderische Gewalttätigkeiten zu erdulden gehabt. Daher bitten wir unterzeichnete arme Priester der Diöcese Langres ergebenst um die Erlaubnis, Ew. Gnaden den Tribut unserer Ehrfurcht und Bewunderung für das Schauspiel zu Füßen legen zu dürfen, welches Sie Österreich und der Welt geben, indem sie *usque ad vincula* die geheiligten Rechte der Kirche verteidigen, für welche Sie mehr als je einer der berühmtesten und wertesten Oberpriester sind.«

Prag, 9. Juli 1869. [Die Hußfeiern.] Trotz der Bemühungen des katholischen Episcopats, die Gedenkfeiern für Johannes Huß verbieten zu lassen, fanden am vergangenen Montag zahlreiche Feiern statt, welche dieses von der Kirche ermordeten Märtyrers gedachten.

An der größten davon, in Pankratsch, nahmen mehr als 6000 Personen Teil. Eine Huß-Statue wurde aufgestellt, und es wurde eine Rede gehalten, die mit den Worten schloß: »Einigkeit, Brüderlichkeit, Freiheit, das ist der Kelch des Huß, das ist der reine Kelch der Wahrheit«. Dann bestieg ein Mädchen in alttschechischer Tracht den Sockel der Statue und bekränzte diese mit dem Ausrufe »Slawa Tschechum« (Hoch Böhmen); einen zweiten Kranz auf die Statue legend, rief sie die Worte: »Seinen Körper habt ihr verbrannt, sein Geist aber ist unsterblich!«

Newyork, 10. Juli 1869. [Urzustände unter den Mormonen.] Eine »Heiden-Zeitung« in Ogden City, einer 3 englische Meilen von der Pacificbahn abgelegenen Stadt, vernimmt aus guter Quelle, daß Bischof *Walls* die »geistigen« Bedürfnisse seiner Gemeinde an Wochentagen an einer offenen Bar (dem Schanktisch, an welchem in Amerika die Gäste ihre Herzensstärkung stehenden Fußes einnehmen) befriedige und am Sonntag den Glauben der Mormonen predige. Der Sohn des Apostels Brigham Young namens Joe (eine wenig elegante Abkürzung von Joseph) scheint es diesem geistlichen Würdenträger noch zuvorzutun, denn ein anderes Blatt sagt von ihm: Er raucht gute Cigarren, trinkt guten Schnaps, besäuft sich, spielt Karten, prügelt seine Weiber und predigt das Evangelium.

39
Robinson

Wenn jemand behauptet, es sei in unserer Zeit nicht mehr nützlich, daß die katholische Religion als alleinige Staatsreligion mit Ausschluß anderer Kulte gelte – der sei verflucht.

Pius IX., Syllabus errorum

Tagebuch des Heinrich Wilhelm Lehmann:
Berlin. Sonntag, 17. November 1869

Ich sehe auf den Kalender und kann es kaum glauben: ist es wirklich schon über zwei Monate her, daß ich aus Rom zurück bin?

Dabei kann ich mich noch gut an die Fahrt erinnern. Ein bißchen ging es mir nämlich wie einem Kind vor dem Heiligen Abend, wenn die Eltern aus dem Haus sind: im Schrank liegen schön verpackt die Geschenke; soll es also versuchen, die Päckchen aufzumachen, um nachzusehen, was drin ist?

Ich hatte in meiner Tasche zwar keine Geschenke, aber doch den versiegelten Umschlag mit dem Vertragsentwurf, den mir Bernieri zum Abschied feierlich überreicht hatte. Und ich wußte zwar, daß ich selber in diesem Vertrag eine Rolle spielte, hatte aber keinerlei Vorstellung, was er im einzelnen besagte.

Nur, daß er angeblich für mich sehr vorteilhaft sein sollte.

Natürlich ließ ich den Umschlag zu. Nicht so sehr deshalb, weil ich mich gefürchtet hätte, das Siegel zu verletzen – so viel Sorgfalt hätte ich mir schon zugetraut. Aber ausschlaggebend war etwas anderes: ich hätte ja doch nichts an dem ändern können, was drinstand.

Also überreichte ich, zurück in Berlin, den Umschlag brav und unverletzt meinem Chef, dem Herrn Oberingenieur, oder vielmehr, ich wollte es tun. Mein Chef nämlich erwartete mich schon sehnsüchtig – der Pförtner hatte meine Ankunft sofort gemeldet – und hielt mir erst einmal eine Standpauke: es gehe nicht an, daß ich meinen Urlaub und die mir gesetzten Termine eigenmächtig überschreite; beim nächsten derartigen Vorfall werde meine Entlassung die unweigerliche Folge sein.

»Das Problem hätte sich beinahe von selbst erledigt«, sagte ich, als er mit seinem Vortrag fertig war.

»Von selbst? Können Sie sich etwas klarer ausdrücken?«

»Erledigt durch mein Ableben, ganz einfach. Ich bin überfallen worden, danach lag ich im Hospital, auf Leben und Tod –«

»Ja nun«, sagte er, schlagartig milder, »wie hätten wir das wissen sollen? Warum haben Sie nicht gleich telegraphiert?«

»Weil«, sagte ich, »man im Kirchenstaat ein bißchen rückständig ist: leider sind dort die Hospitalbetten noch nicht mit einem Telegraphenanschluß versehen.«

»Nanu«, sagte er erstaunt, »sind sie das denn bei uns in der Charité?«

Dann begriff er und lachte. »Womit fuchteln Sie mir da eigentlich die ganze Zeit vor der Nase herum?«

»Wenn ich das wüßte. Wie man mir sagte, ein Vertragsentwurf: die staatliche Eisenbahnverwaltung des Kirchenstaates geruht, mit der Berlin-Anhaltischen Eisenbahngesellschaft in gewisse vertraglich geregelte Beziehungen treten zu wollen.«

Achtlos riß er den Umschlag auf – das Siegel hätte zehnmal zerbrochen sein können.

Er überflog den Inhalt und pfiff durch die Zähne. »Sie scheinen recht zu haben«, meinte er. »Das müssen wir erstmal eine Stufe höher geben. Bis nachher!«

Wie sich herausstellte, fand man bei der Direktion an den Vorschlägen des Kirchenstaates Gefallen.

Ergebnis: man hat eine eigene Abteilung eingerichtet, die sich mit Analyse, Vergleich und Vorbereitung der Bahnsysteme für die Zeit nach dem Bau der Gotthardbahn beschäftigen soll, und die zu gleichen Teilen der Direktion in Berlin und dem »Amt für grenzüberschreitende Fragen« in Rom untersteht. Die Kosten der Abteilung – im wesentlichen ein mehr als verdoppeltes Gehalt für mich – werden zunächst von der Berlin-Anhaltischen Bahn vorgestreckt, und nach Quartalsabrechnung zu neunzig Prozent von der Eisenbahnverwaltung des Kirchenstaates übernommen.

Die personelle Ausstattung dieser Abteilung besteht zwar im Prinzip nur aus einem einzigen Mitarbeiter, nämlich meiner Wenigkeit. Aber immerhin hat man mir von Anfang an zwei Räume zugebilligt: einen als Arbeitszimmer, einen als Archiv. Und der Aufbau dieses Archivs wird vorläufig die Hauptaufgabe meiner kleinen Abteilung sein.

Der Vertrag trat übrigens sofort in Kraft. Seitens des Kirchenstaates war die Ausfertigung bereits unterzeichnet und gesiegelt, so daß nur noch die Unterschrift unseres Direktors fehlte, um ihm Gültigkeit zu verschaffen. Man übergab den Entwurf für einen Tag der Rechtsabteilung und für einen weiteren der Finanzabteilung, dann erfolgte die Unterzeichnung – datiert mit dem Tag meiner Rückkehr aus Rom.

Einen Namen bekam die Abteilung natürlich auch. Korrekt und vollständig heißt sie »Koordinationsabteilung zum vorbereitenden Abgleich der Eisenbahnsysteme nördlich und südlich der Alpen, unter besonderer Berücksichtigung der Belange des prospektiven Eisenbahnverkehrs im Kirchenstaate«. Ein findiger Kopf gab der winzigen Abteilung mit dem riesigen Namen die abgekürzte Bezeichnung »Abteilung Vatikanfahrt«, und ein Wortverdreher wußte es noch besser und taufte sie wenig später auf den Namen »Vatis Kahnfahrt« – dabei ist es geblieben.

Mit dem Ergebnis, daß sich von da an im ganzen Haus erst recht niemand etwas unter der Abteilung vorstellen konnte – auch bei der Direktion nicht, und in den ersten Wochen nicht einmal bei der Poststelle. Inzwischen treffen nämlich in Wochenabständen Sendungen ein, mit Listen und Tabellen aller technischen Spezifikationen des kirchenstaatlichen Eisenbahnsystems. Diese Pakete lagen anfangs wochenlang in der Poststelle, bis sich eine gütige Seele erbarmte, einmal nachzufragen, was man mit ihnen anfangen sollte. Seitdem weiß man: alles, was aus Rom kommt, geht an »Vatis Kahnfahrt« – das steht dann auch freundlicherweise auf dem Verteilerzettel für den internen Postboten.

Was die Arbeit angeht, bin ich seitdem mein eigener Herr. Einmal am Tag lasse ich mich beim Oberingenieur blicken, gelegentlich sehe ich in der Poststelle nach, ob wieder eine Sendung aus Rom herrenlos herumliegt. Und was mache ich den Rest des Tages? Das jedenfalls fragen mich regelmäßig die Kollegen – weil sie sich unter »Vatis Kahnfahrt« offenbar eine ruhige Idylle vorstellen. Wenn dann einer das erste Mal zu mir kommt, ist meistens seine erste Feststellung: Nanu, du arbeitest ja!

Genau das, so merkte ich bald, war offenbar der Haken bei dem Ganzen. Besonders unangenehm war, daß sich unter den Arbeiten von Anfang an auch Terminsachen befanden. Ergebnis war, daß ich zwar härter arbeitete als je zuvor, es aber niemand wußte. Mein Ruf bei den Kollegen blieb der eines Glückskindes und hochbezahlten Faulenzers, und daß die Sendungen aus Rom immer dicker wurden, fiel niemandem auf. Ungerechte Welt!

Es konnte auch keine Rede davon sein, daß ich, wie ich es gehofft hatte, zielstrebig an Luigis Aufzeichnungen würde arbeiten können – schon gar nicht an der Übersetzung für Francesca. Obwohl ... nun, obwohl mich gerade die Vorstellung, die Aufzeichnungen Francesca vorzulesen, mehr als alles andere erregt.

Als dann der Anteil an Terminsachen immer mehr zunahm – und ich immer unruhiger wurde, weil ich kaum noch dazu kam, an der Niederschrift von Luigis Aufzeichnungen zu arbeiten –, da ging mir endlich ein Licht auf!

Es war alles ein bißchen zu viel des Guten. Jetzt weiß ich Bescheid, und die Lage hat sich gründlich verändert – ich hoffe nur, daß Bernieri nicht so schnell dahinterkommt.

Er hat es ganz einfach übertrieben. Die letzte Oktoberwoche habe ich jeden Tag mindestens zwölf Stunden an diesen Systemvergleichen gesessen. Und nicht nur sechs Tage in der Woche – sondern ich fing auch an, die Sonntage durchzuarbeiten.

Genaugenommen habe ich es nicht einmal selber gemerkt. Sondern es war bei der Monatsbesprechung der Abteilungsleiter, zu der ich mit meinem Status als Ein-Mann-Abteilung gleichfalls geladen war – was alle wohl reichlich komisch fanden. Und es war wohl nur ein Versehen, wenn nicht gar ein Scherz, als mich der Direktor aufforderte:

»Und nun, wenn ich bitten darf: der Bericht der Abteilung Vat... – pardon, ich meine ›Koordination und Kirchenstaat‹.«

Er hatte zwei Sätze von mir erwartet; plötzlich erhielt er eine vergleichende Analyse seines eigenen Transportwesens, wie man sie ihm in dieser Form wohl noch nie präsentiert hatte. Entgeistert hörten er und die anderen Abteilungsleiter sich den Vortrag an, und anschließend fragte der Direktor:

»Wer hat alles daran mitgearbeitet?«

»Na, ich natürlich.«

»Unsinn!« fuhr er mich an. »Ich meine Ihre Mitarbeiter!«

»Mitarbeiter?« fragte ich verblüfft. »Aber wissen Sie es denn nicht? Ich habe doch gar keine!«

»Im Ernst?« meinte er ungläubig. »Das haben Sie alles alleine ausgearbeitet? Kaum zu fassen ...«

Und da merkte ich es erst so richtig: daß ich in den vergangenen Wochen keinen Handschlag getan hatte, der nicht mit diesen vergleichenden Systemanalysen zu tun hatte.

Hinterher kam der Oberingenieur zu mir und sagte: »Mir scheint, ich muß mich bei Ihnen entschuldigen.«

»Wieso?« fragte ich. »Haben Sie mir was Böses getan, und ich hab's gar nicht gemerkt?«

»Das nicht; aber ich war immer davon überzeugt, Sie säßen in Ihren zwei Räumen mehr oder weniger auf der faulen Haut. Habe Sie sogar beneidet, ehrlich. Und jetzt denke ich fast, Sie könnten – Quatsch, hat ja gar keinen Zweck ...«

»Sagen Sie's – vielleicht hat's ja doch Zweck!«

»Na ja, ich dachte ... wir hatten doch die letzten Monate einen Praktikanten bei uns – diesen jungen Ingenieur. Sie kennen ihn?«

»Sie meinen Karl Freitag, den alle Robinson nennen?«

»Genau. Seine Zeit ist jetzt um, und er sucht eine Stelle – wirklich ein fähiger junger Mann, und ausgesprochen fleißig. Ich hätte ihn gerne behalten, aber ich habe leider keine Vakanzen. Und da dachte ich ...«

»Ja? Was dachten Sie?«

»Na ja – dachte, daß Sie ihn vielleicht brauchen könnten. Aber dann fiel mir ein – Ihre Abteilung hat ja erst recht keine freie Planstelle. Schade – kann man nichts machen.«

Vielleicht kann man doch was machen, dachte ich, als ich

in meine kleine Abteilung zurückging. Und für den Rest dieses Tages beschloß ich, die Systeme Systeme sein zu lassen.

In meinem Arbeitsbuch sah ich mir die Posteingänge aus Rom an. Ich verglich ihren Umfang, prüfte das Pensum, das ich in Rom an den besten Tagen mit Pater Cossa geschafft hatte – und da fiel bei mir endlich der Groschen.

Es war ein abgekartetes Spiel. Erst bietet man mir eine selbständige Arbeit und ein höheres Gehalt, um mir Appetit zu machen – und dann überschüttet man mich so mit Arbeit, daß ich zu nichts anderem mehr komme. Ergebnis: keine Briefe an Bischöfe, keine Besuche bei kritischen Theologen, keine Studien in Archiven und Bibliotheken. Kaum noch Zeit für die Rekonstruktion von Luigis Aufzeichnungen, und infolgedessen (aber das wußte nur ich): auch das Vorlesen für Francesca in immer weiterer Ferne.

Man schlug zwei Fliegen mit einer Klappe: ich machte das, was man in Rom sowieso hätte tun müssen – und ich zog mich damit selber aus dem Verkehr. Man brauchte mich nicht einzusperren; kein hinkender Herr im grauen Anzug mußte mir nachgeschickt werden – nur immer einen großen Haufen Arbeit, und den Rest würde mein Pflichtgefühl besorgen!

Als erstes schickte ich eine Depesche an Bernieri: »Arbeit nicht zu bewältigen – entweder weniger Terminarbeiten, oder zweite Planstelle bewilligen.«

Am nächsten Tag kam die Antwort: »Entschuldigung. Koordination wird verbessert, Anteil der Terminarbeiten reduziert.«

Da war aber mein Entschluß schon gefaßt. In der Mittagspause suchte ich Robinson auf und lud ihn ein, mich demnächst einmal zu besuchen. Gleich nach Feierabend kam er: erfreut über meine Einladung, und sehr neugierig. Meine Arbeit fand er hochinteressant – kein Wunder. Denn eine bessere Gelegenheit, sich einen Überblick über das gesamte europäische Eisenbahnsystem zu verschaffen, könnte er anderswo kaum finden.

Als ich sah, daß er angebissen hatte, fragte ich ihn nach seinen Gehaltsvorstellungen. Was er sich dachte, lag deutlich unter dem, was ich vor meiner Zeit als »Abteilungsleiter« bekommen hatte. Ich erhöhte es ein wenig, so daß von meinem Abteilungsleitergehalt sechzig Prozent auf mich und vierzig Prozent auf ihn entfielen. Er war sofort einverstanden.

Und seit genau einer Woche besteht »Vatis Kahnfahrt« aus zwei Leuten. Im vorderen Raum, dem Archivzimmer, sitzt Robinson, alias Karl Freitag, über Listen, Tabellen und Zeichnungen. Hinten, im Arbeitszimmer – geschützt und abgeschirmt wie in einer Höhle – sitze ich. Und zum ersten Mal nach längerer Zeit habe ich wieder das Gefühl, ein freier Mensch zu sein.

Natürlich stimmen jetzt unsere Spitznamen nicht mehr. Denn eigentlich müßte Robinson wieder Freitag heißen, ich hingegen Robinson: in Gedanken versunken vor meinem dicken Notizbuch, mich erinnernd, rekonstruierend – und die Tage zählend, bis ich endlich an Francesca telegraphieren kann: Übersetzung fertig, wann kann ich kommen?

Aber immerhin: mit dem zweiten Teil des Spitznamens für meine Abteilung kann ich mich schon identifizieren. Auf einer Nußschale im Ozean schwimmend, und trotzdem ungeduldig über die sanfte Brise – und also froh über die Wolke am Horizont, die einen Wind verspricht, aber vielleicht auch einen Wirbelsturm ...

Ich habe eine vorsichtige Anfrage an einige Geistliche gerichtet: daß es angeblich Briefe des Apostels Andreas geben soll ... Das finden die Herren zwar nicht vollständig uninteressant, aber man würde doch lieber erst einmal die Originale der Handschriften sehen, bevor man sich näher äußert. Im übrigen: die Vorbereitungen aufs Konzil, ich möge verstehen ...

Ich verstehe, natürlich. Von diesen Geistlichen wird »Vatis Kahnfahrt« keinen Wirbelsturm zu erwarten haben.

40
Die Spur des Arcimboldo

Rekonstruktion der Aufzeichnungen
des Luigi Calandrelli (13):

Unten im Schacht schien alles seinen Gang zu gehen. Einige Tage verliefen ohne besondere Vorfälle, von zwei, drei Augenblicken abgesehen, an denen, nach Hammerschlägen im Nachbargang, wieder einmal Sand und kleine Steine aus der brüchigen Mauer rieselten. Es sah auch so aus, als hätte sich Catino an mich gewöhnt, jedenfalls kam es zu keinen weiteren Auseinandersetzungen. Er und der Alte hatten ihr Kartenspiel nicht wieder aufgenommen; vermutlich war Catino das Geld ausgegangen. Statt dessen hatten sie sich jetzt ein Schachspiel mitgebracht, wo die Chancen dem Anschein nach ausgeglichener waren. Wenigstens schloß ich das aus ihren Ausrufen, aber auch aus der Stimmung, in der sie nach getaner Arbeit (besser gesagt, nach *meiner* getanen Arbeit) die lange eiserne Treppe nach oben stiegen.

Was mich betrifft, so ging ich nach Feierabend immer erst zum Hospital, wo ich mich nach dem Zustand des Kardinals erkundigte. Dabei hoffte ich natürlich, vielleicht auch einmal Schwester Luisa zu treffen, sei es beim Kardinal, sei es im Schwesternzimmer – ein Wunsch, der sich zunächst nicht erfüllte. Doch wurde ich an einem dieser Tage vom diensthabenden Arzt angesprochen. Wie es schien, hatte er mich erwartet, denn er erhob sich, als ich kam, und bat mich in sein Arbeitszimmer.

Es gehe, so der Arzt, um folgendes: Seine Eminenz habe mehrfach den Wunsch geäußert, mich zu sprechen; zwar sei das Ärztekollegium übereinstimmend der Auffassung, daß er nach wie vor strenger Schonung bedürfe, doch fürchte man negative Auswirkungen, wenn man ihm seinen Wunsch beständig verweigere. Also habe man meinem Besuch zugestimmt, hoffe jedoch auf meine Mitarbeit: insofern nämlich, als man mich bitte, alle Themen, die den Patienten erregen könnten, im Gespräch auszusparen.

Ich versprach es ihm, ohne es für mehr zu halten als eine belanglose Floskel; daraufhin führte mich der Arzt persönlich in das Zimmer des Kardinals. Hier sah ich auch Schwester Luisa wieder, doch nur für wenige Augenblicke. Denn kaum hatte Delmonte mich erblickt und mit einer erfreuten Handbewegung begrüßt, als sie sich schon verabschiedete und gemeinsam mit dem Arzt das Zimmer verließ.

»Endlich«, stöhnte der Kardinal, wobei er sich umsah, ob wir auch wirklich allein waren. »Das erste Mal seit Tagen, daß ich wieder einen normalen Menschen sehe, und nicht bloß Talare und Quacksalber. Schwester Luisa ausgenommen, ohne sie wäre ich vielleicht schon unter der Erde, wer weiß ... Komm ein bißchen näher, mein Junge, hier haben die Wände Ohren, und ich bin wirklich ein bißchen schwach geworden. Oh –«

Er machte eine Pause und holte Luft. Der Arzt hatte nicht übertrieben; er sah schlecht aus, und jedes Wort schien ihn anzustrengen. Um so mehr hatte ich das Gefühl, daß mein Besuch ihn im Grunde stören mußte. Ich stotterte einige Worte in diesem Sinne, er jedoch schien gar nicht zuzuhören. Unvermittelt unterbrach er mich mit der Frage:

»Junge, was sagst du zu den Schlössern unten im Gang?«

Ich glaubte, mich verhört zu haben. Was wußte er von den Schlössern? Der Kardinal aber, sich erneut im Zimmer umsehend, winkte mich näher zu sich heran. Fast im Flüsterton wiederholte er seine Frage:

»Die Schlösser unten an den Türen – ist dir daran nichts aufgefallen?«

»Nun, Eminenz«, antwortete ich zögernd, »was soll ich sagen, die Schlösser –«

»Sei ehrlich, Junge«, ermahnte er mich, »du brauchst mir nichts vorzumachen. Diese Art von Schlössern – du konntest sie schon, nicht wahr?«

»Es stimmt, ich kannte die Art. Sie sind alle von demselben alten Meister; mit einem ähnlichen Schloß hatte ich schon einmal zu tun. Aber woher –«

»Die Truhe«, unterbrach er mich, »die unselige Truhe – ein Unglück für uns alle, daß der Inhalt verbrannt ist. Du konntest nichts dafür, aber euren Pfarrer soll der Teufel holen ...«

Ich war überrascht. »Die Truhe in unserem Dorf – Sie haben davon gewußt?«

»Habe ich«, antwortete er mit schwacher Stimme, der aber auch eine heimliche Genugtuung anzuhören war. »Das, und noch einiges mehr. Was glaubst du denn, wer damals die Abordnung in euer Dorf geschickt hat? Wer dich hierhergeholt hat, und wer dir eine eigene Kammer besorgt hat? Ja, mein Junge ...«

Wieder stockte er. Er rang nach Luft und griff zum Wasserglas, trank einen Schluck und sagte mit einem Lächeln:

»Nun wunderst du dich, nicht wahr? Ich weiß ein bißchen über dich und die Truhe, auch über den Meister, der sie gemacht hat, bloß, es ist immer noch zuwenig ... Jetzt wartest auf eine Erklärung; dabei muß ich dir sagen: gerade du warst es eigentlich, von dem ich mir Aufklärung erhofft hatte. Das heißt, ich wünsche es mir immer noch, in den Tagen, die mir bleiben – wenn es überhaupt noch Tage sind, und nicht nur Stunden ...«

»Eminenz –«, wollte ich widersprechen; er aber schnitt mir mit einer Handbewegung das Wort ab.

»Lieb von dir, daß du mich trösten willst, aber ich weiß es besser. Es ist wohl auch meine Strafe, denn das Geheimnis, dem wir auf der Spur sind – ich wollte es herausfinden, aber nicht, um die Wahrheit ans Licht zu bringen ... sondern für mich. Jawohl, mein Junge: ich wollte Macht gewinnen, ich gestehe es. Schon lebte ich in dem Gefühl, ich würde mit diesem Geheimnis mächtig sein wie kein anderer – nicht einmal der Gedanke an den Platz ganz oben war mir fremd – mit Recht hat mich der Schlag getroffen in diesem Moment. Ja, er war sogar meine Rettung. Er hat mir den Körper zerstört, aber die Seele – meine Seele habe ich zurückgewonnen ...«

Wieder machte er eine lange Pause, rang mühsam nach Atem. »Höre, Junge«, flüsterte er schließlich, immer wieder von Atemnot unterbrochen. »Höre, was ich bis jetzt herausbekommen habe; vielleicht, daß du mir noch helfen kannst, die Lösung zu finden. Ich hoffe, du hast im Unterricht bei Alfredo aufgepaßt. Habt ihr nicht einmal einen lateinischen Text gelesen, aus der Zeit vor der babylonischen Gefangenschaft der Kirche?«

In der Tat: es war ein Text aus dem frühen vierzehnten Jahrhundert gewesen. Und auch Cornelius hatte die Vorgänge dieser Zeit erwähnt, als er mir von dem alten Kellertrakt erzählte. Ich nickte, und Delmonte berichtete:

»Was ich bisher weiß oder zu wissen glaube, ist folgendes: Als damals feststand, daß man den Heiligen Stuhl zum Umzug nach Avignon zwingen würde, beschloß man vermutlich im Kreise weniger Eingeweihter, einige höchst geheime Dokumente und noch andere Dinge an einer sicheren Stelle zu verstecken. Der Hauptpalast war damals noch der Lateran, und wahrscheinlich entschloß man sich genau deshalb für einen verborgenen Kellergang im Vatikanpalast – eben jenen zugemauerten Gang, der für Jahrhunderte in Vergessenheit geriet.

Als nun vor Jahren der Gang entdeckt wurde, da fand sich dort auch eine größere Menge Gold und Edelsteine. Für meine Amtsbrüder war das schon Grund genug zur Freude; sie waren überzeugt, daß es wohl damals um die Rettung dieses Schatzes vor den gierigen Franzosen gegangen wäre. Mir allerdings sagte eine innere Stimme, daß mehr dahinterstecken müsse. Ganz verdächtig schien mir die Art, wie man das Gold deponiert hatte: nämlich an einer Stelle, die nur auf den ersten Blick als Versteck gelten konnte, während sie in Wahrheit auch vom Dümmsten schnell gefunden werden mußte. Gerade das erweckte in mir den Verdacht, daß man in Wirklichkeit etwas ganz anderes hatte verbergen wollen, und daß man mit dem zurückgelassenen Gold davon nur ablenken wollte.

Mein Fehler war, daß ich einigen meiner Amtsbrüder von meinem Verdacht erzählte. So wurde der Gang zwar vorsichtshalber der höchsten Geheimhaltungsstufe zugeordnet, zu der außer mir und Garrota nur unser werter Heiliger Vater Zutritt hatte. Doch wurde von nun an sorgfältig beobachtet, ob ich bei meinen Nachforschungen vielleicht etwas herausfinden würde. Und weil man jetzt eben davon überzeugt zu sein scheint, hat man mir die weitere Untersuchung aus der Hand genommen. Im Grunde haben sie nicht ganz unrecht, die Guten, bloß wird es ihnen nichts nützen.«

Den Ausdruck »Heiliger Vater« hatte er nicht ohne einen spöttischen Unterton ausgesprochen. Und ich hatte den

Eindruck, als hätte ihn die Suspendierung vom Umgang mit den Dokumenten mehr getroffen, als er zuzugeben bereit war. Er ließ sich von mir einen Schluck Wasser einflößen und fuhr fort:

»Die ersten Indizien für meinen Verdacht ergaben sich, als ich die Dokumente aus der Zeit der Übersiedlung nach Avignon studierte. Es fand sich nämlich ein Bericht über die Tage vor dem Umzug; demnach waren der Papst und seine Begleitung eine Woche früher als vorgesehen zur Abreise gezwungen worden. Die Folge läßt sich denken: ein großes Durcheinander und eine extreme Zeitnot. Das zeigte sich übrigens auch an der unsauberen Schrift und an der Unvollständigkeit dieser Aufzeichnungen.

Was nun die Gegenstände betrifft, von denen ich annehme, daß man sie verbergen wollte, so waren sie nirgends direkt erwähnt. Das kann natürlich nicht erstaunen, wenn man voraussetzt, daß tatsächlich etwas versteckt und geheimgehalten werden sollte. Immerhin, ich hatte Glück. Ich stieß auf einen Hinweis, wonach man drei Truhen sowie eine Anzahl von Dokumentenbänden einem Handwerker namens Arcimboldo Segurmont zur weiteren Verbringung übergeben habe. Von diesem nun hatte ich an anderer Stelle gelesen, daß er offenbar die Truhen selber gefertigt hatte. Mir kam der Gedanke, die in dem Gang deponierten Bände einmal zu zählen – siehe da, sie stimmten mit der angegebenen Zahl überein. Ein Zufall? Möglich, aber unwahrscheinlich. Nur: wo waren die drei Truhen?

Es stellte sich heraus, daß in den Archiven noch Dokumente über die Hausangestellten jener Zeit vorhanden waren. Demnach war Arcimboldo ein venezianischer Schlossermeister, der erst kurze Zeit vor der Übersiedlung nach Avignon in den Dienst der Kurie getreten war. Nach den Unterlagen war er außergewöhnlich gut bezahlt worden, was mich in meiner Vermutung bestärkte, daß er im allerhöchsten Auftrag tätig war.

Da mein Sekretär – du kennst ihn – aus Venedig gebürtig ist, sandte ich ihn in seine Heimatstadt, um weitere Nachforschungen anzustellen. Arcimboldo, so fand er heraus, war in der Tat aus Venedig gekommen, wo er unter dem Beinamen Monteseguro als Schlosser für die vornehmsten Häuser der Stadt gearbeitet hatte. Allerdings war er kein

Venezianer von Geburt; seine Familie und er selber waren aus Frankreich gekommen. Und er ist auch später nicht nach Venedig zurückgekehrt.«

Ich merkte, wie dem alten Herrn das Sprechen zunehmend schwerfiel. War es anfangs noch die Furcht vor Lauschern gewesen, die ihn absichtlich hatte leise sprechen lassen, so verlor seine Stimme jetzt immer mehr an Kraft; ich mußte mein Ohr fast an seinen Mund halten, um seinen Worten folgen zu können. Mehrmals machte ich einen halbherzigen Versuch, ihn zum Ausruhen zu ermahnen. Doch war ich selber von seinem Bericht viel zu sehr gefesselt, als daß ich ihn ernsthaft hätte unterbrechen wollen; so begnügte ich mich damit, ihm zwischen den Sätzen immer wieder das Wasserglas an die Lippen zu führen.

»Die Frage war: wohin war Arcimboldo Segurmont von Rom aus gegangen? Nach Avignon, soviel stand fest, nicht; nach Venedig auch nicht. Zwar war ich mir sicher, daß ich mit der Suche nach ihm auf der richtigen Spur war. Nur, hier schien sich die Spur zu verlieren.

Ich versuchte, meinen Gedanken eine andere Richtung zu geben. Wenn sich schon nicht herausfinden ließ, wohin er gegangen war – dann vielleicht: von wo er kam?

In aller Heimlichkeit schickte ich meinen Sekretär in die Stadt, die als Herkunftsort des Arcimboldo genannt war. Doch fand er, obwohl sich die kirchlichen Archive dort über Jahrhunderte erhalten hatten, keinerlei Hinweis, auch nicht in den Städten und Dörfern der Umgebung. Arcimboldo mußte in Venedig entweder seinen Herkunftsort falsch angegeben haben, oder aber er war unter einem anderen als seinem Geburtsnamen aufgetreten. Wie auch immer – ich war, wie es schien, in eine Sackgasse geraten.

Mir blieb nichts übrig, als die Dokumente in den Kammern des Ganges Blatt für Blatt durchzugehen. Die Suche dauerte mehrere Monate. Fast jeden Tag begab ich mich hinunter in den verfallenen Gang, prüfte, ordnete, katalogisierte. Dann ein erster Hinweis: mitten in einem Bündel von Quittungen über die Summen, die Bischöfe und Kardinäle für ihre Ernennung zu bezahlen hatten, ein Zettel ohne Text. Er enthielt nur eines: die Zeichnungen dreier Schlüssel.

Drei Schlüssel – das ließ mich an eine Meldung denken,

die ich in den Wochen davor gelesen hatte: in einer Kirche nicht weit von Lugano hatte man eine eisenbeschlagene Kiste gefunden, deren Schloß mit drei Schlüsseln geöffnet werden mußte, und deren Inhalt sich beim Öffnen entzündet hatte. Mein Gefühl sagte mir sogleich, daß hier ein Zusammenhang bestehen könnte. Ja, vielleicht handelte es sich sogar um eine der Truhen, nach denen ich suchte. Ich ließ mir die Akten kommen und schickte eine Untersuchungskommission in euer Dorf, unter Leitung meines Sekretärs. Er sollte alles mit nach Rom bringen, was mit dem Fall im Zusammenhang stand; also brachte er außer der Truhe auch dich mit. – Greif doch mal in die Tasche im Nachtschrank und nimm das Blatt im vorderen Fach heraus. Sagt es dir etwas?«

Es war der Zettel, von dem er gerade gesprochen hatte. Die drei Schlüssel, die darauf mit kunstvoller Sorgfalt gezeichnet waren, erkannte ich auf den ersten Blick: es waren diejenigen zu der Truhe, die ich seinerzeit geöffnet hatte. Nur der dritte wich geringfügig von demjenigen ab, den ich selber gefeilt hatte – es war genau die Einkerbung, die den Bart an dem Häkchen hätte vorbeigleiten lassen.

Ich nickte beschämt mit dem Kopf und murmelte: »Ja, das sind sie. Ich erkenne sie; es sind die Schlüssel zu der Truhe. Nur der dritte Schlüssel, ich habe ihn falsch ...«

»Keine Vorwürfe«, unterbrach mich der Kardinal. »Wer weiß, wem es genützt hätte, wenn ich die Dokumente damals in die Hände bekommen hätte. Es ist so gekommen, also mußte es so kommen. Aber was du noch nicht weißt: auch so hast du mir ein gutes Stück weitergeholfen.

Denn ich fragte mich: gesetzt den Fall, es war wirklich eine der Truhen, die Arcimboldo im Auftrag des Heiligen Stuhls an einem sicheren Ort unterbringen sollte – wieso gerade an dieser abgelegenen Stelle? Und: wäre es möglich gewesen, daß er sie allein hätte einmauern können? Mußte ihm nicht jemand dabei geholfen haben? Schließlich: hätte es sein können, daß er überhaupt nicht mehr im Auftrag der Kirche handelte, als er die Truhe dorthin brachte?

Nach einer langen Zeit des Suchens hatte ich erstmals wieder einen festen Anhaltspunkt: dein Dorf, Luigi, und die Kirche dort. Wann hatte man sie fertiggestellt? Nun, genau im Jahr nach dem Beginn der Avignon-Zeit. Wer war der

Baumeister? Wieder ein Franzose. Wie er hieß? Es fügte sich zusammen wie ein Mosaik: Antonio de Segurmont, der sich während des Kirchenbaues in eurem Dorf niedergelassen hatte.

Was aus ihm geworden war? Das war fast nur noch eine rhetorische Frage. Ich blätterte in den Unterlagen, als hätte ich sie selber geschrieben: nur wenige Monate nach dem Bau der Kirche endete Antonio de Segurmont auf dem Scheiterhaufen, er und ein Dutzend andere, die man bei einem ketzerischen Gottesdienst gefaßt hatte. Darunter zwei seiner Brüder, mit Namen Pietro und Archimbald, so die Schreibweise in den amtlichen Unterlagen. Keiner von ihnen war bereit, abzuschwören; noch auf dem Scheiterhaufen verfluchten sie den Papst als Werkzeug des Teufels: der Tag aber – so vermerkte das Protokoll ihre letzten Worte –, der Tag würde kommen, da die Verbrechen des römischen Satans offenbar würden vor der Welt.

Es war der Name, Luigi – er hätte mich gleich stutzig machen müssen. Arcimboldo Segurmont oder Monteseguro, das hatte ich für einen Beinamen gehalten. Dachte, er bezog sich auf die Qualität seiner Schlösser; statt dessen – welche Kühnheit! Arcimboldo und seine Familie waren Katharer – sagt dir das etwas? Nein? Ach, das ist auch eine Schande, aber nicht für dich, sondern für unsere Kirche: die Erinnerung an alles, was ihrer Macht und ihrem Reichtum dient, hält sie mit eiserner Knute am Leben, aber die Erinnerung an all das Blut, das an ihren Händen klebt, will sie fortwischen wie jeder schmierige Dieb und Mörder.

Die Katharer, mein Junge – später nannte man sie Albigenser, nach der Stadt Albi –, waren gute und fromme Leute; ihr Fehler war, daß sie zwar den Papst für einen Mörder am Glauben hielten, aber nicht genug Schwerter und Söldner und Kriegslust hatten, um ihn vom Morden abzuhalten. Der Pfahl der aufrechten Gläubigen von Albi schmerzte allzu sehr im Fleisch der römischen Kirche; sie drohte und bannte und versprach und bestach, und in mehreren fürchterlichen Kriegszügen, mein Junge (so grausam, wie diese Kirche wohl immer nur gegen die Guten und Aufrechten vorgegangen ist, denn mit Abschaum und Gesindel hat sie sich stets prächtig verstanden), hat unsere vor Liebe geifernde und von Blut triefende Kirche die Albigenser abgeschlachtet.

Was Arcimboldo betraf – nun, seine Vorfahren waren wohl unter den wenigen gewesen, die dem letzten Gemetzel entgangen waren, damals, als die letzte Zuflucht der Albigenser belagert und gebrandschatzt wurde: die Burg Montségur. Und die furchtlosen Enkel – sie hatten es gewagt, sich den Ort des Schreckens als Ehrennamen beizulegen! Wehe, mein Junge, wenn ich daran denke, wehe über mich, der ich mein Leben dieser Kirche gewidmet habe, einer Kirche, der Mut und Offenheit noch nie etwas galten, und die wahrlich eine riesige Kloake ist, in der sich der Schmutz der Zeiten gesammelt – wehe ...«

Der Kardinal stöhnte auf und faßte sich ans Herz. In einer Art Reflex hielt ich ihm das Wasserglas an den Mund; er trank begierig, wobei er sich fast verschluckt hätte. Dann schwieg er, ganz so, als wäre er mit seinem Bericht am Ende. Ich hielt den Augenblick für gekommen, mich zurückzuziehen; der Kardinal aber ergriff meine Hand. Eine Weile sagte er nichts, dann fuhr er mit kaum vernehmbarer Stimme fort:

»Während du schon hier bei der Schweizergarde warst, zog ich weitere Erkundigungen über dein Dorf ein, auch darüber, ob denn die Albigenser damals in dieser Gegend Zulauf hatten. Es scheint, daß sie ihren Glauben in aller Heimlichkeit ausübten und weitergaben, immer an bestimmte Auserwählte.

Ansonsten half mir diese Spur nicht weiter. Offenbar waren damals sämtliche Verwandten Arcimboldos auf dem Scheiterhaufen geendet, ohne daß sie ihr Geheimnis jemandem hätten mitteilen können. Um nichts unversucht zu lassen, gab ich Anordnung, die Kirche noch einmal auf das genaueste zu untersuchen: ohne jeden Erfolg. Auch in dem Haus, wo die Familie der Segurmont gewohnt hatte – heute ist es das Pfarrhaus –, klopften meine Leute an jeden Stein, gruben im Garten jedes Stück Boden um – ohne den geringsten Hinweis. So blieb mir nichts übrig, als weiter die Dokumente in dem alten Gang zu studieren, so mühsam es mir auch werden mochte.

Dann, eines Tages – ich wollte die Hoffnung schon aufgeben – fand ich doch noch eine Spur. Wieder öffnete ich eine der vielen hundert versiegelten Mappen, das heißt, ich wollte sie gerade öffnen, als ich merkte, daß das Siegel schon gebrochen war. Ich betrachtete die Bruchstelle: sie war voller Staub. Keine Frage: die Mappe war nicht erst vor kurzem geöffnet worden. Das aber konnte, weil der Gang all die Jahrhunderte hindurch zugemauert war, nur heißen: der das Siegel zerbrochen hatte, mußte derselbe gewesen sein, der die Dokumente nach unten gebracht hatte – will sagen, Arcimboldo Segurmont.

Nun erinnerte ich mich, daß ich schon beim Prüfen der ersten Mappe, in der die Zeichnung der Schlüssel lag, das Gefühl gehabt hatte, als hätte sich das Siegel besonders leicht vom Pergament gelöst. Ich geriet in einen Zustand fieberhafter Aufregung. Hastig blätterte ich durch die Seiten, zerriß beinahe die eine oder andere, so daß ich mich fast gewaltsam zur Ruhe zwingen mußte. Dann, in der Tat, auch hier: ein loser Zettel mitten zwischen den Dokumenten. Er war in altertümlichem Latein geschrieben, dem Anschein nach in großer Eile, denn die Buchstaben waren unterschiedlich groß und kaum leserlich, und zwischen den Wörtern klafften große Lücken. Ich entzifferte sie mühsam – und verspürte im Herzen den Stich einer großen Enttäuschung: die Wörter waren mit Ausnahme des ersten Satzes ohne jeden Zusammenhang.

Mir schwindelte. Ich hatte die Mappe direkt am Regal durchgeblättert, noch im Stehen, so aufgeregt war ich gewesen; nun setzte ich mich hin, außerstande, auch nur einen klaren Gedanken zu fassen. Ich starrte auf das Blatt Papier, von dem ich mir so viel versprochen hatte, und das sich mir nun verweigerte. Um mich herum drehte sich alles. Wieder durchfuhr mich das Stechen in meiner Brust, aber diesmal viel stärker, und es zog vom Herzen bis in den Arm. Ich spürte, wie ich das Gleichgewicht verlor und stürzte.

Schon im Fallen, griff ich nach dem Papier auf dem Tisch; nun lag das Blatt auf dem Boden, und ich lag daneben und wollte mich nicht bewegen. Ja, Luigi: in meinem Empfinden war es nicht etwa so, daß ich es nicht gekonnt hätte. Nein – ich wollte nicht mehr. Ganz unbegreiflich war mir plötzlich die alberne Selbstverständlichkeit, mit der sich Menschen ständig bewegen: von hier nach da und von da nach dort, und von dort nach hier und immer um sich selbst herum – nur ich selber war plötzlich zur Vernunft gekommen und wollte nicht mehr. Oder vielmehr, ich wollte doch, nämlich unwiderruflich liegenbleiben, für immer, auf dieser Stelle, auf diesem Stück Steinboden.

Es hatte wohl den Anfall gebraucht, um mich zur Ruhe zu bringen. Ach ja, mein Junge, Gier macht dumm, oder nenne es Sehnsucht oder Ehrgeiz oder Verlangen, auch das macht dumm. Ich war ein Idiot gewesen in meiner Gier, denn die Lösung lag direkt vor mir, wenigstens die Lösung zu dem, was die Worte auf dem Blatt bedeuten sollten. Nun erst las ich die Botschaft in dem Text – so leicht, als hätte ich sie selber geschrieben.

Es war ganz einfach; jedes Kind hätte es mit ein wenig Nachdenken herausgefunden. Wie es schien, hatte Arcimboldo (immer vorausgesetzt, er war es wirklich) noch eine Nachricht hinterlassen wollen, und zwar der Sicherheit halber oder aus Gewohnheit in verschlüsselter Form. Offenbar hatte er nur wenig Zeit, also wählte er einen Weg, der ihm von allen möglichen der kürzeste schien. Dazu schrieb er den Text von rechts nach links und von unten nach oben, wobei er zwischen den Buchstaben große Abstände ließ. Dann füllte er die Lücken, indem er jeden Buchstaben als ersten eines Wortes nahm. Zuerst gelang es ihm noch, die Wörter so zu wählen, daß sie einen halbwegs sinnvollen Satz ergaben; danach fehlte ihm offenbar die Zeit oder die Geduld, jedenfalls machte er aus jedem Buchstaben das erste beste so beginnende Wort, und das tat er gegen Ende des Textes – oder besser gesagt, gegen seinen Anfang hin – immer schneller und unleserlicher. Die Botschaft aber lautete so:

›*Mein Sohn, mein Bruder! Mein Werk hier ist vollendet; schon klopfen die Plünderer an die Tore. Das Gold lasse ich hier, nur das Höchste trage ich am Körper. Entreißt man es mir, so bin auch ich nicht mehr; entkomme ich lebend, so bringe ich es an den Ort seiner Bestimmung. Gott schütze uns und bewahre die Kraft des wahren Glaubens. – A.M.*‹

Obwohl die Initialen auch anderes hätten bedeuten können, war ich mir sicher, daß der Text von Arcimboldo Segurmont stammte. Was war es, das er ›das Höchste‹ nannte? Ich wußte und weiß es nicht. Doch hatte er außerdem, wie er schrieb, ein ›Werk vollendet‹, und das konnte sich nur auf den Gang beziehen. Was hätte er sonst hier unten gesucht? Schwerlich konnte er den Inhalt von drei oder auch nur zwei Truhen an seinem Körper verstecken.

Angenommen, Luigi, die Truhe in deinem Dorf, deren Inhalt euch verbrannt ist, war eine von den dreien. Das wichtigste Stück aus der zweiten Truhe trug er bei sich, möglicherweise auch die Truhe selber. Blieb die dritte, oder wenigstens ihr Inhalt. Und dieser – ich spürte es mit einer hellsichtigen Klarheit – lag nur wenige Schritte von mir entfernt; ich aber lag auf dem Boden und konnte nicht mehr, wollte in alle Ewigkeit auf dieser Stelle liegenbleiben und über Leben und Tod nachdenken ...

Das heißt, etwas Neugier – doch, ein kleines bißchen Neugier schien sich noch immer in mir zu regen ... Mit der Neugier aber, so spürte ich, kehrten auch meine Lebensgeister zurück. Auf dem Boden liegenzubleiben, kam mir auf einmal alles andere als erstrebenswert vor, zumal mein Sekretär früher oder später nach mir suchen würde. In diesem Fall aber – der Zettel ...

Ich dachte daran, wie wichtig es wäre, ihn einzustecken oder wenigstens verschwinden zu lassen, und nun merkte ich, daß ich mich in der Tat nicht bewegen konnte, oder doch nur mit äußerster Anstrengung. Unter Aufbietung aller Kräfte bewegte ich meine Hand auf das Blatt zu, aber in dem Maße, wie ich glaubte, es zu ergreifen, verwirrten sich meine Sinne – die Visionen – der Engel ...«

Der Kardinal verstummte. Für einen Moment glaubte ich, daß er erschöpft war oder nachdachte; dann aber sah ich mit Schrecken, daß er ohnmächtig geworden war. Ich sprang auf und lief hinaus, um den Arzt zu holen, traf aber statt seiner auf Schwester Luisa, die vor dem Krankenzimmer auf und ab ging. Ein Blick auf mein Gesicht reichte aus, um sie die Lage erkennen zu lassen; sie stieß mich beiseite und stürzte ins Zimmer des Kardinals, wo sie als erstes nach dessen Hand griff und den Puls fühlte.

»Gottseidank, er lebt«, rief sie aus, »jetzt aber fort mit dir, unvernünftiger Kerl. Hat man dir nicht deutlich gesagt, er braucht Schonung? Fort mit dir, bevor er aufwacht, bevor dein Anblick vielleicht noch größeres Unheil bringt!«

In diesem Augenblick eilte auch der diensthabende Arzt ins Zimmer und griff zu einigen Instrumenten, vermutlich, um einen Aderlaß vorzubereiten. Ich hielt es für angebracht, der Aufforderung der Schwester zu folgen. Zutiefst aufgewühlt kehrte ich in meine Kammer zurück, wo ich mich, ohne etwas gegessen zu haben oder Appetit zu verspüren, auf mein Bett warf und meinen konfusen Gedanken überließ.

41
Hohe Diplomatie

Meldungen aus den »Berlinischen Nachrichten«:

Wien, 13. Juli 1869. [Graf Beust und die Hohenlohe-Depesche.] Die »Nat-Ztg.« ist in der Lage, die Antwort des Grafen Beust auf die Depesche des Fürsten Hohenlohe betreffend das Concil mitzuteilen. Dieselbe ist unter dem 15. Mai an den Grafen Ingelheim, den österreichischen Gesandten in München, gerichtet und lautet u.a. wie folgt:

»Ich habe diese Mitteilung, wie die hohe Wichtigkeit ihres Gegenstandes es erheischt, der aufmerksamen Erwägung unterzogen, und mich zugleich für verpflichtet gehalten, vor Beantwortung der von dem Herrn Fürsten von Hohenlohe angeregten, weittragenden Fragen mich vertraulich sowohl mit dem k.k. österreichischen wie mit dem königlich ungarischen Ministerium zu beraten. In vollem Einverständnisse mit den Mitgliedern beider Reichshälften und mit allerhöchster Ermächtigung Sr. Maj. des Kaisers und Königs habe ich nunmehr die Ehre, Ew. Excellenz in Erwiderung auf seine Anfrage Folgendes mitzuteilen.

Eine Regierung, welche, wie die österreichisch-ungarische, die Freiheit der verschiedenen Religionsbekenntnisse zum leitenden Grundsatze erhoben hat, würde nach unserer Auffassung die volle Consequenz ihres Princips nicht festhalten, wenn sie einem in der Verfassung der katholischen Kirche begründeten Vorgange, wie es die Einberufung eines allgemeinen Concils ist, ein System präventiver einschränkender Maßnahmen gegenüberstellen wollte.

Über den Verlauf des Concils können derzeit nur Vermutungen aufgestellt werden. Was daher die staatskirchlichen Angelegenheiten, sowie diejenigen Materien betrifft, welche mit der Confession zugleich das bürgerliche Recht berühren, so läßt sich heute schwerlich schon ein Urteil darüber gewinnen, ob die in diesem Bereiche hervorgetretenen Gegensätze durch die Beschlüsse des Concils zu größerer Gefährlichkeit für die Ruhe der Staaten gesteigert werden könnten. Wir können das Vorhandensein einer solchen Gefahr weder bestätigen noch in Abrede stellen.

Würde demnächst das versammelte Concil sich wirklich anschicken, in die Rechtssphäre der Staatsgewalt überzugreifen, so könnten sich in der Tat gemeinsame Beratungen der Cabinette zum Zwecke einer Wahrung der Staatshoheitsrechte als nötig oder nützlich erweisen. Dagegen vermögen wir nicht dafür zu stimmen, daß der bloßen Annahme möglicher Eingriffe in diese Rechte die Tatsache einer diplomatischen Conferenz entgegengestellt und dadurch vielleicht der Schein einer beabsichtigten Controlle und Beschränkung der Freiheit der katholischen Kirche hervorgerufen und die Spannung der Gemüter ohne Not vermehrt werden könnte.«

Rom, 14. Juli 1869. [Bevölkerungsstatistik.] In diesen Tagen hat man die Bevölkerung Roms wieder gezählt. Ihre Zahl beläuft sich nach der Mitteilung der Pfarrgeistlichen auf 220.532 Einwohner, darunter 4682 Juden. Die Zahl der Priester, Mönche und Nonnen gibt man in diesem Jahre auf 7480 an.

Berlin, 16. Juli 1869. [Graf Beust und das Concil.] Dem Grafen Beust, der doch sonst nicht gerade zu den Zurückhaltenden gehört, der bisweilen sogar seinen Rat gibt (wie kürzlich in der Sache der belgischen Eisenbahnen), wo er nicht darum angegangen ist und wo sein Rat viel verderben kann, beliebt es, in der Concils-Angelegenheit den Abwartenden zu spielen. Vielleicht würde er es nicht tun, wenn der Antragende nicht Fürst Hohenlohe wäre, der bayerische Minister, sondern etwa Napoleon III.

Wenn Graf Beust der Meinung ist, daß die Bischöfe der katholischen Welt, die der großen Mehrzahl nach in Ländern mit vollkommen säcularisierter Gesetzgebung leben und wirken müssen, eine erfolgreiche Opposition gegen bedenkliche Beschlüsse des Concils machen würden, so haben wir leider keinen Grund, diese Hoffnung zu teilen. Der Geist der Concilien zu Pisa u.s.w. aus dem 15. Jahrhundert, aber auch der milde, duldsame, philanthropische Geist der zwanziger und dreißiger Jahre unseres Säculums weht nicht mehr in der Kirche. In unsrer Zeit ist auf diesem Gebiete alles auf das Extreme, auf den Gegensatz gestellt. Wo hat sich denn aus der katholischen Hierarchie eine ernste und einflußreiche Stimme gegen das Dogma von 1854, gegen die Verwandlung des katholischen Cultus in den Marien-Cultus und neuerdings gegen die Intentionen wegen der päpstlichen Unfehlbarkeit erhoben? Oder ist irgend etwas zu sagen gegen die Ansicht des Fürsten Hohenlohe, daß die Unfehlbarkeit des Papstes weit über das religiöse Gebiet hinausreicht und hochpolitischer Natur ist?

Nein! Es wäre für die Ruhe der Staaten, für die Eintracht der Confessionen sehr gefährlich, wollte man mit dem Grafen Beust abwarten, bis Rom in »authentischer Weise« kund gibt, was es vorhat, oder wollte man sehn, ob die versammelten Bischöfe einzelner Länder auf dem Concil einen schwachen Versuch machen würden, wenigstens das Bedenklichste zu bekämpfen. Wenn es Bischöfe gibt, die den Mut haben, sich dem steigenden Absolutismus der römischen Curie entgegenzustellen, dann muß man sie stützen. Und wenn es überhaupt noch ein Mittel gibt, die Partei, welche in der Römischen Kirche diese gefährlichen Dinge betreibt, abzubringen von ihrem Vorhaben, dann kann es nur das sein: daß die Staaten sich gegen das Vorhaben erheben, und wäre es nur Ein Staat, wäre es Deutschland, wahrlich, das gäbe den Parteimännern des Concils hinreichend zu denken, um ihre Absichten zu vertagen. Das einige Deutschland hätte in dieser Frage eine ungeheure moralische Kraft; denn die ganze gebildete Welt Europas stünde auf seiner Seite.

Böhle bei Haspe, 16. Juli 1869. [Ein Pastor und ein Esel.] Bei einem hiesigen wundertätigen Pastor, zu dem der Zulauf aus dem Münsterlande täglich zunimmt, so daß jetzt täglich 600 Patienten schockweise vorgenommen werden, erschien, so berichtet die »Eid. Ztg.« vorgestern ein Bäuerlein mit einem neuen Patienten: einem Esel, der einen Fuß verrenkt hatte. Nachdem der ehrwürdige Herr seines mit den übrigen Kranken in Reih und Glied aufgestellten Patienten ansichtig wurde, ließ er ihn sofort abführen, indem er erklärte, daß dem Esel die Hauptbedingung mangele, die zu einem ersprießlichen Resultate unumgänglich notwendig sei, der – Glaube.

42
Ein unerwarteter Besuch

> *Wenn jemand behauptet, die geistliche Gerichtsbarkeit für Kleriker sei sowohl für Zivil- als auch Kriminalstraftaten abzuschaffen – der sei verflucht.*
> Pius IX., Syllabus errorum

Tagebuch des Heinrich Wilhelm Lehmann:
Berlin. Sonntag, 26. Dezember 1869

Sie ist da! Francesca in Berlin, hier bei mir – ich kann es noch immer kaum fassen. Zwar nur heute und morgen, aber trotzdem – ich bin außer mir vor Freude.

Dabei hatte ich ursprünglich überlegt, ob ich diese Weihnachten zu meiner Schwester fahren sollte, die in einem kleinen Ort nördlich von Berlin lebt, oder vielleicht auch zu einer alten Freundin. Aber dann entschied ich mich doch fürs Arbeiten und blieb zu Hause. Zu meinem Glück!

Heute nachmittag gegen zwei Uhr, nach dem Mittagessen: ich sitze gerade mit der Zeitung bei einer Tasse Kaffee, da klopft es an der Tür. Nanu, denke ich, wer klopft Weihnachten um diese Zeit, ist wahrscheinlich ein Irrtum, oder jemand will ein Geschenk für irgendwen im Haus abgeben. Gehe also, die Zeitung noch in der Hand, zum Eingang; mit ziemlich ungnädiger Miene mache ich die Tür auf, und vor mir steht, eine Reisetasche in der Hand – Francesca!

Ich habe die Zeitung fallen lassen und sie in den Arm genommen, und sie ließ sich, die Augen geschlossen, von mir abküssen. Aus ihren Augen liefen Tränen – sie weinte – sie hat geweint!

»Enrico«, sagte sie schluchzend, »du weißt nicht, wie ich mich freue, dich zu sehen!«

Noch jetzt wird mir ganz warm, wenn ich daran denke; ich wünschte, es gäbe ein Gesetz, das es verbietet, in solchen Situationen mit dem Küssen aufzuhören. Aber ich habe es nicht gewagt, weiterzuküssen, ihr vielleicht mehr auszuziehen als, ganz kavaliersmäßig, den Mantel. Ich habe ihr auch nicht zugeflüstert, daß seit Rom kein Tag und keine Nacht vergangen ist, wo ich nicht an sie gedacht habe, sie nicht an meine Seite gewünscht hätte, an meinen Tisch, in mein Bett ...

Ich weiß nicht: bin nur ich so verdreht, oder geht das allen Männern so? Ich habe meine Gefühle, mein Verlangen zwei- oder dreimal einer Frau gestanden, aber gerade wenn ich wirklich bis über beide Ohren verliebt war – da habe ich es nie gewagt.

Einmal, bei Rosalie, meiner ersten großen Liebe, war es wohl so, daß die Schöne meines Herzens zwischen mir und Gerard, einem anderen Freund, ein wenig schwankte, jedenfalls hoffe ich es für mich. Da saßen wir eines Abends zu dritt zusammen und diskutierten über die Liebe, und ich wies nach, daß Herz und Haut, Körper und Seele auf gleiche Weise beteiligt sein müßten. Gerard war anderer Meinung. Nein, sagte er – worauf es ankommt, ist allein die geistige Liebe. Zwei Tage später wärmte er sich im Bett der Vielgeliebten, und ich gründete eine Manufaktur für einsame Mitternachtstränen.

Bis heute frage ich mich, ob ich ihr nicht im Grunde dankbar sein sollte: dafür, daß sie mich damals nicht um den Finger wickelte und in ihr Handtäschchen steckte, wie sie es mit Leichtigkeit hätte tun können. Daß sie Gerard nahm, der sie so sehr liebte, daß er für sie sogar seine geistigen Prinzipien über Bord warf, oder sie jedenfalls mitsamt seinem Hemd über den Lehnstuhl hängte ...

Versteht sich, daß ich Gerard lange Zeit für dieselbe Art von Luftikus und Schürzenjäger hielt, wie jetzt den unbekannten Cesare. Dabei ist er ein treusorgender Familienvater geworden, ein ganz ernsthafter Mensch, auf seine Art eher noch ernsthafter als ich ... ich schweife ab.

Als wir im Zimmer standen und die Wohnungstür endlich zu war, stellte Francesca ihre Tasche zielstrebig auf einen Stuhl und erklärte: »Du kannst dir sicher vorstellen, warum ich gekommen bin, oder?«

»Francesca«, sagte ich, »ich bin überglücklich, daß du hier bist. Ich wünsche mir, daß du ganz einfach gekommen bist, weil du mich sehen wolltest.«

»Das auch, Enrico, das auch. Aber ich habe noch einen

anderen Grund: ich muß doch einmal nachsehen, ob du auch fleißig bist. Bist du es?«

»Liebe Francesca, ich war und bin fleißig. Falls du es noch nicht wußtest: ich bin sowieso ein ziemlich fleißiger Mensch, glaube ich. Leider muß ich dir etwas gestehen: zwar bin ich mit Luigis Aufzeichnungen bald fertig – aber mit der Übersetzung für dich habe ich noch gar nicht angefangen. Ich habe es keinen Augenblick vergessen, das kannst du mir glauben, aber ich dachte, ich bringe lieber erst die Aufzeichnungen zu Ende. Willst du etwas essen? Oder bist du mir jetzt böse?«

»Ja, das bin ich«, erklärte sie mit gespielter Empörung, »und zwar sehr. Los, mach mir einen Kaffee, damit ich die schlechte Nachricht überstehe!«

Und als ich am Herd stand und das Wasser aufsetzte, fügte sie tadelnd hinzu: »Schließlich, für wen schreibst du eigentlich? Diese Aufzeichnungen – wer das einmal lesen soll, das weiß kein Mensch, du am allerwenigsten. Im Augenblick schreibst du sie also für niemand, falls ich dir überhaupt erlaube, sie jemandem zu zeigen. Aber die Übersetzung, für wen ist die? Für mich! Und was tust du? Vernachlässigst mich und schreibst lieber für einen Niemand! Erfüllst du deine Versprechen immer so?«

»Francesca, du bist wirklich ein Schatz. Kannst du mir mal erklären, wie ich die Aufzeichnungen übersetzen soll, wenn ich sie noch gar nicht geschrieben habe?«

»Der Gedanke hat was. Aber sag mal, warum übersetzt du nicht einfach, was du im Kopf hast, und läßt den Rest sein? Oder hat sich außer mir schon jemand gemeldet, der das lesen will?«

»Ich mach es aus zwei Gründen so«, erklärte ich. »Erstens, Luigi hat nun einmal auf deutsch geschrieben. Zweitens, ich selber schreibe deutsch viel schneller als eine Fremdsprache. Ich merke jetzt schon, wie mir jeden Tag mehr Dinge entfallen; je länger ich also fürs Aufschreiben brauche, desto mehr vergesse ich.«

»Ach Enrico«, sagte sie und gähnte, »es macht keinen Spaß, mit dir zu streiten, jedenfalls wenn du recht hast. Ich glaube, das Wasser ist fertig, du kannst den Kaffee aufgießen.«

Und als ich zum Herd ging, sagte sie, ernst geworden: »Warum ich gekommen bin ... ich habe damals in Rom gemerkt, daß dich mein Interesse beflügelt hat, war es so? Aber ich habe vergessen zu sagen, daß es nicht nur Neugier ist, warum ich Luigis Schrift kennen möchte. Sie ist – wie soll ich es sagen – auf eine gewisse Weise wichtig für mich. Ich habe auch Gründe dafür, warum ich sie kennen möchte, bevor du Luisa Donati davon berichtest.«

»Erlaubst du, daß ich auch einmal neugierig bin, Francesca?«

»Natürlich. Soviel du willst.«

»Du studierst doch zusammen mit Emilia Donati, nicht wahr?

»Ich? Ja, mit Emilia, ich habe es dir doch gesagt. Warum?«

»Aber Francesca – findest du nicht, daß eigentlich Luisas Tochter ... nicht, daß ich mein Versprechen nicht halten will, im Gegenteil, der Gedanke, für dich zu schreiben, beflügelt mich wirklich. Aber hätte nicht eigentlich Luisas Tochter als erste ein Anrecht darauf, Luigis Aufzeichnungen zu kennen?«

Sie sah mich lächelnd an, antwortete aber nicht.

»Überhaupt«, fuhr ich fort, »weiß Emilia eigentlich von mir und Luigi?«

Wieder war diese seltsame Lächeln auf ihrem Gesicht – dasselbe Lächeln, mit dem sie mir in Rom meine Belohnung versprochen hatte: als würde sie weit in der Ferne etwas sehen, das mich betraf, von dem sie mir aber nichts mitteilen wollte.

»Enrico«, sagte sie, nachdem sie einen Schluck Kaffee getrunken und die Tasse wieder abgestellt hatte. »Vertrauen Sie mir?«

»Francesca – wollen wir nicht lieber beim Du bleiben? Natürlich vertraue ich Ihnen, das wissen Sie doch.«

»Ach, Enrico, ihr Preußen mit euren Umgangsformen – nur die Franzosen sind noch schlimmer, bei denen siezen sich sogar die Liebespaare. Weißt du, wie mein Freund Bernardo die Preußen nennt? Quadratschädel, sagt er. Also, mein lieber preußischer Quadratschädel –«

»Emilia«, wiederholte ich, »was ist mit ihr? Weiß sie Bescheid?«

»Enrico«, sagte sie, wieder ernst geworden. »Du sollst eines wissen: Emilia ist mir wie eine geliebte Schwester. Du weißt, wir waren zusammen im Bürgerkrieg. Und sie – einmal hat sie mich aus einer großen Gefahr gerettet. Daß ich so bin, wie du mich kennst, so heiter und zuversichtlich – daß ich so geblieben bin, verdanke ich ihr. Emilia war auch wie ich, aber der Krieg hat sie verändert; du wirst sie kennenlernen. Um deine Frage zu beantworten: sie weiß von dir und von Luigi Calandrelli, aber bevor ich ihr mehr davon erzähle, will ich die Aufzeichnungen kennen. Ich bin enger mit den Donatis verbunden, als du vielleicht denkst, Enrico. Emilia wird alles erfahren, und du auch, aber jetzt noch nicht – einverstanden?«

»Natürlich. Hast du vergessen, daß ich alles nur dir verdanke? Daß du es bist, die mich mit Luisa Donati zusammenbringen will? Aber eins möchte ich doch wissen: wer ist Bernardo?«

Sie gähnte. »Ein Freund – ein Kommilitone.«

»Bist du müde?« fragte ich. »Willst du etwas essen, oder dich lieber hinlegen?«

»Am liebsten beides«, sagte sie, und gähnte wieder. »Ich bin hundemüde. Der Zug war überfüllt, ich mußte ab Köln dritter Klasse fahren, da konnte ich kaum ein Auge zumachen. Hatte auch ein bißchen Sorgen, aber das erzähl ich dir nachher. Erstmal will ich ein paar Sachen wissen.«

Ich schlug vor, in ein Restaurant oder ein Café zu gehen, aber sie lehnte ab.

»Das machen wir heute abend, Enrico. Ich bin hergekommen, um mit dir zu reden, fast möchte ich sagen, um zu arbeiten. Mach mir eine Kleinigkeit zu essen, ein bißchen Brot und Butter, das reicht. Einverstanden?«

Und als ich Brot geschnitten und Butter, Käse und Wurst auf den Tisch gestellt hatte, da fragte sie:

»Also Enrico – wie war das mit Luigi Calandrelli und seinem Notizbuch? Erzähl es mir noch einmal: wie du ihn getroffen hast, wie du die Aufzeichnungen bekommen hast, wie du sie verloren hast. Alles, woran du dich erinnern kannst!«

»Nanu – das hab ich dir doch alles schon erzählt. Oder?«

»Ja, das hast du. Aber damals in Rom wußte ich noch gar nicht, worum es eigentlich geht. Darum habe ich bei manchem auch nicht so gut zugehört, wie ich es hätte tun sollen.«

»Wie du das sagst – man könnte beinahe Angst bekommen. Als wenn es eine Staatsaffäre wäre, regelrecht gefährlich.«

»Sagst du das jetzt zum Spaß, oder weißt du es wirklich nicht? Es *ist* eine Staatsaffäre – und es *ist* gefährlich.«
»Francesca, was hast du? Ist irgendwas passiert?«
»Allerdings. Bei meinen ... bei den Donatis ist eingebrochen worden.«
»Bei den Donatis, sagst du? In Rom oder Newyork?«
»In Newyork. Es müssen zwei oder drei Leute gewesen sein; eine ganze Etage haben sie auf den Kopf gestellt, dann sind sie gestört worden und flüchteten. Und was an der Sache so auffällig ist: sie haben zwar einiges an Schmuck und Geld mitgehen lassen – aber wahrscheinlich nur, damit es aussieht wie ein normaler Diebstahl. Stell dir vor: sie haben die Polster der Sessel aufgeschlitzt! Sie haben die Bücher einzeln aus den Regalen genommen und nach unten ausgeschüttelt – welcher normale Dieb macht so etwas? Sie hatten die Nachschlüssel zum Safe, aber ganze Aktienpakete haben sie einfach auf den Fußboden geworfen, obwohl sie dafür in Chicago Zehntausende von Dollars hätten kriegen können. Statt dessen haben sie in jeden Briefumschlag, jede Kiste, jede Schachtel hineingesehen. Sie haben etwas ganz Bestimmtes gesucht, und alles deutet darauf hin, daß es Schriftstücke waren.«
»Und? Haben sie gefunden, was sie suchten?«
»Wie es scheint, nein. Sie fingen gerade mit den Polstern im Schlafzimmer an, als sie flüchten mußten.«
»Francesca, das ist ja schrecklich. Bin ich da etwa mit dran schuld?«
»Unsinn! Ganz im Gegenteil – dir verdanken wir es, daß wir überhaupt einen Hinweis haben, worum es ging! Ja, und das ist auch der Hauptgrund, warum ich jetzt hier bin. Übrigens, wo ist in diesem Augenblick eigentlich das Notizbuch, in dem du die Aufzeichnungen nachschreibst?«
»Im Moment hier im Schreibtisch, aber sonst in meiner Jackentasche. Seit ich in Berlin bin, benutze ich zwei Notizbücher, eines für mein Tagebuch, das andere für die Aufzeichnungen. Albern, nicht wahr?«
»Nicht im geringsten! Im Gegenteil, du mußt mir noch etwas versprechen: gib beides nie aus der Hand! Verstehst du? Nie! Behalte es am Körper! So – und nun erzähle!«
Ich denke, selbst Bernieri hätte etwas lernen können von der Art, wie mich Francesca jetzt ausfragte. Obwohl, das

Wichtigste war wohl doch, daß ich merkte: sie steht auf meiner Seite. Und es kommt mir so vor, als wären Luigis Aufzeichnungen auch für sie von geradezu existentieller Bedeutung. Allerdings ist mir der Grund dafür noch immer unklar.

Dabei fragte sie auch nach Dingen, die ich für völlig belanglos gehalten hätte. Zum Beispiel Luigis Frau: über welche Themen Luigi mit ihr gesprochen hatte. Wie er sie angeredet, wie er sie angesehen hatte. Ihr Verhalten ihm und mir gegenüber. Was mir in dem Café, wo ich ihn kennengelernt hatte, aufgefallen war, desgleichen im Restaurant von Chisari. Das Aussehen der Personen, die mich und Luigi verfolgt hatten. Jedes Wort, das ich mit Cossa und Bernieri gewechselt hatte; schließlich die ganze lange Erzählung von Schwester Albertina.

Immer wieder bestand sie darauf, daß ich mein Tagebuch aufschlug und ihr einzelne Stellen übersetzte. »So so«, meinte sie, als sie sich die Erzählung der hungrigen Albertina angehört hatte. »Ich muß schon sagen, du hast es doch faustdick hinter den Ohren. Hast wirklich eine Menge herausbekommen – meine Anerkennung. Also Caneva. Interessant zu wissen.«

Sie nickte wie zu sich selber. »Enrico, ich habe vorhin von einer Staatsaffäre gesprochen. Bist du dir darüber im klaren, was das bedeutet?«

»Natürlich. Eben eine Sache von allergrößter Bedeutung.«

»Wie ich mir dachte: du weißt es immer noch nicht. Wenn ich sage, Staatsaffäre, dann meine ich damit, daß hier wirklich zentrale Interessen des Staates berührt sind. Das heißt, man sucht offenbar nach Dokumenten, die, wenn sie echt wären, die Existenz des Kirchenstaates bedrohen würden. Enrico! Eine Bedrohung, wie sie normalerweise nur eine feindliche Armee oder eine Revolution darstellt – verstehst du, was das heißt?«

»Willst du damit sagen, man könnte versuchen, mich umzubringen?«

Sie antwortete nicht, sondern wechselte scheinbar unvermittelt das Thema.

»Enrico: als sie Luigi aus dem Schacht gezogen haben – wer hat ihn da im Hospital betreut?«

»Nach dem, was Luigi geschrieben hat, zwei Personen: Schwester Luisa und Schwester Albertina. Aber da war er schon wieder bei Bewußtsein, und nach dem, was Albertina erzählt hat, war die ersten beiden Tage nur Luisa bei ihm.«

»Genau. Aber wer wußte das außer ihr? Die Gardisten hat man damals ja alle entlassen, und der Arzt sagte immer: Luisa und Albertina waren bei ihm. Jetzt frage ich dich: was ist mit Schwester Albertina?«

»Was soll sein? Sie feilscht um Kräuter, und wenn jemand sie einlädt, stopft sie sich den Hals mit Kuchen voll.«

»Du solltest freundlicher von ihr sprechen, Enrico: Albertina lebt nicht mehr!«

Ich erschrak. Die freundliche alte Dame – tot ... und so, wie Francesca es erzählte, mußte man Schlimmes befürchten.

»Francesca, du machst mir Angst. Sie war doch gesund und munter, als ich mit ihr gesprochen habe – was ist passiert?«

Sie goß sich Kaffee nach und sah mich sorgenvoll an.

»Also«, begann sie, »es war an einem Sonnabend, fast zwei Wochen, nachdem du aus Rom abgefahren warst. Albertina hatte sich extra für diesen Tag mit Matteo verabredet, ihrem Markthändler; er hatte ihr versprochen, einige besonders seltene Kräuter aufzutreiben. Die hatte er auch wirklich dabei, aber wer nicht kam, war Albertina. Na, das war ihm bei der alten Dame noch nie passiert, und als der Markt schließt, nimmt er seine Kräuter und geht zum Hospital. An der Pforte will man ihn nicht einlassen, da fängt er an zu schimpfen – was das soll, die besten Kräuter bestellen und dann nicht abholen, diese geizige Albertina. Und da fällt dem Pförtner ein, daß Schwester Albertina heute etwas getan hat, was sie früher noch nie gemacht hat.«

»Nämlich?«

«Nun, sie ist aus dem Haus, wie immer am Markttag, aber nach einer halben Stunde kommt sie zurück. Sagt, sie braucht heute mehr Geld als sonst; Matteo macht zwar die besten Preise, aber er will sein Geld immer sofort sehen. Ja, sagt der Pförtner, rein ins Haus ist sie gegangen, aber jetzt fällt's mir auf: rausgekommen ist sie danach nicht. Sie haben schon so ein komisches Gefühl, holen Schwester Ludovica, die Oberin, zusammen gehen sie zu Albertinas Zimmer. Es ist abgeschlossen, aber von drinnen kein Laut. Der Pförtner holt den Zweitschlüssel, schließt die Tür auf, und da liegt die Schwester auf dem Boden und ist mausetot.«

»Francesca – war ich es etwa, der ihr Unglück gebracht hat?«

»Warte doch – es geht ja noch weiter. Nämlich, Matteo ist sich ganz sicher, daß er Kratzspuren an ihrem Hals gesehen hat. Ihr Gesicht war blaurot und aufgequollen; und wenn sie mich totschlagen, sagt er, was ich gesehen habe, hab ich gesehen, die Frau ist erwürgt worden, so wahr ich hier stehe. Das erzählt er mitten auf dem Markt, jedem der es hören will, und weißt du, was passiert? Ein Polizist kommt und erklärt, er muß den Stand schließen, wenn Matteo weiter eine öffentliche Einrichtung verleumdet; in Wahrheit, sagt der Polizist, ist Schwester Albertina am Schlagfluß gestorben. Das ist aber interessant, sagt da ein Mann, der gerade am Stand nach Kräutern sucht, ich bin zufällig Mediziner, und wie der Herr Matteo die Leiche beschrieben hat, ist alles exakt so, wie man es bei einer Erwürgten erwarten würde, beim Schlagfluß hätte sie ganz anders ausgesehen. Da habt ihr's, ruft Matteo, ich bin doch nicht blöd, außerdem, wenn sie Schlagfluß hatte, warum lagen dann alle Sachen auf dem Boden rum? Sogar die Kissen waren aufgeschnitten, mit eigenen Augen hab ich's gesehn! Na, da fangen die Leute rings um den Stand aber an zu johlen, ein Mord, rufen sie, sie vertuschen einen Mord, im Vatikan haben sie die Oberschwester ermordet, wir verlangen eine Untersuchung! Ja, so ist das auf dem Markt abgelaufen.«

»Und? Erzähl doch weiter! Gab es eine Untersuchung?«

»Kannst du dir das nicht denken? Ergebnis Nummer eins, es war Schlagfluß – demnach hat die arme Albertina ihr Geld gesucht, aber sie hatte wohl vergessen, wo sie es versteckt hatte, darum hat sie die Sachen aus dem Schrank und vom Regal geholt. Ja, und als sie da nichts fand, hat sie in ihrer Aufregung auch die Kissen aufgeschnitten, sie ist immer aufgeregter geworden, und dann hat sie der Schlag getroffen.«

»Und Ergebnis zwei?«

»Ergebnis Nummer zwei ist: Matteo erklärt jetzt öffentlich, er hat sich geirrt, er hat gar keine Kratzspuren am Hals gesehen – das stand dann auch in der Zeitung. Er hat übrigens keinen Stand auf dem Markt mehr, sondern ein kleines Geschäft, wo man ihn aber nie antrifft. Hauptamtlich ist er jetzt nämlich offizieller Kräuterbeauftragter fürs vatikanische Hospital, nachdem leider Schwester Albertina diese Aufgabe nicht mehr wahrnehmen kann. – Und Ergebnis drei würde ich gerne von dir wissen.«

»Nämlich?«

»Das kannst du dir sicher denken. Am achten Dezember hat in Rom das Konzil angefangen, mit achthundert Bischöfen aus der ganzen Welt. Wolltest du nicht an einige schreiben?«

»Hab ich auch gemacht. Großes Interesse hatte keiner; zwei haben mir geantwortet, wenn es wirklich Briefe vom Apostel Andreas gäbe, würden sie gerne die Originale sehen. Ehrlich gesagt: ich fürchte, die Unfehlbarkeit ist schon beschlossene Sache, bevor ich auch nur mit Luisa gesprochen habe.«

»Da kann ich dich beruhigen. Luisa weiß es aus sicherer Quelle: das Konzil wird mindestens ein halbes Jahr dauern. Erst wenn die Kräfteverhältnisse geklärt sind, kommt die Unfehlbarkeit dran. Keine Sorge – wir haben noch Zeit genug.«

Sie gähnte wieder.

»Willst du dich nicht doch ein bißchen hinlegen?« fragte ich.

»Gut«, sagte sie, »einverstanden. Aber nur für ein, zwei Stunden. Nachher sollst du mich zu einem schönen Abendessen ausführen, also weck mich spätestens um sieben.«

Während ich ihre Sachen ins Schlafzimmer trug und ihr das Bett machte, ging sie zum Waschen ins Badezimmer. Im Unterrock kam sie zurück, spazierte ohne Umstände durchs Zimmer und legte sich ins Bett. Die Tür ließ sie offen.

»Sei fleißig, Enrico«, sagte sie gähnend. Augenblicke danach hörte ich an ihren tiefen Atemzügen, daß sie eingeschlafen war.

Ich habe einen Augenblick auf dem Sofa gesessen und die Augen geschlossen, einfach nur um meine Freude zu genießen. Danach habe ich mich an den Schreibtisch gesetzt und zu arbeiten angefangen, und da sitze ich jetzt und schreibe. Alle Viertelstunde schleiche ich auf Socken zur Schlafzimmertür und horche – ich höre ihren ruhigen Atem, und erst dann kann ich wirklich glauben, daß sie bei mir ist.

43
Blut

*Rekonstruktion der Aufzeichnungen
des Luigi Calandrelli (14):*

Ohne daß ich es gemerkt hätte, muß mich die Erschöpfung überwältigt haben. Als ich am nächsten Morgen erwachte, war es schon kurz vor Sonnenaufgang. Ich lag so auf dem Bett, wie ich mich hatte fallenlassen: ohne Decke, in Kleidung und Schuhen, die Lampe auf dem Tisch noch immer brennend. Kopf und Nacken schmerzten, aber noch stärker machte sich ein mächtiger Hunger bemerkbar.

Trotzdem war ich froh, aufgewacht zu sein, denn ich spürte in mir, ohne mich an Einzelheiten erinnern zu können, das Nachklingen langer und quälender Träume. Ich stand auf und suchte im Zimmer nach etwas Eßbarem. Dann saß ich am offenen Fenster, mit einem Stück hartem Brot auf einem Teller, sah die Sonne aufgehen und dachte an den Kardinal.

Hatte ich es vorher für einen kaum glaublichen Zufall gehalten, hier im Vatikan auf die Schlösser meines heimlichen Lehrmeisters zu stoßen, so kam mir dies nun viel weniger erstaunlich vor – nicht nur deshalb, weil Delmonte es gewollt und arrangiert hatte. Sondern ich spürte, daß ich schon lange Teil eines größeren Zusammenhanges war: einer, den ich zwar, wie auch der Kardinal, noch nicht vollständig durchschaute, von dem ich aber fühlte, daß er weit über mich und Delmonte, selbst über Arcimboldo de Segurmont hinausreichte.

Zu meinem Erstaunen war dieses Empfinden so intensiv, daß es für den Moment sogar die Gedanken an Schwester Luisa überdeckte. Dabei hätte ich allen Grund gehabt, mir zu überlegen, wie ich ihren Zorn besänftigen konnte, oder auch, ob sie mich am Sonntag überhaupt würde sehen wollen. Statt dessen zerbrach ich mir den Kopf darüber, was um alles in der Welt in den gesuchten Truhen enthalten sein könnte, und vor allem, wo Arcimboldo sie hätte verbergen können.

Die Frage war: wie konnte ich Catino und den Schließer so weit ablenken, um mich in den Kammern wenigstens umsehen zu können? Mir fiel nichts Brauchbares ein, aber ich nahm mir vor, nun tatsächlich das zu versuchen, was mir Catino am ersten Tag zu Unrecht vorgeworfen hatte: zu spionieren.

Ich wusch mich und ging zum Frühstück in den Speiseraum, wo ich mir auch das Essen für den Tag zusammenstellte und meine Wasserflasche füllte. Da ich früher dran war als üblich, beschloß ich, erst noch einmal beim Hospital vorbeizuschauen. Allerdings wagte ich mich nicht hinein; ich wartete, bis die Schwestern von der Nachtschicht herauskamen, und nachdem ich erfahren hatte, daß der Kardinal bei Bewußtsein war und gut geschlafen hatte, war ich fürs erste beruhigt. Ich verließ das Hospital und ging zum Treppenschacht des Kellertraktes.

Catino und der Schließer kamen gemeinsam, mit einiger Verspätung. Das ärgerte mich, denn die Zeit, die ich für die Schlösser brauchen würde, blieb jedenfalls gleich, so daß jede Verzögerung meine Chancen verringerte, neben der Arbeit irgendwelche Anhaltspunkte in den Kammern zu finden. Doch schienen die beiden meine schlechte Stimmung nicht zu bemerken, als wir die engen eisernen Stufen hinab in die Tiefe stiegen. Im Gegenteil wirkten sie ausgesprochen gutgelaunt – was vielleicht daran lag, daß es am Tag davor Lohn gegeben hatte. Sie verspotteten sich gegenseitig wegen der Fehler, die ihnen in den letzten Schachpartien unterlaufen waren; jeder kündigte dem anderen für den heutigen Tag eine sichere Niederlage an.

»Also gut«, sagte Catino siegessicher, »bis jetzt war's nur Spielerei, aber heute machen wir ernst. Was gilt die Wette?«

»Werden seh'n, Catino«, murmelte der Alte – äußerlich gelassen, aber wie es schien, nicht weniger entschlossen.

Unten trugen wir uns wie immer in das Zugangsbuch ein, das in der Schließerloge auslag; dann gingen wir den gewohnten Weg zu meiner Arbeitsstelle. Von den sechs Kammern auf der linken Seite des Ganges waren wir heute bei der letzten angelangt, und alles sah danach aus, als würde es ein normaler Arbeitstag werden. Gerade das aber machte mich von Anfang an nervös.

Wie immer stellten Catino und der Schließer ihre Stühle so, daß sie in meine Richtung blickten. Sie stellten die Schachfiguren auf; routinemäßig sah derjenige, der gerade nicht am Zug war, gelegentlich zu mir herüber – wahrscheinlich kein bißchen aufmerksamer als sonst. Trotzdem kam es mir so vor, als spürten sie meine Absichten. Längst hatte ich die Tür der Kammer geöffnet und die beiden Schlösser ausgebaut, und noch immer hatte sich nicht die Spur einer Chance ergeben, auch nur meine Nase unbemerkt in die Kammer stecken zu können. Schon war die Zeit für das Frühstück da; mißmutig nahm ich mein Brot aus der Tasche und schlenderte zu den beiden hinüber.

Offenbar waren sie mitten in einer kritischen Phase ihres Spiels. Der Schließer, mit den weißen Figuren spielend, war am Zug, und auf den ersten Blick schien er im Nachteil. Catino hatte einen Bauern gezogen, mit dem er gleichzeitig einen Springer und einen Läufer angriff; in jedem Fall würde er eine Figur gewinnen. Daher wirkte er sehr zufrieden, während der Schließer eine sorgenvolle Miene zur Schau stellte – was nicht viel zu bedeuten hatte, denn er blickte schon aus Prinzip so, erst recht, wenn er seinen Gegner damit täuschen konnte.

Ein zweiter Blick zeigte mir denn auch, daß nicht der Schließer, sondern im Gegenteil Catino in eine Falle getappt war. Er hatte, ohne es zu merken, mit seinem Zug der eigenen Dame den Weg versperrt; nun konnte der Schließer in scheinbarer Flucht den Springer zurückziehen, dann aber, falls Catino den Läufer schlug, erst dessen König mit einem Schachgebot auf ein anderes Feld zwingen, und danach mit dem Springer König und Dame angreifen. Bemerkte Catino den Plan und schützte die Dame, so konnte Weiß mit dem Springer König und Turm bedrohen – hätte also für den verlorenen Läufer reichlich Kompensation gehabt, bei gleichzeitig ruinierter Position seines Gegners.

»Hast verloren«, bemerkte ich, nicht ohne Schadenfreude, zu Catino. Genau in diesem Augenblick wollte der Schließer ziehen – nicht den Springer, sondern den Läufer, was jedenfalls ein Fehler gewesen wäre. Doch hatte er die

Figur noch nicht berührt; als er nun meine mit Bestimmtheit gesprochenen Worte hörte, hielt er inne und analysierte die Position erneut.

»Halt's Maul, verdammter Idiot!« fuhr mich Catino an. »Keiner hat dich gefragt, also scher dich zum Teufel!«

Der Schließer sagte nichts. Nach einigen Minuten hob er mit demonstrativer Langsamkeit die Hand und zog – den Springer. Catino blickte verdutzt, dann legte er die Hand unters Kinn und vertiefte sich in die Position. Plötzlich sprang er auf und kippte wutentbrannt die Figuren vom Brett.

»Verdammt, was geht hier vor!« rief er. »Spiele ich gegen einen oder gegen zwei? Ohne mich, meine Herren – da müßt ihr euch einen andern Dummen suchen!«

»Ist ja gut«, versuchte ihn der Alte zu beruhigen. »Ich geb's zu, eigentlich wollte ich den Läufer ziehen. Also wir machen's so, die Partie zählt nicht. Zufrieden?«

»Das möchte dir so passen! Du hättest die Partie verloren, wenn nicht der Bauerntölpel dir vorgeflüstert hätte. Meinetwegen, wir rechnen's nicht, aber eins sag ich dir: nochmal kommst du mir nicht so billig davon.«

»Nun mal langsam«, erwiderte der Alte. »Spiel dich bloß nicht auf, nur weil ich beinahe einen schlechten Zug gemacht hätte. Schließlich, was wäre gewesen? Du hättest einen Läufer gegen einen Bauern gewonnen, aber dafür war dein Königsflügel ruiniert – von gewinnen kann gar keine Rede sein. Also sei zufrieden, daß wir die Partie nicht werten; schließlich hast du die Steine auf den Boden geworfen. Übrigens solltest du den ›Tölpel‹ vielleicht zurücknehmen; würde mich nicht wundern, wenn uns der junge Mann im Schach noch etwas zeigen könnte. Kannst es ja mal probieren. Na?«

»Ich spiele nicht mit Bauernlümmeln.«

»Und ich nicht mit Eseln«, sagte ich und ging zurück an meine Werkbank. Catino sprang auf. Hinter mir hörte ich, wie der Alte leise auf ihn einredete – offenbar mit Erfolg, denn während ich wieder mit Feile und Winkelspiegeln hantierte, sah ich die beiden nicht nur ihren Frühstücksproviant auspacken, sondern auch die Schachfiguren erneut aufstellen.

Es vergingen kaum ein paar Minuten, und sie waren wieder vollauf beschäftigt mit ihren Finten und Manövern. Aber so sehr sie sich auch von ihrem Spiel gefangennehmen ließen, so reichte ihre Aufmerksamkeit doch nach wie vor aus, um mir keine Gelegenheit zu irgendwelchen Ausspähungen zu geben. Und in den Blicken Catinos spürte ich einen Haß, der nur auf einen Anlaß zu warten schien, mir meine Bemerkungen heimzuzahlen.

Dann war es Zeit für die Mittagspause; auch jetzt war ich der erste, der sein Essen aus der Tasche holte. Diesmal aß ich an der Werkbank. Daß ich danach zu den beiden hinüberging, lag nur daran, daß ich mir ein bißchen die Beine vertreten wollte. Doch fiel mir auf dem Tisch sofort der große Haufen Geldscheine ins Auge, um den es in dieser Partie offenbar ging. Auch die Position auf den Brett war so interessant, daß ich entgegen meiner ursprünglichen Absicht stehenblieb.

Der Schließer war am Zug – wie am Vormittag offenbar in bedrängter Position. Aber diesmal ließ sich kein klar überlegener Zug erkennen; der Alte saß da und grübelte. Endlich schien er ziehen zu wollen, stockte aber, bevor seine Hand einen der Türme erreichte. Er sah zu Catino und zu mir, dann wandte er sich entschlossen dem Brett zu und rückte einen Bauern vor.

Er hatte kaum gezogen, als Catino voller Zorn aufsprang. »Diesmal war's einmal zu viel – hältst du mich für blind? Meinst du, ich hätte nicht gesehen, wie der Bauernlump dir Zeichen gemacht hat? Mir reicht's – von jetzt an kannst du spielen, mit wem du willst, aber nicht mit mir!«

Mit diesen Worten kippte er die Figuren auf den Boden. Das hölzerne Schachbrett warf er an die Wand des Ganges, wo es krachend zerbrach und zu Boden fiel; an der Stelle, wo es aufgeprallt war, rieselte eine ganze Ladung Sand und kleiner Steine aus der brüchigen Mauer.

Der Alte war sitzen geblieben und hatte dem Ausbruch Catinos scheinbar unbewegt zugehört. Nun stand er langsam auf, nahm das Geld, das auf dem Tisch lag, und steckte es ein.

»Hör mal zu«, sagte er mit leiser Stimme zu Catino, »wir wollen jetzt erst einmal etwas sehr Wichtiges feststellen. Du hast die Steine vom Brett geworfen, das heißt, du hast die Partie aufgegeben. Also habe ich gewonnen, und der Einsatz gehört mir. Ich kann mich nämlich nicht erinnern, daß einer von uns ein Remis angeboten und der andere es angenommen hätte. Ist das klar?«

Catino, der vielleicht selbst das Gefühl hatte, mit seiner Aktion übertrieben zu haben, zögerte. Er hatte wohl damit gerechnet, daß der Alte wie schon am Morgen die Partie als unentschieden hinnehmen würde; erst allmählich schien ihm klarzuwerden, was er da auf einen Schlag verloren hatte. Fast konnte man zusehen, wie sich erneut eine heftige Wut seiner bemächtigte. Er trat auf den Alten zu, packte ihn an den Armen und sagte erregt:

»Klar? Nichts ist klar! Oder hast du wirklich alle Scham verloren? Läßt dir vorsagen und wagst noch zu behaupten, du hättest gewonnen? Nicht mit mir, Alter. Und überhaupt, bevor wir weiterreden: jetzt legst du erstmal das Geld wieder auf den Tisch, aber ein bißchen plötzlich, oder es passiert etwas, das dir nicht lieb ist. Wird's bald?«

Der Alte holte tief Luft; in diesem Tonfall hatte wohl lange Zeit niemand mit ihm gesprochen. Er versuchte, Catinos Hand abzuschütteln, aber er war dem Handwerker körperlich weit unterlegen.

»Catino«, rief er, deutlich bemüht, Haltung zu bewahren, »Catino, ich warne dich! Laß sofort los, oder –«

»Oder?« sagte Catino spöttisch. »Oder du rückst jetzt das Geld raus, nicht wahr, sonst müßte ich es mir nämlich selber aus deiner Tasche holen. Also was ist?«

»Du würdest es wagen«, stieß der Alte hervor, während er verzweifelt versuchte, seine Arme aus dem Griff Catinos zu befreien, »hast du vergessen, wen du vor dir hast, und wer du bist? Ein mieser kleiner Pfuscher mit zwei linken Händen, ein unfähiger Esel, das ganze Haus weiß es! Laß mich los, du Esel, laß mich! – Nein, das wirst du nicht tun – nein – Hilfe – zu Hilfe – Junge, so hilf mir doch!«

Catino hatte mit einer Hand die Jackenärmel des Schließers gepackt; mit der anderen fuhr er ihm in die Hosentasche. Das war der Augenblick, als ich eingriff. Ich packte meinerseits Catino an beiden Armen und forderte ihn auf: »Loslassen, Catino, laß ihn los. Du bist zu weit gegangen.«

Durch den Körper Catinos ging ein Ruck. Mit einem Ausdruck von Verachtung stieß er den Alten von sich und wandte sich mir zu. Ich war einen Schritt zurückgetreten und erwartete seinen Angriff; der kam auch, aber anders, als ich gedacht hatte. Catino bückte sich und ergriff die halbvolle Weinflasche, die unter dem Tisch stand. Mit einer schnellen Bewegung zerschlug er sie an der Wand, so daß der abgebrochene Hals wie ein Dolch in seiner Hand blieb.

Langsam kam er auf mich zu. »Das muß ein Ende haben – einer von uns beiden ist zu viel hier unten – diesmal sollst du mich kennenlernen, Bauernaas, verfluchtes –«

»Catino, versündige dich nicht!« rief der Schließer, ohne jedoch Anstalten zu machen, Catino in den Arm zu fallen. »Mach dich nicht unglücklich, denk an deine Frau, denk an –«

In diesem Augenblick stürzte sich Catino auf mich und stach zu, stieß aber daneben, weil ich ausgewichen war. Das Glas, so jedenfalls mein Eindruck, schnitt durch den Stoff meines Hemdes hindurch ins Leere. Fast im selben Augenblick schlug und trat ich selber zu, wo immer ich ihn treffen konnte; dann packte ich ihn und schleuderte ihn mit aller Kraft gegen die Wand. Er sank zusammen und blieb liegen; aus der Mauer rieselte ein Stoß Sand auf ihn. Ich nahm ihm die Waffe aus der Hand, zertrat sie und ging hinüber zu dem Alten. Der stand an die Wand gelehnt und sah aus, als würde er gleichfalls jeden Augenblick zu Boden sinken. Ich brachte ihn zum Tisch, wo wir uns setzten und eine Weile schweigend Luft holten.

Der Alte murmelte einige Worte, die ich nicht verstand; vermutlich wollte er sich bedanken. Catino, der offenbar nur von der Wucht des Aufpralls gestürzt war, erhob sich langsam und ging an uns vorbei in Richtung des Ausganges. Wenig später kam er zurück, in der Hand einen Stuhl, mit dem er sich ein Stück von uns entfernt an die Wand setzte.

Ich ging zurück an meine Werkbank, wo ich mechanisch begann, wieder mit Zange und Feile zu hantieren. Doch war ich noch immer so erregt, daß ich meine Absicht, etwas über das Innere der Kammer in Erfahrung zu bringen, regelrecht vergaß. Dies um so mehr, als ich nach einigen Minuten am Körper etwas Feuchtes spürte; gleichzeitig machte sich ein leichter Schmerz bemerkbar. Auf meinem Hemd zeigte sich ein größer werdender roter Fleck – also war es doch nicht nur der Stoff, der einen Schnitt von Catinos gläserner Waffe davongetragen hatte. Zum Glück war es kaum mehr als ein tieferer Kratzer; ein Taschentuch, das ich auf die Wunde drückte, reichte aus, um die Blutung zu stillen. Immerhin: einige Zentimeter nach innen, oder ein geringfügig späteres Ausweichen – und statt Catino hätte vielleicht ich auf dem Boden gelegen.

Ich sah zu ihm hinüber. Er blickte mich finster an, ohne meinem Blick auszuweichen; dann wandte er den Kopf zur Seite und starrte auf die Wand, als läse er einen dort geschriebenen Text. Sein Schweigen kam mir bedrohlicher vor, als es Beschimpfungen oder Flüche gewesen wären.

Es war ein Glück für mich, daß sich die Schlösser dieser Tür in einem halbwegs guten Zustand befanden. Obwohl meine Gedanken immer wieder abschweiften, wurde ich mit der Arbeit früher fertig als an den Tagen davor. Ich baute die beiden Schlösser ein, ohne einen Blick in die Kammer geworfen zu haben, dann schloß ich ab und reichte dem Alten die Schlüssel.

Wortlos, wie der ganze Nachmittag verlaufen war, machten wir uns auf den Weg zum Treppenschacht, Catino in einigem Abstand vor uns. Da gerade auch einige andere Handwerker hinaufwollten, ergab es sich zwanglos, daß sich zwischen uns jeweils einige Kollegen befanden. Oben angekommen, reichte mir der Alte kurz die Hand und wünschte mir einen schönen Sonntag. Mit schweren Schritten ging er davon.

Ich sah ihm mit gemischten Gefühlen nach: als hätte ich schon geahnt, daß ich ihn nicht wiedersehen würde.

44
Tragödien hinter Mauern

Meldungen aus den »Berlinischen Nachrichten«:

Wien, 16. Juli 1869. [Der Prozeß gegen Bischof Rudigier.] Am 12. Juli fand in Linz der Prozeß gegen den Bischof Rudigier statt. Nach der Beweisaufnahme, der Anhörung der Zeugen und der Plädoyers verkündete der Obmann der Geschworenen, Herr Advocatus *Kren*, die Antworten auf die Fragen des Gerichts sowie die Abstimmungsergebnisse: 1) Hat der Bischof in seinem Hirtenbrief gegen die Gesetzgebung aufgereizt? (Ja, mit Einstimmigkeit). 2) Hat der Angeklagte zum Hasse gegen die Staatsverwaltung angeeifert? (Ja, mit 11 gegen 1 Stimme). 3) Hat der Bischof zum Ungehorsam gegen die Gesetze verleitet? (Ja, mit Einstimmigkeit). 4) Hat der Bischof zur Auflehnung gegen die Gesetze verleitet? (Ja, mit Einstimmigkeit). 5) Ist die Ausführung einer dieser Handlungen nur durch die Beschlagnahme des Hirtenbriefes unterblieben? (Ja, mit Einstimmigkeit).

Nach großer Aufregung im Auditorium beantragte der Staatsanwalt mit zitternder Stimme 6 Monate einfachen Kerkers. Abends gegen 9 Uhr erfolgte die Urteilsverkündung: Bischof Franz Josef Rudigier wird wegen des versuchten Verbrechens der Störung der öffentlichen Ruhe als unmittelbarer Täter schuldig befunden und zum Kerker von vierzehn Tagen verurteilt. Die Weiterverbreitung des Hirtenbriefes wird verboten.

Berlin, 22. Juli 1869. [Wie wohnen die Berliner?] Dies ist, wie die Berliner Volkszählung gezeigt hat, ein trauriges Kapitel. Der berühmte Staatsmann Disraeli hat einmal gesagt: man könne zu gut essen, zu viel trinken, aber niemals zu gut wohnen. Was das Wohnen betrifft, ist der Berliner unendlich genügsam.

Dreiviertel aller Wohnungen haben entweder gar kein, oder nur ein oder zwei heizbare Zimmer. Und in diesen drei ungünstigsten und zahlreichsten Wohnungsklassen existiert zugleich die größte Dichte der Bevölkerung. Ohne heizbare Zimmer sind 2265 Wohnungen mit 6091 Bewohnern (meist Untermieter), mit einem heizbaren Zimmer wurden 74.972 Wohnungen, d.h. 49,1 Procent sämtlicher Wohnungen mit einer Bevölkerung von 289.320 Personen (42,9 Procent der Bevölkerung) gezählt; es kommen auf die Wohnung 4,8 Personen. Mit 2 heizbaren Zimmern fanden sich 39.440 Wohnungen oder 25,8 Procent der Wohnungen, mit 181.318 Bewohnern (26,9 Procent der Bevölkerung); in diesen Wohnungen wohnen durchschnittlich weniger Personen als in den Wohnungen mit einem heizbaren Zimmer, nämlich 4,6 Personen. In der glücklichen Lage, mehr als 5 Zimmer bewohnen zu können, befinden sich nur 10½ Procent der Berliner Bevölkerung.

Krakau, 23. Juli 1869. [Die Krakauer Klostergeschichte.] Am Dienstag, den 20. d. M., gelangte eine anonyme, augenscheinlich von Frauenhand herrührende Anzeige an das hiesige Strafgericht, daß in dem Kloster der Carmeliter-Barfüßerinnen eine Nonne namens *Barbara Ubryk* seit einer Reihe von Jahren in finsterer Zelle gewaltsamer Weise eingesperrt gehalten wird.

Der Untersuchungsrichter Dr. Gebhard begab sich daraufhin zum Bischof Galecki, der ihm erklärte, daß die Anzeige auf einer Verleumdung beruhen dürfte. Als jedoch der Untersuchungsrichter in ihn drang, erklärte der Bischof, er gebe seine Erlaubnis zur Untersuchung, und subdelegierte dazu den päpstlichen Prälaten Spital, in dessen Begleitung der Untersuchungsrichter in das Kloster fuhr.

Der Untersuchungsrichter sagte sofort zu der Pförtnerin: »Ich bin hierher gekommen, um die Nonne Barbara Ubryk zu sehen und zu sprechen.« Diese Worte machten auf die Pförtnerin einen fürchterlichen Eindruck. Sie wankte einige Schritte zurück und sagte: »Das ist nicht möglich«, und alsbald wollte sie sich mit einer anderen Nonne entfernen, was der Untersuchungsrichter verhinderte, indem er beide Schwestern festhalten ließ und ihnen erklärte, er verbiete ihnen im Namen des Gesetzes, sich von der Stelle zu rühren. Er wies die Vollmacht des Bischofs vor, daraufhin führte man ihn zur Zelle der »Schwester« Barbara.

Man öffnete die sieben Schritt lange und sechs Schritt breite Zelle. Es fällt schwer, den Anblick zu beschreiben, den dieses Inquisitionsstückchen in unserem aufgeklärten Jahrhundert gewährte. In einem finsteren, verpesteten, an eine Cloake angrenzenden und seiner Bewohnerin als Cloake dienenden Loche saß oder vielmehr kauerte auf einem Strohlager ein ganz nacktes, verwildertes, halb wahnsinniges Weib, welches bei dem ungewohnten Anblick von Licht, Außenwelt und Menschen die Hände faltete und jämmerlich flehte: »Ich bin hungrig, erbarmt euch meiner, gebet mir Fleisch und ich werde gehorsam sein.«

Diese Kammer, welche nichts außer einem Haufen Stroh, aller Art Unrat und einer Schüssel mit verfaulten Kartoffeln, aber sonst gar nichts, keinen Ofen, nicht Bett, nicht Tisch, noch Stuhl enthielt, diese Kammer, welche kein Sonnenstrahl und kein Herd erwärmte, hatten die unmenschlichen »Schwestern« als Wohnungsstätte für eine ihrer Colleginnen auserkoren, und sie daselbst durch 21 Jahre, seit 1848, eingesperrt gehalten. Durch 21 Jahre waren täglich die grauen »Schwestern« an dieser Zelle vorbeigegangen, und keiner von ihnen war es in den Sinn gekommen, sich des armen Opfers zu erbarmen. Halb Mensch, halb Tier, mit kotigem Leibe, schlotternden, dürren Beinen, eingefallenen Wangen, mit ganz geschorenem schmutzigem Kopfe, jahrelang nicht gewaschen, kam ein fürchterliches Wesen zum Vorschein, wie es selbst Daumier in seiner stärksten Einbildungskraft nicht zeichnen konnte.

Der Untersuchungsrichter befahl, der Barbara Ubryk ein Hemd zu geben und holte selbst den Bischof Galecki. Als dieser die Frau sah, suspendierte er sofort den Beichtvater und die Oberin, welche aus einem altehrwürdigen polnischen Adelsgeschlechte stammt. Er befahl, die Barbara Ubryk in eine Zelle zu führen, sie anzukleiden und zu pflegen. Als man sie hinausführte, fragte sie ängstlich, ob man sie nicht mehr in ihr Grab zurückführen werde? – und befragt, warum sie eingesperrt war, gab sie zur Antwort: »Ich habe das Keuschheitsgelübde gebrochen, aber diese da« – sich mit fürchterlicher Gebärde und wildem Sprunge gegen ihre Colleginnen wendend – »sind auch nicht rein, sind auch keine Engel.« Auf den Beichtvater sprang sie zu und schrie: »Du Bestie!« Hier folgten einige Ausdrücke, welche der Anstand wiederzugeben verbietet.

45
Ein leeres Sofa

> *Wenn jemand behauptet, die Philosophie, die Sittenlehre und die bürgerlichen Gesetze könnten und dürften von der kirchlichen Autorität abweichen – der sei verflucht.*
> Pius IX., Syllabus errorum

Tagebuch des Heinrich Wilhelm Lehmann:
Berlin. Montag, 27. Dezember 1869, morgens

Ich bin – felice – heureux – happy – der glücklichste Mensch der Welt!

Obwohl ich jetzt, von Robinson im Vorzimmer abgeschirmt, zwischen Eisenbahnplänen in meinem Büro sitze. Wenn es nach mir gegangen wäre, dann wäre ich heute zu Hause geblieben. Aber Francesca hat darauf bestanden, daß ich zum Dienst gehe und mich wenigstens am Vormittag blicken lasse.

»Du brauchst ihr Wohlwollen noch«, sagte sie. »Nämlich dann, wenn du demnächst nach Paris kommst, und erst recht, wenn wir nach Newyork fahren!«

Gestern nachmittag schlief sie bis gegen sechs Uhr. Sie stand auf und machte sich frisch; dann gingen wir los.

Auf der Straße fiel mir auf, daß sie merkwürdig oft an Schaufenstern stehenblieb und sich alles mögliche ansah, etwa Eimer und riesige Tonkrüge, oder Werkzeuge für Fleischereien.

»Seit wann interessierst du dich für Hackmesser?« fragte ich. »Braucht man das für die Chirurgie?«

»Aber Enrico – kannst du dir das nicht denken?«

»Natürlich nicht. Gibt es in Paris keine Blecheimer?«

»Eimer? Wie kommst du auf Eimer?«

»Na, das ganze Geschäft eben war doch voll davon.«

»Enrico«, sagte sie mit einem Kopfschütteln, »du bist wirklich ein Träumer. Was ich in dem Glas sehen wollte, waren die Leute hinter uns. – Nein, dreh dich nicht um! Sie sind zwar harmlos, glaube ich, aber man kann nie wissen ... da vorne kommt eine Droschke, die nehmen wir!«

»Francesca«, sagte ich, als wir eingestiegen waren, »wir sind in Berlin! Glaubst du wirklich, jemand verfolgt uns? Mitten in der preußischen Hauptstadt?«

Sie seufzte. »Wahrscheinlich hast du recht – aber dieser Einbruch hat mir mehr Sorgen gemacht, als du dir denken kannst ...«

Erst als wir im Restaurant saßen, entspannte sie sich. Sie lächelte, wenn auch etwas müde, und sagte: »Tut mir leid, Enrico, wenn ich dich anstecke mit meiner Unruhe. In Rom war es umgekehrt, da konnte *ich* mir kaum vorstellen, warum jemand einem deutschen Ingenieur nachspionieren sollte. Aber jetzt, nach dem Einbruch ... darum ist es auch so wichtig, daß du mit Luigis Aufzeichnungen fertig wirst: das wird uns die Sicherheit wiedergeben ... den Donatis, meine ich. – Übrigens: haben dich deine Freunde Cossa und Bernieri in Rom nach mir gefragt?«

»Freunde ist gut. Ja, sie haben gefragt, und zwar nicht zu knapp. Ich wollte dich nicht beunruhigen, darum habe ich in meinen Briefen nichts davon geschrieben.«

»Danke, das war lieb von dir. Was wollten sie denn wissen?«

»In erster Linie war es Bernieri, der mich ausgefragt hat. Er wußte übrigens viel mehr von dir als ich: zum Beispiel, daß alle Verwandten dein Haar als tiefschwarz beschreiben, obwohl es doch eindeutig dunkelblond ist.«

Sie lachte und lehnte sich zurück, so daß ihre Brüste sich unter der Bluse vorwölbten. »Gefärbt, siehst du das nicht?«

»Nein, wie denn? Bernieri meinte allerdings, du wärst nicht der Typ, der sich die Haare färben würde. Hätte ich auch angenommen – na, so kann man sich täuschen.«

»Schön, wie ihr mich kennt. Du und Bernieri, ihr werdet mich noch bis aufs Hemd ausziehen und erforschen. Eh, was hast du denn plötzlich?«

Was ich hatte? Nun, ein kleines Problem, wie es mir, wenn ich mit Francesca zusammen bin, öfter zuzustoßen scheint. Ich hatte nämlich gerade versucht, möglichst unauffällig auf ihre Brüste zu schielen, als sie »bis aufs Hemd ausziehen« sagte. Schnell sah ich zur Seite – jetzt nur nicht rot werden, dachte ich. Prompt konnte ich an gar nichts anderes mehr denken, und genauso prompt merkte ich, daß ich im Gesicht heiß und rot wurde.

Sie legte mir die Hand auf den Arm, so wie sie es damals in Rom auf der Bank getan hatte. Ich wandte den Kopf zu ihr, und unsere Blicke trafen sich.

»Enrico, woran denkst du?«

Mein Gesicht wurde noch heißer. Ich nahm meinen Mut zusammen und sagte leise: »An deine Brüste, Francesca – ich würde sie gerne küssen.«

»Aber Enrico! Doch nicht hier, im Restaurant?«

»Doch, Francesca – hier, im Restaurant, vor allen Leuten ...«

Sie lächelte. Kaum merklich spitzte sie den Mund, wie zu einem angedeuteten Kuß. Dann rief sie den Kellner und bestellte auf englisch ein Kännchen Tee.

»You're welcome!« antwortete der Kellner mit einer Verbeugung.

»Ein fescher Junge«, stellte Francesca fest, als er gegangen war.

»Wie Bernardo?«

»Nein, eher wie Cesare!«

Schließlich, als wir gegessen hatten, sagte sie:

»Enrico – ich merke, daß ich wieder müde werde. Eisenbahn ist was Gutes, aber nur, wenn man nachts zum Schlafen kommt.«

Gleich vor dem Restaurant stand eine Droschke. Kaum hatten wir Platz genommen, da lehnte Francesca schon den Kopf an meine Schulter und war eingeschlafen.

Ihre Worte hatten mich stärker beunruhigt, als ich mir hatte anmerken lassen. Ich blickte nach hinten, aber es war nichts zu sehen und zu hören. Schließlich legte ich meinen Arm um ihre Schulter und genoß ihre Nähe und die Wärme ihrer Haut.

In der Wohnung räumte ich ihr noch einmal das Schlafzimmer auf; für mich selber machte ich das Sofa im Wohnzimmer zurecht. Inzwischen war Francesca im Bad, und als sie herauskam, trug sie ein atemberaubendes, beinahe durchsichtiges Nachthemd. Sie gab mir einen Kuß auf die Wange und flüsterte: »Good night, my dear! Schlaf gut, und träum was Schönes!«

In der Tür zum Schlafzimmer wandte sie sich noch einmal um und lächelte mir zu, mit derselben Andeutung eines Kusses auf den Lippen wie vorhin im Restaurant. Dann drehte sie sich um und schloß die Tür.

Ich ging ins Badezimmer, beglückt von ihrer Zärtlichkeit, aber auch innerlich zerrissen. Hätte ich, so fragte ich mich verzweifelt, sie eben festhalten sollen? Hatte ich gerade das Glück meines Lebens verpaßt, wie damals vielleicht bei Rosalie, als sie mich einmal fragte: Hast du nicht manchmal das Bedürfnis, eine Frau in den Arm zu nehmen? Und ich nahm sie nicht in den Arm, sondern stotterte irgendeine Antwort, ich Idiot ...

Da stand ich und wusch mich und verfluchte meine Feigheit. Cesare, sagte ich zu mir, der hätte es so gemacht, wenn er an meiner Stelle gewesen – Cesare, der bestimmt ...

Und ob sie wohl nachgegeben hätte?

Ich trat aus dem Badezimmer und schloß leise die Tür. Gerade wollte ich die Lampe löschen, als mein Blick auf das Sofa fiel: etwas war anders. Ich mußte zweimal hinsehen, dann begriff ich: Kissen, Laken und Decke waren verschwunden. Das Sofa war leer. Und die Tür zum Schlafzimmer stand einen Spalt offen.

Ich konnte es noch immer kaum glauben, als ich zu ihr unter die Decke kroch und mich an sie schmiegte. Sie hatte bereits geschlafen; nun drehte sie sich zu mir, murmelte kaum hörbar »Mein Lieber, wo warst du so lange« – und war schon wieder eingeschlafen. Ich drückte sie an mich, vergrub meinen Mund in ihrem Haar, wagte vor Glück kaum zu atmen. Nach einer Weile drehte sie sich auf den Rücken. Ich ließ meine Hand unter ihr Nachthemd gleiten und legte sie auf ihre Brust. Leise stöhnte sie auf, wiegte kaum merklich den Körper. Ich spürte, wie sich ihre Hand sanft auf mein Glied legte.

Und als sie merkte, daß es nicht hart und aufgerichtet war, sondern ganz weich, da ließ sie es los und streichelte meine Hand auf ihrer Brust. Wenige Augenblicke später war sie erneut eingeschlafen.

Ein, zwei Stunden lag ich so neben ihr, unendlich glücklich, wenn auch ein wenig beschämt über mein ausgehungertes Glied, das mir den Dienst versagte hatte. Andererseits war ich froh, daß mein Verlangen nicht erloschen war, sondern im Gegenteil zu wachsen schien, je länger ich Francescas Atem hörte, ihre Haut roch, ihre Brüste in meinen Händen spürte. Endlich, lange nach Mitternacht, schlief auch ich ein. Als ich am Morgen erwachte, lag ich noch immer an ihren Körper geschmiegt. Ich küßte und umarmte sie, innerlich singend, zärtlich und wild. Als sie sich zu mir drehte, wollte ich in sie eindringen, aber sie, während sie mich küßte, umfaßte mein Glied mit beiden Händen, und schon nach wenigen Augenblicken brach es aus mir heraus – mein Samen und meine Tränen. Ich hielt sie im Arm und weinte; sie fuhr mir mit der Hand durchs Haar und flüsterte: »He, Enrico, warum denn Tränen?«

»Vor Liebe«, sagte ich, lachend und weinend, »vor Liebe.«

Und als wir uns nach einer Weile voneinander lösten, da sagte sie, zärtlich und vorwurfsvoll zugleich:

»Ihr Männer seid doch ganz schön verantwortungslose Biester. Was du da eben machen wolltest – hast du gar nicht daran gedacht, daß ich schwanger werden könnte?«

»Aber Francesca«, sagte ich und küßte ihre Hand, »merkst du denn nicht, wie sehr ich dich liebhabe?«

Sie machte sich los und gab mir einen Klaps auf den Oberschenkel. »Bist ein Esel«, sagte sie, und schüttelte den Kopf. »Lieb, aber ein Esel. Weil du mich liebhast, soll ich schwanger werden? Das verstehe, wer will.«

»Aber Francesca – ich bin doch kein Schurke. Ich habe einen Beruf, ich kann eine Familie ernähren, und ich –«

Sie lachte. »Ich weiß schon, wie der Satz weitergeht. Schluck's runter, und gib mir noch einen Kuß. Nur, mit dem Beruf hast du schon recht, und darum sollst du jetzt auch schleunigst aufstehen und dich zum Dienst begeben. Loslassen, mein Herr, jetzt geht es aus dem Bett ins feindliche Leben – hopp!«

Sie stand auf und griff zum Unterhemd. Ich hielt sie fest und küßte sie, im Bett kniend, auf ihre Brust. Sie blieb stehen und umarmte mich. »Die andere auch«, verlangte sie. Dann schob sie mich zurück, zog das Unterhemd über und ging ins Badezimmer.

»Was würde wohl deine Mutter sagen, wenn sie uns hier sehen würde?« fragte sie beim Frühstück.

»Sie würde mich bestimmt beglückwünschen: so eine schöne und kluge Frau, würde sie sagen.«

»Bin ich wirklich schön? Meine Brüste sind ein bißchen klein, und meine Taille ist ein bißchen dick – nicht wahr?«

»Überhaupt nicht – du bist wunderschön. Und du weißt es auch selber, stimmt's? Übrigens, was würde denn deine Mutter sagen, wenn sie uns hier sehen würde?«

»Na rate mal: wie schätzt du sie denn ein?«

»Also, sie würde vielleicht sagen: die Kleine hat keinen schlechten Geschmack. Das scheint doch ein verläßlicher Mensch zu sein, dieser preußische Ingenieur, auch wenn er ein paar Jahre älter ist ...«

Sie lachte. »Was du so denkst, Enrico – unmöglich! Meine Mutter, so scheinst du zu glauben, beurteilt meine Freunde bloß als mögliche Heiratskandidaten!«

»Allerdings«, gestand ich. »Die meisten Mütter denken doch so, vor allem die italienischen, oder?«

»Meine nicht. Weißt du, was sie über die Männer gesagt hat?«

»Ich bin gespannt!«

»Das war, als ich von der Armee zurück bin. Francesca, hat sie gesagt, du mußt ein paar Dinge über das Mannsvolk wissen – hoffentlich ist es nicht schon zu spät. Erst einmal: fast alle Männer sind sexuell ausgehungert – nicht nur die Ledigen, auch die meisten Verheirateten. Aber das Begehren, mußt du wissen, macht die Männer verrückt: sie sehen in dir eine Fee, sie himmeln dich an, bieten ihr Leben für eine Nacht mit dir – und wenn ihr Verlangen gestillt ist, fühlen sie sich gefangen und beginnen, dich zu hassen. – Wie sieht's bei dir aus, Enrico: hat sie recht?«

»Ob ich sexuell ausgehungert bin? Natürlich. Aber glaubst du, ich könnte dich hassen?«

»Vorläufig nicht. Ich will dich ja auch nicht fangen.«

»Leider. Und was zieht deine kluge Mutter als Männerkennerin für Schlüsse?«

»Sie hat gesagt: Also, wenn das Verlangen den Mann so sehr verändert, dann mußt du früher oder später eine Entscheidung treffen. Für ein kluges Mädchen wie dich gibt es zwei Möglichkeiten. Nummer eins: du hältst die Männer im Zustand des Verlangens, aber du erfüllst es nicht. Dann hast du die größten Chancen, das zu finden, was man eine gute Partie nennt: denn weil der Mann, der dich begehrt, dich nur als Wunschtraum sieht, wird er dir alles zu Füßen legen, was er hat, jedenfalls bis zur Hochzeit.«

»Und die zweite Möglichkeit?«

»Na, das ist doch klar. Wenn du, sagt sie, die Männer wirklich kennenlernen willst, dann mußt du den Zauber wegnehmen, den das Verlangen auf sie ausübt. Also sorge dafür, daß du kein Kind kriegst und keine Krankheit – schlaf mit einem Mann, laß sein Begehren abkühlen, und dann siehst du seine zweite Seite – nur so kannst du ihn halbwegs realistisch beurteilen. Obwohl, hat sie gesagt, die dritte Seite des Menschen – die kennst du dann auch noch nicht. Aber die kennt keiner.«

»Und was ist die dritte Seite?«

»Die zeigt sich erst, wenn man lange zusammenlebt. Aber das ist Chemie des Alltags, sagt sie: die dritte Seite des Geliebten bist nämlich du selber. In zehn Jahren bist du ein anderer Mensch, und du kannst heute noch nicht wissen, was du dann denkst und fühlst. Noch weniger kannst du wissen, wie dein Liebster auf die Person reagiert, die du dann sein wirst. Natürlich gibt es ein paar Erfahrungen – aber ob man sie weiß oder nicht, ist egal; im Grunde nützt es einem gar nichts.«

»Und was sind das für Erfahrungen?«

»Zum Beispiel: wenn einer sein ganzes Glück in einem anderen Menschen sieht, dann ist das für beide meistens ein großes Unglück. Der übermäßig Liebende kann gar nicht anders als immer Angst zu haben – Angst vor allem, was ihm den geliebten Menschen wegnehmen könnte, und sei es nur für Stunden. Der übermäßig Geliebte muß auch immer Angst haben: daß er dem andern Schmerz zufügt, und zwar schon dadurch, daß er manches lieber allein tut. Dann steht er vor der Wahl, entweder den andern zu kränken oder sich selber die Flügel abzuschneiden. Früher oder später fängt er an, ihn zu hassen, oder sie hassen sich beide.«

Sie sah mich mit einem skeptischen Blick an; ich konnte mir schon vorstellen, was sie dachte ...

»Und hältst du dich an das, was sie gesagt hat?« fragte ich.

»Merkst du das nicht?«

»Gestern nacht zum Beispiel?«

»Kann schon sein – vielleicht hatte ich aber ganz einfach Lust auf dich.«

»Ach Francesca, merkst du eigentlich, wie glücklich ich bin?«

»Doch, ich merke es. Darum wollen wir jetzt auch etwas tun – Marsch zur Arbeit mit dir! Und ich muß einige Briefe schreiben.«

So kam ich zum Dienst – mit Verspätung zwar, aber immerhin. Begrüßte den Chef, fragte Robinson nach seinen Tabellen, tat sehr geschäftig und setzte mich mit einem dicken Aktenstapel an den Schreibtisch. Das ist halt der Vorteil, wenn man selbständig arbeitet und sogar einen Untergebenen hat.

Und jetzt habe ich genug Präsenz gezeigt. Ich werde mich erheben und einen »wichtigen auswärtigen Termin« wahrnehmen. Das heißt, ich werde mich auf dem schnellsten Wege nach Hause begeben – um mich in die Arme von Francesca zu werfen.

46
Miteinander schlafen

*Rekonstruktion der Aufzeichnungen
des Luigi Calandrelli (15):*

Als ich am nächsten Morgen erwachte, hatte ein merkwürdiger Zustand von mir Besitz ergriffen. War es Gleichgültigkeit oder Fatalismus? Oder die bedenkenlose Zielstrebigkeit eines Schlafwandlers? Jedenfalls kam es mir so vor, als wären meine Bewegungen und Handlungen mehr nachvollzogen, als von mir selber bestimmt. Daß ich aufstand, mich wusch und rasierte, die Messe besuchte, frühstückte, in meine Kammer zurückkehrte und mich umzog, schließlich meine Werkzeugtasche nahm und durch den Park zum Schwesternheim ging – all dies erschien mir als völlig absurde und gleichzeitig einzig mögliche Art, mich zu verhalten.

Falls etwas die Ereignisse hätte abwenden wollen, dann hätte es von anderer Seite kommen müssen: von Meister Cornelius vielleicht, der einen Auftrag für mich hätte haben können, oder von Bruder Alfredo, der mich hätte sehen wollen, oder auch vom Pförtner im Schwesternheim, der mir den Zutritt hätte verwehren müssen. Aber nichts davon trat ein. Selbst die langen leeren Gänge schienen weniger dröhnend unter meinen Schritten zu klingen, ganz so, als hätten sie sich bereits an den Eindringling gewöhnt.

Und so begann denn mein Herz erst in dem Augenblick wie rasend zu hämmern, als ich vor der Tür Schwester Luisas stand. Wieder klopfte ich viel zu leise, und wiederum erhielt ich keine Antwort. Ich klopfte noch einmal kräftiger; endlich hörte ich von drinnen den Ruf »Herein!«.

Luisa war nicht allein. Ihr gegenüber saß ein Mann von ganz und gar ungeistlichem Erscheinungsbild: in Uniform und hohen Stiefeln. Offenbar war er zu Pferd gekommen, denn vor ihm lag neben seiner Mütze eine Reitpeitsche.

»Nanu«, begrüßte mich Schwester Luisa mit deutlichem Erstaunen in der Stimme. »Du hier, Luigi? Ehrlich gesagt, ich habe dich heute nicht erwartet – daß du dich mir noch unter die Augen traust, nachdem du unseren Patienten fast umgebracht hättest. Habe mir auch nur für einen Tag freigenommen, weil ich Besuch habe. Nun steh nicht da wie ein begossener Pudel, setz dich zu uns und trink eine Tasse Tee, wenn du schon da bist. – Paolo«, stellte sie mich ihrem Besucher vor, »der junge Mann hier ist Luigi, unser Haus- und Hofschlosser. Er hat mich vorige Woche gerettet, als ich mein Schlüsselbund verloren hatte und an keinen meiner Schränke mehr herankonnte. – Luigi, mein Bruder Paolo aus Florenz.«

Ich verbeugte mich und setzte mich auf das Sofa ihnen gegenüber. Man stellte einige höfliche Fragen nach meiner Arbeit; dann wandten sie sich wieder ihrem Gespräch zu, offenbar über Familienereignisse. Mir war es recht, daß sie sich nicht weiter um mich kümmerten. Ich trank meinen Tee, und als die Tasse leer war, nahm ich meinen Mut zusammen und fragte Schwester Luisa, ob ich vielleicht später wiederkommen sollte. Oder ob es sie sehr belästigen würde, wenn ich mit meiner Arbeit anfinge?

»Weißt du«, meinte sie nach kurzem Überlegen, »wenn du schon einmal hier bist ... Was denkst du, Paolo?«

»Aber sicher! Gute Gelegenheiten muß man ausnutzen, und gute Handwerker sind noch seltener als gute Gelegenheiten. Also nur zu, junger Mann – laß sehen, was du kannst.«

Ich atmete innerlich auf und machte mich an die Arbeit. Zuerst befestigte ich wieder den Schraubstock an Luisas Schreibtisch; dann schraubte, prüfte, feilte und bohrte ich – so leise wie möglich, um das Gespräch der beiden nicht zu stören.

Allerdings war es vor allem Luisas Bruder, der sprach, während sie nur gelegentlich mit einem Nicken oder einer kurzen Bemerkung reagierte. So auch, als der Bruder für den Nachmittag einen Ausflug vorschlug: sie stimmte zu, aber in einem beinahe abwesenden Tonfall.

»Was ist los?« fragte er und lehnte die Reitpeitsche an seinen Stuhl. »So kenne ich dich ja gar nicht. Bist du müde?«

»Hast recht«, antwortete sie. »Ist auch kein Wunder bei dem, was ich hinter mir habe. Die ganze Woche in der Klinik, mit Tagesdienst und Nachtwache, war schon ein bißchen anstrengend.«

»Ich mach dir einen Vorschlag: ich wollte sowieso noch Pater Umberto einen Besuch abstatten. Du legst dich hin und ruhst dich aus, und der junge Mann leistet dir Gesellschaft, will sagen, er macht seine Arbeit. Nachher hole ich dich ab und führe dich zum Mittagessen aus. Was hältst du davon?«

Sprach's, und wartete gar nicht erst ab, was Schwester Luisa dazu meinte, sondern griff nach seiner Mütze und stand auf.

»Also, bis nachher.« – Und schon war er draußen.

Ein wenig war ich überrascht, wie bereitwillig Schwester Luisa auf den Vorschlag einging; sie mußte in der Tat sehr müde sein. Jedenfalls legte sie sich, gleich nachdem ihr Bruder gegangen war, auf das Bett und löste den Gürtel von ihrem Kleid. Wenige Augenblicke danach war sie schon tief eingeschlafen.

Ich habe oftmals empfunden, daß unser Sprechen dem Leben gegenüber unangemessen ist. Denn Gefühle sind vorläufig und wandelbar; das ausgesprochene Wort hingegen ist wie ein Stein, der zwar vergessen und verschüttet, aber nicht nachträglich verändert werden kann.

Doch ist die Sprache selber unendlich viel mehr als unsere Worte. Und oft genug ist sie klüger als wir, die wir sie benutzen im Glauben, sie zu beherrschen.

Die Wendung »miteinander schlafen« empfinde ich als eine solche Klugheit. Oberflächlich gesehen, könnte man sie für eine Täuschung halten. Denn sie scheint gerade das Gegenteil von dem zu meinen, was sie sagt – überhaupt nichts Verschlafenes, sondern im Gegenteil die intensivste Beschäftigung zweier Menschen miteinander. Und doch kommt es mir so vor, als läge die tiefere Intimität nicht darin, daß einer dem andern das Berühren aller seiner Körperteile erlaubt. Das ist die Oberfläche: an der wir weniger den Körper des anderen spüren, als vielmehr den Wegfall eines sonst allgegenwärtigen Verbotes. Aber erst die Gemeinsamkeit bis in den Schlaf hinein schafft die wirkliche Intimität, und spiegelt die Bereitschaft zur völligen Wehrlosigkeit.

Ich sah Schwester Luisa an, wie sie auf dem Bett lag, betrachtete sie mit dem zärtlichen Gefühl desjenigen, der glaubt, einen geliebten Menschen zu beschützen. Das war natürlich absurd, denn wovor hätte ich sie beschützen sollen? Bestenfalls konnte ich etwas dafür tun, daß ihr Schlaf nicht gestört wurde, und so feilte und bohrte ich mit einer Sorgfalt, wie sie ein heimlicher Dieb nicht besser hätte an den Tag legen können: das Geräusch, das meine Werkzeuge machten, war kaum lauter als das Zwitschern der Vögel, das von draußen durch das Fenster drang. Doch kam ich entsprechend langsam mit meiner Arbeit voran; nach zwei Stunden war ich gerade einmal so weit, wie ich sonst in einer halben gekommen wäre.

Immerhin, die Kommode mit ihren vier Schlössern war schließlich geöffnet und mit neuen Schlüsseln versehen. Was blieb, war das Schmuckkästchen im Nebengemach. Um Schwester Luisa nicht zu stören, beschloß ich, es dort zu lassen, und brachte Schraubstock und Winkelspiegel nach nebenan. Dann ging ich zurück ins Zimmer, um das restliche Werkzeug zu holen, und um aufzuräumen, was ich in Unordnung gebracht hatte.

Ich warf einen Blick auf die schlafende Luisa. Das Kopfkissen war zu Boden gefallen; ich nahm es und legte es auf den Stuhl neben dem Bett. Unter dem Stuhl sah ich den Gürtel von Luisas Kleid, ebenso die Reitpeitsche, die ihr Bruder dort vergessen hatte. Beides hob ich auf, um es aufs Kissen zu legen.

Vielleicht war es gerade die Stille dieses Augenblicks, die Luisa erwachen und die Augen aufschlagen ließ. Sie muß mich genau in dem Moment gesehen haben, als ich den Gürtel und die Peitsche in den Händen hielt, denn sie schrak zusammen und sprang mit dem Ruf »Luigi!« aus dem Bett.

Ich war zu Tode erschrocken. Für einige Sekunden bewegte sich keiner von uns beiden. Erst jetzt dämmerte mir, welchen Anblick ich ihr bieten mußte. Ich legte die Dinge aufs Kissen und merkte, wie mir das Blut ins Gesicht schoß, während Schwester Luisa mich anblickte, als wollte sie mich hypnotisieren. Dann kam sie langsam auf mich zu, packte mich an der Hand und griff zu dem auf dem Kissen liegenden Gürtel.

»Sei brav, Luigi«, flüsterte sie, »komm, sei ein lieber Junge!«

Ich stand noch immer wie betäubt, aber auch wenn ich ihre Absicht klarer verstanden hätte, dann hätte ich ihr – schon um zu zeigen, daß ich nichts Böses im Schilde führte – wohl keinen Widerstand entgegengesetzt. In wenigen Augenblicken hatte sie mir den Gürtel um die Handgelenke geschlungen und die Schlaufe zusammengezogen; wie benommen gehorchte ich ihrer Aufforderung »Hinlegen!«, woraufhin sie den Gürtel am Gestell des Bettes festband.

Ich hörte, wie sie tief durchatmete. »Also wieder«, sagte sie. »Wieder dasselbe, nicht wahr?«
In ihrer Stimme lag ein drohender Unterton, der mich auf unbestimmte Weise erschauern ließ. Was war es, das ich in diesem Augenblick empfand? Gewiß, im Kopf registrierte ich, daß sie zutiefst erzürnt war; ich hätte mich unsagbar verlegen fühlen müssen. Was aber meinen Körper anging, so war es, als hätte er sich von mir losgesagt: als wäre der Zorn Luisas nicht Anlaß zu tiefer Scham, sondern im Gegenteil Vorbote einer um so größeren Lust. Ich spürte, wie mein Glied unter der engen Hose schmerzhaft zu spannen begann, und so sehr ich mich auch zu schämen glaubte, so wuchs doch das Verlangen, daß sie meinen Zustand bemerken würde, ins Unerträgliche.

Was hatte ich erwartet, als ich mit schlafwandlerischer Zielstrebigkeit den Weg zum Schwesternheim gegangen war? Hatte ich ernsthaft geglaubt, die Spiele des Sonntags davor würden eine Wiederholung oder eine Fortführung finden? Eine sinnlose Frage. So sehr wir uns vor den tiefen Erschütterungen des Lebens fürchten, sowenig gelingt uns das gleichgültige Weiterleben, wenn wir sie erfahren haben, ganz gleich, ob es Erschütterungen der Liebe oder des Leides waren. Nicht nur den Mörder zieht es zurück an den Ort seiner Tat: sondern erst recht auch den glücklich Gewesenen an den Ort seines Glücks.
Schwester Luisa ging zur Tür und schloß ab. Einen Augenblick schien sie unschlüssig, dann bückte sie sich und nahm etwas in die Hand.
»Luigi, du bist zu weit gegangen«, hörte ich sie halb zu mir, halb zu sich selbst flüstern, »endgültig zu weit. Und jetzt sagst du mir auf der Stelle – was hattest du vor?«
»Nichts«, setzte ich zu einer Antwort an, »Schwester Luisa, ich –«
»Lüge nicht – hältst du mich für blind? Meinst du, ich würde nicht sehen, in welchem Zustand du dich befindest? Hier – hier – hier – hier!«
Mit diesen heftig hervorgestoßenen Worten hatte sie begonnen, mir Schuhe, Hose und Unterhose vom Körper zu reißen, bis ich halb entblößt vor ihr lag und mich voller Scham zur Seite drehte.
»So«, rief sie zornig, »jetzt schämt er sich. Macht sich an mich heran in der größten Schamlosigkeit, legt schon Gür-

tel und Peitsche zurecht, und jetzt heuchelt er den Beschämten! Aber das hier spricht eine andere Sprache – nennst du das Scham?«

Sie packte mein Glied und zog es mit schmerzhaft festen Griff zu sich, so daß ich gar nicht anders konnte als nachzugeben und mich zu ihr hinzudrehen. Daraufhin ließ sie los und fuhr beinahe streichelnd über das Glied.

»Und jetzt«, flüsterte sie in scheinbar sanftem, dabei um so drohender klingenden Tonfall, »jetzt wartet dieses Stück Fleisch voller Verlangen darauf, daß wir es wieder lustvoll zum Auslaufen bringen? Ist es so? Hin und her und her und hin?«

Sie hatte, während sie sprach, begonnen, mein Glied im Takt ihrer Worte auf und ab zu reiben, so daß ich mich unwillkürlich im selben Rhythmus mitbewegte. Unvermittelt schlug sie mit der Peitsche, die sie in ihrer rechten Hand hielt, zu. Schlug mit aller Heftigkeit auf mein nacktes Gesäß, während ihre Linke mein Glied umfaßt hielt. »Das – hast – du – dir – gedacht!« stieß sie im Gleichtakt mit den Schlägen hervor. »Wirst du wohl stilliegen! Ich werde dir dein Verlangen nehmen, aber nicht wie du denkst – Da! Da! Da!«

Anfangs hatte ich das Glied im Griff ihrer Hand noch weiter bewegt: zuerst, weil mir das Brennen der ersten, eher sanft geführten Hiebe das Lustgefühl noch zu verstärken schien – danach für einige Augenblicke in dem Bemühen, den Schmerz zu ertragen, vielleicht sogar, dadurch stimuliert, den lustvollen Höhepunkt zu erreichen. Doch bemerkte sie, was ich vorhatte, und wurde nun erst recht zornig: sie schlug jetzt gezielt und mit ganzer Kraft, so daß die Hiebe unerträglich schmerzhaft wurden. In wenigen Augenblicken schrumpfte mein Glied zusammen; mir blieb nichts übrig, als ihrem Befehl zu folgen und jede Bewegung aufzugeben.

Sogleich hörte sie mit den Schlägen auf. Wie um zu zeigen, daß sie mit mir noch nicht fertig war, fuhr sie mir mit der Peitsche über die Haut, sachte vom Rücken über das noch immer schmerzhaft brennende Gesäß, von dort über den Oberschenkel zum Glied vordringend, so daß ich mich unwillkürlich abwandte.

»Habe ich gesagt, du sollst dich umdrehen?« rief sie zornig, und versetzte mir erneut einige heftige Schläge, so daß ich sogleich meine vorige Lage einnahm – mich ihr auf Gedeih und Verderb ausliefernd.

47
Unfromme Processionen

Meldungen aus den »Berlinischen Nachrichten«:

Krakau, 23. Juli 1869. [Die Klostergeschichte.] Seit Freitag befindet sich die Stadt in fieberhafter Aufregung. Überall bilden sich Gruppen von Neugierigen, welche jedes, wenn auch noch so abenteuerliches Gerücht gierig aufgreifen und es colportieren. Nachmittags umschwärmten Menschenmassen das Kloster der Carmeliter-Barfüßerinnen an der Wesola und erwarteten mit Spannung den Moment der Überführung der gemarterten Nonne *Barbara Ubryk*. Um 4 Uhr kam die geistliche Commission und gestaltete mit großer Umsicht die Transportierung der Barbara Ubryk in das Irrenhaus. Diese, welche die Vertreter der Gerichtsbehörde angekleidet im Nonnenhabit antrafen, verließ das Kloster, geleitet von dem Untersuchungsrichter Dr. Gebhard und einer Ordensschwester. Die Worte, die ihr bei dieser Gelegenheit entfielen, ließen nicht auf Wahnsinn schließen, wiewohl ihre Sinne in völliges Dunkel gehüllt sind. Als sie das Sonnenlicht und das frische Grün im Klostergarten erblickte, hüpfte sie vor Freude.

Seitdem sie gewaschen und anständig gekleidet ist, sieht sie nicht mehr so verwildert aus. Die ganze Gestalt ist aber ein Bild grenzenlosen Jammers; ihr Gesicht hat gar kein Fleisch, die Augen sind eingefallen, Augenbrauen und Wimpern gänzlich ausgefallen, die Augäpfel selbst glanzlos. Sie spricht manchmal ganz verständig, öfter jedoch großen Unsinn, so daß die Gerichtsärzte sie längere Zeit beobachten müssen.

Später, gegen 11 Uhr nachts, versammelten sich etwa 300 bis 400 den besseren Ständen angehörige Leute vor dem Kloster der Carmeliter-Barfüßerinnen und zertrümmerten die Fensterscheiben des Klosters, bevor noch die Sicherheits-Organe erschienen waren. Das Volk begnügte sich jedoch nicht damit, begann gegen das Tor anzustürmen und drang nach vielen Kraftanstrengungen in den Hofraum ein, woselbst alles, was den Eindringlingen im Wegen stand, verwüstet wurde. Unter starkem Geschrei: »Fort mit den Nonnen!« stürzte das Volk gegen das Innere des Klosters, wo sich die Zellen der Nonnen befinden. Zum Glück für letztere zog in diesem Augenblicke eine starke Militär-Patrouille heran und befreite die belagerten Nonnen.

Berlin, 24. Juli 1869. [Berliner Wohnverhältnisse – II.] Waren 1864 nur 24.082 Wohnungen oder 18,8 Procent mit Wasserleitung versehen, so sind dies nach der Zählung von 1867: 49.439 Wohnungen oder 32,4 Procent, also eine enorme Steigerung um 105 Procent. Allerdings entbehren noch immer 12 Procent von der Gesamtzahl der Wohnungen (18.534) sogar der Küche. Dieses leider sehr traurige Bild der Berliner Wohnungs-Verhältnisse gibt sehr viel zu denken.

Aus den Tabellen ergibt sich übrigens, entgegen einer viel verbreiteten Ansicht, daß in den unteren Klassen weniger Kinder pro Haushaltung existieren, als in den oberen. Möglich, daß sie im Verhältnis mehr Kinder erzeugen, als die besser situierten; jedenfalls hat die Zählung ergeben, daß sie im Verhältnis weniger Kinder haben, als die wohlhabenderen Klassen. Die große Kindersterblichkeit in Berlin (nur allzuwohl erklärt durch unsere Wohnungs-Verhältnisse) mag der bedeutendste dabei mitwirkende Faktor sein.

Krakau, 24. Juli 1869, morgens. [Die Klostergeschichte.] Obwohl die Behörden das Publicum vor einer Wiederholung der Excesse vom Freitag gewarnt hatten, bewegten sich gestern gegen 10 Uhr abends wieder große Menschenmassen processionsartig in Richtung der Vorstadt Wesola gegen das Kloster der Carmeliterinnen. Daselbst wurde der Rest der am Vortag noch verschonten Fensterscheiben eingeschlagen, und gegen das Klosterdach fielen so schwere Steine, daß die schwachen Schindeln überall in Trümmer gingen. Gegen 11 Uhr rückten zwei Compagnien Militär aus, säuberten den Platz und sperrten die Straßen ab. Als die einige Tausend Köpfe zählende Menge sah, hier sei nichts mehr auszurichten, wendete sie sich unter starkem Geschrei, Zischen, Gejohle und mit dem Rufe: »Nieder mit den Jesuiten!« gegen das Jesuitenkloster. Die Jesuiten, verständigt von dem Herannahen des Volkes, verrammelten ihr riesiges Tor, versteckten sich in allerlei Schlupfwinkeln und löschten die Lichter in ihren Zellen aus. Unter Schreien und Pfeifen ließen die Demonstranten einen Steinsegen gegen das Kloster los; einige starke Burschen stemmten ihre Rücken gegen das Tor, während andere über die Mauer kletterten und von innen nachhalfen. Unter Bravorufen der Draußenstehenden stürmten die Eindringlinge in das Kloster und begannen ihr Zerstörungswerk, bis auch hier einrückendes Militär dem Treiben ein Ende setzte. Die Menge ging ab mit dem Rufe: »Zu den Franciscanern!«, doch war ihnen hier das Militär schon zuvorgekommen.

Berlin, 25. Juli 1869. [Statistisches.] Die große Volkszählung, deren Ergebnisse jetzt veröffentlicht wurden, gibt auch Aufschluß über den Gewerbefleiß der Berliner, welche ganz offenkundig nicht nur für den eigenen Bedarf arbeiten, sondern auch für den Bedarf weit entfernter Gebiete. So sehen wir bei den Schneidern 4382 Arbeitgeber und 143 Arbeitgeberinnen, mit 5096 Arbeitnehmern und 11.010 Arbeitnehmerinnen. Die Weber zählen 1571 männliche und 14 weibliche Arbeitgeber sowie 4137 männliche und 180 weibliche Arbeitnehmer. Die Tischlerei und Goldleistenfabrikation ist sehr stark vertreten durch 2705 Arbeitgeber und 10.496 Arbeitnehmer (dazu 31 weibliche). Eisen- und Stahlwarenfabrikation beschäftigt 1531 Arbeitgeber und 10.820 Arbeitnehmer; Gold- und Silberwarenfabrikation 394 Arbeitgeber und 1114 männliche, 190 weibliche Arbeitnehmer; Arbeiten in Compositions-Masse (Bronce, Kupferschmiede, Lampenfabrikanten usw.) 1042 Arbeitgeber und 3737 Arbeitnehmer; Marmor-, Gips- und Tonwaren-Fabrikation beschäftigt 259 Arbeitgeber und 1323 Arbeitnehmer.

Betrachten wir zum Abschluß noch einige mehr locale Gewerbe. So finden wir in Berlin 668 Bäcker mit 3006 Arbeitnehmern, 911 Schlächter mit 1640 Arbeitnehmern, 68 Brauer mit 533 Arbeitnehmern, 4175 Schuhmacher mit 5256 Arbeitnehmern, 303 Glaser mit 288 Arbeitnehmern, 179 Buchdrucker mit 1774 Arbeitnehmern, 123 Photographen mit 188 Arbeitnehmern, 97 Gerber mit 540 Arbeitnehmern, 298 Böttcher mit 672 Arbeitnehmern.

48
Francesca kombiniert

> *Wenn jemand behauptet, die Philosophie dürfe sich keiner Autorität, auch nicht derjenigen der Kirche unterwerfen – der sei verflucht.*
> Pius IX., *Syllabus errorum*

Tagebuch des Heinrich Wilhelm Lehmann:
Berlin. Montag, 27. Dezember 1869, abends

Francesca ist abgefahren. Über Köln, wo sie kurz Station machen will, wird sie nach Paris zurückkehren.

Immer noch ist mir, als brauchte ich mich nur umzudrehen, um sie vor mir zu sehen.

Als ich um die Mittagszeit nach Hause kam, dachte ich: sieht so das Glück aus? Am Schreibtisch sitzt Francesca und schreibt in ihr Notizbuch, und in der Wohnung riecht es nach Essen.

Sie hatte für uns beide gekocht. »Eine große Ehre für dich, Enrico«, sagte sie. »Wenn ich nämlich etwas nicht bin, dann Köchin – also genieße es! Wer weiß, wann du wieder einmal aus meiner Hand was zu essen kriegst!«

Und ich habe es genossen – wobei es wohl zu gleichen Teilen ihr Essen war, und die Freude, sie bei mir am Tisch zu haben.

Später, als ich das Geschirr in die Küche gebracht hatte, konnte ich mich nicht mehr halten. Sie saß am Tisch und hatte ihr Notizbuch aufgeschlagen, aber ich hob sie mitsamt Notizbuch vom Stuhl, trug sie ins Schlafzimmer und legte sie aufs Bett. Sie schloß die Augen, verschränkte die Arme über dem Kopf und ließ sich unter Küssen von mir ausziehen. Dann setzte sie sich auf, legte mich auf den Rücken und zog mich aus, ganz langsam, ein Kleidungsstück nach dem andern.

»Fühlst du dich von mir verzaubert?« fragte sie.

»Vollkommen. Ich himmle dich an, und ich biete mein Leben für eine Nacht mit dir.«

»Du lieber Himmel!« seufzte sie. »Was fang ich mit deinem Leben an? Dabei ist es erst Mittag. Wie mir scheint, muß ich wohl dein Verlangen stillen, damit deine Vernunft zurückkehrt.«

»Wenn du dich nur nicht täuschst«, sagte ich. »Meine Vernunft, glaube ich, kommt nie mehr wieder – falls ich jemals welche hatte.«

Dann fielen wir streichelnd und küssend übereinander her, bis wir endlich in seliger Ermattung nebeneinander lagen.

»Du läßt mir ja nicht mehr viel, dich zu belohnen«, sagte sie leise.

»Ich bin belohnt«, flüsterte ich, »unendlich mehr als ich verdiene.«

»Unsinn«, sagte sie. »Ich will dich ja auch!«

Nach einer Weile löste sie sich aus der Umarmung. »Mein Lieber«, mahnte sie, »wir haben noch zu tun. Bist du erschöpft?«

»Nicht mehr. Aber sag: was gibt es denn so Wichtiges?«

»Das Wichtigste: wir müssen überlegen, was all diese Dinge zu bedeuten haben. Der Diebstahl der Aufzeichnungen, Albertina, der Einbruch bei den Donatis – vor allem: was können wir tun? Also auf, mein Herr – wir müssen die Fäden ordnen.«

Und als wir mit einer Kanne frisch gebrühtem Kaffee am Tisch saßen, begann sie: »Also, was wissen wir bisher mit Bestimmtheit?«

»Nicht viel. Ein gestohlenes Tagebuch, eine tote alte Dame, der Einbruch bei den Donatis.«

»Nicht nur das. Man hat dich und Luigi verfolgen lassen; und Bernieri hat dir offen gesagt, daß Luigi feindselige Aktionen unternommen oder geplant hat, jedenfalls aus seiner Sicht. Das ist schon eine ganze Menge.

»Gut – und was weiter?«

»Langsam – laß uns der Reihe nach vorgehen. Also: man stiehlt dir aus dem Hotelzimmer das Notizbuch, während du in der Oper bist. Was denkst du – wieviel Leute waren das?«

»Zwei, nehme ich an.«

»Warum gerade zwei?«

»Ganz einfach: zwei Leute können doppelt so schnell suchen wie einer. Sie sehen auch mehr, und was dem einen entgeht, fällt vielleicht dem andern auf. Drei dagegen lassen sich schwerer koordinieren; sie fallen auch schneller auf.«

»Ganz meine Meinung. Es werden wohl zwei Leute gewesen sein. Und was für welche?«

»Das wüßte ich auch gerne.«

»Aber du hast erzählt, sie haben alle deine Akten durchgesehen. Was zeigt uns das?«

»Ach so – du meinst, sie mußten beurteilen können, was sie da vor sich hatten. Also keine Schnüffler aus den untersten Rängen.«

»Aber auch keine aus den allerobersten. Die leitenden Herren gehen nicht mehr auf solche Raubtouren, das wäre unter ihrer Würde. Außerdem kann man bei so etwas Zwischenfälle nie ganz ausschließen.«

»Es stand ja auch gar nicht fest, daß man wirklich das Buch finden würde.«

»Eben. Also zwei Herren aus dem gehobenen Dienst, erfahren und gebildet, aber auch keine ganz hohen Tiere. Und jetzt das nächste: meinst du, die Herren konnten deutsch?«

»Wahrscheinlich. Wie hätten sie sonst beurteilen können, ob sie das Gesuchte gefunden hatten?«

»Ich bin anderer Meinung. Es konnte ja niemand wissen, was in Luigis Notizbuch drinsteht, und die beiden müssen sich in deinem Zimmer erst einmal alles ansehen. Sie blättern in den Aufzeichnungen – und wenn sie nun zufällig auf die Stellen stoßen, wegen denen man die ganze Aktion durchführt? Wenn sie deutsch können, dann haben wir plötzlich zwei Mitwisser mehr. Und zwar aus den mittleren Rängen – das heißt auch immer, mittlere Zuverlässigkeit! Nein, Enrico – wenn die beiden deutsch konnten, dann kriegst du meinen Kaffee und ich trinke den Löffel.«

»Schone deinen Magen, Francesca! Ich glaube, alles spricht dafür, daß du weitertrinken darfst.«

Sie wollte nachgießen, aber die Kanne war leer. Ich stand auf und brühte neuen Kaffee auf.

»Freut mich«, sagte Francesca, als ihre Tasse wieder voll war. »Ich hab mir den Kaffee also verdient. Und nun weiter: jetzt muß ja einer das Tagebuch prüfen. Wer, meinst du, wird das sein?«

»Na, beispielsweise Bernieri.«

»Glaub ich nicht. Er mag Cossas Vorgesetzter sein, und er hat Aufgaben in den geheimen Diensten. Aber so hoch, daß er Zugang zu Staatsgeheimnissen hat, ist er nun auch wieder nicht. Vergiß nicht: bisher weiß ja niemand, was in dem Buch drinsteht!«

»Wie wär's mit einem deutschen Bischof, der grad in Rom ist?«

»Geht nicht. Das Konzil steht vor der Tür, und vielleicht gehen die deutschen Bischöfe geschlossen in die Opposition. Außerdem gibt es bei ihnen ein Problem: sie sind zu ernsthaft, und sie sind theologisch versiert. Wer weiß, was man da für Schaden anrichten kann. Nein, nein, das kommt nicht in Frage.«

»Also gut, nehmen wir an, du hast recht. Aber irgendwer muß doch die Aufzeichnungen in die Hand bekommen.«

»Schon richtig. Aber bedenke: bevor man sie hatte, konnte keiner mit Sicherheit sagen, daß man sie wirklich finden würde. Was folgt daraus in diesen politischen Kreisen?«

»Bitte spann mich nicht auf die Folter! Woher soll ich wissen, wie es in den politischen Kreisen zugeht?«

»Aber Enrico – stell dich nicht dümmer, als du bist. Es geht nämlich exakt zu wie bei deiner Oma. Sie lebt auf einem Dorf bei Berlin, du bist bei ihr zu Besuch, und jetzt sagst du: Kann sein, daß es in der Scheune demnächst mal durchregnet. Also, was wird sie machen?«

»Sie wird sagen: Danke, ich werd ein Auge drauf haben.«

»Genau. Und was wird sie tun?«

»Gar nichts. Sie wartet, bis es wirklich durchregnet, dann sagt sie es dem Knecht.«

»Na also. Genauso bei diesen Herren: womit keiner fest rechnet, darauf ist auch keiner vorbereitet. Das heißt, nun hat man plötzlich das Notizbuch, weil du dich hast reinlegen lassen, und jetzt weiß erstmal keiner, was man damit machen soll. Vielleicht ist alles ganz harmlos, vielleicht stehen aber die schlimmsten Sachen drin. Folglich, was wird man die ersten Tage tun?«

»Na, das Notizbuch erst einmal irgendwo einschließen, und dann eine Beratung einberufen.«

»Weißt du, wie solche Beratungen zustande kommen?«

»Wohl kaum von heute auf morgen.«

»So ist es. Die hohen Herren haben alle furchtbar viel zu tun; heute eine Besprechung, morgen ein Empfang, übermorgen ein Essen, eine Predigt, eine Eröffnungsfeier. Und jetzt gibt es ja keinen Zeitdruck mehr, so wie vorher: da bestand immer die Gefahr, daß der ›Herr mit der Aktentasche‹ mitsamt den Aufzeichnungen wieder zurückfährt. Folglich wird es mindestens eine oder zwei Wochen dauern, bis man einige Herren versammelt bekommt. Am dreizehnten August hat man das Notizbuch gestohlen, und ich bin ziemlich sicher: frühestens in der letzten Augustwoche hat es wieder auf irgendeinem Tisch gelegen.«

»Gut, Francesca. Jetzt liegt es also auf dem Tisch, und sechs Herren sitzen drum herum. Was nun?«

»Halt, nicht so schnell. Vorher gibt's noch was zu klären: was ist mit dem Ingenieur, der die Aufzeichnungen freundlicherweise nach Rom gebracht hat?«

»Mach dich nicht über mich lustig! Bestimmt hätte ich dich nie kennengelernt, wenn die Dinge anders gelaufen wären, also bin ich froh drüber. Ich müßte mich sogar bei Bernieri bedanken.«

»Ein wahres Glück, daß er das nicht weiß. Die Frage ist: was soll er nach dem Diebstahl mit dir machen?«

»Ich würde sagen: im Zweifelsfall erstmal in Rom behalten. Zurückschicken kann man mich immer, aber ob und wann man mich wieder nach Rom kriegt, weiß man nicht. Wahrscheinlich hat Bernieri in unserem Streit deshalb so schnell nachgegeben.«

»Ja, das denke ich auch.«

»Na gut, Francesca. Und was beraten jetzt die hohen Herren?«

»Nun: man weiß zwar, daß in den Aufzeichnungen vielleicht etwas Gefährliches drinsteht. Aber so richtig interessiert das außer Leuten wie Bernieri noch keinen, oder? Also hat man vielleicht Monsignore Vitelli oder Hochwürden Barulli gefragt: sagt mal, ihr könnt doch deutsch, oder? Und die haben gesagt, ja, ein bißchen, weil sie nämlich Guten Tag und Auf Wiedersehen verstehen. Nun blättert also Vitelli in dem Notizbuch und schiebt es zu Barulli, und Barulli blättert und schiebt es zu Vitelli, und was haben sie gelesen?«

»Gar nichts. Eine winzige, verschnörkelte Schrift, sogar ich hatte zuerst meine Schwierigkeiten damit.«

»Eben. Und jetzt sieht Kardinal Antonelli auch noch auf die Uhr, du weißt ja, die Vorbereitung aufs Konzil, die Termine – und Erzbischof Paltrone gähnt plötzlich und sagt: Nichts für ungut, liebe Brüder, ich verstehe immer noch nicht, worum es geht, und was hier so wichtig sein soll.«

»Aber Francesca: es muß doch einer den Diebstahl geplant und organisiert haben. Der wird doch wohl dabeisitzen, oder?«

»Bin ich mir nicht sicher. Geplant hat das jemand wie Bernieri, bloß, Leute wie er machen zwar die Arbeit, aber sie beraten nicht mit den Bischöfen.«

»Nur: ohne seinesgleichen kommen sie jetzt nicht weiter.«

»Denke ich auch. Kann also sein, sie lassen Bernieri holen und sagen: Lieber Bruder, nun erzählen Sie doch noch einmal, was es mit diesem Büchlein auf sich hat. Da werden die Herren Antonelli und Barulli aber höchst gespannt sein, nicht wahr?«

»Das sagst du so ironisch – also meinst du das Gegenteil ...«

»Erraten. Einem wie Antonelli ist nämlich erst einmal alles zuwider, was man ihm mitteilen will.«

»Das mußt du mir erklären.«

»Na, ist doch klar: wenn sich etwas als unwichtig herausstellt, dann ärgert er sich, weil er seine Zeit verschwendet hat. Ist es aber wichtig, dann ärgert er sich erst recht, denn nun muß er sich drum kümmern, und sein ganzer Zeitplan für die nächsten Wochen kommt durcheinander.«

»Das heißt, Bernieri wird ganz schön schwitzen, wenn er nun in die erlauchte Versammlung tritt.«

»Ich gönne es ihm. Wahrscheinlich hat er sich einen schönen Vortrag zurechtgelegt, aber er kommt gar nicht dazu, ihn zu halten. Paltrone hat wieder mal nicht zugehört, schon nach dem dritten Satz hat er den ersten vergessen, und nach dem vierten Satz will Barulli etwas wissen, was Bernieri erst am Schluß vortragen wollte.«

»Aber irgendwann muß doch einer begriffen haben, worum es geht.«

»Ja, und ich kann mir auch vorstellen, wie. Vielleicht sind sie schon aufmerksam geworden, als Bernieri von Dokumenten erzählt, die beim ersten Kreuzzug gefunden wurden. Schriften, die so gefährlich waren, daß man sogar die Übersetzer hinrichten ließ, nicht wahr? Lies doch die Stelle mal vor!«

»So weit bin ich noch nicht. Aber es war so, genauso steht es bei Luigi.«

»Na also. Und nun erwähnt Bernieri, daß die Schriften dem Apostel Andreas zugeschrieben werden, und daß sie den heiligen Petrus aufs übelste verleumden.«

»Woraufhin Seine Eminenz der Kardinal Antonelli plötzlich hellhörig wird, nicht wahr?«

»Allerdings. Sein Zuständigkeitsbereich ist das Konzil, und das dreht sich im Grunde nur um die Unfehlbarkeitslehre. Die aber beruht einzig und allein auf der Rolle von Petrus – und jetzt Schriften von dessen Bruder Andreas? Auf einmal ist Antonelli hellwach. Bernieri merkt, jetzt hat er ihn am Haken, jetzt kann er in Ruhe vom Inhalt der Schriften berichten.«

»Und ich könnte mir vorstellen, daß Bernieri noch mehr in der Hand hatte: wahrscheinlich kennt er auch Akten aus dem Nachlaß von Garrota. Der hatte ja schon damals den Verdacht, daß Delmonte diesen Schriften auf der Spur war.«

»Unangenehm, Enrico. Wirklich unangenehm.«

»Wieso – was meinst du jetzt?«

»Weil: normalerweise geht im Kirchenstaat alles im Schneckengang. Aber wenn Antonelli wirklich überzeugt sein sollte, daß in diesen Dokumenten eine Gefahr fürs Konzil liegt, dann kann es auf einmal verteufelt fix gehen – wie bei Albertina.«

»Glaubst du wirklich, daß sie ermordet wurde?«

»Ich bin mir sogar sicher. Bestimmt war es nicht beabsichtigt; keiner hatte damit gerechnet, daß sie zurückkommen würde. Was man suchte, waren die Dokumente, die Luigi bei sich trug, als man ihn aus dem Schacht holte. Wahrscheinlich hat der Mann, der ihr Zimmer durchsuchte, nur die Nerven verloren.«

»Ob Mord oder Unfall, Francesca: jetzt richtet sich die Aufmerksamkeit nur noch auf drei Personen.«

»Wieso drei? Ich sehe nur zwei: Luisa und dich.«

»Und du selber, Francesca! Du hast mit den Donatis zu tun und auch mit mir, also bist du doppelt verdächtig.«

»Kann schon sein. Aber im Augenblick macht jede Person, die Bernieri zusätzlich in Betracht ziehen muß, die Gefahr für die anderen geringer.«

»Für Luisa, glaube ich, ist sie schon viel geringer geworden.«

»Jetzt, wo Albertina tot ist? Ich denke, die Gefahr für Luisa ist jetzt am größten! Das ist ja einer der Gründe, warum ich nach Berlin gekommen bin.«

»Und die anderen Gründe?«

»Hab ich dir doch gesagt, Enrico. Um dich zu warnen, und um dich zu sehen.«

»Und um mich anzutreiben. Hast du das vergessen?«
»Im Ernst, Enrico: es ist wichtiger als je zuvor. Und wenn die Übersetzung fertig ist, fahren wir nach Amerika.«
»Worauf ich mich heute schon freue. Aber weißt du, warum ich glaube, daß die Gefahr für Luisa nicht mehr so groß ist?«
»Sie ist größer geworden, ich bleibe dabei.«
»Sieh mal: warum hat man Albertinas Zimmer durchsucht? Offenbar glaubt man, auch sie war am ersten Tag bei Luigi, nachdem sie ihn aus dem Schacht gezogen hatten. Jetzt, wo sie tot ist, kann das niemand korrigieren. Sie wissen also nicht: hat wirklich Luisa die Sachen genommen – oder doch Albertina, und sie haben sie bloß nicht gefunden?«
»Du hast recht, Enrico – das beruhigt mich ein bißchen.«
Eine Weile saß sie da, den Kopf in die Hand gestützt. Dann schlug sie mit der Faust auf den Tisch und fragte:
»Enrico! Du sagst doch, du hast schon eine Idee, mit welchem Priester sich Luigi treffen wollte?«
»Ich sehe im Moment drei oder vier, die in Frage kommen.«
»Schreibe ihnen allen, und ruhig noch an einige mehr! Schreibe, du hast an einem sicheren Ort Schriften deponiert, die dir ein früherer Schweizergardist übergeben hat, und die dem Apostel Andreas zugeschrieben werden. Verweise auf die Akten von Papst Paschalis, und auf die hingerichteten Übersetzer. Egal ob sie es glauben oder nicht – ihre Aufmerksamkeit wird geweckt sein, und man kann dich nicht so einfach wie Albertina aus dem Weg schaffen. Auch für Luisa wird dann die Lage leichter: Bernieri kann nicht mehr so sicher sein, daß die Schriften bei ihr sind.«
»So ähnlich wollte ich es sowieso machen. Nur: was ist, wenn jemand die Dokumente sehen will?«
»Sag ihnen irgendwas. Zum Beispiel, daß du die Originale nur einer gemeinsamen Kommission von Katholiken und Protestanten übergeben willst. Hauptsache, du wirst bald mit Luigis Aufzeichnungen fertig.«
»Ich gebe mir Mühe, das weißt du doch. Übrigens: in welcher Sprache willst du deine Übersetzung? Englisch oder italienisch?«
»Ist mir egal – was dir leichter fällt.«
»Dann wohl doch das Englische.«
»Gut – aber so schnell wie möglich!«

49
Nackte Gewalt

*Rekonstruktion der Aufzeichnungen
des Luigi Calandrelli (16):*

Ich lag da, die Augen geschlossen, und spürte, wie sich Schwester Luisa zu mir hinunterbeugte – so tief, daß ich ihren Atem an meinem Ohr fühlte, während sie mit leiser Stimme sagte:

»Es ist so, brauchst mir gar nichts zu erzählen. Wolltest da weitermachen, wozu du letztes Mal nicht gekommen bist, ist es so? Dachtest dir, eine gute Gelegenheit: erst mich im Schlaf festbinden, und dann? Sag's! Aus deinem eigenen Mund will ich es hören! Du wolltest mir Gewalt antun – gestehe!«

Bei ihren ersten Worten war sie mit der Spitze der Peitsche langsam über meine Haut gefahren, wie um mich daran zu erinnern, daß sie Mittel in der Hand hatte, mich zum Reden zu bringen. Die folgenden Sätze hatte sie in immer schärferem Tonfall gesprochen, und auch die Bewegung der Peitsche war heftiger geworden.

»Sie irren sich, Schwe–«, versuchte ich zu widersprechen, hatte den Satz aber noch nicht vollendet, als ein scharfer Hieb mich aufstöhnen ließ.

»Sag–die–Wahr–heit!« rief sie zornig, wobei jede Silbe von einem Schlag begleitet wurde. »Was wolltest du mit dem Gürtel? Mich fesseln! Gestehe!«

»Nein, ich ...«

Wieder unterbrachen mich einige heftige Hiebe. »Du wolltest mich fesseln!« rief sie. »Gestehe es endlich!«

»Nein – nein –«, stöhnte ich, wand mich dabei wie ein Wurm, ohne jedoch den Schlägen entkommen zu können. Schließlich, in meiner Not, stieß ich mit den Füßen nach ihr. Ich traf sie in die Seite, so daß sie einige Schritte weit ins Zimmer geschleudert wurde und fast gestürzt wäre.

Ich ahnte, was kommen würde. Ohne ein Wort zu sagen, ging sie zum Schrank und holte einen weiteren Gürtel; sie band mir die Füße zusammen und befestigte ihn an einem Bettpfosten. Ich ließ es geschehen. Einmal, weil ohnehin jeder Widerstand sinnlos gewesen wäre. Dann aber auch, weil ich trotz des heftigen Zornes der Schwester in mir ein seltsames Verlangen spürte: das Ausgeliefertsein vollkommen werden zu lassen – ohne Ausweg. Alles, was sich von nun an ereignen sollte, würde ohne mein Zutun und einzig nach ihrem Willen geschehen.

Plötzlich schlug sie zu, unvermittelt und mit ganzer Kraft. Was folgte, ich wußte es, würde ein Kampf sein: ob ihr Wille und ihre Ausdauer stärker waren als meine Kraft, den Schmerz zu ertragen. Ich warf mich hin und her, zerrte wild an den Riemen, was sie damit beantwortete, daß sie um so heftiger schlug, nun absichtlich immer dieselben Stellen suchend.

Der Kampf hatte kaum begonnen, als ich ihn schon verloren hatte. Was ich fühlte, war Schmerz, nichts als rasender Schmerz, der keinen Gedanken zuließ als: Aufhören! Aufhören! Ich wand mich verzweifelt, war nur noch Schmerz und Stöhnen und unterdrücktes Schreien. Eine innere Stimme sagte mir, daß sie aufhören würde, wenn sie keinen Widerstand mehr spürte. So nahm ich meine letzten Kräfte zusammen und ertrug für Sekunden die Schläge reglos, außer einem unwillkürlichen Zusammenzucken bei jedem Hieb.

Sowie sie merkte, daß ich mich nicht mehr wehrte, hörte sie in der Tat auf zu schlagen. Ihrem keuchenden Atem war anzuhören, daß auch sie völlig erschöpft war. Ich lag da, die Tränen liefen mir aus den Augen; ich verfluchte die Schwester und mich selbst und bereute zutiefst, daß ich mich auf ihr Spiel eingelassen hatte. Doch schien sich ihr Zorn weitgehend verflüchtigt zu haben; vielleicht hatte sie sogar das Gefühl, daß sie zu heftig gewesen war. Oder besänftigte sie das Bewußtsein, mich besiegt zu haben? Wie auch immer – sie nahm ein Tuch aus ihrer Tasche und wischte mir die Tränen von den Augen.

»Und jetzt, Luigi«, sagte sie mit weicher, aber keinen Widerspruch duldender Stimme, während sie sich über mich beugte und sanft mit der Peitsche über meine schmerzende

Haut fuhr, »jetzt sag schon, was du vorhattest. Ich weiß es doch längst – du wolltest mich fesseln, nicht wahr?«

»Nein – nein – ja!« stieß ich hervor, denn kaum hatte ich das erste »Nein« ausgesprochen, als sie mir erneut einige scharfe Hiebe versetzte, so daß ich mich vor Schmerz aufbäumte. Mein Widerstand, ich spürte es, war gebrochen; ich hätte, wenn sie es verlangt hätte, in diesem Moment jede Untat der Welt gestanden – und wenn es mich danach das Leben gekostet hätte.

»Weiter«, sagte sie in fast heiterem, aber immer noch energischem Tonfall. »Ich möchte das jetzt hören, aber ein bißchen ausführlicher bitte. Na, wird's bald – oder muß ich nachhelfen?«

Mit den Worten »Na wird's bald« hatte sie mich im Bett zur Seite geschoben, so daß sich ihr »muß ich nachhelfen« auch darauf hätte beziehen können. Ich drehte mich zur Wand, woraufhin sie sich mit einer Langsamkeit, die das Drohende ihrer Worte zu betonen schien, neben mich legte. Die Peitsche hatte sie in der Hand behalten, und wie zur Erinnerung fuhr sie mir damit über die brennende Haut. Schließlich, als wollte sie ihrer Frage Nachdruck verleihen, versetzte sie mir wie im Spiel einige sanfte Schläge, die zwar nicht schmerzhaft waren, aber deutlich genug zeigten, was sie meinte: sie ließ mir keinen Ausweg.

Ich spürte, was sie hören wollte, merkte, wie sie mir die Worte in den Mund legte, und ich glaubte zu wissen, daß dies so nicht der Wahrheit entsprach. Aber je deutlicher ich begriff, was sie über meine Absichten dachte (oder doch zu denken vorgab), desto unklarer wurde mir, was ich wirklich gewollt hatte. Und immer mehr kam es mir so vor, als wäre das, was sie zu sagen mich zwang, wirklich mein Plan gewesen.

»Ja«, sagte ich leise, »ich – ich wollte dich fesseln.«

Sie reagierte mit einem kaum spürbaren Klaps mit der Peitsche und sagte zornig (oder war es nur gespielter Zorn?):

»Frecher Kerl, was unterstehst du dich! Dein Glück nur, daß du es nicht mehr leugnest. Also gut: du wolltest mich fesseln. Und was hättest du gemacht, wenn ich um Hilfe gerufen hätte?«

»Ich – ich hätte ...«

»Nun? Ich höre!«

»Ich hätte dir – das Kissen – übers Gesicht ...«

»Und dann«, fragte sie mit wachsender Erregung in der Stimme, »wenn ich mich immer noch gewehrt hätte? Wenn ich weiter geschrien hätte?«

»Ich – ich weiß nicht«, sagte ich, wie um ihre Entschlossenheit zu prüfen – und erntete sofort einige scharfe Hiebe.

»Die Peitsche!« stieß ich hervor. »Ich hätte die Peitsche genommen!«

»Sieh mal an – endlich gestehst du's. Also die Peitsche ... Und du hättest es gewagt – mich zu schlagen?«

»Ja«, stöhnte ich, immer noch mit schmerzender Haut, »ich hätte dich – gepeitscht ...«

»Du hättest mich wirklich und wahrhaftig geschlagen?« sagte sie und versetzte mir einige leichte Hiebe. »Etwa so?«

»Nein, stärker.«

»So vielleicht?«

»Nein, noch stärker!«

»Dann vielleicht so!« rief sie plötzlich, und schlug nun mit ganzer Kraft.

Ich stöhnte laut auf. »Ja – nein – bitte ...«

Sie hatte mich, während ihre rechte Hand mich peitschte, mit der linken an sich gepreßt, als wollte sie mich an meinen verzweifelten Ausweichbewegungen hindern. Doch drückte sie mich auch dann noch an sich, als sie mit den Schlägen längst aufgehört hatte und mit zitternder Stimme fragte:

»Und – wie lange? Sei ehrlich – wehe dir, wenn du lügst!«

Ihre Mahnung wäre nicht nötig gewesen. Längst war das, was sie von mir hören wollte, mit dem, was ich selber in diesem Moment ersehnt hätte, zu einer Einheit verschmolzen: sie gefesselt in meiner Gewalt zu haben, nackt und wehrlos, so wie ich jetzt in ihrer war.

»Ich hätte dich gepeitscht«, sagte ich leise, aber entschlossen, »bis ich deinen Widerstand – gebrochen hätte.«

»Und dann? Was wolltest du denn machen, wogegen ich mich gewehrt hätte? Sag es, ich will es wissen!«

»Dein Kleid – ich hätte dir das Kleid ausgezogen.«

»Mit gefesselten Händen?«

»Ja, bis über die Arme, das hätte gereicht. Dann – dein Unterhemd – die Strümpfe – die Unterhose.«

»Wie willst du sie ausziehen, wenn meine Füße zusammengebunden sind? Komm, sag's mir!«

»Ich brauche sie gar nicht festzubinden – die Hände fesseln reicht, ich bin ja viel stärker als du!«

»Aber so schwach bin ich auch nicht! Was willst du machen, wenn ich die Beine zusammenpresse?«

Während ihrer Worte hatte sie ihren Schoß an meinen Körper gepreßt – wobei sie spüren mußte, daß mein Glied längst wieder festgeworden war und ich unwillkürlich den Druck ihres Körpers erwiderte.

»Die Peitsche«, flüsterte ich – und in meiner Vorstellung war für einen Moment wirklich sie und nicht ich gefesselt. »Du hast die Peitsche vergessen, Luisa.«

Das hätte ich besser nicht gesagt. Wie um sich selber und mich an die wirkliche Situation zu erinnern, versetzte sie mir erneut einige Hiebe, zwar nicht mit ganzer Kraft, aber doch ausreichend, um mich schnell fortfahren zu lassen:

»Oder eine Schere – wenn du gefesselt bist, ist es ein Kinderspiel.«

»Weiter – was dann? Was wolltest du mir noch ausziehen?«

»Alles, aber erst ...«

»Erst was? Sag's schon!«

»Ich ziehe mich aus – lege mich neben dich ...«

»Und dann? Was dann?«

»Dein Mieder – ich löse die Bänder – ziehe es vom Körper – du weinst, ich küsse dich – auf die Brust – dann – zwischen die Beine – du preßt sie zusammen, aber ich ...«

»Weiter! Ich presse sie zusammen, ich wehre mich, und was machst du? Sag's!«

»Du wehrst dich, und ich – peitsche dich! Erst ein bißchen, dann stärker – ja, du hältst den Schmerz nicht aus, du nimmst sie auseinander – und dann – ich packe dich, küsse dich – bis es fließt – der salzige Saft – und dann – oh Luisa, ich liebe dich so sehr!«

Sie hatte mir angespannt zugehört, sich dabei immer enger an mich schmiegend, immer mehr dem Rhythmus entgegenkommend, mit dem ich mein Glied an ihrem Oberschenkel rieb. Mit meinen letzten Worten jedoch ging ein Ruck durch ihren Körper. Sie ließ die Peitsche fallen, schob mich von sich und setzte sich auf.

»Red keinen Unsinn«, sagte sie wütend, »und schmier mir keinen Honig um den Mund. Du solltest mir sagen, was sich dein freches Gehirn ausgedacht hatte, mehr nicht. War das nicht klar?«

Ich hatte meine Liebeserklärung kaum ausgesprochen, als ich sie auch schon heftig bereute: sie war in der Tat dumm und sinnlos gewesen. Sinnlos, wie das Aussprechen jeder unerfüllbaren Bitte: weil sie den Bittenden und den Verweigernden gleichermaßen demütigt. Dumm aber war ich gewesen, weil ich unsere unausgesprochene Spielregel verletzt hatte. Nun bestand zwar die Situation noch, aber sie hatte keine Regel mehr, die den zwei beteiligten Personen samt den Fesseln, der Peitsche und der Liebeserklärung einen Zusammenhang gegeben hätte.

Ich hatte die Augen geschlossen; Luisa schien nachzudenken. Plötzlich stand sie auf. Ich hörte das Rascheln und Fallen von Kleidungsstücken. Einen Moment zögerte sie, dann legte sie sich erneut neben mich. Mit einer heftigen Bewegung faßte sie meinen Kopf und zog ihn zu sich. Ich spürte ihre Haut, öffnete, kaum meinem Empfinden trauend, die Augen: sie war nackt.

»So!« sagte sie mit harter Stimme. »Du wolltest meine Brust küssen, war's nicht so? Also bitte sehr: küsse sie!«

Sie drückte meinen Mund an ihre Brust; so verwirrt ich war, begannen meinen Lippen dennoch reflexartig, sich an ihrer warmen Brust festzusaugen. Aber kaum war die Brustwarze unter meinem Kuß groß und fest geworden, da zog sie meinen Mund zur anderen Brust. Sie ließ meinen Kopf los, fuhr mit der Hand meinen Körper entlang und umfaßte mein aufgerichtetes Glied.

»Beweg dich!« sagte sie mit scheinbar unbeteiligter Stimme. Aber es hätte die Aufforderung nicht gebraucht, denn ich hatte unwillkürlich begonnen, mein Glied in ihrer Hand langsam auf und ab zu bewegen.

»Schneller!« forderte sie. »Mach schneller!«

Ich begriff, was sie vorhatte. Aber so sehr ich nach dem begehrte, wohin sie mich bringen wollte, so stark war doch auch der Wunsch, die Begierde nicht sofort abstürzen und vergehen zu lassen. Mühsam hielt ich mich zurück, beschränkte mich auf ein sanftes Hin und Her.

»Wie du willst«, sagte sie, und griff erneut zur Peitsche.

»Ich sagte, schneller!« Gleichzeitig versetzte mir eine Reihe immer schärfer werdender Hiebe. Mit jedem Schlag durchfuhr mich der Schmerz wie ein Stich und verwandelte sich dann in ein anhaltendes Brennen auf der Haut, so daß nicht mehr mein Wille, sondern nur noch der Schmerz meine Bewegungen beherrschte. Mein Körper antwortete auf die Schläge mit wilden Zuckungen, die das Gesäß vor der Peitsche fliehen und das Glied heftig in den Griff ihrer Hand hineinstoßen ließen – wobei in demselben Maße, wie meine Bewegungen mich immer dichter an den Samenerguß heranführten, der eben noch unerträgliche Schmerz nicht nur erträglich wurde, sondern die Lust sogar steigerte. Erfüllt von dem Wunsch, das Ende noch ein wenig hinauszuschieben, hörte ich auf, mich zu bewegen, vielmehr, ich versuchte es; Luisa jedoch, die meine Absicht bemerkte, reagierte darauf, indem sie mit dem Befehl »Weiter! Weiter!« nun um so schärfer zuschlug. Besessen von dem Wunsch, dem Schmerz nicht die Oberhand über die Lust zu lassen, tanzte mein Glied immer wilder in ihrer Hand, im erzwungenen Takt der Zuckungen, mit denen mein Körper auf die Schläge reagierte – dann, nach kaum mehr als einigen Sekunden, ich merkte es, wußte es, der Punkt war erreicht, überschritten, unumkehrbar – jetzt, im nächsten Augenblick, würde mein Samen aus mir herausbrechen – meine Muskeln spannten sich aufs äußerste, so daß der ganze Körper wie in einem Krampf der lustvollsten Erwartung reglos verharrte. Nichts, nichts auf der Welt konnte jetzt noch den Ausbruch dessen aufhalten, was kommen würde, und der Schmerz der heftigsten Schläge, die sie mir in diesem Moment versetzte, verschmolz in einem heißen Wirbel mit der aufströmenden Wollust, als der Samen in wilden Zuckungen aus mir hervorbrach: wieder und wieder, mit rasender Kraft, wie ich es niemals vorher und niemals später erlebt habe – im wahren Wortsinne aufgepeitscht, wieder und wiederum aus mir herausdringend, als würde ich auslaufen bis auf den Grund meiner Seele.

Dann, das Ende. Jetzt erst, nachdem Luisa längst mit den Schlägen aufgehört hatte, begann ich den Schmerz mit ganzer Intensität zu spüren. Sie erhob sich und ergriff ein Tuch, mit dem sie mich abwischte. Wortlos kleidete sie sich an, dann löste sie meine Fesseln.

»Zieh dich an!« sagte sie, und wandte sich ab. Abwesend, kaum Herr meiner Sinne, folgte ich ihrer Aufforderung; sie ging in den Nebenraum und holte meine Werkzeugtasche.

»Geh jetzt«, sagte sie, als ich fertig war, »hier sind deine Sachen, und nun geh!«

Wie in Trance ergriff ich meine Tasche; ich tat einen Schritt auf sie zu, sie wich zurück.

»Geh bitte!« sagte sie. »Leb wohl, Luigi.«

Ich war außerstande, etwas zu erwidern. Langsam, als erwartete ich noch etwas, bewegte ich mich zur Tür und drückte die Klinke herunter, aber es war noch abgeschlossen. Ich drehte den Schlüssel im Schloß; schon in der Tür, wandte ich mich noch einmal um. Luisa stand am Fenster und blickte reglos nach draußen. Ich schloß die Tür hinter mir und ging.

50
Richter und Verteidiger

Meldungen aus den »Berlinischen Nachrichten«:

Krakau, 26. Juli 1869. [Die Untersuchung] des Falles der Barbara Ubryk nimmt nicht den erwünschten raschen Verlauf; sie wird erschwert durch starke Klosterklausur. Der Untersuchungsrichter weiß nicht, mit wem er spricht, denn die Nonnen weigern sich, den Schleier abzulegen. Diese Affäre gestaltet sich zur Principienfrage, wobei an den Unterhandlungen mit den geistlichen Behörden sehr leicht die Untersuchung scheitern kann. Man erwartet allgemein, der Justizminister werde für Krakau eintreten; die Erbitterung ist riesig und findet in den heutigen Blättern ihren Ausdruck.

Es ist übrigens das Kloster der Carmeliterinnen seit mehr als zwanzig Jahren weder vom Bischofe, noch von seinen Delegaten der üblichen Revision unterworfen worden. Nur so war es möglich, daß dem unmenschlichen, mittelalterlichen Verbrechen der Nonnen an der armen Barbara Ubryk so lange niemand ein Ende setzte.

London, 26. Juli 1869. [Langes und kurzes Haar.] In einer Abhandlung über dieses Thema in *Dickens* Wochenschrift *All the Year Round* wird hervorgehoben, daß die alten Britannier und Gallier ihr Haar ungestört wachsen ließen, so daß es öfter die Hüfte erreichte. Den Römern, welche später die Länder der beiden Völkerstämme eroberten, war dieser lange Haarwuchs ein Gräuel, und sie unterzogen die Gallier und Briten einer schimpflichen Schur. Zum Beginn des 5. Jahrhunderts gründete Pharamond sein Königreich in der Provinz, welche seither den Namen Frankreich trägt. Die Gallier wurden erneut geknechtet, und die Eroberer legten unbarmherzig die Schere an die Häupter ihrer Opfer. Seitdem wurde es in ganz Europa zur Regel, daß langes Haar das ausschließliche Vorrecht der Großen und Edlen des Landes sei. Nicht nur Leibeigenen und Vasallen – ebenso wie den Mönchen –, sondern auch freien Bürgern und Bauern wurde nicht gestattet, ihr Haar lang zu tragen. Den Leibeigenen eines adeligen Gutsbesitzers schor man sogar während des 5., 6. und 7. Jahrhunderts gänzlich den Kopf kahl, und von dieser Zeit datiert sich die Sitte des Hutabnehmens beim Grüßen. Das Entblößen des Hauptes hieß so viel als: »Sehen Sie, mein Herr, ich bin Ihr Diener; ich habe kein Haar.«

Krakau, 27. Juli 1869. [Ausschreitungen.] Die Straßentumulte vom Sonnabend waren bedeutender, als man anfangs vermutete. Die Volksmassen umlagerten bis 3 Uhr früh fast alle Klöster, erbrachen die Klostertore, zertrümmerten die Klosterfenster, verwundeten den Jesuitenprior sowie mehrere Jesuiten. Überall mußte das Militär eingreifen; gegen 40 Personen wurden arretiert und an das Strafgericht abgeliefert.

Hier circuliert eine Petition an den

Gemeinderat, um gleich Prag und Wien die Jesuiten und Carmeliterinnen aus Krakau zu entfernen. Wörtlich heißt es: »Die Jesuiten werden allgemein anerkannt als Quelle der Verdummung und Entartung; die Jesuitenentfernung ist daher angezeigt wegen der ungeheuren Gereiztheit, die in der Stadt herrscht.«

Gestern nachmittag wurde die Klosteroberin und ihre Stellvertreterin ins Criminal überführt, wodurch die Volksmassen bedeutend beruhigt wurden. Was die Barbara Ubryk betrifft, so bessert sich ihr Zustand mit jedem Tage, wobei sie jedoch noch immer tolles Zeug spricht. Sie benimmt sich ganz ruhig, hat hier und da sogenannte lichte Zwischenräume, welche aber in der Regel nur ganz kurz anhalten.

Krakau, 28. Juli 1869. [Späte Durchsuchung.] Erst heute, acht Tage nach der Entdeckung der Untat, schritt der Gerichtshof zur Durchsuchung des Klosters. Daß dies nicht im ersten Momente geschah, daß vor allem die Nonnen nicht alsogleich separiert und vernommen wurden, ist in der Tat unverzeihlich. Offenbar glaubte man, schon durch das bloße Überschreiten der Klosterschwelle etwas Großes getan zu haben, fürchtete aber ansonsten Conflicte mit der Kirche.

Wien, 29. Juli 1869. [Folgen der Krakauer Vorgänge.] In der vorgestrigen Abendsitzung des Gemeinderats von Wien wurde von 22 Mitgliedern beantragt, an das österreichische Ministerium und beide Häuser des Reichstages eine Petition zu richten um Aufhebung aller Klöster und geistlichen Corporationen, deren Statuten mit den Staatsgrundgesetzen im Widerspruch stehen. Dieser Antrag wurde einstimmig angenommen.

Ein ministerielles Organ rät heute zur Mäßigung. Die Aufhebung der Klöster würde eine »Ungesetzlichkeit« sein; nach officieller Ansicht stehen die in Österreich vertretenen Orden nicht im Widerspruch mit den Staatsgesetzen. Gegenwärtig leben in 676 österreichischen Klöstern 6140 Mönche und 4914 Nonnen; in Ungarn gibt es 295 Klöster mit 2630 Mönchen und 770 Nonnen.

Breslau, 31. Juli 1869. [Seltsames Verständnis.] Selbst die Krakauer Nonnen, die eine Mitschwester zwei Jahrzehnte in Kot und Schmutz einmauerten, finden Verteidiger. So schreiben die »Breslauer Hausblätter« in ihrer Donnerstagsausgabe: Was ist schließlich Wahres an der Geschichte? Eine wahnsinnige Klosterfrau wird in eine auf Anordnung des Arztes dunkel gemachte Zelle gesperrt, gerade so, wie es in den Irrenhäusern mit solchen Wahnsinnigen geschieht, deren Tobsucht nur durch die Beraubung des Tageslichtes gestillt werden kann. Nur kommt in diesen Anstalten noch die Zwangsjacke hinzu. Das ist die nackte Tatsache, die zuerst durch kirchenfeindliche Hände entstellt und durch allerlei Zutaten verzerrt, in alle Welt telegraphiert worden ist und von vornherein ein redliches Philisterherz, das nicht kalt überlegt und noch dem Gedruckten ohne Weiteres glaubt, sogleich erregen mußte. – In dieser Art geht es noch ein gutes Stück weiter.

London, 2. August 1869. [Die Aufhebung der irischen Staatskirche.] Mit dem 1. Januar 1871 wird die anglikanische Kirche von Irland aufhören, eine Staats-Institution zu sein. Sie wird nicht mehr durch vier hohe Prälaten im Oberhaus vertreten sein, sie legt manchen äußeren Glanz und Schimmer ab, aber es wird nur von ihr abhängen, eine hochgeehrte und dem Bedürfnis der Protestanten sich eifrig hingebende Volkskirche zu sein. Selbst die »Evangelische Kirchenzeitung«, welche die Maßnahme hart tadelt, sagt: »Sie wird, auf das *voluntary principle* gestellt, gewiß an Leben und Kraft gewinnen.«

51
Emilia

Wenn jemand behauptet, Gott und die Welt seien ein und dasselbe, und Alles sei Gott und habe in sich das eigenste Wesen Gottes – der sei verflucht.
                               Pius IX., Syllabus errorum

Tagebuch des Heinrich Wilhelm Lehmann:
Paris. Sonntag, 6. März 1870

Paris – und Francesca! Ich bin so voller Freude, so voller Erwartung …

Es war allerdings nicht Francesca, die mich vom Bahnhof abholte, sondern Emilia.
Ich stand verloren auf dem Bahnsteig und hielt Ausschau nach Francesca, und plötzlich kommt eine schöne, schwarzhaarige Frau auf mich zu und sagt: »Hallo, Enrico.«
Ich sehe sie an, als wäre sie ein Wesen von einem andern Stern, und sie sagt ganz ruhig, als wäre es das Selbstverständlichste von der Welt:
»Ich bin Emilia. Du hast Francesca erwartet, nicht wahr? Sie mußte etwas erledigen, darum hat sie mich gebeten, dich abzuholen. Komm!«
Also trotte ich neben ihr her – reichlich verwirrt von der schönen Frau an meiner Seite, deren ruhige Art mich im unklaren läßt, ob ich sie als Zeichen von spontanem Vertrautsein oder von Gleichgültigkeit empfinden soll. Eine Unklarheit, die mich im übrigen noch immer nicht verlassen hat.

Francesca und Emilia bewohnen zu zweit ein kleines Haus in der Nähe des Bois de Boulogne. Oder vielleicht sollte ich sagen, zu dritt. Denn zusammen mit ihnen lebt der Kater Piff: ein stolzer, graugetigerter Katzenprinz, der durch ein offenstehendes Kellerfenster kommt und geht, wann er will.

Das Haus hat im Erdgeschoß eine große Küche, Wohnzimmer und Badezimmer, vielmehr, den »Badesaal«, wie die Franzosen sagen. Eine Wendeltreppe führt ins Obergeschoß, wo sich die Schlafzimmer von Francesca und Emilia befinden, dazu ein Gästezimmer (in dem ich jetzt untergebracht bin), und das sogenannte »Medizinzimmer«, mit zahlreichen medizinischen Büchern und Geräten darin. In diesem Zimmer werde ich auch Francesca die Übersetzung von Luigis Aufzeichnungen vorlesen. Morgen fangen wir an, und ich muß gestehen: der Gedanke daran erfüllt mich mit einer vibrierenden Vorfreude.

Obwohl – ein bißchen merkwürdig ist es schon.

Denn immerhin wohne ich hier unter einem Dach nicht nur mit Francesca, sondern auch mit Emilia. Emilia Donati aber – ist sie nicht die Tochter Luigis?

Mir ist nicht ganz wohl bei der Vorstellung, daß ich Francesca Dinge vorlesen werde, die doch im Grunde ihre Freundin viel mehr angehen müßten. Andererseits: Emilia weiß, daß ich Francesca im Zusammenhang mit Luigi Calandrelli kennengelernt habe. Und entweder der Name sagt ihr wirklich nichts – oder sie bezwingt ihre Neugier geradezu meisterhaft.

Aber ich sage mir auch: Francesca ist Emilias beste Freundin – sie wird sich, dessen bin ich mir sicher, weder auf unangemessene Weise in deren Angelegenheiten drängen, noch ihr gegenüber einen Vertrauensbruch begehen. Außerdem (und so schön Emilia auch sein mag): mein Dank, meine Zuneigung, meine Liebe – alles das gilt Francesca. Dies, obwohl ich merke, wie liebevoll die beiden miteinander umgehen.

Was nicht bedeutet, daß sie in allen Punkten ein Herz und eine Seele wären – im Gegenteil. So ist beispielsweise der Kater Piff Gegenstand häufiger Auseinandersetzungen. Emilia sagt:

»Eine Katze – das ist doch ein Schmarotzer par excellence! Sie läßt sich bedienen, versorgen, streicheln; gelegentlich fängt sie ein paar Mäuse, aber nicht, um dir zu helfen, sondern weil es ihr Spaß macht. Als einziges Haustier schafft sie es, den Menschen auszunutzen – sie bleibt, solange du sie versorgst, und wenn du nichts mehr hast, streckt sie den Schwanz in die Luft und geht zum Nachbarn. Der Hund ist anders. Er bleibt bei dir, auch wenn du Hunger hast – und wenn es sein muß, verhungert er mit dir.«

Und Francesca sagt: »Ganz falsch. Von allen Haustieren ist die Katze das einzige, das nicht bloß aus Gewohnheit beim Menschen bleibt, oder aus Unfähigkeit wegzugehen. Die Katze lebt mit dir, aber sie bleibt frei. Sie liebt Gesellschaft, aber nicht ununterbrochen. Sie mag dich und kommt schnurrend zu dir – aber nicht auf Kommando. Sie läßt sich streicheln und zerfließt vor Zärtlichkeit – und plötzlich reicht eine Fliege, damit sie aufspringt und ihr nachjagt. Sie hat ihre Gewohnheiten und ihre Vorlieben, aber an keiner hängt sie so sehr, daß du sie damit dressieren kannst. Was sie auch tut – sie ist freundlich, aber sie unterwirft sich nie.«

»Von wegen freundlich! Sieh dir nur Piff an – du streichelst ihn, und vor lauter Wohlbehagen schlägt er dir plötzlich schnurrend die Krallen in den Arm und beißt dich bis aufs Blut.«

»Ach Emilia – verstehst du das nicht? Für Piff ist das ein Stück Zärtlichkeit. Gerade das gefällt mir an ihm: es zeigt, daß sogar die Zärtlichkeit nicht nur süß ist, sondern immer auch gefährlich.«

»Warum beißt du ihn nicht zurück? Dann wird er dich noch mehr lieben.«

»Du wirst lachen: ich würde es auch tun, aber mich stören die Haare im Mund. Er würde es genießen – sieh mal her!«

Sie streichelte den Kater, der auf dem Teppich saß; als er schnurrend anfing, nach ihrer Hand zu beißen, gab sie ihm ein paar Klapse auf die Hinterläufe. Zu meiner Überraschung wälzte er sich auf dem Boden, legte die Ohren an und schnurrte noch lauter.

»Das habe ich gerade erst entdeckt«, sagte Francesca. »Er kletterte bei mir im Bücherregal herum, und um ihn abzuschrecken, habe ich ihn genommen und ihm einen Klaps versetzt, wie bei einem Kind. Was macht er? Klettert sofort wieder ins Regal; ich haue ihn wieder, denke, es muß ihm doch weh tun. Dann habe ich gemerkt: er genießt das sogar.«

»Bist halt selbst eine Katze, oder jedenfalls wärst du gerne eine, nicht wahr?« sagte Emilia mit einem Seufzer.

»Aber ein bißchen bin ich auch ein Hund: wer zu meiner Herde gehört, den schütze und behüte ich. Und ich bin treu – das mußt du zugeben.«

»Eines hast du vergessen, Francesca: ein Hund will seine Herde zusammenhalten. Du dagegen bist froh, wenn dich deine Herde in Ruhe läßt – stimmt's? Im Herzen bist du eine Katze, und ein Hund bloß manchmal aus Neigung. Ich dagegen bin ein Hund aus Bestimmung: ich kann gar nicht anders als treu sein und beschützen. Allerdings ist meine Herde kleiner als deine, das muß ich zugeben.«

Und als Emilia nach oben in ihr Zimmer ging, da sah ihr Francesca nach und sagte: »Ach, liebe Emilia ...«

»Das sagst du, als ob sie dir auch etwas leid täte«, meinte ich.

»Aber du siehst doch, wie ernst sie meistens ist – sie war nicht immer so. Ich habe dir davon erzählt, oder?«

»Du hast es erwähnt; ihr wart Sanitäterinnen, nicht wahr? Aber was hat sie denn so sehr verändert?«

Francesca sah mich an, als überlegte sie, ob sie es mir wirklich mitteilen dürfte. Dann erzählte sie:

»Das war Ende achtzehnhundertvierundsechzig, ich war fünfzehn, Emilia sechzehn. Wir waren bei der Armee von General Sherman, und Mitte Dezember war diese fürchterliche Schlacht bei Nashville, damals, als unser erster Chef fiel. Wir hatten in einem Schulhaus ein Nothospital eingerichtet, bei Madison, in der Nähe von Nashville. Dann, am zwanzigsten, dem Dienstag vor Weihnachten, passiert es. Spät am Nachmittag, ich stehe gerade vor dem Gebäude, ein Soldat kommt angelaufen und schreit, Schwester, da hinten verblutet einer. Ich laufe hinter ihm her, Emilia sieht uns durchs Fenster und ruft: wartet, ich komme mit. Der Soldat führt uns hinter eine Hecke, da stehen zwei Pferde, auf der Erde liegt ein Soldat und bewegt sich nicht. Ich will mich gerade zu ihm bücken, plötzlich springt er auf, greift nach meinem Arm und ruft: Täubchen, du willst mich retten, komm! Ich reiße mich los, Emilia läuft auch weg, da packt mich der andere und hält mich fest. Ich fange an zu schreien, Hilfe, Hilfe, er hält mir den Mund zu; Emilia, wie sie es sieht, kommt zurückgelaufen, mit einem Messer in der Hand; sie sticht ihn in den Arm, er stöhnt auf und läßt mich los. Ich stürze zum Schulhaus zurück, rufe um Hilfe, ein paar Leute eilen mit mir zu der Stelle, aber als wir da sind, sehen wir die beiden davonreiten, einer hat Emilia vor sich auf dem Pferd. Wir also zurück und suchen ein paar Männer mit Pferden, alle sind unterwegs, um Verwundete zu transportieren, und bis sich ein kleiner Trupp findet, vergeht eine halbe Stunde. Sie reiten los, aber von den beiden Kerlen ist nichts zu sehen, von Emilia auch nichts. Bald darauf wird es dunkel, und als sie ohne Emilia zurückkommen, da denke ich, sie ist tot, ich sehe sie nie wieder.

Der Stabsarzt redet mir zu: in solchen Zeiten bringt man keine Frau um, wir finden sie wieder. Er läßt sich die beiden von mir beschreiben und sagt, das sind Reguläre, wenn sie nicht desertiert sind. Als Emilia am nächsten Tag nicht zurück ist, sagt er, vielleicht hat man sie versteckt, man muß sehen, wer sich ohne Abmeldung vom Lager entfernt. Dann, am vierten Tag, kommt sie allein zurück; ich denke im ersten Moment, das muß ein Geist sein. Seltsam: sie hat nicht geweint, war am Anfang wie versteinert, wollte aber auch nicht nach Hause. Hat sich in die Arbeit gestürzt; mit der Zeit und bei all dem Leid, mit dem wir zu tun hatten, ist sie wieder ein bißchen aufgetaut. Aber über das, was sie mit ihr gemacht haben, hat sie nie ein Wort gesagt.«

»Hat man die beiden gefaßt?«

»Nein. Zwei Soldaten waren am Tag danach verschwunden, einer davon mit verbundenem Unterarm – aber das hatten in diesen Tagen viele.«

»Und paßte deine Beschreibung?«

»Die hat nicht viel geholfen. Ich hatte die beiden bloß für Sekunden gesehen, konnte mich nur noch daran erinnern, daß einer der beiden nach so einem seltsamen Südstaatenparfüm roch. Und Emilia war viel zu verstört, man hat gar nichts aus ihr herausbekommen. Jedenfalls, seitdem war sie nicht mehr die alte.«

Francesca sah mich an und sagte: »Wenn ich nur wüßte, wie ich ihr ihre Fröhlichkeit zurückgeben könnte – aber wahrscheinlich kann das niemand, und wenn, dann höchstens ein Mann ...«

Ihr Blick und ihr Tonfall waren so merkwürdig, daß ich sie fragte: »Was ist – warum siehst du mich so an? Meinst du, ich könnte ihr vielleicht helfen?«

»Wer weiß – würdest du es denn tun?«

»Francesca, ich kenne sie doch kaum. Aber wenn ich es könnte, würde ich alles für sie tun – weil sie dir so viel bedeutet.«

»Dann hat es keinen Zweck. Du müßtest es schon wegen ihr tun wollen.«

»Wie meinst du das – wegen ihr ...«

»Na, ganz einfach: zum Beispiel, weil du sie liebgewinnst.«

»Francesca! Ich liebe doch dich – hast du das vergessen?«

»Na und? Kannst du sie nicht auch liebhaben?«

»Du erschreckst mich. Willst du mich loswerden?«

»Wie kommst du denn darauf? Hast du so ein kleines Herz, daß du immer nur einen Menschen gleichzeitig lieben kannst?«

»Mein Herz wäre vielleicht groß genug – aber ... man kann doch immer nur gleichzeitig bei einer Frau schlafen – warum soll man sich mehr wünschen?«

»Ach Enrico, es ist hoffnungslos mit dir. Liebe und miteinander schlafen – das eine reicht bei dir nur so weit wie das andere. Ich sehe es schon kommen: irgendwann wird dich eine schöne Frau verführen, und wenn sie dich im Bett glücklich machst, wirst du sie auch lieben! Mit einem Wort – hoffnungslos!«

»Sei du doch die schöne Frau, die mich verführt!«

»Das habe ich schon gemacht, hast du es vergessen?«

»Mach es doch einfach wieder ...«

Sie sah mich an und schüttelte den Kopf.

»Hoffnungslos, wirklich hoffnungslos. Vielleicht mach ich es ja wirklich, oder ich sage Emilia, sie soll dich verführen – aber nicht jetzt. Du sollst dich heute nämlich ausruhen: morgen fängt die Arbeit für dich an!«

»Arbeit? Ach so, du meinst das Vorlesen. Aber das ist doch keine Arbeit für mich, sondern ein Vergnügen!«

52
Tätilauxes in Fesseln

*Rekonstruktion der Aufzeichnungen
des Luigi Calandrelli (17):*

Ich habe mich oft gefragt, warum mir die Erinnerung an die damals durchlebte Situation auch später immer wieder Herzklopfen bereitete. Wieso empfand ich es als erregend, von einer Frau gefesselt zu sein? Was war es, das mich sogar den Schmerz selber als lustvoll empfinden ließ, bis hin zu der Erfahrung, daß im Moment des Höhepunktes noch der rasendste Schmerz, wie er mir sonst absolut unerträglich gewesen wäre, eine wilde Steigerung des Lustgefühls mit sich brachte?

Moralisten und Psychologen haben hier Begriffe zur Hand, die solches Erleben in die Nähe des Krankhaften rücken. Nun würde es mich im Prinzip gar nicht stören, an einer Krankheit zu leiden, die zu nichts anderem führt als zu einer Steigerung der empfundenen Lust. Doch läßt sich auch sonst aus ihren Schriften nicht viel über Sexualität lernen – höchstens, daß sie als Wort lustiger klingt, wenn man sie rückwärts liest.

Schon die einfachste Frage habe ich kaum einmal gestellt gefunden: Wie kann man die Lust intensiver machen?

Viele tun so, als ob es bloß auf die Liebe ankommen würde – ich glaube nicht daran. Gewiß, zwei Jungverliebte stört es nicht, wenn das Essen in einem Restaurant schlecht ist: die Nähe des Geliebten ist alles, was zählt. Trotzdem macht die Liebe das schlechte Essen nicht wirklich gut, und wenn die beiden wieder normal denken und fühlen, werden sie sich schnell ein anderes Restaurant suchen. Nicht anders mit der Lust: der frischen Liebe reicht schon die Nähe des Geliebten. Aber später, wenn man sich an die Nähe gewöhnt hat – dann will auch die Lust kunstvoll zubereitet, gewürzt, garniert und zelebriert sein.

Es hat zwar die Kunst der erotischen Andeutung und der

verlockenden Verhüllung zu allen Zeiten in Blüte gestanden. Aber sollte die Kunst der Verführung nicht im Grunde nur Vorbereitung sein? Nämlich für die diejenige Kunst, die sich daran anschließen müßte – das genußvolle Zelebrieren sexueller Lust? Von dieser jedoch habe ich nicht den Eindruck, daß sie in unserem Jahrhundert wirklich in Blüte steht.

Gewiß: am Anfang stehen Gefühle und Gedanken. Der schöne Körper einer Frau, ihr Gang, ihre Stimme, der Blick in den Ausschnitt ihres Kleides, schließlich die Signale ihrer Bereitschaft – all das ist aufs höchste verlockend, besonders dann, wenn es das erste Mal stattfindet. Erst recht das Entkleiden und das Spiel mit dem Verlangen: das Aufreizen und Verzögern, Verweigern und Gewähren – wie überhaupt jegliche Art des Spielens mit Körper und Seele des Geliebten.

Dann das zärtliche Berühren: ein gefühlvolles Streicheln – liebevolle Küsse von Kopf bis Fuß – die Zunge, wenn sie in den Mund oder ins Ohr einzudringen sucht – das Umspielen der empfänglichen Stellen – all dies weckt Erregung und Verlangen, ist selber schon aufs höchste genußvoll: aber es ist auch Ankündigung und Verheißung kommender, größerer Lust.

Und dann? Wenn es darum geht, die Erregung immer weiter zu steigern?

Hier nun zeigt sich die Wirkung eines liebevoll zugefügten, sanften Schmerzes. Ein prüfender Biß ins Ohrläppchen, ein langsam sich steigerndes Pressen der Brustwarze, ein zartes Peitschen; zwei Fingernägel, die sich wie Nadelstiche in die weiche Haut bohren: das sind willkommene Empfindungen, die den Namen »Schmerz« im Grunde nicht verdienen.

Den Finnländern ist das vertraut: wenn sie sich nach dem heißen Dampfbad gegenseitig mit Birkenreisern peitschen. Wie soll man dieses Empfinden beschreiben? Es ist Schmerz, ja – aber es ist auch angenehm.

Vielleicht fällt es vielen deshalb so schwer, das Erregende solcher Reize zu begreifen, weil die Begriffe für unsere Empfindungen so dürftig sind: lustvoll, angenehm, unangenehm – und ansonsten nur: Schmerz. Es liegt eine Tragik darin, daß der Zugang zu dieser Art von Empfindung – dem Lustvollen eines leichten Schmerzes – vielen durch die Hemmnisse der Kultur versperrt ist. Allzusehr gilt der Schmerz als Bestandteil häßlicher Situationen: ein Sturz, ein verbrannter Finger, oder auch eine demütigende Züchtigung durch die

Eltern. Daher glaubt mancher, die Lust am Schmerz im Liebesspiel sei vor allem ein Verlangen nach der demütigenden Situation. Ein verhängnisvoller Irrtum – mit traurigen Folgen für die Kultur der Lust.

Wenn ich nun überlege, wie sich im Liebesspiel nicht nur die Erregung beeinflussen läßt, sondern auch der Höhepunkt selber, dann fällt mir etwas Seltsames auf: obwohl dieses Aufglühen und Abstürzen der höchsten Lust unser Verlangen so sehr bestimmt, unsere Vorstellung von intensivstem Glücksgefühl so sehr prägt, habe ich in den Büchern kaum etwas darüber gefunden. Nicht einmal den Hinweis, daß es meistens leichter ist, die Frau durch Küssen und Saugen ihrer Scheide bis zum Höhepunkt zu erregen, als mit dem eingeführten Glied des Mannes.

Mir scheint, daß der sexuelle Höhepunkt ähnlich abläuft wie eine elektrische Entladung: nämlich um so intensiver, je größer die Spannung war, die den Funken überspringen ließ. Und je länger ein Widerstand das schnelle Entladen verhindert, desto größer ist danach die Kraft, mit der es sich abspielt, und desto intensiver ist im Körper die Lust, mit der es empfunden wird. Für die Physik ist dieser Widerstand leicht zu bestimmen – aber welches wäre denn für den Körper ein vergleichbarer Widerstand?

Ausgangspunkt, so sahen wir, waren Bereitschaft und Verlangen, dann im Liebesspiel die Reizung der empfänglichen Stellen. All dies steigert die Erregung immer mehr: bis sie schließlich auf die lustvolle Entladung hinsteuert, die wir als Gipfel des Empfindens suchen, aber auch als sein Ende fürchten.

Nun gibt es unmittelbar vor diesem Gipfel für Augenblicke einen bemerkenswerten Zustand. In diesem Zustand nämlich könnte nichts mehr das Eintreten des lustvollen Höhepunktes verhindern – vergleichbar mit den Sekunden vor dem Stürzen eines gefällten Baumes: er steht noch aufrecht, scheint sich kaum zu bewegen. Und doch gibt es nichts mehr, was seinen Sturz noch aufhalten könnte.

Bevor dieser Zustand erreicht ist, bleibt die Steigerung der Erregung lange Zeit umkehrbar. Ein störendes Geräusch, zerstreute Gedanken, achtlose Bemerkungen können sie zum Abklingen bringen. Erst recht gilt das für einen Schmerz – wenn er eine bestimmte Grenze überschreitet.

Was aber, wenn er diese Grenze *nicht* überschreitet?

Wir sahen: der leichte Schmerz ist nichts anderes als ein zusätzlicher, erregender Reiz. Es liegt jedoch zwischen diesem und dem wirklichen Schmerz – der so stark ist, daß er die Erregung auslöscht – offenbar eine Empfindung eigener Art: nämlich der Bereich des gerade noch zu Ertragenden.

Dieser Schmerz ist eine Gratwanderung: nur eine Winzigkeit mehr, und er würde die Erregung zum Abklingen bringen – ein Zustand, der das Empfinden auf das heftigste aufwühlt. Die Richtung von Lust und Verlangen steht für Augenblicke auf der Kippe – aber der Körper selbst, was will er? Nun, er will die Erregung, er sucht die Lust. Doch gibt es für ihn nur einen Weg, den schwankenden Zustand zu überwinden: mit einer weiteren Steigerung der Erregung.

Das aber ist das Geheimnis des gerade noch erträglichen Schmerzes: der Punkt, an dem das Unerträgliche beginnt, ist fließend. Je mehr sich die Erregung ihrem Gipfel nähert, desto stärker müßte ein Schmerz sein, um sie auszulöschen. Und wenn er sie *nicht* auslöscht – dann bewirkt er einen höheren Grad der Erregung, der den Punkt des gerade noch Ertragenen ein weiteres Stück verschiebt. Der heftigste Schmerz, eben noch an der Grenze zum Unerträglichen, vielleicht schon für Augenblicke sie überschreitend: dieser Schmerz verschmilzt mit der Erregung und hebt sie auf eine höhere Stufe – und macht sich selber damit zu einer leicht ertragenen und also willkommenen Empfindung. Dabei ist der Ort des Schmerzreizes nicht gleichgültig: das Verschmelzen der Empfindungen ist am intensivsten, wenn der Schmerz in der Nähe der lustbringenden Stellen verspürt wird.

Es ist die Weisheit des Partners, das Maß des gerade noch Erträglichen in jedem Augenblick zu erkennen. Wem es gelingt, mit der sich steigernden Erregung auch den Ansporn und Widerstand dieses Schmerzes bis zum Höhepunkt immer weiter anwachsen zu lassen – der schenkt dem Partner damit ein derart lustvolles Erleben, wie es mit zärtlichem Streicheln allein kaum zu erreichen wäre. In der Physiologie der höchsten Lust hat der aufwühlende Schmerz ebenso seinen Platz wie Zuneigung und Zärtlichkeit: diesen Zusammenhang zu kennen, ist Teil einer kultivierten Sexualität.

Nun sind der Schmerz und seine Rolle für die Lust eine Seite – und Fessel, Beherrschung und Ausgeliefertsein eine andere.

Zwar scheint es auf den ersten Blick, als gehörte beides untrennbar zusammen. Das trifft aber nur teilweise zu. Was nützt es nämlich dem Bauern, daß er seinen Ochsen am Strick hat, wenn dieser sich nicht rührt? Gar nichts nützt es – erst der schmerzhafte Zug am Nasenring zwingt den Ochsen zum Pflügen. Nur wenn zur Fessel der Schmerz hinzukommt, kann der Schwächere dem Stärkeren seinen Willen aufzwingen.

Und was hat das mit sexueller Erregung zu tun?

Zunächst einmal – überhaupt nichts. Denn wenn der Schmerz den Willen brechen soll, darf er nicht nur spürbar sein. Nein, er muß im wörtlichen Sinn unerträglich sein, auch mit der stärksten Anstrengung des Willens nicht mehr zu ertragen. Nur so bleibt dem Unterworfenen auch nicht die Spur einer anderen Möglichkeit als der, dem Verlangten nachzukommen.

Es ist aber das Merkmal des wirklich unerträglichen Schmerzes, daß er jedes Gefühl auslöscht außer einem: dem Flehen, daß der Schmerz aufhört. Nein, der unerträgliche, vernichtende Schmerz hat nichts Erotisches, auch nichts Erregendes, schon gar nichts Lustvolles – ob in gefesseltem Zustand oder nicht.

Aber wenn dem so ist – warum ist es dann trotzdem erregend, im Liebesspiel vom Partner gefesselt zu werden? Ist die Fesselung vielleicht nur ein Symbol? Oder bloß Zeichen des Wunsches, in den Zustand des hilflosen Säuglings zurückzukehren – um eine Zeitlang nicht in einem ungeschriebenen Abkommen Kuß gegen Kuß, Liebkosung gegen Liebkosung tauschen zu müssen? Oder gar nur Vorwand für eine spielerische Situation, um sich den aufreizenden Schmerz zufügen zu lassen, der die Lust so sehr steigern kann?

Gewiß, all das mag eine Rolle spielen. Doch gibt es gerade für den Mann noch andere Gründe, die ihm die Fesselung durch die Frau erregend machen.

Im Mittelpunkt scheint mir die Erfahrung zu stehen, die erst der Jugendliche, dann der Mann mit seinem sexuellen Verlangen macht. Er verspürt es häufig, wenn nicht dauernd, aber ebenso regelmäßig erfährt er, daß nicht die Erfüllung des Begehrens das Normale ist, sondern seine Ablehnung. So ist es kein Wunder, wenn auch er selbst die Ablehnung bald für normal hält, und sein Verlangen im Kern für etwas Ablehnenswertes. Einer Frau zu sagen, daß er sie begehrt, fällt dem Mann daher nicht leicht. Es ist etwas, das er ihr *gesteht* – was die Sache nicht nur sprachlich in die Nähe eines Verbrechens rückt.

Erfüllt die Frau sein Verlangen, so tut sie ihm damit offenbar einen Gefallen, und zwar schon dadurch, daß sie sich, wie es heißt, ihm hingibt – also nichts anderes tut als ihm zu erlauben, an ihrem Körper seine Lust zu suchen.

So setzt sich im Mann das Gefühl fest, daß es die Frau ist, die mit ihrer Sexualität etwas gibt, und der Mann derjenige, der etwas erhält, so daß er – wenn er die Frau nicht gar »entehrt« – ihr mindestens Dankbarkeit schuldet, wenn nicht bleibende Treue. Erst recht bleibt es für ihn oftmals ungewiß, ob sie das Zusammensein auch mit ihren eigenen Sinnen genießt, oder ob sie nur ihm zuliebe nachgibt.

Es gehört zum traurigen Bild dieser Schuldnerbeziehung, daß nicht einmal das physiologische Geschehen dem Mann das Bewußtsein gibt, im sexuellen Akt der Frau Wertvolles zu schenken. Im Gegenteil: sein Sperma, das auszustoßen ihm solche Lust bereitet, scheint unwillkommen und bedrohlich, ist etwas, vor dem die innersten Organe der Frau (falls nicht gerade ein Kind erwünscht ist) mit Sorgfalt geschützt werden müssen – eine Flüssigkeit, die außerhalb der Scheide nur das Bettlaken befleckt, und die schleunigst weggewischt gehört wie der auf dem Tisch vergossene Kaffee.

Ach – welch ein Irrtum! Welche Unkenntnis, welch tragische Verschwendung! Ist denn, was da aus dem Mann fließt, nicht ein kostbarer Saft, aufs äußerste angereichert mit feinsten Wirkstoffen? Glauben die Frauen im Ernst, sie könnten Schönheit und Fraulichkeit auf Dauer bewahren, ohne ihren Körper hin und wieder von diesem Saft kosten zu lassen?

Haben sie nie von den malayischen Hexen gelesen, die ihre Kräfte vom Verführen junger Männer und dem Trinken ihres Samens herleiten? Hörten sie nie von den Stämmen des Regenwaldes, wo Frauen die jungen Burschen necken und ihr Glied reizen bis zum Erguß – um dann den Samen auf ihrer Haut zu verreiben, in dem Wissen, daß so die Haut glatt bleibt und die Brüste fest?

Doch braucht es, denke ich, nicht unbedingt den Blick auf die Mythen fremder Völker, um zu erkennen: Mann und Frau sind so geschaffen, daß sie einer im andern nicht nur ihre tiefsten Gefühle finden, sondern zu ihrer Erfüllung und Gesundheit auch das brauchen, was die Natur jedem von ihnen an Säften und Substanzen für das andere Geschlecht mitgegeben hat.

Solange das Wissen darum noch immer nicht selbstverständlich ist, wird die Zahl der gestörten und schnurrbärtigen Frauen um uns herum ebenso zunehmen wie die der verstörten Männer. Und solange den Mann die Angst quält, er könnte mit seinem Begehren der Frau eine Last sein und mit seinem Samen ihren Körper beschmutzen – so lange wird es ihm ein Gefühl der Befreiung sein, im Vorspiel von der Frau gefesselt zu werden, und die Entscheidung über das, was zwischen ihnen geschieht, in ihren Händen zu wissen.

Denn noch ein anderes Leiden heilt die Fesselung dem Mann: seine Körperkraft.

Wie denn – die Stärke des Mannes etwas, worunter er leidet? Seine kräftigen Arme, sein muskulöser Körper, die Sorglosigkeit, mit der er auch dort durch die Welt schreitet, wo die Frau sich nur im steten Gefühl der Bedrohung hinwagt – ein Leiden? Welch ein Unsinn, werden manche da sagen, welch ein Zynismus angesichts all dessen, was Frauen überall auf der Welt täglich erdulden müssen: Belästigung, Nötigung, Gewalt, immer von Männern den Frauen angedroht oder zugefügt. Und haben sie nicht recht?

Gewiß – natürlich ist es besser, kräftige Arme und ein starkes Selbstbewußtsein zu haben; natürlich lebt angenehmer, wer überall hingehen und hinsehen kann, ohne als mögliche Beute gemustert zu werden. Und doch meine ich etwas anderes.

Denn Arbeit und Alltag sind eine Sache, und sexuelle Lust eine andere. Vom Alltag verlangen wir Gerechtigkeit, und daß die Würde des Menschen unantastbar sei. Von der Lust aber wünschen wir, daß sie uns antastet, daß nicht wir mit der Lust spielen, sondern sie mit uns: erst wenn wir aufhören, Herr unserer selbst zu sein, empfinden wir sie wirklich.

Darum leidet der Mann unter seiner Körperkraft: weil sie ihn hindert, der Lust ausgeliefert zu sein.

Zwar ist es meistens die Frau, die bestimmt, ob das sexuelle Spiel beginnen darf oder nicht. Doch von da an bestimmt, als ewig Stärkerer, der Mann. Er bezwingt sich selbst, findet Lust und Erregung in der Erregung der Frau, erfindet Methoden und Techniken und Positionen – und bleibt doch stets der Gefangene seines eigenen Willens.

So sehr es ihm gefällt, wenn die Frau seinen Körper erforscht und die Stellen seiner Lust findet und erregt – es bleibt seine Entscheidung, ob er sich der schmeichelnden

Hand entgegenschmiegt oder sich ihr entzieht. Selbst wenn ihn die Frau unterwerfen will mit dem scharfen Biß ihrer Zähne, oder die Stärke seiner Begierde prüft mit dem bohrenden Griff ihrer Nägel – es ist doch nur zum Schein, wenn er nachgibt, und nicht in einem Aufbäumen seiner Kraft sich ihr entwindet.

Nie ist er wirklich der Lust ausgeliefert auf Gedeih und Verderb: sondern er selber ist es, der sie sucht und sich verschafft, und der sein Verlangen gleichzeitig erfüllt und beendet.

Die Folge davon ist Reue. Denn weil er nur dorthin gelangt, wohin *sein* Wille ihn führt, gerät er nie außer sich: zum Höhepunkt gelangt er, aber nicht zur Ekstase. Weil nichts ihn hinausführt aus dem Gefängnis seines Willens, bleibt er eingeschlossen im Kreislauf von Begierde und Erfüllung. Nichts Neues und Unerwartetes tritt in diesen Kreis, höchstens hin und wieder ein neuer Körper, an dem sich für eine Zeitlang neue Begierde entzündet. So schafft die überlegene Kraft des Mannes sich selber ihre Strafe: im steten Einerlei des Ewiggleichen.

Erst wenn dem Mann seine Stärke genommen ist, wird die Lust ihm zum reinen Geschenk; erst wenn er zum Spielzeug wird in den Händen der Frau, steht er selbst auf dem Spiel. Gefesselt und ausgeliefert, ist sein Wille vom ihm abgestreift wie ein zu enges Hemd. Erst jetzt betritt er einen wahrhaft anderen Raum: den Willen und die Gedanken der Frau.

Daß er die Fesselung zuläßt, ist seine letzte Entscheidung, daß er danach wieder freikommt, setzt er voraus, aber wenn die Frau neugierig ist und klug, liegt dazwischen eine Welt. Davon jedoch, daß nicht der Mann die Frau benutzt, sondern sie ihn, ist mehr als genug nachzuholen in der männlichen Welt. Eingehüllt in den Mantel seines Begehrens, kann die Frau Rache nehmen für die Demütigung ihres Geschlechtes, kann ihn treiben bis an die Grenze von Lust und Schmerz, kann ihn ausforschen und erkennen nicht nur bis ins letzte Stück seines Körpers, sondern bis in die Tiefe seiner Seele. Erst wenn alle Empfindungen sich vereinigen, die zu verspüren Haut und Seele imstande sind, erst wenn die Angst vor dem, was kommt, nicht weniger als das Verlangen danach ins Unermeßliche steigt – erst dann kann der Mann in der Lust wahrhaft vergehen, und für Momente erlöst werden aus der Enge seines Selbst.

53
Herolde der Freiheit

Meldungen aus den »Berlinischen Nachrichten«:

Berlin, 7. August 1869. [Social-demokratische Agitation.] Das Programm für den social-demokratischen Arbeiter-Congreß in Eisenach enthält unter anderem Folgendes: »Die social-demokratische Partei Deutschlands betrachtet sich, soweit es die Vereinsgesetze gestatten, als Zweig der internationalen Arbeiter-Association, deren Bestrebungen sie sich anschließt. Als die nächsten Forderungen in der social-demokratischen Agitation sind geltend zu machen: 1) Erteilung des allgemeinen, gleichen, directen und geheimen Wahlrechts an alle mündigen Männer vom 20. Lebensjahre an zur Wahl für Parlament, Landtage und alle übrigen Vertretungskörper. 2) Einführung der directen Gesetzgebung (Referendum) durch das Volk. 3) Aufhebung aller Vorrechte von Stand, Besitz, Geburt und Confession. 4) Errichtung der Volkswehr an Stelle der stehenden Heere. 5) Trennung der Kirche vom Staat und Trennung der Schule von der Kirche. 6) Obligatorischer und unentgeltlicher Unterricht in Volksschulen. 7) Unabhängigkeit der Gerichte, Einführung der Geschworenengerichte und des öffentlichen und mündlichen Gerichtsverfahrens. 8) Volle Pressefreiheit, freiestes Versammlungs-, Vereins- und Coalitionsrecht, Einführung des Normalarbeitstages, Verbot der Kinderarbeit. 9) Abschaffung aller indirecten Steuern und Einführung einer einzigen directen progressiven Einkommensteuer.« — Man kann in der Tat nicht mehr verlangen, um die ganze Gesellschaft auf den Kopf zu stellen.

Madrid, 8. August 1869. [Erlaß an die Bischöfe.] In dem Erlaß des Regenten an die Bischöfe heißt es:

Da es notorisch ist, daß viele Mitglieder des Clerus die einfältigen Gemüter gegen die von den Cortes votierten Gesetze und Entscheidungen, sowie gegen die von mir zu deren Ausführung ausgehenden Befehle aufreizen, so haben die sehr ehrwürdigen Erzbischöfe und Bischöfe und alle geistlichen Behörden innerhalb einer streng einzuhaltenden Frist von acht Tagen in ihren Sprengeln einen Hirtenbrief circulieren zu lassen, um ihre Pfarrkinder zu ermahnen, den eingesetzten Behörden zu gehorchen. Die Prälaten haben, ohne einen Augenblick zu verlieren, Abschrift ihres Hirtenbriefes an das Secretariat des Justiz-Ministeriums einzusenden.

Wien, 10. August 1869. [Zur Klosterfrage.] Auf der Volksversammlung zur Klosterfrage, zu welcher sich gestern abend 5000 Menschen eingefunden hatten, fand die Rede des Ludwig Eckhardt besonderen Beifall. Er sagte:

Meine Herren! Diejenigen, welche sagen: Die religiöse Freiheit gebietet es, die Klöster zu belassen, sollen uns erst religiöse Freiheit geben. In einem Staate, wo Jude und Christ nicht gemeinsam vor den Ehealtar treten dürfen, gibt es keine religiöse Freiheit! (Langanhaltender stürmischer Beifall.) Die Existenz unfreier Menschen gefährdet den Staat. An der Sklaverei wäre Amerika fast zu Grunde gegangen. Wer selber keine Freiheit hat, untergräbt die Freiheit anderer Menschen. (Bravo.) Das Klosterleben brandmarkt die Natur. Es ist kein Loblied auf die Gottheit; es ist eine Lästerung derselben. (Minutenlanger Applaus.) Das Cölibat hat die Folge, daß es das Concubinat erzeugt, und schuldlose Opfer verbotener Liebe unter die Proletarier wirft. Wir müssen trachten, daß auch der Priester ein freier Bürger werde. (Bravo! Bravo!) Als wir Exilierten im Jahre 1861 nach Wien kamen, was fanden wir hier vor? Den dumpfen Geist des Concordats, und den lasciven Tanz des Cancan. (Stürmischer Zuruf.) Das, meine Herren, sind zwei Blüten, die aus Einer Wurzel emporwachsen. Die arme Nonne in Krakau ist ein Bild unseres Volkes. Unser Volk ist auch vermauert gesessen in verpesteter Luft. Meine Herren: Ein Concil steht am Horizont. In diesem Concil werden die Bischöfe den Papst als unfehlbar erklären. Das wollen wir nicht dulden. (Rufe: Nein!) Sagen wir dem Schöpfer des Concordats: »Herr Cardinal! Sie haben das Ihre getan, jetzt tun wir das Unsere! Fort mit den Klöstern, fort mit dem Concordat, fort mit der Lästerung, daß ein Mensch unfehlbar sein sollte!« (Großer Jubel, Hochrufe.)

Düsseldorf, 11. August 1869. [Steckbrief.] In der Sache des hier vorgefallenen Klosterskandals ist folgender Steckbrief ergangen: »Der Pater des hiesigen Dominikaner-Klosters, Jordanus Cuchem aus Moxenhoven, Kreis Rheinbach, hat sich der gegen ihn wegen Verübung unzüchtiger Handlungen mit Kindern eingeleiteten Untersuchung durch die Flucht entzogen. Bei seiner Flucht war der Jordanus Cuchem bekleidet mit dem Ordenshabit der Dominikaner. Derselbe trägt gewöhnlich eine Stahlbrille.«

Berlin, 15. August 1869. [Heinrich Heine.] Fast dreizehn Jahre sind verflossen, seit Heine von seinem langen Leiden durch den Tod erlöst wurde. Selbst das tragische Schicksal des Dichters hat seine Gegner in Deutschland nicht milder zu stimmen vermocht, mit dem Ergebnis, daß er in seinem Vaterlande von mancher neueren Berühmtheit in den Schatten gestellt wird, obwohl im Vergleich zu ihm sie alle nur zwerghafte Epigonen sind.

Adolf Strodtmann hat in seiner soeben bei Franz Duncker erschienenen Biographie ein wenig von dem Unrecht der Deutschen gegen Heine wieder gut gemacht. »Als Romantiker«, so schreibt er über den Dichter, »als Romantiker, nicht als Soldat oder Verschwörer hatte er der Freiheit gedient. Sie war ihm ein gefesseltes Königskind, das er aus dem Kerker befreien, dem er als Herold auf schön geschmücktem Zelter voranreiten wollte. Aber die Genossen, mit denen er kämpfen sollte, waren keine himmelstürmenden Titanen, sondern ernste, puritanische Gesellen, und die Freiheit, bedeuteten sie ihm, sehe ganz anders aus, als das Bild, welches er sich in seinen Träumen von ihr gemacht: sie sei eigentlich gar kein schöne Prinzessin, sondern eine verständige Hausmutter, die ihr ganzes Volk in das gleichförmige Ehrengewand der Arbeit kleiden werde.«

Bekanntlich haben ihn bis zu seinem Tode zwei Frauen gepflegt: seine Frau Mathilde, und zuletzt Heine's »Mouche«, jenes rätselhafte Mädchen. Wenigstens die Liebe der Frauen hat dem Dichter nicht gefehlt, und sie wird ihm auch nach seinem Tode bleiben, wenn seine Fehler und Irrtümer längst vergessen sein werden.

54
Zweierlei Ich

Wenn jemand behauptet, es gebe kein höchstes, allweises und allvorhersehendes, vom Weltall unterschiedenes göttliches Wesen – der sei verflucht.

Pius IX., Syllabus errorum

Tagebuch des Heinrich Wilhelm Lehmann:
Paris. Mittwoch, 9. März 1870

Ich habe angefangen, Francesca die Aufzeichnungen vorzulesen.

Und: es ist alles ganz anders, als ich es mir vorgestellt hatte.

Als ich in Rom merkte, welches Interesse sie an Luigis Aufzeichnungen zeigte, da war meine Freude groß: am allermeisten deshalb, weil ich Francesca von Anfang an so sehr mochte. Ach was – weil ich vom ersten Augenblick an in sie verliebt war!
 Natürlich auch, weil ich eine Verbündete gefunden hatte. Und wenn ich ehrlich bin: auch deshalb, weil ich das Gefühl hatte, ihr etwas zu bedeuten. Sie wollte den Inhalt der Aufzeichnungen kennenlernen, ich war der einzige Mensch, der ihn (von den Dieben abgesehen) kannte – folglich ging ich davon aus, daß ihr Interesse an den Aufzeichnungen auch mir gelten müßte. Und die Art, wie sie mir in Rom zur Seite stand – erst recht ihr Besuch in Berlin –, hatte mich darin bestätigt.
 Mein Verhältnis zu den Aufzeichnungen war im Grunde wie das eines Gärtners zu seinen Obstbäumen gewesen: er nimmt die Äpfel oder Birnen und schenkt sie, wem er will. Und ich hielt es für selbstverständlich, daß der Beschenkte sich beim Gärtner bedankt – und sich nicht etwa bei dem Baum, der den Apfel erzeugt hat, beschwert: über die

Frechheit des Schenkenden, der so tut, als wären die Äpfel sein Verdienst ...

Aber von dem freudigen Gefühl, Francesca mit dem Übersetzen der Aufzeichnungen ein Geschenk zu machen – von diesem Gefühl ist nichts, aber auch gar nichts geblieben. Erst recht nichts geblieben ist von der Freude aufs Vorlesen, und von der Erregung, die ich während des Übersetzens oftmals verspürt habe.

Gedacht hatte ich es mir ungefähr so: wir liegen zusammen im Bett, sie kuschelt sich an mich, ich lese ihr ein Stück vor. Sie sagt etwas Zärtliches, ich erwidere es, dann lese ich weiter.

Oder so: wir sitzen, eng aneinander gelehnt, auf dem Sofa. In der linken Hand halte ich das Notizbuch und lese, die rechte liegt auf ihrer Schulter, knöpft ihre Bluse auf ... ich lese eine Seite oder zwei, und dann – genug, was soll ich mich wiederholen ...

Und ich frage mich: was war denn so unangemessen an dieser Vorstellung?

Außerdem: was hatte sie gemeint mit der »Belohnung«, die sie mir fürs Übersetzen versprochen hatte? Nicht, daß ich darauf bestehen würde – ihre Zärtlichkeit in Berlin hat mich längst überreich beschenkt. Nein, ich möchte das nur verstehen. Ich möchte begreifen, was sie so sehr verändert hat: warum sie, die ich für die Freundlichkeit selbst gehalten hatte, jetzt so kalt und abweisend ist. Mehr noch: warum sie mich so sehr verletzt.

Die Aufzeichnungen Luigis – ich habe sie immer als etwas Kostbares empfunden, als etwas, das sich durch die Geschehnisse untrennbar mit meinem eigenen Leben verbunden hat. Sie waren es ja auch gewesen, die mich zu Francesca geführt hatten – und nun ...

Nicht, daß ich mir etwas darauf einbilden würde; aber es ist doch nun einmal so: *ich* bin es, der die Aufzeichnungen von Luigi bekommen hat, der sie in seinem Gedächtnis bewahrt und wiederhergestellt hat; ich habe es überhaupt erst möglich gemacht, daß andere an ihnen teilhaben können – auch Francesca.

Und doch wird es für mich immer mehr zum Alptraum.

Oh – nicht etwa, daß Francesca unkonzentriert wäre,

vielleicht gelegentlich eine unpassende Bemerkung machen würde. Dann könnte ich ja das Notizbuch zuklappen und sagen: gut, wenn es dich im Augenblick nicht interessiert, machen wir etwas anderes. Aber nein, das ist es nicht – im Gegenteil.

Sondern vom ersten Wort an, das ich las, war sie wie verwandelt. Wir saßen beide auf dem Sofa, und auf einmal merke ich, daß ich von ihr kein Wort, keine Bewegung mehr wahrnehme. Ich höre zu lesen auf und blicke zu ihr; sie sitzt völlig versunken da, wie in einem Traum. Und kaum habe ich ein, zwei Sekunden länger Pause gemacht, als ich zum Atemholen oder zum Umblättern gebraucht hätte, da faucht sie mich regelrecht an: »Warum liest du denn nicht! Lies doch weiter!«

Ich war erst einmal nur überrascht, denke, was hat sie denn, und lese weiter, ohne mir etwas anmerken zu lassen. Aber als ich etwas später erneut eine Pause mache und ihr, in einem zärtlichen Gefühl, die Hand auf die Schulter lege, da schüttelt sie diese mit einer heftigen Geste ab, als hätte ich sie beleidigt.

Und es war weniger ihre Heftigkeit, als vielmehr das Gefühl, abgeschoben zu werden, geradezu lästig zu sein, das mich schmerzte und verwirrte – das mich verletzte.

Wenige Sätze weiter hatte ich eine schwierige Wendung wohl etwas ungeschickt übersetzt. Beinahe haßerfüllt fuhr sie mich an: »Nonsense! Such a stupid translation! It must be …« Da hielt ich es nicht mehr aus; ich warf das Notizbuch auf den Tisch und ging hinaus in den Garten, in der Hoffnung, meine Gefühle würden sich etwas beruhigen.

Was nicht der Fall war. Aber in das Gefühl der Kränkung mischte sich das der Sorge um Francesca: offenbar wurde sie von dem Text auf seltsame Weise ergriffen – so sehr, daß sie in sich keinerlei Raum mehr zu haben schien für Ablenkung, auch nicht für Zärtlichkeit, ja sogar (plötzlich begriff ich es, so widersinnig es mir auch vorkam) nicht einmal für die Anwesenheit eines anderen Menschen.

Als ich ins Zimmer zurückkam, saß sie noch immer zusammengekauert auf dem Sofa, das geöffnete Notizbuch auf ihrem Schoß. Sie schien geweint zu haben. Und als ich mich vor sie hinkniete und ihre Hand ergriff, da preßte sie ihre Finger so wild in meinen Handrücken, daß es mich heftig schmerzte.

»Ich kann's nicht lesen«, schluchzte sie. »Ich kann deine Schrift nicht lesen, Enrico.«

Kein Wunder – ich habe mir für die Aufzeichnungen eine schnelle, winzige Schrift angewöhnt. Außerdem benutze ich viele deutsche Abkürzungen, die ich, ohne mir etwas dabei zu denken, auch in der englischen Übersetzung verwendet habe.

Noch heute sehe ich die Spuren ihrer Fingernägel auf meiner Haut. Weh tut die Stelle längst nicht mehr, aber ich fühle sie noch. Und gerade dieses kaum spürbare Nachklingen des vergangenen Schmerzes läßt mich empfinden, wie tief wir beide verbunden sind – trotz ihres seltsam veränderten Wesens.

Ich fragte sie, ob ich weiterlesen sollte. Sie nickte; dann erhob sie sich und setzte sich in den Sessel neben dem Tisch. Aber kaum hatte ich die ersten Sätze gelesen, da stand sie auf und setzte sich zurück aufs Sofa, auf denselben Platz, wo sie vorher gesessen hatte. Ich verstand es, und ich verstand es nicht: sie hatte sich weggesetzt, um Abstand von mir zu gewinnen – warum also war sie zurückgekommen?

Aber die Art, wie sie auf dem Sofa kauerte – in sich versunken, den Kopf auf den Knien, die Arme um die Knie geschlungen –, zeigte deutlich genug: im Grunde wollte sie mit Luigis Worten allein sein. Ihr Näherrücken galt nicht mir, sondern ihm.

Ich machte keinen Versuch mehr, sie zu berühren. Auch sie zeigte keine Ausbrüche von Mißfallen oder Ärger mehr, aber ich merkte gelegentlich an einem Zusammenzucken, an einem kaum wahrzunehmenden Kopfschütteln: sie mußte sich fast gewaltsam unter Kontrolle halten, um ihren Unwillen nicht zu zeigen.

Als mir nach zwei oder drei Stunden das Lesen immer schwerer wurde und ich schon anfing, heiser zu werden, da ließ ich das Notizbuch sinken und sagte leise (nein, ich bat; ich flehte um Schonung):

»Francesca – ich kann nicht mehr.«

Einige Augenblicke saß sie reglos da, als hätte sie gar nicht gemerkt, daß der letzte Satz nicht mehr Teil des Textes war. Dann hob sie den Kopf und sah mich an, vielmehr, sie sah durch mich hindurch: als wäre sie in Gedanken unendlich weit entfernt gewesen.

»Ist gut, Enrico«, sagte sie mit einem angedeuteten Lächeln. Sie stand auf, nahm mir das Notizbuch aus der Hand und steckte es in ihre Jackentasche, mit einer Selbstverständlichkeit, die auch ich in diesem Augenblick als völlig natürlich empfand.

Sie ging zur Tür. Nach einigen Schritten drehte sie sich um und kam zurück, umfaßte mit beiden Händen meinen Kopf und küßte mich auf die Stirn. »Danke, Enrico«, sagte sie und ging hinaus.

Aber wirklich verändert hat dieser Anflug von Zärtlichkeit die Situation nicht. Außer daß es mir so vorkommt, als wäre es gar nicht ich, der Francesca die Erinnerungen Luigis übermittelt. Sondern sie selber ist es, die seine Gedanken aus mir heraussaugt – wenn auch erniedrigt durch mein kümmerliches Englisch, das sie nur erträgt, weil es zu Luigi für sie keinen anderen Weg gibt.

Daß Francesca so sein kann – so kalt, so heftig und abweisend –, nie hätte ich es für möglich gehalten. In diesen Lesungen erlebe ich nichts von der zärtlichen, großzügigen Francesca – eher einen Vulkan, der jeden Augenblick ausbrechen könnte. Oder ein Raubtier: fauchend, drohend, unerbittlich seine Beute einfordernd. Ich bin verzweifelt darüber, streichle ersatzweise den Kater Piff, als wäre er Francesca, liege nachts stundenlang auf dem Bett und frage mich, warum, warum? Aber ich finde keine Antwort.

Es ist da allerdings etwas, das vielleicht meine eigene Schuld ist, und das ich jetzt immer mehr bereue.

Es war nämlich ganz selbstverständlich für mich, daß ich die Aufzeichnungen so getreu wie möglich rekonstruieren wollte. Dazu gehörte auch die Form, in der sie geschrieben waren. Und natürlich hat Luigi, wo er sich selber meinte, »Ich« geschrieben.

Das würde Francesca jetzt auch genauso empfinden – wenn sie die Übersetzung *lesen* könnte. Aber weil ich sie ihr vorlese, hat sie es auf einmal mit zwei ganz verschiedenen »Ich« zu tun: einerseits Luigi – aber gleichzeitig auch ich, der Ingenieur als Berlin, der neben ihr auf dem Sofa sitzt. Und ich merke, wie während des Vorlesens die Grenze zwischen Luigi und mir immer wieder verschwimmt.

Was das Schlimme ist: sie verschwimmt mehr und mehr auch für mich selber. Immer öfter habe ich das Gefühl, als würde ich in diesem gedoppelten »Ich« Luigis Gedanken stehlen und sein Leben wie ein schäbiger Hochstapler als mein eigenes ausgeben. Schon für diese Anmaßung, so kommt es mir gelegentlich vor, hat Francesca recht, wenn sie mich während des Lesens meiner kläglichen Übersetzung verabscheut.

Hätte ich gewußt, daß sie auf diese Weise reagieren würde – dann hätte ich, wenn auch nicht in den Aufzeichnungen, aber doch in der Übersetzung von Luigi in der dritten Person geschrieben. Oder ich hätte es noch während des Vorlesens geändert. Jetzt ist es zu spät. Und es ist ganz vergeblich, daß ich mir einzureden versuche: wieso ausgerechnet Francesca? Wie kann sie es wagen, mich zu hassen, nur weil ich von Luigis intimsten Gedanken weiß, und weil ich gezwungenermaßen »ich« lese, wo ich Luigi meine! Was zwingt sie, sich alles das vorlesen zu lassen, wenn sie doch, wie es scheint, so sehr darunter leidet?

Nur, sie macht mir ja keine Vorwürfe. Sie sagt überhaupt nichts, sitzt nur neben mir und lauscht. Aber ich spüre es: während des Lesens haßt sie mich.

Wenn ich ehrlich bin: im Grunde fühle ich mich von ihr benutzt. Sie will nicht mich, sondern das, wo ich sie hinführe; aber wenn sie dort ist, soll ich mich auf dem schnellsten Weg davonscheren und sie alleine lassen. Als wäre ich für sie nicht nur der Weg, den sie betreten muß, um zu Luigi zu gelangen, sondern gleichzeitig ein Hindernis, das ihr den wahren Zugang zu ihm versperrt – und schließlich, nachdem ich ihr Luigis Leben und Denken nahegebracht habe, ein lästiger Mitwisser, wenn nicht gar ein Eindringling, der sich in Dinge eingeschlichen hat, die sie, Francesca, viel mehr angehen als mich.

Und so sehr ich mich auch dagegen wehre – ich fange an, es genauso zu empfinden. Es verwirrt mich, es deprimiert und verletzt mich. Und es verändert nicht nur meine Beziehung zu Francesca, sondern immer stärker auch diejenige zu Luigi und seinen Aufzeichnungen.

Ich weiß nicht, wo mich dieses Vorlesen noch hinführen wird. Aber eines weiß ich: wenn ich damit fertig bin – wenn ich es überstehen sollte –, dann werde ich nicht mehr derselbe Mensch sein. Es ist nicht nur Luigis Leben, das sie in diesen Stunden aus mir heraussaugt: sondern mit ihm auch mein eigenes Ich.

55
Ein Verbrechen

*Rekonstruktion der Aufzeichnungen
des Luigi Calandrelli (18):*

Die Werkzeugtasche an mich gepreßt, ging ich durch den hohen, düsteren Gang des Schwesterngebäudes, gebeugt, beinahe geduckt, wie um zu verhindern, daß mir jemand das Durcheinander in Körper und Seele hätte ansehen können. Zum Glück begegnete mir niemand. Doch hörte ich plötzlich Schritte, so daß ich unwillkürlich stehenblieb.

Es war eine alte Nonne, die aus einer kleinen, vom Gang abgehenden Kapelle herauskam. Sie bemerkte mich nicht und schlurfte in die entgegengesetzte Richtung. Ich atmete auf, blieb aber noch eine Weile stehen. Erst als sie weit genug entfernt war, ging ich weiter.

Ich hatte die kleine Kapelle vorher gar nicht wahrgenommen, sei es, weil ich mit meinen Gedanken woanders war, oder auch, weil der Eingang so klein war. Nun aber spürte ich, daß ich in meiner augenblicklichen Verfassung nichts so sehr nötig hatte wie etwas Ruhe und Besinnung. Es waren auch gerade Stimmen zu hören, die sich zu nähern schienen, und weil mir in diesem Moment jede Begegnung zuwider gewesen wäre, betrat ich in einem schnellen Entschluß die Kapelle.

Als sich meine Augen an die Dunkelheit gewöhnt hatten, suchte ich mir einen Platz, wo ich vom Eingang her nicht gleich zu sehen war. Ich setzte mich hin – und fuhr, von einem heftigen Schmerz im Gesäß getrieben, sofort wieder in die Höhe. Also nahm ich mir zwei der Kissen, die hier bereitlagen, und ließ mich auf die Knie nieder. Wer jetzt hereingekommen wäre, hätte mich für jemanden gehalten, der in tiefe Andacht versunken war. Und in gewisser Weise war ich es tatsächlich.

Denn zu sagen, ich hätte nachgedacht, wäre für meinen aufgewühlten Zustand jedenfalls nicht zutreffend gewesen. Eher fühlte ich mich, als wäre ich aus einem ebenso beängstigenden wie betörenden Alptraum erwacht, und müßte erst wieder in die Wirklichkeit zurückfinden. Aber was von all den wirren Gedanken, konfusen Empfindungen und heftigen Schmerzen war der Alptraum, und was war die Wirklichkeit?

Es dauerte eine Weile, bis ich begriff: nichts davon war geträumt, alles war geschehen. Die Schmerzen, die Lust, jede Angst, jedes Wort – alles hatte sich wirklich und wahrhaftig ereignet, und war doch auf eine so endgültige Weise vorbei, daß es ebenso gut ein Traum hätte sein können. Ich selber war es, der seiner Geliebten gestanden hatte, daß er ihr Gewalt antun wollte, aufgepeitscht, den Willen gebrochen vom rasenden Schmerz, dessen Nachklingen ich noch immer auf meiner Haut spürte. Ich war es, der Schlosser Luigi Calandrelli, und ich kniete in einer Kapelle im Schwesternheim des vatikanischen Hospitals. Es war Sonntag, und ich kam von meiner Geliebten, und morgen würde ich wieder meine Arbeit machen: in dem verfallenen Schacht, dessen Gewölbe schon bröckelte, unter den Augen des rachedurstigen Catino, mit nichts bewaffnet als mit Hammer, Zange und meinen Winkelspiegeln.

Die Winkelspiegel!, durchfuhr es mich. Mein Gott, die Spiegel – wo waren sie? Doch nicht etwa ...

Als könnte ich mich irren, und als läge im bloßen Wunsch eine Spur von Hoffnung, durchwühlte ich meine Werkzeugtasche – nichts. Kein Zweifel, die Spiegel lagen noch immer da, wo ich sie zuletzt hingelegt hatte: in Schwester Luisas Nebengemach. Ausgerechnet die Spiegel ...

Jedes andere Werkzeug hatte ich doppelt, oder ich hätte es mir von Meister Cornelius beschaffen können. Einzig die Spiegel waren für mich ebenso unverzichtbar wie unersetzlich; es hätte mich Tage gekostet, sie mir erneut anzufertigen. Nein, ich brauchte sie, ich mußte sie mir holen – andererseits – sollte ich wirklich ... wer weiß: vielleicht hatte Luisa sie gefunden und vor die Tür gelegt? Wie auch immer – ich mußte zurück, denn ohne die Spiegel konnte ich nicht arbeiten.

Ich weiß nicht, wie lange ich in der Kapelle gekniet hatte.

Vielleicht zehn oder zwanzig Minuten – oder eine Stunde? Ich erhob mich und rieb mir die schmerzenden Knie, dann ging ich langsam zum Ausgang der Kapelle. Eine Weile horchte ich, ob Schritte oder Stimmen sich näherten; als nichts zu hören war, gab ich mir einen Ruck und ging mit leisen Schritten den Gang zurück.

Meine Hoffnung, Luisa könnte die Spiegel entdeckt und vor die Tür gelegt haben, erfüllte sich nicht. Einen Moment war ich unschlüssig, dann nahm ich meinen Mut zusammen und klopfte – wieder viel zu leise – an die Tür. Ich klopfte lauter, doch von innen war nichts zu hören. Ob sie aus dem Zimmer gegangen war? Mehr zur Probe drückte ich auf die Klinke; zu meiner Überraschung war nicht abgeschlossen. Ich trat ein und schloß leise die Tür.

Luisa lag auf dem Bett, die Arme über dem Kopf ausgestreckt. Ihren tiefen und regelmäßigen Atemzügen nach zu urteilen, war sie fest eingeschlafen. So geräuschlos wie möglich stellte ich meine Tasche ab; zwischen Bett und Stuhl hindurch ging ich in die Kammer. Alles lag noch so, wie ich es hinterlassen hatte. Ich nahm die Winkelspiegel und den Schraubstock und trug beides ins Zimmer, wo ich es vorsichtig in die Werkzeugtasche steckte. Nun hätte ich eigentlich gehen können. Aber die Versuchung, einen letzten Blick auf die Geliebte zu werfen, war zu stark. Auf Zehenspitzen ging ich ans Bett.

Voller Wehmut betrachtete ich sie, stand da und konnte mich nicht losreißen. In Gedanken küßte ich sie, umarmte sie, flüsterte ihr stumme Zärtlichkeiten ins Ohr – als plötzlich mein Blick – ein Gedanke ...

Unmöglich – nein, wie konnte ich – wach auf, Luisa, so wach doch auf ...

Der Gürtel.

Er war es, was mir den Atem hatte stocken lassen: der Gürtel, der immer noch am Kopfende des Bettes befestigt war, und von dem Luisa, als sie mich losband, nur die Schnalle geöffnet hatte. Nun lag sie schlafend da, die Hände über dem Kopf, nur Zentimeter vom Gürtel entfernt, so daß es kaum mehr als ein kleines Verschieben des Gürtels gebraucht hätte, um ...

Wie von einer fremden Kraft geführt, bewegten sich

meine Hände auf den Gürtel zu. Und mir war, als würde ich dabei auf die Stimme meines Gewissens (die in wildem Entsetzen Halt! Halt! rief) beruhigend einreden: es ist ja nichts – gar nichts – nur so tun als ob – es geht ja doch nicht! Da, eine Hand in der Schlaufe, aber nun wacht sie auf ... sie bewegt sich, wird aufwachen – jetzt, gleich wacht sie auf!

Ja, sie bewegte sich, aber ausgerechnet so, daß ich kaum mehr als die Schlaufe hochzuhalten brauchte, um auch ihre zweite Hand hineingleiten zu lassen. Jetzt erst schien sie etwas zu spüren. Sie zog die Hände nach unten – oder kam es mir nur so vor? Jedenfalls reichte die Bewegung, um mich in plötzliche Panik zu versetzen: ich zog die Schlaufe mit einem Ruck zusammen – die Schnalle rastete ein – die Würfel waren gefallen.

Sie zog und zog, doch schien es eine Weile zu dauern, bis sie begriff, was geschehen war. Zu meiner Überraschung begann sie nicht sofort zu schreien, sondern lag eine ganze Weile still da.

»Luigi«, sagte sie schließlich mit tonloser Stimme, »mach mich los!«

Ich antwortete nicht, sondern ging zur Tür, um abzuschließen. Sowie sie das Geräusch des Schlüssels hörte, begann sie zu rufen: »Hilfe! Zu Hil–«

Ich war zum Bett zurückgesprungen und hatte ihr das Kissen aufs Gesicht gepreßt. Sie bäumte sich auf und versuchte, das Kissen abzuschütteln, dabei ohne Pause weiter rufend – und während ich bei ihren ersten Schreien den Eindruck hatte, als hätte sie nicht mit ganzer Kraft gerufen, spürte ich jetzt, daß sie wirklich so laut rief, wie sie nur konnte. Zwar ließ das dicke Kissen kaum etwas davon nach außen dringen. Doch begann ich ernsthaft zu fürchten, sie könnte von der gewaltigen Anstrengung, mit der sie gleichzeitig schrie und sich mit aller Kraft gegen Kissen und Riemen warf, einen Schaden davontragen. Zeit zum Nachdenken oder Zureden blieb keine, und so ergriff ich die auf dem Boden liegende Peitsche und schlug einige Male zu – nicht übermäßig heftig, aber sicherlich spürbar.

Sie verstummte sofort, doch nur für einen Moment. Plötzlich begann sie zu toben. Sie schrie, warf sich hin und her, zerrte mit solcher Gewalt an dem Gürtel, daß ich fürchtete, das Leder könnte reißen. Fürs erste hatte ich genau das

Gegenteil von dem erreicht, was ich bezweckt hatte: sie schien regelrecht außer sich zu sein. Mir fiel kein anderes Mittel ein, als ihren tobenden Körper mit aller Kraft festzuhalten und ihr einige nun wirklich heftige Peitschenhiebe zu versetzen.

Für Augenblicke reagierte sie mit einer weiteren Steigerung ihrer Raserei; dann schien der Schmerz übermächtig zu werden. Das Zerren und Aufbäumen ihres Körpers ließ nach; statt dessen begann sie, sich in verzweifelten Ausweichbewegungen zu winden. Als die Schreie übergingen in ein schmerzhaftes Stöhnen, hörte ich mit den Schlägen auf; auch das Kissen nahm ich von ihrem Gesicht. Sie machte keinen Versuch, zu schreien. Doch schüttelte ein heftiges Schluchzen ihren ganzen Körper, und Tränen liefen ihr aus den Augen.

Es war ein Anblick, der mir im Herzen weh tat. Pfui, sagte die bessere der beiden Stimmen in mir. Du bist ein Vieh, Luigi, ein undankbares und brutales Vieh – mach die Schnalle auf und bitte sie um Vergebung, damit du noch halbwegs in Frieden von hier weggehen kannst. Mach schon, Idiot, und beeil dich! Alles andere wäre widerlich, und es wäre schlicht und einfach ein Verbrechen – hörst du, ein Verbrechen!

Hätte Luisa mich in diesem Augenblick gebeten – mit ihrer ruhigen Stimme, die immer das auszudrücken schien, was man selber gerade dachte –, hätte sie mich jetzt gebeten, sie loszubinden: ich glaube, ich hätte es getan. Aber sie bat nicht. Vielleicht hätte sie mich nur anzusehen brauchen – aber auch das tat sie nicht. Sie lag da mit geschlossenen Augen, schluchzend, den Kopf abgewandt – als hielte sie das, was kommen würde, selbst schon für unabwendbar.

Von nun an ritt mich der Teufel. Ich hatte die Tränen von ihrem Gesicht abgewischt, und während ihr Schluchzen leiser wurde, betrachtete ich sie. Von dem wilden Kampf war sie so durchgeschwitzt, daß ihr Kleid auf der Haut klebte – kein Schneider der Welt hätte ihr ein Kostüm nähen können, das Form und Schönheit ihres Körpers erregender zum Ausdruck gebracht hätte. Wie um den Weg für mich unumkehrbar zu machen, ergriff ich ihr Kleid, riß fast gewaltsam die Haken und Knöpfe auf und zerrte es von den Hüften bis über den Kopf, bis zu ihren gefesselten Händen, wo ich es liegenließ. Mein Verbrechen hatte begonnen.

Sie trug weder Unterhemd noch Strümpfe, war jetzt nur noch mit einem Mieder und ihrer Unterhose bekleidet. Ich nahm die Bettdecke und zog sie ihr (schämte ich mich?) über Gesicht und Körper, dann zog ich mich aus und legte mich neben sie. Sie rückte von mir ab und drehte sich zur Wand.

»Habe ich gesagt, du sollst dich umdrehen?« flüsterte ich. Ich griff zur Peitsche und fuhr ihr damit über den Rücken. Als sie nicht reagierte, versetzte ich ihr erst einige leichte, dann, als sie sich noch immer nicht bewegte, mehrere heftige Schläge.

Sie wandte sich mir wieder zu. »Luigi«, sagte sie schluchzend, »bitte hör mir –«

»Still!« fuhr ich sie an. »Bist–du–wohl–still!«

Dabei versetzte ich ihr erneut einige Schläge, die sie augenblicklich verstummen und ihren Körper zusammenzucken ließen.

Der Tonfall, in dem ich meine Worte hervorgestoßen hatte, überraschte mich selbst vielleicht noch mehr als sie. Doch war es wohl mehr meine eigene Angst gewesen, die mich so hatte sprechen lassen: die Angst, wenn nicht die Gewißheit, daß ihre warme Stimme mich immer noch hätte umstimmen können – wenn ich ihr nur Gelegenheit dazu gegeben hätte.

Ich hielt die Peitsche bereit, denn ich rechnete nicht damit, daß sie tatsächlich schweigen würde. Doch machte sie keinen Versuch, mein Gewissen noch einmal zu erreichen, lag stumm da, die Augen noch immer geschlossen. Jetzt, nach meiner heftigen Reaktion, kam es mir beinahe selbst so vor, als wäre an die Stelle meiner Angst und meines schlechten Gewissens eine Art von Zorn getreten. Wie um diesen Zustand noch zu festigen, fuhr ich ihr mit der Spitze der Reitpeitsche über den Oberschenkel und sagte so drohend wie möglich: »Du sprichst, wenn ich dich frage. Klar?«

Einige Augenblicke verstrichen, dann hörte ich sie zu meiner Überraschung flüstern: »Klar.«

Ich spürte, wie ein merkwürdiges Gefühl von mir Besitz ergriff. Die Panik der vorangegangenen Minuten machte einer seltsamen Ruhe Platz. Luisas Widerstand, so spürte ich, war überwunden, ihre Willenskraft gebrochen. Und nicht nur, daß mein Verlangen nach ihrem Körper nun wieder zurückkehrte – hinzu kam eine ganz andere Art von Erregung: über die Möglichkeit, sie zu allem zwingen zu können, gegen ihren Willen, zu allem, was mir nur einfallen würde ...

Und alles, was ich von diesem Augenblick an tat, war nur noch von einem Gedanken bewegt: dieses ungekannte Lustgefühl aufs äußerste auszukosten.

Immer noch hielt ich die Peitsche in der Hand; langsam ließ ich sie über Luisas Körper gleiten. Ich merkte, wie sie zusammenzuckte und sich wegdrehen wollte. Doch reichte die Andeutung eines zarten Schlages, um sie in der Drehung innehalten und sich wieder mir zuwenden zu lassen.

»Luisa«, flüsterte ich ihr ins Ohr, »was ist los mit dir? Hast du Angst? Glaubst du, ich will dir Gewalt antun?«

Sie nickte, immer noch mit geschlossenen Augen.

»Aber Luisa«, sagte ich, und küßte ihr die Tränen von den Augen, »Luisa, was denkst du von mir. Weißt du was? Ich glaube, du belügst mich. Ich glaube, du hast gar keine Angst. Du weißt doch genau: ich werde nur das machen, was du willst. Stimmt's?«

Kaum merklich schüttelte sie den Kopf.

»Aber Luisa«, sagte ich, den Mund an ihrem Ohr, »wofür hältst du mich denn. Ich verspreche dir: ich werde nichts tun, ohne dich zu fragen. Und ich werde nichts machen, was dein Körper nicht will. Nun – hast du immer noch Angst?«

Ich küßte sie aufs Ohr. Mit der Hand fuhr ich ihren Hals entlang, bis sie auf ihrer Brust zu liegen kam.

»Zum Beispiel«, flüsterte ich, während ich durch das Mieder hindurch die Wärme ihrer Haut spürte, »zum Beispiel würde ich gerne eines wissen: ob du jetzt wohl möchtest, daß ich dich ganz zart auf die Brust küsse?«

Sie schüttelte den Kopf, und es schien, daß sie nur mühsam ein Schluchzen unterdrückte.

»Aber Luisa«, sagte ich tadelnd, »woher weiß ich, ob du nicht lügst. Ich muß das natürlich prüfen – siehst du das ein?«

Bei diesen Worten fuhr ich ihr sanft mit der Peitsche über den Oberschenkel. »Nun«, fragte ich, »siehst du es ein?«

Und als sie nicht antwortete, schlug ich ihr, während ich sie mit der linken Hand an mich preßte, unvermittelt die Peitsche mehrmals über das Gesäß.

»Nein – N-ja«, stieß sie mit einem Aufstöhnen hervor.

»Gut, Luisa – du siehst es selber. Ich muß das prüfen, aber wie kann ich es, wenn du noch halb angezogen bist? Was soll ich machen?«

Ein Ausholen mit der Peitsche reichte, um sie hervorstoßen zu lassen: »Ausziehen ...«

»Und – was soll ich ausziehen? Sag es – ich will es wissen!«

»Die – die Unterhose.«

Ich löste die Schleife und zog ihr, dabei kaum ihre Haut berührend, die Hose über die Füße.

»Und nun?«

Es dauerte eine Weile, bis sie antwortete. »Das – Mieder«, flüsterte sie schließlich.

»Luisa«, sagte ich in gespielt strengem Ton, »bitte etwas höflicher. Es ist schließlich dein Wunsch, nicht wahr? Also möchte ich, daß du mich darum bittest. Nun?«

Offenbar kämpfte ihr Stolz mit der Angst vor den Schmerzen. Der Stolz schien die Oberhand zu behalten, denn sie schwieg. Oder brauchte sie die Bestätigung des unerträglichen Schmerzes, um die eigene Unterwerfung zu ertragen? Als ich merkte, daß sie keine Anstalten machte zu antworten, schlug ich erneut mit ganzer Kraft zu, schlug auch dann noch einige Male weiter, als sie unter lautem Stöhnen »Bitte –« hervorstieß, und noch einmal »Bitte ...«

»Bitte was?«

»Bitte –«, schluchzte sie, »bitte zieh mir – das Mieder – aus.«

Ich drückte sie an mich; wieder küßte ich ihr die Tränen von den Augen.

»Luisa«, sagte ich, »was machst du denn. Ich will dir gar nicht weh tun, aber du zwingst mich dazu. Sei vernünftig. Du mußt doch die Wahrheit sagen, wenn ich dich frage. Also: wirst du jetzt gehorchen?«

»Ja«, sagte sie stockend und immer noch schluchzend, »ich werde – gehorchen.«

»Und was mache ich, wenn du nicht brav bist? Sag's mir! Was soll ich machen, wenn du nicht gehorchst? Wenn du mich anlügst?«

»Du mußt mich – schlagen.«

»Und wie stark? Und wie oft?«

»So stark du kannst ... bis ich – gehorche.«
Die letzten Worte hatte sie kaum hörbar geflüstert. Ich legte die Peitsche zur Seite und öffnete den Verschluß ihres Mieders.

»Siehst du«, sagte ich, »du möchtest, daß ich es ausziehe, ich wußte es. Und nun, Luisa, werden wir es sehen: ob du die Wahrheit gesagt hast. Ob deine Brust wirklich nicht will, daß ich sie küsse. Aber nicht deinen Kopf wollen wir fragen, sondern deine Haut. Sag mir: wenn die Brust es liebt, was ich mit ihr mache – werden die Brustwarzen dann weich oder fest?«

»Fest«, flüsterte sie, »ganz fest.«

»Gut«, sagte ich, »wir werden sehen.«

56
Verirrungen

Meldungen aus den »Berlinischen Nachrichten«:

Wien, 19. August 1869. [Barbara Ubryk.] Die »Wr. Med. Wochenschrift« schreibt über die unglückliche Nonne: »Die psychische Störung der Barbara Ubryk zeigt das Bild der Verrücktheit, wie solcher Zustand nach einem jahrelang gestörten Gemüts- und Gehirnlebens zurückgeblieben ist. Welche Kämpfe muß aber die Unglückliche durchgemacht haben, welchen haarsträubenden Wahnvorstellungen und schaudererregenden Sinnestäuschungen war dieselbe unterworfen, bis völlige Nacht ihre Seele umfangen und sie nur noch das niedrigste animalische Leben führt!

Seltsamer Weise ist der übrig gebliebene, gegenwärtig vorherrschende Ideenkreis hauptsächlich mit Vorstellungen aus der Geschlechtssphäre ausgefüllt, und es bleibt ein psychologisches Rätsel, daß gerade dieser Sinn bei diesem Weibe unter den eigentümlichsten Verhältnissen so intact und lebendig geblieben ist. Die Nonne bedient sich nämlich in ihren wahnwitzigen Reden so ordinärer, lasciver Ausdrücke, wie man sie selbst von den verworfensten Weibsbildern nur äußerst selten zu hören bekommt.

Nun steht die Unglückliche jetzt im 52. Lebensjahre. Sie trat 16 Jahre alt ins Nonnenkloster, war nach einem von ihr herrührenden correcten Briefe in ihrem 26. Lebensjahr (1843) eine mit ihrem Berufe vollkommen zufriedene, Moral predigende Nonne und wurde erst im Alter von 31 (1848) als irrsinnig von ihren ›Schwestern‹ isoliert. Es entsteht nun die Frage: ob die 16jährige Nonne die Erotomanie ins Kloster mitbrachte und ob die obscönen Ausdrücke noch Reminiscenzen aus der frühesten Zeit der Liebe sind? Warum fand die zügellose, liebenswürdige Dame in den vestalischen Mauern willige Aufnahme? Oder wäre es gar möglich, daß die Unglückliche im Kloster erst das strenge Gelübde der Keuschheit gebrochen und die gottgeweihte Stätte zum Tummelplatz der Leidenschaft und Begierde gemacht hätte? Dann müssen aber diese Begierden einen sehr hohen Grad von Ausschweifung erreicht haben, wenn sie trotz Alter, trotz Entbehrungen noch so lebhafte Eindrücke zurücklassen konnten. Die gerichtliche Untersuchung wird diese Zweifel hoffentlich aufklären, desgleichen, ob der Unglücklichen irgend eine ärztliche Behandlung zu Teil geworden ist. Ob die Erbarmenswerte geheilt werden könne, ist nicht mit Bestimmtheit auszusprechen.«

Madrid, 19. August 1869. [Ein neuer Thron-Candidat?] Spanien ist bekanntlich immer noch um einen König in Verlegenheit. Neuerdings wird dort der Erbprinz Leopold von Hohenzollern-Sigmaringen mehrfach genannt als ein ganz besonders befähigter Fürst für Spanien. Er ist bekanntlich mit einer portugiesischen Prinzeß Antonia, Tochter des Königs Ferdinand, vermählt. Erbprinz Leopold (geboren 1835) hat dem Verlangen, welches in Spanien von mehreren Seiten ausgesprochen worden, indeß noch in keiner Weise sich geneigt gezeigt.

Berlin, 20. August 1869. [Das Klosterwesen.] Die Untat in dem Krakauer Kloster hat auch in Deutschland allenthalben die Aufmerksamkeit auf das Klosterwesen gelenkt. Die Krakauer Nonnen, so zeigt sich jetzt, handelten ganz im Sinne ihrer finstern Ordensregeln; daher denn auch die Verlegenheit der Richter, unter welchen Strafparagraphen die Untat an der Barbara Ubryk zu stellen sei. Und nun zeigt sich plötzlich, daß gerade das protestantische Preußen zum gelobten Land des katholischen Ordenswesens zu werden scheint. Im Jahre 1855 betrug die Zahl sämtlicher Klöster hier noch 69, und im Jahre 1866 war sie bereits auf 481 gestiegen. Grund genug also für einiges Mißtrauen in der Bevölkerung.

München, 20. August 1869. [Richard Wagner und Hans v. Bülow.] Die Ursachen, welche Herrn Hans v. Bülow veranlassen, München zu verlassen, liegen zum Teil in Familienverhältnissen. Hr. v. Bülow ist mit Cosima, der ältesten Tochter Liszt's, verheiratet. Diese, welcher Richard Wagner früher, als sie ihn in der Schweiz kennenlernte, persönlich antipathisch war, scheint in München bei näherer Bekanntschaft von der Genialität Wagner's bis zu dem Grade ergriffen worden zu sein, um eines jener Verhältnisse mit ihm einzugehen, von denen wir in den Berichten über die »geniale« Zeit Weimars in den Tagen Goethe's manches Wunderbare lesen, über welche die simple Moral unseres Jahrhunderts sich jedoch nicht so leicht hinwegsetzt.

Paris, 20. August 1869. [Zum wahnsinnig werden.] Ein Mann hatte jüngst den Pfeiler einer Pariser Brücke erklettert, um sich in die Seine zu stürzen, als er gewaltsam von einem Vorübergehenden zurückgezogen und nach dem Grunde des beabsichtigen Selbstmordes befragt wurde. Eine unglückliche Heirat, antwortete er. Aha, fiel jener ein, ich verstehe, Untreue ... Nicht doch, entgegnete der Gerettete, sie war mir nur zu treu. Aber hören Sie, was ich Ihnen mitteilen will, und sagen Sie, ob man es im Kopfe haben und noch länger leben kann. Ich habe eine Witwe geheiratet, die eine Tochter von 18 Jahren mit in die Ehe brachte. Diese gefiel meinem Vater, der als Witwer bei mir lebte; er nahm sie zur Gattin, und so wurde mein Vater mein Schwiegersohn und meine Stief- und Schwiegertochter wurde meine Mutter. Aber es sollte noch schlimmer kommen! Als meine Frau mir einen Knaben schenkte, da war mein Sohn der Schwager meines Vaters und zugleich als Bruder meiner Stiefmutter mein Onkel. Diese Stiefmutter, welche zugleich als Schwester meines Onkels meine Schwägerin war, schenkte ihrem Manne einen Sohn, der gleichzeitig nicht nur mein Bruder, sondern auch mein Enkel war. Meine Frau war meine Schwiegermutter und meine Großmutter, denn die Frau meines Vaters war ihre Tochter; ich war der Mann meiner Frau und meiner Großmutter, also auch mein Enkel: und da der Mann der Schwiegermutter einer Person der Schwiegervater dieser Person ist, so ergibt es sich, daß ich auch mein eigener Schwiegervater bin. Außerdem aber ... Genug, genug, rief der entsetzte Zuhörer aus, dabei muß man allerdings verrückt werden! Und damit schwang er sich auf den Brückenpfeiler, von dem er den andern herabgezogen hatte, und stürzte sich selber in die Flut.

Berlin, 22. August 1869. [Prostitution.] Nach amtlicher Mitteilung zählt Berlin gegenwärtig 24.500 der Prostitution verfallene Frauenzimmer — mehr als im gesamten Textilgewerbe tätig sind.

57
Leiden eines Briefträgers

Wenn jemand behauptet, die Sittengesetze bedürften nicht der kirchlichen Gutheißung – der sei verflucht. Pius IX., Syllabus errorum

Tagebuch des Heinrich Wilhelm Lehmann:
Paris. Donnerstag, 10. März 1870

Mir ist, als würde ich Luigis Anliegen, seine Erinnerungen, ja, sein ganzes Leben mit jeder Seite mehr in die Hände Francescas legen. Als wäre sie die rechtmäßige Empfängerin, die Luigi gemeint hatte, und als würde ich ihr mit jedem Satz, den ich vorlese, auch jegliches Recht abtreten, in Zukunft noch einmal darüber zu verfügen.

In meinem Innern sträube ich mich dagegen. Ich nenne es absurd, widersinnig, ungerecht, empörend; aber das Schlimme ist: es ist ja nicht Francesca, die das sagen und von mir verlangen würde. Sie nicht – sie sagt nach wie vor überhaupt nichts. Sie legt mir das Notizbuch hin, wenn wir anfangen, nimmt es mir aus der Hand, wenn wir aufhören – und fertig. Mein eigenes Empfinden ist es, das mir unablässig sagt: diese Übersetzung, diese ganzen Aufzeichnungen gehören dir nicht mehr – vergiß sie, sie haben dir nie gehört!

So wenig, wie der Überbringer einen Anspruch auf den Brief hat, den er überbringt, auch wenn dieser das Leben des Empfängers verändert – und das des Briefträgers dazu.

Ja, genau das ist es: ich bin bloß ein besserer Briefträger. Was sage ich – ein schlechter, ein miserabler Briefträger! Denn es gehört sich, daß der Briefträger nicht seine Nase in die Post, die er bringt, hineinsteckt, auch dann nicht, wenn der Umschlag durch den Transport zerrissen und offen ist.

Ein Briefträger, oder höchstens ein Handwerker. Einer, dem von Ihro gräflicher Hoheit ein Auftrag erteilt worden ist, und der seinen Lohn schon im voraus erhalten hat. Einen wahrhaft fürstlichen Lohn, einen königlichen Wechsel, in glühenden Lettern auf die Haut geschrieben und längst eingelöst. Und nun kommt dieser Handwerker, um seinen Auftrag abzuliefern, bringt seine mißlungenen Stücke ins königliche Gemach, und während er sie aufstellt, barmt er und klagt: daß seine Königin ihm bei der Arbeit zusieht mit einem Blick voll eisiger Kälte. Daß es ihr mißfällt, einen Unwürdigen ihr Schlafgemach erblicken zu lassen. Und daß sie erst recht empört ist über die Frechheit, mit der dieser Unwürdige gar noch davon träumt, ebendieses Bett mit ihr zu teilen ...

Wie ich ausgerechnet auf das Bett komme ... und dann, was rede ich da von Gräfinnen und Königinnen – lächerlich, erst recht in Amerika, ganz abgesehen davon, daß nicht Francesca die Gräfin ist, sondern Emilia ...

Emilia, die kaum mit mir spricht, mich kaum wahrzunehmen scheint, die in höflicher Unnahbarkeit an mir vorbei, durch mich hindurch sieht, wenn wir drei unten in der Küche gemeinsam frühstücken.

Und wenn ich schon vom Bett spreche: seit ich in Paris bin, haben Francesca und ich uns kein einziges Mal umarmt, geküßt, ausgezogen. Nicht, daß ich den Eindruck habe, sie hätte die Tage in Berlin vergessen, oder es wäre ihr unangenehm, daran zu denken – von den Stunden abgesehen, wo ich ihr vorlese, ist sie stets freundlich zu mir. Und heute morgen, als ich schon mit Emilia am Frühstückstisch saß, trat sie hinter mich und küßte mein Haar.

»Enrico, mein lieber Bruder«, sagte sie, »ich wünsche dir einen guten Morgen.«

Emilia sah verwundert auf, als sie es hörte. Und es war das erste Mal, daß sie mir so etwas wie einen freundlichen Blick zukommen ließ.

Als sie gegangen war, fragte mich Francesca: »Sag mal, wie findest du eigentlich Emilia?«

»Wie meinst du das? In welcher Hinsicht?«

»In jeder Hinsicht. Ihr Aussehen, ihre Art, ganz allgemein. Findest du sie schön?«

»Schön? Ja, ich finde sie schön. Aber –«

»Aber was – also doch nicht schön?«

»Doch, sogar sehr.«

»Schöner als mich?«

»Aber Francesca – dich liebe ich doch, und Emilia kenne ich fast nur vom Ansehen. Wie kann man das vergleichen?«

Sie lachte. »Ach Enrico – du und die Liebe ... Du sagst, du liebst mich, aber damit meinst du, du willst mit mir schlafen – ist es so?«

Ich merkte, wie ich rot wurde. »Ja, du hast recht«, sagte ich. »Ich würde gerne mit dir schlafen. Aber ich liebe dich auch.«

»Ach, Liebe ... hab ich dir nicht gerade gesagt, daß ich dich auch liebhabe?«

»Ja, wie einen Bruder. Meinst du, das ist es, was ich für dich sein will?«

»Aber Enrico, ist das nichts? Sieh mal: als mein Bruder hast du es nicht schlecht. Wir gehören zusammen, aber gleichzeitig darfst du immer noch lieben, wen du willst. Ich habe so viele schöne Freundinnen – ich kann dir alle ihre Geheimnisse verraten, wenn du willst, oder fast alle.«

»Willst du mich verkuppeln? Zum Beispiel an Emilia?«

»Warum nicht? Sie ist schön, das hast du selbst gesagt. Und sie ist auch klug, das weiß ich.«

»Ich will aber nicht Emilia, sondern dich.«

»Du hast mich ja auch, mein Brüderlein.«

»Und wenn meine Gefühle zu dir im Moment ganz und gar unbrüderlich sind?«

»Und wenn meine Gefühle zu dir im Moment ganz und gar schwesterlich sind?«

»Dann macht mich das traurig, Francesca. Magst du mich denn überhaupt nicht mehr?«

Sie lächelte, ohne zu antworten.

»Francesca«, fuhr ich nach einer Weile fort, »entschuldige, daß ich dich danach frage – aber – daß du so anders zu mir bist – hat das mit dem Vorlesen zu tun?«

Sie wurde ernst; plötzlich kehrte die abweisende Miene auf ihr Gesicht zurück.

»Vielleicht«, sagte sie. »Aber ich möchte jetzt nicht darüber sprechen – ich kann nicht. Bitte, Enrico, noch nicht –«

»Aber ich möchte darüber reden«, brach es aus mir heraus. »Ich halte es nämlich nicht mehr aus, daß du mich, seit ich in Paris bin, behandelst wie einen Hund. Jetzt nennst du mich deinen lieben Bruder, aber wenn ich dir vorlese, bist du ein anderer Mensch. Die ganze Zeit habe ich das Gefühl, mein Lesen ist dir zuwider, meine Übersetzung ist dir zuwider, ich bin dir zuwider – wenn du so darunter leidest, warum willst du es überhaupt? Und noch was: ich habe immer mehr ein schlechtes Gefühl gegenüber Emilia. Soll ich das alles später noch einmal mit ihr durchmachen? Ich will dir sagen, was ich am liebsten machen möchte: meine Sachen packen und nach Berlin fahren und diese verdammten Aufzeichnungen in den ersten besten Kanal werfen, damit ich sie nie wieder sehe – das möchte ich!«

Ich war während dieser Worte in der Küche auf und ab gegangen, hatte dabei kaum auf Francesca geachtet. Sie saß am Tisch, das Gesicht in den Händen, und ich hatte es für eine Geste des Sich-Verschließens und Abweisens gehalten. Jetzt sah ich, daß sie weinte, tief und heftig weinte – und ich begriff, daß ich ihr, ohne zu wissen womit, auf schlimme Weise unrecht getan hatte.

Ich setzte mich neben sie und wartete, daß sie mit dem Weinen aufhören würde. Schließlich legte ich ihr die Hand auf den Arm und sagte: »Entschuldige – vergib mir. Es war alles ein großer Blödsinn, was ich gesagt habe – vergiß es. Natürlich lese ich dir vor, solange du willst.«

Und nach einer Weile: »Möchtest du es jetzt?«

Sie nickte. Ohne ein Wort zu sagen, ging sie vor mir die Treppe nach oben.

Ich habe Angst. Wirklich und wahrhaftig Angst – vor dem, was morgen und übermorgen kommen wird.

Heute habe ich Francesca die Seiten vorgelesen, wo Luigi die erste der intimen Begegnungen mit Luisa schildert. Und wenn sie ansonsten schon ganz und gar in sich gekehrt war, aber gleichzeitig mit äußerster Anspannung Luigis Sätze in sich aufzusaugen schien – so wie heute habe ich sie noch nie erlebt.

Auch den unterdrückten Zorn auf mich habe ich noch nie so deutlich und grimmig gespürt.

Wie naiv ich doch war! Wie albern diese Wunschträume waren, mit denen ich nach Paris gekommen bin ... und daß ich in der Übersetzung – in Gedanken stets die zuhörende Francesca vor Augen – immer wieder »Ich« schrieb: das war für mich wie eine Beschwörung, beinahe eine Verheißung.

Ich will nicht verschweigen, daß manches in den Gedanken Luigis mich anfangs irritiert hatte. Aber je mehr ich mich prüfte, desto mehr fand ich solche Gedanken auch in mir. Und ich hatte beispielsweise gespürt, daß die Vorstellung, von Francesca gefesselt zu werden, mich außerordentlich stark erregte.

Ja, hatte ich gedacht: diese Seiten sollten wir lesen wie eine Spielanleitung!

Aber nun, die Wirklichkeit ...

Ich spürte während des Lesens dieser Szenen, wie jeder Satz, jedes Wort Francesca zur Qual wurde. Oder war es nicht das Gelesene selber? Sondern, noch stärker als sonst, meine Anwesenheit? Daß auch ich die beiden innerlich vor mir sah, Luigi und Luisa – daß ich ihnen zusah, ihre Zärtlichkeiten ausplauderte ... daß ich, daß ein Fremder, auch noch zu sagen wagte, »ich« hätte meine Hand auf Luisas Brust gelegt ...

Und als ich sah, wie sehr Francesca litt, da entschloß ich mich zu einem Betrug.

Es war die Stelle, wo Luisa ihn losbindet – nein, wo sie »mich« losbindet. Francesca schien zu zittern, vor Scham oder vor Zorn; und als ich die Seite zu Ende gelesen hatte, da nahm ich nicht nur dieses Blatt zwischen die Finger, sondern mehrere. Die nächste Stelle, auf die mein Blick fiel, war fast schon das Ende dieser Begegnung. Ich improvisierte einen Satz, der das Fehlende überbrückte, und las dort weiter, wo sich die beiden ankleiden.

Unwillkürlich las ich schneller, froh darüber, daß Francesca den Betrug nicht gemerkt hatte. Sie aber, wie aus einem schweren Traum erwachend, sagte leise, mitten in den Satz hinein:

»Hör auf!«

Dann, nach einer Pause:

»Versuch nicht, mich zu täuschen, Enrico. Lies da weiter, wo sie ihn losbindet – und versuch es nie wieder ...«

Und ich blätterte zurück und las weiter ... wie *mein* Mund die Haut Luisas entlangfuhr, und wie sie *meinen* Samen sich zwischen ihre Brüste ergießen ließ ... Ich sah, wie Francesca zitterte, und ich spürte, wie sehr sie mich in diesem Augenblick haßte. Und ich schämte mich vor ihr, als hätte ich nicht vom Liebesspiel mit Luisa berichtet, sondern von ihrem eigenen, oder vielleicht von dem ihrer Mutter.

Dann war diese Qual vorbei. Ich war froh, den Bericht Delmontes vorlesen zu können, und von den Arbeiten

Luigis in den vatikanischen Kellern; auch Francesca wirkte zunehmend entspannter. An der Stelle, wo Luigi dem Angriff Catinos entgeht, schien sie regelrecht aufzuatmen, und als sie mir mit einem »Genug für heute!« das Notizbuch aus der Hand nahm, da klang ihre Stimme beinahe zärtlich.

Als sie hinausging, um sich auszuruhen (Emilia hat es mir gesagt: das Vorlesen erschöpft sie so sehr, daß sie sich danach immer eine Weile hinlegen muß), da lächelte sie sogar ein wenig. »Danke, Enrico«, sagte sie, wie am ersten Tag.

Und doch habe ich Angst.

Angst davor, wie sie morgen reagieren wird: wenn ich ihr von der Gewalt vorlese, die sich Luigi und Luisa gegenseitig antun – oder vielmehr, wie ich es ihr vorlesen werde: Luisa und *ich*.

58
Ein Kampf

*Rekonstruktion der Aufzeichnungen
des Luigi Calandrelli (19):*

Ich hatte vorgehabt, ihre Brustwarzen mit Küssen zu erregen und fest werden zu lassen. Doch waren sie zu meiner Überraschung schon jetzt groß und aufgerichtet, ganz so, als würden sie meine Lippen bereits erwarten – ein Anblick, dem ich nicht widerstehen konnte. Mit beiden Händen streichelte ich ihre Brust, während mein Mund in einem langen Kuß die Brustwarze umschloß. Luisa – vielleicht dem Verlangen ihrer Haut folgend, vielleicht auch beschämt, daß ihr Körper an ihrem Widerstand Verrat beging – bewegte ihre Brust abwechselnd von meinem Mund weg und dann wieder zu ihm hin. Ich umarmte sie und preßte ihren Körper an mich. Eine Weile küßte ich ihre Brust, dann wanderte ich mit den Lippen langsam den Hals entlang auf ihren Mund zu. Wieder bewegte sie sanft ihren Körper; doch schien mir, als suchte sie nur eine Möglichkeit, sich von mir wegzudrehen, ohne meinen Ärger zu erregen. Jedenfalls lag sie danach mit abgewandtem Gesicht, so daß mein Mund, statt den ihren küssen zu können, nun an ihrem Ohr zu liegen kam. Schon wollte ich zur Peitsche greifen, als mir ein Gedanke kam.

»Gut, Luisa«, sagte ich, »du möchtest jetzt nicht küssen, weil du etwas sagen willst, nicht wahr? Sag mir: was fühlst du? Nun?«

Mit diesen Worten fuhr ich langsam mit der Hand über ihre Schulter, wo ich sie für einige Augenblicke beließ, bevor ich sie ihr auf die Brust legte. Ich spürte, wie sie mit sich kämpfte. »Deine Hand«, sagte sie schließlich leise, »auf meiner Brust – sie drückt – streichelt ... zwei Finger – die Brustwarze ...«

»Weiter, Luisa«, drängte ich, während ich mich an sie schmiegte, »was ist mit ihr? Ist sie weich? Oder fest?«

»Fest – ganz fest ...«

»Das heißt, sie genießt es, nicht wahr? Sie will doch, daß ich sie streichle, oder nicht?«

»Ein - ein bißchen«, sagte sie zögernd.

»Nur ein bißchen?« fragte ich mit gespieltem Erstaunen. »Vielleicht hat sie genug, oder? Na gut, dann gehen wir halt - spazieren ... Und wohin? Sag es! Nun?«

»Die Hand - der Bauch - es kitzelt - die Haare - jetzt ...«

»Aber Luisa«, sagte ich vorwurfsvoll, »was machst du denn. Deine Schenkel - du preßt sie zusammen, als wollte dir jemand Böses tun. Muß ich dir erst weh tun?«

Ich hatte die Peitsche in die Hand genommen und damit sanft ihre Haut berührt, als sie in ein krampfartiges Weinen ausbrach.

»Bitte, Luigi«, sagte sie schluchzend, »tu's nicht. Ich -«

Doch hatte sie während ihrer Worte begonnen, die Beine ein wenig zu spreizen, so daß ich für einen Augenblick nicht wußte, was ich tun sollte. Dann, in einem plötzlichen Entschluß, drehte ich mit der linken Hand ihren Kopf zu mir und unterbrach ihren Satz, indem ich meinen Mund auf ihre Lippen preßte. Die rechte Hand aber legte ich vorsichtig auf ihre Scheide.

Sie war so naß, daß ich fast erschrak.

»Luisa«, flüsterte ich, während meine Finger die Spalte zwischen den Schamlippen entlangfuhren, »du hast mich belogen. Dein Körper ist ganz begierig, und du hast es verschwiegen! Ungehorsame, eigentlich müßte ich dich peitschen. Aber ich will dir vergeben - wenn du mir sagst, wonach sich dein Körper jetzt sehnt. Denke dran: wehe dir, wenn du lügst!«

Ich hatte erwartet, daß sie fortfahren würde zu weinen, daß sie mich vielleicht noch einmal bitten würde, einzuhalten. Statt dessen hörte sie auf zu schluchzen und sagte mit leiser, aber fester Stimme: »Luigi - ich möchte, daß du meine Scheide küßt. Ich will deine Zunge in mir spüren, ganz tief. Küsse mich!«

So sehr mich ihr Wunsch überraschte, so beeilte ich mich doch, ihm zu folgen. Küssend fuhr ich mit dem Mund ihren Körper entlang, nicht ohne den Brüsten noch einen Besuch abzustatten. Dann, den Bauch hinab, endlich ein Kuß - fast schon ein Biß - in das Büschel ihrer Schamhaare. Sie hatte die Beine wieder zusammengepreßt, nahm sie aber jetzt ein wenig auseinander. Ganz sachte fuhr ich mit der Zunge über den nassen, warmen Spalt, umschlang dann mit beiden Händen ihre Hüfte. In einem plötzlichen Begehren preßte ich meinen Mund zwischen ihre Schenkel, trank von dem überfließenden Saft, ließ meine Zunge bis an die Quelle dieses heißen salzigen Stromes vordringen.

Luisa stöhnte auf. Sie bewegte ihren Körper in leisen Wellen, im Gleichtakt mit dem Loslassen und Zupacken meiner Lippen. Weit, ganz weit öffnete ich meinen Mund und legte ihn auf ihre Scheide, als könnte ich ihren ganzen Körper in mich hineinsaugen. Dann wieder preßte ich die Schamlippen in einem sanften Biß zusammen, gerade so fest, daß sich meine Zunge noch dazwischendrängen konnte: auf der Suche nach jenem winzigen Hügel, von dem ich das vorige Mal gelernt hatte, wieviel Lust es ihr brachte, wenn ich ihn küßte.

Während so Zunge und Lippen ihren Weg suchten, hatte ich mich immer enger und begieriger an den Körper Luisas geschmiegt. Fast ohne daß ich es am Anfang bemerkt hätte, hatte sie begonnen, erst ihren Mund an mein Glied zu legen, und es dann sanft mit den Lippen zu umfassen. Als ich mir dessen bewußt wurde, hielt sie mein Glied schon in ihrem Mund gefangen, wo sie es saugend und mit der Zunge umspielend unwiderstehlich zu reizen begann.

Es war wie ein Wettkampf – als wäre jeder von uns bemüht gewesen, den andern als ersten zum Höhepunkt und zum Absturz zu bringen. Doch merkte ich schnell, daß ich ihren zielstrebigen Reizungen kaum noch längere Zeit würde Widerstand entgegensetzen können. Nicht mehr lange, und mit dem Lustgefühl würde schlagartig auch mein Verlangen seinen Gipfel und sein Ende haben – ich würde Luisa losbinden und dann gehen, wenn nicht gar die Flucht ergreifen ...

Luisa losbinden, schoß es mir durch den Kopf. Auf einmal begriff ich ihren plötzlichen Sinneswandel, erkannte, daß sie mich mit ihren Zärtlichkeiten gefangen, ja geradezu hypnotisiert hatte, und daß sie dabei war, mich zu überlisten.

Mit einem Ruck löste ich die Umarmung und drehte mich abrupt nach oben, so daß wir nun wieder Mund an Mund lagen. Noch ehe sie Zeit hatte, zu reagieren, hatte ich zur Peitsche gegriffen und fuhr ihr damit über die Haut.

»Luisa«, sagte ich, »hast du's gemerkt? Deine Scheide, sie verlangt nach mir, nicht wahr? Sag's mir!«

»Ja«, antwortete sie mit zitternder Stimme. »Sie möchte deine Lippen spüren, Luigi.«

»Aber Luisa«, sagte ich tadelnd, und strich ihr noch einmal mit der Peitsche über das Gesäß, »ich glaube, davon hat sie schon genug bekommen. Sicher möchte sie auch einmal das fühlen, was die Natur dem Mann dafür gegeben hat. Habe ich recht?«

»Bitte, Luigi, ich flehe dich an: tu es –«

Ich hatte sofort begonnen, sie mit aller Kraft die Peitsche spüren zu lassen. Nun stieß sie unterdrückte Schreie aus und wand sich verzweifelt, zerrte noch einmal wild an dem Gürtel, doch ohne Erfolg. Unter Stöhnen stieß sie hervor:

»Ja – tu es – tu es!«

Ich ließ die Peitsche ruhen, denn ich sah, daß Luisa sich ergeben hatte. Die Tränen quollen ihr aus den geschlossenen Augen. Auf dem Rücken liegend, die Beine gespreizt und leicht angewinkelt, schien sie mein Eindringen zu erwarten.

»Du willst es also?« fragte ich.

»Tu was du nicht lassen kannst«, antwortete sie nach einer Weile, »wenn dein Gewiss-–«

Wieder versetzte ich ihr mit ganzer Kraft einige Hiebe, so daß sie nicht dazu kam, den Satz zu beenden.

»Luisa«, sagte ich, und bemühte mich, zornig zu klingen. »Du sagst das, als wenn du es bloß widerwillig erduldest. Und dabei will es dein Körper doch selber! Also los jetzt, ich will hören, was du dir wünschst. Wird's bald?«

Sie antwortete nicht. »Ja«, stieß sie plötzlich hervor. »Ich will es – jetzt!«

»Siehst du, Luisa«, sagte ich mit wieder wachsender Erregung, »endlich ist es heraus. Komm!«

Mit diesen Worten umarmte ich sie; dann drehte ich mich auf den Rücken, so daß sie auf mir zu liegen kam.

»Du möchtest es«, flüsterte ich, »du möchtest mich in dir spüren. Also nimm dir, was du willst – los, nimm es dir!«

Als sie merkte, was ich von ihr verlangte, brach sie erneut in heftiges Weinen aus. Ich hielt sie umarmt, küßte ihr die Tränen von den Augen, merkte, wie sehr ich sie begehrte, und wie sehr es mich schmerzte, sie leiden zu sehen. Schon begann ich, meinen Griff zu lösen, erwartete ihre letzte flehentliche Bitte, bereit, es bei dem zu belassen, was ich ihr bis dahin schon angetan hatte. Spürte sie das Wanken meines Willens? Ihr Schluchzen ließ nach, hörte ganz auf; mit brüchiger Stimme begann sie zu sprechen.

»Luigi«, sagte sie, erst stockend, dann mit immer festerer Stimme, »ich warne dich. Wenn du jetzt weitermachst, wenn du es wagst, den letzten Schritt zu tun, dann, sage ich dir: ich werde mich rächen. Ich werde eine Gelegenheit finden, und dann wirst wieder du gefesselt und in meiner Gewalt sein. Und ich werde dich bis aufs Blut peitschen, ohne Erbarmen, und wenn du um Gnade winselst, dann werde ich dich noch wilder peitschen, bis dir die Sinne vergehen, bis meine Arme ...«

Ach, Luisa – du wolltest mir drohen ... dachtest du wirklich, deine Worte würden mich abschrecken? Luisa – Geliebte ...

Sie kam nicht dazu, ihre Drohung zu Ende zu sprechen. Voller Verlangen drückte ich sie, die immer noch auf mir lag, an mich, verschloß ihr den Mund mit einem Kuß. Sie antwortete, indem sie mich in die Unterlippe biß, so schmerzhaft, daß ich aufstöhnte und mit der Kraft der Verzweiflung die Peitsche auf ihrem Rücken niedergehen ließ. Sie biß, ich schlug, in einem kurzen erbitterten Kampf, der mir fast die Besinnung raubte, aber ihr nicht weniger. Sie ließ mit ihrem Biß nach, ohne meine Lippe ganz freizugeben, und versuchte, den Schlägen auszuweichen. Doch hielt ich sie mit dem linken Arm fest umklammert; als einzige Richtung für ihre Bewegungen blieb ihr nur diejenige, mit der sie ihre Scheide gegen mein aufgerichtetes Glied preßte. Schon hatte sie es halb in sich aufgenommen, als ich einen Widerstand fühlte: eine Enge, die sich dem weiteren Eindringen entgegenstellte. Sowie ich dies spürte, schlug ich noch einmal mit ganzer Kraft zu; der scharfe Ruck, mit dem ihre Hüfte meinem Körper entgegenzuckte, ließ den Widerstand brechen und mein Glied tief in ihre Scheide eindringen.

Für einen Augenblick ließ ich die Peitsche ruhen; sogleich verstärkte sich der Biß in meine Unterlippe, die Luisa während des ganzen Kampfes nicht losgelassen hatte. Selber fast außer mir vor Schmerz, schlug ich zu, so fest ich nur konnte, was sie bei jedem Hieb zusammenzucken und ihren Körper an meinen pressen ließ. Wenige Augenblicke kämpften wir so; schon fühlte ich meinen eigenen Höhepunkt herannahen, als ihre Scheide plötzlich in einer Welle von heftigen Kontraktionen mein Glied umschloß – jetzt – jetzt würden die Zuckungen meinen Samen ausfließen lassen – ich begriff, daß auch Luisa ihren Gipfel erreicht hatte. In diesem Augenblick biß sie wie wild auf meine Lippe, so daß ich noch ein letztes Mal mit verzweifelter Kraft zuschlug, ließ dann die

Peitsche, Luisa, mich selber los, spürte, wie mein Samen zuckend in ihren Leib floß.

Sie lag bewegungslos auf mir; mein Glied ruhte noch in ihrer Scheide. Aus ihren geschlossenen Augen tropften einzelne Tränen. Ich küßte ihre Lider, während ich die Schnalle des Gürtels löste. Sie reagierte nicht, drehte sich nicht weg, auch dann nicht, als sie losgebunden neben mir lag und ich ihre Handgelenke massierte.

Schließlich löste ich mich von ihrem Körper – und erschrak: Bauch und Oberschenkel waren voll Blut, bei mir noch mehr als bei ihr; auch das Bett war mit Blut befleckt. Nun verstand ich, was der Widerstand zu bedeuten gehabt hatte. Ich ergriff das am Bettrand liegende Tuch und wischte Luisa und mich selber ab; dann erhob ich mich und zog mich an. Luisa, ohne sich zu rühren, lag noch immer auf dem Rücken und hielt die Augen geschlossen. Doch half sie mir mit kaum merklichen Bewegungen, als ich ihr nacheinander das Mieder, die Unterhose und das Kleid wieder über den Körper streifte.

Diesmal, ich wußte es, würde es wirklich ein Abschied für immer sein. Was verspürte ich – Trauer? Nein: eher ein Gefühl von Unabänderlichkeit. Meldete sich die Stimme des Gewissens? Auch das nicht – zu meinem eigenen Erstaunen. Eher fühlte ich eine Art nachträglicher Entschlossenheit, ein Trotz, der über das Vorgefallene keine Reue aufkommen lassen wollte. Ja, ich verspürte, für mich selbst unbegreiflich, geradezu ein Gefühl der Erleichterung. Nur eines hätte ich mir in diesem Moment gewünscht: Luisa noch für Stunden im Arm halten zu dürfen.

Noch einmal betrachtete ich sie, streichelte sie mit meinen Blicken, bat sie in Gedanken um Vergebung für das Angetane. Schließlich trat ich ans Bett und beugte mich zu ihr hinunter, küßte sie auf den Mund, den sie mir nicht entzog.

Ich stand auf, ergriff meine Werkzeugtasche und ging zur Tür. Ohne mich noch einmal umzudrehen, schloß ich auf und verließ, die Tür leise hinter mir zuziehend, das Zimmer. Mit einer Gefaßtheit, die mich selbst überraschte, ging ich durch die Gänge und verließ das Haus, nickte auch Luisas Bruder zu, der an der Pförtnerloge stand und sich mit einem Geistlichen unterhielt.

Dieser Tag war das Ende meiner Kindheit.

59
Nie und nimmer

Meldungen aus den »Berlinischen Nachrichten«:

Krakau, 29. August 1869. [Die Kloster-Affäre.] Die Oberin des Carmeliterinnen-Klosters und deren Stellvertreterin sind in Folge gerichtlichen Beschlusses auf freien Fuß gesetzt.

Paris, 30. August 1869. [Napoleon.] Unser Correspondent schreibt uns: Der Kaiser ist auf dem Wege der Besserung begriffen, d.h. die augenblickliche Verschlimmerung seiner Prostatitis ist wieder vorübergegangen, eine chirurgische Operation nicht nötig geworden und das immer drohende Entstehen einer Peritonitis wieder einmal vermieden. Das hindert jedoch nicht, daß Dr. Corvisart gar nicht von St. Cloud wegkommt und Nelaton und Fauvel mindestens alle 2 Tage herüberfahren.

Köln, 14. September 1869. [Hirtenbrief.] Die »Köln. Ztg.« veröffentlicht einen sehr umfangreichen Hirtenbrief der in Fulda versammelt gewesenen Bischöfe in Bezug auf das Concil in Rom. Wir geben im Folgenden einige der prägnantesten Stellen:

»Nie und nimmer kann ein allgemeines Concil eine Lehre aussprechen, welche in der H. Schrift oder der apostolischen Überlieferung nicht enthalten ist; wie denn überhaupt die Kirche, wenn sie in Glaubenssachen einen Ausspruch tut, nicht neue Lehren verkündigt, sondern die alte und ursprüngliche Wahrheit in klarerer Licht stellt und gegen neuere Irrtümer schützt. Nie und nimmer wird und kann ein allgemeines Concil Lehren verkünden, welche mit den Grundsätzen der Gerechtigkeit, mit dem Rechte des Staates und seiner Obrigkeit, mit der Gesittung und mit den wahren Interessen der Wissenschaft oder mit der rechtmäßigen Freiheit und dem Wohle der Völker im Widerspruch stehen.«

Berlin, 17. September 1869. [Der Papst und das Concil, von Janus. I.] Diese kraftvolle, jüngst erschienene Schrift ist die erweiterte Neubearbeitung einer Reihe von Artikeln aus der »Augsb. Allg. Ztg.«. Sie zeigt in aller Deutlichkeit, daß die Lehre von der päpstlichen Unfehlbarkeit zwar den Glauben lästert und den gesunden Menschenverstand verspottet, aber aus Sicht der päpstlichen Machtpolitik ebenso logisch und konsequent, wie für den inneren Frieden der Staaten gefährlich ist. Dafür reicht schon der Anspruch der Kirche, daß ihr zur Durchführung ihrer Gebote außer der moralischen noch immer die physische ebenso wie die politische Gewalt zukomme. Schon jetzt steht fest, daß von den Sätzen des unseligen Syllabus auch die Lieblingstheorie der Päpste, wonach die Fürsten und Obrigkeiten bei Strafe des Bannes der Kirchengewalt zur Vollstreckung ihrer Urteile den Arm leihen müssen, dem Concil zur Annahme unterbreitet wird. Folgerichtig wäre dann auch, meinen die Janus-Verfasser, die Inquisition nicht nur als in früheren Zeiten gerechtfertigt zu betrachten, sondern bei dem großen Unglauben der heutigen Zeit sogar erneut einzuführen. In der Tat hat kürzlich die *Civiltà cattolica* die Inquisition ein »erhabenes Beispiel socialer Vollkommenheit« genannt *(un sublime spectacolo della perfezione sociale).* Und daß in jüngster Zeit rasch hintereinander mehrere der übelsten Schlächter und Mordbrenner der spanischen Inquisition selig gesprochen wurden, ist ebenso abstoßend wie für den römischen Geist kennzeichnend.

Vom Salzsee, 17. September 1869. [Polygamie.] Aus der Stadt am Salzsee trifft die Nachricht ein, daß die Heiligen der letzten Tage die Frage erörtern, ob die Polygamie abgeschafft werden soll. David Smith, der Sohn des Gründers der Secte, Joe Smith, hat in letzter Zeit vielfach in seinen Predigten gegen die Vielweiberei geredet, und sogar Brigham Young, der gegenwärtige Prophet, der nach seinen eigenen Angaben die Macht nur in Händen hält, um sie David Smith zu überliefern, soll geäußert haben, es sei nicht unwahrscheinlich, daß eine neue Offenbarung erteilt werde, welche die Vielweiberei abschaffe.

Berlin, 18. September 1869. [Papst und Concil. II.] Betrachten wir weiterhin die Pläne des Concils, die Sätze des *Syllabus* in positive Kirchengesetze umzuwandeln. Es ist nicht übertrieben zu sagen, daß der Syllabus fast alles ablehnt, was heut allgemein als Grundlage eines friedlichen Zusammenlebens in der modernen Gesellschaft anerkannt wird. So verurteilt er (Satz 77-79) die Anschauung von der Freiheit des Gewissens und des religiösen Bekenntnisses. Die Freiheit des Gottesdienstes erzeugt nach dem Syllabus Sittenlosigkeit und die Pest des Indifferentismus. Ob daraus die Pflicht der protestantischen Staaten abzuleiten ist, den Katholiken die freie Glaubensausübung zu untersagen, vergißt der Syllabus allerdings mitzuteilen.

Dafür verwirft er entschieden (Satz 80) die Ansicht, daß der Papst sich jemals mit dem Fortschritt, dem Liberalismus und der modernen Civilisation versöhnen werde. Und in der Tat: wie schon Innozenz III. 1215 die Magna Charta für null und nichtig erklärte und ihre Verfasser mit dem Bannfluch belegte, so kämpfte und kämpft die Kirche auch heute gegen jegliche Verfassung, die den Bürgern das Recht einräumt, über ihr eigenes Geschick mitzubestimmen.

Gegen die belgische Verfassung von 1832, welche doch von allen Seiten als ein wahrer Segen des Landes bezeichnet wird, erließ Gregor XVI. seine berühmte, jetzt von Pius IX. bestätigte Encyclica, worin die Gewissensfreiheit eine wahnsinnige Absurdität, die Pressefreiheit ein pestartiger Irrwahn genannt wird. Und mit einer Dreistigkeit sondergleichen hat Pius IX. im Juni 1868 das österreichische Staatsgrundgesetz nicht nur in einzelnen kirchenfeindlichen Sätzen verurteilt, sondern gleich in seiner Gesamtheit für »immerdar ungültig« erklärt. Bedenkt man, daß dieser weltfremde Despot nunmehr der ganzen katholischen Kirche das Schandmal einer für alle Zeiten erklärten päpstlichen Unfehlbarkeit aufdrücken will, dann kann man für die katholischen Mitchristen und Mitbürger nur tiefes Mitgefühl empfinden.

Berlin, 21. September 1869. [Universitäten.] Während des jüngsten Winterhalbjahres zählten die 9 preußischen Universitäten 790 Lehrer (davon 408 ordentliche Professoren) und 7406 immatrikulierte Studenten, davon die meisten in Berlin (2258), gefolgt von Breslau (880), Bonn (875) und Halle mit 838 Studenten.

60
Eine Geburt

Wenn jemand behauptet, es könne kein Grund dafür vorgebracht werden, daß Christus die Ehe zur Würdigung eines Sakramentes erhoben habe – der sei verflucht.

Pius IX., Syllabus errorum

Tagebuch des Heinrich Wilhelm Lehmann:
Paris. Freitag, 11. März 1870

Ja, es war schrecklich.

Es war schrecklich, unerträglich – für mich, für Francesca ... und doch bin ich froh.

Froh, daß wir es hinter uns haben, froh auch, daß wir beide, Francesca und ich, uns in diesen Abgrund gewagt haben – daß wir ihn gemeinsam überstanden haben.

Hinterher kam mir für einen Augenblick der Gedanke: ob so eine Geburt ist? Es schmerzt entsetzlich, aber es muß heraus – und danach, wenn es gut geht, ist die Welt anders.

Als ich kam, saß Francesca schon im Zimmer. Sie trug ein weißes Kleid, wie zu einer Hochzeit oder einer Taufe. Das Notizbuch lag auf dem Tisch, auf dem Platz, wo ich immer sitze.

Ich schlug es auf, blätterte etwas herum, blätterte zu weit – wie ich mir einreden wollte, um etwas suchen, in Wirklichkeit aber, um das Anfangen noch ein wenig hinauszögern zu können. Und dann – schlage ich genau die Stelle auf, bis zu der ich gestern gekommen war.

Francesca saß da, mit derselben ungeheuren Anspannung und Selbstüberwindung wie immer, nur noch grimmiger, noch konzentrierter, noch drohender. Auf ihrer Stirn stand eine tiefe Falte. Sie biß sich auf die Lippen, wirkte wie ein gefangenes Raubtier in einem engen Käfig.

Ich begann mit der Stelle, wo Luigi eintritt und Luisa sich

gerade mit ihrem Bruder unterhält. Zum ersten Mal hatte ich den Eindruck, daß Francesca alles das selber als unwichtig empfand, daß sie sich gewünscht hätte, ich würde schneller zu dem kommen, wovor sie sich gleichzeitig fürchtete – und ich mich auch.

Mehrere Male überlegte ich, ob ich noch einen Versuch unternehmen sollte, sie zu täuschen. Aber ich sah davon ab. Einen solchen Versuch hätte ich vorbereiten müssen – was ich aber, seit sie das Notizbuch jedesmal nach dem Vorlesen einsteckt, nicht mehr kann.

Schließlich die Stelle, wo Luisa aufwacht, und wo sie Luigi – »mich« – mit Gürtel und Peitsche vor sich stehen sieht. Wo sie »mich« zum zweiten Mal fesselt, und in einem Anfall von Zorn fürs erste alle Lust und Erregung aus »mir« herauspeitscht.

Francesca, als ich es las, zuckte zusammen, als würde sie die Schmerzen am eigenen Körper verspüren.

Dann, der Kampf um Luigis Gedanken. Wo Luisa ihn zwingt – »mich« zwingt – zu gestehen, was »ich« doch nicht wollte: wo sie »mir« mit der Peitsche erst das Verlangen einbrennt, sie zu überwältigen. Schon an dieser Stelle war mir, als kämpfte Francesca – die Hände vorm Gesicht – mit den Tränen.

Als ich Luigis Überlegungen über Schuldgefühl und Verlangen vorlas, über Fessel und Ausgeliefertsein, die Lust an dem, was er das »Geheimnis des gerade noch erträglichen Schmerzes« nannte – da hatte ich den Eindruck, als ob sie nicht nur entspannter würde, sondern fast ruhig, oder doch nachdenklich. Während des Lesens dieser Seiten spürte ich auch für mich etwas Neues. Es war ja für mich nicht anders als für Francesca das erste Mal, daß ich diese Gedanken laut ausgesprochen hörte. Jetzt, beim lauten Lesen, verloren sie den Charakter des Befremdlichen, den sie bis dahin gehabt hatten, erschienen mehr und mehr geradezu heiter und beruhigend. Zum erstenmal, seitdem ich angefangen hatte, von Luigis erotischen Erlebnissen vorzulesen, schämte ich mich nicht für das »Ich«, mit dem ich von alledem berichtete. Schön, dachte ich während des Lesens, wenn man so mit seiner Liebsten sprechen kann – es gibt dann wahrhaftig nichts mehr, wovor man Angst haben müßte, es auszusprechen. Ich warf einen Seitenblick auf Francesca – sah, daß sich zum erstenmal während dieser Stunden ihre zusammengekauerte Haltung gelöst hatte. Für einen Moment trafen sich unsere Blicke; sie sah mich erstaunt, beinahe neugierig an – schnell blickte ich zurück in den Text und suchte die Zeile, die ich verloren hatte.

Aber ich wußte – und Francesca spürte es –, daß wir noch nicht fertig waren. Als wollte sie sich schützen – vor mir, meinen Blicken, meinen Gedanken –, kauerte sie sich wieder zusammen: in ihrem weißen Kleid, die Beine im Schneidersitz gekreuzt, das Gesicht in den Händen vergraben – als wartete sie auf ein Urteil, das über sie gesprochen werden sollte.

Von dem Moment an, wo Luigi den Gürtel über Luisas Hände schiebt – wo »ich« ihn ihr über die Hände schiebe – merkte ich, daß Francesca zitterte.

Von nun an ritt mich der Teufel.

Ich wagte nicht, zu ihr hinüberzusehen. Aber ich spürte ihren Haß – wenn nicht auf Luigi, so jedenfalls auf mich, der stellvertretend für ihn von seiner Untat berichtete.

Ich hatte vorgehabt, die Brustwarzen mit Küssen zu erregen und fest werden zu lassen.

Und ich spürte, daß ich mit diesem »Ich« dabei war, das Verbrechen Luigis auf mich zu nehmen.

»Deine Schenkel – du preßt sie zusammen, als wollte dir jemand Böses tun.«

Francesca saß da wie versteinert, schien kaum zu atmen. Ich mußte mich selber zwingen, weiterzulesen – statt ihr zu Füßen zu fallen und sie für Luigi und mich um Vergebung zu bitten.

»Luisa«, flüsterte ich, »du hast mich belogen.«

Schamerfüllt warf ich beim Umblättern einen verstohlenen Blick auf Francesca. Sie hatte die Hände zu Fäusten geballt und preßte sie gegen ihre Stirn.

In einem plötzlichen Begehren preßte ich meinen Mund zwischen ihre Schenkel, trank von dem überfließenden Saft.

Wieder hatte sie das Gesicht in beide Hände vergraben. Kaum merklich wiegte sie ihren Körper hin und her – als empfände sie einen unerträglichen Schmerz.

»Du möchtest es«, flüsterte ich.

Francesca biß sich in die Hand, so heftig, daß ich glaubte,

selber den Schmerz zu verspüren. Ich merkte, wie meine Stimme heiser wurde, aber nicht vor Anstrengung, sondern vor Scham: darüber, daß ich die Qual Francescas nicht nur verursachte, sondern auch mitansehen mußte.

Sie biß, ich schlug, in einem kurzen verzweifelten Kampf.

Francesca stöhnte auf. »Nein«, flüsterte sie, »Nein!«

Die Tränen liefen ihr aus den Augen; es war ihr anzumerken, daß sie nur mit größter Mühe ihre Beherrschung bewahrte. Ich legte das Notizbuch auf den Tisch und ergriff ihre Hand.

»Francesca«, sagte ich, »Liebes – hören wir auf!«

Sie schob meine Hand weg, schlug sie geradezu beiseite, stieß mit seltsam rauher Stimme hervor:

»Lies – lies!«

Erneut preßte sie ihre Hände vors Gesicht. Als sie, wie es schien, etwas ruhiger geworden war, griff ich wieder zum Notizbuch und las weiter.

Schon hatte sie es halb in sich aufgenommen, als ich einen Widerstand fühlte.

Ich sah zu ihr hinüber: schon in diesem Augenblick hätte ich aufhören müssen. Sie gab sich kaum noch Mühe, ihr Schluchzen zu unterdrücken. Ich wußte, es ging längst über ihre Kräfte – ich hätte dieses Buch, diese Worte verschließen, verbrennen müssen, spürte, daß jetzt, in diesem Augenblick, auch in ihr etwas zerbrach.

Ich ließ die Peitsche, Luisa, mich selber los, spürte, wie mein Samen zuckend in ihren Leib floß.

Es mehr, als wir beide aushalten konnten. Francesca stöhnte laut auf, dann wurde sie von einem heftigen Schluchzen geschüttelt. Auf ihrem Kleid waren rote Flecken; ihre Hand blutete, so wild hatte sie in dem Bemühen, nicht die Beherrschung zu verlieren, hineingebissen.

Ich kniete mich vor sie und legte die Arme um sie, nun schlug sie ihre Fäuste abwechselnd sich selber und mir gegen die Brust, und ich war froh über jeden Schlag, den ich abbekam.

Ganz plötzlich wurde sie ruhig. Ihre Fäuste lagen noch auf meinen Schultern, sie öffnete sie, ließ aber die Hände noch einen Augenblick liegen. Als käme sie nach einem schlimmen Traum zu sich, schob mich zur Seite, nahm das Notizbuch vom Tisch und ging hinaus.

Am Abend – Emilia war noch nicht aus der Stadt zurückgekommen – machte ich mir in der Küche etwas zu essen. Gerade hatte ich mir ein Brot zubereitet, da kam Francesca.

»Nanu«, fragte sie, »nichts für mich da?«

»Doch«, sagte ich und reichte ihr das Brot. »Extra für dich gemacht.«

Und als ich mir ein neues Brot mit einem Stück Käse belegen wollte, sagte sie:

»Enrico, bevor du anfängst – bitte sei doch so gut, und bring mir einmal die Hefte mit Luigis Aufzeichnungen.«

Ohne zu wissen, was sie wollte, ging ich in mein Zimmer und holte die beiden Notizbücher aus der Jackentasche: eines davon, noch in Rom angefangen, zur Hälfte aus meinem eigenen Tagebuch bestehend, und das zweite, das ich in Berlin begonnen hatte, und in dem sich die restlichen zwei Drittel von Luigis Aufzeichnungen befanden.

Zurück in der Küche, reichte ich Francesca die Notizbücher. Sie nahm sie mir aus der Hand und blätterte sie durch.

»Dein Tagebuch?« fragte sie, und zeigte auf den Anfang des ersten Heftes.

Ich nickte. Sie griff sie zu einem Messer und trennte den Teil mit den Aufzeichnungen Luigis heraus. Diesen nahm sie an sich, ebenso das zweite Notizbuch; den Rest mit meinen Tagebucheintragungen gab sie mir zurück.

»So«, sagte sie, »das hätten wir. Du glaubst doch nicht etwa, daß du diese Sachen auch noch Luisa vorlesen wirst.«

»Aber Francesca,« protestierte ich, mehr verwundert als verärgert, »warum –«

»Warum? Kannst du dir das nicht denken?«

Ich sah sie verständnislos an.

»Enrico, mein seltsamer Bruder – manchmal bist du reichlich schwer von Begriff. Hast du es tatsächlich noch nicht gemerkt?«

»Nein«, sagte ich verwirrt, »was denn?«

»Bist halt ein Dummkopf, aber ein lieber. Geht dir immer noch kein Licht auf? Wer wohl hier im Haus die wirkliche Donati-Tochter ist?«

Sie nahm das Brot und die Aufzeichnungen und ging hinauf in ihr Zimmer.

61
Lebendig begraben

*Rekonstruktion der Aufzeichnungen
des Luigi Calandrelli (20):*

Als ich mich am nächsten Morgen unten im Schacht einfand, stand neben Catino nicht der alte Schließer, sondern Meister Cornelius. Der Alte, so teilte er mir mit, sei erkrankt; um die Arbeiten nicht weiter in Verzug geraten zu lassen, werde Catino mich die nächsten Tage allein beaufsichtigen. Er persönlich habe den Eindruck, so fügte Cornelius halb im Spaß, halb im Ernst hinzu, als würden in letzter Zeit die alten Regeln immer stärker aufgeweicht, und zwar mehr als ihnen guttäte. Doch sei er zumindest bei Catino und mir überzeugt, daß wir uns nicht zu einer Verschwörung zusammenfinden würden; zudem hielte er selbst sich heute gleichfalls in dem alten Gang auf, wenn auch an einer anderen Stelle, und würde daher gelegentlich bei uns nach dem Rechten sehen.

Wir brachen auf, und Meister Cornelius begleitete uns. Von diesem Tag an würde ich auf der rechten Seite des alten Ganges arbeiten, beginnend mit der hintersten Kammer, vor deren Tür noch die Werkbank stand. Mit sorgenvoller Miene inspizierte Cornelius das Gewölbe; noch einmal ermahnte er mich, jede heftige Erschütterung des Mauerwerkes zu unterlassen. Dann verabschiedete er sich.

Catino stellte seinen Stuhl in der üblichen Entfernung von meinem Arbeitsplatz auf, wobei er mit dem Fuß beiläufig einige Scherben zur Seite schob: wohl die Reste der Weinflasche, mit der er mich angegriffen hatte. Nachdenklich blickte er auf die Glasstücke, dann auf das Mauerwerk des Ganges. Zuletzt sah er blinzelnd in die schwache Lampe, die den kleinen Gang notdürftig erleuchtete. Ich folgte seinen Blicken. Zwar hatte ich das unklare Gefühl, als hätte sich irgend etwas in dem Gang verändert, konnte aber nichts Auffälliges entdecken. Schließlich erklärte ich mir die Unruhe ganz einfach mit dem Fehlen des zweiten Aufsehers, stellte meine Werkzeugtasche an die letzte Tür des Ganges und begann mit der Arbeit. Daß Catino kein Wort mit mir wechselte, versteht sich.

Während ich mit den Schlössern gut vorankam, erschien mir das Verhalten Catinos immer seltsamer. In unregelmäßigen Abständen erhob er sich und spazierte im Gang auf und ab, manchmal so weit, daß ich ihn, da das Licht der Lampe nur wenige Meter weit reichte, nicht mehr sehen konnte – mit Sicherheit aber er mich. Gelegentlich sah ich ihn mit den Fingern über die Fugen des alten Mauerwerkes streichen, was jedesmal das Herausrieseln von kleinen Kieseln und sandig gewordenem Mörtel zur Folge hatte. Hin und wieder stand er, fast schon außerhalb der Reichweite des schwachen Lichtes, unbewegt irgendwo im Gang und streckte die Hände an die Decke des Gewölbes. Doch war es nur Zufall, daß es mir überhaupt auffiel: nämlich in einem der Winkelspiegel, die zu klein waren, als daß Catino sie bemerkt oder an sie gedacht hätte. Sobald ich zu ihm hinüberblickte, nahm er die Hände herunter, so daß mir seine Aktivitäten zunehmend unheimlich wurden.

Das Frühstück nahmen wir getrennt ein, jeder vom andern mehr als zehn Meter entfernt. Mittendrin stattete uns Meister Cornelius einen kurzen Besuch ab. Er wechselte einige Worte mit Catino, dann kam er zu mir. Dem Kardinal, so teilte er mir in leisen Worten mit, gehe es unverändert, also eher schlecht, doch lasse er mich ausdrücklich grüßen und wünsche meiner Arbeit gutes Gelingen; ich solle ihn nicht vergessen.

Noch einmal blickte sich der alte Meister um, dann ging er zurück zum andern Teil des Ganges, wo er, wie er sagte, »gefährliche, aber im Grunde unnötige Arbeiten« zu leiten hatte. »Zum Glück«, so seine letzten Worte, »läuft es wenigstens bei euch halbwegs ohne Probleme. Wie ich sehe, beißt ihr euch nicht, und die Arbeit geht auch vorwärts – na, gehabt euch wohl, wir sehen uns spätestens zum Feierabend.«

Ich packte die Wasserflasche und die Reste des Frühstücks zurück in meine Tasche und machte mich wieder an die Arbeit. Catino blieb noch eine Weile auf seinem Stuhl sitzen, dann stand er auf und spazierte im Gang hin und her.

Es war ungefähr eine Stunde später. Beide Schlösser der Tür lagen ausgebaut auf meiner Werkbank. Catino war auf einer seiner Wanderungen, aber diesmal so weit, daß ich nicht einmal seine Schritte hören konnte. Ich überlegte, ob ich es riskieren könnte, einen Schraubenzieher in die Kammer zu werfen, um dann unter dem Vorwand, das Werkzeug zurückholen zu wollen, einen Blick ins Innere zu riskieren.

Schon stand ich an der Kammertür, in der einen Hand die Winkelspiegel, in der anderen wurfbereit einen kleinen Schraubenzieher, als ich im Augenwinkel eine Bewegung wahrnahm. Ich sah in den Gang und stellte zu meinem Erstaunen fest, daß sich die Signalleine, die genau vor meiner Nase endete, straffte. Fast im selben Moment erkannte ich, was mir am Morgen das Gefühl gegeben hatte, etwas habe sich verändert: die Bögen der Leine zwischen den einzelnen Ösen waren weitaus flacher gewesen als vorher; offenbar hatte schon jemand ausprobiert, ob sich die Leine überhaupt noch durch die Ösen ziehen ließ. Aber zu welchem Zweck?

Ich kam nicht dazu, der Sache auf den Grund zu gehen. Die Leine spannte sich; offenbar wurde anderswo mit Kraft daran gezogen. Plötzlich löste sich der Stein, an dessen Öse die Leine endete, aus dem Gewölbe, pendelte kurz, in der nächsten Öse hängend, hin und her, bis sich auch deren Stein löste und herabstürzte, wobei er genau auf die Öllampe fiel und diese umwarf.

Was folgte, spielte sich in wenigen Sekunden ab. Ich konnte es allerdings nur noch hören, spüren oder ahnen, denn mit dem Umstürzen der Öllampe war es pechschwarz um mich herum geworden. Offenbar fielen in einer um sich greifenden Kettenreaktion zunächst die benachbarten Steine aus der Decke des Gewölbes, dann brach in einem längeren Stück des Ganges das ganze Gewölbe zusammen.

In einer reflexartigen Reaktion sprang ich in die offenstehende Kammer, wo ich mich an die Wand preßte und mein Ende erwartete. Doch hielten die Wände der Kammer stand. Was mich dennoch in diesen Augenblicken fast umgebracht hätte, war eine Wolke von dichtestem Staub, der mich bei den ersten Atemzügen fast ersticken ließ. Ich versuchte, den schrecklichen Hustenreiz zu unterdrücken, während ich mir die Jacke vom Körper riß, den Stoff vor den Mund drückte und mich in der entferntesten Ecke der Kammer fallenließ. Hier rang ich im wörtlichen Sinne nach Luft, mühsam durch den Stoff hindurch ein wenig davon einsaugend, immer noch vermischt mit mehr als genug Staub, der das bißchen Luft in Hustenkrämpfen wieder aus mir heraustrieb.

Ich war halb ohnmächtig; doch zwang ich mich nach einigen Minuten dazu, aufzustehen. Denn ich sagte mir, daß sich der Staub inzwischen etwas gesetzt haben mußte, so daß die Chance, reinere Luft zu atmen, in den höheren Teilen des Raumes größer sein mußte. Tatsächlich fiel mir das Atmen zunehmend leichter, und nach Minuten höchster Atemnot wurde mir nun erst das Wichtigste bewußt: ich war noch am Leben.

Ich lebte! Das allein war in diesem Augenblick schon Grund zum Jubel. Zwar hatte ich mitten im Sprung einige fallende Steine abbekommen; an meinem Hinterkopf tastete ich eine mächtige Beule, und mein linker Oberarm fühlte sich taub an. Alles andere war offenbar heil und vorhanden; auch die Luft wurde von Minute zu Minute besser.

Während ich noch dabei war, meine Gedanken zu ordnen, war mir, als hörte ich Geräusche, und zwar in nicht allzu weiter Entfernung. Ob die Retter …? Unsinn – völlig unmöglich angesichts der Massen von Steinen, Geröll und Erde, die jetzt zwischen mir und dem Ausgang liegen mußten. Also – Catino? In der Tat: was war mit ihm? Wo war er eigentlich gewesen, als die Leine anfing, sich zu spannen? Oder sollte gar er …?

Es war tatsächlich ein schwaches Rufen, oder vielmehr ein lauteres Stöhnen, das da in der Dunkelheit an mein Ohr drang. »Luigi«, hörte ich eine Stimme, »lebst du? Antworte – so antworte doch!«

»Catino«, rief ich, »ich lebe! Hier in der Kammer, unverletzt. Es geht mir gut!«

»Gott sei gelobt … Luigi, mich hat's erwischt – ich war – ich wollte …«

Offenbar war er verletzt; schon bei den wenigen Sätzen war seine Stimme schwächer und schwächer geworden.

»Ruhig, Catino!« rief ich, »schone deine Kräfte! Halte durch, sie werden uns holen!«

Und so sehr ich ihn auch hätte hassen müssen – selbst um meine besten Freunde habe ich kaum jemals so sehr gebangt wie von diesem Moment an um Catino, der mir soeben nach dem Leben getrachtet hatte. Oder doch nicht?

Er mochte mein Todfeind gewesen sein – aber gerade daß ich ihn jetzt in meiner Nähe wußte, machte mir schlagartig klar, was ich ohne ihn wäre: mutterseelenallein tief unter der Erde vergraben, und vielleicht oben auf der Erde nicht einmal jemand, der mein Überleben für möglich hielt.

»Catino«, rief ich noch einmal, »halte durch! Sie holen uns heraus, sie kommen uns holen ... Bleib ganz ruhig!«

Hatte er mich verstanden? Oder war er ganz einfach zu schwach oder zu schwer verletzt? Jedenfalls hörte ich in den nächsten Stunden außer gelegentlichem Stöhnen nichts mehr von ihm.

In die Freude, daß ich noch am Leben und halbwegs unversehrt war, mischte sich nun – die Angst. Die Erkenntnis, daß ich, obwohl scheinbar geschützt in einer gemauerten Kammer sitzend, dem Tod dennoch viel näher war als dem Leben, griff mir wie eine Klammer ums Herz. Denn was hatte ich, außer überlebt zu haben? Kein Licht, kein Wasser, keine Nahrung, und vor allem: keine Verbindung nach draußen.

Einen Augenblick lang wollte sich Wehleidigkeit meiner bemächtigen, mit der müßigen Frage, ob es nicht besser gewesen wäre, die Steine hätte mich erschlagen. Doch drängte ich diese Stimmung schnell beiseite: solange, sagte ich mir, der Tod nicht wirklich seine Hand nach mir ausstrecken würde – so lange würde ich ihn auch nicht fürchten.

In Gedanken machte ich Inventur. Was ich bei mir hatte, war dies: eine Zange in meiner Hosentasche, einen Satz Feilen, die im Gürtel steckten, dazu den kleinen Schraubenzieher und die Winkelspiegel, die ich während des Sprunges in die Kammer nicht losgelassen hatte; außerdem, wenn auch ziemlich zerdrückt, eine Schachtel mit wenigen Zündhölzern in meiner Hosentasche. Besser als nichts, aber jedenfalls nicht genug. Ich müßte versuchen – meine Werkzeugtasche ...

Das war's: die Tasche. Darin waren nicht nur meine restlichen Werkzeuge (auf die ich, so dachte ich, in dieser Situation gut hätte verzichten können), sondern auch noch etwas Essen. Und wenn die Tasche standgehalten hatte: auch die Wasserflasche und meine eigene Öllampe.

Die Werkzeugtasche! Wie oft hatte ich ihre klobige Form und ihre schweren eisernen Verstärkungen verflucht – jetzt erschienen mir gerade diese wie eine himmlische Verheißung. Wo hatte die Tasche gestanden? Gleich neben der Tür. Aber da lagen jetzt Steine, Schutt und Geröll ... trotzdem, ich mußte versuchen, an die Tasche herankommen.

Doch zunächst mußte ich mich orientieren. Die Frage war: konnte ich es mir leisten, ein Streichholz dafür opfern? Ich nahm die Schachtel zur Hand und zählte nach: ganze vier Stück fanden sich noch; davon war ein Streichholz dicht unter dem Zündkopf gebrochen, vielleicht also nicht mehr benutzbar. Im stillen verfluchte ich meine Nachlässigkeit – als hätte ich daran denken müssen, daß ich mich früher oder später in einem Kellerloch verschüttet finden würde. Aber es half nichts; bei meinen geringen Vorräten durfte ich kein einziges Streichholz verschwenden, nicht einmal einen abgebrochenen Zündholzkopf. Ich mußte sicherstellen, daß ich wenigstens für einige Minuten Licht haben würde – aber wie?

Es gab nur eine Möglichkeit: ich mußte mich der Bücher und Dokumente bedienen, von denen die Regale um mich herum überquollen. Also suchte ich, auf dem Boden tastend, einige Steine zusammen, die ich kreisförmig zu einer Art Feuerstätte zusammenlegte. Dann kroch ich zu einem der Regale, ergriff einen Band von mittlerer Größe und begann, einzelne Seiten herauszureißen. Einige Blätter legte ich in den Steinkreis, andere als Reserve daneben, und als ich glaubte, genug Feuermaterial zu haben, nahm ich ein Streichholz und zündete ein Blatt an – wie geheim und unersetzlich es auch sein mochte.

Die plötzliche Helligkeit blendete mich. Deutlich erkennen konnte ich im Grunde nur, daß die Blätter viel zu schnell verbrannten. So knüllte ich einige der bereitgelegten Blätter fest zusammen und legte sie auf die Flamme, die gerade erlöschen wollte. Das Knäuel fing Feuer und brannte tatsächlich langsamer als die losen Seiten. Sofort machte ich noch zwei ähnliche Knäuel und warf sie auf das erste; einige weitere legte ich neben die Feuerstätte. Nun erst konnte ich mich in meinem Refugium – oder sollte ich sagen, in meinem Gefängnis? – umsehen.

Die Kammer war in ihrem Innern etwas anders angeordnet als die übrigen Räume des Ganges. Bei diesen hatten die Regale in mehreren Reihen mitten im Raum gestanden, und die Wände waren frei gewesen. Hier nun waren die Regale ringsherum an den Wänden angeordnet, vielleicht, weil die Kammer noch kleiner war als die anderen. Das machte den Raum nicht größer, erleichterte mir aber Bewegung und Orientierung.

Die Tür war bis fast in Augenhöhe versperrt mit herabgestürzten Steinen, Geröll und Erdreich. Doch waren die Geröllmassen auch weit in die Kammer hineingedrungen, wo sie ungefähr ein Drittel des Raumes ausfüllten. Immerhin konnte ich, wenn ich um den Geröllberg herumging, den Rahmen der Tür erreichen. Hier, gar nicht weit entfernt, eigentlich nur um die Ecke, mußte die Tasche stehen. Allerdings war sie völlig verschüttet, und mit jedem Stein, den ich probeweise wegzog, rutschten zehn neue nach. Ich würde also, um an die Tasche herankommen zu können, systematischer vorgehen müssen.

So weit war ich mit meinen Überlegungen gekommen, als die Flamme schwächer wurde und ich schnell zur Feuerstelle zurückkehrte, um Brennmaterial nachzulegen. Ich mußte husten, was mir klarmachte, daß ich mir diese Art von Licht nicht lange würde leisten können. Die Blätter erzeugten beim Verbrennen so viel Qualm, daß mir die Augen zu brennen begannen. Aber auch die Größe der Flamme machte mir Sorgen. Ich wußte nicht, wie weit der Zusammenbruch des Gewölbes die Kammer von der äußeren Luftversorgung abgeschnitten hatte; es war zu befürchten, daß die Flamme den Sauerstoff in dem kleinen Raum gefährlich schnell aufzehren würde. Mehr als für wenige Minuten würde ich diese Lichtquelle also nicht in Betrieb halten können. So legte ich schnell noch ein größeres Knäuel aufs Feuer und fuhr mit der Inspektion der Kammer fort.

Ich erinnerte mich: zwischen der Tür und dem Ende des Ganges lag kaum mehr als ein Meter. Also würde, so hoffte ich, das Geröll nicht unbegrenzt nachrutschen können. Es müßte möglich sein, so viel von den Schuttmassen ins Innere der Kammer zu räumen, daß ich meine Werkzeugtasche würde erreichen können.

Inzwischen hatten die Flammen das aufgelegte Knäuel erfaßt. Es brannte wie beabsichtigt nur langsam an, aber der jetzt entstehende Rauch war so dicht, daß ich kaum atmen konnte. Mir blieb nichts übrig, als mir noch einmal die Räumlichkeiten einzuprägen, und dann schweren Herzens das qualmende Feuer mit einigen Handvoll Erde zu löschen. Immerhin hatte ich Hoffnung, an seiner Stelle bald eine richtige Lampe zu haben, die auch in der kleinen Kammer nur so viel Sauerstoff verbrauchen würde, daß es keine Gefahr für mich bedeutete.

Die pechschwarze Finsternis, die mich sogleich wieder umgab, erschien mir nun noch bedrückender und beängstigender. Um so entschlossener machte ich mich an die Arbeit. Ich begann damit, daß ich eines der Regale von der Rückwand der Kammer abrückte und quer in den Raum drehte: so teilte es den hinteren Bereich der Kammer in zwei Hälften. Auf diese Weise, so hoffte ich, konnte ich Steine und Geröll in die linke Hälfte schaffen, während die rechte weitgehend freibleiben würde.

Ich begann, vom Eingang her Steine in die abgetrennte Hälfte zu werfen. Dort fielen sie teils auf den Boden, teils prallten sie, mit sehr unterschiedlichen Geräuschen, an die Wand. Doch hatte ich schnell so viel Übung, daß ich die Steine nur nach Gehör jeweils dorthin werfen konnte, wo ich sie hinhaben wollte.

Meinem Gefühl nach dauerte es einige Stunden, bis die von außen nachrutschenden Stein- und Geröllmassen weniger wurden. Das lag auch daran, daß ich immer wieder längere Pausen einlegen mußte: weil jedes größere Nachrutschen des Gerölls mit einer heftigen Staubentwicklung verbunden war. Ich mußte dann jedesmal das Hemd vor den Mund halten und mich in die entfernteste Ecke der Kammer stellen, bis sich der Staub wieder gelegt hatte und freies Atmen möglich war – wobei es sich bewährte, daß ich den hinteren Teil des Raumes durch das quergestellte Regal abgeteilt hatte.

In diesen Pausen lauschte ich immer wieder, ob Geräusche von Catino durch die Finsternis drangen; wenn er noch am Leben war, mußte er mich ja hören. Aber trotz aller Aufmerksamkeit konnte ich nichts von ihm wahrnehmen. Ich versuchte mir einzureden, daß er sich vielleicht an meine Aufforderung hielt, sich zu schonen. Doch wurde diese Hoffnung immer geringer. Mehr und mehr breitete sich in mir das Gefühl aus, der einzige Mensch hier unten in der Finsternis zu sein: einsam und verlassen wie ein Wurm.

Wieder griff ich blind nach einem der Steine, oder vielmehr, ich wollte es tun, als meine Finger auf eine zwar feste und kantige, aber doch nicht harte Struktur trafen: es war eine Ecke der Tasche. Davon angespornt, wühlte ich mich wie ein Maulwurf weiter, immer wieder nach der Tasche tastend, in banger Sorge, was ich darin noch unzerstört finden würde. Schließlich war der Griff freigelegt, dann, nach Stunden weiterer Arbeit, konnte ich die Tasche ein kleines Stück bewegen. Ich warf, grub, wühlte, zerrte weiter. Endlich, mit ruckenden Bewegungen, ließ sie sich zwischen der Wand des Ganges und den verbliebenen Steinen ein wenig hochziehen, was mich erst recht zu wilder Anstrengung anspornte, ohne Rücksicht auf Wand und Steine, die mir die Hände zerkratzten und zerschnitten.

Noch bevor ich die Tasche vollständig freigelegt hatte, hörte ich etwas, das mich innehalten ließ. Es war, deutlich genug, ein Stöhnen. Also war er noch am Leben ...

»Catino«, rief ich erleichtert, »ich höre dich! Halte durch!«

»Luigi«, hörte ich ihn mit schwacher Stimme antworten, »mit mir – geht's – zu Ende. Vergib mir ...«

Dann noch einmal ein lautes Aufstöhnen, fast schon ein Schrei, danach – nichts mehr. Ich wartete eine Weile, rief, flehte ihn an, noch ein Wort zu sagen – nichts.

Von nun an, ich wußte es, war ich wirklich allein.

Aber da war noch die Tasche.

Als ich mir sicher war, daß ich von Catino nichts mehr hören würde, tastete ich wieder nach ihrem Handgriff. Mit einer heftigen Kraftanstrengung zog ich sie weiter nach oben, zog, zerrte, stieß mich, schnitt mich, bis plötzlich die Steine nachgaben. Mit einem Ruck hatte ich die Tasche in meiner Hand. Ich ergriff sie mit beiden Händen und wollte sie schnell ins Innere der Kammer heben, aber als ob die Steine, die sie umschlossen gehalten hatten, sie noch immer nicht hergeben wollten, stürzte ein ganzer Berg von Geröll der Tasche hinterher und stieß mich ins Innere der Kammer.

Ich versuchte, zurückzuspringen, trat aber auf einen am Boden liegenden Stein, so daß ich, die Tasche noch immer in den Händen, stolperte und stürzte. Ich fiel zu Boden, und als wäre sie mein eigentliches Leben, hielt ich die Tasche in die Höhe, so daß ich, ohne mich abstützen zu können, mit der Seite auf einen scharfkantigen Steinbrocken prallte. Es gab ein Geräusch wie von brechendem Holz, einen scharfen Stich in meiner Seite – aber sie, die Tasche, mein Leben, war noch immer in meinen Händen: heil und unversehrt. Und obwohl ich in der Seite einen heftigen Schmerz spürte, tastete ich erst den Boden auf Steine ab, bevor ich die Tasche vorsichtig hinstellte und mich zu erheben versuchte.

Offenbar hatte ich mir bei dem Sturz eine Rippe gebrochen. Nicht nur, daß mir die Seite schmerzte – jeder Atemzug verursachte mir zusätzlich ein scharfes Stechen, und zwar so heftig, daß ein tiefes Atmen unmöglich war. War dies das Opfer, das ich dafür zu entrichten hatte, daß ich dem Erdreich ein Stück von dem entrissen hatte, was ihm bereits gehörte? Fast schien es mir so, als ich unter Schmerzen und mit zitternden Fingern die Tasche öffnete und danach fühlte, wie es in ihrem Innern aussah.

Doch war der Gang, wenn ich an Catino dachte, mir gegenüber noch gnädig gewesen. Ich war zwar verletzt, und jeder Atemzug machte mir Beschwerden – aber der Inhalt der Tasche war ganz und gar unversehrt. Das Päckchen, das ich fürs Mittagessen vorbereitet hatte, war vorhanden, daneben die Reste vom Frühstück, vor allem aber die Wasserflasche, von deren Inhalt ich zum Frühstück kaum mehr als ein paar Schluck getrunken hatte. Und schließlich: auch die Lampe und die Flasche mit Öl waren da, die mich ein gütiges Geschick seinerzeit hatte holen lassen.

Ich nahm die Lampe heraus und stellte sie vorsichtig auf den Boden, dann griff ich nach den Zündhölzern. Nachdem ich mich vergewissert hatte, daß in der Lampe Öl war, nahm ich das zerbrochene Streichholz und versuchte es zu entzünden. Es flammte kurz auf – und erlosch sofort wieder. Nun blieben mir noch ganze zwei dieser Hölzchen. Von denen aber, so kam es mir vor, hing nicht nur die Annehmlichkeit meines Aufenthalts hier unten ab – sondern geradezu mein Leben.

Beim zweiten Versuch bereitete ich mich besser vor. Der

Glasaufsatz der Lampe war oben, der Weg zum Docht frei, der Docht hoch genug und auch – ich prüfte es mit dem Finger – genügend mit Öl benetzt. Um ganz sicher zu gehen, hielt ich zusätzlich eines der herausgerissenes Blätter bereit; so hätte ich auch das Feuer von herabfallenden Holzstückchen auffangen können. Doch war diese Vorsichtsmaßnahme nicht nötig: das Streichholz flammte kräftig auf; der Docht fing Feuer und erfüllte die Kammer mit einem milden, ruhigen Licht.

Ich drehte die Flamme kleiner, gerade so groß wie nötig, um ein ruhiges Brennen zu gewährleisten. Dann stellte ich die Lampe in diejenige Ecke des Raumes, die von der Tür am weitesten entfernt war. Hierhin brachte ich auch die Tasche mit ihrem kostbaren Inhalt; falls noch einmal durch die Tür Steine nachrutschen sollten, waren die für mein Überleben wichtigsten Gegenstände hier am besten gesichert.

Ich sah auf die Uhr: es war kurz vor sechs, also eigentlich längst Feierabend, und Zeit zum Abendessen. Hunger hatte ich keinen, obwohl ich das Mittagessen ausgelassen hatte. Doch spürte ich einen heftigen Durst, der durch den Staub im Mund noch gesteigert wurde. Vorsichtig nahm ich die Wasserflasche heraus und trank ein wenig. Sorgfältig verschloß ich sie und stellte sie wieder in die Tasche zurück: gerade mit dem Wasser würde ich äußerst sparsam umgehen müssen, wenn ich diese Kammer noch einmal lebend verlassen wollte.

Jetzt, mit Licht im Raum und ein wenig Wasser im Magen, schien mir meine Lage, wenn nicht freundlicher, so doch ein Stück weniger bedrohlich und weniger endgültig. Selbst die Stiche beim Atmen schienen erträglicher zu werden, wohl deshalb, weil ich mich nicht anstrengte und daher weniger Luft brauchte.

Wieder griff ich zu einem der Bände im Regal und riß eine Anzahl von Seiten heraus. Damit legte ich einen Teil des Kammerbodens aus; ans Ende der Fläche legte ich den Rest des Buches. So hatte ich ein notdürftiges Bett und sogar ein Kopfkissen. Hier ließ ich mich nieder, und da es in der Kammer nicht kalt war, konnte ich meine Jacke ausziehen und mich damit zudecken. Ich machte es mir auf meinem Lager so bequem wie möglich, schloß die Augen und dachte nach.

Auf den ersten Blick konnte ich mit meiner Lage zufrieden sein. Ich befand mich in keiner akuten Gefahr, konnte mich bewegen, hatte Licht und etwas Nahrung und Wasser, würde es also eine Zeitlang aushalten können. Sogar Lesestoff hätte ich mehr als genug gehabt; ich hätte nur die Hand auszustrecken und die Lampe groß genug zu stellen brauchen, um in ihrem Licht lesen zu können.

Die Frage war: würde man nach mir suchen? Wie weit war überhaupt der Gang zusammengebrochen – etwa bis zu dem Teil, wo Meister Cornelius und die anderen Handwerker arbeiteten? Wie, wenn auch sie verschüttet waren, und die Steine und Erdmassen sie ebenso erdrückt hatten wie den unglückseligen Catino? Würde man es für möglich halten, daß ich überlebt hatte? Und würde man für eine einzelne Person wirklich einen Rettungsversuch unternehmen, der vielleicht das Leben vieler Helfer aufs Spiel setzen würde?

Je länger ich nachdachte, desto hoffnungsloser schien mir meine Lage. Schmerzlich bewußt wurde mir jetzt auch, daß gerade diejenigen Personen, die mir am nächsten standen, sich nur mit Schwierigkeiten für mich würden einsetzen können oder wollen: Meister Cornelius nicht, falls er gleichfalls eingeschlossen oder verschüttet war, auch der Kardinal nicht, der selber zwischen Leben und Tod schwebte. Und Schwester Luisa? Ihr Wort hätte Gewicht gehabt, gewiß. Aber ob sie gewillt war, sich um jemanden zu bemühen, der sie aufs schlimmste verletzt hatte, an ihr gar zum Verbrecher geworden war?

Ich versuchte, mir für das, was zwischen Luisa und mir geschehen war, Vorwürfe zu machen, aber seltsam genug, es gelang mir nicht. Selbst hier unten in der tiefsten Einsamkeit, nach all dem, was ich ihr angetan hatte, wollte sich kein anderes Gefühl einstellen als das einer zärtlichen Zuneigung. So sehr mein Verstand mir sagte, daß sie mich hassen und verachten müsse, so blieb doch die Ahnung davon unberührt, daß ein Stück meines eigenen Empfindens auch in ihr vorhanden sein müßte.

Und weil dieses Gefühl so tief saß, gab der Verstand bald nach – zum Glück, denn wenn ich selber die Hoffnung aufgegeben hätte, wäre meine Lage in der Tat hoffnungslos gewesen. So aber trug mich trotz allem die absurde Gewißheit, daß Luisa alles tun würde, um mich zu retten, oder zumindest Gewißheit darüber zu finden, was mir zugestoßen war.

Also, sagte ich mir: gehen wir davon aus, man wird dich suchen und holen. Was kannst du bis dahin tun?

Zunächst einmal ohne Frage das, was ich selber Catino geraten hatte: ruhig bleiben, Kräfte schonen, wenig Luft, Wasser und Nahrung verbrauchen. Als nächstes: mich bemerkbar machen. Wann? Am besten so oft wie möglich. Aber wie sollte ich es anstellen, eine Rettungsmannschaft – wenn sie denn kommen sollte – auf mich aufmerksam zu machen?

Ich nahm den schweren Vorschlaghammer aus meiner Tasche und überlegte, welche Stelle für Klopfzeichen am besten geeignet war. Das wäre sicherlich die Wand zum Gang hin gewesen, weil sie über das Mauerwerk des Ganges in direkter Verbindung mit der Außenwelt stand. Gerade diese Wand schied aber aus, denn sie hatte jetzt den Druck der herabgestürzten Steine und Erdmassen auszuhalten. Die Rückwand der Kammer kam nicht in Frage, weil sie mit dem Mauerwerk des Gangsystems nicht in Verbindung stand. Was sich als einziges anbot, war daher die Zwischenwand zur benachbarten Kammer: sie stand quer zum Gang, also günstig zur Belastung, und sie schien stark genug, um auch kräftige Schläge auszuhalten.

Da die Regale nicht die gesamte Breite der Wand einnahmen, gab es auch eine Stelle, wo ich mit dem Hammer direkt gegen das Mauerwerk schlagen konnte. Ich probierte es aus, zuerst zaghaft, dann immer kräftiger, schließlich mit ganzer Kraft. Die Wand gab einen lauten, klaren Ton von sich, ohne mehr als nur geringfügig zu zittern. Sie schien wirklich stabil zu sein.

Ich sah auf die Uhr und beschloß, an dieser Stelle in regelmäßigen Abständen Klopfzeichen zu geben, jedenfalls solange ich wach war.

62
Hirten, Fürsten, Philosophen

Meldungen aus den »Berlinischen Nachrichten«:

Paris, 22. September 1869. [Pater Hyacinth.] Der bekannte Pater Hyacinth, als Prediger in Notre Dame der beliebteste Priester von Paris, hat einen Brief nach Rom gesandt, der das größte Aufsehen machen wird. Darin heißt es:

»Die Kirche durchschreitet eine der heftigsten, dunkelsten und entscheidendsten Krisen ihres Bestehens auf Erden. Vor dem Heiligen Vater und vor dem Concil erhebe ich meinen Protest als Christ und als Priester gegen jene Lehre und Praktiken, welche sich römisch nennen, aber nicht christlich sind, und welche in ihrem immer kühneren und verderblicheren Vordringen danach trachten, die Verfassung der Kirche, Form und Inhalt ihrer Lehre bis auf den Geist ihrer Liebe selbst zu verändern. Ich protestiere gegen die ebenso gottlose als unsinnige Scheidung, welche man zu bewerkstelligen sucht zwischen der Kirche, die unsere Mutter in alle Ewigkeit ist, und der Gesellschaft unseres 19. Jahrhunderts, deren Söhne wir in der Zeit sind und gegen die wir auch Pflichten und Anhänglichkeiten haben.

Ich ziehe mich gleichzeitig aus dem Kloster zurück, das sich für mich unter den neuen Umständen in eine Gewissenshaft verwandelt. Und endlich appelliere ich an Dein Gericht, Herr Jesus: in Deiner Gegenwart, zu Deinen Füßen schreibe ich diese Zeilen, nachdem ich viel gebetet, viel nachgedacht, viel gelitten und viel gewartet habe.«

Berlin, 23. September 1869. [Der bischöfliche Hirtenbrief aus Fulda.] Aus dem Brief der deutschen Bischöfe vom 6. September hat man versucht zu entziffern, wie sich dieselben denn zum Concil stellen. Man kann aber nur feststellen, daß sie jede klare Antwort sorgsam vermieden haben. Sie behaupten, das Concil werde »nie und nimmer eine *neue* Lehre verkünden«. Leider haben wir von diesen Bischöfen keinen Widerspruch gegen das 1854 verkündete Dogma von der unbefleckten Empfängnis Mariä vernommen. Dabei läßt sich in der Bibel nicht der leiseste Hinweis dafür finden, daß nicht nur Maria den Jesus, sondern bereits die Mutter Mariä diese ihre Tochter unbefleckt empfangen habe. Wenn also die deutschen Bischöfe selbst von dieser absolut unbiblischen Lehre anzunehmen bereit waren, sie sei von alters her der fromme Glaube aller Christen gewesen — was werden wohl diese Bischöfe sich *nicht* als uralten Christenglauben aufschwatzen lassen?

London, 24. September 1869. [Der Brief des P. Hyacinth] wird von der *Times* als Donnerschlag für das Papsttum und als eine praktische Widerlegung der Tiraden über die feste Einheit der katholischen Kirche angesehen, welche der Pontifex gerade erst hatte verlauten lassen. Ein ähnlicher Geist des Widerstandes scheine auch in Deutschland zu Tage zu treten.

Frankfurt, 29. September 1869. [Der Philosophen-Congreß.] Das Thema der heutigen Plenarsitzung waren »die religiösen Zeitfragen«. Herr Pfarrer Steinacker aus Buttelstedt führte aus, daß der Congreß, wenn vielleicht auch sonst keine, so doch die eine Wirkung haben werde: daß sich seine Mitglieder und Freunde einer höheren Toleranz befleißigen und sich über die Schranken aller Confessionen hinweg die Bruderhand reichen würden. Dies sei ein sehr zeitgemäßer Protest gegen Rom und das dort zusammentretende Concil, dem gegenüber die deutsche Philosophie das Banner der Gedankenfreiheit hochhalten müsse.

Paris, 6. October 1869. [Antwort an P. Hyacinth.] Heute wird die Antwort des Ordens-Generals an den Pater Hyacinth bekannt, dessen Brief kürzlich großes Aufsehen erregte. Hierin heißt es:

Mein ehrwürdiger Pater! Ich war weit entfernt davon, bei Ihnen einen so tiefen Fall zu erwarten. Die Zeitungen und Privatbriefe melden mir in der Tat, daß Sie Ihr Kloster verlassen und das Ordens-Habit abgelegt haben ohne Autorisation. Wenn dies unglücklicher Weise wahr sein sollte, so weise ich Sie darauf hin, daß Sie wissen müssen, daß ein Ordensgeistlicher, welcher sein Kloster und das Ordens-Habit ohne Erlaubnis verläßt, als ein Abgefallener betrachtet wird und demzufolge den canonischen Strafen unterliegt. Gemäß unseren Constitutionen, bestätigt durch den Heiligen Stuhl Part. 3. cap. 35. Nr. 12, unterliegen die, welche ohne Erlaubnis aus der Congregration austreten, ipso facto der großen Excommunication und der Infamie. In meiner Eigenschaft als Ihr Oberer sehe ich mich in die Notwendigkeit versetzt, Ihnen zu befehlen, in das Kloster zu Paris, welches Sie verlassen haben, zurückzukehren innerhalb der Frist von zehn Tagen nach Empfang dieses gegenwärtigen Schreibens, andernfalls Sie canonisch enthoben werden von allen Ämtern und allen Kirchenstrafen verfallen sein werden.

Paris, 8. October 1869. [Villamarina und P. Hyacinth.] Die Blätter bringen heute den Brief des Marquis v. Villamarina an den Pater Hyacinth:

»Kühner Apostel des Fortschritts und der Wahrheit, Bravo für Ihren Brief und Ihre edlen und mutigen Gefühle! Es ist Zeit, daß mächtige Stimmen sich erheben, um diejenigen zu entlarven, welche die Religion Christi entstellen und einen Schacher mit ihr treiben. Es ist Zeit, hohe Zeit, daß Licht werde und daß die erhabene und heilige Wahrheit des Christentums und des Evangeliums über die Lüge und die Finsternis den Sieg davontrage! Zählen Sie zu der Zahl Ihrer Bewunderer und Freunde auch

Marquis v. Villamarina«

Bern, 13. October 1869. [Gotthardbahn.] Heut hat die Gotthard-Conferenz ihre Beratungen geschlossen und das Protokoll unterzeichnet. Als höchste Steigung angenommen ist 2½ Procent, alle künstlichen Systeme ausgeschlossen. Italien zahlt 45 Millionen, wovon Genua 10; beteiligte Schweizer Cantone und Eisenbahngesellschaften 20 Millionen; auf Preußen, Württemberg und Baden fallen 20 Millionen. Der Ertrag über 7 Procent wird unter die subventionierenden Staaten aufgeteilt; übersteigt derselbe 9 Procent, so werden die Tarife ermäßigt.

Paris, 15. October 1869. [Duell Metternich-Beaumont.] Gestern morgen fand bei Kehl ein Duell zwischen Fürst Metternich und dem Grafen Beaumont statt. Der Fürst soll bei dem Duell verwundet worden sein.

63
Emilias Brüste

Wenn jemand behauptet, es sei das Beste, die öffentlichen Schulen der leitenden Gewalt und dem Einfluß der Kirche zu entziehen – der sei verflucht.
Pius IX., Syllabus errorum

Tagebuch des Heinrich Wilhelm Lehmann:
Paris. Sonntag, 13. März 1870

Ich habe sie wieder! Meine liebe, spöttische, freundliche Francesca – ich habe sie wieder!

Francesca – Luisas Tochter! Fräulein Francesca Donati – oder vielmehr, Francesca Ulrica Gräfin von Donati, um sie mit ihrem vollständigen Namen zu nennen.

Ich war wirklich ein Esel, ein blinder und tauber Idiot, und der »Dummkopf«, mit dem mich Francesca titulierte, war geradezu ein Kompliment. Schon an ihrem Verhalten hätte ich es merken müssen, oder an ihrer Haarfarbe, die auch Bernieri aufgefallen war. Aber noch mehr hätte ich es in mir selber spüren können; ich hätte nur genauer darauf achten müssen. Woher sonst hätte ich schon so lange die Gewißheit gehabt, daß ich alles, was Luigi betraf, auch Francesca mitteilen durfte – nein, mitteilen mußte?

Der gestrige Sonnabend war für uns alle ein Ruhetag. Francesca schlief lange, kam erst herunter in die Küche, als Emilia und ich schon mit dem Frühstück fertig waren.

»Gut, daß ihr nicht auf mich gewartet habt«, sagte sie, »ich bin wie zerschlagen. Und ich merke: ich brauche mal einen Tag für mich allein. Wenn du einverstanden bist, Enrico, lassen wir das Vorlesen heute ausfallen.«

Und an Emilia gerichtet: »Hast du heute schon was vor?«

»Natürlich«, antwortete die Freundin, »heute nachmittag ist doch diese Feier der deutschen Studenten. Da wollten wir zusammen hingehen – hast du das vergessen?«

»Tatsächlich«, sagte Francesca. »Aber heute ist mir nicht nach Lärm und Musik zumute. Am liebsten würde ich euch beide aus dem Haus scheuchen. Emilia, willst du mir nicht einen Gefallen tun? Nämlich, mein Brüderchen hier ein bißchen durch Paris führen? Hinterher könnt ihr ja zusammen zu dieser Feier gehen.«
»Warum nicht? Bloß, ob er dazu Lust hat?«
»Aber ja doch«, sagte ich. »Komm, sehen wir uns Paris an!«

»Also ›Brüderchen‹ nennt sie dich«, sagte Emilia, als wir in einer Droschke saßen. »Und ich dachte, ihr hattet was miteinander.«
»Ach«, sagte ich, »Francesca hat viele Freunde, glaube ich.«
»Das hat sie – aber nur wenige Brüder. Na, jedenfalls bin ich heilfroh, daß endlich dieses Versteckspiel mit den Namen ein Ende hat. Ich bin dir wohl ganz schön unfreundlich vorgekommen, nicht wahr?«
»Ein bißchen kühl schon.«
»Nimm's mir nicht übel – hatte immer Angst, ich könnte mich verplappern. Ganz klar ist es mir übrigens immer noch nicht: warum du denken solltest, sie wäre ich, oder jedenfalls, ich wäre eine Donati. Aber so ist sie nun mal: sie mag Geheimnisse. Obwohl – es gab noch einen anderen Grund, warum ich zu dir nicht gerade freundlich war: ich hab mir Sorgen gemacht.«
»Um Francesca?«
»Ja, sie war so merkwürdig. Sie kann ja manchmal ganz schön biestig sein, aber so wie letzte Woche habe ich sie noch nie erlebt. Wenn ihr da nach oben gegangen seid, kam es mir immer so vor, als wenn du sie zur Schlachtbank führst. Wenn ich ehrlich bin: ich habe dich die letzten Tage regelrecht gehaßt – entschuldige!«
»Du magst sie wohl sehr, nicht wahr?«
»Mögen? Ich würde alles geben, was ich habe, um sie glücklich zu sehen.«
»Und sie?«
»Genauso.«
»Und erzählt ihr euch auch gegenseitig eure Liebschaften?«
»Sie mir schon.«
»Und du?«

Sie antwortete nicht. Ich hatte das Gefühl, etwas Unpassendes gefragt zu haben, und wollte das Thema wechseln, als sie sagte:

»Ich hab keine Liebschaften.«

Inzwischen war die Droschke an der Seine angekommen. Wir stiegen aus und spazierten die Uferpromenade entlang. Gegenüber von Notre Dame blieben wir stehen. Wir stützten die Arme auf das steinerne Geländer und sahen einem kleinen Boot nach, in dem sich ein Liebespaar, einander umarmend, den Fluß hinabtreiben ließ. Nach einer Weile sagte sie:

»Ich werd aus dir nicht recht schlau, Rico. Du bist ein Ingenieur aus Berlin, aber dann hast du auch in Rom beim Kirchenstaat zu tun, eigentlich mit der Eisenbahn, aber dann auch wieder mit dem Konzil. Du willst versuchen, dieses komische Dogma von der Unfehlbarkeit zu verhindern, oder vielmehr, du hast so einen Auftrag, aber außerdem hast du mit Francesca zu tun, und zwar auf eine Weise ... nicht nur, daß ich sie noch nie so verstört erlebt habe – aber auch selten so glücklich.«

»Glücklich? Wann denn?«

»Hast du das nicht mitbekommen? Na, wie auch, konntest du ja gar nicht. Gestern, ich bin ziemlich spät nach Haus gekommen, da kommt sie ... soll ich dir das wirklich erzählen?«

»Aber Emilia! Sie ist doch meine Schwester!«

»Wirklich? Na gut, ist ja auch nichts bei, warum sollst du es nicht wissen. Obwohl, wenn ich bedenke –«

»Emilia, bitte! Nun zier dich doch nicht!«

»Meinst du? Na gut, wenn du unbedingt willst ... Also, gestern abend, ich liege gerade im Bett, da geht die Tür auf, und herein kommt Francesca. Sie steigt zu mir ins Bett und kuschelt sich an mich, und ich denk mir gar nichts dabei, weil, das machen wir manchmal – plötzlich umarmt sie mich und küßt mich ab wie eine Wilde. Ich sage, Francesca, was hast du, sie sagt gar nichts, drückt mich bloß an sich. Und plötzlich merke ich, sie weint – weint, als wäre sonstwas passiert. Aber zwischendurch fängt sie an zu lachen und zu kichern und zu schluchzen und wieder zu weinen, sie packt mich und umarmt mich und schluchzt und kichert, und plötzlich beißt sie mich in die Schulter, als hätte der Kater Piff sie angesteckt. Ich denke, was hat sie nur, weiß gar nicht was los ist, bis ich begreife: also was Schlimmes ist es jedenfalls nicht. Ich muß selber lachen, kneife sie in den Bauch, damit sie mir meine Schulter nicht abbeißt, dann kugeln wir uns in einem wilden Ringkampf aus dem Bett und über den Teppich, bis wir schließlich beide nicht mehr können und zurück ins Bett kriechen, immer noch lachend und prustend. Eine Weile sagt sie gar nichts, und dann sagt sie: ach Emilia, ich hab's hinter mir. Ich bin wieder ein Mensch, bin neu geboren, wirklich und wahrhaftig. Und ich frage sie: hat das mit deinem Ingenieur zu tun? Und sie sagt, ja, Emilia, aber anders als du denkst. Und dann –«

»Ja? Und dann?«

»Ach Rico, lassen wir das ...«

»Aber Emilia – wo du doch das andere schon alles erzählt hast ... oder ich frage Francesca – jedenfalls will ich es wissen.«

»Es ist ja gar nichts. Nicht, was du vielleicht denkst. Sie nimmt mich bloß in den Arm und sagt, ach Emilia, sagt sie – wenn ich dich nur auch ein bißchen glücklich machen könnte ... So ist sie eben. – Komm, Rico, wir sehen uns Notre Dame an.«

Sie nennt mich Rico, was mich seltsam berührt. Wie Emilia überhaupt ganz eigenartig auf mich wirkt. Heute morgen gehe ich ins Badezimmer, ganz in Gedanken versunken, da sehe ich plötzlich, daß Emilia drin ist. Sie hat wohl vergessen, abzuschließen; normalerweise schließen sie gar nicht ab, hat mir Francesca gesagt, nur jetzt, wo ich zu Besuch bin. Emilia steht vor der Wasserschüssel und wäscht sich gerade das Gesicht, und sie ist – völlig nackt.

Sie wandte mir den Rücken zu, und ich sah sie nur im Spiegel. Habe gleich wieder die Tür zugemacht, sie ist nicht einmal erschrocken, dachte wahrscheinlich, es wäre Francesca. Und jetzt – jetzt verstehe ich erst, warum Francesca sagte: Emilia ist schön.

Sie ist wirklich so schön, daß mir noch jetzt der Atem stockt, wenn ich daran denke. Ihre weiße Haut, ihr Körper – ihre festen, wunderschönen Brüste ...

Sowieso ist ja die Brust der Frau etwas sehr Schönes, und im Liegen ist fast jede Brust schön, auch die einer älteren Frau. Aber im Stehen – und Emilias Brüste, das habe ich gesehen ... Ich kann gar nichts dagegen machen: immer wieder muß ich an die Worte denken, die Luigi durch den Kopf gingen, als er auf der Photographie die Brüste Luisas sah. *Sieh her, und du wirst mich nie mehr vergessen, denn du bist mein Gefangener!*

In Gedanken muß ich immer wieder hinsehen – wie sie da steht, die Hände mit dem Lappen vor dem Gesicht – so daß mich nur ihre Brüste im Spiegel ansehen ...

Ich bin wirklich verrückt. Francesca ist es doch, die ich liebe! Aber sie hat völlig recht, wenn sie sagt: das Begehren macht die Männer verrückt. Verrückt und verdreht – das ist es.

Wir aßen in einem Restaurant in der Nähe von Notre Dame. Anschließend führte sie mich durch die Pariser Innenstadt, die vom Baron Haussmann in den letzten Jahren völlig verwandelt worden ist. In einem Bistro tranken wir noch einen Kaffee, dann war es schon Zeit für die Feier der deutschen Studenten.

Sie fand im Haus von Joaquin statt, dem ältesten der Kommilitonen. Emilia kannte fast alle Anwesenden. Die meisten waren Studenten der Medizin und der Pharmazie, Studentinnen, Krankenschwestern, aus aller Herren Länder, auch einige Dozenten darunter – ein fröhliches und freundliches Völkchen.

Man begrüßte uns stürmisch. »Hallo Emilia«, rief ein Student, der sich gerade mit zwei Frauen unterhielt, »endlich lernen wir deinen Favoriten kennen, das wurde aber auch Zeit!«

Emilia sah mich an und zuckte mit den Achseln. »Castor, genannt der General«, stellte sie mir den Kommilitonen vor, »nebst seinen Gespielinnen Jana und Nettchen. Forsch wie immer, Castor. Ich dachte, du trägst Trauer – wo du doch erst vor zwei Tagen deinen geliebten Einspänner zu Bruch gefahren hast.«

Man fragte nach Francesca. Emilia erklärte, daß sie sich unwohl fühle und mich als Vertreter geschickt habe – was mir eine freundliche Aufnahme verschaffte. Mischa, einer der Organisatoren des Treffens, nahm mich unter seine Fittiche. Er war so gnädig, mir mein Hauptstadtbewußtsein nicht übelzunehmen, bestand allerdings darauf, daß die Bierschänken seiner Heimatstadt (nämlich das kleine Halle an der Saale) denen von Paris ebenbürtig, erst recht den Berliner Kneipen bei weitem vorzuziehen seien. Aber auch von den anderen Studenten wollten nicht alle im preußisch dominierten Nordbund das Glück der deutschen Nation sehen. Der ebenso hitzige wie standhafte Tomaso und sein Freund Andres sangen ein Loblied auf ihren angestammten Kleinstaat, während Kristina, die schwungvolle Freundin von Andres, mit Olf und Rodrick die Sache der deutschen Einheit vertrat.

Mischa zog mich weiter, um mich einigen anderen Freunden vorzustellen. Zuerst dem »getreuen Reinert«, dann dessen kapriziöser Begleiterin Ursa. »Eine Figur wie eine Göttin«, flüsterte er mir ins Ohr, »aber davor liegt ein Labyrinth von tausend Meilen.«

Ein Stück entfernt saß der Ophthalmologe Forestier, Dekan der Fakultät, im Gespräch mit Waisknab, dem Dermatologen, und Magnifizenz Gaugains, dem würdevollen Vizepräsidenten der Sorbonne persönlich.

»Die drei haben verrückte Pläne«, flüsterte Reinert. »Sie wollen unsere *Ecole de medècine* umtaufen; sie soll ›Klinikum George Washington‹ heißen, zum Zeichen der Verbundenheit mit Amerika. Wenn Napoleon davon erfährt, schmeißt er sie aus ihren Ämtern, und sie kriegen im Leben nie wieder eine Stelle.«

»Vielleicht nimmt man sie ja in Berlin«, meinte ich.

»Glaubst du im Ernst? Beim großen Virchow, an der ruhmreichen Charité? Na, wer weiß. Vielleicht Ley und Stony, unsere Pathologen – oder den Chemiker Royter.«

Abseits von allen saß Professor Tardieu: von Kollegen und Studenten gleichermaßen gemieden, seit er sich im Fall des Victor Noir auf die Seite des Prinzen Napoleon gestellt hatte. Nur ein hagerer Mann saß bei ihm und blickte finster in die Runde.

»Wer ist denn das?« wollte ich wissen. »Sieht aus wie der Großinquisitor persönlich.«

»Ruedain«, murmelte Emilia. »Professor von der traurigen Gestalt, so nennen wir ihn. Jesuitenzögling und Biologe, Verfechter der Urzeugung, fanatischer Feind Listers und Pasteurs. Er meint es wohl gut, aber wer ihm widerspricht, dem macht er das Leben schwer. Zum Glück ist er eine Ausnahme.«

An den anderen Tischen ging es freundlicher zu. Da saß Kaled, der arabische Edelmann, neben Ima, der schwarzen Prinzessin, und deren Freundin Alime. Daneben einige Dozenten: die Pharmakologen Ganter und Rappentaler, Sporr, der väterliche Kinderarzt, der berühmte Nervenarzt Marques und der Hals- und Nasenchirurg Cheraire (zu dessen Vorlesungen sogar Ärzte aus Marseille angereist kamen, jedoch nur selten seine ebenso schöne wie ernste Tochter Catherine). Am Nachbartisch debattierten Merquer, Kopf, Bogouche und Treegarden (die »vier Musketiere« der Pariser Anatomie) mit dem Familienarzt Miznec, dem Physiologen Herewood und dem Orthopäden Webber über Joaquins These, wonach die Interkostalmuskeln als Atemhilfsmuskulatur keine Eigenfunktion hätten – eine Diskussion, der ich zum Glück nicht zu folgen brauchte. Buerink, der milde Balneologe, stieß nämlich mit dem Internisten Riquain, dem Geburtshelfer Doudmaison und dem dämonisch-charmanten Psychologen Rosemaille auf das Wohl der Mikrobenjäger Coq und Grandfarmer an, und als er mich sah, auch auf das Wohl Francescas.

»He, Reinert«, rief Mischa in diesem Augenblick. »Wo starrst du hin? – Ach, ich sehe schon, auf die Beine von Andrella.«

Und zu mir: »Da drüben, die Blonde, das ist Lena, und neben ihr ihre Freundin Andrella. Andrellas Schicksal ist, daß alle Frauen sie hassen, weil alle Männer sich nach ihr umdrehen.«

»Du auch?« fragte ich Mischa.

»Ich? Aber ich bitte dich – was hältst du von mir?«

»Dein Glück«, warnte ihn Reinert, »ich müßte es sonst sofort Ulla melden!«

»Ach«, seufzte Mischa, »er ist entsetzlich. Vor lauter Treue ist er imstande und sagt es ihr wirklich!«

»Natürlich«, verteidigte sich Reinert, zu mir gewandt. »Ulla ist Mischas Frau; sie haben gerade ein Kind gekriegt. Wenn er einer andern schöne Augen macht, während sie ihren Sprößling stillt, wird sie ihm zu Recht seine letzten Haare vom Kopf reißen. Mit der sanften Barb darf er reden, auch mit Maya und Uta, meinetwegen auch Rike oder Irena. Ansonsten soll er sich an uns halten, oder an Hainke – die hat selber schon Kinder!«

»Komisch«, sagte Mischa zu mir, »deine Freundin Emilia ist viel schöner – trotzdem schielen alle Andrella hinterher.«

»Nicht alle«, sagte Joaquin, der sich zu uns gesellt hatte, »ich schiele Mirja hinterher.«

»Wieso hinterher?« fragte Mischa. »Sie steht doch vor dir. Paß nur auf: in Mirjas wassergrünen Augen kann man glatt ertrinken.«

»O ja – das wäre mein Lieblingstod«, sagte Joaquin lachend.

»Warum meinst du eigentlich, Emilia ist meine Freundin?« fragte ich Mischa, während wir weitergingen.

»Na, das sieht man doch – schon wie ihr beide euch anseht!«

»So so«, meinte ich, »das sieht man ...«

»Ein Lied«, rief jemand in diesem Augenblick in einer anderen Ecke des Raumes, »Joaquin, ein Lied!«

Der Hausherr hatte eine Gitarre hervorgeholt, und jetzt rief er Emilia und mich zu sich.

»Kommt her – ihr seid die Ehrengäste! Ich singe ein Lied für eine, die heute abend leider nicht hier ist. Mein Jahreszeitenlied – Emilia, du weißt schon, für wen.

>   Ganz gern habe ich eine Frau und ein Kind
>   und noch lieber drei Frau'n und drei Kinder
>   meine Frühlingsfrau, meine Sommerfrau
>   und meine Frau im Winter.

>   Der Herbst bleibt frei, zur Meditation
>   ich sitz zwischen Dorn und Rose
>   lese Bücher, schreibe Briefe
>   an meine Herbstzeitlose.

>   Ein Herbstkind hab ich von der Winterfrau
>   ein Winterkind vom Frühling
>   ein Frühlingskind von der Sommerfrau
>   und die Herbstzeitlose schickt Briefe.

>   Wir sind nicht kleinlich: die Liebe kennt
>   keine Grenzen und keinen Kalender
>   und wenn der Mai voll Sehnsucht ist
>   liegt der Frühling bei mir im Dezember.

Meine Frauen, die haben ein großes Herz
die lieben nicht nur mich allein
soll'n leben, wie sie leben woll'n
soll'n treu sich selber sein.

Und ist der Sommer auf Reisen gegangen
mit einem blonden Schweden
läßt sich's in Deutschland wohl für ein Jahr
nur mit Frühling und Winter leben.

Ach Frühjahrskind, du blasses Kind
sollst um die Mutter nicht weinen
Solang's in Deutschland Frühjahr hat und Winter
sollen die Kinder in meiner Familie
mehr als nur einen Vater und eine Mutter haben!

Als Emilia und ich ein Weilchen später die Feier verließen und auf dem Weg nach Hause waren, da sagte sie:
»Joaquin hat gut singen. Der Gedanke ist nicht schlecht: jede Frau, meint er, sollte sich auf die Solidarität von jedem Mann verlassen können, erst recht, wenn sie Kinder hat. Leider sieht die Wirklichkeit anders aus, auch bei ihm selber: die Feier konnte er nur machen, weil seine Frau weggefahren ist. Sie ist schrecklich eifersüchtig, und hinter jedem Besucher rennt sie mit dem Putzlappen her, wenn er an seinen Schuhen ein bißchen Straßenstaub ins Haus bringt – Joaquin schämt sich zu Tode. Und frag mal Ulla, wieviel er ihr schon bei ihrem Kind geholfen hat – Liedchen schreiben ist eben leichter, als Tag für Tag ein Kind zu füttern. Er ist übrigens auch ein Francesca-Geschädigter – oder einer ihrer Begünstigten, wie man's nimmt.«
»Wie meinst du das? Und warum heißt er Joaquin?«
»Weil er ein paar Jahre in Spanien gelebt hat. Er war eine Weile mit Francesca zusammen, dann ging's auseinander. Eine Zeitlang hat er gelitten, aber es hat ihn zum Poeten gemacht. Manchmal schreibt er ganz schöne Sachen – wie übrigens viele von Francescas Freunden. Du schreibst doch auch, oder?«
»Leider nur Tagebücher und technische Aufzeichnungen.«
»Und keine Briefe?«
»Wieso? Möchtest du, daß ich dir schreibe?«
»Warum nicht? Jeder freut sich über schöne Briefe!«

64
Etwas stimmt nicht

*Rekonstruktion der Aufzeichnungen
des Luigi Calandrelli (21):*

Ohne es zu merken, war ich eingeschlafen. Als ich erwachte, war es gegen fünf Uhr – fünf Uhr morgens, falls ich nicht zwanzig Stunden geschlafen hatte. Ich erhob mich und prüfte als erstes, wieviel Öl noch im Behälter der Lampe war. Für die nächsten Stunden schien es zwar ausreichend zu sein, aber um ganz sicher zu gehen, füllte ich den Behälter nach und prüfte auch die Stellung des Dochtes. Danach machte ich mich an mein Tagwerk und schlug einige Male mit dem schweren Hammer gegen die Wand; sodann genehmigte ich mir einige Schluck Wasser und die Reste des Frühstücks vom vorigen Tag.

Etwas um mich herum stank: wie ich schnell herausfand, ich selber. Ob ich ein wenig von dem Wasser für die Körperpflege abzweigen sollte? Den Gedanken verwarf ich sofort. Selbst wenn man nach mir suchte, würde es längere Zeit dauern, bis man sich zu mir durchgekämpft hatte, und vielleicht würden es dann gerade die wenigen Tropfen sein, die über Rettung oder Verderben entschieden.

Ich beschloß, den Gestank zu ignorieren. Doch baute ich mir aus Steinen und Erdreich einen notdürftigen Behälter, der mir als Toilette diente. Als Deckel benutzte ich einen dicken Band mit den Gedanken irgendeines verflossenen Heiligen, die auf diese Weise wieder einem menschlichen Zweck dienten.

Einige andere dickleibige Bände stapelte ich übereinander, um mir so eine behelfsmäßige Sitzgelegenheit zu verschaffen. Im übrigen war ich zwar keineswegs satt, beschloß aber, das Hungern von jetzt an als eine Art sportlicher Übung zu betreiben.

Mit anderen Worten, ich begann mich einzurichten. Nicht nur das bürgerliche Leben, sondern auch Elend und Not haben ihren Alltag und ihre Routine, und genau das bestätigte sich für meine Lage. Wobei meine Routine neben Klopfzeichen und Hungern in Ruhen und Nachdenken bestand – vor allem in letzterem.

Zwar, wenn ich gewollt hätte, dann wäre jetzt mehr als genug Gelegenheit zu dem gewesen, was ich mir vorher immer gewünscht hatte: nämlich in all den dicken Folianten an der Wand nach Herzenslust zu stöbern und zu blättern. Doch gerade danach war mir am wenigsten zumute. Die Bücher liefen mir nicht weg, und vielleicht würde ich auch wirklich einmal einen Blick hineinwerfen. Aber ein unbestimmtes Gefühl sagte mir: irgend etwas stimmte nicht.

Etwas war falsch. Und das nicht nur insofern, als es meiner Gesundheit und meiner Lebensplanung nicht unbedingt zuträglich war, hier verschüttet zu liegen und Selbstgespräche zu führen. Nein, es war etwas anderes. Daß ich hier lag, durch tausend Tonnen Steine und Erdreich von der Menschheit getrennt, schien auf den ersten Blick nur dem unglücklichen Zusammentreffen einer rachsüchtigen Seele mit einer verrotteten Bausubstanz zu verdanken sein. Und doch war dies ja kein belangloser Ort. Immerhin war es der Gang, den mein unbekannter Lehrmeister eingerichtet hatte – er, der überdies, wenn ich es recht bedachte, durch Vermittlung Delmontes sogar mein eigentlicher Arbeit- und Auftraggeber war. Und es wollte mir nicht in den Kopf, daß sich unter all dem, was ich bisher im Umkreis dieses Geschehens erfahren und erlebt hatte, wirklich keinerlei Hinweise für seinen tieferen Zusammenhang finden ließen.

In Gedanken ging ich noch einmal die Spuren dieses Zusammenhanges durch, in dessen Mittelpunkt immer wieder Arcimboldo aufgetaucht war. Die erste Spur: die Truhe, die mein Gesellenstück geworden war. Dann der Kardinal, der mich erneut auf die Fährte gesetzt hatte, erst in der Rettungsaktion, dann in seinem Bericht – beides, wie mir jetzt auffiel, Ereignisse, die ihn fast das Leben gekostet hätten. Nun lag ich hier, verschüttet, in Gedanken, mitten in der letzten Arbeitsstätte des Arcimboldo Segurmont – und es sollte sich wirklich nirgends ein Schlüssel zu dem Geheimnis finden lassen, das hier verborgen lag?

Nein – hier stimmte etwas nicht. Wenn es überhaupt einen Schlüssel gab, dann mußte er in diesem Gang zu finden sein – falls ich ihn nicht schon einmal in der Hand gehabt und achtlos beiseite gelegt hatte. Gewiß, ich hätte mit den Bänden in den Regalen anfangen können, wie es vielleicht im Sinne des Kardinals gewesen wäre. Andererseits mußte ich mit meinem Öl so sparsam wie möglich umgehen. Sparen mußte ich aber auch mit meinen Kräften, und da zudem meine schmerzende Seite Ruhe brauchte, konnte ich ebenso das tun, wonach mir am meisten der Sinn stand: einige Schläge an die Wand klopfen, und danach mich wieder hinlegen und die Gedanken wandern lassen.

Catino. Hatte er – oder hatte er nicht? Armer Kerl, jedenfalls hatte er bezahlt ...

Der alte Schließer – was war mit ihm losgewesen? Vielleicht sein Herz; war schon ziemlich klapprig, der alte Herr. Ob's ein Glück für ihn war? Na, für mich jedenfalls nicht ... Komische Schachpartien zwischen den beiden, und dann der Kampf – die abgeschlagene Weinflasche – wie Catino noch am Morgen die Scherben mit dem Fuß beiseite gewischt hatte – so wollte er mir eins auswischen, und dann hat's ihn selber ausgewischt ...

Luisa – zu ihrem Schmuckkästchen fehlte noch immer ein neuer Schlüssel, aber das war nicht mehr meine Sache. Jemand anders würde das Schloß öffnen, oder sie würde das Kästchen aufbrechen müssen. Luisa ...

Ob es möglich ist, einen Menschen so sehr zu lieben, daß man es nicht ertragen könnte, täglich mit ihm zusammenzusein? Daß man jemanden meidet, weil die Vorstellung, mit ihm über anderes zu sprechen als über die eigenen Gefühle, einem unerträglich wäre? Kann man zu jemand sagen: du bist so sehr in meinen Gedanken, daß du mir, so weit entfernt du auch bist, nicht fehlst? – Ich liebe dich, also laß uns auseinandergehen ...

Bruder Alfredo und sein Lateinunterricht: Quod licet Jovi, non licet bovi ...

Meister Cornelius – wüßte wirklich zu gerne, ob er noch im Schacht steckt – wenn er draußen ist, dann wird er jetzt ganz schön rotieren ...

Und die Handwerker, die lieben Kollegen: wer geht runter, wer meldet sich freiwillig? Du, Pedro? Klar, ist doch

Ehrensache, bloß, zuerst vielleicht doch lieber die Leute ohne Kinder ... Und du, Adriano? Also ganz unter uns, den Hals riskieren wegen einem kleinen Hüpfer und einem alten Esel? Na, selbst wenn ich wollte, ich könnt gar nicht, beim besten Willen nicht, hab seit zwei Tagen Fieber, müßte eigentlich im Bett liegen, werdet's schon ohne mich schaffen, bin ich ganz sicher ...

Der Kardinal: ob man es ihm gesagt hatte? Besser nicht, es würde ihm den Rest geben. Kann mir die Ärzte vorstellen: »Und ist daher jegliche Aufregung von dem Patienten striktest fernzuhalten« ...

Aber wer hat jetzt überhaupt das Sagen? Wahrscheinlich Garrota. Garrota, oh je, alles, nur das nicht, der läßt mich hier vertrocknen, ohne mit der Wimper zu zucken, nur weil ich mir erlaubt habe, ohne Genehmigung in einer seiner heiligen Kammern zu überleben – Verzeihung, Eure Eminenz, bitte untertänigst um Vergebung, daß ich noch lebe, werde mich sogleich pflichtschuldigst begraben lassen ... mal sehn, was die Uhr sagt – sieh da, schon wieder Zeit für meine Klopfübungen ...

Ist schon verrückt. Ausgerechnet mich muß es treffen, Luigi, den Trottel von der Alm, unsterblich in die Nachbarin verliebt, na, wenigstens das haben wir überstanden ... was bin ich auch so blöd und geh runter ins Tal und lerne das Schlüsselmachen; als ob wir nicht genug Arbeit hätten mit den Kühen und Kälbern. Andererseits, weg von der Nachbarin, das mußte sein, war schon besser so, also, nichts gegen das Schlossern, jedenfalls hat's mich nicht dümmer gemacht ...

Die Truhe ... phantastischer Mann, dieser Arcimboldo, mein Ziehvater sozusagen. Welch ein Jammer mit der Truhe. Was mußte sie der dämliche Pfaffe auch aufreißen – wer weiß, wenn man den Deckel gleich wieder zugeschlagen hätte ... vielleicht war's auch besser so, wenn doch der Inhalt nicht für jedermanns Augen bestimmt war ... diese Schlüssel, wirklich unglaublich, was der damals schon konnte ... die dritte Truhe, irgendwo muß sie stecken. Nochmal würde ich den Haken nicht übersehen, bei Gott nicht, bloß, erstmal haben müßte man die Truhe ...

Und wieder: Luisa. Luisa Luisa Luisa Luisa. Ich sagte den Namen vor mich hin, oder besser, dachte ihn vor mich hin, bis er sich auflöste in eine rhythmische Klangfolge, die mir im Gehirn herumtanzte wie der gleichmäßige Trab einer Pferdekutsche: LuisaLuisa LuisaLuisa – irgendwasstimmtnicht, irgendwasstimmtnicht ...

Und wieder: Luisa. Ich ließ mich forttragen von den Gedanken an ihre Stimme, ihre Haut, ihre Brüste, LuisaLuisa, Erinnerung vermischt mit Tagträumen, beides übergehend in einen Dämmerzustand, in dem ich bald meine regelmäßigen Klopfzeichen vergaß, ein Zustand, der seinerseits überging in einen langen, unruhigen Schlaf. Ich träumte von tausend Dingen, von Truhen und Feuern und stürzenden Steinen, zuletzt von einem alten bärtigen Handwerker, der mir wild gestikulierend zuwinkte, als wollte er mich auf etwas hinweisen, das hinter mir stand, aber als ich mich umdrehte und nichts sah und wieder zu ihm hinblickte, schien er auf etwas zu deuten, das vor mir lag, aber da stand nur eine offene Kiste.

Als ich aufwachte, war meine Uhr stehengeblieben. Ich hatte keinerlei Vorstellung, wie lange ich geschlafen hatte, erst recht nicht, ob jetzt draußen Tag oder Nacht war. Trotzdem zog ich die Uhr auf, um wenigstens einen groben Überblick darüber zu behalten, in welchen Abständen ich etwas zu mir nehmen durfte. Der Behälter der Lampe war zu einem Drittel leergebrannt; ich füllte ihn auf und überlegte mir, ob ich einmal prüfen sollte, wie lange ich mit dem Öl auskommen würde.

Die Luft in der Kammer, soviel hatte ich festgestellt, wurde durch die kleine Flamme nicht schlechter; offenbar gab es im Gang trotz der Verschüttungen noch eine geringfügige Zirkulation. Ich überlegte, ob ich die Lampe nicht trotzdem auslöschen sollte: um Brennstoff zu sparen. Doch sagte ich mir, daß bei der winzigen Flamme das Öl sowieso weitaus länger reichen würde als mein Wasser, und daß es im Fall der Fälle kein großer Unterschied wäre, ob ich vielleicht im Dunkeln oder im Hellen mein Leben aushauchen würde.

Der Schlaf hatte meiner schmerzenden Rippe gutgetan. Ich konnte, wenn ich es versuchte, schon etwas tiefer Luft holen, und wenn ich mich auf eine flache Atmung beschränkte, spürte ich fast nichts mehr. Da es keinen Anlaß gab, mich körperlich anzustrengen, dachte ich die meiste Zeit gar nicht an die Rippe. Ohnehin geriet ich mehr und mehr in einen trägen Zwischenzustand, in dem Herumliegen und Schlafen immer weniger voneinander abgegrenzt waren. Doch wehrte ich mich nicht dagegen: weil ich mir sagte, daß mein Körper auf diese Weise am wenigsten Energie und Flüssigkeit verbrauchte.

Nachdem das Essen in meiner Tasche angefangen hatte, unangenehm zu riechen, entschloß ich mich, es gleich zu verzehren, um es wenigstens nicht verderben zu lassen. Danach blieben mir nur noch einige Kekse und ein Apfel; beides wollte ich so lange wie möglich aufsparen. Die Wasserflasche war noch zu zwei Dritteln gefüllt; damit würde ich noch eine Weile auskommen. Stunden – Tage – schon komisch, sagte ich mir, auch hier unten nach Tagen zu rechnen – wo es doch nur dauernde Nacht gab ...

Je träger ich wurde, desto seltener stand ich auf, um mit dem Hammer meine obligaten Signale an die Wand zu schlagen. Anfangs hatte ich mehrmals geglaubt, aus der Ferne Klopfzeichen zu hören, was mir jedes Mal das Herz bis zum Hals schlagen ließ. Doch stellte sich schnell heraus, daß diese Geräusche keine Rhythmik oder sonstige Regelmäßigkeit hatten, wie es bei absichtlich gegebenen Zeichen sicherlich der Fall gewesen wäre, oder auch dann, wenn es sich um Geräusche von Stemmarbeiten gehandelt hätte. Offenbar waren es nur Steinbrocken, die in näherer oder weiterer Entfernung immer wieder nachrutschten.

Die Enttäuschung, die der aufflackernden Hoffnung folgte, war groß; doch allmählich gewöhnte ich mich an die Geräusche. Ja, sie wurden mir sogar, weil sie immer wieder das tiefe Schweigen um mich herum durchbrachen, auf gewisse Weise lieb.

Bald geschah es ein zweites Mal, daß mir die Uhr stehenblieb. Ich hatte das Gefühl, längere Zeit geschlafen zu haben. Doch hatte ich längst jede zeitliche Orientierung verloren, und zu diesem Zeitpunkt hätte ich kaum sagen können, ob ich drei oder bereits fünf Tage in meinem Gefängnis zugebracht hatte. Ich zwang mich dazu, aufzustehen: nun war es wirklich höchste Zeit, einmal den Ölverbrauch der Lampe zu bestimmen, um auf diese Weise wenigstens eine grobe Vorstellung davon zu haben, wie lange ich schon hier unten lag.

Ich steckte einen Schraubenzieher in den Ölbehälter, markierte den Ölpegel und sah auf die Uhr. Es war kurz vor drei. Ich legte mich hin und nahm mir vor, wachzubleiben. Plötzlich schreckte ich auf – trotz meines Vorsatzes hatte ich wieder tief geschlafen. Die Uhr zeigte wenige Minuten nach drei, tickte aber nicht mehr; auch durch Schütteln und leichtes Stoßen war sie nicht wieder in Gang zu bringen. Wahrscheinlich war Staub ins Gehäuse eingedrungen, als ich mit aller Kraft daran gearbeitet hatte, die Werkzeugtasche freizulegen. Jetzt bereute ich es, den Verbrauch der Lampe nicht rechtzeitig gemessen zu haben. Daß ich von nun an keine Möglichkeit mehr hatte, mein schwankendes Zeitgefühl zu kontrollieren, war unangenehmer, als ich es mir hätte vorstellen können.

Halb aus Absicht, halb bedingt durch die zunehmende Schwäche, geriet ich allmählich in eine zunehmende Apathie. Aufzustehen und den Hammer an die Wand zu schlagen wurde zu einer lästigen Anstrengung, obwohl ich mir immer wieder sagte, daß diese Lebenszeichen für meine Rettung entscheidend sein konnten. Schon das Prüfen und Nachfüllen der Öllampe war mir lästig; am liebsten wäre ich liegengeblieben und in der immer diffuser werdenden Abfolge von Bildern und flüchtigen Erinnerungen versunken. Selbst die Gedanken an Luisa und die auf sie gerichteten Tagträumereien (ein Ausdruck, der hier in der Finsternis einen ganz neuen Sinn bekam) verloren ihre Intensität und ihre Richtung. Sprunghaft und kraftlos folgten die Gedankenfetzen einander, verdrängten sich, schienen sich hin und wieder zu einer Struktur oder einem Begreifen zu verdichten, um dann erneut überlagert zu werden von wirren Traumgestalten und verschwommenen Wahrnehmungen.

Der Hof meines Vaters. Die Nachbarin, wie sie mir halb belustigt, halb mitleidig über den Kopf streicht, sich vorbeugend, als wollte sie mir etwas sagen, dabei den Blick bis tief in ihren Ausschnitt freigebend ... mein Großvater und das Bild in seinem Salon: der geschundene Christus in seinen Lumpen; daneben ein Papst samt Kardinälen in Pupurgewändern, mit blitzenden Ringen an den dicken Wurstfingern, und darunter der Titel: »Der König und seine Stellvertreter«. Halt das Maul zu, Junge, und Augen und Ohren offen ...

Die Schublade von Luisas Schreibtisch, mit der Photographie ... Luisas Stimme: mein lieber Junge. Nun ist der Junge doch nicht lieb gewesen. Ob sie wohl geht und ihn anzeigt? Oder ihn in der Erde verfaulen läßt? Nein, ich weiß es, sie ist bei der Rettungsmannschaft, jeden Tag, sie spricht mit jedem von ihnen, ermahnt sie, feuert sie an – was würdet ihr machen, wenn es euer Sohn wäre, oder euer Bruder, der da unten steckt ...

Feuer. Die Lampe flackert, ich muß den Docht höher stellen, sie geht mir sonst noch aus ... Feuer – war ein lustiges Feuer in der Kiste, war jedenfalls die Haare wert, die mir dabei abgebrannt sind, was denn, wieso war's die Haare wert, war zwar nicht schade drum, aber gesehen hab ich auch bloß braunes Papier ...

Klopfzeichen. Drei Schläge hintereinander, oder habe ich sie geträumt? Steh auf, Luigi, steh auf und klopfe, wenn dir dein Leben lieb ist, jetzt sind sie schon im Gang und diskutieren; sinnlos, daß wir weitergraben, sagt einer, es ist die Hölle hier unten, das kann keiner überlebt haben. Schläge, das sind Hammerschläge, muß ein mächtig dicker Hammer sein, noch größer als meiner ... gutes Werkzeug ist Gold wert, eine gute Zange ist auch ein guter Freund – wie die Winkelspiegel ... meine erste Erfindung, nicht schlecht, aber für ein paar Schluck Wasser würde ich sie hergeben ... Mein stolzer Onkel: Bist ein Teufelskerl, Junge, na, hoffentlich holt er mich noch nicht, der Teufel. Sie klopfen schon wieder, steh endlich auf, Luigi, und klopfe zurück, du schläfst dich noch zu Tode ...

Feuer. Die brennende Truhe – nicht schlecht, das Versteck, in der Kapelle eingemauert, genau unter der Heiligen Jungfrau. War doch eine Jüdin, oder? Maria war Jüdin, ist schon lustig, die Leute beten eine Jüdin an. Na und, auch die Apostel waren Juden, und überhaupt – sind doch bloß mitgegangen, das war alles – weiß nicht, ob ich mitgegangen wäre. Jeden Tag zwölf Mäuler sattkriegen ist auch nicht leicht, na, wenigstens zu trinken hatten sie genug, vielleicht wär ich doch mitgegangen. Ich als Apostel, nein danke, dann schon lieber Schlosser, und alte Kisten aufmachen ... was kann bloß dringewesen sein in der Truhe – so viel Aufwand für ein paar beschriebene Blätter, noch nicht einmal Geld, und von derselben Art noch zwei Truhen dazu – das heißt, eine hatte er bei sich, fehlt also nur noch eine. Unglaublich, das Feuer in der Truhe, zündet noch nach so vielen Jahren. Ein tolles Feuer, das Blatt krümmt sich, als ob es lebt, nur schreien tut's nicht, krümmt sich bloß zusammen. Die Zeichnung mit dem Plan, da muß die dritte Truhe sein, keine Frage – ein Haus mit zwölf Räumen, vom letzten noch einer abgehend, auch nicht gerade üblich für ein normales Haus, schon gar nicht, wenn man was verstecken will. Sieht doch ein Blinder mit 'nem Krückstock schon von außen, daß da noch ein Raum ist. Unsinn, wer sagt denn, daß es der Plan von einem Haus ist; könnte auch ein Keller sein. Ungefähr so einer wie der hier, hat auch zwölf Räume, der Gang – vielmehr, er hatte sie, bevor er zusammengekracht ist, bloß daß von der Kammer hier kein Raum mehr abgeht. Außer sie hätte eine Geheimtür, aber das würde man ja merken. Brauchte man nur dagegen zu klopfen – müßte ja hohl klingen ...

65
Mein Reich ist nicht von dieser Welt

Meldungen aus den »Berlinischen Nachrichten«:

Constantinopel, 15. October 1869. [Kaiserin Eugenie.] Das wichtigste Ereignis des Tages ist die vorgestern erfolgte Ankunft der Kaiserin Eugenie, die in Kürze zur Eröffnung des Suez-Canals weiterreisen wird. Ganz Constantinopel befindet sich auf den Beinen; Jedermann beeilt sich, die immer noch schöne französische Kaiserin zu sehen.

Paris, 16. October 1869. [Über das Duell] sind Einzelheiten bekanntgeworden: Nachdem der Marquis Beaumont, von einer entlassenen Zofe informiert, Briefe des Fürsten Metternich an seine Gemahlin vorgefunden, welche die eheliche Treue der schönen Marquise sehr verdächtig erscheinen ließen, fand das Duell der beiden Herren am Donnerstag Morgen auf einer zum Lande Baden gehörigen Rheininsel statt. Der Kampf dauerte wenige Minuten; er wurde als beendet erklärt, nachdem der Graf dem Fürsten Metternich den Oberarm durchbohrt hatte. Fraglich ist, ob der Fürst seinen Posten als österreichisch-ungarischer Botschafter wird beibehalten können.

Paris, 18. October 1869. [Der Suez-Canal.] Die bevorstehende Eröffnung des Suez-Canals wird im *Journal des Débats* als ein weiteres Unterpfand für den europäischen Frieden gefeiert: »Der Canal von Suez darf und kann nur dem Frieden dienen. Der Frieden hat ihn geschaffen für den Handel, und der Handel seinerseits wird sich seiner bedienen, um durch verdoppelte Tätigkeit den Frieden von Tag zu Tag fester zu machen. In diesem Sinne begrüßen wir auch die Teilnahme zahlreicher europäischer Fürsten, insbesondere der Kaiserin Eugenie.«

Wien, 20. October 1869. [Beust und Metternich.] Obgleich man geneigt ist, einen Botschafter für unmöglich zu halten, der sich in eine Lage versetzt sieht, wo er sich in einem Duell schlagen muß, ist der Verbleib des Fürsten Metternich auf seinem Posten entschieden. Der wahre Grund dafür liegt natürlich darin, daß Beust keine Lust hat, sich diesen geschickten Diplomaten in Wien als gefährlichen Rivalen auf den Hals zu laden.

München, 29. October 1869. [Das fehlbare Concil.] Einer der tüchtigsten Theologen der Münchener Universität, J. Froschammer, schreibt über das Concil: »Die versammelten Bischöfe werden, indem sie den sehr fehlbaren Papst als unfehlbar erklären, damit nichts weiter leisten als den klaren Beweis, daß sie selber, auch wenn sie zu einem allgemeinen Concil versammelt sind, genauso fehlbar sind wie nun einmal eine jegliche Versammlung Menschen auf dieser Welt, seien es Weise oder Narren.« (Wobei es sich fragt, ob die Concilsherren eher den Weisen oder den Narren angehören.)

Berlin, 12. November 1869. [Die Hörigkeit der Frau.] Unter diesem Titel ist soeben bei F. Berggold das neueste Werk von John Stuart *Mill* erschienen *(»The Subjection of Women«).* Hierin versucht Mill zu begründen, daß das Princip, wonach die jetzigen Beziehungen zwischen den beiden Geschlechtern geregelt werden — nämlich die gesetzliche Unterordnung des einen Geschlechtes unter das andere — an und für sich ein Unrecht und eines der wesentlichsten Hindernisse für eine höhere Vervollkommnung der Menschheit sei. Die interessante Begründung dieser Ansicht geht von philosophischem Standpunkte und echter Humanität aus, und wenn auch erst die Zukunft entscheiden kann, was an diesen neuen Ideen lebensfähig ist, so wäre es doch Beschränktheit und Hochmut, sie absolut verwerfen zu wollen, nur weil sie neu sind. Auch uns dünkt es, als ob wir am Anfang großer socialer Veränderungen stehen. Solche vollziehen sich langsam; und Keiner, der den Keim hat pflanzen sehen, erlebt die Volljährigkeit des Baumes.

Berlin, 18. November 1869. [Katholische Geldgier.] Die »Elb. Z.« erhebt Klage über die finanzielle Begünstigung der Katholiken in Preußen. Sie schreibt:

»Die Katholiken bilden im Staat jetzt etwa den fünften oder sechsten Teil der Einwohner, aber sie beziehen für kirchliche Zwecke drei oder vier Mal so viel wie die etwa 20 Millionen Protestanten. Und während evangelische Consistorialräte ein jährliches Gehalt von 300 Talern erhalten, beziehen die katholischen Bischöfe in unverblümtester Schamlosigkeit vom Staate fürstliche Gehälter von 10.000-12.000 Talern.«

München, 18. November 1869. [Gutachten zum Concil.] Die »A. A. Z.« beginnt mit der Veröffentlichung des Gutachtens, welches die hiesige theologische Facultät zu den rechtlichen Folgen einer erklärten Unfehlbarkeit erstellt hat. Es zeigt auf, daß dadurch das gesamte bisherige Verhältnis von Staat und Kirche principiell umgestaltet und in Frage gestellt würde.

Christus selber hat die Selbständigkeit und das Recht der weltlichen Gewalt unmißverständlich anerkannt: »Mein Reich ist nicht von dieser Welt«, sowie »Gebt dem Kaiser, was des Kaisers ist.« Höchst ungewiß ist jedoch, ob mit dem Ausspruch »Gebt Gott, was Gottes ist« wirklich die Herrschaft der hierarchischen Amtskirche gemeint ist, oder nicht vielmehr die Lebensführung und die persönliche Frömmigkeit des Einzelnen.

Weil sich die Erklärung der Unfehlbarkeit auf *alle* Päpste erstrecken würde, der Gegenwart und der Zukunft ebenso wie der Vergangenheit, so müßten damit von nun an auch früher erhobene Ansprüche von jedem Katholiken geglaubt werden, wenn er nicht die ewige Seligkeit verlieren wolle. Dazu gehört auch der Anspruch von Leo X. aus der Bulle *Unam sanctam*, wonach die weltliche Gewalt des Staates der geistlichen Gewalt der Kirche unterworfen sei. Und die Frechheit, mit welcher der Papst bereits das österreichische Staatsgrundgesetz für »immerdar ungültig« zu erklären gewagt hat, zeigt, daß die Gefahr der permanenten Verwirrung und Aufhetzung der Katholiken für alle Staaten eine sehr reale und nach Verabschiedung der Unfehlbarkeitslehre geradezu eine zwangsläufige ist.

Suez, 20. November 1869. [Eröffnung des Canals.] Nach der am Mittwoch, dem 17. d. M. stattgehabten feierlichen Eröffnung des Canals durch die Kaiserin Eugenie und den Vizekönig, in Anwesenheit zahlreicher europäischer Fürsten, hat die *»Aigle«* mit der Kaiserin an Bord den ganzen Canal von einem Ende zum andern ohne Hindernis befahren. Heute morgen ist das Schiff hier angekommen und hat im Roten Meer Anker geworfen.

66
Bruderschaft

> Wenn jemand behauptet, die Philosophie müsse ohne jede Rücksicht auf die übernatürliche Offenbarung betrieben werden – der sei verflucht.
>
> Pius IX., Syllabus errorum

Tagebuch des Heinrich Wilhelm Lehmann:
Paris. Dienstag, 15. März 1870

Ob es wohl mein Schicksal ist, ewig und drei Tage Notizbücher anzufangen und vollzuschreiben?

Francesca hat mir gnädig erlaubt, aus meiner eigenen Niederschrift einige Seiten abzuschreiben: den Text der Dokumente, die Luigi in der Truhe gefunden hatte.

»Aber nur, weil es mein eigener Rat war, daß du an die Bischöfe schreiben solltest. Von Rechts wegen dürftest du dein Buch nicht einmal mehr von außen sehen – damit du schleunigst vergißt, was da für indiskrete Sachen drinstehen. Ein Glück, daß du jetzt zur Familie gehörst! Einen Fremden, der solche Sachen von uns weiß, müßte ich nämlich sofort erstechen.«

Daß sie nun immer wieder das Brüderliche an mir betont, macht mich natürlich nicht ganz glücklich. Andererseits fällt es mir schwer, ihr zu widersprechen.

»Bist wirklich ein Wüstling«, sagte sie zu mir, als ich sie heute morgen in den Arm nahm und sehr innig auf den Mund küßte. »Gerade hast du mir vorgelesen, was du vor Jahren der Frau Donati angetan hast, und jetzt willst du es mit ihrem Töchterchen treiben? Das könnte dir so passen!«

»Also, Fräulein Donati«, widersprach ich. »Das hat doch keine Logik. Was bin ich denn nun – dein Bruder oder dein Stiefvater?«

»Wie ich sehe«, erklärte sie, »hast du das Komplizierte der italienischen Familienverhältnisse völlig begriffen. Das zeigt schon, daß du jedenfalls zu Familie gehörst. Ob Bruder oder Stiefvater, ist doch egal – auf jeden Fall hast du ab sofort nur noch das familiäre Kußrecht.«

»Und das wäre?«

»Überall hin, außer auf den Rumpf. Mund, Wangen, Ohren, Hände und Füße sind dir gestattet – bediene dich.«

Ich kniete mich vor sie und begann, ihr Bein vom Knie an aufwärts zu küssen.

»Eh«, rief sie, und stieß mich weg. »Das gilt nicht. Du rechnest wohl immer noch damit, daß ich schwach werde?«

»Ehrlich gesagt, ich würde es mir wünschen.«

»Komm«, sagte sie. »Zieh deinen Mantel an. Wir machen einen Spaziergang!«

Draußen war herrlicher Sonnenschein. Wir gingen die Straße hinunter zum Bois de Boulogne. Francesca hängte sich bei mir ein und pfiff ein Stück aus der Verdi-Arie »La donna e mobile«.

»Meinst du das im Ernst?« fragte ich.

»Was meine ich im Ernst?«

»Na, was du gerade pfeifst. Daß die Herzen der Frauen wankelmütig sind – Verdi.«

»Ach«, sagte sie spöttisch, »*wir* sind wankelmütig? Nun sage mir doch gleich einmal, du Herr der Schöpfung: was ist mit dir? Wenn ich mich nicht irre, hattest du vor, das Konzil zu sprengen und dem Papst seine Fehlbarkeit zu beweisen. Davon habe ich seit einer Woche kein Wort mehr gehört. Statt dessen nutzt du das Familienkußrecht gleich beim ersten Versuch schamlos aus, um deine Stieftochter zu verführen. Also, wer ist wankelmütiger?«

»Ich habe das nie bestritten – die Männer natürlich.«

»Dein Glück, daß du es zugibst. Und wenn du dich entscheiden müßtest zwischen mir und deinem Fehlbarkeitsnachweis? Wofür würdest du dich entscheiden?«

»Für dich – sofort.«

»Hm – weiß nicht, ob mich das wirklich ehrt. Zum Glück will ich gar nicht, daß du dich entscheidest. Aber wenn ich mich zwischen der Medizin und dir entscheiden müßte, was meinst du, was mir wichtiger wäre?«

»Francesca, du bist grausam. Ich ahne es schon: die Medizin.«

»Genau. Und zwar dreimal so wichtig.«

»Und wenn du dich zwischen der Medizin und Cesare entscheiden müßtest?«

»Auch die Medizin – aber fünfmal so wichtig.«
»Danke. Du bist heute wirklich sehr liebenswürdig.«
»Gar nicht. Weißt du, warum mir die Entscheidung so leicht fällt?«
»Nämlich?«
»Na, wenn du das noch nicht weißt, dann wird es aber Zeit, daß du es lernst: ein Mensch, der von dir verlangt, daß du dich zwischen ihm und einer echten Herzenssache entscheiden sollst, ist es nicht wert, daß du dich für ihn entscheidest.«
»Habe ich dir schon gesagt, daß ich dich gelegentlich bewundere, meine liebe Francesca?«
»Kann sein. Aber du kannst es ruhig öfter sagen.«

Am Rand einer Lichtung stand ein Holzstapel. Wir setzten uns und hörten den zwitschernden Vögeln zu.
»Sag mal, Enrico«, fragte sie nach einer Weile, »hast du nicht das Gefühl, daß ich dir noch etwas schuldig bin?«
»Nein, habe ich nicht. Wenn einer von uns dem andern etwas schuldig ist, dann bin ich es. Schließlich hast du mich –«
»Gerettet, ich weiß. Aber –«
»Nein, das wollte ich gar nicht sagen. Aber du hast mich glücklich gemacht – damals in Berlin.«
»Und was hast du heute von deinem vergangenen Glück?«
»Aber Francesca, bist du vergangen?«
»Aber bin ich immer noch dein Glück?«
»Ja, das bist du, denn ich liebe dich immer noch.«
Sie lachte. »Ich bin ja schon zufrieden, wenn ich dich nicht ganz unglücklich mache. Aber fragen wollte ich was anderes.«
»Dann frag doch!«
»Na gut. Ich habe dir doch für die Übersetzung – nein, das sollst du ja vergessen – also: für irgendwas hatte ich dir mal eine Belohnung versprochen. Kannst du dich erinnern?«
»Natürlich.«
»Und du willst sie gar nicht mehr haben, sagst du. Richtig?«
»Sagen wir: du warst mir nie irgendeine Belohnung schuldig.«

»Gut, das weiß ich ja inzwischen. Aber bist du denn gar nicht neugierig, was ich mir als Belohnung gedacht hatte?«

»Wenn ich ehrlich sein soll: bis du mich in Berlin besucht hast, habe ich es mich jeden Tag, jede Stunde gefragt.«

»Sieh mal an – das hast du mir völlig verschwiegen. Und was hattest du dir als Belohnung gewünscht?«

»Ach Francesca – hast du das nicht gemerkt?«

»Wer weiß? Aber ich will es von dir selber hören!«

»Nun, es war ... also, jedenfalls ganz unbrüderlich.«

»Da haben wir's wieder: das ganze Mannsvolk sexuell ausgehungert. Hab ich dir denn in Berlin deine Wunschträume erfüllt?«

»Mehr als das. Warum fragst du?«

»Weil du mir gar nichts von Wunschträumen erzählt hast.«

»Hab ich dir das nicht gezeigt?«

»Nein, hast du nicht. Du hast mich umarmt, dich an mich gekuschelt, hast mich an meinen liebsten Körperstellen geküßt, hast dich von mir umarmen und küssen lassen. Und ich hab gemerkt, daß es dir großes Vergnügen gemacht hat, wenn ich mit deinem Zeugungsglied gespielt habe. Stimmt's?«

»Es erregt mich schon wieder, wenn du davon sprichst!«

»Enrico! Strenger Ordnungsruf! Erstens bist du jetzt mein Bruder, zweitens bekomme ich selbst Appetit, aber drittens betreiben wir hier angewandte Sexualwissenschaft! Also etwas mehr wissenschaftliches Verantwortungsbewußtsein, wenn ich bitten darf!«

»Gut, ich opfere mich. Es bleibt mir ja nichts anderes übrig.«

»Ist es so schlimm? Na, vielleicht läßt sich ja drüber reden. Aber erst will ich dich wirklich etwas Ernsthaftes fragen.«

»Ich bin ein ernsthafter Mensch, Francesca.«

»Das weiß ich doch – darum frage ich dich ja auch. Aber wirst du es aushalten, über die Tage in Berlin zu sprechen, ohne gleich an sexuellem Ausgehungertsein zu sterben?

»Gefährlich wird es – aber ich will mir Mühe geben.«

»Und ich darf dich wirklich alles fragen?«

»Du weißt doch: vor dir habe ich keine Geheimnisse.«

»So wird es auch bleiben, hoffe ich. Also Enrico: die Tage in Berlin – hattest du dir das so gewünscht?«

»Fragst du im Ernst? Und ob ich es mir gewünscht habe!«

»Genauso, wie wir es gemacht haben?«

»Aber das weißt du doch selber: in der Phantasie malt man sich irgendwelche Sachen aus. Wenn es dann so ähnlich ist, ist es schön, aber anders ist es auch schön. Warum fragst du?«

»Das sage ich dir gleich. – Also, damals in Rom: du hattest mir etwas versprochen. Wie gesagt, du sollst es vergessen, aber heute darfst du noch einmal dran denken. Erinnerst du dich?«

»Natürlich. Und wie ich in den letzten Tagen gesehen habe, hätte ich mir mein Versprechen gründlich überlegen sollen.«

»Glaubst du, es wäre mir lieber, ein anderer Mensch weiß all diese Dinge, und ich weiß sie nicht?«

»Nein, das nun auch wieder nicht.«

»Na also. Zurück zu deinem Versprechen: erst warst du Feuer und Flamme. Dann ist dir etwas eingefallen, und plötzlich bist du ganz rot geworden – weißt du noch?«

»Und ob!«

»Siehst du: da wußte ich sofort, es geht um erotische Dinge. Sei ehrlich: das war doch der Grund für deine Verlegenheit?«

»Allerdings – ich gestehe es.«

»Na gut. Dann kann ich dir ja jetzt sagen, was mir in diesem Moment als Belohnung eingefallen war.«

»Was denn – etwa nicht, mich in Berlin zu verführen?«

»Nicht ganz. Darum frage ich ja nach deinen Wunschträumen.«

»Also, jetzt möchte ich wirklich wissen, was meine Belohnung sein sollte!«

»Willst du es wirklich unbedingt wissen?«

»Unbedingt! Und sofort! Spann mich nicht auf die Folter!«

»Na gut – wie du willst. Ich hatte mir folgendes gedacht: er zögert – also ist es etwas Erotisches. Er wird verlegen – also ist es etwas, das ihm nahegeht. Da hab ich mir vorgenommen: das, was er mir an Erotischem vorliest, werde ich mit ihm machen – das soll seine Belohnung sein. Woran du sehen kannst, daß ich dich auf Anhieb gemocht habe.«

»Oh Francesca – und warum hast du's dann anders gemacht?«

»Kannst du dir das nicht denken? Die Belohnung, das war ein spontaner Gedanke; aber später wurde mir klar, was da wahrscheinlich auf mich zukam. Luisa, das wußte ich von dir, war für Luigi die wichtigste Frau in seinem Leben. Wenn also in den Aufzeichnungen auch intime Dinge standen, dann brauchte ich ja nur zwei und zwei zusammenzählen ...«

Vom Sitzen war uns kühl geworden; wir standen auf und schlenderten zum Haus zurück. Am Eingang begrüßte uns der Kater Piff; Emilia war nicht da. Als wir drinnen waren, nahm ich meinen Mut zusammen und fragte:
»Aber Francesca – hattest du denn – wußtest du gar nicht ...«
»Sprich es ruhig aus, Enrico.«
»Aber wußtest du nicht, daß Luigi – daß er dein –«
»Daß er mein leiblicher Vater ist? Nein, Enrico – woher? Geahnt habe ich es in den letzten Monaten immer mehr, aber genau weiß ich es durch dich – seit vorigem Freitag.«
»Oh Francesca – ich schäme mich so sehr ... Du mußt mich ja regelrecht hassen – und Luigi etwa auch?«
Sie ergriff meine Hand und zog mich hinter sich her bis in ihr Zimmer. Drinnen umarmte sie mich und küßte mich auf den Mund.
»Sag, Enrico – hätte dir die Belohnung so gefallen, wie ich sie mir zuerst gedacht hatte?«
»Aber ja – sie hätte mir sehr gefallen.«
»Und du würdest dich gar nicht schämen, nackt neben deiner Stiefschwester zu liegen?«
»Nein, nicht im geringsten.«
»Entsetzlich«, flüsterte sie, »dann muß ich mich ja vor dir schützen – vor dir, meinem eigenen Bruder!«
»Ja, das solltest du wirklich tun.«
»Gut« sagte sie, und biß mich ins Ohr. »Dann ins Bett, unter die Decke mit dir! Ich muß noch mal nach unten, etwas holen, und wenn du es gerade ernstgemeint hast, dann werde ich an deinem Körper kein einziges Kleidungsstück mehr finden. Aber ich kann es gar nicht wirklich glauben!«
Als ich sie kurz darauf die Treppe heraufkommen hörte, lag ich längst ausgezogen unter der Bettdecke. Sie trat zum Bett; gleich darauf spürte ich, wie sie unter der Decke meine Haut abtastete. Als sie merkte, das ich wirklich nackt war,

führte sie mir die Hände über dem Kopf zusammen und schlang einen Strick darum, den sie am Bettpfosten befestigte.

Am Rascheln ihrer Kleider hörte ich, wie sie sich auszog.

»So, mein unzüchtiger Bruder«, sagte sie, als sie zu mir unter die Decke kroch. »Jetzt habe ich dich ganz in meiner Gewalt – wie du es mir vorgelesen hast. Bereust du es auch wirklich nicht?«

Ich gab ihr einen Kuß. »Nein – nicht im geringsten.«

»Und wie findest du es, von mir gefesselt zu sein?«

»Aufregend. Merkst du es nicht?«

Sie fuhr mir mit der Hand über den Bauch, bis hin zu dem aufgerichteten Glied, das sich erwartungsvoll in ihre Hand schmiegte.

»Komisch«, sagte sie, »es ist wirklich so. Hast du denn gar keine Angst?«

»Überhaupt keine.«

»Aber ich könnte ja sonstwas mit dir machen.«

»Mach es doch!«

»Enrico, ich warne dich!«

»Ich hab keine Angst, Francesca.«

Einige Augenblicke genoß sie es, sich von mir ihre Brust küssen zu lassen. Dann flüsterte sie:

»Du weißt ja gar nicht, auf was für Gedanken du mich bringst ...«

»Es können nur schöne Gedanken sein.«

»Wenn du dich mal nicht täuschst, mein Lieber ... und was würdest du machen, wenn ich dich jetzt losbinden würde?«

»Du weißt doch: das Verlangen macht die Männer verrückt. Vielleicht könnte ich nicht widerstehen und würde den Strick hier gleich um dich rumwickeln, und dann ...«

»Ich kann's mir schon denken. Mit andern Worten, es muß mal wieder eine Männlichkeit gebrochen werden ...«

Ich antwortete nicht, denn sie war dabei, sich auf mich zu legen, und zwar so, daß ihre Scheide gerade auf meinem Mund zu liegen kam. Gleichzeitig hatte sie mit einer Hand mein Glied ergriffen; mit der anderen fuhr sie die Innenseite der Oberschenkel entlang und umspielte die Hoden.

Ich hatte begonnen, mein Glied langsam in ihrer Hand zu bewegen, als ich spürte, wie sie mit den Fingernägeln die Haut an einer Stelle des Hodens erst ganz fein, dann immer stärker zu kneifen begann. Ich fühlte, wie aus der zarten Reizung erst ein deutlicher, dann ein stechender Schmerz wurde, und jetzt merkte ich in der Tat, wie sich der Schmerz mit der Erregung vereinigte und mich unwiderstehlich zu einem schnellen Hin und Her zwang, das fast sofort in lustvollen Zuckungen meinen Samen in ihre Hand spritzen ließ.

Francesca lag immer noch wie vorher, die Scheide an meinen Mund gedrückt. Ermattet wie ich war, spürte ich doch, daß ihr Begehren zwar geweckt, aber nicht gestillt war. Ein kleines Weilchen küßte ich mich in ihre Scheide hinein, suchte die kleine Stelle, die nicht anders als meine Haut ein feines Beißen im Wechsel meiner Küsse zu genießen schien. Dann preßte sie auf einmal ihren Körper mit aller Kraft gegen mein Gesicht, und gleich darauf spürte ich es in ihrem Leib heftig zucken.

Sie drehte sich um, so daß wir Kopf an Kopf lagen, küßte mich auf den Mund und band mich los. Ich sah, wie sie meinen Samen auf ihrer Brust verrieb.

»Das mit den malayischen Hexen hat mich nachdenklich gemacht. Was meinst du – ob meine Brust so ein bißchen größer wird?«

»Francesca – deine Brüste sind traumhaft schön!«

»Finde ich gar nicht«, sagte sie bekümmert. »Weißt du, wer schöne Brüste hat?«

»Na – wer denn?«

»Emilia – ihre Brüste sind wirklich schön. Wußtest du das?«

Als ich nicht antwortete, kniff sie mich in den Arm. »Eh, ich hab dich was gefragt! Wußtest du das?«

»Ja«, sagte ich zögernd, »ich habe sie einmal gesehen. Aber nur für eine Sekunde, aus Versehen, die Tür im Badezimmer war nicht abgeschlossen.«

»Wüstling!« rief sie, und gab mir einen scharfen Klaps auf den Oberschenkel. »Ich hör's dir doch an, es tut dir leid, daß du sie nur eine Sekunde gesehen hast. Gib es zu!«

»Francesca«, sagte ich, und küßte sie aufs Ohr, »ich –«

»Enrico«, unterbrach sie mich, »sei mal ehrlich: wer hat schönere Brüste – Emilia oder ich?«

»Aber Francesca – das kann man doch nicht –«

»Du sollst jetzt nur sagen, wessen Brüste schöner sind, verdammt noch mal!«

»Also, wenn es nur die Brüste wären – dann vielleicht doch Emilia ...«

Sie lachte, aber es klang nicht restlos glücklich.

»Enrico – du kannst einfach nicht lügen. Nicht einmal, um deiner Schwester was Nettes zu sagen ...«

»Meiner heißgeliebten Stiefschwester ... aber wenn ich lügen würde – du würdest es ja doch merken.«

»Das ist es ja! Es ist ganz hoffnungslos mit dir!«

Sie kuschelte sich an mich und flüsterte: »Du mußt mir was versprechen!«

»Alles, was du willst!«

»Enrico, wir werden dir eine gute Frau suchen, weißt du, eine wie Emilia. Oder die sanfte Barb, oder Mirja mit den wassergrünen Augen, meinetwegen sogar Andrella, nach der sich alle Männer umdrehen. Aber eins mußt du mir versprechen: wenn dich irgendwann dein Verlangen so verdreht macht, daß du bereit wärst, irgendeiner Schnepfe dein Leben für eine Nacht zu bieten – dann komm lieber erst zu deiner Stiefschwester. Damit du die Welt wieder einen Tag lang mit Vernunft siehst ...«

»Ich verspreche es dir. Aber Francesca – verlierst du denn niemals vor Verlangen den Kopf?«

»Manchmal. Soll das ein Angebot sein?«

»Immer.«

»Na gut, ich werd dich beim Wort nehmen.«

»Weißt du was? Ich könnte, glaube ich, schon wieder mein Leben bieten – für zehn Minuten ...«

»Wüstling! Na komm her – aber diesmal ohne Strick ...«

67
Die Truhe

*Rekonstruktion der Aufzeichnungen
des Luigi Calandrelli (22):*

Müßte ja hohl klingen ... Auf einen Schlag war ich hellwach, und eine fiebernde Anspannung trat an die Stelle meiner Apathie. Hohl klingen: war es möglich – konnte es sein – gerade an dieser Stelle ... das Geräusch der Steine – es war mir für einige Sekunden aufgefallen, aber ich Dummkopf hatte nicht darauf geachtet.

In der Tat: die Kammer, in der ich mich befand, hätte diejenige auf dem Plan sein können, den ich damals um den Preis meiner verbrannten Haare für Sekunden gesehen hatte. War sie es?

Nun erinnerte ich mich auch an meinen ersten Eindruck: als wäre mir der Gang schon von früher bekannt gewesen.

Ich erhob mich, und auf einmal wurde mir so schwindlig, daß ich um ein Haar gestürzt wäre. Mein Kreislauf, so lange kaum gefordert, protestierte gegen die plötzliche Anstrengung; mir blieb nichts übrig, als der Stimme des Körpers nachzugeben und mich wieder hinzusetzen. Im Sitzen machte ich, während ich fieberhaft nachdachte, einige gymnastische Übungen. Schließlich, in einem vorsichtigen zweiten Anlauf, gelang es mir tatsächlich, aufzustehen und einige Schritte zu gehen.

Ich mußte herausfinden, ob meine Vermutung stimmte: ob tatsächlich von der Kammer, in der ich mich jetzt befand, eine verborgene Tür abging. Doch gerade dorthin, wo diese dem Plan zufolge hätte sein müssen, hatte ich auf der Suche nach der Werkzeugtasche die weggeräumten Steine geworfen – ich hätte mich ohrfeigen können, daß ich nicht aufmerksamer gewesen war. Aber es half nichts; ich mußte die Steine beiseite schaffen.

Weggeblasen war für den Augenblick nicht nur die Müdigkeit – vergessen war auch mein Vorsatz, so gut wie möglich mit meinen Kräften hauszuhalten. Ich strengte mich an, ich keuchte, ich geriet ins Schwitzen; doch merkte ich schnell, wie wenig mir noch von meinen Kräften verblieben war. Das Wegräumen der Steine dauerte viel länger als das Hinschleudern; immer wieder mußte ich längere Pausen einlegen, während derer ich mehrere Male einschlief. Zwischendurch klopfte ich gelegentlich mit dem Hammer an die Wand; einmal schien es mir, als hätte ich gleich darauf aus einiger Entfernung eine Antwort gehört. Oder war ich schon wieder dabei, einzunicken, und hatte es nur geträumt?

Als ich erwachte, schien es mir, als hätte ich lange und tief geschlafen. Wieder hörte ich das Geräusch von rhythmisch geklopften Schlägen. Sollte es diesmal wirklich so sein, daß Retter unterwegs waren? Ich griff zum Hammer und schlug eine Serie von Klopfzeichen an die Wand, im selben Rhythmus wie diejenigen, die ich eben gehört hatte. Sogleich erfolgte eine Antwort. Um ganz sicher zu gehen, klopfte ich erneut, aber in einer veränderten Schlagfolge. Auch dieses Signal erwiderte man im selben Rhythmus. Kein Zweifel – sie hatten mich wahrgenommen!

Zu wissen, daß ein Rettungstrupp unterwegs war, beflügelte mich zusätzlich. Zwar konnte ich nicht feststellen, ob die Suche ausschließlich mir galt. Aber jedenfalls wußte man jetzt, daß ich lebte. Und auch wenn die Retter noch ziemlich weit entfernt zu sein und nur langsam näherzukommen schienen – ich war nicht mehr allein hier unten im Gang.

Das machte mir eines deutlich: die Zeit, die mir zum Aufklären von Arcimboldos Geheimnis blieb, war so oder so begrenzt – entweder durch meine schwindenden Kräfte, oder aber durch die Retter, die mich hoffentlich bald holen würden. Also machte ich mich daran, die restlichen Steine von der Kammerwand zu entfernen: dort, wo sich vorher das Regal befunden hatte, das nun quer im Raum stand. Als ich so weit gekommen war, daß ich wenigstens den oberen Teil der Wand prüfen konnte, nahm ich die Öllampe, stellte die Flamme größer und betrachtete das Gemäuer. Wenn es eine Tarnung war, so war sie sehr gut: weder ließen sich Unterschiede in der Struktur der Steine erkennen, noch auch tiefere Fugen, die auf eine Geheimtür hätten schließen lassen. Sollte meine Aufregung verfrüht gewesen sein?

Ich griff zum Hammer und klopfte die Wand Stück um Stück ab – und atmete auf, während mein Herz schneller schlug. Kein Zweifel: es gab einen Bereich, wo das Klopfen einen deutlich hohl klingenden Ton ergab. Mehr noch: dieser Bereich erstreckte sich genau auf ein Rechteck von der Größe einer Tür. Ich war auf der richtigen Spur.

Es dauerte noch eine Weile, bis ich auch die letzten Steine wieder von der Wand entfernt hatte. Erneut nahm ich die Lampe zur Hand, drehte den Docht höher und prüfte die Steine Fuge für Fuge. Gab es vielleicht einen versteckten Knopf oder einen Mechanismus, der nach seiner Betätigung den Eingang freigegeben hätte? Das war nicht der Fall. Doch hatte ich bei einer genauen Untersuchung der Steine den Eindruck, als wäre die Oberfläche geringfügig anders als an den übrigen Wänden. Hatte demnach Arcimboldo, um den Eingang zu verbergen, die Rückwand der Kammer vollständig übermauert?

Ich griff zu Hammer und Meißel; genau in der Mitte der vermuteten Tür machte ich mich daran, einen Stein aus dem Mauerverband zu lösen. Langsam, Schlag um Schlag, immer wieder von meiner Schwäche zu Pausen gezwungen, stemmte ich rings um den Stein den Mörtel aus den Fugen. Er lockerte sich, ließ sich ein wenig hin- und herschieben; schließlich gelang mir ein Schlag, der den Stein in zwei Teile zerspringen ließ. Nun konnte ich die eine Hälfte des Steins vorsichtig aus der Wand ziehen. Die andere Hälfte fiel – ja, sie fiel, aber nicht zu meiner Seite hin: sondern sie kippte nach hinten weg. Nach hinten! Das hieß: es war wirklich ein freier Raum auf der anderen Seite der Mauer!

Unwillkürlich atmete ich auf – so tief, daß sich die verletzte Rippe bemerkbar machte und ich vor Schmerz aufstöhnte.

So sehr es mich drängte, Klarheit über meine Vermutung zu gewinnen – etwas anderes war mir noch wichtiger gewesen: der Schutz der Lampe. Hier unten war sie mein kostbarster Schatz; daher hatte ich sie so weit wie möglich vom Ort meiner Stemmarbeiten aufgestellt. So lag die Wand weitgehend im Dunkeln; außerdem befand sich das gerade geöffnete Loch in dem Schatten, den mein Körper warf. Es war also nichts zu erkennen.

Ich holte die Lampe herbei und ließ ihr Licht durch die Öffnung scheinen. Aber auch so war nur zu sehen, daß sich direkt hinter den Steinen tatsächlich ein freier Raum befand. Entgegen meiner Erwartung gab es keine weitere Tür. Vielleicht war es der Zeitdruck gewesen, der Arcimboldo darauf hatte verzichten lassen. Oder war er davon ausgegangen, daß für jemanden, der schon die Mauer bemerkt und durchbrochen hatte, auch eine anschließende Tür kein Hindernis gewesen wäre?

Verglichen mit der Anstrengung, die mich das Schlagen der ersten Bresche gekostet hatte, war das weitere Freilegen des Durchganges ein Kinderspiel. Es brauchte kaum mehr als ein, zwei Hammerschläge, und ein Stein nach dem anderen löste sich. Ich nahm jeden davon einzeln heraus und warf ihn auf den großen Steinhaufen, der von der Tür bis in die Mitte der Kammer reichte. Dann war der Durchgang frei. Die Lösung des Geheimnisses – lag sie vor mir?

In mir spürte ich ein Gewirr der widersprüchlichsten Empfindungen. Gewiß, eine Art von Entdeckerstolz war auch darunter: daß ich mit meiner Vermutung recht gehabt hatte, und daß mir der praktische Teil der Lösung bisher so gut geglückt war. Hinzu kam jedoch eine plötzlich in mir aufsteigende, fast abergläubische Scheu davor, den nun offenen Raum zu betreten.

War ich denn derjenige, den das Geheimnis gemeint hatte? Wohl kaum. War ich dennoch berechtigt, das, was da vor mir lag, aus seinem jahrhundertelangen Schlaf zu erwecken? Würde ich die Kraft haben, das Geheimnis zu tragen, das sich mir nun öffnen würde? Würde ich jemals Gelegenheit finden, es denen zu übergeben, die einen rechtmäßigen Anspruch darauf hätten erheben können? Und würde ich überhaupt etwas von dem, was vor mir lag, noch einmal ans Licht bringen können – oder sollte ich es nur erblicken, um damit zugrunde zu gehen?

»Es ist nicht für dich – nicht für dich!« rief eine Stimme in mir (als hätte ich jetzt noch zurückgekonnt). »Laß es ruhen, und du wirst leben, störe seine Ruhe, und du wirst untergehen!«

»Du bist es – du bist gemeint!« rief eine andere Stimme. »Oder was glaubst du, wieso Arcimboldo noch nach seinem Tode dich als Lehrling angenommen hat, und warum dein

Geschick ausgerechnet dich an diese Stelle geführt hat? Sollte aber das Geheimnis zu groß für dich sein: nun, da ist der Kardinal, dein Freund und Gönner – schon für ihn solltest du es tun!«

Zusätzlich aber meldete sich eine weitere Stimme, die mich ganz unspirituell wegzog von allen Zweifeln und Gewissensbissen: ein heftiger Durst, und eine immer stärker werdende Mattigkeit. Keine Frage: trotz aller Vorsätze, ruhig zu bleiben, hatte ich viel zu schnell gearbeitet, hatte geschwitzt, und nun würde ich die Folgen tragen müssen, ganz unabhängig davon, auf welche der Stimmen ich hörte.

Ich ging zurück in die Ecke der Kammer, wo die Lampe und die Tasche standen; in einem plötzlichen Entschluß trank ich den Rest des Wassers aus, das sich noch in der Flasche befand. Auf diese Weise gestärkt, ergriff ich die Lampe und durchschritt die Öffnung in der Wand.

Die Truhe des Arcimboldo – da stand sie in der Mitte des Raumes, und sie glich so sehr derjenigen aus der Mauer unserer Kirche, daß ich sie immer und überall wiedererkannt hätte: etwas größer als die erste, und die eisernen Beschläge stärker verrostet. Aber die Handschrift ihres Schöpfers war auch so unverwechselbar zu erkennen.

Offenbar hatte der Kardinal recht gehabt mit seiner Vermutung, daß Arcimboldo eine der Truhen mit sich geführt hatte. Denn außer der Truhe war der Raum leer, und nichts deutete darauf hin, daß es hier vielleicht noch ein weiteres Versteck gab. Es gab kein Regal an der Wand, keine Bücher, keine Dokumente, einzig die Truhe mitten im Raum. Diese aber, je länger ich sie betrachtete, erschien mir immer mehr wie ein lebendes Wesen, schien zu atmen, zu wachsen, zu strahlen. Und der große rechteckige Schatten, den sie im Licht der auf dem Boden stehenden Lampe an die Wand der Kammer warf, ragte dort auf wie ein drohend-verlockendes, ins Unendliche oder in die Unterwelt führendes Tor.

Als ich um die Truhe herumging, fiel mein Blick auf die Wand. Mich schauderte: mein Schatten verschwand in diesem schwarzen Tor, als würde mein ganzes Leben aufgesogen von dem, was hinter dem Tor lag. Ich selber, so spürte ich, trat mit diesem Schritt zwischen die Welten – die Welt der Dinge, und die Welt der Schatten.

Es war nun mehr als ein Jahr her, daß ich an der Öffnung der ersten Truhe gearbeitet hatte. Und es waren kaum mehr als Sekunden gewesen, während derer ich den Grundriß des Ganges und die Skizze der Schlüssel in der Flamme des bengalischen Feuers gesehen hatte. Dennoch war jetzt die Untersuchung der Truhe wie eine Begegnung unter Freunden: eine Weile hat man sich nicht gesehen, aber das Gespräch geht weiter, als wäre es nie unterbrochen gewesen.

Damals war ich in jeder Hinsicht ein Kind gewesen: im Umgang mit meinem Handwerkszeug, aber auch im Umgang mit Menschen. Nun war ich erwachsen, war ausgestattet mit Kenntnissen und Fähigkeiten, aber auch dem Mut, sie einzusetzen. Was ich an dem Schloß sah, war nicht mehr Drohung oder Herausforderung, sondern eher eine Art Willkommensgruß: eine Einladung, meine Werkzeuge einzusetzen, und dabei das Wissen anzuwenden, das mir der Meister selbst hatte zukommen lassen.

Ich nahm ein Blatt Papier und zeichnete auf, was mir von den Zeichnungen der Schlüssel im Gedächtnis geblieben war. Zusammen mit dem, was mich die Winkelspiegel sehen ließen, war es mehr als genug, um die Schlüssel nachzufeilen. Doch gab es zwei Dinge, die mich trotzdem nur langsam vorankommen ließen. Das eine war das Fehlen eines Schraubstockes. Ich versuchte, das Problem zu lösen, indem ich die Schlüsselrohlinge in eine Klemmzange einspannte und diese mit Draht an einem der Regale in der vorderen Kammer befestigte. Aber das war nur ein notdürftiger Ersatz, denn wirklich fest war die Konstruktion nicht. Zwischendurch zog ich es denn auch immer wieder für eine Zeitlang vor, den Rohling in der einen Hand zu halten, während ich mit der anderen feilte.

Das zweite, was mich zunehmend behinderte, war meine Schwäche. Länger und länger wurden die Pausen, die ich zwischendurch einlegen mußte, und besonders dann, wenn ich mich zum Ausruhen hinlegte, wurde die Versuchung immer größer, Stunden um Stunden liegenzubleiben und mir einzureden, es wäre ohnehin Zeit zum Schlafen. Aber eines stand fest: die Annahme, ich könnte meine Kräfte mit langem Schlafen wesentlich erfrischen, war lediglich eine Selbsttäuschung – erst recht, da ich mein letztes Wasser schon ausgetrunken hatte. So zwang ich mich dazu, nur noch im Sitzen zu ruhen. Wenn ich nämlich hierbei einschlief, so kippte ich von meinem behelfsmäßigen Hocker (den ich zusammen mit der Lampe und der Werkzeugtasche in die neuentdeckte Kammer gebracht hatte), und wurde dann in der Regel wieder wach.

Endlich, nach hundert Pausen und wer weiß wie vielen Stürzen vom Hocker, war der dritte Rohling fertig. Ich machte eine letzte Probe, vollzog mit den ersten Schlüsseln die ersten beiden Drehungen, führte den dritten Schlüssel ein. Ein schleifendes Geräusch zeigte mir an, daß ich noch etwas nacharbeiten mußte. Dann, ein neuer Versuch. Eine Vierteldrehung, eine halbe – da war er, der Widerstand, der mir seinerzeit den Schweiß auf die Stirn getrieben hatte. Auch diesmal ließ er mein Herz schneller schlagen; aber im Grunde war ich mir meiner Sache sicher. Entschlossen drehte ich den Schlüssel weiter, merkte, wie der Haken an der Fräsung des Schlüsselbartes vorbeiglitt – noch ein letztes Stück, ein allerletztes Einrasten der Schließungen – das Schloß war offen.

Ich hob den Deckel langsam an, und erneut schauderte mir: das schwarze Tor, von der Truhe als Schatten an die Wand geworfen, wuchs und wuchs, legte sich drohend über die Decke der Kammer, senkte sich dann ein wenig zurück, wie um auszuholen: als wollte der Schlund der Finsternis sich öffnen, um Kammer und Truhe mitsamt meiner selbst zu verschlingen. Schwarz war der Schatten an der Wand, schwarz die halbe Decke, tiefschwarz auch das Innere der Truhe, die nun mit hochgeklapptem Deckel vor mir stand.

Ich beugte mich zur Lampe und hob sie hoch. Und als würden die Gesichter der Finsternis sich geschlagen geben, verschwand der Schatten von der Decke, schrumpfte an der Wand, bis von ihm nur noch ein breiter Balken übrig war. Bereitwillig bot die Truhe ihr Inneres meinen Augen dar: im milden Licht der Öllampe, friedvoll und verlockend sich anbietend wie ein Geschenk – ganz so, als hätte sie all die Jahrhunderte hindurch nichts anderes getan, als gerade auf mich und auf diesen Augenblick zu warten.

68
Versammlung der Hohenpriester

Meldungen aus den »Berlinischen Nachrichten«:

Wien, 22. November 1869. [Das Vermögen der katholischen Kirche] in Österreich ist unter dem Schutze des Concordates von 1845 bis 1865 von 186 auf 230 Millionen Gulden gestiegen, was einer Vermehrung um mehr als 23 Procent entspricht. Das Vermögen sämtlicher übrigen nicht katholischen christlichen Gemeinschaften belief sich dagegen im Jahre 1864 nur auf 12 Millionen Gulden.

Leipzig, 24. November 1869. [Gotthardbahn.] Die »Leipz. Z.« polemisiert in einem Artikel gegen jede Unterstützung der Gotthardbahn durch den Norddeutschen Bund. Sie führt aus, daß in den neun Jahren, welche zur Vollendung jener Bahn erforderlich sind, eine Menge neuer, viel vorteilhafterer Verkehrswege von Norddeutschland nach Italien und dem Mittelmeer eröffnet sein werden.

Berlin, 30. November 1869. [Religiöses Elend.] Am vergangenen Donnerstag sprang eine junge Dame unweit des zoologischen Gartens in den Canal, um ihrem Leben ein Ende zu machen; die Krinoline hielt sie aber so lange über Wasser, daß es gelang, sie wieder lebend dem kalten Elemente zu entreißen. Dieselbe ist katholischer Confession und seit einigen Jahren die Braut eines protestantischen *studiosus iuris*. Letzterer hatte seine Braut überredet, abwechselnd den Gottesdienst in der katholischen und in der evangelischen Kirche zu hören, schließlich auch das heilige Abendmahl in der evangelischen Kirche zu nehmen. Als ihr katholischer Beichtvater davon erfuhr, verweigerte er ihr die Absolution; durch das evangelische Abendmahl sei sie aus der katholischen Gemeinschaft ausgeschlossen; erst wenn sie das Verhältnis zu ihrem Bräutigam gelöst hätte, wolle er sie durch Bußen wieder zur alleinseligmachenden Kirche zurückführen. In ihrer Verzweiflung tat die junge Frau den oben berichteten Schritt. Was wohl Christus zu solchen Priestern sagen würde, die Milde und Nächstenliebe stets im Munde führen, jedoch in ihrem Handeln nur Kälte und Unerbittlichkeit zeigen?

Rom, 1. Dezember 1869. [Das Latein der Bischöfe.] Bisher sind gerade die Länder, deren Bedeutung in der Kirche am geringsten ist, wie Albanien, Palästina, Armenien, Mesopotamien, Anatolien, Curdistan, Cappadocien, Cilicien, Chaldäa etc. unter den eingetroffenen Prälaten am Besten vertreten. Mit dem Latein dieser Bischöfe ist es fast ausnahmslos schlecht bestellt. Es reicht kaum zu einem Privatgespräch, geschweige denn zu einer Disputation. Wie die Discussionen verlaufen werden, kann man sich vorstellen: das Feld wird denen bleiben, die es verstehen, in dieser

Sprache sich einigermaßen auszusprechen. Und die anderen? Nun, sie werden zustimmen, ohne sich an der Debatte zu beteiligen.

Übrigens erscheint Cardinalstaatssecretär Antonelli als ziemlich teilnahmsloser Zuschauer bei diesem Schauspiele, für das er dem Vernehmen nach von Anfang an wenig Sympathie hatte.

Rom, 8. Dezember 1869, abends. [Die Eröffnung des Concils.] Die feierliche Eröffnung des Concils hat heute stattgefunden. Die Ceremonie begann um 9 Uhr Morgens, und war um 3 Uhr Nachmittags beendigt. In seiner Eröffnungs-Ansprache sagte Pius IX.:

»Ehrwürdige Brüder! Was Wir in allen Gelübden und Gebeten von Gott erbaten, das ist zu Unserer höchsten Freude durch Gottes herrliche Güte Uns verliehen worden. Deshalb frohlockt Unser Herz und wird mit unglaublichem Troste erfüllt, daß Wir an diesem Tage voll glücklichster Vorbedeutung, nämlich an dem Tage der Empfängnis der unbefleckten Gottesgebärerin, der Jungfrau Maria, euch anwesend sehen und eures hocherfreulichen Anblicks genießen. Ihr, ehrwürdige Brüder, seid da, um mit Uns Zeugnis abzulegen von dem göttlichen Worte, und um über die Angriffe der fälschlich so genannten Wissenschaft mit Uns unter Anleitung des Heiligen Geistes zu richten.«

Rom, 12. Dezember 1869. [Vom Concil.] Die unter den Bischöfen herrschende Stimmung ist noch widerwilliger, als man erwartet hatte. Die ungarischen Bischöfe sind einstimmig gegen die Erklärung der päpstlichen Unfehlbarkeit, desgleichen fast alle österreichischen und viele französische Bischöfe. Besonders ungünstigen Eindruck hat es bei der Opposition gemacht, daß sie erst 24 Stunden vor Eröffnung des Concils Nachricht von der in aller Heimlichkeit vorbereiteten Eröffnungsbulle erhielt. Deren wichtigster Abschnitt *de jure et modo proponendi* macht das Concil zur reinen Zustimmungs-Maschine der Vorstellungen des Papstes, der sich auch das Recht anmaßt, alle Beamten des Concils zu ernennen. Noch stärkeren Unwillen erregt die Zusammensetzung der Glaubens-Congregation, die bei den Verhandlungen des Concils die einflußreichste Stellung besitzt, und der voraussichtlich nur eifrige Anhänger der Unfehlbarkeit angehören werden.

Rom, 13. Dezember 1869. [Confusion auf dem Concil.] Über die Sitzung vom 10. wird jetzt Genaueres bekannt. Zuerst sprach sich der Erzbischof von Temesvar gegen die Geschäftsordnung aus; er wurde zur Ordnung gerufen. Dem Primas vom Ungarn, der ihm beisprang, ging es ebenso. Daraufhin erhob sich der Bischof Dupanloup nach einer starken Bemerkung in gutem Französisch, und verließ die Halle, mit ihm der Erzbischof von Paris und etwa hundert andere Prälaten, woraufhin sich die Versammlung auflöste.

Zu den sonstigen Klagen kommen immer mehr Beschwerden über die Concilshalle. Der Seitenflügel des Petersdomes, den man dafür hergerichtet hat, ist unerträglich kalt, und die Akustik ist so schlecht, daß niemand zu verstehen ist, der in leiser oder auch nur normaler Lautstärke spricht. Dieser Zustand wird noch verschlimmert durch das unsinnige Verbot, die Reden im voraus zu drucken und zu verteilen. Man hat geradezu den Eindruck, als sollte die Verständigung der Bischöfe untereinander absichtlich nach Kräften erschwert werden.

Das jetzt erschienene amtliche Verzeichnis der zum Concil anwesenden Prälaten nennt 51 Cardinäle, 8 Patriarchen, 123 Erzbischöfe, 523 Bischöfe, 6 Äbte *nullius dioecesis*, 21 Äbte mit Bischofsrecht und 23 Patres-Generäle der regulären Orden. Von den Bischöfen sind 200 *in partibus infidelium*, also Missions- oder Titularbischöfe ohne Gemeinde und Diöcese, die keine Gemeinde vertreten oder sich diese erst erwerben sollen.

69
Sexualwissenschaftliche Studien

> *Wenn jemand behauptet, es stehe jedem Mensch frei, jene Religion anzunehmen und zu bekennen, welche er bei dem Lichte seiner Vernunft für die wahre hält – der sei verflucht.*
> Pius IX., Syllabus errorum

Tagebuch des Heinrich Wilhelm Lehmann:
Paris. Freitag, 18. März 1870

Ach ja – jetzt fängt es gerade an, schön zu werden – und schon soll es aufhören ...

Heute habe ich Francesca das letzte Stück von Luigis Erinnerungen vorgelesen. Morgen fahre ich zurück nach Berlin, aber ich frage mich: Warum bloß? Was soll ich in Berlin? Wo meine Liebe doch hier ist, bei Francesca ...

Und ein bißchen auch bei Emilia, wenn ich ehrlich bin.

Als ich aufgestanden war und in die Küche zum Frühstück ging, zog sich Emilia gerade den Mantel an.

»So früh schon auf den Beinen?« fragte ich. »Wo willst du hin?«

»Zum Markt, etwas Gutes einkaufen.«

»Etwas Gutes – hat das einen besonderen Grund?«

»Natürlich. Morgen fährst du, also machen wir es uns heute abend noch einmal schön. Hat sie dir nichts davon erzählt?«

»Nein, hat sie nicht. – Ah, da kommt sie ja gerade.«

»Was habe ich nicht?« fragte Francesca, die müde wirkte.

»Mir davon erzählt, daß es heute abend eine kleine Feier gibt.«

»Ach, nichts von Bedeutung. Nur wir drei und Piff. Morgen kann ich dich leider nicht zum Bahnhof bringen, also müssen wir heute abend schon Abschied feiern. Freust du dich?«

»Auf die Feier schon – aber nicht aufs Wegfahren.«

Emilia ging, und wir frühstückten. Wir unterhielten uns, oder vielmehr, wir taten so. Denn ich selber war mit den Gedanken ganz woanders, wagte aber nicht, es Francesca zu sagen: mein letzter Tag in Paris – vielleicht für lange Zeit die letzte Gelegenheit, mit ihr allein zu sein ...

Aber auch sie war anders als sonst – hörte kaum zu, antwortete zerstreut. Schließlich hielt ich es nicht mehr aus. Ich stand auf, trat hinter sie und küßte sie aufs Ohr.

»Francesca«, sagte ich leise.

Sie sah mich an, als hätte ich sie auf eine Idee gebracht.

»Komm, Enrico – setz dich doch mal zu mir.«

Und als ich neben ihr saß, den Arm um ihre Schulter gelegt, da blickte sie mir mit strenger Miene in die Augen und sagte:

»Ich seh dir's an – du willst was! Sonst kämst du doch nicht angeschlichen wie der Kater Piff, oder?«

Ich nickte, wollte ihr einen Kuß geben; sie schob mich weg.

»Nun wart doch erstmal ab! Hättest du nicht zum Beispiel Lust, dich noch einmal über – na, sagen wir, Belohnungen zu unterhalten?«

Mein Herz klopfte. »Mehr als alles andere«, sagte ich.

Sie betrachtete mich mit gerunzelter Stirn. »Schätze, wenn ich jetzt einen bestimmten Körperteil von dir berühren würde, dann wäre selbiger hart wie Stein! Oder sollte ich mich irren?«

Ich schüttelte den Kopf, und als sie meinen Blick sah, mußte sie lachen.

»Unmöglich! Kann man mit dir kein Wort über gewisse Dinge sprechen, ohne daß du gleich zur Tat schreiten willst?«

»*Man* vielleicht – aber ich fürchte, du nicht.«

»Mit anderen Worten: schon mein dezenter Hinweis, daß ich mit dir ein wissenschaftliches Gespräch zu führen gedenke, wirkt auf dich stimulierend?«

Ich nickte.

»Komm mit!« sagte sie seufzend. Und zog mich an der Hand in ihr Zimmer, bis zu ihrem Bett.

»Also gut«, sagte sie, »ziehen wir uns aus. Was tut man nicht alles für die Wissenschaft!«

Aber als sie zu mir unter die Decke kam und ich sie in den Arm nehmen wollte, stieß sie mich von sich und flüsterte:

»Hör zu, du kuschelgieriger Stiefbruder: möglicherweise werde ich deinen Hunger noch einmal befriedigen, obwohl es früh am Morgen ist. Aber erst will ich noch ein paar Sachen erforschen. Du wirst doch noch so lange warten können, oder?«

Worauf mir nichts Besseres einfiel, als meinerseits Kußforschungen an ihren Brüsten durchzuführen. Sie ließ es sich ein Weilchen gefallen, dann stellte sie in energischem Tonfall fest:

»Genug geküßt! Jetzt wird erst gearbeitet, verstanden?«

Wie um mich zu trösten, schmiegte sie sich an mich und legte ihre Hand auf mein Glied – drohte aber sogleich, als ich mich an sie drückte:

»Stillgelegen – sonst nehme ich die Hand wieder weg!«

Woraufhin ich mich nicht mehr rührte.

»Gut so«, lobte sie, »endlich können wir wissenschaftlich arbeiten.«

Und strich mir zur Belohnung mit den Fingerspitzen die Innenseite des Oberschenkel entlang.

»Weißt du, Enrico, beim letzten Mal, als wir hier im Bett lagen – eigentlich ein Schande, mit meinem eigenen Stiefbruder ... was sagst du überhaupt zu solch unsittlichem Tun, eh?«

»Für die Wissenschaft, Francesca – alles für die Wissenschaft!«

»Ha, das könnte dir so passen! Wenn das so ist, dann kenne ich schon deinen heimlichen Wunsch – ein Leben für die Wissenschaft, wie?«

Und sie kniff mich mit den Fingernägeln so heftig in die Haut um die Hoden, daß ich einen kleinen Schmerzensschrei nicht unterdrücken konnte.

»Merkwürdig«, sagte sie, »war dir das eben angenehm?«

»Eigentlich nicht.«

»Und jetzt?«

Sie umfaßte mit einer Hand mein Glied, gleichzeitig suchte sie mit den Fingernägeln der anderen Hand dieselbe Stelle, die mir eben wehgetan hatte. Sie begann ganz sanft und fragte:

»Tut das weh?«

»Nein, nicht im geringsten.«

»Und jetzt, wenn ich stärker kneife?«

»Immer noch nicht. Es ist sogar schön, und jetzt ...«
Ihre Nägel bohrten sich immer schärfer in die Haut, und von einer bestimmten Heftigkeit an hatte ich das unwiderstehliche Bedürfnis, mein Glied in ihrer Hand immer schneller hin- und herzubewegen.
Als sie es merkte, ließ sie los.
»Was war jetzt?« fragte sie. »War es unerträglich?«
»Es wäre unerträglich geworden, wenn die andere Hand nicht gewesen wäre. Aber beides zusammen, weißt du – es war dann wieder so lustvoll, daß eine Sekunde später ...«
»Ja, ich hab's gemerkt. Und du Schurke wolltest es – widersprich mir nicht, ich hab's genau gespürt.«
»Was heißt wollen – mit dem Schmerz zusammen hätte ich es gar nicht anders ausgehalten. Wenn ich mich nicht bewegt hätte, dann wäre der Schmerz wirklich unangenehm geworden.«
»Und so war er's nicht?«
»Du hast es doch selber gemerkt ...«
»Enrico«, sagte sie, beinahe bittend. »Darf ich es einmal probieren – noch stärker? Nur einen Moment? So stark, daß du es wirklich nicht aushältst?«
Ich küßte sie auf den Mund, und plötzlich spürte ich ihr Kneifen. An derselben Stelle wie vorher, aber jäh wie ein Stich, und sie bewegte dabei die Nägel gegeneinander, so daß mich der Schmerz wie rasend durchfuhr. Ich unterdrückte einen Schrei, bäumte mich auf – und zitterte, als sie gleich darauf losließ.
»Entschuldige«, flüsterte sie, »diesmal bin ich zu weit gegangen. Ich hab es gemerkt – aber es soll nicht wie–«
Ich hatte ihr den Mund mit einem Kuß verschlossen. Sie hatte während dieser Augenblicke die Hand nicht von meinem Glied genommen; und nachdem es gerade erst mit dem heftigen Schmerz schlagartig weich geworden war, spürte ich, wie es erneut fest wurde und sich noch lustvoller in ihre Hand schmiegte.
»Francesca«, flüsterte ich, »versprich mir, daß du es wieder tust – auch wenn ich es eine Sekunde nicht ertrage. Es ist doch schön ...«
Ich preßte sie an mich, und ich merkte, wie sich die Nägel ihrer rechten Hand wieder in die Haut bohrten, während ihre linke das Glied festhielt. Ganz langsam drückte sie im-

mer stärker, als wollte sie alles, was ich ihr vorher gesagt hatte, noch einmal bestätigt haben. Wieder ertrug ich den bohrenden Schmerz nur, indem ich das Glied in immer wilderem Auf und Hand in ihre Hand preßte, und kaum eine Sekunde danach brach mein Samen unter den heftigsten Zuckungen aus mir heraus.

Ich nahm sie in den Arm und weinte, aber nicht vor Schmerz. Eine Weile lagen wir nebeneinander, dann sagte sie:

»Es stimmt: die sexuelle Erregung ist eine Zauberin. Sie hat dir den Schmerz wirklich lustvoll gemacht – übrigens, hast du etwas gemerkt?«

»Was denn, geliebte Stiefschwester?«

»Nun: als ich gespürt habe, du bist gleich so weit – da habe ich versucht, so stark zu kneifen, wie ich konnte, ganz bestimmt noch stärker als eben. Ich war mir ganz sicher: das kannst du unmöglich aushalten. Und du hast zwar aufgestöhnt – aber nicht nur vor Schmerz, oder?«

»Auch, aber noch mehr vor Lust.«

Sie gab mir einen Kuß und fragte:

»Sag mal – ist dir das nicht ein bißchen unangenehm, wenn ich dich lauter solche Sachen frage?«

»Wenn ich ehrlich bin: ich hätte mir nie vorstellen können, mit jemand über sowas zu sprechen. Aber mit dir zusammen ist es schön. Es macht mir sogar Mut, dich auch was zu fragen.«

»Nämlich?«

»Geht das eigentlich nur uns Männern so? Hast du auch das Gefühl, die Lust wird tiefer, wenn dieser Schmerz dazukommt?«

»Das frage ich mich selber. Werd mal mit Emilia drüber reden, oder wir probieren es zusammen aus. Soll ich es dir erzählen?«

»Aber – schlaft ihr denn miteinander?«

»Manchmal – wenn wir Lust haben. Findest du das schlecht?

»Eigentlich nicht – warum sollt ihr es nicht machen.«

Ich hörte, wie unten die Tür ging. »Emilia«, sagte ich. »Sie ist zurückgekommen.«

»Schade«, sagte Francesca.

»Deine beste Freundin kommt zurück – und du sagst schade?«

»Heuchler! Du wirst es auch gleich sagen, und noch bekümmerter als ich.«
»Da bin ich aber gespannt. Was wird mich denn so bekümmert machen?«
»Daß ich mit meiner Forschung noch nicht fertig bin. Wer weiß, vielleicht will ich mir tatsächlich eine Belohnung für dich ausdenken – weil du das Vorlesen so tapfer durchgestanden hast. Aber mit Emilia in der Küche geht das natürlich nicht.«
»Wirklich – zu schade!«
»Heißt das, du willst doch eine Belohnung?«
»Aber ja! Jetzt will ich eine!«
»Dacht ich's doch! Und ich soll mir wirklich eine ausdenken?
»Schon daß du es sagst, macht mich wieder ganz wild!«
»Nein, jetzt wird aufgestanden. Wir sprechen später drüber – aber nur, wenn du es unbedingt willst!«
»Ich will es! Unbedingt!«

70
Die Botschaft Arcimboldos

*Rekonstruktion der Aufzeichnungen
des Luigi Calandrelli (23):*

Ich beugte mich über die Truhe, oder vielmehr, ich versuchte es. Denn mir war, als ginge von ihrem Inneren eine merkwürdige Kraft aus, eine Art unsichtbarer Strahlung, die mich zwang, meine Augen abzuwenden. Als würde mein Wille von einer stärkeren Macht gelenkt, spürte ich einen Drang, ja geradezu einen Zwang, mich hinzuknien und meine Blicke zu Boden zu richten. Mir war, als wäre ich einer unerbittlichen Prüfung unterworfen; ich fühlte, wie etwas in mir sich einerseits auf das demütigste verneigte und eine höhere Macht um Erlaubnis zu bitten schien, andererseits dabei zunehmend leichter und stärker wurde.

Endlich war mir, als hätte mein unbekanntes Gegenüber die Prüfung beendet. Langsam, als könnte ich es selber nicht glauben, vor diesem Prüfer bestanden zu haben, hob ich die Augen und betrachtete die Truhe. Die Empfindung, daß eine intensive Strahlung von ihr ausging, bestand noch immer und war eher noch deutlicher geworden; doch schien mir, als wären meine Augen nun stärker und schärfer, und als dürfte ich erst jetzt die Lampe erheben und ins Innere der Truhe blicken.

Auch diese Truhe war mit dem ausgeklügelten Mechanismus versehen, der ihren Inhalt vor dem Zugriff Unbefugter schützen sollte. Doch war das Gitter, das uns seinerzeit die Rettung der Dokumente verwehrt hatte, diesmal zusammen mit dem Deckel nach oben geklappt. Das Innere wich nur in einer Kleinigkeit von dem der ersten Truhe ab: es war in der Mitte durch eine hölzerne Wand geteilt. In der rechten Hälfte befand sich, in dunklen Samt gehüllt, ein Gegenstand in Form einer Schale, daneben in einer Hülle einige

Papiere oder Pergamente. Offenbar war es der schalenförmige Gegenstand, der jene machtvolle Strahlung aussandte. Er zog meinen Blick unwiderstehlich an, aber als ich die Hülle ein Stück entfernte, schien es mir erneut, als würden meine Augen von dem Licht, das von dem steinern wirkenden Material der Schale ausging, regelrecht geblendet. Wieder konnte ich nicht anders, als meinen Blick abzuwenden.

Die linke Hälfte der Truhe enthielt eine Anzahl Rollen, die meisten aus einem Material, das ich zuerst für dickeres Pergament hielt. Doch als ich es betastete, fühlte es sich eher an wie brüchiges altes Leder. Neben den Rollen steckte eine seidene Hülle, in der ich gleichfalls Geschriebenes vermutete, und neben dieser ein einzelnes Blatt Papier oder Pergament. Quer darüber lag ein Brief. Offenbar war er als letztes in die Truhe gelegt worden. Er trug eine Aufschrift in verschnörkelten Buchstaben, die ich aber in dem schlechten Licht nicht entziffern konnte.

Ich nahm ihn heraus und drehte ihn um: er trug ein leuchtendrotes Siegel und eine Unterschrift, in der ich ein »Mont...« zu erkennen glaubte, darunter einige Zeilen in derselben Schrift wie auf der Vorderseite. Schon wollte ich das Siegel aufbrechen, da besann ich mich eines besseren. Nein, sagte ich mir: nicht so. Wenn ich denn daran ging, in das Vermächtnis des alten Meisters einzudringen, dann nicht halb im Stehen, halb im Knien. Und obwohl es den Anschein hatte, daß der Rettungstrupp draußen im Gang in der Tat langsam näherkam, würde ich doch längere Zeit mit dem Versuch verbringen, zu lesen oder zu entschlüsseln, was mein alter Lehrmeister mir hinterlassen hatte.

Ich legte den Brief zurück und schloß den Deckel. Die Truhe schob ich in die rechte Ecke der Kammer, dabei gerade so viel Platz lassend, daß ich zwischen Wand und Truhe sitzen konnte, und so von beiden gestützt wurde. Dann holte ich mir aus der vorderen Kammer das Buch, das mir dort schon als Sitzgelegenheit gedient hatte, und noch einige Bände dazu; diese stapelte ich so auf, daß sie einen kleinen Tisch bildeten.

Noch einmal ging ich in die vordere Kammer, um meine Klopfzeichen an die Wand zu schlagen. Dann setzte ich mich in meinen vorbereiteten Lesestuhl, wie ihn das Buch als Unterlage, Wand und Truhe als rechte und linke Lehne bildeten: so würde ich auch längeres Lesen aushalten können.

Ich nahm den Brief aus der Truhe, klappte den Deckel zu und stellte die Lampe neben mich. Für einige Augenblicke schloß ich die Augen. Mühsam widerstand ich dem Verlangen, erst einmal eine Weile zu schlafen, um, wie die Stimme der Trägheit mir einreden wollte, neue Kräfte zu sammeln. Ich schlug die Augen auf und betrachtete die Aufschrift auf der Vorderseite des Briefes.

Sie war auf lateinisch geschrieben. Wie froh war ich in diesem Augenblick über den Unterricht, den Bruder Alfredo mir erteilt hatte! Ich dankte ihm innerlich für die Beharrlichkeit, mit der er mich immer wieder zu meinen Studien angehalten hatte – auch dann, wenn mir der Sinn mehr nach Ruhe oder nach Vergnügungen mit meinen Zimmergenossen stand.

Die Aufschrift lautete so:

Du, der du das Siegel brechen wirst dieses Briefes, wisse: keine Schätze erwarten dich, sondern Mühsal ohne Ende, und ein Leben voll Unfrieden unter den Menschen.

Auf der Rückseite, unterhalb des roten Siegels, stand:

Wohl dir, der du kommst auf der Suche nach der Wahrheit: dein Trachten und deine Mühsal seien gesegnet, und du wirst wandeln im Schutze des Herrn. So aber du trachtest, die Wahrheit zu verbergen um der Macht deiner selbst oder deiner Oberen willen, sollst du verflucht sein jetzt und immerdar.

Ach, meine Schwäche. Wieder überkam sie mich wie ein Schwindel, so daß mir kaum genug Kraft blieb, den Brief in meinen Händen zu halten. Oder war es etwas anderes? Vielleicht, daß ich mich danach gesehnt hätte, in diesem Augenblick in Ohnmacht zu versinken, um nur den Weg nicht weitergehen zu müssen, auf dem ich mich befand? Eine ganze Weile saß ich in Gedanken verloren, zögernd, schwankend – als erwartete ich eine höhere Eingebung. Den Ausschlag gaben einige laute Klopftöne, die mich daran erinnerten, daß die Retter auf dem Weg zu mir waren: wenn es für mich überhaupt noch etwas zu entscheiden gab, dann

Die Botschaft Arcimboldos

jetzt, in diesem Augenblick. Ich holte tief Luft, brach das Siegel und entfaltete den Bogen.

Der Brief war wie die Aufschrift auf lateinisch geschrieben, jedoch in kleineren Buchstaben. Er hatte folgenden Wortlaut:

Arcimboldo de Segurmont, seinem Freunde, Bruder und Sohn zum Gruß. Der Gott der Liebe und der Gerechtigkeit hat dich geleitet; du, der du diese Zeilen liest, bist gekommen. So wolle denn der Herr geben, daß meine Hoffnung nicht zuschanden werde, und nach all der Finsternis das Licht der Wahrheit aufs neue aufleuchten möge. Ich, Arcimboldo, bitte und ermahne dich: mögest du Zeichen und Wissen, welche ich dir übergebe, wohl bewahren und weitergeben, jedoch nicht zum Ruhme der Menschen, sondern zum Ruhme des Höchsten.

Du weißt, mein Sohn, daß der Herr seine Gemeinde hat in die Hand des Satans fallen lassen. Die Christenheit, wehe, hat es nicht vermocht, die Wölfe abzuschütteln, welche sich zu Herren der Schafe gemacht haben und daselbst Päpste heißen und Bischöfe. Kaiser und Könige und ihre Lakaien sind nur zu gerne dem Ruf des reißenden römischen Wolfes gefolgt, die treuen Gläubigen von Albi zu vernichten; und all unsere Milde und Liebe ward zuschanden an der Bosheit und Mordlust jenes Teufels, der seinen blutverschmierten Stuhl den heiligen nennt.

Er, Papst des Grauens und der Finsternis, hat unsere Gemeinde zerschmettert und dahingemordet in Strömen von unschuldigem Blut; bis ans Ende meiner Tage wird mir das Klagen derer im Ohr klingen, welche dem Blutbad des leidgeprüften Montségur entronnen. Selbst die sich zur Herrschaft bekannten des römischen Ungeheuers, wurden niedergemetzelt ohne Gnade; was aber die treuen Gläubigen betrifft, so wurden die Männer und Frauen grausam zerschlagen und gequält, bevor man sie auf die Scheiterhaufen band und verbrannte. Die unschuldigen Kinder wurden geschlachtet ohne Erbarmen; den schwangeren Weibern aber schnitt man noch im Tode den Bauch auf und riß die Ungeborenen heraus und schlug sie mit den Köpfen gegen die Mauern, daß ihr Hirn und Blut verspritzte: Blut der Ungeborenen, das selbst die Ewigkeit nicht abwaschen wird von dem römischen Tier, welches sich heilig nennt und Vater, und welches die Gläubigen des Herrn schlimmer verfolgte, als dies die übelsten der Heiden jemals getan.

Und es war im Angedenken an jenen Ort des Schreckens und

des Leidens, daß ich den Namen annahm des gepeinigten Montségur, und mich auf Wanderschaft begab, zerrissen von Trauer und Schmerz, und endlich gar den Dienst suchte des Mörders aller Mörder daselbst zu Rom, vermessen wie ich war. Denn ich glaubte, ich könnte ihm das Geheimnis entreißen seiner Stärke, und ihn stechen an der Ferse seiner Macht. Aber siehe, was ich herausfand über die Mächtigen der Welt, war dies: es gibt kein Geheimnis.

Zwar fragte ich mich: hat nicht der Herr gepriesen, die da sanftmütig sind und mild wie die Lämmer? Ward uns nicht geboten, die Wange hinzuhalten dem, der uns schlägt? Warum denn sind wir, die wir sanftmütig waren und dem Herrn ergeben, zuschanden geworden vor der Macht des römischen Wolfes – jenes Teufels, der das Wort Christi im Munde führt, doch das blutige Schwert in der Faust, und im Herzen Gier und Mordlust?

Die Antwort aber, die ich fand, ist diese: Wahr ist die Verheißung des Herrn jetzt und immerdar, denn es sind nur die Sanftmütigen, die der Liebe und des Segens teilhaftig werden vor Gott und den Menschen. Und doch besiegt ja die Sanftmut der Schafe niemals die Mordlust des Wolfes: sondern sie stärkt sie. So auch bezwingt die Güte der Guten niemals die Bosheit der Bösen: sondern sie stärkt sie. Und wenig nützt es dem Guten, daß er den Umgang übt mit Lanze, Schild und Schwert: denn sein Herz liebt das Morden nicht, und so fällt er am Ende doch von der Hand dessen, der das Morden liebt.

Wohl mag vom Golde lassen, wer das Gold nicht liebt: und doch bleibt das Gold auf der Erde, und wer es liebt, der sucht es und ergreift es und wird reich und mächtig unter den Menschen. Wohl mag die Macht lassen, wer die Macht nicht liebt: und doch bleibt die Macht in den Schwertern, und wer die Macht liebt, der ergreift das Schwert und herrscht über Länder und Völker. So auch fand ich's in unserer bekümmerten Kirche. Es kann nicht auf einem Thron sitzen, wer Gott dienen will und den Menschen: denn Gott allein herrscht, und Gott allein ist heilig. Wo aber ein Thron ist in der Kirche, da ist er vom Satan gemacht, und es ist auch die Stimme des Satans, welche zu den Gläubigen spricht: sehet, es ist nicht gut, wenn alle gleich sind vor Gott dem Herrn. Sondern einer von euch soll der höchste heißen von allen, und er soll auf diesem Thron sitzen, und ein jeder soll ihm gehorchen.

Wer nun sein Seelenheil sucht, der wendet sich ab von dieser Stimme und diesem Weg; aber der Thron bleibt ja, und bleibt auch die Macht und die Stimme des Satans, die zu dem Begehrlichen spricht: Siehe, ich will deinen Stuhl den heiligen nennen und dir Macht geben über die Gläubigen des Herrn; Kaiser und Bischöfe sollen sich vor dir verneigen und deine Hand küssen, teilhaben sollst du an allen Gütern der Welt, und dein Wort soll wie ein Gesetz sein; wer aber dir ungehorsam ist, den sollst du schlagen und strafen nach deinem Belieben.

Und wer besessen ist vom Hochmut und vom Geist des Bösen, dem klingt die Stimme süß, und er setzt sich auf den Stuhl, der heilig genannt wird von den Verworfenen, und er läßt sich heilig nennen und Vater, und läßt Menschen vor sich knien und sich die Hand küssen. Und er nennt sich Mittler zwischen Gott und den Menschen, ob auch Gott ihn verachtet, und mit den Worten des Herrn im Munde wird er die Menschen knechten, und Gesetze und Gebote wird er erlassen zum Jubel Satans.

So aber jemand nicht vor ihm kniet, sondern aufsteht und zu ihm sagt, wehe dir, der du dich heilig nennst, wehe dir, denn du lästerst Gott, den wird er verfolgen mit Wort und Feuer und Schwert, und die wahren Gläubigen im Herrn wird er peinigen bis aufs Blut. Und wie die Sanftmut der Lämmer nicht den Zahn bricht des reißenden Wolfes, so wird auch die Sanftmut der Gläubigen die Macht nicht brechen des Frevlers auf seinem Thron, welcher sich heilig nennt und Vater, und welcher gewißlich ein Nachfolger ist des Apostels: jedoch nicht des Simon Petrus, sondern des Judas.

Ich aber in meiner Vermessenheit, ich, der ich geglaubt hatte, der Kirche des Herrn den rechten Weg zu weisen, wenn ich, mich selbst zum Wolf machend, dem Wolf auf dem Thron mit dem Schwerte den Leib durchbohrte: ich erkannte all dies, und weinte bitterlich. Denn wenn ich auch zehnmal denjenigen schlüge, der ein Schwert führt, so bliebe doch immer noch das Schwert, und sei es mein eigenes. Und wenn ich auch zehnmal den Frevler umbrächte auf dem unheiligen Stuhl, so bliebe doch immer noch der Thron und die Stimme des Teufels, und sei es in mir, der ich zum Mörder geworden wäre.

Es gibt keinen Weg, erkannte ich, und weinte bitterlich: auf dieser Erde gibt es keinen Weg. Der Mensch kann wählen, ob er zum Lamm wird oder zum Wolf, aber daß es keine Wölfe mehr gibt, kann er nicht wählen. Und der Mensch wird das Reißen nicht enden, er mag zum Schaf werden oder zum Wolf, er mag reißen oder sich reißen lassen, doch das Reißen wird er nicht enden. Und als ich dies sah, da beschloß ich, das Schwert niederzulegen und zum Lamm zu werden, bevor ich zum Wolf würde; und siehe, ich gewann das Vertrauen der Hohen und der Niedrigen, aber mein Herz blieb traurig, und meine Seele war nicht froh.

Dann aber, mein Sohn, geschah es, daß die Wölfe der Welt und die Wölfe des Glaubens ihre Einigkeit verloren, mit der sie gemeinsam die Schafe der Welt rissen und die Schafe des Glaubens. Einer neidete dem andern seine Beute, so daß sie übereinander herfielen, und der französische Wolf siegte über den römischen, und er befahl ihm, Rom zu verlassen zum Zeichen seiner Niederlage. Nun muß der römische Wolf nach Avignon gehen, und Angst und Schrecken sind groß unter den Hyänen des Lateran, daß ihre Lügen und Niedertracht offenbar würden unter den Menschen.

Denn nur auf Lügen gebaut ist alles in Rom. Daß vor Gott ein Mensch höher stehe als ein anderer, ist Lüge, und daß ein Mensch einem anderen unterworfen sei in Dingen des Glaubens, ist auch Lüge. Daß Gott sich Priester wünscht, die ihr Brot mit dem Sprechen der Glaubensworte verdienen, ist Lüge, und daß die Worte und Segnungen eines Bischofs mehr Kraft besäßen als jedermanns Wort und Segen, ist auch Lüge. Lüge ist, daß einer der Apostel vor Jesus höher gewesen sei als die anderen, und daß dies Petrus gewesen sei, der gewalttätige Christusverräter, ist erst recht Lüge. Daß aber Petrus, der Rom niemals sah, gerade dem römischen Bischof Gewalt gegeben habe über alle Bischöfe und Gläubigen, ist wahrlich zu dreist gelogen, als daß selbst die Dümmsten der Dummen des alleralbernsten Pöbels dies jemals hätten glauben können.

Ich muß bemerken, daß sich der Brief keineswegs so flüssig und in einem Zuge las, wie ich ihn hier niedergeschrieben habe. Das lag zum Teil an einigen lateinischen Ausdrücken, die ich nur mit Mühe oder gar nicht verstand. Außerdem war die Schrift gerade auf den ersten Seiten verziert und verschnörkelt und an vielen Stellen nur schwer zu entziffern. Oftmals mußte ich zum Anfang des Satzes zurückkehren, um den Faden des Gemeinten erneut aufzunehmen und zu verstehen. Hinzu kam das schlechte Licht der Öllampe, aber auch ein immer stärkerer Durst. Und dann war es wieder und wieder meine Schwäche, die meine Aufmerksamkeit abschweifen ließ, vor allem dann, wenn ich Geräusche oder Klopfzeichen von draußen aus dem Gang hörte. Es kam mir nämlich so vor, als klängen diese nicht nur tröstend und fordernd, sondern gelegentlich beinahe verärgert: als ob sich die Retter einerseits nur widerwillig auf mich zubewegten, andererseits ihren Unwillen darüber zum Ausdruck bringen wollten, daß ich meine Nase in Dinge steckte, die mich nichts angingen.

71
Hysterie der Speichellecker

Meldungen aus den »Berlinischen Nachrichten«:

Boston, 15. Dezember 1869. [Pacific-Bahn.] Dem *Boston Traveller* zufolge, gewinnt die Ansicht immer mehr Verbreitung, daß die Pacific-Eisenbahn in dem Klima der von ihr durchschnittenen Ebenen eine große Veränderung hervorbringe. Dasselbe Resultat hat man in anderen Teilen des nordamerikanischen Westens bemerkt, woselbst in den letzten 4 Jahren anstatt der früher anhaltenden Dürre reichlicher Regen fällt. Als Grund hierfür gibt man die gleichmäßige Verteilung der elektrischen Ströme durch die Eisenbahnschienen an.

Rom, 25. Dezember 1869. [Excommunicationen.] Eine Correspondenz der *Liberté* gibt erbauliche Auszüge aus der soeben erlassenen *constitutio*, die feststellt, wer der Excommunication anheimfallen soll. Dazu gehören alle, die ein Buch lesen, das auf dem Index steht, die sich an der Freimaurerei beteiligen, die mit Personen verkehren, die vom Papst namentlich excommuniciert wurden, dazu diejenigen, welche auch die Geistlichen unter die weltliche Gerichtsbarkeit stellen wollen und dergleichen mehr. Was soll man da von dem Concil erwarten? Dieser törichte Erlaß verdiente nur mitleidiges Lächeln, aber die französische Regierung ist darüber wirklich in Aufregung geraten.

Rom, 26. Dezember 1869. [Der Syllabus.] Der Correspondent der *Times* meldet, daß das Concil jetzt wirklich zu wichtigen Geschäften geschritten ist und den *Syllabus* zur Beratung gezogen hat. Über 18 Sätze des letzteren ist die Debatte eröffnet, so daß es scheint, als ob die monströsen Thesen dieses Documents tatsächlich in bindende Glaubensartikel verwandelt werden sollen.

Rom, 31. Dezember 1869. [Stand des Concils.] Die schon erwähnte, am 14. Dezember stattgefundene Wahl in den Ausschuß für Glaubensfragen (24 Mitglieder) verlief wie erwartet: die Opposition brachte nicht Eines ihrer Mitglieder hinein. Die Majorität setzte ihre gesamte Namensliste rücksichtslos durch: ohne Ausnahme Anhänger der Unfehlbarkeit. Und die Geschäftsordnung für das merkwürdige Concil, gegen die sich die unabhängigen Stimmen ebenso nachdrücklich wie vergeblich erhoben haben, sorgt sehr weise dafür, daß keine freie Debatte aufkommen kann, daß in den Ausschüssen die ergebensten Cardinäle den Vorsitz führen, ein überraschender Widerspruch kaum möglich ist, jegliche Opposition leicht erstickt werden kann.

Die Unfehlbarkeit ist wirklich schon jetzt der Angelpunkt des Concils geworden, obwohl officiell noch gar nicht darüber verhandelt wird. Man umgibt das neue Dogma mit einer wunderbaren Glorie, rühmt es als Beginn einer neuen Welt-Ära, als eine neue Ausgießung des Heiligen Geistes. Hinter den Culissen macht allerdings die Äußerung einer »sehr hochgestellten Persönlichkeit« (Antonelli?) die Runde, nach welcher die Idee der Unfehlbarkeit einer »Hysterie der Speichellecker« in der Umgebung des Papstes entsprungen sei. Offenbar fördere der Umgang mit absoluten Herrschern das Bedürfnis nach immer stärkeren Schmeicheleien, bis man schließlich den Monarchen mit dem Staat und den Papst mit der Kirche gleichsetze: abgeschmackter Absolutismus sei beides.

Rom, 7. Januar 1870. [Unfehlbarkeit.] Inzwischen ist der Wortlaut der Proposition bekannt, mit welcher die Concils-Majorität die Verkündigung der päpstlichen Infallibilität beantragen will:

»Von der heiligen ökumenischen vaticanischen Synode erbitten die unterzeichneten Väter demütig und inständig, mit klaren und jeden Anlaß zum Zweifel ausschließenden Worten feststellen zu wollen, daß die Autorität des römischen Papstes die höchste und deshalb irrtumslos sei, wenn sie in Sachen des Glaubens und der Sitten feststellt und vorschreibt, was von allen Christgläubigen zu glauben und zu halten oder zu verwerfen und zu verdammen sein soll.«

Berlin, 11. Januar 1870. [Gotthardbahn.] Der schweizerische Gesandte in Berlin ist vom Bundesrat beauftragt worden, den schweizerisch-italienischen Vertrag über die Gotthardbahn den Regierungen des Norddeutschen Bundes, Badens und Württembergs offiziell zur Kenntnis zu bringen und daran das Ersuchen zu knüpfen, durch die verbindliche Anerkennung der Bestimmungen des Schlußprotokolls vom 13. October 1869 dem Vertrage beizutreten.

Paris, 11. Januar 1870. [Victor Noir von Prinz Napoleon erschossen.] Das Ereignis des Tages und wahrlich ein sehr trauriges ist die Tötung des Journalisten Victor Noir, eines Mitarbeiters der *Marseillaise*, durch den Prinzen Pierre Napoleon. Der genannte Journalist hatte sich in Begleitung des Herrn Fonvielle als Zeuge des Herrn Rochefort in Sachen eines Ehrenhandels nach Auteuil zum Prinzen begeben. Es kam zu einer lebhaften Auseinandersetzung; der Prinz ließ sich von seinem heftigen Temperamente hinreißen, ergriff eine Pistole und schoß den Schriftsteller nieder. Dieser Vorfall erregt große Erbitterung unter den Volksmassen; die Geschichte wird dem Kaiser um so größere Verlegenheit bereiten, als man schon wegen des Vorfalles des Prinzen Murat mit Comté, den ersterer durchprügeln ließ, ohne daß die Gerichte es gewagt, ihn zu bestrafen, sehr ungehalten im Publicum ist. Der Prinz ist wegen seiner Heftigkeit bekannt; schon in Rom und in Corsika war er an Auseinandersetzungen beteiligt, in deren Verlauf er einen Agenten und einen Förster erschoß.

Rom, 12. Januar 1870. [Concil.] Den gemischten Ehen sollen neue Hindernisse bereitet werden. Anstatt wie bisher von den künftigen Eheleuten das Versprechen zu verlangen, daß ihre Kinder in der katholischen Religion erzogen werden sollen, soll zukünftig die Eheschließung nur vorgenommen werden, wenn sich der »ketzerische Teil« zum katholischen Glauben bekehrt. Daß diese Anmaßungen gerade durch ihren Exceß dem Zwecke zuwiderlaufen, muß jedem Besonnenen einleuchten; aber man darf nicht vergessen: wenn hunderte von Personen sich versammeln, um ihren Ansichten zum Siege zu verhelfen, so haben sie naturgemäß die Neigung, sich eine größere Gewalt beizumessen, als sie in Wahrheit besitzen. Das zeigt sich auch hier: die Herren Prälaten berauschen sich an ihren eigenen Träumen, die Luft von Rom hilft ein wenig nach.

72
Lob der Neugier

> Wenn jemand behauptet, kraft eines Zivilvertrages könne auch unter Christen eine wahre Ehe bestehen – der sei verflucht.
> Pius IX., Syllabus errorum

Tagebuch des Heinrich Wilhelm Lehmann:
Berlin. Montag, 21. März 1870

Ich weiß nicht, was mit mir los ist. Seit ich zurück in Berlin bin, fühle ich mich wie auf heißen Kohlen – mit gepackten Koffern.

Nicht einmal das Lesen der Zeitung heitert mich auf, auch nicht die schönen Streitereien auf dem Konzil. Wieder ist ein Brief von einem deutschen Bischof gekommen, der nach den Originalen »dieser angeblichen Andreas-Briefe« fragt; und ich kann nichts machen, solange ich nicht mit Luisa gesprochen habe.

Es war eine seltsame Abschiedsfeier, an meinem letzten Abend in Paris. Emilia hatte ein herrliches Essen gekocht; aber die Stimmung war eher gedrückt. Am Morgen war Emilia ins Zimmer gekommen, als Francesca und ich noch dabei waren, uns anzuziehen. Jetzt, am Abend, hörte Francesca nicht auf, mich »Brüderchen« zu nennen; mehrmals stellte sie fest, wie gut Emilia und ich zueinander paßten, und es war beinahe demonstrativ, daß sie, kaum daß sie aufgegessen hatte, Müdigkeit und Kopfschmerzen vorschützte und sich in ihr Zimmer zurückzog.

»Liebst du sie?« fragte mich Emilia.
»Ja«, sagte ich, »und ...«
»Und was?«
»Ach, nichts. Ich sag's dir später.«
Denn ich hatte fortfahren wollen: »und dich auch!« – aber ich wagte nicht es zu sagen, weil es geklungen hätte wie: »Und mit dir würde ich auch gerne schlafen.«

Also erzählte ich ihr ein bißchen von meiner Arbeit, aber viel mehr interessierte sie, was ich vorhatte.

»Rico«, sagte sie, »ist dir das wirklich so wichtig? Ich meine, diese Absicht von Calandrelli, dem Papst die Unfehlbarkeit zu durchkreuzen – obwohl du gar kein Katholik bist?«

»Ja, es ist mir wichtig. Aber allein kann ich gar nichts machen – ich brauche die Hilfe von Luisa Donati.«

»Luisa ...«, sagte sie nachdenklich, »willst du dich wirklich mit ihr einlassen?«

»Aber Emilia«, fragte ich erstaunt. »Hast du etwas gegen sie?«

»Wie könnte ich«, antwortete sie seltsam bitter, »wer könnte etwas gegen Luisa Donati haben ... Ich habe nur Angst um dich, mußt du wissen. Luisa – wie soll ich es sagen ... Rico, versprichst du mir, Francesca nichts davon zu erzählen?«

»Natürlich – wenn du Wert darauf legst.«

»Sogar großen Wert: es ist das einzige, wovon ich nicht möchte, daß Francesca es erfährt. Luisa, weißt du – also, ich will nicht sagen, sie nutzt Menschen aus, das nicht, du wirst keinen finden, der sich jemals über sie beklagt hätte – es ist nur ... für Luisa, glaube ich, existieren so kleine Dinge wie Freundschaft oder Lebensglück gar nicht. Sie kennt keine anderen Ziele als die höchsten; für ihre Visionen würde sie bedenkenlos sich selber opfern, aber auch jeden andern. Man muß sie verehren, aber ich glaube, man muß sich auch vor ihr hüten – wenn du verstehst ...«

»Ehrlich gesagt – nicht so ganz.«

»Das kannst du auch nicht – weil du sie noch nicht kennst. Na, ich wünsche dir nur, daß du heil aus der Sache herauskommst. Und jetzt: ins Bett! Morgen müssen wir beide früh aufstehen, wenn du deinen Zug pünktlich erreichen willst!«

Dann, mitten in der Nacht: ich grüble noch über meine Gefühle Francesca und Emilia gegenüber, da geht leise die Tür auf. Gleich darauf kuschelt sich etwas Warmes an mich – Francesca.

Beglückt drehe ich mich zu ihr hin, schließe sie in den Arm und fange an, sie abzuküssen.

»Halt!« sagt sie. »Das Küssen kommt später – vielleicht. Wir müssen noch eine Kleinigkeit besprechen, nicht wahr?«

»Meine Belohnung?«

»Wenn du es so nennen willst. Vielleicht ist es aber auch eine Bestrafung – dafür, daß du deine Stiefschwester immer wieder unsittlich berühren willst.«

Während dieser Worte zieht sie mir die Hose meines Schlafanzuges aus. Schmiegt sich an mich, ergreift meine Hände und legt sie auf ihre Brüste.

»Dafür nehme ich jede Strafe auf mich«, sage ich.

»Im Ernst? Das kann ich mir gar nicht vorstellen. Darum bin ich ja auch so neugierig.«

»Ach, Francesca«, flüstere ich, »ich liebe deine Neugier. Ich glaube, sie erregt mich genauso wie dein Streicheln – vielleicht sogar noch mehr.«

»Du willst mir schmeicheln, oder?«

»Nein, bestimmt nicht – ich sage es so, wie ich es meine. Weißt du, meine erste ...«

»Oh, das klingt interessant. Welche erste?«

»Lassen wir das – ich bin glücklich, daß du neben mir liegst, also was soll ich dir von einer anderen Frau erzählen?«

»Doch, das sollst du. Für die Wissenschaft – du weißt schon!«

»Wirklich?«

»Nun erzähl schon!« Sie kneift mich in den Oberschenkel, läßt dann die Hand dort liegen – ein Versprechen, ich spüre es.

»Es war die erste Frau, mit der ich länger zusammen war. Habe ich dir nicht von ihr erzählt?«

»Kein Wort.«

»Sie hat mich wirklich geliebt; ich glaube, ich sie auch. Natürlich wollte sie alles von mir wissen – dachte sie jedenfalls: von meiner Arbeit, meinen Gedanken, meiner Familie – nur im Sexuellen, da war sie gar nicht neugierig. Sie hat sich nur – nun ...«

»Sie hat sich dir hingegeben, meinst du das?«

»Genau. Am Anfang war ich glücklich darüber, aber dann ... Ich hab mir so sehr gewünscht, daß im Liebesspiel auch Spielen drin ist, und Gedanken – auch das Liebesspiel braucht seine Spielregeln, glaube ich.«

»Wie ein Kartenspiel?«

»So ähnlich. Ich denke mir: es kann doch nicht leichter

sein als ein Kartenspiel, wenn zwei Menschen miteinander und mit ihrer Lust spielen. Der eine mag es, an einer bestimmten Stelle gestreichelt zu werden, einem anderen ist es unangenehm – das muß man doch herausfinden, aber wie kann man das ohne Neugier? Um den andern ganz und gar zu kennen, muß man ihn doch erst einmal erforschen. Aber nicht nur einmal, sondern immer wieder, denn vieles ändert sich ja auch.«

»Ändert sich? In welchem Sinn?«

»Ich glaube, die Lust ist wie eine Pflanze: sie fängt beim Säugling an zu wachsen, da ist es noch ganz selbstverständlich, daß man ihm auch die Geschlechtsteile streichelt, wäscht und pudert. Dann kümmert die Lust eine Weile vor sich hin; jahrelang ignoriert man sie, bis sie der Junge an sich selber entdeckt.«

»Und das Mädchen?«

»Das weißt du besser als ich.«

»Ich hab sie auch an mir selbst entdeckt. Aber vielleicht weniger stürmisch als bei euch Männern, denke ich.«

»Eben. Nun kommen eines Tages zwei Menschen zusammen, und nimm ruhig das Kartenspiel: auch da muß man erst einmal wissen, was man zusammen spielen will. Wenn beide die Regeln kennen, kann man gleich anfangen, aber wenn nicht?«

»Dann muß sie der eine dem andern beibringen.«

»Wenn er sie selber wirklich kennt.«

»Oder man macht sich eigene Regeln.«

»Aber dafür müssen beide neugierig sein. Sieh mal, Francesca – die Karten im Kartenspiel sind immer gleich. Aber im Liebesspiel bleibt ja nicht einmal der Körper derselbe ...«

»Wie meinst du das?«

»Du hast es selber gesagt: die sexuelle Erregung ist eine Zauberin. Ja, sie ist es wirklich! Was sonst unangenehm ist, wird plötzlich lustvoll, was sonst angenehm ist, wird plötzlich gleichgültig.«

»Zum Beispiel?«

»Sieh mal: du kommst zu mir unter die Decke, und nun legst du mir deine Hand aufs Knie. Und jetzt, was du da machst ... die Hand fährt nach oben, ganz langsam – ich ahne, es ist eine Ankündigung ... daß die Hand weiter wandern wird, immer weiter – oh ja ...«

»Wird es dir jetzt gleichgültig?«

»Nein, das meine ich nicht. Aber stell dir vor, du machst weiter, und dann, wenn ich den Höhepunkt kommen fühle, nimmst du plötzlich die Hand weg und legst sie aufs Knie ...«

»Du meinst, die Erregung würde verschwinden?«

»Nein, der Höhepunkt würde trotzdem kommen – aber nicht so lustvoll, wie er hätte sein können. Und sieh mal – das sind bloß die Reaktionen des Körpers. Aber das Liebesspiel soll ja auch ein Spielen mit der Seele sein. Mit den Begierden, mit den Wunschträumen. Und dafür muß man noch anderes erforschen.«

»Zum Beispiel, auf welche Weise sich der andere selbst befriedigt?«

»Das auch. Auch damit kann man spielen. Warum sollen zwei Leute nicht für eine Stunde oder eine Nacht nur einen der beiden Körper erregen und mit Lust erfüllen?«

»Das würde mir gefallen. Aber was hattest du gerade gemeint, was man erforschen muß?«

»Die Scham. Ich glaube, die Scham im Menschen ist wie eine Wunde: an der Oberfläche ist sie bedeckt, aber in der Tiefe eitert sie. Man muß sie liebevoll aufschneiden und offenlegen, damit sie endlich verheilen kann – am besten dadurch, daß man mit ihr spielt. Die Scham sollte keine Grenze sein, sondern im Gegenteil ein Wegweiser – mitten in die Seele. Aber auch dafür braucht es Neugier – und darum liebe ich dich so.«

»Enrico – langsam werde ich wirklich ärgerlich!«

»Aber Francesca – warum denn?«

»Darum: Weil du bei Emilia die Brüste wunderschön findest – und an mir gefällt dir bloß meine Neugier!«

»Aber Francesca« rufe ich leise aus, »ich protestiere! Deine Brüste versetzen mich in Verzückung – merkst du das nicht?«

Ich drehe mich zu ihr und küsse sie auf die eine Brust, und während mein linke Hand mit der anderen Brust spielt, fahre ich mit der rechten über ihre Scheide. Und als ich spüre, daß sie ganz naß ist, fahre ich mit dem Finger tief hinein und streichle sie von innen.

»Ich glaub's dir«, sagt sie nach einer Weile. »Mach weiter mit der Hand, ja? Das ist sehr schön.«

»Was glaubst du mir?« frage ich.

»Daß dir meine Brüste auch ein bißchen gefallen.«

»Ein bißchen? Sie machen mich verrückt – das weißt du doch. Außerdem denke ich: damit ein Mann sich überhaupt für eine Frau interessiert – da spielt natürlich ihr Aussehen eine große Rolle: ihre Figur, ihre Brust, ihr Mund; die Art, wie sie sich bewegt ... Aber wenn man sich einmal gefunden hat – dann gibt es an einer Frau nichts, was so erotisch ist wie ihre Neugier und ihre Gedanken.«

»Und der Körper spielt gar keine Rolle mehr? Auch nicht für die Leidenschaft?«

»Nicht doch. Ein schöner Körper wie deiner erregt natürlich das Verlangen mehr als ein häßlicher.«

»Heuchler«, sagt sie und kneift mich in den Bauch. »Das sagst du nur, um mich bei Laune zu halten!«

»Ich schwör's dir«, sage ich und kneife sie zurück. »Außerdem – merkst du es nicht? Im Liebesspiel ist doch der Körper nicht nur das Spielfeld, sondern auch der Schiedsrichter. Er entscheidet, ob das Spiel schön ist – und mit dir ist es wunderschön.«

»Und die Leidenschaft?«

»Ich weiß nicht – das ist ein Ausnahmezustand, glaube ich. Man kann sie nicht lernen, muß es auch nicht, denn sie schafft sich ihre eigenen Regeln. In der Leidenschaft ist alles ernst, beinahe todernst – so kann man höchstens Tage oder Wochen leben, aber doch nicht Jahre ...«

»Und wenn es nicht Leidenschaft ist – ist es dann nicht ernst?«

»Doch! So ernst wie das Spielen von Kindern!«

Francesca schien nachzudenken. »Und wenn«, fragt sie nach einer Weile, »im Liebesspiel einer den andern fesselt? Ist das Spaß oder Ernst?«

»Beides. Es fängt als Spaß an, aber ich glaube – das Erregende für den Mann ...«

»Ja? Was ist das Erregende?«

»Ich glaube, die Ungewißheit. Er weiß nicht, ob die Frau weiter nur Spaß macht, oder Ernst.«

»Aber was heißt das jetzt, Ernst?«

»Wenn er sich fesseln läßt, dann geht er doch von einer stillen Übereinkunft aus: daß die Frau es macht, um ihm Vergnügen zu bereiten. Das heißt, um ihm Lust zu verschaffen, und wenn es nur die Lust der Ungewißheit ist. Aber ernst würde es dann, wenn sie plötzlich diese Übereinkunft verläßt. Wenn sie ihn zwingt, Dinge zu tun oder zu sagen, die er sonst nie tun oder sagen würde, und die für ihn auch gar nicht lustvoll sind.«

»Aber du hast doch gesagt: die Vorstellung, daß ich dich fessele, findest du erregend.«

»Ja – und jetzt erregt es mich schon wieder.«

»Und ich hab dir erzählt, was ich mir zuerst als Belohnung für dich ausgedacht habe. Aber denk bloß an heute früh: stell dir vor, du wärst gefesselt gewesen – und ich hätte mit dem Kneifen einfach nicht aufgehört? Was hättest du dann gemacht?«

»Bestimmt hätte ich es bereut, daß ich mich habe fesseln lassen.«

»Na siehst du! Also willst du es doch nicht wirklich!«

»Aber ja doch! Ich wünsche es mir wirklich und wahrhaftig!«

»Das verstehe ich nicht. Woher weißt du bei mir so genau, daß nicht Ernst daraus wird?«

»Vielleicht ist es gerade das: der Wunsch, daß es einmal nicht Spaß ist, sondern Ernst.«

»Enrico!« sagt sie mit einem merkwürdigen Unterton. »Jetzt sei lieber vorsichtig! Es könnte ja sein, ich nehme dich beim Wort!«

»Nimm mich beim Wort! Ich wünsche es mir!«

»Und wenn ich dir sage: ich würde die Übereinkunft verlassen? Ich würde etwas mit dir machen, womit du im Traum nicht gerechnet hast? Und du würdest es gar nicht mehr erregend finden, sondern bloß noch wünschen, daß es aufhört – aber es hört nicht auf? Würdest du dich dann trotzdem in meine Hand begeben?«

»Ja, Francesca. Das würde ich.«

»Enrico, überleg es dir! Ich sage dir: du wirst dich verfluchen, weil du dich auf mein Spiel eingelassen hast! Also entscheide dich: Ja oder Nein?«

»Ja! Ja! Ja!«

»Es gilt!« flüstert sie. »Aber du wirst es bereuen!«

Und sie kuschelt sich an mich und sagt:

»Wir machen es zu Ostern. Da ist Emilia nicht da – sie soll auch lieber nichts davon wissen. Das muß unser Geheimnis bleiben – versprochen?«

»Versprochen!«

Als sie merkt, wie gierig mich ihr Versprechen gemacht hatte, da dreht sie sich so, daß ihre Scheide an meinen Mund zu liegen kommt, und sagt, mit beiden Händen mein Glied umschließend:

»Unser Vertrag – gib mir einen Kuß drauf!«

Und während sie mir unwiderstehlich das Geheimnis der malayischen Hexen entlockt, trinke und sauge ich das salzige Naß aus ihrer Scheide, bis wir mit unseren zuckenden Leibern einander unsere Kapitulation erklären.

Jetzt sitze ich hier in Berlin und frage mich: was mache ich hier eigentlich – außer daß ich auf Ostern warte?

Gleich nach meiner Ankunft mußte ich zum Chef. Er ließ mich wissen, daß man es sich so nicht gedacht habe – man stelle mir doch nicht einen Mitarbeiter zur Verfügung, damit ich mich gar nicht mehr um meine Dienstpflichten kümmerte.

»Sie irren sich«, sagte ich und stand auf. »Nicht Sie haben mir einen Mitarbeiter gestellt, sondern ich habe ihn mir gesucht. Und ich bezahle ihn auch – von meinem Geld.«

»Auch wenn Sie ihn bezahlen – die Verantwortung tragen immer noch Sie.«

»Und ich werde sie wahrnehmen«, sagte ich.

In Wirklichkeit frage ich mich: was hat das Ganze noch mit mir zu tun: dieses Herumsitzen in meinem Arbeitszimmer, während Robinson im Vorzimmer über den Tabellen hockt, die dann in meinem Namen an Bernieri geschickt werden?

Die Bischöfe in Rom, an die ich geschrieben habe, erwarten meine Antwort – aber nur, wenn ich ihnen echte Dokumente vorlegen kann. Also muß ich nach Amerika, aber Luisa rührt sich nicht. Und wenn ich ehrlich bin: im Moment ist es mir fast gleichgültig. In Wirklichkeit fiebere ich nur Ostern entgegen ...

Mir ist, als säße ich im Wartesaal meines eigenen Lebens – und warte auf einen Zug, der noch nicht im Fahrplan steht.

73
Der Heilige Gral

*Rekonstruktion der Aufzeichnungen
des Luigi Calandrelli (24):*

Gewiß ließen mich meine überreizten Nerven zum Teil Dinge sehen oder empfinden, die mit der Realität nichts zu tun hatten. Daß aber die zu mir dringenden Klopfzeichen etwas Forderndes hatten, entsprach wohl der Wirklichkeit; offenbar erwartete man von mir, daß ich regelmäßig antwortete. Also nahm ich meine Kräfte zusammen und schleppte mich in die vordere Kammer. Den großen Vorschlaghammer konnte ich kaum noch anheben; so holte ich aus der Werkzeugtasche einen kleineren Hammer, den ich anschließend mit auf meinen Leseplatz nahm: nachdem, so dachte ich, die Retter nähergekommen waren, sollte auch ein leiseres Klopfen hinreichend sein, sogar von meinem improvisierten Sessel aus.

Ich probierte es aus, und mir war, als würde man mit einer ähnlichen Schlagfolge antworten. Also legte ich beruhigt den Hammer vor mich auf den Boden und vertiefte mich erneut in den Brief des Arcimboldo:

Nun ist die Zeit gekommen, daß der unheilige Stuhl nach Avignon muß, und ist das Heulen und Zähneklappern groß bei Prälaten und Kardinälen. Und sie trachten, wie sie die Beweise ihrer Schande und ihrer Lügen verbergen können, denn es ist ungewiß, was der König Philipp noch verlangen wird vom Papst der Schlangen, und ob die Geheimnisse und Schätze der Kirche sicher wären im fernen Avignon. Dies um so mehr, als kürzlich zu nachtschlafender Zeit eine Gesandtschaft aus Occitanien kam, mit einer geheimen Sendung, welche die Obersten der Kirche in Freude versetzte, mich aber in Angst und Sorge.

Du weißt, mein Sohn, daß von allen Dingen es eines war, das unseren Vorfahren in Montségur Kraft gegeben: der Kelch, in welchen das Blut unseres Herrn Jesus Christus tropfte, als er am Kreuze hing, jener Kelch, der uns Leiden und Schmerz verhieß über alle Maßen, aber auch das ewige Leben im Geiste des Herrn – der Heilige Gral. Er war es, nach welchem das gierige Herz des Papstes entbrannt war, und er war es, um den sich unsere Väter geschart hatten im letzten verzweifelten Kampf: daß nur er nicht in die Hand des Bösen fiele.

Und als uns die Zeichen des Himmels weissagten, daß wir den Mordbrennern des römischen Wolfes unterliegen würden, da waren es zwei der Getreuesten der Treuen, die den Auftrag erhielten, den Gral an einen sicheren Ort zu bringen. Aber wo gab es einen sicheren Ort in jenen Zeiten? Wohl tagelang irrten sie durch die Wälder um Montségur, und als sie gefaßt wurden von den Mordbrennern, da waren sie verwirrt und verhungert, doch der Gral war nicht bei ihnen. Man quälte und folterte sie, aber die Verwirrung wich nicht von ihnen, und als ihnen keine Kunde zu entreißen war über den Verbleib des heiligen Kelches, da band man endlich auch sie auf den Scheiterhaufen, auf daß sie den Tod als Märtyrer stürben.

Der Gral aber galt als verschollen von Stund an, und unser einziger Trost war das Wissen, daß er noch in der Erde von Montségur ruhte.

Nun kam, tief in der Nacht, die Gesandtschaft nach Rom mit der geheimen Botschaft. Anfangs kannte ich den Inhalt ihrer Sendung noch nicht, doch muß es die Nachricht gewesen sein, daß der Heilige Gral gefunden war. Denn es herrschte Jubel unter den Prälaten, und man sprach von einem sicheren Zeichen, daß der schmachvolle Gang nach Avignon nur von kurzer Dauer sein werde. Doch muß der Jubel bald der Sorge gewichen sein, der König von Frankreich könnte von dem Fund erfahren und ihn, da der Gral in französischer Erde geruht hatte, für sich verlangen. So kam man auf den Gedanken, sich die ausgedehnten Keller des Vatikanpalastes zunutze zu machen: um nämlich die größten Schätze und wichtigsten Schriften der Kirche in einem von dessen tiefsten Kellergängen zu verbergen, und den Eingang für die Zeit, welche der päpstliche Stuhl in Avignon wird verbringen müssen, zuzumauern.

Es scheint, als hätte der wilde König Philipp von diesem Vorhaben erfahren oder es geahnt, denn er gab Befehl, daß die Schätze der Kirche den Papst begleiten müßten. So konnte man nur solche Dinge verbergen, deren Vorhandensein der Welt nicht bekannt war; die Auffindung des Heiligen Grals, so denke ich, mußte daher unter allen Umständen geheimgehalten werden.

Man gab den Boten aus Occitanien ein Fest, auf welchem zum allgemeinen Erstaunen kaum Ehrengäste geladen waren, und am nächsten Morgen verbreitete sich in Windeseile die Nachricht, daß sie alle über Nacht einer unbekannten Krankheit erlegen seien. Dies sorgte selbst im Durcheinander der vergangenen Wochen für großes Aufsehen; aufgrund der schwärzlichen Haut der Toten sprach man von der Pest. Doch kam von denen, welche die Boten nach ihrem Tode gewaschen und zu Grabe getragen hatten, niemand zu Schaden.

Was mich betrifft, so war ich mir von Anfang an sicher, daß die Boten nicht an einer Krankheit gestorben waren, sondern an Gift. Denn ich habe, als ich noch in Venedig lebte, des öfteren Vergiftete gesehen, und eine gewisse Schwärzung der Haut ist mir verschiedentlich aufgefallen. Auch hatte ich noch am Mittag vor dem Fest mit einem der Boten gesprochen und ihn gesund an Leib und Seele gefunden. Er hatte gelacht, als ich ihm meinen Namen nannte, so daß ich ihn erst für einen der Unseren hielt. Doch als ich ihn nach dem Grund seines Lachens fragte, verstummte er.

Ich drang in ihn, bis ich endlich dies von ihm erfuhr: mein Name habe ihn belustigt, weil er beim ersten Hören ganz wie der Ort geklungen habe, von welchem sie herkämen. Es sei aber doch ein Irrtum gewesen, denn nicht Segurmont wie mein Name hätte der Ort geheißen, sondern gerade umgekehrt, nämlich Montségur.

Ich war sogleich aufs höchste beunruhigt, bemühte mich jedoch, mir nichts anmerken zu lassen. Um herauszufinden, welches Anliegen den Boten nach Rom geführt, ließ ich Speisen und Getränke auffahren; ich lobte ihn und die Seinen als Männer, welche Gefahren nicht scheuten und selbst in solch schweren Zeiten Rom aufzusuchen wagten, wofür es sicherlich höchst gewichtige Gründe gäbe. Schließlich gestand er mir unter dem Siegel der Verschwiegenheit, daß er selbst den genauen Grund ihrer Mission nicht kenne. Er wisse nur, daß ihr Anführer im Wald von Montségur einen großen Fund getan, einen Fund, wie ihn die Christenheit in tausend Jahren nur einmal tue, so daß wohl jedem aus der Gesandtschaft eine hohe Belohnung und der Segen der Kirche sicher sei.

Der Gedanke an den Heiligen Gral drängte sich mir auf, und als die Boten in jener Nacht sämtlich zu Tode kamen, hatte ich kaum noch Zweifel. Schmerz und Zorn quälten mich, und ich schwebte zwischen Hoffen und Bangen. Denn ich wußte nicht, ob wir den Gral für die Gläubigen des Herrn zurückgewinnen könnten, oder ob er für immer verloren sei.

Doch ist das Verbrechen der Prälaten auf sie selbst zurückgefallen. Als nämlich die Nachricht von der Pest die Runde machte, da fühlten sich die Priester und Lakaien, die noch in der Nähe des Papstes verblieben waren, ihres Lebens nicht mehr sicher, so daß viele der Geistlichen und fast alle Bediensteten das Weite suchten. Ich selbst war mit meinen Getreuen unter den wenigen, die blieben, und als ich sah, wie von den Handwerkern einer nach dem anderen verschwand, frohlockte ich innerlich. Denn ich war und bin entschlossen, dem Heiligen Gral, wenn es denn sein muß, mit meinem eigenen Blute zu dienen, und alles daranzusetzen, ihn aus der Hand der Verräter am Glauben zu befreien.

Es ist kaum mehr als ein Jahr her, daß ich in den Dienst der Kurie getreten bin. Doch war ich mit meinen Vertrauten Giorgio und Diterico als letzter der erfahrenen Handwerker im Palast verblieben, und da sich die Herren Kardinäle für den Ausbau des geheimen Ganges wohl kaum der Diener des französischen Königs bedienen konnten, blieb ihnen nichts übrig, als mich ins Vertrauen zu ziehen. So also wurde nach dem unerforschlichen Ratschluß des Allmächtigen gerade ich damit betraut, das Versteck der geheimen Gegenstände vorzubereiten.

Unter dem Siegel der Verschwiegenheit eröffnete man mir, daß man mich für einen treuen Sohn der Kirche befunden und dazu ausersehen habe, eine Aufgabe von höchster Bedeutung für die Zukunft der Kirche zu übernehmen. Man hieß mich Treue schwören auf jene, zu welcher Christus gesprochen, Weib, was habe ich mit dir zu schaffen, und die sie dennoch heilig nennen und Jungfrau. Ich aber fiel auf die Knie und rief Gott zum Zeugen an, daß ich der ewigen Verdammnis anheimfallen wolle, wenn ich nur einen Schritt abwiche von der Ehrfurcht vor dem Herrn und dem Blute, welches er für uns vergossen. Als die Herren dies hörten, gedachten sie sogleich des Kelches, den sie vor dem französischen König zu verbergen trachteten, und da sie ihr Geheimnis für unberührt wähnten, schien mein Wort ihnen Gewähr für meine allerfesteste Treue. Und in der Tat, treu zu sein dem Blute des Höchsten gedenke ich wohl, wenn auch auf meine Weise.

Man übergab mir versiegelte Bände mit Dokumenten, die man im Gang zu verbergen gedachte, sowie drei Truhen, die ebenfalls eingemauert werden sollten, von denen aber sagte man mir, daß sie Dinge des Papstes und der Kardinäle enthielten, welche für dieselben von persönlichem Belang seien. Ich mußte innerlich lachen; einmal über die Plumpheit, mit der man glaubte, mich über den Inhalt der Truhen täuschen zu können, dann aber auch über die Unordnung und Unkenntnis, wie sie bei den Prälaten in diesen Tagen herrschen. Keiner von denen, die mir Anweisungen gaben, hat gewußt, daß es meine eigenen Truhen waren, die man in meine Obhut gab. Denn niemand anders als ich selbst war es, der sie nach allen Regeln der Kunst gebaut hat, gleich zu Beginn meiner Dienstzeit. Die Herren stellten sie leichten Herzens vor mich hin, da sie die Truhen versiegelt wähnten mit Schloß und Eisen und geheimer Flamme. In meinen Augen aber waren sie durchsichtig wie Glas und offen wie ein Haus ohne Tür und Tor.

Beaufsichtigt von einem der Kardinäle, unterstützt von einigen verbliebenen Mönchen, habe ich zunächst die Bände mit den Dokumenten aus dem Lateranpalast in den Vatikan gebracht, während die Truhen fürs erste noch im Lateran belassen wurden. Was nun den Schacht betraf, der zu den Kellern dieses Ganges führt, so hatte er ursprünglich einmal eiserne Tritthaken gehabt, an denen man hinabsteigen konnte. Diese aber fanden wir teils locker, teils verrostet, so daß sie nicht mehr benutzbar waren. Wir mußten uns an Seilen in den Gang hinunterlassen, und desgleichen auch Steine, Mörtel und Wasser, sowie Türen und Schlösser und alles weitere Material, das wir für die Herrichtung des Ganges brauchten.

Mir und meinen Gehilfen hatte man aufgetragen, die Räume zu säubern, Gestelle für die Dokumente zu errichten, und die Kammern mit festen Türen und Schlössern zu versehen. Hierbei war vorgesehen, daß die Mönche die Truhen und Dokumente ganz zuletzt in den Gang hinunterbringen und auch das Zumauern überwachen sollten. Doch wußten wir es einzurichten, daß sie sich vor dem gefährlichen Abstieg an den dünnen Seilen fürchteten, so daß sie, da wir ihrer Meinung nach ohnehin nichts entwenden konnten, die Arbeit im Schacht gänzlich mir und meinen Vertrauten überließen.

Ich hatte schon vorher einmal alle Räume des Ganges gründlich inspiziert, und dabei das Mauerwerk der letzten Kammer an einer Wand locker gefunden. Als sich nun zeigte, daß keiner von den Mönchen mit uns in den Schacht zu steigen wagte, kam mir der Gedanke, die Mauer hier aufzubrechen und dahinter eine verborgene Kammer anzulegen, dieselbe, in der du diesen Brief gefunden, und in welcher du dich jetzt, da du ihn liest, vielleicht noch befindest ...

Wieder überfiel mich die Müdigkeit mit einer solchen Heftigkeit, daß ich den Brief kaum noch in den Händen halten konnte. Ohnehin war es längst an der Zeit, die Klopfzeichen wieder einmal zu beantworten. Ich schlug mit dem Hammer einige Male an die Wand; dann wollte ich erneut zum Brief greifen. Doch noch bevor es dazu kam, fiel ich in einen tiefen Schlaf und wußte von nichts mehr.

Als ich erwachte, hatte ich keinerlei Vorstellung, wie lange ich geschlafen hatte. Doch mußte es längere Zeit gewesen sein, denn die vom Gang kommenden Geräusche waren viel näher gekommen. Und als ich in den Ölbehälter der Lampe blickte, erschrak ich: er war fast leer. In aller Eile – oder doch so schnell, wie mein Kräftezustand es mir erlaubte – stand ich auf, und es schien mir, daß die Flamme schon kleiner zu werden begann. Ich holte die Ölflasche, füllte den Behälter der Lampe wieder auf und stellte auch den Docht nach, mit mir selber hadernd, weil ich nicht einmal so viel Selbstbeherrschung aufgebracht hatte, den Docht der Lampe vor dem Einschlafen kleiner zu stellen.

Der Ärger tat mir gut, denn er verdrängte ein wenig die Müdigkeit. Erneut griff ich zu dem Bericht Arcimboldos und las die letzten Seiten, die offenbar schneller und daher mit weniger Schnörkeln geschrieben waren als die vorigen:

Die Umstände zwingen mich zur Eile. Es scheint, der wilde Franzose will all unsere Mühen zuschanden machen, denn er hat befohlen, daß der Zug nach Avignon eine Woche früher als geplant beginnen müsse. Jede verfügbare Hand ist im Lateranpalast. Auch Giorgio und Diterico, meine Getreuen, wurden dorthin befohlen, doch weigerten sie sich, mich zu verlassen, bevor die Arbeit im Schacht abgeschlossen sei. So hat man uns schwören lassen, den Gang getreulich zuzumauern und gegenüber jedermann zu schweigen; dann sind auch unsere geistlichen Bewacher zum Lateran geeilt. Einzig einer der Mönche wacht oben am Eingang des Schachtes.

Draußen im Gang ist alles vorbereitet. Alle Türen und Schlösser sind fertiggestellt und eingebaut; die Wand des vorderen

Raumes, dem wir diese Kammer hinzugefügt haben, ist bis auf einen schmalen Durchgang übermauert. Die Bände mit den Dokumenten befinden sich in den Kammern, und die vorderen Türen sind bereits verschlossen. Denn ich habe aufgrund der Dinge, die ich in den Truhen vorfand, von meinem ursprünglichen Plan Abstand genommen: nämlich, die Dokumente noch zu studieren, um die Beweise der schlimmsten päpstlichen Verbrechen zu bergen.

Lange bevor wir die Truhen hierher in den Gang brachten, hatte ich nach meinen Unterlagen Nachschlüssel angefertigt. Hier, in der Abgeschiedenheit dieser Kammer, habe ich die Öffnung der ersten Truhe vorgenommen, nachdem ich mich gereinigt hatte durch Waschung und Gebet. Giorgio und Diterico sind bei mir gewesen bis vor wenigen Augenblicken. Gemeinsam haben wir die Schlüssel eingeführt und den Deckel gehoben. Wahrlich, nicht ohne Grund haben die Heuchler auf dem heillosen Stuhl diese Dinge verschlossen und versiegelt und ferngehalten von den Augen der Christenheit. Du, mein Sohn, der du diesen Brief liest, hast es in der Hand gehalten und mit eigenen Augen gesehen: es war das Evangelium aus der Feder des Apostels Jakobus, das Giorgio und Diterico nebst seiner Übersetzung in ihren Händen hielten.

Meinen Getreuen wollten die Augen übergehen, sie lasen und lasen, obgleich Eile geboten war. Endlich sprang Giorgio auf in flammendem Zorn; dies Evangelium, so rief er, dürfe keinesfalls hier in der Tiefe vermodern, sondern es müsse den Gläubigen verkündet werden. Diterico aber schwur, er wisse einen Weg, die Truhe am wachhabenden Mönch vorbei nach draußen zu bringen, wenn ihm nur Giorgio dabei helfe. Nur zu gern war dieser dazu bereit, doch meinte er, es müsse ohne Verzug geschehen, wenn man die Schriften auch vor den Franzosen retten wolle. Schließlich, ob ich es ihnen gestattete!

Lange habe ich geschwankt und mit mir gerungen, dann, schweren Herzens, habe ich zugestimmt. Die beiden dachten wohl, es ginge mir um die restliche Maurerarbeit, die ich, wenn sie nicht zurückkehrten, allein würde verrichten müssen. Doch war es nicht das, was mich bedrückte. Sondern mich quälte die Frage, ob ich es auf mich nehmen könnte, ganz allein die Verantwortung für den Gral zu tragen, wenn er sich denn tatsächlich in einer der anderen Truhen befinden sollte. Und auch dies bekümmerte mich: ob ich den beiden die Verantwortung für den heiligen Text des Jakobus anvertrauen dürfte. Doch da sie nach letzterem ganz begierig schienen, glaubte ich, ihren Wunsch nicht abschlagen zu dürfen.

Auch scheint es mir besser, die beiden Schätze auf getrennten Wegen in die Heimat bringen zu lassen, sei es die alte oder die neue. So habe ich, während die beiden weiterlasen, die Skizze dieses Kellerganges und die Zeichnung der Schlüssel angefertigt: für dich, damit du dereinst den Weg in diese Kammer finden wirst, und damit es dir leichter fällt, die Truhe zu öffnen, welche jetzt, da du diese Zeilen liest, vor deinen Augen steht.

Ich weiß, du hast meine Hinweise gefunden und wohl verstanden, denn sonst hättest du die Kammer nicht entdeckt. Erst recht hättest du die Truhe nicht öffnen können, ohne daß die schlummernden Flammen in ihrem Innern die Schriften verzehrt hätten. So wirst du auch gemerkt haben, daß in der Übersetzung, wie sie nach der Schrift des Jakobus gefertigt war, ein Blatt fehlte. Nun: es ist nicht verloren. Sondern ich habe es auf dem Boden der Kammer liegend gefunden; es muß Giorgio oder Diterico zu Boden gefallen sein, als sie den Text des Apostels lasen und sich dabei die Blätter fast aus den Händen rissen.

Ich fand es erst, als sie sich längst unter Tränen von mir verabschiedet hatten, und mit Gottes Hilfe sich schon auf dem Weg nach Norden befanden. Also habe ich es zu den übrigen Schriften gesteckt, die ich dir hinterlasse; es wird deine Aufgabe sein, mein unbekannter Freund und Bruder, das einsame Blatt wieder mit der Schrift, der es entstammt, zu vereinen.

Nachdem die beiden mich verlassen hatten, verharrte ich erneut lange Zeit im Gebet. Schließlich, mit zitternden Händen, wagte ich mich an die Öffnung der zweiten Truhe. Ich hatte den Heiligen Gral nie gesehen, aber in meiner Kindheit oft von ihm reden hören; so hatte ich eine gewisse Vorstellung von seiner Form. Doch hätte es ihrer nicht bedurft: ich hatte den Deckel der Truhe noch nicht zur Gänze geöffnet, als ich wie von einer übermächtigen Kraft ergriffen auf die Knie fiel. Nur mit Mühe gelang es mir, den Blick vom Boden zu erheben; erst recht wagte ich nicht, den Kelch, dessen oberster Teil aus seiner samtenen Umhüllung hervorsah, zu berühren. Anders das Gold und die Juwelen, die beiderseits des Kelches den verbleibenden Raum der Truhe ausfüllten: bei ihnen hatte ich geradezu das Gefühl, daß sie meiner tastenden Hand entgegenglitten, ganz so, als wollten sie der überirdischen Kraft, welche der Kelch ausstrahlt, voller Beschämung entrinnen.

Ich habe die meisten der Juwelen herausgenommen, und die Truhe mit dem heiligen Kelch wieder ehrfürchtig verschlossen. Die Juwelen werde ich in einer der ersten Kammern verbergen, aber so, daß sie leicht gefunden werden; auf diese Weise hoffe ich, die Aufmerksamkeit möglicher Eindringlinge abzulenken. Die Truhe jedoch und den heiligen Kelch werde ich mit mir nehmen. Wenn Gott will, soll er wiederum seinen Platz finden auf unserem Großen Geheimen Altar, sei es in Montségur, sei es an seinem neuen Ort.

Ach, wie mir das Herz zittert, vor Glück und Sorge: mir, Arcimboldo de Montségur – von allen Sterblichen ist es gerade mir in dieser Stunde vergönnt, ihm zu dienen: dem Kelch, welcher an Ihm nicht vorüberging, dem Becher der Schmerzen und des Blutes, dem gesegneten Kelch aller Kelche. Der Gral, der Heilige Gral: er ist in meiner Hand. Noch mehr aber bin ich in seiner Hand. Und bis er wiederum den Ort seiner Bestimmung erreicht hat, werde ich nicht von ihm lassen: es sei denn in der Stunde meines Todes.

Was die Truhe betrifft, die ich dir hinterlasse, und die nun geöffnet vor dir steht, so spüre ich, daß auch von ihr eine tiefe Kraft ausgeht. Es scheint mir gewiß, daß sie nicht weniger als die beiden anderen von hoher Bedeutung für das Heil der Christenheit ist. Doch habe ich ihr Schloß nur geöffnet, um das Blatt aus dem Evangelium des Jakobus hineinzulegen, welches meine Getreuen hier verloren; auch meinen Brief an dich werde ich in wenigen Augenblicken hinzufügen. Ansonsten habe ich den Inhalt der Truhe nicht untersucht, nicht einmal berührt. Denn ich spüre mit aller Deutlichkeit: mein Auftrag ist es von nun an, dem Heiligen Gral zu dienen; und alles, was mich von dieser Aufgabe ablenken könnte, wäre von Übel.

Dir, mein Sohn und Bruder, bleibt es überlassen, den Inhalt zu prüfen und zu bergen; zu Nutz und Frommen der Christenheit sollst du ihn verwenden. Ich aber werde nun den Brief in die Truhe legen und dieselbe verschließen. Denn draußen wartet noch viel Arbeit auf mich: zuerst das Übermauern der Kammerwand, dann das Umstellen der Regale, schließlich am Schacht das Vermauern des Einganges.

Und wer auch immer du sein magst, und welches die Stunde sei, da du diese Zeilen liest, ich sage dir: Schwer ist die Last, die dir aufgeladen ist mit dem Wissen und den Dingen des Glaubens in deiner Hand. Du aber sorge, daß du reinen Herzens und ehrlichen

Trachtens bleibest: so wird der Herr dich gewißlich leiten und schützen, wohin dich dein Weg auch führe, und wem du dein Geheimnis auch weitergeben magst. Denn ich bete für dich mit aller Inbrunst meiner Seele, und die Hellsichtigkeit, von der ich spüre, daß die Gegenwart des Heiligen Grals sie mir verleiht, läßt mich sehen: wie auch du zu scheitern glaubst an den Feinden des Glaubens, und wie die Kraft der Wahrheit endlich doch ihren Weg finden wird durch dich hindurch und über dich hinweg: wie jegliche Wahrheit in jeglichen Zeiten. Sei gesegnet aus der Tiefe meines Herzens!

Arcimboldo de Montségur.

74
Wenn ich mir selber Zeugnis gebe

Meldungen aus den »Berlinischen Nachrichten«:

Paris, 13. Januar 1870. [Prinz Bonaparte.] Die *Marseillaise* bringt heute in großen Lettern folgende Erklärung:
»Mordtat, ausgeübt von dem Prinzen Pierre Napoleon Bonaparte gegen den Bürger Victor Noir. – Ich habe die Schwäche gehabt, zu glauben, ein Bonaparte könnte etwas anderes sein als ein Mörder. Ich habe mir einzubilden gewagt, ein ehrliches Duell wäre in dieser Familie möglich, wo Meuchelmord traditionell und üblich sind, und heute beweinen wir unseren armen und teuren Freund Victor Noir, hingemordet von dem Banditen Pierre Napoleon Bonaparte. Wohlan, seit achtzehn Jahren befindet sich Frankreich in den blutigen Händen dieser Wegelagerer, die, nicht zufrieden damit, die Männer der Republik auf den Straßen niederzukartätschen, sie auch in schmutzige Fallen locken, um sie zu Hause zu erwürgen. Französisches Volk, findest du immer noch nicht, daß dem genug ist? – Henry Rochefort.«

Das Verteidigungssystem des Prinzen, der sich selber den Behörden stellte, besteht darin, zu behaupten, man habe ihn gröblich beleidigt und angegriffen, so daß er nur sein Leben verteidigt habe, welches ernstlich bedroht gewesen sei.

Rom, 17. Januar 1870. [Zur Geschäftsordnung.] Mit einer unverkennbaren Erhitzung der Gemüter geht die Klage über die unfruchtbare Geschäftsordnung des Concils Hand in Hand. Besonders macht es sich als immer drückenderes Hemmnis geltend, daß es den Mitgliedern der Versammlung verwehrt ist, sich in der Sitzung zu Worte zu melden, um auf irgend welche Behauptung eines Redners eine unmittelbare Erwiderung zu geben. Die Notwendigkeit, vorher ein schriftliches Gesuch an die Commission einzureichen, und die mittlerweile verfließende Zeit benimmt solchen Vorgängen jegliches Interesse.

Bayreuth, 19. Januar 1870. [Freimaurer zum Concil.] In einem Rundschreiben der Großloge zu Bayreuth heißt es zu den Vorwürfen des Papstes:
»Unser der Humanität geweihte Bund ist kein Institut der katholischen Kirche und der römischen Hierarchie nicht untertan. Solange der human und frei gesinnte Staat unser Recht schützt und uns in Freiheit leben läßt, brauchen wir uns um den Bannstrahl aus Rom nicht zu kümmern. Wir bekennen uns nur eines Vorwurfes schuldig, den uns der Papst gemacht, nämlich, daß wir ›gegen Andersdenkende Duldsamkeit üben‹. Wenn der Papst in dieser Duldsamkeit ein Verbrechen findet, so ist dasselbe in den Augen der gesitteten Welt eine Tugend, deren wir uns nicht zu schämen brauchen. Der Papst irrt jedoch, wenn er uns eine ›unsittliche Secte‹ nennt: denn das Sittengesetz ist unser Lebensprinzip.«

Rom, 20. Januar 1870. [Geheimhaltung.] Obgleich man bisher geleugnet hat, daß die Bischöfe ein Gelübde zur Verschwiegenheit hätten ablegen müssen (und obwohl wir uns nicht erinnern können, daß Christus jemals einen Menschen hinweg gewiesen hätte, um mit den Jüngern geheime Dinge zu besprechen), sind die Concilsväter jetzt noch einmal in einem Brief des Concils-Secretärs ausdrücklich zur Wahrung der Geheimhaltung ermahnt worden. Begründet wird dies damit, daß »bei der Zügellosigkeit der Tagesblätter viele große Übelstände aus dem Bruch des Geheimnisses hervorgehen«.

München, 21. Januar 1870. [Döllinger zur Unfehlbarkeit.] Stiftpropst v. Döllinger, eine der bedeutendsten theologischen Celebritäten unseres Landes, hat sich in einer vielbeachteten Erklärung scharf gegen die Lehre von der Unfehlbarkeit ausgesprochen. In seinem ausführlichen Gutachten heißt es: da nach der neuen Lehre die unfehlbare Wahrheit einzig beim Papste liegt, so können ihr auch 400 oder 600 fehlbare Bischöfe weder etwas wegnehmen noch etwas hinzufügen. Demnach ist der Papst unfehlbar, weil er selber es sagt, und so löst sich denn alles in das Selbstzeugnis des Papstes auf. Dabei hat doch vor 1840 Jahren einmal ein unendlich Höherer gesagt (in Joh. 5, 31): »Wenn ich mir selber Zeugnis gebe, so ist mein Zeugnis nicht glaubwürdig.«

Rom, 22. Januar 1870. [Geschäftsordnung.] Hier wird ein Schreiben bekannt, in welchem die deutschen Bischöfe konkrete Vorschläge zur Geschäftsordnung unterbreitet haben. Darin wird angeregt: »Wenn sich übrigens auch eine Örtlichkeit finden ließe, wo auch diejenigen Prälaten, welche eine schwache Stimme besitzen, ohne Schwierigkeiten zu verstehen wären, so würde es doch von hohem Nutzen sein, daß den Vätern vor Augen läge, was in den vorhergehenden Sitzungen geredet worden. Es handelt sich um Angelegenheiten von äußerster Wichtigkeit, und nicht selten ist die Hinzufügung oder Abänderung eines einzigen Wortes ausreichend, um den Sinn zu verfälschen. Außerdem wäre es wünschenswert, wenn den Vätern gestattet würde, ihre Ansicht über bedeutendere Angelegenheiten schriftlich mitzuteilen; auf diese Weise könnte nämlich Vieles hinzugefügt werden, zu dessen Auseinandersetzung in der allgemeinen Sitzung weder die Zeit noch die Lungen der Redenden hinreichen.«

Rom, 23. Januar 1870. [Protest der Bischöfe.] Inzwischen ist die Protestation der deutschen und österreichischen Bischöfe bekannt geworden, worin sich dieselben »auf ihr gutes, nicht von der päpstlichen Gnade abhängiges, sondern durch göttliche Institution ihnen gebührendes Recht« berufen und die Beibehaltung der Geschäftsordnung des Tridentinischen Concils verlangen. Hier heißt es: »Es ist von größter Bedeutung, was Ew. Heiligkeit in Punkt II. über innere Norm und Ordnung verfügt hat: nämlich über Recht und Befugnis im Vorlegen der Geschäfte, welche in der heil. ökumenischen Synode verhandelt werden sollen. Es fehlt nicht an Stimmen, welche das so auslegen, als würde dadurch das Recht der Väter nicht anerkannt, daß ein Jeder dem Concil vorlegen darf, was er dem öffentlichen Wohle Förderliches beibringen zu können glaubt, sondern es werde dies lediglich als Ausnahme und Gnade gestattet.«

Wie bereits gemeldet, war die Protestation aber gänzlich vergebens. Wie denn überhaupt jegliche Mahnung an diesem besessenen und verblendeten Manne abprallt, den die Bischöfe in pflichtschuldiger Ehrfurcht noch immer den »Heiligsten Vater« nennen.

75
Francescas Spiel

Wenn jemand behauptet, die letzte Entscheidung in Ehesachen gehöre ihrer Natur nach vor ein weltliches Gericht – der sei verflucht.

Pius IX., Syllabus errorum

Tagebuch des Heinrich Wilhelm Lehmann:
Paris. Freitag, 22. April 1870

Sie hat mich durch die Hölle gehen lassen.

Und es war, wie sie mir gesagt hatte: ich habe es bitter bereut. Habe sie und mich verflucht – habe es tausendmal verflucht, daß ich mich auf ihr Spiel eingelassen hatte, nur noch gewünscht, daß es aufhört, aufhört – und es hörte nicht auf ...

Und doch ist mir, als müßte ich – als müßten wir – ihr trotzdem auf eine gewisse Weise dankbar sein.

Sonntag mittag holte sie mich vom Bahnhof ab. Sie begrüßte mich mit einem seltsam verheißungsvollen Lächeln und einem kaum spürbaren Kuß auf meine Lippen; in einer Droschke fuhren wir zum Haus. Infolge des Osterfestes waren die Straßen noch voller als gewöhnlich, und wir brauchten fast doppelt so lange wie sonst, bis wir angekommen waren.

Emilia war nicht da; sie war, so erzählte mir Francesca, zu ihren Verwandten nach Rom gefahren. Im Haus herrschte eine seltsame, beinahe feierliche Atmosphäre. Die Öfen waren noch geheizt; überall standen Kerzen, auch in der Küche. Francesca führte mich in mein Zimmer; sie schlug mir vor, mich ein wenig hinzulegen und von der Fahrt auszuruhen, während sie ein Abendessen für uns beide vorbereiten würde.

»Bedenkzeit für dich«, sagte sie. »Noch kannst du es dir überlegen!«

Obwohl ich merkte, wie mich die Atmosphäre erregte – und noch mehr das Bewußtsein, mit Francesca allein im

Haus zu sein –, befolgte ich ihren Vorschlag. Fast mit Gewalt bekämpfte ich mein immer wieder aufkeimendes Verlangen, hinunterzugehen und sie in den Arm zu schließen. Wie jeden Tag in den letzten Wochen versuchte ich mir vorzustellen, was sie sich wohl an Geheimnisvollem ausgedacht hätte. Doch war ich von der langen Bahnfahrt so müde, daß ich über meinen Gedanken tatsächlich einschlief.

Als ich erwachte, war es schon gegen acht Uhr; draußen war alles dunkel. Ich ging in die Küche, wo Francesca gerade dabei war, den Tisch zu decken. Trotz ihrer Behauptung, sie könne nicht kochen, war das Essen ausgezeichnet – ich hatte allerdings auch großen Hunger.

Sie fragte nach meiner Arbeit, nach der Situation in Preußen, nach dem Stand meiner Kontakte zu den deutschen Bischöfen. Ich berichtete ihr, so gut es ging, aber ich merkte, daß ich immer unruhiger wurde. Gemeinsam wuschen wir das Geschirr ab; sie erzählte von ihrem Studium, den Kommilitonen, den Professoren. Endlich, als alles sauber und wieder im Schrank eingeräumt war, nahm sie mich an der Hand und sagte: »Komm!«

Sie führte mich ins Badezimmer. Auch hier war der Ofen geheizt, und vor der Wanne stand je ein Kessel mit heißem und kaltem Wasser. Sie gab mir ein Handtuch und einen seidenen Morgenmantel und sagte: »Jetzt wasch dich – dann zieh das an!«

Als ich, nur mit dem Morgenmantel bekleidet, aus dem Badezimmer trat, saß Francesca in einem Sessel im Wohnzimmer. Sie stand auf, und ich sah, daß auch sie sich umgezogen hatte. Sie trug ein dunkelrotes Kleid, das beinahe feierlich wirkte.

»Hast du Angst?« fragte sie.

Ich schüttelte den Kopf – nicht ganz wahrheitsgemäß. Doch, ich hatte Angst, und gerade die Ruhe und das Lächeln Francescas verstärkten diese Angst noch mehr. Aber gleichzeitig spürte ich auch eine unbekannte Art von Erregung. Das Gefühl, in einen ganz und gar unbekannten Raum geführt zu werden, ließ mich fast zittern, als sie mich die Treppe hinaufführte.

Zu meiner Überraschung gingen wir in Emilias Zimmer.

»Sie ist nicht da«, sagte Francesca, »da ist es einfacher so.«

Als ich aufs Bett sah, erschrak ich. Es war schon vorbereitet: die Decke war zur Seite geschlagen, an den Bettpfosten waren Riemen befestigt; mitten auf dem Bett lag eine schwarze Reitpeitsche.

»Du siehst, was dich erwartet«, sagte sie. »Willst du es immer noch?«

Ich spürte mein Herz klopfen, merkte auch, daß es mehr Angst war als Erregung, aber wiederum so eine erregende und verlockende Art von Angst, daß ich um nichts in der Welt jetzt zurückgewollt hätte.

Ich nickte.

»Das reicht mir nicht!« sagte sie. »Ich möchte es hören, laut und deutlich. Willst du es wirklich?«

»Ich will es.«

»Dann leg dich hin!« sagte sie, und deutete zum Bett.

Ich legte mich auf den Rücken und sah zu ihr hin. Sie zog ihr Kleid aus, und darunter trug sie nur ein enges Nachthemd – ein Anblick, der mich so erregte, daß ich mich aufrichtete und aufstehen wollte.

»Liegengeblieben!« sagte sie und griff zur Peitsche. »Vorsicht – ich bin bewaffnet.«

Sie setzte sich neben mich und fuhr mir mit der Hand streichelnd über den rechten Arm, bis sie mein Handgelenk erreicht hatte.

»Hier sind Riemen – was soll ich damit machen?«

Und als ich schwieg, fuhr sie mir mit der Peitsche ganz langsam über den Rücken, dann über das Gesäß, bis sie schließlich auf mein aufgerichtetes Glied zu liegen kam.

»Noch einmal: was soll ich machen?«

»Fesseln.«

Sie legte die Peitsche beiseite, schlang einen Riemen fest um meine gekreuzten Handgelenke und zog ihn am Bettpfosten nach. Ohne mich weiter zu fragen, band sie mit zwei weiteren Riemen die Füße an den Bettpfosten des Fußendes fest, so daß ich halb auf dem Bauch, halb auf der Seite zu liegen kam.

»Gefangen«, sagte sie, und atmete tief, als hätte sie die Prozedur bereits angestrengt.

Sie legte sich neben mich und flüsterte, während sie mit der Hand zärtlich über die Haut fuhr:

»Eigentlich ist es ja gegen die Regeln. Aber du sollst noch eine Chance haben – und es wird dein letztes Wort sein, das

du frei aussprechen darfst. Du weißt es – du wirst du es bereuen. Zum letzten Mal: bist du entschlossen?«
»Ja«, sagte ich mit zitternder Stimme.
Sie nahm die Bettdecke und breitete sie mir über den Kopf.
»Damit ich kein Geschrei höre«, sagte sie.

Ich hatte erwartet, daß sie sich neben mich legen würde; statt dessen hörte ich, wie sie sich anzog. Noch einmal prüfte sie die Riemen, und ich merkte, wie sie mich mit einem seltsam duftenden Riechwasser einrieb. Anschließend hörte ich, wie sie von außen die Tür schloß und die Treppe hinunterging.

Es dauerte ungefähr zwanzig Minuten, bis sie zurückkam, aber ich spürte, daß sie nicht allein war. Dann hörte ich sie mit einer anderen Person sprechen.

»Was ist das?« fragte eine Frauenstimme – ich glaubte, die Stimme Emilias zu erkennen.

»Mein Ostergeschenk für dich!«

»Ist *er* es?« fragte die andere Stimme, seltsam gepreßt, beinahe heiser, so daß ich mir wieder unsicher war. »Bist du dir sicher?«

»Riechst du es nicht?« sagte Francesca. »Sieh dir doch mal seinen Arm an!«

Die Frau trat ans Bett, hob die Decke ein Stück an – und ließ sie gleich wieder fallen. Sie stöhnte auf.

»Die Narbe – von meinem Messer! Er ist es – und immer noch dasselbe Parfüm! Wie hast du ihn herbekommen?«

»Es war ganz einfach«, sagte Francesca, »ich habe ihm ein erotisches Abenteuer versprochen. Sieh mal her!«

Sie kam zum Bett, schlug Decke und Morgenmantel hoch und fing an, mein Glied zu streicheln. Ich merkte, daß etwas nicht stimmte, daß es alles andere als ein Spiel war – aber ich hatte keine Macht über das Glied, das sich trotz all meiner Angst aufrichtete und in die Hand Francescas schmiegte, als wäre diese seine wirkliche Herrin.

Die andere Frau schluchzte. Francesca ließ mich los und ging zu ihr. »Er gehört dir«, hörte ich die Stimme Francescas. »Du wolltest ihn töten – also töte ihn. Hier ist dein Messer.«

Für einige Sekunden herrschte Schweigen; dann wurde etwas auf den Boden geworfen. Die Frau stürzte zu mir ans

Bett, nahm etwas in die Hand, und ich spürte die furchtbare Drohung, die von ihr auszugehen schien.

»Geh«, sagte sie zu Francesca. »Geh raus!«

In diesem Augenblick war ich mir ganz sicher, daß es Emilia war. Ich hörte die Schritte Francescas, hörte sie die Tür öffnen, dann von außen schließen. Nein, nein, wollte ich rufen, aber in diesem Augenblick spürte ich die Schläge der Peitsche mit solcher Gewalt auf Rücken, Gesäß und Beinen, daß ich schon nach wenigen Hieben nur noch schreien konnte, schreien, mich verzweifelt hin- und herwerfen, versuchen, den Schlägen, wenn schon nicht auszuweichen, so doch mich so zu drehen und zu winden, daß die Peitsche nicht zweimal dieselbe Stelle traf, aber es half nur die ersten Male, dann zerriß mich der Schmerz; ich war nur noch ein Bündel Schmerz und Fleisch und Schmerz, Schmerz, Schmerz, und plötzlich merkte ich: sie wollte – ja, sie wollte mich totschlagen. Emilia, schrie ich, Emilia, ich bin ... was aber ihr Toben noch verstärkte, Hund! Verfluchter Hund! hörte ich sie rufen, und sie schlug nur noch rasender zu. Ich glaubte noch zu hören, wie die Tür wieder aufgestoßen wurde – dann schien alles weit weg zu gleiten, und ich spürte nichts mehr.

Als ich wieder zu mir kam, lag ich auf dem Bauch, und ein wahrhaft höllischer Schmerz schien mir die ganze Rückseite zu verbrennen. Bei der kleinsten Bewegung war mir, als würde die Haut platzen und in Stücke gehen; ich stöhnte auf und konnte die Tränen nicht unterdrücken, die mir aus den Augen liefen.

Ich drehte den Kopf zur Seite und sah Emilia neben mir sitzen. Ihre Augen waren rot; auch sie schien geweint zu haben.

»Mein armer, armer Rico – vergib mir ...«

Die Tür ging auf, und Francesca kam ins Zimmer.

»Mach daß du wegkommst!« fuhr Emilia sie an. »Du bist eine Teufelin – das ist es, was du bist!«

Sie schob Francesca weg und trat mit dem Fuß nach ihr; diese ließ es sich gefallen und kniete sich neben das Bett.

»Emilia hat recht – ich bin eine Teufelin. Verzeih mir, Enrico – ich hab nicht bedacht, was für Kräfte diese Emilia hat. Erst recht, wenn sie rasend ist vor Wut. Kannst du mir vergeben?«

»Es tut so weh«, stöhnte ich. »Ich werd's – überstehen ...«
Dachte aber in diesem Augenblick: diesen Schmerz – das überstehe ich nicht. Keinen einzigen Tag.

Ich überstand es auch keinen Tag, sondern nur von Augenblick zu Augenblick, und erstaunlicherweise gaben all die entsetzlichen Augenblicke zusammen doch irgendwann eine Nacht. Im Morgengrauen hatte ich sogar eine Stunde oder zwei geschlafen. Das jedenfalls berichtete mir Emilia, die fast die ganze Zeit an meiner Seite verbracht hatte: zuerst im Sessel, dann, als sie zu müde wurde, neben mir im Bett. Sie legte sich an meine Seite, ein bißchen an den Rand des Bettes gedrängt, und schlief gleich ein. Im Schlafen hielt sie meine Hand.

Der Tag danach war kaum weniger schlimm als die Nacht. Es war auszuhalten, solange ich mich nicht rührte, aber bei der kleinsten Bewegung platzte der Schorf an tausend Stellen auf, und die Wunden öffneten sich wieder. Doch war die folgende Nacht wirklich erholsam, und am zweiten Tag begann ich zu glauben, daß ich es überstehen könnte. Ich konnte schon aufstehen und ein paar Schritte gehen, und auch den einen oder anderen Witz, wenn auch noch nicht aussprechen, so wenigstens denken.

So wie sich meine Lebensgeister erholten, so schienen sich auch die Beziehungen zwischen den Hausparteien zu entspannen. Gelegentlich kam es vor, daß Emilia die Freundin nicht mehr als »Teufelin« anredete, und zwei- oder dreimal erlaubte sie sogar, daß Francesca ihr zusah, wenn sie mir zärtlich den Rücken mit einer Wundsalbe einrieb.

Am Abend geschah dann, wovor ich mich schon gefürchtet hatte. Emilia hatte mir in mühsamer Feinarbeit den Rücken eingerieben, und anschließend wusch sie mich. Ich war immer noch nackt, und als sie mir mit dem feuchten Lappen die Oberschenkel entlang fuhr, da merkte ich beschämt, wie mein eigenwilliges Zeugungsglied sich unbeirrbar aufrichtete, als verspüre es das Bedürfnis, vor Emilias Schönheit zu salutieren.

Sie reagierte auf unerwartete Weise. Erst sah sie mit einem Lächeln zu; dann zog sie sich aus und legte sich neben mich.

»Komm!« sagte sie.

Sie umarmte mich vorsichtig und drehte sich auf den Rücken, so daß ich auf sie zu liegen kam, bewegte dann ihre

Hüfte mir entgegen, und ich war mir noch gar nicht ganz im klaren über das, was vor sich ging, als ich schon spürte, wie sich mein Samen zuckend in ihre Scheide ergoß. In diesen Augenblicken hatte ich zum ersten Mal keine Schmerzen.

Eine Weile blieben wir so liegen. Ganz langsam legten wir unsere Lippen aufeinander, als wollte einer am anderen prüfen, ob sie paßten; und wie um das Ergebnis zu bestätigen, lösten sich die Lippen voneinander und suchten sich erneut. Gleichzeitig spürte ich, wie mein Glied in ihrer Scheide wieder fest wurde, und sie spürte es auch. Es war ein liebevoller, aber auch gefährdeter Zustand; nur eine einzige schnellere oder kräftigere Bewegung, und schon hätte er sein Ende gefunden. Aber wir wollten beide, daß er anhielt, und vermieden eine Zeitlang jede Bewegung.

Meine Ellenbogen begannen taub zu werden. Wir drehten uns auf die Seite, immer noch einander umarmend. Kaum merklich streichelte sie mir den Rücken – als wollte sie damit die Schmerzgeister besänftigen, die bei jeder Bewegung meinen Rücken folterten. Ich merkte, daß ich müde wurde, und kaum war es mir aufgefallen, da war ich auch schon eingeschlafen.

Als ich am Morgen aufwachte, lag ich auf dem Bauch, das Gesicht zu Emilia gewandt, die sich an mich schmiegte; ich hatte das Gefühl, daß sie ein Stück von mir war, oder ich von ihr.

An diesem Tag setzte die Heilung ein. Ich konnte aufstehen und laufen, wenn auch wie ein steifer alter Mann, und ich konnte selber zur Toilette gehen und mich waschen.

Lästig ist, daß ich noch immer nicht sitzen kann. Liegen kann ich, wenn auch nur auf dem Bauch und auf der Seite; Stehen und langsames Laufen geht auch, aber ich merke, wie sehr der zivilisierte Mensch auf das Sitzen eingerichtet ist. Zwar empfinden manche Romantiker das Essen im Bett als Gipfel trauter Zweisamkeit, besonders wenn es von der Liebsten zugereicht wird. Aber ich nehme an: nur wenn man es freiwillig macht, und wenn man sich, falls man es wollte, an einen gedeckten Tisch setzen könnte. Erst recht ist das Essen im Stehen eine Strafe. Ich glaube, man könnte Melancholiker heilen, wenn man ihnen für zwei Wochen außer dem Schlafen nur das Stehen erlauben würde.

76
Dies alles will ich dir geben

*Rekonstruktion der Aufzeichnungen
des Luigi Calandrelli (25):*

War es ein Schreibfehler, der Arcimboldo statt seines angenommenen Namens »Segurmont« zuletzt den der zerstörten Burg hatte verwenden lassen? War es Absicht? Oder gar Hellsichtigkeit, und die ihn sein baldiges Ende vorausahnen ließ?

Ich saß da, hatte den Brief fallen lassen, und plötzlich sah ich Arcimboldo vor mir stehen, wie er mit dem Finger auf etwas zu deuten schien, das sich hinter oder über mir befand. Bleibe wach, schien er mir zuzurufen, ich aber antwortete, sei unbesorgt, denn in dieser Welt wird mich nichts und niemand mehr zum Schlafen bringen. Doch war diese Antwort wohl schon Teil eines Traumes, denn ohne noch einmal an die Wand zu klopfen, muß ich eingeschlafen sein.

Als ich erwachte, lag ich auf dem Boden. Um mich herum war es stockfinster: die Lampe war erloschen. Also mußte ich längere Zeit geschlafen haben – und plötzlich merkte ich, daß vom Gang her keinerlei Geräusche mehr zu hören waren.

Es ist aus, war mein erster Gedanke – sie haben dich aufgegeben! Voller Panik tastete ich nach dem Hammer, fand ihn endlich, schlug ihn mehrere Male mit aller Kraft gegen die Wand. Mit klopfendem Herzen wartete ich auf eine Antwort; aber nichts war zu hören. Ich schlug noch einmal, und noch einmal, und wieder und wieder und wieder – nichts. Sie hatten – die Suche – aufgegeben ...

Nein, es durfte nicht wahr sein, sie mußten, mußten mich hören.

Licht – ich brauchte Licht: als müßte ich an der Dunkelheit ersticken, als wäre es nicht Luft, die mir zum Atmen fehlte, sondern Licht. Mit zitternden Händen suchte ich die Zündholzschachtel in meiner Hosentasche, aber die Tasche war – leer.

Wie ein Verrückter tastete ich den Boden der Kammer ab, in der Meinung, ich hätte die Schachtel verloren. Bis ich mich schließlich, in einem ruhigeren Augenblick, erinnerte: ich hatte die Schachtel selber in die Werkzeugtasche gesteckt, um sie nicht versehentlich zu beschädigen. Ich nahm sie heraus, zusammen mit der Ölflasche, und kroch zurück zur Truhe, auf der die Lampe stand. Mit Gewalt zwang ich mich zur Ruhe. Mein letztes Streichholz – meine letzte Chance.

Ich schüttelte den Behälter der Öllampe: er war tatsächlich leer; ich mußte mehr als zwölf Stunden geschlafen haben. Mit Händen, die vor Aufregung und Schwäche zitterten, füllte ich so viel Öl nach, bis der Behälter der Lampe ungefähr halbvoll war. Auch den Docht drehte ich ein Stück höher; dann, als ich fühlte, daß er sich mit Öl vollgesogen hatte, trocknete ich mir die Hand ab und griff zum Streichholz.

Und mir war, als würde ich mit mir selber eine Art Vertrag abschließen: wenn sich die Lampe anzünden ließe, würde man mich retten – blieb es dunkel, so war ich verloren.

Ich strich mit dem Hölzchen über die Reibefläche: nichts. Noch einmal ohne Erfolg, und noch einmal; schließlich drückte ich den Mittelfinger fest auf das Köpfchen und zog beides heftig über die rauhe Fläche. Das Holz flammte auf, wobei die Zündmasse zur Hälfte an meinem Finger klebenblieb und mir die Haut verbrannte – ich merkte es kaum, sah nur voller Jubel die grelle Flamme, sah, wie sich die Flamme dem Docht näherte, der das Feuer des Hölzchens aufzusaugen schien und für einen Augenblick emporloderte. Ich war gerettet.

Das erschöpfte Streichholz schrumpfte daneben zu einem winzigen blauen Flämmchen, verharrte so einige Sekunden, wie um nachzufragen, ob es noch etwas zu erledigen gäbe, und erlosch dann, als ich es nicht mehr beachtete, fast wie beleidigt und ohne weiteres Aufflackern.

Ich senkte den Glasaufsatz der Lampe über den Docht, stellte ihn auf eine mittlere Höhe ein, und gönnte mir einen Augenblick des Aufatmens.

Einen Augenblick, aber nicht mehr. Nicht nur, daß ich jetzt erst den Schmerz der verbrannten Haut richtig spürte – mit dem Aufleuchten der Lampe und den ersten entspannten Atemzügen kam mir wieder die Stille im Gang zum Bewußtsein. Auch bei ruhigem Nachdenken konnte dies nichts anderes bedeuten als allerhöchste Gefahr: vermutlich hatten die Retter die Suche abgebrochen, nachdem sie längere Zeit nichts mehr von mir gehört hatten.

Mit einer Energie, die mich selbst erstaunte, erhob ich mich und ging in die vordere Kammer, wo der schwere Vorschlaghammer lag. Mit aller Kraft, deren mein geschwächter Körper noch fähig war, schlug ich ihn an die Wand: immer einige Schläge, ein paar Minuten Pause, dann wieder einige Schläge ... Ich schlug und ruhte und klopfte, Stunde um Stunde. Mehrere Male fühlte ich mich einer Ohnmacht nahe, spürte, daß ich nur hätte nachzugeben brauchen, und sogleich hineingeglitten wäre in den wohligen Zwischenzustand zwischen Wachen, Schlaf und Tod; nur mit Mühe gelang es mir, dieser Versuchung zu widerstehen.

Endlich, nach wahrhaft endlos langer Zeit, kam vom Gang her eine Antwort. Erst dumpf und andeutungsweise, dann schärfer und klarer, schließlich immer deutlicher und näher herankommend, bis mir klar war: sie waren da, sie waren wieder da – sie würden mich holen.

Als ich sicher war, daß meine Klopfzeichen auch dann gehört wurden, wenn ich sie mit dem kleinen Hammer gab, ging ich zurück zu meinem Leseplatz. Die Flasche mit dem Öl nahm ich mit, in dem festen Vorsatz, meine Müdigkeit besser zu beherrschen, zumindest aber, bevor sie mich überwältigen würde, die Öllampe nachzufüllen. Dann öffnete ich die Truhe und nahm das einzelne Blatt heraus, das zwischen den Mappen steckte.

Offenbar war es dasjenige, von dem Arcimboldo gesprochen hatte: das Blatt aus dem Evangelium des Jakobus, in seiner lateinischen Übersetzung. Es war mit äußerster Sorgfalt geschrieben, in wunderschönen Buchstaben, davon der erste eines jeden Absatzes als reich verzierte Initiale. Beide Seiten waren beschrieben; sie begannen und endeten mitten im Satz:

... vierzig Tage gefastet hatte, da hungerte ihn sehr. Und der Teufel trat zu ihm, um ihn zu versuchen, und sprach: Bist du Gottes Sohn, so gebiete diesen Steinen, daß sie zu Brot werden. Jesus aber antwortete ihm: Mitnichten, denn es steht geschrieben: »Nicht nur das Brot ist es, davon der Mensch lebt.«

Da führte ihn der Teufel auf einen hohen Berg und zeigte ihm alle Reiche der Welt und ihre Herrlichkeit und sprach: dies alles will ich dir geben, wenn du dich niederwirfst und mich anbetest. Denn mir ist es übergeben, und ich gebe es, wem ich will. Jesus aber sprach zu ihm: Hinweg, Satan! Denn es steht geschrieben: »Du sollst niemanden anbeten als Gott den Herrn allein!«

Da hub der Satan an zu lachen und spottete seiner mit den Worten: So willst du nicht annehmen, was ich dir biete? Reichtum und Macht nicht und nicht die Verehrung der Fürsten? Armseliger Narr, was glaubst du denn, wer du bist? Meinst du, die Zeit höre auf zu fließen, bloß weil du dich opfern willst für die Sünden der Menschen? Wahrlich, ich sage dir: dein Opfer wird leicht sein wie eine Feder und verwehen im Wind, denn die da nach dir kommen, werden nicht dir folgen, sondern mir, und alles das, was du ausschlägst in der Einfalt deines Herzens, werden sie suchen und ergreifen mit wilder Gier.

Narr, der du glaubst, eine Kirche zu errichten im Geiste: denn die nach dir kommen, werden sich kleiden in Seide und Purpur und schmücken mit Gold und Edelsteinen, vom Gelde, den Gläubigen abgepreßt. In Reichtum und Macht werden sie baden und sich erheben über Kaiser und Könige, werden Tempel und Paläste bauen größer als der Turm zu Babel, in deinem Namen, aber mir zu Ehren. Nach meinem Gebot werden sie die Gläubigen knechten und Schiffe aussenden in alle Welt, aber nicht gefüllt mit Weisheit und Liebe, sondern mit Schwertern und Soldaten. Und wessen Lippen nicht dir und ihnen zum Lobe singen, den werden sie erschlagen in deinem Namen und verscharren wie einen räudigen Hund, und die Wölfe und Bären in der Wildnis werden mehr Barmherzigkeit haben als jene, welche sich deine Nachfolger nennen.

So gehe denn hin, du Narr, und verschmähe, was ich dir großmütig biete. Geh und suche dir Jünger, die wiederum Jünger suchen: auf daß sie endlich doch mir folgen und mir gehorchen. Geh hin und sprich und lehre und heile und predige: mit deinen Worten im Munde werden die Nachfolger deiner Nachfolger dich verhöhnen. Ihre Lippen werden dich anbeten, doch ihre Taten werden mich anbeten. Ihre Hände werden das Zeichen des Segens schlagen gleichwie ein dressierter Affe, und die Worte deiner Lehre werden sie im Munde führen Tag und Nacht: als süße Hülle, darunter sie meinem Gebote gehorchen. Mit Demut! Sanftmut! auf den Lippen werden sie Völker unterjochen; mit Liebe! Liebe! im Munde werden sie Blut vergießen.

Und siehe, dies wird das Zeichen sein meines Sieges: der Tag wird kommen, da deine Nachfolger mir opfern, jedoch nicht Schafe oder Kälber, sondern Menschen.

Wisse, Nazarener, und höre: sie werden deine Lehre verraten und verdrehen, bis endlich sie Scheiterhaufen errichten und Menschen verbrennen in deinem Namen. Und wenn die Flammen lodern und die Schreie der Verbrannten aufsteigen zum Himmel, dann endlich sollst du bekennen: du, Jesus von Nazareth, hast verloren, ich aber habe gesiegt. Denn mein ist auf Erden das Reich, und die Macht und die Herrlichkeit, in Ewigkeit! Dein aber ist – der Tod.

Mit diesen Worten verließ ihn der Teufel und flog von dannen. Jesus aber saß darnieder und weinte bitterlich, denn er wußte um die Schwäche des Menschen. Und er kehrte zurück nach Galiläa, und die Kunde von ihm verbreitete ...

Hier war der Text zu Ende. Ich saß in meinem notdürftigen steinernen Sessel, und die Hände zitterten mir: nun verstand ich die Gehilfen des Arcimboldo. Wieder – ich weiß nicht, zum wievielten Mal – haderte ich mit mir wegen meiner Nachlässigkeit, damals, in der Werkstatt meines Onkels, als durch meinen Fehler der Inhalt der Truhe zu Asche wurde. Unwissend und unschuldig – aber ist denn der Mensch jemals unschuldig? – war ich zum Werkzeug geworden, nur, zu wessen Werkzeug? Was mochte noch alles in jenem Evangelium gestanden haben ...

Und wieder: meine Müdigkeit ...

Aber die Zeit, ich spürte es, drängte. Denn entweder meine Retter, deren Klopfzeichen immer näher kamen, würden meine Nachforschungen beenden, oder aber meine zunehmende Schwäche würde allen Bemühungen ein Ende setzen. Also griff ich einmal mehr zum Hammer und schlug einige Male gegen die Wand, und als eine Antwort im selben Rhythmus zurückkam, legte ich den Hammer zu Boden. Ich kniete nieder und beugte den Kopf; eine Weile verharrte ich in stiller Versenkung. Endlich hob ich die Lampe und öffnete ein weiteres Mal die Truhe.

Erneut ergriff mich jene andächtige Scheu; für einen Augenblick wollte mir die Stimme der Feigheit einreden, es sei das beste, erst noch einmal in Ruhe den Brief des Arcimboldo zu lesen. Dann aber hörte ich vom Gang her wieder die Geräusche meiner Retter. Begleitet von einem Schauder, ergriff ich die steinerne Schale – nein, wollte sie ergreifen, aber sowie ich nur ihren Deckel berührte, spürte ich, wie ein heißer Strom von meinen Fingern durch den ganzen Körper zu fließen schien – erschütternd, gewiß, und doch auch unendlich wohltuend und erquickend.

Ich hob den Deckel ein wenig an, aber alles was ich sah, war ein Strahlen, das aufzuleuchten begann, sowie das erste Licht der Lampe hineinfiel – so hell, daß meine Augen zu schmerzen begannen und ich nicht anders konnte, als gleichzeitig mit dem Deckel der Schale auch die Augen zu schließen.

Ich lehnte mich zurück und atmete auf, zum erstenmal seit langem wieder so tief, daß mir die verletzte Rippe zu schmerzen begann. Doch achtete ich kaum darauf – so seltsam erschien mir die Veränderung, die sich auf einmal in mir vollzogen hatte: Durst, Müdigkeit und Schwäche schienen von mir abgefallen zu sein wie nach einem köstlichen Mahl und einem tiefen Schlaf; ich fühlte mich gestärkt und erfrischt wie lange nicht mehr.

Daneben aber bemerkte ich dies: einen unendlich süßen Duft, der aus der Schale entstiegen sein mußte, und der mir alle Düfte und Wohlgerüche des Daseins in sich zu vereinigen schien: den Geruch vergangener Blumengärten und wunderbar heilsamer Salben, den Duft von Offenbarungen und geheimen Versprechen, von hoffender Zukunft und tröstender Vergangenheit, von süßem Glück und von seliger Ruhe. So wunderbar schien mir dieser Geruch, daß ich mir sicher war, einer Täuschung meiner Sinne zu erliegen. Aber als ich mich, um mich zu überzeugen, nur um weniges von der Truhe entfernte, wurde der Duft schwächer und verschwand schließlich ganz, und als ich mich wieder der Schale näherte, kehrte er zurück.

Und es war, als würde ein Teil der Fähigkeit, von der Arcimboldo gesprochen hatte, auch in mich eindringen: ich spürte eine Art Hellsichtigkeit in mir, die auf eine wortlose Weise vorauszufühlen schien, was mich erwartete.

Ich ergriff ich die Mappe mit den Dokumenten, die sich neben der Schale befand, öffnete sie und nahm aufs Geratewohl eines davon heraus: ein längeres Schreiben, das wie die Botschaft Arcimboldos in lateinischer Sprache abgefaßt war.

77
Concils-Arithmetik

Meldungen aus den »Berlinischen Nachrichten«:

Rom, 24. Januar 1870. [Adresse gegen die Unfehlbarkeit.] In ihrer an den Papst gerichteten Adresse gegen die Unfehlbarkeit schreiben die deutschen und österreichischen Bischöfe:

Heiligster Vater! Es ist ein gedrucktes Schreiben an uns gelangt, in welchem von der ökumenischen Synode verlangt wird: dieselbe möge die höchste und darum vom Irrtum freie Autorität des römischen Papstes feststellen, wenn er in Sachen des Glaubens und der Sitten der Gesamtheit der Gläubigen Vorschriften erteile. Unzweifelhaft ist es, daß alle Christgläubigen den Decreten des apostolischen Stuhles wahrhaften Gehorsam schulden; dazu lehren unterrichtete und fromme Männer: was der Papst über Glauben und Sitten redend ex cathedra feststelle, das sei auch ohne die Zustimmung der Kirchen unumstößlich, auf was für Weise auch immer es kundgetan sei. Dennoch darf man nicht stillschweigend darüber hinweggehen, daß nichtsdestoweniger noch gewichtige aus den Schriften und Handlungen der Väter der Kirche, aus echten geschichtlichen Urkunden und der katholischen Lehre selbst hervorgegangene Schwierigkeiten übrig bleiben, vor deren vollständiger Lösung es ein vergebliches Unternehmen bleiben könnte, wenn man die im obengenannten Schreiben empfohlene Lehre dem christlichen Volke als eine von Gott geoffenbarte vorlegen würde. Aber vor einer Discussion dieser Dinge sträubt sich das Herz, und wir ersuchen, auf Dein Wohlwollen vertrauend, daß uns eine Notwendigkeit, über solche Dinge zu beraten, nicht möge auferlegt werden. Überdies, da wir unter den bedeutenderen katholischen Nationen des bischöflichen Amtes pflegen, so kennen wir den Stand der Dinge bei denselben aus täglicher Erfahrung; uns ist aber bekannt, daß die verlangte Definition den Feinden der Religion neue Waffen liefern würde, um auch bei den besseren Männern Feindschaft gegen die katholische Sache zu erregen.

Rom, 25. Januar 1870. [Concils-Arithmetik.] Um die Dinge, die in Rom vorgehen, zu begreifen, muß man Folgendes ins Auge fassen: Die 12 Millionen deutschen Katholiken sind gerade einmal mit 14 Bischöfen auf dem Concil vertreten. Dagegen zählt allein der kleine Kirchenstaat, mit weniger Einwohnern als die Stadt Berlin, 62 Bischöfe, die alle im Concil ihren Sitz haben. Neapel und Sicilien haben 68 Bischöfe geschickt. Mehr als 100 Bischöfe Spaniens von diesseits und jenseits des Oceans sind als bloße Handlanger der Italiener gekommen. Die 200 Missionsbischöfe und apostolischen Vicare *in partibus infidelium* aus Asien, Afrika und Australien leben ganz aus des Papstes Tasche, der ihnen selbst Wohnung und Nahrung gibt. In den zwei Jahren seit der Ankündigung des Concils hat der Papst nicht weniger als 89 dieser Bischöfe neu geschaffen, die keine Gemeinde, nichts als sich selbst vertreten. Wahrlich absurd: der Papst mußte lediglich zählen, wie viele Stimmen ihm für die Unfehlbarkeit fehlten, um sich dann selber die Majorität dafür zu ernennen. – Pardon, es war natürlich der Heilige Geist, der die Ernennungen vorgenommen hat, und der Papst hat sie bloß unterschrieben.

Berlin, 27. Januar 1870. [Die Gegenadresse der deutschen Bischöfe.] Die deutschen Bischöfe haben sich mit höchst seltsamen Gründen gegen das Dogma von der päpstlichen Unfehlbarkeit gewandt. Im wesentlichen sagen sie nämlich: wir sind nicht gegen die päpstliche Unfehlbarkeit, aber ihre Erklärung erscheint uns nicht opportun, und eine Discussion derselben wäre uns schmerzlich. Nun, auf diese Art von Einwendungen hat die Unfehlbarkeits-Adresse bereits die Antwort gegeben, und nachdem diese über 400 Unterzeichner gefunden hat, werden die Jesuiten nicht auf halbem Wege stehen bleiben. Konnten die deutschen Bischöfe nicht den Mut finden, wie ihn Döllinger fand, dann ist sicher, daß die fanatische Mehrheit über diese Bedenken zur Tagesordnung schreiten wird. So werden denn demnächst auch die Herren in Deutschland es als von Gott geoffenbart lehren: der Papst ist irrtumsfrei; und das heißt doch wohl nach menschlichen Ermessen: er ist Gott gleich.

Rom, 4. Februar 1870. [21 Canones.] Die »A. A. Z.« hat den ersten Teil der Canones veröffentlicht, welche als Schema »Von der Kirche Christi« demnächst im Concil beschlossen werden sollen. Darin sind die wichtigsten Sätze des umstrittenen *Syllabus* in positive Kirchengesetze umgewandelt worden. Hier einige Beispiele:

Canon II: So einer sagt: die Kirche der göttlichen Verheißung sei nicht eine äußerliche und sichtbare Gemeinschaft, sondern durchaus eine innerliche und unsichtbare – der sei verflucht.

Canon V: So einer sagt: die Kirche Christi sei nicht eine zur Erlangung der ewigen Seligkeit durchaus notwendige Gemeinschaft, oder: die Menschen könnten durch die Ausübung einer jeden Religion selig werden – der sei verflucht.

Canon X: So einer sagt: die Kirche sei nicht eine vollkommene Gemeinschaft, sondern sie stehe in der Weise in der bürgerlichen Gesellschaft oder im Staat, daß sie der weltlichen Herrschaft unterworfen sei – der sei verflucht.

So ist denn in der Tat eingetreten, was seinerzeit der Fürst Hohenlohe vorhergesehen hatte. Es muß sich zeigen, wie sich die Regierungen zu solchen Anmaßungen stellen werden, und wie sie mit der Brandfackel fertig werden, die Rom zwischen die Gläubigen und ihre Staaten zu werfen sich anschickt.

Rom, 6. Februar 1870. [Ausweisung.] Seit Wochen ist bekannt, daß sich beim Papste eine zunehmende Wut über die ungünstigen Zeitungsberichte vom Concil angestaut hat. Die Wut zu stillen, brachte man ein Opfer: Hr. Dr. Albert *Dressel*, seit 30 Jahren in Rom ansässig und Correspondent der »Augsb. Allg. Ztg.« hat am 4. Februar vom General-Secretär der römischen Polizei Befehl erhalten, Rom zu verlassen, weil er angeblich »Verfasser der feindlichen Artikel der ›Allg. Ztg.‹, d.h. der ›Römischen Briefe über das Concil‹« sei. Obwohl die Zeitung versichert, daß Dr. Dressel nicht der Verfasser dieser Artikel ist, besteht man darauf, daß er Rom verläßt. Angeblich ging die Anweisung vom Papst selber aus: dieser wird schon wissen, warum er das Licht der Öffentlichkeit so ängstlich scheut wie der Teufel das Weihwasser.

78
Emilias Trauer

Wenn jemand behauptet, Gott sei eins mit der Natur, und Gott werde wirklich im Menschen und in der Welt – der sei verflucht.
Pius IX., Syllabus errorum

Tagebuch des Heinrich Wilhelm Lehmann:
Paris. Sonntag, 24. April 1870

Ich stehe am Schreibpult in Emilias Zimmer, denn sitzen kann ich noch immer nicht. Emilia und Francesca sind unten in der Küche und bereiten eine Feier vor, zu der sie für heute abend einige Kommilitonen eingeladen haben.

»Ausnahmsweise werde ich die Großköchin spielen«, sagte Francesca zu Emilia. »Aber nur, weil ich dir dein Ostergeschenk in beschädigtem Zustand überreicht habe!«

Der Kater Piff war eine Weile in der Küche, dann war es ihm dort wohl zu unruhig. Gerade ist er mit erhobenem Schwanz durch die offene Tür gekommen und hat sich auf Emilias Bett gelegt. Jetzt liegt er schnurrend da und betrachtet mein Tun mit Wohlwollen, was mir ausgesprochen schmeichelt.

Inzwischen bin ich so weit wiederhergestellt, daß ich mich selber versorgen kann; also könnte ich auch in meinem eigenen Zimmer schlafen. Aber Emilia ist es lieber, daß ich weiter bei ihr wohne. »Dann müssen wir ein Zimmer weniger putzen«, sagt sie.

Heute morgen: Emilia und ich lagen noch im Bett und streichelten uns, da ging die Tür auf und Francesca kam herein. Ohne ein Wort zu sagen, zog sie ihren Morgenmantel aus und legte sich, nackt wie sie war, zu uns.

»Teufelin!« flüsterte Emilia.

»Schluß jetzt mit der Teufelin!« sagte Francesca energisch. »Gesteh's: bist du ein bißchen glücklich?«

»Zu einem schweren Preis«, seufzte Emilia und fuhr mir mit der Hand über den Rücken.

»Den Preis hat Enrico bezahlt – dich habe ich bloß gefragt, ob du ein bißchen glücklich bist.«

»Also gut: ich bin es.«

»Siehst du«, sagte Francesca. »Übrigens, hat dir Enrico schon gesagt, daß er deine Brüste wunderschön findet? Das hat er nämlich festgestellt, als er voriges Mal hier war.«

»Sieh mal einer an – wie konnte er wissen, was ich für Brüste habe?«

»Er hat dich gesehen – einmal, als du im Badezimmer warst.«

»Stimmt das, Rico? Und du hast mir nichts gesagt?«

»Hättest du es denn gern gehört?«

»Wer weiß ... eh, was macht ihr da!« rief sie. Denn als Francesca sie auf die eine Brust küßte, da konnte ich nicht widerstehen und küßte sie auf die andere.

»Halt«, sagte Francesca, und schob mich weg. »Erst verlange ich etwas von ihr.«

»Was willst du? Heraus mit der Sprache!«

»Du bist mir noch etwas schuldig – einen Bericht.«

»Einen Bericht?«

»Du weißt schon. Damals, in Madison ...«

Ich spürte, wie Emilia zusammenzuckte.

»Nein – bitte nicht ... nicht jetzt.«

»Doch – jetzt! Weißt du, was sonst mit dir passiert? Dasselbe, was du mit dem armen Enrico gemacht hast!«

Emilia antwortete nicht. Erst glaubte ich, sie würde nachdenken, aber dann sah ich: sie weinte.

Francesca streichelte ihre Hand; ich küßte ihr die Tränen vom Gesicht.

»Du warst weggelaufen, Franny«, begann sie nach einer Weile. »Die beiden hielten mich fest und banden mir die Hände auf den Rücken; der Größere stopft mir einen schmutzigen Lappen in den Mund. Dann packt er mich vor sich aufs Pferd, und sie galoppieren eine Strecke durch den Wald.«

Emilia schluchzte; es schien sie vor Ekel zu schütteln.

»Schließlich halten sie an, mitten im Wald. Der Große, der mich auf dem Pferd hatte, wirft mich auf den Boden; ich denke, ich weiß schon was kommt, aber ich nehme mir vor, lieber zu sterben, als daß ich es mit mir machen lasse. Er greift mir unters Kleid und reißt mir die Unterhose vom Leib, dann macht er sich die Hose auf und will sich auf mich legen. Ich hab mich gewehrt wie eine Wilde, da sagt er zu dem andern: ›Zeig's ihr – gib ihr die Peitsche, Jack!‹

Der andere sagt: ›Mach es selber, du Schwein!‹, da steht der Große auf und sagt: ›Schwein? Wer ist denn auf die Idee gekommen? Nein, mein Herr Kavalier, das Schwein bist du!‹ Und zu mir: ›Fühlst dich wohl stark, mein Täubchen, was? Na, dann paß mal auf, was Onkel Randy jetzt mit dir macht. Jetzt kriegst du nämlich erstmal was auf den Arsch, und wenn du dich dann noch muckst, das Doppelte!‹

Ach Franny«, schluchzte Emilia, »ich hatte mir wirklich vorgenommen, lieber zu sterben, aber das ... Er packt mich wie ein Karnickel, dreht mich um und schlägt zu, lacht noch, und schlägt zu, und der Schmerz – ich war wie betäubt, kriegte kaum Luft, und dann, immer noch der Lappen im Mund, ich dachte nur noch, Luft, Luft ...

Und dann liegt der Kerl auf mir und schiebt mir seinen Schwanz in den Leib, das war nochmal wie ein Stich, dann zwei, drei Stöße, er stöhnt auf und wälzt sich von mir. ›Du bist dran, Jack!‹ sagt er zu dem andern, der steht daneben, den linken Arm voll Blut, und sagt: ›Komisch, ich hab gar keine Lust mehr. Komm, binden wir sie los!‹ – und nimmt mir endlich den Lappen aus dem Mund. Ich denke, mein Gott, hoffentlich ist es vorbei, aber der Große sagt: ›Bist du bei Trost? Wie's scheint, hat dir ihr Messerchen das Hirn gelöchert. Ich hab ne Frau in der Hand und soll sie losbinden? Kommt gar nicht in Frage.‹

›*Wir* haben eine Frau‹, sagt der andere, und der Große antwortet: ›Richtig, mein Verehrtester, und wenn du besser festgehalten hättest, dann hätten wir jetzt zwei, und müßten uns nicht um einen Knochen streiten. Aber laufen lassen? Also, da weiß ich was Besseres.‹ Und wickelt mich in eine Decke, packt mich wieder auf sein Pferd und reitet los, der andere hinter ihm her.

Als sie mich vom Pferd heben und mir die Fesseln abnehmen, sind wir in einer Hütte direkt am Cumberland-Fluß. Drinnen kein Mensch, alles leer, bis auf einen Tisch und ein Holzbett, und mitten im Raum eine Klappe. Der Große macht sie auf, darunter ist eine Art Kellerverschlag, mit einer angelegten Leiter. ›Runter mit dir‹, sagt er, und wie ich unten bin, zieht er die Leiter hoch. ›Keine Angst, Täubchen‹, ruft er, ›wir lassen dich nicht verhungern. Morgen kommt einer und füttert dich – falls du dann ein bißchen freundlicher bist!‹ und macht die Klappe zu. Kurz darauf geht die Klappe noch einmal auf, der andere wirft mir eine Decke und eine Feldflasche mit Wasser runter. Dann ist alles finster, und ich höre sie die Tür zuschlagen.«

Während der ganzen Zeit hatte Emilia immer wieder geweint und geschluchzt; auch jetzt dauerte es eine Weile, bis sie fortfuhr:

»Es war kalt, zum Glück hatte ich die Decke, aber da unten im Dunkeln – wie in der Hölle ... Ich saß in einer Ecke und zitterte, und in meinem Kopf passiert immer wieder dasselbe, nämlich wie er mich auf die Erde wirft und auf mir liegt, und ich fühle mich so unendlich schmutzig – und nur das bißchen Wasser aus der Feldflasche, um mich zu waschen. Hab mein Unterhemd ausgezogen, obwohl es so kalt war, und hab das ganze Wasser verbraucht, ehe ich es gemerkt hatte. Und immer noch das Gefühl, ich bin schmutzig – hab ich mich mit meinem eigenen Urin gewaschen, immer wieder, obwohl es wehgetan hat ...

Trotzdem: ich weiß nicht, was schlimmer war – das, was sie mit mir gemacht hatten, oder dieses Warten im Dunkeln. Ich wußte nicht mehr, war eine Stunde vergangen oder schon zehn, dachte, vielleicht sind sie marodierenden Südstaatlern in die Hände gefallen, und ich muß hier verhungern, oder sie haben plötzlich einen Marschbefehl gekriegt und sind schon weit weg ... es war entsetzlich!

Manchmal glaubte ich draußen was zu hören, fange an zu rufen, aber dann war es doch nichts, vielleicht der Wind in den Bäumen, und ich sage mir, das hat keinen Zweck, lieber die Kräfte sparen. Bin schließlich eingeschlafen, werde wieder wach, warte und warte, denke, ich sterbe vor Hunger und Durst. Die Scheide tat nicht mehr weh, aber der Magen, und auf einmal – auf einmal weiß ich: jetzt ist hundertprozentig ein Tag vorbei, wenn so lange keiner kommt, dann kommt keiner mehr – mit mir ist es aus ... ach Franny, ich sag dir: alles wär mir in diesem Moment lieber gewesen, alles, sogar der Große, wenn nur irgendwer gekommen wäre – aber es kam keiner ...

Und dann«, schluchzte sie, »ich hatte schon alle Hoffnung aufgegeben, kauere in einer Ecke und wünsche mir nur noch, es würde schnell vorbei sein – plötzlich merke ich: da ist doch jemand – ich höre Schritte – wirklich Schritte ...

Die Luke geht auf, die Leiter wird runtergelassen, ich hab gerade noch die Kraft, hochzuklettern. Und oben – da steht der, den ich in den Arm gestochen habe, der mit dem Südstaaten-Parfüm. Und ich ... Franny, ich weiß nicht, ob es wirklich nur Schwäche war: er mußte mich auffangen, fast bin ich ihm um den Hals gefallen. Dabei hätte ich sein Messer ziehen und ihn erstechen müssen ...

Er setzt mich aufs Bett, packt zwei Decken hinter mich, daß ich nicht umfalle, und gibt mir zu trinken, dazu Brot und Schinken – und wie ich es in mich reinstopfen will, da hält er mir die Hände fest und sagt: Langsam – sonst wird dir übel.

Ich denke, er hat recht, gebe mir also Mühe, langsam zu essen. Er stellt eine Kerze auf den Tisch und zündet sie an, dann holt er von draußen Holz, macht Feuer im Kamin, dabei erzählt er, was passiert war. Es war eure Schuld, Franny, obwohl ihr es gut gemeint hattet: es gab einen Befehl, auf alle zu achten, die das Lager verlassen wollten. Als der Große loswollte, um zu mir zu reiten, da hält ihn die Wache an und fragt: ›He, wo soll's denn hingehen?‹, und er sagt, ›Ach, wollte bloß mal pinkeln ...‹ und schleicht sich zurück ins Zelt.

›Und du?‹ frage ich ihn. ›Hab mich krankgemeldet‹, sagt er. ›Hatte ein bißchen Fieber, da haben sie mich ins Hospital gesteckt, und nachts bin ich durchs Fenster.‹ – ›Und wenn sie's entdecken?‹ frage ich. ›Ist mir egal‹, sagt er, ›Für mich ist der Krieg vorbei, ich hau ab. – Hier, fast hätt ich's vergessen‹ – und wirft mir ein Bündel Kleidungsstücke hin. ›Ich geh mal Wasser holen.‹ Nimmt einen Krug und geht runter zum Fluß. ›Kannst dich waschen‹, sagt er, als er zurückkommt, und setzt er sich mit dem Gesicht zur Tür. Und wie ich gewaschen und angezogen bin, da fange ich an, mich wieder wie ein Mensch zu fühlen.

Dann dreht er sich um, und ich merke, er sieht mich so komisch an. Jetzt es ist so weit, denke ich, und fange an zu weinen, aber er schüttelt bloß den Kopf. ›Glaubst du wirklich, ich mach so was wie Randy?‹ fragt er. ›Weiß ich nicht‹, sage ich. ›Aber du willst was von mir, ich seh's dir an.‹ Er: ›Ja, ich will was, du hast mich in den Arm gestochen, das mußt du mir bezahlen.‹ Sage ich: ›Na los, nimm dir, was du willst, dann laß mich gehen oder schneid mir die Kehle durch, aber mach ein Ende.‹

Er sieht mich an und sagt: ›Nein, so will ich es nicht.‹ – ›Wie denn?‹ frage ich. Und er: ›Mädchen, vor mir brauchst du keine Angst zu haben. Ich sag dir: morgen bringe ich dich zurück, bloß die Nacht mit dir gehört mir, das ist mein Preis.‹

›Schöner Preis‹, sage ich. ›Du willst mit mir schlafen, und ich soll keine Angst haben.‹ Er: ›Genau. Ich will dich ausziehen und mit dir im Arm einschlafen, und sonst ...‹ – ›Was sonst?‹ Und er: ›Nichts, was du nicht willst. Wenn dir was nicht gefällt, brauchst du's bloß zu sagen.‹ – ›Und wenn mir gar nichts gefällt?‹ – ›Dann nichts, ich hab's doch gesagt. Ich bring dich zurück, und fertig.‹

Ich denke mir, ob er's ernst meint? Hätte aber sowieso nichts machen können, sage also zu ihm: ›Na gut, zieh mich aus, gehen wir schlafen, ich bin hundemüde.‹

Er legt nochmal Holz auf, breitet die Decken aus und knöpft mir das Kleid auf. Ich hab natürlich Angst, frage mich, was wird er machen, aber er zieht mich bloß aus und deckt mich zu. Zieht sich aus, legt sich neben mich und fängt an, mich zu streicheln. ›Hör auf‹, sage ich, ›ich bin müde.‹ Und bin ganz überrascht, als er wirklich aufhört. ›Gute Nacht‹, sagt er und drückt sich an mich. Ich warte, was kommt, es kommt aber gar nichts, nach einer Weile merke ich: er ist eingeschlafen. Denke mir, das ist die Gelegenheit, wälze mich auf die Seite und will mich aus dem Bett stehlen, da wird er wach und packt mich am Arm. ›Nanu‹ sagt er, ›willst du türmen? Laß es lieber bleiben, Hübsche, ich halte, was ich gesagt habe, also solltest du es auch tun!‹

›Schon gut‹, beruhige ich ihn, ›ich muß nur mal für kleine Mädchen‹. Werf mir seinen Mantel über und geh vor die Tür, draußen ist es lausig kalt, und als ich zurück ins warme Bett komme, ist es mir fast angenehm. Er fängt an, mich zu küssen, aber als ich sage ›Ich mag nicht‹, läßt er es sein. Bin dann ziemlich schnell eingeschlafen, hatte eigentlich gar keine Angst mehr.

Irgendwann im Morgengrauen werde ich wach, oder besser gesagt, es ist eine Art Halbschlaf. Ich liege auf der Seite, den Kopf auf seinem Arm, er liegt hinter mir, eine Hand auf meiner Brust, eine zwischen meinen Beinen. Inzwischen war das Feuer im Kamin ausgegangen, in der Hütte war's eiskalt, aber unter der Decke war's herrlich warm, ich schlafe auch gleich wieder ein.

Etwas später habe ich einen Traum: mir ist, als wenn sich meine Brüste in ein weiches Fell legen, meine Brustwarzen werden größer und größer und drücken sich in etwas Warmes, und genauso geht's mir zwischen den Beinen. Ich werde ganz naß, presse mich im Traum gegen etwas und denke, so ein wunderschöner Traum, hoffentlich hört er nicht auf, und merke im selben Augenblick: es ist gar kein Traum. Sondern er liegt immer noch hinter mir, eine Hand auf meiner Brust, die Brustwarze zwischen seinen Fingern, die andere Hand streichelt ganz langsam über meine Scheide, es ist so angenehm, daß ich gar nicht richtig wach werden will, sage mir, es sind ja bloß seine Finger, so wie deine jetzt, Rico.«

Emilia lag zwischen Francesca und mir, und ich hatte, während sie sprach, meine Arme auf dieselbe Weise um sie gelegt, wie sie es beschrieb. Auch Francesca hatte die ganze Zeit über nicht aufgehört, die Freundin zu streicheln. Emilia schien es zu genießen – oder fiel ihr das Weitersprechen schwer? Eine Weile schwieg sie, dann fuhr sie fort:

»Er läßt die eine Hand auf meiner Brust, die andere fährt über den Oberschenkel nach hinten. Ich merke, wie sein Daumen ganz langsam in die Scheide hineingleitet, mit den andern Fingern streichelt und drückt er die Scheide von vorn. Erst kriege ich einen Schreck, aber dann merke ich, es ist riesig angenehm, rede mir ein: ein bißchen lasse ich ihn machen, dann sage ich, er soll aufhören. Aber als er seinen Daumen einmal herauszieht, da kann ich es kaum erwarten, daß er ihn wieder nach innen gleiten läßt; das macht er ein paarmal, jedesmal finde ich es schöner. Auf einmal merke ich, irgendwas geschieht in mir, mir wird heiß und kalt zugleich, ich nehme seine Hand und drücke sie stärker an meine Brust, presse meine Scheide gegen seine Finger. Genau da zieht er den Daumen wieder heraus, nein, möchte ich schreien, nicht jetzt, da führt er ihn wieder ein, ja, denke ich, so ist es gut. Auf einmal merke ich, es ist gar nicht sein Daumen, der da in mich eindringt, merke plötzlich auch einen Schmerz, aber es ist, als ob gerade der Schmerz etwas in mir zum Überlaufen bringt. Durch meinen Leib läuft eine Welle, es zuckt und schüttelt mich von innen, ich glaube, ich habe aufgeschrien. Im selben Moment spüre ich in mir ein anderes Zucken, aber von ihm, und ich merke, wie in meinem Innern etwas Heißes in mich hineinläuft ...«

Wieder machte sie ein Pause und ließ sich von Francesca und mir streicheln. Mit Tränen in den Augen sprach sie weiter.

»Eine Weile waren wir beide wie benommen. Ich glaube, er wußte gar nicht, was ich gerade erlebt hatte, vielleicht, weil es für ihn nicht das erste Mal war, so wie bei mir. Erschöpft lagen wir uns im Arm; fast gleichzeitig müssen wir eingeschlafen sein.

Als wir wieder erwachten, stand die Sonne schon hoch am Himmel. Ich glaube, die Scham hatte ihn noch stärker gepackt als mich. Einen Augenblick dachte ich: wenn er dich jetzt fragt, ob du mit ihm gehst, was wirst du sagen ... aber er fragte nicht. Und lange Zeit wußte ich nicht, ob ich froh darüber sein sollte.

Wir zogen uns an, ohne ein Wort zu sprechen. Er setzte mich vor sich auf sein Pferd, brachte mich so dicht an das Gebäude, daß man uns hätte sehen können. Ganz so, als hätte er es drauf angelegt, gefaßt zu werden; es sah aber keiner. Er ließ mich vom Pferd, und ohne ein Wort ritt er davon. Danach hast du mich ja erlebt, Franny. Und – was das Schlimme war ...«

»Ja?«

»Von da an habe ich mich selber gehaßt. Weil ich mir sagte: ich habe das Letzte gewollt, also werde ich wohl auch das Erste gewollt haben.«

Und sie umarmte Francesca, die selber Tränen in den Augen hatte.

79
Wie man Reliquien prüft

Rekonstruktion der Aufzeichnungen
des Luigi Calandrelli (26):

Schon das äußere Erscheinungsbild des Briefes ließ vermuten, daß hier ein geübter Schreiber die Feder geführt hatte. Dafür sprachen nicht nur die Klarheit und Regelmäßigkeit der Buchstaben, die das Schriftbild fast wie gedruckt aussehen ließen; auch das Ebenmaß der Linien und die Gleichmäßigkeit der Ränder deuteten auf einen professionellen Schreiber hin.

Der Inhalt des Briefes war folgender:

Gottfried von Bouillon, Herzog von Lothringen,
Ritter unter dem Kreuz,
Beschützer des Heiligen Grabes,
an
Seine Römische Heiligkeit Urban II.,
Oberster Brückenbauer,
Vater und Hirte der Gläubigen.

Es ist vollbracht. Jerusalem, Stadt der Städte, Tempel aller Tempel, Grab vor allen Gräbern, ist in unserer Hand, ist der Christenheit zurückgegeben.

Welch blutige Opfer, die der Widerstand der Ungläubigen uns abverlangte, und Tod und Verderben für so viele unserer tapfersten Ritter! Auch ich bin verwundet, doch mit Gottes Hilfe werde ich genesen. Die Sarazenen haben sich gewehrt mit der Kraft der Verzweiflung; sie, die nicht begreifen wollten, daß wir ihnen das Heil zu bringen gedachten, kämpften noch nach dem Fall der Stadtmauern wie Besessene, so daß unsere Kreuzritter, erfüllt von wildem Zorn, das Leben der solcherart Verblendeten wohl nicht schonen konnten. Vielleicht mußte es denn ein Strom von Blut sein, um die Spuren der Jahrhunderte abzuwaschen, während derer das Grab und der Tempel des Herrn verunreinigt waren durch Atem und Gegenwart der Ungläubigen. – Doch ob dem wirklich so ist, weiß niemand als der Höchste allein.

Nun also ist Zeit und Anlaß, Halleluja zu singen und Lob und Dank zu sagen dem Herrn, welcher uns zum Siege geführt. Getreu meiner Pflicht habe ich denn auch den Fürsten und den Rittern des Heeres gepredigt, habe mit Menschen- und Engelszungen versucht, sie die Gnade spüren zu lassen, welche darin liegt, daß wir das heilige Jerusalem sehen und befreien durften.

Und doch – Eure Heiligkeit möge mir vergeben – dennoch will es mir in schwachen Momenten bisweilen so vorkommen, als läge – es schmerzt mich, es zu sagen, und doch kann ich es nicht länger verleugnen – als läge ein Schatten über unserem Sieg, und ein Schatten über dieser heiligsten aller Städte.

Während der Zeit, da wir Jerusalem belagerten, war die Einigkeit unseres Heeres von der heftigen Gegenwehr der Ungläubigen unerbittlich erzwungen. Wahrlich, mehr als einmal stand das Kriegsglück auf Messers Schneide, und ohne die Güte des Herrn hätte unsere Mission leicht scheitern und wir alle von der Hand der Sarazenen unser elendes Ende finden können.

Doch kaum war die Stadt gefallen, da füllte sich mein Herz mit schwerer Sorge. Unsere Kriegsleute zogen durch die Straßen, als seien sie keine Christenmenschen, sondern wilde Tiere. Sie töteten von den Männern und Knaben, wer immer ihnen in die Hände fiel, erbrachen Türen und Truhen, schändeten Frauen und Mädchen, nahmen endlich an Geld und Gut an sich, wes immer sie habhaft werden konnten.

Bedrückt von schwerer Vorahnung – denn wie sollen wir die heiligen Stätten bewahren inmitten der feindlichen Heiden, wenn wir ihnen kein Vorbild sind an Tugend und Standhaftigkeit –, befahl ich die Befehlshaber und Obersten der Ritter zu mir, auf daß sie ihre Leute zur Zucht und Mäßigung riefen. Jedoch, kaum einer der Obersten war zu finden, sondern sie waren einer wie der andere davongeeilt zu den heiligen Stätten. Aber nicht, um daselbst niederzuknien zu Andacht und dankbarem Gebet – mitnichten: sondern, wie meine Boten mir voll Abscheu berichteten, um zu rauben und an wundertätigen Andenken an sich zu reißen, was immer sie finden würden. Das Geraubte aber gedachten und gedenken sie mitzunehmen, ein jeder in seine Heimat, doch nicht zum Ruhme des Herrn oder der heiligen Kirche, sondern zum Ruhme ihrer selbst.

Ich habe versucht, dem Morden und Schänden in der Stadt Einhalt zu gebieten, an der Seite meiner eigenen Leute. Doch erreichte ich nur, daß wir uns selber in Gefahr von Leib und Leben brachten: die Wunde, die ich an meinem Leibe trage, stammt nicht von einem wilden Sarazenenschwert, sondern vom Speer eines römischen Ritters. Dieser hatte, als ich des Weges kam, soeben einer Frau die Hand abgeschlagen, um der goldenen Ringe habhaft zu werden, die sie an den Fingern trug. Und als ich ihn einen Verworfenen schalt und einen Diener des Bösen, da stieß er mich nieder und eilte von dannen.

Dies nun ist es, was mir als der Schatten erscheinen will, welcher seit der Stunde des Sieges über unserer gerechten Sache liegt: daß nicht Inbrunst, Dank und Andacht die Herzen unserer Kreuzritter erfüllen, sondern Zwietracht und Habsucht. Wahrlich, unter den Kriegern unseres Heeres herrschen wilde und rohe Sitten. Wer von ihnen am meisten zusammengeraubt hat von den Gütern der Heiden, der rühmt sich dessen noch, und nicht der Tugendhafteste, sondern der Räuberischste gilt am meisten unter ihnen. Dies weckt ohne Unterlaß neue Gier und Eifersucht, so daß kein Tag vergeht und keine Nacht, wo nicht Krieger unseres Heeres erschlagen würden von ihren eigenen Kameraden.

Doch ist das Beispiel, das ihre Oberen geben, um nichts besser. Ein jeder der Anführer verlangt für sich und seine Truppen ein größeres Stück Jerusalems, wie sie sagen, zum Schutz des heiligen Bodens. Die Römer wollen mehr als die Florentiner, die Venezianer mehr als die Burgunder, und jeder erhebt Anspruch darauf, daß nur er allein die heiligsten der heiligen Stätten bewachen dürfe: das Grab und den Tempel unseres Herrn Jesus Christus. Dabei liegt ihnen weder die Verehrung dieser Stätten am Herzen, noch hegen sie wahrhaft Verlangen, dieselben mit dem eigenen Blute zu schützen. Sondern es geht ihnen allein um den Ruhm, den es bedeutet, das Grab des Herrn zu bewachen.

Und so wetteifern sie auch darum, welcher unter ihnen von den Andenken und Reliquien des Heiligen Landes am meisten zusammenraffen könne. Kaum brüstet sich einer damit, er habe einen Splitter vom Kreuz des Herrn erworben, so übertrumpft ihn schon ein anderer mit einem Nagel von selbigem Kreuze, während ein dritter triumphierend ein altes Tuch vorweist, von welchem man ihm berichtet, es habe am Kreuz die Blöße unseres Herrn bedeckt. Sie erwerben aber derlei Dinge nicht, um in Dank und Demut der

Leiden des Herrn zu gedenken, sondern einzig des Ruhmes wegen, den sie sich vor den Menschen mit solchem Besitz erhoffen.

Es hat nun dieser Wettlauf auch auf die Ungläubigen Jerusalems eine üble Wirkung. Von diesen sind ohnehin die besten und tapfersten bei der Verteidigung der Stadt gefallen, und die überlebt haben, scheinen nicht unbedingt Muster an Tugend und Wahrheitsliebe zu sein. Um so schneller haben sie begriffen, was unsere Ritter suchen. Und es kann keiner von uns auch nur einen Schritt auf die Straße oder über den Marktplatz tun, ohne daß er von rechts und links angesprochen wird: ob er vielleicht verborgene Heiligtümer oder Reliquien suche?

Ich habe strenge Anweisung gegeben, daß alle geistlichen Stätten, maurische wie christliche, unter dem Schutz der Leitung des frommen Kreuzfahrerheeres stehen. Des weiteren habe ich angeordnet, daß alle Andenken und Reliquien zuerst den unter uns weilenden Gesandten Eurer Heiligkeit zur Prüfung vorgelegt werden müssen. Doch ist dieser Befehl ohne Wirkung geblieben, vor allem deshalb, weil er nicht nur von unseren Kriegern, sondern auch von deren Anführern ständig mißachtet wird. Die Folge ist, daß jetzt in ganz Jerusalem ein lebhafter Handel mit Relikten getrieben wird, die angeblich vom Leben und Leiden unseres Herrn Jesu Christi, der Jungfrau Maria oder der heiligen Apostel zeugen.

Zwar berichten mir unsere wackeren Priester voller Stolz über den Zuspruch, den ihre Predigten bei den Ungläubigen genießen. Doch habe ich gewisse Zweifel ob der Absichten, die letztere damit verfolgen. Kaum predigt nämlich am Sonntag jemand über die Steinigung des heiligen Stephanus, so bietet man am Montag gewißlich die Steine an, welche ihm den Tod brachten. Und predigt einer heute über das Martyrium des heiligen Sebastian, so finden sich morgen auf dem Markte die Pfeile, welche ihn durchbohrten, obgleich diese doch von Rom bis ins Land der Sarazenen geflogen sein müßten.

Leider beteiligen sich unsere Geistlichen nicht weniger als die Laien an dem unwürdigen Wettrennen. Ich sah einen Bischof ein altes Fischernetz davonschleppen, das man ihm für schweres Silber als Netz des Apostels Petrus verkauft hatte; einen Erzbischof sah ich um etliche Goldstücke eine Schachtel mit Affenknochen erwerben. Und während er davoneilte, halb außer sich vor Glück, die Gebeine der Heiligen Drei Könige erstanden zu haben, schlugen sich die Verkäufer vor Lachen auf den Bauch, gebärdeten sich wie toll, so daß ich um ihre Gesundheit kaum weniger fürchtete als um die des hochehrwürdigen Erzbischofs.

Daß derlei Relikte echt seien, halte ich in den meisten Fällen für ausgeschlossen. Ich habe aber bei unseren Leuten eine merkwürdige Erfahrung gemacht: daß sie um so inniger an die Echtheit einer Reliquie zu glauben bereit sind, je mehr Gold und Silber sie dafür bezahlt haben. Und wie ich höre, geht kein Schiff mehr von hier in die Heimat ab, das nicht in seinem Bauch Dutzende, wenn nicht gar Hunderte oder Tausende von Haaren Mariä, Tränen Christi, Splittern vom Kreuze oder Gebeine der heiligen Apostel mit sich führte.

Die Folge ist ein dreifaches Unglück.

Das erste Unglück ist, daß viele der Ungläubigen in Jerusalem ihr angestammtes Gewerbe verlassen, um unsere Krieger mit falschen Gedenkstücken zu versorgen, wobei die ganze Christenheit bei ihnen in den Ruf gerät, aus leichtgläubigen Narren und Anbetern toter Gegenstände zu bestehen.

Das zweite Unglück ist dies: daß unsere Kreuzritter, welche bisher so tapfer gekämpft haben, zu vergessen scheinen, worin der wahre Glaube besteht, und statt dessen ihr Herz an den Erwerb solcher Dinge hängen.

Das dritte Unglück aber befürchte ich für die ganze Christenheit: daß nämlich auf dieselbe Weise, wie hier Ritter gegen Ritter, Fürst gegen Fürst um den Besitz der edelsten Reliquien ringen, bald auch in der Heimat gerungen werde: Stadt gegen Stadt, Bistum gegen Bistum, Kloster gegen Kloster, alles um den Ruhm, das größte Stück vom Kreuze, den längsten Stachel der Dornenkrone, das schmutzigste Stück vom Grabtuche des Herrn unter den eigenen Schätzen zu zählen – statt darum, wo man am gottgefälligsten lebe. Daß dies nicht im Sinne des wahren Glaubens liegt, sondern in seiner Falschheit nur den Satan erfreuen kann, scheint mir gewiß.

Darum halte ich die schärfste Prüfung aller Reliquien für eine heilige Pflicht der Kirche und jedes wahren Christenmenschen. Es ist schlimm genug, wenn manchem die Frohe Botschaft zur Tröstung nicht ausreicht, und wenn Menschen glauben, die Festigkeit ihres Glaubens mit verrotteten Tüchern, morschen Holzstücken oder alten Knochen stützen zu müssen. Die Vorstellung jedoch, daß gläubige Christen vor Dingen niederknien, die ihnen von listigen Heiden für Geld untergeschoben wurden, ist widerlich und entsetzlich.

Nun fragt sich mancher, woran man denn die echten von den falschen Reliquien unterscheiden könne. Was dies betrifft, so habe ich schon zum Ausdruck gebracht, daß ich alle Gedenkstücke, die uns hier von den Sarazenen angeboten werden, erst einmal für gefälscht halte, so lange, bis auf untrügliche Weise ihre Kraft offenbar werde. Manche dieser Fälschungen sind übrigens so plump, daß selbst die einfältigsten unserer Krieger sie inzwischen verschmähen, etwa, wenn Dornenzweige, die inwendig noch grün und saftig sind, als Teil der Dornenkrone des Herrn angeboten werden. Doch bin auch ich in der Kunst, das Alter und das Wesen von Dingen zu bestimmen, nicht erfahren, so daß man, wenn es allein darum ginge, selbst mich wohl so manches Mal zu täuschen vermöchte.

Wenn aber unser Urteil über Art und Alter eines Gegenstandes uns im Stich läßt – sollte dann nicht die Verehrung, welche man demselben entgegenbringt, seine Würde beweisen?

Nun, ich halte es hier mit Don Pedro Verano, einem unserer vorzüglichsten Ritter, der dazu einmal diesen Satz aussprach: man könne, so meinte er, mit genügend Verehrung wohl auch einen Hundeknochen zum Leuchten bringen. Der Mensch mit seinem schwankenden Herzen hat offenbar die Eigenschaft, von allem angesteckt zu werden, was mit fester Überzeugung geschieht oder gesagt wird, sei es Wahrheit oder Verblendung. Daher beweist auch die innigste Verehrung von Dingen lediglich das Bedürfnis von Menschen, Dinge zu verehren. Wäre es anders, so wäre auch die Anbetung des goldenen Kalbes ein Beweis für die Wahrheit des Baal gewesen, oder die Anbetung der Griechen ein Beweis des Zeus und der Pallas Athene.

So ist die Verehrung des Volkes gerade *nicht* geeignet, die Echtheit einer Reliquie festzustellen. Und die Kunst der Prüfung von Alter und Wesensart kann zwar oftmals die Fälschung eines Gegenstandes beweisen, jedoch niemals seine Heiligkeit. Sollen wir es also aufgeben, in dieser Frage die Wahrheit zu finden? Sollen wir uns geschlagen geben vor der List tückischer Fälscher, der Habgier frecher Händler, endlich auch der Dummheit des anbetungssüchtigen Pöbels, welcher immer erst ein Stück vermodertes Zeug vor Augen braucht, um recht von Herzen glauben zu können?

Ich glaube, einen Weg gefunden zu haben, hier Gewißheit zu erhalten. Die Methode ist leicht durchzuführen und braucht weder Fachleute noch Hilfsmittel; dennoch halte ich sie für untrüglich, so daß ich mir erlaube, sie Eurer Heiligkeit zur Nachahmung zu empfehlen.

Wovon wir nämlich fraglos ausgehen dürfen, ist zum ersten dies: Falls ein Gegenstand eine wahrhaft heilige Kraft in sich trägt, dann kann diese nichts anderes bewirken, als einzig und allein Gutes. Wenn es nun geschieht, daß wegen einer vermeintlichen Reliquie Menschen sich gegenseitig berauben, oder gar Fürsten sich gegenseitig bekriegen, so ist damit ihre Unechtheit zweifelsfrei erwiesen. Bestenfalls ist man einem Irrtum erlegen, vermutlich aber einer vom Teufel untergeschobenen Fälschung.

Und noch eine zweite Fähigkeit dürfen wir voraussetzen: daß sich eine wahrhaft heilbringende Kraft auch dann zeigt, wenn die Menschen in ihrer Nähe nichts von der Gegenwart der Reliquie wissen. Gerade auf die Unwissenheit kommt es bei dieser Prüfung an: denn der Pöbel, das sahen wir, ist immer und überall zur Anbetung bereit, wenn nur irgend jemand mit Inbrunst die Heiligkeit eines Dinges behauptet. Aber nehmen wir einmal den vermeintlichen Knochen des Apostels und bringen ihn unerkannt auf den Markt oder in eine Taverne, mitten unter unsere wilden Krieger: wenn diese dann auf ihn spucken und ihn vom Tische fegen wie einen Hühnerknochen, und wenn sie nicht für die Länge eines Atemzuges ablassen vom Fluchen und Lästern und hitzigen Streiten – dann dürfen wir getrost davon ausgehen, daß in der Tat dieser Knochen ohne Kraft und Macht ist.

Auf diese Weise habe ich Dutzende vorgeblich heiliger Knochen, Locken, Steine, Häute, Hölzer und dergleichen mehr geprüft – und sie sämtlich für falsch und unecht befunden.

Es dauerte nicht lange, und ich begann mich zu fragen, ob es denn überhaupt irgendwelche Dinge gäbe, die, geheiligt durch die Berührung Christi oder der Apostel, die Jahrhunderte bis zu uns überdauert haben könnten. Doch spürte ich in mir auch Zweifel: war es nicht angemessen und notwendig, in Geduld und Demut die Dinge um die Entfaltung ihrer Kraft zu bitten – wenn sie denn eine solche besäßen? Könnte es nicht sein, das Heilige wäre nicht anders als auch das Göttliche selber? Und also etwas, dem man sich nur in tiefster Ehrerbietung nahen dürfte – weil es andernfalls sein Inneres verschließt und dem Frechling nichts von seinem wirklichen Wesen offenbart?

Und war also mein Unterfangen, sogar die Heilige Lanze zu prüfen, die unser Heer in der Schlacht um Antiochia begeistert und zu übermenschlichem Mut angestachelt hatte, nur ein unverzeihlicher Frevel?

Ja, ich gestehe: selbst davor schreckte ich nicht zurück. Inmitten eines Streites meiner Ritter holte ich einmal die Heilige Lanze, von der wir in Antiochia hörten, sie habe am Kreuze die Seite unseres Herrn durchbohrt. Unauffällig stellte ich sie zu einem Haufen anderer Waffen, die an der Wand standen. Das Ergebnis aber war – nichts. Das Streiten und Fluchen ging weiter; nur ich selber bebte vor Zorn und Verzweiflung.

Und mich quälte tiefe Sorge: ob ich mit derlei Tun nicht mein ewiges Seelenheil aufs Spiel setzte. Durfte ich sogar dieses heilige Gedenkstück in Zweifel ziehen, da es doch dem Anschein nach seine Kraft schon mehr als bewiesen hatte: indem es uns nicht nur den Sieg von Antiochia schenkte, sondern auch unser aller Leben rettete – das meinige eingeschlossen?

Zwar sagte ich mir: jeder Feldherr weiß, wie wichtig es ist, am Tage der Schlacht seine Soldaten in Feuer zu versetzen. Und ich selber habe mehr als einmal festgestellt, daß eine zuversichtliche Lüge zur rechten Zeit Wunder wirken kann – *Ein Zeichen, seht, der Herr sendet ein Zeichen des Sieges ...* Aber hatte ich das Recht, sogar in der Heiligen Lanze die Möglichkeit einer nützlichen Lüge zu vermuten?

Schon war ich auf dem Wege, meine eigene Strenge zu verwerfen – da ereigneten sich zwei Dinge, die mein Vorgehen zur Prüfung der Reliquien auf das merkwürdigste bestätigten, und die mich gleichzeitig zutiefst erschütterten und beunruhigten. Diese Geschehnisse sind auch der Grund für die geheime Sendung, die ich Eurer Heiligkeit mit diesem Schreiben zukommen lasse, und dafür, daß ich sie niemand anderem anvertrauen konnte als meinem Hauptmann Verano.

80
Jagd auf Correspondenten

Meldungen aus den »Berlinischen Nachrichten«:

Rom, 12. Februar 1870. [Jagd auf Zeitungscorrespondenten.] In den letzten Tagen wurde hier förmliche Jagd gemacht auf Correspondenten auswärtiger Zeitungen. Der Papst ist in höchstem Grade aufgebracht über die Berichte, die über das Concil nach außen dringen. Freilich ist es merkwürdig, daß trotz des strengen Eides der Verschwiegenheit, den die Bischöfe leisten mußten, sofort Alles bekannt wird, was im Concil vorgeht, und daß sogar der Wortlaut der Actenstücke bald nach ihrem Erscheinen in fremden Zeitungen zum Abdruck kommt.

Rom, 25. Februar 1870. [Neue Geschäftsordnung.] Mit Datum vom 22. Februar ist den Vätern das Decret mit der veränderten Geschäftsordnung zugegangen. Darin heißt es: »Der Heilige Vater hat beschlossen, einige besondere Regeln über die Discussionen der allgemeinen Congregationen zu erteilen, welche es gestatten, die zu behandelnden Fragen schneller und vollständiger zu prüfen. Nach der Verteilung des Schemas an die Väter werden die vorsitzenden Cardinäle eine Frist bestimmen, innerhalb welcher die Väter, die Einwendungen zu machen gedenken, diese schriftlich einzureichen haben. Wenn die Discussion sich mehr als billig in die Länge ziehen sollte, können die vorsitzenden Cardinäle, auf schriftlichen Antrag von mindestens 10 Vätern, an die General-Congregation die Frage stellen, ob die Debatte noch weiter fortgeführt werden soll. Nachdem durch Aufstehen oder Sitzenbleiben abgestimmt worden, werden sie den Schluß der Discussion aussprechen, wenn die Majorität der anwesenden Väter dafür ist.«

Dazu bemerkt unser Correspondent: »Man fragt sich, was an der neuen Geschäftsordnung mehr beeindruckt: ihre durchsichtige Absicht, oder ihre unehrliche Sprache. Die Absicht ist klar: man ist der Discussion müde, man will nicht länger anhören, auf welch dürftigen Grundlagen die Lehre von der päpstlichen Unfehlbarkeit ruht. Also schneller soll es gehen, und das wird es auch, denn nicht nur 10, sondern 400 eifrige Mitläufer stehen jederzeit bereit, auf einen Wink hin den Schluß der Debatte zu beantragen. Aber was sagt man? Man wolle die Fragen schneller *und vollständiger* prüfen. Das ist gelogen: wenn man dies ernsthaft wollte, müßte man, wie es die Minorität schon lange fordert, die Versammlungs-Protocolle den Vätern so bald als möglich zugänglich machen, und desgleichen die vorbereiteten Reden *vor* den Versammlungen drucken und verteilen. Genau dies tut man nicht: eine vollständige Discussion soll ja gerade *verhindert* werden.«

Assuncion, 8. März 1870. [Ende des Krieges in Paraguay.] In Südamerika ist am 1. März ein fünfjähriger Krieg beendet worden, der in vieler Hinsicht merkwürdig war. Lopez, der Präsident der Republik Paraguay, der eigentliche Urheber dieses Krieges, hat am 1. März am Ufer des Aquidaban seinen Tod gefunden; treu seinem Charakter zog er, geschlagen und verwundet, den Tod der Ergebung vor. Nun erst kann dieser Krieg, welchen die Brasilianer schon 1869 mit der Einnahme der Hauptstadt Assuncion beendet zu haben glaubten, für definitiv abgeschlossen betrachtet werden.

Paris, 15. März 1870. [Der Prozeß gegen den Prinzen Bonaparte] findet zunehmende Mißbilligung. Bislang ist noch immer keine Gegenüberstellung des Herrn v. Fonvielle mit dem Prinzen durchgeführt worden. Dem Angeklagten ward der Verkehr mit seinen Entlastungszeugen in jeder Hinsicht erleichtert; die Zeugen der Anklage dagegen begegnen allenthalben offener Feindseligkeit. Zeugen, die mit Rochefort zu sprechen wünschten, wurden im Gefängnis nicht zu diesem vorgelassen.

Rom, 16. März 1870. [Protest.] Die Opposition, so ist hier bekannt geworden, hat auch gegen die revidierte Geschäftsordnung des Concils Protest eingelegt. Allerdings deutet nichts darauf hin, daß diesem Protest mehr Erfolg beschieden sein könnte, als den früheren Protesten in derselben Angelegenheit.

Tours, 21. März 1870. [Prozeß Bonaparte.] Unter großem Andrang des Publikums ist heute der Prozeß gegen den Prinzen Bonaparte eröffnet worden. Zahlreiche Correspondenten aus allen Ländern haben sich eingefunden. Eine große Zahl von Gensdarmen und Polizeiagenten halten die Ordnung aufrecht, so daß es bisher zu keinen Ausschreitungen gekommen ist.

Tours, 23. März 1870. [Prozeß Bonaparte.] Die Zeugenvernehmung wurde heute fortgesetzt. Von größter Bedeutung war die Aussage des Dr. Tardieu, Professor an der Pariser medizinischen Facultät. Er gab an, an der Wange des Prinzen Spuren einer Contusion festgestellt zu haben, die von einem heftigen Schlage hergerührt haben müßte. Andere Zeugen, vor allem Hr. v. Fonvielle, widersprachen dem mit Heftigkeit.

Rom, 25. März 1870. [Stroßmayer.] In der vorigen General-Congregation im Concil ging es wieder stürmisch zu. Der Orkan brach bei Gelegenheit eines Satzes aus dem ersten Schema los, in welchem dem Protestantismus die Vaterschaft und die Verantwortung für Naturalismus und Materialismus aufgebürdet wird. Der Bischof Stroßmayer wagte es, mit lauter Stimme zu behaupten, daß es auch unter den Protestanten manch brave und gute Leute, sogar gute Christen gebe. Die Worte waren das Signal zu einem allgemeinen Aufschrei. »*Taceas! Ab ambone descendas!*« erscholl es von allen Seiten. Nicht besser erging es dem Cardinal-Erzbischof von Prag, als er zu Gunsten Stroßmayer's eine Lanze zu brechen versuchte.

Tours, 27. März 1870. [Das Urteil über den Prinzen Bonaparte] wurde heut mit der größten Spannung erwartet. Nach den Plädoyers stellte der Präsident den Geschworenen folgende Fragen: Ist der Angeklagte schuldig, an der Person von Victor Noir einen Mord begangen zu haben? Lag eine Provocation vor? Kann eine legitime Selbstverteidigung angenommen werden?

Um drei Uhr kamen die Geschworenen zurück. Ihr Spruch verneinte die beiden ersten Fragen, bejahte die letzte. In Folge dessen erfolgte die Freisprechung des Prinzen. Der Gerichtshof verurteilte jedoch den Prinzen zur Zahlung aller Kosten für die Familie Noir und 25.000 Francs Schadenersatz an den Vater des Victor Noir.

81
Das höchste Gut

Wenn jemand behauptet, auch die Dogmen der christlichen Religion seien Gegenstand der natürlichen Wissenschaft oder der Philosophie – der sei verflucht. Pius IX., Syllabus errorum

Tagebuch des Heinrich Wilhelm Lehmann:
Newyork. Sonnabend, 4. Juni 1870

Newyork, Newyork!

Mein erster Besuch in der Neuen Welt – und ich glaube, sie gefällt mir.

Nach den Qualen von Paris war ich kaum eine Woche in Berlin, da kam eine Depesche aus Newyork: die Donatis erwarteten mich; meine Überfahrt ab Bremen sei bereits gebucht. Am nächsten Tag kam ein Telegramm aus Paris, in dem Francesca mir dasselbe mitteilte – und auch, daß sie schon vor mir nach Newyork fahren würde.

Die Würfel waren gefallen – so kam es mir vor.

Dabei hatte mir der Oberingenieur nach meiner Rückkehr aus Paris unmißverständlich zu verstehen gegeben: ein nochmaliges unentschuldigtes Fortbleiben vom Dienst werde man nicht hinnehmen können.

»Beim nächsten Mal«, sagte er drohend, »räumen Sie am besten vorher Ihren Schreibtisch – dann sparen Sie sich Zeit und Ärger, und mir auch.«

Als ich nach der Depesche aus Newyork tatsächlich daran ging, die Sachen aus meinem Schreibtisch abends auszuräumen, meinte Robinson besorgt:

»Was ist denn in Sie gefahren? Beim nächsten Mal, hat der Chef gesagt – also, was ist los?«

»Robinson«, fragte ich ihn, »hätten Sie keine Lust, die Stelle hier zu übernehmen? Mein ›nächstes Mal‹ ist morgen, und die Arbeit machen Sie sowieso schon seit Wochen allein.«

»Ich bitte Sie«, sagte er bekümmert, »einen Vorgesetzten wie Sie finde ich nie wieder. Also seien Sie so gut und tun Sie Ihre Sachen wieder in den Schreibtisch, ja?«

»Geht nicht«, sagte ich. »Ich muß nach Newyork, und die Überfahrt ist schon gebucht.«

»Dann schicken Sie wenigstens eine Depesche. Irgendein Vorwand – es wird Ihnen schon was einfallen!«

Was mir einfiel, war eine »heftige fieberhafte Erkrankung«, zu Robinsons Beruhigung testiert von einem wohlmeinenden bremischen Arzt. Allerdings bezweifle ich, ob mir der Oberingenieur die Geschichte abkauft. So oder so – Robinson wird »Vatis Kahnfahrt« schon auf Kurs halten, da bin ich mir sicher.

Heute bin ich den dritten Tag bei den Donatis. Und inzwischen kenne ich fast alle Bewohner des großen Hauses.

Zuallererst stellte mich Francesca dem Grafen Ernesto Donati vor. »Mein Väterchen« nannte sie ihn, und er strahlte.

Ansonsten strahlt er eher selten. Gewiß, er macht stets einen höchst würdevollen Eindruck, der noch durch die Andeutung zweier nach unten weisender Falten um die Mundwinkel verfeinert wird. Diese Falten verleihen seinem Gesicht eine gewisse Melancholie, und diese ist es wohl, die ihn einerseits absolut verläßlich erscheinen läßt, andererseits den Eindruck erweckt, als trüge er tief in seinem Innern einen geheimen Schmerz.

Rosa ist ein neugieriges, aufgewecktes Mädchen, zwei Jahre jünger als Francesca, eigentlich auch schon eine junge Frau. Äußerlich ähnelt sie ihrer Schwester überhaupt nicht, eher Emilia, mit ihren kohlschwarzen Haaren und ihren feurigen dunkelbraunen Augen. Aber sie scheint Francesca geradezu anzubeten. In allem versucht sie, der Schwester nachzueifern, und zwar in einem solchen Maße, daß auch sie schon einmal von zu Hause ausgerissen ist. Nach zwei Tagen griff man sie im Hafen auf: sie hatte mit ihrem gesparten Geld eine Schiffsreise nach Paraguay gebucht, um sich in dem dortigen, schon jahrelang dauernden Krieg als Krankenschwester zu melden. Nur das Versprechen, sie würde auch ohne ein solches Abenteuer später Medizin studieren können, hat sie bis jetzt von einem erneuten Versuch abgehalten.

Nur eine Person habe ich noch nicht zu Gesicht bekommen: Luisa.

»Kann sein, daß es mit dir zusammenhängt«, sagte Francesca, »aber nicht so, daß du vielleicht Angst haben müßtest, du könntest ihr unwillkommen sein. Ganz im Gegenteil: sie hat sich ausführlich nach dir erkundigt, und ich habe gemerkt, daß sie sich freut, dich kennenzulernen.«

»Warum habe ich sie dann noch nicht gesehen? Ist sie krank?«

»Krank wohl nicht, sie hat sich nur zurückgezogen. Das heißt, sie spürt es – sie spürt es kommen.«

»Was ist *es* – was spürt sie kommen?«

»Habe ich es dir nicht erzählt? Sie hat Gesichte.«

»Gesichte? Visionen? Welcher Art?«

»Genau weiß es niemand. Aber sie spürt es oft schon Tage vorher; dann zieht sie sich zurück, ißt fast gar nichts, trinkt nur Wasser, und ich glaube, sie macht Exerzitien. Wenn es vorbei ist, sieht sie jedesmal todkrank aus, ist den ganzen Tag wie abwesend. Einmal hat sie zu mir gemurmelt, als ich morgens in ihr Zimmer kam: ›Er war da – ich habe ihn gesehen.‹ Ansonsten spricht sie fast nie darüber, jedenfalls nicht direkt. Aber jeder sieht es ihr an, und manche im Haus haben dann geradezu Angst vor ihr.«

»Warum? Sind ihre Gesichte so schrecklich?«

»Nein, so meine ich es nicht. Aber wenn sie in diesem Zustand jemandem sagt, das und das wird passieren, dann weiß er, es wird so sein; es ist noch nie vorgekommen, daß sie sich geirrt hätte.«

»Und hat sie dir auch schon einmal so etwas gesagt?«

»Ja, einmal. Kurz bevor Emilia und ich weggelaufen sind.«

»Und was hat sie gesagt?«

»Du mußt wissen, damals haben Emilia und ich oft darüber diskutiert, ob es richtig ist, zu heiraten. Für Emilia war das ganz selbstverständlich; solange ich allein bin, sagte sie, will ich meine Freiheit, aber wenn ich mal eine Familie habe, dann will ich für die Familie dasein. Und ich sagte: Ich habe keine Lust, irgendwann mit jemand so viel Gemeinsamkeit zu haben, daß einer für den andern nur noch ein Auftragsbuch ist. So daß man sich im Grunde nichts mehr zu sagen hat als: Tu bitte dies, und vergiß nicht jenes. Wenn ich einen Mann habe, dann will ich für ihn kein Gefängnis sein, aber er auch nicht für mich.«

»Und was hat deine Mutter dazu gesagt?«

»Sie kommt ins Zimmer herein, hat wohl die letzten Sätze gehört, und da sieht sie Emilia und mich ganz komisch an und sagt wie abwesend: Hütet euch, ihr beiden. Sicher, im Freien wächst es sich schneller, aber von zweien, die ins Freie laufen, kommt einer lachend zurück, und der andere verwundet.«

»Aber weggelaufen seid ihr doch.«

»Ja, aber wir wußten damals nicht, was sie eigentlich meinte. Erst viel später habe ich es verstanden, als das mit Emilia passierte. Danach, so war mein Gefühl, war sie zu Emilia noch liebevoller als früher. Obwohl Emilia ...

»Obwohl was?«

»Also, ausgesprochen hat sie es nie. Aber ich hatte manchmal das Gefühl, als ob sie meiner Mutter Vorwürfe macht. Dafür, daß sie uns damals nicht deutlicher gewarnt hat ...«

Dann, heute das Abendessen. Ich saß zusammen mit dem Grafen, Francesca und Rosa am Tisch. Zwei Bedienstete in Livree trugen das Essen auf, die Unterhaltung verlief in den Bahnen höflicher Freundlichkeit – bis der Graf das Gespräch auf Rom brachte:

»Ich will euch eins sagen: Rom ist zwar schmutzig und provinziell geworden, und von Tag zu Tag verfällt es mehr. Aber eines fehlt mir hier in Newyork doch: die römischen Kirchen. Manchmal sehne ich mich nach einer Messe in Rom wie nach einer schönen Oper – allein schon die prachtvolle Ausstattung, die Bilder, die Statuen, die goldenen Leuchter ... wunderschön. Die Liturgie, die Choräle, die geschmückten Meßdiener – ja, ich weiß, hier gibt es das natürlich auch alles. Aber alles viel gröber und roher – nein, das ist nichts für mich.«

Er legte sich ein Stück Fleisch auf den Teller und sah mich an, als trüge ich eine Mitschuld an den amerikanischen Zuständen.

»Hier gibt es Kirchen, da kann jeder aufstehen und anfangen zu predigen, wenn ihm der Sinn danach steht. In anderen haben sie keine Liturgie, sondern sie singen einfach irgendwelches Zeug; wenn es sie packt, dann singen sie sich geradezu in Ekstase, und das nennen sie Gottesdienst. Oder der Priester fängt an zu predigen, er sagt, tut Buße, und von hinten antworten zehn und rufen, jawohl, Buße! Der Priester sagt, das Himmelreich ist nahe, und hundert schmutzige Leute fangen an zu schreien, oh ja, es ist nah – man weiß nie genau, wie es endet. Das hat alles keinen Stil, keine Klasse, keine Kultur – nein, besten Dank ...«

Auf dem Gesicht von Francesca sah ich ein angedeutetes Grinsen. Rosa griff sich ein Stück Fasan, als hätte ihr Vater in die Luft gesprochen. So war denn ausgerechnet ich der einzige, der den Blick des Grafen erwiderte, als sich dieser, in Erwartung einer Antwort, am Tisch umsah.

»Henry«, wandte er sich daraufhin an mich, »ich darf Sie doch Henry nennen, nicht wahr? Nun – würden Sie mir zustimmen?«

»Wissen Sie, Herr Graf –«

»Aber Henry, ich bitte Sie! Nennen Sie mich Ernesto – das genügt in diesem Kreis vollkommen!«

»Danke, Herr – Ernesto. Aber was mich betrifft – ich bin ja nicht einmal katholisch ...«

»Ja, ich habe es gehört. Was mich übrigens ein bißchen gewundert hat. Man sagte mir, in gewisser Weise hätten Sie auch mit dem großen vatikanischen Konzil zu tun.«

»Ganz zufällig, He... – Ernesto. Sozusagen eine Art Auftrag, von einem Freund.«

»Der Herr Calandrelli, nicht wahr? Ist mir kein Unbekannter. Wie man mir berichtete, wollen Sie in seinem Auftrag gegen den Lehrsatz von der Unfehlbarkeit angehen. Aber finden Sie das nicht etwas unangemessen, wo Sie doch Protestant sind?«

Seine Sicht überraschte mich. Ich war es gewöhnt, in dem Konzil auch eine politische Angelegenheit zu sehen, die ganz Europa, wenn nicht die ganze Welt anging. Der Graf dagegen schien es für eine rein innerkatholische Sache zu halten.

Hinterher merkte ich den Widerspruch in seinen Ausführungen: denn da doch der Papst ganz unverblümt den Anspruch erhebt, die ganze Welt müßte seine Gebote befolgen, so gibt es ja logischerweise auch keinen Außenstehenden. Leider fiel mir dieses Argument in meiner Verwirrung nicht ein.

Unangemessen fand ich auch die Vereinfachung, in der mich der Graf quasi als Luigis Agenten bezeichnete; aber

auf dieses Thema wollte ich in seinem Hause lieber doch nicht eingehen. Und so stotterte ich, einigermaßen hilflos:
»Nun, wenn ich ehrlich sein soll –«
»Welche Frage! Natürlich sollen Sie ehrlich sein! Warum sonst sollten sich Menschen unterhalten, nicht wahr?«
Was er auf eine Weise sagte, die mir im nachhinein eher das Gegenteil zu meinen schien. Ich war aber schon zu erregt, und so sagte ich ohne Umschweife:
»Nun gut. Also, ich persönlich halte dieses geplante Dogma für ungeheuerlich. Es widerspricht der Vernunft, es hat keine Grundlage in der Bibel, es beleidigt die Allmacht Gottes.«
Jetzt grinste Rosa, und Francesca schaute besorgt. Der Graf räusperte sich, legte das Messer aus der Hand und musterte mich.
»Darf ich davon ausgehen, mein Lieber, daß Sie dann auch anzweifeln, ob der Heilige Vater in Rom der von Gott beauftragte Nachfolger des Apostels Petrus ist?«
»Ich zweifle es nicht nur an – ich bin fest davon überzeugt, daß es eine ...«
Ich brach ab. Plötzlich wurde mir bewußt, was ich soeben im Begriff war zu tun: nämlich, die Religion des Grafen an seinem eigenen Tisch zu beleidigen.
»Sie zögern, es auszusprechen«, stellte der Graf fest.
»Und das ist auch besser so. Vielleicht sagen Sie mir einmal, wie die Einheit der Kirche aufrechterhalten werden soll, wenn es nicht mit dem heiligen apostolischen Stuhl eine unanfechtbare oberste Instanz gäbe? Wie wollen Sie gewährleisten, daß die heiligen Sakramente in allen Erdteilen auf dieselbe Weise gespendet werden? So daß Sie in Rom und Paris, Berlin und Boston, Madrid und Newyork überall eine katholische Kirche aufsuchen können – und überall sind sie sofort aufgenommen in die Gemeinschaft der Gläubigen!«
»Ich bin nicht sicher«, wagte ich einzuwenden, »ob es wirklich der Wille des Höchsten ist, daß der Gottesdienst überall auf der Welt ähnlich sein soll. Vielmehr denke ich: wenn etwas überall auf der Welt gleich sein sollte, dann doch wohl das Streben nach Wahrheit, Erkenntnis und Vernunft. Entschuldigen Sie, aber das ist meine Meinung.«
Der Graf hatte sich zurückgelehnt. Er schüttelte verachtungsvoll den Kopf; dann brach es aus ihm heraus:

»Vernunft! Erkenntnis! Sagen Sie mir doch, mein Freund – wieviel Leute braucht es denn, um die Wahrheit zu erkennen?«

»In meiner Vorstellung gehören Vernunft, Wahrheit und Gewissen zusammen. Über jedes davon muß jeder selbst entscheiden – da ist jeder für sich die oberste Instanz.«

»Vortrefflich – genau das wollte ich wissen. Die Erkenntnis als Ziel, und die Vernunft als höchste Instanz – und beides muß jeder mit sich selbst ausmachen?«

»Genauso habe ich es gemeint.«

»Aber was«, rief er, »bewirkt denn die Vernunft? Sie haben es gerade gesagt: der Mensch kann sie nur in sich selber finden – also muß er in sich gehen, muß sich innerlich absondern. Vernunft macht einsam – jawohl! Aber der Einsame, mein Freund – der Einsame bleibt nicht lange vernünftig! Oh ja, darum gibt es etwas, das höher und kostbarer ist als die kümmerliche Art von Vernunft, wie sie jeder in sich selbst trägt. Und dieses Kostbare ist – Gemeinschaft!«

Er nahm einen Schluck Wein, räusperte sich und fuhr triumphierend fort:

»Hat Gott vielleicht gesagt: Es ist nicht gut, daß der Mensch unvernünftig ist? Im Gegenteil: Vom Baum der Erkenntnis sollst du nicht essen, hat er gesagt. Warum wohl? Nun, ich habe es Ihnen gezeigt: weil die Vernunft den Menschen einsam macht! Gott aber sagt: es ist nicht gut, daß der Mensch allein sei – die Gemeinschaft ist ein höheres Gut als die Wahrheit! Vernunft schafft keine Gemeinschaft – nur das Mysterium tut es. Das Mysterium der Liebe, und das Mysterium des Glaubens. Also bleiben Sie mir vom Halse mit Ihrer jämmerlichen Vernunft – weil die Gemeinschaft mir kostbar ist, verteidige ich das Mysterium!«

Und in einem Tonfall, der deutlich machte, daß er das Thema als abgeschlossen betrachtete, forderte er mich auf:

»Sie essen ja gar nicht – aber so essen Sie doch! Prost, mein Freund – auf Ihre Gesundheit! Und darauf, daß wir Sie in dieser gemeinschaftlichen Runde begrüßen dürfen!«

Nach dem Essen sagte ich niedergeschlagen zu Francesca:

»Das war sehr dumm von mir, nicht wahr? Von jetzt an wird er mich geradezu hassen, darüber bin ich mir im klaren.«

Sie sah mich ungläubig an. »Meinst du das im Ernst?«
»Natürlich. Warum sollte ich scherzen?«

»Ach, Bruderherz – bei dir ist wirklich Hopfen und Malz verloren! Er hat dich ins Herz geschlossen, hast du das nicht gemerkt? Es kommt nicht oft vor, daß ein Fremder ihm so offen widerspricht, und noch seltener ist es, daß er am Tisch so eindeutig das letzte Wort behält. Wirklich: er hat dich angesehen, als wärst du der Sohn, den er sich immer gewünscht hat – von ihm hast du nur Gutes zu erwarten. Übrigens, so ganz unrecht hat er nicht mit dem, was er gesagt hat ...«

»Und Luisa – deine Mutter? Wird sie uns die Schriften geben, die Luigi aus dem Schacht nach oben gebracht hat? Die Zeit wird immer knapper; ich fürchte, wir kommen zu spät!«

»Sie wird sich entscheiden«, sagte Francesca nachdenklich, »aber ich bin mir nicht sicher, wie.«

82
Der Imam

*Rekonstruktion der Aufzeichnungen
des Luigi Calandrelli (27):*

Vom Gang her hörte ich Klopfzeichen, die einem besonderen Rhythmus zu folgen schienen. Offenbar versuchte jemand, mir irgendwelche Mitteilungen zu machen, aber es gelang mir nicht, den Sinn der Zeichenfolgen zu entschlüsseln. So klopfte ich sie lediglich so gut wie möglich zurück und griff dann erneut zu dem Brief des Gottfried:

Es begann damit, daß mir an einem unserer wildesten und heißblütigsten Offiziere, Don Carlos Guerra, eine seltsame Veränderung auffiel. Er, der sich durch seine Grausamkeit den Beinamen »el Carnicero« erworben hatte, das heißt: der Schlächter, gerade der Schlächter Guerra nun schien in seinem Wesen von Grund auf verändert. Er wurde freundlich und milde, hörte auf zu fluchen und zu saufen, ging Streit und Raufereien aus dem Weg. Zufällig hörte ich von einem maurischen Sklaven, daß sein Name unter den Ungläubigen fast als einziger all unserer Leute mit Hochachtung, ja geradezu mit Verehrung genannt werde. Ich ging der Sache unauffällig nach, und erfuhr folgendes:

Guerra hatte den Kreuzzug im Dienste eines occitanischen Grafen begonnen. Als dieser während der Überfahrt einer schweren Krankheit erlag, ging das Kommando an seinen Stellvertreter über, einen gutherzigen Ritter namens Jean Delacroix, gebürtig daselbst aus der Stadt Verfeil. Kaum hatten wir jedoch das Heilige Land erreicht, als bei einem der ersten Gefechte Delacroix eine leichte Verwundung davontrug, was Guerra zum Vorwand nahm, die Mannschaft zu einer Meuterei aufzustacheln. Delacroix, um den Frieden der Truppe zu erhalten, trat das Kommando an Guerra ab. In dieser Eigenschaft nun legte letzterer eine extreme Grausamkeit an den Tag, besonders während der Plünderung Jerusalems – wenn ihn auch seine Ritterlichkeit davon abhielt, seinen Zorn an Knaben und Frauen auszulassen.

Für die Suche nach heiligen Gedenkstücken hatte er nur Verachtung übrig, ganz anders als die meisten der anderen Ritter, die er denn auch als Knochenkratzer und Lockenwickler verspottete. Trotzdem suchte er gerade die Tempel und Moscheen der Ungläubigen – vor denen viele seiner Kameraden sich eine gewisse Scheu bewahrt hatten – mit besonderem Vergnügen auf: um nämlich deren geheiligte Schränke und Laden aufzubrechen und alles zu rauben, was ihm wertvoll erschien. »Moscheen vom Golde zu befrei'n, kann Gott nur wohlgefällig sein«, höhnte er, wenn er die Gerätschaften von den Altären und Opferstätten in einen riesigen Sack warf; so arg trieb er es mit Spotten und Lästern, daß es sogar manchem seiner wilden Kriegerkameraden angst und bange wurde.

Nun hielten sich in den meisten Tempeln die Priester und Bediensteten verborgen, oder aber sie waren geflohen; Widerstand wagte niemand. Doch geschah es in einer der Moscheen, daß sich ein Wächter dem Guerra und seinen Leuten entgegenstellte; er flehte sie an, sich nicht an den geweihten Gegenständen zu vergehen, es sei denn um den Preis eines unsteten Lebens und ewiger Verfolgung. Guerra lachte und bohrte ihm sein Schwert in die Brust; er habe nichts gegen Verfolgung, rief er, solange er nur unter den Verfolgern wäre. Dann packte er seinen Sack voll und wandte sich zum Ausgang, um mit seinen Kumpanen die Beute davonzutragen.

Plötzlich jedoch tat er etwas, was er, wie mir berichtet wurde, noch in keinem anderen Tempel getan hatte: er stockte für einen Augenblick und schien unschlüssig; dann drehte er sich abrupt um und ging mit der Sicherheit eines Schlafwandlers, ganz so als wäre er diesen Weg schon viele Male gegangen, um Gitter herum und an Säulen vorbei zu der Tür eines kleinen Nebengelasses, die vom Eingang aus gar nicht zu sehen war. Er betrat die Kammer und verließ sie kurze Zeit darauf mit nichts anderem in der Hand als einem silbernen Kelch. Mit diesem trat er noch einmal zu dem am Boden liegenden Wächter, aber nicht, wie seine Kameraden annahmen, um ihm den Todesstoß zu versetzen. Vielmehr kniete er an seiner Seite nieder und hielt seine Hand, während der Wächter, auf den Tod verwundet, ihm noch einige Sätze zuzuflüstern schien.

Hatte schon dieses Verhalten bei den Kameraden Guerras höchste Verwunderung hervorgerufen, so erstaunte sie erst recht, was er nach dem Tode des Wächters tat und anordnete. Er nahm nämlich alle Gegenstände, die er soeben erst geraubt hatte, aus seinem Beutel heraus und stellte sie an ihren alten Platz zurück; einzig den silbernen Kelch behielt er bei sich. Dann gab er zweien seiner Leute Anweisung, am Tor Stellung zu beziehen und weitere Eindringlinge vom Betreten des Tempels abzuhalten. Mit den übrigen (die später angaben, ein zuvor nie gekanntes, nahezu feierliches Gefühl empfunden zu haben) kehrte er ins Quartier zurück, wo er als erstes Sorge trug, daß dem von ihm getöteten Wächter ein ehrenvolles Begräbnis zuteil wurde.

Sodann rief er seine Leute zusammen und teilte ihnen mit, daß er alle aus Tempeln und Moscheen geraubten Dinge als seine persönliche Beute beanspruche. Da er die Mannschaft aus seinem sonstigen Besitz reichlich dafür entschädigte, erhob sich dagegen kein Widerspruch. Was er danach tat, wurde im Durcheinander dieser Tage offenbar nur von wenigen beachtet: er versöhnte sich mit dem vorher von ihm verachteten und gedemütigten Delacroix. Gemeinsam mit diesem muß er Tempel um Tempel heimlich aufgesucht, deren Geistliche aufgespürt und die geraubten Kultgegenstände an ihren Ursprungsort zurückgebracht haben. Anschließend gab er den größten Teil seines Vermögens dafür aus, das Elend zu lindern, in das er und seine Leute bei der Plünderung Jerusalems viele Familien gestürzt hatten.

Von alledem wußte ich noch nichts, als ich den Plan faßte, mit Guerra in nähere Verbindung zu treten; aufgefallen war mir, wie ich erwähnte, lediglich die Veränderung in seinem Wesen. Dieser wollte ich schon deshalb auf den Grund gehen, weil ich die Hoffnung noch nicht aufgegeben hatte, es möchte die Eroberung Jerusalems in unseren Rittern auch eine geistige Erneuerung bewirken. War vielleicht die Verwandlung des Carlos Guerra davon ein Anfang? Mehrmals versuchte ich, ihm in seinem Quartier einen Besuch abzustatten, traf ihn jedoch niemals an. Schließlich hinterließ ich die Bitte, mich im Verlaufe der nächsten Tage einmal aufzusuchen. Ob nun im Zusammenhang mit dieser Einladung oder nicht, jedenfalls ward er vom selben Tag an nicht mehr im Lager gesehen – desgleichen auch Delacroix, mit dem er die letzten Wochen verbracht hatte.

Es wurden verschiedene Mutmaßungen laut, was mit ihnen geschehen sein könnte, darunter die, daß sie in einem erneuten Aufleben ihrer Rivalität sich gegenseitig umgebracht hätten. Andere meinten, sie wären einem Hinterhalt der Sarazenen zum Opfer gefallen; einer meiner Leute jedoch behauptete, Guerra und Delacroix am Tag vor ihrem Verschwinden im Hafen gesehen zu haben: dort hätten sie mit dem Kapitän eines französischen Schiffes gesprochen, welches tags darauf in See stach. Alles das schien mir keinen rechten Sinn zu ergeben, und so ließ ich die Angelegenheit fürs erste auf sich beruhen.

Einige Monate später erhielt ich in meinem Palast einen unangekündigten Besuch. Obwohl ich, gezwungen durch die Vielfalt der mir übertragenen Aufgaben, strenge Anweisung gegeben hatte, niemanden ohne Anmeldung zu mir vorzulassen, hatte die Wache einen maurischen Imam zusammen mit dessen Begleiter passieren lassen, und dies mit einem verschlossenen Kästchen unter dem Arm, in dem sich wohl auch Gift oder eine Waffe hätte verbergen lassen.

Ich sprang auf und wollte nach der Wache rufen, um diese für ihre Nachlässigkeit streng zu rügen. Doch spürte ich sogleich die außerordentliche Ruhe und geistige Kraft, die von dem Imam auszugehen schien. Also lud ich ihn und seinen Begleiter ein, sich zu setzen, klingelte nach Tee, und nahm mir vor, die Bestrafung der Wache auf später zu verschieben.

Der Imam behauptete, in der Hierarchie der muslimischen Priesterschaft keinen der obersten Plätze einzunehmen. Dennoch sprach er mit einer machtvollen Autorität, die mich spüren ließ, daß er, ob durch sein Amt dazu berufen oder nicht, für die Gesamtheit seiner Glaubensbrüder zu sprechen bereit und fähig war. Was er mir mitzuteilen hatte, war, übersetzt von seinem Begleiter, folgendes:

Zunächst, daß der Gott der Muslime kein anderer sei als der, welchen auch die Christen anbeten, nämlich der Eine und Einzige, nenne man ihn Allah oder Jehova. Nun würden aber die Sarazenen, anders als dies umgekehrt der Fall sei, unsern Herrn Jesus keinesfalls verachten, sondern im Gegenteil als Propheten verehren. So wiche denn im Grunde der muslimische Glaube von dem der Christen vor allem in der Frage ab, ob es denn nach Jesus noch weitere Propheten geben könne.

Nun glaube er zu wissen, sagte der Imam an dieser Stelle – und dabei blinzelte er mir zu –, daß es für die Auffassung, wonach denn auch nach dem Tode Jesu durchaus noch Propheten auf Erden erscheinen könnten, auch in der Christenheit machtvolle Verteidiger gäbe – ob dies nicht sogar das Oberhaupt der Christenheit selbst meine!

Wie das, fragte ich verblüfft, denn ich glaubte ihn mißverstanden zu haben. Nun, erklärte er: wie er gehört habe, meinten einige unter den obersten Imamen der Christen, welche sich Päpste oder Heilige Väter nennen, daß ein solcher oberster Imam nicht irren könne, wenn er in Sachen des Glaubens spräche. Offenbar sei er durch sein Amt bereits göttlich inspiriert – was sei dies anderes als die Definition eines Propheten?

Ich bemerkte das Zwingende seines Gedankenganges und erschrak. Doch widersprach ich ihm, um die Ehre des Christentums zu retten, sogleich: ja, es gäbe zwar solche Stimmen, sogar unter gewissen hohen und höchsten unserer Bischöfe, doch sei natürlich das Vortragen solch lästerlicher Gedanken schon ein Beweis für die Fehlbarkeit selbst der höchsten Würdenträger. Habe ich, oh Ehrwürdiger Vater in Rom, dem Imam damit die rechte Antwort gegeben?

Denn wahrlich: eine Kirche, deren Oberhaupt von sich behauptete, bloß durch die Wahl der Bischöfe in den Besitz der unfehlbaren Glaubenswahrheit gelangt zu sein, wäre in der Tat vom Teufel besessen, und also in Ewigkeit verloren. Daher appelliere ich an Eure Heiligkeit – damit wir nicht den Ungläubigen Grund zum ewigen Spotte geben –, solche ketzerischen Ansichten ein für allemal aus unserer Kirche zu verbannen.

Glaubt mir, erwiderte ich dem Imam: wenn in der Christenheit jemals ein Oberhirte von sich behaupten würde, es sei ihm kraft seines Amtes Gottes Wille offenbar, der wäre gewißlich ein Lästerer Gottes und ein Sendbote des Teufels, und die ewige Verdammnis wäre ihm sicher.

Zum Glück beharrte der Imam nicht auf seinem Vergleich. Sondern er sprach noch einmal von der Verehrung, die Jesus auch im Glauben der Muslime genieße. Sodann fragte er mich, ob ich denn wirklich das Anhängen an einem solchen Glauben schon für ein todeswürdiges Verbrechen erachtete? Und ob ich meinte, Gott in seiner Güte würde allen unseren christlichen Rittern das Heil gewähren, hingegen alle diejenigen, die auf seiten der Sarazenen im Kampf gefallen seien, in Ewigkeit verwerfen? Oder ob Gott einen Christen, der Übles tue, lieber sähe als einen Heiden, der ein gutes und hilfsbereites Leben führte? Auch dies konnte ich nicht guten Gewissens behaupten, woraufhin mir der Imam folgende Frage stellte: ob denn Christus und der Gott der Christen wünschten, die Verbreitung ihres Glaubens mit dem Schwerte zu erzwingen?

Nein, sprach ich, denn der echte Glaube kommt allein durch Gottes Erleuchtung.

Als wir uns so weit einig sahen, kam der Imam zum eigentlichen Anlaß seines Besuches. Er habe, so sagte er, mir eine Bitte vorzutragen, welche für ihn und seine Glaubensbrüder, aber auch für den Frieden zwischen den Völkern von hoher Bedeutung sei. Und er habe den Auftrag, mir zum Zeichen für die Ernsthaftigkeit seiner Bitte ein weiteres Unterpfand zu überreichen, welches er selbst höher schätze als alle Reichtümer Salomos.

Worum er aber bitte, sei dies: daß die Muslime, welche denselben Gott wie die Christen anbeteten und auch Jesus als Propheten verehrten, in der Stadt Jerusalem ihre Moscheen wieder öffnen und daselbst ihrem und unserem Gott die geschuldete Ehre erweisen dürften. Das Unterpfand aber, das er mir nunmehr überreichen wolle, bitte er mich stellvertretend für die gesamte Christenheit entgegenzunehmen, und weiterzuleiten an den Heiligen Vater in Rom.

Mit diesen Worten gebot er seinem Begleiter, das mitgebrachte Kästchen zu öffnen. Was ich vor mir sah, war jene Schale, die mein Sendbote zusammen mit diesem Schreiben Eurer Heiligkeit überbringt. Und ich weiß nicht, ob es die Würde des Geistlichen war, mit der er mir das Präsent überreichte, oder aber die Kraft und die Wirkung desselben: daß ich nämlich mich von meine Stuhle erhob und tief verneigte, und daß ich, kaum daß ich die Schale wenige Augenblicke betrachtet hatte, das Bedürfnis verspürte, mich auf die Knie zu werfen und über die Größe und Gnade Gottes nachzudenken – was ich gewißlich getan haben würde, wenn nicht der Begleiter des Imam das Kästchen geschlossen und vor mich auf den Tisch gestellt hätte.

83
Unfehlbare Zündhölzer

Meldungen aus den »Berlinischen Nachrichten«:

Paris, 28. März 1870. [Bonaparte.] Die Freisprechung des Prinzen Bonaparte bildet hier selbstverständlich das alleinige Tagesgespräch. Da das Urteil selbst gesetzlich keiner Besprechung unterworfen werden darf, beschränken sich die Zeitungen auf sehr einfache Demonstrationen. Der *Rappel* schreibt: »Der Prinz Pierre Bonaparte ist freigesprochen. Wenn die republikanischen Blätter es allein ankündigten, so würde man natürlich glauben, sie verleumdeten das Kaiserreich. Aber man braucht nur die Zeitungen der Regierung zu lesen, und man wird sehen, daß das Kaiserreich es eingesteht. Die Bürger haben also in Zukunft nur noch Eins zu tun: sie müssen Revolver kaufen, sich vor den Prinzen hüten und sich selbst beschützen.«

Paris, 31. März 1870. [Ecole de médecine.] Gestern erneuerten sich die stürmischen Scenen in der Vorlesung von Dr. Tardieu, Professor an der medizinischen Facultät, auf dessen Aussage hin der Gerichtshof in Tours für den Prinzen Bonaparte eine Notwehrsituation angenommen hatte. »Hinaus mit ihm! Mann des Bonaparte! Demission!« so hieß es. Zu anderweitigen Demonstrationen hat die Freisprechung des Pierre Bonaparte bis jetzt noch nicht Anlaß gegeben.

Rom, 1. April 1870. [Unfehlbare Zündhölzchen.] Die Fabrikation von Schwefelhölzchen ist fast die einzige Industrie, die im Staate Sr. Heiligkeit gedeiht. Die feinste Gattung eines Fabrikats aus Viterbo trägt den Namen *Fiammiferi infallibili*, unfehlbare Zündhölzchen; unfehlbar deshalb, weil sie beim ersten Anstriche sofort Feuer fangen sollen. Nun wollte es das Unglück, daß der Papst in seinem Zimmer eine Schachtel mit der verhängnisvollen Aufschrift erblickte. Er sei, heißt es, ganz außer sich gewesen, weil er die Sache für einen Hohn genommen habe; die Anwendung der Etikette wurde daraufhin von der römischen Polizei verboten. — Obwohl die Zündhölzer leider nicht halten, was sie versprechen, zeigt dies doch, in welch reizbarem Zustand der Papst sich gegenwärtig befindet.

Paris, 5. April 1870. [Schließung der Medizinschule.] Der Rat der medizinischen Facultät beschloß heut mit 16 gegen 4 Stimmen, die medizinische Schule bis zum 1. Mai zu schließen. Vorausgegangen waren erneute stürmische Scenen, in denen der Rücktritt von Professor Tardieu gefordert wurde.

Osaka, 5. April 1870. [Eisenbahn.] Die letzten Nachrichten melden, daß bereits alle Vorkehrungen getroffen sind, um die ersten Eisenbahnen hier einzuführen. Die erste Linie soll Yeddo und Osaka, die alte und die neue Hauptstadt mit einander verbinden, und dann sollen Zweigbahnen von Yeddo nach Yokohama und von Osaka nach Tjurnga gebaut werden. Die Bahnen werden Eigentum der japanischen Regierung sein und von einer Anzahl englischer Ingenieure gebaut werden.

Berlin, 7. April 1870. [Öffentliche Gesundheit.] Gegenstand der gestrigen 36. Sitzung des Norddeutschen Reichstages war die Frage der öffentlichen Gesundheit. Abg. Graf Münster führte aus: es handle sich darum, den Menschen reine Luft, reinen Boden, reines Wasser und unverfälschte Nahrung zu geben. Namentlich müßten die Nahrungsmittel untersucht und die Resultate veröffentlicht werden, damit die Leute beim Kaufen und Consum vorsichtig seien.

Abg. v. Bunsen erklärte: »Die Zeit wird kommen, wo für dieses Thema ein förmlicher Fanatismus entstehen wird. Überall mehren sich die Zeichen des Fortschritts. Bald werden wir hoffentlich nicht mehr die Klageworte Virchow's hören müssen, der forderte: Erst Gesundheit, dann Bildung.«

Berlin, 10. April 1870. [Concil und Protestantismus.] Wir haben gestern die merkwürdige Betrachtung Macaulay's über die Confessionen mitgeteilt: obgleich Wohlstand, Bildung und Kenntnisse in den protestantischen Ländern weitaus schneller fortgeschritten sind als in den katholischen, steht der Katholicismus noch immer unüberwunden da. Weiter als vor dreihundert Jahren ist der Protestantismus nicht vorgedrungen. Und jetzt urteilt das »unfehlbare« Concil:

»Jedermann weiß ja, daß die Ketzereien, welche die Tridentinischen Väter verdammt haben (damit ist der Protestantismus gemeint), indem man die göttliche Unterweisung der Kirche verwarf und die religiösen Dinge dem Urteil jedes Einzelnen preisgab, allmählich in vielfache Secten sich aufgelöst haben, durch deren gegenseitige Widersprüche und Stänkereien endlich jeder Glaube an Christum bei Vielen erschüttert ist.«

Paris, 12. April 1870. [Die Mediziner.] Die Mediziner versammelten sich gestern erneut in der Turnanstalt der Rue de la Sorbonne. Sie protestierten gegen die Schließung der Facultät und bestanden mit einer Majorität von 676 gegen 31 Stimmen auf der Entlassung von Tardieu. Über einen dritten Antrag, der verlangt, daß die in den Hospitälern beschäftigten Studenten ihre Stellen niederlegen, wurde noch kein Beschluß gefaßt.

Rom, 13. April 1870. [Censur.] Großes Aufsehen verursacht die hier angeordnete Beschlagnahme der Schrift des Bischofs v. Ketteler. Diese Maßnahme liefert eine treffliche Illustration von der angeblichen Neutralität des Papstes und der Freiheit, die man den Bischöfen zum Austausch ihrer Gedanken gelassen hat.

Rom, 20. April 1870. [Brief vom Concil.] Dr. Pichler schreibt uns aus Rom: Man staunt hier oftmals über die liberalen und verständigen Grundsätze so mancher Bischöfe und Priester, selbst manches Monsignore, die in vertrautem Freundeskreise kundgegeben werden. Freilich muß dies ganz im Geheimen geschehen. Besonders die deutschen Bischöfe werden in Rom die Erfahrung gemacht haben, daß der römische Clerus unter den Augen des Papstes und der Cardinäle weit weniger in kleinlicher Weise bevormundet ist, als der deutsche. Der römische Abbé geht ohne Bedenken in jedes Café, er geniert sich nicht im geringsten, auf offener Straße mit Personen des anderen Geschlechts zu verkehren oder gemeinsam mit Damen auf dem Corso zu fahren, er raucht gemütlich seine Cigarren u.s.f.

84
Ich bin der Ich bin

Wenn jemand behauptet, Gott wirke nicht auf den Menschen und die Welt ein – der sei verflucht.
    Pius IX., Syllabus errorum

Tagebuch des Heinrich Wilhelm Lehmann:
Newyork. Pfingstmontag, 6. Juni 1870

Als ich heute zum Frühstück kam, war Francesca schon fertig.
»Hast du mit deiner Mutter gesprochen?« fragte ich.
»Sie ist in ihrem Zimmer«, sagte Francesca. »Gerade hat sie mich rufen lassen. Aber eine innere Stimme sagt mir: sie wird dir nicht geben, was du dir wünschst.«
»Ich hoffe, du irrst dich«, sagte ich. Aber ich merkte, wie enttäuscht ich war – ganz so, als hätte mir Francesca schon die Entscheidung mitgeteilt.
Sie ging zu ihrer Mutter wie zu einer Urteilsverkündung.

Ich setzte mich ins Salonzimmer und versuchte zu lesen. Es dauerte fast zwei Stunden, bis Francesca zurückkam. Sie wirkte ernst und müde.
»Ich seh's dir an«, sagte ich. »Sie gibt die Schriften nicht heraus. Ist es so?«
»Ach«, sagte Francesca, »es ist alles anders. Sie wird dir die Schriften geben, oder jedenfalls Vollmacht, darüber zu verhandeln. Wenn du ihre Bedingungen akzeptierst.«
»Verhandeln? Bedingungen?«
»Komm«, sagte Francesca, »setz dich erstmal hin. Das Beste wird sein, ich erzähle dir das Ganze von Anfang an.«
Ich setzte mich aufs Sofa, Francesca machte es sich in einem Sessel bequem. Ein wenig fühlte ich mich an die Zeit des Vorlesens in Paris erinnert, wenn auch mit umgekehrten Rollen.
»Sie hat heut nacht eines ihrer Gesichte gehabt«, berichtete sie. »Darum wollte sie auch die letzten Tage niemanden sehen. Ach Enrico – für mich war es auch nicht leicht. Sie lag im Bett –

schien so erschöpft, als hätte sie eine schwere Krankheit hinter sich. Immer wieder hat sie lange Pausen gemacht. Ich konnte dann förmlich sehen, wie ihr die Vision von heute nacht wieder vor Augen stand – als ob es ihr Schmerzen bereitet hätte.

Als ich reinkomme, sagt sie erstmal gar nichts, deutet nur auf den Stuhl neben ihrem Bett. Nach einer Weile sagt sie: ›Ich habe Ihn gesehen.‹

Dann: ›Er war bei mir, Er hat sich mir offenbart – und das waren Seine Worte: Höre Mich, Luisa, Meine Tochter, denn Ich will zu dir sprechen. Dies aber ist es, was Ich dir mitteilen will, auf daß du es wissest und bewahrest und verwendest nach Meinem Willen.

Denn Ich bin, der Ich bin, und der Ich sein werde von Ewigkeit zu Ewigkeit. Und Ich habe die Welt geschaffen in sechs mühevollen Tagen, und schuf sie im Schweiße Meines Angesichtes, und was Ich an Kraft hatte, zu schaffen und zu formen, das ist in diese Welt geflossen und wird in ihr sein von Ewigkeit zu Ewigkeit.

Und als Ich am Ende war nach den schrecklichen Mühen der Schöpfung, da wich Meine Kraft von Mir, und ermattet lag Ich darnieder.

Und Ich sah, daß es gut war.

Ich sah, daß es gut war fürs Gewürm und Gesträuch, und gut fürs Getier und alles was da kreucht und fleucht, und gut auch für die Kreatur, die Ich schuf nach Meinem Bilde: das Menschlein, welches im Schlamme sich wälzt der Erde und der Gedanken.

Und Ich sah den Menschen sich erheben und Meiner vergessen, und sah ihn sich zum Herrn machen dessen, was Ich schuf, auf daß es ihm untertan sei und diene bis ans Ende seiner Tage.

Ich sah das Kommen und Gehen und Leben und Blühen und Sterben, und sah das Glühen und Vergehen der Gestirne, und sah in die fernste Ferne und weiter in weiteste Weiten, und Ich sah was Ich sah im Lichte Meines Allwissens.

Ich aber, der Ich in Mühsal Mir eine Welt schuf, die zu betrachten Meine Wonne sein sollte in Ewigkeit – Ich sah dies: daß von nun an auch Ich ein Gefangener sein würde der Welt, welche Ich geschaffen. Und würde der Gefangene sein Meines eigenen Allwissens: denn da doch all Meine Schöpferkraft in diese Welt geflossen, so würde Ich nichts Neues mehr sehen unter dem Himmel von Ewigkeit zu Ewigkeit, im Lichte Meines Allwissens.

Und Ich stöhnte auf in Meinem Leid: denn Mich ödete.

Da weinten die Engel, welche Mich umgaben; Raphael weinte und Gabriel, und weinte auch der lichttragende Luzifer; er, der Mir der liebste war unter den Engeln, er weinte am tiefsten.

Und da Mich die Engel sahen in Meinem Leid, da sprach der Engel Gabriel zu Mir: Herr, sprach er, Du, Dessen Wille geschehe: Du sollst Dir einen Widersacher schaffen.

Wiederum stöhnte Ich auf, und Ich sprach zum Engel Gabriel: Mitnichten. Denn Ich, der Ich all Meine Kraft zu schaffen und zu formen in diese Welt gelegt habe – Ich kann nicht mehr schaffen.

Da weheklagten die Engel, und Raphael sprach zu Mir: Herr, sprach er, Du, Dessen Wille geschehe – so wähle Dir einen von uns: auf daß er Dir ein Widersacher sei.

Und Ich sah Mich um im Kreise der Engel, und sah sie weinen in tiefer Qual, und Ich sprach zu ihnen in Meinem Ratschlusse: So soll es sein. Der Mir der Liebste ist von euch allen, der soll von Meiner Seite weichen, und soll in der Finsternis hausen und Mein Widersacher sein, und alle Macht, die Ich habe, will Ich mit ihm teilen.

Da schrie Luzifer auf, und er stürzte Mir zu Füßen und weinte und klagte und sprach: Herr, Dein Wille geschehe.

Und Ich hieß ihn sich erheben und sprach zu ihm: So sei es. Du sollst Mein Widersacher sein und sollst Mir widerstreben fortan und in Ewigkeit, und die Seele des Menschen soll unser Schlachtfeld sein. Was Ich an Macht habe, das sollst auch du haben, und was Mir an Kraft geblieben, will Ich mit Dir teilen. Hingehen sollst du unter die Menschen und mit Mir ringen um ihre Seele, und magst sie locken und drohen nach deinem Begehr, und nichts soll dir verwehrt sein, als was auch Mir verwehrt ist.

Denn da die Schöpfung getan und alles Leben und Sterben in die Welt gelegt ist, so ist Mir die Kraft genommen zu schaffen, es sei denn nach den Gesetzen dieser Welt, und genommen die Kraft zu zerstören, es sei denn nach den Gesetzen dieser Welt. Was also einer von uns zu erschaffen gedenke in der Welt des Menschen, das sei geschaffen durch des Menschen Hand, und was einer zu zerstören gedenke in der Welt des Menschen, das sei zerstört durch des Menschen Hand.

So gehe denn hin und ringe mit Mir um des Menschen Seele: ob er Mir folge und Meinem Willen, und der Liebe, die

Ich in ihn gelegt, oder aber dir und deinem Willen und deinem Gebote.

Luzifer aber erhob seine Stimme zu Mir und sprach: Herr, sprach er, Du, dessen Wille geschehe – Du, der Du all mein Tun und Trachten im voraus erkennest, im Lichte Deines Allwissens – wie kann ich Dir Widersacher sein?

Ich aber sprach zu ihm: Höre, Luzifer, der du hinfort Mein Widersacher sein sollst – Ich, der Ich bin und sein werde von Ewigkeit zu Ewigkeit, Ich will Mein Allwissen von Mir tun um dieses unseres Kampfes willen.

Ich will es dahingeben in jedes einzelne der Myriaden Atome des Universums, und um ein jedes seiner Atome soll Mein Allwissen sich klammern und winden für Myriaden Jahre, auf daß es sich in sich selbst verschlinge und nicht mehr wisse, ob eines von allen Atomen nach rechts fallen will oder nach links.

Und die Welt, die Ich schuf, will Ich freigeben, und soll Mein Allwissen verloren sein in den weitesten Weiten des Universums, auf daß es sich verliere in den fernsten Fernen des Himmels und der Erde, um dieses unseres Kampfes willen.

Und Ich tat Mein Allwissen von Mir, und ließ es vergehen in den fernsten Fernen des Universums, und was an Kraft und Macht Mir verblieben war nach den Mühen der Schöpfung, das gab Ich ihm zu gleichen Teilen.

Da wich er von Meiner Seite und flog hinab, zu hausen in der finstersten Finsternis, auf daß er fortan mit Mir ringe um die Seele des Menschen, bis an das Ende seiner Tage.

Und der Satan ging hin und verwirrte die Geister der Menschen. Und er ging zu Meinem Sohne Kain und sprach zu ihm: Siehe, du sollst Priester werden. Dein Wort soll den Menschen Gesetz sein, und soll ihnen gelten gleich dem Worte Gottes, denn dir, der du Priester bist, soll Gottes Wille offenbar sein.

Dies aber ist es, was du verkünden sollst: nicht sei hinfort des Menschen Gebet wie das Springen der Lämmer: heute hier, morgen dort, heute wenig, morgen viel. Sondern es sei wie die Furche, die du pflügst, oder die Gestirne am Himmel: am festen Orte, eines neben dem andern, in ewiggleicher Form, so soll dein Opfer sein und dein Gebet, und sollst es dem Volke lehren.

Und Kain ward Priester und predigte dem Volk, Mein Sohn Abel jedoch spottete seiner Worte. Denn Abels Opfer und Gebet war wie das Springen der Lämmer: heute hier, morgen dort, heute wenig, morgen viel. Ich aber verschmähte das Opfer des Kain, und Ich liebte das Opfer des Abel. Denn Ich, der Ich Mein Allwissen dahingab, alldieweil es Mich ödete – Ich, der Ich die Seele des Menschen will, und nicht seine Worte – Ich haßte das Einerlei des Kain und sein geplappertes Gebet.

Da ergrimmte der Priester Kain in seinem Zorn, und er erschlug den Abel, da ihm doch der Satan verheißen: dein Wort soll den Menschen Gesetz sein, und soll ihnen gelten gleich dem Worte Gottes, und der Wille Gottes soll dir offenbar sein.

Ich aber sprach: es soll niemand den Kain anrühren ob dieses Mordes. Sondern er trage fortan auf der Stirn das Zeichen des Priesters: das Kreuz des Gottesverräters.

Und Ich fuhr fort, die Herzen derer zu erleuchten, die Ich liebte, doch fest in der Hand des Teufels blieben die Herzen der Priester. Und sie gingen hin und sprachen: es ist Gottes Wille, daß der Bischof der Hauptstadt über allen Bischöfen sei, und sollen die Gläubigen des Herrn ihm untertan sein auf der ganzen weiten Erde. Und Ich hörte den Satan in der Finsternis lachen, dieweil es seine Worte waren, die sie sprachen. Denn er, der Satan, weiß es wohl: weniger gilt Mir die Hauptstadt eines Reiches als die Feder eines fliegenden Spatzen, und der Bischof daselbst weniger als des Spatzen Furz.

Sie fuhren aber fort sich zu überheben, und zwangen Völker und Fürsten unter ihre Knute, und in Meinem Namen brannten und mordeten sie Meine liebsten Söhne: den Jesus, den Huß, den Bruno. Und nun bin Ich es leid.

Dies aber ist es, was Ich beschlossen in Meinem Ratschlusse: Ich will das Zeichen des Kain erneuern, und es soll auf die Stirn gebrannt werden dem römischen Priester, welcher der Nachfolger ist des Kain und seiner Tat. Und es ist Mein Wunsch und Wille, daß der, welcher jenem Verworfenen das Zeichen einbrenne, niemand anderer sei als er selbst. Darum wird sich der römische Priester erheben von seinem Stuhle, dener den heiligen nennt, und sprechen wird er und aussprechen die schrecklichste Überhebung, welche die Erde gehört seit Menschengedenken. Was dem Kain verheißen ward in des Satans Lügen, und was selbst Kain nur sehnte und auszusprechen nicht wagte, das wird er aussprechen: daß ihm Mein Wille offenbar sei, ihm und allen vor und nach ihm im Amte, und daß er untrüglich die Wahrheit verkünde in den Dingen des Glaubens.

Und sei diese Lästerung fortan das Zeichen auf seiner

Stirn, und soll sein wie das Zeichen des Kain: auf daß ihn niemand erschlage um dieser seiner Lästerung willen, sondern ein jeder sich abwende in gottesfürchtigem Entsetzen. Denn es weiß ja ein jeder unter den Menschen: daß keiner von Meinen wahrhaft erleuchteten Söhnen dies je zu behaupten gewagt. Nicht Abraham und nicht Jakob, nicht Moses noch Salomo noch David, Jesaja nicht und nicht Jonas, selbst nicht der Täufer Johannes und auch nicht Mein Sohn Jesus wagten doch diesen Frevel: sich selber untrüglich zu nennen und Meines Ratschlusses kundig.

Darum ist dies Mein Wille: es trage der römische Bischof fortan das Zeichen des Kain, auf daß es offenbar werde jetzt und in alle Zeiten: dieser da ist des Satans.

Du aber, Meine Tochter, sei sanft wie die Tauben und klug wie die Schlangen, auf daß du die Schriften, welche Ich in deine Hand gegeben, verwenden mögest zu Nutz und Frommen der Menschen. Gedenke des Schlammes, aus welchem der Mensch geboren, so wird deine Klugheit dir gewißlich den Weg weisen.

Nur eines sollst du nicht tun: bei der Strafe Meines Zornes sollst du das Zeichen nicht hindern, welches der römische Bischof daselbst sich einbrennen soll zum ewigen Gedenken – das Zeichen des Kain, welches da heißt Untrüglichkeit –, das Zeichen sollst du nicht hindern.‹«

Francesca lehnte sich zurück, als hätte sie der Bericht nicht weniger angestrengt als ihre Mutter.

»Also, jetzt weißt du es: das war ihre Vision. Sie hatte gerade noch Kraft für zwei, drei Sätze: daß ich dir von dem Traum erzählen soll, und daß du die Schriften – also ich weiß, nicht, ob ich sie richtig verstanden habe.«

»Nun sag's schon! Spann mich nicht wieder auf die Folter!«

»Ich spann dich nicht auf die Folter, Enrico – bloß, ich will dir ja auch nichts Falsches erzählen. Ich habe sie wirklich so verstanden, daß du die Schriften ... also, sie hat gesagt: Sie sollen die Schriften haben, wenn sie unbedingt wollen; Enrico wird es ihnen mitteilen. Das hat sie wörtlich gesagt, wirklich und wahrhaftig. Und dann ist sie mitten im Satz eingeschlafen.«

85
Die Notdurft des Propheten

*Rekonstruktion der Aufzeichnungen
des Luigi Calandrelli (28):*

Ich griff zum Hammer und schlug einige Male gegen die Wand; dann las ich weiter in dem Brief des Gottfried:

Im folgenden, oh Heiliger Vater, will ich so getreulich wie möglich wiedergeben, was mir der edle Imam über die Herkunft der Schale berichtete.

Es sei überliefert, so sprach er, daß Jesus einst in Magdala zu Gast war im Hause des Pharisäers Simon. Es lebte aber in dieser Stadt eine Frau mit Namen Maria, die war eine Sünderin, und als sie hörte, daß Jesus in der Stadt war, da ging auch sie in das Haus des Pharisäers, und bei sich trug sie eine Schale aus Alabaster, gefüllt mit kostbarer Salbe. Sie trat an den Platz des Herrn und setzte sich zu seinen Füßen, wo sie zu weinen begann, und sie benetzte seine Füße mit ihren Tränen, und trocknete sie mit den Haaren ihres Hauptes. Und sie küßte seine Füße und salbte sie mit ihrer Salbe, bis endlich die Schale leer war und das Haus vom köstlichen Duft erfüllt war.

Als der Pharisäer, der Jesus eingeladen hatte, das sah, da sagte er bei sich selbst: Wäre dieser ein Prophet, dann wüßte er, wer ihn da anrührt und küßt, nämlich eine Sünderin. Jesus aber erkannte seine Gedanken und sprach zu ihm: »Simon, ich habe dir etwas zu sagen. Es war einmal ein Geldverleiher, der hatte zwei Schuldner. Der eine war ihm fünfzig Denare schuldig, der andere fünfhundert. Und weil sie nicht bezahlen konnten, schenkte er es ihnen beiden. Welcher von beiden, so denkst du, wird ihn nun mehr lieben?« Und Simon antwortete: »Ich denke der, dem er das meiste erlassen hat.« Da sprach Jesus: »Du hast recht geurteilt.« Und indem er sich zu Maria hinwandte, fragte er den Simon: »Siehst du diese Frau? Ich bin in dein Haus gekommen, und Wasser für die

Füße hast du mir nicht gegeben; sie aber hat meine Füße mit ihren Tränen benetzt und mit ihren Haaren getrocknet. Einen Kuß hast du mir nicht gegeben, sie aber hat, seit sie hereingekommen ist, nicht aufgehört, meine Füße zu küssen. Du hast mein Haupt nicht gesalbt; sie aber hat meine Füße mit Öl gesalbt. Deshalb sage ich dir: ihre vielen Sünden sind ihr vergeben, denn sie hat viel geliebt; wem aber wenig vergeben wird, der liebt wenig.«

Als nun nach dem Essen einige Zeit vergangen war, während derer Jesus nicht aufhörte zu lehren und zu predigen, da sei ihn ein menschliches Bedürfnis angekommen. Er gedachte vor das Haus zu treten, um dort seine Notdurft zu verrichten; doch hatten sich auch um das Haus herum viele Kranke und Neugierige eingefunden. So trat er zurück ins Haus, und als Maria sein Bedürfnis erkannte, habe sie ihm die geleerte Salbenschale überreicht und ihn in eines der hinteren Gemächer geführt, auf daß er dort seine Notdurft verrichte.

Es habe nun Simon der Pharisäer die Maria dafür gescholten, daß sie im Angesicht der übrigen den Mantel der Scham aufgedeckt habe von Dingen, welche auszusprechen schamlos sei. Jesus aber, da er die Worte des Simon vernahm, habe ihm solches verwiesen: »Diese Frau«, so sprach er, »hat abermals das bessere Teil erwählt. Wohl dem, welcher nicht nur Hunger und Durst des Menschen stillt, sondern auch seiner Notdurft gedenkt. Denn auch diese ist ein Teil des Menschen, und wer sich seiner Notdurft schämt, der schämt sich seiner Schöpfung. Und siehe«, sprach Jesus, »nicht Gott der Herr war es, welcher den Menschen die Scham lehrte, sondern die Schlange, die ihn den verbotenen Apfel essen hieß. Darum kennen die unschuldigen Kinder in ihren Windeln keine Scham, auch nicht die verwirrten Greise, die Kot und Wasser unter sich lassen. Dies ist des Menschen Los: geboren in Kot und Notdurft, gestorben in Kot und Notdurft, dazwischen ein Leben in Notdurft, von Scham verhüllt. Ich aber sage euch: wenn ihr nicht werdet wie die Kinder, werdet ihr nie das Reich der Himmel schauen.« Und da er so gesprochen, da reuten den Simon seine Worte, und die übrigen priesen Jesu Weisheit.

Maria aber, erfüllt vom Geiste des Herrn, trug die Schale mit sich in ihr Haus, wo sie dieselbe in einer der Kammern abstellte und vergaß. Erst als sich das Schicksal Jesu erfüllt hatte, und Trauer und Jammer herrschten unter den Jüngern und Gläubigen des Herrn, da gedachte sie der Schale, und sie ging in die hinteren Gemächer, sie zu suchen. Und als sie die Schale ergriff, da spürte sie, wie ein tiefer Friede über sie kam und ihr Herz erfüllte, und ein Duft von Manna und Myrrhe füllte den Raum. Da erkannte Maria die Gegenwart des Herrn, und sie fühlte ihr Herz erhoben und ihre Seele getröstet. Und sie verwahrte die Schale wohl in ihrem Hause, und fand Segen für sich und ihre Kinder und Kindeskinder.

Als der Imam so weit berichtet hatte, erhob und verneigte er sich. »Dies«, so sprach er, und wies mit der Hand auf das Kästchen, das er mir überreicht hatte, »dies ist jene Schale der Maria Magdalena. Damit nun haben wir euch Christen die beiden einzigen Dinge übergeben, von denen wir gewiß sind, daß sie durch die Berührung Jesu geheiligt wurden. Mögen sie von jetzt an ihre Kraft unter euch entfalten: auf daß endlich Frieden herrsche unter denen, welche denselben Gott anbeten, und sich das Wort Gottes nicht mehr in Blut und Leid offenbare. Mein Wunsch ist, daß der Heilige Vater in Rom dies ebenso empfinde, wie ich es bei dir, mein Sohn, spüre: auf daß im heiligen Jerusalem bald Kathedralen und Synagogen und Moscheen in Frieden darum wetteifern, wer Gott den Herrn mit seinen Taten am innigsten preise. So sei gesegnet, mein Sohn, und Gott schütze dich!«

Mit diesen Worten schickte er sich an, mich zu verlassen; ich aber sprach zu ihm: »Ehrwürdiger Imam, gestattet mir eine Frage. In Eurer Rede von den heiligen Gegenständen, welche Ihr in die Hände der Christenheit gabt, erwähntet Ihr deren zwei. Einer der beiden steht nun vor mir. Jedoch, mit Verlaub: welches ist der zweite?«

Der Imam sah mich an, als hätte ich einen Scherz gemacht. Als er merkte, daß es mir mit der Frage ernst war, neigte er sich in väterlicher Haltung zu mir und antwortete: »Mein Sohn, wie ich sehe, hat dich die Schale der Maria Magdalena verwirrt. Was deine Frage betrifft: wovon sonst hätte ich sprechen sollen, wenn nicht vom Kelch der Kelche, dem heiligen Kelch des Blutes, jenem Kelch, den euer hochedler Don Carlos Guerra an sich nahm? Von diesem aber schwur er, daß er nicht ruhen noch rasten würde, als bis der Kelch den Ort seiner wahren Bestimmung erreicht habe: dort, wo das Herz der Christenheit schlage. Nun kenne ich das edle Wesen des Carlos Guerra, erst recht aber die Macht, welche der Kelch über diejenigen ausübt, die ihm zu dienen erwählt sind. Deshalb bin ich sicher, daß er seinen Schwur erfüllt hat, und daß der heilige Kelch sich längst in Rom befindet – da mir doch alle eure Ritter berichten, daß dort das Herz der Christenheit schlage. Daß aber deinem Gedächtnis, mein Sohn, das Vorhaben des Guerra entfallen konnte, freut mich in gewisser Weise: es zeigt, daß die Schale der Maria auf euch Christen wohl noch stärker wirkt als auf unsere Gläubigen. Möge sich denn ihre Kraft erst recht in Rom bewähren, auf daß die Verehrer des Einen Gottes bald in Frieden miteinander leben können. Allah sei mit dir!«

Mit diesen Worten verließen mich der Imam und sein Begleiter; ich aber stand da wie vom Donner gerührt. So wäre denn – der Kelch des Carlos Guerra – der Heilige Gral?

Ob dem so ist oder nicht – die Mitteilung des Imam beunruhigt mich aufs höchste. Denn ich habe keinen Grund, seinen Worten zu mißtrauen, zumal sie die Beobachtung meines Dieners bestätigt. Ganz rätselhaft aber ist mir, weshalb Guerra und Delacroix in aller Heimlichkeit abreisten. Ich hätte ihre Absicht, den Heiligen Gral in die christlichen Lande zu bringen, nach Kräften unterstützt, und ihnen überdies zu ihrem Schutze eine Anzahl erprobter Krieger zur Seite gestellt. Oder sollte es sein, daß sie meine freundliche Fürsorge vielleicht nicht weniger gefürchtet hätten als eine mögliche Ablehnung ihres Ansinnens?

Auch der Schwur des Guerra erscheint mir rätselhaft. »Dorthin, wo das Herz der Christenheit schlägt«, gelobte er den Gral zu bringen – warum also sprach er nicht von Rom?

Was mir in diesem Zusammenhang zu denken gibt, ist die Herkunft des Delacroix. Sein Geburtsort liegt nicht weit entfernt von der Stadt Albi, in welcher sich bekanntlich in den letzten Jahrzehnten gewisse ketzerische Ideen ausgebreitet haben. Sollte Delacroix denselben heimlich angehangen haben? So daß sich Guerra – feurigen Geistes und Feind jeglicher Lauheit – nach seiner Wandlung diesen Gedanken angeschlossen hätte?

Gewiß sind dies haltlose Spekulationen, die wahrscheinlich beiden Rittern schweres Unrecht antun. Dennoch möchte ich Eure Heiligkeit bitten, in der Umgebung der Stadt Albi Erkundigungen über den Verbleib des Delacroix einzuziehen. Desgleichen sollte in Genua und in den übrigen Hafenstädten nach dem Schiff »Victoire de la foi« geforscht werden, mit welchem die beiden gesegelt sein sollen. Falls das Schiff seinen Bestimmungsort nicht erreicht haben sollte, bestünde auch die Möglichkeit, daß es Piraten in die Hände gefallen ist. Da jedoch derzeit alle Schiffe, die vom und zum Heiligen Land segeln, zahlreiche kampferprobte Krieger an Bord tragen, scheint mir dies eher unwahrscheinlich.

Ich möchte dieses Schreiben nicht beenden, ohne Eurer Heiligkeit das Anliegen des Imam noch einmal ans Herz zu legen. Eine Entscheidung habe ich in dieser Sache noch nicht gefällt, doch habe ich eine Konferenz abgehalten, in der ich die übrigen Befehlshaber nach ihrer Meinung befragt habe. Unter diesen stieß die Bitte, daß die Muslime ihre Moscheen wieder öffnen dürften, zuerst auf heftigste Ablehnung. Ich habe daraufhin die Schale der Maria Magdalena unauffällig in den Raum bringen lassen, auch deshalb, um ihre Kraft gemäß meiner eigenen Überzeugung zu prüfen. Und ich muß sagen, daß ich das Ergebnis nicht für möglich gehalten hätte, und auch jetzt noch für unfaßbar hielte, wenn ich es nicht selber miterlebt hätte.

Von dem Augenblick an, wo sich die Schale im Raume befand, verstummte selbst bei den wildesten Rittern der Ruf nach Kampf und Vergeltung. Fürsten, die noch am Morgen verlangt hatten, alle Sarazenen aus Jerusalem zu vertreiben, erinnerten nun an Pilatus und Herodes: wenn selbst die römischen Heiden den Juden ihren Glauben belassen hätten, meinten sie, dann wäre es der Lehre Christi unwürdig, jetzt den Muslimen die Anbetung ihres Gottes zu verwehren, zumal dieser kein anderer sei als der unsere. Lambertus, einer der burgundischen Heerführer, hatte stets gefordert, den Sultan nach der Eroberung Jerusalems auch aus Ägypten zu vertreiben; nun aber sprach er von schweren Zweifeln: Können wir, so fragte er, uns wirklich sicher sein, daß die blutige Eroberung der heiligen Stätten der Wunsch unseres Herrn Jesus Christus sei? Da doch dessen Reich ohnehin nicht von dieser Welt ist – welche Rolle spiele es denn, wer in Jerusalem herrsche? Wenn aber, so schloß Lambertus, die Festigkeit des Glaubens davon abhänge, ob einer in seinem Leben Jerusalem und Bethlehem gesehen hat oder nicht – dann sei wohl dieser Glaube ohnehin kein wahres Christentum. Und alle Ritter erhoben sich und priesen seine Weisheit und Erleuchtung.

Wir einigten uns darauf, Ehrwürdiger Heiliger Vater, die Bitte des Imam bis zu Eurer endgültigen Entscheidung nicht zu beantworten. Doch wollen wir von jetzt an die Moscheen der Sarazenen weder behelligen, noch den Gottesdienst darin behindern. Ich bin überzeugt, daß auch Eure Heiligkeit im Geiste des Friedens und der Liebe unser Tun gutheißen wird, und daß der Kampf um Jerusalem der letzte gewesen ist, welchen die Christenheit im Namen des Glaubens unter andere Länder und Völker getragen hat. Möge endlich der Schatten weichen, den Morden und Plündern auf die Grundpfeiler unseres Glaubens geworfen haben, welche da sind Liebe, Demut und Barmherzigkeit!

Und ach, Ehrwürdiger Vater in Rom, da ich erneut von den Schatten spreche: ich lasse in diesen Tagen meine Gedanken ins ferne Rom wandern, und nun frage ich mich, ob nicht der Schatten, den ich stets zu spüren glaube, noch ein ganz anderes Licht verdunkele. Ist es nur die Wunde in meinem Körper, die ich spüre? Ja, auch sie – aber ich fühle, wie in diesen Tagen die Krankheit auch Euren Körper erneut in Fesseln schlägt, wenn nicht gar – ich wage es nicht auszusprechen, und doch – ich zweifle – ich sehe – ja, ich sehe den Schatten –

Mein Brief und wohl auch die Schale der Maria Magdalena, sie werden Euch nicht mehr erreichen –

So möge denn, wer auch immer die Christenheit leite in dieser schweren Zeit, unseres Kampfes hier im Heiligen Land gnädig gedenken, auf daß wir Frieden finden in den Stätten, welche nicht nur der Christenheit heilig sind. Gott mit Euch!

> In Ehrerbietung,
> Gottfried von Bouillon
> Beschützer des Heiligen Grabes.

Post scriptum. – Gerade hatte mein Schreiber den Brief an Eure Heiligkeit fertiggestellt, da wurden mir zwei Nomaden vorgeführt. Sie boten mir einige angeblich heilige Schriftrollen zum Kauf an; selbige, so behaupteten sie, hätten sie in einer Höhle in der Nähe des Salzmeeres gefunden. Es scheinen in der Tat Schriften von beträchtlichem Alter zu sein; daher habe ich sie ihnen um einige Silberstücke abgekauft. Ich erlaube mir, sie meinem Hauptmann Verano mitzugeben, auf daß er sie Euch überreiche. Ihr werdet sie gewißlich übersetzen und prüfen lassen – ob sie denn in der Tat Fragen des Glaubens betreffen und für die Erkenntnis der Lehre Christi von Wert sind. – G.

86
Die Staaten werden wach

Meldungen aus den »Berlinischen Nachrichten«:

Rom, 24. April 1870. [Französische Note.] Die noch von dem Grafen Daru verfaßte Note an den Papst und das Concil ist gestern überreicht worden. Sie enthält ausdrücklich keine Drohung: »Ihre Intervention ist lediglich moralisch, und sie beschränkt sich auf Dinge, welche unbestreitbar zur Competenz der öffentlichen Gewalt gehören.« Doch weist sie deutlich auf die möglichen Folgen der dem Concil vorliegenden Decrete hin:

»Die wichtigsten Rechte der Staaten, die Grundlagen ihrer politischen Constitution, ihre Gesetzgebung in Sachen des Eigentums, der Familie, des Unterrichts könnten jeden Tag von der kirchlichen Autorität in Frage gestellt werden.«

Aber Daru stellt auch klar: »Die Unabhängigkeit der bürgerlichen Gesellschaft ist heute factisch wie rechtlich über alle Angriffe, über alle Controverse hinaus. Die Gewissensfreiheit und die Freiheit des Cultus, welche allgemein anerkannt sind, machen selbst die Hypothese einer Herrschaft der Religion über die bürgerliche Gesellschaft unmöglich. Die modernen Grundsätze haben endgültig ihren Platz in dem öffentlichen Recht Europas gefunden und werden daraus nicht wieder verschwinden, weil sie unentbehrlich sind für die Würde wie für die Freiheit der Menschen und der Regierungen.«

Ob allerdings die Concilsväter diese Botschaft nicht nur vernehmen, sondern auch wirklich verstehen und beherzigen werden, dürfte mehr als ungewiß sein.

Rom, 4. Mai 1870. [Censur.] Angehörige der Concils-Minorität, die ihre Meinungen und Vorschläge drucken lassen wollen, erhalten dazu in Rom keine Erlaubnis mehr. Während den Anhängern der Unfehlbarkeit alle Zeitungen und Druckereien Roms offenstehen, müssen die Gegner derselben ihre Schriften in Neapel oder Florenz drucken lassen.

Vier sehr angesehene Bischöfe haben jüngst Broschüren gegen die päpstliche Unfehlbarkeit gerichtet: Dupanloup, Bischof von Orleans, die Cardinäle Schwarzenberg und Rauscher, und Bischof Hefele aus Rottenburg. Hefele hat in seiner Schrift erneut darauf hingewiesen, daß das sechste Concil (681 n. Chr.) den Papst Honorius wegen einer Irrlehre feierlich verdammt und daß die gesamte Kirche dies Urteil ohne Widerspruch angenommen hat. Bis zum 11. Jahrhundert hat es jeder Papst als Wahrheit beschworen, daß ein Concil den Papst wegen Häresie richten könne.

Rom, 10. Mai 1870. [Beust's Depesche.] Die österreichische Regierung hat die Depesche veröffentlicht, die Graf Beust im Februar an den Gesandten Graf Trauttmannsdorff sandte, welcher die darin geäußerten Bedenken dem Heiligen Stuhl vortrug. Graf Beust führt aus:

»Treu den Prinzipien weiser Freiheit, welche die Grundlage unserer Verfassung bilden, waren wir durchaus bereit, die katholische Kirche ihre inneren Angelegenheiten in vollster Unabhängigkeit ordnen zu lassen. Symptome indeß, deren Wichtigkeit nicht zu verkennen ist, flößen uns ernsthafte Besorgnisse ein. Sie beweisen in der Tat, daß in den höchsten Kreisen der Kirche eine ausgesprochene Tendenz vorherrscht, die Freiheit, die wir für den Staat in allen Fragen der Civilgesetzgebung fordern, nicht nur nicht anzuerkennen, sondern nicht einmal zu dulden. Die Öffentlichkeit lehnt sich nicht ohne Grund gegen gewisse Manifestationen auf, die, wenn sie realisiert werden sollten, eine unübersteigliche Kluft zwischen den Gesetzen der Kirche und denen, die den größten Teil der modernen Gesellschaft regieren, bilden würden. Hierzu zählen in erster Linie jene Canones, die in positiver Form die Hauptbestimmungen des unter dem Namen *Syllabus* bekannten Actenstückes reproduzieren. Der Inhalt einiger dieser Canones ist von solcher Tragweite, daß kein Staat der Verbreitung solcher Doctrinen gleichgültig zuschauen kann.

Unser Gewissen befiehlt uns, auf die ernsten, aber unausbleiblichen Folgen hinzuweisen, welche die Annahme solcher Decrete haben müßte. Man soll uns nicht eines Tages vorwerfen können, daß wir durch unser Stillschweigen zu Entscheidungen ermutigt hätten, welche im Stande sind, die tiefste Erregung in die Beziehungen zwischen Staat und Kirche zu schleudern.«

Rom, 11. Mai 1870. [Der Angelpunkt des Concils.] Trotz der Bemühungen um stricte Geheimhaltung ist hier die *Constitutio de Ecclesia Christi* bekannt geworden, welche gestern an die Concilsväter verteilt wurde. Dieses Actenstück, in dogmatischer wie in politischer Hinsicht von der größten Wichtigkeit, bildet den Angelpunkt des gesamten Concils, um welchen sich das Episcopat der katholischen Kirche in zwei unversöhnlich feindliche Lager gespalten hat. Nachfolgend die wichtigsten Punkte daraus:

Canon I. So Jemand sagt, der heil. Apostel Petrus sei nicht als Fürst aller Apostel und als sichtbares Haupt der gesamten streitenden Kirche von Christus dem Herrn bestellt; oder derselbe habe nur den Primat der Ehre, nicht aber den der wahren und besonderen Jurisdiction von dem Herrn direct und unmittelbar erhalten – der sei verflucht.

Canon II. So Jemand sagt, der heilige Petrus habe nicht in Folge der Einsetzung Christi selbst fortdauernde Nachfolger im Primat über die ganze Kirche; der Römische Pontifex sei nicht kraft göttlichen Rechts der Nachfolger Petri in diesem Primat – der sei verflucht.

Canon III. So Jemand sagt, der Römische Pontifex habe nur das Amt der Aufsicht oder Leitung, nicht aber die volle und höchste Jurisdictions-Gewalt für die gesamte Kirche, nicht allein in Sachen des Glaubens und der Moral, sondern auch der Disciplin und des Regiments der über die ganze Erde ausgebreiteten Kirche; oder diese seine Gewalt sei nicht die geordnete und unmittelbare über alle und jedwede Kirchen oder über alle und jedwede Hirten und Gläubige – der sei verflucht.

Canon IV. So Jemand sagt, der Römische Papst könne irren, wenn er, als höchster Lehrer aller Christen auftretend, mit seiner apostolischen Autorität definiert, was in Sachen des Glaubens und der Moral von der ganzen Kirche zu befolgen, sowie was als dem Glauben zuwider zu verwerfen sei; oder, es seien solche Decrete oder Urteilssprüche nicht unabänderlich, und nicht von jedem Christen, sobald sie ihm kund geworden, mit dem vollen Gehorsam des Glaubens anzunehmen und zu halten – der sei verflucht.

87
Audienz bei Luisa Donati

Wenn jemand behauptet, die göttliche Offenbarung sei unvollkommen und daher einem fortwährenden und unendlichen Fortschritt unterworfen – der sei verflucht.
Pius IX., Syllabus errorum

Tagebuch des Heinrich Wilhelm Lehmann:
Newyork. Donnerstag, 9. Juni 1870

Heute hat uns Luisa Donati empfangen.

Ich sage das so, als wäre es eine regelrechter herrschaftlicher Empfang gewesen; dabei war es eine Einladung zum Fünf-Uhr-Tee. Aber empfunden habe ich es wie eine Audienz.

»Mir ist doch ein bißchen mulmig zumute«, sagte Francesca, als wir den Flur entlang gingen – fast hätte ich gesagt, wandelten. »Bei ihr weiß man nie, was sie im Sinn hat und auf was sie alles kommt; du denkst, da kannst etwas für dich behalten, und hinterher hast du mehr gesagt, als du selber zu wissen glaubtest.«

Luisa saß im Salonzimmer, und ihr Sessel wirkte wie ein Thron. Ein Bediensteter führte Francesca und mich in den Raum; er verbeugte sich, verließ rückwärts den Raum und schloß beim Hinausgehen geradezu ehrfürchtig die Tür.

Luisa stand auf, als wir hereinkamen, und reichte mir die Hand. In einem plötzlichen Impuls verbeugte ich mich und küßte die Spitzen ihrer Finger. Sie lächelte und wies zum Sofa. Francesca grinste, vermutlich über meinen seltsamen Handkuß. Während ihre Mutter und ich uns setzten, goß sie uns Tee ein, aus einer silbernen Kanne, die schon auf dem Tisch stand.

Luisa sah ihr mit einem liebevollen Blick zu. Nach dem, was Luigi geschrieben hatte, mußte sie um die fünfzig sein. Aber offenbar ging es mir anders als Luigi – ich war überrascht, wie schön sie war. Wenn sie damals schon Falten gehabt hatte, so waren in den zwanzig Jahren danach nicht viele hinzugekommen.

Francesca setzte sich neben mich. Luisa führte ihre Tasse zum Mund und blies über den heißen Tee, so daß der Dampf aufwirbelte, sich dann wieder beruhigte und für einen Augenblick über ihrem Kopf sammelte. Fast wie ein Heiligenschein, dachte ich.

»Junger Mann«, eröffnete sie auf italienisch das Gespräch, »wie ich höre, waren Sie ein Freund von Luigi Calandrelli.«

»Nun«, sagte ich, »ein Freund ... Ich würde mir wünschen, daß er mich als seinen Freund empfunden hätte.«

»Und was hat Sie zu Francesca geführt?«

»Das hat sie bestimmt erzählt: er hatte mir seine Aufzeichnungen übergeben, in denen er Sie auch erwähnt hat. Und dann – Ihr Name war das letzte Wort, das er noch aussprechen konnte.«

Luisa schloß für einen Moment die Augen. Sie nahm ein Stück aus der Schale mit Gebäck, die auf dem Tisch stand, – führte es aber nicht zum Mund, sondern hielt es einige Augenblicke in der Hand, dann legte sie es auf die Untertasse. Schließlich fuhr sie sich mit einer flüchtigen Bewegung über die Augen und blickte auf.

»Diese Aufzeichnungen – ich hörte, sie sind Ihnen entwendet worden?«

»Ja, man hat sie mir in Rom gestohlen.«

»Dann müssen sie wichtig gewesen sein. Ich nehme an, Francesca hat Ihnen von dem Einbruch in unserem Haus erzählt?«

»Das hat sie.«

»Ich war mir zuerst im Zweifel; wir haben noch andere, nun, Geschäfte, um die es hätte gehen können. Aber dann schrieb mir Francesca von Ihnen – reichlich spät, nicht wahr, liebe Tochter? – und als ich den Namen Calandrelli hörte, wußte ich Bescheid. Wir sind Ihnen zu Dank verpflichtet. Und wir werden, denke ich, Gelegenheit finden, uns erkenntlich zu zeigen.«

»Aber ich bitte Sie – es war doch Luigis Auftrag ...«

»Um so schöner. Aber was war denn eigentlich sein Auftrag?«

»Ich sollte Ihnen die Aufzeichnungen übergeben; jedenfalls habe ich ihn so verstanden. Es hätte allerdings auch einen Albert meinen können, oder einen Alfredo – aber sein letzter Gedanke galt Ihnen ...«

»Albert kann er nicht gemeint haben, und Alfredo lebt nicht mehr. Und ...«

Wieder schwieg sie einen Augenblick. Sie trank einen Schluck Tee, setzte die Tasse ab und sah zu ihrer Tochter.

»Francesca – mir ist etwas an dir aufgefallen. Du hast dich verändert – in gewisser Weise.«

»Verändert? Wirklich?«

»Du bist freundlicher geworden, und höflicher.«

»Aber Mutter – ich habe dich immer –«

»Du hast mich mißverstanden. Ich meine nicht mich, sondern Ernesto.«

»Vater? Du meinst, ich bin anders zu ihm als früher?«

»Ganz anders – merkst du das nicht selbst?«

»Ich denke, ich behandle ihn so, wie es sich gehört.«

»Jetzt ja, aber früher nicht. Du warst immer hart und abweisend zu ihm, er hat mir oft genug sein Leid geklagt. Jetzt streichst du ihm um den Bart, gibst ihm Küsse und sagst Väterchen zu ihm. Er ist ganz glücklich, und ich bin es auch, kannst du dir denken. Aber mir kannst du natürlich nichts vormachen.«

Sie lächelte und wandte sich wieder mir zu.

»Mein junger Freund, sie weiß es von Ihnen, nicht wahr?«

»Entschuldigung – was meinen Sie?«

»Ich glaube, Sie verstehen mich schon. Von Ihnen weiß Francesca, wer ihr Vater ist, nicht wahr?«

Ich erschrak und senkte den Blick, und ich merkte, wie ich rot wurde. Nie hätte ich damit gerechnet, daß Luisa selber dieses Thema ansprechen würde, und jetzt sagte sie es so dahin, als wäre es das Selbstverständlichste von der Welt ...

»Wie haben Sie's ihr gesagt?«

»Mutter, ich bitte dich!« rief Francesca. »Muß das wirklich sein?«

»Nanu, was ist denn?« fragte Luisa erstaunt. »Was erschreckt dich denn plötzlich so?«

Und als Francesca nicht antwortete: »Glaubst du, ich bin nicht froh, daß ich dich habe? Also bin ich auch dankbar, wie alles gekommen ist. Früher war die Zeit nicht danach, um darüber zu reden, aber jetzt ist sie es, also was ist dabei?«

Sie sah mich an und wechselte das Thema: »Wie ich höre, sind Sie mit Emilia verlobt?«

Wir hatten das niemals ausgesprochen, aber jetzt, als Luisa es sagte, empfand ich es genauso. Ich machte eine Kopfbewegung, die man als Zustimmung oder als Zeichen der Ungewißheit hätte verstehen können, woraufhin sie fortfuhr:

»Dann gehören Sie ja praktisch zu unserer Familie. Emilia ist ein wundervolles Mädchen; sie wird Ihnen, wenn Sie es wollen, eine gute Frau sein – sogar besser als Francesca es wäre, will ich mal sagen, und das will viel heißen. Nicht wahr, Töchterchen?«

»Du sagst es – so sehe ich es auch.«

»Obwohl«, sagte Luisa mit einem spöttischen Unterton, »daß du mir nicht sagen willst, wie du von deinem Vater gehört hast, macht mich doch neugierig. Oder war es vielleicht in einer Weise, von der Emilia nichts erfahren dürfte?«

»Nicht doch! Emilia darf alles wissen.«

Auch Francesca war während der letzten Sätze hochrot im Gesicht geworden – so hatte ich sie noch nie zuvor gesehen.

Luisa lachte. »Das wird ja immer schöner! Emilia darf es wissen, aber ich nicht, und dabei werdet ihr beide ganz rot; das klingt mir alles nach einem sehr intimen Geheimnis. Na, lassen wir das erst einmal.«

Es war Francesca anzusehen, wie sie innerlich aufatmete – und mir ging es nicht anders.

»Aber eines wollte ich dich noch fragen«, sagte Luisa, während sie sich Tee nachgoß. »Wollen wir es Ernesto sagen? Und Rosa?«

»Das mußt *du* wissen.«

»Da bin ich anderer Meinung. Mein Geliebter war er, dein Vater bleibt er. Also ist es deine Entscheidung.«

»Dann sollen sie es nicht wissen. Du und ich, Enrico und Emilia – das reicht.«

»Du hast Bernieri vergessen,« sagte Luisa nachdenklich. »Wenn ich dich richtig verstanden habe, Francesca, hat er jetzt die Aufzeichnungen. Aber von ihm wird niemand etwas erfahren. Justin Bernieri schweigt – außer dem Heiligen Offizium gegenüber.«

Ich glaubte mich verhört zu haben. »Sagten Sie gerade ›Justin‹? Der Kamerad von Luigi, Albert und Josef?«

»Sie scheinen sie ja alle zu kennen – die ganze liebe Bande von damals. Lieb, jedenfalls die meisten von ihnen ... aber auch Justin hat Charakter, das kann man ihm nicht absprechen.«

»Ich wußte gar nicht, wie Bernieri mit Vornamen heißt. Schon gar nicht, daß er der Justin ist, von dem Luigi berichtet hat.«

»Scheinen mir ganz schön detailliert zu sein, diese Aufzeichnungen. Was hat er denn außerdem von mir geschrieben?«

»Daß er – daß Sie – daß er Sie immer verehrt hat ...«

»Und? Was noch?«

»Nun, im Grunde: diese Zuneigung – und Verehrung – daß die Liebe zu Ihnen sein Leben reich und erfüllt gemacht hat.«

Sie fuhr sich mit der Hand über die Augen; es hätte ein Ausdruck von Müdigkeit sein können, aber auch von Schmerz.

»Erfüllt ...«, sagte sie leise, »ich wünsche es ihm. Er war doch verheiratet, nicht wahr? Und er hatte Kinder ...«

»Ja, zwei.«

»Ach, Luigi«, sagte sie, tief in Gedanken. »Wir haben ihn aus dem Schacht gezogen – kaum noch Leben in ihm, es war wie eine zweite Geburt ...«

Eine Weile schwieg sie. Ich wagte nicht, zu meiner Tasse oder zum Gebäck zu greifen, und ein Seitenblick auf Francesca zeigte mir: ihr ging es genauso. Schließlich sagte Luisa mit kaum hörbarer Stimme:

»Auch ich – auch ich war verschüttet. Und mich hat Luigi aus dem Schacht gezogen – schmerzhaft auch das, und meine zweite Geburt ... ich habe ihm nie geschrieben ...«

Und nach einer erneuten Pause, zu mir gewandt:

»Wie oft habe ich an ihn gedacht in diesen Jahren – ob er es wohl gespürt hat? Enrico – wußte er es?«

»Daß Sie an ihn dachten? Ja, er wußte es.«

Wieder schwieg sie, wieder fuhr sie sich mit der Hand über die Augen. Diesmal sah ich: es waren Tränen, die sie mit ihrer Hand gleichzeitig zurückhalten und verbergen wollte.

»Enrico«, sagte sie nach einer Weile, »was Sie sagen, bewegt mich. Aber Sie verheimlichen mir etwas, nicht wahr? Francesca, habe ich –«

Sie musterte ihre Tochter, und plötzlich lächelte sie.

»Schon gut, ich habe begriffen: ihr zwei habt euch abgesprochen! Er soll mir nicht alles erzählen – ist es so?«

»Ja, so ist es. Ich hab's ihm verboten.«

»Wie bitte? Du hast es ihm –«

»Genau. Ich hab's ihm verboten.«

»Und du kannst es ertragen, Dinge über deine Mutter zu wissen, die deine Mutter selber nicht weiß?«

»Ja«, sagte Francesca. »Das kann ich sehr gut aushalten.«

»Na gut«, sagte Luisa, wieder lächelnd, »dann kann ich es auch aushalten.«

Sie nahm einen kleinen Bissen von dem Stück Gebäck, das noch immer auf ihrer Untertasse lag.

»So«, meinte sie schließlich. »Dann hätten wir ja alles besprochen. Bleibt nur noch das mit den Schriften. Enrico, hat Ihnen Francesca erzählt, wie ich darüber denke?«

»Sie hat mir Ihren Traum erzählt.«

»Das ist dasselbe. Also, ich werde Ihnen sagen, was mit den Schriften geschehen wird. – Luigi hat vermutet, daß ich sie an mich genommen hatte, nicht wahr?«

»Er wußte, daß es nur Sie oder eine der Schwestern gewesen sein konnte – falls er nicht phantasiert hatte. Aber dann fand er vor Jahren ein abgerissenes Stück Pergament in einer Jackentasche, und da wußte er, daß es keine Einbildung gewesen war.«

»Das habe ich ihm hineingelegt. Wie ich sehe, hat er es richtig verstanden.«

»Ja, und ich weiß inzwischen: in den ersten Tagen waren nur Sie an seinem Krankenbett – Tag und Nacht.«

»Sie wissen es von Albertina, nicht wahr?«

Ich nickte.

»Arme Albertina«, sagte Luisa. »Sie war ganz unschuldig – die Sachen hatte ich an mich genommen. Erst redete ich mir ein, es wäre ohne Absicht geschehen – schließlich mußte ich Luigi doch waschen. Aber in meinem Innern habe ich vom ersten Augenblick an gewußt, was das für Schriften sein könnten. Und ich spürte auch: Luigis Aufgabe war es gewesen, sie zu finden – sie zu benutzen, wäre über seine Kräfte gegangen. Jetzt ist die Zeit reif, diese Dinge zur Sprache zu bringen. Ich habe die Blätter prüfen lassen, und es hat sich bestätigt: einige sind in der Tat Briefe des Apostels Andreas. Und ich werde diese Schriften nicht behalten. Sondern ich werde sie so benutzen, wie es klug ist, und wie es mir aufgetragen wurde.«

Wieder nahm sie einen Schluck Tee – ich saß wie auf glühenden Kohlen. Sie bemerkte meine Unruhe.

»Enrico – Sie kennen den Inhalt dieser Schriften, nicht wahr?«

Ich nickte.

»Es war Luigis letzter Wille, daß Sie mir seine Gedanken mitteilen sollten – ist es so?«

»Ja, so hat er es gemeint, und ich habe es ihm versprochen.«

»Nun, Enrico: Sie haben Ihr Versprechen gehalten. Jetzt liegt die Entscheidung über die Schriften bei mir. Und ich werde Ihnen einen neuen Auftrag erteilen – wenn Sie ihn annehmen.«

»Ich nehme ihn an – wenn Sie es wünschen.«

Sie sah mich einige Augenblicke an, als wollte sie mir Bedenkzeit geben. Als ich schwieg, sagte sie:

»Ich habe mich entschlossen: wir werden diese Schriften an Rom verkaufen. Sie, Enrico, werden dem Kardinal Antonelli davon Mitteilung machen – als mein Abgesandter.«

Ich war wie vor den Kopf geschlagen.

»Aber«, stieß ich hervor, »Luigi – seine Ziele ...«

»Enrico«, sagte sie ganz ruhig, »ich versichere Ihnen: es wäre ganz in seinem Sinne – davon abgesehen, daß es höhere Instanzen gibt. Wenn er jetzt hier unter uns säße – und in meinen Gedanken tut er das ... ja, ich sehe ihn vor mir, und ich höre, wie er lacht – und zustimmt ...«

Auf einmal sah auch ich ihn vor mir: auf dem Sessel neben Luisa sitzend, versonnen vor sich hin lächelnd – er sah Luisa an, lange und fragend, und sie sah ihn an ... ganz langsam nickte er ihr zu, mit einem Blick voll Trauer und Zärtlichkeit ...

»Aber – meine Arbeit – die Gotthardbahn –«

»Lieber Enrico: es wird besser für Sie sein, wenn Sie Ihre Arbeit für eine Weile vergessen. Wissen Sie überhaupt, wo Sie später mit Emilia leben werden?«

»Aber Emilia ... sie studiert doch«, sagte ich, überrascht von dem erneuten Themenwechsel. »Das wird noch Jahre dauern!«

»Richtig, aber sie wird nicht in Paris bleiben. Du auch nicht, Francesca.«

»Wie bitte? Ich liebe Paris, und Emilia auch. Kannst du mir einen vernünftigen Grund sagen, warum wir von Paris weg sollen?«

»Weil etwas Schlimmes passieren wird – darum. Es wird Krieg geben, oder Bürgerkrieg – nichts, wo man dabeisein sollte.«

»Mutter!« rief Francesca. »Wenn du das sagst –«

»Dann wird es so sein – war es das, was du sagen wolltest? Ja, es wird Blut fließen in Europa – ich habe es gesehen ...«

Francesca war blaß geworden. Sie hielt sich an der Lehne des Sofas fest, sah erst zu mir und dann zu ihrer Mutter, die fortfuhr:

»Also: du und Emilia, ihr bringt in Paris eure Sachen in Ordnung; dann kommt ihr auf dem schnellsten Weg zurück. Enrico geht erst nach Berlin und gibt seine Stelle auf, wenn sie ihn nicht ohnehin rauswerfen. Dann nach Rom – Enrico, Sie überbringen Antonelli unser Angebot, und Sie bringen ihm ein paar Stückchen von dem Pergament, damit er die Echtheit überprüfen kann. Seien Sie auf der Hut – nicht vor Antonelli, aber vor sich selber! Und wenn Sie von Rom zurückkommen – dann über Genua! Nicht über Berlin, schon gar nicht über Paris – merken Sie sich das gut!«

Und zu Francesca: »Wir werden einiges bekommen für die Schriften – ich weiß es. Ich habe über den Hinweis mit dem Schlamm nachgedacht, und ich habe mich entschlossen: wir werden das Geld in diesem Steinöl anlegen, das sie jetzt mancherorts aus der Erde pumpen. Mit dem Ertrag werden wir ein Hospital einrichten, und eine Medizinschule; da werdet ihr eure Studien beenden. Sprecht mit Ernesto, er wird auch die Einzelheiten wegen Enrico regeln.«

Sie lehnte sich im Sessel zurück und verschränkte die Arme über der Brust.

»So, Kinder, das war's. Jetzt laßt mich ein bißchen ausruhen – es hat mich doch mehr angestrengt, als ich dachte.«

88
Die Ketzer von Albi

*Rekonstruktion der Aufzeichnungen
des Luigi Calandrelli (29):*

Ich spürte, daß die Stunde meiner Rettung näherrückte – und damit auch der Augenblick der Entscheidung: darüber, was mit der Truhe und ihrem Inhalt zu tun war. Sollte ich die Truhe stehenlassen und der ewigen Finsternis übergeben, etwa, indem ich von der vorderen Kammer aus wieder das Regal vor die aufgebrochene Mauer rückte, damit meine Retter nichts bemerkten? Oder die Truhe den Rettern übergeben? Versuchen, die Schale in meiner Werkzeugtasche nach oben zu bringen, die Schriften aber an meinem Körper?

In Gedanken sah ich die Retter vor mir: wie sie sich durchs Erdreich wühlten und eine enge Röhre notdürftig abstützten. Wenn sie mich überhaupt erreichten, würde keiner, das sah ich voraus, die Kammer auch nur eine Sekunde länger als nötig betreten. Von mir allein würde es abhängen, was den Weg ans Licht fand: von meinem Willen, und von meinen Kräften.

Zwar fühlte ich noch immer die belebende Wirkung, die von der Schale ausging, aber ich spürte auch, daß diese nicht unbegrenzt anhalten würde. Ohne daher die Frage zu entscheiden, was ich meinen Rettern übergeben oder am Körper mitnehmen würde, legte ich das Schreiben des Gottfried von Bouillon in die Truhe zurück und ergriff die daneben befindliche Mappe.

Die Buchstaben auf dem äußeren Umschlag waren reich verziert, und zwar so sehr, daß ich sie nicht alle entziffern konnte. Einzig der Name »Paschalis Papa« war deutlich zu lesen; demnach waren die Dokumente an den Nachfolger Urbans gerichtet oder von ihm abgesandt worden. Doch handelte es sich offenbar um verschiedene Schriftstücke, denn Größe und Material der Blätter waren ebenso unterschiedlich wie die Art der Schrift. Ich griff das erste der Blätter heraus und las:

... in Genua angelegt. Doch sind sie dem Vernehmen nach dort nicht von Bord gegangen. Daß sie sich unbemerkt von hier aus weiterbegeben haben, scheint uns nicht wahrscheinlich. Es ist nämlich das Schiff durch das seltsame Gebaren seiner Besatzung aufgefallen: die Matrosen erweckten den Eindruck von Mönchen eher als von Seeleuten. Sie gaben den Bettlern reichlich Almosen, betranken sich nicht und ließen auch die Freudenhäuser unbeachtet, so daß ihr Verhalten nicht nur die Matrosen der anderen Schiffe beschämte, sondern erst recht Geistliche und Pilger. Von diesen nämlich erzählt man sich, sie würden nach ihrer Rückkehr aus dem Heiligen Land zuerst und am liebsten den Genueser Huren vom Grab des Herrn berichten.

Die Matrosen, wegen ihres Verhaltens teils verspottet, teils bewundert, zeigten sich erstaunt, daß ihr Tun und Lassen nicht allgemein als selbstverständlich gelte; ihre frühere Lasterhaftigkeit schienen sie regelrecht vergessen zu haben. Doch befand sich weder ein erleuchteter Prediger an Bord, noch berichtete auch nur einer von ihnen von einer Bekehrung, die er im Heiligen Land erfahren habe. Und erst als das Schiff mit Kurs auf Marseille ablegte, fiel den Genuesern eine weitere Merkwürdigkeit des Schiffes auf: daß es nämlich aus dem Heiligen Land keinerlei Reliquien mitgebracht und den Gläubigen der Stadt zum Kauf angeboten hatte.

In Marseille scheinen beide das Schiff verlassen zu haben. Offenbar reisten sie mit geringem Gepäck, denn sie nahmen sich keine Träger. Einen Pferdehändler fanden wir, der zwei Rittern, welche unserer Beschreibung entsprachen, Pferde verkauft haben wollte. Danach sind sie vermutlich in nördlicher ...

Hier war das Blatt zu Ende. Ich legte es in die Mappe zurück und nahm das Blatt daneben. Es war aber, anders als ich gehofft hatte, nicht die Fortsetzung des ersten:

Bernardus de Clairvaux
an
Seine Apostolische Heiligkeit Paschalis II
dem Allmächtigen zum Gruß.

Die Ketzer von Albi

In tiefster Ehrerbietung, mein Heiliger Vater, erlauben wir uns Bericht zu erstatten über den Stand unserer gottgefälligen Unternehmung.

In der Gewißheit, daß es der Wille des Herrn ist, das Morgenland ganz aus der Hand der Heiden zu befreien, haben wir gepredigt; in der Erkenntnis, daß alles Ketzertum eine Wunde ist, welche mit Feuer ausgeglüht und mit siedendem Öl gelöscht werden muß, haben wir gelehrt. Wir haben die Fürsten gemahnt und ihnen den Weg gewiesen: auf daß sie das Kreuz nähmen und das Heer des Herrn stärkten im Angesicht der Ungläubigen; und wir gingen auf die Straßen und Märkte, wo daselbst der Pöbel sein Leben verschwendet im Kampf ums tägliche Brot: auf daß er sich einreihe unter die Soldaten Christi, und sich das ewige Leben erwerbe im Kampfe für die Befreiung des Morgenlandes.

Wer aber den Geist säte des Zweifels und der Ketzerei, dessen Stimme ließen wir verstummen vor dem Zorne des Allmächtigen und Seines Dieners; solch Geschmeiß haben wir gezüchtigt mit dem apostolischen Bannfluch und der Verkündung ewiger Verdammnis. Wo auch immer wir hinkamen und den Willen des Herrn predigten, da fanden wir die Ohren und Herzen offen; Hunderte und Tausende bekehrten wir, und wir vergaben ihre Sünden im Namen des Apostels Petrus, und lehrten sie das Kreuz nehmen im Namen der Einen Kirche. So mehrten wir den Ruhm des Herrn und Seines Apostels überall dort, wo der Eine Glaube lebt – und doch nicht überall.

Denn wehe! noch immer gibt es auf dieser sündigen Erde: Orte der Schande. Und wir meinen damit nicht allein die heiligen Stätten im Land der Heiden. Sondern mitten im Herzen der Grafschaft Toulouse, daselbst in der Stadt Albi, erlebten wir, wie die Gottlosigkeit ihr freches Haupt erhebt in diesem Lande, welches sich christlich nennt. Zeugen wurden wir der höchsten Schmach und Schande, welche man in uns dem Glauben und dem Hirten des Glaubens zufügte, Schmach, welche unerhört ist und zum Himmel lodert, und Schande, die nach Gerechtigkeit schreit und nach Strafe und Feuer.

Dies aber ist geschehen. Wir traten ein in die Kirche jener Stadt, deren Namen Gott verfluchen möge, und huben an zu predigen. Sie jedoch, die Gottlosen der Stadt Albi, verschlossen ihre Ohren und spotteten unser und verließen die Kirche des Herrn, allen voran ihre Oberen. Da folgten wir ihnen auf die Straße und erhoben unsere Stimme und drohten ihnen mit der ewigen Verdammnis, sie aber lachten und wandten sich ab und gingen in ihre Häuser. Wir riefen Gott zum Zeugen mit lauter Stimme, und das Sturmgericht des Himmels riefen wir herab auf ihre verderbten Seelen, sie aber klapperten mit den Läden ihrer Fenster, daß es klang als wie ein Konzert der Hölle, so daß endlich unsere Stimme heiser und krächzend wurde, und der Zorn des Herrn brannte in uns ob der Kränkung des Einen Glaubens, welche man uns angetan.

So klagen wir denn die Stadt Albi an nebst ihrer Obrigkeit, die solch unerhörtem Tun nicht wehrte. Wir klagen sie an der Gottlosigkeit und der Ketzerei, des Spottes am Gesandten des Heiligen Stuhles, der Verhöhnung des Apostels Petrus, und wir werfen uns nieder zu Füßen Eurer Heiligkeit, daß Ihr die Schmach ausmerzen und ausbrennen möget, welche man Euch angetan hat in unserer Person. Wehe, dreimal wehe über die unglückliche Christenheit, daß sie das Kreuz nehmen muß nicht nur gegen die Heiden in der Fremde, sondern desgleichen gegen die Abgefallenen und Ketzer in ihren eigenen Reihen.

Erlaubet aus diesem Grunde, oh Ehrwürdiger Vater in Rom, uns noch eine untertänige Bitte.

Es ist uns zu Ohren gedrungen, daß die lästerliche Ansicht des dahingegangenen Gottfried von Bouillon, wonach denn die Christenheit das Kreuz niederlegen und das Morgenland den Heiden überlassen solle, immer aufs neue Fürsprecher finde, welche ohne Unterlaß das Ohr Eurer Heiligkeit suchen.

Ferner ist uns berichtet worden: es habe Gottfried, der schwankende Beschützer des Heiligen Grabes, dem seligen Urban vor seinem Tode noch eine heimtückische Gabe übersandt. Diese nun, hörten wir sagen, habe eine wahrhaft teuflische Kraft: daß nämlich, wenn sich Vertreter der Einen Lehre in ihre Nähe begäben, ihr Herz sich den Sarazenen zuwende, und sie abwichen vom Willen des Herrn.

Der Wille des Herrn aber, welcher uns kund ward aus dem Munde Eurer Heiligkeit und aus dem Geiste unserer Erleuchtung, will und verlangt von der Christenheit, daß sie das Morgenland aus der Hand der Heiden befreie; ein jeder, der diesen Willen Gottes leugnet, ist ein Diener des Teufels. Daher bitte und bete ich: möget Ihr, Heiliger Vater, jenes Ding des Teufels den Flammen übereignen, und es derart dem Satan zurückgeben, welcher dieses Ding gewißlich in die Welt gesetzt.

Oder aber, wenn Ihr das Ding denn um seiner Merkwürdigkeit

willen bewahren wollt: so flehe ich Euch an und bitte im Namen des Kreuzes: daß Ihr dieses maurische Ding verberget in der hintersten der hinteren Kammern, und verschließet in der Tiefe der allertiefsten Keller, und den Schlüssel dazu wohl verwahret und verberget, auf daß selbiges Ding nimmermehr den Willen durchkreuze des Herrn, welcher da eifersüchtig ist und straft und rächt bis in siebte Glied.

> Dies läßt euch mitteilen und überbringen
> Euer demütiger und untertäniger Diener
> Prediger unter dem Kreuze
> Bernardus de Clairvaux

Darunter aber stand, in einer stolzen und energischen Handschrift, folgender Nachsatz:

Beschlossen. Man verfahre nach dem Ratschlag des Bruder Bernardus. An sicherer Stelle zu verbergen und zu verschließen.
Paschalis II.

89
Die unfehlbaren Nachfolger

Meldungen aus den »Berlinischen Nachrichten«:

Rom, 20. Mai 1870. [Der fehlbare Petrus und seine unfehlbaren Nachfolger.] So viel steht geschichtlich fest: einen Primat des Petrus über die andern Apostel in dem Sinne, wie ihn das Papsttum heut in Anspruch nimmt, hat es nie gegeben, Petrus konnte ihn also auch einem Nachfolger nicht übertragen. Nur wenn das »Babylon« im ersten Petrusbrief wirklich als Rom zu verstehen ist, enthält das Neue Testament die Spur eines Hinweises, daß er jemals in Rom war. Daß er dort Bischofswürde bekleidete, ist durch kein Document, keinen Brief von Petrus oder einem anderen Apostel belegt (und neben ihm hätte ja auch Paulus in Rom gelebt). Erst recht ist es pure Erfindung, daß er die Bischofswürde einem Nachfolger übertragen hätte. Und daß dies mit so weitreichenden Vollmachten geschehen, wie sie die römischen Päpste für sich reclamieren, darüber existiert kein Document, noch irgend ein Beweis, sind doch die Quellen selbst über denjenigen verschiedener Meinung, der (wenn denn Petrus wirklich der erste gewesen wäre) nach ihm Bischof in Rom gewesen. Irenaeus und Eusebius nennen Linus, andre Väter aber Clemens als den ersten römischen Bischof. Und der dritte römische Bischof Clemens weiß nichts davon, daß Petrus sein Vorgänger gewesen sei; vielmehr verherrlicht er den Paulus. Im übrigen ist die Vorstellung, daß sich etwa der in Kleinasien wirkende Apostel Johannes dem Linus oder einem sonstigen Nachfolger des Petrus untergeordnet hätte, geradezu abgeschmackt.

Und wie geht man in Rom mit den Zweifeln um, die sich jedem denkenden Menschen bei solch kümmerlichen Beweisen einstellen müssen? Nun: man könnte beispielsweise darum beten, Gott möge das Wirken des Papstes so segensreich machen, daß jedermann das göttliche Walten von selbst erkenne. Offenbar glaubt aber in Rom selber niemand an das Segensreiche im eigenen Handeln, und so wirft man statt dessen Drohungen und Verfluchungen um sich. Wer nicht glaubt, daß Petrus den Primat vor allen Aposteln hatte – verflucht! Wer nicht glaubt, daß er den Primat an Nachfolger weitergab – verflucht! Wer nicht glaubt, daß dem römischen Papst der Wille Gottes offenbar sei – verflucht! Uns scheint sich in solchem Gefluche weniger das Wirken des Heiligen Geistes zu offenbaren, als vielmehr der Geist und die Redeweise von üblem Straßengesindel.

Augsburg, 25. Mai 1870. [Botschaft an Antonelli.] Die »A. A. Z.« veröffentlicht den Text des vertraulichen Schreibens, welches v. Arnim als Gesandter Preußens und des Norddeutschen Bundes zur Unterstützung der französischen Vorstellungen im April an den Heiligen Stuhl sandte. Hierin heißt es:

»Monseigneur! Die kaiserlich französische Regierung hat uns von dem auf das

Concil bezüglichen Memorandum Kenntnis gegeben, welches Se. Heiligkeit aus den Händen des französischen Botschafters entgegenzunehmen geruht hat.

Die Regierung des Norddeutschen Bundes, Zeugin der tiefen Bewegung, welche im Schoße der Kirche in Deutschland herrscht, würde ihre Pflicht versäumen, wenn sie nicht die Identität der in dem französischen Actenstück entwickelten Ansichten mit den ernsten Besorgnissen bestätigte, die sich in Deutschland der Geister bemächtigt haben, welche erschrocken sind bei der Idee, daß Concilsbeschlüsse, die der beinahe einmütigen Ansicht des deutschen Episcopats zum Trotz gefaßt würden, peinliche Lagen schaffen könnten, indem sie den Gewissen Kämpfe ohne Ende auferlegten.«

Bekanntlich hat aber auch diese Mahnung nichts gefruchtet. Es hat ganz den Anschein, als wäre in den Köpfen des Papstes und seiner Ratgeber ein geradezu diabolisches Bestreben am Werke, welches es darauf anlegt, der Kirche genau die Probleme zu verschaffen, vor denen sie von allen Seiten gewarnt wird.

Bern, 3. Juni 1870. [Die Gotthardbahn.] Nachdem berechtigte Hoffnung besteht, daß die Fragen betreffs der Subsidien der Bahn in Kürze geklärt werden, dürfte das große und kostspielige Werk wohl zu Stande kommen.

Die Bahn wird sich im Norden der Alpen einerseits in Luzern und anderseits in Zug den bestehenden Eisenbahnen anschließen; im Süden der Alpen wird sie sich von Bellinzona einerseits über Camerlata nach Mailand, Bologna, Brindisi usw., anderseits über Novara nach Genua, Turin usw. abzweigen.

Der Gotthard-Tunnel ist in einer geraden Linie zwischen Göschenen und Airolo zu erbauen; seine nördliche Mündung liegt in Göschenen 1100 Meter über dem Meeresspiegel, seine südliche in Airolo 1130 Meter; er hat eine Länge von 14,9 Kilometern. Der Tunnel soll 2 Geleise erhalten; die Bauzeit ist auf 8½-9 Jahre berechnet. Man hat sich verständigt, das Maximum der Steigung für die Alpenbahn auf 2,5 Procent festzusetzen, und die zulässig geringste Länge der Radien für die Curven wird 3000 Meter betragen.

Die Kosten des Unternehmens – mitsamt den Zufahrts-Linien ein Bahnnetz von 263 Kilometer Länge – wurden auf etwa 187 Millionen Francs veranschlagt. Von diesen sollen 102 Millionen Francs als Gesellschafts-Capital und 85 Millionen als Subsidien aufgebracht werden. Italien hat auf der Conferenz im vorigen October bereits 45 Millionen Francs zugesagt, außerdem den Bau der nötigen Anschluß-Linien. Die Schweiz erklärte sich bereit, 20 Millionen herzugeben. Baden hat die Höhe seiner Subsidien auf 3 Millionen Francs fixiert. Der Norddeutsche Bund ist durch das jüngste Reichstags-Votum in den Stand gesetzt, 10 Millionen Francs zuzusagen. Es stehen somit von den Subventionen noch 7 Millionen zu decken, und von den interessierten Staaten haben Württemberg, Belgien und Holland noch keine Zusagen gemacht.

Die commercielle Bedeutung der Gotthardbahn ist für die östlichen Gebiete des Norddeutschen Bundes gering, hingegen für die westlichen beträchtlich. Der durchschlagende Gesichtspunkt im norddeutschen Reichstag war allerdings der politische. Der Tunnel des Mont Cenis ist in französischen Händen, die Brennerbahn geht durch das österreichische Tyrol. Die Gotthard-Linie, durch das eng befreundete Baden und die neutrale Schweiz führend, ist die einzige Verbindung des Norddeutschen Bundes mit Italien, die nicht des guten Willens einer der großen Mächte bedarf.

90
Geld

Wenn jemand behauptet, die Vereinbarkeit der weltlichen mit der geistlichen Macht des Papstes sei in der Christenheit strittig – der sei verflucht.
          Pius IX., Syllabus errorum

Tagebuch des Heinrich Wilhelm Lehmann:
Newyork. Sonnabend, 11. Juni 1870

Noch vier Tage, dann fahre ich auf der »Scotia« nach Plymouth, und von dort über Hamburg nach Berlin. Ernesto Donati hat das Billett für mich besorgen lassen.

»Wir könnten auch warten, bis ein Schiff direkt nach Hamburg abgeht«, erklärte er mir heute morgen am Frühstückstisch. »Aber das wäre erst in zehn Tagen, und außerdem ist die ›Scotia‹ schneller. Jetzt, wo wir die Entscheidung gefällt haben, sollten wir so schnell wie möglich handeln. Es ist übrigens schon eine Depesche nach Rom abgegangen; man wird Sie bereits erwarten.«

Und er erhob sich mit den Worten:

»Henry, bitte kommen Sie doch nach dem Frühstück in mein Arbeitszimmer. Wir haben einige wichtige Dinge zu besprechen.«

»Wichtige Dinge …«, wiederholte Francesca, als Ernesto draußen war. »Heute bei ihm, vorgestern bei ihr, übermorgen wichtige Dinge bei Kardinal Antonelli – bald werde ich dich um einen Gesprächstermin bitten müssen, wenn ich dir einen guten Tag wünschen will. Übrigens hast du gestern ganz schön Glück gehabt. Zwei Sätze mehr, und du hättest ihr todsicher von einer gewissen Übersetzung erzählt – stimmt's?«

»Was heißt, *ich* habe Glück gehabt? Aus mir hätte deine Mutter nichts herausbekommen.«

»Ach hör auf«, spottete sie, »geredet hättest du wie ein Wasserfall. Du und lügen, und dann noch vor ihren Augen – daß ich nicht lache. Ich schwindle nun wirklich ganz gut, wenn es sein muß, aber bei ihr hab ich es höchstens zwei- oder dreimal geschafft. Und das wahrscheinlich nur, weil sie keine Zeit hatte, die Wahrheit aus mir herauszuholen!«

»Die Wahrheit ist«, sagte ich, »daß ich immer noch meine Zweifel habe, ob der Plan mit den Schriften gut ist.«

»Meine Meinung kennst du: mir gefällt er.«

»Also ich – ich find's immer noch ungeheuerlich. Diese Schriften verkaufen, und dann noch nach Rom – ich kann mir einfach nicht vorstellen, daß Luigi das wirklich gewollt hätte.«

»Es ist nicht ungeheuerlicher, als daß ein Mensch sich für unfehlbar erklären will. Überleg doch mal: seit Monaten sind da achthundert ehrwürdige Herren in Rom versammelt, mit keinem andern Zweck, als einem von ihnen die Krone aufzusetzen. Was allein das schon für Geld kostet! Jetzt stell dir vor, da hinein platzen nun diese Briefe des Andreas, und die deutschen Bischöfe prüfen sie und sagen: wie es aussieht, sind sie echt. Entsetzlich! Die Bischöfe können abreisen, die Gläubigen werden Sturm laufen, und wer nicht schleunigst nach Hause fährt, kriegt von seiner Gemeinde nicht einmal mehr das Geld für die Rückfahrkarte zugeschickt. Dann kann er in Rom die Straßen fegen – was ihm und Rom gut bekommen würde.«

»Unsinn! Diese Leute haben alle mehr als genug in ihrer Privatschatulle, darauf kannst du Gift nehmen. Viele sind auch schon gestorben oder abgereist, also sind es inzwischen weniger!«

»Enrico – laß bitte die Haarspaltereien! Wichtig ist doch nur eines: für Bernieri und Antonelli, erst recht für ihren obersten Chef, müssen die Schriften wirklich eine Menge wert sein. Das heißt bei diesen Leuten auch immer: eine Menge Geld wert. Warum nicht den Stier bei den Hörnern packen und ihnen das Geld abnehmen?«

»Aber diese Briefe des Andreas – es ist doch ein ganz anderes Christentum, das da zum Vorschein kommt!«

Francesca sah mich mißtrauisch an, während sie ein Stück Käse zum Mund führte.

»Enrico! Du wirst dich doch am Ende nicht zum Priester berufen fühlen, oder gar zum Propheten!«

»Und Luigi? Er wollte doch diese Kirche retten – nicht die fetten Prälaten, aber den Glauben!«

»Da hast es ja gehört«, sagte sie ungerührt, »es wäre auch

in Luigis Sinne. Schließlich, wo leben wir denn? Heute gibt es Dampfschiff, Telegraph, Eisenbahn – und dann noch eine neue Kirche? Nur in den Herzen der Leute, ohne bezahlte Priester? Das glaubst du doch selbst nicht! – Übrigens: wie fühlst du dich eigentlich als Verlobter?«

»Francesca, sei ehrlich: das hast du mir eingebrockt!«

»Eingebrockt?« Sie tat, als wäre sie beleidigt. »Na hör mal, soll ich das Emilia erzählen? Man verlobt dich mit ihr, und du nennst es ›eingebrockt‹ – verhält sich so ein liebender Bräutigam? Sollst dich wirklich schämen, Enrico. – Aber im Ernst: bereust du es? Ich meine: daß du nicht widersprochen hast?«

»Nicht doch – ich wäre glücklich, wenn sie einverstanden wäre. Obwohl –«

»Um Emilia mach ich mir keine Sorgen – eher um dein ›obwohl‹. Nämlich?«

»Du weißt schon, was ich meine.«

»Ich? Keine Ahnung!«

»Aber Francesca: dich liebe ich doch auch – du weißt es!«

»Ach so«, sagte sie in einem Tonfall, als wäre sie unendlich erleichtert. »Das sollst du ja auch. Sie ist deine Verlobte, ich bin deine liebe Schwester, nicht wahr? Aber jetzt solltest du lieber zu Ernesto gehen – damit er nicht denkt, du würdest mit deiner Stiefschwester ungehörige Dinge bereden ...«

Der Graf wartete in der Tat schon auf mich, hinter seinem riesigen Schreibtisch. Er wirkte wie ein würdevoller Buchhalter, als er begann:

»Manchen Leuten ist es unangenehm, über Geld zu sprechen – ich hoffe, Henry, es geht Ihnen nicht auch so.«

»Unterschiedlich«, sagte ich. »Hier in Ihrem Hause ist es mir nicht sehr angenehm, um ganz ehrlich zu sein.«

»Das ehrt Sie, aber es muß sein. Also, wir haben zwei Dinge zu besprechen. Das eine betrifft die Schriften, und das zweite betrifft Sie persönlich. Womit wollen wir anfangen?«

»Wie es Ihnen beliebt.«

»Dann fangen wir mit Ihnen an, Henry. Sie werden, wie Luisa mir sagte, Ihre Stellung aufgeben und zeitweilig oder länger für uns tätig sein. Ich hoffe letzteres, denn ich halte Sie für einen fähigen und zuverlässigen Mann.«

»Danke. Ich hoffe, ich werde Sie nicht enttäuschen.«

»Werden sehen. Wie auch immer, als unser Beauftragter haben Sie Anspruch auf Fixum, Spesen und Provision. Die Spesen berechnen wir später; bleiben jetzt Fixum und Provision. Sie werden einen Vorschuß in Höhe von dreitausend Dollar mit sich führen; in Plymouth, Hamburg und Berlin werden wir noch einmal jeweils eintausend zu Ihrer Disposition anweisen, und in Rom zehntausend. Sind Sie damit einverstanden?«

Ich überschlug es im Kopf – allein der Vorschuß entsprach ungefähr meinem dreifachen Jahreseinkommen.

»Ernesto«, sagte ich beschämt, »es ist zuviel!«

»Gut – also einverstanden. Nun zur Provision. Üblicherweise liegt sie bei solchen Transaktionen zwischen einem und fünf Prozent; ich würde vorschlagen, wir einigen uns auf zwei Prozent: weil die Summe hoch ist, und weil Sie wenig Verhandlungsspielraum haben werden. Einverstanden?«

»Ich habe überhaupt noch keine Vorstellung, um was für Summen es eigentlich geht. Wenn es so ist wie das Fixum, dann ist es mit Sicherheit viel zu hoch.«

»Also wieder einverstanden. Dann komme ich zum zweiten Teil: zu den Dokumenten. Luisa hat sie prüfen lassen: ein Teil ist aus dem ersten Jahrhundert, ein Teil aus dem dritten. Wissen Sie, was das heißt?«

»Nein, nicht im geringsten.«

»Es sind echte Kostbarkeiten. Wir könnten, bescheiden geschätzt, sogar von Sammlern oder Museen dafür eine halbe bis eine Million Dollar bekommen.«

»Und dafür soll ich auch Provision kriegen?«

»Natürlich, das gehört sich so. Nun sehen Sie mich nicht so entgeistert an – Sie machen es mir sonst bloß schwerer!«

»Schwerer? Wieso?«

»Das werden Sie gleich erfahren. Aber jetzt zu den Schriften. Wie Sie wissen, ist das Konzil in seiner entscheidenden Phase: über ein Drittel der Bischöfe ist gegen die Unfehlbarkeit – das ist nach den Bräuchen der Kirche eine Katastrophe. Vorige Woche haben sie mit einem Trick die Generaldebatte abgewürgt; bei der Minorität ist die Stimmung auf dem Siedepunkt. Diese Dokumente jetzt veröffentlicht – und das Konzil wäre am Ende. Die Jesuiten wären am Ende, der Papst wäre am Ende, und der Kirchenstaat sowieso. Nun kennen Sie ja meine Haltung: es wäre das Letzte, was ich der Kirche wünschen würde. Darum bin ich auch froh, daß ich dazu beitragen kann, diese Katastrophe abzuwenden. Die Frage ist: wieviel wird man bezahlen, um sich zu retten?«

»Und was, wenn sie gar nichts zahlen? Sondern mit einer Kompanie Straßenräuber hier anrücken?«

»Aber Henry – Sie sind wirklich ein blutiger Anfänger. Solche plumpen Methoden braucht man nur bei Fanatikern – nicht bei Geschäftspartnern. Wenn es nichts anderes ist als eine Frage des Geldes, dann muß eben Geld her – fertig.«

»Aber ich denke, der Heilige Stuhl hat überall nur Schulden?«

»Natürlich – und warum wohl, wo doch die Gläubigen der Welt ununterbrochen spenden? Genau darum, weil die Kirche immer bezahlt, wenn sie glaubt, sie müßte etwas haben.«

»Und wieviel wird sie bezahlen?«

Er blätterte in den Unterlagen auf dem Schreibtisch, zog eines der Blätter hervor und sagte:

»Also: meine überschlägliche Wertberechnung – und zwar aus der Sicht des Kirchenstaates und des Heiligen Stuhls – ergab eine Summe von mindestens zwanzig bis dreißig Millionen. Aber mit Luisa ist das leider nicht zu machen.«

»Warum? Wieviel will sie?«

»Sie rechnet so: ihr geplantes Hospital wird samt Medizinschule ungefähr sieben Millionen kosten; nehmen wir etwas Reserve, dann sind es acht. Dazu eine halbe Million Kosten im Jahr, macht in den ersten vier Jahren ungefähr zehn Millionen. Also sagt sie: zehn Millionen brauchen wir, sorg dafür, daß wir sie bekommen. Wahnsinn, sage ich. Aber auf mich hört ja keiner!«

»Und was ist da der Wahnsinn?«

»Daß ein Geschäftsmann nicht so viel nimmt, wie er kriegen kann, sondern bloß so viel, wie er braucht.«

»Warum verlangen Sie nicht dreißig und legen das überschüssige Geld auf die Bank?«

»Weil – nun, es hat sich als nicht sinnvoll gezeigt, in solchen Fragen allzu weit von Luisa abzuweichen. So spare ich mir Streit – wenn nicht Schlimmeres.«

»Ernesto«, sagte ich, meinen Mut zusammennehmend. »Darf ich Sie etwas fragen?«

»Natürlich, mein Freund – nur zu!«

»Bei unserer Diskussion haben Sie die Kirche so energisch verteidigt; Sie haben meine Argumente förmlich zerschmettert. Jetzt scheint es Ihnen gar nichts auszumachen, dieselbe Kirche zu schröpfen – und es tut Ihnen sogar leid, daß Sie ihr nicht soviel abnehmen können, wie möglich wäre?«

»Was ist daran merkwürdig? Als gläubiger Mensch verteidige ich die Kirche, aber ich verhandle mit ihr als Geschäftsmann. Und als solcher muß ich Geld verdienen – schon darum, um als treuer Sohne der Kirche regelmäßig für sie spenden zu können.«

»Das heißt, mit der einen Hand knöpfen Sie es ihr ab, und mit der anderen spenden Sie es ihr?«

»Na, sagen wir, einen Teil davon. Ist doch selbstverständlich – ich würde sonst ewig ein schlechtes Gewissen haben.«

Er sah mich schmunzelnd an; ich war mir nicht sicher, wieviel von seinen Worten Ernst war, und wieviel Scherz. Jedenfalls schien ihm die Sache Vergnügen zu bereiten.

»Und was«, fragte ich, »ist jetzt meine Aufgabe?«

»Sie führen die Verhandlungen, und Sie sorgen dafür, daß Luisa hinterher zehn Millionen in der Hand hat. Das ist alles.«

»Das ist alles, sagen Sie – mir bricht ja schon der Schweiß aus, wenn ich solche Zahlen nur ausspreche. Und ich soll mich hinstellen und sagen: ich will von euch zehn Millionen?«

»Nicht doch! Als Ziel setzen wir uns zwölf Millionen, also fordern Sie zuerst fünfzehn oder sechzehn. Dann gehen Sie runter bis dreizehn, und bei zwölfeinhalb drohen Sie mit der Abreise.«

»Und warum jetzt zwölf? Ich denke, wir brauchen nur zehn?«

»Lieber Henry – damit wir für Hospital und Schule wirklich zehn in der Hand haben, brauchen wir die zwölf – denken Sie nur an Ihre Provision.«

»Bei zehn Millionen sind das zweihunderttausend – ist das Ihr Ernst?«

»Es sind aber nicht zehn, sondern zwölf Millionen, für Sie also zweihundertvierzigtausend. Ich muß auch leben, und einige andere Hände sind auch noch da. Verstehen Sie jetzt, warum wir zwölf bekommen müssen, damit wir hinterher zehn haben?«

»Und wenn man mir zehn bietet?«

»Dann sagen Sie nein danke und reisen wirklich ab. Aber

glauben Sie mir: man wird Sie auf Knien bitten, wieder aus dem Zug oder dem Schiff auszusteigen. Sie können gar nichts falsch machen; im Grunde brauchen Sie nur wichtig dreinzuschauen und anzuhören, was man Ihnen bietet. Dann sagen Sie so lange nein, bis man so viel bietet, daß Sie ja sagen können – ein Kinderspiel!«

»Für Sie vielleicht, aber nicht für mich. Ich höre zwar, was sie sagen, aber ich kann es immer noch nicht fassen.«

Er sah mich an, als würde ich ihn foltern. Dann stand er auf, legte mir eine Hand auf die Schulter und sagte besorgt:

»Sie müssen es aber fassen! Wir haben nämlich noch einen wichtigen Punkt: die Spesen. Wissen Sie, man kann mit Spesen großzügig sein, und man kann auch daran sparen. Hauptsache, man weiß, wann man ausgeben und wann man sparen muß.«

»Seien Sie unbesorgt – ich werde sparsam sein.«

Er schlug die Hände vors Gesicht und schüttelte den Kopf, als hätte ich ihm eine Ohrfeige versetzt.

»Nein, Henry, nein!« rief er. »Das hier ist genau *nicht* die Gelegenheit, wo wir uns Sparsamkeit leisten können. Sie werden sowieso Probleme bekommen: weil man in Ihnen zunächst noch den kleinen Eisenbahningenieur sehen wird. Und so wie Sie im Moment dreinschauen, sehen Sie wahrlich nicht nach Millionen aus, sondern nach Strebsamkeit und Zeichenbrett! Selbst wenn Ihnen das Geld aus der Jackentasche flattern würde, würde man Sie mit diesem Gesicht höchstens für einen Bankräuber halten. Mit Spesen sparen, aber zwölf Millionen verlangen – Himmel, wenn das nur gutgeht!«

»Ernesto«, wagte ich einzuwenden, »warum machen Sie es nicht selber? Oder Sie schicken jemand anderen?«

»Weil es, mein lieber sparsamer Freund«, sagte er mit grimmigem Gesichtsausdruck, »weil es in diesem Hause gelegentlich Vorschläge gibt, die abzulehnen niemandem bekommen würde – darum! Weil jemand hier in diesem Raum gesagt hat: Wenn er sich zutraut, den Heiligen Stuhl umzuwerfen, dann wird er auch vor ein paar Millionen nicht zittern – darum! Außerdem sind Sie der einzige, der den Inhalt der Schriften kennt, und warum sollten wir erst noch andere einweihen? Nein, Henry, das müssen Sie schon machen!«

Er öffnete ein Schubfach und nahm aus einem Kästchen

eine Zigarre hervor. Genüßlich zündete er sie an, dann fuhr er fort:

»Glauben Sie mir: ans Reichsein gewöhnt man sich schneller als ans Armsein, und bis Sie in Rom sind, haben Sie ja noch mehr als drei Wochen zum Üben. Und damit zurück zu den Spesen. Also: Sie haben hiermit die Pflicht – verstehen Sie, die absolute und unbedingte Pflicht – in Rom für alle sichtbar viel Geld auszugeben. Natürlich reisen Sie Erster Klasse, und Sie werden unseren Butler Fred als persönlichen Diener dabeihaben – na, sagen wir, als Assistenten. Wieviel, sagten Sie, war Ihr Jahreseinkommen? Ungefähr tausend Dollar? Henry – wenn Sie auf der ›Scotia‹ nicht mindestes zweitausend Dollar ausgeben, dann haben Sie die Probe nicht bestanden! Klar?«

Er klopfte die Zigarre am Aschenbecher ab und fuhr fort:

»Sie könnten in Rom natürlich bei meiner Familie wohnen; aber die möchte ich lieber aus der Sache heraushalten. Also ein Hotel – daß es das beste sein wird, versteht sich von selbst. Fred wird für Sie eine Luxusdroschke zum persönlichen Gebrauch mieten. Besuchen Sie Leute! Machen Sie Geschenke! Kaufen Sie Kunstwerke, Kostbarkeiten, Juwelen! Und wenn man Sie einlädt, verteilen Sie Trinkgelder – mindestens in der Höhe, wie das Essen, zu dem man Sie eingeladen hat, kostet. Verstanden?«

Ich nickte, aber offenbar nicht überzeugend genug.

»Die Hauptsache ist: Man muß in Rom denken, Sie haben sich damals als Eisenbahningenieur nur verstellt, und jetzt lernt man Sie wirklich kennen. Je mehr man Ihnen zutraut, Millionen auszugeben, um so eher wird man bereit sein, Ihnen Millionen anzubieten! Seien Sie stark! Geben Sie sich einen Ruck und seien Sie einen Monat verschwenderisch – ich befehle es Ihnen!«

Er sah mich mit einer Mischung aus Bedauern und Skepsis an, und sein Gesicht wurde wieder zu dem eines Buchhalters.

»Morgen wird Fred mit Ihnen einige Geschäfte aufsuchen. Wir werden Sie standesgemäß ausstatten müssen.«

»Damit ich nach Geld rieche«, sagte ich.

»Genau. In diesem Geschäft ist Luxus ein Stück Höflichkeit.«

Dann senkte er noch einmal die Stimme.

»Henry – in das meiste, was wir eben besprochen haben, ist auch Fred eingeweiht: damit er Sie, falls es nötig ist, gelegentlich vertreten kann. Aber was ich Ihnen jetzt sage, bleibt unter uns!«

Er erklärte die Einzelheiten des Planes: zuerst einige Kennworte für chiffrierte Depeschen, in denen ich den Stand der Verhandlungen mitteilen werde. Dann Ort und Modalitäten der Transaktion: man wird die Schriften von Kurieren nach Florenz bringen lassen; dort wird auch, wahrscheinlich durch Ernesto selber, die Übergabe der Schriften stattfinden.

»Mein erstes und einziges Auftreten in dieser Sache«, sagte Ernesto. »Den Rest müssen Sie erledigen. Und noch etwas, sozusagen ein väterlicher Ratschlag. Meinetwegen dürfen Sie alles vergessen – aber das, was ich Ihnen jetzt sage, nicht. Sie werden nämlich keine Zeit haben, auf diesem Gebiet Ihre eigenen Erfahrungen zu machen. Wollen Sie mir das versprechen?«

»Ich will es versuchen.«

»Na, hoffentlich. Es zu beherzigen ist nämlich schwerer als es klingt. Geld, mein Freund, ist komprimiertes Leben, sozusagen ein Konzentrat der Menschheit selbst. Darum ist Geld eine Schwerkraft für sich; es zieht nicht nur Geld an, sondern auch alles andere: Dinge, Menschen, Gedanken. Es bewegt Gutes wie Schlechtes: Geist und Kultur, aber erst recht Neid und Gier und Mordlust. Geld schafft keine Liebe – aber es richtet die Aufmerksamkeit auf den, der es hat. Darum weiß ich: wenn ich Ihnen befehle, seien Sie verschwenderisch! – dann heißt das auch: Begeben Sie sich in Gefahr! Verstehen Sie?«

»Ich hoffe es.«

»Und ich bete für Sie: daß wir Sie mit unserem Auftrag nicht ins Unglück stürzen. Um ehrlich zu sein, Henry: ich mag Sie – und ich möchte Sie gesund an Leib und Seele wiedersehen!«

»Das wünsche ich mir auch!«

»Wenn es nur so wäre! Sie sehen mir ganz danach aus, als wäre Ihnen auch ein wunderschönes Unheil nicht ganz unlieb ...«

91
Das Gesetz Gottes

*Rekonstruktion der Aufzeichnungen
des Luigi Calandrelli (30):*

Ich legte das Schreiben des Bernardus an seinen Platz zurück, nicht ohne ein Gefühl tiefer Bekümmerung. Mein Blick fiel auf die Rollen in der linken Hälfte der Truhe, und es schien mir, als sei unter ihnen noch ein Behälter. Aber es war eine Rolle aus Metall, vermutlich dünn gehämmertes Kupfer, und vollständig bedeckt mit eingeritzten Zeichen.

Es schien hebräische Schrift zu sein; ähnliche Zeichen fanden sich auf einigen brüchigen Lederrollen daneben. Ich griff zu der Hülle, die neben den Rollen steckte, und öffnete sie. Sie enthielt eine Anzahl von Blättern in lateinischer Sprache: offenbar Übersetzungen der hebräischen Texte.

Wir berichten demütig an Seine Heiligkeit.

Gemäß dem uns erteilten Auftrag haben wir die Rollen des Gottfried numeriert, studiert und übersetzt. Einige Stellen blieben allen Mühen zum Trotz unleserlich oder unverständlich, oder sie waren zerstört von den Spuren des Alters. Denn alt sind diese Schriftrollen in der Tat, wohl an die tausend Jahre oder mehr, wenn unsere Erfahrung im Hinblick auf das Material der Rollen und die Wahl der verwendeten Worte uns nicht täuscht.

Was nun die Texte angeht, so sind sie offenbar alle von einer Hand geschrieben, mit Ausnahme der kupfernen Rolle, welche wir mit der Nummer VII bezeichnet haben, und welche wohl eine Abschrift zu besonderen Zwecken darstellt. Der Schreiber der Texte nennt sich Andreas, Apostel Christi; doch wagen wir nicht zu beurteilen, ob dies in der Tat der heilige Apostel Andreas und Bruder des heiligen Petrus sei, oder aber ein anderer, der unter dessen Namen geschrieben hätte.

Was wir entziffern konnten, haben wir nach bestem Wissen

Wort für Wort und Satz für Satz geprüft und übertragen. Dabei haben wir uns, wie uns aufgetragen ward, jeglichen Urteils und eigener Stellungnahme enthalten. Zur Prüfung, ob die Schriften sowohl echt als auch fest auf dem Grunde des Glaubens stehend seien, übergeben wir das unvollkommene Produkt unserer geringen Fähigkeiten in Demut Seiner Heiligkeit. Möge das Urteil des Heiligen Vaters entscheiden; Sein Wille geschehe.

Die unwissenden Übersetzer: Lucidus et Prätorius.

Es schloß sich, in derselben Handschrift, die Übersetzung des ersten Textes an:

I.

Andreas, Apostel Jesu Christi, an die Gemeinde des Herrn in Korinth. Gnade sei mit euch allen, und Friede in Gott, unser aller Vater, und in unserem Herrn Jesus Christus!

Wahrlich, wir leben in bewegten Zeiten. Die Mächtigen der Welt straucheln und fallen, das Reich scheint in Aufruhr, täglich erreichen uns Nachrichten, welche uns vorgaukeln wollen, daß nichts unser Ohr und unser Herz so sehr verdiene wie sie. Und doch sind die Fragen des Menschen dieselben zu allen Zeiten: Was ist Gott, was ist der Mensch, und was sind Leben und Tod.

Mehrere von euch haben mir geschrieben, und ich danke euch für eure Grüße und eure liebevollen Gedanken. Auch ich denke an euch mit Zuneigung, und zu wissen, daß ich euch bald wieder unter euch weilen werde, ist mir eine Freude.

Ihr stellt einige Fragen, die mich gleichfalls erfreut haben, weil sie mir zeigen, wie sehr ihr um den rechten Glauben ringt. Ich nun, Knecht der Knechte Christi – und ich meine das ganz und gar ernst, und nicht als eitle Floskel, wie sie manche Ältesten inzwischen gerne gebrauchen, um nur um so frecher sich als Herren der Gemeinde zu gebärden – ich als euer liebender Knecht will versuchen, einige dieser Fragen zu beantworten.

Es fragen nämlich manche von euch: Jesus Christus, welcher sich selbst des Menschen Sohn nannte, jedoch Gott seinen Vater – ist dieser denn nun ein Mensch gewesen? Oder aber Gott, in der Gestalt eines Menschen? Denn wenn er ein Mensch war: wie dürfen wir ihn anbeten? Wenn er aber Gott war: war dann sein Opfer und sein Leiden am Kreuz nicht bloß gespielt?

Ich glaube, meine Lieben, euer Irrtum liegt darin, wie ihr euch Gottes Schöpfung vorstellt: wie das Schaffen des Menschen, nur eben viel größer. Der Schmied macht ein Schwert und verkauft es, und von Stund an ist es ein fremdes Schwert und schlägt und schneidet nach dem Willen dessen, der es führt, vielleicht also auch den Schmied selber. Glaubt ihr, die Schöpfung Gottes sei ebenso! Und Gott hätte vielleicht den Apfelbaum geschaffen und in die Welt gegeben, und ihn dann verlassen und vergessen! Mitnichten: sondern Gott selbst war und ist in dem Apfelbaum, und der Apfelbaum ist ein Teil Gottes, und Gott wird in ihm sein bis ans Ende der Tage.

Erst recht aber ist Gott im Menschen, den er nach seinem Bilde geschaffen! Und dies war es, was Jesus erkannte: daß er des Menschen Sohn war, und dennoch Gott zum Vater hatte – daß er also wie jeder von uns ein Kind Gottes war.

Denn das ist die Lüge der Römer und Ägypter: daß sie behaupten, allein Kaiser und Pharaonen seien die erwählten Söhne ihrer Götter. Nein, sondern wir alle sind Seine Kinder, und wir alle sind Ihm gleich nah, und ebendies ist die Botschaft Christi.

Nun gibt es einige unter euch, die haben diese Botschaft mißverstanden. Sie fragen nämlich: wenn doch unser Herr Jesus Christus göttlichen Wesens war – wie könnte er wohl vom Weibe geboren und vom Manne gezeugt sein! Und weil sie wissen, daß Jesus von Maria geboren wurde, daher meinen sie das Göttliche in ihm dadurch zu ehren, daß sie sagen: gewiß ist Jesus nicht von Joseph gezeugt, sondern vom Heiligen Geiste.

Die so sprechen, irren auf doppelte Weise. Zum einen vergessen sie, daß Jesus zwar Gottes Sohn war, jedoch nicht mehr und nicht weniger als sie selbst und jeder von uns. Zum zweiten scheinen sie zu glauben, es gäbe am Menschen Teile, die Gott wohlgefällig seien, und andere, welche ihm ein Ärgernis wären. Ich aber sage euch: noch das kleinste Teil des Menschen ist ein Teil Gottes; und daß wir von unserem Körper gewisse Teile zeigen, andere hingegen schamhaft verhüllen, ist einzig die Sache Adams und des Menschen: denn Gott ist ohne Scham.

Es ist Sein Wille, daß die Speise den Menschen durch den Mund betritt und als Kot durch den After verläßt: daher ist dieser nicht weniger göttlich als der Mund. Daß ein Mensch entsteht durch die Vereinigung von Mann und Frau, ist Gottes Schöpfung, und wenn Er sich des Leibes einer Frau bedient, um einen Propheten in die Welt zu senden: warum denn, da dies doch der Weg Seiner Schöpfung ist, nicht auch des Samens des Mannes! Ich sage euch: wer behauptet, ein Prophet sei geboren aus dem Leib einer Frau, jedoch ohne die Zeugung durch einen Mann, der lästert Gott: denn er behauptet, Gott schäme sich seiner eigenen Schöpfung.

Nun gibt es, meine Lieben, noch andere Irrtümer unter euch. Manche von euch denken wohl immer wieder an die Götter und Dämonen der Heiden, und in ihrem Herzen vergleichen sie diese mit Jesus. Da aber scheint es, als hätten jene Götzen gar wundersame Eigenschaften: geboren sind sie aus Muscheln oder aus den Köpfen von Titanen; sie essen und trinken, aber entleeren sich nicht; sie fliegen auf Wolken, wandeln auf dem Wasser, verwandeln sich in Vögel und in Stiere, und welche von den Menschen sie lieben, die machen sie zu Helden und Königen.

Dagegen unser Herr Jesus: was hat er uns zu bieten! Nur eine fröhliche Wahrheit, für die er überdies gepeinigt und gedemütigt und schließlich elendiglich ans Kreuz geschlagen ward. So ist es kein Wunder, wenn sich manche der Schwachen im Glauben wünschen, Christus, ihr Herr und Meister, möchte nicht weniger wundersame Kräfte haben als die Götter und Dämonen der Heiden. Dabei vergessen sie, daß die Kräfte all jener Götzen ja nicht in Wirklichkeit existieren, sondern bloß in Fabeln und Märchen. Um aber dennoch die Heiden zu beeindrucken, wenn sie diesen von Christus erzählen, schmücken sie das einfache Leben des Herrn mit Berichten von allerlei Wundern: so sei er trockenen Fußes übers Wasser gegangen, oder er habe mit einigen Broten und Fischen fünftausend Hungrige gespeist. Und als wäre es eine Schande, daß auch derjenige stürbe, welcher den Menschen ihre Würde als Kinder Gottes geschenkt hat, berichten gar einige: er sei nicht wirklich gestorben, sondern nach drei Tagen von den Toten aufgestanden; und nachdem er sich uns Jüngern gezeigt habe, sei er aufgefahren gen Himmel.

Ihr wißt, meine Lieben, daß ich der erste war, welcher im Herrn den Messias erkannte und vom ihm zum Jünger berufen ward. Von da an war ich bei ihm die ganze Zeit, die er auf Erden wandelte; und wahrlich, ich sage euch: keine von all diesen Fabeln ist wahr.

Zwar, die solche Legenden verbreiten, tun dies in guter Absicht. Dennoch versündigen sie sich, denn sie vermischen die Botschaft Christi mit Lüge und Übertreibung, und sie verderben die Wahrheit des Glaubens, indem sie zu glauben verlangen, was niemand glauben kann. Endlich aber beleidigen sie Gott: indem sie so tun, als wären die Gesetze, welche Er in die Dinge der Welt gelegt hat, nicht ebenfalls Teil Seiner Schöpfung.

Ich aber sage euch: das wahre Gesetz Gottes sind nicht die Offenbarungen der Propheten, auch nicht die Gebote des Moses, ja nicht einmal die Lehre Christi: denn all dies ist offenbart in der Sprache des Menschen, und also wie alles Menschliche dahinschwindend und vergänglich. Das wahre Gesetz Gottes aber ist nicht in Worten verkündet und nicht in Schriftzeichen geschrieben: sondern es ist jenes, welches sich in den Dingen und Lebewesen der Schöpfung offenbart.

Daß der Apfel vom Baum zu Boden und nicht zum Himmel fällt, und daß im Wasser versinkt, was schwerer ist als Wasser: dies ist Gottes wahres Gesetz. Daß jegliches Leben entsteht aus Erde und Asche und vergeht zu Erde und Asche, wenn seine Zeit erfüllt ist: auch das ist Gottes Gesetz von Anbeginn bis in Ewigkeit. Und weil dieses Gesetz Teil der ewigen Schöpfung und also Gott selber ist, deshalb wird Er Sein Gesetz nicht aufheben um einiger zweifelnder Gläubiger willen: denn Gott lacht, aber er macht keine Witze.

Darum also, ihr Lieben, ermahne ich euch: Nicht um euch zu verwirren, hat Jesus gelebt und gelehrt, sondern um euch Klarheit zu geben. Wenn es denn Wundersames um Jesus und sein Leben gegeben hat, dann allein die Tiefe seiner Erkenntnis und die Größe seiner Liebe, und sein Mut, den Versuchungen der Welt zu widerstehen.

Wahrlich, ich sage euch: es braucht kein Aufstehen des toten Fleisches und kein Auffahren gen Himmel, um die Seele mit Gott zu vereinigen: denn Gott ist in der Erde und in der Asche nicht weniger als im lebendigen Fleisch und in der fühlenden Seele. Darum sollt ihr euch nicht davor fürchten, zu Erde und Asche zu werden, wie auch unser Herr Jesus zu Erde und Asche wurde. Denn wenn die Zeit gekommen ist, wird die Asche gewißlich wieder zu Leben werden und das Leben zu Asche: es wandeln sich die Gestalten, doch Gottes Gesetz bleibt ewig, und ihr in ihm.

Und der Friede Gottes, welcher aus der Botschaft Christi erwächst und aus der Erkenntnis von Gottes Gesetz, sei mit euch und begleite euch alle Tage. Seid fröhlich und liebet einander, und preiset und lobet den Herrn – in dem Wissen, daß Er euer Vater ist und wir alle Seine Kinder, jetzt und in Ewigkeit!

92
Ein Handstreich

Meldungen aus den »Berlinischen Nachrichten«:

Rom, 4. Juni 1870. [Unerwarteter Schluß der General-Debatte zur Unfehlbarkeit.] Der »Pr.« wird geschrieben:
Die Sitzung hob ruhig an und nichts deutete auf eine plötzliche Veränderung hin. Einige Bischöfe, darunter Moriarty und Dinkel, sprachen sich ruhig, aber bestimmt gegen die Unfehlbarkeit aus. Danach sprach Maret, Bischof von Sura, und zwar wie seine Vorredner gegen die Infallibilität, jedoch mit äußerst heftigen Worten. Je länger er sprach, desto mehr stieg die Unruhe und Gereiztheit auf Seiten der Majorität, es ging ein dumpfes Gemurre durch die Reihen der Dogmafreunde. Was weiter folgte, wirkte wie ein Blitz aus heiterem Himmel: an die 150 Väter verlangten wie Ein Mann Schluß der Debatte. Ungeheuerste Überraschung und Aufregung! Die Väter verließen ihre Sitze und bildeten Gruppen um einflußreiche Sprecher und Führer; in allen Sprachen wogte es durcheinander. Selbst auf der Präsidentenbank ging es lebhaft zu; offenbar war man sich keineswegs einig. Wird der Antrag zur Abstimmung gebracht? Man glaubt, daß die Legaten in ihrer Verlegenheit möglichst unauffällig einen Vertrauensmann zum Heiligen Vater oder zu Antonelli hinaufgeschickt, um sich für diesen unerwarteten, höchst wichtigen Incidenzfall Rat zu erbitten. Endlich ertönt die Glocke. Große Erwartung auf allen Gesichtern! Die Legaten haben beschlossen, über den Antrag der 150 zur Abstimmung zur schreiten. Doch das ist nicht so leicht; denn von Neuem fluten die Ausrufe und Äußerungen durcheinander; die Gruppen wollen sich nicht auflösen, um die verwaisten Bänke zu besetzen, namentlich auf oppositioneller Seite ist die Aufregung, teils Bestürzung, teils Erbitterung, außerordentlich. Endlich ist die Ruhe so weit hergestellt, daß die Abstimmung in Scene gehen kann – nicht mittels Namensaufrufes, sondern durch Aufstehen und Sitzenbleiben. Das Resultat: an drei Viertel der Versammlung haben den Schluß der Debatte angenommen. So geschehen am 15. Tag der Debatte, nachdem 67 Väter *ad rem* gesprochen, und obwohl fast eben so viele noch auf der Rednerliste standen.

Rom, 5. Juni 1870. [Der Handstreich der Concilsmajorität.] In Folge der Überrumpelung durch die Majorität haben sich gestern die Väter der Opposition bei Cardinal Rauscher versammelt und eine Protestation zur Überreichung an den Heiligen Vater beschlossen, welche sogleich mit Unterschriften bedeckt war. Leider sind mehrere, früher der Widerstandspartei angehörige Mitglieder jetzt in das päpstliche Lager übergegangen. Als solche Überläufer werden vor allen der Erzbischof von Köln, dann einige französische Bischöfe bezeichnet. Nach diesem auffallenden Schritte der Curie gibt

Ein Handstreich

es kaum noch Zweifel, daß die Unfehlbarkeit verkündigt werden wird, wie es von langer Hand her vorbereitet war.

Nach dem neuen perfiden Streich, welchen die Jesuitenpartei der liberalen Fraction gespielt hat, wobei sie die Schamlosigkeit so weit getrieben hat, jede parlamentarische Rücksicht beiseite zu setzen, haben mehrere Bischöfe bereits geäußert, daß sie nach der feierlichen Erklärung der päpstlichen Infallibilität auf ihre bischöfliche Würde verzichten werden. Jede Hoffnung, daß der Papst noch zur Besinnung kommen und der katholischen Kirche diesen grenzenlosen Scandal seiner persönlichen Unfehlbarkeits-Erklärung ersparen werde, ist geschwunden. Pius scheint nur noch den Einflüsterungen der Jesuiten offen, und keiner der Cardinäle, nicht einmal Antonelli, hat in diesem Augenblick den geringsten Einfluß auf ihn.

Wie denn überhaupt der Cardinalstaatssecretär sich principiell von allen kirchlichen Angelegenheiten fernhält und außer seinem Ministerium des Auswärtigen nur seine Privatgeschäfte und Finanzoperationen, im Vereine mit seinem Bruder, dem Director der römischen Bank, betreibt, wodurch er sich bekanntlich ein sehr bedeutendes Vermögen erworben hat.

Rom, 10. Juni 1870. [Abbruch der Generaldebatte.] Der Protest gegen den Schluß der allgemeinen Discussion am 3. Juni, aus der Feder Cardinals Rauscher, ist von 93 Bischöfen unterschrieben worden, darunter allen ungarischen und fast allen französischen. Er lautet:

»Aus dem Wesen der Concilien selbst folgt, daß die Befähigung, einem Votum auch die begründenden Motive beizugeben, nicht das ausschließliche Privilegium einiger Väter, sondern ein allen gemeinsames Recht ist. Dieses muß um so gewissenhafter gewahrt werden, je bedeutender die Frage ist, um die es geht; die allerbedeutendste Frage aber ist eine Definition, welche dem christlichen Volk eine Lehre als eine von Gott geoffenbarte vorlegt. Jenes unverbrüchliche Recht wird in den Generalcongregationen geübt, und darum kann auch eine Mehrheit diese Discussion nicht zum Abbruch bringen, ohne besagtes Recht zu schädigen. Dies aber ist gestern geschehen, und darum bezeugen wir hier unseren offenen Protest.«

Schon die große Anzahl der Unterzeichner beweist, daß die Behauptung, es hätten sich bei der Abstimmung über den Antrag nur 30 Bischöfe dem Schluß der Discussion widersetzt, eine reine Erfindung ist. Es waren eben viele von der Minorität nicht im Saale anwesend, und die Präsidenten haben dem lebhaft geäußerten Verlangen der überraschten Opposition, die Gegenprobe anzustellen, kein Gehör gegeben.

Das Ganze erweist sich immer mehr als ein vor der Hand abgekartetes Spiel. Es zeigt, daß die Kirche vom modernen Parlamentarismus zwar nicht dessen Principien von Öffentlichkeit und gerechter Repräsentation zu übernehmen bereit ist – denn dann dürften nicht die Italiener die Mehrheit des gesamten Concils ausmachen –, wohl aber die Tricks und Methoden seiner Geschäftsordnung, mit denen immer wieder Majoritäten die Minoritäten zum Schweigen bringen. Allerdings geht es hier ja nicht um zeitlich gebundene Zwecke und Interessen, die später mit gewandelten Mehrheitsverhältnissen auch wieder neu verhandelt und entschieden werden können, sondern angeblich um göttlich geoffenbarte Glaubenswahrheit. So reiht sich denn dieses vaticanische Concil würdig ein in die lange Reihe vorangegangener Concilien, denen es wie dem jetzigen mit Drohung, Druck und Betrug weniger um die Wahrheit ging, als um die Macht – in der Kirche und in der Welt.

93
Die Lehren des Baltasar Gracian

Wenn jemand behauptet, die in der Heiligen Schrift berichteten Prophezeiungen und Wunder seien Erfindungen von Dichtern – der sei verflucht.
Pius IX., Syllabus errorum

Tagebuch des Heinrich Wilhelm Lehmann:
An Bord der »Scotia«. Sonnabend, 18. Juni 1870

Ob es mir wirklich jemals gelingen wird, bedenkenlos Geld zu verschwenden? Ich werfe mit Trinkgeldern nur so um mich, kaufe mit lässiger Miene Dinge, die ich nie brauchen werde, aber jedesmal, wenn ich für etwas mehr ausgebe, als es mir wert ist, gibt es mir innerlich einen kleinen Stich. Mit einer Ausnahme: seltsamerweise macht es mir gar nichts aus, am Spieltisch zu verlieren.

Ansonsten gebe ich mir alle Mühe, dem Auftreten von Fred nachzueifern. Schon in Newyork hatte ich ihn bewundert: als nämlich bei unseren Einkäufen die Verkäufer immer erst ihn ansprachen, und in mir seinen Begleiter sahen. Das fand ich ganz selbstverständlich; seine überlegene Haltung beeindruckte auch mich. Ihm dagegen waren diese Verwechslungen peinlich, und er unterließ es nie, sie umgehend zu korrigieren.

Am Tag der Abreise, als Ernesto uns die letzten Instruktionen gab, fragte ich den Butler:

»Fred – Sie haben bestimmt schon Vorstellungen, wie Sie mir das Auftreten eines Geldmannes beibringen wollen, nicht wahr?«

»Nun ja – ich werde Ihnen zeigen, wie Sie Personen und Situationen beurteilen können, und ansonsten werde ich mich, wie es sich gehört, im Hintergrund halten.«

»Aber Fred«, wandte ich ein, »glauben Sie nicht, daß ich mich am Anfang geradezu werde verstellen müssen?«

»Schon möglich«, meinte er, »aber Sie sind doch kein

Dummkopf. Bestimmt werden Sie sich schnell dran gewöhnen.«

»Sie könnten mich dabei unterstützen!«

»Und wie, wenn ich fragen darf?«

»Ganz einfach: indem Sie auf dem Schiff nicht als Butler in Erscheinung treten, sondern als mein Geschäftspartner.«

»Es wird Ihr Ansehen nicht fördern, wenn Sie keinen Bediensteten bei sich haben.«

»Schon möglich. Andererseits fällt es mir dann leichter, meine Fortschritte festzustellen. Wenn wir beispielsweise auf Unbekannte treffen, und man beachtet nur Sie, dann kann ich daran sehen, daß ich noch an mir arbeiten muß.«

Ernesto mußte lachen. »Eine gute Idee! So werden Sie es machen – auf der ›Scotia‹ sind Sie Geschäftspartner!«

In der Tat: so genießen wir die Situation an Bord viel mehr. Als passionierten Sportler beflügelt es Fred, seinen Unterricht in Form eines Wettkampfes durchzuführen. Selbst die langweiligste Konversation wird spannend, indem wir sie wie Schauspieler zelebrieren. Und zwar vor doppeltem Publikum: zuerst vor unseren Gesprächspartnern, die durch ihr Verhalten zeigen, wer von uns beiden besser gespielt hat. Dann aber auch vor uns selber, die wir mit kritischem Auge unsere Leistungen begutachten.

Keine Frage, daß mich Fred am ersten Tag locker an die Wand spielte. Und als wir am Abend in der Kabine über meine Fehler sprachen, da erteilte er mir eine wirkliche Lektion. Ich hatte von ihm einige Tips erwartet, wenn nicht gar Tricks, wie man sich unter Fremden in ein gutes Licht setzt. Dabei sah ich (als jemand, der selber nie anderes war als Untergebener) in ihm immer den Diener – und nun merkte ich: das ist er gar nicht. Sondern er ist ein wirklicher Herr, vor allem Herr seiner selbst, und er bleibt es im Umgang mit anderen – das ist sein ganzes Geheimnis.

Oder vielleicht hat er doch ein kleines Geheimnis; auch darin erteilte er mir eine Lehre. Es gibt nämlich ein Buch, das ihn immer sehr beeindruckt hat; er hat es, um mir daraus vorzulesen, für seinen Unterricht an Bord mitgenommen. Ein Buch, das ich selber nicht nur kenne, sondern auch zu schätzen glaubte: das »Handorakel« des alten Jesuiten Baltasar Gracian. Während ich es aber bloß gelesen und bewundert habe, hat Fred sich seine Weisheiten zur Lebensmaxime gemacht. Und ich merke: der Unterschied zwischen der Hochschätzung einer Lehre und ihrer Anwendung ist ebenso groß wie der zwischen der Bewunderung eines Bauplanes und seiner Verwirklichung.

»*Denken wie die wenigsten, reden wie die meisten.*«

Fred las es mir als erstes vor – um meinen Widerspruch zu wecken.

»Der Einstieg, Henry, nur der Einstieg!« schränkte er ein. »Es ist besser, das Originelle erst dann zu zeigen, wenn ein Minimum an Vertrautheit besteht. Darum warnt Gracian: *Was vielen gefällt, nicht allein verwerfen.* Aber das sind keine starren Regeln, weder für Ihr Empfinden, noch für Ihr Auftreten. Genauso gilt nämlich auch: *Ein Stückchen Kühnheit bei allem ist eine wichtige Klugheit. Einer seiner schönsten Sätze! Gracian begründet ihn so: Man muß seine Meinung von anderen mäßigen, um nicht so hoch von ihnen zu denken, daß man sich vor ihnen fürchte.*«

Er sah mich an und forderte mich ganz unvermittelt auf: »Versuchen Sie doch einmal, mir etwas auf eine Weise zu sagen, die Ihrem Gefühl nach auch kühn ist.«

»Ich habe«, sagte ich nach kurzen Nachdenken, »Sie immer für einen Diener gehalten, der mit Perfektion den Herrn spielt. Aber jetzt merke ich, daß Sie ein Herr sind, der mit Vollendung den Diener spielt.«

Er zuckte ein wenig zusammen. »Danke, Henry. Ein Kompliment, aber auch kühn!«

Und nach kurzem Überlegen: »Ich muß Sie loben, obwohl ich auch mich lobe. Sie haben gleich mehrere Tugenden in einem Satz gezeigt: erstens, *Geistesgegenwart haben*; zweitens, *den Ruf der Höflichkeit erwerben* – und auch, wenn ich das behaupten darf: *seinem Herzen glauben.*«

Bei einer anderen Gelegenheit fragte er mich: »Warum fällt es Ihnen eigentlich so schwer, Geld auszugeben? Geizig sind Sie nicht, das hätte ich gemerkt – also wo ist das Problem?«

»Für die hundert Dollar, die ich vorhin für ein goldenes Feuerzeug ausgegeben habe, müssen viele Leute ein Jahr lang arbeiten.«

»Es ehrt Sie, daran zu denken. Aber wenn Sie das Geld in Ernestos Tasche lassen, dann kriegt von denen, die Sie bemitleiden, keiner auch nur einen Cent. Mitleid sollten Sie nur dann empfinden, wenn es nicht Ihr persönliches Gefühl befriedigt, sondern wirklich zur Hilfe wird. Aber bedenken Sie: *Nie aus Mitleid gegen den Unglücklichen sein Schicksal sich selber zuziehen.*«

Er sah mich an, um festzustellen, ob seine Worte auch genügend Eindruck auf mich gemacht hätten. Offenbar war er noch nicht überzeugt, denn er fuhr fort:

»Eine der wichtigsten Fähigkeiten, an die Sie sich gewöhnen müssen, Henry: *Für große Bissen des Glücks einen Magen haben.* Das gilt für Sie ganz besonders, denn das Glück ist dabei, Ihnen einige dicke Bissen vor den Mund zu halten. Beißen Sie zu! *Große Glücksfälle setzen den nicht in Verlegenheit, der noch größerer würdig ist.* Das Glück wirft Ihnen seinen goldenen Ball zu – seien Sie kein Spielverderber, sondern fangen Sie ihn auf!«

Also gebe ich mir redliche Mühe, mein Glück zu würdigen, indem ich es genieße, und das Geld in meiner Tasche, indem ich es ausgebe. *Zu prunken verstehen.* Ich beteilige mich an allen Arten von Gesprächen, höre mir mit derselben Aufmerksamkeit Plattheiten, Aufschneidereien und Geständnisse an. *Verschwiegen sein. Die Narren ertragen können.* Ich knüpfe Kontakte, zeige mich erkenntlich, mache es mir zur Angewohnheit, bei kleinen Begegnungen der erste zu sein, der sich verabschiedet. *Zu verpflichten verstehen. Sich zu entziehen wissen.*

Auch an den kleinen sportlichen Wettkämpfen, die hier an Bord durchgeführt werden, beteilige ich mich. *Mitmachen, so weit es der Anstand erlaubt.* Ich stürze mich in die Tanzbälle, die jeden Abend veranstaltet werden, und ich tanze mit jeder Art von Damen, den scheinbaren wie den unscheinbaren. *Weder ganz sich, noch ganz den anderen angehören.*

Gestern habe ich eine wunderschöne Spanierin kennengelernt: Anita Gomez. Eine merkwürdige Frau. Zuerst wirkte sie auf mich wie ein Kind, mit ihren traurigen Augen und ihren vollen, ungeschminkten Lippen. Ich forderte sie zum Tanzen auf, und als sie aufstand, erschrak ich. Etwa, weil ich jetzt erst merkte, welch eine atemberaubende Figur sie hatte? Oder war es ihr Blick? Todernst sah sie mich an, ohne jede Spur von Koketterie. Ich fühlte mich verwirrt und entblößt, aber gleichzeitig erregt, als wäre ich auf der Jagd – oder war sie die Jägerin, und ich hätte mir gewünscht, ihr zur Beute zu fallen ...

Ob sie spürte, was in mir vorging? »Warum halten Sie mich nicht fest?« fragte sie. Und sie schmiegte sich an mich – bis ein ungehobelter Riese im weißen Frack mich wegstieß, es auch nicht mehr zuließ, daß ich sie noch einmal aufforderte. *Nie aus der Fassung geraten*, sagte ich mir, und zog mich zurück. Sie sah mir nach mit einem halb fragenden, halb bedauernden Blick: als wollte sie sich entschuldigen. Oder war es eher ein Vorwurf?

Jeden Abend verbringe ich eine oder zwei Stunden im Spielkasino. Mit der Folge, daß mich Fred heute beim Frühstück fragte:

»Ich hoffe, das Spielen macht Ihnen nicht so viel Spaß, daß Sie schon am Morgen dem Abend entgegenfiebern!«

Er sagte es im Spaß, aber es war auch ein bißchen Ernst dabei. Gestern abend meinte er beim Pokern: »Sie haben das Zeug zum echten Spieler. Wissen Sie, warum? Sie haben keine Angst vorm Verlieren – darum bleiben Sie locker und gewinnen. Außerdem haben Sie so ein ehrliches Gesicht, daß Ihnen kein Mensch zutraut, Sie könnten auch gelegentlich bluffen. Mich zum Beispiel legen Sie immer wieder damit herein!«

Nachdem ich ihm einige hundert Dollar abgenommen hatte, stand er auf und ging zum Roulettetisch. Er spielte ein Weilchen, verlor ein bißchen, dann verabschiedete er sich: offenbar ohne Sorge, ich könnte die Gewalt über mich verlieren.

Natürlich, so sage ich mir, ist es leicht, keine Angst vorm Verlieren zu haben, wenn es gar nicht das eigene Geld ist, das man verliert – erst recht, wenn einen der Eigentümer aufgefordert hat, es aufs Spiel zu setzen. Aber ich frage mich auch: ist nicht unser ganzes Leben uns nur geschenkt oder geliehen? Und sind wir als Empfänger dieses Geschenkes nicht genauso aufgefordert, es ganz aufs Spiel zu setzen – ohne Angst, es zu verlieren?

94
Das Gesetz des Tempels

*Rekonstruktion der Aufzeichnungen
des Luigi Calandrelli (31):*

Plötzlich hörte ich vom Gang her ein Geräusch, das mich vor Schreck zusammenzucken und die Blätter aus meiner Hand fallen ließ: das dumpfe Poltern stürzender Steine. Danach war es für einige Augenblicke totenstill. Endlich ertönten einige betont gleichmäßige Klopfzeichen; offenbar wollte man mich wissen lassen, daß nichts von Bedeutung passiert war.

Ich hob die Blätter vom Boden auf und las dasjenige, das nun als oberstes lag:

III.

Andreas, Apostel Jesu Christi, an die Gemeinde Gottes, die in Antiochia ist. Gnade sei mit euch und Friede von Gott, unserem Vater, und dem Herrn Jesus Christus!

Euren Brief habe ich erhalten, und gerne vernahm ich von der Freude, welche in der Gemeinde herrscht: darüber, daß die hochedle Claudia sich habe taufen lassen im Namen des Herrn, und daß sie ihr Vermögen der Gemeinde Jesu Christi vermachen wolle. Nun endlich, so schreibt ihr, könne ein Tempel errichtet und dem Herrn geweiht werden, welcher in Größe und Schönheit die Tempel der Heiden übertrumpfen soll. Und es könne auch zwein der Gemeindeältesten ermöglicht werden, sich ohne Sorge um ihr tägliches Brot allein der Verehrung des Herrn und der Verbreitung Seiner Lehre zu widmen.

So sehr voller Jubel und Glückseligkeit schriebt ihr mir dieses, meine Lieben, daß ich spürte, wie sehr es euch danach dürstet, mich in euren Jubel einstimmen zu lassen. Und so gern ich eure Freude teile und eure Begeisterung lobe, so weckt sie in mir doch auch Furcht. Was ich aber fürchte, ist dies: daß ihr in eurer Begeisterung euch auf einen Weg begebet, welcher dem Herrn nicht wohlgefällig ist.

Ich weiß: meine Worte werden euch erschrecken. Kann es

denn etwas geben, werdet ihr sagen, was Gott wohlgefälliger wäre als der Bau eines Tempels! Hieße es nicht erst dann wahrhaftig Gott loben, wenn es in der Gemeinde Diener gäbe, die kein anderes Amt hätten, als die Lehre des Herrn zu verkünden! Und ist es nicht nötig, ein Haus zu schaffen, in dem alle Gläubigen Platz fänden zur Andacht und zum frommen Gottesdienst!

Ach, ihr Lieben: so sehr sind manche unter euch noch den alten Göttern verhaftet, daß sie noch immer nicht begriffen haben: Gott ist anders als die Götzenbilder der Heiden. Denn wahrlich: nur die Götzenbilder brauchen als Haus einen steinernen Tempel, und nur die falschen Dämonen wünschen sich bezahlte Priester.

Der mich dies erkennen ließ, ihr Lieben, war niemand anders als Jesus selbst. Ihr werdet euch erinnern, daß ich euch über einen Streit berichtete, der einstmals unter uns Aposteln entstand: welcher von uns der erste und größte sei! Nachdem uns Jesus solchen Streit verwiesen hatte, sagte er zu meinem Bruder Simon Petrus, welcher den Streit vom Zaun gebrochen hatte:

»Simon«, sprach Jesus, »offenbar ist dir zu Kopfe gestiegen, daß ich einmal zu dir gesagt habe: aus Steinen wie dir könnte man Tempel bauen. Dies jedoch hast du gänzlich falsch verstanden. Offenbar dachtest du in deiner Einfalt, es sei der Wille Gottes, daß man ihm Tempel errichte. In Wahrheit ist das Gotteshaus, welches Gott sich wünscht, einzig die Seele eines jeden von euch; der gemauerte Tempel hingegen ist ein Ort der Verdrehung und der Herrschsucht. Darum war, oh Simon, mein Wort dir nicht zum Lob gedacht, sondern zur Mahnung.«

Ich will euch gestehen, daß auch ich mich von dieser Mahnung getroffen fühlte; ich hatte gehofft, Jesus würde einen größeren und herrlicheren Tempel errichten als den der Pharisäer und Schriftgelehrten. Eines Tages, als nur Jakobus und ich den Herrn auf einem Wege begleiteten, gestand ich Jesus meine Verwirrung. Warum, so fragte ich ihn, seien denn Gott dem Herrn selbst diejenigen Tempel nicht wohlgefällig, welche in Seinem Namen und zu Seinem Ruhme errichtet würden!

»Höre, Andreas«, sprach Jesus, »und auch du, Jakobus, höre. Denn ich will euch ein Gleichnis geben, auf daß euch der Sinn meiner Worte aufgehe.« Mit diesen Worten setzte er sich auf einen Stein, der am Wegrand lag, und wir setzten uns zu seinen Füßen. Was Jesus uns aber sagte, war dies:

»Es war einmal ein Mann, der hatte einen guten und treuen Freund. Eines Tages wollte er diesem ein Geschenk machen, und es kam ihm der Gedanke, dem Freund einen Bogen zu schnitzen. Also ging er in den Wald und suchte einen guten Baum; von dem schnitt er einen starken und glatten Zweig ab, dazu noch zehn dünnere, die fest und gerade waren, auf daß er Bogen und Pfeile daraus machte nach den Regeln der Kunst.

Zu Hause setzte er sich in seine Kammer und schnitzte Bilder der Freundschaft in den Bogen. Er dachte an die vielen Male, die sein Freund ihm beigestanden hatte, und die Erinnerung an all die gemeinsam verbrachten Stunden schnitzte er in den Bogen. In die Pfeile aber schnitt er Worte der Zuneigung, ›Beistand in guten und schlechten Tagen‹ in den einen, ›Hilfe in Not und Gefahr‹ in den nächsten, und so fort, auf daß Pfeile und Bogen ein unvergängliches Zeugnis seiner Freundschaft würden.

Als er nun dem Freund den Bogen schenkte, da war dieser über die Maßen erfreut, und er hielt den Bogen in hohen Ehren um ihrer Freundschaft willen. Wenn er auf die Jagd ging, so benutzte er keinen anderen mehr als diesen Bogen; und so gut dienten ihm Pfeile und Bogen des Freundes, daß ihm die Jagd bald zum liebsten Zeitvertreib wurde.

Eines Tages geschah es, daß er im Walde einen Hirsch jagte. Dieser verbarg sich in einem Gebüsch; es schimmerte aber von ferne ein Haarbüschel durchs Unterholz. Also nahm der Mann aus dem Köcher den Pfeil mit der Aufschrift ›Hilfe in Not und Gefahr‹, welcher ihn noch niemals im Stich gelassen hatte. Er zielte mit ruhiger Hand und sicherem Auge, und wie noch jedesmal, so dienten ihm Pfeil und Bogen auch diesmal ohne Fehl. Der Pfeil traf sein Ziel, und von ferne hörte der Jäger im Unterholz einen Schrei.

Als er aber zum Gebüsch lief, siehe, da lag auf dem Boden nicht der Hirsch, sondern es war der Sohn des Freundes, welcher sich dort verborgen gehalten, um die Jagd zu beobachten. Der Mann raufte sich die Haare und zerriß seine Kleider; er verfluchte die Stunde seiner Geburt und das Geschenk seines Freundes. Den Bogen und die Pfeile zerbrach er, dann stürzte er sich in sein Schwert, bis er sein Leben aushauchte.

So hatte also jener, welcher ihm Bogen und Pfeile geschenkt als Ausdruck seiner Freundschaft, den Sohn und den Freund verloren durch sein eigenes Geschenk, und er wurde seines Lebens nicht mehr froh bis ans Ende seiner Tage.

Nun frage ich euch: war es die Schuld des Bogens, daß er den Pfeil ohne Unterschied auf Tier und Mensch schleuderte? War es das Verbrechen des Pfeiles, daß er in geradem Flug sein Ziel suchte, ob er gleich die Aufschrift trug ›Hilfe in Not und Gefahr‹? Mitnichten. Denn der Bogen sieht die Bilder nicht, die auf ihm geschnitzt sind, und der Pfeil liest die Worte nicht, die auf ihm geschrieben stehen, noch bekümmert es ihn, ob er in Freundschaft oder Haß abgeschossen wurde: sondern er trifft oder trifft nicht, einzig nach dem Gesetze seines Fluges.

Wer also aus Freundschaft oder Liebe schenken will, der bedenke, was er schenkt: auf daß nicht das Gesetz, welchem das Geschenk gehorcht, stärker sei als die Freundschaft, die es ausdrücken soll, und vielleicht nicht nur die Freundschaft vernichtet, sondern am Ende auch den Schenkenden selbst.«

So sprach Jesus zu uns, und er fuhr fort: »Wenn nun die Gläubigen Gott einen Tempel bauen wollen, so tun sie dies in der Einfalt dessen, was sie für Ehrfurcht und Anbetung halten. Ich aber sage euch: hundertmal mehr noch als der abgeschossene Pfeil folgt der Tempel seinem eigenen Gesetz.

Die Einfältigen glauben, das Wesen des Tempels zeige sich in der Inbrunst, mit der er erbaut wurde, oder in den frommen Inschriften, welche seinen Eingang und sein Inneres zieren. Ich aber sage euch: nicht anders als der fliegende Pfeil kennt der Tempel die Worte nicht, die auf seinen Steinen geschrieben stehen, und sie gelten ihm nicht mehr als der Kot des Vogels, welcher sich auf seinem Dache entleert hat.

Auch die wohlklingenden Worte, welche die Priester in den Tempeln murmeln, und die frommen Lieder, welche die Gläubigen darin singen: auch sie sind nicht das Gesetz des Tempels.

Denn auch der steinerne Tempel ist ein Pfeil, welcher unerbittlich sein Ziel sucht, doch nicht in Augenblicken, sondern in Jahrzehnten und Jahrhunderten. Das Ziel aber, welches er unfehlbar treffen wird, so ihr euch entschließt, einen Tempel zu bauen: dieses Ziel sind die Seelen eurer eigenen Kinder und deren Kinder und Kindeskinder.

Was der Tempel tötet, ist dies: die Gleichheit der Kinder Gottes vor dem Herrn. Das Gesetz des Tempels heißt Trennung: hier die Priester und Schriftgelehrten, welche im Tempel ein und aus gehen und Gottes Wort in Besitz nehmen, dort die Gläubigen, unfrei und unmündig im Glauben, gehalten, den Tempel aufzusuchen zu gewissen Stunden, und an Ritualen teilzunehmen, welche die Priester erfunden haben. Und weil die Priester diese Rituale heilig nennen und von Gott gewollt, so hassen und verfolgen sie diejenigen, welche den Tempel meiden und das Gespräch mit Gott im eigenen Herzen suchen.

All ihre Handlungen und Gebete aber zelebrieren die Priester nicht, weil sie vom Geist des Herrn erfüllt wären: sondern sie tun dies einzig in Ausübung ihres Amtes. Doch ist die Wahrheit Gottes ein empfindliches Gut; sie verträgt es nicht, daß der, welcher sie ausspricht, nicht in der Tiefe seiner Seele von ihr erfüllt ist. Im Munde der Priester welkt und vertrocknet das Wort Gottes wie eine abgeschnittene Blume; darum haßt Gott die Tempel und die Priester, und ihr Predigen klingt Ihm wie das Geplapper von Affen und Papageien.

Weil aber die Priester dies wissen, darum hassen sie die, welche den Heiligen Geist wahrhaft in sich verspüren. Und je mehr sie vom Geist des Herrn sich entfernen, desto mehr erheben sie sich über die Gläubigen, und erpressen deren Geld, auf daß sie in Luxus leben und den Tempel immer größer und reicher bauen: sich selbst zur Erhebung, doch Gott und den Gläubigen zur Last.

Den einfachen Priestern aber befiehlt der Oberpriester, und das Gesetz der Unterwerfung, welches das wahre Gesetz des Tempels ist, schafft sich am Ende den ersten und obersten der Oberpriester. Dieser herrscht über Priester und Gläubige, und er bläst sich auf und läßt sich mit heiligen Namen nennen, als wäre er Gott näher als die Ärmsten und Armseligsten. In Wahrheit ist er nicht der Sendbote Gottes, sondern der Bote des Teufels.

Denn wahrlich: es schmerzt den Teufel und erfüllt ihn mit wildem Grimm, daß Gott in Seiner Gnade dem Menschen Seine Weisheit offenbart hat. Weil aber es dem Teufel nicht gelingt, diese Weisheit auszutilgen, wählt er in seiner Schlauheit einen anderen Weg. Sein Plan ist es, Gottes Wort einzusperren hinter steinernen Mauern, wo er es herplappern läßt von jenen, welche die Gläubigen unterwerfen und auspressen nach dem Gesetz des Tempels. Des Satans Hoffnung ist es, daß die Gläubigen das solcherart verratene Wort Gottes hassen werden: bis endlich der Geist der Frohen Botschaft ihnen aus dem Herzen entschwinde.

Die Stimme Gottes sagt: lebe, bete und sei frei; die Stimme des Teufels aber sagt: bau einen Tempel, dann bete die Priesterworte nach und sei unfrei. Nichts anderes ist der gemauerte Tempel, als die Rache des Teufels an Gottes Offenbarung.«

Dies nun, ihr Lieben, war es, was Jesus uns sagte auf jenem Wege: mir und dem Jakobus, welchen ihr darüber befragen möget. Deshalb bitte und ermahne ich euch, Abstand zu nehmen von eurem Vorhaben, einen Tempel zu errichten: sondern ein jeder von euch sei ein Priester des Herrn in allen seinen Worten und Taten. So sei denn der Herr mit euch, und meine Liebe mit euch allen, in Jesus Christus!

95
Enthüllungen aus dem Beichtstuhl

Meldungen aus den »Berlinischen Nachrichten«:

Paris, 11. Juni 1870. [Der Chauvinismus und die Gotthardbahn.] Der *Moniteur* enthält heute einen mit »Die Preußen in der Schweiz« überschriebenen Artikel, worin derselbe die Angelegenheit betreffs der Gotthardbahn ausbeutet und darzutun versucht, daß Frankreich das Recht habe, sich in diese Sache zu mischen. Das Blatt sagt:

»Wir wissen nicht, ob die Cabinette von Paris und Wien Schritte getan haben, um den preußischen Versuch zum Scheitern zu bringen; augenscheinlich ist aber, daß man gegen Österreich und Frankreich conspiriert, gegen ihren industriellen und finanziellen Wohlstand, wenn man, wie Herr v. Sybel gesagt hat, den größten Teil des Handels mit der Levante und Indien an sich ziehen will, und gegen ihre Sicherheit, wenn man dafür Sorge trägt, wie Hr. v. Bismarck gesagt, sich in directe Verbindung mit Italien zu setzen, auf dessen ewige Allianz man rechnet, und wenn man mit Millionen um sich wirft, mit denen man gewöhnlich so karg ist, um in einigen Stunden von Berlin nach Florenz zu kommen, Waffen und Munition transportieren zu können.«

So der *Moniteur*. Nun ist aber in diesem Sinne auch eine Interpellation an den Minister des Äußeren gerichtet worden. Natürlich ist diese ein Degenstoß ins Wasser, da es auf der Hand liegt, daß unabhängige Staaten vollkommen berechtigt sind, Eisenbahnen auf ihrem Territorium zu bauen. Man begreift daher nicht, daß der Minister den Interpellanten nicht sofort mit der Gegenfrage beruhigt hat, ob er etwa ein Mittel wisse, Deutschland, die Schweiz und Italien an der Ausführung der in Rede stehenden Bahn zu hindern.

Rom, 19. Juni 1870. [Cardinal Guidi.] Wie eine Bombe schlug hier die gestrige Rede des Cardinals Guidi ein, der bisher allgemein als Vertreter der Infallibilität galt. Guidi verlangte nämlich, diejenigen mit dem Kirchenbann zu belegen, die behaupteten, der Papst könnte allein und ohne Zustimmung der Kirche irgendeine dogmatische Entscheidung treffen. Die Aufregung war ungeheuer. Noch für den selbigen Abend wurde Guidi in den Vatican citiert; man vermutet, daß man ihn zum Widerruf zwingen will.

Berlin, 21. Juni 1870. [Gotthard-Convention.] Die gestern in Berlin und Varzin unterzeichnete Convention zwischen den Vertretern der Schweiz, Italiens und des Norddeutschen Bundes besagt: Der Norddeutsche Bund tritt der am 15. October 1869 zwischen Italien und der Schweiz abgeschlossenen Convention für den Bau einer Eisenbahn durch den St. Gotthard bei. Er verpflichtet sich, von den in Art. 16 der Convention festgesetzten Subsidien die Summe von 10 Millionen Franken zu übernehmen.

Ems, 23. Juni 1870. [Der König.] Seit Montag weilt zur Freude aller Curgäste wieder Se. Majestät der König Wilhelm allhier, gebraucht die Brunnen- und Badecur, erscheint morgens und abends in heiterster Stimmung auf der Promenade, und unterhält sich hier mit fürstlichen Personen, mit Militärs und anderen bekannten Persönlichkeiten. Das Publicum, in welchem alle Nationalitäten vertreten, benimmt sich dabei höchst tactvoll, so daß der König während der Bewegung im Freien in keiner Weise belästigt wird.

Rom, 24. Juni 1870. [Die neuen Berater des Papstes.] Da der Einfluß des Erzbischofs von Westminster und seines Freundes Dechamps in jeder neuen Phase, die das Concil durchmachte, immer mehr wuchs, und da der Papst sich persönlich der Auffassung der beiden durchaus zuneigt, so mußten die von früher bewährten Ratgeber nach und nach seitwärts treten. Er befindet sich in diesem entscheidenden Augenblick so sehr in den Händen der obwaltenden Partei, daß er selbst auf die Vorstellungen des Cardinal-Staatssecretärs Antonelli wenig achtet. Dieser selbst macht auch gar kein Hehl mehr daraus, wenn er mit Personen, die ihm näher stehen, zu tun hat, indem er geradezu erklärt, in der Angelegenheit der Infallibilität einflußlos geworden zu sein, da er nicht mehr um seine Meinung gefragt werde.

Es ist diese Wandlung in der Haltung des Papstes gegenüber Antonelli manchem ein Rätsel. Antonelli war in den drangsalvollen Zeiten nicht von seiner Seite gewichen; beider Männer Verhältnis hatte im Unglück eine aufrichtige Freundschaft geschaffen. Wie mächtig muß die Phalanx sein, die in den letzten Monaten das ganze Regierungssystem lahmlegen konnte, welches in der Person Antonelli's vertreten war!

Vom Main, 25. Juni 1870. [Trennung von Kirche und Staat.] Der »Süddeutsche Telegraph« fordert als Schlußfolgerung aus dem geplanten Unfehlbarkeitsdogma: »Der Staat muß endlich aufhören, der Kirche seine Autorität zu leihen. Die Glaubensfreiheit gebietet, daß jede Religionsgemeinde ihre Angelegenheiten selbständig ordne, und zwar nach Statuten ordne, welche dem Staat zur Bestätigung vorgelegt werden müssen. Diese Statuten müssen die Bestimmung enthalten, daß nicht von außerhalb ernannte Bischöfe und Geistliche, sondern die im Staat existierenden Gemeinden und Religionsgesellschaften Eigentümer des Kirchenvermögens sind.«

Graz, 26. Juni 1870. [Aus dem Beichtstuhl.] Die »Grazer Tagespost« berichtet über ein interessantes Urteil des Grazer Landes- und des Oberlandesgerichtes. Der Staatsanwalt hatte eine Nummer des »Freidenker« confiscieren lassen, weil er in dem Artikel »Enthüllungen aus dem Beichtstuhl« Religionsverspottung witterte. Beide Tribunale lehnten die Einleitung einer Anklage ab und gaben das Blatt frei. Es ist der Mühe wert, die Gründe zu hören:

»In dem Artikel wird nicht eine Einrichtung der katholischen Kirche herabgewürdigt, sondern nur der Mißbrauch derselben an den Pranger gestellt: und leider lehrt es die tägliche Erfahrung, wie oft ganz unschuldige Mädchen im Beichtstuhl durch detaillierte Behandlung geschlechtlicher Verirrungen, von denen das unschuldige Wesen noch keine Ahnung hatte, verdorben werden, weil da früher ungekannte Ideen und Lüste erst geweckt werden. Ebenso ist es Tatsache, daß der Beichtstuhl zu Wahlagitationen und anderen weltlichen Dingen mißbraucht wird. Dergleichen Dinge öffentlich geißeln, kann aber gewiß keine strafbare Handlung im Sinne der österreichischen Gesetze sein.«

96
Verführung auf Leben und Tod

> *Wenn jemand behauptet, die Form der Eheschließung, wie sie das Tridentinische Konzil vorschreibt, sei unverbindlich, wenn das weltliche Gesetz eine andere Form vorschreibt – der sei verflucht.*
> Pius IX., Syllabus errorum

Tagebuch des Heinrich Wilhelm Lehmann:
An Bord der »Scotia«. Donnerstag, 23. Juni 1870

Wenn das die Generalprobe für Rom war – dann ist sie gründlich danebengegangen.

Oder auch nicht: wenn es nämlich stimmt, daß eine mißglückte Generalprobe Voraussetzung ist für eine gelungene Premiere, dann kann in Rom eigentlich gar nichts schiefgehen.

Zumal ich das Gefühl habe, daß mich das brennende Interesse, wie ich es so lange an den Fragen des Konzils verspürt habe, mehr und mehr zu verlassen beginnt.

Angefangen hat es gestern abend im Spielkasino.

Ich hatte eine ziemlich gute Serie gehabt. Vor mir lagen Spielmarken im Wert von etwa fünfhundert Dollar; Fred hatte Kopfschmerzen, und so sagte er zu mir:

»Versprechen Sie mir, daß Sie aufhören, wenn nur noch hundert Dollar daliegen?«

»Ehrenwort!«

»Gut, dann lege ich mich schon hin. Gute Nacht!«

Ich verlor aber nicht, sondern gewann; und je mehr ich mich bemühte, auf einen Stand von hundert Dollar zu kommen, desto mehr gewann ich. Schließlich lagen an die dreitausend Dollar vor mir, und ich dachte an den Satz des Gracian: *Vom Glücke beim Gewinnen scheiden*. Also ließ ich mir mein Geld auszahlen, steckte das dicke Bündel Scheine in die Jackentasche und ging zur Bar, um noch etwas zu trinken.

Kurz nach mir stand eine Frau auf, die am Nebentisch gespielt hatte. Es war Anita, die schöne Spanierin. Sie kam zu mir an die Bar und sagte:
»Gewinnen kann jeder, aber im richtigen Augenblick aufhören – daran sieht man den Mann von Welt.«
»Meinen Sie?« fragte ich. Sie kam mir noch schöner vor als auf dem Ball, mit ihrem weit ausgeschnittenen Kleid, ihren vollen Lippen, ihren traurigen Kinderaugen.
»Ja, das meine ich«, sagte sie. »Nicht so wie Alonso, dieser Narr – kann und kann nicht aufhören. Macht immer weiter, bis er sich selber ins Unglück gestürzt hat. Aber wer weiß – vielleicht bin ich es auch, die ihm Unglück bringt. Wirklich: ich glaube, ich bringe allen Männern Unglück.«
»Aber Anita – sagen Sie doch so etwas nicht. Im Gegenteil: der Mann, dem Sie Ihre Liebe schenken, muß glücklich sein.«
»Sind Sie sicher? Wer denn zum Beispiel?«
»Na, zum Beispiel Ihr Freund Alonso.«
»Hören Sie auf«, sagte sie, und leerte in einem Zug das Glas, das sie vor sich stehen hatte. »Erwähnen Sie ihn lieber nicht ...«
»Ich habe ihn gesehen«, sagte ich, und bestellte ihr ein neues Glas. »Er ist vor einer Stunde weggegangen. Passiert nicht oft, daß er Sie aus den Augen läßt, oder?«
»Ach«, sagte sie bekümmert, »das ist es ja gerade. Er verfolgt mich auf Schritt und Tritt, läßt mich kaum atmen – Sie haben es ja selbst erlebt ... Wissen Sie was? Haben Sie nicht Lust, ein paar Schritte mit mir auf Deck zu machen?«
»Nichts lieber als das«, sagte ich. »Gehen wir!«
»Nein, warten Sie – gehen Sie zuerst, ich komme in ein paar Minuten nach. Es sind Freunde von Alonso hier im Raum; ich möchte nicht, daß sie uns zusammen weggehen sehen. Warten Sie oben an der Reling – würden Sie das tun?«
Ich ging auf Deck, lehnte mich an die Reling und hörte den Meereswellen zu, die sich am Schiff brachen. Wenig später kam auch Anita.
»Ich müßte ihn hassen!« sagte sie, als sie neben mir stand. »Mein Mann ist vor einem Jahr gestorben, und Alonso weiß, er kann es ausnutzen ...«
»Ausnutzen? Was denn?«
»Na, Sie wissen schon – ein Mann braucht eine Frau, und eine Frau ...«

»Braucht einen Mann. War es das, was Sie sagen wollten?«
»Ja«, sagte sie. »Einen Mann. Aber einen guten.«
Sie sah mich mit ihren tieftraurigen Kinderaugen an und hängte sich bei mir ein.
»Wissen Sie was? Ich möchte Ihnen etwas zeigen.«
Sie blickte sich um, ob außer uns jemand an Deck war; dann zog sie mich an der Hand die Treppe hinunter.
»Still!« sagte sie, und auf Zehenspitzen schlichen wir den Gang entlang. Vor ihrer Kabine sah sie sich noch einmal um – auch mir war, als hätte ich Schritte gehört –, aber es zeigte sich niemand. Sie schloß schnell auf, ließ mich in die Kabine und schloß geräuschlos hinter sich ab.
»Seien Sie leise«, flüsterte sie, »Alonso hat die Kabine gleich neben mir – und wenn er wüßte ...«
Sie machte kein Licht, sondern zog mich vor das Bullauge, wo sie mich im Licht des Mondes, der von draußen in die Kabine schien, sehen konnte. Auf dem Schreibtisch ihrer Kabine stand ein Bild, das sie an der Seite eines Mannes zeigte; aber es war, soweit ich es erkennen konnte, nicht Alonso.
»Was ich Ihnen zeigen möchte«, flüsterte sie, »es ist – ach was, ich habe sie angelogen – sondern – was ich möchte, ist ...«
Sie nahm meine Hand und schob sie ganz langsam in den Ausschnitt ihres Kleides.
Hör auf, du Idiot, sagte ich zu mir. *Nie handle man im leidenschaftlichen Zustande: sonst wird man alles verderben.* Aber ich konnte nicht widerstehen, und sie schob meine Hand immer tiefer. Ich spürte ihre Brust, die sich an meine Hand drückte, fühlte, wie die Brustwarze zwischen meinen Fingern groß und fest wurde. Ihr Herz klopfte wie wild – aber meines noch mehr.
»Komm, sag mir was Schönes!« forderte sie mich auf.
»Anita – ich bin verrückt nach dir!«
»Hüte dich! Meine Liebe ist gefährlich!«
»Dann will ich sie erst recht!«
»Wie du willst!« flüsterte sie, und küßte mich auf den Mund. Mit den Zähnen hielt sie meine Unterlippe fest. Sie zog mir die Jacke aus, löste den Gürtel meiner Hose, begann, immer noch meine Lippe zwischen ihren Zähnen, mein Hemd aufzuknöpfen. Für einen Augenblick tauchte der Gedanke an Emilia und Francesca in mir auf, aber ich spürte, wie sehr ich die Frau vor mir begehrte. Mit zittern-

den Händen kleidete ich sie aus, bis wir uns, beide nackt, in wilder Umarmung auf das Bett warfen. Wir wälzten uns umher, küssend und beißend, kämpfend wie zwei ineinander verschlungene Raubtiere; sie biß mich ins Ohr, ich biß sie zurück, und sie bohrte mir ihre Fingernägel in die Schulter, daß ich hätte aufschreien mögen vor Schmerz und Erregung.

Dann, auf einmal, drehte sie mich auf den Rücken und hockte sich auf mich. Sie hielt meine Hände fest, drückte sie neben dem Kopf aufs Kissen und ließ mein aufgerichtetes Glied in ihre nasse Scheide gleiten. Auf meinen Schenkeln reitend, begann sie langsam ihre Hüfte zu heben und zu senken; ich konnte gar nicht anders, als meinen Leib im selben Rhythmus gegen ihren zu pressen. Noch ein oder zwei Mal, und ich hätte den Höhepunkt nicht mehr zurückhalten können – sie schien es zu spüren, denn plötzlich hörte sie auf, sich zu bewegen, und beugte sich zu mir.

»Möchtest du es?« flüsterte sie mir ins Ohr. »Willst du vor Lust sterben – jetzt?«

Ich antwortete nicht, preßte sie nur heftig an mich.

»Sag es – ich möchte es hören!«

»Ja«, stöhnte ich, »ich will es.«

Mit aller Kraft umarmte ich sie und drückte sie an mich. Sie biß sich erneut in meiner Unterlippe fest, hob noch einmal ihre Hüfte von mir weg und preßte sie wieder auf mich – nur ein einziges Mal, aber mit unerbittlicher Kraft, und ich spürte, wie sie mit ihrer Scheide mein Glied umschloß, als wollte sie es aussaugen. Es brauchte kaum den Hauch einer Bewegung, da spürte ich schon das Ende kommen.

»Jetzt stirb!« flüsterte sie, und drang mit ihrer Zunge tief in meinen Mund ein. Noch einmal preßte sich ihre Scheide um mein Glied, und ich spürte, wie mit heftigen, überströmenden Zuckungen mein Samen in sie hineinfloß. Ich stöhnte laut auf und löste, in einer plötzlichen Ermattung, meine Umarmung.

Ich zitterte. Eine Weile blieb sie auf mir liegen, dann stand sie auf, wischte sich mit einem Kleidungsstück ab und legte sich wieder neben mich. Erneut spürte ich ein heftiges Verlangen in mir aufsteigen; ich drehte mich zu ihr und preßte sie an mich. In diesem Augenblick hörte ich in der Kabine nebenan ein Geräusch. Alonso! dachte ich – wenn er jetzt hereinkommt, schlägt er dich tot. Ich wollte aufstehen, aber sie hielt mich fest.

»Nein, geh nicht – ich bin doch keine Hure. Bleib bei mir, wenigstens bis zum Morgengrauen!«

Eine Weile küßten und streichelten wir uns. Dann drehte sie mir den Rücken zu, nahm meine Hände und legte sie sich auf die Brüste. Ich fühlte, wie ihre Hand mein Glied umfaßte und in ihre Scheide einführte. Ich hielt ihre Brüste, küßte ihren Nacken, preßte ihren Körper an mich, ohne mich zu bewegen: in einem Zustand glücklicher Erregung, von dem ich nur wünschte, daß er niemals aufhören sollte.

So schlief ich ein.

Ich erwachte dadurch, daß ich einen Lappen mit einer aromatisch riechenden Flüssigkeit auf dem Mund spürte, offenbar Chloroform. Ich versuchte, mich zu wehren, aber es war schon zu spät. Halb ohnmächtig sank ich zurück; die Frau klopfte an die Kabinenwand. Wie aus weiter Ferne hörte ich sie zur Tür gehen, den Riegel öffnen und flüstern: »Komm rein – ich hab ihn!«

Zu zweit wickelten sie eine Decke um mich, die sie mit einigen Riemen festschnürten. »Verdammt, warum ist er nackt?« hörte ich eine Männerstimme. »Weil's nicht anders ging«, antwortete sie; dann öffnete sie die Tür und flüsterte: »Los – die Luft ist rein.« Ich versuchte mich aufzubäumen und zu schreien, aber es wurde nur ein Stöhnen daraus. Gleich darauf erhielt ich einen Schlag oder Tritt in den Bauch, der mir augenblicklich den Atem raubte. »Laß das!« zischte sie. »Was mußt du den armen Kerl noch quälen!« Sie kam mit schnellen Schritten zum Bett zurück; ich spürte, wie ihre Hand unter die Decke fuhr und mir erneut den Lappen mit Chloroform vor den Mund hielt.

Das nächste, was ich mitbekam, war das Dröhnen von Tritten dicht an meinem Ohr, dazu das Geräusch der Wellen. Ich lag, immer noch umschnürt, auf dem eisernen Deckboden; dicht neben meinem Kopf hörte ich das Aufstampfen von Schuhen. Dazu heftiges Keuchen, unterdrücktes Fluchen, plötzlich stürzte etwas Schweres wie ein Sack auf mich. Erneut verlor ich die Besinnung.

Als ich wieder zu mir kam, spürte ich noch immer eine Decke vor meinem Mund. Ich warf sie ab und stöhnte:

»Macht mich los – macht mich los!«

»Unmöglich«, sagte eine Stimme.

Ich schlug die Augen auf und sah, daß ich wieder in einer Kabine lag. Die Lampe auf dem Schreibtisch brannte; im Sessel saß ein Mann und rauchte eine Zigarre.

»Macht mich –«, begann ich erneut – brach aber ab, denn ich merkte, daß ich gar nicht gefesselt war.

In meinem Kopf wurde es langsam klar, und ich stellte fest, daß ich mich in meiner eigenen Kabine befand. Ich richtete mich auf und wollte aufstehen, merkte aber, daß ich nackt war.

Der Mann im Sessel erhob sich und warf mir ein Bündel Kleidungsstücke zu. Ich traute meinen Augen nicht, als ich ihn einige Schritte gehen sah. Dieses kaum merkliche Nachziehen des linken Fußes ...

Kein Zweifel: es war derselbe Mann, der mich und Luigi damals in Rom beschattet hatte.

War es eine Halluzination? Ich stöhnte und rieb mir die Augen, aber da saß er noch immer, mit einem breiten Grinsen, in der Hand die Zigarre aus meinem Schreibtisch.

Ich erhob mich, zog mir die Hose an, wankte zum Badezimmer und wusch mir das Gesicht. Die Jacke! fuhr es mir durch den Kopf. Ich stürzte zurück zum Bett und griff nach ihr, fühlte in der Innentasche – sie war leer!

»Wenn es das ist, was Sie suchen –«, sagte der Mann im Sessel und warf mir mein Tagebuch zu, dazu den Umschlag mit dem Pergament und meine goldene Taschenuhr.

»Moment«, sagte er, »hier kommt noch was.«

Von einem dicken Bündel Geldscheine in der Hand zählte er einige Scheine ab, die er mir gleichfalls hinwarf.

»Hundert Dollar! Womit Ihr Spiel genau da abgebrochen ist, wo Sie es Ihrem Partner versprochen haben. Sonst alles wieder beisammen?«

Ich nickte und setzte mich in den Sessel ihm gegenüber. Er faltete die Geldscheine zusammen und steckte sie ein.

»Mein Honorar, wenn Sie gestatten. Bernieri bezahlt verdammt schlecht, und Sie müssen zugeben: diesmal war es gute Arbeit. Besser als in Rom, wo Sie mir alle Naselang entwischt sind. Außerdem hab ich mir ein bißchen wehgetan!«

»Freut mich, Sie kennenzulernen«, sagte ich, langsam wieder Herr meiner Sinne. »Ich bin Ihnen zu großem Dank verpflichtet. Das Geld gehört Ihnen, natürlich. Darf ich fragen, was mit den beiden ist, die mich überfallen haben?«

»Überfallen ist gut. Als Sie mit der Frau die Treppe runter sind, hab ich nicht gemerkt, daß Sie sich gesträubt haben, auch nicht, als das Weibsbild Sie in die Kabine zog. Und eingewickelt in der Decke waren Sie splitterfasernackt, wenn ich mir die Bemerkung erlauben darf. Ich kann mir schwer vorstellen, daß Alonso Diaz Sie erst auszieht, wenn er Sie über Bord werfen will – könnte es nicht doch sein, daß Sie sich freiwillig in diese – hm – gefährliche Lage begeben haben? Was bei dem Hintern der schönen Anita immerhin verständlich wäre. Na ja, lassen wir das ... sie wird dafür bezahlen, wenn Sie gestatten.«

Erst jetzt fielen mir die riesigen Hände meines Gegenüber auf, und seine breiten Schultern. Der Mann, so unscheinbar er aussah, mußte übermenschliche Kräfte besitzen.

»Tja, und Diaz – der liegt jetzt bei den Haifischen. War ein hartes Stück Arbeit, aber was soll man machen? Geschieht ihm recht! Sie haben's nicht mitgekriegt: am Tisch neben Ihnen hat er sein gesamtes Geld verspielt. Hat wirklich so ausgesehen, als würde alles, was er verloren hat, husch, zu Ihnen rüberfliegen – die Blicke der Anita hätten Sie sehen sollen. Tja – so viel Geld macht eben nicht nur Freunde ...«

»Und Anita?«

»Ich sag's doch, die muß auch bezahlen. Etwas anders als Diaz, wenn Sie erlauben. Gleich nach dem Frühstück wird sie zum Steward gehen und die Kabine ihres Verlobten öffnen lassen – armer Kerl, hat gestern sein ganzes Geld verloren, jeder hat's gesehen – wer hätte gedacht, daß er es sich so zu Herzen nehmen würde ... Ach ja, wissen Sie übrigens, wo Sie morgen nacht zu schlafen gedenken?«

»In meiner Kabine natürlich – wo sonst?«

»Dann bin ich ja beruhigt. Ich habe mir nämlich erlaubt, mich für den Rest der Fahrt als Schlafgast bei der schönen Anita anzumelden. Eigentlich gehört sie Ihnen, aber einer muß sie schließlich trösten – falls Sie nicht doch Anspruch erheben sollten ...«

»Besten Dank, Herr –«

»Taglioni, mit Verlaub. Bitte um Entschuldigung, daß ich

mich jetzt erst vorstelle; ist aber in unserm Gewerbe eigentlich nicht üblich. Habe die Ehre!«
Er erhob sich und wollte gehen.
»Einen Augenblick, Signor Taglioni«, sagte ich.
Ich ging zum Schreibtisch, öffnete die Schublade und nahm das gesamte Geld heraus, das sich darin befand.
»Soll ich Bernieri erzählen, daß Sie mich gerettet haben?« fragte ich, und drückte ihm das Geld in die Hand.
»Nicht nötig. Für meinen Ruf ist es besser, wenn Sie mich nicht bemerkt haben.«
»Wie Sie wünschen. Werde ich Sie in Rom wiedersehen?«
»Nur wenn ich schlecht arbeite. Wofür ist das Geld?«
»Als Vorschuß, denke ich – es könnte ja sein, daß ich in Rom noch einmal auf Ihre Dienste angewiesen bin ...«
»Verstehe«, kicherte er. »Ich soll Sie vor Anita beschützen. Oder haben Sie eine andere Dame im Auge? Na, Spaß beiseite – wenn Sie mich brauchen, bin ich zur Stelle, oder ich schicke einen Vertreter! Und jetzt, wenn Sie erlauben ... Anita wird schon warten, nehme ich an.«

97
Gott vergibt Sünden, aber keine Posten

*Rekonstruktion der Aufzeichnungen
des Luigi Calandrelli (32):*

So sehr mich die Weisheit des Andreas beeindruckte (aber auch die Dreistigkeit, mit der sich die christlichen Oberpriester zu Kirchenfürsten gemacht hatten) – immer stärker wurde meine bleierne Müdigkeit. Gerade noch konnte ich mich dazu aufraffen, einige Klopfzeichen auf den Boden zu schlagen, dann die Lampe zu schütteln, um den Ölstand zu prüfen. Der Behälter war fast leer; ich füllte ihn auf, stellte die Lampe wieder auf die Truhe und ergriff das nächste der Blätter.

VI.

Andreas, Apostel Jesu Christi, Knecht der Knechte des Herrn, an die Gläubigen der Gemeinde zu Antiochia.

Möge die Gnade Gottes über euch leuchten und euch den rechten Weg führen, auf daß ihr nicht in die Hände fallet der falschen Priester und neuen Schriftgelehrten, welche allenthalben ihr Haupt zu erheben suchen im Kreise der Gläubigen. Meinen Dank an die edle Claudia für ihren langen und schönen Brief, der mir das Herz erfreut hat. Ich will ihn zu gegebener Zeit ausführlich beantworten; doch halten mich dringende Geschäfte derzeit noch davon ab.

Mitteilen muß ich euch, daß wir im Rat der Apostel einige unserer Pläne geändert haben. So haben wir Abstand genommen von dem Vorhaben, meinen Bruder Simon erneut auf Reisen zu schicken, in deren Verlauf er auch euch besuchen sollte. Die Gründe dafür sind euch bekannt. Die Verfehlungen des Simon sind vergeben, doch nicht vergessen, zumal er sich nur widerwillig dem Rat der Apostel und der Offenbarung des Herrn fügte, welche ich ihm kundgetan. Statt des Simon wird daher unser Bruder Jakobus diese Reise unternehmen.

Mit einiger Verspätung erreichte mich das Schreiben, welches

Tertullius in euer aller Namen an mich gerichtet hat. Wie ich höre, hat euch eine Abschrift des Briefes erreicht, welchen ich an die Korinther sandte – jenen Brief, in welchem ich vor den wundersamen Fabeln warnte, die sich mehr und mehr um das Leben und Wirken unseres Herrn Jesus zu ranken scheinen.

Nun war der Tonfall im Brief des Tertullius geradezu erschrocken; daraus schließe ich, daß auch unter euch nicht wenige bereit sind, solchen Legenden Glauben zu schenken. Ach, ihr Lieben: im Garten des Geistes scheint es nicht anders zuzugehen als in anderen Äckern und Gärten auch: nicht das Korn wächst und gedeiht am schnellsten, sondern das Unkraut.

Was nun zu den Fabeln und Legenden zu sagen ist, das habe ich in dem Brief an die Korinther gesagt. Doch hat Tertullius noch eine andere Frage aufgeworfen, auf welche zu antworten mir am Herzen liegt.

Er ist ihm nämlich aufgefallen, daß einiges in meinem Brief von gewissen Ausführungen abweicht, welche unser Bruder Paulus den Korinthern gesandt hat. Doch fügt Tertullius, um mich zu erfreuen, folgendes hinzu: da Paulus nur durch Glauben und Bekehrung zum Apostel berufen sei, ich hingegen durch Jesus Christus selber, sei ohne Frage ich es, welcher im Range höher stünde, und deshalb seien gewiß meine Worte wahr, und die des Paulus irrig.

Selbiges habe er auch Athanasius, dem Bischof und Ältesten zu Korinth, mitgeteilt, und er erwarte, daß die Korinther seine Worte beherzigten: weil nämlich die Gemeinde zu Antiochia von mir als Erstberufenem begründet und angeleitet sei. Daher, so meint Tertullius, komme ihm als Bischof Antiochias der Vorrang zu vor den Bischöfen von Korinth oder Rom, denn deren Gemeinden seien jünger. Überdies seien sie nicht von einem wahren Apostel und Statthalter Gottes begründet, sondern nur durch Zweitberufene und Konvertiten.

Wahrlich, es hat mich geschmerzt, diese Zeilen zu lesen. Wenig, scheint mir, hat Tertullius begriffen von der Lehre Christi. Habe ich euch nicht gelehrt, daß vor Gott kein Mensch höher steht als irgendein anderer? Und daß euch nur die Stimme des Teufels einreden will, wie in der Armee des römischen Kaisers könne es auch in der Gemeinde Christi eine Rangordnung geben, aufgrund derer der eine entscheiden dürfe und der andere gehorchen müsse!

Nein, sondern ich sage euch: welches der rechte Glaube sei und welches der falsche, entscheidet in jedem von euch einzig die

Kraft der rechten Erkenntnis, niemals aber eines Menschen Rang oder Stellung.

Und habe ich euch nicht oft genug berichtet, was Christus auf die Frage antwortete, welcher von uns Aposteln ihm als der erste gelte? Nur ein Narr, meinte Jesus, könne diese Frage stellen, und der sie gestellt habe (es war natürlich mein herrschsüchtiger Bruder Simon Petrus gewesen), hätte sich damit jedenfalls als der letzte und begriffsstutzigste der Apostel erwiesen.

So sprach Jesus, und er fügte hinzu: »Petrus, ich will's dir noch einmal sagen, und ich hoffe, du begreifst es endlich: es ist keine Floskel, wenn ich sage, daß ihr nicht streben sollt, für groß zu gelten unter den Menschen. Ein unmündiges Kind steht in Gottes Augen höher als ihr alle, erst recht höher als du, Simon. Meinst du vielleicht, Gott sei wie ein Metzger, welcher den ersten Kunden das beste Fleisch verkauft, hingegen den später Gekommenen nur noch die Sehnen und Knochen? Wahrlich, ich sage euch: im Reich Gottes werden Sünden vergeben, aber keine Posten und keine Rangplätze.

Und auch ich«, fuhr Jesus fort, »verteile euch keine Titel oder Ämter, schon gar nicht solche, die ihr vielleicht an eure Söhne vererben oder an Nachfolger übergeben könntet. Sondern ich ermutige euch im Glauben und weise euch den Weg zur Erkenntnis, aber gehen kann ihn jeder nur für sich selbst. Der Lohn der Erkenntnis jedoch ist nicht ein erster oder zweiter Platz am Tische des Herrn: denn am Tisch Gottes sind alle Plätze gleich hoch. Sondern euer Lohn ist die Gewißheit im Glauben und der Trost im Leben und im Sterben; und jeder, der um Glauben und Erkenntnis ringt, ist mein Apostel, und ist mir ebenso lieb wie ihr. Und ein jeder, der zum rechten Glauben gefunden hat, kann segnen und heilen und des Menschen Sünde vergeben: denn nichts anderes sagt die Frohe Botschaft, als daß wir in Gott sind von Anbeginn, und daß dem Menschen seine Sünden vergeben sind von Anfang an.«

Dies also, meine Lieben, waren die Worte, die Jesus zu uns sprach. Ihr seht: selbst mein Amt als Apostel gibt mir keine Macht, auch nur dem Geringsten unter euch zu befehlen, was er glauben müsse und was nicht. Denn ich bin und bleibe ein suchender und irrender Mensch; und mag ich auch hundertundeinmal recht haben, so kann ich beim hundertundzweiten Mal doch irren, und der Einfältigste unter euch mag mich belehren.

Erst recht nun, Tertullius, ist deine Annahme irrig, es könnte gar unter den Gemeinden Christi eine Rangordnung geben. Ganz abwegig ist es, wenn du meinst, als Bischof der Gemeinde zu Antiochia seist du im Besitz einer höheren Weisheit, und habest Gewalt über den Bischof zu Korinth und den zu Rom, weil die Gemeinde Antiochias älter ist, und weil sie nicht von dem Konvertiten Paulus begründet ist, sondern von einem Erstberufenen. Die Wahrheit erleuchtet jeden, der sie sucht, aber sie ist niemandes Eigentum, und weil sie niemandem gehört, kann sie auch von keinem vererbt oder übergeben werden. Und alles Salben und Weihen der Welt kann immer nur geweihte Salbe und gesalbte Worte vom einen zum andern übergeben: aber niemals auch nur ein Funken Wahrheit.

Falls daher, ihr Lieben, jemals ein Bischof an irgendeinem Orte aufstünde und behauptete, er sei als Nachfolger der Nachfolger eines Nachfolgers Christi auf besondere Weise berufen und auserwählt, und er habe Gewalt von Gott über die Bischöfe und Gemeinden anderer Orte, und die Wahrheit Gottes eröffne sich ihm und sei ihm untertan kraft des Ortes, an dem er Bischof sei – zu diesem sollt ihr alsbald euren besten Arzt schicken. Denn er ist krank im Kopf, und nicht die Gnade Gottes, sondern ein übler Wind ist ihm ins Hirn gestiegen.

Ich grüße euch alle in brüderlicher Liebe – möge Gott mit euch sein in guten und schweren Tagen!

98
Ein echter Prophet

Meldungen aus den »Berlinischen Nachrichten«:

Bonn, 30. Juni 1870. [Bischof und Jesuiten.] Die »Bonner Zeitung« schreibt: »Wir teilten jüngst andeutungsweise in einem unserer Concilartikel mit, Katholiken dieser Stadt sei von hiesigen Jesuitenpatres die sacramentale Lossprechung deshalb verweigert worden, weil sie noch nicht an die päpstliche Unfehlbarkeit glaubten. Die Sache wurde kürzlich amtlich an die Erzbischöfliche Behörde in Köln berichtet, woraufhin Weihbischof Dr. Baudri antwortete, die Behörde könne in der Sache nichts machen, da die Jesuiten der Jurisdiction des Erzbischofs entzogen seien! Die Sache bedarf keines weiteren Commentars: die Bischöfe sind nicht mehr Herren ihrer Diöcese, die Jesuiten bilden eine Kirche in der Kirche.«

Bern, 1. Juli 1870. [Definitive Anträge zur Gotthardbahn.] Folgendes sind die im Bundesrate definitiv gestellten Anträge an die Bundesversammlung, betreffend das Gotthardbahn-Unternehmen:

Die Bundesversammlung möge beschließen: 1) Es wird dem erwähnten Staatsvertrage vom 15. October 1869, betreffend die Herstellung einer Alpenbahn durch den Gotthard, samt den Zusatzartikeln vom 26. April 1870, sowie der Übereinkunft vom 20. Juni 1870 die Genehmigung erteilt. 2) Der Bundesrat wird erst dann zur Auswechselung der Ratificationsurkunden schreiten, wenn die ganze von der Schweiz übernommene Subvention von zwanzig Millionen Franken durch bindende Verpflichtungen Dritter vollständig gedeckt sein wird.

Rom, 1. Juli 1870. [Vom Concil.] Man ist jetzt mit Urlaubsbewilligungen nicht karg. Sechs französische, zwei englische und einige amerikanische Bischöfe, sämtlich Gegner des Infallibilitäts-Dogmas, sind bereits abgereist; auch der Bischof von Breslau hat schon seinen Paß verlangt und sich nur durch die Bitten seiner deutschen und ungarischen Amtsbrüder, welche den Vertreter einer so wichtigen Diöcese nicht beim entscheidenden Kampfe missen wollten, zum fernern Bleiben bestimmen lassen. Man kann indessen mit Bestimmtheit behaupten, daß die Opposition, welche zu Anfang des Concils 200 Mitglieder zählte, sich kaum mehr auf 100 Mann summiert.

Andererseits könnte es sein, daß das Beispiel des Cardinals Guidi das Eis gebrochen hat, welches bis jetzt einigen freier denkenden Mitgliedern des heiligen Collegiums die Zungen gebunden hielt. Nicht weniger als drei Cardinäle, so versichert man, seien bereit, in dem nämlichen Sinne, wie der hochgestellte Sohn des heiligen Dominicus de Guzman — den, nebenbei gesagt, die Curie zum Widerruf seiner Äußerungen zwingen will — sich gegen die persönliche und separate Infallibilität des

Papstes auszusprechen. Es seien das die Cardinäle di Pietro, de Silvestri und Panebianco, welcher Letztere vielfach als der präsumtive Nachfolger des Heiligen Vaters angesehen wird.

Paris, 1. Juli 1870. [Gesetzgebender Körper.] Wir kommen noch einmal auf die Sitzung vom 30. Juni zurück. *Jules Favre* schloß seine Rede mit den Worten:

»Es ist ein verhängnisvoller Irrtum, zu glauben, daß eine Nation nur durch die Höhe ihres militärischen Kraftaufwandes geschützt sei; sie ist es vor allem anderen durch die Weisheit ihrer Regierung und Achtung des Rechtes. Es ist also notwendig, daß jedermann sie für weit entfernt von einem dieser Kriege halte, welche eine Dynastie vielleicht für notwendig erachten mag, um entweder ihrem Ehrgeiz oder ihren Ansprüchen auf Größe Genüge zu leisten. (Unterbrechung.) Wo ist denn heute die Bedrohnis, wo ist die Gefahr? Wenn wir stark genug sind, um diese Verbindungen der Völker, welche das Gefühl der Brüderlichkeit gegenseitig zueinander hinzieht, nicht zu fürchten, weshalb uns voll Mißtrauen gegen sie bewaffnen? Diese große Frage ist nicht aufgeworfen, und ich kann sie hier nicht behandeln. Aber sie wird zur Sprache kommen, und wir werden dann fragen, was man für den Frieden getan hat. Dieses große Wort ›Frieden‹ ist ohne Aufhören in dem Munde der Minister, wie auch jenes, ›Freiheit‹, aber man tut weder für das eine noch für das andere etwas.« (Lärm.)

Stuttgart, 1. Juli 1870. [Gotthardbahn.] Der eidgenössische Gesandte am Norddeutschen Bund, Oberst Hammer, hatte eine Unterredung mit dem hiesigen Minister v. Warnbüler und reiste dann nach Karlsruhe, um auch dort die Gotthard-Angelegenheit zu betreiben. Württemberg hat allen Grund, auf jede annehmbare Concession, die Baden macht, einzugehen, da, wenn Württembergs Beitrag ganz wegfiele, Baden vermutlich sich bereit zeigen würde, eine erheblich höhere Quote zu übernehmen, dafür aber auch die badischen Interessen den württembergischen ganz rücksichtslos voranstellen würde.

Rom, 2. Juli 1870. [Ein Antrag für den heiligen Joseph.] 150 Cardinäle, Patriarchen und Bischöfe haben folgenden Antrag im Concil eingebracht: »Es ist Niemandem unbekannt, daß der selige Joseph durch eine ganz besondere Fügung Gottes unter allen anderen Männern auserwählt worden ist, der Ehegemahl der jungfräulichen Gottesmutter und, nicht durch Zeugung, sondern durch die Liebe zu Gott und den Menschen, der Vater des Wortes, das da Fleisch geworden ist, zu werden. Die unterzeichneten Bischöfe, wohl wissend, daß seit langem im ganzen Weltall ein inbrünstiges Verlangen besteht, die öffentliche Verehrung des heiligen Joseph immer mehr zunehmen zu sehen, stellen mit inständigen Bitten und demutsvoller Ergebenheit das Begehren, daß das hochheilige Concil, gerührt durch so zahlreiche und lebhafte Wünsche, sein Ansehen gebrauche, um feierlich zu decretiren: 1) daß, nachdem der selige Joseph in seiner Eigenschaft als Vater Jesu Christi hoch über alle Geschöpfe gestellt worden ist, die Congregation der heiligen Riten ihm künftig in der katholischen Kirche und in der heiligen Liturgie nach der allerseligsten Gottesmutter eine Verehrung zugestehe, welche diejenige aller übrigen Heiligen überragt; 2) daß derselbe heilige Joseph, dem einst die Obhut der Heiligen Familie übertragen worden, nach der allerseligsten Jungfrau zum fürnehmsten Patron der katholischen Kirche erklärt werde.«

Madrid, 2. Juli 1870. [Ministerrat.] Wie es heißt, wird der heut abend stattfindende Ministerrat wichtige Beschlüsse in Betreff der Throncandidaturen fassen. Prim ist wieder eingetroffen.

99
Intermezzo

> Wenn jemand behauptet, die Lehre, welche den
> römischen Papst mit einem freien in der ganzen
> katholischen Kirche waltenden Fürsten ver-
> gleicht, sei ein Relikt des Mittelalters – der sei
> verflucht.
> Pius IX., Syllabus errorum

Tagebuch des Heinrich Wilhelm Lehmann:
Berlin. Montag, 4. Juli 1870

Wahrhaftig – ich hätte es mir nicht träumen lassen, daß ich Bernieri noch einmal dankbar sein würde. Dankbar für sein Mißtrauen, erst recht für seine grauen Kundschafter, die jedenfalls verläßlicher zu sein scheinen als meine eingepaukten Lehrsätze des Baltasar Gracian.

Seine Feinde behandeln, als ob man sie morgen zum Freunde, und seine Freunde, als ob man sie morgen zum Feinde hätte.

Dankbar, habe ich geschrieben, aber bin ich das wirklich? Weiß nicht. Etwas in mir hat sich verändert, seit ich hilflos auf Deck lag, im Ohr das Keuchen der Männer, die wegen mir auf Leben und Tod kämpften. Ich spüre in mir eine Art von Traurigkeit, oder besser gesagt, Gleichgültigkeit, die ich früher nie gekannt habe. Das Geld in meiner Tasche bedeutet mir nichts mehr; ich spreche mit Leuten und empfinde weder Sympathie noch Antipathie. Selbst wenn ich an Francesca und Emilia denke, muß ich mich fast dazu zwingen, mir die Liebe und Bewunderung ins Bewußtsein zurückzurufen, die ich für beide empfinde – als wäre da ein dichter grauer Nebel, aber nicht vor meinen Augen, sondern vor meinen Gefühlen.

Nur bei dem Gedanken an Anita gibt es mir immer noch einen Stich. Ich sage mir: ein Glück, daß Taglioni das übernommen hat. Aber da ist auch eine Stimme, die sagt: sie und ich – wir sind noch nicht fertig miteinander.

Ich weiß übrigens nicht, ob Fred aus Diskretion oder aus

Unwissen nichts über meine nächtliche Eskapade gesagt hat. Ich ließ mir das Frühstück vom Steward ans Bett bringen, und als ich nicht im Speisesaal erschien, klopfte Fred gegen zehn an meine Tür. Ich sagte ihm, mir sei unwohl, und er fragte nicht mehr danach. Auch nicht, wo das Geld geblieben war, das ich vorher im Schreibtisch hatte. Er setzte voraus, daß es ausgegeben war; alles in allem wertete er meine Prüfung als bestanden.

In der Tat, ich merke selber, daß meine Rolle mir nicht mehr schwerfällt – wahrscheinlich deshalb, weil sie aufgehört hat, eine gespielte Rolle zu sein. Ich brauche keine Lehrsätze, keine Hinweise, keine Ermahnung; es reicht die Gleichgültigkeit, die ich in mir spüre. Als ich am letzten Tag an Bord eine Anzahl teurer Geschenke kaufte, sagte Fred, der neben mir stand:

»Henry – was ist mit Ihnen? Sie machen es gut – fast zu gut. Um ehrlich zu sein: ich fange beinahe an, mich vor Ihnen zu fürchten. War es so eine gute Schule für Sie, daß Sie an einem Abend ein Vermögen gewonnen und verloren haben?«

Eine diskrete Lüge, dachte ich. Er muß doch gehört haben, daß ich mit der Tasche voll Geld vom Spieltisch aufgestanden bin.

»Ein Vermögen verloren –«, sagte ich, »ja, das ist es.«

Als wir in Plymouth von Bord gingen, sah ich weit voraus auf der Gangway Taglioni, und an seiner Seite Anita. Einen Augenblick fuhr mir der Gedanke durch den Kopf: was würdest du tun, wenn sie sich umdrehen würde und zu dir gelaufen käme? Ob du sie wegstoßen, ob du sie umarmen würdest? Du bist verrückt, sagte ich zu mir selber. Hältst es ihr zugute, daß sie dich vor den Tritten ihres Kumpans beschützen will – dabei, was tut sie? Drückt dir einen Lappen mit Chloroform auf den Mund, damit er dich in Ruhe um die Ecke bringen kann ... Aber sie sah sich nicht um, und ich glaube, ich war froh darüber.

Heute vormittag sind wir hier in Berlin angekommen. Ich brachte Fred in einem Hotel unter, dann fuhr ich zu meinem Haus. Oder besser gesagt, zu meiner Wohnung, denn zu diesem Zeitpunkt gehörte mir das Haus noch nicht.

Mein erster Weg führte mich zu einem Nachbarn, den ich

gebeten hatte, für mich die »Berlinischen Nachrichten« in Empfang zu nehmen. In der Wohnung überflog ich die Meldungen der letzten Wochen, um halbwegs auf dem Stand der Ereignisse zu sein. Es ist in der Tat alles so, wie es Ernesto angedeutet hatte: auf dem Konzil geht es drunter und drüber, die Majorität scheut keinen Trick, um die Opposition mundtot zu machen, bis hin zur Bestechung und Bedrohung widerspenstiger Patriarchen. Besser könnte es gar nicht sein, jedenfalls, was meinen Auftrag angeht.

Ansonsten: die Spanier suchen immer noch verzweifelt nach einem König, aber in Europa ist es allem Anschein nach ruhig. Vielleicht hat sich Luisa diesmal doch geirrt – nichts deutet darauf hin, daß es irgendwo Krieg geben könnte. Und ein Krieg, sollte man denken, wird doch in einem zivilisierten Kontinent wie Europa nicht vom Himmel fallen ...

Mein zweiter Weg heute galt meinem Hauswirt. Er ist schon alt, und ich weiß seit langem, wieviel Ärger ihm die Verwaltung seiner Mietshäuser macht.

»Ich will das Haus kaufen, in dem ich wohne«, sagte ich ohne Umschweife. »Was soll es kosten?«

Er war gänzlich überrascht, rechnete etwas herum und nannte eine Summe; ich überschlug sie und fand sie zu hoch. »Wir wollen nicht feilschen«, sagte ich. »Zwanzig Prozent weniger, und ich nehme es. Wenn nicht – auf Wiedersehen!«

»Es gilt«, sagte er. »Das Haus gehört Ihnen.«

Als nächstes suchte ich die Direktion der Berlin-Anhaltischen Eisenbahn auf.

»Mein Gott, endlich!« rief der Pförtner. »Man wartet schon seit Wochen auf Sie – ich muß Sie melden.«

»Melden Sie«, sagte ich, und ging in mein Büro.

Robinson saß in meinem Lehnstuhl, über einem Stapel Zeichnungen und Tabellen. Er sprang auf und umarmte mich, dann sagte er bekümmert:

»Entschuldigung – ich sitze auf Ihrem Platz. Ich wollte ihn nicht, aber haben Sie's schon gehört? Man will Sie –«

»Robinson«, sagte ich, »keine Lappalien. Wir haben Wichtigeres zu besprechen. Was macht Ihre Wohnung?«

»Was soll sie machen? Dunkel und feucht, wie eh und je.«

»Lustig. Man läßt Sie meine Arbeit machen, aber kriegen Sie auch mein Gehalt?«

»Von wegen. Es gibt ein Problem: wir arbeiten, aber der Kirchenstaat bezahlt nicht. Wie kommen Sie auf mein Gehalt?«

»Weil ich vorhabe, das zu regeln. Zweitens: wollen Sie eine Weile in meine Wohnung ziehen? Ich habe das Haus gekauft.«

»Sie haben ... und was hat das mit mir zu tun?«

»Ich bin nur zwei Tage in Berlin, Robinson. Also gebe ich Ihnen Vollmacht, das Ganze für mich abzuwickeln – natürlich auch, in dem Haus zu wohnen. Kann ich mich auf Sie verlassen?«

Er war noch immer fassungslos.

»Aber – Sie kennen mich doch ...«

»Eben. Und jetzt gehen wir zusammen zum Direktor. Die Herren werden schon warten, denke ich.«

Die Herren warteten in der Tat. Der Direktor, neben ihm der Finanzdirektor; auch meinen Chef, den alten Oberingenieur, hatte man herbeigerufen. Alle standen nervös im Zimmer herum, nur der Direktor saß in seinem Ledersessel.

Ich schüttelte meinem Chef, der sorgenvoll den Kopf schüttelte, die Hand, und setzte mich in einen der Sessel.

»Meine Herren«, sagte ich, »Sie wollten mich sprechen. Bitte nehmen Sie doch Platz.«

Alle blickten verwirrt auf den Direktor, der ihnen andeutete, sich zu setzen. Robinson stellte sich wie eine Schildwache neben meinem Sessel auf.

»Herr Direktor«, fuhr ich fort, »ich bin gekommen, um mich bei Ihnen allen für die freundliche Zusammenarbeit bedanken. Es war eine schöne Zeit, und ich hoffe, ich konnte dem Unternehmen nützlich sein. Konnte ich das, Herr Oberingenieur?«

»Ja«, sagte dieser verblüfft. »Sie waren ein guter Ingenieur.«

»Nun, das freut mich. Leider halten mich die Umstände davon ab, die Zusammenarbeit fortzusetzen. Wie ich höre, haben Sie bereits einen Nachfolger bestimmt. Ich nehme an, zu denselben Konditionen, ist es so, Herr Direktor?«

»Er wird sie bekommen«, antwortete der Finanzdirektor, »wenn der Kirchenstaat seine Verpflichtungen einhält. Bisher haben wir noch keinen Taler gesehen.«

»Damit, meine Herren, sind wir beim zweiten Punkt. Ich werde in Kürze nach Rom abreisen, und ich garantiere Ihnen, daß die Zahlungen ordnungsgemäß anlaufen werden. Haben Sie Wünsche oder Vorschläge, die Sie dem Kirchenstaat mitteilen möchten?«

Der Direktor blickte zum Oberingenieur, dieser zum Finanzdirektor, und dieser blickte in seine Unterlagen.

»Wenn noch Wichtiges anliegen sollte, so werden Sie es Herrn Ingenieur Freitag mitteilen, und er wird es mir überbringen. Sind wir uns so weit einig?«

Ich erhob mich, und die Herren desgleichen.

»Ich wünsche Ihnen viel Erfolg!« sagte der Direktor, und er wirkte erleichtert. »Viel Erfolg, und weiterhin gute Zusammenarbeit!«

»Das wünsche ich mir auch«, antwortete ich und schüttelte ringsum die Hände. Zusammen mit Robinson und dem Oberingenieur verließ ich den Raum.

»Gehen Sie vor«, sagte ich zu Robinson, »ich muß noch was erledigen.«

Zusammen mit meinem langjährigen Chef ging ich in dessen Büro, wo ich ihm ein goldenes, mit Brillanten besetztes Zigarrenetui überreichte: zum Dank für die Gutmütigkeit, mit der er im letzten Jahr so oft seine Hand über mich gehalten hatte.

»Womit – womit habe ich das verdient,« stammelte er. »Und Sie – ich kenne Sie ja gar nicht wieder ...«

»Eine kleine Aufmerksamkeit. *Ich* habe mich zu bedanken: ohne Sie hätte man mich längst rausgeworfen. Alles Gute für Sie – leben Sie wohl.«

Dann ging ich noch einmal durch die Büros und Zeichensäle: begrüßte Kollegen, verabschiedete mich, tauschte gute Wünsche aus – in dem Gefühl, daß es für immer war.

100
Die Absetzung des Simon Petrus

*Rekonstruktion der Aufzeichnungen
des Luigi Calandrelli (33):*

Der nächste Text war stellenweise mit wildem Schwung durchgestrichen, und zwar auf eine Weise, die man auf den ersten Blick für das übermütige Gekritzel eines Kindes hätte halten können. Doch zeigte die genauere Betrachtung, daß es die Hand eines erwachsenen Mannes war, die sich hier bemerkbar gemacht hatte.

VII.

Andreas, Apostel Jesu Christi, an seinen Bruder Simon Petrus. Gnade sei mit dir und Friede von Gott und von unserm Herrn Jesus Christus – so du denn diesen Frieden jemals wiederfindest.

Oh mein Bruder: wieder ist der Anlaß meines Briefes kein fröhlicher. Sondern aufs neue treibt mich die Sorge um das Heil unseres Glaubens und um den Frieden der Gemeinde Christi. Denn während ich in der Ferne weile und die Frohe Botschaft verkünde, höre ich, daß du, mein Bruder, schweres Unheil über das Wort und die Gemeinschaft Jesu Christi gebracht hast. Und wie sehr ich mir auch die Haare raufe und mir vorwerfe, daß ich die Gläubigen zurückließ in deiner Obhut – das Unglück ist geschehen, ist vielleicht nicht wieder gutzumachen: und du, Simon Petrus, warst es, der es über uns gebracht hat.

Es gab und gibt, oh Simon, in unserer Gemeinde einen löblichen Brauch, den auch ich stets gepriesen habe: daß nämlich jene, welche sich taufen ließen im Namen Christi und aufgenommen wurden in die Gemeinschaft des Herrn, ihre Landgüter verkauften und das Geld der Gemeinde gaben, auf daß auch die Armen und die Witwen und Waisen davon gespeist würden.

Nun aber höre ich, daß du aus diesem Brauch ein ehernes Gesetz gemacht habest, und daß du diejenigen, welche diesem Gesetz zuwiderhandeln, mit grimmigem Zorn bestrafest.

Mehr noch: mir ist berichtet worden vom Ananias und seiner Frau Saphira, welche sich zur Lehre Jesu Christi bekehren ließen, auf daß sie sich das ewige Leben erwürben, und welche statt dessen einen jähen Tod fanden an dem Tage, da sie in die Gemeinde des Herrn eintraten. Der sie aber zu Tode brachte, warst du, Simon, welcher immer schon der Stein genannt ward ob seiner Kälte und Hartherzigkeit, und welcher jetzt gar zum Mörder geworden ist.

Was hatten die beiden getan, daß du so an ihnen handeltest? Nun, nachdem sie sich hatten taufen lassen, veräußerten sie ihr Gut, doch legten sie dir und den Ältesten der Gemeinde nicht den gesamten Erlös zu Füßen. Dies taten sie, weil sie die Eltern des Ananias zu erhalten hatten, welche in einem Dorfe nahe Bethlehem leben, und weil sie zweifelten, ob die Gemeinde diese Pflicht übernehmen werde.

Du aber – wilder und zornmütiger Mensch, den schon unser Herr Christus wieder und wieder zu Milde und Geduld mahnen mußte – was tatest du? Nun, wie ich von Jeremias, dem Häusermakler, erfuhr, warst du am Tage vor der Tat bei ihm und forschtest nach, wieviel denn Ananias und Saphira für ihr Landgut erlöst hätten. Als sie nun kamen und dir nicht das gesamte Geld zu Füßen legten, da durchfuhr dich ein wilder Zorn, und du brachtest sie alsbald zu Tode, erst den Ananias, dann die Saphira. Und warum? Nur darum: weil sie einen freiwilligen Brauch nicht bis zum letzten Silberstück erfüllt hatten, und weil sie dir, Simon, einige ihrer Gedanken vorenthielten – demselben Simon, welcher ihnen noch am Tage davor verheißen: so sie sich taufen ließen im Namen Jesu Christi, würden sie die Gabe des Heiligen Geistes und die Vergebung ihrer Sünden erlangen.

Wie du den Mord getan, ward mir nicht berichtet, aber ich kann es mir denken: vermutlich gabst du etwas von jenem Gift in ihren Willkommenstrank, von dem du mir einmal gestandest, daß du es für den Fall einer Festnahme stets am Körper trügest. Was du jedoch verbreiten ließest in der Gemeinde, war dies: Gott selber habe, da die beiden vor Seinem Angesichte zu lügen sich erfrecht hätten, den Ananias und die Saphira tot umfallen lassen, vermittelt durch den heiligen Zorn, welchen Er in dich, Seinen Apostel, gesandt habe.

Oh du schmutziges Lügengezücht – wie konntest du es wagen, den Willen und die Frohe Botschaft Jesu Christi solcherart zu verdrehen? Ist denn Gott der Allmächtige nicht allgegenwärtig, und folglich eine jede Lüge und Sünde auf dem weiten Erdenrund auch eine Lüge und Sünde im Angesicht Gottes?

Ich frage dich: wer bist du denn, daß du solchermaßen den Namen und die Lehre Jesu mißbrauchen und verdrehen durftest? Du, der du dich Apostel Christi nanntest – was tatest du? Du predigst Milde und Demut, doch deine Taten sind Rache und Hochmut. »Siebenmal siebzig Mal sollst du vergeben« – Simon Petrus, hast du das vergessen? Nachdem der Herr am Kreuze gestorben, scheinst du zu glauben, dies gelte nur für die schlichten Gläubigen, nicht aber für den stolzen Herrn Apostel, welcher daselbst an der Seite Jesu gesessen. Ich aber sage dir: du, der du dich selbst erhöht hast, sollst erniedrigt werden. Schlimmer bist du als Judas Ischarioth: denn Judas, der Elende, war nur Gehilfe zu dem Weg, den der Herr gehen mußte. Du aber, im Geist der Rache und Überhebung, hast selber getötet vor den Augen der Gemeinde.

Und nicht nur zum Mörder der Menschen bist du geworden. Sondern indem du verbreiten ließest, Gott selbst habe diese Tat getan – damit bist du zum Mörder geworden auch an der Lehre Jesu Christi, und zum Lästerer am allmächtigen Gott. Denn dieser Gott, so lehrte uns Jesus, ist nicht wie der Gott der Juden ein Gott der Rache und Vergeltung, sondern der Gott der Liebe und der Barmherzigkeit.

Wahrlich, ich bete zu Gott und flehe Ihn an, daß nicht das Blut dieser ersten Toten über uns alle komme. Siehe: noch ehe der erste von uns dem Martyrium Christi gefolgt ist um seines Glaubens willen, sind schon zwei der unseren ermordet worden um ihres Zweifels willen – nicht *für* die Gemeinde, sondern *durch* die Gemeinde.

Und nun, ich weiß es, wirst du wieder einmal zu mir sagen: Andreas, guter Bruder, bin ich denn nicht auch ein Mensch wie jeder? Wenn ich also gefehlt habe, soll dann nicht auch mir vergeben werden siebenmal siebzig Mal?

Ach Simon, der du es liebst, wenn man dich den Steinernen nennt: ich vergebe dir als Bruder und als Mensch, wie ich dir immer vergeben habe. Denn auch als du schwach wurdest und als einziger von uns Aposteln den Namen Christi verleugnetest, noch ehe der Hahn krähte: da war ich es, der dich in Schutz nahm. Ich war es, der zu den anderen Aposteln sagte: Seht, meine Brüder, laßt euch die Feigheit des Simon Petrus ein Zeichen sein, daß auch wir Apostel nur Zeugen sein sollen, aber keine Helden. Denn dafür haben wir das Evangelium des Herrn empfangen: daß wir um die Schwäche des Menschen wissen, aber auch um die Gnade Gottes.

Nicht jedoch kann ich dir vergeben als Apostel und als Hirte der Gemeinde, die zu schützen und zu hüten auch mir aufgetragen ist. Und als solcher sage ich dir, was mir kundgeworden ist von unserem Herrn Jesus Christus. Denn im Traume ist mir der Herr erschienen, und Er gab mir Auftrag, dir und der Gemeinde dies mitzuteilen: Du, der du Hirte sein solltest der Gläubigen, bist selber zum ersten Wolfe geworden in der Herde des Herrn. Ehe noch Räuber und wilde Tiere ihr zugesetzt hätten, hast du schon mörderisch gewütet in der Herde Jesu Christi.

Und so sprach der Herr zu mir im Traume: »Wahrlich«, sprach Er, »wenn ich es zulasse, daß Meine Kirche sich aufbaue auf diesem verworfenen Stein, so wird sie werden wie dieser: wo immer Gefahr drohe, da wird sie den Schwanz einkneifen gleich einem räudigen Schakal, und wird Mich verleugnen ohne Scham. Wenn es geschähe, daß dieser Petrus Nachfolger fände in Meiner Gemeinde, so wird ihr höchstes Streben nicht sein, daß sie Mir nacheifern in Worten und Taten, sondern sie werden dem Petrus nacheifern in dem Verlangen, das Geld der Gläubigen zu erhaschen, und die Seelen der Gläubigen zu unterwerfen. Predigen werden sie Sanftmut und Demut und Freigebigkeit, sie aber werden unbarmherzig sein, hochmütig und habgierig. Wo immer im Herzen der Gläubigen Zweifel auftreten und Ungewißheit im Glauben, da werden die Nachfolger Petri nicht die Kraft der Liebe leuchten lassen: sondern sie werden die Irrenden bedrohen und die Zweifelnden verfolgen, und endlich gar, dem Beispiel des Petrus folgend, ermorden, wer da im Irrtum oder Zweifel verharre. Darum also verwerfe ich den Simon und sage: der Stein, der sich zum Eckstein erwählt glaubte, ist zum Stein des Anstoßes geworden. Entkleidet sei er seines Amtes und seines Auftrages als Apostel, auf daß er zum Büßer werde in der Gemeinde und zum wahren Knecht Meiner Knechte: bis daß die Kraft seiner Reue die Seele derer rühre, die er gemordet hat im Hochmut seines Herzens.«

So, oh Simon, sprach der Herr zu mir im Traume. Und Er segnete mich und trug mir auf, selbiges kundzutun in der Gemeinde, auf daß nie wieder ein Gläubiger des Herrn einen anderen bedrohe, oder gar ihm Gewalt antue in Christi Namen.

Zwei Briefe hast du, Simon Petrus, geschrieben als Apostel im Namen des Herrn: hinfort sollst du nicht weiter schreiben in Seinem Namen, sondern dich üben in Buße und Reue. Drei Reisen hast du getan als Apostel des Herrn: hinfort aber sollst du nicht weiter reisen im Namen Christi, sondern als büßender Pilger ein Beispiel geben von Demut und Reue.

Dies tue ich dir und der Gemeinde kund und zu wissen: mit Trauer im Herzen als dein dich liebender Bruder, aber mit fester Hand schreibend als Apostel und Knecht des Herrn. So gehe denn in dich, Simon, auf daß du Vergebung erlangest vor dem Herrn, und vor denen, welche dein stolzer Sinn niedergestreckt hat ohne Erbarmen. Die Gemeinde grüße ich, für dich und für uns aber bete ich: daß nicht die böse Frucht deiner Tat über uns alle komme, sondern daß der Friede Gottes und Seine Liebe über uns leuchten mögen. In Ewigkeit, Amen.

101
Ketzer verbrennen, Prinzen ernennen

Meldungen aus den »Berlinischen Nachrichten«:

St. Petersburg, 3. Juli 1870. [Die Ketzerverbrennung als Kirchengesetz.] Dr. Pichler hat von hier folgendes neue Schreiben an den Bischof Ketteler von Mainz gerichtet:

Hochwürdigster Herr Bischof! Heute erst erhalte ich Kenntnis von Ihrer mich überaus ehrenden, ganz unerwarteten Beantwortung meines Briefes, leider nur aus den Zeitungen. Zwar betrübt mich der Gedanke, von Ew. bisch. Gnaden und den übrigen, wie Sie behaupten, »in wunderbarer Einheit« innig verbundenen Bischöfen des Vaticanischen Concils als ein »vom Glauben Abgefallener« betrachtet zu werden. Doch tröstet mich Ihre Versicherung, daß Sie auch außerhalb dieses Kreises ein »Christentum«, wenn auch »keine wahre christliche Kirche« anerkennen.

Ew. bischöfl. Gnaden werfen mir vor, ich »mißdeutete die Bedeutung der Antheme«. Dabei wissen Sie doch so gut wie ich, daß die vom Kirchenbanne und der päpstlichen Verdammung Betroffenen verbrannt wurden, solange die Kirche die Macht dazu besaß. Daß Ew. Gnaden behaupten, die Verbrennung Andersgläubiger sei nicht wirklich von der Kirche gewollt und angeordnet worden, erstaunt mich zutiefst. Denn es dürfte Ihnen bekannt sein, daß die 33. der Thesen von Luther lautete: *Haereticos comburi est contra voluntatem Spiritus*. Diese These aber wurde vom Papst Leo X. in seiner dogmatischen Bulle vom 16. Mai 1520 selber als ketzerisch verdammt, so daß folglich mit Leo X. gilt: *Die Ketzer zu verbrennen entspricht dem Willen des Heiligen Geistes*. Und da ja auch Papst Leo X. in Dingen des Glaubens unfehlbar war, wie Sie jetzt festzustellen im Begriffe sind, so gilt das Gesetz, wonach Ketzer zu verbrennen sind, in der katholischen Kirche unverbrüchlich weiter — sie verzichtet lediglich zeitweilig auf seine Befolgung. Oder würden Sie etwa meinen wollen, Papst Leo X. hätte geirrt?

Rom, 3. Juli 1870. [Abstimmungen.] Das Concil votierte gestern die Vorrede und die beiden ersten Kapitel des Entwurfs über den Primat und über die Unfehlbarkeit. Die Discussion über das vierte Kapitel wird noch fortgesetzt. — Die exaltierten Anhänger der Unfehlbarkeit bestehen darauf, jede Form eines Vergleiches zurückzuweisen und beantragen Schluß der Discussion. Wenn dieses Verlangen nicht erfüllt wird, dürfte die Discussion noch einen Monat dauern.

Paris, 3. Juli 1870, abends. [Ein Hohenzoller als Throncandidat.] Dem *Bureau Havas* wird aus Madrid gemeldet, daß das Ministerium beschlossen habe, dem Prinzen von Hohenzollern die Krone anzubieten. Eine Deputation, welche beauftragt ist, den Prinzen hiervon zu verständigen, wäre bereits, wie versichert wird, nach Deutschland abgereist.

Paris, 4. Juli 1870, abends. [Zur spanischen Thronfrage.] Die *Presse* und die *Liberté* greifen das Cabinett heftig an, weil es dulde, daß Bismarck einen Hohenzollernschen Prinzen auf den spanischen Thron bringe, während die französische Regierung arglos mit Prim wegen eines Jurisdictions-Vertrags verhandelt habe. Die *Presse* behauptete übrigens, daß nach der heutigen Audienz des Herzogs von Gramont beim Kaiser ein Courier mit Depeschen an Benedetti nach Berlin abgegangen sei.

Rom, 5. Juli 1870. [Vom Concil.] Es war keine geringe Überraschung, die Väter heute schon gegen 10 Uhr aus der Concils-Aula zurückkehren zu sehen. Der Grund dieser unerwarteten Erscheinung blieb nicht lange verborgen: sämtliche Candidaten der Rednerliste hatten sich ihres Rechtes begeben, die Discussion war geschlossen worden. So hat es sich bewährt, was bereits ein Witzblatt vorausgesagt hatte, daß die Hitze und das Fieber die besten Bundesgenossen der päpstlichen Infallibilität sein werden. Morgen soll die Abstimmung beginnen, erst über das dritte Capitel, dann über das vierte. Bleiben die Stimmen, wie vorauszusetzen ist, geteilt, so wird die Entscheidung des H. Vaters den Ausschlag geben. Die ungarischen Bischöfe werden nur dann an der Abstimmung teilnehmen, wenn bei derselben das mündliche Verfahren eingehalten wird.

Madrid, 5. Juli 1870. [Thron-Candidatur.] Gestern abend hat unter dem Vorsitz des Regenten ein Ministerrat stattgefunden. In unterrichteten Kreisen wird mit Bestimmtheit versichert, daß Prim in der Frage der Thron-Candidatur in völliger Übereinstimmung mit dem Regenten und dem Cabinett vorgeht; auch soll es sich durchaus nicht darum handeln, einen König ohne Zustimmung der absoluten Majorität der Cortes, in Gemäßheit des jüngst hierüber erlassenen Gesetzes zu proclamieren.

Rom, 5. Juli 1870. [Das Concil der Italiener.] Der Bischof von Orleans hat nachgewiesen, daß im Concil allein 276 italienische Bischöfe sitzen. Gleichfalls Italiener sind 51 Abbés oder Ordenshäupter, sowie 120 der vom Papst selber bezahlten Bischöfe und Erzbischöfe *in partibus infidelium*, die keine Gemeinde haben und nur dem Namen nach Bischöfe sind. Das gesamte übrige Europa hat insgesamt nur 265 katholische Bischöfe, so daß die Patriarchen, Primaten, Erzbischöfe und Diöcesanbischöfe der ganzen sonstigen Welt neben den italienischen in der Minderheit sind.

Paris, 6. Juli 1870. [Kriegsdrohungen.] Aus den hiesigen officiösen Abendblättern spricht die größte Aufregung. Das *Pays* beginnt seinen *Der Krieg* überschriebenen Leitartikel wie folgt:

Was nur ein Gerücht war, ist Wirklichkeit geworden: der Prinz von Hohenzollern hat die ihm von General Prim angetragene Krone von Spanien angenommen. Preußen legt die Hand auf Spanien. Der Kaiser hat dem preußischen Botschafter in Paris, Hrn. v. Werther, erklärt, daß Frankreich das nicht leiden werde. Herr v. Werther ist gestern abend abgereist, um seiner Regierung über die Entschließungen Frankreichs Bericht zu erstatten. Wir haben also ein ungeheures Ereignis zu gewärtigen: heut abend, morgen kann der Krieg vielleicht erklärt sein. Es braucht nur ein Schwindel sich unserer Nachbarn zu bemächtigen, und die Würfel wären geworfen! Denn — das wissen wir aus sicherer Quelle — Frankreich wird nicht zurückweichen. Entweder Preußen zieht seine Ansprüche zurück, oder es muß sich schlagen. Ein Drittes, einen Ausgleich, ein *juste milieu* gibt es nicht. Entweder es gibt nach, oder die Kanone wird die Discussion fortsetzen.

102
Bluff ohne Finten

> *Wenn jemand behauptet, die Methoden und Prinzipien, nach welchen die alten scholastischen Kirchenlehrer die Theologie ausgebildet haben, seien den Bedürfnissen unserer Zeit und dem Fortschritt der Wissenschaften nicht angemessen – der sei verflucht.*
> Pius IX., Syllabus errorum

Tagebuch des Heinrich Wilhelm Lehmann:
Rom. Donnerstag, 7. Juli 1870

Der gestrige Empfang auf dem römischen Bahnhof war, wie mir schien, der Bedeutung des Anlasses nicht ganz angemessen. Ich registrierte es, aber im Grunde war es mir gleichgültig.

Drei Herren erwarteten uns; dazu zwei Bedienstete, die sich um unser Gepäck kümmern sollten. Die Herren waren Bernieri, Cossa und ein dritter: Pater Longhi, Sekretär des Herrn Kardinalstaatssekretär Antonelli.

Bernieri stellte mich dem Sekretär vor, und als ich meinerseits Fred mit den Worten »mein Butler« vorstellte, sah ich das erste Erstaunen auf dem Gesicht von Bernieri.

Noch mehr staunte er, als er mir das Hotel nennen wollte, das man für uns vorgesehen habe, und ich ihm mitteilte, daß Fred schon für unsere Unterkunft gesorgt hatte.

Es ergab ich, daß ich an der Seite des Sekretärs über den Bahnhofsvorplatz zu der wartenden Kutsche ging, und als ich mit einem Teil meiner Aufmerksamkeit die höflichen Komplimente Longhis erwiderte und nebenbei den schmutzig-pittoresken Platz betrachtete, überhörte ich völlig, wie Bernieri das Wort an mich richtete.

»Heute ganz ohne Tasche, Herr Ingenieur?« wiederholte er, in etwas beleidigtem Tonfall, seine Frage.

Ich gab Fred einen Wink, der daraufhin die Gepäckträger haltmachen ließ und aus einem der Koffer etwas hervorholte. Es waren zwei Aktentaschen aus bestem englischen Leder, je eine als Geschenk für Cossa und Bernieri.

»Zur Erinnerung an den Herrn mit der Aktentasche«, sagte ich mit einer Verbeugung.

In der Kutsche öffneten beide ihre Taschen. Jede enthielt eine goldene Taschenuhr. Ich beobachtete Bernieri, wie er in Gedanken die seine mit der Cossas verglich; es schien ihm nicht zu gefallen, daß Cossas Uhr größer und schöner war.

»Sie haben etwas übersehen«, sagte ich zu Bernieri.

Er sah noch einmal genauer in seine Tasche, wo er in einem Seitenfach ein Notizbuch entdeckte – das billigste und häßlichste, das Robinson in ganz Berlin hatte auftreiben können.

Er sah mich fragend an. »Bei Ihrer Vorliebe für ausländische Notizbücher«, bemerkte ich. »Sie verstehen ...«

Er wirkte irritiert, aber als er sich das Heft in seiner ganzen Häßlichkeit noch einmal beguckte, mußte er doch lachen. Er nahm die goldene Uhr in die Hand, schien sie zu wiegen und zu taxieren – und zeigte eine sorgenvolle Miene.

»Was bereitet Ihnen Kummer, Bruder Justin?« fragte ich.

»Etwa, daß eine so wohlfeile Uhr Ihren Verdiensten nicht gerecht wird?«

»Aber im ...«

Er hatte ein Kompliment aussprechen wollen, als ihm aufging, was ich gerade gemeint hatte.

»Bruder Justin, sagen Sie – man hat Sie also informiert ... Sagen Sie: diese Uhr – ist sie das Geschenk eines Freundes oder eines Geschäftsmannes?«

»Warum fragen Sie?«

»Weil ich fürchte, Sie werden sich jedes Gramm davon hundertfach zurückzahlen lassen.«

»Es würde mich freuen, wenn es sich so ergeben sollte – als Geschäftsmann. Aber sie ist auch das Geschenk eines Freundes.«

Die Fronten waren abgesteckt, und ich war froh darüber. All die Tricks, die ich bei Ernesto noch so sehr bewundert hatte, kamen mir jetzt wie Kindereien vor. Und als wir heute vormittag das erste Arbeitsgespräch führten – mit Bernieri und dem Kardinalssekretär Longhi, im Empfangsraum unserer Hotelsuite –, da sagte ich nach der einleitenden Konversation:

»Meine Herren – wollen wir uns gegenseitig etwas vorspielen oder ernsthaft miteinander reden?«

»Wie meinen Sie das?« fragte, etwas indigniert, der Sekretär.
»Ich glaube Sie zu verstehen«, gab Bernieri zur Antwort.
»Also gut, lassen Sie uns ernsthaft reden.«
»Dann sparen wir Zeit. Ich will Ihnen sagen, was ich denke: daß man zunächst Sie mit den Verhandlungen beauftragt hat, zeigt, daß man zumindest eine kleine Probe nicht unterlassen will. Ist es so?«
Bernieri nickte.
»Tut mir leid, mein Herr«, sagte Longhi, »ich kann Ihnen noch immer nicht ganz folgen.«
»Im Unterschied zu Bruder Justin. Na gut, lassen Sie's mich erklären.«
Und ich klingelte nach Fred, damit er die Teetasse des Sekretärs wieder auffüllte. Als er gegangen war, fuhr ich fort:
»Sie würden, falls ich Sie jetzt fragen würde, als erstes einen Spielzeugpreis nennen, über den ich lachen müßte. Für die Atmosphäre wäre das nicht gut, darum frage ich gar nicht. Einverstanden?«
Longhi schwieg.
»Sprechen Sie weiter«, sagte Bernieri, »ich ahne, was Sie vorschlagen werden.«
»Gut«, sagte ich, »ich will es gar nicht wissen, aber ich schätze mal: Sie sollten zuerst um die zehntausend Dollar bieten, was beinahe für unsere Reisespesen ausreichen würde. Danach würden sie Ihr Angebot allmählich steigern bis zu der Grenze, für die man Ihnen Vollmacht gegeben hat. Sagen wir, in der Gegend von hunderttausend Dollar – habe ich es getroffen?«
»Woher –«, begann Longhi, aber Bernieri unterbrach ihn.
»Weiter – was ist Ihr Vorschlag?«
»Sie können sich denken, daß ein anderer es an meiner Stelle genauso machen würde, bloß umgekehrt: erst einmal mehr verlangen, damit man verhandeln kann, und dann allmählich heruntergehen. Was mich betrifft, so habe ich dazu keine Lust – es langweilt mich, um ehrlich zu sein.«
»Nennen Sie Ihren Preis«, forderte Bernieri mich auf.
»Und Sie nennen Ihr oberes Verhandlungslimit, einverstanden? Wir werden feststellen, daß meine Forderung Ihre Vollmacht bei weitem übersteigt; dann können wir den offi-

ziellen Teil des Gespräches abbrechen – und statt dessen lieber über alte Zeiten plaudern.«

»Lassen Sie uns kurz beraten!« bat Longhi.

»Selbstverständlich«, sagte ich, und ging in den Vorraum, wo ich Fred Gesellschaft leistete. Es dauerte kaum mehr als eine Minute, da ging die Tür auf.

»Kommen Sie«, sagte Bernieri. »Wir sind einverstanden.«

»Gut«, sagte ich, und setzte mich wieder in den Sessel. »Das Limit Ihrer Vollmacht?«

»Hundertzwanzigtausend Dollar«, sagte Longhi.

»Wie ich es mir dachte. Jetzt bin ich dran. Wollen Sie raten?«

»Eine Million?« fragte Bernieri.

Ich schüttelte den Kopf.

»Zwei Millionen?« sagte Longhi ungläubig. »Unmöglich!«

»Zwölf«, sagte ich, und nahm mir ein Stück Gebäck. »Zwölf Millionen. Die Untergrenze meiner Vollmacht.«

Beide sahen mich an, als wäre ich von Sinnen. Bernieri faßte sich als erster.

»Sie werden verstehen, daß ich erschrecke – es liegt nicht nur außerhalb unserer Vollmacht, sondern auch außerhalb meiner Vorstellungskraft. Aber in einem Punkt haben Sie recht – so sparen wir viel Zeit. Ich fürchte, diese Verhandlungen werden Sie mit anderen führen müssen.«

Und an den Sekretär gewandt: »Wollen wir gehen?«

»Aber Bruder Justin«, widersprach ich, »wollen wir nicht die Zeit nutzen, die wir jetzt gespart haben? Kommen Sie, Sie sind meine Gäste; Fred wird uns ein wirklich gutes Restaurant suchen.«

»Danke«, sagte Bernieri. »Sehr freundlich von Ihnen, aber mir scheint, Monsignore Longhi und ich müssen noch arbeiten.«

Und er fügte, etwas müde, hinzu:

»Es wird mir ein Vergnügen sein, mit Ihnen über alte Zeiten zu plaudern – aber nicht heute.«

Fred und ich begleiteten die beiden zu ihrer Kutsche, die vor dem Hotel wartete. Sie wollten schon einsteigen, da fragte ich:

»Meine Herren, haben Sie nichts vergessen?«

»Wenn Sie so fragen«, meinte Bernieri, »dann haben wir etwas vergessen. Was ist es?«

»Sollten Sie nicht von mir eine Probe der Dokumente

verlangen? Mir scheint, ich kenne Ihren Auftrag besser als Sie selber.«

Bernieri schlug sich vor den Kopf.

»Ich erkenne Sie nicht wieder – und mich selber auch nicht. Bin wohl ein bißchen durcheinander.«

»Von den zwölf Millionen?«

»Sie denn nicht?«

»Warum sollte ich. Sind ja nicht für mich; ich bin bloß der Bote. Wie ich hoffe, von guten Nachrichten – für beide Seiten.«

Ich zog den Umschlag aus meiner Tasche und überreichte Bernieri eines der abgebrochenen Pergamentstücke.

»Danke«, sagte er, »wirklich wundervolle Nachrichten, die wir da weitergeben sollen. Ich fürchte, man wird uns aus dem Haus prügeln wie tolle Hunde.«

»Ich hoffe, Sie überleben es – viel Spaß, und gutes Gelingen!«

In der von Fred gemieteten Prachtkutsche fuhren wir zur Villa der Donatis. Man begrüßte uns herzlich, und Fred erzählte ausführlich die Familiennachrichten aus Newyork. Ich blieb zum Mittagessen, dann gab ich Fred und mir Urlaub für den Rest des Tages. Auch die Kutsche ließ ich vor der Villa stehen; statt dessen nahm ich mir eine Droschke und ließ mich zum Restaurant Chisaris fahren.

Schon beim Eintreten spürte ich, daß sich etwas verändert hatte. Drinnen war es fast leer, und Chisari war nicht zu sehen. Ich rief den Kellner und bestellte ein Glas Wein; dann fragte ich leise:

»Was ist los? Wo ist Chisari?«

»Er ist – er ist krank«, antwortete der Kellner. Er wollte gehen, aber ich hielt ihn am Arm fest.

»Warten Sie!« Ich drückte ihm einen Geldschein in die Hand. »Ich bin ein Freund des Hauses. Wo ist er?«

»Wird gemacht, mein Herr – kommt sofort!« antwortete er mit lauter Stimme und verschwand in der Küche. Wenig später brachte er mir den Wein, dazu auf einem Teller Brot und Käse.

»Wohl bekomm's!« wünschte er.

Unter dem Brot lag ein Stück Papier. Ich zog es unauffällig hervor und las:

»Chisari ist verhaftet, wegen Hetze und staatsfeindlicher Konspiration. Die Herren am Fenster sind von der Geheimpolizei.«

Einer der beiden drehte sich gerade in diesem Augenblick um – es war Taglioni. Er blinzelte mir zu, dann setzte er die Unterhaltung mit seinem Kameraden fort.

Nach dem Mittagessen ließ ich mich zum Deutschen Kolleg fahren, wo Seine Eminenz Bischof Ketteler residiert.

»Freut mich, Sie kennenzulernen«, sagte er.

Und nachdem ich ihm als Präsent eine silberne Schweizer Taschenuhr überreichte, meinte er erstaunt:

»Ich habe Sie mir ganz anders vorgestellt.«

»Wirklich? Wie denn?«

»Nun, wie soll ich sagen – irgendwie fanatischer.«

Er bat mich, in seinem Arbeitszimmer mit ihm einen Tee zu nehmen. Nach einigen Sätzen der Konversation fragte ich:

»Verehrter Herr Bischof – welchen Preis wären Sie zu zahlen bereit, um das Dogma der Unfehlbarkeit zu verhindern?«

»Meinen Sie Geld?« fragte er erschrocken.

»Aber nein«, beruhigte ich ihn, »von Ihnen doch nicht!«

»Und was meinen Sie dann mit dem Preis?«

»Nun: wären Sie zum Beispiel bereit, die Hierarchie der Kirche aufs Spiel zu setzen? Und die Rolle Marias, der Priester und der Sakramente dazu?«

»Aber ich bitte Sie«, antwortete er. »Das wäre doch wohl das Ende der katholischen Kirche, und das kann auch von den deutschen Bischöfen niemand wünschen. Ohne den Heiligen Vater, ohne die Jungfrau Maria und die heiligen Märtyrer – ohne die Sakramente in ihrer geheiligten Form – was unterscheidet die Kirche dann noch von den Protestanten?«

»Wenig, da haben Sie recht. Und was würden Sie machen, wenn nun Schriften auftauchen, die alles das in Frage stellen, was Sie bewahren wollen?«

»Daß es solche Schriften gibt, hatten Sie ja in Ihrem Brief behauptet. Ich habe Ihnen geantwortet, und ich wiederhole es: man müßte diese Schriften im Original prüfen. Kann ich sie sehen?«

»Nur ein Stückchen«, sagte ich. »Aber bevor ich es Ihnen zur Prüfung übergebe: gesetzt den Fall, der Inhalt wäre so, wie ich es Ihnen dargestellt habe – würden Sie die Kirche im besagten Sinne reformieren wollen?«

»Aber bedenken Sie doch: längst ist durch die Konzilien festgestellt, daß die Überlieferung und die geheiligten Traditionen denselben Rang besitzen wie die Heilige Schrift selber.«

»Und auch wenn Sie die päpstliche Unfehlbarkeit ablehnen – die Konzilien, meinen Sie, haben nie geirrt?«

»Was heißt, ich lehne die Unfehlbarkeit ab – ich halte es nicht für opportun, sie zu diesem Zeitpunkt zu deklarieren.«

»Heißt das, Sie glauben, daß der Papst nicht irren kann, wenn er in Sachen des Glaubens und der Moral eine Lehre verkündet?«

»Die Kirche ist unverbrüchlich in der Wahrheit, und sie besteht nur, weil der Papst der berufene Nachfolger des Apostels Petrus ist. Wer, wenn nicht der Papst, sollte denn Träger dieser Wahrheit sein?«

»Aber können denn Kirche und Konzil niemals irren?«

»Der einzelne immer, die Kirche nie. Die Kirche, das ist uns verheißen, kann nicht aus der Wahrheit fallen, und das Konzil ist die Kirche.«

»Und wenn dieses Konzil die Unfehlbarkeit beschließt?«

»Dann ist es die Wahrheit, und ich habe mich geirrt.«

»Mit anderen Worten: Sie werden die Unfehlbarkeit akzeptieren, sowie sie beschlossen ist? Und eine tiefgreifende Reform der Kirche halten Sie für überflüssig?«

»Die Kirche ändert sich ständig, an Haupt und Gliedern. Aber im Kern ist sie heilig; sie braucht keine Revolution und hat nie eine gebraucht. Sie braucht auch keine neuen Gebote – die Einhaltung der alten genügt.«

»Und, immer noch angenommen, die Schriften, von denen ich gesprochen habe, sind echt – was würden die Gläubigen sagen, wenn man sie ihnen zur Kenntnis brächte?«

»Es könnte sie – wohlgemerkt: könnte – verwirren. Aber zum Glück muß es sich bei solchen Schriften um Fälschungen handeln. Es wäre ein Widerspruch zu allem, was in der Kirche bisher gelehrt und geglaubt wurde – also muß es falsch sein. Ich wiederhole es: die Kirche Jesu Christi, so ist uns verheißen, ist auf ewig in der Fürsorge des Herrn, und auf ewig in der Wahrheit. Aber nun möchte ich doch eines wissen: gibt es diese Schriften wirklich?«

»Wir sind dabei«, sagte ich, »die Dokumente dem Heiligen Stuhl zur Verfügung zu stellen – wenn er es wünscht. Fragen Sie doch in den nächsten Tagen einfach den Kardinal Antonelli!«

Als ich seine Gemächer verließ (übrigens ohne ihm ein Stück des Pergamentes zu hinterlassen), da fragte ich mich: was hatte ich mir selber, was hatte sich Luigi eigentlich von solchen Kontakten erwartet? Ich mußte an die Worte denken, die Ernesto über Wahrheit und Gemeinschaft gesagt hatte. Wenn die Wahrheit die Gemeinschaft zerstört, in der einer sein ganzes Leben verbracht hat – soll man ihm dann wirklich die Wahrheit wünschen? Wenn ihm die Wahrheit keine neue Gemeinschaft bringt, sondern nur einen zerfallenen Haufen Beschämter und Enttäuschter?

Was nützt, fragte ich mich, die Wahrheit am Ende eines Lebens? Wer es schafft, mit einer glücklichen Lüge zu sterben – für den ist das erlogene Glück genauso gut wie ein wahres.

Noch etwas anderes hat mir dieser Besuch klargemacht: das theologisch daherstolzierende Geschwätz der Bischöfe hat etwas Widerwärtiges. Ganz wie Luigi es beschrieb: dieses Gerede davon, daß die Kirche nicht »aus der Wahrheit fallen« könne, heißt ja nichts anderes, als die gesammelten Scheußlichkeiten der Kirchengeschichte Gott und Christus in die Schuhe zu schieben. Hätte man also Christus gefragt: was sollen wir mit den Albigensern machen? dann hätte er demnach gesagt: Ja, schlagt sie tot, rottet sie aus ... Lächerlich – und widerwärtig!

103
Die zwei Gebote

*Rekonstruktion der Aufzeichnungen
des Luigi Calandrelli (34):*

Ich glaubte, vom Gang her in aller Deutlichkeit Stimmen zu hören, versuchte zu rufen, aber es wurde nur ein Krächzen daraus. Meine Hand tastete nach dem Hammer; ich hob ihn ein Stückchen an und ließ ihn auf den Boden fallen, aber das Geräusch war kaum lauter als mein gerade versuchtes, klägliches Rufen. Erst als ich die Schriften aus der Hand legte und den Hammer mit beiden Händen faßte, gelang es mir, wieder einige Klopfzeichen zustande zu bringen, die sofort vom Gang her beantwortet wurden.

Ich griff zum nächsten der Briefe und las:

VIII.
Andreas, Apostel Jesu Christi, an die Gemeinde zu Antiochia. Gnade sei mit euch allen und Friede auf allen euren Wegen!

Meine Lieben: die Zeit rückt näher, wo ich mich wiederum auf Reisen begeben werde; so Gott will, werde ich bald wieder Gelegenheit haben, euch zu sehen. Doch habe ich Kunde erhalten von einem Vorkommnis in eurem Kreise, welches mir wichtig genug erscheint, um euch noch vor Antritt der Reise meine Sicht dieses Geschehens mitzuteilen – vielleicht, daß sich das Schlimmste noch verhüten läßt.

Vorweg dieses: ich weiß es von Tertullius und aus einem Brief der Claudia, daß ihr trotz meiner Mahnungen euch nicht habt abhalten zu lassen, einen Tempel zu erbauen. Nun also ist er fertig, und ihr seid stolz darauf; wie ich höre, hat sogar der Präfekt ihn schon einige Male aufgesucht und den Predigten des Tertullius und anderer beigewohnt. Daraufhin habt ihr sogleich den Beschluß gefaßt, für den Präfekten und seine Familie einen Teil des Tempels abzutrennen und mit höheren und weicheren Sitzgelegenheiten zu versehen: auf daß diese würdigen Herrschaften der Predigt besser folgen könnten. Oder etwa auch, um ihnen den Anblick und den Geruch der neben ihnen sitzenden Sklaven zu ersparen?

Und nachdem ihr, meine Lieben, dem Tertullius als eurem Bischof darin nachgegeben habt, daß es nicht recht sei, wenn seine Familie mit weniger Geld auskommen müsse als die eines Bäckers, werdet ihr wohl auch bald zustimmen, daß der Bischof, um Gott würdig vor der Welt vertreten zu können, dafür nicht weniger Mittel braucht als der Präfekt – eben das Gesetz des Tempels, von welchem ich zu euch sprach. Nun, dies müßt ihr untereinander ausmachen; daß ihr meinen Segen auf diesem Wege nicht habt, wißt ihr.

Ach, meine Lieben, ich muß euch sagen, daß ich bisweilen anfange, müde zu werden. Nun sind die Galater dabei, einen Tempel zu bauen, die Epheser sammeln Geld dafür, und die zu Korinth schreien Ach und Weh, weil sie zwar das Geld für ein Gotteshaus schon zusammenhaben, aber die Obrigkeit ihnen den Bau bislang noch verweigert. – Ich schweife ab; so laßt mich denn zu meinem eigentlichen Anliegen kommen.

Es hat, wie ich höre, in eurer Gemeinde eine junge Witwe mit Namen Estephania gegeben, welche sich nicht nur durch ihre Mildtätigkeit auszeichnete, sondern auch durch großen Liebreiz, Schönheit und Anmut. Wie mir die edle Claudia schrieb, war ihr Erscheinen in der Gemeinde wie das eines Engels, und ihr Gesang wie der einer Lerche, so daß wohl auch mancher in eure Versammlungen kam, um ihren Gesang zu hören und sich an der Schönheit ihrer Gestalt zu erfreuen.

Solches Empfinden aber, meine Lieben, ist gut und richtig: denn wo im Menschen Wahrheit ist, da ist auch Schönheit und Anmut, und wo die Anmut fehlt, da ist nur allzu oft auch keine Wahrheit. Ich habe es selber bei mancher Versammlung hochwürdiger Gemeindeältester erlebt: ernst und erhaben schreiten sie daher, als zeige der Heilige Geist sich in Griesgram und Bekümmerung. Was sie aber mit diesen Gesichtern beschließen, bringt für die Gläubigen oftmals weder Wahrheit noch Freude, sondern Griesgram und Kummer. Darum, meine Lieben, rate ich euch: wenn ihr Gottes Willen hören wollt, müßt ihr in eurer Gemeinde die Kinder und die mit den anmutigen Gesichtern sprechen lassen; von den würdigen Greisen mit den erhabenen Mienen jedoch werdet ihr wenig Freudiges erfahren.

Es waren nun viele von euch der Estephania herzlich zugeneigt, Tertullius, du nicht auch? Unter denen, die sie liebten, war aber auch ein junger Mann namens Ismael, und seine Liebe zu ihr war tiefer als die aller anderen. Er war arm, aber fröhlich und freundlich zu jedermann, am meisten zur Estephania, der er bei allerlei Gelegenheit zu helfen und zu dienen suchte. Nachdem jedoch die Liebe von ihm Besitz ergriffen hatte, verschwand die Fröhlichkeit aus seinem Gesicht, und er ward bekümmert und betrübt, denn er wagte es nicht, der Witwe seine Liebe zu gestehen.

Der Estephania war es nicht entgangen, daß die frühere Heiterkeit des Ismael verschwunden war. Eines Tages, als er in ihrem Hause war, um ein Loch im Dach auszubessern, durch welches es hindurchregnete, fragte sie ihn nach dem Grund für seinen Kummer. Da gestand er ihr, daß er um ihretwillen litt, und er brach in Tränen aus und fiel vor ihr auf die Knie und bat sie, ihn nicht von sich zu stoßen.

Als Estephania die Tiefe der Gefühle erkannte, die er für sie empfand, da hieß sie ihn aufstehen und gebot ihm, seine Hände auf ihre Brust zu legen. Und als sie merkte, daß auch sie das Verlangen ergriff, einen Mann neben sich zu spüren, da führte sie den Ismael zu ihrem Lager und löste ihm die Kleider. Sie ließ ihn die ihrigen lösen, und als der junge Mann die Schönheit ihres Körpers sah, da weinte er vor Liebe und Glück, und er umarmte sie und verbarg sein Gesicht zwischen ihren Brüsten.

Sie legten sich zueinander und küßten und herzten einander, und als Estephania merkte, daß der junge Ismael noch nicht von der Liebe einer Frau gekostet hatte, da lehrte sie ihn, was einer Frau im zärtlichen Spiel gefällt. Er war aber ein kluger und gelehriger Schüler, und von der Stirn bis zu ihren Fußspitzen ließ er sie mit Küssen und Kosen die Tiefe seiner Zuneigung spüren, so daß ihrer beider Körper bald entbrannt waren in Lust und Liebe und die Stunden ihnen verflogen wie Minuten.

Doch bedachte die Estephania, daß es sie beide in Not und Sorge stürzen würde, wenn ein Kind die Frucht ihres süßen Spiels sein würde. Sie ließ deshalb das Glied des jungen Mannes nicht in ihren Leib eindringen, sondern umschloß es mit ihrer Hand, bis daß sie ihn auf selige Weise geschwächt hatte. Sodann drückte sie den Ismael an sich in zärtlichem Triumph, und bald waren beide in liebevoller Umarmung entschlummert.

Nun frage ich euch, meine Lieben: ob es in dem, was ich hier geschrieben habe, etwas Sündhaftes und Schändliches gebe?

Oh ja, meine Teuren, schändlich in der Tat. Sündhaft und schändlich und entsetzlich, und im tiefsten Grunde böse und zum Himmel schreiend, und wahrlich ein Verbrechen gegen das Gebot des Herrn ist es: daß nämlich ich es weiß, was sich zwischen den beiden abgespielt hat.

Schändlich vor allem ist es, daß nicht die beiden es waren, die mir all dies im Überschwang ihres Glückes anvertraut hätten, sondern daß ich es weiß, weil es in eurem Kreise keinen mehr gibt, der es nicht wüßte. Schmählich und ein Verbrechen ist es, wie ihr dies von den beiden erfahren habt; und auch was ihr den beiden angetan habt, ist im tiefsten Grunde böse und ein Verbrechen gegen das Gebot des Herrn.

Was also ist geschehen? Nun, als die Liebenden erwachten, war die Sonne schon aufgegangen. Und als der junge Ismael eilig das Haus der Witwe verließ, um sie nicht zum Gespött der Schandmäuler zu machen, da erblickte ihn von ferne der Eseltreiber Josephus. Dieser nun, der wohl selbst ein Auge auf die schöne Witwe geworfen hatte, klopfte sogleich den Tertullius aus dem Schlaf, welcher für den selbigen Abend eine Versammlung der Gemeinde einberief. Obwohl der Herr euch geboten, richtet nicht, auf daß ihr nicht gerichtet werdet, machtet ihr die Versammlung zum Gericht, und euch selber zu Anklägern und Richtern, und zwei aus eurer Mitte machtet ihr zu Angeklagten.

Zwar bat und mahnte die edle Claudia, das Vergehen der beiden, wenn es denn eines war, im Kreise einiger besonnener Männer und Frauen zu beraten, nicht aber auf dem offenen Markte. Ihr aber in der Niedrigkeit eures Trachtens bestandet darauf, die Versammlung zum Tribunal zu machen, und ihr erhobt euch über die beiden, als wären sie nicht Gott dem Herrn, sondern euch Rechenschaft schuldig über ihr Tun, obgleich sie doch niemandem von euch etwas zuleide getan hatten. Oder hättet ihr vielleicht den Witwenstand der Estephania gleichsam als euer aller Eigentum betrachtet, über das sie nicht ohne eure Zustimmung hätte verfügen dürfen? War das der Grund für deinen Eifer, Josephus, und für deinen raschen Zorn, Tertullius?

Wie auch immer: in offener Versammlung verlangtet ihr von der Estephania und dem Ismael, daß sie, wie ihr es nanntet, ihre Sünde bekannten, und ihr zwanget sie, vor aller Ohren mitzuteilen, wie sie das begangen hatten, was ihr Sünde nanntet. Ihr aber, die ihr die Estephania in Ewigkeit verachtet und geschmäht hättet, wenn sie aus dieser Nacht der Liebe ein Kind geboren hätte: ihr unterstandet euch, es ihr als zusätzliche Sünde vorzuwerfen, daß sie nicht nur dem Ismael beigelegen hatte, sondern zudem seinen Samen in ihre Hand hatte fließen lassen.

Wahrlich, ich sage euch: wer von euch in dieser Versammlung die Stimme erhob und die beiden als Sünder beschimpfte, weil sie ihre Liebe zuerst vor Gott bekannten und nicht vor den Menschen, der hat schwere Schuld auf sich geladen. Und er möge in sich gehen und Buße tun, auf daß Gott ihm seine Sünde vergebe.

Und möge Gott euch vergeben, was ihr den beiden antatet: denn ihr verstießet sie aus der Gemeinde, die der Estephania und dem Ismael doch zu Vater und Mutter und Bruder und Schwester geworden war, und ihr verbotet ihnen, den Tempel zu betreten, zu dem beide mit ihrer Hände Arbeit so viel beigetragen hatten, und Estephania auch das meiste von ihrem Vermögen. Auf den Gedanken jedoch, der Witwe ihr Geld zurückzugeben, welches sie euch in der Zuversicht anvertraute, daß fürderhin das Haus der Gemeinde auch das ihre wäre – auf diesen Gedanken kamt ihr nicht. Sondern ihr hieltet es für gerecht, die edle Frau nicht nur dem Spott des Pöbels auszusetzen, sondern auch der Armut und der Not. Ich sage euch: nicht der Ismael und die Witwe haben gesündigt. Sondern ihr wart es, die ihr gröblich verstoßen habt gegen Gottes heilige Gebote.

Und ich meine damit natürlich diejenigen Gebote, die unser Herr Jesus uns gelehrt hat. Es sind, wie ihr wißt, nur zwei, doch besagen sie im Grunde dasselbe, und die zehn Gebote des Mose enthalten sie in sich. Solltet ihr sie wirklich vergessen haben?

Du sollst Gott lieben und ehren mit all deinen Taten, Worten und Gedanken: das ist das erste.

Das zweite ist ein Teil davon: du sollst dich selber und deinen Nächsten lieben, weil jeder von euch ein Teil Gottes ist.

Wie aber lieben wir unseren Nächsten auf die rechte Weise, und uns selber in ihm?

Gewiß: der erste Teil der Liebe ist es, dem Nächsten kein Leid zuzufügen. Des weitern aber sollt ihr jegliches Leid des Nächsten erkennen und lindern, worin auch immer es bestünde.

Was nun das Leiden angeht, so ist es vielfältig wie das Leben selbst. Denn nicht nur an Hunger und Durst und Kälte leidet der Mensch, oder an Krankheit oder Schmerzen. Jeder Stand, jedes Geschlecht hat sein eigenes Leid: das Alter ein anderes als die Jugend, der Reiche ein anderes als der Arme, die Frau ein anderes als der Mann.

Immer aber ist das Leid eine Wunde in der Seele des Menschen, und daher Gott nicht wohlgefällig: weil es das Denken und Fühlen des Menschen aufsaugt wie ein Schwamm, bis endlich, wenn das Leiden anhält, der Mensch an der Güte des Herrn zweifelt, und erst recht an der Güte der Menschen. Daher gebietet es die Liebe, den Hungernden zu speisen und den Dürstenden zu tränken, den Einsamen zu trösten, dem Wandernden ein Nachtlager zu bieten; und auch die Kranken und Gebrechlichen zu pflegen, gebietet uns die Liebe.

Es ist aber der Hunger nach Brot nicht der einzige Hunger, und der Durst nach Wasser nicht der einzige Durst, der den Menschen quält. Sondern auch das Verlangen nach der Umarmung der Körper ist ein solcher Hunger und Durst. Wie der Hunger nach Speise, so ist auch dieser Hunger dem Menschen von Gott gegeben, und nicht anders als der Hunger nach Speise stürzt auch der Hunger nach der Lust des Körpers den Hungernden in tiefes Leid, wenn er nicht gestillt wird.

Wer nun dazu imstande sei, dem gebietet es die Liebe zum Nächsten, dies Leid zu lindern und diesen Hunger zu stillen: damit das Leiden in der Welt weniger werde und das Glück und die Freude mehr. Wenn der Herr sogar dem, der zwei Hemden besitzt, gebietet, davon eines dem Frierenden zu geben – um wieviel leichter sollte es uns fallen, von dem zu geben, was nicht weniger wird, wenn wir es verschenken, sondern mehr: von dem Glück und der Lust, die wir mit unserer Zärtlichkeit uns und unserem Nächstem schenken.

Also war es ein Akt der Liebe und Gott wohlgefällig, daß die Estephania mit dem Ismael ihr Lager teilte; und es war ein Akt der Liebe und Gott wohlgefällig, daß Ismael nicht darauf bestand, sein Glied in den Leib der Witwe einzuführen. Denn dafür hat uns Christus die Frohe Botschaft überbracht, daß wir begreifen: alles, was zwischen Menschen aus Liebe geschieht, ist Sein Wille, und alles, was menschliches Leid lindert, ist Ihm wohlgefällig.

Darum ermahne ich euch, Gottes Schöpfung nicht zu verachten, sondern sie zu lieben und zu ehren auch im Geschlecht des

Mannes und der Frau. Hört nicht auf die alten kalten Männer, die euch in neidischer Bosheit Kälte und Keuschheit predigen. Sie, die da sagen: diesen Hunger sollt ihr dem Nächsten nicht stillen, und dieses Leid sollt ihr ihm nicht lindern: wahrlich, sie leugnen Gott. Denn es ist Sein Hunger und Seine Lust, die er in den Menschen gelegt hat: nicht um ihn leiden zu lassen, sondern um ihm die Liebe zum Nächsten zu versüßen.

Und ich ermahne euch, meine Brüder und Schwestern, daß ihr das Leid, welches ihr über die Estephania und den Ismael gebracht, bereut und wiedergutmacht. Bedenkt, daß ihr nicht zu Richtern berufen seid über die Gläubigen des Herrn; weder die Ältesten der Gemeinde, noch ihr alle zusammen seid zu richten berufen; sondern Gott allein ist unser aller Richter.

Dich aber, meine liebe Claudia, segne ich. Denn du hast die Worte des Herrn wohl beherzigt, der da spricht:

»Gib dem Kaiser, was des Kaisers ist: dein Gold. Gib Gott, was Gottes ist: deine Seele. Behalte, was dir gehört: dein liebendes Herz. Deinem Nächsten aber sollst du geben, was sein ist: dein Lachen und deinen Gesang, deine Liebe und deinen Trost; und auch das Glück, welches Gott in die Umarmung der Körper gelegt hat, sollst du freudig deinem Nächsten schenken. Nichts davon sollst du behalten, denn nichts davon gehört dir. Und dennoch seid getrost: denn je mehr ihr von alledem gebt, um so mehr davon wird in euch sein, bis ans Ende eurer Tage.«

Die letzten Zeilen waren unleserlich. Quer über den Text, mit wilder und ungestümer Schrift über die Buchstaben hinwegstürmend (dieselbe Schrift, die auch schon auf den anderen Blättern zahlreiche Stellen durchgestrichen und bekritzelt hatte), stand dies geschrieben:

Häresie! Wilde, niederträchtige, verleumderische Häresie! Beleidigung des Knechtes der Knechte des Herrn! Unerträgliche Verleumdung des hl. Petrus! Aus den Augen, Uns aus den Augen damit für jetzt und alle Zeiten! – Paschalis II. Papa.

Und darunter, wiederum in derselben Handschrift, jedoch kleiner und offenbar ruhiger:

Indem sie sich erfrechten, solches nicht allein zu denken, sondern niederzuschreiben und Unser Auge zu beleidigen, haben sich die

Übersetzer Lucidus und Prätorius der Ketzerei schuldig gemacht. Die Christenheit muß vor derlei Unflat geschützt werden. Daher ist Sorge zu tragen, daß dem Lucidus und dem Prätorius die Gelegenheit genommen werde, diese Gedanken weiterzugeben und zu verbreiten. Man übergebe sie dem Strafgericht und verfahre ohne Milde. – P.P.

104
Säbelrasseln

Meldungen aus den »Berlinischen Nachrichten«:

Paris, 6. Juli 1870. [Gramont zur Thronfrage.] Der Herzog v. *Gramont* hat im gesetzgebenden Körper mitgeteilt, daß *Prim* dem Prinzen von Hohenzollern die spanische Krone angeboten und daß der Prinz dieselbe angenommen habe. Das spanische Volk habe sich indeß noch nicht ausgesprochen. Die französische Regierung kenne nicht die betreffenden Unterhandlungen; er bitte demgemäß, die Discussion, die augenblicklich zwecklos sein würde, zu vertagen. Die Regierung werde in der neutralen Haltung, die sie bis jetzt beobachtet, beharren, aber sie werde nicht dulden, daß eine fremde Macht einen Prinzen auf den spanischen Thron setze und die Ehre und Würde Frankreichs in Gefahr bringe. (Beifall.) Die Regierung vertraue auf die Weisheit des deutschen und die Freundschaft des spanischen Volkes. Sollte sie sich aber in ihrer Hoffnung täuschen, so werde sie ohne Zögern und ohne Schwäche ihre Pflicht tun. (Wiederholter lebhafter Beifall.)

Darauf *Cremieux:* »Die Worte, welche der Minister des Äußeren hat hören lassen, sind in meinen Augen der erklärte Krieg.« (Nein! Nein!)

Granier de Cassagnac: »Wir wollen die Sicherheit und die Würde Frankreichs!«

Cremieux: »Man behauptet, Hr. v. Bismarck, den man als das Genie darstellt, welches heut das Jahrhundert beherrscht, habe den Gedanken gehabt, einen preußischen Prinzen auf den spanischen Thron zu setzen. Würde ihn die spanische Nation angenommen haben? Nein, gewiß nicht! Indem Hr. v. Gramont daher in dieser Art gesprochen, hat er den castilianischen Stolz gekränkt, und er wird Spanien gerade in dem bestärken, wovon er nichts wissen will!«

Ollivier: »Die Erklärung des Ministers tut den legitimen Rechten des spanischen Volkes, das wir als ein befreundetes Volk betrachten, keinen Abbruch. Die Regierung wünscht den Frieden (Sehr gut! Sehr gut!), sie wünscht ihn mit Leidenschaft! (Widerspruch auf der Linken.) Wir sagen unsere Gedanken ohne Rückhalt: wir wollen keinen Krieg, wir suchen den Krieg nicht, wir haben nur die Würde Frankreichs vor Augen!«

Paris, 7. Juli 1870. [Die Hohenzollernsche Throncandidatur.] Der *Constitutionnel* findet in der Erklärung des Herzogs von Gramont die richtige Antwort gegenüber »dem feindseligen Acte«, welcher in der Candidatur eines hohenzollernschen Prinzen liege, und glaubt, daß der Friede von den Entschließungen Spaniens und Preußens abhänge.

Offenbar ist bei den französischen Blättern die Ansicht fest eingewurzelt, daß Graf Bismarck sich mit dem Marschall Prim zu einer »Intrigue« verbunden, die darin besteht, den Prinzen Leopold von Hohenzollern zum Nachteile Frankreichs auf den Thron Karl's V. zu setzen. In der französischen diplomatischen Welt scheint man die Möglichkeit gar nicht zuzulassen, daß die Verhandlungen direct zwischen Madrid und Sigmaringen, zwischen Prim und Prinz Leopold geführt worden seien. Der Herzog von Gramont konnte nicht ungeschickter sprechen, wenn er den Frieden wollte. Doch verhält sich Preußen bisher völlig zurückhaltend gegenüber der Erregung, welche sich hier kundtut. Die Stellung Preußens ist vollständig neutral und uninteressiert. Preußen hat nicht mit Marschall Prim unterhandelt, und ist deshalb auch nicht im Stande, Aufklärungen irgend welcher Art über den Inhalt der Verhandlungen zu geben.

Berlin, 7. Juli 1870. [Prinz Leopold.] Erbprinz Leopold von Hohenzollern-Sigmaringen ist der neueste Schrecken und Entrüstungs-Gegenstand für die Franzosen. Sie sollten sich jedoch die Sache etwas ruhiger überlegen. Der Erbprinz Leopold ist, trotz seines Namens, keineswegs ein »preußischer Prinz«, vielmehr näher verwandt mit der Familie Napoleons, als mit dem preußischen Hofe. Denn die Großmutter dieses 35jährigen Erbprinzen auf Vaterseite war Marie Antoinette Murat, und seine Großmutter auf Mutterseite war die Vicomtesse Stephanie von Beauharnais, Adoptivtochter Napoleons I., welche Großherzogin von Baden wurde. Der Vater dieses Erbprinzen, der Fürst Carl Anton von Hohenzollern, ist nämlich der Sohn der genannten Prinzessin Murat; und die Mutter des Erbprinzen, die Prinzessin Josephine von Baden, ist die Tochter der genannten Prinzessin Stephanie. Der sehnsüchtig nach einem König für Spanien ausschauende Marschall Prim, jedenfalls im Einvernehmen mit dem Regenten Serrano, hat offenbar an dem Erbprinzen Leopold darum eine besonders passende Acquisition zu machen geglaubt, weil er
1) doppelt mit dem Napoleonischen Hause verwandt, 2) seit 1861 mit der Prinzessin Antonie von Portugal, Schwester des regierenden Königs von Portugal, vermählt ist, also ein Stück »iberische Idee« vertritt.

Man wird sich in Paris wohl erst etwas besser informieren und dann den Ton der Erschreckten und gleichzeitig Übermütigen wohl aufgeben!

Paris, 8. Juli 1870. [Kriegsgeschrei der Pariser Presse.] Das *Pays* kennt gar kein Ziel und Maß mehr in seinem kriegerischen Übermute. Es schwingt den Säbel und ruft:»Die Echos des deutschen Rheines sind noch stumm. Hätte Preußen zu uns gesprochen, wie wir zu ihm, so wären wir schon lange unterwegs.«

Der *Moniteur*, das intime Organ Ollivier's, schreibt:»Kein Zaudern mehr; die französische Regierung befindet sich dem augenscheinlich bösen Willen des Marschalls Prim und des Herrn v. Bismarck gegenüber. Letzterer, der immer bereit ist, Frankreich Feinde zu schaffen und seit 3 Jahren Spanien angeht, sich ihm anzuschließen, hat die Schritte bei dem Prinzen von Hohenzollern ermutigt. Die preußische Regierung (!) hat über die spanische Frage verhandelt (!) als ob wir nicht da wären. Nun stellt sie sich, als sei sie erstaunt, daß wir so sehr verletzt sind. Dabei kann kein Zweifel bestehen: der Marschall Prim und Hr. v. Bismarck sind einig geworden, die Ruhe Europas zu stören. Wir erlauben uns, der Regierung zu raten, nicht mehr länger zu zögern.«

Wie man in den militärischen Kreisen versichert, trifft man bereits militärische Vorbereitungen. Es werden zwar noch keine Truppen zusammengezogen, aber man hat bereits bestimmt, welche Marschälle und Generäle die einzelnen Corps befehligen sollen, und letztere auf dem Papier zusammengestellt. Mit dem Ankauf von Vorräten für die Armee ist auch bereits begonnen.

105
Bernieris Geständnis

Wenn jemand behauptet, der Protestantismus sei nichts anderes, als eine verschiedene Form derselben wahren, christlichen Religion, in welcher es möglich ist, Gott ebenso zu gefallen, als in der katholischen Kirche – der sei verflucht.
Pius IX., Syllabus errorum

Tagebuch des Heinrich Wilhelm Lehmann:
Rom. Sonntag, 10. Juli 1870

Sollte diese doppelte Katastrophe wirklich unaufhaltsam sein? So daß hier wie dort gleichzeitig der Zusammenbruch der Vernunft deklariert wird – in Rom mit der verkündeten Unfehlbarkeit, und in Paris mit dem erklärten Krieg?

Ursprünglich hatte ich gestern vorgehabt, noch einige der deutschen Bischöfe zu besuchen. Aber nach dem Gespräch bei Ketteler schien es mir ganz sinnlos. Von diesen Herren – so sehr sie sich gegen die Machenschaften der Jesuiten einzusetzen scheinen – ist kein entschlossener Widerstand zu erwarten. Sie wollen der Kirche den Pelz waschen, ohne ihn naßzumachen.

Nein, dachte ich: diese Leute taugen vielleicht als Druckmittel, aber nicht als echte Verbündete. Und ich beschloß, lieber den Tag zu einem Spaziergang durch Rom zu benutzen.

Wieder ging ich, in mich gekehrt, am Tiber entlang. Ich erinnerte mich an Ernestos Worte, an den Traum von Luisa – und plötzlich kam mir ein Gedanke.

Wenn nämlich, so fragte ich mich, der nicht mehr allmächtige Gott wirklich seine ganze Macht mit seinem Widersacher geteilt hatte – wie war es dann mit der Fähigkeit, den Menschen glücklich zu machen? War es denn sicher, daß der gefallene Luzifer immer nur das Unglück des Menschen im Sinn hatte? War es nicht umgekehrt möglich, daß der nicht mehr allwissende Gott längst auch seines Kampfes und der Menschheit überdrüssig war? Und daß es gerade sein Widersacher war, der das Alte festhalten wollte, einschließlich der alten Lügen – um die Menschheit zu bewahren, und mit ihr für alle Zeiten seinen Kampf, um dessentwillen er gestürzt war?

Ich merkte, wie sich die Gedanken in mir zu verknoten und zu verschlingen begannen, und ich spürte: was ich jetzt brauchte, war ein schöner handfester Streit.

Also ging ich zu Fuß das Stückchen bis zur Annenpforte und ließ mich von der Wache zu Bernieri führen.

Er empfing mich in seinem Arbeitszimmer: inmitten von Aktenbergen, den Kopf aufgestützt, allem Anschein nach in schweren Sorgen. Und ich erkannte auf den ersten Blick: mit dem Streit, den ich mir gewünscht hatte, würde es nichts werden.

Er stand auf und schüttelte mir die Hand.

»Sie werden es nicht für möglich halten«, sagte er mit einem Seufzer, »aber ich freue mich ehrlich, Sie zu sehen.«

»Warum nicht? Ich freue mich auch.«

»Kommen Sie – ich brauche etwas frische Luft. Machen wir einen Spaziergang in den Gärten.«

Ein Weilchen schlenderten wir unter den Bäumen entlang. Ich erinnerte mich: vor kaum einem Jahr war ich denselben Weg mit Francesca gegangen. Aber es kam mir so vor, als wäre es schon Jahrzehnte her ...

»Ist übrigens gut, daß ich Sie heute noch sehe«, sagte Bernieri, »es spart mir einen Weg. Sie haben morgen nach dem Mittagessen einen Termin bei Antonelli, um drei Uhr, und ich bin froh, daß ich nicht dabei bin – er schäumt vor Wut.«

»Wirklich? Ein gutes Zeichen. Er weiß, daß er keine Wahl hat.«

»Ich erkenne Sie nicht wieder. Egal was ich Ihnen sage – ich habe immer das Gefühl, es war mehr, als ich hätte sagen dürfen.«

»Nicht doch! Morgen hätte ich es sowieso gemerkt. Nebenbei bemerkt: mir scheint, Sie haben Sorgen. Ich hoffe nicht, daß ich dazu beigetragen habe.«

»Ja und nein. Sie werden lachen: was mir Sorgen macht, ist –«

Er sah sich um, ob niemand in Hörweite war, und fuhr fort:

»– die Unfehlbarkeit.«

»Höre ich richtig? Das sagen ausgerechnet Sie?«

»Ja, ich. Es ist, fürchte ich, ein verhängnisvoller Fehler. Sehen Sie: es sind doch nicht alles nur verklemmte Idioten und machtgierige Heuchler, die hier zu Bischöfen und Kardinälen werden. Nein, es sind auch gute und weise Leute darunter. Und wenn ich mir vorstelle: so einer wird Papst, und weil er sich kennt, weiß er, daß er jeden Tag hundert verbotene Wünsche hat und fünfzigmal irrt und zwanzigmal Unsinn redet. Und doch wird dieses schreckliche Dogma auf ihm lasten; und weil der Papst der Eckstein ist, der alles trägt, kann er diese entsetzliche Last auch nicht abwerfen, ohne daß alles zusammenbricht. Mein Gott ...«

Er sah mich an und lachte.

»Seltsam. Sie sind der erste, mit dem ich darüber spreche, und wissen Sie was? Ich, der ich diese Zweifel wahrscheinlich nicht einmal meinem Beichtvater mitteilen werde – ich als Mitarbeiter des Heiligen Offiziums erzähle Ihnen das alles, ohne auch nur die geringste Angst zu haben. Ist das nicht komisch?«

»Überhaupt nicht. Mir scheint, wir setzen die Diskussion da fort, wo sie damals mit Albert und Jakob abgebrochen ist.«

»Ja, so geht es mir auch. Und was diese Schriften angeht – ich verfluche mich fast selber, daß ich das Ganze so energisch untersucht habe. Damals bin ich zu Josef gegangen und habe ihn gefragt: War es schwer, den Luigi rauszuziehen? Und er sagt: Überhaupt nicht, schlimm war bloß die Angst, alles kracht jeden Moment zusammen. Ich frage ihn: Und als du ihn ins Hospital getragen hast? War er dir nicht zu schwer? Ach was, sagt er, der war nur noch Haut und Knochen. Mehr Knochen als Haut, sogar überm Bauch. Falls ihm nicht beim Rausziehen ein paar Steine unters Hemd gerutscht sind.«

»Und von da an wußten Sie, daß Luigi etwas aus dem Schacht mitgebracht hatte?«

»Ja, und ich dachte die ganze Zeit, er hätte es mit auf seinen Hof genommen. Dann erfuhr ich, daß er gestorben war, und stattete der Familie einen Besuch ab. Keiner wußte von nichts, bloß der Knecht erzählte, daß er Sie vor dem Schrank in Luigis Zimmer angetroffen hatte, und zwar in etwas merkwürdiger Verfassung. Ich untersuchte den Schrank, und an der Unterseite klebten noch die Reste des Umschlages. Da glaubte ich, Bescheid zu wissen, und darum war ich auch zuerst enttäuscht, als ich hörte, daß man in Ihrem Hotelzimmer bloß ein vollgeschriebenes Notizbuch gefunden hatte.«

»Und wann wußten Sie, daß Luisa Donati die Schriften hatte?«

»Viel zu spät. Wie das hier so ist – man läßt uns die Arbeit machen, aber alle Dokumente sind erstmal Chefsache. Als ich die Aufzeichnungen zu lesen bekam, hatte schon einer von Longhis Leuten im Zimmer der armen Albertina die Nerven verloren.«

»Und jetzt?«

»Na, Sie sehen ja, wie es mit mir steht. Man hat mir die Aufzeichnungen gegeben, weil man dachte, man kann sich auf mich verlassen; keiner konnte sich vorstellen, was das in mir anrichten würde. Diese Briefe des Andreas – sogar wenn sie gefälscht wären, hätten sie mich schwankend gemacht. Aber sie sind echt, ich wußte es schon, bevor ich das Stück Pergament in der Hand hielt. Hätte ich sie bloß nie gesehen!«

»Übrigens«, sagte er nach einer Pause, »als ich hörte, Sie fahren nach Amerika, habe ich mir echte Sorgen um Sie gemacht. Das heißt – ein bißchen neugierig war ich natürlich auch.«

»Woher wußten Sie, daß ich nach Amerika fahren wollte?«

»Ach, ein Freund von uns, in Ihrem Unternehmen – nichts von Bedeutung. Jedenfalls habe ich Ihnen meinen besten Mann zum Aufpassen hinterhergeschickt. Haben Sie es gemerkt?«

»Im Ernst? Nein, mir ist nichts aufgefallen.«

»Dann war es gute Arbeit – wie gesagt, mein bester Mann.«

»Und wie sehen Sie die Situation jetzt?«

»Ich will Ihnen sagen, was ich über die Unfehlbarkeit denke: Gottes Wille kann es nicht sein, also frage ich mich ernsthaft, ob es nicht vielmehr der Teufel ist, der uns diese Sache eingegeben hat. Der dieser Kirche ein Schandmal aufdrücken will. Und jetzt sind Sie gekommen, mit den Schriften – Antonelli denkt, er setzt seinen Willen durch, aber er kennt sie nicht ...«

»Wen kennt er nicht?«

»Luisa Donati. Antonelli glaubt, er ist stark, aber ich fürchte: ohne daß er es merkt, wird er das machen, was sie will. Ich frage mich in vollem Ernst, auch wenn Sie mich auslachen: ob ich nicht den Inhalt der Dokumente abschreiben und drucken soll, und jedem der Bischöfe heimlich ein Exemplar auf seinen Platz im Petersdom legen ... ich, als treues Mitglied des Heiligen Offiziums – nur um diese entsetzliche Unfehlbarkeit zu Fall zu bringen ...«

Und er mit einem verzweifelten Blick fragte er:

»Was würden Sie mir raten? Als Beauftragter der Donatis, aber auch als ehrlicher Makler?«

»Glauben Sie ernsthaft, ich könnte Ihnen einen Rat geben?«

»Ja, das glaube ich – ehrlich und ernsthaft.«

»Sie sollten der Stimme Ihres Herzens folgen – wenn sie klar ist.«

»Und wenn sie unklar ist?«

»Den Dingen ihren Lauf lassen.«

Als wir auf dem Rückweg schon fast an seinem Dienstgebäude angekommen waren, fiel mir noch etwas ein.

»Was ich Sie fragen wollte: wofür war eigentlich der Vertrag mit der Berlin-Anhaltischen Eisenbahn? Wirklich nur, um mich mit Arbeit einzudecken und vielleicht ruhigzustellen?«

»Nicht ganz. Wir haben wirklich Probleme mit diesem Eisenbahnwesen: nicht genug Informationen, zuwenig Personal. Da war das mit Ihnen eine gute Gelegenheit.«

»Das heißt, der Vertrag ist für den Kirchenstaat nach wie vor interessant?«

»Natürlich. Warum fragen Sie?«

»Weil man in Berlin langsam unruhig wird – es sind noch keine Zahlungen eingegangen.«

»Wirklich nicht? Ich verspreche Ihnen: ich werde das in Ordnung bringen.«

Heute dann der Termin bei Antonelli: wie ein Pokerspiel. Nur daß ich wieder die Karten offen auf den Tisch legte – fast offen.

Kurz vor drei erschien ich mit Fred bei Longhi, dem Sekretär Antonellis, oder vielmehr, seinem zweiten Sekretär, wie sich jetzt herausstellte. Fred trug in seiner Tasche ein Geschenk bei sich: einem silbernen, mit Rubinen besetzten Pokal, für den Fall, daß wir es tatsächlich mit dem Kardinal persönlich zu tun bekämen.

Longhi bat uns, in seinem Vorzimmer Platz zu nehmen; Seine Eminenz werde uns in Kürze empfangen.

Ich ließ mir von Fred Neuigkeiten vom römischen Zweig der Donati-Familie berichten, und um Viertel nach drei stand ich auf.

»Fred«, sagte ich, »bitte halten Sie die Stellung, ja? Das gibt heute sowieso nur ein Vorgeplänkel, und mein Gefühl sagt mir: daß man uns hier warten läßt, gehört dazu. Ich gehe Pater Cossa einen Besuch abstatten – Longhi weiß, wo das ist.«

Cossa begrüßte mich herzlich; er war stolz, einige Zeichnungsrollen öffnen zu können und mich im Hinblick auf Kurvenradien und Tunnelbelüftung wieder auf den Stand der Dinge zu bringen. Meine Einschätzung der Lage im Vorzimmer bestätigte sich. Es dauerte mehr als eine Stunde, bis Longhis Schreiber ganz aufgelöst in Cossas Zimmer erschien und rief:

»Wie können Sie – ich bitte Sie – der Herr Erster Sekretär ...«

Er lief vorneweg, und ich folgte ihm gemächlich.

Die Unterredung spielte sich im Vorzimmer Antonellis ab, bei halb geöffneter Tür. Der Kardinalstaatssekretär war in seinem Zimmer, dem Anschein nach in Akten versenkt – die aber nicht so wichtig sein konnten, daß er dafür die Tür geschlossen hätte.

Der Schreiber war viel schneller gewesen als ich; er hatte mich schon angekündigt, während ich noch die Statuen auf der Treppe des Kardinalspalastes bewunderte. Als ich eintrat, konnte der Herr Sekretär (der erste) seinen Zorn nur mühsam verbergen. Noch bevor ich mich gesetzt hatte, fuhr er mich an:

»Vielleicht hätten Sie die Güte, zu erklären, warum Sie um ein Gespräch bei Seiner Eminenz nachsuchen – und wenn man es Ihnen gewähren will, sind Sie abwesend?«

»Nanu«, sagte ich, und setzte mich neben Fred. »Schon wieder ein Mißverständnis: ich kann mich nicht erinnern, um einen Termin bei Seiner Eminenz nachgesucht zu haben.

Schließlich muß doch das Konzil seinen geordneten Gang gehen, nicht wahr? Sie wissen, warum ich hier bin – schicken Sie mir einen Mann mit Kompetenz und Vollmachten, und der Herr Kardinalstaatssekretär kann in Ruhe das Konzil ordnen.«

»Was gab es denn sonst noch für Mißverständnisse?«

»Eine Lappalie. Hat Ihnen Herr Longhi das nicht berichtet?«

»Herr Longhi hat uns vieles berichtet.«

»Nun, mein Eindruck war, daß man uns mit Absicht hat warten lassen. Sozusagen, um uns das Gefühl zu geben, wir kämen als Bittsteller. Dabei hatte ich doch schon Herrn Longhi gesagt: solche Spielchen mag ich nicht.«

Der Herr Erster Kardinalstaatssekretärssekretär schien nun erst recht erzürnt. Er fixierte mich und sagte drohend:

»Also ›Spielchen‹ nennen Sie das. Gibt es vielleicht noch andere sogenannte ›Spielchen‹, die Sie nicht mögen?«

»Die gibt es – aber wollen wir nicht zur Sache kommen?«

»Wir ... Also gut, kommen wir zur Sache. Nämlich?«

»Nämlich folgendes. Ich schlage Ihnen vor, ich mache es wie mit den Herren Longhi und Bernieri. Ich sage Ihnen offen heraus, wie ich über die Situation denke, und Sie korrigieren mich, wenn ich mich irre. Einverstanden?«

»Sprechen Sie!«

»Also: ich gehe davon aus, Sie wollten uns warten lassen, um uns zu zeigen, wie beschäftigt Seine Eminenz ist.«

»Das ist er in der Tat.«

»Deshalb würde ich auch vorschlagen, daß wir endlich die Tür schließen, damit wir Seine Eminenz nicht stören.«

Er warf einen Blick durch den offenen Türspalt. Dann nickte er zum anderen Zimmer hin und sagte:

»Nicht nötig. Seine Eminenz geruhen Ihnen zuzuhören.«

»Das ehrt mich. Nun – nachdem Sie uns klargemacht hätten, daß unser Anliegen nicht vordringlich sei, hätten Sie uns, wahrscheinlich schon im Hinausgehen, ein Angebot gemacht, das Sie für halbwegs realistisch halten. Darf ich davon ausgehen, daß Sie sich inzwischen vom Alter des Pergamentes überzeugt haben?«

»Die Prüfung ist noch nicht abgeschlossen.«

»Aber die erste Prüfung hätte sicher zu einem ersten Angebot gereicht. Sagen wir, zwei oder drei Millionen.«

»Und wenn es so wäre?«

»Mein lieber Herr – pardon, wie war noch einmal Ihr Name?«

»Pellegrini. Verzeihung, ich hatte mich noch nicht vorgestellt.«

»Macht nichts – es geht uns doch nur um die Sache, nicht wahr? Also, verehrter Monsignore Pellegrini, was glauben Sie denn, wie sich ausgerechnet die Summe von zwölf Millionen Dollar ergibt, die wir erwarten?«

»Ich habe keine Vorstellung. Ich kann Ihnen nur versichern, daß sie unakzeptabel überhöht ist.«

»Das freut mich zu hören.«

»Wenn Sie die Güte hätten, sich zu erklären?«

»Selbstverständlich. Sie werden sich doch vorstellen können, daß wir in dieser Sache nicht nur mit Ihnen verhandeln?«

»Aber – wer hätte denn außer uns ...«

Ich mußte laut lachen, als ich sein verdutztes Gesicht sah.

»Gibt es einen Grund für Ihre Heiterkeit?« fragte er indigniert.

»Den gibt es in der Tat. Ist es nach Ansicht der Kirche nicht absolut heilsnotwendig für jede menschliche Seele, dem römischen Bischof untertan zu sein?«

»Gewiß doch. Lachen Sie deswegen?«

»Nein, aber Sie werden sich vorstellen können, daß es genau wegen diesem Anspruch auch außerhalb Roms einige menschliche Seelen gibt, die Interesse an frommen Schriften haben.«

»Woher wissen Sie, ob es fromme Schriften sind?«

»Weil ich sie kenne. Zurück zu unseren Verhandlungspartnern: Wir haben bisher zwei Angebote, die wir ernst nehmen.«

»Und von wem bitte?«

»Sie belieben zu scherzen. Meinen Sie wirklich, ich wäre befugt, Ihnen unsere Interessenten zu nennen? Aber ich will Ihnen gerne sagen, wie hoch die Angebote sind.«

»Sagen Sie's!«

»Ein Angebot liegt bei zehneinhalb.«

»Zehneinhalb was?«

»Zehneinhalb Millionen Dollar.«

»Und das zweite?«

»Sie wissen es bereits: exakt zwölf Millionen Dollar.«
Pellegrini schluckte. Die Summe stand im Raum; schwebte geradezu um seine Nase und hinüber zum Kardinalstaatssekretär Antonelli, und ich konnte die Spannung im Raum regelrecht knistern hören.
»Pardon«, sagte er und stand auf. Er hatte offenbar ein Zeichen erhalten; nun ging er hinüber zum Kardinal.
Er kam zurück und nahm wieder Platz.
»Darf man fragen, warum Sie das Angebot über zwölf Millionen Dollar nicht annehmen?«
»Wer sagt Ihnen, daß wir es nicht annehmen? Wenn Sie nicht wollen, verkaufen wir an den anderen Interessenten.«
»Sie sagen, er bietet genau zwölf Millionen?«
»So ist es.«
»Warum verlangen Sie dann von uns dasselbe? Und nicht mehr?«
»Das will ich Ihnen sagen: deshalb, weil die Herrschaften Donati zwar Geschäftsleute sind, aber auch treue Kinder der Kirche. Der Graf Donati sagte zu mir: dieses Konzil ist für die Zukunft der Kirche wegweisend. Es ist in seiner entscheidenden Phase, und ausgerechnet jetzt diese Schriften in der Öffentlichkeit – es wäre eine Katastrophe. Das können wir nicht wollen; also bieten wir sie erst dem Heiligen Stuhl an.«
»Als frommer Sohn der Kirche, oder als Geschäftsmann?«
»Als beides. Als Sohn der Kirche bietet er sie der Kirche an, als Geschäftsmann verlangt er einen gerechten Preis.«
»Sie unterstehen sich, von einem gerechten Preis zu sprechen! Glauben Sie, wir lassen uns erpressen?«
Er war aufgesprungen und schien sich auf mich stürzen zu wollen. Ich lächelte ihn an und schwieg.
»Nun?« fragte er wütend. »Wollen Sie nicht antworten?«
»Wieso? Ich habe Ihre Worte nicht als Frage empfunden.«
»Ich habe Sie gerade einen Erpresser genannt – einen Erpresser! Haben Sie dazu keine Meinung?«
»Lieber Monsignore Pellegrini«, antwortete ich, »wir beide sollten nicht vergessen, wer wir sind. Sie sind ein ehrwürdiger Priester, und ich bin hier als Beauftragter des Grafen und der Gräfin Donati – das ist alles. Ich habe einen Auf-

trag übernommen, und ich führe ihn aus, und weder werde ich Sie beleidigen, noch steht es mir zu, die Absichten meiner Auftraggeber zu kommentieren. Wenn Sie unser Angebot annehmen, ist es gut, und wenn nicht, ist es auch gut. Unsere Forderung kennen Sie – die Entscheidung liegt in Ihrer Hand. Und nun, wenn Sie gestatten, möchte ich Ihre Zeit nicht länger in Anspruch nehmen.«

Ich stand auf. Auch Fred erhob sich, und Pellegrini desgleichen. Aus dem Nebenzimmer war ein Zischen zu hören; Pellegrini eilte zu Seiner Eminenz, wenig später kehrte er zurück.

»Seine Eminenz lassen mitteilen: am kommenden Mittwoch, gleich nach der Abstimmung im Konzil, ist eine Versammlung einberufen. Dort wird man über die Frage des Erwerbs dieser Schriften beschließen; man wird Sie vom Hotel abholen. Wenn Sie die Güte hätten, sich am Mittwoch zur Verfügung zu halten?«

»Aber gewiß doch. Dafür bin ich ja in Rom.«

»Und was werden Sie in den nächsten Tagen tun?«

»Das steht noch nicht fest. Aber sicherlich werde ich die deutschen Bischöfe besuchen, die sich in Rom aufhalten.«

»Oh ja, verstehe – die deutschen Bischöfe …«

Und er sah mich an, als hätte ich ihm mit aller Kraft auf den großen Zeh getreten.

106
Gerettet

*Rekonstruktion der Aufzeichnungen
des Luigi Calandrelli (35):*

Plötzlich ertönte vom Gang her ein Krachen; der Boden der Kammer bebte. Ich hörte das Rumpeln und Grollen von stürzenden Steinen und Erdmassen; Sand und kleine Steine fielen aus den Fugen der Kammerwand; für einen Augenblick fürchtete ich, das Gewölbe würde zusammenbrechen. Ich sprang auf, um mich in den Durchgang zwischen beiden Kammern zu stellen, wo mir die Wand am festesten zu sein schien. Doch hatte ich meinen geschwächten Zustand nicht bedacht: kaum hatte ich mich aus meinem notdürftigen Sitz erhoben, da stürzte ich auch schon zu Boden. In dem Versuch, mich irgendwo festzuhalten, warf ich die auf der Truhe stehende Lampe um; sofort war es stockfinster um mich herum. Gleichzeitig aber, als hätte ich das Krachen nur geträumt, war es totenstill in der Kammer.

Offenbar war der Stollen, den meine Retter gegraben hatten, eingestürzt. Von draußen war nichts mehr zu hören; ich mußte fürchten, daß auch von denen, die mich retten wollten, jemand mit dem Leben bezahlt hatte. Eingehüllt in Dunkelheit und Stille, lag ich auf dem Boden, und es schien mir, als wäre dieser Zustand schon eine Vorstufe des Todes. Doch hatte dies nichts Beängstigendes an sich. Sondern mir war, als zeigte sich die Tiefe meiner Schwäche gerade darin, daß nicht nur die Kräfte des Körpers aufs äußerste reduziert waren, sondern bis an die Grenze des Erlöschens auch jeder Antrieb und jede Empfindung: also auch die Angst und die Gier, am Leben zu bleiben.

Das also, dachte ich, ist das Geheimnis des einfachen Todes: ein Zustand, in dem der Mensch so sehr ermattet ist, daß er entscheiden darf, ob er weiteratmen will oder nicht, und in dem er es nur zu wünschen brauchte, und er könnte sein Herz anhalten wie das Pendel einer Uhr.

Ich war in der Tat auf dem Punkt, zu erlöschen, als ich ganz in der Nähe Klopfzeichen hörte. Bevor ich noch hätte antworten können (ich suchte auf dem Boden nach dem Hammer, fand ihn aber nicht), kam von ferne eine Antwort. Einige Male wurden rhythmisch geklopfte Nachrichten ausgetauscht; und es war dieses zielstrebige Hin und Her, das mir den Willen zum Weiterleben zurückgab. Ich kroch auf dem Boden herum und suchte den Hammer, doch als meine Hände auf einen Stein stießen, ergriff ich ihn und schlug ihn einige Male auf den Boden. Sogleich ertönte vom Gang her eine Antwort.

Meine Lebensgeister waren noch einmal geweckt, aber um mir neue Kräfte zu geben, hätte es mehr gebraucht als Klopfzeichen. Zwar erkannte ich, daß der Augenblick gekommen war, wo ich mich entscheiden mußte, was ich mit der Truhe tun würde. Doch ließ mein Zustand mir kaum eine echte Wahl. Mit letzter Kraft kroch ich zur Truhe, nahm einige der Dokumente und steckte sie mir unters Hemd. Draußen wurde gerufen. Ich wollte antworten, doch kam kein Laut aus meinem Mund, nicht einmal ein Krächzen. Ich wollte zu einem Stein greifen, war aber zu keiner Bewegung mehr fähig, und bevor ich überlegen konnte, wie ich mich bemerkbar machen sollte, wurde ich ohnmächtig.

Was dann geschah, verschwamm im Nebel von Träumen und Visionen und gelegentlichen wachen Momenten. War es in einem solchen Moment, daß ich den Entschluß fasse, mein Geheimnis zu bewahren? Mir ist, als würde ich in die vordere Kammer kriechen und mit einer immensen Anstrengung, Millimeter um Millimeter, das Regal vor das Loch in der Mauer schieben. Danach wieder lichte Momente; ich liege auf dem Boden, Steine rollen an meinen Körper. Plötzlich ist da eine Öffnung, aus der ein Lichtstrahl fällt, und aus der sich, wie eine riesengroße Raupe, erst ein schwärzliches Gesicht und dann ein riesenhafter Mensch herauswindet. Jemand bindet mir ein Seil um die Brust, der Mann verschwindet vor mir in der Öffnung; ich werde teils am Seil, teils an den Händen durch eine enge Röhre gezogen. Ein Augenblick grellster Helligkeit, die mir durch die geschlossenen Lider hindurch die Augen verbrennen will – dann wieder Nacht.

Später, ein Bett im Hospital. Mir ist, als würde ich Schwester Luisa erkennen, wie mich sich über mich beugt, mich auszieht, etwas in der Hand hält. Sie wäscht mich, reibt mich ein; um mich herum höre ich Stimmen. Ein Wunder, sagt jemand, ein wirkliches Wunder; dann wieder Dunkelheit.

Einige halbwache Augenblicke: Luisa flößt mir Wasser ein. Winzige schmerzhafte Schlucke; sogar das Schlucken, denke ich, kann man verlernen. Dann ein Schluck nach dem andern, als sei dies mein eigentlicher Herzschlag, oder eine Art umgekehrter Uhr: eine, die nicht das Ablaufen der Zeit anzeigt, sondern mir im Gegenteil Tropfen um Tropfen neuer Lebenszeit einflößt.

Später, das erste wirkliche Erwachen. Jemand gießt etwas in mich hinein; mehr Flüssigkeit, Albertina, höre ich eine Stimme. Der erste Löffel Suppe in meinem Mund. Blinzeln im Sonnenlicht; noch immer schmerzen die Augen, wenn ich die Lider öffne. Ein Brei aus Kartoffeln und Hühnerfleisch: der erste Genuß, den das neue Leben für mich bringt.

Ich kann wieder sprechen. Wo ist Schwester Luisa? Keine Antwort. Wie geht es dem Kardinal? Monsignore ist tot, leider. Catino? Tot. Welchen Tage haben wir heute? Montag, den zwanzigsten November. Wo ist Luisa? Pause. Dann: »Sie ist fort«.

Daß ich wieder ganz und gar unter den Lebenden weilte, zeigte mir der erste Besuch von Meister Cornelius.

»Endlich läßt man mich zu dir – hat ja eine Ewigkeit gedauert. Aber laß dir Zeit mit dem Gesundwerden, bist sowieso auf unbestimmte Zeit beurlaubt, und da draußen ist der Teufel los.«

Offenbar hatten wir beide mehr Lust zum Fragen mehr als zum Antworten, aber mit Hilfe Albertinas – »Denken Sie daran: keine Anstrengung!« – und mit demonstrativem Vorführen meiner Kraftlosigkeit brachte ich ihn dazu, sich mit wenigen Sätzen zufriedenzugeben. Und was, bitte sehr, hatte sich derweil anderswo abgespielt?

»Tja,« meinte Cornelius, »du hattest Glück im Unglück, aber wir noch mehr. Es war nur der hintere Teil vom Gang zusammengebrochen, da, wo ihr beide drinstecktet. Unser Teil blieb stehen – eigentlich derjenige Teil, der als besonders gefährdet galt. Merkwürdig, nicht wahr? Jedenfalls sind wir auf dem schnellsten Weg ins Freie. Oben erklärte jemand, daß von euch beiden keiner überlebt haben könnte – er könne es beurteilen, denn er hätte früher im Bergwerk gearbeitet. Ehrlich gesagt, ich war auch seiner Meinung. Bloß um mir hinterher nichts vorzuwerfen, habe ich meinen Mut zusammengenommen und bin später noch einmal nach unten; da habe ich deine Zeichen gehört. Nun gab's heiße Diskussionen: was sollte man tun?«

»Nämlich?« fragte ich erwartungsvoll. »Was denn?«

»Erstmal gar nichts; bloß die Dokumente aus dem vorderen Teil des Ganges wurden ausgelagert. Der kluge Bergwerksexperte erklärte: im Prinzip könnte man natürlich einen Stollen graben, aber bei der geschätzten Länge des Ganges würde das Wochen dauern. ›Keine Chance‹, meinte er, ›es fällt mir schwer, es zu sagen, aber hier ist die Kunst von uns Menschen am Ende.‹ Daß Garrota herumlief und den Schacht einen wahrhaftigen Teufelsgang nannte, hat auch nicht gerade dazu beigetragen, daß man sich nach tollkühnen Rettungsmaßnahmen drängte.«

»Und warum, bitte sehr, lebe ich noch?«

Meister Cornelius sah sich um, als fürchtete er, jemand könnte uns belauschen. Dann sagte er mit gedämpfter Stimme:

»Nun, da war ja noch Delmonte. Der hielt gar nichts von unserem Experten, meinte, man sollte doch lieber Bergungsfachleute aus Florenz oder Mailand heranziehen. Dabei regte er sich so sehr auf, daß man ... ja, man behauptete, es wäre zu seinem eigenen Schutz – also, die Ärzte gaben ihm ein Beruhigungsmittel, davon war er so ruhig, daß er nur noch lallen konnte.«

»Aber wenn es nicht Delmonte war – von wem kam dann die Anordnung, den Stollen zu graben? Von dir?«

»Nein, Luigi – entschuldige. Meinst du, ich hätte mich gegen Garrota durchsetzen können? Ich sag's dir: es gab überhaupt keine Anordnung. Von keinem. Hat man dir noch nicht erzählt, was inzwischen hier in Rom los ist?«

»Nein – mir hat keiner was gesagt.«

»Dann wird's aber Zeit. Draußen machen sie Revolution; alles geht drunter und drüber, am fünfzehnten haben sie den Minister Rossi erschossen. Jetzt heißt es, die Schweizergarde ist schuld: weil zu viele im Schacht gearbeitet haben, statt den Minister zu schützen. Gestern ist der Heilige Vater aus Rom geflüchtet; die ganze Garde soll aufgelöst werden, sagt man.«

»Klingt ja aufregend. Aber wer hat denn nun Befehl gegeben, mich rauszuholen? Hat sich der Stollen vielleicht von allein gegraben?«

»Natürlich nicht. Weißt du, wem du das zu verdanken hast? Du wirst es nicht für möglich halten – es war Schwester Luisa. Ich glaube, als sie merkte, was man mit Delmonte angestellt hatte, da ist ihr der Kragen geplatzt. Sie hört ihn lallen, und was macht sie? Geht aus dem Zimmer, ohne ein Wort zu sagen – schnurstracks zum Quartier der Schweizergarde. Zuerst hat sie deinen Zimmergenossen Jakob gesucht, es war noch keine Stunde vergangen, da hatte sie schon zwei Dutzend Helfer zusammen, darunter zwei, die Erfahrung unter Tage hatten.

Sind sofort in den Schacht hinunter, Schwester Luisa immer noch in ihrem Kittel. Schade, daß ich nicht dabei war, muß lustig gewesen sein. Der Schließer fragt sie nach der Zugangsberechtigung. Dein Freund Josef, sonst die Sanftheit in Person, hebt ihn vom Stuhl und sagt: Ist da nicht jemand in Lebensgefahr? Und der Schließer trägt ins Zugangsbuch ein: ›Kolonne zur Durchführung von Rettungsarbeiten‹. Dann ging's los; die beiden, die sich da auskannten, meinten, in einigen Tagen könnte man eine enge Röhre vortreiben; so lange könnte wohl auch jemand überleben, wenn er nicht schwer verletzt wäre. Von da an waren sie Tag und Nacht unten und haben gegraben und abgestützt. Kriegten die schlimmsten Sachen angedroht, aber passiert ist nichts. Nur mit Schwester Luisa – das war ein bißchen komisch.«

»Wieso, was war mit ihr?«

»Na ja, eigentlich hätte sie doch zufrieden sein können. War sie wohl auch, jedenfalls was dich anging. Aber wegen Delmonte, da übertrieb sie es ein bißchen. Vielleicht hatte sie ja recht, und die Beruhigungsmittel waren wirklich zu stark. Aber was macht sie? Nicht, daß sie die Ärzte in einer ruhigen Minute beiseite nimmt, wie es doch sonst ihre Art war. Nein, sie geht mitten in die Ärztebesprechung und verlangt, daß man die Mittel sofort absetzt. Du kennst ja die

Ärzte; sogar wenn sie gewollt hätten, dann hätten sie jetzt nicht nachgeben können. Also zanken sie sich eine Weile; die Doktoren zitieren ihre Autoritäten, und Luisa – es war, als ob sie es darauf angelegt hätte ...«

»Cornelius«, drängte ich ihn, »bitte mach es nicht so spannend. Auf was hatte sie es angelegt?«

»He, was ist los?« fragte er verwundert. »Nimmt dich wohl zu sehr mit, was ich erzähle, oder? Was hat doch Albertina gesagt – keine Anstrengungen! Ich gehe dann wohl lieber.«

Die Drohung wirkte. Ich bat und bettelte, versicherte ihm hoch und heilig, daß ich wieder bei Kräften wäre. Schließlich ließ er sich erweichen.

»Also, wo war ich stehengeblieben – richtig, die Ärztebesprechung. Da fing es überhaupt erst richtig an, nämlich mit diesem Grafen – habe ich ihn schon erwähnt? Nein? Na, er lag auch gerade im Hospital, ein richtiger römischer Graf, aber im Hospital lag er als Angehöriger eines amerikanischen Ordens. War mit einer Delegation in Rom; eine Kutsche hatte ihn angefahren, war aber wohl nichts Schlimmes. Schwester Luisa hatte ihn betreut, jetzt ging sie zu ihm und klagte ihm ihr Leid. Prompt kommt der Herr Graf zu den Ärzten und erklärt, wenn man die Mittel bei Delmonte nicht absetzt, schaltet er seinen Bruder ein. Der ist Redakteur bei irgendeinem Mailänder Skandalblatt; nichts, was Garrota sich gerade gewünscht hätte. Also einigt man sich auf einen Kompromiß; die Dosis der Mittel wird reduziert. Delmonte war bald wieder bei klarem Bewußtsein, alle meinten, er hätte auch besser ausgesehen.

Nur, leider ging es unten im Schacht nicht ganz nach Wunsch. Erst fand man den toten Catino, übrigens ein ganzes Stück von der Kammer entfernt. Eigentlich seltsam, nicht wahr? Wollte er dir nicht auf die Finger sehen? Hast du eine Erklärung dafür?«

Ich druckste herum. Vielleicht ein dringendes Bedürfnis, oder er wollte sich die Beine vertreten, wer weiß ...

Cornelius schüttelte den Kopf.

»Ausgerechnet Catino – na, lassen wir das erst einmal. Es war auch nicht nur das, sondern dann hörten auch noch deine Klopfzeichen auf. Das war für Garrota Anlaß, etwas zu unternehmen. Plötzlich taucht er unten im Schacht auf und liest für Catino und dich eine Messe, dann schüttelt er deinen Kameraden einem nach dem andern die Hand und erklärt die Rettungsaktion für beendet. Es gäbe keinen Grund mehr, meint er, sich weiter in Gefahr zu begeben; man dürfe auch nicht das Grab eines Menschen entweihen, welcher in Ausübung seiner Pflicht verschieden sei.«

»Danke – zuviel der Ehre für einen jungen Schlossergesellen.«

»Meister, nicht Geselle«, verbesserte mich Cornelius.

»Jedenfalls, mein Herr Meisterschlosser, Garrota dachte, die Sache wäre abgeschlossen, aber er hatte sich geirrt, denn für ihn fing sie erst richtig an. Als Schwester Luisa von der Messe im Schacht erfuhr, da nannte sie Garrota öffentlich einen – also, was sagte sie? Ich glaube, sie nannte ihn einen ›gemeingefährlichen Dummkopf oder gewissenlosen Verbrecher‹, und ob er noch nie davon gehört hätte, daß auch Bewußtlose eine ganze Weile weiterleben könnten? Sprach's, und stieg in Begleitung ihres Ordensmannes selber noch einmal hinunter in den Schacht. Einen halben Tag sind sie da unten geblieben, dann erschien sie wieder im Quartier der Garde und erklärte, die Bergung ginge weiter; sie und ihr Begleiter hätten Klopfzeichen gehört. Wirklich, Luigi, sie war dein Schutzengel ...«

»Darf man fragen, warum ich meinen Schutzengel noch nicht zu Gesicht bekommen habe?«

»Nun laß mich doch erst einmal erzählen. Eigentlich hattest du ja zwei Schutzengel – Delmonte, du weißt schon. Er tat immer ganz zuversichtlich, wenn die Rede auf dich kam, aber ich glaube, in ihm sah es ganz anders aus. Dann kam der Augenblick, als ein Stück vom Stollen einbrach. Zum Glück hatte sich gerade niemand da aufgehalten, aber Garrota hatte trotzdem nichts Eiligeres zu tun, als die Nachricht Delmonte zu überbringen.

Ja, Luigi – ich glaube, das war's, was dem alten Herrn regelrecht das Herz gebrochen hat. Er ließ Schwester Luisa rufen und diktierte ihr seinen letzten Willen; das heißt, eigentlich wünschte er sich nichts anderes, als daß man dich da unten herausholte. Wenn du noch am Leben wärst, sollte man dich Bruder Alfredo anvertrauen, damit du deine Pflichten als treuer Sohn des Glaubens erfüllen könntest. Wirklich, ›Sohn des Glaubens‹ hat er gesagt, nicht Sohn der

Kirche, ich hab Luisa extra gefragt. War doch schon etwas durcheinander, der alte Herr, oder vielleicht auch nicht, wie auch immer, Gott hab ihn selig. Sprach noch einige persönliche Worte mit Schwester Luisa; hat ihr seinen Segen erteilt, dann ist er, so sagte sie, in Frieden entschlafen. Wollte keinen Priester mehr sehen vor seinem Tod, Luisa war ihm lieber. Wer weiß, vielleicht war er doch ein heimlicher Ketzer, was meinst du? Hast dich ja lange genug mit ihm unterhalten. Worüber eigentlich?«

»Luisa«, wollte ich wissen, »wo ist Schwester Luisa?«

Die Frage machte ihn verlegen. Er stand auf, machte ein paar Schritte, blickte aus dem Fenster. Schließlich gab er sich einen Ruck und setzte sich auf den Stuhl neben meinem Bett.

»Tja«, sagte er, »Schwester Luisa, das ist ein Kapitel für sich. Energisch war sie ja immer, und wenn es sein mußte, auch ein bißchen streng, aber diesmal ... immerhin, es ging um Leben und Tod, also war's nicht ganz unberechtigt. Aber wirklich – sie sprang mit uns um, als hätte sie es drauf angelegt, alle gegen sich aufzubringen. Dabei ging's ihr gesundheitlich gar nicht gut. Schien sich den Magen verdorben zu haben, mußte sich öfters übergeben. Erst dachte ich, es käme von der Aufregung, aber dann ... die Sache mit dem Grafen – also ich hätte nie gedacht ...«

»Lieber Cornelius«, ermahnte ich ihn, »könntest du die Güte haben, dich etwas klarer auszudrücken?«

»Nun, ehrlich gesagt, ich bin's nicht gewöhnt, solche Klatschereien. Das heißt, so ganz und gar Klatsch ist es nun auch wieder nicht, denn immerhin, weg sind sie ja wirklich.«

»Was heißt ›weg‹, und wer bitte sehr sind ›sie‹?«

»Was soll es schon heißen? Weg ist weg, verschwunden, nicht mehr aufzufinden, und sie, das sind natürlich Luisa und dieser seltsame Graf oder Ordensmann – hab ich's dir nicht gesagt?«

»Nichts hast du gesagt, außer ›die Sache mit dem Grafen‹. Also, sie ist mit dem Grafen weg, wenn ich dich richtig verstanden habe. Und wie und warum und wohin bitte?«

Ich gab mir Mühe, in einem unbeteiligten, wenn nicht spöttischen Tonfall zu sprechen – obwohl ich innerlich zitterte.

»Also – manche denken, der Ordensgraf hätte sie auf die

Idee gebracht, halten ihn für einen Verführer ... Aber ich habe es beobachtet: es war umgekehrt. Er hat nicht mal um sie geworben, wie es so schön heißt, sondern ich sage dir: Luisa, unsere verehrte Schwester Luisa, wunderschön und freundlich, aber zu allen auf Distanz – sie hat ihn sich genommen. Ganz einfach genommen, so wie man ein Buch aus dem Regal oder einen Mantel aus dem Schrank nimmt. Aber auch wieder nicht so, daß man sagen könnte, sie hätte ihm den Kopf verdreht. Eher hat sie ihm den Kopf geradegerückt: was hat ein junger römischer Graf in einem Orden zu suchen. Sie muß ihm gezeigt haben, daß sie ihn wollte, und daß er ihr von da an mit Haut und Haar gehörte, konnte jeder sehen. Trotzdem, daß sie so schnell ...«

Einige Augenblicke schwieg er, dann fuhr er fort:

»Jedenfalls: zwei Tage, nachdem wir dich aus dem Loch gezogen hatten – du warst noch nicht richtig bei dir, aber es war schon klar, daß du durchkommen würdest –, da brach sie einen Streit mit Garrota vom Zaun, wie ihn das Haus noch nicht erlebt hat. Sie nannte ihn den Mörder des armen Delmonte, was dieser ihr selbst gesagt hätte, beinahe auch Mörder an einem verdienstvollen Handwerker (damit warst du gemeint), dazu einen üblen Schürzenjäger, und hinter ihr wäre er auch hergewesen.

Der Graf und Garrotas Sekretär waren mit im Raum; Garrota bekam es mit der Angst und schrumpfte zusammen wie ein löchriger Ballon, dafür blies sich sein Sekretär um so mehr auf. Er warf sich in die Brust, erklärte Luisa für entlassen und nannte sie eine Megäre, und dazu, weil sie den Delmonte ohne Priester habe sterben lassen, eine todsündige Hexe.

Das Wort war noch nicht aus seinem Mund, da fing er sich von dem Grafen eine Maulschelle, daß seine Nase blutete und ihm zwei Zähne aus dem Mund fielen. Er schrie Zeter und Mordio und »Wache! Wache!« – die Wache kam auch gleich, bloß waren es zwei Burschen aus der Rettungsmannschaft, und beide seitdem Luisa treu ergeben. Sie packten sich den Sekretär und schleiften ihn aus dem Zimmer, unter dem Vorwand, ihn zum Arzt zu bringen. Inzwischen war Luisa im Zimmer totenblaß geworden, hielt sich an einer Stuhllehne fest und sah aus, als wollte sie sich jeden Moment übergeben – das war der Augenblick, wo ich dazukam.«

Cornelius schüttelte den Kopf. »Luigi – ich habe nicht viel Ahnung von solchen Sachen, aber als ich sie so stehen sah, und neben ihr den Grafen, wie er ihre Hand hielt, da war mein erster Eindruck ... ich sag's nicht gern, bin kein Klatschmaul, du weißt es, aber wenn ich nicht völlig blind und aus der Welt bin – ach was, lassen wir das, keiner ist ein Hellseher ...

Jedenfalls, sie holt tief Luft, wirft Garrota einen angewiderten Blick zu, dann hängt sie sich bei dem Grafen ein, und die beiden verlassen das Zimmer. Sie müssen sich eine Droschke gerufen haben und abgereist sein, ohne Aufsehen, ohne Abschied, Luisa mit kaum mehr als etwas Kleidung. Bloß ihr Schmuckkästchen hat sie mitgenommen – du hattest es ihr geöffnet, nicht wahr?

Nun weißt du Bescheid. Hat sich einiges verändert, während du im Keller gesteckt hast; was aus dieser Revolution und aus uns wird, weiß im Moment kein Mensch. So, jetzt wollen wir's genug sein lassen. Du siehst mir reichlich geschafft aus, und wenn ich weiter erzähle, springt Albertina draußen mit mir um wie Luisa damals mit dir. Also erhol dich erstmal. Hab noch ein paar Fragen, aber die kann ich auch später stellen.«

107
Der Prinz verzichtet

Meldungen aus den »Berlinischen Nachrichten«:

Paris, 9. Juli 1870. [Kriegsdrohung.] Der spanische Botschafter Olozaga hat dem Herzog v. Gramont die Throncandidatur des Prinzen Leopold officiell angezeigt. Wie aus sicherer Quelle verlautbart, hat ihm der französische Minister der Auswärtigen Angelegenheiten darauf erklärt, der Inhalt seiner Rede im gesetzgebenden Körper sei seine Antwort darauf. Frankreich werde, wenn der Prinz von Hohenzollern nicht auf die Annahme der spanischen Krone verzichte, an Preußen den Krieg erklären. Olozaga hat darauf erwidert, daß Spanien unter so bewandten Umständen die Candidatur des genannten Prinzen erst recht aufrecht erhalte, eine Antwort, die bei der unerhörten Dreistigkeit des französischen Auftretens in der Sache und bei dem berechtigten Stolze des spanischen Volkes zu erwarten war.

Madrid, 9. Juli 1870. [Spanien zur Thronfrage.] Die spanische Regierung hat ihre Vertreter im Auslande beauftragt, entschieden der Ansicht entgegenzutreten, als sei die Candidatur des Prinzen Leopold von Hohenzollern als feindseliger Akt gegen Frankreich oder dessen Regierung aufzufassen. Ebensowenig habe sich Prim an den Grafen Bismarck gewandt, um durch denselben die Zustimmung des Königs von Preußen zu erlangen. Die Verhandlungen seien ausschließlich mit dem Prinzen Leopold selbst geführt worden, ohne jegliche Mitwirkung des Grafen Bismarck.

Paris, 10. Juli 1870. [Zur Thron-Candidatur.] Der *Constitutionnel* schreibt: Preußische Blätter versichern uns mit einer Mäßigung der Sprache, der wir gern unsere Anerkennung zollen, daß Preußen der Candidatur des Prinzen von Hohenzollern ganz fern stehe. Wenn dem wirklich so ist, dann gibt es zwischen den Cabinetten von Paris und Berlin keine Mißstimmung mehr. Aber die Versicherungen der deutschen Zeitungen können nicht genügen. Ist Preußen nicht in die Unterhandlungen zwischen Prim und dem Prinzen Leopold verwickelt, so kann es leicht seine Aufrichtigkeit dadurch erweisen, daß es den Prinzen nötigt, die gegebene Zusage zurückzunehmen. Der Friede Europas liegt also heut in der Hand Preußens.

Paris, 11. Juli 1870. [Gesetzgebender Körper.] Bei Eröffnung der Sitzung wünscht *Arago* zu wissen, ob die Fragen, welche das Cabinett an Berlin gestellt hat, nur die spanische Thronangelegenheit betreffen. »Wenn dem so ist, so glaube ich, daß man eine befriedigende Antwort erhalten wird; aber wenn die Fragen verwickelter sein sollten, so würde man sie als Vorwände, Gelegenheit zum Krieg zu suchen, betrachten müssen.« (Lebhafte Unterbrechungen.) Der Minister des Auswärtigen erhebt sich, aber die große Mehrheit der Kammer ruft ihm zu: »Antworten Sie nicht«, worauf er sich wieder niedersetzt. Der Präsident erklärt den Zwischenfall für erledigt, worauf Arago bemerkt: Nun, man wird daraus nach Belieben seine Schlüsse ziehen.

Paris, 11. Juli 1870. [Französische Forderung.] Der *Constitutionnel* sagt anschließend an seine letzte Meldung, daß durch Benedetti vom König von Preußen in Ems verlangt worden sei, daß er den Prinzen von Hohenzollern veranlasse, die spanische Krone abzulehnen. Benedetti sei angewiesen, auf Beschleunigung der Antwort zu drängen, da man für dieselbe nur ein kurze Frist gewähren könne.

Sigmaringen, 12. Juli 1870. [Thronverzicht.] Es wird bestimmt gemeldet, daß der Prinz Leopold sich entschlossen habe, auf die Throncandidatur Spaniens zu verzichten, weil er es »mit seinen Gefühlen als preußischer und deutscher Offizier nicht vereinbaren könne, Deutschland um seiner Person willen in den Krieg zu ziehen und Spanien zur Mitgift blutigen Kampf zu bringen.«

Paris, 13. Juli 1870. [Zum Thronverzicht.] Der *Constitutionnel*, der als Ollivier's Organ gilt, schreibt:
Die Regierung hat ihr Wort gehalten. Die Candidatur eines deutschen Prinzen zum spanischen Throne ist beseitigt, und der Friede Europas wird nicht gestört werden. Die Minister des Kaisers haben laut und fest geredet, wie es sich ziemt, wenn man die Ehre hat, ein großes Land zu regieren. Sie sind gehört worden, man hat ihren gerechten Forderungen Genugtuung gegeben. Der Prinz von Hohenzollern wird nicht in Spanien regieren. Wir verlangten nicht mehr, und mit Stolz begrüßen wir diese friedliche Lösung. Ein großer Sieg, der nicht eine Träne, nicht einen Tropfen Blut kostet.

Rom, 13. Juli 1870. [Abstimmung zur Unfehlbarkeit.] Diesen Morgen hat das Concil über das Schema von der Unfehlbarkeit im Block abgestimmt. 600 Bischöfe waren anwesend. Davon stimmten *ablehnend:* 88 uneingeschränkt *(non placet)*, 62 mit Einschränkungen *(placet juxta modum)*, 81 enthielten sich der Abstimmung.

Trotz all der Intrigen und Demütigungen, welche die Minorität in den letzten Monaten über sich ergehen lassen mußte, bekannten sich immer noch 231 als Gegner der Unfehlbarkeit. Und von den 900 Bischöfen, die zu Beginn des Concils stimmberechtigt waren, stellten sich zu guter Letzt nur 370 als Anhänger der Unfehlbarkeit heraus, darunter neben der Überzahl der italienischen Bischöfe und Cardinäle all die künstlich geschaffenen Bischöfe *in partibus infidelium*, die keine Gemeinde, keinen einzigen Gläubigen vertreten, und die als abhängige Kostgänger aus der päpstlichen Schatulle leben.

Alle civilisierten Länder mit ihren Hauptstädten gaben ein *non placet* ab; die Ehre des Episcopates ist gerettet. Die Majorität ist in gedrückter Stimmung. Dem schwerwiegendsten Dogma der katholischen Kirchengeschichte, so hat es sich gezeigt, fehlt in jeder Weise die *moralische Einstimmigkeit*, welche für Kirchengesetze stets gefordert wird.

Um den verheerenden Eindruck, den die Abstimmung in der Öffentlichkeit gemacht hat, zu übertünchen, wird man vor der Proclamation fraglos den Versuch einer weiteren »Abstimmung« unternehmen. In dieser wird man wohl der Minorität nahelegen, sich nicht zu beteiligen oder vorher abzureisen. Doch steht jetzt fest, daß sich die Anhänger der unerhörten Lehre von der päpstlichen Unfehlbarkeit innerhalb der gesamten Kirche in einer *Minderheit* befinden. Bedenkt man, wie viele Gläubige Majorität und Minorität vertreten, so ist das Ergebnis ein Scandal: die Unfehlbarkeitsfanatiker repräsentieren *nicht einmal ein Drittel aller Katholiken!*

108
Das Spiel ist aus

Wenn jemand behauptet, im Alten und Neuen Testament seien mythische Erfindungen enthalten – der sei verflucht.
Pius IX., Syllabus errorum

Tagebuch des Heinrich Wilhelm Lehmann:
Rom. Mittwoch, 13. Juli 1870

Ich habe bis zuletzt gepokert – und ich habe verloren.

Für alle anderen – jedenfalls die Gutwilligen und Vernünftigen – war es ein Tag der guten Nachrichten. Prinz Leopold hat seine Kandidatur für die spanische Krone zurückgezogen; der Konflikt, der fast zum Krieg geführt hätte, ist im letzten Moment gelöst. Das Blutvergießen, das Luisa vorhergesehen hat, wird ausbleiben.

Und die heutige Abstimmung auf dem Konzil? Für den Papst ein Debakel ohnegleichen: gerade einmal dreihundertsiebzig von sechshundert Stimmen für die Unfehlbarkeit. In einer Abstimmung, die sowieso aufs höchste absurd war, von einer haarsträubenden Unlogik, wie sie Döllinger am deutlichsten aufgezeigt hat: wenn der Papst wirklich durch Gottes Willen unfehlbar wäre, dann wäre er es auch dann, wenn das gesamte Konzil anderer Meinung wäre. Weil er aber ein Mensch ist, darum ist und bleibt er natürlich in allen Belangen fehlbar, und tausend Abstimmungen können ihn nicht unfehlbar machen: weder die von heute, noch die nächste, die man – dann aber ohne Opposition – vor der Proklamation sicherlich noch durchführen wird.

Ich habe Ketteler gesehen, wie er nach der Abstimmung aus dem Petersdom kam: er wirkte tief bedrückt, ja geradezu beschämt. Wenn ich jetzt, noch bevor man am Montag die Unfehlbarkeit feierlich verkündet, die Originale der Andreas-Briefe vorlegen könnte – das Dogma wäre vom Tisch, der Papst am Ende.

Deshalb kann ich es noch immer nicht fassen: sie kaufen die Schriften nicht – sie wollen – aber sie können nicht ...

Wenn es wirklich einen anderen Interessenten gäbe, könnte er bis Montag das Konzil immer noch platzen lassen ... wenn ...

Um unsere Entschlossenheit zu demonstrieren, hatten Fred und ich uns vorgestern ein kleines Manöver ausgedacht: ein Essen, zu dem wir für kommenden Sonntag die deutschen Bischöfe eingeladen haben. Zum einen (woran Fred mich mahnend erinnerte) mit dem Ziel, »ein bißchen Geld unter die Leute zu streuen«. Aber auch mit einem theologischen Vortrag: »Die Rolle des Apostels Andreas im Spiegel seiner aufgefundenen Schriften«. Einige Kardinäle haben wir gleichfalls eingeladen – Bernieri sowieso.

»Wie wäre es«, schlug Fred vor, »wenn wir ein paar Auszüge aus den Briefen drucken lassen? Um ihnen Appetit zu machen?«

»Eine ausgezeichnete Idee«, stimmte ich zu. Und setzte mich an den Schreibtisch, um einige schöne Stellen abzuschreiben und von Fred zum Drucker bringen zu lassen.

Gestern fand ich im Hotel eine Nachricht von Longhi vor: er erwarte mich dringend, zur »Klärung eines Sachverhaltes«.

Auf seinem Schreibtisch lagen zwei Druckbogen. Er schlug mit der Hand zornig darauf und sagte, als er sie mir hinhielt:

»Diese Druckaufträge haben Sie erteilt – richtig? Würden Sie mir bitte erläutern, was diese zwei Texte zu bedeuten haben?«

»Wieso zwei?« fragte ich überrascht.

Longhi reichte mir die Blätter. Beide waren zweispaltig gesetzt, links deutsch, rechts lateinisch.

»Das ist von mir«, bestätigte ich nach der Lektüre des ersten Blattes. Es war die Stelle, wo Andreas über den Rangstreit der Jünger spricht – Fred hatte sie zum Drucker gebracht.

Ich sah mir das zweite Blatt an und erschrak: es war der Brief, in dem Andreas die Absetzung des Petrus mitteilt. Aber der Grund für mein Erschrecken war der Wortlaut: es war – ich erkannte es sofort – der aus Luigis eigenen Aufzeichnungen! Dieses Blatt mußte jemand in Auftrag gegeben haben, der das Original der Aufzeichnungen in den Händen hatte – oder jedenfalls, eine Zeitlang gehabt hatte.

»Das ist –«, stieß ich hervor – und wollte fortfahren: eine bösartige Fälschung! Im letzten Augenblick besann ich mich.

»Monsignore – ein schreckliches Mißverständnis. Dieser Text darf auf keinen Fall gedruckt werden, solange seine Echtheit nicht erwiesen ist. Sicher eine Verwechslung meines Dieners; er spricht weder Deutsch noch Latein – ich bitte vielmals um Vergebung!«

»Dann sind wir uns ja einig«, stellte Longhi fest. »Ich sehe das nämlich genauso.«

Ergebnis: Wenn das Treffen mit den Bischöfen wirklich am Sonntag stattfinden sollte – und damit am letzten Tag vor der Proklamation – dann kann ich mich wieder nur auf meine Notizen stützen. Unerfreulich!

Und rätselhaft. Wer war es, der den zweiten Bogen in Auftrag gegeben hat – und wollte er mir helfen oder schaden?

Aber inzwischen, nach der Ablehnung durch Antonelli, hat die Frage ohnehin ihre Bedeutung verloren.

Heute am späten Nachmittag holte uns eine Kutsche vom Hotel ab. Fred trug das Kästchen mit dem Präsent, das ich der Versammlung zu überreichen gedachte. Die Fahrt ging geradewegs in den Vatikan. Es war ein seltsamer Raum, in dem die Versammlung stattfand (und den Fred nicht betreten durfte): ein Spiegelsaal, in der Mitte ein langer Tisch, drumherum einige der erlauchtesten Namen: die Kardinäle de Luca, de Angelis, Bilio, Pitra und di Silvestre, dazu mehrere Herren, die ich nicht kannte.

Kurz nach mir erschien Pellegrini. Er entschuldigte Antonelli: Geschäfte von höchster Dringlichkeit würden ihn noch eine Stunde festhalten, doch würde er danach auf jeden Fall erscheinen.

Die beiden Plätze mir gegenüber waren frei. Seltsam, dachte ich: für Antonelli war der Platz neben mir reserviert. Erwartete man außer ihm noch jemand?

Das Wort führte Kardinal de Luca.

»Dieser Herr«, so stellte er mich vor, »hat den Auftrag,

dem Heiligen Stuhl gewisse Schriften aus dem Besitz der Grafen Donati zum Kauf anzubieten. Wenn Sie« – und damit wandte er sich an mich – »die Freundlichkeit hätten, der Versammlung vom Gegenstand unserer Verhandlungen zu berichten?«

»Hochwürdige Eminenzen, ehrwürdige Herren«, begann ich. »Als erstes möchte ich Ihnen die demütigen Grüße des Grafen Donati und seiner Gemahlin überbringen. Zum Zeichen ihrer Ergebenheit habe ich Auftrag, Ihnen stellvertretend für den Heiligen Vater dieses kleine Präsent zu überreichen – ein Präsent, mit dem sich die besten Wünsche für ein glückliches Gelingen dieses hochheiligen Konzils verbinden.«

Es war eine goldene, mit zahlreichen Edelsteinen geschmückte Schale, die der römische Zweig der Donati-Familie im Auftrag von Ernesto hatte anfertigen lassen. Ich nahm sie aus ihrem Behälter und stellte sie vor den Kardinal de Luca.

»Diese Schale«, erläuterte ich, »stellt eine Szene aus dem Evangelium des Johannes dar, die Ihnen allen natürlich bekannt ist: wo der Apostel Andreas, nachdem er als erster unseren Herrn Jesus Christus als den Messias erkannt hat, seinen Bruder Simon Petrus zu Jesus hinführt.«

Kardinal Bilio schien aufspringen zu wollen, aber ich fuhr fort:

»Infolgedessen, ehrwürdige Eminenzen, ist natürlich den Äußerungen des Apostels Andreas besonderes Gewicht beizumessen. Glücklicherweise sind der Graf und die Gräfin Donati in den Besitz von Schriften gelangt, welche Anlaß zu der Vermutung geben, daß sie der Feder des Andreas entstammen. Diese Dokumente sind der Gegenstand unserer Verhandlungen.«

»Und die Auftraggeber des Herrn Abgesandten«, fügte de Luca hinzu, »sind zu der Überzeugung gelangt – vielmehr, ein anderer Interessent hat ihnen die Überzeugung vermittelt –, daß es gerechtfertigt wäre, dafür zwölf Millionen Dollar zu verlangen.«

»Zwölf Millionen!« stöhnte de Angelis.

»Haben Sie«, fragte mich de Luca, »überhaupt eine Vorstellung, was Sie da verlangen? Wissen Sie, wie hoch gegenwärtig die gesamte Kommunalschuld der preußischen Hauptstadt Berlin ist?«

»Tut mir leid – ich weiß es nicht.«

»Ich will es Ihnen sagen«, rief er aus, »acht Millionen Taler! Was ungefähr acht Millionen Dollar entspricht. Und wissen Sie, wie hoch in diesem Jahr die Staatseinnahmen ganz Spaniens sind? Hundertvierzig Millionen Dollar! Das heißt, die gesamten Einnahmen des Königreiches Spanien für die Dauer eines Monats wollen Sie für ein paar Blätter Pergament – lächerlich!«

»Aber Eminenz«, wandte ich ein, »warum erhitzen Sie sich? Es zwingt Sie niemand, diese Schriften zu kaufen. Vergessen Sie nicht: das ist die Summe, die ein Interessent geboten hat. Es ist reines Entgegenkommen der Familie Donati, daß sie dem Heiligen Stuhl zu diesem Preis ein Vorkaufsrecht einräumt.«

»Vorkaufsrecht?« rief Kardinal Bilio aus. »Daß ich nicht lache! Was dieser sogenannte Interessent mit den Schriften vorhat, ist doch klar! Natürlich will er das Konzil in letzter Minute platzen lassen – welcher vernünftige Mensch würde sonst zwölf Millionen dafür auf den Tisch legen? Ich kann mir denken, wer dahintersteht: Fürst Hohenlohe wahrscheinlich. Oder ein amerikanischer Eisenbahnkönig, der seine eigene Sekte stärken will, indem er die Autorität des Heiligen Vaters schwächt. Ist es so, mein Herr?«

»Tut mir leid, Eminenz – ich bin nicht befugt, die Identität unseres Interessenten preiszugeben. Außerdem müssen Sie zugeben, daß es auf der ganzen Welt keinen Ort gibt, wo diese Schriften mehr hingehören als hierher nach Rom.«

»Aber nicht für zwölf Millionen!« rief de Luca.

»Darf ich fragen, welche Sicht der Heilige Va...?« fragte Kardinal de Angelis – wurde aber von de Luca unterbrochen, der sich vernehmlich räusperte.

»Der Heilige Vater wird sich dazu äußern – in Kürze ... aber vorher haben wir noch einige Fragen zu klären. Mein Herr«, wandte sich de Luca an mich, »können Sie uns etwas über die Herkunft der Schriften sagen?«

Ich war davon ausgegangen, daß zumindest die Kardinäle darüber informiert waren. Hatte man ihnen wirklich noch nichts mitgeteilt? Oder wollte man mit dem Argument, die Schriften seien aus dem Vatikan entwendet, Anspruch auf Rückgabe erheben?

Ich bedauerte, keine Angaben über die Herkunft machen

zu können, und verwies auf die Briefe des Bernhard von Clairvaux und die Erlasse von Papst Paschalis. De Luca gab sich zufrieden.

»Wie wir vernommen haben, sind Ihnen diese Schriften inhaltlich bekannt. Richtig?«

»So ist es.«

»Hätten Sie die Güte, uns ein wenig davon zu berichten?«

»Ist denn den Herren der Inhalt nicht bekannt?«

»Nicht allen«, antwortete de Luca. »Das ist auch nicht nötig, weil es sich trotz des Alters offenbar um Fälschungen handelt.«

»Mit anderen Worten: Sie haben sich von der Echtheit und vom Alter des Pergaments überzeugt?«

»Noch nicht vollständig. Es spielt aber auch keine Rolle, weil die Dokumente auf jeden Fall gefälscht sind.«

»Darf ich fragen, wer das so zweifelsfrei festgestellt hat?«

De Luca lächelte gequält. »Nennen Sie uns Ihren Interessenten, und ich nenne Ihnen unseren Experten«, schlug er vor.

»Experten gibt es viele; am Sonntag werde ich beispielsweise hören, was Bischof Hefele dazu sagt. Aber ich werde Ihnen gerne einen Überblick über den Inhalt der Schriften geben.«

Ich begann mit der Rezitation einiger Stellen. Gelegentlich stellte jemand eine Zwischenfrage. Als ich jedoch auf den Brief zu sprechen kam, in dem der Apostel Andreas seinem Bruder Simon Petrus dessen Absetzung mitteilt, kam es zu einer Unterbrechung: Kardinal Bilio sprang zornig vom Stuhl auf.

»Es reicht! Von solcher Häresie möchte ich kein Wort mehr hören. Selbst wenn diese Schriften tatsächlich aus dem ersten Jahrhundert stammen – das beweist nur, daß schon damals üble Kräfte am Werk waren, um zu fälschen und zu verleumden. Nicht wahr, meine Brüder?«

Alle stimmten ihm zu.

»Das heißt«, fragte ich, »es erstaunt Sie gar nicht, daß diese Dokumente, die Sie ohne Prüfung als Fälschungen bezeichnen, älter sind als die ältesten Schriften, die Sie für echt halten?«

»Genau«, bestätigte Bilio. »Ein sicherer Beweis, daß der Böse seine Hand im Spiel hatte – sonst gar nichts.«

Während er sprach, blickte er immer wieder zu einer Stelle im Raum, wo niemand saß. Schon vorher hatte ich bemerkt, daß der Farbton der Spiegel, die sich mir gegenüber an der Wand befanden, von dem der benachbarten abwich. Und mir war aufgefallen, daß gelegentlich ein weißhaariger Herr in den Raum kam und de Luca einen Zettel hinlegte oder etwas mitteilte – woraufhin dieser dann irgendeine Frage stellte. Jetzt begriff ich, was Bilios Blicke und der ein- und ausgehende Herr zu bedeuten hatten. Offenbar waren die Spiegel von der Rückseite her durchsichtig; jemand befand sich auf der anderen Seite – wer wohl …

Bilio hatte sich hingesetzt; de Luca ergriff wieder das Wort.

»Wie ich gehört habe, besteht von Ihrer Seite aus ein gewisser Zeitdruck. Darf ich fragen, warum?«

»Aber gewiß: weil unser Interessent sein Angebot zeitlich bis übermorgen limitiert hat. Wenn der Heilige Stuhl sich nicht entschließen kann –«

»Höchst durchsichtige Motive!« rief Bilio. »Man will diese Schriften, um noch vor der Proklamation der Konzilsbeschlüsse Unruhe zu stiften – das liegt doch auf der Hand!«

»Die Motive unseres Interessenten«, erwiderte ich, »sind mir leider nicht bekannt.«

Wieder kam der weißhaarige Herr in den Raum und überreichte de Luca einen Zettel. Dieser flüsterte erst Bilio, dann de Angelis etwas zu; alle drei nickten, Bilio lehnte sich zurück. De Luca schien zu einer Erklärung ansetzen zu wollen, als die Tür aufging und Antonelli den Raum betrat. Er entschuldigte sich: Beratungen und Depeschen, die essentiell gewesen seien, um die Zahlungsfähigkeit des Kirchenstaates zu gewährleisten. Und zu welchem Ergebnis die ehrwürdigen Brüder im Hinblick auf die alten Schriften gekommen seien?

De Luca blickte in Richtung der getönten Spiegel. Mit gewichtiger Miene führte er aus: nach übereinstimmender Auffassung der versammelten Kardinäle seien die Schriften zwar in der Tat von beträchtlichem Alter, aber jedenfalls Fälschungen. Dennoch halte man es angesichts der unruhigen Zeiten für angebracht, sie dem Archiv des Heiligen Stuhles einzuverleiben. Man bitte Antonelli um Mitteilung über den Stand der Finanzierungsbemühungen.

Der Kardinalstaatssekretär erhob sich mit sorgenvoller

Miene. Wie sein Vorredner sprach er in Richtung der Spiegel.

»Auch ich, ehrwürdige Brüder, halte den Erwerb dieser Schriften für unumgänglich – aus rein archivarischen und kirchengeschichtlichen Gründen. Diese Fälschungen aus der Zeit des frühen Christentums geben Zeugnis von den Verwirrungen, die der Widersacher schon damals in die Gemeinde Christi hineinzutragen versucht hat.«

Er nahm einen Schluck aus dem vor ihm stehenden Glas.

»Unglücklicherweise, meine ehrwürdigen Brüder, deutete bis gestern alles darauf hin, daß es zwischen Frankreich und Preußen Krieg geben würde. Der Konfliktgrund schien mit dem Thronverzicht des Prinzen Leopold zwar beigelegt. Doch erreichten mich soeben Meldungen von weitergehenden Forderungen der Regierung in Paris, die unsere befreundeten Banken und Staaten erneut verunsichert haben. Weiterhin erhielten wir von einigen Regierungen Mitteilung, daß mit dem Tag, an dem dieses Konzil seine vornehmsten Beschlüsse verkünden wird, die vom Heiligen Stuhl mit diesen Regierungen abgeschlossenen Konkordate hinfällig werden. Dies kann, meine Brüder, die Überzeugungen dieses heiligen Konzils natürlich in keiner Weise zum Wanken bringen.«

»Wohl wahr!« rief Bilio.

»Leider«, fuhr Antonelli fort, »ist es eine Folge dieser Situation, daß eine Reihe von Bankzusagen und fest zugesicherten Kreditlinien ihre Gültigkeit verloren haben. Dies gilt erst recht, meine ehrwürdigen Brüder, im Hinblick auf den befürchteten Krieg, den Gott verhüten möge. Sofern es gegen alle Hoffnungen dazu kommen sollte, müssen wir in der Tat damit rechnen, daß die französischen Truppen Rom verlassen. Was dies angesichts der Lage in Italien bedeutet, dürfte klar sein.«

»Mein Gott, Bruder!« rief de Luca aus. »Um so wichtiger muß es sein, daß dieses Konzil seine heiligste Pflicht ungestört erfüllen kann. Gerade jetzt muß jede weitere Unruhe vom Konzil ferngehalten werden – um jeden Preis!«

»Ist das auch die Ansicht des Heiligen Vaters?« fragte Antonelli, mit Blick in den Spiegel.

»Sie ist es!« antwortete de Luca. »Um jeden Preis, sagt Seine Heiligkeit.«

»Mein Herr«, wandte sich Antonelli an mich. »Bis wann erhält Ihr Interessent sein Angebot aufrecht?«

»Bis übermorgen«, wiederholte ich, mit einer Ruhe, die mich selber überraschte.

»Dann muß ich, ehrwürdige Brüder, Euch und dem Herrn Abgesandten eine höchst bedauerliche Mitteilung machen«, sagte Antonelli. »Ich will die stets erwiesene Aufrichtigkeit des Abgesandten dadurch honorieren, daß ich nicht erst übermorgen, sondern bereits heute den Stand der Dinge bekanntgebe. Nämlich wie folgt: unter Ausschöpfung aller derzeit noch bestehender Kreditlinien, unter Herbeiziehung der Sonderfonds, sowie bei Kapitalisierung aller in Frage kommender kurz- und mittelfristiger Anlagen, ergibt sich – sofern die Verteidigungsfähigkeit des Staates nicht in Frage gestellt werden soll – eine bis Ende dieser Woche verfügbare Summe von maximal neun Millionen Dollar. Da der glaubwürdigen Versicherung des Abgesandten zufolge ein zeitlich limitiertes Angebot in Höhe von zwölf Millionen Dollar vorliegt, bedeutet dies: in voller Kenntnis aller denkbaren Folgen besteht nach dem derzeitigen Stand unserer Finanzmittel keine Möglichkeit, die angebotenen Dokumente kurzfristig zu erwerben.«

»Ehrwürdige Brüder«, rief Antonelli, nachdem erst erschrockenes Schweigen, danach heftige Proteste seine Worte begleitet hatten, »ehrwürdige Brüder! Hier sind die Unterlagen: wenn jemand Mittel und Wege kennt, die offenen drei Millionen zu beschaffen – er möge sie nennen, und der Dank unserer heiligen Kirche wird ihm gewiß sein!«

Der Protest erstarb.

»Mein Herr«, sagte Antonelli traurig, beinahe feierlich zu mir. »Niemand weiß besser als ich, wie wichtig diese Dokumente für uns wären – für unser Archiv. Als Bischof und Kardinal bin ich verzweifelt, als Staatssekretär dieses Landes bekümmert und resigniert: ich muß Sie bitten, Ihrem Interessenten mitzuteilen, daß wir gezwungen sind, vor seinem Gebot die Waffen zu strecken.«

»Ich danke Ihnen, Eminenz«, sagte ich, »für Ihre offenen Worte; ich werde sie meinen Auftraggebern – deren Bedauern auszudrücken ich mir schon jetzt erlaube – zur Kenntnis bringen. Ihnen, ehrwürdige Herren, wünsche ich ebenso wie dem Konzil gutes Gelingen und die Erleuchtung durch die göttliche Gnade – Ihnen allen meinen ergebensten Dank.«

Die Herren erhoben sich: ratlos, entsetzt, fassungslos. Auch der aus dem Nachbarraum eintretende und dorthin zurückeilende weißhaarige Herr wirkte bestürzt und hilflos. Mit einer tiefen Verbeugung verabschiedete ich mich von den Kardinälen und ließ mich zum Hotel zurückfahren.

»Das Spiel ist aus«, teilte ich Fred in der Kutsche mit – müde, mutlos, ausgelaugt. »Es ist aus; morgen reisen wir ab.«

Jetzt ist es kurz vor Mitternacht. Ich werde die Depeschen vorbereiten, damit Fred morgen zum Telegraphenamt gehen und unsere Niederlage mitteilen kann. Unsere Niederlage, und mein Versagen ...

Draußen an der Tür klopft es. Wer mag das sein, um diese Zeit?

»Wollen Sie ihn empfangen?« fragt mich Fred.

Es ist – Bernieri.

109
Am Ende

*Rekonstruktion der Aufzeichnungen
des Luigi Calandrelli (36):*

Ich hatte mir, während Cornelius erzählte, die Decke halb übers Gesicht gezogen; er sollte nicht merken, daß ich über und über rot geworden war, als er vom Zustand Luisas gesprochen hatte.

Ein römischer Graf – sie hat ihn sich einfach genommen ...

Ohne daß es mir jemand gesagt hätte, spürte ich, daß ich nur noch Gast im Vatikan war. Keiner von denen, die mich besuchten, schien auch nur entfernt in Betracht zu ziehen, daß ich nach meiner Genesung wieder meinen alten Platz einnehmen würde – zumal die Garde aufgelöst werden sollte. Doch waren es nicht viele, die sich bei mir sehen ließen. Von Albertina erfuhr ich, daß mich die Gardisten während der ersten Tage regelrecht bewacht hätten; aber jetzt kamen außer Meister Cornelius nur Albert, Jakob und Josef öfter bei mir vorbei.

Der erste Besuch der drei Freunde löste ein merkwürdiges Gefühl in mir aus. Als wir uns kennengelernt hatten, waren mir Albert und Jakob viel älter und reifer vorgekommen; jetzt empfand ich sie wie meine jüngeren Brüder, und Josef erst recht.

Wie um meinen Eindruck zu bestätigen, fing Josef der Bär plötzlich laut zu lachen an. »Graue Haare«, rief er aus, »Luigi, du hast graue Haare bekommen!«

»Er hat recht«, bestätigte Jakob nach einem prüfenden Blick, »wir übrigens auch beinahe – als uns noch kurz vor dem Ziel der Schacht einkrachte. Josef steckte in der Falle; wir glaubten schon, für euch beide hätte das letzte Stündlein geschlagen.«

»Ja, es war knapp«, meinte Josef. »Auch hinterher fehlte nicht viel. Ich konnte dich gerade noch aus der Kammer holen und durch den Stollen zerren, da fiel hinter uns alles zusammen.«

»Du warst das also«, sagte ich. »Das werde ich dir nicht vergessen, Josef, und euch auch nicht. Übrigens, Josef – wie hat dir mein kleines Hotelzimmer da unten gefallen?«

»Konnte ich leider nicht feststellen. Es hat ziemlich gestunken, ansonsten war ich froh, daß ich dich gleich zu packen kriegte und durch das Loch ziehen konnte. Habe ich was versäumt?«

»Nein«, beruhigte ich ihn, »weiß Gott nicht!«

An einem der nächsten Tage kamen sie alle: die ganze Kompanie, der ich meine Rettung zu verdanken hatte. Selbst der Flur hallte wider von ihren Erzählungen und Scherzen. Ich fühlte mich jung und dachte: da stimmt etwas nicht, wenn einer zwanzig ist und merkt, er fühlt sich jung ...

Dann sagte mir Jakob, warum sie alle zusammen gekommen waren: um Abschied zu nehmen.

»Abschied?« fragte ich erstaunt. »Wieso denn? Die Ärzte haben mir kein Wort davon gesagt, daß ich entlassen werde.«

»Du nicht«, antwortete Albert mit einem sarkastischen Lächeln, »aber wir.«

Es war so, wie Cornelius angekündigt hatte: die Schweizergarde wurde aufgelöst.

»Jetzt hat Garrota das Sagen«, erklärte Jakob, »und alle, die mit Schwester Luisa oder Delmonte zu tun hatten, verursachen ihm Bauchschmerzen. Du am meisten, Luigi! Aber ich garantiere dir: sowie ein paar Monate ins Land gegangen sind, werden sie die Garde neu aufstellen. Wollen wir wetten?«

Wir plauderten, bis es dunkel wurde, dann gingen sie: mit dem Versprechen, vor ihrer Abreise noch einmal vorbeizuschauen. Doch kam es nicht mehr dazu. Nicht lange nach dem Besuch des Rettungstrupps brachte man mir einen Zettel von Albert: die Abreise der Rettungsmannschaft in die Schweiz war früher als vorgesehen erfolgt; angeblich ließ sich der Transport nicht anders bewerkstelligen.

Auf dem Zettel standen die Anschriften der Zimmergenossen. Ich legte ihn in die Schublade des Nachttischchens; aber als ich eine Woche später das Hospital verließ, war er verschwunden.

Von den Handwerkerkollegen besuchten mich nur wenige. Der Tod Catinos hatte wohl auch seine Gegner wieder mit ihm versöhnt, und auf unbestimmte Weise schien man mir eine Mitschuld an seinem Tod zu geben – was ich selbst nicht viel anders sah. Nur Cornelius kam täglich vorbei. Er schien etwas auf dem Herzen zu haben; aber er ließ nicht erkennen, was es war.

Wie nebenbei fragte er einmal, ob ich vor dem Unfall das Mauerwerk mit Hammerschlägen erschüttert hätte. Nein, überhaupt nicht, versicherte ich, fügte dann aber, als ich sein trauriges Gesicht sah, hinzu: nun, vielleicht ein bißchen … woraufhin sich seine Miene aufhellte. Als wollte er mir für meine kleine Lüge danken, sagte er schnell: gewiß, natürlich, hätte jedem passieren können, nicht wahr? Und als ich zustimmend nickte, meinte er: Immerhin, komisch war es schon mit Catino – so weit weg von der Kammer, gerade er, wo er doch immer so mißtrauisch war. Nun, der Herr sei mit ihm. – Und mit seiner Seele, sagte ich.

Einmal fragte er mich beiläufig nach der Öllampe.

»Oh«, meinte ich, »die Lampe – die hat den Einsturz leider nicht überlebt. Die Steine haben sie zerdrückt – ja, so war es.«

»So so«, meinte er, »ein Glück, daß wenigstens die Wasserflasche nicht zerbrochen ist …«

Wenn es auch niemand mir gegenüber aussprach, so spürte ich doch eines: es herrschte allgemein der Eindruck, daß ich meine Aufgabe schlecht erfüllt hatte. Was hatte ich, wenn man es recht betrachtete, geleistet? Die Truhe im Heimatdorf zwar geöffnet, aber so, daß der Inhalt dabei verbrannte; die Türen im Gang zwar repariert, aber so, daß gleich darauf alles zusammenbrach. Wenn man es recht überlegte – mußte man nicht wirklich zu dem Schluß kommen, daß ich das Unglück anzog?

Mehr noch: offenbar war ich jemand, der nicht nur sich selber in Gefahr brachte, sondern auch andere. Daß ich dem Grab entkommen war, zu dem Garrota den Trakt bereits erklärt hatte, war zwar einerseits eine Art von Auferstehung – aber war es nicht auch eine Demütigung eines verdienten

Prälaten? So schien Unglück oder Mißgeschick alle zu treffen, die näher mit mir zu tun hatten: Kardinal Delmonte tot, Catino tot, der alte Schließer (ich erfuhr es von Cornelius) nur wenige Tage nach der Auseinandersetzung im Schacht einem Herzanfall erlegen. Schwester Luisa, wie es hieß, in Schande verschwunden; die Heißsporne von der Schweizergarde, die mich aus dem Schacht geholt hatten, vorzeitig entlassen ...

Und Bruder Alfredo, von dessen Lateinunterricht man inzwischen erfahren hatte? Wo blieb Alfredo, dem mich der Kardinal auf dem Totenbett empfohlen hatte?

Nun, er war, ganz zufällig, nach Spanien zurückversetzt worden ... sehr viel schien man vom letzten Willen des Kardinals Delmonte nicht zu halten.

Blieb eigentlich nur Cornelius. Ob er es deshalb nicht wagte, mich genauer zu befragen, weil er fürchtete, wie die anderen in irgend etwas Unangenehmes verwickelt zu werden? Oder hatte man ihm auferlegt, sich um mich zu kümmern, weil mir ja irgendwer die letzte Mitteilung machen mußte?

Das jedenfalls tat er, wenige Tage, bevor ich entlassen wurde. Er hatte eine große Tasche mitgebracht, druckste erst eine Weile herum, bis auch der Dümmste gemerkt hätte, daß etwas im Busch war, und wartete ab, bis ich ihn selber darauf ansprach:

»Cornelius, du hast doch was auf dem Herzen. Bestimmt hat es mit der riesigen Tasche zu tun, die man dich in deinem Alter noch hat schleppen lassen. Nun sag schon, was los ist!«

Dann ließ er die Katze aus dem Sack, der gute alte Mann, und sein Kummer war ihm anzumerken. Er schien sogar ein schlechtes Gewissen zu haben – ausgerechnet er hat ein schlechtes Gewissen, dachte ich, als er sich dafür entschuldigte, was man über mich beschlossen hatte: wie in diesem Hause üblich, ohne mich auch nur in einem Nebensatz vorher nach meiner Meinung zu fragen.

Kurz und gut, man wollte mich los sein, und das so schnell wie möglich. Natürlich war die Formulierung anders: treue Dienste, angegriffener Gesundheitszustand, verdiente Erholung im Kreise der Familie. Ja, und man würde mir einen lebenslangen Ehrensold aussetzen, zum Lohn für die erlittene Lebensgefahr und dafür, daß ich mich stets als treuer Sohn der Kirche erwiesen hätte und sicherlich auch erweisen würde. Ein dezenter Hinweis, den Mund zu halten, ich verstand es gut genug.

Und so sehr rechnete man mit meiner Zustimmung, daß man meine Kammer bereits einem bedürftigen Mönch zugeteilt hatte, wofür ich, noch immer ans Bett gefesselt, sicherlich Verständnis haben würde. Darum auch die große Tasche, in die man sich erlaubt hatte, meine Sachen zu packen: alles, um mir Unannehmlichkeiten zu ersparen.

Immerhin, es fehlte nichts. Meister Cornelius hatte das Einpacken selber überwacht – er drehte sich zur Seite, als er es erzählte. Hatte mich, wie es schien, wirklich ins Herz geschlossen; und nun schien ihm ein Staubkorn ins Auge geraten zu sein ...

Mir war es recht. Schließlich, was sollte ich noch hier? Der bloße Gedanke an Schlösser, Schlüssel und Feilen löste in mir geradezu Widerwillen aus. Der brüchige Gang, so berichtete Cornelius, war endgültig zugeschüttet und verschlossen, die Truhe also für alle Zeiten begraben, desgleichen meine Tasche mit Werkzeug und Winkelspiegeln. So nickte ich bereitwillig zu allem, was mir der gute Cornelius vortrug: ganz so, als wäre es meine eigene Idee gewesen.

Nur eines beunruhigte mich: wo waren die Pergamente, die ich aus der Truhe genommen und mir unters Hemd gesteckt hatte? Denn daß ich dies nicht geträumt hatte – wenigstens dessen glaubte ich mir sicher sein zu können. Oder sollte sich auch dies mit den Traumgesichten und Visionen vermischt haben, die mich unten in der Kammer heimgesucht hatten?

Wo waren überhaupt die Sachen hingekommen, die ich unten angehabt hatte? Nun ja, meinte Albertina, wohl erst einmal in einen Beutel, der müßte im Schrank sein, andererseits, da war die Verlegung von der Notfallstation ...

»Na, wer sagt's denn, hier haben wir ihn, den Beutel. Bitte sehr, junger Mann!«

Und in dem Beutel, den sie mir überreichte: meine Arbeitskleidung samt Unterwäsche, mit diversen Rissen und Löchern, aber gewaschen und gebügelt. Ansonsten: kein Papier, kein Pergament – nichts.

Die letzten Tage im Hospital vergingen für mich, der ich an eine schlimmere Form des Wartens gewöhnt war, in aller Bequemlichkeit. Oder soll ich sagen, Gleichgültigkeit? Ich konnte aufstehen und immer längere Spaziergänge machen; doch bemerkte ich an mir eine Art von Interesselosigkeit, wie ich sie früher nicht gekannt hatte. Am wenigsten schien es mich zu bekümmern, was mit mir geschah; willig fügte ich mich in alles, was man für mich vorgesehen und vorbereitet hatte. Die Billetts hatte Cornelius besorgt, und als der Tag meiner Abreise gekommen war, da war er es auch, der mich zur Poststation brachte.

Ich wechselte einige Worte des Dankes und der guten Wünsche mit den Schwestern und Ärzten; ansonsten kein Abschied, keine Wehmut: niemand außer Cornelius würde mich vermissen.

Ganz zuletzt, fast schon beim Einsteigen in die Kutsche, machte der Alte einen ersten und letzten Versuch.

»Luigi«, sagte er mit belegter Stimme, »gibt es noch etwas, was du mir oder sonst jemandem mitteilen möchtest? Vielleicht etwas, das zu sagen bisher noch keine Gelegenheit war?«

»Cornelius«, fragte ich, »bist du ein treuer Sohn der Kirche?«

»Gewiß«, antwortete er. »Wäre ich sonst hier?«

»Dann wünsche ich dir, daß du es bleibst. Grüße Alfredo, falls du ihm einmal schreibst; sein Unterricht, kannst du ihm sagen, hat mein Leben verändert. Ansonsten: danke für deine Güte, Cornelius, und für deine Freundlichkeit. Lebe wohl!«

110
In den Abgrund

Meldungen aus den »Berlinischen Nachrichten«:

Paris, 13. Juli 1870, abends. [Eine neue Provocation.] Die *France* veröffentlicht heut einen neuen provocierenden Artikel, in welchem sie sagt: Bis zum gegenwärtigen Augenblick sei keine für Frankreich befriedigende Lösung gefunden worden. Es handle sich um eine internationale Frage, Frankreich kann dieselbe nur mit Preußen verhandeln. Es sei notwendig, daß seitens der preußischen Dynastie ein authentisches Protokoll unterzeichnet werde, mittelst welchem dieselbe die feierliche unwiderrufliche Verpflichtung eingehe, für kein Mitglied ihrer Familie oder einen ihrer Angehörigen die spanische Krone anzunehmen. Jede andere Lösung sei ebenso illusorisch als lächerlich.

Berlin, 14. Juli 1870. [Depesche aus Ems.] Es geht uns am Schluß unseres Blattes noch folgende wichtige Nachricht zu, welche das Hinausschieben definitiver Äußerungen der französischen Regierung vor dem gesetzgebenden Körper erklärt:

Nachdem die Nachrichten von der Entsagung des Erbprinzen von Hohenzollern der kaiserlich französischen Regierung von der königlich spanischen amtlich mitgeteilt worden sind, hat der französische Botschafter in Ems an Se. Majestät den König noch die Forderung gestellt, ihn zu autorisieren, daß er nach Paris telegraphiere, daß Se. Majestät der König sich über alle Zukunft verpflichte, niemals wieder seine Zustimmung zu geben, wenn die Hohenzollern auf ihre Candidatur zurückkommen sollten. Se. Majestät der König hat es darauf abgelehnt, den französischen Botschafter nochmals zu empfangen, und demselben durch den Adjutanten vom Dienst sagen lassen, daß Se. Majestät dem Botschafter nichts weiter mitzuteilen habe.

Bad Ems, 15. Juli 1870. [Benedetti und der König.] Über den Vorfall vom 13. ist inzwischen folgendes bekanntgeworden: Der französische Botschafter, Graf Benedetti, sprach den König auf der Promenade an, um an ihn die Forderung zu stellen, Garantien gegen die Wiederkehr ähnlicher Complicationen, wie es die gegenwärtigen sind, zu bieten, und speciell an ihn das Ansinnen zu stellen, an den Kaiser Napoleon einen diesbezüglichen Brief zu schreiben. Der König begnügte sich, den Botschafter darauf aufmerksam zu machen, daß dies nicht der Ort sei, wo man über derartige Dinge spreche. Se. Majestät kehrte aber sofort in seine Wohnung zurück, wohin ihm der Botschafter unmittelbar folgte. Als derselbe sich hatte anmelden lassen, entsendete der König seinen Flügeladjutanten, Grafen Lehndorff, um dem Grafen Benedetti sagen zu lassen, daß er mit ihm über den Gegenstand überhaupt nicht mehr zu sprechen habe und ihn deshalb nicht empfangen wolle.

London, 15. Juli 1870. [Zur Tagesfrage.] Seit dem Eintreffen der Meldung aus Bad Ems, daß der französische Botschafter mit neuen Forderungen inhaltsschwerer Bedeutung und mit Hintansetzung aller Etikette an den König von Preußen sich gedrängt habe, ist es hier allgemeine Überzeugung geworden, daß es Frankreich auf eine Demütigung Preußens abgesehen habe und daß ein Krieg nun schwer zu vermeiden sei. So schreibt die *Times:* »Der Rücktritt des Prinzen genügt der französischen Regierung nicht, sie will Garantien für alle Zukunft, daß nie ein Hohenzoller den spanischen Thron annehme. Sie vergißt dabei, daß selbst ein Staat zweiten oder dritten Ranges sich eine derartige Zumutung niemals gefallen lassen könnte.«

Berlin, 15. Juli 1870. [Die französische Anmaßung.] Das Urteil der deutschen Blätter über die Vorgänge in Ems am 13. ist einstimmig. Die »Weser-Zeitung« schreibt hierzu:

Was diese authentische Depesche bedeutet, wird sich Jedermann selbst sagen. Eine maßlose Insolenz, wie sie selbst Kaiser Napoleon I. in den Zeiten seines größten Übermuts sich kaum erlaubt hat, hat die gebührende, die einzig mögliche Antwort gefunden. Dem die eigenste Person des Kaisers Napoleon vertretenden französischen Botschafter ist die Türe gewiesen worden. Ganz Deutschland, jeder Mann von Ehre außerhalb Frankreichs, der nicht unsere Demütigung will, wird die einfache, natürliche und doch so stolze Handlungsweise des Königs billigen müssen. Die Anmutung, welche der französische Botschafter gestellt, enthüllt so unzweideutig das nichtswürdige Verlangen Frankreichs, Deutschland in eine Stellung zu drängen, in der nur Erniedrigung oder derbe Abwehr übrig bleibt, daß nunmehr auch dem blödesten Auge klar wird: Frankreich will den Krieg, will den Krieg um jeden Preis, und wir müssen gestehen, daß nur ein Wunder ihn noch abwenden kann. König Wilhelm I. kann vor Gott und den Menschen sich mit gutem Gewissen das Zeugnis geben, daß er keine Schuld an den schweren Folgen trägt, welche die letzte Abweisung französischer Anmaßung nach sich ziehen wird.

Paris, 15. Juli 1870. [Der Krieg.] In der heutigen Sitzung des gesetzgebenden Körpers verlas der Siegelbewahrer Ollivier folgende Erklärung:

Meine Herren! Die Art und Weise, wie Sie die am 6. Juli von der Regierung abgegebene Erklärung aufgenommen, hatte uns die Gewißheit verschafft, daß Sie unsere Politik billigen und daß wir auf Ihre Unterstützung zählen können.

Von dem spanischen Botschafter empfingen wir die Anzeige, daß der Prinz von Hohenzollern seine Bewerbung zurückgezogen habe. Wir haben vom preußischen Könige verlangt, er solle dieser Verzichterklärung beitreten und sich verpflichten, wenn die Krone nochmals dem Prinzen Leopold angeboten werde, seine Genehmigung dazu zu versagen. Der König hat sich geweigert, die geforderte Verpflichtung zu übernehmen; trotzdem brachen wir, bewegt von einem Wunsche nach Frieden, nicht die Unterhandlungen ab. Unsere Überraschung war groß, als wir erfuhren, der König habe sich geweigert, Hrn. Benedetti zu empfangen, und habe die Tatsache seinem Cabinette in officieller Weise mitgeteilt. Unter dieses Umständen wäre es ein Vergessen unserer Würde und eine Unvorsichtigkeit gewesen, keine Vorbereitungen zu treffen, um den Krieg, den man uns bietet, aushalten zu können. Seit gestern haben wir die Reserven einberufen, und wir werden Maßnahmen ergreifen, um die Interessen, die Sicherheit und die Ehre Frankreichs zu wahren. (Enthusiastischer und lang andauernder Beifall.)

111
Zwölf Millionen Dollar

> *Wenn jemand behauptet, die Kirche sei vom Staate, der Staat von der Kirche zu trennen – der sei verflucht.* Pius IX., Syllabus errorum

Tagebuch des Heinrich Wilhelm Lehmann:
Rom. Sonntag, 17. Juli 1870

Ich kann es kaum glauben. Was ich nicht mehr zu träumen gewagt hätte – in letzter Minute ist es doch noch eingetreten: gestern haben in Florenz die Schriften und die zwölf Millionen Dollar ihren Besitzer gewechselt.

Am Montag wird man die Unfehlbarkeit proklamieren – wie Luisa vorhergesehen hatte. Aber auch das andere: der Krieg – unglaublich, unfaßbar – der Krieg scheint unausweichlich ...

Und: ich habe Anita gesehen.

Ich will es nicht leugnen: Mittwoch abend fühlte ich mich entsetzlich. Fast wie vor einem Jahr, nach dem Diebstahl der Aufzeichnungen – mit einem Unterschied: diesmal fühlte ich mich um so schlechter, je länger ich nachdachte. Zwar hatte ich im Grunde alles so gemacht, wie Ernesto es mir geraten hatte. Und trotzdem hatte ich das Gefühl, daß mir irgendwo ein verhängnisvoller Fehler unterlaufen war.

Dann, mitten in der Nacht: Bernieri.

»Nanu«, sage ich, »das freut mich aber. Kommen Sie herein.«

Er: »Ich muß Sie sprechen – unter vier Augen.«

Ich bitte ihn herein; Fred bringt Gläser und eine Flasche Sherry, dann zieht er sich diskret zurück.

»Ich denke, die Würfel sind gefallen?« sage ich.

»Werden sehen. Sind Sie ein guter Spieler?«

»Früher dachte ich, nein. Aber in der letzten Zeit, sagt mir Fred, bin ich besser als er.«

»Das dachte ich mir fast. Können Sie gut bluffen?«
»Für Fred reicht es. Warum?«
»Weil ich fürchte: bei Antonelli haben Sie zu gut geblufft.«
»Das müssen Sie mir erklären.«
»Kann ich mich darauf verlassen«, sagt er leise, »daß von dem, was Sie und ich jetzt sagen, niemand ein Wort erfahren wird?«
»Würden Sie mir etwas anderes zutrauen?« antworte ich.
Und er fragt: »Was, glauben Sie, will Antonelli?«
»Er will die Schriften. Und er hat nur neun Millionen Dollar.«
»Dann ist es so – wie ich es befürchtet habe.«
»Ich verstehe immer noch nicht.«
»Sie haben beide dasselbe Problem: Sie haben zu gut geblufft.«
Ich sehe ihn immer noch verständnislos an.
»Gut«, meint er. »Ich will Ihnen sagen, was ich denke: es gibt gar keinen Interessenten, der zwölf Millionen bietet. Ich glaube sogar: Sie haben überhaupt kein anderes Angebot. Ist es so?«
Ich beschloß, die Karten offenzulegen – diesmal aber wirklich.
»Ja«, sagte ich, »es stimmt. Wie sind Sie darauf gekommen?«
»Nun: man hat mir berichtet, wie Sie Karten spielen. Und ich glaube, da habe ich auf einmal Ihre Strategie durchschaut.«
»Nämlich?«
»Sie zeigen den andern so oft, daß Sie nicht bluffen, daß man denkt, Sie bluffen nie. Und wenn es dann, im entscheidenden Moment, doch reiner Bluff ist – dann haben Sie gewonnen.«
»Und Sie meinen, so lief es auch mit Antonelli?«
»Ja, das meine ich. Er ist überzeugt, es gibt wirklich einen Interessenten, der Ihnen zwölf Millionen bietet.«
»Aber er muß doch damit rechnen, daß wir das Angebot annehmen!«
»Allerdings. Genau aus diesem Grund hat er Ihnen doch die zwei Tage geschenkt – er hätte es Ihnen ja auch erst am Freitag zu sagen brauchen.«

»Ich verstehe immer weniger. Was ist sein Ziel?«
»Haben Sie es noch immer nicht gemerkt?«
»Nein – um Gottes willen, nein! Sie sagen: er will, daß wir an den anderen Interessenten verkaufen. Aber er muß doch damit rechnen, daß dieser die Schriften sofort unter den Konzilsteilnehmern bekannt macht – und die Unfehlbarkeit ist gestorben!«
»Eben.«

Endlich dämmerte es bei mir. Gewiß, es war mir aufgefallen, daß Antonelli es immer vermieden hatte, sich zur Unfehlbarkeit zu äußern. Daß er immer nur von den »Interessen der Kirche« sprach, die unbedingt geschützt werden mußten ... Und jetzt – jetzt sah er seine Stunde gekommen ...
»Wie haben Sie es erfahren?«
»Ich hatte schon lange so ein merkwürdiges Gefühl. Vor einigen Tagen – Sie erinnern sich: ›Folgen Sie der Stimme Ihres Herzens‹, hatten Sie gesagt –, zufällig stehe ich gerade neben ihm, und da frage ich ihn, ob ich bei ihm die Beichte ablegen könnte. Hab ihm dann dasselbe erzählt wie Ihnen – meine Sorgen wegen der Unfehlbarkeit – und es stellt sich heraus: er sieht es genauso. Seitdem ...«
»Arbeiten Sie für ihn.«
»So kann man es sagen.«
»Mit andern Worten: ich hatte die ganze Zeit einen Verbündeten, von dem ich nichts wußte. Aber jetzt? Das Spiel ist verloren – ob Antonelli nun die Wahrheit erfährt oder nicht.«
»Nicht unbedingt.«
»Aber wenn ich ihm sage: es gibt keinen Interessenten – warum soll er dann zwölf Millionen bezahlen?«
»Schon richtig. Aber warum wollen Sie's ihm sagen?«
»Sehen Sie eine andere Möglichkeit?«
»Zum Beispiel: Sie geben zu erkennen, daß es zwar einen Interessenten gibt – aber der will die Schriften geheimhalten.«
»Lustig. Wenn ich jetzt hingehe und erzähle das Antonelli – meinen Sie, er kauft mir die Geschichte ab?«
»Ihnen nicht – aber vielleicht mir. Er weiß ja, daß Sie und ich inzwischen ein recht offenes Verhältnis zueinander haben.«

»Aber auf die Weise verliert die Kirche zwölf Millionen! Wer außer mir und den Donatis könnte daran ein Interesse haben?«

Er sah mich einige Augenblicke fragend an.

»Nun«, sagte er schließlich. »Nehmen wir einmal an – ich.«

Er mußte lachen, als er meinen Gesichtsausdruck sah, wurde aber gleich wieder ernsthaft.

»Was ist? Sie sind offen zu mir, ich bin offen zu Ihnen, das war unsere Abmachung.«

»Und ich halte mich daran.«

»Ich auch. Sie können sich denken, was ich Sie als nächstes fragen will?«

»Natürlich – meine Provision. Wieviel schätzen Sie?«

»Ein Prozent?«

»Zwei.«

Er pfiff durch die Zähne. »Ich muß sagen«, meinte er anerkennend, »Sie haben mich schon wieder überrascht. Mit einem einzigen Wort sechzigtausend Dollar weggeben ... um so besser.«

»Mit anderen Worten, Sie sind einverstanden? Fünfzig–fünfzig?«

»Fünfzig–fünfzig. Es gilt.«

Ich hielt ihm die Hand hin, und er schlug ein.

»Jetzt muß ich mich beeilen«, sagte er, »jetzt geht es wirklich ums Ganze. Geben Sie schon einmal an der Rezeption Bescheid, daß Sie noch ein paar Tage bleiben.«

Donnerstag früh kam er wieder. Er klopfte dreimal; Fred öffnete ihm. Er ließ sich in einen Sessel fallen und stöhnte, als hätte er einen Kampf auf Leben und Tod hinter sich.

Fred schenkte ihm ein Glas Cognac ein. Bernieri trank es wortlos aus und stellte das leere Glas neben sich auf den Tisch.

»Ich habe ihn überzeugt«, sagte er. »Antonelli kauft.«

»Aber – hat er nicht gestern erst offiziell erklärt, alle Kreditlinien wären erschöpft?«

»Sind sie auch. Er selber und seine Familie haben sich bereiterklärt, den fehlenden Betrag vorzustrecken.«

»Glückwunsch«, sagte Fred. »Dann kann ich für Sonntag doch noch den Champagner kalt stellen lassen. Wo feiern wir?«

»Na wo schon«, sagte ich. »Bei Chisari natürlich!«

»Bei Chisari?« fragte Bernieri. »Ich merke, Sie wollen mir noch mehr Arbeit aufbürden. Na, wenn Sie meinen – darauf kommt es jetzt auch nicht mehr an. Aber nicht heute; warten wir bis zur Übergabe, dann ist es zum Feiern früh genug.«

Ich setzte mich an den Schreibtisch und bereitete die Depeschen vor: eine nach Newyork, eine nach Florenz. Als ich fertig war, machte sich Fred sofort auf den Weg zum Telegraphenamt.

»Ich weiß gar nicht, wie wir Ihnen danken können«, sagte ich zu Bernieri.

»Was heißt hier Dank«, sagte er mit einem Achselzucken. »Mir geht es um die Kirche. Und es geht um ein Geschäft – wenn man beides verbinden kann, um so besser. Ich muß mich auch bedanken: für die Sache mit der Druckerei – daß Sie es auf sich genommen haben. Natürlich war ich es, der die Bögen in Auftrag gegeben hatte. Haben Sie es gemerkt?«

»Nicht, daß Sie es waren. Aber es mußte jemand sein, der die Aufzeichnungen im Original in der Hand hatte.«

»Dann hatte ich mich damals nicht getäuscht: Sie kennen diese Aufzeichnungen gefährlich gut. Übrigens – wenn Sie nach Newyork fahren, grüßen Sie Luisa Donati von mir.«

»Gerne. Solle ich ihr etwas von Ihnen ausrichten?«

»Sie soll ein besseres Bild von mir haben als in den Erinnerungen von Luigi.«

»Sie kennt die Erinnerungen gar nicht.«

»Aber ich denke – die Zweitschrift ...«

»Die gab es. Aber erst nachträglich – nach dem Diebstahl. Und Luisa hat sie nicht gelesen – nur ihre Tochter Francesca.«

»Wie bitte? Sie hatten gar keine Zweitschrift?«

»Nein, hatte ich nicht. Hab mich zwar selber halbtot geärgert, aber es war schon zu spät.«

»Gut, daß ich das jetzt erst erfahre – gut für Sie, meine ich.«

»Sie meinen – Ihre grauen Herren ... man hätte gewissen – sagen wir, Sticheleien – ein wenig nachhelfen können?«

»Na, lassen wir das ... Und Luisa ist einverstanden, daß nur ihre Tochter die Aufzeichnungen kennt? Was für eine Frau – sie ist noch stärker, als ich dachte!«

Ich schenkte Cognac nach; er trank einen Schluck und schlug beide Hände energisch auf die Lehne seines Sessels.

»An die Arbeit! Wann kann die Übergabe stattfinden?«

»Am Sonnabend in Florenz. Werden Sie dabei sein?«

»Ja, im Auftrag von Antonelli. Man wird einen Sonderzug einsetzen; er geht morgen nach Florenz ab.«

»Gut, das werde ich mitteilen. Sind Sie auch an der Übergabe des Geldes beteiligt?«

»Am Rande. Verantwortlich ist Pellegrini. Warum?«

»Weil wir auf die Stückelung der Obligationen achten müssen. Mindestens ein Teil sollte über eine bestimmte Summe lauten – Sie wissen schon, welche. Ich werde veranlassen, daß man Sie Ihnen unauffällig übergibt.«

»Zu liebenswürdig von Ihnen. Und wann erhalten Sie Ihren Anteil?«

»Ist mir gleichgültig. Vielleicht in Newyork, vielleicht in Florenz.«

»Sie haben sich verändert, wirklich und wahrhaftig. Manchmal habe ich Sie in den letzten Tagen bewundert – aber ich frage mich auch ...«

»Schon gut – ich glaube, Sie haben sich noch mehr verändert. Davon abgesehen – was werden Ihre nächsten Schritte sein?«

Bernieri blickte besorgt. »Wenn sich Antonelli nur nicht verrechnet ...«

»In welcher Hinsicht?«

»Nun, auch wenn *Ihr* Auftrag in Kürze erledigt sein sollte – meiner ist es noch nicht. Bis jetzt gehen nämlich alle davon aus – de Luca, de Angelis, auch Seine Heiligkeit –, daß die Schriften endgültig eingeschlossen werden. Nur Bilio sagt: Was heißt Archiv, was heißt Kirchengeschichte – solche Ketzereien müssen nicht nur unschädlich gemacht, sondern ein für allemal aus der Welt geschafft werden.«

»Das heißt, er will sie am Sonnabend für zwölf Millionen kaufen, nur damit er sie am Sonntag verbrennen kann?«

»Das ist Bilios Position – Antonellis größte Sorge ist, daß er sich durchsetzt. Wenn das der Fall wäre, könnte nichts in der Welt mehr die Erklärung der Unfehlbarkeit verhindern. Übrigens – dürfen wir Sie noch einmal ausnutzen?«

»Nach der Übergabe gern – wie es Ihnen beliebt!«

»Wenigstens sollen Sie wissen, auf welche Weise. Jetzt

müssen ja die Bischöfe so schnell wie möglich die Schriften erhalten, zusammen mit dem Hinweis, daß wir die Originale haben – nur so können wir der Verkündigung zuvorkommen. Und ich dachte mir ... vielmehr, es war Antonelli ...«

»Nun? Was dachte er?«

»Wenn Sie einverstanden sind: wir schieben es Ihnen in die Schuhe. Ihr Druckauftrag, gegen unseren Willen, vermutlich mit Bestechung – Sie wissen schon. Wie lange bleiben Sie in Rom?«

»Bis ich Nachricht habe, daß alles glatt gegangen ist.«

»Wollen Sie nicht lieber schon morgen abreisen? Es könnte nämlich sein ... nun, man könnte Sie zum Beispiel verhaften. Wenn Sie dann noch hier sind, versteht sich – ich weiß nicht, was ich dann für Sie tun könnte. Chisari, der steht morgen wieder in seinem Restaurant – aber in so einem Fall ...«

»Ist mir egal – ich nehm's auf mich. Aber was ist, wenn Bilio sich durchsetzt?«

»Das wäre dann wirklich das Ende. Sie haben ja selber gesehen, wie die Bischöfe auf Ihre Briefe reagiert haben: interessiert, aber kühl. Nur die echten Dokumente könnten die Herren von der Minorität wirklich in Bewegung bringen, oder vielmehr, sie jetzt noch hier in Rom halten. Ohne die Originale ist alles aus – genauso gut könnte ich mich hinstellen und sagen, diese Schriften sind von mir.«

»Aber werden nicht wenigstens die Kardinäle die Schriften sehen wollen?«

»Leider nicht. Bilio zum Beispiel sagt: ich will dieses Teufelszeug nicht lesen, nicht einmal ansehen. Ich will zusehen, daß es vor meinen Augen verbrannt wird, das reicht mir.«

»Und Seine Heiligkeit?«

»Bis jetzt konnte ihn Antonelli noch überzeugen, daß man die Schriften bewahren müßte. Aber der alte Mann – er wird von Woche zu Woche störrischer. Das Schlimme ist, er scheint sich wirklich für einen Propheten zu halten, und wenn er von etwas überzeugt ist, dann meint er, es wäre göttliche Eingebung. Darum mag er auch in der letzten Zeit Antonelli überhaupt nicht mehr – der hält nämlich gar nichts von Eingebungen, aber um so mehr von gründlichem Nachdenken. Also kann es sein, Bilio überredet den Heiligen Vater, und der läßt die Schriften verbrennen, ohne sie selbst auch nur angesehen zu haben.«

»Man würde zwölf Millionen ganz wörtlich in Rauch aufgehen lassen – aber die Verkündigung der Unfehlbarkeit wäre gesichert.«

»Und die Kirche für immer mit diesem Schandmal ...«

Er schwieg und trank einen kleinen Schluck.

»Können Sie sich noch an die Stelle in Luigis Aufzeichnungen erinnern, wo Albert die Inquisition verflucht?«

»Natürlich. Sehr gut sogar.«

»Ich sage Ihnen: damals, als Albert es sagte, war ich empört; jedenfalls habe ich mich über seine selbstherrliche Art geärgert. Aber heute – mit diesem Anspruch, die Päpste wären schon immer unfehlbar gewesen – da muß ich ihm recht geben.«

»Aber mein Freund«, rief ich aus, »wie können Sie unter diesen Umständen in Rom bleiben?«

»Ich bleibe nicht in Rom. Ich gehe zurück in die Schweiz und werde Pfarrer auf einem Dorf – lachen Sie nicht.«

»Warum sollte ich?«

»Nein? Na, vielleicht lache ich selber über mich. – So, jetzt wird es aber Zeit! An die Arbeit ... die letzten Schachzüge in diesem Spiel – wenn nur Bilio nicht die Oberhand behält ...«

Das war am Donnerstag. Gestern früh die Übergabe in Florenz; am Nachmittag dann die Depesche: alles war glatt gegangen.

Ich hatte das vorgesehene Treffen mit den deutschen Bischöfen abgesagt; nun beschloß ich, für heute abend doch noch eine kleine Feier zu improvisieren. Fred erhielt den Auftrag, die Einladungen zu überbringen, zusammen mit kleinen Präsenten. Eingeladen hatte ich alle Kardinäle, die an der Transaktion beteiligt waren, mitsamt ihren Sekretären, dazu Bernieri und Cossa.

Die Feier fand im Restaurant von Chisari statt, der uns – etwas abgemagert, aber mit überschwenglicher Freude – an der Tür begrüßte. Ich hatte gehofft, mich endlich einmal den Anweisungen Ernestos gemäß als großzügig erweisen zu können. Aber als ich der hübschen Kellnerin, die extra für diesen Abend eingestellt war, ein erstes Trinkgeld zustecken wollte, war gleich darauf Chisari an meiner Seite.

»Wenn Sie das noch einmal versuchen«, flüsterte er,

»schütte ich Ihnen eigenhändig Schwefelsäure in Ihren Wein. Daß Sie heute meine Gäste sind, versteht sich ja wohl von selbst, oder?«

Aber es war auch niemand mehr da, den ich hätte beeindrucken können. Der Einladung gefolgt waren Longhi und Cossa, aber von den eingeladenen Kardinälen kam – mit strahlender Miene und in Begleitung seines Sekretärs – nur Bilio.

»Ich grüße Sie, mein Freund«, sagte er und schüttelte mir die Hand. »Das Werk ist vollbracht; Sie hatten ja auch Ihren Anteil daran!«

»Vollbracht? In welchem Sinn?«

»Im allerbesten. Erde zu Erde, Asche zu Asche, das ist der Lauf der Welt. Erst recht der richtige Lauf für ketzerische Fälschungen!«

Ich erschrak.

»Wo ist Bernieri?« fragte ich Longhi, als dieser mich bat, das Fernbleiben von Antonelli zu entschuldigen.

»Bernieri? Wissen Sie es denn nicht?«

»Nein – keine Ahnung.«

»Man hat ihn heute verhaftet.«

»Bernieri verhaftet? Aber warum denn?«

»Man hat ihn in einer Druckerei angetroffen. Zusammen mit einem Stapel ketzerischer Texte ... und er führte Geld bei sich, eine Riesensumme. Obligationen über einhundertzwanzigtausend Dollar, wie ich gehört habe.«

»Und Bernieri – was sagt er?«

»Gar nichts – er schweigt. Aber man wird ihn noch zum Reden bringen, denke ich.«

Ich sprang auf.

»Was haben Sie?« fragte Longhi.

»Ich bitte mich zu entschuldigen«, rief ich aus, »ich muß fort, auf der Stelle, ins Untersuchungsgefängnis!«

»Mein Herr, ich bitte Sie«, beschwichtigte mich Bilio. »Was haben Sie denn mit Bernieri zu tun?«

»Aber das ist alles meine Schuld«, rief ich aus. »Bernieri hat gar nichts damit zu tun – es war noch der Druckauftrag von mir, für die geplante Versammlung mit den deutschen Bischöfen. Ich hatte vergessen, den Auftrag zurückzuziehen, und Bernieri hatte versprochen: er bringt das für mich in Ordnung!«

»Und das Geld? Die Obligationen?« wollte Longhi wissen.
»Ist mein Geld! Meine Provision – ein Prozent der Kaufsumme – Bernieri sollte es mir überbringen!«
»Ach, so ist das! Und warum hat er nichts davon gesagt?«
»Kann sein, er wollte mich schützen. Sie müssen wissen: wir haben in der letzten Zeit ein recht freundschaftliches Verhältnis entwickelt ...«
»Was mir nicht entgangen ist«, sagte Longhi. »Aber wenn es sich so verhält, dann können Sie ruhig hierbleiben. Ich verspreche Ihnen: gleich morgen, nach der feierlichen Proklamation, bringe ich das in Ordnung.«
»Und mein Geld?«
»Ist das so dringend?«
»Allerdings – wir wollen morgen abreisen.«
»Keine Sorge! Kommen Sie morgen nach der Proklamation ins Untersuchungsgefängnis – Sie erhalten Ihr Geld, und ich regle die Angelegenheit mit Bernieri.«

Was ich Longhi gesagt habe, war nicht ganz richtig: nur Fred wird schon morgen abfahren, um die großen Gepäckstücke mit der Kutsche nach Genua zu bringen. Ich sollte mich vorbereiten – letzte Briefe, letzte Depeschen – statt dessen ... was ist nur los mit mir?
Heute mittag, auf dem Platz vor dem Petersdom: Anita ...
Ich dachte, mein Herz bleibt stehen. Sie stand da, mitten auf dem Platz, mutterseelenallein, stand da, in Gedanken verloren, und sah in den Himmel oder auf den Petersdom – als wüßte sie weder woher noch wohin. Anita – in Rom ...
Aber was hatte ich gedacht – daß Taglioni sie gehen ließe? Ohne sie mit dem einzigen bezahlen zu lassen, über das sie verfügte – sie selber?
Zitternd, mit klopfendem Herzen, hielt ich die erste Droschke an, die vorüberkam. Ich stieg ein, und als ich noch einmal zu ihr hinübersah, da drehte sie sich um und blickte in meine Richtung.
Ob sie mich gesehen hat?
Und wenn ja: ob ich es mir wünschen würde?
Immer noch zittere ich, wenn ich an sie denke. Vor Zorn, rede ich mir ein – oder vor Angst – oder etwa vor Verlangen ...

112
In Gedanken

*Rekonstruktion der Aufzeichnungen
des Luigi Calandrelli (37):*

Schließlich die Heimfahrt, oder das, was man so nennt: denn war ich noch daheim, wo ich hinfuhr? Mühsam kämpfte sich die Kutsche die engen Serpentinen empor; die heimatlichen Berge waren in der Ferne zu sehen, schienen aber kaum näher zu kommen. Angenehm, dachte ich, so eine Fahrt – lästig ist nur, daß man irgendwann ankommt.

Als die Kutsche Lugano erreichte, wünschte ich mir nur eines: nicht aussteigen zu müssen. Aber dann erwartete mich ein erster Schrecken: an der Station hatte sich meine gesamte nähere und fernere Verwandtschaft eingefunden. Sämtliche Nichten und Neffen brachen in Jubel aus, als sie mich erspähten – woher in aller Welt wissen sie nur, daß ich komme, hatte ich gerade noch Zeit zu denken. Dann überschütteten sie mich auch schon mit Nachrichten aus dem Dorf und von der Alm, und lobten mich für die Idee, meine Ankunft schriftlich anzukündigen.

Das war's also, dachte ich verzweifelt. Guter alter Cornelius, oh du liebenswerter Esel, mußtest du mir das antun?

Es stellte sich allerdings schnell heraus, daß die Verwandtschaft keineswegs so einträchtig um mich herumstand und auf mich einredete, wie es zuerst den Anschein hatte. Sondern es waren zwei sehr verschiedene Gruppen, die mich da in Empfang genommen hatten, und jede hatte anderes mit mir vor.

Da war auf der einen Seite mein Vater mit meinen jüngeren Geschwistern, übrigens in Begleitung der Nachbarsfrau und ihrer beiden Kinder. Aber da war auch, umkreist von seiner Familie, der Onkel aus dem Dorf, der natürlich davon ausging, daß ich gleich mit ihm mitfahren und wieder für ihn arbeiten würde. Und siehe da, er hatte schon eine ganze Reihe von Aufträgen angenommen, im Vertrauen auf meine Fähigkeiten.

Demgegenüber deutete mein Vater eher leise an, daß man es gerne sähe, wenn ich als Ältester ... der Hof, andererseits, er verstehe schon – mit seinem Pfunde wuchern, nicht wahr ... und er schien selber überrascht zu sein, als ich mich schweigend zu ihm auf den Wagen setzte und meinem Bruder zunickte, der den Kutscher machte.

Der Onkel trug es zunächst mit Fassung. »Nun ja«, meinte er, »den Jungen zieht's zur Mutter, hat halt jeder nur ein Mütterlein, nicht wahr? Also dann, Luigi, gehab dich wohl, aber Montag kommst als mein Gesell und Partner in die Werkstatt, was sagst dazu?«

Der Wagen fuhr los, und ich sagte nichts – was in der allgemeinen Redseligkeit nicht auffiel. Erst als ich am Montag nicht ins Dorf hinunterfuhr, und statt dessen der Onkel am Nachmittag zu uns heraufkam, gab es Ärger. Jedenfalls für meinen Vater und meinen Onkel, denn mich berührte sein Zorn wenig.

Im Grunde war es mir gleichgültig, was ich in Zukunft tun würde; einzig, daß es nichts mehr mit Feile und Zange sein würde, stand für mich fest. Doch wäre es mir zu anstrengend gewesen, die Gründe dafür zu erklären, und ich hatte auch das Gefühl, daß es eigentlich niemanden etwas anging. Der Ärger des Onkels tropfte an mir ab wie an einer Regenhaut; er begriff nicht, daß ich wirklich nicht wollte. So richtig begriff es niemand, nur daß ich mich augenscheinlich verändert hatte, merkten sie alle.

Schließlich einigte man sich darauf, daß ich wohl noch nicht ganz gesund wäre (hatte nicht in dem Brief etwas von schwerer Erschöpfung gestanden?), und mit wütendem Gemurmel (es klang mir wie »undankbares Gesindel, undankbares«) verließ der Onkel den Hof. Seither war er mir gram, und er kam nicht einmal zu meiner Hochzeitsfeier.

Nachdem meine Familie gemerkt hatte, wie selbstverständlich ich dem Onkel gegenüber meinen Willen durchgesetzt hatte, ging man eine Weile davon aus, ich würde nun ebenso energisch die Leitung des Hofes in die Hände nehmen. Eine Zeitlang fragte man mich bei sämtlichen größeren und kleineren Angelegenheiten nach meiner Meinung; aber man merkte bald, daß mich alle diese Dinge nicht wirklich berührten. Zwar tat ich gewissenhaft, was man mir auftrug oder worum man mich bat, doch schien man bald eine gewisse Scheu davor zu haben, mich mit Aufträgen zu behelligen. Eine meiner Schwestern gestand mir einmal, daß sie fast ein schlechtes Gewissen hätte, wenn sie mich um etwas bäte: weil sie dann immer das Gefühl bekäme, mich nach etwas ganz und gar Unwichtigem gefragt zu haben.

In der Tat, so kam es mir auch selbst vor. Ich aß und trank und arbeitete und unterhielt mich, doch all dies so, als wäre ich nur der Stellvertreter eines anderen, und würde sofort den Platz räumen, wenn dieser zurückkehrte. Anfangs schob die Familie auch diese innere Abwesenheit auf die Krankheit, und man wartete auf Besserung. Doch dann gewöhnte man sich daran und begann, meinen Zustand in die Pläne einzubeziehen, die man mit mir hatte.

Denn nach Meinung meiner Familie »mußte etwas geschehen«. Von mir zuerst unbemerkt, doch von den argwöhnischen Augen der Angehörigen schnell registriert, hatte sich nämlich folgendes ereignet: die Nachbarsfrau, die doch Anlaß gewesen war, daß ich hinunter ins Dorf gegangen war und die Schlosserei gelernt hatte – dieselbe Nachbarin, die mir damals keine Aufmerksamkeit geschenkt hatte, und die mir jetzt viel weniger hübsch vorkam als früher –, diese also schien sich in mich verliebt zu haben. Sie traf mich mehrmals auf dem Weg, wenn ich zu irgendwelchen Besorgungen unterwegs war; einige Male lud sie mich auch zu sich ins Haus ein, wobei es sich immer so fügte, daß ihr Mann gerade nicht da war.

So weit waren die Dinge gediehen, als mein Vater mir eines Tages eröffnete, daß man sich Gedanken um meine Zukunft mache. Es wäre an der Zeit, daß ich endlich heiraten würde; zufällig gäbe es im Nachbardorf ein ganz fesches Mädel, das mir sicher gefallen würde. Zur allgemeinen Überraschung wehrte ich mich nicht. Wir wurden einander vorgestellt; sie war mir nicht unsympathisch, auch ich schien ihr zu gefallen, und so wurde die Hochzeit vereinbart.

Für das ganze Dorf war es ein großes Ereignis, nur für mich nicht. In all dem Trubel mit Glückwünschen, Anstoßen und Zuprosten fühlte ich mich noch stärker als sonst wie ein Besucher meines eigenen Daseins: die Festgäste, so kam es mir vor, verwechselten mich offenkundig mit einem bedeutenden Herrn, und am liebsten hätte ich mich unbemerkt davongeschlichen, wenn nur der Herr, dem sie zuprosteten, gekommen wäre. Er kam aber nicht, und so blieb mir nichts übrig, als meinerseits abzuwarten, bis sich die Gäste davonschlichen.

Mein Leben veränderte sich, oder besser gesagt, es wurde verändert. Oder noch richtiger, nicht mein Leben wurde verändert (denn seit ich das Zimmer Luisas und danach das Loch des Todes verlassen hatte, schien mir mein wahres Leben nur noch in meinen Gedanken zu bestehen), sondern nur seine Hülle knetete und formte man, und man schob sie hin und her, wie vielleicht ein Imker seine Bienenstöcke zu neuen Standorten bringt.

Wenn ich auf mein Leben zurückblicke, dann scheint mir, daß dieses Geschehenlassen wohl meine Natur war. Auch wenn ich auf manche den Eindruck eines zielstrebigen Menschen gemacht haben mag – in Wahrheit habe ich mich treiben lassen, und was oder wer auch immer sich als stark genug erwies, von dem ließ ich mich ergreifen und führen. Nicht ich ergriff die Liebe, sondern die Liebe ergriff mich in Gestalt Luisas, und nicht ich suchte das Geheimnis, sondern das Geheimnis suchte mich. Und als ich es entdeckt hatte, da trug ich es in mir als eine schwere Last; ich wartete auf die Stimme, die mir sagen würde, wer mir die Last abnehmen oder mit mir teilen würde – einzig darum drehten sich meine Gedanken, das übrige war mir gleichgültig.

Doch hatten, die mich schoben oder zogen, immer die Vorstellung, daß sie damit auch mein Inneres bewegten, und dies um so mehr, je weniger ich mich sträubte. So sah es vor allem auch meine Frau. Sie übertrug ohne weiteres ihre eigene Sicht der Dinge auf mich, und weil ihrem Empfinden nach ich sie zur Frau *hatte*, ging sie davon aus, daß auch sie ihrerseits mich *hatte*. Was konnte ich dafür, daß mein wahres Leben – nämlich die Gedanken in mir – nicht bereit war, sich von nun an bevorzugt um sie zu drehen? Sie war freundlich zu mir, ich war freundlich zu ihr, aber es war eine andere Art von Freundlichkeit. Und als sie merkte, daß meine Gedanken ihr fernblieben, da fing auch sie an, sich von mir zu entfernen, doch im Unterschied zu mir mit dem Beigeschmack eines Vorwurfes.

Habe ich sie vernachlässigt? Mag sein. Zumindest gab ich schon bald meine Versuche auf, ihr etwas vom Rausch und dem Verlangen zu vermitteln, wie ich es in der Begegnung mit Luisa erlebt hatte. Sie selber empfand ein solches Verlangen nicht; die merkwürdige Selbstverständlichkeit, mit der jeder Mensch im Grunde davon überzeugt ist, alle wichtigen Gefühle der Menschheit zu kennen, war auch in ihrem Empfinden tief verwurzelt. Und weil sie ihre Gefühle mit den in der Welt möglichen und vorhandenen völlig gleichsetzte, war sie – wenn auch ansonsten immer begierig nach Klatsch und Neuigkeiten – im Bereich der tiefsten Erfahrungen gänzlich ohne Neugier. Was mich betrifft, so neige ich zwar dazu, das Fehlen von Neugier nicht weniger für eine Krankheit zu halten als deren Übermaß. Sie dürften jedoch alle beide unheilbar sein, so daß es ebenso sinnlos wie unvermeidlich ist, sie immer wieder zu rügen.

Doch war unser Zusammensein weder lieblos noch ohne Harmonie, jedenfalls in den ersten Jahren. Unsere Körper mochten sich lange Zeit, und das Ergebnis waren unsere Söhne. Mit denen ging es mir zu Beginn nicht anders als mit der restlichen Hülle meines Lebens: was vorhanden war, das war mir willkommen, und was nicht vorhanden war, fehlte mir nicht, von den beiden Dingen abgesehen, nach denen sich jeder sehnt, und die ich wie jeder Mensch nur für Augenblicke erlebt habe: die Tiefe der wahren Erkenntnis, und das Vergehen von Körper und Seele in der höchsten Lust. Doch soll man, denke ich, schon dankbar sein, wenn man von beidem wenigstens kosten durfte, oder auch nur von einem.

Immerhin, mit dem Heranwachsen meiner Söhne hatte ich zu meiner eigenen Überraschung immer öfter das Gefühl, wieder in mein eigenes Leben hineinzuwachsen. Oder sollte ich sagen: hineinzuschrumpfen? Denn meistens sind es reichlich banale Dinge, von denen man sich in Sorge um das Kindervolk die Seele zusammenschnüren läßt, wenn es auch alles in allem kein unangenehmes Gefühl ist. Und wie es denn wohl nicht anders sein kann, ist das Gefühl, zu Hause zu sein, nicht weit entfernt von dem Wissen, daß man Abschied nehmen muß.

In der Tat, Abschied nehmen. Seit längerer Zeit verspüre ich gelegentliche Beklemmungen in der Brust, und einen Besuch in der Stadt habe ich dazu benutzt, mich untersuchen zu lassen. Von Kopf bis Fuß, hatte ich dem Arzt gesagt, aber so weit brauchte er nicht zu suchen. Als er erfuhr, wie lange ich damals verschüttet war, reichten für seine Diagnose einige Übungen, die er mich machen ließ, bei gleichzeitigem Pulsfühlen.

Das Herz, sagte er. Sie sind kein alter Mann, Calandrelli, aber Sie haben ein altes Herz. Nehmen Sie sich von jetzt an in acht, aber auch wenn Sie besser auf sich aufpassen – hundert Jahre, fürchte ich, werden Sie nicht. Die Erde hatte Sie zu lange in Ihren Klauen; sie hat Sie wohl nur widerwillig noch einmal ans Licht gelassen. Ich verschreibe Ihnen ein Mittel, und das einzige, was ich außerdem für Sie tun kann, ist der Rat, das Leben zu genießen.

Wie genießt ein denkender Mensch sein Leben? In Gedanken, versteht sich. Denn auch wenn ich es bin, der nachdenkt, so sind es doch nicht allein meine Gedanken. Sondern die Gedanken sind wie Vögel, die sich auf dem Baum der Seele niederlassen: die alltäglichen bewohnen uns, die schlechten berauben oder beschmutzen uns, die besten aber beschenken uns: in uns selber lassen sie uns die Welt begreifen. Was ist das Schöne am Reisen? Die Gedanken, die uns das Reisen schenkt: so jedenfalls habe ich es empfunden.

Lange Zeit überlegte ich, wie ich auf angemessene Weise mit dem Geheimnis Arcimboldos umgehen könnte. Ungefähr ein Jahr nach meiner Rückkehr hatte ich, adressiert ans Bistum von Toledo, einen Brief an Bruder Alfredo abgeschickt; darin schrieb ich, daß ich ihm etwas mitzuteilen hätte. Der Brief war nicht zurückgekommen, aber eine Antwort erhielt ich nicht.

Gelegentlich spielte ich mit dem Gedanken, Albert in seiner Heimatstadt aufzusuchen. Doch war ich mir unsicher, ob ich ihn, der auch so schon vor Eifer und Erbitterung geglüht hatte, tatsächlich mit dem Geheimnis Arcimboldos belasten durfte. Und dann – ob ich ihn finden würde ... So verschob ich diesen Plan Jahr um Jahr, und nun wird es wohl nicht mehr dazu kommen.

Eines Tages fiel mir beim Aufräumen ein Beutel in die

Hände. Es war derjenige, in den Luisa oder eine der Schwestern die Kleidungsstücke gelegt hatte, die ich bei meiner Rettung getragen hatte. Ich hatte den Inhalt dieses Beutels niemals sorgfältig untersucht; nun tat ich es, und bei dieser Gelegenheit nahm ich die Kleidungsstücke auch einzeln aus dem Beutel. Die Jacke schien mir auffällig schwer, ich befühlte sie und ertastete in einer der Taschen von außen einen Gegenstand. Ich nahm ihn heraus: es war einer der Schlüssel zur Truhe des Arcimboldo.

Mit einem Schlag war ein Stück von der Erregung, die mich damals in der Kammer befallen hatte, zurückgekehrt. Denn die Frage war: wo befand sich der zweite Schlüssel? Wohlgemerkt, nur der zweite: denn der dritte steckte sicherlich noch immer in der Truhe, die jetzt schon lange von Erde und Geröll bedeckt war. Die beiden anderen Schlüssel aber hatte ich nach jeweils einer Umdrehung in die Jackentasche gesteckt, woran ich mich nun wieder genau erinnerte.

Ich schüttete den Inhalt des Beutels auf den Tisch und prüfte ihn sorgfältig. Ich sah in die Taschen jedes einzelnen der Kleidungsstücke, wendete das Innere nach außen, konnte jedoch nichts finden. Schon wollte ich alles wieder zurücktun, als mein Blick ins Innere des Beutels fiel: dort lag ein Stück Pergament. Ich nahm es heraus, und mein Herz begann wild zu klopfen: es war eine abgerissene Ecke von einem der Briefe, und als hätte jemand dies absichtlich getan, war das abgerissene Stück so groß, daß sich darauf noch einige Buchstaben befanden.

Also hatte ich mich nicht getäuscht, als ich mit solcher Sicherheit zu wissen glaubte, daß ich einige der Schriftstücke zu mir gesteckt hatte. Wer hatte sie an sich genommen? Und bei wem auch immer sie sich jetzt befanden – wieviel wußte ihr jetziger Besitzer über das, was ich in Erfahrung gebracht hatte? War es doch Luisa gewesen? Nur: warum war sie dann so plötzlich verschwunden, noch bevor ich aus der Bewußtlosigkeit erwachte? Und weshalb hatte sie niemals etwas von sich hören lassen?

Natürlich konnte ich auf diese Fragen keine Antwort finden. Doch schien mir in der plötzlich erwachten Erinnerung an die Tage im Schacht eine Art Aufforderung zu liegen, was ich mit meinem Geheimnis tun sollte: nämlich das

Erlebte niederzuschreiben, solange es mir noch nicht aus dem Gedächtnis entschwunden ist. Dies nun habe ich in den vergangenen Wochen getan – auch wenn mein Herz bei der Erinnerung an das Durchlebte manchmal gefährlich schnell schlug. Einmal hatte ich vom Herzen bis in den linken Arm so starke Schmerzen, daß ich glaubte, mein letztes Stündlein hätte geschlagen. Nun ist das Werk beendet, und ich fühle mich beruhigt und bedrückt zugleich.

Denn was ich dieser Tage von den römischen Plänen höre, erfüllt mich mit tiefer Sorge um die Kirche, die immer noch auch die meine ist. Zuerst hielt ich es für einen Scherz, oder bestenfalls für eine Verleumdung: die Absicht nämlich, dem Papst in Fragen des Glaubens Unfehlbarkeit zuzusprechen. Entsetzlich! Und ich mußte an eine Diskussion denken – damals in Rom, mit Albert, Jakob und Josef. Oder besser gesagt, eine Predigt, die uns Albert hielt: als nämlich die Rede auf die Inquisition kam.

Es gab kein anderes Wort, das ihn in stärkeren Zorn versetzte als dieses. »Inquisition!« rief er aus. »Blutiges Wort des Leidens und des Schreckens! Im Wachen und im Schlafen sehe ich sie vor mir: da lodern und brennen die Scheiterhaufen im Namen des Glaubens, entzündet von den Päpsten des Grauens und den Kardinälen des Mordens; und das ewig brennende Licht auf den Altären ist das Denkmal des mörderischen Brennens, in dem die Kirche ihr Wesen enthüllt hat. Und sie schreien und schreien, die Gequälten, gefoltert und gebrannt im Namen des Glaubens, schreien zum Himmel und klagen an, daß mir die Ohren schmerzen und das Herz mir brechen will noch auf den heutigen Tag. So groß ist das Leid, und so laut sind die Schreie, daß ich dich nicht hören kann, du schamloses Ungeheuer auf deiner Kanzel, der du mit den Armen wedelst und dein Urbi et Orbi verkündest; denn so schön und laut und schlangenzüngig du auch reden magst: lauter noch schreien die Opfer deiner Väter und Vorfahren, und lauter sind ihre Schreie als alle Predigten und Choräle der Welt!

Und ist denn«, rief er halb an uns, halb an ein imaginäres Gegenüber gerichtet, »ist denn nicht dies eure Rede, ihr Herren Päpste, daß einer von euch an den nächsten weitergibt, was ihm an Macht und Berufung zugeteilt war? Nun gut, ihr Eminenzen: was damals ein Apostel an Macht und

Auftrag weiterzugeben hatte, das ist euer Märchen, und niemand hat es gehört und gesehen. Aber was die Welt wahrlich gehört und gesehen hat, und was ihr der Welt zu kosten gabt als die Früchte, an denen wir euch erkennen sollen, das war euer Foltern und Morden im Namen des Glaubens. Wehe und dreimal wehe über euch, denn verflucht sollt ihr sein jetzt und für alle Zeit, solange menschliche Herzen schlagen und menschliches Gedächtnis die Taten des Bösen festhält. Und wenn auch der Boden der Kathedralen tausend und abertausendmal geputzt und gescheuert wurde – ihr wahrer Geruch ist für alle Zeiten der des vergossenen Blutes; und ihr wahres Lied sind nicht die stimmungsvollen Choräle, sondern auf ewig die Klagen der Gequälten und Gefolterten.«

Das waren Alberts Worte. Und nun sehe ich, wie man dabei ist, unserer Kirche das letzte, unauslöschliche Zeichen der Schande einzubrennen. Welcher vernünftige Mensch wird anders als mit Spott und Verachtung auf eine Kirche blicken können, deren Oberhaupt von sich behauptet, den Willen Gottes zu kennen?

Welche Dreistigkeit, aber auch: welche Niedertracht! Bald zwei Jahrtausende drängt die römische Kurie nach Macht und Herrschaft über Länder und Völker. Kaiser und Könige erpreßt sie, das Volk saugt sie aus für den eigenen Luxus und den Bau babylonischer Kathedralen; soweit der päpstliche Krummstab reicht, zwingt sie mit Feuer und Schwert jedermann die giftige Suppe aus Dogmen und Geboten auf, die sie »Glauben« nennt. Jahrhundert um Jahrhundert treibt sie mit Lockung und Drohung die Völker zu immer neuen Schlachten und Kriegen – im Namen des Glaubens. Einer gigantischen Spinne gleich streckt sie ihre Fühler in alle vier Himmelsrichtungen, entsendet, »Mission« genannt, endlose Flotten bewaffneter Schiffe zu Überfällen und Eroberungen in die entlegensten Winkel des Erdballs – im Namen des Glaubens. Ganze Zeitalter hindurch terrorisiert sie das Abendland mit Folter und Scheiterhaufen, denunziert, brennt und mordet unschuldige »Ketzer« und »Hexen« – im Namen des Glaubens. Und kaum hat ein stärkeres Zeitalter ihr die Brandfackel aus den Händen geschlagen, da steht das Gezücht auf und erklärt – man greift sich an die Stirn, man faßt es nicht – welch gotteslästerliche Anmaßung, welch freche Verhöhnung der Scharen unschuldiger Opfer – erklärt, der Papst sei gottgleich und unfehlbar: wenn er denn spreche und gesprochen habe *im Namen des Glaubens*. Unfaßbar – ungeheuerlich –

Was, so frage ich mich, ist meine Aufgabe? Soll ich, muß ich nicht wenigstens den Versuch zu unternehmen, dieses letzte Verbrechen am Glauben zu verhindern? Kann ich diesen Kampf noch auf mich nehmen, mit meinem schwachen Herzen ... oder wird es nicht eher die Aufgabe derer sein, in deren Hand sich jetzt die Dokumente befinden?

Natürlich beruhigt es mich, zu wissen: für den Fall, daß mir etwas zustoßen sollte, sind meine Erlebnisse festgehalten. Denn nachdem ich eine Zeitlang geglaubt habe, ich hätte mich an meinen Alltag gewöhnt, ist mir mein äußeres Leben wieder bedeutungslos geworden, und meine Gedanken kreisen unentwegt um das Erlebnis mit Luisa und um die finstere Zeit im Schacht.

Und ich weiß, daß es mit mir zu Ende geht. Ich gehe in mich und denke nach und denke das Vergangene und das Kommende: mein gedachtes Leben. Luisa, Geliebte: weit genug und lange genug warst du fort, und nun – sind diese Gedanken deine Boten, die du zu mir schickst?

Ich sehe dich, Luisa. Denn ich, der ich die Truhe der Wahrheit offen gesehen habe, ich habe mir einen Teil meiner Hellsichtigkeit bewahrt. In Gedanken sehe ich dich stehen: traurig und stolz blickst du auf deine Kinder, die sich nicht gleichen, und über sie hinweg siehst du in die Ferne und horchst. Hörst du mich? Luigi, den Abwesenden, Luigi, den Diener, den du benutzt hast als deinen Schlüssel, und dem du Erfüllung geschenkt und versagt hast? Höre mich, Luisa, denn ich rufe dich. Und ich weiß, es geht zu Ende, und darum bitte ich nicht, sondern ich rufe dich: Luisa

Ende des Berichtes
des Schlossermeisters und Bergbauern
Luigi Calandrelli

113
Kriegserklärungen

Meldungen aus den »Berlinischen Nachrichten«:

Rom, 19. Juli 1870. [Die Unfehlbarkeit.] Gestern hat die Verkündigung der Unfehlbarkeit in der Concils-Aula von St. Peter stattgefunden. Es war ein trüber Tag und in die Ceremonie hinein blitzte und donnerte es. Als die Väter die Aula verließen, wurden sie von einem abermaligen Regenguß betroffen. Am 17. Juli hatten 114 Bischöfe von der Opposition Rom verlassen; die Erklärung derselben ist vom 17. Juli und lautet:

Heiligster Vater! In der General-Congregation vom 13. d. M. gaben wir unsere Stimmen über das Schema der ersten dogmatischen Constitution von der Kirche Christi ab. Eurer Heiligkeit ist bekannt, daß 88 Väter, gedrungen von ihrem Gewissen und aus Liebe zur heiligen Kirche, ihre Stimme mit *Non placet* abgaben, 62 andere mit *Placet juxta modum* stimmten und endlich ungefähr 80 von der Congregation abwesend waren und sich der Abstimmung enthielten. Andere sind teils wegen Krankheit, teils aus anderen gewichtigen Gründen in ihre Diöcese zurückgekehrt. So wurden Eurer Heiligkeit und der ganzen Welt unsere Vota offenkundig, und ward constatiert, von wie vielen Bischöfen unsere Anschauung gebilligt wurde; auf diese Weise erfüllten wir das Amt und die Pflicht, welche uns obliegen. Von jenem Zeitpunkte an aber ereignete sich ganz und gar nichts, was unsere Anschauungen ändern könnte, dagegen fielen viele, und zwar äußerst gewichtige Dinge vor, welche uns in unserem Vorsatze bestärkten.

Deshalb erklären wir, daß wir unsere bereits abgegebenen Vota erneuern und bestätigen. Indem wir durch diese Eingabe unsere Vota bestätigen, beschließen wir zugleich, uns von der öffentlichen Sitzung, welche am 18. d. M. gehalten werden soll, fernzuhalten. Die kindliche Pietät und Verehrung, von welchen jüngst unsere Abgeordneten zu Füßen Eurer Heiligkeit geführt wurden, gestatten uns nicht, in einer Sache, welche die Person Eurer Heiligkeit so nahe angeht, öffentlich und im Angesicht des Vaters *Non placet* zu sagen. Und dennoch könnten wir in der feierlichen Sitzung nur die in der General-Congregation abgegebenen Vota wiederholen.

Wir kehren daher ohne Aufschub zu unseren Herden zurück, denen nach so langer Abwesenheit wegen der Kriegsbefürchtungen und besonders wegen ihrer höchsten geistlichen Bedürfnisse unsere Gegenwart äußerst notwendig ist, in der schmerzlichen Gewißheit, daß wir wegen der gegenwärtigen traurigen Zeitumstände unter unseren Gläubigen auch den Frieden und die Ruhe der Gewissen gestört finden werden. Unterdessen empfehlen wir die Kirche Gottes und Eurer Heiligkeit, der wir unveränderte Treue und Gehorsam geloben, von ganzem Herzen der Gnade und dem Schutze unseres Herrn Jesus Christus und verbleiben Eurer

Heiligkeit ergebenste und gehorsamste Söhne. Rom, 17. Juli 1870. – Folgen die Namen der ganzen Opposition samt den Orientalen.

Nach Abreise fast der gesamten Opposition ergab eine erneute »Abstimmung« nur noch 2 Gegenstimmen – ein plumpes und abgeschmacktes Manöver, das niemanden täuschen kann.

Folgendes ist der *Wortlaut des Unfehlbarkeitsbeschlusses:*

Treu anhängend der von Anbeginn des christlichen Glaubens überkommenen Überlieferung, zu unseres göttlichen Heilandes Ruhm, der katholischen Religion Erhöhung und der christlichen Völker Heil, unter Zustimmung des heiligen Conciliums, lehren und stellen wir fest als ein göttlich geoffenbartes Dogma: Daß der römische Papst, wenn er *ex cathedra* spricht, das ist, wenn er in Ausübung seines Amtes als Hirte und Lehrer aller Christen vermöge seiner höchsten apostolischen Autorität einen von der gesamten Kirche zu beobachtenden Glaubens- oder Sittensatz ausspricht, kraft göttlichen Beistandes, der ihm im heiligen Petrus versprochen wurde, mit jener Unfehlbarkeit ausgestattet ist, mit welcher der göttliche Erlöser seine Kirche bei Feststellung einer Lehre in Glaubens- oder Sittensachen ausgestattet haben wollte, und daß darum solche Feststellungen des römischen Papstes unabänderlich seien. Wenn aber Jemand dieser unserer Feststellung, was Gott abwenden möge, zu widersprechen sich herausnehmen wolle, der sei verflucht.

Berlin, 19. Juli 1870. [Kriegserklärung.] Die am heutigen Tage mittags 1½ Uhr übergebene französische Kriegserklärung, die erste und einzige schriftliche Mitteilung, welche die Regierung in dieser ganzen Angelegenheit von der französischen erhalten hat, lautet wie folgt:

»Der unterzeichnete Geschäftsträger Frankreichs hat in Ausführung der Befehle, die er von seiner Regierung erhalten hat, folgende Mitteilung zur Kenntnis Sr. Exzellenz des Herrn Ministers der Auswärtigen Angelegenheiten Sr. Majestät des Königs von Preußen zu bringen: Die Regierung Sr. Majestät des Kaisers der Franzosen, indem sie den Plan, einen preußischen Prinzen auf den Thron von Spanien zu erheben, nur als ein gegen die territoriale Sicherheit Frankreichs gerichtetes Unternehmen betrachten kann, hat sich in die Notwendigkeit versetzt gefunden, von Sr. Majestät dem Könige von Preußen die Versicherung zu verlangen, daß eine solche Combination sich nicht mit seiner Zustimmung verwirklichen könnte. Da Se. Majestät der König von Preußen sich geweigert, diese Zusicherung zu erteilen, und im Gegenteil dem Botschafter Sr. Majestät des Kaisers der Franzosen bezeugt hat, daß er sich für diese Eventualität, wie für jede andere, die Möglichkeit vorzubehalten gedenke, die Umstände zu Rate zu ziehen, so hat die kaiserliche Regierung in dieser Erklärung des Königs einen Frankreich ebenso wie das allgemeine europäische Gleichgewicht bedrohenden Hintergedanken erblicken müssen. Diese Erklärung ist noch verschlimmert worden durch die den Cabinetten zugegangene Weigerung, den Botschafter des Kaisers zu empfangen und auf irgend eine neue Auseinandersetzung mit ihm einzugehen. In Folge dessen hat die französische Regierung die Verpflichtung zu haben geglaubt, unverzüglich für die Verteidigung ihrer Ehre und ihrer verletzten Interessen zu sorgen, und entschlossen, zu diesem Endzweck alle durch die ihr geschaffene Lage gebotenen Maßregeln zu ergreifen, betrachtet sie sich von jetzt an als im Kriegszustande mit Preußen.

Berlin, 19. Juli 1870«

114
Mit deinem Leben

Wenn jemand behauptet, die weltliche Behörde dürfte Bestimmungen erlassen, welche die Ehescheidung ermöglichen – der sei verflucht.
Pius IX., Syllabus errorum

Tagebuch des Heinrich Wilhelm Lehmann:
Dienstag, 19. Juli 1870

Die beiden Kriege sind erklärt: in Paris der Krieg gegen Preußen; in Rom der Krieg gegen die Vernunft.

Das Ende. Ich habe das Gefühl, alles stürzt zusammen, in meiner Umgebung, aber erst recht in meinem Innern. Alles läuft auseinander, hastet, eilt davon: als wären um mich herum nur noch Ratten, die das sinkende Schiff verlassen wollen – aber was ist das Schiff, und wo das feste Land?

Und ich? Das Vaterland in Gefahr, und was mache ich?

Ich weiß nur eines: das hier geht mich nichts mehr an.

Denn ich trage in mir eine Wunde: tiefer, viel tiefer als die von dem Messerstich – und ich weiß nicht –

Ich weiß nicht, ob ich sie überleben will.

Gestern früh: das Packen und Hinuntertragen der großen Gepäckstücke. Als sie aufgeladen waren, bestieg Fred die Kutsche, um die Sachen nach Genua zu begleiten. Ich hielt ich eine Droschke an und ließ mich zum Petersdom fahren.

Drinnen die Verkündigung der Unfehlbarkeit, während es draußen blitzte und donnerte. Seine Heiligkeit, ich sah es von weitem, zuckte bei jedem Donnerschlag zusammen. Dieser Mensch, dachte ich, muß im Innern davon überzeugt sein, daß es keinen Gott gibt – sonst würde er es nicht wagen, sich diese unerhörte Krone aufsetzen zu lassen ...

Plötzlich das Gefühl: jemand beobachtet mich. Ich drehe mich um – ein Stück entfernt steht eine verschleierte Frau. In stolzer Haltung, beinahe triumphierend ... Luisa! denke ich – da wendet sie sich ab und verschwindet in der Menge.

Nach der Zeremonie fuhr ich zum Untersuchungsgefängnis. Longhi wartete schon auf mich, im Raum des Untersuchungsrichters. Auch Bernieri war anwesend. Einige blaue Flecken auf seinen Armen und im Gesicht zeigten: man war nicht zimperlich gewesen.

Der Richter hatte eine Erklärung vorbereitet, die er mir vorlas: daß ich, in Unkenntnis der Staatsgesetze, Schriften staatsfeindlichen Inhaltes zum Druck gegeben hätte. Um den Geist des heiligen Konzils nicht zu stören, sehe man von einer Bestrafung ab, doch sei ich mit Wirkung vom nächsten Tage des Landes verwiesen. Genehmigt, gezeichnet und ausgefertigt.

Ich hörte kaum hin. Sowie der Richter fertig war, unterschrieb ich. Ich stand auf, zwinkerte Bernieri zu und verließ den Raum, gemeinsam mit Longhi, der mich zum Tresorraum begleitete. Die Obligationen in der Tasche, suchte ich noch einmal Cossa auf. Ich ließ mir von ihm einen festen Umschlag geben, tat die Obligationen hinein und nahm ihm das feierliche Versprechen ab, den Umschlag Bernieri persönlich zu übergeben.

Cossa wollte mich zum Essen einladen, aber mir war nicht nach Gesellschaft zumute. Ein letztes Mal schlenderte ich durch Rom. Weiß nicht, was ich suchte ... fand mich schließlich vor einem verfallenen Theater, wo sie die »Traviata« spielten. Ich löste ein Billett, obwohl der dritte Akt schon angefangen hatte. »*Du hieltest dein Versprechen*«, sang, gerade als ich mich setzte, die Violetta ... und wenig später: »*Konntest mich auch du nicht retten, rettet auf der Welt mich niemand*« – ich hielt es nicht aus, stürzte auf die Straße, in die erstbeste Taverne, betrank mich – weiß selber nicht, wie ich zum Hotel kam ...

Heute morgen erwachte ich spät, aber ohne Kopfschmerzen. Ich frühstückte im Speisesaal, ging zurück aufs Zimmer, packte meine Sachen. Gegen zwölf Uhr klopft es an der Tür. Es wird das Zimmermädchen sein, denke ich, und öffne.

Aber es war – Anita.

»Daß du es wagst ...«, murmelte ich.

Ich sollte ihr die Tür vor der Nase zuschlagen, dachte ich, aber mein Herz klopfte wie verrückt. Da war sie schon an mir vorbei und hatte sich in einen der Sessel gesetzt.

Ich schloß die Tür und sah sie an, ohne mich zu setzen.

»Hat Taglioni dich geschickt?« fragte ich.
»Bist du verrückt?« sagte sie. »Im Moment hat er keinen Auftrag, da schläft er um diese Zeit immer.«
»Was willst du?«
»Ich – ich wollte dir –«
»Wieder etwas zeigen?«
»Nein, etwas – sagen ...«
»Und was, bitte sehr?«
»Daß ich – ob du ...«
»Nun sag schon: Was willst du?«
»Bitte ... Willst du dich nicht einen Augenblick hinsetzen?«
»Gut«, sagte ich, und setzte mich ihr gegenüber. »Also – was willst du?«
»Henry«, fragte sie, »hast du mich ein bißchen lieb?«
Ich starrte sie entgeistert an.
»Liebhaben? Aber du wolltest mich –«
»Ich doch nicht – es war Alonsos Idee!«
»Und du hast mitgemacht!«
»Ja, das habe ich! Er war doch – wie mein Mann ...«
»Und daß du mit mir geschlafen hast – war das auch seine Idee?«
Sie stand auf und sah mich zornig an.
»Fragst du das im Ernst?«
»Nun ja – hinterher dachte ich schon, es gehörte ...«
Der Satz war noch nicht ausgesprochen, da hatte sie mir schon eine schallende Ohrfeige versetzt.
Einen Augenblick stand sie selber wie erstarrt, erschrocken über sich selbst. Dann kniete sie sich neben mich, legte den Kopf auf meine Knie und fing an zu weinen.
»Ich schwör's dir – Alonsos Plan war, ich sollte mit dem Messer – oder eine Flasche über den Kopf ...«
Sie schluchzte; ihre Finger krallten sich in meinen Oberschenkel.
»Glaub mir, er hätte mich erschlagen, wenn er's gewußt hätte – war doch krank vor Eifersucht, du hast's ja gesehn!«
»Und warum hast du –«, fragte ich, mit einer Stimme, die mir selber fremd vorkam, »warum hast du mit mir geschlafen? Obwohl du wußtest – daß Alonso mich ...«
»*Weil* ich es wußte«, flüsterte sie. »Ich wollte ... es dir schön machen – dich nochmal glücklich machen ...«
Ohne es zu merken, hatte ich ihr die Hand auf den Kopf

gelegt und angefangen, sie zu streicheln. Sie hörte auf zu weinen und küßte meine Hand. Dann stand sie auf und setzte sich, mit dem Gesicht zu mir, auf meine Knie. Sie ergriff meine beiden Hände und hielt sie zur Seite.

»Henry«, sagte sie, »sieh her!«

Und dabei sah sie mich an mit ihren tiefen schwarzen Augen, fragend und forschend, bis ich ihrem Blick nicht mehr standhalten konnte und hinuntersah auf ihren Mund, und von dort weiter hinunter zu ihrem Hals.

»Sag, Henry – bin ich schön?«

»Weißt du es nicht? Du bist wunderschön.«

»Das sagst du so, daß mir ganz warm wird ums Herz. Und du hast mir – schon einmal so etwas gesagt ...«

»Und wann?«

»Aber das weißt du doch. Ich hab gesagt: ich glaube, ich mach alle Männer unglücklich. Und du – Anita, hast du gesagt, der Mann, dem du deine Liebe schenkst, muß glücklich sein. Erinnerst du dich?«

»Natürlich.«

»Und hast du das einfach so dahingesagt? Nur, um mir was Schönes zu sagen? Oder war es ernstgemeint ...«

»Wie hast du es empfunden?«

»Ganz ernstgemeint. War es das?«

»Das war es.«

»Und Henry – wenn ich – wenn ich dir – meine Liebe schenken würde ... wärst du glücklich?«

Sie fuhr mit den Händen streichelnd über meine Wangen.

»Aber Anita«, sagte ich mit zitternder Stimme, »du hast doch Taglioni ...«

»Mein Gott«, schluchzte sie plötzlich, und krallte ihre Hände in mein Haar, »ich will nicht mehr, ich kann nicht mehr – ich kann so nicht mehr leben ... Alonso war ein Verbrecher, ja, aber er hat mich geliebt! Taglioni, das ist kein Mensch – ich kenne nicht einmal seinen Vornamen! Er ist stark, ungeheuer stark, und er läuft leise wie eine Katze, obwohl er hinkt, und das ist der ganze Mann! Einmal am Tag packt er mich und zieht mich aus, dann hält er mich vor sich oder unter sich und spritzt sich leer, und ich fühle mich wie ein Gerät oder eine schmutzige Kanne. Und als ich einmal zu ihm gesagt habe, sei doch ein bißchen lieb zu mir ... weißt du, was er gesagt hat?«

Sie sah mich an, als müßte ich die Antwort wissen.

»Von Rechts wegen gehörst du ihm, hat er gesagt – ich habe dich nur von ihm geliehen! Geh doch zu ihm, wenn du's lieb haben willst! Ach Henry – lieber will ich sterben, als weiter so leben ... Glaub mir: ich sag's nicht nur so dahin!«

»Aber Anita – ich habe eine Verlobte ...«

»Na und? Meinst du, ich kann dich nicht genauso glücklich machen? Bist du nicht längst auch mit mir verlobt? Als du gesagt hast, der Mann ist glücklich, dem ich meine Liebe schenke – war das nicht auch ein Antrag? Sag es mir: hast du da nicht auch dich selber gemeint?«

Sie schmiegte ihre Wange an mein Ohr und flüsterte:

»Hörst du: ich schenke dir meine Liebe – ich gebe dir mein Leben – willst du es?«

»Anita«, flehte ich, »ja – nein – ich will – und kann nicht – ich liebe dich, ich liebe sie – Anita, es zerreißt mir das Herz ...«

»Du willst nicht«, flüsterte sie.

»Anita – ich möchte dich glücklich machen und sie auch, und ich gebe dir was du willst, wenn ich dich glücklich machen kann und sie auch – Anita – ich kann nicht ...«

»Du willst nicht«, sagte sie mit tonloser Stimme, »du willst mich nicht. Obwohl du es wußtest: meine Liebe, die hattest du schon lange – schon als wir getanzt haben ...«

»Und trotzdem hast du –«

»Ja, ich habe ...«, sagte sie mit einer Stimme, die mich erschreckte. »Ich habe – und ich würde es wieder tun ... für den Mann, den ich liebe ...«

Sie hatte sich zurückgebeugt und mich angesehen; jetzt näherte sie ihr Gesicht wieder dem meinen, kam immer näher, bis ihr Mund an meinem Ohr lag. Unwillkürlich schloß ich die Augen.

»Sag mir«, flüsterte sie, »war es schön, damals, in meiner Kabine? Hat es dich glücklich gemacht?«

Ich schwieg.

»Sei ehrlich – bitte! Sag nur ja – oder nein.«

»Ja«, sagte ich. »Es war schön.«

»Sehr schön?«

»Schöner als alles auf der Welt.«

»Und in diesem einen Augenblick? Als ich fragte: willst du sterben – vor Lust ... du weißt?«

Ich nickte, mit meiner Wange an ihrer.

»Und wenn ich«, flüsterte sie, und ergriff meinen Kopf mit beiden Händen, »wenn ich in diesem Moment ...«

Sie streichelte mir über die Wangen, bevor sie fortfuhr: »Wenn ich gesagt hätte: bezahle ...«

Ich spürte, wie ihre Lippen sich auf mein Ohr legten, wie ihre Zunge tief ins Ohr eindrang, so daß es mir siedendheiß über den ganzen Körper lief.

»Bezahle – mit dem Leben – wirklich mit deinem Leben – was hättest du gesagt ...«

Ich öffnete die Augen. Sie sah mich an, hielt meinen Kopf, beide Hände in meine Haare gekrallt. Ihr Mund, wie eine offene Frage, schien auf mich zu warten, mich zu rufen, kaum Millimeter von meinem Gesicht entfernt. Ich schloß die Augen und dachte, nein, und wollte sie von mir schieben, aber meine Glieder gehorchten mir nicht, sondern meine Arme umschlangen sie und drückten sie an mich; mein Mund küßte den Mund vor mir, grub sich in ihre Lippen, und in einem Taumel, noch wilder als beim ersten Mal, rissen wir uns die Kleider vom Leib und fielen übereinander her, wälzten uns, bissen, krallten, küßten, kämpften.

Dann – ich fürchtete es, ich sehnte es herbei – ergriff sie wieder meine beiden Hände, mit einer Kraft, die ich ihr nicht zugetraut hätte, so daß ich nicht wußte, ob ich ihr widerstanden hätte, wenn ich gewollt hätte – aber ich wollte nicht.

Wieder drehte sie mich auf den Rücken, nur unendlich langsamer als beim ersten Mal.

Und während sich auf mich legte und meine Hände aufs Bett drückte, schmiegte sie ihre Wange an mein Gesicht und flüsterte:

»Du weißt, was jetzt kommt – nicht wahr?«

Ich spürte ihren Atem, spürte, wie sich ihre Nägel in meinen Handrücken gruben, spürte, wie ihre Scheide mein aufgerichtetes Glied zu suchen begann, dann aber, als ich zögerte, sich ihm entzog – und ich nickte.

Und während ihre Scheide mit quälender Langsamkeit mein Glied in sich aufnahm, flüsterte sie:

»Willst du es? Sag es!«

»Ja«, stöhnte ich, »ich will.«

Wieder lag sie auf mir und sah mich an, mit einem Blick,

so ernst und erbarmungslos, daß es mich vor Lust und Angst schauderte, und während sie langsam und unerbittlich ihre Hüfte hob und senkte und auf meinen Leib preßte, legte sie mir die Hände um den Hals und fragte:

»Dein Leben – gibst du es mir? Sag's!«

Ich spürte ihre Scheide mein Glied umfassen und ihre Hände meinen Hals zusammenpressen, und im Gefühl des wildesten Begehrens, das ich je in mir verspürt hatte, keuchte ich, fast schon ohne Luft, »Nimm es!« – und ballte meine Hände zu Fäusten, um die Atemnot zu ertragen, die mich zu umnachten drohte, und im selben Augenblick spürte ich, wie in einem letzten wilden Pressen ihrer Scheide mich die Lust durchfuhr und mein Glied aufzuckte wie rasend und der Samen aus mir herausquoll wie ein nicht endender, peitschender Strom.

Dann, dachte ich, packte ich ihre Hände, um sie vom Hals wegzuziehen, aber sie hielt fest mit eisernem Griff, und mir wurde schwarz vor Augen. Ich glaubte noch, ein Krachen an der Tür, dann über mir einen Knall zu hören – mir war, als wäre es mein eigener Kopf, der zerplatzte – dann versank ich.

Seit ich erwacht bin, merke ich, daß ich dieser Welt nicht mehr gehöre.

Ich weiß nicht, wer es war, der mich aufgehalten hat, aber ich bin ihm nicht dankbar.

Ich bin leer, ausgeleert, nur noch eine wandelnde Hülle.

Das Schlimmste ist: mich schreckt nichts mehr.

Ich öffnete die Augen und sah das Bett um mich herum blutverschmiert. Ohne einen Blick auf meine Gliedmaßen zu werfen, wußte ich: das Blut war nicht von mir.

Das Türschloß, sah ich, war ausgebrochen. Auf dem Fußboden lagen wild durcheinander die Kleidungsstücke eines Mannes und einer Frau. Die Oberdecke des Bettes fehlte. Ich stand auf und ging ins Bad. Im Spiegel sah ich um meinen Hals herum einen dunkelroten Bluterguß. Ich wusch mich und nahm neue Wäsche aus dem Koffer; um den Hals band ich ein seidenes Halstuch, das mir Emilia geschenkt hatte.

Ich verließ das Zimmer und zog die Tür in das lose hängende Schloß. Aus dem Nachbarraum kam das Zimmermädchen; als sie sah, daß ich wegging, wollte sie an mir vorbei ins Zimmer.

»Silvana«, sagte ich leise.

Sie drehte sich um und kam zu mir.

»Laß«, sagte ich, und drückte ihr einen Geldschein ins Schürzentäschchen, »ich muß nachher noch hinein, mach es heute nachmittag.«

»Danke, Signore«, sagte sie erfreut, »wenn ich Ihnen sonst noch zu Diensten sein darf?«

»Später«, sagte ich und ging die Treppe hinunter. »Später.«

Guiseppe, der Page, stand an der Rezeption; er verneigte sich.

»Ruf mir eine Droschke«, sagte ich.

Er lief hinaus zur Straße, ich sah ihn gestikulieren, gleich darauf kam er zurück und meldete:

»Ihre Droschke, mein Herr!«

Ich drückte auch ihm einen Geldschein in die Hand und bestieg die Kutsche.

»Zum Bahnhof«, sagte ich, und fühlte mich unsagbar müde.

Als der Zug seine volle Geschwindigkeit erreicht hatte, da merkte ich, wie lästig mir das Vorbeihuschen von Häusern und Landschaften war; einzig die Augenblicke, wo der Zug durch die Tunnel glitt, war mir wohler.

Nur einmal erwachte ich aus meiner Müdigkeit. Das war, als der Zug ohne zu halten durch den Bahnhof eines kleinen Ortes fuhr. Auf dem Bahnsteig standen zwei Frauen, eine mit schwarzen, eine mit dunkelblonden Haaren, und ich erkannte, es waren Francesca und Emilia, die dort standen und mir zuwinkten, aber als sie mich erblickten, erstarrte ihnen das Winken in den Händen, und auch die Worte, die sie mir zurufen wollten, schienen ihre geöffneten Münder nicht zu verlassen. Dann verschluckte der Fahrtwind ihren im Munde gefrorenen Ruf, und der Zug tauchte ein in die Schwärze des Tunnels, die mein Zuhause ist.

115
Die Schlacht

Meldungen aus den »Berlinischen Nachrichten«:

Stuttgart, 20. Juli 1870. [Kriegsteilnahme.] Der französische Gesandte hat gestern hier die Bescheidung empfangen, daß Württemberg an dem Nationalkriege gegen Frankreich teilnehme. Die Aushändigung der Pässe an den Gesandten erfolgt ungesäumt.

München, 20. Juli 1870. [Kriegseintritt.] Graf *Bray* hat dem norddeutschen Bundeskanzler v. Bismarck mitgeteilt, daß in Folge der Kriegserklärung Frankreichs an Preußen und des stattgehabten Angriffs der Franzosen auf deutsches Gebiet die königlich bayerische Regierung auf Grund des Allianzvertrages als Verbündeter Preußens in den Krieg gegen Frankreich gleich sämtlichen deutschen Regierungen eingetreten ist.

Berlin, 21. Juli 1870. [Ein Aufruf.] Das Comité des Victoria-Vereins hat folgenden Aufruf erlassen:
 Deutsche und preußische Frauen! Frauen und Jungfrauen in Berlin!
 Das Vaterland ist in Gefahr! Der Erbfeind Deutschlands stürzt sich in unsere Gauen, um Haus und Hof, Familie und Volk, Glück und Ehre zu zerstören und zu vernichten. Ein Volkskrieg im höchsten Sinne entbrennt! Die Begeisterung loht auf in heiligen Flammen, der Vater reißt sich los von Weib und Kind, der Sohn von Vater, Mutter und Schwester, der Bräutigam von der Braut; was Waffen tragen kann, folgt der Fahne in den blutigen Kampf mit Gott für König und Vaterland. Unsere Heere wissen, wofür sie fechten, aber sie sollen auch wissen, daß die Liebe sie begleitet: daß Millionen Hände bereit sind, ihre Wunden zu verbinden und mit den hilflos hier Bleibenden das letzte Brot und den letzten Groschen zu teilen.

Paris, 22. Juli 1870. [Über den Krieg.] Dem *Siècle* wird das Herz immer schwerer. Er schreibt:
 »Diesen monarchischen Krieg haben wir mit allen unseren Wünschen weit weg gewünscht, als er uns nur erst drohte, und alles, was wir damals gesagt, denken wir heut noch. Ja, es ist ein gottloser, ja, es ist ein brudermörderischer Krieg, eine Barbarei; in einer Zeit, wo so viele Männer von Herz und Kopf an die Gründung der ›Vereinigten Staaten von Europa‹ denken, rennen zwei Völker, die berufen sind, einander hochzuachten, wie zwei wilde Tiere auf einander los.
 Aber nun der Krieg erklärt ist, nun Frankreichs Leben auf dem Spiele steht, haben wir nichts mehr zu sagen, wir haben nur das Vaterland im Auge. Unsere Söhne, Brüder, Freunde stehen bereits der preußischen Armee gegenüber, sie müssen sich durch Vaterlandsliebe, durch Pflichtgefühl aufrecht erhalten und wissen, daß Frankreich, für das sie kämpfen, mit ihnen ist.«

Berlin, 22. Juli 1870. [Verbot der Erteilung von Auslandspässen.] Unter Hinweis auf den §19 des Gesetzes vom 31. Dezember 1842 wird mitgeteilt, daß Entlassungsurkunden und Auslandspässe an ersatz-, reserve- und wehrpflichtige Individuen bis auf Weiteres nicht erteilt werden dürfen.

Paris, 23. Juli 1870. [Die Proclamation Napoleons.] Das *Journal officiel* veröffentlicht die Proclamation des Kaisers an das französische Volk. Dieselbe lautet, datiert vom 22. Juli:

Franzosen! Es gibt im Leben der Völker feierliche Augenblicke, wo die Ehre der Nation in gewaltiger Erregung sich als eine unwiderstehliche Macht erhebt, wo sie alle anderen Interessen beherrscht und allein und unmittelbar die Geschicke des Vaterlandes in die Hand nimmt. Eine dieser entscheidenden Stunden hat für Frankreich geschlagen.

Preußen, dem wir während des Krieges 1866 und danach die versöhnlichsten Gesinnungen bezeugt hatten, hat von unserem guten Willen, unserer Langmut keine Notiz genommen. Fortstürmend auf dem Weg der Eroberungen hat es zu jedem Mißtrauen Anlaß gegeben, überall übertriebene Rüstungen notwendig gemacht und Europa in ein Heerlager verwandelt, wo Ungewißheit und die Furcht vor dem nächsten Tage herrschen.

Ein letzter Zwischenfall ist hinzugekommen. Gegenüber den neuen Anmaßungen Preußens haben sich unsere Einsprüche vernehmen lassen. Man hat ihrer gespottet und sie mit Bezeigungen des Hohnes beantwortet. Unser Land ist darüber von einer tiefen Erbitterung ergriffen worden, und alsbald hat sich der Ruf nach Krieg von einem Ende Frankreichs bis zum andern vernehmen lassen.

Wir führen den Krieg nicht gegen Deutschland, dessen Unabhängigkeit wir respektieren. Wir hegen den Wunsch, daß die Völker, welche die große germanische Nation ausmachen, in freier Weise über ihre Geschicke verfügen. Was uns betrifft, so verlangen wir einen Stand der Dinge, welcher unsere Sicherheit gewährleistet und die Zukunft sichert; wir wollen einen dauerhaften, auf die wahren Interessen der Völker begründeten Frieden erobern.

Franzosen! Ich bin im Begriff, mich an die Spitze dieser tapferen Armee zu stellen, welche von Pflichtgefühl und Vaterlandsliebe beseelt ist. Ich führe meinen Sohn mit mir; ungeachtet seines jugendlichen Alters kennt er die Pflichten, welche sein Name ihm auferlegt; er ist stolz, teilnehmen zu dürfen an den Gefahren derjenigen, welche für das Vaterland kämpfen.

Gott segne unsere Anstrengungen! Ein großes Volk, das eine gerechte Sache verteidigt, ist unüberwindlich!

Napoleon

Wien, 27. Juli 1870. [Über die Proclamation Napoleons] sagt die »Neue Freie Presse« in einem Leitartikel:

Das Zugeständnis, die Politik Frankreichs im Jahre 1866 sei Preußen günstig gewesen, ist ebenso aufrichtig wie die Versicherung, daß man seither Preußen grollte. Der ganze sonstige Inhalt der Proclamation ist Lüge. Es ist nicht wahr, daß Frankreich die geringste Nachgiebigkeit in dem jüngsten Streite zeigte. Kaum war die Nachricht von der Candidatur des Hohenzollern in Paris eingetroffen, so führten Gramont und Ollivier im gesetzgebenden Körper eine Sprache, als ob die Preußen ohne Kriegserklärung in Frankreich eingefallen wären. Als man hier die Telegramme über die betreffende Sitzung las, sagte jedermann: »Das ist der Krieg.«

Es ist ferner nicht wahr, daß das französische Volk das Vorgehen Preußens als eine Beleidigung aufgefaßt und den Krieg verlangt habe. Das französische Volk will den Frieden; es wird künstlich, mit allen guten und schlechten Mitteln, die einer Regierung in solchem Fall zu Gebote stehen, in den Kriegsenthusiasmus hineingehetzt.

Napoleon III. versichert, er führe keinen Krieg mit Deutschland und achte dessen Unabhängigkeit. Die Armeen, die in die Rheinprovinzen einfallen, die Flotten, welche die norddeutschen Häfen bombardieren werden – sie haben keine Deutschland feindliche Bedeutung; sie sollen nur dem Wunsche des Kaisers Ausdruck geben, »daß die Völker, welche die große germanische Nation bilden, frei über ihre Geschicke verfügen«. Ein bitteres Hohngelächter ist die einzige Antwort, welche Deutschland darauf geben kann.

Paris, 28. Juli 1870. [Räumung Roms von den Franzosen.] Der Befehl zur Abberufung der französischen Soldaten aus Rom ist von Napoleon erteilt worden. Frankreich braucht alle seine Soldaten, und das römische Besatzungs-Corps muß vor dem 15. August in Frankreich sein. Der König von Italien wird den Schutz des Papstgebietes übernehmen. Der Papst hat übrigens keinen Aufschub der Maßregel verlangt.

Berlin, 28. Juli 1870. [Ein perfides Angebot Napoleons.] Wir finden uns in der Lage, unseren Lesern folgende Tatsache mitzuteilen:

Die französische Regierung hat im Laufe der letzten Jahre der preußischen wiederholt die Offensiv- und Defensivallianz Frankreichs zu dem Zwecke angetragen, die Eroberung Belgiens durch Frankreich einerseits und die Einverleibung der Staaten Süddeutschlands in den Nordbund andererseits zu sichern.

Der Entwurf eines dieser Vertragsprojekte, geschrieben von der Hand des Grafen Benedetti, findet sich niedergelegt im Departement der auswärtigen Angelegenheiten des Bundes. In diesem Entwurf heißt es:

»Art. 1) Se. Majestät der Kaiser der Franzosen läßt zu und erkennt an die Erwerbungen, welche Preußen in Folge des letzten Krieges, den es gegen Österreich uns seine Verbündeten geführt hat, gemacht hat.

Art. 2) Se. Majestät der König von Preußen verspricht, Frankreich die Erwerbung Luxemburgs zu erleichtern.

Art. 3) Se. Majestät der Kaiser der Franzosen wird sich einer föderalen Vereinigung des Nordbundes mit den Staaten Süddeutschlands, Österreich ausgenommen, nicht widersetzen.

Art. 4) Seinerseits wird Se. Majestät der König von Preußen in dem Falle, daß Se. Majestät der Kaiser der Franzosen durch die Umstände bewogen werden sollte, seine Truppen in Belgien einrücken zu lassen oder es zu erobern, Frankreich die Beihilfe seiner Waffen gewähren und ihm mit allen seinen Land- und Seestreitkräften gegen jede Macht beistehen, welche in diesem Fall ihm den Krieg erklären sollte.«

Das Berliner Cabinett hatte sich seinerzeit darauf beschränkt, seine Mitwirkung zu solchen Plänen zu versagen, ohne der europäischen Öffentlichkeit bekannt zu machen. Nun scheint es, daß diese Weigerung zu dem Entschlusse Napoleons beigetragen habe, vermittelst eines Krieges die Gegenstände seines Begehrens zu erobern. Daher ist die Zeit gekommen, um einer Politik die Maske abzureißen, welche sich selber richtet.

Wien, 28. Juli 1870. [Aufhebung des österreichischen Concordates.] Die »Wiener Zeitung« veröffentlicht heute die folgende Note:

»Aus Anlaß der Infallibilitäts-Erklärung des päpstlichen Stuhles haben in den bezüglichen Ministerien eingehende Beratungen stattgefunden. Dieselben haben zu dem Ergebnisse geführt, daß das mit Sr. Heiligkeit Papst Pius IX. am 18. August 1855 abgeschlossene Übereinkommen (Concordat) in Folge der neuesten Erklärung des Heil. Stuhles über die Machtvollkommenheit des Oberhauptes der katholischen Kirche nicht länger aufrechtzuerhalten und daher außer Wirksamkeit zu setzen sei.«

Mainz, 2. August 1870. [Aufruf.] Der König hat folgenden Aufruf erlassen:

An die Armee! Ganz Deutschland steht einmütig in Waffen gegen einen Nachbarstaat, der uns überraschend und ohne Grund den Krieg erklärt hat. Es gilt die Verteidigung des bedrohten Vaterlandes, unserer Ehre, des eigenen Herdes. Ich übernehme heut das Commando über die gesamten Armeen und ziehe getrost in einen Kampf, den unsere Väter in gleicher Lage einst ruhmvoll bestanden. Mit mir blickt das ganze Vaterland vertrauensvoll auf euch. Gott der Herr wird mit unserer gerechten Sache sein!

Wilhelm.

Paris, 3. August 1870. [Gefecht bei Saarbrücken.] Der *Gaulois* läßt sich über den Sieg bei Saarbrücken telegraphieren:

Metz, 2. August, 5 Uhr 45, abends.

Erster Erfolg! Nach einem lebhaftem Kampf unter den Mauern von Saarbrücken, welcher von 10 Uhr morgens bis 1 Uhr nachmittags dauerte, ist die Stadt von unseren Soldaten genommen worden. Saarbrücken ist abgebrannt. Unsere Verluste unbedeutend im Vergleich mit den feindlichen.

Wörth, 6. August 1870. [Sieg über Mac Mahon.] Soeben wird gemeldet, daß der Kronprinz Friedrich Wilhelm den Marschall Mac Mahon bei Wörth vollständig geschlagen hat. Die Franzosen sind auf Bitsch zurückgeworfen.

Saarbrücken, 6. August 1870. [Räumung.] Saarbrücken ist von der ersten Armee wieder genommen; die preußische Telegraphenstation ist wieder in Betrieb. Die französische Armee hat auf der ganzen Linie Kehrt gemacht und ist auf dem Rückzuge ins Innere begriffen.

Augsburg, 8. August 1870. [Offene Anklage gegen Papst Pius IX.] In der »Augsb. Allg. Z.« findet sich unter den Inseraten folgende Erklärung des bekannten ehemaligen Abgeordneten Prof. Michelis:

»Ich, ein sündhafter Mensch, aber fest im heiligen katholischen Glauben, erhebe hiermit vor dem Angesichte der Kirche Gottes offene und laute Anklage gegen Papst Pius IX. als einen Häretiker (Ketzer) und Verwüster der Kirche. Unter Mißbrauch eines allgemeinen Conciliums hat dieser den weder in der Heiligen Schrift noch in der Überlieferung begründeten, vielmehr der von Christus angeordneten Verfassung direct widersprechenden Satz als einen geoffenbarten Glaubenssatz verkündigen lassen, daß der Papst, abgetrennt von dem Lehrkörper der Bischöfe, der unfehlbare Lehrer der Kirche sei, Dies ist ein Versuch, das gottlose System des Absolutismus in der Kirche einzuführen. Ich kann meinem Gewissen und meinem Verständnis des katholischen Glaubens nur durch diesen Protest genügen, indem ich von dem canonisch verbürgten Rechte Gebrauch mache, einem Papst, welcher auf den Ruin der Kirche hinarbeitet, offen ins Gesicht zu widerstehen.«

Paris, 9. August 1870. [Wie es wirklich aussieht.] Das *Siècle* schreibt in seinem Leitartikel:

Die Dummheiten und Prahlereien der vierzehn Tage, die hinter uns liegen, haben uns schon viel zu viel gekostet. Der Feind steht in Frankreich, das Vaterland ist in Gefahr; um es zu retten, bedarf es der energischen, einsichtigen Entschlossenheit. Vaterlandsverräter wäre derjenige, der jetzt noch die traurige, Wahrheit verhehlen wollte. Blicken wir den Tatsachen ins Gesicht! Am 2. August besetzen wir mit einem einzigen Corps, dem Frossard'schen, die Höhen von Saarbrücken, das Corps Bazaine steht wenige Kilometer dahinter. Man sollte glauben, die ganze Armee sei concentriert. Irrtum! Das Corps L'Admirault ist noch zwei Etappen entfernt, die Garde ist in Metz, Canrobert mit seinen Divisionen noch weiter entfernt in Chalons. Unsere Streitkräfte sind zersplittert, außer Stande, sich gegenseitig zu unterstützen, und dies einem Feinde gegenüber, der 1866 bewiesen hat, daß er sich auf Strategie versteht. Die Folge? Am 4. August wird die Division Douay, isoliert vom Reste des Corps Mac Mahon, durch weit überlegene Streitkräfte vernichtet. Weiter! Am 6. August rückt der Feind in Masse über Saarbrücken auf das Corps Frossard zu. Wo waren an diesem traurigen Tage L'Admirault, Canrobert und die Garde? Jetzt ist der rechte Flügel auf dem Rückzuge in die Vogesen und gibt das Elsaß preis; das Zentrum ist vernichtet. Wem fällt die Verantwortlichkeit zu, daß unsere Truppen, ein Corps nach dem anderen, vernichtet werden? Es ist überflüssig, es zu sagen! Jetzt also erhebt die Herzen; unsere Rettung hängt von uns ab. Sind wir das Volk von 1815 oder 1792? Wir haben die Wahl!

München, 10. August 1870. [Erklärung zum Concil.] Die nachfolgend mitgeteilte Erklärung ist mit den Unterschriften fast aller katholischen Docenten der Universität beschlossen worden:

In Erwägung der offenkundigen Tatsachen: daß man den zum vaticanischen Concil einberufenen Bischöfen die Hauptgegenstände der künftigen Beratung verheimlicht und dadurch die notwendige Vorbereitung unmöglich gemacht hat; daß — abgesehen von der bedenklichen Zusammensetzung der Versammlung — durch die octroyierte Geschäftsordnung jede wirkliche und freie Discussion in den Sitzungen verhindert wurde; daß viele Mitglieder des Concils in unbedingter Abhängigkeit von der römischen Propaganda standen und überdies sowohl vom Papst, als auch von dessen Behörden ein empfindlicher moralischer und physischer Druck auf die Bischöfe ausgeübt wurde; daß endlich — was unsere Hauptbeschwerde bildet — gerade die wichtigsten Beschlüsse nicht mit der zur Definition eines Dogmas absolut erforderlichen moralischen Einstimmigkeit gefaßt wurden, fühlen sich die Unterzeichneten in ihrem Gewissen verpflichtet, freimütig zu erklären, daß sie die vaticanische Versammlung nicht als ein freies ökumenisches Concil anzuerkennen vermögen und ihren Beschlüssen keine Gültigkeit beilegen können, insbesondere daß sie den Satz von der persönlichen Unfehlbarkeit des Papstes als eine in der heiligen Schrift nicht begründete, sowohl der Tradition des kirchlichen Altertums, als auch der Kirchengeschichte offen widersprechende neue Lehre verwerfen. — Folgen die Unterschriften.

Rom, 12. August 1870. [Die Verteidigung Roms.] Angesichts des Abzuges der französischen Schutztruppen aus Rom beeilt sich die päpstliche Regierung, das Mögliche zu ihrer Verteidigung zu tun. Der Waffenminister des Kirchenstaates hat 25.000 Fr. für die Wiederherstellung der Barricaden vor den Toren Roms ausgesetzt und beschlossen, sämtliche Truppenkörper, welche sich gegenwärtig in der Provinz aufhalten, in der Hauptstadt zu concentrieren.

Berlin, 20. August 1870. [Kriegs-Nachrichten.] Die beiden siegreichen Schlachten hinter Metz vom 16. und 18. August, die erste bei *Mars la Tour*, die zweite näher bei Metz, als Schlacht bei *Gravelotte* bezeichnet, sind, wie es scheint, die bisher blutigsten in diesem Kriege gewesen. Trauer werden sie über viele unserer Familien bringen. Bazaine, nach rückwärts auf Metz weichend, hatte starke Positionen besetzt, welche die Unsrigen zu stürmen hatten.

Über die Aufnahme der neuesten Nachrichten in Paris liegt noch nichts vor; man hatte bisher nur unzusammenhängende Mitteilungen über unleugbar schwere Verluste, welche preußische Infanterie und Cavallerie am 16. August gehabt hatten. Die Deputierten haben diese Mitteilungen mit stürmischem Beifall aufgenommen; sie haben nicht bedacht, daß diese Verluste den Preis steigern werden, den Deutschland fordern wird. Denn so viel ist sicher: daß Deutschland jetzt um den vollen Ersatz für den Druck vieler Jahrhunderte kämpft, und daß es die blutigen Opfer dieser schweren Schlachtfelder nicht will umsonst gebracht haben.

Berlin, 3. September 1870. [Kaiser Napoleon gefangengenommen.] Die erste Nachricht von der großen Entscheidung bei Sedan ist durch folgende Depesche hierher gelangt:

Varennes, 2. September, 1 Uhr 50 Nachmittags. An Minister Graf Lüneburg. Von 7 Uhr gestern früh bis 6 Uhr Abends Schlacht vor Sedan, in deren Folge Napoleon, mit 80.000 Franzosen in die Festung Sedan zurückgedrängt, sich dem König auf Gnade und Ungnade ergeben hat. Graf Reille, General-Adjutant des Kaisers, überbrachte dem König in meiner Gegenwart den Brief folgenden Inhalts: Da es ihm nicht gelungen, von einer Kugel getroffen zu werden, bleibe ihm nichts übrig, als Seiner Majestät seinen Degen zu Füßen zu legen. Bitte dies der Königin zu melden; komme eben vom Schlachtfelde.

gez. Hermann Graf Seherr

Paris, 4. September 1870. [Republik ausgerufen.] J. *Favre* brachte folgenden Antrag auf Absetzung des Kaisers ein:

Artikel 1. Louis Napoleon und seine Dynastie sind der Befugnisse, welche ihnen die Verfassung übertragen hat, für verlustig erklärt.

Artikel 2. Es wird eine Commission ernannt, welche die Aufgabe hat, die Verteidigung bis zum Äußersten fortzusetzen und den Feind zu vertreiben.

Artikel 3. General Trochu wird in seinen Functionen als General-Gouverneur von Paris bestätigt.

Unter heftigen Tumulten wurde die Absetzung verkündet und die Republik ausgerufen. Eine provisorische Regierung ist eingesetzt, welcher u.a. Trochu, Arago, Favre, Cremieux, Ferry, Gambetta und Rochefort angehören.

Florenz, 18. September 1870. [Der Einmarsch in den Kirchenstaat.] Am 11. September erteilte König Victor Emanuel den Befehl, daß seine Truppen in den Kirchenstaat einrückten. Sogleich erhob sich die Bevölkerung von Viterbo (im nördlichen Teil des Kirchenstaates) unter dem Ruf »Es lebe Italien«; Jubel und Demonstrationen gab es auch in Terracina, im Süden des Kirchenstaates.

Angeblich geschieht der Einmarsch um der Ordnung willen und zum Schutze des Papstes. Allerdings hat Pius IX. vor dem diplomatischen Corps der Hauptstadt gegen solche zudringliche Freundschaft feierlich protestiert. Es wird ihm wenig helfen, denn er hat es auf dem Concil mit allen Staaten verdorben.

Und die Concilsmajorität, die unzähligen Bischöfe des Kirchenstaates? Hatten sie gar keinen Anhang sich erworben bei der Bevölkerung, die jetzt jubelnd den Italienern entgegenzieht? Es ist ein Schauspiel zum Erbarmen: daß diese Hunderte von Bischöfen, welche die Welt lehren wollten, was zu tun und zu glauben sei, heut von ihren Gemeinden elendiglich verlassen sind.

Lagny, 20. September 1870. [Paris eingeschlossen.] Ziel der letzten Tage war es, den Ring zu schließen, der Paris von aller Verbindung mit dem übrigen Lande abschneidet. Die Einschließung ist mit den heutigen militärischen Maßnahmen beendet; die Stadt ist isoliert, selbst ein Flüchten aus der Stadt ist nicht mehr möglich, ebenso jeder Zuzug abgeschnitten.

Rom, 20. September 1870. [Rom ist genommen!] Nach einer etwa fünfstündigen Beschießung war die erste Bresche eröffnet; die Infanterie des Generals Cosenz war zuerst in der Stadt. In der Straße Pia bis zum Quirinal herrschte ungeheurer Jubel, die Soldaten wurden mit *Viva l'Italia, viva Roma capitale!* begrüßt.

Berlin, 22. September 1870. [Die Unterwerfung der deutschen Bischöfe.] Am letzten Dienstag haben wir ein sehr merkwürdiges Schriftstück mitgeteilt: einen gemeinschaftlichen Hirtenbrief deutscher Bischöfe, in welchem dieselben ihre Unterwerfung unter die Glaubensdecrete des Römischen Concils ankündigen. Darin heißt es:

»Der Heilige Geist hat durch den Stellvertreter Christi und den mit ihm vereinigten Episcopat gesprochen und daher müssen Alle, Bischöfe, Priester und Gläubige, diese Entscheidungen als göttlich geoffenbarte Wahrheiten mit festem Glauben annehmen und sie mit freudigem Herzen erfassen und bekennen, wenn sie wirklich Glieder der Einen, heiligen, katholischen und apostolischen Kirche sein und bleiben wollen.«

Sollen wir die Bischöfe daran erinnern, mit welchen Gründen sie die Lehre von der päpstlichen Unfehlbarkeit bekämpften? Daß sie selber ausgeführt haben: diese unerhörte Lehre hat keine Begründung in der Offenbarung. Sie steht im Widerspruch mit der katholischen Tradition. Die alte Kirche hat gerade das Gegenteil gelehrt; ein Papst Honorius ist verurteilt worden. Die Verfechter des Decrets stützen sich auf verstümmelte und gefälschte Urkunden. Das Concil ist in seiner octroyierten Geschäftsordnung von allen früheren Rechten und Gewohnheiten abgewichen; es stellte mit seiner Majorität der italienischen Bischöfe und der 200 Papierbischöfe *in partibus infidelium* eine absichtliche und scandalöse Fehlrepräsentation der wahren kirchlichen Mehrheitsverhältnisse dar.

Auf einmal sind alles dies nur noch »irrige Auffassungen, welche seit Monaten über das Concil verbreitet worden sind und die jetzt auch noch in unbefugter Weise an manchen Orten sich geltend zu machen suchen«. Diese wankelmütigen, an ihre Pfründen sich klammernden Bischöfe sind wahrlich von allen guten Geistern verlassen, vom Heiligen Geiste gar nicht zu reden.

Berlin, 27. September 1870. [Die künftige Verwaltung des Elsaß und Lothringens.] Unsre Friedensbedingungen, so sagt das Rundschreibens des Grafen Bismarck vom 16. September, sind uns durch die Natur der Dinge und das Gesetz der Notwehr gegen ein gewalttätiges und friedloses Volk vorgegeben. Halten wir diesen Gesichtspunkt fest! Die Frage der deutschen Einheit und die Erwerbung einer sicheren Grenze an den Vogesen und der unteren Mosel-Linie mit Metz sind untrennbar. Das Bestehen des Bundes ist erst dann ganz außer Frage, wenn diese Grenze gewonnen ist; der Besitz von Elsaß-Lothringen ist die dem Süden und dem Norden Deutschlands gemeinsame Bürgschaft ihres ewigen Bundes.

Berlin, 6. October 1870. [Verlustmitteilungen.] Folgende Verluste sind bisher bekannt geworden: A) an Toten: 2 Generale; 43 Stabsoffiziere; 477 Subalternoffiziere; 125 Feldwebel, Wachtmeister, Fähnriche, Stabstrompeter; 758 Sergeanten, Unteroffiziere, Oberjäger, Trompeter; 6785 Gefreite, Gemeine, Spielleute; 7 Ärzte, Lazarettgehilfen. Summa 522 Offiziere, 7675 Mann. B) an Vermißten: Summa 13 Offiziere, 5860 Mann. C) an Verwundeten: Summa 1553 Offiziere, 32.945 Mann. Summa des Abgangs 2068 Offiziere, 46.480 Mann.

Rom, 7. October 1870. [Das Ende des Kirchenstaates.] Im Plebiscit vom 2. October haben von den 167.548 stimmberechtigten Einwohnern des Kirchenstaates 133.681 »für die Vereinigung mit dem Königreich Italien unter der monarchisch-constitutionellen Regierung des Königs Victor Emanuel II. und seiner Nachfolger« gestimmt, 1507 dagegen. Für den Papst ist es ein schwerer Schlag, daß nicht einmal 2 von hundert seiner früheren Untertanen ihm die Treue hielten.

Den Quirinalpalast, die Residenz vieler Päpste seit drei Jahrhunderten, wird König Victor Emanuel beanspruchen, nachdem Rom

Die Schlacht

wieder zur italienischen Hauptstadt erklärt ist. Somit ist der Papst beschränkt auf ein kleines Areal, welches in Rom wenig mehr als St. Peter und die Engelsburg einschließt. In diesem Gebiet soll dem Heiligen Stuhl jedoch territoriale Immunität gewährt werden.

Madrid, 17. November 1870. [Königswahl.] Am gestrigen Tage, 7½ Uhr Abends, fand die feierliche Abstimmung zur Königswahl statt. Von den 345 Deputierten der Cortes nahmen 311 teil. Der Herzog von Aosta erhielt 191 Stimmen, außerdem 2 schon zuvor schriftlich abgegebene. Für die Föderativ-Republik waren 60 Stimmen, für den Herzog von Montpensier 27, für den Herzog de la Victoria 8, für den Prinzen Alfonso 2, für die Herzogin von Montpensier 1 Stimme. 17 Wahlzettel, von welchen 12 carlistischen Deputierten gehörten, waren unbeschrieben. Die dem Wahlgesetz entsprechende Majorität mußten 173 Stimmen sein; daher ist der Herzog von Aosta von dem Präsidenten der constituierenden Cortes zum König proclamiert worden. Artilleriesalven verkündeten das Ereignis der Bevölkerung.

Rom, 24. November 1870. [Encyclica.] In der neuesten Encyclica Pius' IX. heißt es u.a.: »Eine ungeheuerliche Freveltat können Wir hier nicht übergehen. Als ob nämlich Besitz und Rechte des apostolischen Stuhles, die kraft so vieler Rechtstitel heilig und unverletzlich sind, streitig gemacht werden könnten, suchte man, um die Beraubung, die Wir erlitten, ehrlich zu machen, mit Beseitigung des allgemeinen Natur- und Völkerrechts jenen Spiegelfechter-Apparat einer Volksabstimmung hervor, der schon in den anderen Uns entrissenen Provinzen angewendet worden war. Wir erklären kraft der Autorität des allmächtigen Gottes, der heiligen Apostel Petrus und Paulus und Unserer eigenen, daß alle Jene, welche die feindliche Wegnahme und Besetzung Unseres Landes und dieser erhabenen Stadt vollbracht oder daran Teil genommen, dem großen Kirchenbann und den anderen Kirchenstrafen, die durch die heiligen Canones verhängt sind, verfallen seien. Wir erklären auf die feierlichste Weise, daß alle Handlungen, die zu irgend welcher Bekräftigung jener Usurpation bisher geschehen sind und noch künftig geschehen werden, von Uns für jetzt und immerdar verworfen, für nichtig und ungültig erklärt werden.«

Nachwort des Herausgebers

Die letzte Eintragung im Tagebuch des Heinrich Wilhelm Lehmann ist datiert, aber sie enthält keinen Ort.

Das ist auch anderswo gelegentlich der Fall, doch läßt sich nur hier der Ort der Niederschrift nicht aus dem Zusammenhang erschließen. Diese Seiten sind auch in einer entsetzlichen Schrift aufs Papier gekritzelt, vermutlich im fahrenden Zug – das würde auch erklären, warum die Nennung eines Ortes fehlt.

Daß mir das Päckchen mit den Notizbüchern aus dem Berliner Umland zugeschickt wurde, scheint darauf hinzudeuten, daß der Autor von Rom aus die Reise nach Berlin angetreten hat. Doch hätte er dann die Brenner-Route nehmen müssen, und auf dieser legt der Zug beträchtliche Strecken im Tunnel zurück: von bloßen »Augenblicken« kann keine Rede sein. So scheint diese Formulierung doch darauf hinzudeuten, daß es der Zug nach Genua war, in dem der Verfasser von Rom aus fuhr.

Selbst wenn er die Schwärze der Tunnel sein »Zuhause« nennt, spüre ich in mir eine Hoffnung: daß hiermit vielleicht das wiederkehrende Bewußtsein des gelernten Eisenbahn-Ingenieurs gemeint ist, und daß für ihn von nun an wieder die Arbeit bei Eisenbahn und Tunnelbau in den Vordergrund rücken werde.

Auch wenn ich damit meine Rolle als Herausgeber überschreite – ich gestehe, daß ich ihm letzteres wünsche. Ja, innerlich flehe ich geradezu darum: daß es Genua war, wohin er fuhr, daß er das Schiff erreichte, und daß ihn die Klugheit Luisas, die Freundschaft Francescas, die Liebe Emilias bald wieder auf den Weg der Vernunft gebracht haben. Daß er in der Neuen Welt als tatkräftiger Mann und liebevoller Familienvater ein erfülltes, harmonisches Leben geführt hat.

Bleibt natürlich die Frage: wie hätten die Tagebücher dann von Amerika nach Berlin gelangen können? Spricht das nicht doch dafür, daß er in dem Zug saß, der ihn nach

Berlin brachte? Andererseits: in diesem Fall hätte er den Wirren des blutigen Krieges wohl kaum entrinnen können.

Nein, ich bleibe dabei: es war der Zug nach Genua.

Dafür, so scheint mir, spricht auch ein weiterer Aspekt. Denn wie eingangs erwähnt, befanden sich in dem Päckchen, das man mir übersandte, drei Notizbücher. Eines davon war offenbar einmal zerschnitten und später wieder zusammengefügt worden; es umfaßte den ersten Teil sowohl der Aufzeichnungen des Luigi Calandrelli, als auch des Tagebuches des Verfassers. Von den beiden anderen enthielt das eine die weiteren Aufzeichnungen Luigis, das andere das restliche Tagebuch.

Seinen eigenen Worten zufolge hat der Verfasser nicht nur die Übersetzung an Francesca Donati übergeben, sondern auch das Original seiner Rekonstruktion. Nun wäre es zwar möglich, daß Francesca oder Kinder von ihr die Notizbücher nach Deutschland gebracht hätten. Bedenkt man jedoch, daß diese Aufzeichnungen auch über die intimen Begegnungen zwischen Luigi und Luisa berichten – und die Tagebücher des Heinrich Lehmann auch über die Begegnungen mit Francesca – dann scheint dies so gut wie ausgeschlossen.

Nein: daß diese Notizbücher wieder nach Deutschland gelangt sind, scheint mir eine sicheres Indiz dafür zu sein, daß auch der Verfasser Amerika erreicht hat. Vielleicht ist er als alter Mann noch einmal nach Deutschland zurückgekehrt; oder es waren Kinder von ihm, die das Tagebuch mit nach Berlin brachten.

Wer will es wissen? Die Hoffnung bleibt.

Und was den Inhalt der hier vorgelegten Aufzeichnungen betrifft – nun, ich will nicht verschweigen, daß ich mir, während ich die Texte ordnete, auch meine eigenen Gedanken dazu gemacht habe. Ich sehe mich um: da lebe ich in einem Land, das von sich behauptet, gleiches Recht für Männer und Frauen zu gewährleisten. Aber die treuherzigen Behörden dieses Landes treiben Steuern ein für eine Kirche, in der keine Frau Priesterin oder Bischof werden kann; und das Land bezahlt auch noch an seinen eigenen Universitäten die Lehrstühle, wo die Rechtlosigkeit der Frau als göttlicher Wille gelehrt wird. Daß die Lehre der römischen Kirche, indem sie das Grundrecht der halben Bevölkerung mit Füßen tritt, verfassungswidrig ist, hat die blinde Justitia bisher wohl nur übersehen; sie wird, nunmehr darauf hingewiesen, diesen Mißstand gewiß bald energisch beheben.

Und ich sehe die Bilder vom Elend der Völker, und sehe die Bilder des purpurgeschmückten römischen Unheilsbringers, wie er schneller von Land zu Land fliegt als die Plagen des alten Ägypten, und wie er niederkniet und den Beton der Landebahnen küßt zum Zeichen der Besitzergreifung. Ich sehe ihn gigantische Kathedralen segnen, für deren Marmor Tausende verhungert sind. Da tritt er unter die Ärmsten der Armen, die weder Brot noch Wasser haben noch Haus und Herd, und die für das Feuer, auf dem sie ihre Fladen backen, in ihrer Not den letzten Busch in der Wüste abhacken. Und der üble Bote verschließt seine Augen und Ohren vor ihrer Not, und im Namen von Tod und Teufel erhebt er seinen Krummstab und befiehlt: *Du sollst gebären!*

Wo aber Menschen hungern, da gibt es kein Recht und keine Gerechtigkeit, auch keine Vernunft und keinen Frieden, schon gar keinen Frieden mit der Natur. Weil die Not kein Gebot kennt, und weil die zerstörte Natur bald auch den Menschen zerstört, und weil es keinen Frieden gibt, wo Hunger und Elend herrschen – deshalb ist eine Kirche, die auch den ärmsten Völkern noch immer das Gebären befiehlt, zu einer Gefahr für den Weltfrieden geworden.

Und da ist auch sie – die Seuche. Wieder einmal ist sie über uns gekommen als stete Bedrohung, und ich sehe klammheimliche Freude auf den Gesichtern der Kirchenfürsten: wenn sie in ihren Predigten Mitgefühl heucheln, während sie innerlich frohlocken. Ihren vertrockneten Körpern, so denken sie, kann die Krankheit nichts anhaben; ihnen wäre es recht, wenn die Menschheit für immer der Seuche ausgeliefert bliebe: damit ein lustloses Leben auch der übrigen endlich den Neid der Eunuchen besänftigt – jenen Neid, der sie quält, seit sie die Liebe zur Frau sich aus dem eigenen Leib geschnitten haben.

Solche Gedanken waren es, wie sie mir, dem Herausgeber dieser Aufzeichnungen, durch den Kopf gingen: wenn ich an unachtsamen Tagen erst Zeitung las oder Nachrichten hörte, und mich dann an den Schreibtisch zurückzog, um Tagebuch, Aufzeichnungen und Zeitungsmeldungen zu ordnen. Jetzt ist die Arbeit getan, und was daraus wird, liegt nicht mehr in meiner Hand: hier steh ich, ich kann nicht anders.

Ich trete zum Fenster und betrachte den Baum vor meinem Haus: eben noch heftig vom Wind geschüttelt, steht er nun wieder unbewegt, und keines seiner Blätter rührt sich. So auch fühle ich mich: eine Zeitlang ist ein Sturm von Gedanken durch mich hindurchgeweht und hat mich geschüttelt; jetzt hat sich der Wind gelegt, und was ist in mir geblieben? Das Gefühl einer großen Heiterkeit.

Die Ruhe *nach* dem Sturm? denke ich, und betrachte die aufziehenden Wolken –

Inhalt

Widmung 5
»Hinweis für den Zensor« 7
»Wie dieses Buch zustande kam« 9
1 Ein Diebstahl 13
2 Luigi 18
3 Vom Berg und vom Buch 29
4 Eisen und Feuer 39
5 Einladung zum Concil 48
6 Warten auf Garibaldi 50
7 Die Erfindung des Rituals 56
8 Revolution 66
9 Und du wirst sein wie Gott 68
10 Die Unterwelt der Heiligen 75
11 Bahn und Bann 84
12 Ausbleibendes Gelächter 86
13 Ein Notfall 94
14 Über die Berge 106
15 Ein Name 108
16 Luisa 118
17 Fortschritte 128
18 Ein Überfall 130
19 Ein dienstlicher Befehl 135
20 Richtplatz der Inquisition 144
21 Francesca 146
22 Herzklopfen 152
23 Lichtscheue Eminenzen 158
24 Glück im Unglück 160
25 In der Hand der Glücksgöttin 167
26 Zwei Gesellschaften 176
27 Luisas Tochter 178
28 Küsse mich 186
29 Eine ungleiche Partie 192

30 Angekündigte Abschiede 194
31 Von der Richtigkeit der Welt 202
32 Schlagende Argumente 210
33 Albertina erinnert sich 212
34 Delmontes Keller 219
35 Geheimes und Bekanntes 226
36 Ein Vertrag 228
37 Im Schacht 234
38 Eine fürstliche Depesche 240
39 Robinson 242
40 Die Spur des Arcimboldo 249
41 Hohe Diplomatie 262
42 Ein unerwarteter Besuch 264
43 Blut 274
44 Tragödien hinter Mauern 282
45 Ein leeres Sofa 284
46 Miteinander schlafen 292
47 Unfromme Processionen 298
48 Francesca kombiniert 300
49 Nackte Gewalt 308
50 Richter und Verteidiger 316
51 Emilia 318
52 Tätilauxes in Fesseln 324
53 Herolde der Freiheit 332
54 Zweierlei Ich 334
55 Ein Verbrechen 341
56 Verirrungen 350
57 Leiden eines Briefträgers .352
58 Ein Kampf 358
59 Nie und nimmer 364
60 Eine Geburt 366
61 Lebendig begraben 371
62 Hirten, Fürsten, Philosophen 384
63 Emilias Brüste 386
64 Etwas stimmt nicht 395
65 Mein Reich ist nicht von dieser Welt 404
66 Bruderschaft 406
67 Die Truhe 415

68 Versammlung der Hohenpriester 422
 69 Sexualwissenschaftliche Studien 424
 70 Die Botschaft Arcimboldos 430
 71 Hysterie der Speichellecker 438
 72 Lob der Neugier 440
 73 Der Heilige Gral 448
 74 Wenn ich mir selber Zeugnis gebe 458
 75 Francescas Spiel 460
 76 Dies alles will ich dir geben .467
 77 Concils-Arithmetik 474
 78 Emilias Trauer 476
 79 Wie man Reliquien prüft .484
 80 Jagd auf Correspondenten 492
 81 Das höchste Gut 494
 82 Der Imam 502
 83 Unfehlbare Zündhölzer 508
 84 Ich bin der Ich bin 510
 85 Die Notdurft des Propheten 516
 86 Die Staaten werden wach 522
 87 Audienz bei Luisa Donati 524
 88 Die Ketzer von Albi 553
 89 Die unfehlbaren Nachfolger 538
 90 Geld 540
 91 Das Gesetz Gottes 549
 92 Ein Handstreich 554
 93 Die Lehren des Balthasar Gracian 556
 94 Das Gesetz des Tempels 561
 95 Enthüllungen aus dem Beichtstuhl 566
 96 Verführung auf Leben und Tod 568
 97 Gott vergibt Sünden, aber keine Posten 576
 98 Ein echter Prophet 580
 99 Intermezzo 582
100 Die Absetzung des Simon Petrus 587
101 Ketzer verbrennen, Prinzen ernennen .592
102 Bluff ohne Finten 594
103 Die zwei Gebote 602
104 Säbelrasseln 610
105 Bernieris Geständnis 612

106 Gerettet 622
107 Der Prinz verzichtet 632
108 Das Spiel ist aus 634
109 Am Ende 644
110 In den Abgrund................................650
111 Zwölf Millionen Dollar 652
112 In Gedanken 662
113 Kriegserklärungen 672
114 Mit deinem Leben 674
115 Die Schlacht 682
   Nachwort des Herausgebers 691
   Inhalt 695
   Zeitlicher Rahmen des Handlungsteils aus der Zeit
   der Kreuzzüge 699

Zeitlicher Rahmen des Handlungsteils aus der Zeit
der Kreuzzüge:

1099
Das Kreuzfahrerheer unter Gottfried von Bouillon erobert
Jerusalem. Im selben Jahr sterben Gottfried von Bouillon und
Papst Urban II., Nachfolger wird Papst Paschalis II. (bis 1118).

1115
Bernhard von Clairvaux gründet die gleichnamige Abtei;
ruft später zum neuen Kreuzzug und zum Krieg gegen die
Albigenser auf.

1244
Ausrottung der Albigenser und Fall der Burg Montségur.

1309–1377
Erzwungener Aufenthalt der Päpste in Avignon
(»Babylonische Gefangenschaft der Kirche«).

Literarische Spaziergänge mit Büchern und Autoren

Neue Promenade
14 | FRÜHJAHR 2002

STREIFZÜGE MIT BÜCHERN UND AUTOREN

aufbau
VERLAGSGRUPPE

Yasmina **KHADRA**
Ein ganz normaler Junge wird zum Killer der Islamischen Gruppe

Harald **SCHMIDT**
Von Schmidt bis Willemsen: Prominente plaudern aus der Schule

Hermann **KANT**
»OKARINA« – der neue Roman eines großen deutschen Autors

POLINA DASCHKOWA
In Rußland längst ein Star, erobert sie nun die Herzen der Krimi-Leser in Deutschland

Mit Gesamtverzeichnis

Das Kundenmagazin der Aufbau Verlagsgruppe
Kostenlos in Ihrer Buchhandlung

Aufbau-Verlag · Rütten & Loening · Aufbau Taschenbuch Verlag · Gustav Kiepenheuer · Der >Audio< Verlag

Oder direkt: Aufbau-Verlag, Postfach 193, 10105 Berlin
e-Mail: vertrieb@aufbau-verlag.de
www.aufbau-verlag.de

Hanjo Lehmann
I killed Norma Jeane
Roman

498 Seiten. Gebunden
ISBN 3-352-00570-2

»Norma Jeane, später Marilyn Monroe, begann ihre Starkarriere in den vierziger Jahren als Fotomodell, das die Männerphantasien aufheizte. Auch der Ich-Erzähler Timothy in Hanjo Lehmanns Roman kann sich dem erotischen Sog der naiven Schönen nicht entziehen. Er verehrt Norma seit der gemeinsamen Schulzeit, doch es scheint ihm völlig aussichtslos, sie jemals für sich zu gewinnen. Nach der Scheidung von Arthur Miller steckt Marilyn Monroe in einer tiefen Krise – und für den verständnisvollen Freund erfüllt sich endlich, was er immer erhofft hat: Er und Marilyn werden ein Paar. Doch die erfolgreiche Filmdiva ist von Selbstzweifeln zerfressen. Ihre Neurosen, ihr Tabletten- und Alkoholkonsum verwandeln Timothys Gefühle in Unverständnis, Ärger, Wut, Lieblosigkeit. Norma Jeane zerbricht daran. Ein spannendes und einfühlsames Buch.«
Radio EINS, Büchermagazin

Rütten & Loening

Marc Levy
Solange du da bist
Roman

*Aus dem Französischen
von Amelie Thoma*

277 Seiten
Band 1836
ISBN 3-7466-1836-3

Was tut man, wenn man in seinem Badezimmerschrank eine junge hübsche Frau findet, die behauptet, der Geist einer Koma-Patientin zu sein? Arthur hält die Geschichte für einen Scherz seines Kompagnons, er ist erst schrecklich genervt, dann erschüttert und schließlich hoffnungslos verliebt. Und als er eines Tages begreift, daß Lauren nur ihn hat, um vielleicht ins Leben zurückzukehren, faßt er einen tollkühnen Entschluß.

Marc Levys wundervolle Lovestory, für die sich Steven Spielberg die Filmrechte sicherte, wurde in 28 Sprachen übersetzt und verkaufte sich allein in Deutschland 100000 mal.

»Eine körperlos leichte Liebesgeschichte.«

Cosmopolitan

»Zwei Stunden Lektüre sind wie zwei Stunden Kino: Man kommt raus und fühlt sich einfach gut, beschwingt und glücklich und ein bißchen nachdenklich.«

Focus

A^{t}V
Aufbau Taschenbuch Verlag